泉州文庫

選聲題

（明）蔡復一 著

何丙仲 點校

遯庵全集（上）

泉州文庫整理出版委員會

前　言

泉州建制一千三百多年，爲中國歷史文化名城和古代海外交通的重要港口。"比屋弦誦，人文爲閩最"，素稱海濱鄒魯、文獻之邦。代有經邦緯國、出類拔萃之才，歐陽詹、曾公亮、蘇頌、蔡清、王慎中、俞大猷、李贄、鄭成功、李光地等一大批傑出人物留下了大量具有歷史、文學、藝術、哲學、軍事、經濟價值的文化遺產。據不完全統計，見載於史籍的著作家有一千四百二十六人，著作多達三千七百三十九種，其中唐五代二十九人三十二種，宋代二百人三百九十一種，元代二十一人四十種，明代五百三十六人一千五百八十五種，清代六百四十人一千六百九十一種；收入《四庫全書》一百一十五家一百六十四種，《四庫全書存目叢書》五十六家七十四種，《續修四庫全書》十四家十七種。二〇〇八年國務院頒布第一批國家珍貴古籍名錄，屬泉人著述、出版者十三種。

遺憾的是，雖然泉州典籍贍富，每一時代都有一批重要著作相繼問世，但歷經歲月淘汰、劫難摧殘，加上庋藏環境不良，遺存至今十無二三，多成珍籍孤本。這些文化遺產，是歷史的見證，是泉州人民同時也是中華民族的寶貴文化財富，亟待搶救保護，古爲今用。

對泉州地方文獻的搜集與整理，最早有南宋嘉定年間的《清源文集》十卷，明萬曆二十五年《清源文獻》十八卷繼出，入清則有《清源文獻纂續合編》三十六卷問世。這些文獻彙編，或已佚失，或存本極少。二十世紀四十年代，泉州成立"晉江文獻整理委員會"，準備整理出版歷代泉人著作，因經費短缺未果。八十年代，地方文史界發起研究"泉州學"，再次計劃編輯地方文獻叢書，可惜後來也因爲各種條件的限制，其事遂寢。但是這兩次努力，爲地方文獻叢書的整理出版做了準備，留下了珍貴的文獻資料和書目彙編。

二〇〇五年三月，中共泉州市委、泉州市政府決定將地方文獻叢書出版工作列爲國民經濟和社會發展第十一個五年規劃的一項文化工程。翌年,正式成立"泉州地方典籍《泉州文庫》整理出版委員會",着手對分散庋藏於全國各大圖書館及民間的古籍進行調查搜集,整理出《泉州文庫備考書目》二百六十七家六百一十四種,以後又陸續檢索出遺漏書目近百家一百八十餘種。經過省內外專家學者多次論證,最後篩選出一百五十部二百五十餘種著作,組成一套有一定規模、自成體系、比較完整,可以概括泉人著作風貌、反映泉州千餘年文化發展脈絡的地方文獻叢書,取名《泉州文庫》,二〇一一年起陸續出版發行。

整理出版《泉州文庫》的宗旨是:遵循國家的文化方針政策,保護和利用珍貴文獻典籍,以期繼承發揚中華民族優秀文化傳統,增進民族團結,維護國家統一,提高民族自信心和凝聚力,加強社會主義核心價值體系建設,增強文化軟實力,爲泉州的物質文明和精神文明建設服務。

《泉州文庫》始唐迄清,原著點校,收錄標準着眼於學術性、科學性、文學性、地域性、原創性、權威性,具有全國重要影響和著名歷史人物的代表作優先。所錄著作涵蓋泉州各縣(市、區),包括金門縣及歷史上泉州府屬同安縣,曾在泉州任職、寄寓、活動過的非泉籍人氏的作品,則取其內容與泉州密切相關的專門著作。文庫採用繁體字橫排印刷,內容涉及政治、經濟、歷史、地理、哲學、宗教、軍事、語言文字、文化教育、文學藝術、科學技術等領域,其中不乏孤稀珍罕舊槧秘笈,堪稱溫陵文獻之幟志。

值此《泉州文庫》出版之際,謹向各支持單位、個人和參加點校的專家學者表示誠摯的感謝! 由於涉及的學科和內容至爲廣泛,工作底本每有蛀蝕脫漏,加之書成衆手,雖經反復校勘,但限於水平,不足或錯誤之處還是難免,敬請讀者批評指教。

泉州地方典籍《泉州文庫》整理出版委員會
二〇一一年三月

整理凡例

一、《泉州文庫》（以下簡稱"文庫"）收録對象爲有關泉州的專門著作和泉州籍人士（包括長期寓居泉州的著名人物）著作，地域範圍爲泉州一府七縣，即晋江（包括現在的晋江市、石獅市、鯉城區、豐澤區、洛江區）、南安、惠安（包括泉港區）、同安（包括金門縣）、安溪、永春、德化。成書下限爲一九四九年九月以前（個別選題酌情下延）。選題内容以文學藝術、歷史、地理、哲學、政治、軍事、科技、語言教育等文化典籍爲主，以發掘珍本、孤本爲重點，有全國性影響、學術價值高、富有原創性著作優先，兼及零散資料匯總。

二、每種著作盡量收集不同版本進行比較，選擇其中年代較早、内容完整、校刻最精的版本爲工作底本，并與有關史籍、筆記、文集、叢書參校，文字擇善而從。

三、尊重原著，作者原有注釋與説明文字概予保留。後來增加者，則視其價值取捨。

四、凡底本訛誤衍漏，增字以[ ]表示，正字以（ ）表示，難辨或無法補正的缺脱文字以□表示，明顯錯字徑直改正，均不作校記。

五、凡底本與其他版本文字差異，各有所長，取捨兩難，或原文脱訛嚴重致點讀困難，或史實明顯錯誤者，正文仍從底本，而於篇末校勘記中説明。

六、凡人名、地名、官名脱誤者，均予改正，訛誤而又查不到出處之人名、地名、官名及少數民族部落名同異譯者，依原文不予改動。

七、少數民族名稱凡帶有侮辱性的字樣，除舊史中習見的泛稱以外，均加引號以示區别，并於校記中説明。

八、標點符號執行一九九六年實施的國家《標點符號用法》。文庫點校循新版二十四史及《清史稿》例，一般不使用破折號和省略號。

九、原文不分段者，按文意自然分段。

十、凡異體字、俗體字、通假字，如非人名、地名，改動又無關文旨者，一般改爲通用字；異體字已經約定俗成、容易辨認者不改。個別著作爲保持原本文字語言風貌，其通假字則不校改。

十一、避諱字、缺筆字盡量改正。早期因避諱所產生的詞彙成爲習慣者不改正。

十二、古籍行文中涉及國家、朝廷、皇帝、上司、宗族等所用抬頭格式均予取消。

十三、文庫一般一册收録一種著作，篇幅小的著作由兩種或若干種組成一册，篇幅大的著作則分成兩册或若干册。

十四、文庫採用横排、繁體字印刷出版。每册前置前言、凡例。每種著作仿《四庫全書》提要之例，由編者撰寫《校點後記》，簡略介紹作者生平、著作內容及評價、版本情況，說明其他需要說明的問題。

泉州地方典籍《泉州文庫》整理出版委員會辦公室
二〇〇七年二月五日

目　　録

遯庵詩集 …………………………………………………… 1
遯庵文集 …………………………………………………… 221
遯庵駢語 …………………………………………………… 535
遯庵續駢語 ………………………………………………… 751
補遺一 ……………………………………………………… 823
　遯庵蔡先生文集 ………………………………………… 823
補遺二 ……………………………………………………… 909
　輯佚 ……………………………………………………… 909
附録一 ……………………………………………………… 929
　傳記 ……………………………………………………… 931
附録二 ……………………………………………………… 941
　序跋 ……………………………………………………… 943

校點後記 …………………………………………………… 948

遜庵詩集

蔡敬夫詩集序

　　盈天地皆氣也，凝其厚者爲完人，宣其厚者爲完音。而厚之所到若已宣、若未竟宣，妙合自然，可以詩、可以樂，乃完音也。寒松得土之厚者，其籟幽以遠；醴泉得山之厚者，其味澹以永。自《三百篇》之遞降也，藻繪彌工，靈變彌極，于氣彌薄，于幽澹自然之完音彌索然易竟矣。敬夫先生居恒與余論詩，曰："詩之道，其感物前，其寄音外，淵乎微乎，語已竟而思未竟，即思若竟而思其思者仍未竟，徐文長、袁中郎出之太竟者也。"先生爲文及尺牘談時事者，則慷慨曲折，惟恐不盡。至爲詩淵遠雄渾，觸事不露，感時不傷，其一往深情處，讀者如聽大江東帶①有曉風殘月之致。蓋其用意厚，故發音亦厚，而本之自然。《詩譜》云："忠義之氣，自然發見，非有意于詩也，杜子美以此爲根本。"此非謂子美之詩以忠義爲本，正②謂子美忠義之詩以自然爲本也。子美每于人所欲言所不能即③者和盤托出，然其未竟宣之旨，令人穆然于言外。先生每閱杜集，輒沉酣再四，謂李尚有率與膚處，杜則無是也。第杜亦空抱憂憤之懷，未見經濟之手，先生實心經濟者也。其詩之不屑竟者令人思，其經濟之不獲竟者令人憾，然已得氣之厚矣。完人完音，庶幾兼焉。今試取全詩而會之，見其自然發見之氣，如先生之沉酣杜陵者，而先生生矣。

鷺門池顯方直夫書于香雪居

【校記】

① "帶"，(明)池顯方《晃巖集》卷二十一《蔡敬夫詩集序》作"兼"。
② "正"，山西大學藏原刻本作"政"。
③ "即"，(明)池顯方《晃巖集》卷二十一《蔡敬夫詩集序》作"言"。

目　　錄

蔡敬夫詩集序 ·· 池顯方　3

遯庵詩集卷一 ··· 32
　五言古 ··· 32
　　過釣臺，舟暮不止，遥贈 ································· 32
　　三歸臺 ··· 32
　　鮑叔牙墓 ··· 32
　　讀《説苑》有樹桃李荆棘之喻，因旨厥言而廣之 ··· 32
　　述征 ··· 33
　　題郭中丞贈秩瞻思卷二首 ································· 33
　　壺隱山房四首 ··· 33
　　飲酒 ··· 34
　　花下作 ··· 34
　　梅花 ··· 34
　　紅梅 ··· 35
　　蠟梅 ··· 35
　　蘭竹 ··· 35
　　菊 ·· 35
　　桂 ·· 36
　　叠字體 ··· 36
　　蘇子瞻《飲酒詩》，其一云："有客遠方來，酌我一甌茗。我醉方不啜,强啜忽復醒。既鑿渾沌氏,遂遠華胥境。操戈逐儒生,舉觴還酩酊。"有寄之言,其騷中漁父意耶?然子瞻不能酒,故未知茶之功。酒茶如能言,當大稱屈。遂次韻雪之,得五首 …………… 36

閔雨三首 ……………………………………………… 37
送陳志華之官南都三首 …………………………… 37
寄蔡體國 ……………………………………………… 38
出京別趙伯誠 ………………………………………… 38
浮圖峪觀開礦 ………………………………………… 38
滁陽望琅琊山,時重陽前一日 …………………… 39
彭城紀事詩別周伯瑾。伯瑾將入金陵,因懷張禮卿、李狷卿 … 39
出徐州郊望 …………………………………………… 40
風霾 …………………………………………………… 40
車中塵不可揮,偶食一梨,心目交快,率爾言志 … 40
三山留別仁夫弟三首 ……………………………… 40
芋源重別舍弟 ………………………………………… 41
舟坐 …………………………………………………… 41
金山二首 ……………………………………………… 41
舒尚孺譚長安旅況有作 …………………………… 42
病中約周伯瑾見過 ………………………………… 42
送張紹和 ……………………………………………… 42
張紹和自易州寄詩見答,盡次余韻,再疊送之 … 42
送湯嘉賓册封淮藩稱壽二尊人 …………………… 43
仲夏集劉百世鏡園得"鐘"字 ……………………… 43
湛園雜詩爲米仲詔作 ……………………………… 43
題孫從道小像二首 ………………………………… 46
法華寺南軒社集分賦,得銀筐插短荷二首 …… 46

題耿文選尊人侍御卷	46
我言六章爲王木仲太史雲來亭賦六首	47
還青亭	47
賦得從軍曲五十二韻	48
月夜懷京中諸友	48
出濠梁	49
題沈孝女卷二首	49
秋懷五平五仄體	49
別鍾伯敬。時伯敬有蜀行,將晤曹能始,故末及之	50
古意贈伯敬	50
趙清獻祠中有述	50
發江州,夜至黃梅	50
武昌寄鍾伯敬二首	51
五日述懷二首	51
端午後一日寄鄧玄度	51
遙送鍾伯敬還朝五首	52
鍾伯敬書問予近狀近作,賦此答之四首	53
園梅兩月三花,相次各二十餘日而代,其當有意耶?梅德不可以先後、多少言也。漫筆賦之,洒然成章	53
歲除日雨	54
守歲	54
元日獨坐對雨	54
二日冒雨訪客有述	54
月	55
蔡啓昌寄山水貳幀,殊有佳致,爲賦畫理廣之	55
春發辰州	55

雨	55
雨餘	55
晨發書所見	56
答別鍾伯敬兼及譚友夏三首	56
飲譚友夏於虎溪山,友夏留宿,詩往問之	56
與友夏舟覽,即以爲別	57
貽友夏犀杯	57
別徐宗孔	57
風木存思卷	57
秦伯起比部有詩枉贈次答二首	58
吴生以扇索題,信筆勉之	58
答伯起見懷之作二首	58
楊修齡先生自黔中遠寄書問,不勝感嘆,得古詩一章	59
自警	59
答楊文弱户部和來韻二首	59
喜得阮集之用楊韻投贈二首	60
寄鍾伯敬	61
張紹和偕計北上,過輪山賦贈	61
歸途有懷,寄觀會林婿訂其來期	61
感述呈同志	61
答譚友夏三首	62
奇胡彭舉山人	62
寄鍾伯敬	63
寄陳遹庵給諫二首	63
和葉稚勛二首	63
送陳白南之信宜縣	64

重遊武夷	64
風	64
故鄒城嶧一名鄒山	65
邾子祠	65
孤桐	65
大通巖	65
一鑑亭俯蓮花池	65
仙人洞	65
白雲宮	66
望五華頂二首	66
天門	66
盤龍洞	66
舟石	66
聽泉	67
頌石	67
嶧遊一百韻	67
哀陳元覬	68
爲譚友夏賦寒河即韻之二首	69
喜楊文弱先生入鄖見訪答贈二首	69
來詩多微言再答二首	70
感事用前韻二首	70
寄太倉州守陳白南	71
和譚友夏寒河詩用韻二首	71
習家池懷古四首	71
迎春日陪衛中丞謁文廟視學有作	72
由遇真至紫霄	72

太和雜咏九首 ··· 73

遜庵詩集卷二 ··· 76

七言古 ·· 76

　　江南曲五首 ·· 76

　　又雪,用蘇子瞻聚星堂韻 ·· 77

　　過雄縣 ··· 77

　　建溪道中即事 ·· 77

　　獻歲多雨,人日始晴,夜雪疏點,妍此晨旭,正迎春東郊,
　　　兼有數美,歌以賞之 ·· 77

　　《金母篇》蔡垣卿爲贛州金守請賦 ··· 78

　　送内兄李孟策太學之金陵 ·· 78

　　重送韓孟郁 ·· 78

　　遊崟山南巖 ·· 79

遜庵詩集卷三 ··· 80

五言律 ·· 80

　　過分水關 ··· 80

　　夜帆 ··· 80

　　瓜河除夕 ··· 80

　　客路 ··· 80

　　江山縣晚眺 ·· 80

　　泛舟勸客飲 ·· 81

　　即事 ··· 81

　　送陳豫華守兗州。時東封局敗,采礦齊魯間,故及之二首 ··········· 81

　　直獄聞蟬 ··· 81

　　雜興十二首 ·· 81

　　日月 ··· 83

初春	83
蚤起	83
春歸二首	83
睡起	83
夏	84
風林纖月落四首	84
出郭示舍弟	84
送姚博士遷貴陽郡授二首	84
楊氏園亭五首	85
至東莊	85
遊東莊三首	85
次韻答張紹和二首	86
入郡喜周伯瑾使歸二首	86
訪林仕隆三首	86
寄蔡體國	87
廿日大雨而風甚厲,遂阻朋招二首	87
紫荊道中	87
平刑關	87
夜憶燕中諸子	87
度谷口	88
望江南	88
江上寄華亭張廷高	88
江南人家夾水而居,意殊樂之二首	88
秋感	88
望夫石二首	88
舟興二首	89

金山	89
夜發芋原	89
宿姑蘇	89
送徐元甫	89
九日二首	90
即事	90
新嘉驛	90
己亥,奉先慈南歸,憩新嘉驛,愛其清勝,今八年矣,追舊增愴憶舍弟,前度弟亦同行	90
發富莊驛	90
河間府	91
途中禮岳者絡繹不絶,戲作	91
有感口號七首	91
趙伯誠辭酒而徵詩,爲送口占四韻	92
花朝	92
花朝小集,伯誠以眼疾齋禁辭,賦此促之	92
花朝後一日集米仲詔湛園,醉登猗臺玩月三首	92
三月六日,張孟奇、黄貞父、湯嘉賓、徐鳴卿、陳元朋同集湛園,得"房"字三首	93
賦得豐城劍送張尚宰之官二首	93
送陳士爕賜沐南還,用米仲詔韻三首	93
雨後集黄取吾齋頭次韻二首	94
訊陳士爕潞河客况,仍用舊韻三首	94
閏六月望立秋,集張園玩月,時積雨新霽六首	94
對月憶舍弟四首	95
秋夜獨酌	95

過湛園懷米仲紹遠遊四首 …………………………………… 96

送李伯遠之臨水四首 ………………………………………… 96

過黃應興小飲 ………………………………………………… 97

歲暮嘆二首 …………………………………………………… 97

自遣二首 ……………………………………………………… 97

依韻留別黃貞父 ……………………………………………… 97

過西山庵 ……………………………………………………… 97

張紹和許秋見過，不果。寄二詩次答，兼督來春之約四首 …… 98

晚眺 …………………………………………………………… 98

即事 …………………………………………………………… 98

晚飲客過 ……………………………………………………… 98

前山 …………………………………………………………… 99

別舍弟 ………………………………………………………… 99

建溪道中二首 ………………………………………………… 99

行橘中感化枳之事短述 ……………………………………… 99

鏡園社集，阻雨不赴。百世以"秋"字韻徵詩，成四律四首 …… 99

過周伯瑾雙河庵留飲，次其舊韻四首 ……………………… 100

答張紹和次韻四首 …………………………………………… 100

題張紹和芝庭瑞應卷三首 …………………………………… 101

三山遇謝日可 ………………………………………………… 101

建溪讀謝武林、陳季琳壁間詩，和之二首 ………………… 101

和陳二首 ……………………………………………………… 102

久不晤曹能始年兄，江州邂逅，即當乖別，情見乎辭四首 … 102

登江州城樓 …………………………………………………… 102

聞雁寄舍弟三首 ……………………………………………… 102

別蔡爾度同年二首 …………………………………………… 103

積雨不解 …… 103

余偕伯瑾以藩參入楚。伯瑾計臣得督儲,余樞臣得備兵,笑贈 …… 103

寄憶 …… 103

周伯瑾至岳陽賦寄三首 …… 104

四月登岳陽樓和孟襄陽韻 …… 104

和杜子美韻 …… 104

君山三首 …… 104

重上岳陽樓 …… 105

聞陳元朋解官 …… 105

答袁文海桃源二酉見懷,用韻四首 …… 105

行園見蚤梅一花三首 …… 105

讀陳雲仲《閏重九詩》,仍是重九耳。憶甲辰亦有此節,追咏并用其韻 …… 106

雨 …… 106

廿八日梅又一花,夜雨微雷四首 …… 106

除夕感杜甫"四十明朝是"之句,即用"除"字爲韻二首 …… 107

歲又改矣,歸計未成,苦憶舍弟十首 …… 107

穀日立春喜晴,而日猶隱隱,賦詩祈歲三首 …… 108

正月廿七日之夜,夢譚友夏,余實未識面也。晨興微雪,得友夏書若詩,答寄五首 …… 109

送許鰲宇兵使投劾四首 …… 109

夜 …… 110

沿溪行,宿千山塘 …… 110

秋夜發 …… 110

夜坐 …… 110

中秋三首 …… 110

送友夏尋酉山諸勝 …… 111
玉華洞是余舊遊 …… 111
大酉山鐘鼓洞秦人藏書處 …… 111
玉田洞 …… 111
玉蘭敗於雪,謂稚者不復能開也。乃今亦開,較初花四十許日 …… 111
山涼 …… 112
泛舟武夷 三首 …… 112
大王峰 …… 112
止止庵 …… 112
宿武夷觀 二首 …… 112
從四曲取間道過靈巖一線天,僧院坐雨 三首 …… 113
葉坊七夕 二首 …… 113
過常思嶺 …… 113
輿睡 …… 113
小雨 …… 114
訊俞憲喬年丈,因約遊九鯉 二首 …… 114
訊黃應興年丈 …… 114
靜眺 …… 114
出蒜嶺 二首 …… 114
夜雨走楓亭 …… 115
喜雨 二首 …… 115
因王君衡寄訊張紹和 …… 115
寄陳元朋 …… 115
元朋和韻索丹砂,不知僕實無長物也。再次答之 …… 115
訪林仕隆,同阿弟、阿郎坐雨 三首 …… 115
訪陳荆碧,至洛陽橋阻風雨而返,有寄 二首 …… 116

梵寺雨集二首	116
山寺聞蟬,即席限韻二首	116
題畫贈李孟策內兄	117
伯起邀集二首	117
山寺雨晴二首	117
秦伯起海上回賦訊三首	117
夢中送客,覺能追有之,存以紀異	118
送秦伯起二首	118
送張長孺二首	118
嘲伯起、長孺,用夢韻二首	118
六日之夜立秋,大風雨以達七夕二首	119
送王道修遊粵二首	119
依韻答俞清甫	119
山暮	119
答俞憲喬鯉湖之約	119
寄胡彭舉二首	120
送俞清甫還莆,兼簡如愚阿叔三首	120
送蘇日門孝廉領賑	120
五日舟晚	120
訪友出門二首	121
嘆二首	121
夜發二首	121
曉	121
再寄譚友夏兼及鍾伯敬二首	121
送蕭如城司李應召二首	122
寄送周蓼洲司李二首	122

答陳元朋	122
夢九鯉湖	122
七夕	123
中秋	123
出郭	123
百花燈	123
同仁夫弟過徐奕開園六首	123
過曹能始石倉山園七首	124
望武夷二首	125
過分水關	125
旅嘆六首	125
見月	126
晚至弋陽遂發	126
苦雨三首	126
東鄉縣	127
晴二首	127
南昌晤林仕隆方伯三首	127
與李端和三首	127
涉江	128
黃梅縣念楚人有作二首	128
停前驛題云昭明太子誕處	128
楓香驛曉發	128
太湖縣	128
閏二月八日雪	129
嘲春雪	129
雪答	129

梅心驛	129
夢得周伯瑾書三首	129
寄弟	130
小雨二首	130
見雙蝶二首	130
高唐夢弟寄書	130
雪懷	130
泊毗陵	131
移寓石倉三首	131
晴	131
中春三日,李玄同以上巳告,置酒舟中。旋知其誤,戲簡	131
石倉步月二首	131
歸夜光堂	132
次夕遲月	132
再與曹能始步月	132
偕鄰僧至山頂	132
山雪	132
酬曹長生用來韻二首	132
過聽泉閣試新茶二首	133
曹子興以扇索書,信筆奉贈	133
與商孟和	133
葉坊蚤發	133
花朝喜譚友夏至郢三首	133
七夕簡葉稚勛二首	134
立秋三首	134
寄勉內侄讀書	134

和楊文弱謁參途中諸詠 …… 135

于邁 …… 135

清化 …… 135

蘭江 …… 135

夜發 …… 135

公安 …… 135

雨過 …… 135

泥中 …… 136

間道 …… 136

夜春 …… 136

瘁柏 …… 136

行柳 …… 136

襄陽 …… 136

九日 …… 137

穀城 …… 137

黃峪 …… 137

齋梅數本，一白者獨異，贈之三首 …… 137

春雪 …… 137

餘雪 …… 138

代仁夫弟答友夏和韻 四首 …… 138

送徐元甫 …… 138

出澧州 二首 …… 138

孫黃驛 …… 139

屛陵道中 …… 139

荊州有感 …… 139

雪中懷袁文海寅丈 三首 …… 139

雪後立春，次袁文海韻贈別楊崑林_{二首} ……………………………… 139
立春_{二首} …………………………………………………………………… 140
登太和絕頂_{五首} …………………………………………………………… 140
天柱峰得袁文海書有懷_{三首} ……………………………………………… 141
遇真宮_{二首} ………………………………………………………………… 141
偶成 …………………………………………………………………………… 141
夢山_{六首} …………………………………………………………………… 141

遯庵詩集卷四 ……………………………………………………………… 143
七言律 …………………………………………………………………… 143
送張景山廣文以王官歸永定_{二首} ………………………………………… 143
蘆溪公館次壁上韻 …………………………………………………………… 143
風雨 …………………………………………………………………………… 143
感事_{二首} …………………………………………………………………… 143
送朱世其還邯鄲 ……………………………………………………………… 144
春江別 ………………………………………………………………………… 144
山房雜詠_{五首} ……………………………………………………………… 144
入郡過周伯瑾 ………………………………………………………………… 145
武安志感 ……………………………………………………………………… 145
遙同張紹和年兄登觀海樓 …………………………………………………… 145
答汪宗蘇山人用韻 …………………………………………………………… 145
重游東庄_{三首} ……………………………………………………………… 145
寄周伯瑾 ……………………………………………………………………… 146
撥悶 …………………………………………………………………………… 146
張我疇太守約攜歌者見訪山房不至，戲簡 ………………………………… 146
買瓦千餘置澗中，擬築室於塲山，僮言已被漂。又郭東二石橋俱圮。
　　雨勢可畏，園花、隴稻如何存活 ……………………………………… 146

日已出,雨輒乘之二首 …………………………… 146

邊懷二首 …………………………………………… 146

入都門,蔡體國儀部移榻夜飲 …………………… 147

寄周伯瑾兼訊歸田之約 …………………………… 147

陳惠甫年兄上計國門,立春日載酒過弈次韻 …… 147

阻風憶舍弟二首 …………………………………… 147

出徐州 ……………………………………………… 147

晚投界河驛,見菊花數本感賦 …………………… 148

謁孟廟三首 ………………………………………… 148

發雄縣,霧不解 …………………………………… 148

入都,喜曹心洛侍御獄解,賦贈三首 …………… 148

送徐務滋 …………………………………………… 149

戲柬陳元朋,即以爲送 …………………………… 149

三月六日,張孟奇、黃貞父、湯嘉賓、徐鳴卿、陳元朋同集湛園。

鳴卿稱病不飲,甚言持齋之味。元朋能得其故,詩以嘲之 …… 149

四月九日,同張孟奇諸社友集城西李將軍園看牡丹,用"田"字 …… 149

武闈秋雪六首 ……………………………………… 149

重過湛園,時誤聞仲詔回二首 …………………… 150

米仲詔回,過訪 …………………………………… 150

還青亭二首 ………………………………………… 151

人日歸興二首 ……………………………………… 151

春日出西郊 ………………………………………… 151

張孟奇舟中贈臧晉叔 ……………………………… 151

梵天寺 ……………………………………………… 151

贈陳士皋 …………………………………………… 152

寄周仲瑜 …………………………………………… 152

園居	152
春集	152
上巳病起，出山房	152
讀邸報	152
賦得臘梅限韻	152
故鄉浯嶼，海水四環。余家負海印山，上多名迹。秋歸旬日，僅一陟其巔，匆匆無暇，聊一詩志之，俟他日悉賦也	153
舟行阻風，憶舍弟	153
喜雪二首	153
入都門述懷四首	153
西山碧雲寺和韻二首	154
答黃應興次韻	154
答陳伯疇和韻二首	154
秋望和韻	154
送陳元朋之宜興三首	155
和周伯瑾席間見贈三首	155
無題	155
初春懷歸	155
答別周伯瑾	156
入里門謾興	156
發黃梅遇雨	156
聞同年周伯瑾行部蘄州有寄二首	156
入黃州	156
有感	156
華陽崇一殿下招遊西園二首	157
賞牡丹二首	157

贈華陽敬一長君 ……………………………………………… 157

菊前坐雨,華陽敬一長君續潘句見贈次答,時君禁酒二首 … 157

貫方蕘大行使澧賦贈 …………………………………… 158

桃川道中 ………………………………………………… 158

桃川宮寄劉陶宇方伯。劉先爲武陵憲使二首 …………… 158

偕許鰲宇憲副酌戴亨融先生於伏波祠,憶別十年矣,時近長至,
　賦此投轄 …………………………………………… 158

寄袁文海 ………………………………………………… 158

馮元成觀察命駕至辰,賦贈二首 ………………………… 159

江上送元成歸鎮二首 …………………………………… 159

送元成入賀二首 ………………………………………… 159

答鄧玄度三首 …………………………………………… 159

山樓與魏道冲太史同賦限韻 …………………………… 160

張二水太史至自滇南,用來韻奉訊 ……………………… 160

戲答乞詩之作,聞魏道冲題壁,郵人輒漫之,故及 ……… 160

贈別張二水太史 ………………………………………… 160

乙卯元日試筆 …………………………………………… 160

有嘆 ……………………………………………………… 160

人日 ……………………………………………………… 161

喜譚友夏至辰陽,用見投韻二首 ………………………… 161

侍徐匡嶽老師別墅次韻 ………………………………… 161

用前韻別匡嶽師 ………………………………………… 161

車盤驛和臺山葉相國韻三首 …………………………… 161

入武夷舟 ………………………………………………… 162

晚登天游峰二首 ………………………………………… 162

天游峰徐步 ……………………………………………… 162

贈周仲瑜。仲瑜時方遣女兼營先兆	162
始步春園	162
晚望	163
和秦伯起夏宿梵天寺韻二首	163
訂伯起小集，用前韻	163
龍廉孺年兄起守循州有寄	163
就梵寺酌秦伯起	163
因伯起簡張長孺先輩	163
張尚宰儀部好佛而不肯稱詩，用伯起舊韻挑之。時同坐者張先輩，故有末句	164
答楊修齡先生貽贈和韻四首	164
再和修齡霞字韻述懷	164
七夕戲爲牛女解嘲	164
送洪爾蕃往建州，因寄聲武夷君二首	165
胡心澤同年至，用韻二首	165
楊修齡待御棄印侍親，賦寄三首	165
酬阮集之，用來韻二首	165
前韻再寄楊文弱二首	166
小集，葉稚勛不至，以詩見貽，倚答	166
程相如將軍投詩，倚韻答贈	166
答閩逸之山人，用來韻	166
爲蔡季承山人題米家船二首	166
九日輪山	167
訪友值風	167
風未息而雨助之，欲悔其出	167
林仕隆年兄出晤	167

送仕隆方伯之江右 ……………………………………… 167

贈林仕濟太史 ……………………………………………… 167

贈周伯瑾年兄 ……………………………………………… 168

贈周仲瑜 …………………………………………………… 168

寄徐奕開 …………………………………………………… 168

諸君相留答之 ……………………………………………… 168

喜張紹和年兄見訪，酌梵天寺，距辛亥游十年矣。和韻二首 …… 168

和葉稚勛韻贈別，時稚勛從周愛日銓部之燕 …………… 169

送蔡體國光禄五首 ………………………………………… 169

春覽 ………………………………………………………… 169

山行 ………………………………………………………… 169

重遊武夷八首 ……………………………………………… 170

大横驛和黄鍾梅壁韻 ……………………………………… 171

安仁留贈陳兢來 …………………………………………… 171

寄浮梁林亨萬，時林有悼亡之感 ………………………… 171

寄懷莊毓壺 ………………………………………………… 171

坐龍池寺 …………………………………………………… 171

贈周聯貞二首 ……………………………………………… 171

贈陳蓮湖 …………………………………………………… 172

輿倦戲占 …………………………………………………… 172

自壯 ………………………………………………………… 172

寒食嘆風用杜韻 …………………………………………… 172

清明 ………………………………………………………… 172

三日二首 …………………………………………………… 172

三衢雨發 …………………………………………………… 173

大宗伯翁青陽年伯招飲園池四首，末章專贈四首 ……… 173

同年陳太始侍御携酒石倉,兩日周旋,談遼蜀事有感	173
簡曹能始	173
答包一甫	174
清明聞棄河西之報	174
答別曹能始二首	174
答別陳叔度二首	174
答別李玄同	174
寄別陳振狂	175
江上寄陸君啓	175
答文天瑞學憲,用來韻五首	175
中秋,文天瑞置酒荒園,用來韻五首	175
太谷見月,懷文天瑞有寄,用前韻二首	176
中秋會楊修齡先生於滄浪亭,是夕不月二首	176
寄劉海若	177
答樊山王	177
甲子元旦試筆二首	177
穀日	177
春雪效歐公禁體作律	177
晴	178
贈督餉侍御丘毛伯二首	178
和袁文海賀衛中丞之作,時大雪二首	178
雪中至鄖,贈楊昆林	178
出鄖陽	178
天柱峰觀日出	179
由南巖至五龍三首	179
玉虛宮二首	179

遯庵詩集卷五 180
五言排律 180
楓亭逢馬槩生小飲而別,夜走莆陽 180
贈曹心洛侍御二十二韻,侍御以諫止科臣東封下獄 180
過梵天寺 180
走馬燈 181
得曹能始書却寄 181
重送陳元朋 181
劉百世鏡園分賦排律二十四韻 181
送沈伯含謫靖州 182
寄訊徐鳴卿 182
衢橘 182
病 183
豐城遇王貞吉道人 183
遊武夷,舟窮九曲之勝。以病足債接笋、鼓子等峰爲後約,賦訂山靈十六韻 183
喜雨 183
赴秦伯起社集,晴往雨歸。別後伯起、長孺更酌聯句,和之 184
苦雨懷伯起 184
七夕風雨十韻 184
燈夕贈徐君義邑侯 184
張紹和計偕北上,過輪山賦贈 185
即事 185

遯庵詩集卷六 186
七言排律 186
都門約伯瑾歸山結薜蘿社,余先謁告,可二歲所,伯瑾繼歸,

而余憂居矣。談次愴然賦别 …………………………… 186

　　客途感事兼聞北來之訊 ……………………………………… 186

　　過固鎮，靈璧張春斗枉駕八十里出會。時君中讒，左遷王官 …… 186

　　四月九日，張孟奇、徐鳴卿招同黄貞父、鄧玄度、湯嘉賓、米仲詔、
　　　畢孟侯及孝廉李伯遠、劉百世、陳元朋、韓孟都集城西李將軍
　　　園看牡丹，得"田"字 ……………………………………… 187

　　社中詩不用牡丹，别賦長律 ………………………………… 187

　　苦雨不寐 ……………………………………………………… 187

　　黄州懷蘇子瞻 ………………………………………………… 188

　　贈晉江蔡啓昌茂才，蔡能繪事 ……………………………… 188

　　洪春寰訪予石倉，因與水遊。君方解官，而談笑甚暇，予愧作
　　　旅人也。賦贈兼貽輪山社諸君子 ……………………… 188

遯庵詩集卷七 ……………………………………………… 189

歌 …………………………………………………………… 189

　　趙鈐岡舉子歌 ………………………………………………… 189

　　朱世其草書歌 ………………………………………………… 189

　　詛雨歌 ………………………………………………………… 190

　　榜出，過徐務滋、陳元朋、張紹和，適蔣太史道力、徐武部鳴卿移榻
　　　在焉，留飲，醉作此歌 …………………………………… 190

　　清芙亭歌爲曾退如太史尊公賦 ……………………………… 191

　　看菊花歌，戲作七平七仄體 ………………………………… 191

　　武夷種茶歌 …………………………………………………… 192

遯庵詩集卷八 ……………………………………………… 193

歌行 ………………………………………………………… 193

　　保安行 ………………………………………………………… 193

　　放歌行 ………………………………………………………… 193

27

望夫石	194
催雨	194
喜雨贈王回溪邑侯	194
初春海棠歌	194
白溝	195
高唐州	195
雨	195
爲沈士範壽母夫人	195
張桓孺山人以鄧玄度書來謁，爲書行卷兼簡韓孟郁	196
壽曾年伯七十	196
雪中看菊花歌	196
袁文海贈我《雪月雙清篇》，倚歌奉答	197
述夢短歌	197

遯庵詩集卷九 … 198

五言絕句 … 198

雜詠	198
冬思二首	198
春思二首	199
茶事詠二十四首 有引	199
偕仁夫弟北發	201
舍弟去後口號六首	201
秋坐	202
以沈佺期"盧家少婦"五十六字展轉成詩十首	202
風四首	203
春雨二首	203
夕陽二首	203

霜秋二首 …………………………………………… 203

露曉二首 …………………………………………… 204

烟岫二首 …………………………………………… 204

風林二首 …………………………………………… 204

雪居二首 …………………………………………… 204

月眺二首 …………………………………………… 204

初晴二首 …………………………………………… 205

欲雨二首 …………………………………………… 205

水夜二首 …………………………………………… 205

雲朝二首 …………………………………………… 205

立峰插漢二首 ……………………………………… 205

削壁蕩霞二首 ……………………………………… 206

曲洞藏靈二首 ……………………………………… 206

層巒叠翠二首 ……………………………………… 206

幽巖隔世二首 ……………………………………… 206

秀阜連村二首 ……………………………………… 206

懸崖飛瀑二首 ……………………………………… 207

複峽崩湍二首 ……………………………………… 207

山磵寒泉二首 ……………………………………… 207

海門怒浪二首 ……………………………………… 207

花溪迴曲二首 ……………………………………… 207

練水涵虚二首 ……………………………………… 208

遊太和山即事二首 ………………………………… 208

讀《房長鬚傳》戲作二首 ………………………… 208

遯庵詩集卷十 ………………………………………… 209

七言絕句 ………………………………………… 209

過分水關始見雪⋯⋯⋯⋯⋯⋯⋯⋯⋯⋯⋯⋯⋯⋯⋯⋯⋯⋯⋯⋯⋯209

玉山阻雪⋯⋯⋯⋯⋯⋯⋯⋯⋯⋯⋯⋯⋯⋯⋯⋯⋯⋯⋯⋯⋯⋯⋯⋯209

元夕宮詞三首⋯⋯⋯⋯⋯⋯⋯⋯⋯⋯⋯⋯⋯⋯⋯⋯⋯⋯⋯⋯⋯⋯209

屏鶴⋯⋯⋯⋯⋯⋯⋯⋯⋯⋯⋯⋯⋯⋯⋯⋯⋯⋯⋯⋯⋯⋯⋯⋯⋯⋯209

九日二首⋯⋯⋯⋯⋯⋯⋯⋯⋯⋯⋯⋯⋯⋯⋯⋯⋯⋯⋯⋯⋯⋯⋯⋯209

余有扇頭書在蔡啓昌所，忽失去，求再書，戲贈五首⋯⋯⋯⋯⋯⋯⋯210

偶讀坡詩"一枕清風直萬錢，無人肯買北窗眠"，不覺失笑。

　《赤壁賦》云"取之無禁，用之不竭"，何必更問牙人？此老話，

　贅説四偈四首⋯⋯⋯⋯⋯⋯⋯⋯⋯⋯⋯⋯⋯⋯⋯⋯⋯⋯⋯⋯⋯210

送蔡體國參藩吴中四首⋯⋯⋯⋯⋯⋯⋯⋯⋯⋯⋯⋯⋯⋯⋯⋯⋯⋯210

雨居三首⋯⋯⋯⋯⋯⋯⋯⋯⋯⋯⋯⋯⋯⋯⋯⋯⋯⋯⋯⋯⋯⋯⋯⋯211

夜坐見星，晝又雨⋯⋯⋯⋯⋯⋯⋯⋯⋯⋯⋯⋯⋯⋯⋯⋯⋯⋯⋯⋯211

連作數詩而雨益壯，豈其怒耶？解之⋯⋯⋯⋯⋯⋯⋯⋯⋯⋯⋯⋯211

詩不能止雨，更説二偈二首⋯⋯⋯⋯⋯⋯⋯⋯⋯⋯⋯⋯⋯⋯⋯⋯211

嘉興寄同年張廷高三首⋯⋯⋯⋯⋯⋯⋯⋯⋯⋯⋯⋯⋯⋯⋯⋯⋯⋯212

題畫《蒼巒醉雨》⋯⋯⋯⋯⋯⋯⋯⋯⋯⋯⋯⋯⋯⋯⋯⋯⋯⋯⋯⋯212

嘉樹濯風⋯⋯⋯⋯⋯⋯⋯⋯⋯⋯⋯⋯⋯⋯⋯⋯⋯⋯⋯⋯⋯⋯⋯⋯212

湖山清月⋯⋯⋯⋯⋯⋯⋯⋯⋯⋯⋯⋯⋯⋯⋯⋯⋯⋯⋯⋯⋯⋯⋯⋯212

江岫積雪⋯⋯⋯⋯⋯⋯⋯⋯⋯⋯⋯⋯⋯⋯⋯⋯⋯⋯⋯⋯⋯⋯⋯⋯212

芋江竹枝曲十首⋯⋯⋯⋯⋯⋯⋯⋯⋯⋯⋯⋯⋯⋯⋯⋯⋯⋯⋯⋯⋯212

過瓜州，輕塵撲面，便與江南不同。慨然有客意，因成三絶三首⋯⋯213

濠梁寄陳志華社丈三首⋯⋯⋯⋯⋯⋯⋯⋯⋯⋯⋯⋯⋯⋯⋯⋯⋯⋯213

和前人四咏四首⋯⋯⋯⋯⋯⋯⋯⋯⋯⋯⋯⋯⋯⋯⋯⋯⋯⋯⋯⋯⋯214

進香曲五首⋯⋯⋯⋯⋯⋯⋯⋯⋯⋯⋯⋯⋯⋯⋯⋯⋯⋯⋯⋯⋯⋯⋯214

走馬燈八首⋯⋯⋯⋯⋯⋯⋯⋯⋯⋯⋯⋯⋯⋯⋯⋯⋯⋯⋯⋯⋯⋯⋯215

送韓孟郁四首⋯⋯⋯⋯⋯⋯⋯⋯⋯⋯⋯⋯⋯⋯⋯⋯⋯⋯⋯⋯⋯⋯215

題閔逸之小像四首 …… 216

追沈存白舟於洳河，隔岸未面，答贈三絶三首 …… 216

山房酒盡二首 …… 216

分水關二首 …… 216

姑蘇聞蔡體國被言投劾，寄訊四首 …… 217

戲雪三首 …… 217

陳巍石年兄送酒戲答三首 …… 217

題畫二首 …… 218

送韓孟郁五首 …… 218

棚梅 …… 218

望仙樓下見牡丹 …… 218

寄題大小筆峰 …… 218

屢夢皆上天柱五首 …… 219

遜庵詩集卷一

五 言 古

過釣臺,舟暮不止,遙贈

一星天之客,夜夜照江幽。蒼然釣竿石,坐閱漢春秋。白雲爲其絲,初月爲其鈎。遂噓淳古風,力挽江河流。長嘯心眼孤,豈必慕巢由。踪迹亦偶爾,以姓命斯州。少能婿梅福,老不臣文叔。吁嗟垂釣時,其心何所托。直鈎深釣名,曲鈎淺釣國。惟有釣魚者,烟波順寂寞。可慕不可從,鴻飛已寥廓。風高暝色來,遥杯酬寒菊。

三 歸 臺

齊桓匡六合,管氏有三歸。霸成臺始築,臺成霸亦墮。雖蓋女閻失,毋乃臣德卑。至於嘆微管,仁者功庶幾。大聖能恕物,《春秋》存是非。蹄涔無遠潤,螢燭無遠輝。拘儒有是言,畫餅空朝饑。勖哉志伊子,萬仞一振衣。

鮑 叔 牙 墓

士生天地間,願爲知己死。齊國識夷吾,寥寥獨鮑子。能以若人霸,宗周實功始。春秋一大夫,忠哉立人軌。朋友古肺肝,君臣天經紀。耿耿爲日月,青松照白水。我來訪其墓,樵夫前相指。葬者骨雖朽,其人在青史。啼猿吊暮雲,再拜寒風起。

讀《說苑》有樹桃李荊棘之喻,因旨厥言而廣之

萬物務春風,桃李愛其天。上枝宿好鳥,下枝拂流泉。行人解鞍轡,繫馬蔭

樹邊。攬衣三嘆息，荆棘滿路前。惜此桃李心，蔭人竟不言。吐花花自好，結子子更繁。薪者求散木，躑躅上高山。腰鐮刈荆棘，日暮古道還。一爲君子賞，灼灼三春妍。一爲爨下陳，根柯不相連。多刺徒自伐，美蔭人默憐。貴賤各有分，雨露亦何偏。樹木報則近，樹德食百年。心力慎所委，歌我桃李篇。

述　　征

黃鵠西北征，五翔一迴顧。嗟爾南方鳥，胡爲竟霜露。脉動泉未舒，鬢發歲云暮。玄冥肅寒威，萬籟生振怒。曠野屯黃沙，朔風吹作霧。青山對面藏，影没雲邊樹。悲馬銜鞍鳴，躪躅迷往路。孤辰易爲感，中飯忘匕箸。熒熒辭根蓬，泛泛沿波鷺。浮雲亦有返，誰能不懷故。

題郭中丞贈秩瞻思卷二首

薊門有高臺，遠望當陟岵。白雲不可見，零襟涕如雨。循陔景易流，廢蓼心獨苦。當饋忽停餐，悠然念鍾釜。煌煌紫泥書，夜月聞天語。松心豈不春，霜雪共終古。千秋華表鶴，歸來尚延佇。

其　　二

晨趨御史府，夾路柏森森。離立槐與棘，鬱然松楸陰。霜枝盤如蓋，九苞集異禽。天老賀人文，攬輝乃斯今。投以琅玕食，舒翼吐哀音。雨露養群華，貞竹自秋吟。誰知鳳凰侶，長懸烏鳥心。願寫《簫韶》曲，併入伶倫琴。

壺隱山房四首

市廛寡真氣，未果徇山緣。偶得東郊地，誅茅構數椽。既減酬往喧，兼於藥物便。經始良意鋭，竟圖知力艱。堂成置酒落，舒眺亦欣然。移花未成樹，好鳥已留連。萬物各懷新，幽姿聊自妍。

其　　二

入門徑左折，槿藩冒綠蘿。小亭周以蘭，方沼俯窺荷。傍垣稍露隙，嘉箭擢其柯。深愧食采儉,未足展蓑笴。地狹取之盡,拾級引坡陀。受分故已短,爲巧能幾何。偃仰聊復足,會心不在多。

其 三

出郭塵事疏,近山佳氣上。況此壺中天,入陿得景廣。捲幔延清霏,空色落吾掌。澄霽竦黛鬟,攢烟屢異象。時維暮之春,草木日以長。净歸茗笋香,翠與琴書晃。微風灑然來,即事成新賞。

其 四

山水如高人,親疏不可得。自我賦遁思,日招同舊識。及茲卜築成,頗能具主客。尊前行叠青,檻外散虛碧。雲物澹清朝,風月陶永夕。丘壑豈見私,疏慵豐暇日。散懷若無涉,觸歡自相即。常恐負幽諾,於焉并心迹。

飲 酒

鳥鳴花自發,問此爲寂喧。萬象欣春意,静者在深山。游雲出亦歸,群動豈無還。

花 下 作

名花如静女,歲寒中自束。忽爲君子容,春風與膏沐。柔烟籠晴日,歌闌初睡足。欲起尚餘醒,嫣然流盼目。好鳥感之鳴,弄芳自成曲。是物亦何心,化機良所托。豈云競艷陽,適以悦幽獨。

梅 花

月下有美人,丰姿差可論。雪中有高人,標格雅相近。姑射有仙人,傳神無遺恨。梅花顧我笑,三語成素分。酒闌夢自叙,事詭理則信。浩劫陰陽争,貞元幹其運。選神平二氣,得之白雀胤。受姓長百花,圖功剖瑩瑾。玄冥予我骨,青陽予我韻。韻高温而淑,骨寒清且峻。山水湯沐厚,風月色香醖。殿臘而最春,彌縫無瑕釁。既免白雪孤,亦解束風愠。大哉造化心,終始成乎艮。微醒花嗒然,山泉相答問。

紅　梅

梅花自格勝,紅者有餘妍。一片燕支雪,點破同雲天。奇姿輔古骨,皎皎照寒泉。詩人願結好,投贈相後先。色香或競寫,情性誰則傳。曼卿不解事,斟酌桃杏間。纖語墮脂粉,花神益笑㗽。未免兒女態,吾意正不然。白者如遠公,净戒對白蓮。紅者如徵士,沉醉菊花前。酡顏發丹霞,逸氣凌蒼烟。標尚雖不同,同爲物外賢。柳下自有介,首陽無愧顏。吾亦攢眉客,紅花可與言。

蠟　梅

蠟梅同梅姓,高韻亦無比。檀心深含苞,罄口微折蕊。露氣沉空寒,畹蘭曉風起。天香迴夢餘,餘芬逗流水。立嗅心魂清,霜苔戀屧齒。誰其歲寒交,許梅爲兄弟。古幹吾不如,香奇欲過子。凍雲勒寒枝,群英能不靡。與梅相頡頏,惟此花而已。古人則有言,夫物無孤美。

蘭　竹

蘭非花與草,竹非草與木。別於夭喬外,灑然得奇目。散朗人中仙,亭聳雞群鶴。風響傳餘清,露香出新沐。淇澳繁今譜,楚江非舊族。豈恨後古人,古者自緣薄。公子寄遥思,此君表深托。攬蕊欲紉佩,依林可結屋。三嘆無人芳,懷哉歲寒綠。

菊

黄花得正色,高姿凛然異。白者清欲絶,雪月想風致。雅負霜中英,兼有林下氣。穠艷發紫紅,君子所不貴。就中香格存,典型①尚未墜。延之擯山王,竹林品亦次。吾弟賞此物,頗覺無脛至。花頭圍尺餘,其種數十計。采英思古人,慨焉追遐寄。前屈後有陶,乾坤各醒醉。吾亦二子徒,交同水乳味。有酒共拍浮,無酒默相對。俯仰苟不孤,深淺共成趣。雖乏騷與咏,秋芳儻無棄。

桂

鐘定發空香,雲子乃可掇。種之挺陽條,其氣猶依月。熙葩無四時,當秋韻彌烈。涼風厲危柯,夜語零金雪。凌霜矯緑榮,吐芳終靡輟。貽彼小山人,寒枝手自結。雲重肅天高,聞薰言慮絶。妙契叶所歸,塵區失超忽。

叠字體咏紅白蓮花。

盤葉田田曉,鏡花灩灩春。削削層峰吐,團團璧月新。丹成霞片片,玉照雪鱗鱗。紛紛風氣發,泡泡露芳勻。蕊深靚靚面,莖弱裊裊身。淡淡濃濃態,高高雅雅神。行雲香緲緲,立水韻真真。奉佛齊齊願,游仙各各因。融融倚醉候,皜皜洗妝辰。素袂盈盈舉,華燈燦燦陳。相迎宜笑笑,并語恰親親。娟娟凌波度,隱隱弄珠人。

> 蘇子瞻《飲酒詩》,其一云:"有客遠方來,酌我一甌茗。我醉方不啜,強啜忽復醒。既鑿渾沌氏,遂遠華胥境。操戈逐儒生,舉觴還酩酊。"有寄之言,其騷中漁父意耶?然子瞻不能酒,故未知茶之功。酒茶如能言,當大稱屈。遂次韻雪之,得五首

穿雲汲乳泉,可酒亦可茗。俱名功德水,醒醉而醉醒。蝶周互相為,循環得佳境。劉伶不鞭後,是以病昏酊。

其 二
物有友而成,如酒之於茗。飲中有別趣,了不關醉醒。莫以有待心,芥斯無礙境。不見春風來,萬花俱酩酊。

其 三
酒苦差勝甘,餘甘發苦茗。妙處正相關,小異特醉醒。醉醒亦豈殊,真適不

由境。大有漱流人,亦自謂酣酊。

其　四

酣茶茶當酒,渴酒酒如茗。七碗同亦醺,一石髡彌醒。醒醉諒安歸,各得悠然境。物本不自言,一笑付酩酊。

其　五

何哉金莖露,左醪右則茗。作誥刺彼昏,吟湘笑獨醒。吾居醉醒間,行行采真境。曾孫宴武夷,香芽發春酊。

閔雨三首

應龍倦作霖,抱珠日假寐。胡然牧之人,而不笞其背。鳴鳩如秦民,有口箝自閉。我恐大地焦,行使江湖沸。楓子與竹人,巫祝但兒戲。萬象慘愁色,千原斂生意。茂宰祝良優,處士束晢愧。閶闔如可排,借彼阿香轡。庶傾雨露膏,一洗青山髻。

其　二

朝聽鸛鳴垤,夜看月離畢。旭日與明星,何事當頭出。靈山河伯憂,大夫能共恤。況我農爲命,無禾焉取食。攝衣拜雩壇,當沐不遑櫛。日驕風無權,深復虞肺疾。嘗聞青蓮詩,風雨落迅筆。何不檄屛翳,使之還受職。

其　三

旱雲突中烟,拂拂火幟長。陰壑蟄潛雷,女魃恣游翔。下田不得稻,高田不得秔。髠木赭山骨,龜土坼陂塘。午坐如擁爐,晝出若探湯。峨眉有積雪,寒氣灑無旁。矜斯執熱儔,獨往焚中腸。誰能鞭陰石,炎海迴霜凉。雨工三十萬,力戰追愆陽。欸風鳴石燕,跋水舞商羊。閔雨復告勞,申此雲漢章。

送陳志華之官南都三首

憶昔燕市月,烏鵲照南飛。羅浮入我夢,梅花起徘徊。言笑乍云展,暌間行及之。浮雲立馬首,僕夫策其綏。胡爲乎八載,夢多見面稀。一見不可撫,醒夢是耶非。酒盡花無色，天風吹別衣。送子自今日，我夢昨留畿。寸心諒匪隔，形影豈云違。明月隨去住，處處托幽輝。

其　二

謝公有遺尚，謫仙振其狂。我欲寄一杯，酹之洗齊梁。惜別兼懷古，斟酌意何長。行矣無以贈，贈子鍾山蒼。鍾山青蓮色，千載業相望。我立太姥巔，攬接灝氣光。燕子磯下水，入海歸茫茫。

其　三

河洛昭禹功，豐鎬壯周京。漢臣初上日，衣冠拜孝陵。雙闕標牛首，王氣朝太清。棘署豐休暇，搛藻於天庭。堤柳太平綠，湖光玄武青。游人惜烟景，志士眷令名。鴻鵠思千里，勖子以遐征。

寄蔡體國

榴火濕猶燃，荷規柔競吐。是時祖帳人，車馬即前路。感此河梁心，轉誦停雲句。命爵影自淒，沉吟不能御。匹練何茫茫，吳門隔烟霧。出爲威鳳姿，處安澤雉步。翔沉理則然，勖哉保貞素。嘉樹各懷新，嚶禽儵念故。

出京別趙伯誠

乍出神武門，游魚初脫罾。獨有依依懷，眷然念好友。裂絹寫恨辭，落日射虛牖。與君結弟兄，事君知君久。貌短心何長，膽堅語難剖。夢閑蝴蝶清，機靜沙鷗偶。頗類蘇子瞻，好客恒蓄酒。十日九登堂，行炙酌大斗。摘蔬舍下兒，調羹閨裏婦。呼盧與藏鉤，佐歡何不有。彈棋苦未工，對君亦國手。沉醉發深言，唾壺盡缺口。蘭芷保其幽，冰霜怪獨厚。毋乃病相憐，兼之拙爲耦。同林忽分飛，五步一迴首。壚頭月色寒，去住各分取。一曲白雲沉，涼風動疏柳。

浮圖峪觀開礦

霜斧披地脉，烈火蕩平皋。劫運一以至，青山亦莫逃。鑱膚剮其骨，陰鬼夜夜號。精靈訴上帝，九閽聽猶高。日慘終風曀，豺虎負嵎嗥。飛翼而食人，膏脂恣唼嘈。追昔鴻濛代，睢盱謝塵勞。無端見可欲，紛梗如蝟毛。多智生廁階，賢聖即其曹。譬彼溟海沸，衝風鼓崩濤。天地既不仁，魑魅何釋騷。亦思正傾側，於世一秋毫。曼倩金門隱，嗣宗醉鄉逃。客難窮途哭，壯心何未發。吾師良有寄，漁父惟哺糟。南去及秋色，扁舟持蟹螯。

滁陽望琅琊山，時重陽前一日

何以平蕪中，突然踴空翠。登樓遠色開，秋水芙蓉膩。幽獨抱中嘆，意外佳人至。平浮波碧紋，仰指螺青髻。與我五岳心，合爲水乳味。陽嶠展霞姿，陰崖含澤氣。清暉生萬象，白雲流虛隧。朗朗記亭時，尚濕歐公字。良辰先入懷，落帽尋往事。來雁聚寒沙，晞陽暖濯翅。倦羽自知休，勞人寧不憩。寓形疾流電，取歡勿暫寄。籬花見古情，霜初共一醉。

彭城紀事詩別周伯瑾。伯瑾將入金陵，因懷張禮卿、李狷卿

昔我衝暑行，河干別子歸。今來子及瓜，黃菊綻東籬。稅鞅浣面塵，視謁倒裳衣。故人入我門，隱笑浮雙眉。顏鬢幸無恙，中腸各自知。蓄緒如饑蠶，未及吐一絲。初言道路遠，次言長相思。三言謝簪紱，青山同茹芝。草草申問訊，情親坐屢移。渡河就子宿，落日滿郊圻。秋色從樹來，蕭然下苔墀。行茶殊未畢，呼童滌酒巵。獻酬寬禮數，清論沁心脾。砌蟲含默聽，花塢暝烟遲。華蓋飄圓月，寒星掛檐垂。攀檐摘列星，明月墜我懷。置之衣袖間，滿堂自生輝。非子惜夜光，詎免按劍疑。露下疏鐘清，拂袖與子辭。子前握我手，胡乃易分離。三年一會面，開襟能幾時。感子纏綿意，停杯復重持。浮白間細語，搔首席帽欹。久留何益別，勿作有情痴。深酌輕愁魂，乘此赴前期。出門微醒酒，孤影照路岐。黃河蕩月色，衰葉怨枯枝。陰飆振夜籟，驚鳥鳴相依。浮雲應激響，城郭俄蔽虧。我其息狂言，有懷何處披。子行游白下，踏梅醉舊畿。彼美同調侶，倡酬弄

音姿。長鯨吞海水,珊瑚得者誰。

出徐州郊望

朝暉開衆妍,暢然幽懷豁。晴雲薄護山,青白相映發。遥峰稍露棱,近樹如擢髮。華旭斂暝霏,秀色浮天末。褰帷延虛翠,墮懷若可掇。長河虹左顧,激風晨夜咽。日射波鱗分,岸迴裾勢折。控險流峙嚴,交氣陰陽泄。魚鳥信天機,飛沈性自悦。勞役亦有涯,寤歌抒中結。歲落表松貞,言謝衆芳歇。

風霾

黃雲生烈飆,寒籟振枯林。驚塵吹霧漲,茫然結大陰。陽暉匿精景,萬象當空沉。衰葉鳴颯颯,如聞魍魎吟。乾坤不可辨,哀鳥遺之音。僕馬朔風中,只尺迷攀尋。持茲失路感,迴首南雲深。耳目有如此,未敢論天心。

車中塵不可揮,偶食一梨,心目交快,率爾言志

海嶠狎魚鳥,頗許得天真。未免饑所驅,靦顏走紅塵。重帷不敢披,氣短若婦人。輕氛窺隙入,爲我染衣巾。涉夢良易姤,耽曠苦未伸。安得萬里流,濯此六尺身。一啖哀家梨,泠泠爽心神。極歡何所事,取適即爲珍。執釁思就清,寒者襲文茵。在境無喧寂,觸懷有疏親。豈不慕火蓮,未能齊屈伸。迅飆落勁羽,急湍疲泳鱗。孰是埃壒間,頓然謝集因。味道當及蚤,升曦難重晨。就陰影無患,和光心亦泯。心影果雙遣,舍筏忘智津。

三山留別仁夫弟三首

稟生俱薄祜,蚤年失二人。連枝抱根泣,形影同一身。出門偕子行,有懷猶未辛。此日當別子,悢悢不能陳。欲去殊難甘,欲留諒何因。驟雨催飄葉,秋意浩無垠。誰知廢蓼感,愴茲臨歧辰。

其二

別緒亂風林,白日變暮陰。客行亦有程,安得久滯淫。朋離尚贈處,況此骨

肉心。且停駸棹色,一奏塤篪音。樹德勤爲寶,涉世忍無侵。好樂戒其荒,競辰良所欽。省括多弋獲,修綆以汲深。臨分出苦語,願子書之衿。

其 三

雙鴻起南服,一鴻逝北翔。一鴻方整羽,寒影未成行。念當首歧路,矢音以彷徨。彷徨亦何爲,六翮各自强。霜露養清德,常懷霄漢光。及此搏風起,相從之日長。鳴皋可爲誨,漸逵可爲章。貞禽有苦心,不肯謀稻粱。孤飛思比翰,努力摩青蒼。

芋源重別舍弟

賸余於江渚,踟躇語未終。落日被皋步,水木生秋容。怨長景易促,行行即西東。繫舟遲總轡,稅輿望掛篷。舟輿一何艱,載恨各無窮。含情强相謈,聲出淚已從。茫茫付杯酒,耿耿沉中胸。故知棣華感,凄懷百不同。浮雲黯無輝,仰眎高天空。

舟　　坐

獨坐愁相接,嘗聞酒可輕。未飲良先醉,醉後滋怦營。有如舊時鏡,一磨一分明。擊楫泝②長波,孤舟蕩靡寧。我懷與之然,臨風亂縱橫。深觀起滅根,乃與初生幷。此生亦緣合,觀空治七情。胡爲愛離別,中搖其懸旌。習習俱種性,槁③灰吾未能。更窮愁所際,與酒淪無形。從之勿重傷,聊復師莊生。

金　山二首

北山立水中,盤根何孤拔。頗如蓮花柄,修莖擎層葉。東流日夜撼,搖搖不可折。一笋螺髻寒,群甍蜂房列。安得捲秋潮,盡洗還山骨。惟許妙高臺,捫空弄華月。鐘磬度江風,燈火落濤雪。我狂欲摘歸,掌上觀翠叠。移向園沼間,盆景天然別。滄波失砥柱,江神恐不悦。置之令如故,配焦成雙闕。

其 二

神山冠鉅鰲,洪波春未休。偶飛一卷石,遂作此峰浮。長江白虹下,得之勢自留。浴骨不知寒,孤撐破斗牛。潮來若吞吐,雲起無春秋。日月出海門,紫氣近可收。鐵笛橫孤頂,響落萬里流。千花忽競沸,黿龍起舞酬。顧與山靈言,快哉御風游。滄海如清淺,挾爾歸十州。

舒尚孺譚長安旅況有作

微官徇小草,逢汝即連枝。孤鶴還依表,長安似弈棋。春花物色換,社燕主人移。奏賦功名薄,含香歲月疑。風塵騎馬少,朝會聽鷄遲。萬事爭新態,孤襟負宿期。前薪能免嘆,執戟敢辭卑。吊古金臺峻,耽吟白雪知。愁惟將酒敵,懶且付書醫。一語欣然處,西山自舊時。

病中約周伯瑾見過

閉户塵封榻,窺簾烏下枝。思君不見日,是我卧疴時。偶爾讀濤賦,因之疏酒巵。日和媚雲物,風暖度天絲。破雪山初髻,袖烟柳漸眉。此春如獨過,萬象亦相疑。

送張紹和

何哉韶媚節,而感離思音。送我同門友,春景變蕭森。中腸密難寫,哀弦語素琴。珊瑚避鐵網,海若驕玄陰。峨眉空見許,主恩別自深。天妒與人憐,此意兩沉沉。憐者諒云稀,妒者差可任。妒出亦妒處,芝荷慎滯淫。留君苦無計,托彼西山岑。西山自爲翠,不能控歸心。鄉遙夢欲隨,柳弱折①未禁。別難故在昔,遇晚匪斯今。稅鞅園林暇,命酹憶分襟。愷風自南至,以慰停雲吟。

張紹和自易州寄詩見答,盡次余韻,再叠送之

宿愁無處所,搖搖空外音。有如堤樹葉,逢春忽自森。涼飈展尺素,拂我龍唇琴。荊高所游地,寒色結晴陰。上有千古雲,虹氣貫日深。下有千古水,歌響遺沉沉。之子行其間,撫迹何以任?古人不見我,憑吊涕涔涔。百感寫之詩,哀

壯動川岑。因以寄所知,鬱陶共寸心。失路未足嘆,懷遠良難禁。人生顧榮名,而念去來今。生前一杯酒,達者聊舒襟。畏別不敢送,申以展轉吟。

送湯嘉賓册封淮藩稱壽二尊人

史載三王策,其文故澹宕。持節重辭林,横經輟虎帳。茅社典彌華,蘭陔思亦暢。之子老文名,而親容殊壯。十三載外臣,問年始艾上。事業鳳毛兒,隱德鹿門仉。法酒大官香,芝綸天光漾。將稱花甲觴,及此使旌颺。俸薄友亦貧,徵詩以爲貺。過里獻壽章,荷花照供張。遂溯大江西,展親達堯讓。囊無藩國物,圖有廬山䕶。五老結靈丹,麻姑仙釀絳。盡收彩毫端,并祝難老狀。宛水敬亭雲,相宜佐色養。讀此寒儉語,一笑釋鳩杖。

仲夏集劉百世鏡園得"鐘"字

驅馳意不懌,永懷五湖踪。練水西北來,穿城蜿若龍。送清歸太液,留爲兹圃容。睥睨當寒立,草樹綴葱蘢。空翠遥相答⑤,爽浮雲外峰。水木一爲美,兼之暢游悰。壺弈相間作,興到不暇慵。荷氣侵露坐,因風時一逢。磴轉隨俯仰,隱現波光重。歸鳥影夕湖,過岸發梵鐘。

湛園雜詩爲米仲詔作

石丈齋

此園爲石史,其長拜丈人。呼石石如答,南宫今不泯。開軒乃面之,偃仰共夕昕。自曰敦世好,諒由中所親。石豈有情哉?取友賞其真。真清匪在膚,蒼寒生遠神。有之是以似,不孤必有鄰。造焉心俱肅,主賓穆何分。二子皆湛勝,故園從其名。

石林

幽樹老化石,種石石亦林。霜飈净條葉,夫骨何蕭森。承露既欲滴,偃曝亦有陰。古幹苔所蝕,四時雲來侵。即此堪把臂,一酌會予心。

仙籟館

天人合爲籟,可以來飛仙。雪絲縆孤桐,中含山與泉。非弦亦非指,其音何處傳。欲彈忘舊曲,清風忽泠然⑥。

茶寮

好鳥鳴當軒,坐聽松風瀉。一盞發山香,煩襟散若灑。時起竹外烟,陸羽卧其下。

書畫船

大千曰芥浮,一室寧非舟。但有烟波意,即是物外游。圖書秩左右,招客泛其流。我醉了不辨,清夢落滄洲。推篷望雲濤,江天數筆秋。

綉佛居

幻出天人師,是否表空色。佛居既借綉,汝居復借佛。人境俱遺時,嗒然名何物。欲辯不能酬,惟言嗜米汁。

竹渚

日之春夏交,訪子步幽庭。紅藥何易謝,叢篠苦難青。亡何而再過,檀欒翠已盈。非不歲寒姿,違時耻獨榮。疏渚引溓漪,映帶有餘清。竹得水爲妃,眉目濯秀明。穠陰藏語鳥,泉響相間鳴。往往碧浪邊,時與幽香行。身寒族能茂,好事主人情。

板橋

稚蜺下飲水,橫立澗之腰。水盡有佳境,白雲遙見招。偶隨鶑一往,苔痕過板橋。

水檻

因水以爲檻,俯之鑒素練。涼氣上人衣,人影在波面。萍動一以分,魚行皆可見。

無漏池

愛此功德水,一勺天光涵。涼月生片白,柔風熨淺藍。橋檻俱取之,一景而分三。其字曰無漏,因以喻不貪。

　　　　敲雲亭

仙人耽坐隱,山河橘之腹。橘熟難久居,騎龍入寥廓。未如此虛亭,葱菁迴萬竹。不知何處雲,來作亭中幄。拂局光乍流,收枰影漸薄。隔竹不見人,但聞子聲落。

　　　　曲　水

即以竹渚水,決之而使曲。於焉行羽觴,修禊有深托。墜葉爲之舟,飛英泛寂寞。臨流漱餘酣,飄颻與人逐。酒池矢拍浮,水亦化醽醁。

　　　　松　關

勝地斷復引,蒼松立作關。爲延風月入,不放烟霞還。闢扉豁然殊,飛樓掛眉端。流水不肯住,穿籬過潺湲。人靜蒼苔長,松花落門前。

　　　　花　徑

春色繁深徑,試屐傍花行。枝鬚冒巾帶,時復爲小停。蜂蝶紛喜事,撲人亦不驚。閒從雨中過,香濕更多情。

　　　　飲光樓

危樓憑虛起,以手捫穹蒼。披襟承華旭,爛然飲其光。明霞擷不盡,餘綺宿楣樑。目勢聊以極,俯矚城闉長。其中乃深靚,皮書儼成行。厥兼曠奧致,斯美不可忘。就之翻二酉,摘星以爲糧。

　　　　猗　臺

昔從諸子游,告歸臨上馬。眷此月色佳,登臺重命斝。金波斟酌之,留連不能舍。臺據樓之偏,而景各別也。累址儉三休,遠收盡郊野。雲物各自獻,誰爲遁形者。烟際翔雙闕,樹杪浮萬瓦。西山秀芙蓉,紆青來睫下。天幕澹四垂,蟾鏡虛叵寫。凌風發長嘯,響狐和亦寡。

　　　　衆香國

鼻觀得衆妙,遂現香積境。微颸韻何悠,高露氣自警。出入驗中交,泠然⑦空根境。發茲清淺機,忘彼生滅影。聞香爲佛事,無言有玄領。

　　　　蔬　圃

偶讀《閑居賦》,灌畦學種蔬。層臺傍帶之,可騁游目娛。微雨夜來足,青葉隨風舒。元亮摘園中,酌酒愛其廬。風味何必減,看竹飽有餘。

題孫從道小像二首　畢孟侯見索。

因甥以知舅,因畫以知真。孟侯爲我譚,遂得此君神。能詩而好事,鑒賞妙絕倫。巾衫隱者服,直結物外鄰。蒼然千古色,洒爲松風春。笑語寄情性,蒹葭想伊人。高樹蔭苔石,渌水净無塵。入畫使人遠,何况日相親。

其　二

虎頭貌幼輿,置之巖石裏。之子丘壑姿,其圖亦如此。仰首睹青雲,自言不遠矣。試茶露潑花,吮墨風行紙。鄉里之雅事,圖中何缺爾。清尚匪物托,中懷各有以。不見枕漱盟,誤者翻成美。夫乃韻超故,顧盼皆可喜。山水良自佳,要不負山水。

法華寺南軒社集分賦,得銀筐插短荷二首

蓮舟喧艷曲,黄手折纖莖。疏英含尚稚,柔芬鬱已盈。情知物故重,誰忍置時輕。剪取銀塘水,奪將夫人城。顧盼千金笑,提攜七寶擎。含暉如未摘,照影欲添清。臨風掌上舞,帶露月中行。何惜辭根蔕,常思畢死生。阿嬌貯金屋,長門泣夕扃。妾懷正如此,君意詎分明。

其　二

楚客緝荷裳,薜荔似幽賞。胡爲乎泥中,承筐乃金享。良以寵不驚,居榮亦蕭爽。仙人倚瑶臺,苕苕凌虚上。擢淤元靡染,席珍詎所獎。朱門如蓬户,達者寄偃仰。

題耿文選尊人侍御卷

松心無歲寒,碣石砥迴湍。直哉耿御史,大節與之然。權門自炙手,際之如冰山。善人方在患,我饑不及飡。進有榮路殫,退有斥仗愆。而能於其中,獨伸侃侃言。譬彼丹玉碎,寧改赤與堅。隱矣焉用文,司徒發其潛。人往氣猶生,遺

馥付階蘭。志士矢忠孝,非以券責天。不聞凌霄姿,肯作藤蘿緣。援筆風霜起,慷慨命茲篇。

我言六章爲王木仲太史雲來亭賦六首

白雲四時佳,悠然與目遇。何事媚孤軒,良以幽人故。松濤散綠陰,鶴笙出蒼霧。我言此虛亭,即是雲生處。

其 二

海岱青不斷,流霏宿華棟。爽氣撫琴來,寒影引杯送。枕上濯餘清,泠泠⑧作仙夢。我言雲可餐,差足亭中供。

其 三

主人時出亭,閑雲只依然。忽復懷舊隱,秀色浮睫端。新詩寄卧游,如畫收遠山。我言此雲亭,日日在君前。

其 四

元化釀氤氲,因風還異姿。觀此悟無住,空色二俱非。鏡象不可攬,被之自成輝。我言此亭雲,到處與君隨。

其 五

坐亭而招雲,忘身已雲際。但有烟霞心,能含鴻濛氣。去來兩依然,靜者得其詣。我言金馬門,君即卧雲地。

其 六

抱石亦非幽,結市亦非艷。出岫亦非淡,作霖亦非釅。卷舒若有期,生滅曾何念。我言君歸亭,相看兩不厭。

還青亭 爲方侍御賦,亭即侍御大父所構。

仙人騎箕去,亭館尚在茲。繞檐太古樹,皆作虬龍飛。藤苔蒙翳之,鱗髯縱橫垂。清陰灑百畝,雲日相蔽虧。憶昔萬木中,孤卧挾琴時。文禽囀新語,水蘗退故衣。風景猶可撫,而今人已非。往往空山夜,時有鶴來歸。萍影□碎月,濤聲戰寒颸。佳氣餘喬木,秀色發孫枝。臺柏豈不茂,松區懸夢思。遂憑化工手,寫出幽林姿。烟嵐生羽翰,蒼蜺行相隨。急若臨軒坐,藍潘浸鬚眉。舊硯拂餘塵,慨然念先詒。三嘆謝康樂,追吟祖德詩。

賦得從軍曲五十二韻

少年輕遠戍,駿馬飾金羈。應募投飛將,論交結俠兒。一言心已許,九死命堪遺。不分邊烽急,惟將匣劍麾。封侯酬燕頷,別婦泣蛾眉。拂袖去何顧,戰場甘若飴。單于思獨取,士卒笑相誰。鹿塞塵驚眼,龍城冰裂肌。晴沙黃日月,炎雪白旌旗。磧草無春到,關鴻有夢隨。凍雲停自立,寒酒醉逾醨。楊柳笛中見,閨砧角外知。骷髏啾夜冷,燐照出陰遲。鬼乘怪狐狔,人言異獸疑。嚴風金柝斷,苦霧鐵衣披。行必絕天漢,歸當飲月氏。雕雙誇捷落,贏六誓窮追。插羽精開石,揮戈怒挽曦。兵符師豹略,陣法祖魚麗。泉逐刺山湧,烟沉穴地炊。鷹揚先以伏,兔脫孰能持。圓暈弓浮影,清霜戟透枝。挺身先擊蕩,飲血厲瘡痍。敵盛纔生膽,軍危每出奇。燒空流電火,撼谷發雷輜。殺氣居延震,呼聲瀚海欹。長星連昴掃,太白食輪虧。殊域築京觀,名王入繫累。射妖梟厭肉,服猛虎輸皮。鼉鼓飆增壯,烏章虹下垂。書功常借客,俘寶恥分貲。張幕受降地,開營痛飲時。神靈恢廟算,宴喜備官儀。香鼎氈氀暖,華燈匼匝施。戎裝依帳舞,凱奏雜蘆吹。貂帽伎行爵,琵琶樂炙絲。羌雛戲宛轉,夷女曲侏儂。朝踏明妃冢,暮過蘇武祠。蹛林校獵囿,鹽澤洗兵池。雜虜爭羅拜,諸軍但飽嬉。斜陽數禽返,秋色控駝騎。橫槊豪能賦,割鮮欣互貽。谷量收六畜,草偃靜三陲。斗柄翻南指,王程遂北移。漢家賤酥酪,胡苑哭胭脂。露布群工動,天顏一粲怡。蒐苗修振旅,競病詔陳詩。蒲伏釋屠谷,藁懸徇郅支。置顏表朔戶,鞭驛俷重埵。盾鼻驕磨墨,刀頭喜及期。形圖憑聖主,肘印報名姬。從此燕然上,人傳第二碑。

月夜懷京中諸友

鴻雁將秋色,遠從薊門來。寒影過東籬,菊花為之開。蟬晚抱枯枝,遺聲惻以哀。天際夢好友，停觴起徘徊。暝雲吐佳月，流華泛庭階。以此君子光，照我幽人懷。坐惜含珠蚌，望望欲成胎。

出　濠　梁

郵亭臨水路，停車即問津。晴曦散薄霜，寒色静浮塵。樹無留雲葉，波有扇颺鱗。游魚赴午旭，泳唼若相親。楫聲蕩人影，方躍倏以淪。感我丘壑心，眷焉追伊人。莊惠擊辯鐘，微言動風斤。執骸皆相物，通照亦何身。悠邈逝川意，濠上爲重陳。觀化去來兹，釋微形影神。雁候忽遺音，崖落露天根。投岸仍棄筏，真懷曠無垠。

題沈孝女卷二首

冠烏翔不集，蘆花風渺然。云何覩曾閔，婉婉笄黛間。斗玉降醇氣，寶婺燭其偏。儒風雅所被，女則良獨閑。黽勉毗君子，義規相往旋。別席匡乘龍，掩鏡隻哀鸞。禮宗圖敬姜，辯嫌師昔賢。葛覃孝靡衰，寧親詩有焉。茹蘖中自辛，破涕怡嚴顔。貞松凌雪易，弱草酬暉難。忍疾謝盧扁，含欣向重泉。椒馥先秋隕，珮音修夜傳。丹床子靈砂，虬鐘母銅山。乃知真儒教，一室風八埏。芝醴孕元和，何言無根源。

其　二

俯仰千載中，彤管羅女英。節烈不給書，於親或寡稱。沉江吊曹娥，伏闕思緹縈。斯皆未歸者，僅以一節名。女子既有行，終遠父與兄。此語恐未然，恩義隆亦幷。肥泉赴遠壑，誰顧源虛盈。心蘖苟以薄，百行何出貞。變彼蘭閨秀，終慕致其誠。爲婦如爲女，尊章無間聲。清飇灑慈竹，華月照霜棱。忠孝誼在敦，哲訓明且清。嗟嗟賴君寵，忘報祇徇①榮。激兹慨以慷，矢歌揚天經。

秋懷五平五仄體

取適豈有寄，觀空良何營。淺酌偶一醉，聊披紛然情。覺後見獨影，佳禽枝頭鳴。露下病葉脱,崖枯新痕生。物理盛必落,因之中懷輕。古柏表勁色,蒼蒼寒彌貞。浩嘆倚薄暝,疏鐘流虛楹。缺月散遠水,來鴻弦哀聲。晏歲執與晤,高軒秋雲平。菊晚漸放矣,東籬招淵明。

別鍾伯敬。時伯敬有蜀行,將晤曹能始,故末及之

千萬尚買鄰,何幸居相即。密意未能申,各爲將行客。遵途我當先,春雲暗離色。披霧與染香,不言氣自襲。去去落風塵,寤枕失仙宅。子有漳濱卧,而我王程逼。造物善妒人,河山在咫尺。雙星曠無期,徘徊一水隔。嚶鳴説芳辰,因風嘆乖翼。弱柳私自寬,臨歧免攀摘。峨眉蕩月波,閩海夢相憶。子行見曹生,爲我道疇昔。

古意贈伯敬

兔絲故無根,茯苓寢其陰。歧形氣相求,有如磁吸針。泠泠七絲手,而寫山水心。心手我非彼,接席阻重岑。異哉鍾子期,臨聽得高深。知我勝自知,此意邈沈沈。寂寥千載餘,乃見中郎琴。爨桐鳴不平,感激有知音。枯木尚能語,何況弦上吟。二子雖先後,其事無古今。山鐘響遙答,可以喻寸襟。以鹽投水中,中邊誰能尋。

趙清獻祠中有述

廉夫拜公像,與公告天似。頑夫拜公像,不言顙有泚。歧路疾其驅,辨之鷄鳴耳。我行夏徂冬,兩度伊畏壘。挈家煩郵人,難追琴鶴軌。童奚謹勿喧,恐宿明神耻。嚴霜老梅韻,吐雪兩三蕊。涼飔匝樹來,白雲沉欲起。酹公不敢酒,薦茶而已矣。薄暮告饑劬,厨虛難相理。地主過尊醪,榼蔬潔且旨。一醉答深情,隗俄燈影裏。山妻易簪珥,飾髻遺稚子。檻月回夢清,二事當懺悔。焚香盟祠前,去飲蘭江水。他年重拜公,解裝薦蘭芷。

發江州,夜至黄梅

驅車出潯陽,截江信短棹。投岸即分鄉,遠雲連廬嶠。古徑沿溪曲,旁帶恣

情眺。濕翠上人衣,汀禽時一叫。宿雨化沮洳,寒裳苦濘淖。晷短知途長,暮色迅相紹。馬嘶渡暗流,人喧競殘燒。山吐二更月,初光僅自照。漸高始改白,熠熠欲流燿。野曠生悲風,唶焉發長嘯。嚴氣薄車帷,役夫況誰勞。

武昌寄鍾伯敬二首

陌柳照離觴,意多語難竟。長途讀君詩,謂可佳晤並。昨問陳季琳,別後君善病。風貌良清癯,兼之苦吟咏。聞有耽詩人,惟以詩爲命。三日輒諷哦,面目憎青鏡。爲病復爲藥,二端說孰勝。余也木強人,誦詩昧從政。于役君子邦,事賢有天幸。遥遥楚江雲,夢寐蔣生徑。世法成憔悴,九月枯荷柄。安得接清言,洗我塵中興。洞庭雲物佳,澧水蘭蓀盛。坐邀豈所宜,萍逢恐未定。

其 二

江州見曹生,言君多素風。疇昔訂佳會,武昌明月中。新結潯陽宅,驅車未能從。有言固不食,其事乃從容。勝緣良有待,春燈徒自紅。

五日述懷二首

日月臨楚節,慨焉念騷人。千古沉痛事,至今爲佳辰。樓船闐柱渚,簫鼓韻虛津。獨醒招不反,且復醉其醇。前者拜屈祠,老屋生苔塵。《九歌》屢及澧,澧則愧纍臣。常恐月黑夜,沉魂愁不春。時雨及秧候,農報庶可申。

其 二

種蘭未成花,三嘆沐芳吟。醫病不醫懶,采艾空盈襟。是時宿雨收,葱倩媚園林。歸雲吐異態,晴鳥揚新音。欲言無與晤,漁父隔江潯。灼灼交窗影,榴火耀庭陰。流鶯亦見勉,有酒姑酌斟。得序物自然,枯菀彼何心。

端午後一日寄鄧玄度

節物太關人,始知身入楚。楚客負楚游,事過空追撫。六日鶯花閑,騷魂無處所。書從玄夷來,猶挾岣嶁雨。所缺岳樓詩,君爲束皙補。一讀一泠然,湖山天仰俯。嘉辰乃當茲,續歡徵綠醑。子瞻改重陽,中郎展端午。今曩托深心,明月在湘浦。

遥送鍾伯敬還朝五首

一官是何物,而能與君乖。曰邀嵇康駕,其事竟未諧。僕夫戒首路,青絲白鼻騧。躑躅鳴北風,寧顧澧水涯。蜿蜿淵中龍,啣燭翔天街。因風作白雲,萬里與之偕。白雲亦有斷,不如居者懷。中懷日呆呆,寒空收霧霾。

其　二

衆鴻皆南征,胡爲子北發。馬頭立凍雲,流作槎樹葉。沙霧忽橫天,着面風刀刮。勞役饑劬中,詩聲金石戛。溪刻奇窮事,入畫成清絶。以喻君子心,近寒不近熱。長安自喧衢,閉户雀羅設。人海易藏身,奇士恣攬結。我居十五年,緣熟夢難歇。垂柳高梁橋,新霽西山雪。凄清亦何言,但當托霜月。

其　三

是時菊試花,風香散幽畹。最宜蕊之疏,更得開能晚。吐氣嚴霜中,不受紫紅涴。對菊讀君詩,與君何曾遠。君行見北梅,應記南枝偃。梅白菊則黄,正色安可反。物意隨人巧,變容工繾綣。何得草木心,不移寒與暖。

其　四

種花常苦瘦,見僧常苦肥。學道常苦黠,涉世常苦痴。平生所作業,安能與願隨。當其未臨局,古人豈足爲?及乎領一路,往往事多非。陽侯捲我土,萬波俱怒飛。金錢不在手,雪涕問溺饑。命薄宦宜窮,何意累旄倪。所懷良以多,退鷁因風違。寄口既含吐,寄影亦參差。獨有眉相識,語君君當知。

其　五

人生惟師友,千古艱一遇。子有雷何思,吾有黄昭素。《九辯》招屈原,如何乃同賦。造物惜奇人,收拾太匆遽。岷江蹴天雷,西陵激餘怒。獨上吒鳳山,倍感求鶯暮。良友欲從之,江天渺雲樹。在楚難復難,況今薊門去。夢翼隔天閽,相尋恐迷路。開卷見《離騷》,共君嘆息處。雙星本同光,豈待鵲橋度。子行謹厥躬,嚴程衛霜露。白石青青松,歲寒不回互。

鍾伯敬書問予近狀近作,賦此答之四首

求子於長安,長安不可得。昨有竟陵鴻,倉卒忘書尺。今日手子書,垂楊風反側。書來即子來,江天照顏色。平日煩與憂,尋之了無迹。片月開雨餘,蒼山洗寒碧。

其 二

臨水知影勞,澧上發斯嘆。行行五溪曲,頗懷九畹蘭。如涉青柯坪,來險失前艱。良哉安心法,習苦且消閒。子以詩爲課,其勤勝業官。而我癖懶墮,但覺觸途難。從今所作苦,一以吟境觀。

其 三

千五百里外,鄉書亦難期。郵符生羽翼,遣人猶苦饑。甓甃一蒼頭,攀折萬山厓。重繭何所急,前致長相思。乃知有心人,無事不造奇。詩與人相似,矢口無近詞。久矣予音澁,三讀中自啞。之子善解嘲,蚤晚迭爲之。朝野各天性,先民不予欺。松桂有成言,遂初豈云遲?

其 四

三苗苗所宅,二酉仙所都。仙人不我接,乃與修羅俱。夕爲鍛戈甲,朝爲樹蝥弧。俸入隨手盡,安能瞻妻孥。賦詩以退苗,仰天笑何疏。以此日舐筆,草檄頗有餘。子無頭風疾,何用此物除。相子真仙骨,片言襲氣初。夙懷苦泯默,冷風一濯予。雪山非不清,過寒難久居。清濁出語異,蟬蚓隨所如⑩。

園梅兩月三花,相次各二十餘日而代,其當有意耶?梅德不可以先後、多少言也。漫筆賦之,洒然成章

道勝無喧寂,梅心是則同。不然兩三花,何以立嚴冬。花花不相待,各能警寒空。空香難辨界,妙氣含蒼濛。即爲先天雪,懷哉太古風。若以眼鼻取,多少

俱有窮。貴少偶然爾,多豈不足喜。時代與差數,非所評曠士。破雲暖先催,照水寒徐起。暖寒花無言,冥此陰陽理。尚不可親疏,而況輕倫擬。及子成素交,弗告予永矢。

歲除日雨

心與夜雪期,晨枕警所聞。餘燈交曙影,來意暗絲紛。辭寒若無漸,取暖亦微分。歲事相賓朕,當此物芸芸。遂灑朝烟淡,稍減市聲殷。乃知造化静,節我人生勤。豈徒滌衆緣,且以冥高雲。鳴鳥何所悦,幽音感其群。動息一清中,繁萌不待耘。

守歲

臘去固無家,春歸詎有路。共此寒更中,而以分初暮。游人競懷新,君子重念故。故園與故人,耿耿中默晤。并入故年心,燈光相翳吐。鳥夢不能成,往往人聲誤。殘雨在疏林,微鐘發高樹。何處清夜香,來答幽人賦。

元日獨坐對雨

昨雨午能解,晨清乃滿林。綿綿或間之,以斯即舊今。惟有薄雲色,猶連隔歲陰。諦觀今昨事,豈殊光與音。大化雖密移,續痕妙難尋。日月無改轂,多此新陳心。所嘉時物啓,眺聽反幽森。浮塵既以斂,群動亦向沉。起滅失端委,誰知四序侵。微哉陰陽淵,養此靈根深。

二日冒雨訪客有述

不爲前朝客,兹辰當掩關。新烟雖窈窕,舊雨尚潺湲。偶爾衝泥出,如從行役還。溜渠喧決瀑,屐路厲登山。樹抱巖容没,苔含春氣班。林陰言鳥寂,檐影憩人閑。童覘花能蚤,農歉麥未慳。宜晴書懨恍,飲潤物飛䴉。柏翠香猶滴,椒紅濕更殷。豐年或可卜,餘酒且開顔。

月初八夜。

此爲新歲月,相見是初清。雖踐經年約,猶遲數夕明。與春能共到,是立春。含意果難輕。稍露桂輪半,來終轂日晴。水光方委地,山氣欲浮城。惜照還孤影,忘寒過三更。余懷一以遠,客感未遑驚。非不同欣賞,幽人別有情。

蔡啓昌寄山水貳幀,殊有佳致,爲賦畫理廣之

琴中譜山水,可以益其清。何有烟霞士,而無枕漱盟。疑君兼性習,意匠淡經營。造化所應有,陰陽不敢爭。入心必雲想,忘手始天成。妙使形神奧,深看喜怒生。二儀時各貌,衆壑夜能聲。余計終嘉遁,圖中既見迎。光明聊助發,興象好求精。衰矣堪娛老,微哉亦托名。

春發辰州

蚤春如晚秋,衰榮意相半。而所不如者,蒼嫩微有間。萬情歸少年,稚齒發微粲。睡醒分未分,迴眸髮凌亂。庭樹足華滋,郊草多未換。豈其造化心,幽崖而獨緩。茂落相遲速,長門閲歡怨。毋以黃鳥愁,但恐子規嘆。

雨

時雨勖惰農,申之以布穀。喜色在原田,泉聲如相諾。水卉共一光,娟娟展柔綠。雨意無驕吝,霈灑徐而足。樹石皆秀妍,精神警今昨。無言而有獲,悟容靜可掬。遠山明滅翠,淡淡輕烟幕。涼分異采流,净引新香肅。耕饁歌互答,自寫中所樂。獨有行路險,役夫苦彳亍。以爾疲肩趾,而我娛心目。赤日蒸流塵,告勞非此獨。

雨餘

雨去水光多,虛空有餘濕。村屋净綠中,炊烟不易出。寒氣壓氤氳,化爲停

雲密。浮烟無堅容,陰靄留其色。一室雲久之,疑有公超術。水火相制伏,可以悟仙質。

晨發書所見

晨靄先東旭,川原自虛盈。目寄遍歷歷,意收逖冥冥。連山皆水化,俯地即天并。萬形不可詰,高下雲所平。蒼影微茫出,稍與白光争。少焉日遂出,餘雰以漸清。一氣消息之,有無非滅生。陰陽既相讓,流坎得故情。

答別鍾伯敬兼及譚友夏三首

離合深淺情,神理爲之緣。子之有黔役,豈予意所先。念離五年後,念會三月前。兩念無乖痕,有物中綿綿。償以三日語,所含竟莫宣。希音語默外,依約留其間。衰草隨歸路,灘聲積去船。何以通醒夢,月照滄⑪浪天。新想可當晤,故書可當言。霜風吹鴻影,去來迹則然。

其 二

四氣爲我感,微者莫如秋。高清歸物根,觀象無滯遊。梅花與芙蓉,秋心亦所留。黃菊開未開,於此可精求。古人所難語,文石通其幽。贈子朝夕之,有秋來相酬。

其 三

壬子登崟⑫山,甲寅簡譚生。再覯子乙卯,在楚三者并。寄心何所寫,露蟲偶一鳴。空水兩無響,有時觸而聲。

飲譚友夏於虎溪山,友夏留宿,詩往問之

夜雨鐘不濕,爲報朝山晴。江光導郊遊,知予愛客情。高春霽景積,歷寺取孤清。客先主人往,携眺萬井明。烟細溪容靜,嵐收山意輕。心目既有獲,幽對衆妙生。大言與小言,栖禽不我驚。杯行忘深淺,堅坐醉春星。主歸客庵宿,一笑廢將迎。虎溪如虎嘯,雲流洞壑聲。山川媚新爽,晨昏變各呈。不知燈梵中,

深領亦何名。

與友夏舟覽，即以爲別

暮雲離前合，微雨續殘霽。既戒沙外舟，先訪烟中寺。俯屣循樓徑，搴虛折山勢。江光豁然分，几席留幽氣。因而就榜人，恬目覽空翠。山花隨岸移，密疏各點綴。舍檝攀雁塔，高深庶能備。蔬畦同一青，白花界其隧。樓俯眺何寬，塔孤心稍邃。物理變人情，妙在非思議。群象隱見中，微茫有月意。歸纜趨岸火，旅泊同初至。念子後夜帆，即是今宵事。山川與古人，立譚未云閟。南岳洞庭觀，予懷亦非異。

貽友夏犀杯

文犀吸月光，深心酒相託。珠果何年秀，蒼藤護綽約。栗鼠豈聞香，仰喞聲如落。果氣因酒發，月支泉未涸。可以醉韻士，初古共斟酌。

別徐宗孔

日月迅雙鳥，離腸夙夜抽。征途展良覿，荷颷相獻酬。愛子淵以博，江河無細流。妙象閱今古，寤寐於黎丘。褐壁雖未剖，其氣已虹浮。寄之園林築，位置俱能幽。古來經濟人，近略具遠籌。子神若春夏，紜紜物來求。香茗理微言，泉涌忽而周。能令虛聽者，懷來喪所由。行行將去子，耿然心目留。江聲送落日，禽魚含暮愁。風露變夏蟬，益子以清秋。

風木存思卷

飛雲無留意，灌木餘蕭森。易圖月下影，難取風中音。何哉觸斯卷，謖謖行秋林。埋玉不埋氣，怒籟激哀琴。終古孺子哭，如聞攀柏心。聲泪俱盡處，空響有人臨。碧以杜鵑血，絃以烏烏吟。病葉易爲霜，虛彈下驚禽。同是苦寒客，自然感嘆深。

秦伯起比部有詩枉贈次答二首

是鼯自能窮,非鴉焉取嚇。大夢浮皆雲,小隱堅乃石。猿鶴慰歸遲,惆悵微有獲。獨醉惟偶影,倡予望將伯。空響谷訇然,惠我以屨迹。久別同初交,秦庭歸趙璧。送迎僮作杖,抗言今移昔。三嘆天妒才,世眼何青白。安窮賴苦吟,譬醒以酒醳。子踪孤如僧,予意寒如客。

其 二

貞禽無廣願,受憐寧受嚇。在群易見疵,孤情歸雲石。造物豈制人,任心多創獲。予即鑿坏徒,子其吹塤伯。山門五月秋,留此雪鴻迹。雨氣散花香,受凉如受璧。物化互相閱,經眼忽爲昔。感慨發幽悟,松林月露白。吟懷澄吹籟,茶理融醍醳。山川相與言,未曾見此客。

吴生以扇索題,信筆勉之

朝光開群動,飛鳥各有營。雖小可喻大,瞿然觀其生。天地有不朽,所寶非浮名。投綆千古泉,汲之惟深清。承蜩萬物遺,削鐻鬼神驚。用志苟以分,安能獵至精。覽秋多所警,華斂獲堅貞。山水通靈魄,月露湛晶熒。燈火葉聲中,一洗讀書情。

答伯起見懷之作二首

謂子鷺門遊,而守家園熱。熱序生蚤凉,風雨秋騷屑。我爲荔枝歸,濕多嘆香劣。況與故人乖,妙音中間絶。雖營邵平瓜,未解馬卿渴。褊性托幽栖,世法勞磬折。瓠樽良可剖,蘭芳未遽歇。以此感同心,不忍参辰別。重逢歡初見,牛女先令節。河漢亦有梁,婉孌紓中結。流景惜葉飛,孤懷貞柏悦。昔者風雨辰,鷄鳴無晦輟。

其 二

有懷豈不勞,冰火互寒熱。在曉追昔晤,佳言吐霏屑。猶恐泛愛中,安能顧薄劣。春蠶感物化,吐絲終靡絶。喻我君子心,未曾異饑渴。月梁每同夢,疏麻亦共折。露蟬響初淒,螢火流未歇。信信弦望期,沉沉風雨别。聚散視陰晴,成言赴秋節。雨以發離聲,晴以申盟結。夏晤暑亦蠲,秋遊爽可悦。埋質夫苟存,風斤諒奚輟。

楊修齡先生自黔中遠寄書問,不勝感嘆,得古詩一章

空谷希近音,叩門萬里使。倒衣驚往開,拜手西方字。行行七紙餘,猶含未申意。問其何所言,不及細碎事。雷雨開甲拆,微哉作解義。調心紀淯雞,馴我虛憍累。次則書畫船,賞音與標置。因友以知師,不忍遺文墜。元氣所呵噓,蒸菌出靈卉。袖之光怪多,頷珠摘龍睡。是時秋色新,露桐洗暑氣。黔月照閩雲,風隔來不易。内省槁木姿,所乏桔槔智。衆殺博孤憐,夫豈有痂嗜?美人立我前,微詞慰交臂。懺恍拭病眸,乃定非夢寐。感此涕汗俱,誦信心如醉。星河漸欲白,牛女炯相睇。集枯曠人懷,引疵窮士志。草木各有秋,誰能怨霜悴。

自　　警

瞋火之所焚,星星爇海天。長以護名心,抱薪救其燃。飄瓦徒風怨,彈珠昧鵲前。十年學守雌,一決矢辭弦。返觀何有我,如風吹光然。醒喜亦云晚,舌駟追莫旋。名與身孰親,慚彼忍辱仙。欲懺修羅業,所歸蓮花禪。孤枕秋風雨,洗心清冷淵。

答楊文弱户部和來韻二首

中年快參遊,於岳尚缺五。畜兹曾峨懷,異人庶可睹。江吐善卷山,沅湘繞其右。真宰搏妙明,磁鐵氣相取。我橫武溪笛,拔出烟嵐户。蘭颸灑芝眉,懺恍接初古。維我輕鷗舟,置酒青蓮宇。夏色爲蒼涼,竹松陰綠雨。鋒觸塵不飛,澹拂蜻蜓羽。如嘗桑苧荼,真味非甘苦。微哉師造化,天機失葉楮。結精不可朽,又譬陶家土。分首夢路紆,良遊武夷補。巖泉皆靈慧,通之竟以魯。仙山與若

士,韻契同水乳。霜鴻有遺音,光華借草腐。迸血復點頭,頑石人耶虎?佇立欲何言,烟洲寒宿莽。

其　二

名爵奔英雄,骰選笑格五。拂衣賦歸來,世事大可睹。蕉鹿夢疑醒,角蝸左戰右。寵辱驚我神,唾棄不復取。神珠澄濁淵,了然陰陽戶。萬劫同不移,識新友爲古。永懷人外契,未隔區中宇。安得共虛舟,簑衣釣江雨。水弱有沉毛,風強或退羽。蟲蓼與蜂花,誰能辨甘苦。漆簡未云窮,空山哀兔楮。洙泗流衰周,蓮華出濁土。遥哉缺陷天,不許風媧補。子瞻折肱慧,生兒祝其魯。大有吸露人,不飲聰明乳。何以嗤蛣蜋志,膚立骨先腐。巢欲署拙鳩,軒惟構説虎。寒丘一以眺,萬松如平莽。

喜得阮集之用楊韻投贈二首

月影吾三人,猶慚有友五。楊子以君來,幽契霞外睹。芝田挺瓊麩,秀掩棠枝右。散懷酌玄黄,靈厚恣所取。蒼蒼俯蟻穴,不知何門戶。惠而賦同車,此事快終古。離離霜析林,淰淰雲承宇。錯落大小言,海天走風雨。悚然丹洗魂,豈特霧養羽。淺人安率然,匠心畏其苦。望厓今自返,摇襞懺毫楮。埋鼻欲受斤,喪足如遺土。文章山水情,缺緣互相補。千里吕攀嵇,一變齊企魯。共晞扶桑髮,渴則杓天乳。女蘿托松年,未甘日及腐。南華諧鶂鵬,東方釋鼠虎。長嘯鸞飛霄,吾衰臣草莽。

其　二

佳會不可思,晦夕望三五。抱影吟寒廬,蕭懷寄聽睹。屐路山俯仰,茶鐺泉左右。茫茫黄與虞,榛塗誰能取。君子秉遐尚,披蓬啓雲户。獨立而見招,含情渺今古。衰俗吾無慚,紫芝覿眉宇。海氣冬爲秋,葉下風林雨。橙橘耀霜紅,文禽炫其羽。譚深杯易淺,餘甘發清苦。罷官萬緣輕,稍未忘墨楮。竊比蜃吐霞,終哂蛾丸土。詩書隔面譚,勝友話言補。雕蟲亦小技,深衷在鄒魯。周公如不夢,仙才營鐘乳。慎旃珠彈鵲,懷骨爲名腐。纏識自繭蛾,玩俗空綉虎。粲卉各言春,寒事同枯莽。

寄鍾伯敬

遠書將拜手,花外叫黃鸝。念別知何地,含情即見時。臭蘭非默語,呼馬任狂痴。白下事佳否,黄初詩過之。春尋當酒半,夢淺赴江湄。許我頗從衆,思君懶對誰。解官忙尚在,抱子累應隨。山水待多暇,香光及未衰。齊心群與獨,閲古悟兼疑。佇立蒼蒼暮,雲開雁去遲。

張紹和偕計北上,過輪山賦贈

山水與朋友,望君同此情。驅車何日晚,出岫偶雲行。懷寄自今古,話言皆弟兄。珠連星問夜,杓轉斗當城。酒蟻暖銷燭,潮鷄寒報更。仙才輕玩世,吾意惜尋盟。劍作合離色,鴻關去住聲。荔風推晚冠,梅雪伴冬征。駿骨金臺貴,羊裘釣瀨清。儻酬知己問,賣藥久逃名。

歸途有懷,寄觀會林婿訂其來期

三年一客路,懶氣驚彎罄。歸心如夕鳥,隨雲赴林薄。人事擾營魂,一枕甘所托。雖爲朋友行,未免性情惡。默想今夏秋,往來子頻數。致此爲貧家,桃葉滯歸卜。少壯固所輕,蹇拙能無怍。賴有《詩》《書》尚,家聲在父叔。既戀江夏衾,亦參大阮竹。若究想因理,《周易》靜尌酌。東山輒從遊,何惜馬蹄速。頗營麴部春,共慰霜籬菊。南雁遺寒聲,秋惊滿寥廓。

感述呈同志

坐譚一室中,經濟事非遠。稍試酬酢途,筋駑已莫挽。則知下澤麋,終乖冀野產。所甘世局疏,猶愧隱才短。百拜求真宰,清福相繾綣。日者往來間,喧淒變心眼。猶是暮秋氣,愁雲忽如浣。入門勝出門,天意堅我懶。側聞長老言,疢疾生飽暖。飲啄不願餘,《詩》《書》可娛晚。匪曰螬食清,庶無斛概滿。持謝毗時賢,大匡慰微管。巢務得自寬,豈非皋伊選。夔蚿故相憐,梟鶴不可反。敢以松柏幽,即嫌桃李婉。

答譚友夏三首

誰言無知己,彈事到諸生。隱若一敵國,天子懷其名。遂拔帖括身,置之山水清。嗟與快相半,吾聞了不驚。衆星有好惡,人意安可明。幽蘭烈飆發,古柏嚴霜成。忌者未魯薄,當者敢自輕?端蓍爲子筮,明夷利艱貞。所艱非霧濤,觀此天地英。言可化工駭,動必萬物平。楚騷信自楚,厥根在六經。歲寒歸樸理,浪蕊不我榮。抱月如可照,因風貽德聲。黃花秋色正,堅子攬芳情。

其 二

兄弟宵同夢,夢君來庋止。相言海色邊,何以致君子。鴻影未落天,使乎歷階阤。審問掀笑髯,嘉夢踐在此。披雲想古容,懷風繹深旨。三讀嘆隨之,此嘆諒難理。布衣軫杞憂,肉食玩多罍。賈生痛哭言,漢庭或不喜。顧我隱橘中,根蒂搖未已。更將夢求君,迷路何處是。家國友朋計,茫茫荒烟裏。酒星久見囚,謀飲當此始。

其 三

秋雲燈外靜,寒蛩啼前除。寄愁賴有月,爲照秣陵居。別來細碎事,筆懶不遑書。所共朝夕者,貧病頗有餘。貧於遊覽阻,病則簡編疏。亮哉根太劣,顧瞻誰起予。子窮不可厭,鍾子乃相於。蘭蘭花無間,命命鳥弗如。豈不念空谷,問答形影孤。日月有弦望,各各勉良圖。古人輕千里,智勇其可無。此語告月聞,與君懷厥初。

寄胡彭舉山人

寄語胡居士,詩畫時披尋。妙賞猶未答,再貽瑤華音。通恕雖物外,片慚如此心。勖公不可懶,筆墨養靈襟。嘉公老益壯,杖履凌青岑。露末鴻欲動,霜初菊未深。秋懷何所喻,涼雲照獨吟。十年以爲約,鍾山同聽琴。

寄鍾伯敬時以先人傳至并示史懷。

猶記辰江語，最宜白下官。果乞澹艷地，孤情審所安。鍾山秦淮水，我夢亦長干。嶺路無舟車，門前事事難。遠書將子至，霞氣驚衆看。二人立我前，稽首涕汍瀾。精神紙出入，凛凛生霜寒。十年爲兄弟，焉得殊肺肝。《詩歸》寡可恨，《史懷》幸加刪。不避衆眼瞋，恐或惜其漫。邊雁過齋燈，哀音促長嘆。朔風厲胡馬，殘遼未易完。沉吟憂微管，敢言文酒歡。是夜漏將半，露行衣裳單。星月俱嚴净，河漢摇風淌。心目生俯仰，伊人來雲端。天地苟無恙，魚鳥亦相寬。

寄陳遹庵給諫二首

卿雲冠帝梧，衆羽敢妄栖？丹穴酬嘉運，攬輝何所俟。五德示地文，一音和天倪。律吕以爲師，百舌罷其啼。簫勺蕩群嚚，元聲與化齊。屈軼當階秀，朱草燦成畦。天老筮得繇，告公乃用圭。立則松筠性，動爲桃李蹊。小鳥亦何知，引吭應扶提。未聞鷹鸇擊，虞廷爲拜稽。懷哉鳳德昌，王化及鳬鷖。清風六合旦，扶桑揚天鷄。

其　二

在山無遠夢，何夜獨幽尋。拳拳西山月，燭我滄海潯。古道照顔色，微言開領襟。晨光生隔别，醒鳥啼東林。所夢非長安，其人勞寸心。性情含淵鏡，寤寐告影衾。正容而悟物，意消銘與箴。辰江一交臂，沉吟直至今。亦知乖默語，豈不存斷金。靈氣相來往，山川無高深。箏笛方順耳，徘徊太古琴。

和葉稚勛二首

秋雲晚逾白，衆山蕩若浮。氣肅天地廣，因之御風遊。道隱眩歧羊，術裂工棘猴。溯源潢潦縮，歸根霜葉收。高懷抗異音，天籟獨颼飀。誰爲希有鳥，與鳳和啾啾。寂寥人代外，烟霞有其洲。顧我塵緒黜，含情乃見投。倦羽夕赴巢，欣然亦命儔。漂摇忽間之，佇立但搔頭。愁霖終有止，明月在高樓。

其 二

鐘磬共城闉,一雨間阡陌。緩步吾足存,短笻未可策。抱影徒自弭,求夢苦相迫。久矣不托音,念彼枯桐繹。古調慎所彈,匣之白虹色。豈無繁響來,當付葛盧譯。

送陳白南之信宜縣

受命有冬青,雪霜神吐翕。獨活小草耳,耿然風中立。我草君則木,臭味頗相襲。沉痾久罷藩,強項亦改邑。各以疵吝招,敢言網羅急。妻孥謫薄裝,朋友念煦濕。君真古人意,此事我不及。茶酒相往旋,微言泠泠入。頗覺吹萬中,別有鎡針吸。古之通識人,於時順動蟄。三徑既無資,荷衣容遽緝。烹鮮理不苟,匪徇雁鶩粒。曼容游亦漫,尚平言可執。當出訂歸盟,送君多一揖。雲暖不為霜,幽花靜被濕。壯士厲別懷,強訶兒女澀。猶有千古夢,與君關汲汲。勾漏舟晚成,烟波共釣笠。

重遊武夷

戒侶侶俄病,戒僕僕他羈。山靈試我心,心許焉敢移。買舟一童從,穿雲雲不疑。心目受水幻,開合青參差。逝者忽而淵,深黑守蛟螭。峰峰有活勢,左右如交馳。流山而翕川,動止迭相為。一清靜來復,衆妙皆天隨。暢哉仁智并,非勇亦莫追。淵然孤光往,暇忙更由誰。我攝山水魂,氣象諒安之。昔別有成言,尋盟春在茲。雖云茶候蚤,頗覺性情宜。告歸一何促,草木惜光儀。慰山兼自慰,神理終不離。遙遙山有契,不在居山期。欣欣山所得,不在入山時。窮年事太姥,詢山山未知。

風

暑星恥鳴條,胡然乃好風。昨宵步庭際,際月如彎弓。果然噫大塊,達曙未能終。林木猶未葉,怒聲多在空。陸地吼鯨濤,如舟簸其中。割衣吹及骨,眼耳爲昏聾。嘶馬時時立,虺隤與人同。村村皆閉户,嗟爾獨飄蓬。飄蓬聊自抑,沙場怨莫窮。忍寒語風伯,慎勿到遼東。

故鄒城嶧一名鄒山

山名從其國,遺址烟依稀。月中鶴來覽,不獨人民非。疾風村氣黃,閉户野禽飛。欲訪三遷迹,萋萋芳草微。嘆息居鄒心,非嶧將安歸。

邾子祠

卜遷繹可保,生死爲鄒人。人壽良有制,豈不愛其身。退星祚宋景,予善何疏親。閟宮嚴春秋,山麓猶淒神。蹇蹇茅成子,異世成君臣。庇鄒皆鄒食,清風起藻蘋。

孤桐

人賞古桐質,吾愛古桐音。桐枯不可弦,豈並伶倫琴。真響非在耳,悠哉山水深。昨夜春月白,鳳凰下亭陰。孫枝時一秀,問此古桐心。

大通巖亦名顔子石,有聖師及四配像。

所樂諒非我,孔顔藏於密。三子得其宗,岱嶧氣則一。千載乃共堂,尚此空空室。杏花春静開,萬象天門出。烟霞來護之,暗泉流琴瑟。幽谷何以通,扶桑啓初日。

一鑑亭俯蓮花池

虚亭常照水,客來添山影。水意亦何擇,鑑象歸一冷。魚隱蓮未抽,分香先玉井。於此洗微心,孤契忘酒茗。光氣半嶺含,雲收天耿耿。

仙人洞洞甚佳,而中贅神像可去。

上庭而下洞,片石千人廬。堂寢石間之,曠奧不可無。日月照其心,容光頗有餘。棲仙仙何往,一氣通靈虛。烈風吹雲滓,來讀鄒魯書。

白雲宮

杖入雲所家,劃然山河曙。萬岫氣俱微,蒼空織烏兔。天山同一清,族雲不敢絮。豈非御風行,但覺風下去。我立雲氣上,人指雲生處。

望五華頂二首

五石爲一峰,青天入芙蓉。白雲洗天骨,誰哉鞭玉龍。片怯即弱水,豈必瀛與蓬。留以結山緣,夜夢華氣重。心與月先到,天鷄應梵鐘。

其二

山靈與岱通,石亦字觀海。我蓄日觀心,鴻鵠飛有待。於嶧義不先,返筇非意怠。終焉嘯華顛,指雲訂真宰。岳期事悠悠,恐抱過時悔。

天門

所造山爲天,往往表雙門。茲門蓮花壁,永巷立同閽。我同雲出入,天闕手攀捫。下嶺猶突兀,彌嘆帝居尊。

盤龍洞

洞多選勝探,盤龍龍曲折。石笋相撐扶,宛轉見疏豁。人穿笋之旁,如軒受堂闥。青窺天影來,白引日光洩。清坐亦難久,陰幽寒不徹。一勺旱自如,神物疑蟠結。東北雲漢憂,春種仰膏活。龍亦不可懶,洗劍警寐穴。我無雲雨姿,呼龍覺面熱。

舟石

嶽蓮飛一葉,千仞掛崖青。即爲仙人舟,勢若凌風溟。取以航河漢,橋鵲免經營。木石皆神理,山水亦同情。負趨者誰子,夜半空中行。

聽　泉

積石以爲身,骨節皆靈洞。淙淙爲之脉,伏犀貫頂踵。終古流生機,漱山山飛動。我來值泉短,雲根覘靜涌。元氣自不息,潛潤通嶧孔。有聞而無聲,希音耳亦竦。

頌　石

魚麗嘉且多,嶧石亦如此。相拄空而靈,相雜文則史。相驅風雨勢,騰上去天咫。厥初水沫成,亦或雲結蕊。花波雖内凝,性情妙不死。至今秀動姿,時欲化雲水。龍透石如風,仙煮石爲米。乃知氤氳氣,不獨堅貞理。我欲竟石言,荒唐驚里耳。獨立而得朋,矜群見君子。

嶧遊一百韻

懷山決獨遊,風伯相驕稚。志士惟無諾,諾則往必遂。荒草吹故城,寒烟裊空翠。再拜禮山足,攝衣止輿騎。流目證所聞,咄咄云怪事。卷石積固然,毋乃太苛碎。俯仰累丸成,縱橫雜棋置。懭恍出陶冶,萬形隨觸類。或如獸蹲身,或如禽拓翅。或縮蝸藏殼,或伸猿引臂。或騰聞叱聲,或走受鞭勢。或相揖而登,或相枕而睡。或以肩相拒,或以鼻相謂。頸靡或如喜,角觝或如恚。妍或揚色飛,險或逼魂悸。或爲梁蹈空,或爲罌含吹。或爲彝敦古,搏拊衆樂器。冠珮與劍戟,或舒或武毅。縕藉或珪玦,亦或峭菱芰。他山間有之,此獨以族萃。物象厭其凡,往往發新意。追之苦不及,舌咶窮取譬。其高割青霄,而皆骨連綴。不著亦不膜,錯落自經緯。賓豆危飣果,兒盤周列眫。剪密脾葉分,擘榴子櫛比。陵深多嵌空,詰曲納風隧。離離斷仍續,軋軋開將閉。側側花瓣交,朧朧乳穴閟。妙在各玲瓏,無倫而有致。又能不枯頑,時有流泉淠。石得水而活,感心轉秀慧。苔草石之髮,花樹石所衣。孰云骨鯁人,即之乃嫵媚。元氣系其絲,脉絡貫鉅細。不知鴻濛初,出手誰雕砌。就令鬼爲之,鬼功亦已費。冥思志氣通,屬風爲我濟。入石如入林,林隙徑所寄。人行谽谺間,與石互爭避。月亭茶未畢,急求孤桐寺。欲觀太古色,《禹貢》遺款識。摩挲金石幹,噓翕霜露氣。厥根半死生,青青曾條肆。額碑覆以榭,生理竟憔悴。聞諸故老言,此桐耻名字。神物居意厚,淺人浮華計。酌彼甘泉冷,冰雪浣塵胃。路過玉井香,濯纓鑑蓮陂。遂造仙人居,洞爲嶧洞最。一石如覆釜,厚豁闢甌甄。頂砥千人坐,腹枵千人蔽。左右漏天光,日月牖中至。仰睇峰戴九,外垂而無蒂。終古風搖之,何獨不憂墜。從此捫攀上,峻狹頗云備。鳥道跳崎嶔,鼠穴透陰翳。斂身取樵踪,十步窘九躓。傴背圭竇穿,低頭檐牙刺。扶攜尚三休,足目交詛罾。稍現蜃樓影,相賀白雲憩。嚮所嘆巉屼,今者席平地。重河數縷白,迴環落階次。咫尺五華顛,來途險猶未。一宿養山力,恐爲地主累。四顧山河空,因悟身世贅。齊東城七十,泗上侯十二。古今歸一握,茫茫寥天際。風餘蒙氣收,歷歷可照記。不然雲所都,出入雲無畏。尋常與人觸,遊宿於巾袂。古雲伏羲心,化石卦文示。河圖啓觀象,豈徒小魯志。一杖絶天門,夾壁嚴闗邃。石扇欲束人,循牆恭士惴。下探盤龍洞,潛液寒地肺。遇石恣枕漱,遇泉爽可醉。迴首飛升處,羽化真耶僞。秦碑野火燒,書門烟蕪廢。神仙及帝王,代往俱茫昧。魯國儒一人,鳳覽輝詎沫。虛巖敞像設,四子執經侍。杏開即講壇,陰陽表密義。熊熊曬書臺,電雷司守際。雖麓已造天,五華讓崔巋。岱宗宗萬靈,嶧也信其季。逶迤走馬嶺,骨盡膚土繼。茲山本外骨,膚若鱉裙繫。浮浮太乙舟,石帆迎風逝。下山風輒狂,山靜非容易。窅默理前疑,真宰幻兒戲。將非浩劫前,隕天星雨沸。着土星爲石,始奠名山位。嶧乃以泉答,融結難思議。不見唾隨風,霧散復珠膩。天機之所動,人工巧不啻。莫以世智波,漓茲造化味。吾師欲無言,勝遊姑自慰。幽懷渺蒼淵,清音吐靈異。鳥啼春花香,山情搖夢寐。

哀陳元覬

前君没一年,交臂願始畢。後君没五年,哀弦始能出。人有知不知,嘆息聲如一。想其抱膝時,汲古惟恐失。畏官兼畏人,閉户影爲匹。歸雲亦偶然,出岫理無必。常抱秋冬情,興文存其質。貧病事不孤,千秋環堵室。取友意何深,冥契齊疏密。展面各無恨,山水留生筆。精神炯相視,照此不夜日。一議藏古今,吾言敢倉卒。春華易爲玩,永哉根與實。畢諾古松旁,如君初撤瑟。

爲譚友夏賦寒河即韻之二首

梅冬亦有暖,松夏亦有寒。淵淵秋水心,置此河之干。耕鑿白雲中,隱事非一端。隄渚隨洄曲,烟火周往還。欲知不苟意,即在自然間。禽魚匪我異,竹木如人閑。鐘磬雜井臼,帆過遞微瀾。聲影所吐納,皆與性情安。春風秀衆卉,冰雪乃齊觀。樂饑分我友,言之凉肺肝。碩人豈不偕,所獨良在寬。

其 二

沉吟樂志論,有待恐蹉跎。及觀桃源人,桑麻事匪他。仙人亦慕隱,十洲爲澗阿。子之長此水,今古一寒河。河光寒不已,日月互洗磨。流響有時堅,虛白凝鷺簑。仰感二儀力,俯嘆萬象多。詩書與稼穡,弘願永烟波。瞿瞿蟋蟀吟,可答衡泌歌。風日請相守,損益理如何。

喜楊文弱先生入鄖見訪答贈二首

宿恭難爲芳,習薰慕蘭化。離思自陰陽,寸暉閱冬夏。因山以招友,行吟山室下。造物匠幽奇,極喜反成怕。挾抱德山情,歷歷踏雲舍。眼趾受命心,參靈嘆整暇。須彌入芥子,化作毫光瀉。高寒信能秋,森炯不可夜。覿子猶覿參,眉間真氣射。啖以九光芝,始置崑崙蔗。一擊喪懷來,叩門不待跨。壺中千日月,辛苦燃松樺。

其 二

華生不翳空,薪謝知傳火。生滅冥一微,亦云任運可。默懷欲向誰,衆影常孤坐。忽構機前人,險崖放身墮。氣孚暖伏鵠,聲變密祝蜾。未免識流注,攬物以爲我。春風獨何心,勾萌不敢惰。捏目第二月,背觸天機左。內省頗知非,說食慚腹果。性薄徇習厚,仗君慧刃剉。戒之聰明多,吐絲蠶自裹。驪龍迅騎歸,遺我頷珠顆。

來詩多微言再答二首

四序了無根,鷄彈隨臂化。静人知不遷,芘此乾坤夏。陰想忽毛端,淵高而丘下。畫師圖地獄,對之還自怕。石火燃滅中,追風已萬舍。窮本雖會空,造緣轉生暇。以斯喻瀑流,恬然如靡瀉。賴有超影珠,蓮華通晝夜。鏡忘塵何依,山河光四射。聊爾啼玩葉,無爲甘含蔗。舍旃歸去來,青山短驢跨。道逢賣劍人,歸柯取山樺。

其 二

漆園有微言,月固不勝火。焚和良所嗟,食慧亦未可。彈箏寫定心,雨花詎枯坐。寂喧理未齊,夢力有升墮。營營山水間,笑彼采香蜾。行庭不見人,隱几真喪我。津筏兩無歸,精進覆爲惰。自然何所然,冥懷説亦左。忠孝一寸冰,無貳覺王果。惜哉煅金剛,祇向泥中剉。置身青蕊顛,不愁白雲裹。入山出山行,步步丹砂顆。

感事用前韻二首

常恨元結云,豺虎日月化。夷德凶五年,低眉恥中夏。徵兵不能用,剜肉瘡天下。烽緩狃近娛,鞭急忘初怕。有若庭三踊,吳王宵徙舍。孔武獨非儒,今日我不暇。劂地樹露根,於方懵補瀉。群疑填獨胸,閉户晝如夜。閑中安石棋,險際伯昏射。運艱異人來,未聞杖都蔗。登壇掣三秦,食漂兼隱跨。兵將兩不知,弓矛空漆樺。

其 二

徒薪乏前籌,高譚哆救火。當局避謀斷,虚懷雜然可。頗恨啖名者,折衝在高坐。及遇射鵰胡,倉卒轂雛墮。萬命寄安醫,生死如蟲蜾。教弈傍易聖,決拾的難我。吾衰惟太息,擊楫匪自惰。黔蜀疥癬耳,疽根憂遼左。酋老逆射天,殺葉花必果。厲兵俟其變,借刃相剚剉。人事不可謀,憫茲瘡痍裹。庶幾仗神靈,亢回成魏顆。

寄太倉州守陳白南

坐惜梅未花,寒庭雁聲長。了了婁江月,風吹下滄浪。拜書海雲色,言笑故人旁。筮易不改井,廉直以自將。醫民躬如病,格格瞑眩方。斯義不予然,盡室歸耕桑。吏牘颷掃葉,孤影裛爐香。静心理研筆,墨氣發奇光。笑彼胠篋愚,暗火照空囊。暇辰或幽往,步履弇園荒。吁嗟涼蹢性,顧我如雁行。書畫娱我獨,兒女訊我詳。身外事何有,野馬烟蒼茫。同病互相藥,養此百煉剛。奇服易媒指,就陰智所藏。可貧亦可老,古道闇而章。嶺松多望雪,崖草亦依陽。枯榮何足言,各保歲寒芳。

和譚友夏寒河詩用韻二首

鴻雁所遺音,不在沙爪踏。我參古梅禪,雪風爲夏臘。寸光立萬象,夜懸燈火塔。與子寒河心,高深氣相納。一寒生衆寒,烟樹互虙匼。聲遷知影止,文生化物雜。過眼何芸芸,吹萬齊喧颯。頗笑奔名人,熱中事鉢衲。歸禽趨暮鐘,空響成問答。留月如日初,凍天與地沓。寂喧非我存,舟車户當闔。

其 二
河廣當有刀,河狹當有橋。鄰里情文樸,往來亦虞陶。微吟酬予獨,感彼淵客綃。清暉苟無改,陰霽忘昏昭。收筒逢秉耒,農漁各自標。誨我勤所務,同村即相僚。中寢夢初古,待且起深宵。聖人開陽德,動植悦春朝。此河東爲海,雖遠通汐潮。群動喧萋時,達者識後凋。莫自矜寒蟄,送此日月銷。時哉川氣雨,晴鳩語嚚嚚。

習家池懷古四首　以下遊峇山作。

蛙鳴舐屛主,牝晨斁天綱。南風愠夏氣,胡沙吹茫茫。歷陽一爲湖,愚智安所藏。藏身苦無地,聊之麯糵鄉。萬緒付醉昏,百感罷醒狂。崩厦豈不感,一木難爲梁。當時山刺史,頗聞輯流亡。垂涕辭奏樂,臨池托高陽。鶴蟻終同化,暫玩種魚防。沉酣勝慟哭,何辭百千觴。乃知嵇阮輩,冷極即熱腸。

其 二

非無啖名者,紛紛利齒兒。名爲鯁心物,而乃咀嚼之。齒剛必先盡,身後名何施。醇醪既無骨,能甘舌與脾。寂寞千秋事,不如當日卮。此言諒云達,未足破黠痴。更將空葉影,略較久近時。高陽猶有曲,元凱已無碑。所以李白言,飲者即名垂。速貰宜城釀,來就習家池。

其 三

山川誰賜氏,領此烟霞政。頗怪嚴與匡,能改丘壑姓。人往池尚名,韻事遠相映。林泉老而蒼,三杯發情性。有如春風來,花枝寫舊靚。不學王臨川,力與謝公競。北去卧龍岡,雲勞雨未竟。我魚不化龍,幽潭以潛泳。在淵易成姿,尺木反爲病。悠哉曳尾龜,令人三嘆咏。

其 四

是非化蝴蝶,開眼即紛闃。夢覺強分界,惟酒置其天。穆穆阮嗣宗,有意墜車全。默却子上婚,不聞士季言。青白太多事,或當其醒前。翻恨嵇叔夜,此道未造玄。鍛有何可好,棄杯而業斿。及見鍾家兒,倉卒無醉涎。轉喉虞觸諱,行酒老莊篇。乃云清談累,此語然未然。周孔自世師,醉鄉有聖賢。

迎春日陪衛中丞謁文廟視學有作

雲迎青帝節,山擁素王宮。開府敷文洽,鳴珂展禮崇。中天輪正上,北斗柄旋東。道啓三陽泰,光分萬象融。下車新化雨,入坐果春風。鳥似環橋聽,桃將繞泮紅。辛盤明日事,薦菜此朝同。淇澳迴猗菉,還堪誦衛公。

由遇真至紫霄

籃輿凌叠巘,蒼柏迕來鑱。微翠嘗欝淺,深青啖蔗饒。藏雲花瓣複,出漢石梯遙。巧削得峰怪,怒生容樹驕。盤崖人自失,轉徑勢相朝。狹忽行風弄,高疑割斗杓。陰巖難化雪,虛壑欲含飆。水渇橋猶壯,林迴刹屢標。仰摩堪目倦,俯瞰或魂消。臺殿皆飛拔,峰旗果動摇。屓中幻丹碧,鶴外度笙簫。福地仙踪秘,靈池禹迹昭。洗心孤月静,御氣五雲飄。誰悟風塵客,今親宿紫霄。

太和雜咏九首

靈區抉天奥,山郛且經始。相郛如相璞,終異頑石理。又如高韻人,頰影亦可喜。樹騰老虬枝,澗飲雌蜺水。仙迹已鴻冥,雪泥留爪指。山河現笠中,風雲生杖底。仿佛笙鶴過,呼之或來止。導我緑玉筇,飯我青石髓。

其二

膚窮抈其骨,指顧皆崎嶔。石勢拔空碧,樹衣漾緑沉。峽迴天痕摺,洞宵山精吟。崖壑互爭避,只尺改陽陰。窾鑿渾沌死,匠盡百靈心。堆雲與割雪,雕鏤類詩淫。往奇忽爲殿,來詭競相尋。如彼讀書樂,繇淺以之深。

其三

紫霄擅瓌麗,南巖富瑰異。石怒水復笑,一一含生氣。群峰戟參差,無情巧位置。磨空露帝青,匝地刻娥翠。四面若受敵,謝之不得避。心眼能幾何,翻愁漏覽記。翼塌鳥力窮,臂接猿心悸。登天豈無階,幸免剛風墜。度索既歷危,攀梯敢辭勩。閶闔倚者誰,飛仙相驕稚。自勉或非遥,旃檀微撲鼻。騰身俄太清,長嘯警天寐。

其四

共工羸其角,此峰仍柱天。勾陳有别座,即插蓮花巔。蠟燭紅燃日,香爐青噴烟。簪珪皆内面,臣僕羅周旋。穿覆亦何際,極目摩空圜。九州不可辯,惟見山外山。埵岫萍點浪,鬟江沼在研。雲飛不得上,鵬背俯蒼然。雙丸如可搏,笑擲列缺鞭。一奏凌虛曲,飄飄氣欲仙。

其五

金殿何煒煌,影落豫雍外。煉盡翁仲軀,鑄成鬱蕭界。太乙下吹爐,日星冶光怪。劫火毗嵐嵐,莊嚴終不壞。群真來贊嘆,雲中流清瀨。五石補天訣,受之太皞妹。

其　六

觀日乃得月,夜宇浩晶晶。天然水墨筆,淡寫萬螺青。波紋與鏡影,現出蚌光明。海印印群象,化爲玉壺冰。因思蟾宮闕,何異此孤清。

其　七

爐靄不斷虹,輕雷韻球璈。瓊塵蔽天路,閬苑亦爲勞。聞有方外仙,如世蜇遁曹。披岑訪隱迹,林壑何周遭。青厓無熱色,嘉木有幽濤。乳竇滴歷歷,琴澗響飋飋。鳥過忽遺音,仰樹見風巢。雲容歸冷寂,日氣斂蕭騷。離哉絕人徑,邈與太古交。不探龍宮邃,安識參嶺高。以此清如茗,沃彼美如醪。

其　八

神龍能天飛,飛則雨八極。痴龍日吐珠,珠竟爲人得。不如學懶龍,一睡無歲曆。五色幻靈湫,千古蟄精魄。劍氣忽觸之,晴空驚霹靂。定根苟未深,常苦世紛逼。白石清泉枕,蒼苔綠雲席。化蝶我亦能,無此佳夢國。

其　九

揮雲別龍洞,剖峽出仁威。涉幽既以極,履坦良有期。水泛秦人桃,田種漢皓芝。馳道綠陰滿,星幢相追隨。瓊宇規未央,丹霞燦陸離。仙人好樓居,持杯酌勸之。橋虹搖卧影,溪縠散文漪。彼美平遠畫,淡中發妍姿。驟忘欣怖念,兼休眺聽疲。所恨成獨往,含情欲告誰。目擊無與晤,神交以自怡。今有張遯老,昔有陳希夷。張玄玄、遯老、三丰即一人。

【校記】

① "型",原刻本作"刑"。
② "泝",原刻本作"沂"。
③ "槁",原刻本作"稿"。
④ "折",原刻本作"拆"。
⑤ "答",原刻本作"荅"。
⑥ "泠然",原刻本作"冷然"。

⑦ "泠然",原刻本作"冷然"。
⑧ "泠泠",原刻本作"冷冷"。
⑨ "徇",原刻本作"狗"。
⑩ "如",原刻本作"知"。按,押韻當作"如"。
⑪ "滄",原刻本作"倉"。
⑫ "篸",原刻本作"泰",誤,應作"篸"。

遯庵詩集卷二

七言古

江南曲五首

江南少婦鳴笙坐,隔窗片片飛花鏃。羅袖霞生淥水寒,葯房香散博山火。笑拾含桃打鴛鴦,因風誤中誰家郎。妾自無心學擲菓,郎君莫作少年狂。汲江釀酒帶江氣,懷春未飲已先醉。芭蕉葉捲如有心,蓮子花開始見薏。

其 二

畫眉深淺不自知,遍從女伴問相宜。猶恐傍人看未的,徘徊顧影臨清池。雙燕斜飛掠水鏡,楊柳幕堤春晝靜。燕來燕去春相關,誰家兒郎太端正。翻身目語墜金鞭,含意欲通未敢前。東家姊妹今流落,昔日輕身許少年。

其 三

年少愛花被花惱,掃眉羞共花爭好。戲隨女伴剪雙鴛,閑教侍兒鬥百草。名園紫陌亂紛紛,深妒紅顏淺妒群。可憐風起花如霰,可憐踏花騎如雲。一番丹蕊一番雨,蝶粉蜂黃退幾許。花恨自淺人自深,落紅無聲杜鵑語。

其 四

簾外流鶯巧調舌,春風吹剪丁香結。銀蒜不動流蘇閑,玉簫罷弄鞦韆歇。柳眠花醉夕陽醺,羅帷隱隱暮鐘聞。香綃微透猩紅雨,檀暈沉酣龍腦雲。星眸掩霧神未足,一線枕痕潮紅玉。醒中心事夢中知,起來腸斷烏栖曲。

其 五

雙頰如桃鬢如鴉,十五梳頭學點茶。蟹眼纔生魚眼出,銀瓶細寫鬥新芽。羅巾隔手防甌熱,低頭見影憐春華。纖笋遞甌安几上,回身背立海棠花。香淡甘苦君自試,傍人那得甌中味。縱君不惜煎茶人,請君須惜捧茶意。

又雪,用蘇子瞻聚星堂韻

宋人十年刻楮葉,笑倒龍公雨霄雪。何恨醜枝續春妍,青陽袖手嗟力絕。冷艷能添花眼明,峭巖不覺竹腰折。新光欲與舊光亂,浮影并隨浮氣滅。霽色依然開四山,勁風掃雲僵不掣。輕點茶心發餘清,重欺酒力生醉纈。想象化人行冷虛,堅義無聲落霏屑。寂聽置身若空林,眼根盡處天機瞥。萬象攝歸日月魂,此意應待梅花說。別傳幽悟到海棠,丹爐點點枝如鐵。

過雄縣

雄縣以南皆平陸,不知何年化澤國。斷堤老樹全浸根,崩岸人家半齧屋。車輪馬足相因依,到此徘徊喚渡歸。紛紛衰葭迎船出,落落驚禽拂鏡飛。隔溪指點舊官道,惟見衰荷覆水草。昔日錢鎛墾藝場,只今漁艇網滄浪。綠疇白浪茫茫意,桑田反覆須臾事。三農消息近何如,傍人欲答先垂淚。

建溪道中即事

延建之間皆山也,密林蓊翳恣樵者。我行己酉及今冬,燒畬稍稍山爲赭。農夫力盡劚青天,錢鎛直上山之巔。薙草燎原待春雨,分水灌畦即新田。飛泉盈縮那能遍,稻田宜水蔗田旱。驅牛負耒拾級登,纔到隴頭踵流汗。一畝之區百十畇,高低相次魚鱗紛。曉耨披星低見日,夜歸盤石屢穿雲。盡道漳民生計薄,來此傭山事春作。墾藝寧辭地脈窮,胼胝且賴人工博。中原極望盡平蕪,安得移民行稻渠。任土授人難相配,商鞅空談開塞書。

獻歲多雨,人日始晴,夜雪疏點,妍此晨旭,
正迎春東郊,兼有數美,歌以賞之

積陰待日如故人,餘寒懷春如佳客。故人避客客遲來,鳥語調花花嘆惜。

歲雨幸然春尚賒,風光豈可人相擲。宵意沉沉夢屢驚,半窗似惜雪花白。雨能轉雪眼亦開,日況出雲心莫逆。初晴偏送遠山妍,雖晞不散寒檐滴。媚人人正得今朝,催春春能先一夕。柳眠乍起試楚腰,梅笑欲言點宮額。花裏春勝勝里人,幷作香閨釵頭色。爭携鬬節艷陽妝,去看迎春羅綺陌。使者雅非兒女情,聊爲祈年鬭榮戟。暖禽來賀身俱健,土牛還報田堪籍。百劇分棚簪彩花,從官行酒服青幘。彩絲金剪落香風,竹葉醿醽寫琥珀。人無疾病農扈豐,歌舞何妨公事隙。雨久得晴晴亦新,雪洗月光即新魄。佳客故人兩不厭,徘徊今宵共此席。春衫春屐待春遊,芳草隨人一天碧。

《金母篇》蔡垣卿爲贛州金守請賦

秬侯七葉珥貂遠,母徽隱隱光彤管。白雲坐嘯槐眉山,飛雲爲雨到人間。忠孝西江五馬守,身則金侯母金母。解將一滴甘乳香,散作萬家陽和酒。金母母耶兼父師,金侯乳民如乳兒。桑麻色笑村農敏,山檜陰濃木客知。廉水水清崆峒碧,婺女秋星當斗極。收盡三禾岐麥春,幷添萱花八月色。萱花八月化爲金,青鳥筵開晝漏沉。金精仙女鳴石鼓,石竹池邊鳳歌舞。歡聲壽母顔愉,絳雪玄霜事不如。欝孤臺抱瑤池月,林屋洞登金簡書。蔡經曾共麻姑語,笑謂吾宗牧仙鼠。謂我作詩繼《魯頌》,寫此天人照今古。教忠移孝翊聖朝,眼底夆丘路豈遥。北堂長聽玄靈曲,看弄兒孫七葉貂。

送内兄李孟策太學之金陵

荔枝香風送遊子,吹到菊花霜色裏。仙人掣斷秣陵雲,邀過葠山亦偶爾。鴻雁辭人意太忙,茱萸扶病伴重陽。二十日中歡不展,五千里外夢何長。高皇王氣照今古,偏霸六朝安足數。槐市講罷覽山川,鳳臺題詩憶家譜。羨君先作舊京遊,丹楓一片客心秋。相煩致語鍾山色,滄浪夜夜繞石頭。

重送韓孟郁

金吾之園識子始,孟郁詩名滿人耳。芍藥開遍看荷花,醉吟未了秋風起。

疏砧敲斷酒中天,夢隨月影流黃邊。劍作離聲方築外,帆隨行色忽尊前。西山釀雨欲留客,歸思奔驥控不得。彈棋隱隱燭光殘,藏鈎沉沉蓮漏滴。此時相對還沉吟,別後空縣兩地心。黃鵠一舉橫萬里,朝出天閶暮海潯。

遊崟山南巖

紅塵鎖斷啓仙扃,到此遊人眼盡醒。突涌千尋寒插笋,橫張叠皺翠爲屏。芙蓉直撲晴霄色,雲霧猶傳黑帝靈。化去成龍含夒髽,煉餘開室嵌空青。五丁斫骨胸俱穴,孤掌搖莖乳欲零。構宇巧隨山勢轉,撞鐘虛徹谷神聽。碑摩半折疑燒劫,曲度南薰獨倚亭。一飮露泓風起腋,蔚藍天際摘明星。

遜庵詩集卷三

五 言 律

過分水關

從此他鄉路,江天迥自分。雙流寒戀峽,層岫亂疑雲。鳥斷雪中影,猿驚風外聞。黯然回首意,不盡爲離群。

夜 帆

星影布帆收,真成秉燭游。依然見漁火,卧以聽江流。水月空禪色,蘋風澹旅愁。空明隨意泝,吾道是虛舟。

瓜河除夕

夢去家難定,旅淹愁又新。桃符傳户户,瓜步醉人人。流盡年光水,驚逢節物身。篷窗掩孤燭,貰酒酹江春。

客 路

物役何爲者,寒雲隨客深。山多晴欲雨,地僻晝常陰。托此偶然境,知吾不住心。歸鴻時送語,春色吐前林。

江山縣晚眺

魚鳥秋相命,高深意各閑。一杯聊主客,千古此江山。白雁初霜信,丹楓夕照顏。歸帆投遠火,新月伴人還。

泛舟勸客飲

津鼓風斷續,鷗外竹烟青。酒船兼載月,漁火欲添星。戰茗評泉史,餐花訂食經。鬢霜亦常理,沉醉即爲醒。

即事

原谷曲如肩,歸雲叠暮屏。遙村含雨白,暗澗帶烟青。馬首東南去,蟲音歷亂聽。因投黃葉寺,凉火檢殘經。

送陳豫華守兗州。時東封局敗,采礦齊魯間,故及之二首

十騎東方去,使君居上頭。論交成別恨,送遠起鄉愁。岱色裹帷入,濟河縈閣流。政成登眺處,猶似白雲秋。

其二

萬國雲雷際,行車試作霖。盟戎終病魯,遣使豈求金。修攘勝兵計,安危赤子心。股肱東顧重,莫負主恩深。

直獄聞蟬

爾亦含天籟,崇朝何苦吟。時驚鈴柝亂,忽灑簿書心。遠際因風渺,清中得露深。自公之暇矣,即此對山林。

雜興十二首

夢蝶雖物化,冥鴻獨我親。病多長避客,市隱竟疑人。伏枕聽疏雨,飛花過暮春。亦知汩泥好,終自厭風塵。

其二

久卧忘年月,松風枕簟清。袗絺知候改,團扇使心驚。日色侵簾薄,雲陰傍水生。逝波與流景,感嘆何時平。

其 三

微才終易盡,拙宦復何求?物性齊鳧鶴,身名任馬牛。采山吟鼓腹,耽卷酒科頭。借問梁園客,清時已倦遊。

其 四

梗令執刀筆,總不妨嘯歌。移家經伏臘,失計負烟蘿。宦味秋雲薄,鄉心夜雨多。小山叢桂色,惆悵近如何。

其 五

似得幽人意,兼深俠客情。微官偶依漢,片語可存荊。仗劍酬然諾,銜杯品濁清。悲風易水上,擊筑有遺聲。

其 六

閱世誰同病,深心敢具陳。狂來歌帝力,醉裏見吾真。白眼貴游側,蓬頭奼婦津。茂陵風雨夜,憔悴漢辭臣。

其 七

近日裁詩興,偏多憶故鄉。栖身慚擇木,學道嘆望洋。靜後風波穩,閑中日月長。拂衣無不可,散髮咏滄浪。

其 八

不堪沉案牘,翻欲恨徽纏。蛾眉生易妒,駿骨死方憐。倦遊多壘後,拙宦畏途邊。入世非吾事,漁樵自宿緣。

其 九

久客易霑袂,天涯骨肉疏。三春薊北雁,萬里劍南書。看字心先折,飛雲恨有餘。平生壯士意,此日轉躊躇。

其 十

西音仗驛使,好與報平安。容鬢秋何似,衣裳歲暮寒。緘書雙涕泪,長跽一加餐。過險須防轡,由來蜀道難。

其十一

使者護羌出,三軍殺氣張。懸車輕鴨綠,挈矢射天狼。絕域荒烟紫,孤營落日黄。可憐閨夢怯,元不過遼陽。

其十二

風雨看如此,綢繆合一新。殷憂深小吏,短氣傍時人。却座思安漢,題書欲借秦。匡時憑將相,野老漫霑巾。

日　月

日月長餘愧,乾坤且放閑。如何能玩世,未忍便歸山。俯仰古今際,徘徊仕隱間。歲星終戀主,客難豈相關。

初　春

花心猶怯怯,鶯語乍生生。愛此春方淡,兼之地更清。□真應竹友,懶或可鷗盟。物稚還資養,聊觀造化情。

蚤　起

宿鳥夢初迴,曙光寒欲開。微風警修竹,殘月活疏梅。鄰火樹間出,山鐘雲外來。靜檐成獨立,猶喜影徘徊。

春　歸二首

萬綠暗紅影,餘春斟酌存。蝶迷風醒夢,花病月招魂。含秀依苔石,留香冷酒尊。因思新故理,那得去來痕。

其　二

又是分秧候,風花片片飛。春糧防歲儉,貰酒餞春歸。恕懶雙蓬鬢,謀安一釣磯。吾營諒云薄,莫遣願多違。

睡　起

睡足無人到,窗空返照殘。秧針方刺水,菜甲欲香盤。酒待聞鶯酌,書移就竹看。過墻山潑翠,暮色墮欄杆。

夏

榮木忽有夏,緑深楊子居。土膏分竹笋,露響到芙蕖。壘塊難澆酒,窮愁并廢書。日長思敵懶,藥圃課芸鋤。

風林纖月落四首

娟娟能璧滿,瑟瑟忽金殘。撲地光還碎,隨風影未安。春烟微弄態,秋水静生瀾。處處供詩韻,松陰柳際看。

其 二

素練應難寫,風梢倩作圖。誰分修月斧,來散泣江珠。水荇交如織,天花舞乍扶。夢尋漁火去,垂釣問珊瑚。

其 三

葉疏寧礙鏡,颸軟欲浮輪。漾水疑分影,窺簾半現身。涼穿羅幕漏,皎落剪刀匀。略識蛾眉意,偏同嘯樹人。

其 四

樹非蘸影去,風豈送光來。千佛化身現,萬波寒翠開。綴雲纖易亂,出冶摘難裁。非色非空事,禪家莫浪猜。

出 郭 示 舍 弟

謝客吾真倦,郊行殊暢然。寒烟村隱樹,暗澗水分田。静得園中日,寬收物外天。相親魚鳥性,敢薄市朝緣。

送姚博士遷貴陽郡授二首　姚即黔人。

袖却《荔枝譜》,歸逢鄉里詩。作吏能兼隱,移官却到家。路當指飛鳥,客有贈梅花。別酒孤亭外,猿啼日易斜。

其二

共是青山色,離筵便不同。寒雲封去馬,臘雪度歸鴻。豈以屋梁月,能如桃李風。都將行後意,先付酒杯中。

楊氏園亭五首

入門如入林,耳目亂蒼沉。愛此風雲氣,悠然泉石心。主人常謝病,長者或相尋。看竹不須問,吾今懷古深。

其二

繁綠行侵履,飛紅坐綴巾。一暑惟亭午,四時見長春。花光戀游客,石色賞幽人。蔣徑誰堪傍,求羊意轉親。

其三

移石汝真癖,耽奇我亦同。何當五岳趣,縮入一壺中。滴乳欺青靄,穿胸嵌碧空。懷歸雖馬首,愛此未能東。

其四

拾級地逾壯,能將遠意兼。幽生苔掩砌,横出樹支檐。蔚藍浮海色,晴岱揖峰尖。危樓更拔起,勝景定須添。齋後地高作樓,可收遠山之勝。

其五

千載杜陵筆,海棠何缺詩。巡欄春不見,按譜夢猶疑。錦障護妝曉,銀花照睡遲。美人留意植,蝴蝶恐相欺。花中獨缺海棠。

至東莊

先暑遂孤往,風軒俯碧流。溪聲如欲雪,雲氣自然秋。密樹行相引,鳴禽坐見酬。雖無河朔飲,一靜肺全瘳。

遊東莊三首

勝地堪濠濮,清言況惠莊。山光開倦眼,溪色浣愁腸。劃爾天爲鬮,因之秋始凉。莫嫌無結構,素女未臨妝。

其二

秋色萬峰抱,空亭寫鏡波。叢林留日薄,疏檻得風多。岸幘親魚鳥,移尊就薜蘿。水雲皆自媚,不醉欲如何。

其三

怪石如人立,磷磷向水間。森然爭下飲,相顧不能還。波觸文增縠,烟流黛染鬟。至今留夜月,相與守潺湲。

次韻答張紹和二首

涉世貧非病,嘲人白是玄。肺腸須自見,眉黛任爭妍。簟色湘雲裏,琴聲流水前。拂簾張緒柳,相對獨依然。

其二

樹陰花色暮,念爾賦思玄。緑重風催浪,紅輕雨妒妍。紵衣初郭外,紈扇又尊前。試茗依深竹,鶯聲倍灑然。

入郡喜周伯瑾使歸二首

而子歸田日,恰予趨郡時。風塵身可料,離合夢先知。予未知伯瑾歸,而夢訪君小飲。揮塵寒烟盡,傳杯落照移。依依不能去,僕馬亦相疑。日暮,從者屢促予起。

其二

升沉良異路,相對許忘形。啼鳥求其友,高鴻字曰冥。深潭催吐月,小集動占星。如此故人酒,何能説獨醒。

訪林仕隆三首

應門已謝客,顛倒復呼迴。童稚能趨拜,主人勞遠來。三年良自苦,一笑爲君開。譚到《蓼莪》什,眉端忽暗摧。

其二

猶是披襟地,歡悰與舊殊。思親同涕淚,涉世各艱虞。病後危看影,窮邊怯問途。深交兼久別,悲喜一尊俱。

其　三

昨日見周郎,言君詩興長。人烟燈市月,馬迹御街霜。景物供吟案,行歌益酒狂。相將今里社,何似薊門旁。

寄　蔡　體　國

未了百年事,浮生愧半殘。魂猶戀烏鳥,影敢傍鴛鸞。爾勸出山蚤,吾歌行路難。有天堪洒泪,何地可彈冠?

廿日大雨而風甚厲,遂阻朋招二首

霧勢埋山去,濤聲拔海來。侵膚寒起粟,着物濕蒸梅。實恐仇農稼,虛勞妒客罍。五行推勝伏,我欲問蘆灰。

其　二

陵雨渾無賴,衝飆更可虞。縱橫誰助虐,號令汝先驅。抽什歌如晦,占蓍愠若濡。此時陛楯者,能不羨侏儒。

紫　荆　道　中

叠嶂行疑斷,烟蘿徑屢迷。穿林時近遠,度嶺忽高低。疏樹亂人影,崎岑費馬蹄。邊禽能慰客,落照盡情啼。

平　刑　關

遠望已無路,行行忽又開。斗崖當面起,宿霧蕩胸來。嵐氣春秋雨,灘聲日夜雷。穿雲多曲折,前騎屢疑迴。

夜憶燕中諸子

中寢數更柝,徘徊曙色難。獨憐青桂夢,猶向碧雲端。邊角秋先入,陰風夏亦寒。群鴉衝樹起,何處是長安。

度谷口

圍嶂日須避,闢崖雲尚連。水鳴不知處,林翳自生烟。人似井中出,石疑空外懸。華戎天畫界,設險護重邊。

望江南

始息風塵事,秋長天水參。一晴開復岫,諸影坐寒潭。緑浦烟朝濕,紅汀日晚酣。琴書戀舟①暇,楓菊夢無慚。

江上寄華亭張廷高

一作剡溪想,飛揚夢已知。扁舟輕夜發,踪迹恐人疑。漁火鱗鱗亂,荷風澹澹遲。吳江秋未冷,冷在憶君時。

江南人家夾水而居,意殊樂之二首

倒寫樓居影,空明一一秋。形容對岸熟,笑語入波流。烟月浮沉樹,鷗鳬迎送舟。桃源異喧寂,心遠即爲幽。

其二

閑情未覺非,照水濕春衣。枕畔採蓮曲,門前垂釣磯。魚蟹入秋賤,蓴菱過雨肥。留郎堅坐飲,小待浣紗歸。

秋感

搖落猶然昔,悲歌乃自今。葉聲風淅淅,燈影月沉沉。千里還家夢,三年爲客心。無端天外雁,更動越人吟。

望夫石二首

豈能嗟匪石,化去淚難揮。夜月窺容瘦,春風領夢歸。烟含眉鬢黛,苔冷綺羅衣。不及韓朋鳥,將魂一處飛。

其　二

有懷從立槁,無計得離魂。命薄千金誤,身孤片影存。凝嵐猶怨態,積雨自啼痕。入夜風傳語,猿聲嶺外昏。

舟　興二首

晨鐘開宿靄,岸樹在中流。目送孤雲去,心驚片葉秋。櫓聲催落雁,帆色帶晴鷗。波寒遊子意,因風日夜愁。

其　二

落日津亭渡,西風野客衣。燈波涵嶺翠,陰嶼宿江霏。鴻雁驚砧斷,鸕鷀傍艇歸。千山橫暮笛,牛背送斜暉。

金　　山

茫然水爲郭,喧浪乃成幽。四照宵長月,孤寒地自秋。人烟分北固,佛火擅中洲。鐘磬隨風路,三山若可求。

夜發芋原

接水天爲鏡,浮沙月似眉。潮來聞語亂,風定進帆遲。露意林蟬得,秋聲岸葉知。白蘋無限冷,中夜憶南枝。

宿姑蘇

千古傷心地,孤篷夕照邊。山川沉霸氣,楓荻醉秋天。塔影寒知寺,鐘聲靜入船。吳宮不可問,風月故依然。

送徐元甫

行役遊子願,今年行較遲。山水素琴路,門閭芳桂期。將雲到親舍,乘月登峨眉。松聲萬古雪,應與狂歌宜。

九　日二首

對酒方欣節,登高忽望鄉。關河驚獨客,風日美重陽。水净雲全白,霜輕葉半黄。驅馳徇五斗,不敢問柴桑。

其　二

寒色授衣蚤,秋懷落帽知。霧澄見山盡,天曠度鴻遲。病是安心藥,愁翻痛飲資。窮來猶可送,正賴未工詩。

即　　事

衰草離離路,晴烟隱隱艭。風高時斷雁,木落遠分江。流水紆琴軫,寒花映酒缸。塵中時看劍,豪氣未全降。

新　嘉　驛

幽懷與客恨,到此若平分。樹翳難通日,亭虚易得雲。肥水寒自縮,空響静多聞。鳴鳥催人發,前山入暮曛。

己亥,奉先慈南歸,憩新嘉驛,愛其清勝,今八年矣,追舊增愴

將母成初憩,亭花已八春。猶然驅馬客,不見板輿人。事往皆成舊,愁來即若新。毛生吾愧甚,捧檄爲寧親。

憶舍弟,前度弟亦同行

憶昔季方小,尋幽興不群。看詩先拂蘚,踏徑每侵雲。秋已魚龍冷,人堪鴻雁分。頗能相就否,燕雪共微醺。

發　富　莊　驛

寒意密陰釀,秋容曠野新。迎風扶落葉,過雨斂輕塵。馬智欺痛僕,禽言笑

倦人。勞生何草草,嘆息百年身。

河間府

馬首衝寒路,南鴻幾度經。霜梨難取大,瀛酒易趨醒。<small>瀛酒舊有名而今不及。</small>海壓九河白,天垂三輔青。惟應官道柳,笑我客爲星。

途中禮岳者絡繹不絶,戲作

生死歸靈岳,朝宗敢自疏。珠鈿花撲路,香燭霧隨車。檀施歸官日,農桑廢業餘。山神輕盼響,林放未應如。

有感口號七首

頻添新鬼去,漸少故人看。有曆偏催老,無花不解殘。各呈傀儡巧,誰顧髑髏乾。窮到死生事,神仙骨也寒。

其二

明明膏吸火,暗暗箭催流。谷響分嗔喜,俳傷竟愛仇。一朝無暖氣,萬葉始知秋。古語腸堪碎,如牽屠市牛。

其三

虧成憐水泡,妍悴校空華。合眼難將去,回頭枉自嗟。情知真誑我,何事苦隨他。冷盡博山篆,閑窗日半斜。

其四

名姓更張李,山河遞漢秦。心猿不兩段,夢蝶又重新。拼向死前死,超然身外身。浪遊歸故國,是否舊時人。

其五

畫師還怖畫,此事若爲云。蠶獄情絲造,蛾烟識炬焚。無繩而自縛,有口亦難分。空手揮霜刃,橫行入九軍。

其六

見喜方隨喜,聞悲忽覺悲。人空饒汝會,邊見正兒痴。只在雲生處,何須水涸時。泥牛通信息,臘盡更風吹。

其 七

娑婆善知識,惟許兩人論。劍樹閻羅老,蓮花佛世尊。煉回新日月,拈破別乾坤。四顧今無路,啼銷杜宇魂。

趙伯誠辭酒而徵詩,爲送口占四韻

千里翻然去,五年初見時。離尊不肯御,行卷可無詩。王政先芻牧,臣心薄繭絲。中和如有咏,好寄故人知。

花 朝

雲物殊開爽,天猶惜此辰。如何無事客,忍作負春人。花信深從緩,鶯聲淺欲勻。吾能謀斗酒,未可笑官貧。

花朝小集,伯誠以眼疾齋禁辭,賦此促之

十年作兄弟,萬里共天涯。忍以將離日,猶餘未放懷。花辰舒病眼,鄉味解清齋。別後聞鶯路,銜杯誰與偕。

花朝後一日集米仲詔湛園,醉登猗臺玩月三首

問蝶香還冷,邀蟾魄正清。名園宜靜吐,佳客倍深明。萬象依珠湧,千林浸水平。微雲消坐久,似亦嘆多情。

其 二

地能留月少,朋況盍簪難。得似今宵好,又知何處看。巡檐偏逐影,蕩酒忽生瀾。寂寥賴人破,姮娥也自歡。

其 三

無事思來過,況君能見招。不留猶却住,爲月興真遙。桂樹春初長,金波滿自潮。纖阿遲有意,圓魄待兹宵。是月望在十六。

三月六日，張孟奇、黃貞父、湯嘉賓、徐鳴卿、陳元朋同集湛園，得"房"字三首

禊飲得朋償，閑心寄藥房。誰能春寂寞，不傍酒飛揚。麈尾風生坐，鶯喉曲繞梁。叩扉猶炬影，顛倒自衣裳。貞父、嘉賓最後至。

其　二

新烟茸近節時近寒食，舊社燕歸房。坐改屐先後，杯行漏短長。石容依酒潤，爐氣裹花香。茗椀頻寬醉，微聞問鸒鵛。

其　三

雲流篠作房，篠飲意何長。暖重魚吹藻，眠輕鳥喚楊。暝烟生薄礨，懶月避飛觴。重訂相過約，淺深探海棠。

賦得豐城劍送張尚宰之官二首

匣鳴何太急，神物故相依。風雨群山動，蛟龍一夜歸。離心春感激，壯色雪翻飛。試拭華陰土，方知含日暉。

其　二

一官又雷令，千載自張公。能使沉津氣，依然射斗中。伴琴將化水，映烏果凌虹。莫發牛刀笑，昆吾切玉同。

送陳士爕賜沐南還，用米仲詔韻三首

屈子天難問，蒙莊言更卮。幸非憂國日，正好達生時。夢覺蝶俱化，行藏龜豈知。閑身今得矣，五嶽可如期。

其　二

長揖邸中別，紅亭不送君。心應隨潞水，夢尚繞燕雲。求友鶯將老，驚離蟬易曛。江春南去路，帆葉各紛紛。

其　三

末路工眉黛，蓬頭笑任真。金門雖玩世，縱酒竟疑人。叢桂賦招久，甘蕉彈

事新。禽魚差適性,天闊與淵淪。

雨後集黃取吾齋頭次韻二首

雨屑散如塵,尊開霽色親。將人入勝境,聽鳥得閑身。約喜攜琴舊,文從頌酒新。空階苔欲滿,醉臥正須茵。

其 二

何之可避塵,對爾洒然親。爲賞杯中趣,都忘物外身。陰晴天貌改,濃淡客懷新。隨意風花好,沾泥與上茵。

訊陳士燮潞河客況,仍用舊韻三首

豈以避言後,能疏金屈巵。蕭條襆被意,留滯買舟時。旅味江蘆熟,閑情水鳥知。相看無百里,深負呂安期。

其 二

謝病仍爲客,徘徊似戀君。臣心依闕日,鄉夢付湖雲。試屐花忘遠,翻經磬報曛。無端河畔柳,眠起太紛紛。

其 三

冥鴻應獨笑,應馬定誰真。酒外升沉理,花前去住人。他鄉思篠飲,孤客見荷新。鑑曲無煩賜,何天不隱淪?

閏六月望立秋,集張園玩月,時積雨新霽六首

秋偏傍月生,月喜吐秋清。高樹最先得,當筵一倍明。蟲將臨砌語,螢已掠階行。借問去年鶴,應無此度明。

其 二

素練隨風展,鮫珠片片虛。金精秋欲盛,水氣雨之餘。照葉全窺鳥,翻波半起魚。荷香風斷續,杯影亦蕭疏。

其 三

佳園含月思園以月名,靜者領其微。共聽今宵曲,方知此會希。諸聲推肉勝,

四序讓秋輝。所喜杯當手,何辭露濕衣。

其 四

坐夏都忘閏,驚秋容易侵。澹烟開野色,朗月下亭陰。庾亮有情語,褚淵無累琴。隔雲暮鐘發,聽誤入新砧。

其 五

候晴將物爽,園曠得秋多。雪曲纖雲徹,露杯明月酡。密陰翻藻荇,空色定烟波。醉影參差舞,不知今夕何。

其 六

積雨虞光暗,重煩月戶修。九分猶是夏,一滿始登秋。全領素娥笑,新從白帝游。徘徊今夕永,無限漢宮愁。

對月憶舍弟四首

圓缺輪寧異,陰晴遠未期。涼風堪醒醉,秋色已驚離。萬籟無聲後,一庭如晝時。行吟伴孤影,此意鷗鴒知。

其 二

猶憶歌釄候,秋雲一葉翻。年流同節物,_{去歲以立秋日出門。}月滿望鄉園。北土蚤先厲,南枝鵲倍喧。涼華應照夢,萬里共琴尊。

其 三

官冗真同閏,_{予係注秩。}人暌又對秋。隔年音尚杳,遠道見何由。花外深深色,蟬邊渺渺愁。誰能托風葉,容易到南陬。

其 四

桐蔭占月閏,葉落忽商聲。併當蟾滿地,喚起雁行情。秋借一宵好,圓添四度明。今年秋得四望。最憐西郭外,溪色理船輕。_{予家居,每以秋後偕弟泛西溪。}

秋 夜 獨 酌

涼風天末起,河漢欲生瀾。露重釀空碧,蟬虛透樹殘。雁纔一聲動,砧已萬家寒。獨酌難成醉,羈懷轉未安。

過湛園懷米仲紹遠遊四首

臨別預爲約,徑時到一迴。園丁容久坐,林鳥怪稀來。衝蘚頻披磴,邀雲獨上臺。竹扉花下路,人去未曾開。

其　二

户引通街水,書依宿榻塵。如何連月雨,猶有未歸人。蛸網窗從積,鳳仙籬自春。故山知入夢,回首夕陽頻。

其　三

呼童還問主,知己自情殊。書更幾時至,回應盡月無。分茶松落子,迸檻竹將雛。秋色閑如許,真堪着野夫。

其　四

官與秋俱冷,地將人並閑。余來尋別野,爾去問名山。始信金門隱,終輸彭澤還。塵中不稱意,坐閲鬢毛斑。

送李伯遠之臨水四首

以我欲辭社,而君當赴官。隔城相見少,歧路惜離難。風物傍家好,湖山着客寬。冬行翻放暖,天亦念氈寒。

其　二

明時師自重,古邑士能文。夜夢西湖月,春吟天目雲。鱣來當講集,羊瘦遂名聞。閑訪謝公迹,東山宿紫芬。

其　三

史隱足沉冥,依然處士星。冰銜照面冷,書帶任情青。嵐霽山當户,簾虚鳥下庭。詼諧割肉罷,鄉語便傳經。

其　四

送盡南鴻影,仍堪與子違。松風如見待,梅雪故争飛。長吏論文過,門生乞句歸。虎林應有集,勿惜贈餘輝。

過黃應興小飲

天涯不對子,歲晏孰華予。雪啄空檐雀,冰銜遠浦魚。書簽修舊業,疏草候新除。壚有黃公在,閑愁失醉餘。

歲暮嘆二首

夜色若爲剪,年光暗自分。官閑慚請俸,計拙托空文。往事無根臘,來踪不繫雲。催春防近老,守歲判微醺。

其二

客懷關物序,殘夜作旌懸。去影難翻日,孤雲不離天。君親何以報,身世總茫然。秉燭思良晝,停杯惜盛年。

自遣二首

懷哉良曷極,逝者只如斯。密運相辭速,窮年獨嘆遲。殷勤留不得,慘淡去何之。無限新花眼,依然上故枝。

其二

尋常山水譜,重奏又成春。欲識不遷理,請看無住人。環中尋始末,影際現新陳。千古元今日,何曾有劫塵。

依韻留別黃貞父

是汝南歸路,春風我獨行。惟應湖上月,長照薊門城。鶯淺思離候,花深數去程。相期東蹈海,因見散人情。

過西山庵

碧嶂尋秋入,琳宮與世分。竹香浮綠雪,松篆寫蒼雲。僧轉三空法,人書十賫文。微風傳夕磬,蘿外月紛紛。

張紹和許秋見過,不果。寄二詩次答,兼督來春之約四首

生世甘頭責,逢人求目方。祇應星曰客,何物宿爲郎。展轉看魚素,高吟枕菊囊。閑身餘舌在,莫笑醒猶狂。

其　二

相期千古事,又覺兩年違。竹影月中瘦,梅苞雨後肥。離情逢歲晏,病眼望春歸。數盡江鴻點,斜陽獨掩扉。

其　三

釀黍拼經歲,尋盟限各方。星橋虛織女,桃水待漁郎。去齒登山屐,隨身索句囊。尊前雖有客,祇覺少君狂。

其　四

靜數合離事,動將人意違。腰緣多病減,面豈食言肥。淡日垂垂暮,停雲冉冉歸。寒窗驚去夢,花影忽敲扉。

晚　　眺

山徑喧樵牧,牛羊下夕曛。微鐘催上月,投鳥没歸雲。柿重霜餘落,泉寒木杪分。吾觀衆動息,亦欲却人群。

即　　事

吾影兼梅影,雖寒未索居。閑身惟愛屐,病眼慚妨書。庭雀馴看下,巢鳩拙任如。翻思漆園叟,何事厭逃虛。

晚　飲　客　過

小飲殊寥落,高軒忽見投。相依水螢夕,共聽露蟲秋。窗暗山雲濕,簾虛竹月流。呼童添酒盞,一洗古今愁。

前　　山

前山作夕陰,墜葉氣蕭森。但覺衣微薄,不知秋已深。水雲爲雁譜,風竹與蛩吟。惟有東籬菊,能如陶令心。

別　舍　弟

遲子能同去,而今祇獨行。差池難接翼,嘆息各吞聲。別曲無弦寫,離杯有淚平。寒塘芳草歇,何慰夢中情。

建溪道中二首

一片霜溪白,翻從樹杪浮。人衣生翠雪,馬影落寒流。返照懸崖夕,孤烟小店秋。如何仗策去,未作短笻游。

其　二

溪帶縈峰路,雲衣掛水村。穿林時見影,隔樹忽聞喧。山笋供郵饌,沙禽答客言。却嫌笳鼓發,不似野人園。

行橘中感化枳之事短述

雨露心寧異,山川氣自分。騷香江斷脉,物化古垂文。味減雕盤荐,功推《本草》聞。惟餘辛苦意,不愧對秋雲。

鏡園社集,阻雨不赴。百世以"秋"字韻徵詩,成四律四首

一夜蕉窗雨,蒼然萬樹秋。赴招憑午夢,淹坐及更籌。筒濕猶徵句,爐寒免質裘。隔風傳小令,無乃笑箜篌。

其　二

平渚開天鏡,高臺敞水樓。林寒蟬失午,露警鶴知秋。蓮社香應濕,明河漲欲流。白榆杯裏影,寧解憶人不?_{予嘗醉園榆下。}

其 三

人地真俱勝,如何負此遊。三年盟未冷,一水渺難求。舊事筵消暑,新涼雨釀秋。天台容問路,有客欲偕劉。

其 四

寂寂書空坐,飛音忽破愁。當花修酒券,倩鳥報詩郵。烟景迷濃淡,羇懷戰去留。參差今日約,料理隔年秋。

過周伯瑾雙河庵留飲,次其舊韻四首

隔旬如隔歲,重至豈嫌頻。偶赴琴尊約,兼逢休沐身。晨禽參夜唄,缺席補幽鄰。笑與黃花語,留香作小春。

其 二

但覺官厨冷,偏能喚客頻。浮名棋閱世,中隱酒謀身。自有藏書寺,非無擊缶鄰。多慙遠方鯉,敕斷醉鄉春。

其 三

吾嘆爲歡少,家嫌作達頻。送鴻俱遠客,浮蟻且閑身。詩格參禪長,年籤與老鄰。若非橘中社,何處更尋春?

其 四

深語墮高月,樹鴉驚起頻。寒消異鄉漏,夢憶少年身。僧社猶餘髮,鷗磯可卜鄰。江梅獨何意,指雪以爲春。

答張紹和次韻四首

瘦骨支逾傲,驚魂筮復還。柏寒辭積雪,琴澀問高山。玩世從呼馬,題詩或換鵝。竹林如未黜,嵇阮亦堪攀。

其 二

方外尋幽契,言招漉酒生。剖魚翻得素,占鹿已懷瓊。愁割管華席,敢尸齊楚盟。候蟲秋自語,未許和鳴嚶。

其 三

佳人誇絕代,其奈浣紗何？誰識承恩日,淒然憶苧蘿。嬌從依母慣,妒以入宮多。寧作女貞木,纏松勝蔦蘿。

其 四

裹糧勞命使,念我莫如君。梁落桐陰月,杯含桂樹曛。社燕驚將去,枯魚憶共焚。只輸五湖長,從此怯平分。

題張紹和芝庭瑞應卷三首

寶樹曾標桂,祥雲又結芝。滔應誇作父,渾果慰生兒。母意偏憐少,兄難喜更奇。試啼猶晚矣,英物世家知。

其 二

綉褓倍關念,譚間屢見君。賀錢慚後至,懸矢喜今聞。靈草真三秀,奇毛定五雲。斯干雖補咏,終是笑無勛。

其 三

荀星文若小,着膝也堪娛。偉長虎應怒,河東鳳自殊。連雲將七葉,媚月且三珠。詩格家風在,他年問鯉趨。

三山遇謝日可

一夢真前事,重逢尚逐臣。住吳移楚語,見弟憶兄頻。北海鬚眉古,宣城詩格新。他年思羽翼,應召伏蒲人。

建溪讀謝武林、陳季琳壁間詩,和之二首

欲訪歷陽事,還徵遺老言。烟銷千竈冷,浪盡衆山存。浮石迷橋址,維舟記樹痕。人間可哀曲,何處宴曾孫。

其 二

鰲極東南圻[②],仙靈嘆息言。入波從蜃化,變服有魚存。越弩濤難定,秦鞭

石自痕。誰能役烏鵲,漢渚渡天孫。(以上二首和謝。)

和　陳二首

龜眼中霄赤,難招魚腹魂。撼城無定蒂,洗巘有高痕。翻恐天根淺,空留地軸存。滄桑真可見,陵谷復何論。

其　二

來燕疑新主,啼鵑吊舊魂。共嗟沉陸事,猶指漏天痕。湘汨風何急,娥江月獨存。家家精衛鳥,填海意誰論。(以上二首和陳。)

久不晤曹能始年兄,江州邂逅,即當乖別,情見乎辭四首

南歸不過閩,君似錦江人。愛此潯陽水,遙通灧澦津。入荊亦予部,與蜀正相鄰。指水申前好,尋盟若有神。

其　二

世法能沒雅,夫君何獨殊。盡鋤官氣色,稍露古眉鬚。月湧浪兼雪,雲生山即圖。暫時供吏隱,愧我不能俱。

其　三

買山俸何有,卜宅意無涯。開徑取依樹,鑿池防灌花。他年成地主,在郭即山家。來索明珠宴,何能空啜茶。

其　四

蜀星光滿日,楚岫霧披時。汰礫宜居後,寒花敢怨遲。疏綸追祖硯,種玉長庭枝。事事輸君遠,非專五字詩。

登江州城樓

茫然心目去,空翠接寒窗。雨氣遙連海,峰文半墮江。甍鱗浮萬井,檣樹出千艭。猶有元龍客,匡廬意未降。

聞雁寄舍弟三首

夢路未分明,高風急雁聲。露栖何易怨,星墮若深驚。以此求群意,招余憶

弟情。攬衣尋寂響,霜月曙鐘生。

其 二

窮年南北役,與雁若争飛。有弟難相傍,成行事却違。聲偏寒角枕,意欲永金徽。望遠雲無定,誰言可當歸。

其 三

栖木良違性,遵空忽墮音。勞人殊感此,肅羽正從今。八口經冬暮,三湘懷古深。兼之風物異,因動式微吟。

別蔡爾度同年二首 蔡有外艱。

祇謂青鳧近,何期白馬迴。雲收花縣色,風助棘人哀。扶杖穿山遠,求舟犯浪開。懷鄉兼握別,客恨不能裁。

其 二

疑君先發矣,及此得相看。候雁冬行盡,啼烏夜倍寒。裝輕爲客易,印在解官難。將淚比江水,南雲灑不乾。

積 雨 不 解

雲重山如夢,蒼茫意未明。助寒添客念,催暮減官程。老樹臨流喜,幽禽濕羽驚。檐聲無一可,可答嘯猿清。

余偕伯瑾以藩參入楚。伯瑾計臣得督儲,余樞臣得備兵,笑贈

拜命偏同日,爲郎欲二毛。未孤弦裏調,堪對雪中醪。賦粟兼倉部,譚兵似馬曹。青氊十載物,容易可能抛。

寄 憶

三星復何夕,一雨至如今。不信情多少,但看江淺深。酒香浮臘味,燈艷吐

春心。若托巫山夢,爲雲許重尋。

周伯瑾至岳陽賦寄三首

尋裳衣帶水,便作女牛分。獨上岳陽日,應招澧浦雲。紉芳思屈子,解佩寄湘君。重以鶯時節,離聲豈可聞。

其　二

有官難作達,無客不成春。輸却燕臺會,依然漢署貧。以吾爲地主,念汝賦伊人。正值桃花發,其如迷去津。

其　三

聽漏失春眠,愁多若小年。橫將寒食雨,妒殺艷陽天。客自新知少,花非舊日妍③。獨醒真可恨,不得醉因緣。

四月登岳陽樓和孟襄陽韻

重湖過雨平,夏序奪秋清。晴浦遠吞漢,亂波寒上城。風傳遺佩冷,月吐弄珠明。逝水易相失,九歌空復情。

和杜子美韻

水宮龍闕國,雲結蜃人樓。直寫天光盡,爭雄海色浮。笙吟鶴爲客,帆健馬如舟。何限乾坤事,尊前萬古流。

君山三首

湖闊魂無着,兹山一葉舟。地堪人俯仰,天與浪沉浮。日月專鴻古,仙凡共素秋。我來元氣上,心眼寄悠悠。

其　二 銀杏半茂,半作炭,云是秦齮山,恒作風阻遊客,故字有緣山。

雪光無際水,風信有緣山。一踏鉅鰲頂,空濛隔世間。杏傳千古火,竹到九疑班。鼓瑟人茫昧,猶聞月下還。

其　三

張樂軒轅地,分爲帝子居。一情雲不斷,萬影水相如。玩世東方酒,懷仙柳毅書。離騷心可獲,佩褋渺愁余。

重上岳陽樓

水勢無吴蜀,樓光有晉唐。此時人獨立,今古意茫茫。元氣鴻濛合,精靈象罔藏。東流天不盡,青影界扶桑。

聞陳元朋解官

疑君難入世,果爾拂衣輕。沉水月無恙,斷雲天不平。昌詩宜厭達,學道并辭名。人外申幽契,幾時丹鼎成。

答袁文海桃源二酉見懷,用韻四首

別憶歌驪後,來當題鳳餘。山川留夢筆,星宿護驅車。交臂輕相失,論心忍自疏。撥雲窺二酉,果得故人書。

其　二

尋常將石去,容易接天津。不信桃花事,又迷黃道真。碑文苔辨晉,棋子水磨秦。縱隔中郎笛,神仙作主人。

其　三

題詩知在楚,寄我只紉蘭。綉虎辭林貴,酒龍杯禁寬。耽遊星作客,怨別柳名官。烏鵲求群急,南飛意未安。

其　四

劍鋩黔嶺盡,滇海似中原。南極天逾大,西臺漢始尊。蒼屏含墨潤,茶蕊映杯繁。官暇放衙蚤,山禽時到門。

行園見蚤梅一花三首　十月。

梅雖與冬約,寒淺豈花期。以此香偏蚤,如形雪太遲。月來毋乃喜,風緩未能知。仙子絕塵立,諸天失並時。

其　二

若曰開無異,胡爲事不同。微香先入夢,孤色忽凌空。欲墮留殘緑,初苞讓淺紅。花將葉相見,造化果然工。

其　三

青松非晏歲,白雪是何年。自分心無競,終知氣有先。獨清疑劫外,太晚笑春前。羌笛人間曲,安能動四禪。

讀陳雲仲《閏重九詩》,仍是重九耳。憶甲辰亦有此節,追咏并用其韻

梧小秋添晚,萸深節又當。百年多此醉,一笑展重陽。山報衣須倍,花知閏勝常。莫疑籬色减,霜緩是初黄。

雨

助寒豈無念,晴久聽之新。葉落聲偏夜,雲繁氣欲春。麥非零穀月,梅亦養花辰。以慰千山意,終知造物仁。

廿八日梅又一花,夜雨微雷四首

兩旬纔間見,孤影亦奇哉。相與月終始,自司春去來。洗之迎臘雨,鼓以破宵雷。諸蕚肯如此,周天應偏開。

其　二　尋花偶蹶,自嘲。

憶舊非無侶,尋幽只獨看。人方存見少,天若嘆才難。夢爲聞鐘警,爐依讀《易》寒。拜君如拜石,泥滑濕衣冠。

其　三

安得燈相續,還當笛未吹。傳衣惟一祖,讀賦不同時。祇恐前身是,從誇後出奇。蜕香猶可想,清韻自交知。

其　四

高標一非少,隨意夢寒窗。即此香凌雨,何殊影照江。代興雖次第,獨立竟無雙。雲暖不能雪,六花心已降。

除夕感杜甫"四十明朝是"之句,即用"除"字爲韻二首

四十明朝是,兹吟信贈余。懷哉相與暮,來者自爲初。雁去先歸客,梅開滯寄書。新聞何以策,餘惑未能除。

其　二

四十明朝是,吟成晚霽餘。窮隨寒不去,拙與影難除。杯氣霜中柏,園香雨後蔬。歸雲猶□□,□散意徐徐。

歲又改矣,歸計未成,苦憶舍弟十首

以爾從兄日,何曾別至今。三年□□□,獨客若爲心。雪暮凄群影,風原送斷音。他鄉孤燭裹,行坐一沉吟。

其　二

終鮮惟予汝,同根即一身。胡然徇物役,自忍隔周親。孤在簿書暇,難當節序新。所含非片緒,積嘆竟難陳。

其　三

雁去怨遥天,紅亭自目前。離尊生歲月,長路數山川。書落有無裹,夢歸明滅邊。百年棠棣樹,禁得幾凄然。

其　四

拂衣予未決,入楚汝無期。道路猶言易,蒸嘗重獨持。爲兄終自拙,抱子况俱遲。擾擾萬端起,排之不忍思。

其　五

緒風休萬物,初日動群萌。驗子今時感,如予遠地情。樹星疏處色,鐘雨歇餘聲。亦似東山夜,偶然身獨行。

其　六

畏題鶺鴒句，心弱避愁來。忽與竹聲破，又隨梅想開。隄防一以決，箭浪孰能迴。轉憶無言處，烟遮江上臺。

其　七

何苦東風意，將春物物抽。依燈明積念，換草長新愁。故國還花事，謀家少橘洲。韶華吾敢恨，天地若相留。

其　八

若問官消息，歡心事事賒。餞年聊市脯，窮臘尚朝衙。嶺氣冬難日，邊春地儉花。賴能歲前雪，東作慰農家。

其　九

即今人似謫，於古服爲荒。酉室兵書閟，辛嚴女迹茫。籌邊聞易帥，選士議輸糧。報汝紓憂念，幽崖律漸陽。

其　十

一官但勞我，復勉子求官。此事寧非幻，逃名古亦難。毋言酬世法，當念答親歡。歸與秋風約，連床聽雨寒。

穀日立春喜晴，而日猶隱隱，賦詩祈歲三首

星將冀幾葉，斗始柄旋東。月令兼冬入，田家說歲豐。葭心知暖律，柳眼候新風。先報土膏活，青郊耒耜通。

其　二

問訊春何久，徘徊亦待晴。農祥占穀日，物色慰花情。村鼓殷山動，盤絲剪菜輕。烟禽小兒舌，送喜語分明。

其　三

穀即年司命，天能此日春。甫田當應兆，情色果連人。餘臘皆辭去，時光一意新。百年娛彩勝，倍許醉芳辰。

正月廿七日之夜,夢譚友夏,余實未識面也。晨興微雪,得友夏書若詩,答寄五首

未見胡然夢,其占曰得書。清風來不易,黃鳥意何如。月盡有珠現,春生在雪餘。袖之三四讀,晤語不曾虛。

其 二

鍾期生并世,又得蔡邕琴。渺矣弦中思,難於聽者心。非余偏送抱,自古賞真音。知己山川外,無言深更深。

其 三

求友誰知苦,翻將避客同。遇人惟闇識,作賦乃幽通。茶理資禪悟,梅神見古風。與君遊未晚,相托在無窮。

其 四

相士如相詩,隨人所取之。摩松風骨別,調鶴性情宜。於此無精感,雖多奚以爲。山鐘占《易》體,欲答已忘辭。

其 五

十年吾以長,一日此相求。玄契能無取,浮名安足酬。置身凛在古,行世澹於秋。事豈文章盡,懷哉參上流。

送許鰲宇兵使投劾四首

理外成君去,如茲事亦希。夔蚿憐未已,兕虎道疑非。夫我宜先罷,相逢乃送歸。素心何所恨,深計自多違。

其 二

爲君發孤憤,君笑曰毋然。釋此羊腸路,酬之蝶夢篇。歸猶遲雁後,別但惜鶯前。再拜謝吾褊,離騷空問天。

其 三

看劍相太息,孤鳴未易爲。彈翻成薦疏,去即是遷期。右臂同舟失,中軍作

好誰。如何飆浪裏,天獨恤君私。

其　　四

携影照江水,離杯深淺間。臨歧送者意,不及去人顏。草遠如波綠,身輕與鳥閑。歸雲春路好,花事正千山。

夜

草木生夜氣,車馬自然幽。月露交涼影,風泉聞暗流。嗒然忘夏役,所得已如秋。村火遥星稀,驚禽信所投。

沿溪行,宿千山塘

晴雨窮其變,高深妙理存。月行江有路,雲動石無根。空色相明昧,聲香失寂喧。暝禽隨意宿,與客共忘言。

秋　夜　發

烟霜亦何待,相與警寒空。泉意因風異,峰容得月同。秋聲蟲語外,夜氣稻香中。於此觀群動,淵然静理通。

夜　　坐

萬物勞將息,他鄉役此心。微霜秋始雁,落木夜兼砧。聽雨高齋過,依燈片影深。寒蛩何所感,而復近人吟。

中　秋三首

於此情難已,孤行影獻酬。寄愁添滿月,留病受清秋。感物悲歡變,悟人身世浮。禽蛩同一静,累寡亦何求。

其　　二

未免關懷處,兼葭秋色蒼。望鄉多病緒,見月即醫方。深淺心何着,初終界亦忘。越吟姑不暇,静想此清光。

其　三

夜魄孤如此,爲心不亦難。無烟秋始爽,有露水同看。鄉夢托遥照,客衣生薄寒。茶甌傳霽色,可以發深觀。

送友夏尋酉山諸勝

風雪鶴來輕,無非二酉情。慰山初得客,恕我不同行。眼與春無限,遊先洞有名。解官終一往,因子寄之聲。

玉華洞是余舊遊

鑿雲爲地肺,雲老幻深形。手搏六丁黑,魂招萬笋青。燈光生妙象,龍蜕想空靈。含意贈雙屐,如予杖再經。

大酉山鐘鼓洞秦人藏書處

水辰山曰酉,命者亦何心。以日爲昏旦,其雲無古今。簡編化寒翠,鐘鼓隱靈音。陳迹不須辯,領山當領深。

玉　田　洞

此語友云然,玉華推玉田。煩君歷深淺,爲我證中邊。茜潤無形水,空明有漏天。歸與舟弄月,心眼可相宣。

玉蘭敗於雪,謂稚者不復能開也。
乃今亦開,較初花四十許日

與雪能神似,何妨爲晚開。蘭心寒不死,鶴夢月同來。名下宜埋照,天嚴亦煉才。終然和氏璞,遲剖豈須哀。

山　涼

大火欲流天,初風爽客眠。高溪懸急雨,暗樹起寒烟。醒夢隨山鳥,寂喧忘露蟬。深峰氣多肅,過此未能然。

泛舟武夷三首

清音含衆妙,一澹自爲心。涼日水光活,柔風爐氣深。鷗忘甘午夢,蝶淺静秋尋。遂渺高深思,非弦亦可琴。

其　二

灘飛光雪露,岫折意波瀾。奇勢如相軋,游情敢自安。束天隨水去,垂壁壓人寒。一點雲生際,蒼苔駁漢壇。

其　三

高深同一碧,時引濕侵衣。遠色寒今古,生香失是非。窮巒乘水入,移竹與雲歸。宵半笙中月,寄心清以微。

大　王　峰

靈會無諸劫,虹橋指顧存。主峰尊太姥,族竹稚曾孫。棹外烟開合,杯前峽吐吞。賓雲猶有曲,夢怪水聲喧。

止　止　庵

禽魚無繫意,雲起秀空潭。水翠星辰濕,山香木石參。行行仙共語,止止客孤庵。樹際愛新爽,難言秋不堪。

宿武夷觀二首

地湧盤羊角,天遊戲鶴群。爲高檐倚斗,以下壑量雲。夜鼎芙蓉秀,秋衣薜荔分。露華蘸仙掌,隨意潤峰紋。

其 二

拔地自然峰,丹梯石髓封。夕暉分細浪,秋氣落虛松。月上鐘催鳥,雲歸洞警龍。偶來遺一嘯,何許辯靈踪。

從四曲取間道過靈巖一線天,僧院坐雨三首

杖轉拊山背,屐幽磨石棱。峽光天一綫,雲影樹千層。坐暑高逢雨,投虛冷問僧。茶心參近遠,話久暮烟凝。

其 二

地肺無端剖,巖心有故靈。雲林傳虎嘯,陰雨帶龍腥。虛牝谷惟黑,容光天一青。洞幽秋出入,風佩肅泠泠。

其 三

斜巖頹復止,閣勢欲翔空。衆鳥風斯下,諸天日可中。齋時佛香遍,鐘處谷神通。花散衣何着,文殊亦暫同。

葉坊七夕二首 是夕薄醉。

驛樹辭雲月,霜村渡水砧。關河先得冷,星漢倍驚心。螢出夕方淺,蛩思秋欲深。人天紛意緒,但付酒沉沉。

其 二

含情信終古,河漢豈能深。諒有懷仙感,亦如歸客心。携家雖減念,盼弟更長吟。月照露華白,涼魂戀旅衾。

過常思嶺

曙色散青疇,炊烟幾樹浮。閑雲同過嶺,宿雨助生秋。傳食嚴新禁,擔簦憶舊遊。饋漿與爭席,一笑問沙鷗。

輿 睡

雲重山何懶,車中共此情。移衾催夜淺,隱軾戀秋清。火息螢猶照,露初禽

不驚。林香通醒氣,占夢未分明。

小　　雨

溪聲未能發,林翠覺微滋。遠色晴諸嶺,輕陰爽此時。蟬欣同露飲,雲濕度山遲。天意蠲餘暑,征夫亦慰私。

訊俞憲喬年丈,因約遊九鯉二首

我病與官違,君胡亦賦歸。鹿麛俱有性,鴻雁必同飛。未老尋山去,非閒會面稀。靈湖春照影,隔歲預縫衣。

其　二

明月流黃素,懷之字不磨。曰余多骯髒,其地善風波。木葉秋仍至,蒹葭露若何。可無桑落酒,相向醉嵯④峨。

訊黃應興年丈

白下寄詩久,關河夢不分。如君先息影,今我亦同群。離色惟看月,閒情各似雲。病身安得往,蟬響一相聞。

静　　眺

耳目閒如此,所關無淺深。移江風颯颯,覆水樹陰陰。瓜好知鄉味,禽歸感客心。蟲聲將出草,含想若沉吟。

出蒜嶺二首

背嶺路三十,旁行屢見江。遮時林翠斷,動處日光降。遠嶼心相媚,歸帆影易雙。寒聲還一接,未可閉帷窗。

其　二

山徑尋常轉,豁然開四溟。旅情隨所領,遠意莫能扃。浪蕊風生白,巖花雨洗青。乘桴如果往,浩蕩寄浮萍。

夜雨走楓亭

宿酒散輕雨,荒山只覺寒。勞人真色愧,歷險較心安。帶濕螢飛重,爭枝鳥睡難。私錢沾僕役,辛苦亦知寬。

喜雨二首

但覺凉無漸,方知雨有情。草霝初欲起,泉涸久能生。乍日雲猶漏,非雷澤可成。林巒滋舊色,鼓角澀新聲。

其二

所喜午還續,何愁秋不清。桔槔農自倚,襏笠僕相爭。引酒添全力,衝泥減半程。焦原昨太息,敢嘆路難行。

因王君衡寄訊張紹和

高想多遺世,從嘲尚白玄。一生傲江海,萬戶富詩篇。此日懷人後,臨風送客前。梅花心片片,恰倩晚鴻傳。

寄陳元朋

君寄書畫日,臨登天柱時。清人無近事,動我發遐思。落月解相照,歸雲忘所之。梅前菊花後,何以慰幽期?

元朋和韻索丹砂,不知僕實無長物也。再次答之

載石扁舟客,披裘五月時。佁佛餘生事,遊仙非我思。無丹將老矣,有酒一中之。慚愧葛勾漏,相邀大藥期。

訪林仕隆,同阿弟、阿郎坐雨三首

相看入門色,方知積夢深。宵星同坐曉,舊雨又成今。較茗先春事,評梅證

臘心。涼雲清客寐,留燭伴長吟。

其 二

扶筇兼病至,靜對失何之。肥瘦驚相問,狂痴各自疑。疏鐘催曉火,近水照寒卮。爲探夜來雨,園花長幾枝。

其 三

園幽生住意,未必雨留行。人帶岷峨色,語深江漢情。叔慈兼內潤,衛玠自神清。添我山癯影,將無魚鳥驚。

訪陳荆碧,至洛陽橋阻風雨而返,有寄二首

訪友輕冬出,寒雲不可穹。幾年思與夢,一日雨兼風。徒有生芻咏,還將剡棹同。客愁橋外浪,向晚欲連空。

其 二

筆墨知難盡,含情待見時。翻成中道返,始覺寄書遲。雞骨應關念,鴻聲亦悵離。留玆未展意,不必解瓊枝。

梵寺雨集二首

暑外分禪榻,愁端寄醉鄉。不知何處雨,遙送半山涼。茶照苔心冷,花爭果氣香。披雲還往熟,猿鳥亦相忘。

其 二

頻雨非無意,來當載酒期。自能輕醉色,安可動歸思。半濕爐烟緩,新涼鳥夢宜。玆遊惟卜晝,燭至爲催詩。

山寺聞蟬,即席限韻二首　餘與鷗譽。

積雨樹驚晚,初晴山聽餘。閑僧期久矣,遠客嘆歸與。警露同孤鶴,知風或愛鷗。古來冠可飾,之子有清譽。

其 二　聞軍氳氛。

露葉吟高影,風枝送遠聞。鐘虛疑聽梵,鶴唳感從軍。是物秋爲速,非烟晚

自氳。珠林澄世想，何處復輕氛。

題畫贈李孟策內兄

百年各有願，安得易開顏。以我居多嘆，思君盍向閑。杖頭春麯酒，驢背夕陽山。悟此畫中理，孤雲相往還。

伯起邀集二首

閑情同默語，主客若爲分。洗以巖間乳，怡之嶺上雲。茶書含宿潤，水木觸幽聞。晴雨詎堪定，醉吟遲夕曛。

其　二

入塵愁未免，相對幸能空。啖荔君無敵，敲棋我暫同。林藏經宿雨，溪送落潮風。何處寂生響，雲歸晚磬中。

山寺雨晴二首

虛檐初過雨，忽吐夕陽山。遠樹分江出，輕雲與鳥還。見聞僧共爽，坐起酒相關。苔蘚多情甚，依然上砌斑。

其　二

閣自含朝靄，鐘先報晚清。偶因聽泉去，不礙踏山行。香散茶甌潤，禽依荔火明。衣裳游子念，此際亦身輕。

秦伯起海上回賦訊三首

鷲嶺能相待，鷺門胡獨行。短笻收海色，孤唱答濤聲。水棹荷薰席，山衣月照程。囊雲應不惜，携贈故人情。

其　二

峰窮還問水，客暇遠求人。獨擅會心事，多關清福因。林泉來即主，晤賞續爲新。斟酌奚囊滿，未嫌花鳥貧。

其 三

烟景開晨夕,夢回家尚非。暫違曾有約,重過却如歸。迎户僧兼友,傾杯茗共薇。山情凉旅夏,同看晚螢飛。

夢中送客,覺能追有之,存以紀異

班馬繫門前,斜陽雨在天。此時人送客,相看夕如年。鄉夢歸雲外,秋風淺水邊。別餘懶成寐,持燭照花眠。

送秦伯起二首

重來不肯住,豈有見聞違。尊酒方遲月,初光即賦歸。愁新砧未發,離速葉先飛。吟事誰相長,吾今亦掩扉。

其 二

高人無滯迹,行止决之心。倦有臨邛賦,貧非越橐金。蟬吟因露改,鶴去遂雲深。若對梅花塢,相思一奏琴。

送張長孺二首

客有去來者,君依佛火長。驚心同落葉,折贈亦垂楊。熟品荔枝味,携添詩草囊。蒓羹秋色好,醉影不能忘。

其 二

雨迹兼旬絕,余心償以晴。如何尋一醉,即是送將行。初月無遲照,凉禽易報更。今宵鐘梵外,祗覺感離聲。

嘲伯起、長孺,用夢韻二首

含意速秋前,靈查徑遠天。雙星動計日,一水感經年。客夢蠻聲裏,閨思馬足邊。流黄機上月,抱影怯孤眠。

其 二

秋期烏鵲前,離合動人天。有感多佳夕,如君況少年。月弦光尚俯,河漢影爲邊。歸詫懷仙女,花枝伴醉眠。

六日之夜立秋,大風雨以達七夕二首

一葉梧飄始,胡然滿陌頭。星河深感節,風雨急催秋。衰意騷人托,佳期靜女愁。照歡兹夕月,含影度年流。

其　二

匪風曾有嘆,其雨豈無情。携手秋如此,當歡晚易驚。夢中河漢蕩,別後水烟平。猶賴閨砧濕,諸天減暮聲。

送王道修遊粵二首

獨掉舌三寸,尋常鯖五侯。家山困豪士,嶺海續良遊。別路收輕雨,炎方快暮秋。南行花未減,爲緩陸郎愁。

其　二

種竹思醫俗,如君殊不同。家聲推氾毓,酒德美何充。屐爲名山去,蛩吟秋色中。貧交以言贈,亦附古人風。

依韻答俞清甫

久矣吾離索,跫音此日同。書將人外月,譚即竹間□。□態江山厚,禪心筆墨通。誦詩如論世,取捨辯魚熊。

山　　暮

山市暮烟合,歸樵小徑通。鐘來蒼樹外,客話翠微中。夜色能兼月,秋聲不獨風。吾生多遠想,於此倍無窮。

答俞憲喬鯉湖之約

嘗有湖光夢,斯盟吾敢寒?病長依藥住,貧覺出門難。茶水通花氣,禽言報

竹安。行藏詢小阮,烟渚一魚竿。

寄胡彭舉二首

古人多晚合,今我亦云云。目送將歸雁,心隨不繫雲。清音畫裏見,静理友邊聞。一片松苔色,果宜麋鹿群。

其 二

如君安可老,未面意能深。白髮勤求友,青笻健入林。鷗忘盟水坐,石懶任苔侵。相關翰墨外,別有會幽心。

送俞清甫還莆,兼簡如愚阿叔三首

留窮不肯送,持此意相親。丘壑盤胸富,烟霞舉體真。吾無名借客,君豈計依人?獨與流鶯醉,花陰倒角巾。

其 二

禊前春事深,南浦動離吟。柳色方含酒,鵑聲已出林。看雲浮世態,彈水慎知音。各負青山在,幽探許夢尋。

其 三

車笠何須問,誰人肯集枯?賦心生白鳳,囊色避青蚨。歸語東山叔,行求酒社徒。龍淵休燭斗,著論且潛夫。

送蘇日門孝廉領賑

一雨來無擇,誰分良牧勤。坐譚良愧我,跋涉乃煩君。島外皆心氣,村邊即見聞。恩波何以繼,春好麥如雲。

五 日 舟 晚

溪暑自然輕,餘陰晚更清。水能先月曙,雲不待風行。蟲思歌邊静,花香醉裏生。良遊兼信宿,爲慰古人情。

訪友出門二首

草草去何因,悠悠心所親。面顏當證夢,出處各求身。酒借霜楓色,衣驚白雁辰。淵然車馬內,即是菊松人。

其 二

未易托書傳,萬情楊柳邊。山川雖此日,懷抱已多年。欲與蛩吟草,因同雁破烟。友朋離合事,今古共依然。

嘆二首

固是秋風事,風高秋色昏。捲雲山欲動,撼樹浪同喧。行客嗟蓬轉,居人恐屋翻。衣裳邊成薄,奴虜爾猶存。

其 二

搖落霜無已,寒聲晚又深。徒因潮氣盛,坐使日光沉。莫測高天怒,徒驚乍客心。吾衰關百感,不待再聞砧。

夜 發二首

門外車鈴語,僕夫懷我鄉。霜衾知夢短,露鳥報更長。闇水含秋性,微雲養月光。予心忽孤寄,行色易相忘。

其 二

幽幔捲疏星,知霜蟲鳥靈。秋聲無近遠,夜氣有青冥。曲塢村驚犬,寒林火吐螢。松關安久臥,旅味似初經。

曉

際曉星河淡,初喧警寂聞。烟收雲漸出,岫折澗相分。動止皆營實,飛鳴各命群。曦光生衆務,身世信常勤。

再寄譚友夏兼及鍾伯敬二首

難窮吟想理,望遠更登樓。嶺壑雖多隔,聲光同一秋。霜情歸菊晚,月色動江流。萱草是何物,忍將離恨收。

其 二

置余二友側,爲病亦相關。仙果宜遲子,空雲只戀山。有懷喧默外,其迹是非間。偃蹇將何補,多應壽與閑。

送蕭如城司李應召二首

蓬徑何曾掃,千旄每此中。持茲古人意,想爾立朝風。民力東南竭,言官宰相同。榆枋雖剪召,亦許頌梧桐。

其 二

君子方當路,潛夫焉用文。行行不能送,徒此寄心勤。客夢連秋色,王程入暮雲。并州一回首,莫厭雁相聞。

寄送周蓼洲司李二首

行部接甘棠,於心終不忘。蛩寒吟舊雨,鳳起赴朝陽。正骨三門柱,清心六月霜。致君公努力,余亦老耕桑。

其 二

酌泉以心送,其日正秋生。書劍亂山影,星河孤客情。減裝知俸薄,抗疏許身輕。澤畔猶憂國,因君念已平。

答陳元朋君遊於飲博。

亦有相關念,初花暖欲然。詩書人易拙,博弈事猶賢。是客同鶯至,無言向酒邊。尊前山水路,將以永茲年。

夢 九 鯉 湖

半生期九鯉,願不與言從。夢見山靈意,春迷客子踪。汀光烟冉冉,瀑氣雨溶溶。幸有白雲熟,煩將丹竈封。

七　夕

愛此夕佳名,庭陰涼氣生。輕雲能放月,細雨欲娛情。瓜祭從風俗,梧秋感性情。巢鳩安一拙,世巧不須爭。

中秋家弟製一燈甚雅

兹宵春不及,妍澹答天文。助朗燈光静,收涼琴意分。自然酬倚月,況有嘯開雲。坐久衣生露,鐘清一鶴聞。

出　郭

麥畦青漸成,與客踏冬晴。倚杖隨雲出,隔溪聞水行。梅心遲不厭,茶理稚難輕。只此古今眼,林郊一倍清。

百　花　燈

何處催花鼓,香雲亂壓欄。化工忘次第,人意惜波瀾。光能先夜曙,氣欲破春寒。仙種無榮落,移根月殿看。

同仁夫弟過徐奕開園六首

離心催暮色,尚訪辟疆園。鶴引苔行滑,鶯酬蘭語溫。看山樓各別,照水石能言。放後營幽事,時寬識主恩。

其　二

愚公君不厭,遭客我何辭。賴有閑心在,還將素諾期。蔬畦存舊處,松阜欲幽時。所取自然近,惟應麋鹿知。

其　三

林枝殊未限,皆可借鵁鶄。徑儘容萇長,人深負桂招。留雲寒在樹,疏水暗通潮。悵矣蒲團影,聽鐘非此宵。

其　四

桓山嘆離鳥,相拉向君輕。雨養林塘色,茶開書畫情。峰容青外接,農務綠中生。弟住猶吾住,讀餘佳處行。

其　五

周行觀可止,最愜是登臨。園影下看幻,山光亂入深。居之僧尚髮,來者客能琴。一榻香花理,清微欲問心。

其　六

農圃爲湯沐,焉知花鳥鄉。萬光相表裏,一氣自温涼。水榭通橋活,烟堤入竹長。廢興兼棄取,物意與天忘。

過曹能始石倉山園七首

有此真尤物,何疑賦遂初。酬予六載夢,證汝八行書。曲徑皆山轉,諸松肯水居。樓臺隨面取,一一翠襟裾。

其　二

坦步户庭裏,居然山水親。化工如有待,君子發其神。遠勢收無憾,幽光出日新。會心在魚鳥,濠上或兹辰。

其　三

聽淙字君草,豈不以斯泉?尋響入花坐,如秋在我邊。巖虛琴寫慧,閣定雨侵眠。蓄洩司靈脉,高人有節宣。

其　四

所賞兼登泛,焉辭一命舟。山陰道上過,剡曲鏡中遊。含壁青相壓,沉空翠亂流。欲窮烟水事,更上得江樓。

其　五

樓光君寢食,静者暫相分。極浦交天氣,連山走浪紋。林開香妙悟,澗答鳥聲聞。禮佛晨鐘内,無言叩白雲。

其　六

仍是詩文法,兼之經濟才。寸靈微點綴,棠影妙徘徊。橋路穿能幻,江山秀盡來。抱雲思一宿,春與客心開。

其　七

翛然園事簡,心眼頗交加。位置因高下,芳菲酌儉奢。避人深入竹,拈卷笑當花。若選鋤芝侶,吾歸欲徙家。

望武夷二首

十里青相見,烟禽信晚投。川巖抱今古,日月念春秋。_{前遊丙辰秋,今辛酉春。}顧影寒無改,冥心秀可搜。敢云行草草,還憶夢悠悠。

其　二

居身良未苟,出不受山疑。面目故人在,聲光君子知。雲情如有取,茶事尚非時。潄濯清音裏,采幽吾所之。

過　分　水　關

依然此林岫,何忍說他鄉。分雨二流急,接雲三楚長。禽知春語變,花與暮雲傷。却似離家始,人人意色涼。

旅　嘆六首　困於鉛山。

始悔出山誤,欲歌行路難。驚禽方夜火,疲馬犯春寒。有客今誰問,無交古亦安。勞勞星影裏,風雨幸相寬。

其　二

地主非相簡,吾生未送窮。三更兼雨後,八口只泥中。如鬥春舟浪,而乘退鷁風。嶔崎應見試,定力謝天公。

其　三

未必人情異,居然蜀道深。涼喧堪閱世,夷險且安心。賴識饑寒味,還開金石吟。艱難存報國,不敢怨春陰。

其　四

尋聲知僕嘆,照影任身孤。却異依劉日,翻同泣阮途。所經村寂寞,相戒水模糊。至此疑吾道,前山叫鵂鶹。

其　五

自是人間苦,先從意外分。瑟聲寒水木,野色暗烟雲。徒侶猿啼峽,妻孥雁失群。有懷向春草,侵濕共紛紜。

其　六

山水合爲蹇,乾坤困旅人。秋邊偏有夜,客裹久無春。亂響工侵耳,迷途怯問津。勞行焉得酒,頓語慰酸辛。

見　　月

殷勤下弦月,透雨照行衣。宵發逢非易,曙交光不違。身孤能伴影,火盡賴知歸。愛此物情外,雖寒清可依。

晚至弋陽遂發

夕陽至東月,村色報鳴鷄。祇訝馬何蚤,焉知禽未栖。候舟春水闊,開户曉烟齊。衾枕不遑戀,貪晴過大堤。

苦　雨三首

楚闊多防雨,春行只有陰。雲流如地濕,野晦欲天沉。寒事衣裳怯,勞生車馬深。朝昏俱水氣,坐念鞠藭吟。

其　二

恒言田欲節,豈可路無休。千里春爲客,兼旬雨作仇。塗泥南土病,河漢漏天愁。隙日艱難照,嗟聞逐婦鳩。

其　三

節使居多嘆,兼之旅欲迷。役夫鰍出没,僮僕馬顛隮。易促扶桑晷,難尋芳草堤。情知烟柳恨,并與水禽啼。

東鄉縣

俗入東鄉薄，身驚北客單。窮途尊地主，積雨釀天寒。官燭傳餐短，春泥策杖難。羈遊宜迹賤，志士敢懷安。

晴二首

三十日春色，今朝乍可論。晴帆猶曬雨，暗港屢通村。喜散人禽語，勞收車馬魂。萋萋南浦草，似欲慰王孫。

其二

過雨還新漲，收雲始迥天。江侵兩岸柳，墟散半林烟。殘旭雞豚陌，歸流薇蕨船。檐暄寬襥被，暫暖此宵眠。

南昌晤林仕隆方伯三首

三年開一笑，能使萬花新。視我如天屬，爲君忘旅人。酒澆征路苦，燈話故園春。若報應休璉，題書奼勝因。<small>時李端和以病不出。</small>

其二

不獨重班荆，相親無限情。佳兒吾可子，愛弟爾猶兄。夢繞刺桐合，雲深芳草平。滕王圖裏想，蛺蝶似孤征。

其三

遠行春亦秋，一暖是綢繆。徒御驚相問，窮途感未休。鶯花含意晚，風雨過江愁。獨有龍鐔氣，橫空紫不收。

與李端和三首

握手非容易，天觀朋友情。我忙來不厭，君病出難輕。古色莓苔靜，春懷藥餌清。求聲寒轉急，此意即黃鶯。

其二

垂發仍留馬，求茲片晷同。照顏猶托月，共地忍分風。語必寒溫外，心皆今古中。翻嫌離合促，蓄緒未堪終。

其 三

傾蓋思新好，投襟況夙親。難忘爲臭味，相長在經綸。但覺衙如寺，焉分主與賓。光陰真可念，微雨叩關辰。

涉 江

好處終難戀，王程水草昏。鷺飛明浦影，沙没失堤痕。漲路船爲馬，遥烟樹報村。子安秋序筆，來此惜春魂。

黄梅縣念楚人有作二首

十載黄梅道，陰晴事不同。看人華表鶴，尋迹雪泥鴻。夢結芝蘭遠，心寬時物豐。東師加賦急，江漢望成功。

其 二

生有楚人緣，風萍到此邊。舊棠猶隔地，芳草欲分天。記憶民俗厚，逢迎鄉里賢。雖無歌鳳者，吾愧德衰年。鍾令闔人。

停前驛題云昭明太子誕處

梁後俱烟滅，斯人何獨存？降天斑管慧，初地紫雲温。祇作詞壇想，寧知帝子尊。樓餘文選址，並感墨卿魂。

楓香驛曉發

先鷄催僕起，戒馬候星分。一夜楓香冷，隔山松語聞。露流衣作雨，烟重塢如雲。初日同征路，光中敢不勤。

太 湖 縣

此縣以湖名，沿岡策馬行。樹浮青嶂動，溪照白沙明。草露寒猶淺，花烟暖漸輕。停車詢我友,畏壘有餘聲。同年何令有生祠。

閏二月八日雪

已是鶯深候,堪憐意外看。春輕爲絮易,濕重結花難。心眼開新照,關河入暮寒。行行須且止,重念役夫瘝。

嘲春雪

數載夢中意,三春霽後顏。清魂惟向水,薄命且依山。暫許同雲宿,渾愁見日艱。如移枝上着,猶使蝶間關。

雪答

春心何所之,冬魄尚堅持。肯與花相近,惟應月自如。晦明終信我,消息敢違時。雪嶠峨眉外,鴻濛照若茲。

梅心驛

春草四千里,無非客思侵。帶烟探柳眼,消雪到梅心。水潄松支岸,僧歸鳥認林。持將今古意,隨處閱晴陰。

夢得周伯瑾書三首

愛而不可見,合向夢中尋。迷路人猶遠,持書意轉深。杯情偏憶醉,扇句每循吟。即此時時共,徒勞夜夜心。

其二

已嗟殊面盡,何況托魂傳。若取精微理,應存渺默邊。雁鴻春不度,蝴蝶暗相牽。星漢難成報,詩人語未然。

其三

乃知書有魂,忍道夢無根。字易隨雲滅,心終托月存。餓麟應自笑,伏驥竟何言。更引彈冠事，吾深愧國恩。

寄　弟

一片清淮月，能隨夢所如。花前孤客酒，枕上故園書。蘭桂何曾晚，風雲亦有初。深心惜光影，未可學兄疏。

小　雨二首

曉雨易交晴，春濡感此聲。沾衣知客子，濕柳記清明。壺檻尋青簡，橋堤潤綠平。烏鳶松影外，鄉念自然生。

其　二

養花天款曲，細響不成喧。節物生人事，暄涼變鳥魂。懷新兼水火，_{清明改火，亦宜淘井。蘇子瞻有"石泉槐火一時新"之句。}催老豈兒孫？獨有如淮酒，孤心可與言。

見雙蝶二首

亦有花知己，春心惜晚開。微吟雙影過，猶帶片香來。素女舞邊態，飛仙夢裏才。信芳如可托，輕薄莫相猜。

其　二

春光避馬足，結侶肯郊尋。諒不因花事，依然向客心。天機關氣候，物色想園林。栩栩鼻間意，誰觀孫叔深。

高唐夢弟寄書

夢晤猶難必，翻憐祇得書。覺來書不見，起坐意何如。片月齊歌外，高風海運初。荊花春弄影，映酒曉窗虛。

雪　懷

豈不慰清魂，終然百感存。邊聲霜萬角，曙色月千門。墮指嚴軍柝，求衣夢帝閽。如聞吹暖律,天語即爲恩。

泊毗陵

復撫清溪弄,琴心念歲華。沙鴻參客影,水市出人家。雪後江生月,鐘前樹報鴉。延陵猶廟火,嘆息此風遐。

移寓石倉三首

借園兼借春,難得此閑身。置榻當花上,安巢有鶴鄰。僧疑行徑似,水覺性情親。雖愧逃名者,聊充蔣徑人。

其二

萬事真無賴,孤心幸不違。方知貧有味,未信懶爲非。山水清相發,琴書累亦稀。避喧徇日月,客夢豈遑歸。

其三

嘗有移家語,思之不偶然。鐘聲何必寺,地脉莫非泉。清福茶蔬供,靜功經唄緣。主人分暇日,舟屐迭周旋。

晴

細雨俱當夜,端然不礙晴。土膏鬆菜甲,風語滑倉庚。萍水時分照,莎堤每緩行。委苔花點點,動我感春情。

中春三日,李玄同以上巳告,置酒舟中。旋知其誤,戲簡

舟泛已愆句,況君言禊辰。急携花下酒,去作水邊人。移節雖知蚤,尋烟亦惜春。解嘲憑逸少,適我莫非新。

石倉步月二首

不獨園宜照,半春相待情。入江光最活,交樹影頻生。棋酒俱當止,橋堤好共行。今宵人外月,始向客中清。

其 二

正爾會心處,何須秉燭遊。鏡波含閣動,星火隔山流。所得真如畫,雖涼不是秋。關人花裏照,春意欲孤愁。

歸夜光堂

何限月生夜,非余宿此堂。人聲俱寂寂,林影轉蒼蒼。高閣相依罷,孤軒未忍忘。開扉滅華燭,盡意領幽涼。

次夕遲月

一照良非易,但看兹夜陰。客踪自有散,雲意爾何深。萬象微分影,孤樽亦起吟。終然殊晦夕,重見或鐘沉。

再與曹能始步月

園月應知主,君來月亦來。輪添三夕滿,水映兩山開。露坐僧司茗,光多客踞臺。加衣橋外去,聞磬立徘徊。

偕鄰僧至山頂

徑轉即巉峨,要僧俯磵阿。偶然隨月往,已覺得天多。烟外參差影,風前縹緲歌。山行此經始,不但閱金波。

山 雪

猶是瀟瀟雨,添衣祇覺單。爐烟自然重,花事幾分闌。客報前山白,吾思昨夜寒。春光今正半,看作晚梅殘。

酬曹長生用來韻二首

將老學焉及,從君勇賈餘。若無山水眼,難討古今書。善病支雲枕,少年乘日車。猶投鸚鵡句,來慰拙鳩居。

其 二

隨地着琴尊,烟霞不設藩。尋鐘雲得徑,看水月過門。清賞柯亭竹,文心鄴下園。毗邪吾欲默,花鳥盡春言。

過聽泉閣試新茶二首

聽禽蕉石邊,花韻若微傳。忽與露香坐,始知山氣先。依然分翠竹,相對有鳴泉。空色吾何辯,茶心即是禪。

其 二

湯社論先進,旗槍亦有靈。僧幽知點法,客暇品泉經。樹裏湖光白,雲來石氣青。爐寒鐘報雨,清醉夢春星。

曹子興以扇索書,信筆奉贈

竹林來把臂,喜得阿戎譚。秀色鶯花淺,清機水月含。鳳毛奇自賞,塵尾捉還堪。泉石皆天趣,文心好細參。

與 商 孟 和

豈曰一鄉士,相關別有緣。密雲同此日,流月托多年。鳥識避人後,花愁修禊前。吟筇能見待,山水暮春邊。

葉 坊 蚤 發

萬物猶俱静,征人已據鞍。溪光先曉白,嶺氣後春寒。辨影烟分樹,喧晴雨報灘。桐花沿岸吐,聊得破眠看。

花朝喜譚友夏至郢三首

好客來分節,杯前始當春。燕聲猶舊社,花事及清晨。迹換休詢往,懷多欲證新。石城初緑路,偏向合離人。

其 二

雖有書中約,還如夢裏看。一鞭窮夜力,斗酒沃春寒。鶯淺求音易,花疏惜別難。勞生爲師友,知子意能寬。

其 三

驅馳何所急,此意古人然。影問將圓月,春留欲半天。輟餐同卯酒,停馬結花緣。拂拭焦桐始,塵中七八年。

七夕簡葉稚勛二首

天上夕何夕,人間秋未秋。距立秋尚五日。雙星不蕭瑟,孤客莫添愁。病起花相慰,杯遲月爲留。涼風寬一枕,此外亦無求。

其 二

漢廣接城邊,河橋秋色連。與君堅坐月,非久或來仙。瓜果土風儉,海山鄉夢傳。星期真太數,萬劫夜爲年。

立 秋三首

半曉通秋信,人天意自涼。葉聲蟬始悟,荷氣露添香。月出思千里,身孤水一方。今宵供美睡,夢去故山長。

其 二

未問斗何指,居然秋不同。關河如過雨,草木已含風。雲影生初白,花心落小紅。高齋蘇肺病,相約理杯中。

其 三

事事有秋心,方知在漢陰。微清堪散帙,新爽欲歸琴。評藥人參減,報時梧葉深。禽蚕猶互答,安可客無吟。

寄勉内侄讀書

秋井汲清深,轆轤寒自吟。梅花丈人色,桂子少年心。燈火親兄弟,縹緗獵古今。移情安可晚,山水待傳琴。

和楊文弱謁參途中諸咏

有言安可食,相待嶽雲心。古路銜思往,秋期如夢尋。治經存肅穆,抱瑟問高深。持此孤明接,天人常目臨。

于　　邁

江山宜此客,忠豈獨朋謀。秩祀歸文命,清暉發勝流。幽裝將獵暇,高翠已矜秋。千里迎勞汝,吟筇雲物稠。

清　　化

幽森有如此,忍作馬蹄看。青犬將人熟,桃花出世難。露林香始沐,烟嶺翠逾攢。遊事君經始,山靈意亦安。

蘭　　江

甘棠吾未有,剪拜任相加。屈廟尚遺火,江香時一花。懷新橋閱水,連理樹依衙。淳厚邦人意,因君問故家。

夜　　發

似受山符促,寒星警暗途。犬能吠殘燒,鷄未起耕夫。遠樹風喧默,近村烟有無。據鞍時續夢,夢答老仙呼。

公　　安

覽古左公地,少陵詩不廉。鬥龍雲易散,威鳳羽能潛。堤患年年水,商歌昔昔鹽。斯人安可起,話史曝前檐[5]。

雨　　過

喧覺瓦鱗止,濕歸林葉餘。從人抖簑笠,前路卜舟車。鳩鵲知風定,魚龍愛水潴。客遊猶念歲,吾愧酌盈虛。

泥　　中

滑路多妨馬,仙家亦蹶麟。紫泥將一浣,丹水竟無津。捷已輸高足,遲寧厭逸身。蓮花於此採,或試有心人。

間　　道

客心亦何待,意往遂迷村。草樹含霜態,牛羊認雨痕。童謳生似熟,馬智老猶存。幽綠無人處,時禽可與言。

夜　　舂

寒聲知夜作,食力事朝供。村雨燈相照,溪雲水自舂。暗蛩分練杵,斷雁過山鐘。民事予懷切,豳風若再逢。

痺　　柏

梅花秋路眩,官燭照山城。此地紅猶短,何時雪繞生。低侵珠履過,小映翠鈿清。留客如年夜,巢烏失曙聲。

行　　柳

依依鞭外指,春去尚平安。舊雨眠堪憶,新霜醉任看。還將眉際恨,付與笛中寒。妒殺秋星照,侯家卍字欄。

襄　　陽

觸情多所嘆,雲影閱新陳。春色池上酒,夕陽碑里人。烏聲如恨晉,漢廣亦流秦。耆舊何須問,即今耕鑿民。

九　日

行色安霜菊,遊情急榍梅。江山高自得,今古旅相催。雨洗青鞿路,霞生紅葉堆。一酣惡可已,漢水倩添杯。

穀　城

浪湧山形似,芙蓉中挺生。一星懸碧漢,萬笋叠秋城。夢與遥光接,身將近想輕。嶽雲先傍枕,淰淰夜流聲。

黄　峪

卸鞍通馬喘,納履俯鶯盤。逼側天爲峽,驅馳嶺亦瀾。偏於秋日外,肯向曉雲寬。解事惟笻竹,猶憐簜可冠。

齋梅數本,一白者獨異,贈之三首

致此如求友,冥心何敢分。自然幽得韻,翻覺冷難群。有抱同巖壑,無言洗見聞。入春推勝事,閉户禮清芬。

其　二
高坐亦何辭,攝衣應拜之。妙香雲欲接,清夢月無疑。蜂蝶但遥嘆,冰霜偶并時。伊人雖一室,漢廣可求思。

其　三
當春惟獨立,欲雪爾何心。以我性情暇,爲君山水吟。孤燈傳散朗,半榻其崎嶔。悟物正容處,翛然若念深。

春　雪

半枕猶輕雨,翻開曙月光。山川償臘色,草木洗春香。晴後天心正,豐占土脉長。微茫空影外,若有舞霓裳。

餘　雪

消去終何恨,清魂自有歸。若爲留臘住,還與照燈輝。向日能添艷,因風猶更飛。護春寒未減,檐雨喜聲稀。

代仁夫弟答友夏和韻四首

晨宵先傳側,鍾文譚筆。二嶽志冥游。有客如形影,爲龍共腹頭。閩行曾到溉,楚隱暫劉虬。幽竹慚花果,清風亦見求。

其　二

亦似詩書裏,偶然能得君。沙鴻來雪語,谷鳥念春群。古處江山靜,新機日月勤。獂賓何所感,神理在音聞。

其　三

各自有伊阻,惟將夢互游。荔風深嶺晚,蘭露過江頭。子作鳴皋鶴,予安潛澗虬。行藏俱未定,安敢附羊求?

其　四

雖從兄屢説,余意別知君。惟孝方能友,多交不苟群。月燈同影照,仙佛畏人勤。若到招携日,應須過所聞。

送徐元甫

行役遊子願,今年行較遲。山水素琴路,門閭芳桂期。將雲到親舍,乘月登峨眉。松聲萬古雪,應與狂歌宜。

出澧州二首　以下遊嵾山作。

未必無根病,偏於旅候多。出門生遠思,觸景減煩痾。凍樹爭辭葉,輕雲欲寫波。觀濤虛《七發》,隨意且長歌。

其　二

雖云赴公府,而得歷溪山。鳥倦翻成業,鷗輕始覺閑。靈巖勾遠夢,流水浣塵顔。暫解微官去,換將遊客還。

孫黃驛

寒日隱高舂,荒村時一逢。勞人多菜色,老屋尚波容。近碧俄收靄,遙青稍辨松。昏鴉方接翅,又聽隔林鐘。

屛陵道中

過眼即難忘,清波蘸綠楊。但無江作祟,正好水爲鄉。鏡與湖光亂,城如堤影長。向來昏墊苦,不敢愛滄浪。

荆州有感

不肯借雲雨,蛟龍亦自愁。霞紅綉林暮,山黑麥城秋。宛洛乖人意,葛公初欲跨荆、益,遣將向宛、洛。後失荆,非本圖也。孫曹竟國仇。岷江千古怒,猶欲捲荆州。

雪中懷袁文海寅丈三首

寒雲同八表,灝氣接天門。人失寂喧念,山無染净痕。瑶臺回鶴夢,玉帳返梅魂。當日推貞素,袁昂許蔡樽。

其二

但有會心處,不知行路難。御風侵幔至,得月捲簾看。即此露清絶,真堪敵峭寒。孤燈照庭色,夜卧憶袁安。

其三

散花下簷霤,剪水碎瓊瑶。重以月華好,惜哉佳客遙。信宿雖相望,琴樽未可招。知君發郢曲,笑我灞陵橋。

雪後立春,次袁文海韻贈别楊崑林二首

寒霙融酒畔,宫翦報花前。從古陽春意,皆云白雪篇。問奇亭屢到,吐蕊嶽

逾鮮。自得子雲重,名山亦守玄。

其　二

重酬夜雪興,無那月明知。坐領春風去,尚如星聚時。山光含水動,樹意放花遲。何以輕離色,芙蓉與我期。

立春二首　十六日。

月莢平分臘,風條乍轉春。土牛農事達,烟鳥物葉新。歌舞從鄖俗,行吟對楚人。一官已如客,更作客中身。

其　二

入歲江舟動,殘冬麋國回。兩當三楚見,獨度萬山來。有信春心暖,無端旅思催。試拈青甲菜,却憶綠葉梅。衙齋新買綠萼梅一株。

登太和絕頂五首

與天垂峻極,將聖闢洪荒。雄亘連秦楚,登封失漢唐。崑崙吾不識,震旦孰堪方。山水無贏詘,一杯江漢長。

其　二

削壁天懸柱,盤空石轉梯。中峰疑倚斗,下界見流霓。帝時神靈集,王功浩劫齊。芙蓉七十二,一一秉朝圭。

其　三

神皋真冠古,呼吸即通天。一邁千秋運,俄班五嶽前。雲霞凌倒景,日月避層巔。欲辨齊州色,微茫九點烟。

其　四

地肺峨中揭,風輪歘上扶。黃金開帝坐,白玉告神符。下撫群峰小,高標一柱孤。翔烏來海外,先爲照香爐。

其　五

以此嚴冬暖,兼之積雪晴。山能垂接引,吾可壯平生。帶水抱峰近,琪花隔岫明。夜深笙鶴度,相拉採芝行。

天柱峰得袁文海書有懷三首

練水縈山阯,思君從此過。漾舟若見影,鼓枻可聞歌。雖則貽書至,其如隔地何。今宵天柱月,的的落遥波。

其　二

山水正須友,而難兼得之。殊無開口處,祇有賞心時。過雪畫相失,停雲杯轉遲。高峰一招手,入夢自應知。

其　三

惆悵山靈語,於君不淺心。篇章分峭碧,韻宇得清深。何去朋鴻影,獨來孤鶴吟。蘇門非阮籍,長嘯孰知音。

遇真宮二首

魚服何曾到,鸞簫亦偶逢。祇疑將去鶴,猶有未收龍。五色空題詔,孤雲竟失踪。黃冠指遺迹,爭説老三丰。

其　二

但覺山如驛,方思名崇身。峰靈難謝客,樹老倦迎人。作市雲疑俗,流喧水亦塵。桃源漁父路,賴得斷來津。

偶　成

終古惟堆黛,真工始布金。盛衰從幻眼,空色總玄心。閱水代喧寂,量雲山淺深。神仙難稱意,何況俗人襟。

夢　山六首

不謂吟天姥,依然事可求。謫仙疑乍到,今我即重遊。草有懷千里,枕能通十洲。攀躋未了意,盡有此中酬。

其 二

鶯背馭何之,鐘沉斗轉時。熟緣徵晤密,遍景訂詩遺。屐自探奇壯,筇如涉險遲。欲知山水好,睡起在鬚眉。

其 三

縮地元無術,移山若有情。繫猿終性逸,化蝶果身輕。漏斷穿嵐暗,梁空度月明。臥遊差不惡,一往倍幽清。

其 四

何恨辭山速,丹巖昔昔家。盟非寒枕漱,疾是痼烟霞。醒夢區難別,仙凡路不賒。負趨真大力,夜半語《南華》。

其 五

一笑曲肱外,華胥竟不分。夜捫天際篆,朝出袖中雲。掌斷維摩詰,圖觀宗少文。較之誰勝劣,持問武當君。

其 六

巢蓮山眷屬,夢翼客津梁。風露飛神爽,星河去影長。惟應古苔色,共照夜珠光。彷彿羅浮月,寒梅發醉香。

【校記】

① "舟",以平仄考之,似爲手民誤植。
② "圻",原刻本作"折"。
③ "妍",原刻本作"研"。
④ "嵯",原刻本作"傞"。
⑤ "檐",原刻本作"擔"。

遜庵詩集卷四

七言律

送張景山廣文以王官歸永定二首

雲深苜蓿御清秋,賦動驪駒不可留。兩鬢星霜憐宦晚,三春桃李憶從游。青山老傍烏藤杖,白雪寒生紫綺裘。詩酒年年堪自健,一氈搖落未須愁。

其二

風長日短客登車,賈傅梁園亦有初。拙舞由來緣短袖,何門差可曳長裾。杯含臘色新梅發,騎向斜陽過雁疏。莫道三鱣消息杳,佳兒猶許讀藏書。

蘆溪公館次壁上韻

秋陰午駁漏天痕,繞檻溪聲過雨渾。紅樹將晴浮遠浦,白雲帶濕抱孤村。烟迎落照山如滴,苔綉殘碑字半昏。歸鳥能言尊有酒,夕陽何事欲消魂。

風雨

平原漠漠草淒淒,寒色沉空曉失蹊。爆帶村春風外急,山連驛樹雨中迷。雁哀秋晚驚砧杵,馬立江深惜障泥。指點故園雲近遠,不堪情斷穆陵西。

感事二首

禁城擊柝曙烏飛,長樂疏鐘花外微。鹵簿人閑宮漏永,掖垣吏靜諫書稀。無爲遠接華胥夢,退食傳呼黃閣歸。十載紫宸長不御,太平天子只垂衣。

其二

九府憂貧握計難,如雲使者出長安。斗間夜燭黃金氣,詔下霜飛白骨寒。

《周禮》職方元作貢，齊書山海盡爲官。瘡痍欲付丹青手，只恐重瞳不忍看。

送朱世其還邯鄲

寒雲一望盡高天，正好尋歡又別筵。俠客千秋惟説趙，酒人此日欲醉燕。貧堪贈遠青山好，醉易銷愁白雪妍。同是他鄉各分首，爐頭春色倍相憐。

春江別

芳草連天接遠遊，高樓送客面江流。花香祇是薰離酒，柳線安能繫去舟。鳥外斷烟橫別浦，烟中晴樹帶芳洲。春光對此須沉醉，忽漫相思恐及秋。

山房雜咏五首

爲園半畝意須經，曠裹尋幽曲似扃。深恐妨花難放草，欲多得月廣留庭。烟林不斷四時緑，雲嶺何心萬古青。列宿郎官虛指點，行藏真傍少微星。

其二

林壑開端興漸長，高齋抱膝咏滄浪。風檐歷歷鳥聲碎，露井涓涓泉眼香。健筍扶墻添竹傲，游絲殢水定花狂。市喧漸減抽身未，中隱自題也不妨。

其三

西曹衙鼓憶眉顰，日涉山園氣自伸。小住何能酬月約，頻來幸不受花嗔。顛忙翻引兒童笑，頽放漸看鷗鳥馴。猶有健身雙屐在，免教車馬惱松筠。

其四

卧雲一榻足棲潛，住處難忘每自拈。山色堂高遥出竹，花絲風起亂勾簾。酒罍欲恥愁人醒，梅價傷多任客嫌。出即陸沉歸便隱，風流今古幾能兼。

其五

巢枝生計付鷦鷯，倚杖看雲我亦聊。春雨千畦催出鎰，夕陽一徑數歸樵。颼颼老樹鳴風葉，淡淡輕波待月橋。勝地人間真是主，歡來獨往不須招。

入郡過周伯瑾

擊筑依稀燕市壚,班荆草際覺身孤。侵寒黃鳥嬌仍怯,宿霧青山困未蘇。酒畔名花妨雨妒,風前病木倩春扶。殘燈對寫鮫人泪,明月問君收得無。

武安志感

薰風回首尚弦歌,桃李傷心此地過。化劍寒光依北斗,傳經遺俗似西河。浮踪半世交游在,往事十年感慨多。拼對《離騷》命濁酒,魂招不得奈愁何。

遙同張紹和年兄登觀海樓

高樓覽物海天奢,獨字寒梅思更賒。青壁似驕千歲幹,白雲能作四時花。嵐陰撲檻蒸朝雨,蜃氣浮空變暮霞。先寄此詩異生客,山靈遲我醉橫斜。

答汪宗蘇山人用韻汪寓武安蕭寺。

白毫偏傍少微光,蘭佩兼携簷葡香。春草霞城摘入卷,夏雲天柱襞爲裳。從師我欲傳秋駕,窺漢人應笑夜郎。但有新知足千古,浮家何處是他鄉。

重游東庄三首

久拼蠟屐施名丘,三日何妨兩度遊。雨壯溪聲非舊聽,烟含山翠入新眸。禽魚得水皆情性,竹樹迎人欲款留。萬事聖賢唯對酒,一身天地忽驚秋。

其 二

危石幽苔勢轉奇,聽琴泉側一支頤。露收林氣清如沐,秋寫山容細可披。數點炊烟依樹出,幾灣流水抱村移。蒼然便有兼葭意,欲訪伊人任所之。

其 三

閑情往往水雲牽,茶竈同舟亦洒然。樹下息陰聽鳥亂,槎頭呼釣得鱗鮮,歌心爭問夜深月,石影倒撑波底天。扶醉不妨歸路穩,市橋燈火漸星懸。

寄周伯瑾

醇醪醉罷又參商,春日可如離恨長。千里相思難命駕,十年不調并爲郎。紅深桃徑元無語,綠到蘭心只自芳。試約彈冠還未敢,與君同病是清狂。

撥悶

掩卷巡廊影自偕,花時轉覺未寬懷。疑關千古天難問,拙養孤生世寡諧。差可入林成小隱,漸因求雨學長齋。何當歲熟身無事,杖策山巔與水涯。

張我疇太守約携歌者見訪山房不至,戲簡

曾到後堂思未涯,惱人春色夢孤齋。尊無北海歡空負,屐有東山勝可偕。出沐篁勻雨餘粉,臥陰松靜月中釵。莫嫌歌舞施蘿薜,如此纏頭事已諧。

買瓦千餘置澗中,擬築室於塲山,僮言已被漂。又郭東二石橋俱圮。雨勢可畏,園花、隴稻如何存活

書館壞垣報昨晨,山村消息聽來新。鴛翅浴溪呼不起,虹腰斷水度何因。含顰花態愁中女,憔悴禾胎病後人。有淚無言扶未得,勻紅衣綠總傷神。

日已出,雨輒乘之二首

笑指晴光漏隙雲,忽浮千樹白紛紛。陽烏不競同周室,萍翳太橫奈楚氛。敲瓦打荷無倦意,鳴絲響瀑已愁聞。安能留向秋秧後,一滴如珠慰耦耘。

其二

石燕乘風舞乍迴,江雲漠漠鎖樓臺。煉餘五色天猶漏,劫外三禪水亦災。鉅海毛端總吞盡,驕龍鉢底未歸來。道人將入火光定,萬里長空一嘯開。

邊懷二首

飛狐嶺北隔胡氛,夏盡林蟬始可聞。塞絕嚴烽皆踞險,時平戎幕亦譚文。

崇關亭午深藏日，戍鼓先秋咽斷雲。見說匈奴驚徙帳，不知誰是李將軍？

其二

嵯峨削壁控天門，古塞沙黃日月昏。旗擁重關收虎豹，烽疏戍堡散雞豚。崖含宿霧翻迷晝，樹出炊烟始辨村。虛擬燕然碑絕漠，和戎魏絳久承恩。

入都門，蔡體國儀部移榻夜飲

賦別殘花悵夏園，寒雲燕市共清樽。故人除月薪猶積，久客塵容劍已昏。倦後拋書因病肺，愁中聽曲亦銷魂。雙珠夜動隨侯色，未信暗投能報恩。

寄周伯瑾兼訊歸田之約

策馬風塵又薊門，停雲回首不堪論。破眠長憶夢中面，罷酒俄驚醉後魂。避世墻東身已倦，譚天碣石舌猶存。冥鴻頗有青山約，忍使烟蘿悵故園。

陳惠甫年兄上計國門，立春日載酒過弈次韻

宮剪風傳物色催，辛盤命客共遲迴。何妨入夜能燒燭，幾度逢春欲寄梅。預帖雙扉迎燕子，爭誇五馬挾龍媒。醉餘笑展秋枰試，曾賭宣城太守來。

阻風憶舍弟二首

布帆欲掛又成虛，五雨占風繫纜餘。糧絕頻從舟子問，村稀稍見野人居。山深饒竹堪燒笋，水險驚灘不長魚。稚女牽衣啼覓叔，江雲回首悵何如。

其二

南船如馬北船斜，行色翻同去意賒。細雨鳴篷兼落葉，寒空蹴浪欲生花。秋當深處偏爲客，路到難時倍憶家。虛道石尤能惜別，留人不向芋江涯。

出徐州

柳岸餘霜拂劍花，中原一片落秋霞。帆依古樹參差見，路折長河取次斜。

萬壑寒風嘶立馬,千山暝色赴歸鴉。年來奔走成何事,慚愧征塵染鬢華。

晚投界河驛,見菊花數本感賦

暮色分星伴使車,異鄉孤燭思如麻。妻孥勞苦同杯酒,書劍飄零對菊花。白雁關心惟有弟,青山問業總無家。秋尋不是義熙色,蓬梗隨風莫浪嗟。

謁孟廟三首

嚴扉晝敞轉迴廊,紺宇流霞空際翔。古像儼然周日月,廟中有石像,云是周時物。遺書卓爾聖梯航。陰陰雲樹啼幽鳥,寂寂苔碑倚夕陽。匹夫師世元無上,錯將轍轉恨齊梁。

其 二

東魯六經藏壁後,干戈戰國欲平沉。黃河砥柱無之子,白日中天那至今。千載如生人可作,七篇直指意何深。祠前繫馬低回久,露立青苔冷滿襟。

其 三

神游故國是何年?拜罷靈飆尚肅然。星護宮墻浮紫氣,臺扶檜柏老蒼烟。水源洙泗遙通脉,壁立岱峰寒插天。留得大丹懸肘後,幾希真訣與誰傳。

發雄縣,霧不解

萬象沉空杳不分,勞人馬首太氤氳。秋林淺着如經雨,午日深藏未出雲。山夢正長迷蝶去,客醒猶在付花醺。霜天二氣應交讓,急語清風掃薄氛。

入都,喜曹心洛侍御獄解,賦贈三首

浮繫南冠閱幾春?同時已少受書人。十年出獄逢明主,千里荷戈作逐臣。遠戍應懸歸闕夢,生還無恙倚門親。後今日月天家賜,須愛風霜報國身。

其 二

鐵衣初着拜宮城,雪裏春風草木驚。此日山川皆色喜,當時生死已身輕。

天將壽母酬忠孝,人自孤臣卜聖明。野老扶藜還感泣,諸公努力致升平。

其　三

夜夜占星貫索懸,金鷄朝唱主恩偏。終知雨露真如海,始信風雷可悟天。道路爭看顏色壯,兒童盡識姓名傳。相逢何事驚相問,不是蘇卿奉使年。

送徐務滋

孔李通家興不違,臨歧灑酒倍依依。燕地三春行欲盡,海天萬里夢先歸。焚硯君苗吾敢後,辨絃鍾子古猶稀。不爲怒鵬六月息,誰教鶯鳥盡高飛。

戲柬陳元朋,即以爲送

千秋同嘆文憎命,一路堪憐狂勝癡。送客登山復臨水,闕人遠別是新知。花因失意偏開懶,柳畏攀條亦放遲。何日離尊拚醉倒,要看獨臥大床時。

三月六日,張孟奇、黄貞父、湯嘉賓、徐鳴卿、陳元朋同集湛園。鳴卿稱病不飲,甚言持齋之味。元朋能得其故,詩以嘲之

徐公美矣興真長,何事尊前氣不揚。文戲欲傳花九錫,病餘深負酒三章。可曾白事還中聖,空說清齋又太常。未必隱侯因醉瘦,年來懺悔傍僧房。

四月九日,同張孟奇諸社友集城西李將軍園看牡丹,用"田"字

獨立雕闌思渺然,萬花不敢怨春偏。迴暉南國無同輩,吹夢東風似去年。蝶欲招魂香漠漠,人爭惜影翠田田。紅蓮一笑差相近,空色休將誤入禪。

武闈秋雪六首

烽高乍動聽鼕愁,時遼陽有虜警。院鎖聊憑借箸籌。水鏡文昌寒午夜,風霜武庫變深秋。天空柳絮迴征笛,江落蘆花赴亂流。寄語韜鈴誰入彀,陰山雪盡覓封侯。

其 二

秋滿西山無處尋,舉頭玉立墮檐陰。皂鵰爭向金風起,黃菊翻爲白雪吟。散蕊媚人春已誤,封條遍地臘何深。兵書相對生寒色,轉憶邊屯凍不禁。

其 三

射策霜高欲請纓,樓臺如水一簾清。秋光劍術風雲慘,夜火陰符花雨平。黃竹作歌空絕塞,幽蘭共譜是商聲。燕然記取勒銘事,六月胡霜怒馬行。

其 四

棘院論兵漢署臣,森然寒色動蒼旻。疑從黃石捧符出,遂令青藜照雪新。秋浦鷗歸迷顧影,霜空龍攫散飛鱗。狂余獨隔籬間望,想象高興鶴氅人。

其 五

星臨武曲閟清都,雲物高寒迥自殊。萬井無痕憑粉澤,千山未老嘆頭顱。河通秋色偏銀渚,樹倚西風盡白榆。刁斗聲中天漠漠,他年出塞總堪圖。

其 六

金臺初網將材時,曲裏梅花一笛吹。淅淅風檐聞夜語,紛紛露砌弄秋姿。官裘已訝鷫鸘薄,邊夢猶憑砧杵知。茰酒覓殘疑展節,呵寒醉寫從軍詩。唐文宗展重陽至十九,今雪下爲二十日。

重過湛園,時誤聞仲詔回二首

聞脱徵衫誤破顏,款門稚子尚深關。五湖有約天無恙,三徑就荒人未還。官暫解時耽作客,園雖好在讓登山。孤軒徙倚移花影,聊博車塵半日閑。

其 二

別候指蟬今似夢,歸逢迎雁豈堪聽。衣裳歲暮誰將換,山水天南好盡經。抱磴霜皮苔已老,護盆烟翅竹猶青。驚詢石丈何枯瘦,長爲懷人立半庭。

米仲詔回,過訪

青溪自愛道人裝,數盡東南勝事場。但接山靈傾酒盞,還從河伯倒詩囊。仲詔回至天津,舟敗,詩草盡沉水。當軒竹石如生色,繞袖烟霞尚帶香。纜入長安天便礙,閉門今古一身藏。

還青亭二首　爲方侍御賦。亭即侍御大父所構。

祖德丁年事未陳,寒林丙舍迹猶新。春光歸燕愁無主,夜語空山若有人。已付烟霞護真氣,長依泉石結深鄰。披圖却訝蒼嵐濕,老樹如虬撲翠鱗。

其二

虛亭環木收新爽,喬木侵亭迸舊枝。藤月疑窺當牖坐,松風曾與讀書期。傳家籍甚聞烏咏,栖表重來許鶴知。賓主清言懸麈尾,顧敷還記繞床時。

人日歸興二首

傳菜盤中續五辛,江山作意放妍春。千門纖手紛裁勝,一笑韶光正屬人。齠柳依然將暖眼,驚鴻併是欲歸身。故山花鳥遙堪思,無限晴雲護碧筠。

其二

方朔占書聊候年,病餘得日倍欣然。但誇入歲身能健,兼惜當尊景放妍。微醉陌光舒悦澤,學言禽舌弄清圓。潞河脉動冰回綠,春色催人引去船。

春日出西郊

枝官懶綴紫宸朝,猶許晴雲蚤見招。約客止期投野寺,聽鶯不覺過溪橋。歸情烟柳臨風亂,宦況春冰逐日消。隔水疏鐘催夜火,山光收去夢漁樵。

張孟奇舟中贈臧晉叔

傍斗占星元姓張,當筵偏照結交場。千秋縞紵人如舊,一水蒹葭道未長。聞樂詩壇慚享鳥,淫書宦路笑亡羊。江門雨過疏鐘白,酒散挐舟又異鄉。

梵天寺

樹影搖颼轉石壇,遊人縶馬路欄杆。海色中峰雲氣變,僧堂一磬夕陽殘。

鳥銜不至天花寂,象教空存佛火寒。苔綉法輪塵漠漠,蠹餘貝葉與誰看。

贈陳士臬

相逢倒屣已相關,獨許論交季孟間。說劍尊前誰吐膽,携琴月下共開顔。松軒聽雨鐘聲細,花徑尋春屐齒閑。略約年來同病處,烟中書卷霧中山。

寄周仲瑜

伯仲之間吾得子,酣歌以往氣無人。挾琴何減逢元嘆,擲火似聞攻伯仁。烟艇江虛盟月夜,雲莊山暖課花春。細聽黃鳥皆求友,慚愧青蚨欲買鄰。

園　居

芳園交樹欲成陰,賦就郊居稱隱心。鳥夢依雲春寂寂,爐絲出塢午沉沉。颦烟柳恨舒眉淺,笑日花酡上頰深。孤鶴隔鄰馴客過,池邊瘦影伴行吟。

春　集

楊柳牽人游興長,小園壺榼且相將。舞檐風暖扶江燕,卧塢烟深困海棠。醉影臨流摇藻亂,春衫撲蝶帶花香。白鷗笑我山情淡,闌入五陵年少場。

上巳病起,出山房

草碧芳郊水緑波,病餘花外小車過。竹林經歲見孫長,萍葉隔宵將子多。泉客初分寒食茗,山童頻覘曲池荷。烟禽弄暖春情性,似向尊前説永和。

讀邸報

羽書囊草塞燕中,棘署槐扉半已空。胡越祇虞生轂下,兵儲還急備遼東。車當棄輔難踰險,艦苦無維奈遇風。藿食微臣慚寸補,憂危全仗有諸公。

賦得臘梅限韻

高姿亦是歲寒期,黃鵠咿香欲付誰。檀暈雲收裁月片,蜜脾霜老綴風枝。

梅天結客憐同譜，蘭畹神交嘆後時。點額堆黃傳漢代，壽陽何事世偏知。

故鄉浯嶼，海水四環。余家負海印山，上多名迹。秋歸旬日，
　　僅一陟其顛，匆匆無暇，聊一詩志之，俟他日悉賦也

仙嶼孤懸雪浪春，桑麻舊話課鄉鄰。飲從十日抽身暇，山別多年入眼新。
小鳥呼名時報客，幽花迷族却依人。雲巖月照香泉好，一酌松風濯世塵。

舟行阻風，憶舍弟

鷁首終朝繫幾回，南雲迷影賦難裁。辭林岸葉紛成雨，嚙石江灘怒迸雷。
霜雁隨陽將夢去，烟波啣照赴愁來。離腸化作寒山色，共付缸醪醉不開。

喜　雪二首

冬盡寒花暗鶴翎，擬將失職詰玄冥。中宵叠被霜欺火，侵曉開簾雪滿庭。
山貌頹然衰得白，梅魂颯爾夢初醒。揮錢預辦豐年醉，凍筆題詩答淥醽。

其　二

蒼茫萬象素雰齊，督亢天連涿鹿低。鹽化蚩尤旗蔽日，風寒易水劍流霓。
三花拂地春俱遍，七聖乘空路欲迷。一笑灞陵橋外事，夕陽又在玉峰西。

入都門述懷四首

金臺無恙薊門高，笑我風塵暗佩刀。客路雲勞隨臘盡，陽春曲澀向誰操。
虛名何事還雞肋，拙宦依然似馬曹。欲併愁懷消積雪，酒家又指鷫鸘袍。

其　二

數年枝指尚微官，趨府深慚未掛冠。司馬仍須方外待，西山不改舊來看。
時親文酒緣身暇，月請餐錢報國難。天末相關惟好友，雪尊開釀洗平安。

其　三

拂旆春花照客行，重來臘燭聽寒更。浮雲繞闕爭新態，孤月當軒憶舊盟。

最愛長松凌雪勁,翻憂反舌過時鳴。洛陽太息應緘口,思向東皋學耦耕。

其　四

冰霜肯自嘆途窮,黃鳥行開習習風。游地甚寬書有味,愁城難拔酒無功。是非欲付莊生蝶,南北勞猜楚客鴻。千載湘纍猶未答,虛將箋事問天公。

西山碧雲寺和韻二首

泉自雲漿翠自屏,催詩鐘磬引山靈。誰將屐齒追春夢,更有尼珠破夜冥。水檻魚分齋後食,天花鳥散講時經。懸燈却憶東堂宿,梵唄流空月滿庭。

其　二

化人鬪刹割層霄,靈樹時來異鳥朝。十里松濤飛綠雪,三春花雨落紅潮。螭頭唧墨香雲濕,蟹眼通湖乳寶遙。爲傍帝城長紫氣,寶蓮不共劫風消。

答黃應興次韻

春柳秋雲遍鳳城,珮聲隨處足逢迎。叫閽白日應迴照,焚草中宵不願名。高廟有靈扶直道,鍾山無恙答詩情。遥知孤閣懷人夜,江月流空江水平。

答陳伯疇和韻二首

執戟草玄疲子雲,終輸五嶽檢真文。彭蜞禁後書寧誤,時巡城者屬蟹禁。陳紫嘗來譜尚芬。何必碎琴方結客,祇應見竹便呼君。酒墟共問燕時月,擊筑依稀夜可聞。

其　二

征衣猶帶武夷雲,北極星添處士文。冷去山尊邀月共,傳來天樹逆風芬。元龍氣欲輕餘子,小阮窮堪咏五君。慧業未除慚起舞,仙琴縹緲定中聞。

秋望和韻

空林雨歇晚芳浮,梧井凉歸蟲語啾。月榭搖波移白晝,露莖洗暑進新秋。中年肺病金飆爽,何日身輕竹杖遊。片片閑雲隨意白,緇塵底事苦相留。

送陳元朋之宜興三首

白玉堂中合貯誰,飛仙遊戲水山涯。折腰馬首塵難到,送目鴻邊雲自隨。縣譜逢人傳禁酒,邦風小史解吟詩。冶心豪氣今俱減,始信神龍善委蛇。

其二

黃菊香殘杯未空,愁雲客路各西東。牛刀兼載獲麟筆,凫舄聊乘去雁風。爲許琴心參宓子,可憑屐齒問張公。五湖明月應無恙,領得騷人便不同。

其三

離色霜深苑樹鴉,垂楊老盡折疏麻。低眉此日堪新婦,賦手凌雲自大家。舊社梅心寒臘影,仙都桃事及春華。可能空寄加餐字,珍重吳瓶與芥茶。

和周伯瑾席間見贈三首

休嗟不調十年郎,帝放清時作酒狂。杯暖偏迎花解笑,爐寒尚問鳥收香。聞歌天馬徠西極,醉說操蛇徙太行。判取升沉歸造物,虛空折草若爲量。

其二

嚴霜戒冷又申冬,目送南雲白雁從。羈緒暫删惟對汝,俸錢多愧欲歸農。琴悲不覺移絃促,菊在何妨落帽重。但有明珠堪自照,投人底事覓先容。

其三

玄雲慘淡作花遲,凍鳥疏林敢擇枝。夢國無邊鷄促斷,愁腸難譜雁偏知。千秋身後終輸酒,萬事君前祇有棋。送客留髡銷一石,當歌不飲轉堪疑。

無題

曾寫新宮仙字銘,蕊珠雲盡見娉婷。嫌寒天上輕辭月,愛小人間暫喚星。夢草戀衾秋露白,司花侍輦曉烟青。麻姑擲米丹砂就,調笑依然遇蔡經。

初春懷歸

行役流年老客星,寒雲夢繞草玄亭。春來黃鳥舌仍在,雪盡西川眼自青。

乘雁何能繫多少,群鷗差可伴沉冥。田園預擬幽人課,重寫齋頭種樹經。

答別周伯瑾

故國春風着故林,歸鴻天末動歸心。猶憐擊筑同燕市,無那操絃自越吟。求仲寧孤三徑約,安仁已覺二毛侵。爲君先闢烟霞路,瑤草他時好共尋。

入里門謾興

乍歸還似未歸忙,髪在終知事事妨。宦許安仁評巧拙,人從昭略校痴狂。埋憂有地窮堪送,醫懶無方病更長。擬辦長鑱白木柄,鋤芝劚朮好相將。

發黃梅遇雨

丙申遊楚冬皆雪,今已殘冬尚雨零。暗路飛絲時照火,空山過馬忽淋鈴。沉沉細摘綿宵漏,藹藹輕陰閣曙星。只恐繁愁催入鬢,鏡中易失少年青。

聞同年周伯瑾行部蘄州有寄二首

萬艘受檄渡天津,楚貢還勞問水濱。江漢今爲南國紀,儲胥舊領度支臣。青楓岸上聞行部,黃鶴樓中少主人。君出我來若相避,作官可是自由身?

其二

放棹蘄州過臘殘,清時無戰轉輸難。異蛇可捕賦仍急,花箄雖文夢未安。病客三年惟問艾,騷人九畹欲滋蘭。何時共醼臨江酒,赤壁前身醉裏看。

入黃州

練江抱郭與天長,鳳過留輝土亦香。雪盡古堂真氣紫,岡啣落日半州黃。臨風客賦猶文苑,隔水人烟自武昌。信矣凌波船似馬,依依遠樹影雲牆。

有感

長亭疏柳帶官河,估客迎車淚似波。咫尺便抽輸廠税,尋常不許放船過。

即看魚罶惟星在,便禁松薪奈月何。極目關山饒感慨,寒雲不動夕陽多。

華陽崇一殿下招遊西園二首

看梅東閣乍披襟,飛蓋西園許重尋。坐有清音勝絲竹,行多遠意即山林。松關暗辨花香度,蘭室別通蘿徑深。不是王門能折節,戴逵容易可携琴。

其　二

改席移尊醉有餘,飛花往往戀簪裾。藍輿穿樹時逢鳥,畫槳搖波欲起魚。風磴路迴亭半接,雪官天迥洞全虛。淮南不乏枕中秘,更約來翻《內景》書。

賞牡丹二首

又暖花盟二月寒,玉樓春色壓高欄。兼酬往事惟浮白,獨領群芳是牡丹。九錫香宜重幕護,三珠影向百年看。異葩今已名喬木,珍重王家承露盤。玉樓春三本,高可二丈許。

其　二

釀花宜雨看花晴,勝事天教一日并。華苑尊王香敵國,妝臺留客笑傾城。但經李白詩無恨,空憶姚黃譜擅名。參取色空歸佛慧,旃檀院靜午風清。

贈華陽敬一長君

觀橋拜後雅無慚,鄴下風流夢亦耽。藜閣君應修向業,竹林我欲就戎譚。陳詩久矣聞三百,設醴何辭醉二參。一自佩捐歌帝子,至今蘭草遍江南。

菊前坐雨,華陽敬一長君續潘句見贈次答,時君禁酒二首

滿城風雨近重陽,洲泠仙眠鶴夢長。乍有濕鴻分遠白,可無欹菊傲疏黃。騷人木葉應裁賦,神女朝雲欲洗妝。蓮社攢眉待花語,忍用繡佛罷傳觴。

其　二

滿城風雨近重陽,砧杵數聲天水長。一夜霜衣無限冷,明朝露蕊爲誰黃。

川原臨節皆佳氣,楓蓼迎人亦靚妝。洗出小山秋倍好,知君料理八公觴。

賈方蕘大行使澧賦贈

迎鴻送燕楚江頭,遮莫王程爲雨留。將子能來淹數日,及予未去餞清秋。杯含菊影霜香古,曲散蘭心烟水愁。昨夜遇仙樓上望,有星是客照中州。

桃川道中

叠嶂長圍萬古天,輕花亂點四時烟。寒尋宮廢疑灰劫,翠拔山飛似得仙。玄鶴不來雲老矣,丹泉自照月依然。莫嫌車馬非幽事,鷄犬桑麻亦世緣。

桃川宮寄劉陶宇方伯。劉先爲武陵憲使二首

香泉無恙翠嵐新,爭問當年賜履人。仙斧擘開丹洞曉,霞光漏洩武陵春。即看棠樹歌分陝,猶憶桃花笑避秦。一枕遊仙酬昨夢,南陽子驥是前身。

其　二

十月留春照羽旄,胡麻炊罷薦香醪。豈無青犬寒歸洞,剛有霜楓醉學桃。棋子苔封秦代局,漁溪月冷晉人舠。憑君指點壺中景,作記依然栗里陶。

偕許鰲宇憲副酌戴亨融先生於伏波祠,憶別十年矣,時近長至,賦此投轄

觀梅天柱嘯峰顛,又挾龍竿撥楚烟。勞汝一杯玄度月,寒予十載子猷船。筆花吐燭驚成鳳,薏苡爲珠嘆跕鳶。便欲留君君好住,書雲況是聚星前。

寄袁文海

千山明月總隨君,又奏南中五色雲。握草有時自求夢,懷椒何處不傳芬。瘴烟争避風霜起,花氣長饒雨露分。盡道丹丘收竹實,真人首領鳳凰群。滇有佳竹實。

馮元成觀察命駕至辰，賦贈二首

望氣如仙不可親，雲中何意下飆輪。幾年夢路宵懷草，三日譚鋒雨洗塵。蘭畹紉來皆楚客，桃源遊遍似前身。酉山月照雞壇始，真見異書兼異人。

其　二

唧素江魚自不忘，衝簾社燕更相將。千盤歷盡鷓鴣路，一水依然烏鵲梁。遂有朋車來仲悌，何嫌吾屣倒中郎。溪光峰翠三千斛，烟雨樓頭倩壓艫。

江上送元成歸鎮二首

津亭解纜又重維，楊柳和烟縮去旗。鶯語春當垂盡處，驪歌人在定交時。照波碧草堪成賦，行酒鯊魚好註詩。晚樹江天獨回首，可無含意向將離。

其　二

蒼林映帶白雲流，夾岸沙鷗與獻酬。夜雨歸心三丈水，春江離色一帆秋。但經古蹟頻澆酒，若遇佳山急繫舟。石室漁溪秦漢接，采真報我即同游。

送元成入賀二首

江漢爲杯壽聖人，金莖秋色洗逾新。三千里外唧圖鳳，四十年前結網麟。露瓮重開衡嶽記，桃盤將賜歲星臣。臨軒若問西南事，好奏虞干舞七旬。

其　二

梧閣長離事杳然，祇憑劍佩屢朝天。姓名集裏傳如古，鬚鬢人間看似仙。帝輦舊陪猶未老，客嘲自解已成玄。金華一席非無地，繫取星槎日月邊。

答鄧玄度三首

戰暑金風盛作秋，懷人目送水雲悠。何來響遞霜前雁，欲去身如岸上舟。吊古猶殘騷客芷，譚兵易困伏波籌。仙山已失漁郎路，慚愧東阿咏五遊。

其　二

誰喚魚龍夢裏秋，離悰鄉恨接天悠。名場無岸真如海，酒盞將人別字舟。

生計合依低齒屐,行間空唱量沙籌。雲勞水駭成何事,擲盾終師馬少遊。

其　三

寄愁天上不知秋,一室常如六合悠。逐日却嗤林化杖,覆杯聊戲芥爲舟。閑收瑤草充書帶,笑折扶桑作酒籌。鵬鷃同參蝴蝶去,逍遥好伴漆園遊。

山樓與魏道冲太史同賦限韻

盤雲磴盡散輕陰,閣寫空江月易尋。萬象欲排秋檻入,諸天遥答夕鐘沉。尊前寒影孤鴻度,曲裏悲歌《猛虎吟》。不有魏珠能照乘,誰於山水見琴心。

張二水太史至自滇南,用來韻奉訊

五色之雲似漢年,壯猷又見碧鷄賢。杖藜聽詔皆扶出,山水尋烟一慨然。路入清溪三弄笛,人推平子《二京》篇。昆明可讓長安景,秋爽題詩幾泛船。

戲答乞詩之作,聞魏道冲題壁,郵人輒漫之,故及

夢中筆去自何年,詞壘先登覺汝賢。扴壁嗔人今復爾,過門持鼓我胡然。社依金谷浮三斗,花怯青蓮浪百篇。一笑徐陵爲藏拙,秋風秋水過江船。

贈別張二水太史

霜燈對榻夜疑年,二雅深評酒聖賢。菊愛陶潛閑有味,柳如張緒別依然。賞音誰問瑤琴譜,神物曾聞《寶劍篇》。楓浦桂帆烟隱隱,離心無限壓歸船。

乙卯元日試筆

楚客椒杯又一辰,初薆帶雨自言新。雪將數點猶兼臘,梅止兩花能作春。夜枕便追隔年夢,朝盤倍感異鄉人。禁鐘幾度趨元會,冠劍還疑退紫宸。

有　嘆

行年屈指綴朝班,四換荆春兩酉山。少却兒曹催我老,傳來歲酒在中間。

邀花舊病憐相伴,照雨新愁細自刪。欲報君親歸未得,初禽語語笑人頑。

人　　日

靈烏隔歲展初暉,瑞葉占人願不違。山水憑高烟歷歷,杯盤照勝酒依依。聽鶯雪後春相約,送雁花前客未歸。父老歡言年計好,鄉心暫抑對芳菲。

喜譚友夏至辰陽,用見投韻二首

先書而發後書來,幾度丁寧烏鵲催。知己三年如再見,閱人隻眼是初開。予將避地遲相揖,子久忘形更勿猜。商略古今難了事,方須真隱亦須才。

其　二

寒勒春光待客來,尋源却笑片紅催。事堪證夢雪初覺,山爲試心雲半開。計日遊燕還可到,衡泥就我敢前猜。黃鶯啼處收輕雨,桃李欣欣欲見才。

侍徐匡嶽老師別墅次韻

幽禽古木盡含思,坐久佳懷細可披。花氣自通禪客悟,蟬聲疑聽楚人辭。支筇行散風先引,解帶隨陰坐屢移。夕照紛紛歸一水,游魚應揖舞馮夷。

用前韻別匡嶽師

夢回秋駕倍堪思,水鏡光中萬象披。目自憐心非有故,皮將得髓欲何辭。如僧結夏茶香入,與鳥參雲樹影移。別後千山同夜月,或因金簡托玄夷。

車盤驛和臺山葉相國韻三首

鈞天聽樂事非茫,夢繞彤霞近帝鄉。曾與堯羹斟赤雉,還容仙局拊青羊。雲雷世嘆經綸手,日月心懸入告章。聞道蒲輪邇有詔,東山捉鼻爲公忙。

其　二

過壑分巒秋渺茫,歸心漸喜異他鄉。高雲映水皆成鶴,怪石當關可叱羊。

藥採思憑笻九節,橘封難擬樹千章。赤松宰相先招隱,弘景抛冠那不忙。

其　三

秋聲秋色兩蒼茫,海鶴東歸自有鄉。夢裏争先虛訟鹿,病中睬後欲鞭羊。俸慚白叟開園沼,身見裴公解印章。綠野若教陪末社,花驂山屐敢辭忙?

入 武 夷 舟

近看蕭蕭遠娟娟,孤棹魚穿兩岸蓮。石削煉餘丹轉火,水空洗出碧隨烟。重扃川曲流無路,倒映山根俯有天。香茗周旋亦清課,爐鐺未理已瀟然。

晚登天游峰二首

冷翠幽香棹影重,秋颸扶我上孤峰。是山竟夕不聞鳥,其樹參霄多見松。峽壁下歸天廓落,院鐘難晚日從容。高深相照生靈異,劫外何年戲九龍。

其　二

路穿仙掌與藤迴,一杖窺天萬壑開。亭欲留雲秋爽入,峰皆唧照夕佳來。燈傳遥指螢分火,磬罷時邀鶴降臺。撼樹灘聲蟬共應,人間此曲信堪哀。

天游峰徐步

倦撫蒼松夢復留,露蟬聲裏暑初收。巖唇拓檻垂垂出,石腹通泉細細流。忽有歸雲山易晚,雖無亂雨樹能秋。幽光久立心魂徙,夢接飛仙約上舟。

贈周仲瑜。仲瑜時方遣女兼營先兆

百里訪君兼訪梅,梅花差可擬仙才。雙童熟粥催人起,一鳥穿林報客來。慕向嶽期輕半累,封防蓼什減餘哀。幽居點綴方招隱,護徑寒雲懶未開。

始 步 春 園

疑懶疑忙不自分,林鶯久矣未相聞。行園偶試尋花屐,就樹因逢過水雲。

桃李含章春淡泊,烟孌變態翠殷勤。茗香領略嫌多事,默坐翛然得所欣。

晚　　望

拈杯聽鳥易斜曛,春草微茫遠似雲。青嶂相隨無倦意,白鷗自信不驚群。穿林月小懸新影,打岸潮高長舊紋。半醉欲尋蝴蝶語,花陰夢覺若爲分。

和秦伯起夏宿梵天寺韻二首

地多雲氣自爲天,樹共山開失記年。有客杖依珠苑鶴,孤吟鐘散海門烟。雨餘鑪火凉宵話,香定松風美午眠。荔子將成嫌酒晚,葛巾灑取聽飛泉。

其　二

路入磬聲方外天,蕉團小坐永如年。客棋欲散來江月,僧唄生寒結篆烟。山納潮初龍聽法,風歸樹晚鳥驚眠。是中堪證茶三昧,携嬾相邀試乳泉。

訂伯起小集,用前韻

山雲歡喜報人天,蓮社花開異昔年。秀句分風披岫幌,孤懷抱月照江烟。隨僧施食巢烏下,與客忘機水鳥眠。我欲伴琴來結夏,雲岑應湧酒爲泉。

龍廉孺年兄起守循州有寄

花曙星稀酒欲寒,深情一往寄江蘭。病身合伴桐君錄,遊譜無非荔子丹。夢去杜鵑啼雨露,飛來白鶴照衣冠。高眠龍性今馴否?出岫爲雲亦豈難。

就梵寺酌秦伯起

靈刹因人地轉深,追凉結伴快幽尋。茶瓜以外無兼味,山水之間有遠心。好鳥依林風自語,輕雲閣日午猶陰。稻香花氣緣郊路,餘興還堪托素琴。

因伯起簡張長孺先輩

楊玄誰守付門生,堂有美人余目成。武庫坐中推博物,步兵江左未逃名。

交從意外驚兼喜,酒到譚深濁亦清。迎送衣冠勿煩爾,用卿家法只相卿。

張尚宰儀部好佛而不肯稱詩,用伯起舊韻挑之。時同坐者張先輩,故有末句

炎蒸不到地居天,覓句還同演偈年。齋樹日微風弄影,佛香午散鳥吞烟。共分石乳釂朝醉,誰抱驪珠守夜眠。劍氣張華今自合,可無光怪吐龍泉。

答楊修齡先生貽贈和韻四首

仙夢俌書蔡少霞,武溪笛引苦思家。甘蕉彈事憑修竹,古洞尋津賴落花。埋土有芒猶劍氣,當尊無淚與琵琶。寄名長慶歸兜率,白傅何須仗喚爺。

其　二

倒掛洞花么鳳儀,秋風倚樹看雲時。音從星漢通烏鵲,病聽雷車失委蛇。黃菊已安三徑老,青蠅無恨一人知。將詩往照潺湲綠,此水分明荷篠師。

其　三

德嶠前身古佛鄰,千經自許破微塵。摩碑螭暗偏參妙,雨海龍輪總笑貧。竹外避驄無瘴吏,桑陰買犢有歸民。禪心若問度生事,凍骨梅寒雪作春。

其　四

明月蘆花秋着魂,先霜白雁照江門。老而好古耽玄草,窮以追歡醉瓦盆。閑處有忙磨憒樂,書來無語及涼温。蓮峰火宅峨峨現,始信持心過孟賁。

再和修齡霞字韻述懷

自笑勞魚尾尚霞,懶雲依岫即爲家。麋麕短分安能驥?松柏寒心未肯花。老去山緣親蠟屐,閑來宮怨譜琵琶。坡公總被聰明誤,預祝生兒勿似爺。

七夕戲爲牛女解嘲

人天情字許誰空,歡怨相催事亦同。恨此一秋期有別,忘他千劫會無終。

低雲不掩重霄月,高夢寧搖下界風。決盡銀河仙可厲,靈車未假鵲橋通。

　　　送洪爾蕃往建州,因寄聲武夷君二首　丁巳九月八日。

詩囊驢背破蒼茫,杖指楓林秋晚涼。自引鄉心隨遠月,先將旅夢試重陽。雁鴻慣別全依客,山水清音妙欲霜。是處砧聲寒事蚤,登臨酒畔喚衣裳。

　　　其　二

靈山有約慰殷勤,襟抱臨風一寄君。少酌三杯因病肺,頻低雙屐好穿雲。茶泉煮月猶吾往,菊候吟烟與子分。袖裏摩挲豪五色,仙人鶴語定相聞。

　　　胡心澤同年至,用韻二首

錦字苦將魚腹違,何期孤鶴遠相依。髟髵白照離人面,蘿薜青裁野客衣。對語夕陽尋舊夢,兼邀初月款寒扉。一杯海色浮山去,塵尾斜翻各導微。

　　　其　二

幽居真與物情違,如鳥空行無所依。意外招携還谷響,閑中迎送只山衣。黃花霜淺留秋徑,白馬僧寒啓暮扉。客星閱盡人間世,投老將相伴少微。

　　　楊修齡待御棄印侍親,賦寄三首

秋星嚴轡雨隨車,忍向清時賦遂初。霜冷俄驚溫被夢,雲飛便上掛冠書。浣腧石建親還壯,著集王家古不如。貴竹謳風連枉渚,尊前度曲薦江魚。

　　　其　二

劫外浮光燭海天,空衢親證寶車緣。未煩嘆雨驚倦術,儘對佳山伴醉眠。有石試心聊莞爾,無錐卓地始瀟然。牽舟不奏烟波引,要看青華焰裏蓮。

　　　其　三

芰衣製就唾浮名,猶自紉蘭求友生。烟市香收橙橘社,霜鐘濕帶雁鴻聲。家如龐蘊寒湘水,帳有王充寄《論衡》。魂過楓林相問答,梅花窗曙月痕平。

　　　酬阮集之,用來韻二首

相看意氣贈含光,兼致江魚尺半長。遂有青蓮來九子,依然綠雪對三湘。

桐因焦尾偏逢賞,蘭到焚心獨惜芳。何事蘇門容答嘯,竹林便擬黜山王。

其 二

棠陰猶護戴星車,歲晏霜扉肯華予。筆性有靈驚吐鳳,談心莫逆許知魚。宦緣好蠟登山屐,家果惟簽譜荔書。與雁南投先雁去,歸雲片影亦躊躇。

前韻再寄楊文弱二首

高樓抱月共流光,夢去方知鳥路長。莊舄歸前苦吟越,馬遷過後憶浮湘。狂泉未酌嫌孤醒,紉佩何言忌太芳。梅菊標題俱隱逸,讓他百卉事花王。

其 二

青鸞遙托指南車,消息吟邊慰跂予。悵望翻飛同樹鵲,丁寧委曲報江魚。憂來相釋杜康酒,古者不傳輪扁書。所謂伊人天水外,排風無翼立踟躕。

小集,葉稚勳不至,以詩見貽,倚答

《玄經》注罷試《茶經》,簾捲霜華石氣青。黃菊猶香杯送日,碧雲欲合閣沉星。遲鶯共嘯梧陰薄,伴鶴偏憐竹露醒。惆悵漳濱隔休璉,却傳書札慰飄零。

程相如將軍投詩,倚韻答贈

醉嗅梅花酒病蘇,豪情兼俠倦兼儒。屠龍老去猶存劍,彈鵲痴來那惜珠。夢到侯封妨命左,銷將曲艷付禪枯。長卿分字能相許,橫槊何人賦《兩都》?

答閔逸之山人,用來韻

花時不見捕魚郎,付與靈禽倒掛香。擲却微官應似汝,生來慣客即爲鄉。醉茶甌面常開月,賣藥壺心自搗霜。南北行藏聊對舉,試看若個近羲皇。

爲蔡季承山人題米家船二首

墨莊漁隱意無邊,依約玄真泛宅年。月砌移時疑進棹,花津合處欲浮天。

胸中湖海應如此,筆下烟濤豈不然？喚取南宫來擊榜,祇嫌未得米家顛。

其 二

乾坤行立信孤心,息影松阿陸亦沉。應恨古人不見我,却憐前夢偶如今。蒹葭可溯元非水,素雪無弦始是琴。便擬送君自崖返,悠然捨筏趣何深。

九 日 輪 山

歡情一往已成非,猶愛秋光上翠微。磴折寒雲行款曲,帆開遠水見依稀。霜鴻惜影應遲菊,露葉含情欲染衣。明月當歌烏鵲起,暮鐘雖發忍言歸。

訪 友 值 風

何曾出户哭途窮,亦去衝星爭曉鴻。斗酒不開黄菊月,長江偏送鯉魚風。沙兼雲起生蒼晦,樹挾濤來撼碧空。不爲懷人能命駕,庭梧吹夢小樓中。

風未息而雨助之,欲悔其出

微身久分閣沙舟,暫出其如波浪愁。投老烟霞能傲歲,征途風雨忽窮秋。添衣倍感霜楓急,禁足難陪僧社遊。從此蓬蒿歸掩徑,來鴻去燕任悠悠。

林仕隆年兄出晤

豈可龐公更入城？偶隨嚶鳥出柴荆。烟霜一路逢秋老,鬢鬢三年照水明。戎馬談來俱立髮,關河夢去不勝情。論心歲晚惟松菊,却對寒江酒倍清。

送仕隆方伯之江右

蟲吟秋色草無邊,孤鶴隨禽去渺然。風物甘棠方楚陌,雨膏芃黍又江天。豫章合薦明堂柱,劍氣能開北斗烟。民力東南根本計,可徒滕閣賦先賢。

贈林仕濟太史

學士銀魚未許焚,草堂暫卧看江雲。度遼八議繞朝策,編史三長司馬文。

雌甲全生寧作我,長庚照世必推君。荷衣一醉同今雨,通識翔沉自可群。

贈周伯瑾年兄

同官同病亦同藏,寒水兼葭悵一方。與雁來賓遲九月,看花初稚補重陽。園池雨後君能葺,筆研衰來我久荒。身是隱人宜本色,杞憂未免爲穹蒼。

贈周仲瑜

此行不獨爲朝簪,空谷還尋世外音。草樹無秋寬客念,稻苗有歲慰農心。書香半榻燈傳業,花事東皋杖入林。如此風流真可侶,江亭索笑送微吟。

寄徐奕開

荔枝寄夢到霜酣,一杖孤來雁影參。爲避市喧投草塢,儘容蘿帶照江潭。誰人菊畔同心賞,有叟橘中還手談。山水無言秋氣暮,樹猶如此爾何堪?

諸君相留答之

深林滅影即鷦鷯,浪爾相思過野橋。肝膽秋涼俱對寫,雨風行色亦堪消。欲歸馬首毋相挽,但聽鶯聲豈用招?我住海山諳海性,潮來潮去總如潮。

喜張紹和年兄見訪,酌梵天寺,距辛亥游十年矣。和韻二首

寒潮應信似君來,倚石酌泉泉化醅。海色鏡中橫白鷺,空香鐘外湧華臺。司更鳥與談天轉,觸岫雲因醉月開。老樹幽厓皆意得,十年兩許奉鄒枚。

其二

吾虛言往子頻來,寫喜消慚付綠醅。別意還應殊楚浦,主人差許近燕臺。茶知交淡春能小,菊爲心深晚更開。何事停雲吹不散,調饑日日詠條枚。

和葉稚勛韻贈別，時稚勛從周愛日銓部之燕

關鴻直北幾由延，一劍衝寒破遠烟。入洛故堪賀循並，名山終與馬卿偏。驅馳小草慚余晚，領略梅花讓子先。水鏡相依同月色，楓林照夢到誰邊。

送蔡體國光禄五首

傾陽久矣托丹葵，吟到堂萱日亦遲。自古治朝猶外患①，豈今王事可家辭？主恩難報同烏哺，邊計何方折馬箠。寄語安危憑將相，憂天莫厭杞人痴。

其　二

鴻釖交持竟未休，誰於滄海拯橫流。湍勞怯問安鱗影，荷弱虛將作柱謀。汲黯淮南曾見憚，夷吾江左賴蠲憂。丁寧造化待吹律，老我春光私一丘。

其　三

劍氣懷中動斗文，奇人合使四夷聞。裒思時集銅龍闕，昌議首觀光禄勛。當食為君聊借箸，孤臣有母每瞻雲。梧桐丹穴俱關念，却羨閑江鷗鳥群。

其　四

虛席金華已兩春，徘徊天地為君親。由來忠孝無歧路，其奈行藏只一身。客裏鶯深花作伴，夢回鐘半月關人。彤弓過里斑衣好，儻肯烟蘿訪舊鄰。

其　五

經年勸駕語依依，及此河梁意有違。虎鼠總應吾道是，笠車忍說故情非。歸時屐倒為開酒，送後琴孤當掩扉。但使蒼生酬一出，野夫小隱亦光輝。

春　覽

蠟成雙屐為春忙，鶯燕迎人春語長。雲涉溪來猶帶濕，風從花過好尋香。天機觀物欣相得，人事安巢老自藏。獨有懷新情不淺，村醪藉草醉年芳。

山　行

山光常覺净聰明，往往尋山愛獨行。遠近泉聲隨步得，高低樹影向空平。

白雲有迹留今古,黃鳥能言命友生。殘月照人歸路好,烟蘿回首暮鐘清。

重遊武夷八首

宿雲未解已孤行,歇馬尋山山有情。諸壁夾天留夜色,一溪收水助春聲。衣含積翠花相照,棹入深烟酒易輕。六載幽盟酬此日,仙期猶可緩王程。

其二

種茗常懷老結鄰,尋源祇作夢分身。留詩青嶂苔還護,指路黃冠火已陳。水照燕鴻仍楚客,雲司漢峙或秦人。細詢玉女春踪迹,慚喜漁郎再問津。

其三

靈禽先曉禮芝壇,劍指虹橋氣不殘。桃事雖遲妍後落,茶心未放守深寒。架船壑閱滄桑急,接笋峰窺杖屨安。羽客揖余舟眺好,纔生春水恰容竿。

其四

香爐微火出春陰,空翠依人恣曉尋。巖似飛仙發丹氣,水流太古異光音。層層各有梯天路,曲曲無非寫月琴。車馬自喧人自寂,請看行色帶高深。

其五

山不借春春路遙,傲寒一任緩春條。尚睽雙屐窮深杳,姑倚扁舟泛寂寥。聽曲人間花易暮,寄愁天上鶴堪招。蓮華仙掌初生月,猶記吹雲照玉簫②。

其六

流水淵然山欲飛,仙家有路亦忘歸。溪香冉冉時孤入,雲氣綿綿近却非。得酒爲澆蒼嶂冷,何人初破碧天圍。馬蹄多少尋春侶,未必侵星欵岫扉。

其七

汰盡浮華壑與丘,高深相得始言幽。人禽曉靜空中色,草木春遲世外秋。孤往溪光寒蕩壁,四周巒翠俯添流。鴻濛初闢山何意,寄想其間獨我游。

其八

駭碧奔藍去若還,妙於轉處勢交關。峰如人起皆離立,舟是魚游每曲環。後水不知前水向,行雲應讓卧雲閒。潺湲送客霏烟裏,回首鐘聲在此山。

大橫驛和黃鍾梅壁韻

雲重壓天天欲低，山山在夢意離迷。寒鐔出水無龍卧，叢桂懷人有鶴栖。鄉緒相關花濺淚，閑情久冷絮沾泥。鶯時無限春園課，過盡紅芳又碧萋。

安仁留贈陳兢來

花前把手訂鶯時，鶯對花開又唱離。行色新愁兼雨別，勞心古政有天知。若歌來雁嗟人急，猶喜烹鮮說令慈。何以報之弦可佩，春山立馬暮雲遲。

寄浮梁林亨萬，時林有悼亡之感

水在江香月在岑，人稱棠父祇平心。花村足雨青分隴，茶客無租綠滿林。問到寒厓醫病草，行來近邑想清琴。燈前遺掛休輕照，春恨易歸潘鬢深。

寄懷莊毓壺

壺公之月照華陽，春淺逢君春有光。拄笏故人多蒜髮，傳經弟子在桐鄉。懷仙常發峨眉夢，訪舊能忘荔譜香。骨則蒼松音古瑟，欲寄相思江水長。

坐龍池寺

如此春郊夜色清，即非朋酒合孤行。無窮閱世大江事，容易辭人初月明。始覺影寒參佛火，兼聞香發入鐘聲。淵然忍草相依處，何用琵琶感客情。

贈周聯貞二首

廿年人海笑披襟，選盡群峰得此岑。魚樂安知子非我，夔行但覺目憐心。芊原劍色春晴雨，溢浦杯情水淺深。寸繭獨繰金百煉，雷車何處不甘霖。

其二

三朝臣子拜新元，庶草難酬造物恩。誓答虞周惟此日，忍將洛蜀更分門。

王言好酌斗中柄,兵氣誰開遼左昏。賀祐自天歸有佐,深憑八柱正乾坤。

贈陳蓮湖

清人恭士古爲群,消我浮情過所聞。月下能琴雲自遠,春來不酒草先薰。幸交馬首頻相見,猶戀鶯聲未遽分。身步萬松光影裏,蒼然氣肅可如君。

輿倦戲占

病色無根向客邊,春光祇在酒杯前。一眠一起癡如柳,時暖時寒虐到天。事不從人筋力減,情猶關我夢魂牽。愚公空有移山志,醉後影孤燈悄然。

自壯

葵心鶴骨總成丹,報國肯辭行路難。三口慚消官廩厚,余携妻女止三人。五雲喜接帝城看。身同塞雁偏投遠,性類冰鹽欲傲寒。聊借荆高生壯色,清時易水本安瀾。

寒食嘆風用杜韻

依稀禁火晉時寒,瘦馬風欺強攝冠。不盡荒原生虎嘯,無多冷蕊付鶯看。傷心村色還吹紙,掠耳濤聲似過湍。烟冷沙橫楊柳病,孤身幸比竹平安。

清明

杜宇聲中隴樹寒,連雲芳草路漫漫。節催烟火桐初閏,夢繞關山月正團。春社自憐隨燕去,客杯何處借花看。故園折柳青無限,應念天涯拂馬鞍。

三日二首

曲水罷烟楊柳空,鶯時忍説酒杯窮。月生斷處關河外,春在行來塵土中。病矣苗心深閔雨,蕭然花事免禁風。東山已是分憂日,即上蘭亭亦不同。

其 二

客裏愁知節序侵,軟烟藉草自沉吟。流觴有賦應天末,捧劍何人出水心。雨嗇春光猶似淺,沙高曉霧最能深。堤邊浦外經行處,感慨當年即古今。

三衢雨發

市色沉沉晝不譁,衝泥獨笑馬蹄斜。水淹寒影舟如夢,出入春行雨莫嗟。古樹封苔全未葉,新畦着菜稍能花。閉門歲酒酬新串,却羨籬邊野老家。

大宗伯翁青陽年伯招飲園池四首,末章專贈四首

經濟閑心付玉璜,門前數步選幽蒼。蘭陔自媚潘輿色,花徑時沾阮屐香。閣道空行通水氣,亭臺面對發山光。欲知捉鼻翛然想,棋酒從容上草堂。

其 二

古木千章自隔天,桃花亂點引漁船。留雲不散鴻濛紫,得月還開象罔玄。應有馬來穿果下,豈無鶯解笑尊前?木魚夜靜經聲發,身在香山社裏禪。

其 三

燒燈東第幾留賓,飛蓋西園未厭頻。雨歇池能寬月夕,杯香鳥亦報花辰。已從獨拜窺幽榻,更許參盟侍釣綸。芳草迴廊春寂寂,歸來山閣夢天真。

其 四

暫依星象照江湖,散吏同登綠野圖。伯有寅清留草在,公能吐握此風無。也知四海詢司馬,豈獨三朝待董狐。魚鳥預愁裝趣近,園林一任徑荒蕪。

同年陳太始侍御携酒石倉,兩日周旋,談遼蜀事有感

天上寄愁安未安,儘拼萬緒付清歡。雪埋遼月雁聲急,江洗蜀花鵑血殘。輒喚奈何春太息,無端獨醒酒將闌。笙歌救火同時想,忍使乖厓袖手看。

簡曹能始

事事窺君整暇情,一生得力水山清。著書閉户多幽癖,逢月何霄不共行。

鳥有歡言因悅性，花當佳種爲安名。欲知謝傅真經濟，棋局尊前聽曲聲。

答包一甫

丘壑深深一往情，春來每飯祝時清。雲開湖面延山入，樹蔭磯頭放水行。茶碗尋僧聊永日，詩筒結客盡知名。愁心病色吾將豁，黃鳥相聞過磬聲。

清明聞棄河西之報

柳枝何意與門齊，況報軍聲死鼓鼙。海嶼荒烟寒嶺外，遼人落日哭河西。九陵王氣龍還守，萬户春光鶯亂啼。壟樹難攀辰極遠，愁魂欲去路俱迷。

答別曹能始二首 以下俱用原韻。

去鴻來燕思繽紛，臨發江亭獨待君。豈有卿才能用晉？漫將賦手答橫汾。月因林濕難窺影，雲到風驚易失群。泉閣圍棋占破賊，可徒松火策茶勳。

其二

雨絲雲片若爲裁，春緒茫茫酒未開。草色連天從此去，猿聲帶浪一何哀。誰當談笑銷兵劫，轉向經營憶隱才。憂樂由來關出處，蒼生寧管白鷗猜。

答別陳叔度二首

詩隱自安丁卯橋，多情肯念客車遙。寶符壯我星臨代，清唳傳君鶴在霄。草莽深能關國恥，天河何計洗兵銷。移山儻遂愚公志，投鍤他年伴野樵。

其二

茶庵相見語遲遲，此意惟應泉石知。暗徑落花人散後，空林啼鳥雨來時。交遊離聚皆緣命，吾道行藏豈莫司？俯仰古今身不易，贈言各合敬驅馳。

答別李玄同

酒盡離亭欲失春，鶯啼即是落花辰。棹歌不散半帆雨，山色偏依雙槳人。

虹劍倚余嫌軟語，鶡冠輸爾較輕身。石倉重訪行吟地，伴鶴尋僧迹未淪。

寄別陳振狂

時艱未忍説辭官，猶憶釣龍江雨寒。向去雲山多鳥路，夢回松月在鷄壇。離腸春水當門繞，老句秋鷹出塞盤。記得花朝樓上語，一生冰雪任君看。

江上寄陸君啓

鶯聲出谷又相求，我不成歸君肯留。總是花時春較晚，相看鏡色病全瘳。杯含宿雨山鐘過，楫擊長風雪浪流。細聽潯陽興誦好，夷吾江左更何憂。

答文天瑞學憲，用來韻五首

葛藟兄弟嘆河滑，配主占蓍敢過旬。紫斗暗司星劍合，黃圖難步日車巡。巨鰲連釣嗔龍伯，空石精思笑舩人。詔涉西皇煩接引，祗愁秋水尚迷津。

其二
話到天心與海滑，思從選勝及休旬。雪裁蘭曲琴三弄，星摘匏瓜酒百巡。夢裏羲文親道古，句中山水憺娛人。誰知牛女憐歡密，一日河干幾問津。

其三
崑崙垂足濯其滑，章亥程之不可旬。萬壑總歸海東去，三峰常指嶽西巡。獨留混沌稱中帝，對嘯蘇門賦《大人》。欲問天梁南有斗，空煩烏鵲投河津。

其四
每誦《伐檀》嗟置滑，漏天深愧雨依旬。誅茅園曠容雲入，退食廊虛待月巡。與柳初秋吾欲老，如松太古子其人。靈潮平接銀河練，查客猶堪共泛津。

其五
欲受圖書河洛滑，玄言不接日如旬。二儀以往天根密，四氣之交斗柄巡。西極振衣真有祖，中興扶轂豈無人。何窮風月供吟弄，携酒相從訪聖津。

中秋，文天瑞置酒荒園，用來韻五首

此宵此地覺雙孤，賦手真逢漢大夫。樹影分來雲點綴，水聲答去鳥招呼。

我之懷矣月初照，若有人兮仙并驅。遥想諸天秋色裏，相言下界亦冰壺。

其　二

秋月得朋秋不孤，虹橋着意接凡夫。鐘聲驚露雁初動，酒色開霜蛩未呼。自有常儀真作主，兼收太白爲前驅。一丸吟弄憑將去，我久藏身在此壺。

其　三

有黃當日筮天孤，竊藥曾聞憶故夫。縱就大還蟾獨搗，應憐《小雅》鹿相呼。《霓裳》仙譜聲誰按，露井寒漿渴已驅。唱到南飛烏鵲冷，何當縮地共丹壺。

其　四

荒圃秋容澹以孤，入門乍似款田夫。黍禾露重寒相倚，鳥雀風輕醒自呼。幸不聞砧鄉念減，偏能載酒吏愁驅。清光之外吾何有，蔬架霜深正斷壺。

其　五

敢分風月半歸孤，生氣如君始丈夫。撤燭親邀素娥語，停杯笑向謫仙呼。垂光五百來相印，弱水三千拉疾驅。莫以春秋評二照，桂香烏亦勸提壺。

太谷見月，懷文天瑞有寄，用前韻二首

雲情去盡月情孤，猶肯穿簾伴病夫。抱影砌蟲明露飲，求群邊雁急霜呼。半生浪迹仍蓬轉，終古流光只轂驅。乞取長圓天不答，仙家亦自失方壺。

其　二

品盡英雄君與孤，龍泉塵暗信非夫。毫端有眼千靈泣，嘯外生風萬竅呼。客不來時成獨醉，身將隱矣爲饑驅。秋歸共話楞嚴月，欲泛金波竇一壺。

中秋會楊修齡先生於滄浪亭，
是夕不月二首　修齡遊鼓山還，會晤此亭。

松杉影外白雲流，仿佛醉君江上樓。繫艇聊賡孺子曲，停杯細說大人遊。自能致客青山好，何以慰予黃鳥愁。終夜雙珠寒炯炯，依然借月作中秋。

其 二

剪燭深深舊雨情,秋江酒畔變春聲。客酬命駕十年約,天放登山一日晴。嶺嶺氣如相待紫,滄浪心不自言清。佛鐘未動猶堅坐,頗怪寒禽數報更。

寄劉海若

繞城如玦即滄浪,流去西江歸興長。一夜琴心生落月,連天烏影近初陽。秋山牛犢皆爭墾,閩海鯨鯢猶未藏。嶽頂高歌招帝子,飛雲捲雨更茫茫。

答樊山王

未面被襟語詎虛,蕭蕭風雨送飛魚。頗傳高廟龍孫骨,初得小山鴻寶書。度曲花前歌十索,垂文研北問三餘。玄參赤壁時來往,夢裏橫江鶴不如。

甲子元旦試筆二首 鄖陽署中。

春入歲前寒已微,雲光三素護山衣。鳥知病色留醫住,花帶離情送雁歸。鄉夢五千餘里外,浮生四十九年非。屠蘇最晚成吾老,一醉朱顏事豈違。

其 二

心似寒松不悟春,當杯鳥雀說年新。地閑真領祠官節,吏隱聊同江漢人。軒曆恰逢開甲子,禹功深愧授庚辰。太平父老今朝始,捷羽坐清南北塵。

穀 日

今年雲物頗逢迎,穀日近連元日晴。雁話歸途知雪少,人辭藥裹慰身輕。物華暖向棠枝逗,農信勤占麥隴成。老吏行春同布穀,欲乘陽氣勸深耕。

春雪效歐公禁體作律

擁枕寒衣叠倍輕,微心出戶似山行。春光自化一魂合,夜氣能消群動聲。枯樹舍疑開素照,驚禽作意掠餘清。胎紅釀綠青陽事,與爾重留太始情。

晴

春力何曾避冷灰,山川一笑與晴回。爲傳鳥語催花起,先接燈魂趁月來。殘雪得吹如再落,寒烟向暖欲深開。閉門最惜芳郊事,賴有農歡到酒杯。

贈督餉侍御丘毛伯二首　余入黔,毛伯餞余習家池,有詩枉贈,率爾奉酬。

漢江搖郭樹藏樓,新改高池字筆籌。敢以攻心追葛相,自然縱指屬蕭侯。芭田雨過洗兵曉,柳浪風催舞羽秋。卮酒受君須滅賊,先聲爲破夜郎愁。

其　二

置身已在古松傍,蘭語無非熱肺腸。蚤識文章歸阿士,猶從山水問中郎。三軍飽挾風霜氣,半壁靈開日月光。贈劍未如詩孔碩,還憑俎上静疆場。

和袁文海賀衛中丞之作,時大雪二首　以下遊岑山作。

親捧兵符下九天,雙龍爲佩素霓斿。六花忽破鴻濛色,群吏争迎鶴氅仙。野馬澄空浮爽氣,飛蝗入地避豐年。郾山漢水春光遍,盡屬中丞賜履前。

其　二

花開旌節映峰岑,不淺山靈擁護心。遂有鷺濤隨白鉞,更將鶴韻洒清琴。霜風時挾銀鏃響,葦月晴翻組練深。夾路歡聲盡成曲,陽春原屬楚人吟。

雪中至郾,贈楊昆林

真人坐嘯福庭間,峨嶺風神姑射顔。客唱自高飛白雪,官銜誰比帶名山。楊提督太岳。清溪漲水琴三弄,丹鼎抽芽藥九還。賦得遊仙爲君贈,槲梅花散滿天關。

出　郾　陽

傍水穿厓時見村,家家生菜媚盤餐。雲開全失羊腸險,風軟微傳鳥語温。山色向人晴有態,春光接臘暖無痕。梅花何處探消息,殘雪依稀爲返魂。

天柱峰觀日出

天鷄唤起希夷卧,踏月支筇③度石門。星際白榆何歷歷,雲間華蓋稍翻翻。金繩不斷三天路,寶殿能開萬界昏。東去一峰還日觀,扶桑夜半躍朝暾。

由南巖至五龍三首

仄徑崩厓古木稠,南巖直接五龍幽。橋邊叱石羊爭起,磴外窺天雲亂流。香冷偏憐遊客寂,衲寒尚識老仙留。疏鐘敲斷珠林夢,物意山靈總似秋。_{時已立春。}

其 二

五龍亦是修真地,勺水成湫自昔傳。水挾靈潮晴帶雨,龍吟古鉢夜參玄。星辰倒掛松杉動,日月平臨臺觀懸。不向希夷求睡法,神清一枕即遊仙。

其 三

蓮蕊何年簪鉅鰲,諺云"五龍一枝花"。振衣一嘯答琅璈。天階梯折三休路,風徑松翻九曲濤。伏火丹成雲已冷,插梅臺迥日初高。希夷去後經聲杳,源水流花空碧桃。_{誦經臺在桃源峰下。}

玉虛宮二首

雲中鷄犬自成村,鶴舞虹飛接帝閽。樹湧蒼濤浮萬瓦,天低翠巘闢三門。建章圖出妙嚴並,忉利移來幻福存。總爲奎文懸日月,榮光長起紫霞屯。

其 二

鳥語隨風落翠微,千林含靄弄晴暉。朝嵐濕處傳鐘緩,夜月明時見鶴歸。聖水人來思拜井,空亭仙去問留衣。石魚猶記開山事,蒼柏如今長舊圍。

【校記】

① "患",原刻本作"愳"。
② "簫",原刻本作"蕭"。
③ "筇",原刻本作"節"。

遜庵詩集卷五

五言排律

楓亭逢馬槩生小飲而別,夜走莆陽

秋風遊子淚,相顧欲霑纓。以我一尊酒,慰君千里情。班荆俱客路,仗策各王程。雨後丹楓脱,砧前白雁横。壯歌堪立髮,細語益吞聲。乍喜翻成泣,深心惜未傾。驅車將夢去,落日喚愁生。烏鵲求群急,驊騮作意鳴。人烟燈外出,草色劍邊迎。野曠寒雲積,山深古木平。暗呼時共勉,孤影自多驚。嵐濕浸衣重,霜繁捲幔清。那堪星漢下,折①羽復宵征。

贈曹心洛侍御二十二韻,侍御以諫止科臣東封下獄

浮雲連貫索,落日滿長安。可嘆豐城氣,仍於北斗看。一封投紫極,萬死望青鑾。熱血半腔洒,孤忠千古難。法曹秋慘淡,冤鬼夜辛酸。棘土題將遍,圜扉淚未乾。憂來聊假寐,病起強加餐。鬢以思親白,心將報國丹。醫方幽處寫,騷賦靜中攤。憶昔夷氛惡,其時衆論讙。何人真御史,賴爾重朝端。使者罷浮海,將軍更築壇。乾坤俱震動,時命自盤桓。計用身堪厄,聲先魄已殘。風雷雙闕闇,日月七陵寒。世態隨飄絮,交情喜握蘭。獨憐持直道,相顧泣南冠。感往深孤憤,傷今各汍瀾。雉應虞網密,龍且付泥蟠。旅夢愁能數,鄉懷醉乍寬。冰霜臣節苦,雨露主恩溥。莫以拘幽曲,逢人到處彈。

過梵天寺

始成春暮服,來問化人居。幽賞區中勝,喧緣物外疏。雲輕浮貝葉,日静冷

栟櫚。龍虎依僧懺,藤蘿學梵書。迷來憑一筏,悟去失三車。柏樹歸真際,芭蕉破妄餘。聽經猿近座,分鉢鳥窺除。仗劍斷流水,揮毫貌太虛。風松寒説法,烟竹静侵裾。隱几吾忘我,買山誰卜廬。攢眉蓮社約,携懶任樵漁。

走馬燈

駕鰲圖已老,馳馬笑方新。畫裹招難應,鏡前摹未真。憑將九微火,喚起五陵人。聯騎影相得,貫魚情自親。爭鑣寧怯墜,揚策不生塵。詎聽嘶風語,惟看踏月頻。飄然空外路,儼爾幻中身。追電偏嫌畫,繞花如惜春。盤珠差可象,妝髻擬何因。羞殺魚龍戲,繁華不敢倫。

得曹能始書却寄

相訪頻迷路,夢中安可期。如何違面久,剛是得書時。建業興王地,石倉才子詩。耽遊寧席暖,久旅似家移。酒債分年俸,書淫忘夜疲。客當貧益進,宦以拙偏遲。星彩兩都映,風流六代欺。猶嫌官却贅,任與世爲眉。拄笏看山爽,行車擲菓疑。龍頭誰敢論,鷄肋我何爲。八斗輕相讓,孤琴許自知。藏鶯春樹合,語燕暮雲窺。美矣開韶景,悠然寄遠思。閑身能各健,慰藉倒花卮。

重送陳元朋

當軒絃別曲,柱促不能調。鮫室珠仍淚,龍鐔斗未銷。箕揚宜後殿,骰選任先驍。耻作塵埃嘆,甘從碣石驕。春衣俄變夏,夜斝屢分朝。猶恨見難數,深驚去易遥。朋歡牽旅思,僮悶發鄉謠。小有山堪夢,文無草見招。攀留展期緩,陶寫駐魂消。何忍負丹荔,生憎損緑條。沉懷付浮蟻,暖色壓寒貂。離候贈將藥,征途語及蜩。逆風梳馬鬣,遲日炙鶯簫。店月隨員缺,江花只寂寥。憐夔交臂失,吐鳳賦心饒。得句須頻寄,持之見久要。

劉百世鏡園分賦排律二十四韻

積水抱空鏡,開園勝事重。娛暉涵地脉,澄碧洗天胸。城曲直玄武,宮門走白龍。練光穿樹入，臺勢鬥波舂。風激花回雪，月流金在鎔。湖平軒接引，山缺竹彌縫。磴道吞還吐，林陰淡轉濃。物華工點綴，文酒好從容。濠濮觀無恙，求羊徑有踪。悠然滄海意，若與故人逢。五月全消暑，四虛疑試舸。烟汀眉瀲灔，葭菼髮鬖鬆。境曠差增傲，塵疏最稱慵。涼颸生岸幘，爽氣上輕褣。魚樂磯忘釣，蘆柔笋入供。拍浮密觴政，宗本利談鋒。鷗影掠潭度，荷香繞席從。日移迷倦色，雨斂避歡悰。燈漾星沉渚，歌翻浪蹴峰。隔溪明遠火，橫浦送寒鐘。懷已傾筐抒，興仍投轄釂。遂能失埃塩，何減撫雲松。醉去夢魂殢，醒回別緒憧。清都元不隔，猶許問芙蓉。

送沈伯含謫靖州

已難容挂笏，猶自傲携琴。騷客郢中調，逐臣湘水潯。不緣除目改，誰悟主恩深。_{先擬信陽不報。}雲斂三河色，星占二酉臨。仙遊字曰謫，吏隱迹宜沉。人怪鋤蘭事，吾知頌橘心。論交方贈帶，送遠忽分襟。歸計天涯共，_{余時將歸。}離情歲暮侵。欲言殊鹵莽，相顧倍蕭森。風雪薊門道，乾坤澤畔吟。搴芳餘草怨，積夢付花尋。_{靖有夢花。}閣卧招山爽，詩成洗霧淫。砂床扶藥火，桃洞暖春陰。去去五溪上，行揚千古音。

寄訊徐鳴卿

舊領材官選，新推武庫名。設齋從令史，牽馬見曹兵。酒社携棋覆，烟堤索句行。沉冥堪自隱，孤憤竟何成。持被候伺夜，償金玩世情。霜歸難附雁，春別忍聽鶯。高枕夢逾杳，積薪懷未平。日應嘲范子，頭已責秦生。猶記輪山約，莫寒燕市盟。梅花春萬里，月路白雲橫。

衢　橘園客摘飢。

蝶候能薰月，鴻時果照雲。金丸疑欲避，露甕渴堪分。有客含淒玩，何人托贈勤。懷嗟難及母，頌識不忘君。風味驚鄉遠，霜容映水殷。逃虛仍見似，愛爾伴微醺。

病

洗盡粗浮想,獨招清淺魂。秋林風一葉,夜杵月千村。此際露蠾渴,依微螢破昏。粥甌隨進退,藥火任寒温。袍笏知休暇,詩書慰杜門。即爲康濟法,持以報諸昆。

豐城遇王貞吉道人_{王好談休咎。}

醫卜求人久,逢君辨劍鄉。水螢夜河曙,松鶴野雲長。繫表非文字,機前絶億量。侯卿紛見許,童稚笑相忘。天壤疑壺子,沉冥嘆蜀莊。閑心生茗色,暑氣逼荷香。因示維摩病,遂詢弘景方。卜居吾偶爾,通隱汝爲常。道豈矜前識,神將許退藏。贈言惟守默,一莞萬花傍。

遊武夷,舟②窮九曲之勝。以病足債接笋、鼓子等峰爲後約,賦訂山靈十六韻

廿年果幽討,雙槳③愛微茫。溪歷相生妙,山開無盡藏。靈虛雲寶想,曲折水天光。起坐搖魚鳥,逢迎遍色香。飛青隨棹轉,沉翠上衣涼。領略舟兼杖,徘徊茗且觴。奇峰行屢幻,空檻對如忘。眺聽閑身得,躋攀病足妨。蟬吹燒藥火,鶴守讀書堂。暗樹常能雨,丹崖豈待霜。仙人定危石,毛女映修篁。升降觀雖止,流連興頗長。藹茫烟約約,孤迥月蒼蒼。太簡安今別,窮搜許多償。神情留顧眄,膂力養方將。茶候吾當至,鶯花慰悵望。

喜　雨

但覺涼無漸,方知雨有情。草霑初欲起,泉潤久能生。午日雲猶漏,非雷澤可成。林巒滋舊色,鼓角澀新聲。所喜午還贖,何愁秋不清。桔橰農自倚,襏襫僕相爭。引酒添全力,衝泥減半程。焦原昨太息,敢嘆路難行。

赴秦伯起社集，晴往雨歸。
別後伯起、長孺更酌聯句，和之

陰晴互爲爽，所玩共清暉。廊響苔侵屟，山光樹染衣。曝禽堪白醉，談麈有玄霏。但咏西人美，殊忘東主違。村燈猶暗照，城雨已輕飛。翳葉蟬分濕，携花蝶戀馡。如聞吟咏漏，却悔病催歸。敗意惟憎俗，知音乃貴稀。隱資貧共味，禪火寂相依。佳夢淋漓去，乘風款夜扉。

苦雨懷伯起

當杯喜雨者，而此唱愁霖。山意猶如睡，檐聲忍更深。淹花多失色，病稼獨傷心。室嘆孤無奈，羇栖夢可尋。坐同僧禁足，時與鳥低吟。草木懷新旭，城闉閉積陰。雲朝行紗紗，鐘晚抱沉沉。有酒姑涼酌，相思共短襟。同人雖和汝，求友亦斯今。松徑遲開日，褰衣即入林。

七夕風雨十韻

風雨紛然緒，來當節物臨。正宜月一照，何苦夜長陰。信託青鸞濕，橋危烏鵲沉。停梭仙悵望，取石客翔吟。神理雖無阻，悲歡豈易禁。含情如漢廣，相泣助河深。凄影還依燭，凉思欲付琴。能遲非夢曉，共永似年心。展晤猶云昨，懷新或自今。不知萬劫夕，晴晦幾交尋。

燈夕贈徐君義邑侯

獨守寒扉火，何來海市縣。燃燈今遇佛，飛烏盍成仙。合浦珠還後，河陽花發前。農桑無末業，膏粥有豐年。善教倡優拙，歌心父老傳。雨風在調燭，水鏡即司天。雉乳馴應爾，猪肝累或然。壁光容借照，亭草雅慚玄。月似西園集，星依北斗偏。試將山水曲，廣入武夷弦。

遯庵詩集卷五　五言排律

張紹和計偕北上,過輪山賦贈

山水與朋友,望君同此情。驅車向日晚,出岫偶雲行。懷寄自今古,話言皆弟兄。珠連星問夜,杓轉斗當城。酒蟻暖銷燭,潮鷄寒報更。仙才輕玩世,吾意借尋盟。劍作合離色,鴻關去住聲。荔風推晚冠,梅雪伴冬征。駿骨金臺貴,羊裘釣瀨清。倘售知己問,賣藥久逃名。

即　　事

晴雨輕相奪,園光始得勻。坐來疏密樹,驗盡淺深春。□細閑中眼,無營病後身。花成皆出稚,鳥囀各懷新。添沼眉初月,鋪堤貌軟茵。筇邊全熟路,屐外半生人。道廣融孤性,塵虛愜遠神。仙源容久住,何客肯迷津。

【校記】

① "折",原刻本作"析"。

② "舟",原刻本作"丹",誤,應作"舟"。

③ "雙槳",原刻本作"雙漿",誤,應作"雙槳"。

遯庵詩集卷六

七言排律

都門約伯瑾歸山結薜蘿社,余先謁告,可二歲所,
伯瑾繼歸,而余憂居矣。談次愴然賦別

城闉對雨亦含顰,布帽相看更愴神。枝上欲零烏鳥淚,天涯曾訂白鷗身。誰知萬死支床日,猶是孤齋下榻人。識面山靈疑服改,候門童子見情真。談詩久矣蓼莪廢,隱迹依然松桂親。容易分携君莫怪,三年不踏郡中塵。

客途感事兼聞北來之訊

客子授衣霜露繁,荒烟無際吊中原。寒鴉往往吟孤柳,疲馬時時見廢村。秋色玄黄衰草木,清時賦税察鷄豚。大束杼軸千家盡,直北沙河萬里屯。水落魚驚星在罶,風高雁慘月當門。孤城脱木紛紛雨,平野遮塵漠漠昏。《九辯》悲秋心欲折,《五噫》謝漢句猶存。中宵讀史懷旌檻,此日望人更叩閽。誰洗氛霾開日月,獨憐踦躅隘乾坤。安危將相應深念,痛哭儒生已斷魂。祗道含香清署裏,不知何事可酬恩。

過固鎮,靈璧張春斗枉駕八十里出會。
時君中讒,左遷王官

浮萍踪迹任乾坤,肯對西風濕袖痕。總爲懷人輕遠道,相將問舊倒芳樽。勞心忍上催科考,銷骨柰深萋斐言。太守似聞嫌密令,微官何意傍梁園。薄遊彭澤今差久,彭澤八十餘日,而君歲餘。遺愛桐鄉昔共論。鴻雁漸還因罷役,桑麻新

墾欲成村。行渠尚憶負薪苦,吹律全留挾纊溫。仙鳥未容近元會,長裾又曳向何門。宦無中産田廬挫,歸有舊裝書劍存。謾説過湘窮賈誼,已傳伏闕雪王尊。清淮流盡銜恩淚,高月寒消惜别魂。使者護堤方入奏,乘槎猶可問河源。<small>河上方叙功,君有牽復之望。</small>

四月九日,張孟奇、徐鳴卿招同黄貞父、鄧玄度、湯嘉賓、米仲詔、畢孟侯及孝廉李伯遠、劉百世、陳元朋、韓孟都集城西李將軍園看牡丹,得"田"字

浴佛西郊盛翠鈿,宿雲披拂尚嫣然。投門倦愛虚亭好,行散輕依暑服便。多病應難從客後,耽遊不覺占花前。何來絳玉深承露,欲倩明霞遍染天。少女餐香將骨化,東皇賜紫沐恩偏。群葩解妬皆争避,一笑回春别有權。檻倚矜容真絶代,丹成洗髓可能仙。暖風扶夢雲初轉,晴日酬妝影倍鮮。門地托根還未墜,才情疏蕊更堪憐。<small>花殊不盛,二語爲朝嘲。</small>將軍冷落杯空負,<small>園屬李金吾如楨,終歲不到。</small>詞客登臨屐太顛。樓勢割青迎遠塔,<small>登樓見天寧寺塔。</small>水痕穿綠繞平田。爲園却憶洛陽事,作賦追攀供奉年。撲鳥幽芳歌外度,殢人殊色酒中傳。相看於我論文異,各負爲君寫照妍。茗椀觥籌呼屢續,藏鈎賭墅戲隨緣。佳辰沉醉歸何恨,恨殺宫城易暮烟。

社中詩不用牡丹,别賦長律

芳草留春此地偏,西園飛蓋正依然。水餘灌佛香浮澗,雲欲成峰翠削天。身到郊行方覺暇,景逢朋好忽生妍。文心傾倒無新故,勝賞追隨各後先。羅帶梳風輕舞柳,青蚨戲沼細抽蓮。物華澹欲如人意,客典豪真奪主權。平攬樓光侵鳥外,近招山爽落尊前。沾衣狂絮吹還定,照席驕花笑自憐。静引棋聲敲竹霤,頻催茶火出林烟。筆煩預擬逃詩債,疊續聊堪放酒顛。垂晚無情鐘易動,伴歸有約月高縣。塵容病態俱相失,轉憶投簪墾秋田。

苦雨不寐

霧魄風魂鬥未平,林烟中酒盡深醒。獨行神女迷方去,誰怒驕龍挾海傾。

呕唤山锹疏水寳，催然厨火照檐楹。破床支漏避無處，古壁欲頹鳴有聲。厭聽喧濤敲夜永，虛憑夢火卜朝晴。寒絲漠漠沉街鼓，茶竈書籤坐幾更。

黄州懷蘇子瞻

雲心雪迹照江秋，年譜齊安獨久留。號曰東坡從此始，生雖西蜀不能收。山川着汝陰相發，草木於今倍自幽。客但有詞皆入楚，仙而非謫乃其遊。魚肥將子冬行酒，鶴影如人夜掠舟。繫馬未遑薦蘭芷，送鴻無限起汀州。隔溪見火青楓暝，繞郭生烟翠浪愁。纔擬斷詩仍吊古，可能無語過黄州。

贈晉江蔡啟昌茂才，蔡能繪事

化工難寫鴻濛色，一片蒼茫付墨池。而我翛然天際想，愛君解此畫中詩。盤胸丘壑層層出，繞幅烟霞處處疑。慘淡吟餘收二妙，蕭疏意足轉多姿。柳濃曲院調鶯後，簾捲孤山對雨時。長日淫書茶作癖，清宵聽曲月爲期。每於酒熟來相命，況有荷香醉莫辭。懷古漫須矜駿骨，於今漸不重蛾眉。柯亭撫竹憑誰問，蘭雪携琴祇自知。留得筆花揮萬象，寒林何事怨春遲。

洪春寰訪予石倉，因與水遊。君方解官，而談笑甚暇，予愧作旅人也。賦贈兼貽輪山社諸君子

豈易逃虛接履聲，籃輿獨怪往來輕。開眉恰向游邊見，携手還同夢裏迎。寒影經句多伴鶴，暖言此日始聞鶯。避人磴道穿花入，共我江尊放棹行。山逐水迴皆好好，官辭身去只平平。津窺妒婦姑云命，谷字愚公別有情。桃下尋源蹤偶似，橘中固蒂計難成。安危固步真相倚，去住鄉心轉自驚。欲尾君歸歸不得，應嘲昔出出何名。西門殘雨垂楊暗，南浦斜陽芳草明。十畝閑分堪短鍤，二方急矣孰長纓。滄浪從古分清濁，一片鷗機未敢爭。

遯庵詩集卷七

歌

趙鈐岡舉子歌

咄咄趙郎,年不滿三十,身不滿五尺。艷歌一曲鳳將雛,藍田種玉獲雙璧。大兒頭角已嶄然,小兒蘭芽更骨格。是時燈月爭吐輝,火樹銀花羅綺陌。三千廣樂駐行雲,親送石麟入君宅。虎子立地氣食牛,丹丘之鳥無凡翮。蔡生聞之喜欲狂,擁被下床失其舄。何物海蚌胎明珠,上門徑作湯餅客。杜陵徐卿未足羨,我爲君歌生紫電。趙郎逡巡不敢當,顧影微僂如循墻。須臾中閨行酒炙,抱兒見客啼聲揚。君家即是烏衣巷,而我觸目見琳琅。願得長成敬父執,有酒時時呼我嘗。欲行復留且盡觴,左手摩頂右拈香。笑謂趙郎前聽祝,他年慎勿似爺長。

朱世其草書歌

朱侯學書頗自喜,少年臨池墨其水。史籀秦篆恨未精,鳥迹以前探原委。寒花夜發白兔鋒,跳蕩百戰無衡壘。大令之後楊少師,近則祝生希哲耳。此皆墨圃號橫行,神氣苟全無彼此。天機酣墨如酣酒,浩然春雷發十指。自負不趨君王宮,有時却判老翁紙。爾來作令眉少伸,耐可縣多如花人。酒酣前奏叢臺伎,一觀劍舞技更神。翩如驚鴻掠雲下,矯如游龍出漢津。麗如絳霞捧朝日,瘦如枯木對人蹲。來如青天掛飛瀑,止如怪石錯璘珣。吮毫凝思筆爲禿,頃刻星辰紛而落。失意即眠得意書,能事從來不受促。情知卧治百不憂,染翰天公應雨粟。我有新裁素練裙,憑君爲掃巫山雲。新詩安得滿人己,名筆自可張吾軍。

家中養就雙白鵝,化鶴飛飛天上摩。黃庭道士今已往,手提空籠奈君何。白雲齋頭何所有,春缸滿貯胡姬酒。君不見,王家醉墨張家顛,古來絕藝皆濡首。何以贈君取五斗,遲君筆渴爲君壽。七尺之縑更着手,藜火吐烟蛟螭走。

詛　雨　歌

　　三月四月行秧馬,農夫望雨雨不下。焦原如毁坏如龜,王曰於乎憂子遺。是時禱祀鳴鼓出,我亦持齋過半月。烈日燒空拜塵中,口吻吐烟敢言渴?歸來呼水四無人,井枯寄汲於遠鄰。浴汗臂香遍都鄙,雨師弗聞如充耳。巫祝三老告痛瘡,不可則止吾已矣。自從五月霖霂稍霑濡,人恨此雨遲月餘。荒蕪槁死何嗟及,其他猶可收桑榆。誰知屏翳太驕妒,挽不肯來推不去。恒言十日已爲霪,徂及兩旬何振怒。簑笠即是桔橰者,荷鍤決渠走如鶩。疏排幸救禾黍没,莖葉吞聲聲如訴。綿花豆莢俱試芽,淹爛欲吐不得吐。雨暘之過賴天裁,不見饑人驟飽反爲灾。避焚投溺病庸愈,渴時禁飲醉添杯。前慳後濫胡爲哉!況我數椽苦湫隘,高者沮洳下澎湃。閉户面墻鳥觸籠,三日新婦無聊賴。糶來殘穀濕拒礱,故衣蒸菌潯難烘。中厨更報薪芻盡,相勞家家顏色同。有時曜靈忽見誘,眼目豁朗開心胸。曝衣不待七之日,陳粟揚箕競庭中。陰霖促攝陽精匿,跟蹌移徙走奚童。笑顰翻覆誰辯此,或言此月龍教子。龍之出入以風雨,嘘呵所及皆洪水。吾聞難佗護世使歡喜,爲子病人豈其理。又言羲和曩太横,禁抑雨師如孩嬰。水官失職亦云久,矯枉必過人之情。豐隆憑怒列缺笑,二神厲氣佐尸盟。春旱秋潦潮汐耳,遂令羲和不敢争。吾聞尤而效之尤又甚,天公何不司其平?坐际陰陽戰空冥。却憶雲漢歌初作,縣官出禱頌顰蹙。堯湯有數古莫干,高穹何渠從人欲。求雨不雨晴不晴,至今其言如照燭。嗚呼!五事庶徵已陳腐,天不恤人人焉處。

榜出,過徐務滋、陳元朋、張紹和,適蔣太史道力、
徐武部鳴卿移榻在焉,留飲,醉作此歌

　　放榜之日天欲雪,青帝牢愁雲眉結。眼看失職盡知名,令人氣踴心未平。

命與才仇空絕叫,燕山慘淡閩山笑。入門安慰解衣裳,蔣史徐郎過壺觴。功名小物何草草,天公弄人苦顛倒。詆訶深淺亦太痴,不妨歸去食荔枝。醉餘出此送將歸,只恐尊前雪又飛。

清美亭歌爲曾退如太史尊公賦 公好象戲,太史好弈。

萬古重開鴻濛宅,糟丘蝶枕與棋局。何處一枰不可無,睡美客來酒初熟。曾公靜者隱自足,山水在眉春在腹。得喪夢醒鹿迷蕉,勝負醉看蠻戰觸。結亭依松枕松根,松鬚低拂護籬門。雪檐花砌宜寒暑,楣霞軒照妍朝昏。松下微聞聲剝啄,故人屐齒破苔痕。篆畦分火茶烟軟,澗泉上琴山鳥喧。虛亭何事不清美,相將箕踞綠陰裏。庾信之賦王褒經,舊譜已寒聊溫耳。日斜松影忽移枰,風定松花時撲子。遙聽語落象馬灘,近觀陣成鶂鵝起。信指拈來雨紛紛,一笑如雷青天聞。萬事無心花流水,數聲不斷竹敲雲。妙手共推棋社長,閑身肯羨戰場勳。殺機雖急吾何有,心靜還與白鷗群。仙郎太史真大雅,亦課手談來亭下。漢書修罷弈旨成,窗前答易殊瀟灑。公也觀之喜掀髯,留客侵宵費杯斝。瓜葛差存王氏風,韻致堪付坡詩寫。以兹太史愛其亭,書額遂以清美名。揭來長安懷子舍,耳畔猶作松濤聲。南雲片片懸歸夢,清簟疏簾入目瑩。水接瀟湘天太白,烟收巫峽石空青。君不見商山芝老不堪擷,楚江橘戲事幽絕。爲樂未畢被人窺,翻然騰身向貝闕。喚取爛柯山頭人,共坐虛亭弄明月。龍脯可削棗可分,服之即是長生訣。公與太史俱大奇,仙人前身更勿疑。橘中自信開天地,柯外不覺閱干支。我役黃鶴海東走,冷暖石子啣相貽。松風供養無盡期,衡嶽之枕洞庭卮。公乎高卧痛飲,看取兒曹賭墅時。

看菊花歌,戲作七平七仄體

黃金之花霜中英,晏歲那可少此友。三閭柴桑難招魂,執癖愛者我在後。金風催寒天涯天,白雁報節九月九。貧官輕囊拚多求,買得數本亦不醜。秋光嫣然妍東籬,清俸已落老圃手。平頭童奴持餘錢,問我換米或取酒?忍餓對菊尚自可,其如壺乾慚花神。以此促令付釀者,朝炊無烟妻孥嗔。只道爲腹不爲目,誰知驅愁兼驅塵。有酒有菊啓笑口,圖書縱橫花前陳。冷格獨立伴瘦影,清芬相酬來高人。百歲看菊復幾度,何當沉吟虛佳辰。

武 夷 種 茶 歌①

鐵笛吹飛片片霞,遺丹拂地盡開花。前因堅懺酒中過,留語曾孫止種茶。_{張湛諸真以酒過讁}種茶如種商山芝,茶亦有星人未知。多少蟄仙春睡重,一將露盌灑希夷。人夢不如仙夢長,松風寒掠竹雲香。洞天清醉尋常事,月白吹笙下醮場。泫空蘭露別生凉,名乳無膏玉笋香。洗盡宋元儈父氣,諸仙含笑拜明王。百里神仙湯沐分,盡驅月户事春耘。香芽占斷溪山色,何地還堪着懶雲。仙果長春事亦慳,争如靈草遍靈山。夏收秋摘春何限,役使槍旗不放閑。喊山泉涸拜臺傾,嘆息先朝罷貢情。民焙鬥多不鬥少,遺經誰問竟陵生。亂蘿爲髮石爲身,墾盡山青亦減春。免聽三聲教月苦,仙猿久避種茶人。白雲生處隱仙家,自引丹泉灌露芽。春過紅香不敢落,沿溪流出是茶花。丹成消渴奈仙何,探鶴壇前墜露多。賣藥換茶茶色老,秋山空唱採茶歌。

【校記】

① 此詩原刻本作"七絕十首",輯入卷七"歌"。

遯庵詩集卷八

歌　行

保安行時郡國方大開礦。

往來何草草,就役保安道。保安土确而石頑,五穀蕭條樹木殘。借問茲丘何所產,異物寧救饑與寒？只今四方貧到骨,山不愛靈寶符出。天子按圖大明宮,詔書南陽發士卒。司農使者持節新,矯矯金吾稱虎臣。霓旌雲蓋紛來御,中坐者誰中貴人。焚林何暇惜山髮,土膚剥殘巖骨裂。勢如丹嶂闢五丁,又如龍門排伊闕。萬斧剮天天未平,悲風恍惚來精靈。銀甕露寒月自照,丹爐藥盡金難成。司農顰蹙貴人怒,役夫飢寒敢言苦。鳴山涌地或可期,不然鑿空益酸楚。聖德百金儉露臺,山海爲官逐處開。小人有廬禦燥濕,縣官力役慎亟來。謾説藍田玉種生,還愁合浦珠能徙。願天三日雨黃金,使臣藉手報天子。君不見天子經營與神謀,金銀之氣夜夜浮。嗟乎汝曹安得望少休！

放　歌　行

落葉不可掃,掃已還復生。客懷不可道,欲道撩人情。賴是男兒心胸豁,安能蹙眉對離別？詩成自許問青天,酒滿更堪酬白雪。明月清風何地無,搔頭袒臂狂相呼。觸籠禮法樊中雉,伏皂功名轅下駒。君不見,子長氏,不朽千秋成漢史,先向名山結知己。又不見,尚平遊,半生專愛五岳幽,蚤畢婚嫁脱拘囚。州九涉八猶未足,汗漫太清良堪托。行倚阮孚屐自輕,醉荷劉伶鍤不惡。蒼茫開眼臨中原,笑殺俗兒虱處褌。崇蘭故可思公子,衰草底須怨王孫。老樹經霜如秃筆,雲陰出水暮光碧。壯採紫芝老白蓮,肯傍桃花作顏色。人言有錢鬼可使,如我蹦緩翻自喜。人言有權山可摧,如我浮沉亦快哉。放歌視天天爲開,有人間閶闔倚徘徊,萬里雄風空際來。

望夫石

山上復安山,君行不顧還。石邊甘化石,妾望悵何極。生前如花猶見負,化去無語若爲憐。孤影一生伴明月,貞心萬古托青天。風剝雪淋烟雨潤,憔悴莓苔猿鳥問。帝女不忍取支機,留與人間記幽恨。因知在昔石能言,即是思婦之精魂。花根未識春風處,寒深夜向女夷訴。湘江斑竹染淚生,女貞樹上杜鵑鳴。有情終自爲情死,羨他山石本無情。

催雨

夜電窺梁四五劃,晨清望山山如滴。欹枕靜數打荷聲,梳頭欻見朝霞色。霞隱日收雲四垂,鳴鳩宿鷓愁未知。弱陰驕陽戰相持,爲喜爲怒天自疑。胸沉眉鬱舌期期,何不迅雷一決之。我乞天官官滄水,翻江倒湖縮毫底,洗劍驚龍龍甲起。龍乎龍乎飲汝以硏池,怒鬣崩騰需萬里。

喜雨贈王回溪邑侯

風吹山帶海起立,玉女披衣鮫人泣。霹靂挾潮振江關,作使雨工不得閑。電鞭驅龍如蜥蜴,朱陵赤兕走辟易。手抉天閶放銀河,瀉作人間霖三尺。玄黃元氣漏淋灕,宇宙浩然濛空碧。君不見,渴餘醞釀倍甘醲,土膏物色醉忻忻。已笑分秧梳綠浪,即看穫稻漲黃雲。行歌出饁扶耒舞,誰爲却魃誰致雨?七弦臨水叱水飛,雙鳧上天與天語。使君本是商家霖,隨車遍灑望霓心。蘆笙田鼓牧童笛,盡譜花村喜雨吟。我行聞曲還諦審,但道官好年豐得高枕。布穀檐頭正催耕,提壺花外欲歡飲。

初春海棠歌

誰言春事不向老,梅花能遲海棠蚤。海棠有例合春遲,不意梅花許同時。

歸雁沾沾詫新影,蜂蝶逡巡心自疑。雨露獨專青帝氣,翻愁春雪難相避。華清浴罷醉輕寒,何待晚妝催照睡。數蕊破雲珊瑚天,半枝弄月試燈前。定慧院東感坡老,若見今花更惘然。烟霞之姿鐵石幹,此花格韻俱堪嘆。評色評香亦大憨,傳言桃李莫深慚。萬事遲速各有以,敢告春光從此始。

白　　溝

先朝舊事不堪説,白溝殺氣愁雲裂。月晦時有燐火行,天陰似聞鬼聲咽。折刃遺鏃出泥沙,分明還帶桃花血。當日金甌初定九鼎尊,胡爲龍戰反紛紜？玉璽合歸真人手,鐵戈空憶平將軍。黃霧塞空連涿鹿,絶轡之迹今尚存。七十餘載神氣往,軒轅亦代帝榆罔。

高　唐　州

石鍾觸水語嚌呟,地籟振林顥氣青。真樂無譜流洞庭,風雨鼓瑟來湘靈。歌喉婉轉雲爲停,藝而疑神皆有精。君不見救主御歸邯鄲城,笑擁才人花娉婷。舞橑向船藏庾冰,美酒十斛醉全生。惜哉二卒埋姓名,綿駒獨以高唐鳴。

雨

青山中霧如中酒,純壁屯陰含風吼。苦雨晝霾睡不醒,天沉野茫沉刁斗。輕滋凉色長石毛,重壓弱絲欹岸柳。川瀑得勢轉高聲,草樹無言盡垂首。公家解糧有程途,裝成大車并小車。鳴鳩逐婦繞枝泣,潦深泥滑徑崎嶇。珊瑚鞭坼輪蹄仄,九推九却空躊躇。君不見椎子峰頭收牧犢,征人原上唱鷓鴣。

爲沈士範壽母夫人

白玉樓成人騎鶴,青藜尚照繙書閣。鏡裏窺鸞塵不飛,池頭栖鳳毛似昨。當年機杼對燈孤,夢中舉案醒畫蘆。女貞樹老桂花發,寫入凌霜萱草圖。長樂闕下辭鐘漏,仙郎斑衣兼晝繡。荷深宛水及門秋,梅破敬亭開燕候。檢得太史舊宮袍,血花點點淚未銷。勖兒葵心能向照,鑄母松顏作後凋。君不見遺篋猶傳叫闇草,上書不減《陳情表》。忠孝一門國恩新,持觴笑指三青鳥。

張桓孺山人以鄧玄度書來謁,爲書行卷兼簡韓孟郁

鄧侯南嶽主,君爲滄水人。袖書過二酉,片片琪花春。書中言君真俠客,少年雅自具仙骨。斟雉曾從彭祖遊,騎魚還訪稚川宅。我雖肉人不學仙,見鄧之友即欣然。談兵談詩風雨快,更談奇夢凌雲烟。鴉井丹砂閉來久,齋盤相對亦何有。行雨舊輪陸博龍,嘆空欲借樂巴酒。翻然一劍返芝城,寄與琴心湘水清。露花洗天芙蓉紫,身踏祝融頂上行。君不見鄧侯朝天辭不去,張君夢仙留不住。真官揮斥冗於雲,丹砂化鶴歸何處。海上且去挾韓終,先拜黃石後赤松。

壽曾年伯七十

曾郎當轉榆林餉,歸夢已度劍門上。青帝苦留未許西,金臺望雲雲爲迷。一朝去轅如鳥快,峨眉真人笑相待。霞氣先從錦水深,綵衣行照玉峰外。酡顏宣髮湛方瞳,繞膝解裝何所供。十年挂笏西山月,九派隨琴潯浦風。撫背真堪吾兒也,不負而翁五柳者。戲留宦迹剩丹砂,饒買春光入杯斝。花甲重開十度春,西桃東棗事方新。閑投筇杖驚善少,笑領芝綸作外臣。爲郎持杯郎起舞,細將忠孝與郎語。家慶幸自展蘭陔,國恩何須賦苞栩。我未拜翁熟識郎,泚筆作詩意飛揚。遍吉佛光搖白象,玄元玉局馭青羊。蜀山故事奇渺茫,何如江風燕月侑一觴。壺心有藥天正闊,揪面無機日偏長。

雪中看菊花歌

雪下往往冬春時,柳絮梅花句已俗。天爲詩人開新眼,特向九月鬭秋菊。帝女夜春雲母糧,煉入初英別有光。皎添素艷如相得,寒沁清骨只自香。憶昨采菊西山碧,無數秋光秀可摘。今日持杯倚東籬,依然群玉峰頭色。恨殺柴桑見此無,不扶詩興入冰壺。却疑騷魂太愁絶,汨羅浪蕊結菰蒲。仙人化去安可

呼,花神得雪花不孤。我欲貌之歸故廬,萬古將配芭蕉圖。

袁文海贈我《雪月雙清篇》,倚歌奉答

月户修月七寳屑,散作人間霏微雪。白兔下地卧琪花,玉龍凌空照貝闕。希逸惠連作賦殊,萬古猶憐魂魄孤。多君配作雙清曲,五更涼夢在冰壺。雪洗月魂如拭鏡,纖雲不動孤輪映。月臨雪魄如鎔銀,旳皪丹爐光射人。昨宵山行忍凍度,大地寒光開寳璐。今夜共君酌斗杓,折盡星榆當玉樹。山雪得月影冬梅,峭寒刻骨暗香來。城月得雪濯蟾桂,涼露唤醒天花醉。君似太白好風神,我行剡溪問故人。屋樑夢斷迴舟速,何幸今夕能相親。雪月孤絶不相見,是我懷君隔顔面。雪月雙清景更奇,是我兼葭倚君時。將君家事爲君贈,洛陽高卧牛渚詩。清溪空寫三弄曲,笑殺欒桐與椽竹。安得掉①首脱風塵,與君和歌萬事足。君不見姮娥夜剪銀河冰,助君筆花生虛明。嵾山化玉滄浪徹,月中疑有人吹笙。

述 夢 短 歌

朝爲塵官夜山客,夢中踏雲雲無迹。山既不來人不往,安得枕茵收翠爽。向未到山夢杳然,即此圓成即妄想。七寳禪牀天樂多,只恐宿桑生愛魔。更擬煉神超有漏,直將騎氣訪無何。

【校記】

① "掉",原刻本作"棹"。

遯庵詩集卷九

五言絶句

雜詠

如姬
朝得仇人頭，竊符報公子。亦知主恩深，只是爲親死。

信陵
平原日告急，約車欲死之。門客計已盡，感恩有蛾眉。

侯生
臣謀皦於日，臣心烈於虹。使命何時畢，公子到軍中。

朱亥
長袖擁鐵錐，殺氣寒牛斗。可憐嚘喑將，死在屠兒手。

范增
漢楚方龍鬥，雌雄杯影分。君王自不忍，他人將忍君。

項伯
楚人爲漢舞，錦袍照秋水。劍色寒如霜，舞罷楚歌起。

張良
韓人告楚謀，四坐黯無色。君誤聽鯫生，臣曾活項伯。

樊噲
壯士急衛主，死生安足論。衝冠髮怒立，英議動轅門。

冬思二首

妾有隴頭花，君有榆關雪。欲持鬥清輝，道遠中情絕。

其 二

採蕨歲云暮,行人歸不歸。但看北地雁,蚤已向南飛。

春 思二首

妾如女蘿絲,纏松與松老。郎學鳴鳩心,陰晴總未保。

其 二

黃鶯何意啼,當妾送君道。離心吹不消,年年發春草。

茶事詠二十四首 有引

古今澆塊塊者,圖書外惟茶、酒二客。酒養浩然之氣,而茶使人意消,功正未分勝劣。天津造樓,顧渚置園,玄領所寄,各有孤詣。酒和中取勁,勁氣類俠;茶香中取淡,淡心類隱。酒如春雲籠日,草木宿悴,都化愷容;茶如晴雪飲月,山水新光,頓失塵貌。醉鄉道廣,人得狎遊,而茗格高寒,頗以風裁禦物。譬則夷惠清和,山嵇通簡,雖隔代而興絕交;有激繼踵,均足標聖,把臂何妨入林矣。莊生有云:時爲帝者也,西方以醍醐代麯蘗,避酒若仇,獨於茶無迕。豈非御時輪、抽教篇?塵夢方酣,則把醇難救;熱中欲解,則濯冷倍宜,所以革彼爛腸,薦茲苦口乎?僕野人也,雅沐溫風,終存介性。病眼數月,山居沉寥,不能效蘇子美讀《漢書》以斗酒爲率。惟一與茶客周旋,既專且久,振爽滌煩,間有會心,便覺陸季疵輩,去人不遠,衝口而發,隨命筆史,得小詩若干①首。前人所述其品、其法、其事,今俱略焉。至神情離合之際,蓋有味乎言之。裁編次於短韻,括揚攉於微吟。雖夐惡董狐,而契追鮑子矣。夫阮步兵之達也,陶徵士之高也,皆前與麯生莫逆。僕素交亦復不淺,豈可判親疏於鴻濛,立輸墨於净土,使仙醞譏其隙末,靈草畏其易凉哉?曠晱者思,習晤者篤,感獨醒之悠邈,嘉静對之綢繆。賞嘆兼深,物候偏合,故籟亦頗鳴焉。酒德之頌,以俟他日。

　　病去醉鄉隔,閑來茶苑行。持杯思陸羽,黃鳥一聲鳴。

其 二

春林過雨净,春鳥帶雲來。夢餘茶火熟,一酌山花開。

其 三
山月正依人,壚聲初戰茗。幽谷淡微雲,謖謖松風冷。

其 四
滌器傍松林,風鐺作人語。微颸相獻酬,聞聲已無暑。

其 五
泉鳴細雨來,風静孤烟直。遥看林氣青,知有卧雲客。

其 六
照面素濤起,真風入肺清。世間何物擬,秋色動金莖。

其 七
雪爲穀之精,却與茶同調。洗瓶花片寒,茶色欣然笑。

其 八
泉山憶雪遥,得雪茶神足。無雪使茶孤,不孤賴有竹。

其 九
沆瀣滴生根,月神與雲魄。是故肉山巔,往往得佳客。

其 十
收芽必初火,非爲鬥奇新。蘊藉一年力,神全在蚤春。

其十一
宋法盛龍團,探春歸聖主。清風灑九州,天韻高千古。

其十二
團餅乳花巧,卷芽雲氣深。將芽來作餅,隱士耀朝簪。

其十三 海印,余家山。泉名蟹眼。
海印湧珠光,在山已蟹眼。悠然雲石風,頓使茶卿遠。

其十四
泉品競毫釐,戰茶堪次第。結托山中雲,調符供水遞。

其十五
煎水不煎茶,水高發茶味。大都瓶杓間,要有山林氣。

其十六

茶雖水策勳，火候貴精討。焙取熟中生，烹嫌稚與老。

其十七

湯沸瀉甌香，裹花兼訂果。肉涴虎跑泉，此事君豈可。

其十八

酒德泛然親，茶風必擇友。所以湯社事，須經我輩手。

其十九

酒韻美如蘭，茶神清如竹。花外有真香，終推此君獨。

其二十

馬國厭腥膻，酪奴空見辱。將茶作主人，呼奴不到酪。

其二十一

世氛損靈骨，何物仗延年。吾是烟霞癖，君稱草木仙。

其二十二

漸冷香銷篆，無弦月照琴。聲希味亦淡，此客是知音。

其二十三

好友蘭言密，奇書玄義析。此意不能傳，茶甌答以默。

其二十四

漱醑驅睡魔，衆好非真賞。微啜御風行，泠泠②天際想。

偕仁夫弟北發

行役空瞻岵，故鄉誰倚門。獨憐兄與弟，雙影向乾坤。

舍弟去後口號六首

平時知有別，言及已淒然。況此河梁地，真成南北天。

其 二

南燕北飛鴻，殊毛難繾綣。紫荆一樣花，何事各寒暖。

其　三

群壑皆南下,游人獨北征。愁心寄流水,直去繞榕城。

其　四

亦道別容易,其如命苦辛。芋原兩折柳,今日倍傷神。

其　五

魂應隨汝去,夢亦怯身孤。目斷鵾鴒影,更堪啼夜烏。

其　六

天涯去住難,墜葉委江干。凌暑秋聲發,半因離色寒。

秋　　坐

夕照盡歸水,秋聲半在林。飛蟬過別樹,未斷舊枝音。

以沈佺期"盧家少婦"五十六字展轉成詩十首

寒城催夜葉,栖燕斷秋音。長憶十年戍,月白照流砧。

其　二

黃葉催秋斷,寒砧憶夜長。鳳城愁不見,明月照河梁。

其　三

寒砧斷夜城,少婦憶長征。獨愁見雙燕,秋月爲誰明。

其　四

葉斷寒砧夜,城流海月秋。南音長不見,北戍獨含愁。

其　五

玳瑁家家月,城砧夜夜秋。河流教更斷,不斷少年愁。

其　六

戍婦長含憶,秋河更斷音。誰教遼北月,爲照海南砧。

其　七

流年秋葉斷,寒戍夜河長。明月家家白,金城照獨黃。

其 八

葉斷長秋燕,河流不夜城。年年丹鳳月,獨爲照愁明。

其 九

丹城明月滿,秋葉鬱金含。砧夜栖河北,家音憶海南。

其 十

少城城北月,獨照十年愁。玳瑁香催夜,流黃寒憶秋。

風四首

猿鶴嗔行徑,栖栖秋色中。剡溪興未盡,慚愧石尤風。

其 二

平生孤立意,不受天人束。來往葉飄然,江頭只一宿。

其 三

嵇康雖遁世,未可謂無情。訪呂輕千里,豈無風雨聲。

其 四

風欲尼予行,喜歸定相送。謂風未可輕,吹斷故人夢。

春雨二首

詩人有靈雨,所喜助春生。負耒東皋隱,流膏慰耦耕。

其 二

層巒水氣中,青帶農夫笠。獨有惜春人,花畦念紅濕。

夕陽二首

夕陽欲下山,一半戀流水。短笛牛羊歸,留光照童子。

其 二

倦鳥命儔歸,漁舟隨返照。夕佳無限情,答此以孤嘯。

霜秋二首

白露漸爲霜,千山啓寒色。言裁薜荔衣,遠寄蒹葭客。

其　二

霜氣深於酒，山山醉晚丹。不知秋事重，猶作蚤花看。

露　曉二首

露山翠欲流，露葉啼何事。摘取露初茶，烹之清曉睡。

其　二

主人先鶴起，迎露挹其清。喚鶴鶴相領，千山爽氣生。

烟　岫二首

雲盡暮烟出，烟將雲不同。蒼蒼添遠黛，衆妙在其中。

其　二

淡烟春水生，濃烟芳草碧。遠岫幻其間，可思不可即。

風　林二首

入樹得天光，隔林取山脊。萬物欲歸根，嚴風亦相策。

其　二

動息亦何心，莊周寫天籟。萬聲樂出虛，肅肅松濤外。

雪　居二首

光即月初生，静如雲不起。旁人謂雪中，對雪觀無始。

其　二

茫然空色合，灝氣與之居。未許梅花泄，吾將遊物初。

月　眺二首

置我清光裏，嗒然心眼孤。天人夜相語，萬象在冰壺。

其　二

静矣君子光，悠哉千里思。因想月生初，太空是何意。

初　晴二首

山川亦善懷,過雨悅初爽。倚杖遠天開,亂流壯餘響。

其　二
何來山鼓爽,草木自言新。忽與光風轉,湯泉出浴人。

欲　雨二首

停雲變衆容,蒼翠流何許。少女目成時,含情未有語。

其　二
青嶂亂沉浮,氣如炊甑流。桔槔端可歇,樹際有鳴鳩。

水　夜二首

玄象闇中生,浮喧涼際滅。澄江交夜氣,光不待初月。

其　二
定鐘更無事,宴息在泉陰。星漢澄清影,諸天共此心。

雲　朝二首

鐘聲破鳥夢,雲懶與俱開。自是山山白,何曾戀楚臺。

其　二
曙色隱將動,山雲流有聲。攬雲踏山頂,山下放雲行。

立峰插漢二首

峰以孤而尊,仰撐碧空破。惟許大鵬飛,猶能摩肩過。

其　二
群峭碧摩天,此言人未然。安知忉利坐,即寄須彌顛。

削壁蕩霞二首

紺壁已霞容,遊霞復來止。相蕩忽流聲,紅落空江裏。

其 二
水光含斷崖,霞氣無朝暮。古松僧唄高,磬罷霞飛去。

曲洞藏靈二首

空質寧相礙,萬靈生一虛。雲來復雲去,不用更藏書。

其 二
虛無通地脉,元氣行其間。一落靈威手,靈文出不還。

層巒叠翠二首

層巒如層浪,一翠相起偃。鳥路記高低,雲情問深淺。

其 二
天路逶迆接,嵐光次第青。欲窮飛鳥外,一杖叩蒼冥。

幽巖隔世二首

四壁圍日月,人間雲不知。神仙嫌太寂,渾沌未開時。

其 二
聞鐘不知寺,劫外隱仙家。青犬防多事,引人尋落花。

秀阜連村二首

點綴野人村,連山青不斷。騎驢暮歸者,笠與烟嵐亂。

其 二
阜勢衍而平,巢山宅其隩。樵汲白雲中,將無采芝皓。

懸崖飛瀑二首

劈開不老山，掛以無根水。六月意如秋，松風不敢起。

其 二
盤山轉怒雷，直驅白虹下。劍光長倚天，風月爲寒冶。

複峽崩湍二首

水變盡三峽，無緣向此行。若非孫位手，安得戰雷聲。

其 二
湍狂故善怒，石悍頻相激。棹過虎牙灘，熱心亦冰色。

山礀寒泉二首

幽士心如此，泉聲自古今。試招嵇叔夜，來聽不弦琴。

其 二
息盡水機事，天然成一幽。韻人惟洗影，纓足付江流。

海門怒浪二首

排山氣與雄，照雪寂生慧。撼盡萬心寒，以瞋爲佛事。

其 二
濤來萬馬奔，終古子胥魂。任是劫初闢，豈無忠義根？

花溪迴曲二首

山花紅一歲，不待萬桃春。映水花争笑，尋源不見人。

其 二
花開溪水香，曲曲香無極。乘此花片舟，狂遊衆香國。

練水涵虛二首

水天杳無際,萬里磨空青。我挾滄溟釣,君山坐洞庭。

其 二

謂水湛如空,空猶一漚發。空水兩忘時,何江不浸月。

遊太和山即事二首

露頂謁群真,依然孟嘉傲。我來雲不飛,無風可落帽。

其 二

謫仙交臂失,空嘆真難遇。偶爾御風行,杖笠穿雲去。

讀《房長鬚傳》戲作二首

學佛留得否,吟詩撚斷無?何與神明事,煩添頷下鬚。

其 二

面目舊時人,千莖拂衣領。仙人太皮相,客子休認影。

【校記】

① "干",原刻本作"而",誤,應作"干"。
② "泠泠",原刻本作"冷冷",誤,應作"泠泠"。

遜庵詩集卷十

七言絕句

過分水關始見雪

寒衾催斷夢中家,照面冬情惜物華。徒玩清光難寄贈,逢人只道勝梅花。

玉山阻雪

暗風明雪大堤頭,堤下長江堤上樓。獨倚高樓人未發,思隨烟水滿江愁。

元夕宮詞三首

漢家春色自天回,怯冷芙蓉傍火開。無分管弦隨夜宴,風吹笑語別宮來。

其二

銀花閃閃亂星輝,徙倚欄杆暗濕衣。妒殺燈蛾花下影,春宵猶拂御屏飛。

其三

新裁紅錦鬥花妍,巧製荔枝光欲然。三十六宮齊結束,不知春色落誰邊。

屏鶴

何時刷羽下緱山,撇却仙人騏驥閑。古寺一聲風磬曉,雙飛帶得白雲還。

九日二首

寒山遠樹共蒼蒼,何處登高且望鄉。雁去方知家夢遠,花遲能引客愁長。

其二

匹馬秋風千里身,三年此日苦征塵。杯中醉影如相問,人負黃花花負人。

余有扇頭書在蔡啟昌所,忽失去,求再書,戲贈五首

一春花雨未曾收,采入奚囊贈遠遊。行過酒壚春不見,歌兒齊笑問纏頭。蔡喜聽曲。

其　二
玳瑁筵開琥珀深,醒來猶自憶遺簪。應知送客留髻際,燭盡漏高無處尋。

其　三
輞川逸興是前身,博得詩酬不救貧。汝愛清吟吾愛畫,鶯花笑殺兩痴人。

其　四
句裏青山畫裏題,携來交可喚家雞。珊瑚一落人間去,海色驪龍也自迷。

其　五
清狂客態醉中看,袖有毫光北斗寒。入夜須防丁甲至,酒餘人散月闌干。

偶讀坡詩"一枕清風直萬錢,無人肯買北窗眠",不覺失笑。《赤壁賦》云"取之無禁,用之不竭",何必更問牙人?此老話,贅說四偈四首

天鏡光中面面春,焰山火宅洒然身。髻珠解下無安處,卻笑空拳欲售人。

其　二
攬之無有用時多,擬采空花竟若何。一枕總然拋不得,捨身乍可賣東坡。

其　三
獼猴喚影六窗同,夜月千溪路自通。莫取水來還洗水,松杉無處不清風。

其　四
臥起幻身元一如,從誇側枕到華胥。浮雲散盡天無恙,未散依然亦太虛。

送蔡體國參藩吳中四首

寒梅如雪送君行,到日賓鴻已北征。鈴閣晝開回首處,一聲離恨過江城。

其　二

勾吳遺迹水烟凝，攬輿千山爽氣澄。見説讓王風漸杳，下車先爲表延陵。

其　三

民力東南望歲頻，甘霖急洗萬家春。九閽莫道天難問，終藉興雲四嶽臣。

其　四

生來自許骨嵯峨，紆紫寧教意氣磨。半壁障天推砥柱，金焦無恙鎖滄波。

雨居三首

曾泛孤篷掠雨湖，今朝風景更何殊。喚作鮫人家亦得，只慚無淚泣明珠。

其　二

從來雨少較晴多，匡坐且將《商頌》哦。屋漏吾今真不愧，一憑平地起風波。

其　三

鳩鵲隨緣各庇身，高門何事説津津。凌雲臺觀中天起，雨打風吹亦作塵。
舍中兒羨夏屋者。

夜坐見星，晝又雨

空花亂灑晝冥冥，不放長天一片青。昨夜庭中曾散步，令人翻恨照泥星。

連作數詩而雨益壯，豈其怒耶？解之

何來行雨自巫山，宋玉夢中曾識顔。祇爲欲酬輕薄賦，淋漓不顧濕雲鬟。

詩不能止雨，更説二偈二首

喜嗔不定是修羅，龍雨太麤天雨和。浸却虚空還濕未？看來伎倆也無多。

其　二

費盡鯨津與蜃涎，擬淹白日爛青天。風雷彈指歸何處，依舊烏輪雲外圓。

嘉興寄同年張廷高三首

秋氣由來如遠客，天涯遠客況兼秋。一聲砧杵三江水，何處推篷不解愁。

其　二
江風瑟瑟片帆孤，遠水涵天直到吳。明月蒹葭千里色，懷人吾豈爲蓴鱸？

其　三
白蘋報冷萬楓丹，準擬離腸詩酒寬。醉減羅衿依舊怯，秋江霜露不勝寒。

題畫《蒼巒醉雨》

萬卉争妍訝太工，別將水墨吐鴻濛。林巒處處宜烟雨，點出春山便不同。

嘉樹濯風

長松萬鬣掃青天，聲挾江濤影亦然。坐嘯寒風生六月，伐毛洗髓下飛仙。

湖山清月

蒹葭夜色照滄洲，一葉飄然弄素秋。何限江山何限月，只容狂客説風流。

江岫積雪

釣雪寒江畫裏詩，剡溪此際最相思。更從群玉峰頭過，王母瑶池欲宴時。

芊江竹枝曲十首

行人送別芊江傍，江樹遮人去渺茫。賴是樹遮人不見，見時寸寸斷儂腸。

其　二
三山指點白雲封，雲送我行山失踪。花嶼一迴溪一曲，舊雲已隔幾千重。

其　三
朝日偏遲晚易陰，怯他峽裏太幽深。青天到此也須小，何況孤篷作客心。

其 四
峽急灘高石作林,賽神沽酒醉清深。今宵縱有還家夢,萬壑千崖何處尋?
其 五
青天直下撲江流,夾岸風光一鏡收。水底有山山有樹,船行祇在樹梢頭。
其 六
兩甌淡飯過朝晡,家傍清溪不學漁。君愛清時來飲水,愛清拼得食無魚。
其 七
筍蕨初拳味太甜,熬波積雪禁方嚴。昨宵鳴鼓官船過,爭賣關頭無引鹽。
其 八
怒水雷鳴喜奏絲,近山如黛遠如眉。藤簑箬笠橫江雨,儂在畫中君不知。
其 九
掩篷晝寢夢還驚,江雨江風妒曉晴。今日行船應得否,傍人報道是灘聲。
其 十
寫月流烟出建溪,鏡臨玉女髻鬟低。郎今欲向武夷去,恐入桃花歸棹迷。

過瓜州,輕塵撲面,便與江南不同。慨然有客意,因成三絕三首

南北中分去住身,鄉思千里怯霜辰。如何纔度瓜州水,已覺衣生京洛塵。
其 二
長亭衰草正連天,鏡裏頭顱欲改玄。今日始知江北意,馬蹄過後漲如烟。
其 三
黃霧無風亦自多,素衣化盡暗清波。即今驛路猶如此,塞北風沙奈若何?

濠梁寄陳志華社丈三首

送君去歲自西風,此日西風嘆轉蓬。遙想秣陵清夜月,一尊秋色與誰同?
其 二
寒鴉落照滿江陰,南去江聲共此心。客裏題書銷夜漏,風林如雨一燈深。

其 三

衣帶年來暗自知，黃花何日共東籬？依然濠上觀魚地，不是惠莊交語時。

和前人四詠四首

古木成虬舞太空，嶧山真氣彩霞中。爐烟不斷霜鐘曉，星露長來鶴馭風。
右亞聖祠。

其 二

扶桑初擁曉輪開，萬古榮光照此臺。拈出七篇懸白日，異端燼火總成灰。
右曝書臺。

其 三

刀尺風高聲已斷，機絲月冷色猶新。有兒直接斯文統，不數天河織綿人。
右斷機臺。

其 四

千秋藏玉向人間，除却孔林應此山。泗上寒光相對起，白雲朝去暮飛還。
右孟林。

進香曲五首

天子不求封禪草，史巫翻爲進香忙。無端士女爭麋至，應接山靈也不遑。

其 二

頂香成字臂香燒，信似秋鴻沸似潮。耕織年年辛苦計，春糧甘向福門消。

其 三

傾家爲結祖山緣，倚耒停機向一邊。何事有司空太息，縣官歲歲責香錢。
北人名岱曰祖山。

其 四

胡姬上馬巧安排，窄窄弓弓兩瓣鞋。約伴同參玉女去，發心自願捨金釵。

其 五

大姨有婿相扶將，小妹如花只傍娘。大姨燒香蚤抱子，小妹燒香蚤嫁郎。

走馬燈八首

奪却驪龍睡裏珠,青天沉醉月模糊。暗塵何處不隨馬,更向燈前寫作圖。

其二
人如入定馬無聲,何事春花照夢驚。祇爲蟾蜍光太好,一齊結束月街行。

其三
大堤春草未曾肥,控出金門塵不飛。自是玉龍名照夜,雕鞍專傍火城歸。

其四
少年走馬逐金丸,笑引香飈憶夢殘。影寫脣脂春似畫,何人不作紫騮看。

其五
勒騎迴鞭捷有神,星毬一點自生春。嫌他傀儡憑抽弄,飛動全然事倚人。

其六
蹴踘穿花人馬香,春光特爲冶游①場。醉中不愛如弦路,捲雪迴飈意外忙。

其七
連騎紛紛月下痕,銜枚踏遍静無喧。火輪不動游踪歇,又倩蘭膏爲返魂。

其八
秉燭宵遊事宛然,香雲如夢月似烟。何當持照鬥鷄社,説盡人間遊俠年。

送韓孟郁四首

耽游任俠迹如萍,擊筑經年傍客星。怒翼未隨羊角起,秋風依舊過南溟。

其二
香殘秋苑頻婆果,醉盡離筵椰子杯。袖裏西山太古雪,羅浮歸去鬥芳梅。

其三
蘆荻紛披蛙鼓鳴,砧聲螢影夜縱橫。維舟可是愁人地,景到愁人分外清。

其四
蟹壯稻香秋色新,少年才子好風神。千金製曲百金度,韓自製新樂府。何處江花不殢人？

題閔逸之小像四首

野鶴鷄群自有神，墨池藝苑解分身。季咸喚起按圖相，知是人間好事人。

其　二

終南爭貌孫居士，亦有方書傳至今。但向龍宮求秘訣，不妨《隱逸傳》中尋。閔談醫。

其　三

每入長安便見君，栖巖映郭總閑雲。巾衫何處看生色，只爲江湖上面紋。

其　四

修譜自言傳馬父，薄游不肯累豬肝。將君家事爲君贈，冬雪牢收行卷寒。

追沈存白舟於迦河，隔岸未面，答贈三絶三首

長安行色各茫然，渚岸停舟草似烟。不信銀河能隔別，今宵離夢落江天。

其　二

書畫船中共把觴，嚴城歸路促人忙。誰知相望盈盈水，依舊溯洄天一方。

其　三

江禽倦羽怨歸遲，夕照星珠動水湄。病後羇懷憑小減，迦河讀得沈郎詩。

山房酒盡二首

花照空樽影自憐，金魚解佩隔朝天。囊中剩有青蚨否？腰帶銷來已八年。

其　二

獨倚寒籬數晚花，青簾野店尚堪賒。霜裘縱落相如手，今日還須付酒家。客有羊裘，予欲買，以囊澀不果。

分水關二首

雪散千林簪蕌花，馬頭孤月掛藤斜。行人不忍揚鞭過，未出閩關猶是家。

其 二

高雲指點易心驚,遠樹如烟四望平。山勢全連故國路,泉流半作異鄉聲。

姑蘇聞蔡體國被言投劾,寄訊四首

朔風吹雁過江湄,病裏聞君閉閣時。無限浮雲遮去目,今宵求夢月明知。

其 二

出門不是受憐人,猶恐功名妒葉身。聖主如聞能計吏,先開謗篋慰勞臣。

其 三

飛雲長憶御潘輿,一疏翻成賦遂初。乞得閑身歸傍母,班衣應謝鑠金書。

其 四

五年甘雨灑吳關,容易清風拂袖還。別有淚波漲江水,歸無愧色上東山。

戲 雪三首

柴桑貧士贈孤雲,若語清寒不及君。却惱江梅還富貴,忍將香色擅花群。

其 二

泉海離支火照山,冬來夢對雪花顏。若教南去摽雙絕,傲殺仙人拂袖還。

其 三

爐燼罍空忍凍吟,寒號蟲可是知音。只愁一夜歸霜境,清影能將兩鬢侵。

陳巍石年兄送酒戲答三首

麯車重贈引流涎,無力營糟仰酒泉。我自十年甘索米,君仍五馬賦朝天。

其 二

鉅鹿當年事不忘,刁家新釀壓糟嘗。如今已是隔鄰也,笑殺甕邊同舍郎。

其 三

籬菊寒香未勝梅,雪花破齒白衣來。春吟難抵十千價,夜績爭評第一杯。

題　畫二首

翠折層巒面面斜,嵐光浮没幾人家。歸童遠徑迷芳草,遊騎春林踏落花。

其　二

緑陰風過午生潮,嘉樹亭中數去樵。聽鳥山行歸欲晚,斜陽人影在溪橋。

送韓孟郁五首

□春同是敝貂客,客裏同看帝苑秋。同過荷香同聽雨,雨聲雨點細如愁。

其　二

閉門避暑懶相通,驚起離雲客路中。何事催歸凉思滿,教人容易怨西風。

其　三

鸂鶒取酒擁文君,誰遣長安天子聞。笑殺同時無狗監,虚憑辭賦欲凌雲。

韓演《凌雲記》。

其　四

千家砧杵照寒燈,白紵香閨怨未勝。縱有明珠兼翠羽,休將弦管醉金陵。

其　五

宫花叢裏鬥腰支,夜夜凉蟾鑒薄帷。莫倚蛾眉能出衆,也須妝束學今時。

棚　梅

片片寒花笛裏吹,棚梅猶自未抽枝。仙葩莫怪偏難謝,爲傲東風吐蕊遲。

望仙樓下見牡丹

望仙仙去杳難攀,惟有白雲飛又還。手弄牡丹芽已拆,方知春色勝人間。

寄題大小筆峰

次仲山頭大小翻,化爲彩筆亦相兼。海墨難書空裏字,可能蘸雨注《華嚴》。

屢夢皆上天柱五首

連宵不離最高峰,槲葉仙人定裏逢。月湧天門千片笋,雲歸雪頂幾株松。

其 二
風定爐絲裊裊輕,低流銀漢冷無聲。峰頭黑帝遥相揖,撇下茅龍自在行。

其 三
鰲簪插破翠雲圍,客自星精近太微。親與博山添篆火,微香猶帶六銖衣。

其 四
欹枕分明岳色多,無端一嘯出雲窩。帝臺聽遍三天樂,耳畔餘聲落海波。

其 五
樹學虬翻盡起鱗,石如龍蜕亦輕身。伐毛洗髓山不死,看盡求仙如夢人。

【校記】

① "游",原刻本作"油"。

遯庵文集

目　録

遯庵文集卷一 …………………………………… 243
　楚牘 …………………………………………… 243
　　上葉臺山相公 ……………………………… 243
　　上葉臺山相公 ……………………………… 244
　　上鄭鳴峴冢宰 ……………………………… 245
　　上王霽宇司馬 ……………………………… 246
　　與孫淇澳少宗伯 …………………………… 247
　　與竇淮南方伯 ……………………………… 248
　　黄慎軒老師 ………………………………… 249
　　徐匡嶽老師 ………………………………… 250
　　候徐匡嶽老師 ……………………………… 250
　　與何匪莪先生 ……………………………… 251
　　與臺省同年 ………………………………… 252
　　與顧桐柏侍御 ……………………………… 252
　　回過成山侍御 ……………………………… 253
　　與過成山侍御 ……………………………… 253
　　與謝中吉侍御 ……………………………… 254
　　答楊修齡侍御 ……………………………… 254
　　答楊修齡侍御 ……………………………… 255
　　答鹽院徐十洲 ……………………………… 255
　　答龔茹溪 …………………………………… 256

答龔茹溪 ………………………………… 257
答張紹和 ………………………………… 257
與李青岱 ………………………………… 258
答楊泠然 ………………………………… 259
回馮文所 ………………………………… 259
回包湘潭 ………………………………… 260
回馬 ……………………………………… 260
答鄧虛舟 ………………………………… 261
回鄧虛舟 ………………………………… 261
與徐耀玉 ………………………………… 262
與林聚五 ………………………………… 262
與兩臺奏記 ……………………………… 263
與梁撫院 ………………………………… 264
與梁撫臺 ………………………………… 265
回常刑廳 ………………………………… 267
與舊江陵石令 …………………………… 267
與韓璧哉公祖 …………………………… 268
回袁文海書 ……………………………… 268
與錢按臺帖 ……………………………… 269
按院稟帖 ………………………………… 270
按院稟啓 ………………………………… 271
按院稟帖 ………………………………… 272
與錢按臺 ………………………………… 273
二月與張參將書 ………………………… 274
三月與張參將書 ………………………… 275
四月與張參將書 ………………………… 275

與燕中知己言鎮篳事……………………………………………… 276
　　與高參戎……………………………………………………………… 277
　　與湖南諸郡催餉牘…………………………………………………… 278
遯庵文集卷二………………………………………………………………… 279
　楚牘……………………………………………………………………… 279
　　與張撫院……………………………………………………………… 279
　　與史侍御……………………………………………………………… 279
　　上董撫院……………………………………………………………… 280
　　與董誼臺中丞………………………………………………………… 280
　　上梁撫院……………………………………………………………… 281
　　與錢按院……………………………………………………………… 282
　　與錢按院……………………………………………………………… 282
　　接治臺票……………………………………………………………… 283
　　與胡撫臺……………………………………………………………… 283
　　與胡存蓼……………………………………………………………… 284
　　與卞悍銘送年………………………………………………………… 284
　　與瞿學道……………………………………………………………… 284
　　與瞿學道……………………………………………………………… 285
　　與瞿學道……………………………………………………………… 285
　　送陳穎亭……………………………………………………………… 285
　　與吳生白……………………………………………………………… 285
　　與鹽道張……………………………………………………………… 286
　　與彭祖銘……………………………………………………………… 286
　　補送彭祖銘重陽……………………………………………………… 287
　　與袁文海……………………………………………………………… 287
　　回袁文海午節………………………………………………………… 287
　　謝王柱明……………………………………………………………… 288

225

與鄧虛舟 … 288
回鄧虛舟 … 288
送鄧虛舟年 … 289
與鄧虛舟 … 289
與鄧虛舟 … 289
與鄧虛舟 … 290
與許鰲宇、馮文所 … 290
與許鰲宇 … 290
回許鰲宇 … 291
與許鰲宇 … 291
與許鰲宇 … 292
與馮文所 … 292
與馮文所 … 292
與馮文所 … 293
答馮文所 … 293
與侯澹軒 … 293
與侯澹軒 … 294
與侯澹軒 … 294
與李斗初 … 295
與李斗初 … 295
與李斗初 … 296
與李斗初 … 296
與李斗初 … 296
與鄧虛舟 … 297

遯庵文集卷三 … 298
燕牘 … 298
與胡撫臺 … 298

與胡撫臺	298
與胡撫臺	299
與胡撫臺	299
與胡撫臺	300
與胡撫臺	301
與左學臺	302
與左學臺	302
與各州縣簡	303
與胡撫臺	303
與熊芝岡經略	304
答孫愷陽	305
與郭復庵鹽臺	306
與周蓼洲銓部	306
與熊芝岡經略	308
與左滄嶼學臺	310
與郭鹽臺	311
與胡撫臺	311
與文制臺	312
與胡撫臺	313
與胡撫臺	314
與郭鹽臺	314
與郭鹽臺	315
與李按臺	316
與李孟白部院	316
與李孟白銄部	317
與李孟白部院	317

答徐雅池撫臺 …… 318
與解嵩盤撫臺 …… 318
與督撫按屯諸臺 …… 319
與張翼老少司馬 …… 320
與撫按兩臺 …… 321
與李素茋按臺 …… 321
與李素茋按臺 …… 322
與諸臺 …… 322
與胡撫臺 …… 323
與郭復庵鹽臺 …… 323
答孫愷陽詹事 …… 324
與通州王麟郊撫臺 …… 325
與王啓 …… 325
與周聯貞 …… 326
與劉范董 …… 326
與柯和山 …… 326
與柯和山 …… 327
與霍顯用掌科 …… 327
與王東里掌科 …… 328
與劉侍御 …… 328
與王鑑心駙馬 …… 328

遜庵文集卷四 …… 331

郵牘上 …… 331

上葉相公 …… 331
上葉相公 …… 332
上葉相公 …… 334

上葉相公	335
上葉相公	335
上葉相公	337
上韓相公	337
與韓相公	338
與韓象雲相公	339
與何相公	339
與何昆柱相公	340
與史聯岳相公	340
與朱平涵相公	341
與顧益庵、朱蓼水二相公	342
與魏道冲相公	342
與政府書	343
與閣部書	344
上張誠宇太宰	345
與張誠宇冢宰	346
與周敬松冢宰	347
與趙儕鶴太宰	348
上董誼臺大司馬	349
上董誼臺大司馬	350
上董誼臺大司馬	351
與董誼臺大司馬書	352
上王裒白老師	354
再上王裒白座師	355
與孫藍石司寇	355
與高嶸塘少司馬	356

與王任吾中丞 ……………………………………………… 356

與王憲葵司寇 ……………………………………………… 357

候徐匡嶽老師 ……………………………………………… 357

與林兼宇宗伯 ……………………………………………… 358

與王墨池少宰 ……………………………………………… 358

與王墨池司空 ……………………………………………… 359

與李湘洲宗伯 ……………………………………………… 360

與徐雅池撫臺 ……………………………………………… 360

與徐雅池撫臺 ……………………………………………… 361

與南撫臺公祖 ……………………………………………… 362

寄徐雅池撫臺 ……………………………………………… 363

與劉範董中丞 ……………………………………………… 364

與熊壇石 …………………………………………………… 365

與曹貞予 …………………………………………………… 366

與楊衡毓 …………………………………………………… 366

與朱恒岳 …………………………………………………… 367

與楊衡毓 …………………………………………………… 367

與李燦巖、魏震夷 ………………………………………… 368

與李心白少卿 ……………………………………………… 369

與史同卿 …………………………………………………… 369

與魏肖生 …………………………………………………… 370

與徐若谷公祖 ……………………………………………… 370

與徐若谷 …………………………………………………… 371

與魏澹溟光祿 ……………………………………………… 372

與王東里兵科 ……………………………………………… 372

與李二白掌科 ……………………………………………… 373

與章魯齋掌科 …… 374
與楊周卜直指 …… 374
與丘太丘按臺 …… 375
與徐南高侍御 …… 376
與夏繩北先生 …… 377
與陳雪灘吉士 …… 377
與鄭大白吉士 …… 378
與黃石齋吉士 …… 379
又與黃石齋 …… 379

遯庵文集卷五 …… 381

郵牘下 …… 381

上葉相公 …… 381
與政府 …… 381
與葉、韓二相公 …… 382
與韓象雲相公 …… 383
與政府 …… 384
與閣部 …… 384
與張誠宇冢宰 …… 384
與張太宰 …… 385
與趙僑鶴太宰 …… 386
與趙太宰 …… 386
與陳司農蘇嶺 …… 387
與陳蘇嶺司農 …… 387
與陳蘇嶺司農 …… 388
與李大司農 …… 389
與李司農 …… 389

與董誼臺司馬	390
與劉衡野宗伯	390
與曹貞予少宰	391
與熊汝望掌科	391
與解掌科	392
與霍顯用掌科	392
與趙霖宇給諫	393
與王綉嶺給諫	394
與尹舜鄰掌科	394
與尹舜鄰掌科	395
與趙霖宇掌科	396
與程芸閣掌科	396
與徐孟麟侍御	397
與徐孟麟侍御	397
與楊周卜按臺	398
與楊泰階侍御	398
與劉貞白侍御	399
與陳自公侍御	399
與李緝敬侍御	400
答李緝敬侍御	400
答李緝敬侍御	402
與李緝敬侍御	402
回李緝敬鹽院	403
與王麟郊制臺	403
與李心白太僕	404
與楊□□新餉部	404

與張雲岵年兄	405
與林季翀太史	406
與李任明父母	406
與王綉嶺大行	407
與魏震夷先生	408
答張磐嶼世兄	408
答王以明	409
與王以明	410
與同鄉臺省	410
與朱恒岳	411
與朱恒岳	411
與吳納言	412
與趙司馬	412
與劉衡野宗伯	413
與張翼溟司馬	413
與李念塘司馬	414
與熊思城少司空	414
與蕭九生司空	415
與楊衡毓中丞	415
與劉範董中丞	416
與薛正亭中丞	416
與陝西撫按兩院	417
與解嵩盤中丞	417
與丁哲初太僕	418
與王虞石太常	418
答畢東郊	419

與畢東郊 ... 419
與李心白太僕 ... 420
與南玄象 ... 420
與柯和山 ... 421
與彭琢柱宮庶 ... 421
與同鄉史館 ... 422
與汪吏部 ... 422
答沈何山 ... 423
答龔鄰水 ... 423
與楊玄蔭公祖 ... 424
與商等軒撫臺 ... 424
與南二太撫臺 ... 425
與本省兩臺 ... 425
與南二太撫臺 ... 426

遜庵文集卷六 ... 428

黔牘上 ... 428

與內閣 ... 428
與內閣 ... 429
與閣部 ... 429
與閣部 ... 430
與京中諸老 ... 431
與趙明宇大司馬 ... 432
與楊衡毓 ... 433
與楊衡毓 ... 433
與楊衡毓 ... 434
與楊衡毓 ... 434

與楊衡毓	435
與楊衡毓制臺	436
與楊衡毓制臺	436
與楊衡毓	436
與楊衡毓	437
與楊衡毓	437
與楊衡毓	438
與楊衡毓	438
與楊衡毓	438
與楊衡毓	439
與楊衡毓	439
與楊衡毓	440
與楊衡毓	440
與丘毛伯	441
與丘太丘	441
與丘毛伯餉臺	442
與丘毛伯餉臺	443
與丘毛伯	443
與丘毛伯	444
與丘毛伯餉臺	444
與丘毛伯餉臺	445
與丘毛伯餉臺	446
與丘毛伯	446
與丘毛伯餉院	447
與丘毛伯	448
與丘毛伯	449

與丘毛伯餉臺 …… 449
與閣部 …… 449
與閣部 …… 450
與閣部臺省 …… 451
與韓象雲相公 …… 451
與朱平涵相公 …… 452
與魏道冲相公 …… 453
答趙儕鶴 …… 453
與閣部臺省 …… 454
與京中諸老 …… 455
與戶部 …… 455
與陳志寰少司徒 …… 456
與李湘洲 …… 456
與朱恒岳 …… 457
與朱恒岳 …… 457
與朱恒岳 …… 458
與朱恒岳 …… 458
與朱恒岳 …… 459
與楊衡毓 …… 459
與楊衡毓 …… 460
與薛正亭 …… 460
與薛正亭中丞 …… 461
與閔曾泉公祖 …… 461
與閔曾泉撫臺 …… 462
與閔曾泉滇撫 …… 462
與閔曾泉 …… 463

與閔曾泉 …………………………………… 463
　　與閔曾泉撫臺 ……………………………… 463
　　與閔曾泉公祖 ……………………………… 464
　　與閔曾泉公祖 ……………………………… 464
　　與閔曾泉 …………………………………… 465
　　與閔曾泉 …………………………………… 466
　　與閔曾泉 …………………………………… 466
　　與李雲卿年兄 ……………………………… 466
　　與李雲卿年兄 ……………………………… 467
　　與李雲卿撫臺 ……………………………… 467
　　與李雲卿撫臺 ……………………………… 468
　　與李雲卿撫臺 ……………………………… 468
　　與李雲卿撫臺 ……………………………… 469
　　與丘毛伯餉院 ……………………………… 469
　　與丘太丘餉院 ……………………………… 470
　　與丘毛伯餉臺 ……………………………… 471
　　與丘毛伯餉院 ……………………………… 471
　　與丘毛伯餉院 ……………………………… 472
　　與丘太丘餉院 ……………………………… 473
　　與丘太丘餉院 ……………………………… 473
　　與丘太丘餉院 ……………………………… 474
　　答丘毛伯餉臺 ……………………………… 474
　　與丘毛伯餉臺 ……………………………… 475
遜庵文集卷七 ………………………………………… 476
　黔牘中 ……………………………………………… 476
　　與傅元軒侍御 ……………………………… 476

與傅元軒按臺	476
與傅元軒按臺	477
與傅元軒按臺	477
與傅元軒侍御	478
與傅元軒侍御	478
與傅元軒按臺	479
與傅元獻直指	479
與傅元軒按臺	480
與傅元軒侍御	480
與傅元獻侍御	481
與傅元軒	482
與傅元軒	482
與傅元軒侍御	483
與傅元軒	484
與傅元軒按臺	484
與傅元軒	485
與傅元軒直指	485
與傅元軒侍御	486
與傅元軒按臺	486
與傅元軒按臺	487
與傅元軒按臺	487
與陸太和按臺	488
與陸太和按臺	488
與陸太和按臺	489
與陸太和	490
與陸太和	490

與朱白岳侍御	490
答徐孟麟侍御	491
答徐孟麟侍御	491
與王存思太僕	492
與計垣	492
與畢東郊鄖撫	493
與李心白虔撫	493
與劉範董	494
與王葱岳中丞	494
與南二太撫臺	495
與江西兩院	495
與溫青霞侍御	496
與王玄珠侍御	496
與威清尹惺麓監軍	497
與平越曹太守	497
與安普朱監軍	498
答越卓凡監軍	498
與安普道黃憲長	498
與魯總兵	499
回魯總理	499
與魯總理	500
與魯總理	500
與魯總理黃總鎮	500
與四川李總鎮	501
與黃總戎	501
與沐世階黔公	502

  與黔國沐世階 …… 502

遯庵文集卷八 …… 503
黔牘下 …… 503
  與黃毅庵大宗伯 …… 503
  與李湘洲大宗伯 …… 503
  與徐匡嶽老師 …… 504
  與周存庵少宰 …… 504
  與李茂嶼侍郎 …… 505
  與楊大洪中丞 …… 505
  與何武荗兩廣 …… 506
  與何武荗兩廣 …… 506
  與朱恒岳 …… 507
  與畢東郊鄖撫 …… 507
  與畢東郊鄖撫 …… 507
  與畢東郊鄖撫 …… 508
  與畢東郊鄖撫 …… 508
  與畢東郊鄖撫 …… 509
  與畢東郊鄖撫 …… 509
  與畢東郊鄖撫 …… 510
  與畢東郊鄖撫 …… 510
  與畢東郊鄖撫 …… 511
  與畢東郊鄖撫 …… 511
  與畢東郊鄖撫 …… 511
  與畢東郊鄖撫 …… 512
  與畢東郊中丞 …… 512
  與畢東郊鄖撫 …… 512

與畢東郊郇撫	513
與畢東郊郇撫	513
與薛正亭中丞	514
與楚兩臺	514
與孫玉陽楚撫	514
與孫玉陽楚撫	515
與李雲卿中丞	515
與粵西董景越撫臺	516
與王崑璧中丞	516
與南二泰中丞	516
與丁哲初冏卿	517
與楊泰階侍御	517
與陸太和按院	518
與徐南高侍御	518
與顧桐柏	518
與彭天承侍御	519
與江西田直指	519
與羅貞復侍御	519
與朱白岳侍御	520
與溫青霞侍御	520
與劉伊人銓部	520
與張磐嶼世兄	521
與李碧海祭酒	521
與林鶴胎司業	522
與選郎	522
與歐陽巏谷	523

與錢梅谷太僕	523
答蕭太茹方伯	524
答岳耆庵	524
與胡瞻溟年兄	524
與馬方伯	525
與鄖襄道劉海輿	525
與長沙府	526
與馮開三	526
答榮府	527
答劉學憲	527
與江陵黃了袁	527
回萬縣毛	528
答張磐嶼世兄	528
與何武峨兩廣	528
與劉貞白	529
答溫青霞侍御	529
與徐念陽	529
與李茂嶼	530
與李任明父母	530
與李任明父母	530
與傅元軒按臺	531
與楊修齡先生	531
與喬獻蓋公祖	531
與蔡虛谷	532
回南陽趙太守	532
答傅熙宇房令	532
答荊岳徐亮生學憲	533

遜庵文集卷一

楚牘

上葉臺山相公一

某承乏馬曹，荷相公降階之接。辛亥過里，遂分澧藩。癸丑代庖，就界辰節。雖投荒益遠，而躐級居先，草木稊華，總歸造化。三載疏迹，非敢妄附無書之義，良以地嚴絕席，人困勞薪。雖蓄吞道元箋天之狂，難成鄴客舉燭之誤。惟是詠風槐閣，望采台符。固若楚江赴海，無舍朝宗；衡雁感春，自然北嚮矣。

伏惟相公調燮之苦，忠有天知；平章之勞，功有聖鑒。如斗柄運而四時成，物孰不被其賜？而寒暑雨暘之不能如人意者，相與怨咨而責望。此昔賢之所不免，相公不必以此動其心也。然事有難言者：昔人居其權而不受其責，今受其責而似無其權。宰相何以權為哉？惟佐天子行其法以平天下，而天下之責塞，某竊憂天子之法，不信於天下也，祖宗制度，能不意搖乎？巽命所申，能必行乎？持議效力之臣，能一意徇公，不還顧乎？外吏姑言外事。國之立者，兵食。今南北無一可恃，非兵食之無，而無政事也。政事成於人才，才多而政窳者，心不專於君父也。人情便私而害法，習之所成，能與法敵。君相作天下之人才而一其心，必有以破其習，莫如尊祖制、重土令，以高皇帝之周官，天子憲章為皇極。而相公謹持之，以率臣民之遵路，束其耳目手足，以奉君父之事，又何暇於爭賈豎言語哉？今之患在養情而謝怨，即賢書官次亦不必聽決，而可以意移無傷也。事事如此，而法之存者幾何？夫人臣以法為權，自我執法，雖尉侯之權不可撓也，況宰天下乎？自宋儒學術行，使人憚為小人，護名義而輕爵祿；亦使人爭為君子，矜氣節而疏君父。今則又異矣，宋之宰執、侍從出為方州，諫官、御史言不行,輒力自請外,此風豈可復見?能疏君父而不能輕爵禄,人才且在宋下,政事可知,此相公之所宜憂也。某度相公本懷以得謝爲快,無論勢不遂,即主上決就封,釋縈減稅,動推美股肱。古者善則歸君,而今歸臣,臣子何忍仰負?相公義未可去,惟以已去之心,爲天子揆道守法,無繋吝於己,無倚於天下。揭法度於日月,運號令於風雷,是在相公而已。

某居荆南,得江陵相集,讀之掩卷太息。江陵相公所不爲,亦非今時所能爲。然其言曰:聖賢道理,祖宗法度。夫道理猶可舌争,而法度不可意改也。下以意責上,而上不敢以事責下,旁議者重而臨局者輕,此豈祖宗之法然哉?法者,格情者也,必自格己情始。惟相公以欲去不可去之時,行如已去之心,而後可以執法。某懷愚慮三年,敢爲相公誦之。

上葉臺山相公二

鎮筸,古三苗地,今爲川、湖、貴諸苗之總穴也,種落數萬。國朝來,率數十年一大征。每征則設總督,徵兵十餘萬,騷動數歲,嘉靖至今又五六十年矣。苗生聚日繁,而我兵政日壞。共兵六千餘,一參將、一守備、十八哨官,積弊相沿。内則尅兵財以肥己,外則虛兵糧以豢苗,而餉强半派外郡,逋十餘萬,額缺三年不給。去歲二月初十日,兵譟而出。

某駐澧州至十九日,始接帶道印卷,相距千餘里,星馳赴之。至則府、縣官先以好語慰令歸營,約半月後,與全糧。糧當十餘萬計,庫無數千金之積也,至二月,僅解萬餘。兵謂欺己,又哨官憚某嚴,恐見治,陰嗾之。遂數千連營再出,必得三年餉而後已。勢猖獗甚,湖北洶洶。某相機多方控馭,危而獲定。其結聚時,不予官餉一金,俱勒令歸營盡,始處餉一年,餘給之。時已置生死度外,其不爲寧夏者幸耳。顧旋徵旋解,僅補一年之額,至今尚負其餉二年也。今春,聞薊門以缺,三月脱巾,益蠢蠢焉。賴先失馭諸哨官,某俱收縛,請直指嚴治之,人心懾,未敢動。始禍之卒,亦假他事收數名,會當一正之,以創後車。顧負餉久且多,曲在我,終非塞源之道。且餉既不足,則汰練作戰之法亦不能盡行,如饑兒而責之作刃,豈能數予杖哉?近餉約略俱完,今所欠者皆三十年以後,三十七年以前,決無可取盈之理。往時餉額,歲□二之一爲常,以致積成三歲之欠額。某受事本年者既勒全完,又督四年內逋負,守令顰蹙歸怨。又將領以隱敗張勝爲故常,今一破其奸,無所用之。以孤危一身,而當衆口之鑠,豈復能立?然如此則禍在一官,而湖北庶保十年之安。不如此則兵禍在目前,苗禍在歲月,而數萬生靈必爲魚肉。某豈以一官易數萬人之命耶?兵苗交訌如厝火,司兵餉之官如抱虎眠,未知稅駕何狀?惟有磨鈍鞭駑,竭其不肖之力而已。

上鄭鳴峴冢宰

壬子春,某以公事赴襄陽,僅一通姓名,未獲望見清光,退而與袁文海參政論當世人物,則共推閣下今之大人也。澄天下以清人,持天下以正人,運天下以才智人,兼數器而能用天下之謂大人。天子虛統均之席以延元宰,吾君知人如此,天下之福也。匠石程木,而大小適於斤繩;伯樂任馬,而良駕盡於鞭策。某纖枝駘足,惟當自竭其榱桷輗軏之用而已,夫復何言。然竊觀自戊申來,議論之變多,而人才之摧折日以益甚。譬則木殘於斫削,馬困於剔烙,而所壞而莫支。頓而不駕者,則固主人之室之車也。稍有識者憂之,況於閣下哉!

或謂今風會似宋,某衡之而竊有疑焉。熙寧、元祐,新舊法相爲行罷,則所執各有其故。今舌戰之勢,一勝一負,求之國事,而竟莫知其所歸,其不可解一也。王安石之有安國,韓維之有絳,雖兄弟不能同。今則以東西南北,名人無心,而地有權,其不可解二也。宋之宰執出爲方州,諫官、御史言不用,輒力請外。今以中外爲賢不肖爭之強,辯之疾,其不可解三也。獨兵弱、財耗,兩事止相類耳。薊門之脫巾也,聚九列而謀之,未有必可行之策。而議者之所憂,似不在此。然則今之無政事與宋同,而人物議論猶在宋人之下矣。某聞大人用天下者,非徒辨才而用之,必有所風勵以移其嚮,課督以成其能,使天下無不可才之人,而自無不平之天下。蓋人以其智力用之,於國無不可才者。獨慮其別有所用之,則國不得才之用矣。而其用非所用者,又且以摧折天下之人才。夫惟大人以忠君愛國爲風勵，以循名責實爲課督，束天下之心思、耳目、手足赴於朝廷，而身家之細謀，意氣之小争，俱化於何有，非閣下其孰能之？夫居今而行此者，上必有以通於君心，而下必有以服豪傑之心，然後用天下而不撓。閣下養望南都，而天子信之；言行不流不倚，而賢人君子尊之，則其可行此也無疑。此某所謂天下之福，而欣然爲閣下賀者也。

某竊禄參藩二載，偶以悍卒數千脱巾，代庖拮據，冒徙一階。於兵、食二事，力修舊法，以破因循，行之半歲，而未有效也，名實無當甚矣。獨杞人之念有不能自已者，驟發舒於鉅公大人之前，此所謂不恤緯之婺也。伏惟閣下察其愚焉。

上王霽宇司馬

閣下出則尹吉、方叔，入則程伯、畢公，士無不嚮風景附者。況某從烏衣諸王之游，不啻昔人所云孔、李乎？憶在馬曹，與徐職方鑾擊節壯獻，或出瑶札共讀之，則見掌□□肜，囊收人物，輒三嘆國之異人，殆天所以佑世臣而扶社稷也。自入踐機庭，決計章以釋人心之疑，伐虜謀以定名王之貢，其光烈著明，天下能頌之。某尤仰窺大臣之度者二：冢宰虛席，物望咸歸，而閣下獨堅讓，請爲天子專治邦政，則其爲大臣，一也。薊門卒有涇源之漸，閣下以司馬兼司農之憂，苦心擘畫，咸中機宜，即挈瓶之智，退有後言，而卒莫能易，則其爲大臣，二也。蓋閣下之純忠偉伐，實佩安危，某贊一詞贅矣。

竊思天下非無事之時也，有事則注意者惟司馬，其幹濟在人才，而實力在兵食。人才則某不敢言矣，乃南北兵食無一可恃，外寇猘、內憂萌，能以兒戲之卒枵腹荷殳乎？此閣下所宜深念也。郡國告灾相望，而賦益逋。湖北鎮篦卒七千，缺三年餉，去歲二月初十日，譟而出。某十九日接代庖之印，星馳控勒，勢幾燎原，危而獲定。顧多方剜補，僅足一歲額，今尚負其四十、四十一兩年也。見薊門以三月啼饑，益蠢蠢焉。賴先失事諸弁某收縛，請直指嚴治之，故懲莫敢動。然厝火未燃，終豈高枕之時哉？大抵兵食額故在也，所以難者，難在人情與國法爲敵。緩之則玩，急之則謗，虛習成套，上下相蒙，有長太息而已。今能憂國家之憂者，獨閣下一人。某私懷漆室，是以忘其未同而直吐肝膽。若收拾人材，則以徐職方之意氣、識力而置諸間，舍騏驥而不御焉，遑遑其更索，將無近之乎？舉所知而餘可數觸也，閣下以爲何如？

與孫淇澳少宗伯

某於同籍中受知特異，即三年不通長安書，神固飛馳於左右也。去歲聞師錫之舉，爲蒼生加額。雖上意有待而霖雨非遥，且今揆地之難，極矣。入而後信，不若信而後入。門下以虛公誠正，行其道於秩宗而人信之。信愈久則望愈成，而行之也可以無疑於天下。此某之所以爲門下賀也。

竊觀今議論雖煩，而持之也無故，往往冷置之，而爭者亦自無味矣。所憂者祖宗之法度漸輕，而政事之實愈壞。政事者，人才之所理也。才不患無可用，而患無以作其忠君愛國之心。今之談忠愛者甚盛，而深按之或浮而不實，浮而不實則猶未免自欺矣。夫必能獨見其本心，而後能伸其忠君愛國之心。無是非之心，非人也。苟是非所在，置其夜氣之念，以求合於流俗，如衆竅之鳴，隨風爲大小，則人已不存矣。無人而又何以論才乎？當今而欲正人心以成就人才，非門下孰能之？近讀錢啓新侍御《大學》刻，所載門下言甚多。蓋造詣益深，則議論益平、益細。某矍然有警省處。然竊謂吾人學問用力，只在人情事變之間。凡析理條義，細入蠒絲，皆識也，而非心也。判決向背，如此而安，如此而不安，皆習也，而非性也。果於人情事變，一以本心應之，内不生轉念，外不見波流，無迴護、無徙倚，則真無自欺，真誠意，而致知格物，俱在其中矣。曩在長安與門下共商榷者如此，而今未能捨其陋也，伏惟教之。政事之實，惟兵食二者，今天下無一處可恃。即以楚言之：鎮筸捍苗兵六千，缺餉三年，去歲二月譟而出。某新代庖，馳往撫定，危而獲濟，多方拮據，猶尚負其二年。豈無舊額，而人情與國法爲敵。伸法以破情，則怨者四面起。某置一官於外物，惟不敢自欺以欺君父而已。然以原思之流而使當季路之任，此亦用人者之過也。門下以爲何如？鵬鷃風隔，惟精攝鼎食，以副巖瞻。

與竇淮南方伯

閩役旋，伏承答教，并惠示政略。仰窺老公祖造閩盛心，即不肖奉以周旋，伐柯之則不遠矣。差人頗及權璫高寀猖獗狀，未能詳。及晤喻章瀾使君，具道之。漏深相對，唾壺盡缺。非特憤璫也，憤輔正之無人，而制魔之無術也。自採權以來，如永、如淮、如奉、如榮，最彪戾直，以無道行之民，未敢及官也。即其及官者，猶竊王靈逮繫收捕，未聞自逮自捕，且挾院道於掌股也。今寀白日弄兵，斬都臺之關，而拉中丞父子以出，又從而羈兩道，繫同知，其去反者幾何？聲其為賊，敵乃可服。見無禮於君者，猶鷹鸇之逐鳥雀也。寀以刑餘，擅辱天子命吏，無禮於君甚矣，竟未聞有發魯仲連之憤者，此不肖所太息也。豢虎去怒，馭小人者，貴調而不貴激，不肖雅有是見，然此為就豢者言也。若寀今日非豢虎，而咆哮逐人之虎也。不操戈以格之，而薦腥求免，豈不誤哉！夫兩道出矣，而陳同知幽禁，猶然逆形也。兩臺宜會疏正其罪，直言迹已涉反。容臣以大義取出，不放則反狀大著。謹便宜討之，嚴兵備勿動，而會檄入取，并露示疏草，寀能不股栗乎？經歷、知事、指揮，可勿進換，被挪揄也。策一。翼虎者皆吾漊惡民，物色而縛之，如拉朽耳。羽翼剪而寀孤矣。何能為田聰、徐文、朱朝臣？可勿乍收乍遣也。策二。寀虐鋪行，白奪其物，而又焚射之。聽小民罷市，斷其出入之路，彼有如主父之掘雀鼠耳，何至以仰我鼻息者，而反仰其鼻息哉？策三。三策者，或前失之，或今猶可行，是在抉擇。若不務昌言，數其狂逆之狀，而囁嚅舌間，柔苒以幾調停，甚至室怒市色，嫁禍小民，為璫分過而助之攻也，則無策矣。

不肖聞此變，即恃老公祖為砥柱，詢喻使君，果然。然尚微苦於眾議之不咸。嗟乎！以臺司在事，而薰腐之餘，恣行無道，他姑勿論，即擅禁一府官數旬，力不能取，破柱者笑人矣。有人心者，宜於此乎變矣。方上意之向璫也，馮慕岡尚能折陳奉之角。而寀獨倒行於上意已倦之餘，老公祖必為疾首。然寀平日虐焰，遠下陳奉，楚人能窘奉，而閩民懦視寀無禮於所事，莫敢賦同仇，則山川、士庶之辱，畢世不可洗也。計不咸之議，為顧官耳。官之榮人也朝菌，而名義之辱人也無窮。曹蜍、李志往矣,徒令庾道季作談端,亦異議者所宜懼也。國體士氣,一日百年,伏惟老公祖終主持之。不肖數千里外敢進讜談,爲正人助,所惓惓者,望老公祖伸大義!事中以補閩之壞天,願勿起浩然想,輕棄閩人。爲他人言,恐顧官;爲老公祖言,則又恐輕官也。

黃愼軒老師

先子以孝友忠信孚於鄉,以廉平貞亮矢於吏,而先母柔則徽音,實惟同德。不幸而遇仇直之世途,妒年之神理,故官與壽俱詘。又不幸而爲子者不肖,無能有所抵樹以昭前之休光,某念及則五內痛欲腐矣。獨有大幸者,生及登大賢之門,今又近君子之邦,其人與宦俱辱在人倫月旦之鑒,生平亦似爲有道所許與,惜其窮而哀其不永者。然則先人無天而有天,某不子而可子,皆恃我師爲造物耳。馬鬣之封以近也,求志銘藏諸幽。郭中丞、何儀郎皆鄉名德先生,不苟然可者,其詞足徵。某免喪,再遊燕,未嘗謁一表章之言。非力不能致也,且豈敢忘之。誠謂知先人與能爲重者,當世莫我師若。未得師言,何必他人?果得師言,亦何必他人?嚮於奏記中曾預露悃款,而師慈亦既垂矜許矣。謹馳上志銘一册,昧死申前,請不腆之贅,何異蹄盂祝歲。我師憐及門而嘉造其親,當鑒諸迹表也。更有懇者,往師在長安爲朱平涵表南阡而手書之,一時相詫盛事。某知師翰墨必敝天壤,蓋挾道德文章發之,自與王逸少之高尚,虞永興之德行,蘇長公之忠義,相照墨莊。不揣敢援朱太史例,伏惟垂憫,揮椽筆作先二人墓表,自御管城,書之絹紙,勒石以傳。延陵之碑又見東海,四裔之照豈數李邕。將使白骨不朽,銜氣如生;墳樹有知,望恩西靡。耀及山川,永錫子孫之寶;施諸奕代,堪購金石之文。先二人雖無百歲年,而有大年於世世。某亦世世長存父母,何鏤鬲之能書,糜軀之可謝哉?固當歷刹窮劫,不昧今因;化菌授環,未畢茲願者也。十載結丹,望專蓄久,即其不肯他求,一段血誠,亦有足念者。伏惟嘉惠曲成,素絹一端待書,絹狹,兩幅可當一。或絹不任而用紙,亦唯命。某百頓以懇,差役責之守領,得二十日內發之,則幸矣。

徐匡嶽老師

秋雲冬雪，夢想絳帷，無能乘琴高之鯉，問訊仙風，惟有九迴腸而已。伏承命使賜之詩翰，尺函詒月，一字偕星，申以珍貺。何我師眷念及門，壹是篤摯，感且慚焉。諗知道候清和，更於《詩說》，仰窺闡道淑人，譯經詔世之詳。古今言學者衆，求其如我師以憤樂忘憂食，以默識融厭倦者，未曾有也，曷任佩服。承命爲序，欣附不朽。第小子某自秋來善病，兼地方灾後，勞心拮據，形影俱飢，有嘔逆吐酸之患，未敢造次操觚。容稍平，呈稿請教。某硜硜之人，僅得狷者一支，喻諸外典，則聲聞獨覺流也。其於度世，雖有弘願，終歉綿力，伎倆易竭。蚤思息肩，欲如師訓，隨處明學，大覺有負。顧如世俗竪義救饑之談，亦所不暇。居嘗謂鍮能贗金，而真在火。盡天下聖學、禪學、仙學，火之以名與官與財，而其真見矣。言其淺者，職下奉公，蝗粟是懼。賦禄之外，何異取非，其有仰禄而已，妻子尚當不免飢寒，況其他乎？某抱此曲，謹矢飲蘭江一水，極知小節未盡官理，然以不愧面目於吏民之上，冀無辱師門足矣。一切吏調世法，勢皆疏失，又安能整楫按響於折阪驚濤之宦場哉？計且當歸矣。信學問之道，鳧鶴有分，亦不能強。求志達道，惟顏、曾可承當，固非原、思輩所幾及也。《詩說》謹珍藏，鑽味鋟梓之功，尚當審時，惟力是視。謹因使還，九頓候起居。伏惟精練鼎茵，爲道自重。大兄驚人之鳴，何以有待？敬此寄聲，績學是勖。

候徐匡嶽老師

去歲，從胡月川、林仕隆使者兩奉師教，而不獲一申定省，以世法論，宜麀仞墙之外。恃嚮風一念，寤寐無怠，老師或鑒其誠而忘其疏節也。某所治即古三苗，當兵變之後，抱虎履蛇，同其艱險。懷以慈而法不可不正，御以誠而機不可不用。至今五月，始收亂魁，六辟二配，又數其助禍二十餘人，革而驅之，此外一切勿問。於是上下洞然無猜，而官兵眠始帖席矣。然兵局雖結而苗氛益熾，將領貪懦之習，牢不可破。練兵守險，口耳俱頑，至秋而殺掠以百計，懲汰之法非不行之哨官，而一弁去，一弁復然，令人孤立束手。某居辰期年，捐俸廩爲造銃鍛甲、吊死賞功，計三百金。盡禄入以鼓行間，猶不能收一戰之效，其難如此。良以器僅原、思，而任同季、路，蚊負羆窮，達者所嗤。間繹吾師本末終始，經世之訓，有涊汗自慙耳。捫心内揣，惟探湯一語，差與性近，至見善如不及，但覺柔情惰氣，悠悠辜負，況求志達道，大人之學乎？用之則進，雖進以禮，不可言行。舍之則退，雖退以義，不可言藏。必有可行可藏之具，而後有則行則藏之時。此盡性之學，我師能事，非小子可與幾也。然以師之道而不竟其用，則小子又有以知之。自伊周有作，不能與洙泗分覺世之權。況今世人情愈變，官理愈煩。如某司餉而出納相詭，緒如棼絲，左右既不敢仗，郡邑未必能清。刺首料理，始得經絡。雖米鹽凌雜，莫非實際。然局小而事近，豈如理遺經、統絶學、印先聖之精神，以開萬世之心目乎？儀封人木鐸一唱，而千古公案俱不能違，然則老師可無發鳳圖之喟矣。抑某有所疑者，干羽之事，吾儒侈譚。由今觀之，苗以搶爲耕，伺利則進，其剽不避曾史，非若中土民，可使賣劍買犢也。雖屈夫子朝夕之，似不能化。罷兵敷文，何以格諸七旬之速？中説陳叔達閉閣一月，盜賊出境，宋儒以爲笑端。豈昔之苗，或異乎今之苗？與愚意當時戰守之防固甚嚴備，特不窮兵以芟之，而固圍以困之，如趙充國湟中故事。而苗因勢窮自悔，遂來歸德耳。蓋負山阻險，兵法自宜。如此而息大舉、减軍興，固即修文一事也，老師以爲何如？

與何匪莪先生

辛亥入楚，承贈詩有"東山皐堂"之句。過華容訪之，距城數十里，無由一至。惟邑無專祠，乃捐廩八十金，爲補一缺事，差無負教耳。其最快意者，嶅山一遊，壓倒五嶽之奇。最艱險者，癸丑春代庖，六千君子缺三年餉，譁而出，以筆舌代尺箠，幸不爲寧夏續。今夏已收亂魁，六辟二配，逐其助禍二十許人。而最失職者，撫苗一年，苗愈横。每闌入，掠户口，將懦兵弱，盡捐歲俸爲造銃鍛甲，輔以賞罰，猶不能收一戰之效也。所凛凛者，飲冰如一日，庶歸里，可見有道先生，而自度其無當世路，以衡法媒怨。然某有二言：信心而不信習，仰天而不仰人，亦置之無足道矣。惟日夜嗛嗛，有負以三年不能問何先生，然登參山時，敬其高峭，而愛其奇秀，未嘗不恍然如侍大君子之側也。壬子冬，得閩錄，知賢郎魁鄉書，爲之起舞，定是丙辰大對入。夫造物者重予人，文以載道而行。其惜清福也，甚於富貴。惜名也，甚於功業。惜賢子孫也，又甚於名與清福。先生味道組文，都盛名、享清福，以觀賢子之樹立，何所不足？鶴書繡幣幡然，固不妨出岫之雲，而寂若又何損迴淵之水？某所不敢問也，但問《名山記》藏之巢雲諸巖洞未耳？

與臺省同年

人品惟真則獨立，議論惟正則不磨。真不必以氣抗，正不必以辯奇。及抗者來顛，奇者走險。然後知蜃閣橫空，風雨終依夏屋；鷹鸇唳漢，律呂必采鳳凰。此兩者可爲台丈頌也。昔張詠自詫榜中得人，如李文靖、寇萊公皆光明俊偉。今何幸得援前言，弟方面之寄作乖崖，故自不易耳。某采蘭不敏，已負荊岳。不意去春代庖湖北，會鎮篁防卒六千，以缺餉三年，譟而出，竭力彈壓。幸就轡銜，量徙其地。今餉尚缺二歲，內有急不能待之哺，外有必不可完之逋。而兵窮則心灰，饑則氣索。眈眈欲有所用者，不在於敵苗益有所侮，而動支壞屋、塞漏舟，未卜稅駕何狀？天下極難之事，皆人力所可爲。惟錢糧無中生有，即留侯、葛公無鬼神之術矣，況某之汶汶乎？台丈何以教之？

與顧桐柏侍御

驄馬臨荊，某聞之而心繞龍山之斾，亟馳一介奏候箋。追至巴東，星節不可攀矣。千里空反，朝饑何解。伏惟台臺所以傾蓋垂獎者，蓋相期於古人，豈在形骸之疏密？獨歸嚮之誠，百未抒寫，常在夢寐耳。以某枯木無華，鈍鳥不翔，守其崮樸，誠不自意有鑒采者，而一承名賢照拂，則開昏激懦，如夜行之得劍，而滌煩之聽琴。肝膽頓壯，心神俱遠。然後知教術固多，而與人爲善之功大也。某負藩數月,不職之狀,券於水災。然兢兢砥策,則誓不敢自負,并負知己。因嘆人品之衡,何分門户。爲國爲民,則君子矣;争名争勝,則小人矣。權利卑卑,不足譏也。果其真爲國與民也,又安忍不務以善養人而入主出奴,以孤君父乎?台臺今還朝,必有擇乎中和,不流不倚,消意氣議論之波濤,而覺醒其愛君憂國之夜氣者,天下事猶可爲也。若主上輕天下,疑人臣之心堅不可破,則惟有積誠竭力,使不欲多言與不忍不言之心,篤在言表。如歸嚮西方者,念力成就,庶有見佛之緣耳。恃在心許,遂罄其狂斐,伏惟裁而教之。

回過成山侍御

馴雉舊政,鳴鳳新聲,某蓋心儀焉。而傾耳以聽言路之闢,即今策治平者,無以易亟俞諍臣。而門下獨有味,静觀之,益安得此言哉?定國是而平人心,以之言卜之,其時則可矣。囂競糾紛,私門户以自隘,猶小也。而使人主益厭薄群臣,鬱否之象,古今創有,每閲邸報,輒寒心而廢食寢,門下能無慨於中哉?好惡一反於夜氣,唱和必本於真心,建白務裨於國事,如是,而患言多乎,某所未信也。蚊負多慚,齲窮莫振,惟時尋繹政範以當周行,來諭確中荆南之病。某則謂不患權分,患所得爲之權猶未能善用以造民福。若人情之幻,則已誠未至,猶有波以受風也,誠至而幻無所着矣。竊凜凜自礪,望大方有以振之。遠承存念,德愛直在世外,故亦忘其鄙且疏而自竭焉。

與過成山侍御

從尺素中見風神,則已得臺下獨立之概。泝讀大疏,昔人所稱正直忠厚者,有味哉!陪巡荆南一月,與侯澹軒、朱上愚、須日華共談,未嘗不擊節也。某嘗思人之小者曰小人,則必能大而後爲君子。爲國爲民,則大矣。爲家、爲身、爲官,則小矣。即矜氣節、標名檢,猶未離乎小也。以自嚴之意勝,而體物之量微,自愛之心多,而成君之忠薄也。故必信、必果,目曰硜硜。某"内訟硜硜"之義,尚未易居,而况敢争君子之號乎?今議論漸省,或窮則反本之時。醒忠君愛國之夜氣，而顯萬物一體之大學，以成人才經政、事歸蕩平之理，非臺下與諸君子，孰爲之？天下曰平，原無謬巧，反平爲奇，奇之路必險，而心起於不恕。"愛人如愛己，責己如責人"，張子厚兩言，誠儒者對證藥。某服膺雖切，而行之束吏臨民，終覺"躬厚薄責"之語未合，惴惴焉過之，難寡也。伏惟臺下教之。湖北士習人心，以養情破法爲固，然視荆南殆甚，而兵苗交訌，勢之棘十倍。雖怵然於族，安能善刀？鴻便，謹旌結慕之悃，并求教焉。

與謝中吉侍御

李華容曾致瑤函，深佩教雅，擬修候非遥，未即答謝。荏苒勞薪，倐歷歲月，罪何可言。從邸報中咏味大疏，鳳凰鳴而屈軼指，真古人爲國耳目之風矣。樂只舊政，尤某所心折。彼嬴者，安鄉也。陽侯疾威而賴保障爲命，即壬子、癸丑兩灾，而其傾筐倒帑修振救者，猶臺下之所留也。庚桑尸祝，當與井邑俱耳。恨逃田積穀之法，某未任前爲人破壞。及一問之，而價在府，已移之别用。必處價奪田，則事又紛擾。去歲曾因交關之訟，欲隨事清其一二，會某徙湖北去，未知牘可竟否？王安鄉當能言之也。外吏不敢及内事。竊謂今天下急務，惟有澄吏治以保民生，修舊法以足兵食，此大小臣所宜爲、能爲、可爲者。若此尚泄泄，而日責難於上，無益也。責難曰：忠義詎可廢？顧信而後諫，自責先之。後代堂簾遠隔，待主信而諫，終無可諫之日矣。所謂信者，自信而已。自信必先自責，不自責而責人，人不從也，況責君乎？某負荆南萬狀，偶以拮據脱巾，量徙湖北。外有兩階所不易格之苗，内有二年必不可督之餉。薊門以三月鼓譟，而此中缺數年。一身捍六千餓虎之喙，安危何可知哉！塗罌支傾，惟力是視。便風附載傾嚮，兼請紆籌。

答楊修齡侍御

首春溯鯉武陵溪，受雲章以照山水，至今煜煜袖中也。生帝釋宫者，尚以聞天鼓音爲福緣，況五濁塵質哉？某之負澧蘭也而使之司乏重鎮，昔爲代芸之荒，今則專私矣，無若鹵莽何？方卜人辰後，齋而請司南於記室。而甫發涔陽，已拜芝函。孰是肉人，重接仙篆，文安自疑宿障之猶輕，而今塵之可度也。誠根劣，無能爲役，而澡身型吏，矢自黽勉，不敢庇敗羣以害牧，其心目之苦蒙覆，則惟慧燭導之，以當接引焉。伏諗貞肅澄激之望，與清風俱翔。而更從邸報讀大疏，未嘗不嘆忠國之深，而與人爲善之大也。今之日，戰如夢中與人鬥力甚苦，不知仇者之即已識，而角者之即已魂也，有獨醒者，亟振之，蝶或還爲周乎？不然，其乖氣爲灾徵，而其囂聲爲兵象，愚懼其所稅駕也。某私謂：一體之學明，決不忍居賢推不肖，以隘大身。憂公之念篤，決不忍入主出奴，以孤君父。即是非有之，而好惡友之，夜氣伸其本念，以同於愚夫婦。毋若衆竅然，其叫號之大小，一聽於風而未始自出也，則善矣。然某何知，不知而言，罪已，聊以效筳叩云耳。

答楊修齡侍御

馬首出涔陽，即拜翰貺。力不能遣出疆使，惟過常武而式間，肅將嘉惠，藉爲盥薦之孚而已。居辰兩月，迷津□舡，良苦泮渙，而使者將命，復儼臨之。敬桑之誼無倦，隆施芾棠之歌，若爲振響，此不肖之所大懼也。洗吏瘴者利用霜，振腐氣者利用風。木鐸之徇，誠如大教。不肖攝乏，而諄諄於潔己保民以塞貪，孔舉墜綱，號於郡邑，比益加謹焉，匪惟徇之，則既申之矣。

人亦有言：屋漏在上，知之在下，從好不從令也。秉炬者暗，而光在人，近之蔽不若遠之察也。不肖凛凛自繩，不敢以曲表責直影，其所冥行，則惟匡直之，俾賴石之生我。至吏道清濁、民生利苦，幸時提撕聞，斯行之矣。竊有感於春中，密誨而深願，以有道爲蓍龜也。孟秋陪巡，以滿震寰之事具詳直指，欣然采之，疏垂發而詔下矣。主仁臣直，與山黔交誦焉。鳴謝附布區區。

答鹽院徐十洲

弟非無心人也，況辱台丈意氣之許，而敢忘之？一服外吏，望長安如三神山，環以弱水，惟有傳烏集而揚眉，聆鳳鳴而手額耳。每得輦上故人書，輒愧嘆竟日。菊花方開,而黃鵠銜雲中篆。前使者問起居,喜極起舞。忽自反疏節,則通身涊汗矣。然而高之訪張迷於夢路,杜之懷李見諸梁月,弟非無心人也,心密而迹疏,則力實不競,而其不能於吏,一言以蔽之矣。

春夏以代斫,拮據脱巾,營中危而獲定,主者過聽,量徙一階,畀以湖北。既慚播糠,兼懍集木。弟之拙也,信心而不信習,仰天而不仰人。今所居又馬文淵以武溪毒淫奏曲者也,雖怵然於族,何渠能善刀乎!台丈持世之脊骨,經世之手段。弟竊微其粗,醛政何足煩霜斧?淮鹽利半天下,而商困賦縮,遠事非弟能知。以近者言之,全楚淮所行地,而荆州以西,到者絶少,又皆插和不善。於是川鹽盛用,民苦無鹽,雖厲禁之而不能。聞商病正引難支,而私引或有他出。竊謂宜立法,化私引爲正引,而盛通額鹽以止私鹽。鹽本乏則宜益其母,鹽徑多則宜專其途。大抵民間正患無鹽,不患滯鹽也。商必以私禁弛、正引塞爲詞,此亦見其半耳。始因鹽少,淮商操利太急,鹽益惡而人不樂市,私鹽乘之大售、私售,淮愈阻。誠使正引克然西上,而台臺以憲檄責郡邑,爲之通此禁彼,孰敢不從哉!瞽見略答下問,復自嗤也。台石丈先奉嘉晤,羨且妒之。臨風溯企,增其悵然。

答龔茹溪

僕入澧而懷,欲與言者,莫若門下,乃道遠不獲與言也,則尺素中,孰非可言者,而竟不能於此言言也。甚矣,僕之陋也。春間望梟焉晝行,悵乖所擬。今某且以量移去矣,垂發而鷟字來,異采流,清音振,非若尋常赤牘者耶?僕飫接門下言矣,爲之躍然起舞,冉冉塵霧中,清泉活吾目,而惠風灑吾襟也。門下異人也,其才美秀而文,其志朗而暇,而爲政於越,可知矣。以某之嚮門下深且久,而蘊丹莫展,能和而不能倡,其疲劣也若是,而楚之政又可知矣。夫真文章、政事,無不從暇出者。暇者,清心之所爲也。入蘭畹而不紉芳,必曰惜也。澧無蘭,而蘭在門下,僕之負門下也,猶之乎負澧人也。抱兩愧而行,猶幸袖今書以詫於人,或解入澧之惜云耳。雅貺謹領,《華嚴論》一種,爲迷津之導遊,於華嚴道場而後知真清真暇之所宅也,則僕又思與門下言矣。願以異日華藩,某將軍如諭,真佳公子也。恨僕去澧,無能張之,又以爲負。

答龔茹溪

僕木強人耳,而與言詩,猶與爰居言樂也。門下所見者,政如鳥哢風,蛩吟露,忽不自知其起止,豈必曰如此而和,如此而悲哉?往詞人學古,選三唐,近又取情於元矣。取巧於晚,取變於宋元,而僕殊不解。嘗謂人自有詩,而病不能現。天壤無非詩,而病情不爲吾有。纔有所學,便落第二義。亦自笑不習詩,故其持論無當如此。大教云"不着古今人,不着片字,不必以古某某相擬"。然則僕之自知,不若門下知僕矣。豈僕如蟲食木,偶爾成文,而門下亦有昌歜之偏嗜耶!夫《詩》之義,已盡於"可以興"之一言,非中有所興者,何以詩?而讀其詩而不可興者,亦決不可謂之詩。古云賦、比、興,其義甚廣,其旨甚微。以鋪叙爲賦,以配合爲比,以采掇爲興,此詩之所以亡也。情境離合之際,直須暗解。王右軍《蘭亭》一時筆,後更寫數通,皆不能及,何也?彼時真《蘭亭》之情也。更於《蘭亭》之後作一《蘭亭》,其可得乎?自學且不可也,而況學人乎!故僕謬謂真詩止能現己自有之詩,以會於天壤之無非詩者,而詩在是矣,如磁石取鐵,所謂生氣之合也。至其法在解人,冷暖自知也。袁中郎、雷何思皆僕所畏,門下舉何思拈"晴川"、"芳草"語,此正法眼藏也。春晤小修云:中郎晚意亦如此。僕謂君家詩寫難狀之景如在目前,則有之矣;含不盡之意見於言外,則未也。小修亦一笑。夫不盡之意,豈強含爲蘊藉哉?意極欲言者,決非言可盡,其勢不得不歸諸含也。今所言巧者,乃雕搜之意,禪家云第二念也,非人自有詩之意也。僕曩苦懶,今苦俗,自分老於木強人矣。承問,聊吐其臆。《參遊草》二册呈覽,內《習家池》四古,較是胸懷偶觸,直寫而止耳。此語不堪與能詩人見,幸付一笑而已。

答張紹和

大計時篤,欲寄兄一書,竟無由致,他不足問也。外吏斷長安訊,此貧拙之效。兄以爲高黄門稱貞,翻是笑柄矣。弟入楚,視閩若隔天,視故人若隔生。惟敏惠之夢,時時命駕。得兄八行一律,猶疑乘車入鼠穴。讀之也,"多病故人疏",弟之不韻。至以"作吏疏故人",而故人之心尚爾。友誼在松石間,進賢冠真俗物哉!讀全集,爲數夜失眠。文筆後來更妙,風韻酷似弇山,詩亦相當,而四六斟酌古今,兼撮其勝,則王家無此物也。紹和業有千古,何論一時遇合。戴亨融則爲弟言:紹和有意低眉就之。以兄才,一第不足言。弟往以時調相奭爲兄笑,今所請者,願兄思一結八股之局耳。果決意焚孝廉牒,作何胤、阮孝緒一輩人,一結局也。濟河焚舟,結少年舌,而後竟所欲爲,二結局也。若舉人兼山人,事未免如陶貞白,仙、釋兼修,桓闓謂之一非,非英雄手段矣。弟又思兄不得以山人老,自有科目來,遠則韓、柳、歐、蘇,近則王、何、二李,無能出脱者。兄既與諸人把臂,獨得不墮雲霧中乎?又弟不文,知兄非獨文事,竊窺清心正骨,遠識昌言,大是國家倚仗人,豈容隱霧僅美豹文,絶海竟失鴻翼哉?以此爲者,知亨融之語有味也。且文各有體,而兄之文非山人文,而文人文也,捉鼻正恐不免。兄讀至此,笑耶?嗔耶?弟播糠非據,仍累楚人,勞薪不足言,而神骨俱俗,與藝林遂斷瓜葛。記兄語弟云:讀曹能始蜀詩,知其吏事絶佳。不知今日在弟,當作何評也。人生惟閑適是第一樂,營營錢刀,營營功名,營營文章,均是魔障。弟三不惑,而未割宦網,如負本懷何。曾有詩寄周郎曰:"有官難作達,無客不成春。輸却燕臺會,依然漢署貧。"兄目此,知韋表微宦況矣。

與李青岱

臺下之治敝邑,真庖丁目無全牛也。而一段恬適風雅之意,又與白傅、蘇公相今古。胸無宿物,掇皮皆真,不惟循吏而居然名士矣。僕愛敬私心,有出於顧遇之外者。不謂世路險巇,奪小民之父母,而又有譖人間僕於臺下者,蔡虚台曾以台翰示舍弟,謂僕宜急自辯。僕笑而已,無其事,何必辯?且不辯固自明也。周台石未嘗入賀也,禮非入賀之道,自武昌後,絶不得一面也。僕力以善政告陸按臺公祖,按臺知之也。郡中亦以告陽公祖,陽過禮,問知吏評在兩司推敲中,懇其保持,陽公祖知之也。世有不害人而疑害人者,猶可言也。以救人而冒害人之疑,有鬼神在,僕所謂不必辯也。然僕聞之,信而見疑者,其内行必未合於造物,而其素行必未孚於天下。僕之聞此,當以生平行事自反自修,而不必以此無影響之事致辯也,辯之則淺丈夫矣。故惟托令親羅潊浦一白之,而臺下曰:"豈有鴆人羊叔子哉!"則高懷固已了然矣。昔以人言而疑,今亮其無他而信,真疑真信,僕云掇皮皆真者此也,僕之所以益愛敬臺下也。政欲因令親便起居,而台翰已先之,感且愧矣。臺下深識雋才,神明正茂,即墨之毁而封也,密縣之始迀而終效也,人可勝天,何必遽自托於邴曼容? 黨幡然一出,僕知其必大伸,亦如僕之終見信也。而敝邑小民,亦且聳聽雲路軒翔,以慰其失父母之戀戀矣。良覿未期,願攝寢餗,以解飢渴。

答楊泠然

曩拜詩箋,詫照夜之光,足償十五城。今承扇頭敲訂,又更有進焉。新詩改罷 自長吟,杜陵那得不千古也。鷄骨回車,無由一慰,王戎至今耿耿。承大雅見念,奉揚仁風,既愧非袁彦伯,且益重疏節之愆耳。然曠度如門下,或相求於世法之外矣。楚苗蠢蠢,去黔不遠。南北夷交伐中國如綫,非管敬仲疇起而一匡之。孟夫子雖笑齊人,畢竟紙上。孟子易行間,管仲難也。正行邊至辰溪,得苗氛之報,無能奉和。惟當持作羽扇,驅滌塵襟,豈必减賦詩退虜耶?

回馮文所

某木强人也,而翁丈謬許,收爲同盟。韓非附老子之傳,毛曾參夏侯太初之坐,徒作笑端。鄧虛舟亦謂當論鼎足,某答云:馮公文苑大家,足下自當頡頏,二曜經天,寧三哉? 或可如衆星之分餘燼耳。韓有籍、湜,蘇有晁、張,不肖妄援此例,不敢如柳如黄也。承委集序,驟聞駭然。旋思之,翁丈假此接引,使後世或知有不肖,此石尚歸賑意也。古之序文者,非必力敵皇甫士安,豈能重左太冲? 夢得之序子厚,猶自爲夢得也。非昌黎集序,烏有李漢哉? 然遠慕曹子建者,至托於夢中屬序。而道宣欲序《法華》,韋馱爲請於諸佛,許之而後涉筆,則某今日之緣更勝矣,容以仲春花時呈草。大義炳然,數事聞所未聞,謹當載之。因家叔欲還,作書數十通,甚疲。劉南昌日發百函,何絕人乃爾?然晉宋書尺率不過數十字,亦差易出手也。

回 包 湘 潭

酉、戌兩讀行卷,私儀門下英英獨照之匠。蔣道力同閈至親,湯嘉賓同年知友,俱談門下甚悉,神交舊矣。入楚有同方之幸,雖合併無緣,而聲氣玄感。每聽石江陵之言,即若面證。不佞他無所長,惟好默識賢豪,即楚中郡邑勝流,不識其面而有其人於心者比比,況門下乎?光采已合於星躔,襟期何拘於河岳,每以此自廣,不謂門下之有意而遠存之也。斐然成章,思結采流。游瀍涣而織明河,何以尚兹?且其所獎飾過情,雖不佞所愧,而亦私所跂勉,若未逮者。是門下私我,而又若知之過也。曩得君之人,今見君之心矣,又何恨於不握手乎?後者鞭之,則亦願門下勿忘斯言,而時發藥焉。雅貺謹領,董字圖匣、畫譜;更沾沾者,拜嘉刻二種,《德慧編》以自策,《精義》以指南家弟矣,鳴謝何極。

回 馬

宦路熱忙,兄暫憇風軒,便欲驕袿戴之客,然東山捉鼻,正恐不免,笙歌鼎沸,日當別作何觀耶?戲論實語,未知所在也。弟徽纏吏網,劇思棄去。"欲采蘋花不自由",以此絕談,不敢使少年窺人,云"盡道青山歸去好"耳。願兄隨緣,居樂而樂,居苦而苦,何必入山深,入林密哉!劉君誠雋士,其文有一往奔詣之氣,而"小心"二字,似當理會。王元美云:詩,奇過則凡,老過則稚,時文同一關捩也。弟以虛薄,財、法二施,俱成墮負,慚悚如何?舊時機杼,棄擲几久,豈復知入時花樣?而劉君遽欲稱門人,尤非所敢當也。師者,非其業足以師,則其緣偶爲之師。弟無一焉,安敢冒然居之哉!此君集《尚友錄》,其志甚大。異日奇章公當台席,遇劉夢得,猶可續唐二詩作一段故事。聊先告兄志之,餘在別楮。

答鄧虛舟

謝康樂所至伐木開道,以取山水。含清閣乃從枕席收翠嶂碧流之勝,且炮聲鐃響中,雜出漁歌牧唱,斯更奇矣。兄云非隱非吏,意惟仙官洞府,足當之也。辰郡掛山頭,而敝署甚陋,覓一坐處,稍置花木,不可得有。亭在寢室後,弟雅不能與婦孺居,意殊邑邑,欲張景物以敵。兄如樂天、微之在浙,互誇杭越官署之勝,豈可得哉!諸天合食以飯色,爲福差別,弟與兄雅俗判然,所着之地亦不爽,世儒虱處褌中,斷無天宮佛國者,真可笑也。春間槃瓠作孽,入犯數十次,殺擄我兵三十許,邊民百數十人。目疲於羽書,手疲於草檄,心疲於焦火凝冰。方爲議練卒修險,及督人造甲製火器,自顧形狀一老兵耳,安足知風雅事!蚯蚓食壤,所吐決無清音。俟秋興稍佳,或當效蛩響,今病未能也。防兵負其餉二年一季矣,即一季,額當萬四千,今惟得內屬八千,及二月衡郡二千。春盡,別無處法,臥積薪上,恐火燃之,不及晨也。耒陽完最多,弟以激獎請,聞司文仍在議罰中,已作書力爭之,惜如耒陽者少耳。大抵衡郡沈餉歲幾滿萬,今須正額外稍完近逋,乃爲有濟,幸仁兄念之。方談山水而復作此惱人語,可謂殺風景也。然則弟之不稱詩,宜矣。

回鄧虛舟

上事人未返,而翰教臨之。魚山聞梵,豈直跫然空谷耶?仁兄三寄詩筒,愈讀愈妙。《雪月雙清》篇出,弟真如傖父見烏衣巷諸郎彩筆,視長安社時更覺適上。弟舊書云:"詩以年進,以游廣,從此吟囊中物,皆杜子美夔州時也。"馮公博雅,是藝苑大家。仁兄自當頡頏狎主,鼎足參盟,則吾豈敢!二曜經天,誰能三之哉!或可如庶星仰分餘爓耳。拮据案牘,日不暇給。文事殆欲絕緣,而睹仁兄與馮公意甚閑暇,揮毫矢口便成麗藻,此亦鳧鶴修短之分也。弟未涉五岳,所評或如來喻。但性極喜樹石,而爹之石皆足當米元章拜,樹皆如孔明廟前老柏,性極繪華綉,而諸宮觀如朱邸,乞靈如市。故欣賞之餘,亦微有所厭,恨不得返未鑿以前耳。至古人九州甚小,眼足甚狹,步亥問棘,皆非實歷,五岳外何妨更奇哉! 去箋正以九疑爲問,而大教亦及之,可印同調。舊作偶録數首,又是苦海中物矣。

與徐耀玉

千里命駕,兄誼不减嵇吕,弟愧非竹林人耳。讀贈句"別後賓筵人物論,可存湖海舊交知",至今三嘆。閩楚雖遥,夢中隱隱有路也。書尺浮沉,而結情赤崑,神明知之矣。去冬得叙功三疏,未見兄牽復之擬,疑大司馬雅相知者,豈頓無情至此,當録者誤遺耶? 爲之悵結。匣干將,絏驊騮,風胡伯樂,遂復無人。若兄斑衣娱老伯,斑管命友生,何所不得? 千秋大業,當使海山氣王,且神物駿才,無久淹理。高牙三丈纛,弟久以此擬兄,斷不寂寂也。《轅雅集》想又增數卷,獨不能如紹和兄遠函月露,以洗楚傖之塵乎? 諸郎俱千里駒,行即直轡,獨上燕中。所見武舍,岐嶷可念,神候益佳。兄此處正不惡,弟如李神俊無崔家物,異日當效白樂天自作《醉吟傳》耳。播糠非據,仍累楚人。前春拮據脱巾中,今猶未得結局。令兄在,事何至無壁幟無色? 弟幾欲抗疏舉自代,而舍鏌試鉛,舍驥駥駕,用人者如此,不使豪傑爲笑端乎? 韓求仲之人未可知,其文詎能抹殺? 而便以開羅織網,是互閲之旨,不足憑矣。廷對特拔,天子主司,亦不可恃。甚哉! 文林之爲懼府也。此事終不能累兄,霧市一開,即睹日輪。惟加餐自愛,來年弟欲作過里緣,儻東山尚高,猶擬作卓恕以報携李。薄將侑函,愧於蘭佩。惟《金剛經》篆甚精,或可助净業。戴今梁言,兄方卜居,孟獻之室美,季武之樹佳。造訪時,當持杯評咏也。

與林聚五

弟韻乏佐鍛,而横邀叔夜之駕。三星在天,下照蓽門,由今思之,真不知此日何日也。啓事頓上,而東山尚高。宜望氣者謂天柱峰頭,雲五色而不雨。然造物未爲無意。兄病未堪勞而卧久，望轉升觀世，轉徹出之，與處□□生正等更起，便可直踞九列，建中丞牙，不復假青氈舊物。蓋戴今梁過辰，弟叩之，曰伯兄神氣清健，乃舉爵賀，可以出矣。今之議論，又稍變一局。玄黄既極，非大力者不能收之。大力屬其人則有旋乾轉坤之效，非其人則有翻天覆地之虞。然看眼前伎倆，無此作用，惟泛乎無舵之舟，左右上下，一聽風波，其壞天下，更不可藥也。兄捉鼻時，亦嘗料理藥方乎？吕天池横見驅逐，清議尚在，而竟無能直其枉者，殊可太息。弟播糠非據，仍累楚人，勞薪百狀，罪過亦略相當。記兄往書以"囊無阿堵，家無負郭"爲弟念，今猶然故我，可嗤也。然弟無子不憂，况其他長物乎？

與兩臺奏記

某入楚首尾四年，在事藩臬，無如某之久客者。蚊負日深，兢兢救過，何敢言私？然有懸逼之情，不得不請命於造物。某蚤失怙恃，兄弟二人，相依如形影，行年俱垂四十，尚無男息。以故廬墓情切，隨牒意微。長安索米，未嘗有兩年淹蓋。松楸縈目，棠棣關心；懷不可解，鬱則爲病。壬子冬，即以去年賫捧預請之，董撫臺閔而許焉。不謂二月代庖湖北三篆，與脱巾會。雖撫定歸營，訛言未息。急在控馭，義無回顧。及叩轉，九月履省任。又以今年賫捧，申言之司長劉方伯，時柴方伯、王憲長咸所共聞，謂必可行也。然某私心，必結兵局而後去。入辰情形阻阢，意難猝申。突薪未徙，燃幕可虞，不敢以危事專委之許憲副，乃奏記董撫、錢按臺願留，自請之而自辭之，其愚誠亦可憐也。今師律已正，反側已安。自揣或無避難之嫌，則借使差，以紓越鳥南枝一念，實惟其時。又某禀質素弱，用心過勞，内無文墨之賓，外無起稿之椽，一切公移，皆收入卧内。初意杜吏書之奸利，行之既久，此曹於事體俱茫然不知本末，雖責之查檢，亦自縮手。故無論大輒，即尋常小票，無非躬裁。辰、沅兵餉，素爲弊叢，一一稽磨，手持勾股，二庫錢糧稍清，而精已銷亡矣。二月患痰火怔忡等症，雖幸遄愈，入秋以來，時作時止。某日啖素少，居辰視沅，復減其半。每思弱弟，輒有杜陵各瘦之嘆。

邸舍自隨，止一妻一女一舍弟之女，今妻女俱病，辰中無醫，迎澧醫治之，未有起色。蓋病在念鄉，憂思轉側，非藥石所可除也。若不假羽省視先塋，歸就骨肉，豈特風露難愈，抑且性命可憂。夫以情事如此，理合歸休。而某不敢謾作休官誑語。先人以孝廉爲令，家無負郭。某十六年曹郎，望債家而食，入楚稱貸治裝，其俸廩盡於剏劉忠宣公祠，助堤助賑，賞兵民，治火器、鍛甲，不能償也。且身冒金緋，而不及先人，遞棄雞肋，未免自惜。故思爲借差過里之舉，萬一不獲，則身與官孰親，亦不能終戀好爵矣。

伏乞台臺察某壬子、癸丑兩次求差之至情，今歲可得差而又自辭之苦心，及今所以不得不堅請之委曲，特賜開允，諭藩臬兩司長定與四十三年一賫捧差。蓋某藩任臬銜，可通融差委，不敢專執一司，以礙同僚之路。使病不即廢，仕可顧家，曲成之造，謂天蓋高矣。或疑某幸逭官譴，可待量移，何必役役南北？不知某資望俱下，王憲長俸已一年九月尚未入啓事，某僅□期。況去歲以師命人乏，其遷稍驟，則新任惟有褫奪可速。不然，非垂滿考，未敢望轉動也。情逼冒陳，伏惟矜察。

與梁撫院

台臺以夷清惠和之具美，修召伯、方叔之前功，釀化膏苗，壯猷采芑，無俟徵烈於銘鼎，固已操券於下車矣。開府鵠磯，山川草木莫不色暢，況骿幪下吏，距踴難名，緣守部所羈無階，伏謁和門，炙清光而受訓束。謹尚官賫啓，仰布燕雀之悃。千五百里外，惟有泳辰水以朝宗，跂仙雲於黃鶴而已。

伏惟台臺器兼九德，胸括八紘，而發軔荆西，全楚土地、人民、政事皆韶覽之所收，而刃游之所解者也。職螢燭何光，能裨慧燭而責有司存？敢披瀝心目，預陳以備攬采。一曰：官理。湖北距省會遠，沿寬爲習。職厲之以風霜，覺近日郡邑有清醒之氣，而科罰里甲、鋪行之陋，稍爲一洗矣。二曰：吏蠹。辰尚已稍清，惟靖州、綏寧會同棼絲，未易理。然職一歲所芟鋤頗多，計十可減六七也。三曰：士風。青衿以訟牒爲月課，以衙門爲經塾，攬賦占軍，難口舌化。大抵辰、靖志進取者少，又歲考不及，有增無汰，故自卑而且自肆耳，然佳士亦不可以地限也。四曰：民俗。山多田少，恒苦饑。其邊苗箐筒者，染夷逋賦，囂訟不就期會。訟牒累歲，無人可結。鎮溪所又有假土官，自署千百户，以白頭公文言事，職已經詳議嚴禁。至武弁志污習黠，往往布蜚語匿揭，以熒惑聽聞。此其大凡也。而最急最艱最弛者莫如兵、餉兩事。蓋常德猶内地也，辰、靖即古三苗，槃瓠遺種，在籬落間設兵置將，參、守各三：在平、清、偏、鎮四衛，曰清鎮，皆衛軍，僅參戎兵一百，守備無一卒。新議增百兵，利害與黔共之。黔苗數梗道，有空拳格虎之艱。在靖、銅、伍三衛，曰五靖，參將、守備共領募兵八百餘名。自皮林大征後，苗警已息。而兵皆爲鄉宦、舉人、生員之寄餘，每名歲九金而贏，緩急恐不可用。在辰、沅北抵鎮溪，南距銅仁，曰鎮筸，乃川、湖、貴諸苗總穴，種落可六七萬。設漢土兵六千餘，期置營哨。苗遠者曰生苗，近食糧者曰熟苗。顧剽劫爲民害者不在生而在熟，又不盡在熟，而在内地勾引接濟之奸民。其養敵、賫寇、遺患者，又不在苗民，而在貪懦罔上之將官。將官以尅剥爲常，兵心携力困不能捍苗，則取逃故之糧以餌苗，而中分其利。報册則兵，而領糧則苗。苗朝而領糧，暮而行劫，無敢問者，上下相蒙，牢不可破。非職今日痛發之，勢不盡化兵爲苗不止矣。至餉派内外，屬衡、永、長、岳，積逋鉅萬，前政莫肯任怨。鎮筸兵欠工食三年餘，去春連營鼓譟，幾有涇源之禍。時職以攝篆馳赴，竭力戡定，又嚴催餉，以救其困，人心稍附。今始收擒掠魁首六名正法，事具詳文不敢贅。顧宿逋皆五六年以前，不可復問。今鎮筸、五靖，尚欠二年，清鎮尚欠三年，而湖南郡邑銜職入骨髓矣。今日湖北非台臺以日月風雷照運其上，而守兵二道率屬任勞任怨任謗，決無以佑地方之急，爲國家肩臂之用也。若僅爲官謀，則養情避事最爲長策，以前皆用之矣。職義所不敢出，心所不忍出，又何可以論於台臺之前哉？

與梁撫臺

湖北兵政利害，職已撮其略，奏記於台臺開府之初。七月詳亂卒王嘉賓招，又附一禀,述兵餉不足之由矣。郵筒中伏承憲札,憂邊良切,俯勵駑鈍,敢不竭才以答造物?竊睹台臺一檄一批,皆如日星燭幽,風雷動蟄。夫春氣至則草木怒生,可以作潤。秋風來則雲物清肅,可以作強。玉帳金城,固台臺心締而手造矣。鎮筸痼疾,莫甚於一卒不練,以糧媚苗。職力爲破之,而獨倡寡和。哨官侵尅之源已塞,蔽蒙之局難封,陰不便也。即廳縣亦有謂宜聽其餌苗,偷取無事者。蓋人意蘧廬之偶宿,職意樽俎之宜修,道不相謀,且笑職爲自苦,嫌職爲多事矣。病而投藥,夢或告曰"飲此藥必敗",二豎爲之也,病之忌醫,猶可言也。群一家視病之人而皆諱疾忌醫,則秦越人有却而走耳。至平、清、偏、鎮四衛,則尤虛痺之怯證。苗猖獗而無兵,一也。軍皆懦弱又皆虛冒,數百里無一楚文官,誰爲汰練?即暫覈不能久,二也。路爲孔道,軍屯奪於豪,糧盡於帥。又歲有條編以供郵遞,窮無人色,况能荷戈?三也。黔楚交制,兩姑難婦。查盤考察,俸不足供罪贖。黔不能爲四衛治兵食,而鄙爲鄰子,動輒深文,或黔苗責楚,或並失事,而我重彼輕,官困不能展,四也。此其勢比鎮筸倍難者也。二方不同病,而最急尤在於無餉。去年春,鎮筸欠三年餘,四衛欠四年餘。職在事,任怨徵發。今鎮筸放至四十年秋季止,尚欠二年,四衛放至三十九年終止,尚欠二年有半。計職督餉,視舊額多完五六萬。湖北未有濟也,而湖南已不堪命矣。募兵事,故沙汰無常,如今年新卒,現在尚無工食,當仰望於二年之後,即孫、吳能責其血戰乎?故曰:未有濟也。衡、永歲以逋兵餉爲常。及職之身,兩年俱責完額,業已顰蹙。又責其完以前之負,駭謂咄咄怪事。故曰:不堪也。當去冬之查參也,職詳以官任之深淺,現徵之多少,帶徵之遠近,覈其完欠,略示殿最,如是而已。原詳册尚在,台臺可取而覆也。及司覆院題,乃通以十年盈虧責現任之官,有職所請罰而鐫降者,有職所擬免究而降罰者,甚有職所請獎激而猶降俸者。蓋董撫臺、錢按臺見薊門三月之鼓譟,懼鎮筸數載之再燃,特從重典,以督軍興,職千五百里外,豈能遙知?今不惟州縣以職爲灾星,而且道府視職若厲氣。厚者杜書而絶交,淺者發聲而徵色矣。職之處此,不亦難乎!夫以數十年之逋賦,而積成數載之缺餉,民逋者久則隨赦隨寬,而軍缺者久則愈急愈怨。於是待領之兵猶在,而可徵之鏹已亡矣,雖蕭鄭侯不能策也。職所多放者,皆近年易完之額,而既已完矣。轉眼秋終,持籌仰屋,雖譁卒新收,未敢越志,然此事當急於兵緩,不當急於兵急。緩而急之則爲恩,急而後急則爲畏。前事已誤,豈容再誤?職謂非台臺嚴檄上湖南,勒限速完三十八、九年以來近欠,違者照前參罰,則目前無以救頭燃,何暇論來年之事哉?若三十七年前姑緩之,明年起隨歲酌量帶徵,毋使藉口,束溼可矣。筆敝紙煩,言猶未能盡,伏惟台察。

回常刑廳

門下入常武而飲冰自盟,矢以一塵不染爲操,不佞聞而心儀之矣。稅務雖瑣屑,然清風所拂,便爲膏露。來教云:其名羶、其招摘亦易,非也。譬則官耳,或以造福,或以作業。譬則兵耳,或以毒衆,或以救民。兵財不可任,則連官亦不當爲矣。諺謂"仁不主兵,義不主財"。不佞則謂,惟仁主兵,惟義主財,利至君子而化爲義。以此濟衆,以此尊身,導而布之,不亦濟乎?皭然不染,不亦尊乎?砥行立節,患不自信,不患不信人。不佞於冰蘖之訓,日凜凜焉,而尚恐有未盡也,願與門下交勉焉。若於門下,固信之深矣。抑又聞諸司権者馭下必肅,毋使行私。驗放必速,毋使宿候。吾皎然之意,通於商腹,而左右不得,爲市則清之,惠乃大耳。輒爲同志,盡之官評,幸廉確見教。辰、靖有所見聞,并祈勿靳指示,此尤門下本業。凡太守司一郡,而司李通一道,最須留意,稅務其餘耳。

與舊江陵石令

門下真品、真識、真才,同志莫不虛把,而不佞所尤投契者,身視民家,任事之心膽也。每以經濟相許,謂是國家大得力人。一日同舟,頓愜樹賢圖報之願,而何知事乃謬至此乎?仲春初四見報,懑極,數夜不能寐。所謂詫奇枉者,無待門下言之,即不佞亦不能自言也。此自荆民之無祿,直道之不章,而豈特一人私訕哉?恨不得身在長安,以去就力爭之。又恨留吳太守,使兩王公無昌言之助也。初五日移書侯澹老及郡守,三致惋於此。非直惋也,而且愧甚矣。即欲寄訊,苦無北翼,非直相慰也。念門下所蘊樹,確爲世寶。誠恐過於感憤,致體有欱。又或因折自沮,稍損充塞之氣,則不佞所惓惓者失之矣。

夫當門下之壹意惟民是師也,固不計官之利害,使計之必不專圖民,專圖民而利害出意外。從直道言之爲怪,以世態則亦有然者。故凡彈指惋詫者,不佞輩之事也。且彼齗齗者,僅能奪門下銓部臺省耳。不佞所期以經濟效國家者,彼不能奪也,而況人品乎?身視民家,任事者之心膽,其不必銓部臺省而後可爲,亦決矣。僕願門下勿憤,憤則自傷,而快忌者;勿沮,沮則自輕,而孤識者。改教格於近令,不妨舊物,一如前之以民事爲身家者可也。吾輩專於圖民,勿論天鑒、民知,固所學若是,而又何慍焉。尊公高明有識,亦必不以是病子之不能官矣。若不佞之心,宜不言而知之。苟有開口處,必爲賢者出之,無疑也。夫以直道之所怪,而謂今之宜有然,則不佞此言緩耶?急耶?既以廣門下,兼志吾愧,惟善自愛而已。堤政審編,荆人終不能没此公案。不佞一日在事,不敢令後人替苦心、湮成美也。

與韓璧哉公祖

九江送役還,伏承報章,深戡垂睠之厚意。泉山篠驂,可花朝擁隼旟。而詢黔使云:當以爾時駕四牡,則山川鼓舞,又在首夏清和之候矣。望雨之殷,真以日爲歲也。敝邑久缺正官,門内苦委轡,而門外苦譸張,廨譁於市,檄繁於券。而公私之收繫,九衢量人俱滿。今幸霜臺籠月而新父母之,神君承風雨以動潤之,福徥害遠,真從水谷霧市,見陽和世界矣。某沾藉之感,匪可言罄。區區蠹楚粟,惟察牧長,束佐領,頗竭寸心。大抵邑自長吏外,僚幕欲分,鈴下欲竊,豪右勢家欲擅。非脊梁如鐵,鮮不爲出彙之分威。觀庶官中有三分勁氣,便差強人意。則惠文彈治,自是監司一段風采,誰知秋冬之爲春府哉?惟有金剛之杵,此佛所以爲真慈悲也。老公祖心爲民命,而風棱岳岳,故敢以此言頌。

回袁文海書

關尹拜牛足,始受《五千言》。弟千里外坐獲贈詩,故當勝之。曾因廣西別駕吳翁晉寄和六咏,猶未達君所耶?每追想大堤酬唱,即如漁郎回首桃花洞時也。桃源事,論者不一。然記言沿武陵溪捕魚,則武陵以上無非桃源。而唐瞿童山行,往往遇秦人,拾得棋子,則又類釋氏竹林迴向寺,凡聖同居,豈有四至券書可執哉?辰、朗之間,槃瓠所宅,仙聖且不嫌結鄰。昔之烟霞,今爲埃霧,亦無足疑。海外瀛州山,數被世人踪迹,諸仙嫌而遠去,惟呂巖歲一到彼,卧聽松風,況桃源欲不爲郵,其可得耶?郵仙郵俗,等郵也。惟翁丈毋作分別見,則滇與楚皆桃源,弟與丈皆秦人也。來論欲推桃源於小西,爲辰陽主人擡地價,亦復佳。然苗氛日惡,弟遇黑風吹入羅刹國,方操筭槃瓠,又似無暇問秦人矣,一笑。翁丈峴首仁風,伯仲羊、杜。惟弟勞薪蠧粟,恐終爲楚箱。丈夫不能鴻翔,乃作藩雀,致可嗤也。

與錢按臺帖

伏奉憲札,屢訊黔中剿苗事。此舉黔臺甚密,不令楚知,然職臘初即微聞之。其兵分三路,爲通黔滇道,而黃絲等處,距偏鎮僅四百里。職恐有潰出之禍,乃告許憲副發奇兵百人援鎮遠,實陰爲之備也。當黔進兵時,策之曰:"鵰剿與大征不同,謀欲陰,發欲迅。宜設覆以禦其奔,宜戒鄰以掎其突。今形久露,而勢甚遲。苗小則入箐以老我,大則阻險以扼我,未可得志也。"以書抵許憲副、李參將,已而先進者果失利。乃益發水西兵,職又策之曰:"非土兵不能殺賊,然土兵亦不肯深殺賊。用土必兼用漢。今聞漢、土分道,非策也。且兵多則餉愈難。苗已入險,非秋熟時,山無可因之糧,必不能久。"私以語劉同知、侯推官。已而兵果乏餉,不克深入,二月初旬班師矣。道路所傳僅得百餘級,而聞捷疏三百餘級。或三百爲實,然蒙家兵損三百,安家兵損七八百,又殞一頭目,即安堯臣從弟,不甚相當也。偏鎮苗數爲梗,我奇兵戰死二人,擒三苗,斬一苗,此亦兵家之常。職有大憂者:黔兵利,則黃絲等苗皆奔潰北入楚,四衛之禍速而淺;黔兵不利,則在穴者氣益驕,而他苗聞之亦益桀驁相煽動,四衛之禍緩而深。往大征之役,皆少嘗之,爲彼所輕,而浸淫於大患,則湖北疽蝕在今,而魚爛恐當在後，不可不預防也。鎮筸宿兵數千，猶不能禦竊發。四衛軍不可用，與辰、沅同。僅參將標兵百餘，守備幕無一卒，豈能空拳搏虎？勿論鎮筸，即五靖苗警緩於清鎮，而參將、守備標下各四百，獨清鎮空拳者，何也？大抵四衛遠辰、沅而近思州、鎮遠等府，其科考皆隸黔、楚名。不以四衛予黔，而心若委之，黔欲得四衛而力又不能庇四衛，此所謂兩姑之婦也。

夫四衛獨非吾人哉？職愚計：今愍後宜爲設兵，兵必有餉，則又有可用而不煩設處者。往四衛倉糧，辰屬皆運本色。後奸民攬解弊多，乃盡改折，每石徵六錢而放五存一，曰爲兵備，軍謂此其故物，垂涎不肯捨，向撫院告討無虛日。凡存一，歲額八百餘，亦多逋負。目今辰庫，貯五千四百餘兩。此銀不予軍則軍有辭，予軍則蝗蠹無益。不如用募兵一百五十付清鎮守備將之，計所募費當存一歲額。即額難盡完，而現貯已足支六七年，益以將來所入，二十年間可不告乏。如是用四衛之糧修四衛之備，不至棄一方人而軍不能捍苗。以其存糧爲之募捍，亦無辭以復請，或以人治人之法也。天下事，用財最難。職此議，沮者必謂設本無之兵，糜實有之餉，然任其疽蝕、魚爛而尋大征，則雖十萬未易了。以八百易十萬，雖謂之節，可也。聞奇兵發援，董撫臺頗以爲非宜，況添兵乎？然果不委四衛黔而楚字之，則計必出此。敢密陳以備採擇。偏鎮距沅四五百里，沅去辰又三百餘，聞警必緩。職約許憲副寄耳目於急足，有事相籌確。雖兵備有樽俎，而職所見無不自竭，不敢置之膜外。然事未易言也，創立則有生事之誚，襲故則有玩寇之虞。寇未至而先制兵，則嫌於張皇；寇至而後議兵，募則烏合，發則爲客，勢無及而且不可用。欲無兵而并無寇，必如干羽事，《書》所侈載者，職身居三苗，猶未敢謂然，即古然而今決不然矣。伏惟台裁指示。

按院稟帖

衡州府借四十年稅，解辰、沅二餉，共七千金。吳憲副、鄧少參、劉太守誼急同舟，從來未見。則惟台臺昭示功令，以參比肅人心，斗柄所臨，春秋成氣，一方暫紓於水火，全楚可奠於金湯矣。餉兵以禦苗爲實效，而春來行間，得不償失。

三月乾哨之敗，陷兵二十二，傷殞二名，尤爲塗地。王琇、傅巖爵等，職已會同兵道提究，非一重創不可。蓋兵政之壞久矣。舍三尺法爲砭石，無伐痼起痺之方，而人情習縱駴嚴，病其厲己。如近委劉同知放餉，職檄令乘便周視要害，簡閱士卒，原無深求，而哨官自畏，托侯推官以寬假爲言。職惟當本之以誠，持之以堅，行之以漸，薰蒸稍久，或有從革之日也。鎮筸從來以掩敗張勝爲固功名之訣，以損兵媚苗爲保地方之符，至職而二法俱無所用。前高參將欲報功，咨於職，職曰："既報斬獲，不可不報失事"。許憲副以爲然，乃通詳。及乾哨之敗，有援十七年事者。蓋十七年筸苗大叛，殺哨官指揮高夢麟，損兵數百，討之不克，乃懸賞購苗龍求仔等擒獻首惡，予之兵糧三十六名，歲費三四百金，計二十餘年，爲金萬餘，此後尚未艾也。

守哨官今亦欲用九里等苗攻入，犯五寨。職曰："苗豈肯空爲我用耶？以犒賞則可，以名糧則不可。蓋賞即百金一時耳，若兵糧一名歲九兩餘，而數十年不可奪，費已倍蓰，況非一名可餌乎！"即今陷兵已退一十二名，尚餘十名在巢，盡退不難。若可結眼前之局，而職以爲未也。使苗果悔禍退還，豈不大善？職已嚴行，不許送贖，止脅以兵威。如不從，則議問罪，敢私贖者，法無赦。而密訪之，所出之兵皆妻子遞重價入巢，出則曰："非贖也，退也。"哨官利贖之易，愈於追之難，亦和之曰："非贖也，退也。"以我所轄之苗縶我士卒，而□以爲利，竟不能一制其命，後何懲哉？地方從此益多事矣。職當與許憲副深思所以制今毖後，不敢輕舉以啓釁，亦不敢納侮以養癰也。

人情徇皮面，狃眉睫，而職事必視法，動必慮後，舍易圖難。愛職者笑其愚，而憐其自苦。然內盟素心，外凛官守，寧背流俗而不忍背國恩，寧負妻孥而不忍負台臺與董撫臺置職湖北，知己責成之意也。惟才之駑下，恐終無尺寸效，以爲大戾耳。臨稟曷任激切。

按院稟啓

職駐辰久之，而始知兵防之皆兒戲也。險阻不守，以民予敵；器械不利，以卒予敵。蓋兼有之,至士卒不精,極矣。獨守哨官爲錞而不爲刃,猶未至以將予敵耳。職旦夕孜孜講求練兵、修險、製器三事,約撫夷劉同知殫力爲之。然紙上易鋪,手中難做,非半載後不能改觀也。謹將末議具詳取裁外,行撫夷官條款一册,即以所議者,責成實見之行耳。中有相發明者,并呈憲覽。

兵、餉各有司存。職治餉無狀,何敢談兵?然練兵則餉有實用,事本相關,且許憲副開誠共濟,故職亦自忘越俎之嫌矣。大抵辰、沅局面,與常德便自不同。今邑有殺人、奪人,則以爲無政;水火灾人,則以爲無天。苗之入,子女、金帛、牛馬無不席捲,而民死爲國殤,生爲夷俘,其無政無天大矣。故治辰、沅者,惟足兵、足食是第一義也。催餉事,職言已焦吻,故今詳不復言,然亦最難言。營兵至三月終,缺餉二年一季;四衛缺三年一季矣。就此春季論,亦當放十萬四千餘兩。而三月中,僅湖南解二千,未及歲額四之一,況積積逋鉅萬乎?本屬者嚴督,可得七千餘,尚不足一季之數,安能稍補缺額?邸報:薊門鼓譟,人心蠢蠢。雖度其勢,決不敢再出。而春來戰死十餘人,驅之死而不恤其饑,彼不忍三月而責此忍數年,何以責其用命?職自許以一身折六千餓虎之喙,亦太愚矣。伏惟台臺垂察,再諭上下湖南守巡,衡、長、永三府共急之。不然,徵發愈緩,彈壓愈難,職惟有棄官以謝兵民,無他法也。

按院稟帖

職以黯淺守藩,幸功日積,又蒙台臺批攝巡篆,敢云借車之可馳,惟慮耘人之鹵莽,幸巡務稍簡,黽勉補拙。現有刷卷之役,例印信,衙門方送刷。鎮筸營哨兵餉,其宜刷之卷在辰郡。沅州營哨十年前無送刷例,以無印故也,不知何年創行吊刷?而駁查情節俱不入招詳院。夫刷卷權輿,爲革弊也,查駁無着落,則刷卷無益於鎮筸矣。近例結局爲京贖也,罪名不入招,則鎮筸又無益於刷卷矣。何必贅未有之規,爲道書開一騙局乎?聞每哨假使費名色,科斂至十餘金。職仰體德意,檄諸哨免刷,計鎮筸可省二百餘金之敲髓矣。又前承密命代草譁魁加入語。夫生死之出入,文武之功罪,俱當仰憑憲斷,職何人斯,代大匠斫乎!

謹謬擬爰書數語,已覺乳臭不可用,仰呈斧裁。

至將領效力者,敢附陳崖略。大抵去春之狙獮,以撲定爲難。今夏之取殘,以强虎洞口爲劇。職始用汪都司如淵、邊守備上將,俱許以事寧推轂。汪如淵談笑貐亂卒之牙,沉機折凶渠之首,效勞最久,似當薦推起用。邊上將計紿覃元圖,其秘如鬼;追縛劉守坤,其迅若霆,似當薦,令奮力邊哨,候積勞擢用。石惟忠能馴清溪之卒,擒顏宗富、王加邦而衆不驚,然爲力差易。汪秉日能俘王加賓之大憝,然入哨方淺,成功因父二弁,似當薦令紀録。至持末不如救本,懲逆必先勸順,使行間皆能堅守如永寧、王會、鳳凰三營,則何至挽横流於滔天,遏烈焰於燎原哉!魏繩武、王可大、曾希賢,似當附薦,不可使高赦之賞,後張孟談也。文職始終焦勞,惟劉同知應卜奪悍弁之兵,議法不恤衆怨,繫亂魁之頸,相機力贊密謀,其拮據在諸弁右,或即叙之今疏,或候台臺復命明揚,統祈台裁。至高参將、金守備,翼奮澠池,方可蓋回溪之垂翅;職頟爛救火,終負慚徐福之徙薪。在参、守宜點破,以終免究之恩;在職乞削名,勿爲褒衮之中者也。職自省本末,勞不掩咎。敢吐衷言,以質白日。

與錢按臺

承撫臺札,諭鎮算兵變,原未經題,譁魁一招,意似不決上疏者。竊惟脱巾事重,某去年未曾掩諱,聽撫後又有自劾懇賜糾参一呈。當時兩臺緩題之意,想謂前事黔院胡老先生候代駐沅,目擊其變,已於舉刺疏內點明,若再專題,法須速究首惡,狂卒數千,危疑未定,恐別有激釀,姑俟相機正法後,一併上請耳。然兩臺會参欠餉疏,台臺究鞫哨官劉師貞等疏俱直言本末,則向來何曾默默,而在今日亦豈得謂無因驟發哉?近日葉相公去國疏云:"兵變一見於薊,再見於楚。楚事幸而善後,若不昌言之,則人見其發難,而未知其結局,非所以示遠近。"然人臣效忠,當圖不見之功。區區拄傾縫罋,何必自言。惟是關係不在人而在事,敢昧言之:職四月預稟台臺,以便宜稱本院奉旨捕治,幸蒙示許。發機之日,實借此爲號。今不肅將天威,正犯上之誅,則前示涉虚,行間生玩,異日號令,不復取信。其可慮一也。

某任怨督餉,兩年放三年之額,而內外屬已不堪命矣。六月,偶有公文達衛治臺,稟帖未言餉事。而治臺回札憐職苦心,稱湖南各官銜職急餉,殊非急公之誼,則觖觖者流言已多,職亦不問。但今餉僅放至四十年秋季止,尚欠歷過二年,計積逋自三十四年前新蠲外,三十五年以後尚懸數萬。職今惟督三十八、九近額,且嗷嗷告困,況能及遠？不惟州縣力疲,某力亦竭矣。前政軍餉完六欠四,某今自保此後年完一年。若二年之債,遞支遞壓,決無可盡完之勢。即以兩臺威令督逋,亦恐不能必得也。計惟取旨殱渠魁,梟首傳示營哨,庶獷卒膽寒,可數十年無事。不然瘐死獄中,無以震懾人心。將來外解不接,又有一番披猖。其可慮二也。

去歲息譁,今年擒逆,用都司汪如淵等皆呋以功名。若事平閣冷,異日難以使人。張崌崍浙中定亂,人所艷言,今雖不可比,然其實浙兵曲在下,今負餉曲在上。浙兵辱中丞罪重,今兵掠小民稍輕。浙以重兵專制,迅雷立決,其勢便,今千五百里外稟方略就擒,服念數月,防其煽援,其勢迂。則台臺所變化,地方實受徙薪之福,而不與天下共知之,何以警諸方跂扈之萌？其可慮三也。

某杞人過計,已略陳之撫臺而未敢盡,伏祈台鑒裁行。

二月與張參將書

承教,仰窺公忠之懷,卓越之識,曷仞仰服。萬人一心,惟將令是聽。治待亂,靜待譁,逸待勞,誠制勝之本,然必先有敢戰之將,任戰之兵,方可節以紀律,馭以恩信。今哨官惟以占兵買間為乘障之事業,以賣糧媚苗為偷安之計策。卒皆兒戲,安得一心,即一心何所用之？如正月廿三,苗劫萬口地方,由靖疆過洞口,而兩哨官莫肯發兵,莫肯傳炮,坐視縱橫,事後則相排相誘,令人憤惋。不和於國,不可以軍;不和於軍,不可以陣。今將領與道府異心,哨官與主將異心,士卒又與哨官異心。腔洒熱血,僅博冷看,此僕所以長嘆也。回光返照,收視斂聽,虛極而靜篤,其義淵矣。不知台教何所指其妙用？作何下手？幸垂開示。

今苗且日肆搏噬，餌而求和，此巾幗之將猶不肯爲者。舍戰守似無他著，若不選不練，亦未有能戰守者。此二字皆官與兵之所不樂也，不知可聽之否？聽之，而苗人能禦之否？然則捨奉以錢糧，又似無策矣。今日之事不知有何術可鼓舞？哨官起其向上立功名之心，而勿蹈懦詐之習，則僕且望下風而拜之。惟教所不逮，幸甚。

三月與張參將書

僕此行毫無補疆場，坐視苗賊荼毒内地民，爲數十年未有之變，不能收一戰之效，其罪大矣。疊荷盛情，擾郁厨不一而足。然咎愧既深，則亦不敢言謝也。今惟引領英猷，爲死生一洗此耻耳。大抵鎮篝自范參戎撤兵分哨、獻糧媚苗後，遂爲膏肓之痼疾。高參戎無能改其德，而釀成脱巾一變，地方益蠢蠢多事矣。門下壯略，僕所久傾心，故相見吐膽。惟言莫違者，以門下爲能振壞局、起新功也。昨石羊臨别，忽見教云：“少不得把舊腔調。用兵之勝在氣，氣之本則主將。”門下若爲此言，僕何望乎？此番失利，非戰之罪。鄉兵猶能斬馘龍首，士卒猶能殺傷四十之苗。果厲士氣，一衆心，扼險出奇，苗亦可創，何至畏之如虎哉？招撫羈縻，自兵家權宜。然主將決不可無戰心，軍中決不可不申戰令。將氣先沮，他無可爲者矣。每見門下語高心陽爲下官所害，不一而足。高雖兩臺疏參，實僕處之，爲地方計，非私也。願門下姑置人之害前官者，而深憂眼前苗之害百姓者。死爲冤鬼，生爲夷俘。累累百千，視調官孰可痛哉？若調停彌縫，好求苗而厚許之，以悦其心，冀數月無事而已。及於弛肩，貽難於後，貽憂於地方，不足恤。此在他人則爲之，門下忠勇，決不然也。同舟疾呼，仗門下深，故言不得不盡，幸亮察。

四月與張參將書

僕雖居辰、沅，而哨上動静，無不知之。三月廿八日，門下遣羅卿往兩頭羊，而吴老現挾要加糧矣。今月遣莫大朝、梁國柱再往，而現賊之語加硬，且聲言糾數千人攻清溪後山,要出與靖疆新兵較强弱,要清溪加他錢糧。總之,只是要挾伎倆耳。昨據尹三聘禀,洞口吳老現、吳老章已撫矣;趙繼勛亦禀,靖疆去冬已撫,明矣。所云"已撫"者,不過斂兵財充作錢糧也。吳老現原有私買犷兵之糧,至吳老章從來無糧,而亦與之,何說乎?且洞靖去冬已撫矣,而今春劫零鼓洞,劫大小五冲,又何爲乎?清溪未嘗有糧也,而以劫要挾,則苗之劫果爲革糧乎?夫用兵挾撫,乃中國所以馭夷,而么麽醜苗反用之以制中國,亦可痛哭流涕矣。使門下有妙略,不加糧而能收就鑾銜,則不世之功,然僕决其不能也。舍將糧獻納而言撫者,不過掩耳盜鈴之説耳。竊謂門下不必求之太急,宜先以自治爲本務。所言收拾標兵二百好漢者,此正當用力之時也。夫撫之説,曰"畏威",曰"懷德"。今苗果畏我耶?抑德我耶?僕計五月,彼即入犯。多不過二三百,决無大寇。六月則彼不出矣。門下練兵飭律,爲可勝之局以待後人。我兵精氣壯,間諜審而斥堠明,安知五月彼自送死,非大將立功之資乎?若急急啖以多糧,縱陽爲降服,未足見績。轉眼取糧不繼,而盡露手腳,人猶得執以議其後也。可撫撫之,不可撫聽之,兩言而决。至我戰守當步步着實,刻刻用工。惟采聽,不任忠告。

與燕中知己言鎮篁事

鎮篁爲楚邊,宿兵捍苗,全楚之大利害也。往惟費處苗,近更費處兵。處苗、處兵何難?難處餉耳。兵餘六千,餉餘五萬,出入僅相當。自本路外派,長、永、衡、寶等郡民固不無逋,官亦視爲鄰子,而前道不欲以操切傷異屬守令心,歲逋三之一爲常,積欠餉額三年餘。厝火已久,而燃於去春,兵謀而出,則二月初十日也。時某在澧州,以十九日接署道印卷,距千餘里,星馳赴之。至則府縣已好慰令暫歸營,約半月盡予全餉。餉當十餘萬,其實庫無數千金之積也。三月搜括,僅解萬金。兵忿,謂欺我。而哨官以束兵無法見督,陰嗾之,遂數千連營再出,湖北洶洶。某相機多方控馭,幸就箝勒。當脱巾時,堅持不予餉一金。責令盡數歸守信地,始處一年餘之餉,差官往散,遭此變,業置生死度外,其不爲寧夏者幸耳。顧餉所逋者皆三十年後、三十七年前,歲久難問。徃新額恣欠,今俱責全完,而并徵四年內之負。守令傷心於束濕,而實不能多輸,至今尚負兵額二年也。春聞薊門以缺三月糧鼓譟,復蠢蠢焉。賴先失馭數弁,某俱收縛,請直指嚴治之,懾莫敢動。而荷戈跳梁者,當日亦默識其魁,今假他事收數人,俟局定當一正之以創後,計兵可帖然矣。而苗患漸熾,蓋嘉靖大征後六十餘年矣,種落日繁,而我兵政日壞,債帥朘兵餉以自肥,或虛兵餉以豢苗,偷旦夕無事。兵皆兒戲,挾上則勇,而見寇則怯。且以缺餉被朘之兩病,窮不能具器甲。某力破其積習,塞債帥之穴,練兵、製火器、造鐵甲,孜孜講求。顧七年之病非新艾可起,負兵餉多且久,而汰懦罰惰之法,亦不能盡行。譬餓兒而責以力作,豈能數予杖哉?此所云不難處兵、處苗,而難於處餉者也。鎮筸古三苗地,今川、湖、貴諸苗所窟穴。從國朝來,率數十年一大征,每征則設總督,徵兵十餘萬,騷動數年。某竭力振刷,庶可緩十餘年之征,以保楚人十餘年之命而已。若餉果足,悉完所負,無壓年,則可一新之,為百年計,而今固萬萬不能也。好事者見苗數訌,輒攘臂用兵。實未易聽,兵、餉俱困,一也。民額戍之,餉不能供,而堪調發乎?二也。且今苗無君長,無大志,不過劫財、繫人取贖,練兵守險,可以禦之,三也。又苗患皆始於奸民勾引,宜先治內後治外,四也。此全楚之大利害,敢聞諸臺下。

與高參戎

王琇之罪在庇向志玉而啟今釁,傅巖爵之罪在許苗糧而伏後禍,兩不相蒙。至然老之劫,的係黃腦,瓮流而略順未必然。向志玉無故誘執龍老富,釀地方之大患,真可痛恨。不佞二月初即疑其如此,近博詢細研,大抵相同。承門下移示,情形皆與鄙見懸契,足仞為地方實心,敬服,敬服!哨兵退出二十名矣。但訪得皆各兵妻子□價暗贖耳。既無悔禍之實,似難不問。焦心思之,未得長策。若聲向志玉之罪,責各寨還兵,放龍老富生還,局易結而益長苗驕。若專責永順擒剿,優以犒賞,功易成而恐授土官柄。蓋六里皆服永順而離漢,用永順兵入一里,異日一里即六里之續,一也。吾苗民叛而不能自討,仰鼻息於土司,益輕我管哨,二也。必不得已,當土漢兼用。金守備又謂:"保靖亦不可置。恐瓮流等苗與五寨合,愚見用保靖兵以截之,而用永順兵與我師夾攻可耳。"然尚有當商者,鄰五寨有補讓、望高、安疙、楊家、高巖、米留、桃枝六七寨,能制其不合乎?環寨皆山,彼熟我生,若遁入山,能窮搜乎?能與久持乎?各哨離乾州已數十里,由乾往五寨又四十里,調發兩日,聲息已飛矣,能終密乎?至於糧餉、犒賞約費若干金可了此事,皆不可不預定也。尊諭差官往永順傳諭,灼然可行。不佞檄已發府,轉行久矣。今使冀大衡往,止可捧麾下令旗以行。且先以追退爲名,而徐以立功鶪剿動之,令遣得力舍把與麾下,差健步同行,追取可也。攻苗須服其心,若許其□戶口贖罪,而仍出不意剿之,則各寨又將如擒龍老富之不服。愚見若退完時,將老富審明,綑責釋之以示信,而更責其犯順殺二兵之罪,令解首惡獻,不從則示以必剿。俟其懈,而令永順以撫賞誘執其魁,我師迅雷擊之,則威信不傷矣。惟裁教,甲已發銀,但匠僅六十餘人,方製鳥銃,未能即成也。草復未悉。

與湖南諸郡催餉牘

兵備戍而得食,計年領餉,法也。民食土則輸毛,當年逋賦,非法也。兵緩領三年,緩實爲困。民緩逋數年,緩已爲寬。兵以久困者而仍緩之,是水益深,火益熱也。民以久寬者而姑急之,是息於夜作於晝也。兵之所缺者,人額以數十金,忍之爲難。民之所輸者,人不過數鐶,極至一二金止耳,供之猶易。爲兵急逋,今雖得乎,尚未逋前負之息錢;使民供逋,前已寬矣,兼自減後日之擔子。今有耕者三年全荒,則曰此極灾民也,亟議賑。兵食於戍,此亦其代耕之入也,而三年無粒,獨非荒乎?兵以窮不能授甲,殺擄者數十人,重傷者百人矣。使民爲督賦而死徙焉,則必以苛我,群讟之矣,而兵能勿怨逋餉之虐乎?數年之寬不可責其償,而三年之困當疾視其死。錙銖之財,斷指覺痛。而數十金之命,割喉何傷?藉口饑穰之不恒,而忍荷戈者累年之水旱。催科之敲撲不堪命,而枵腹赴鬥爲國殤者,不足動容。平心而論,愚未知所以處之也。惟賢邦伯、有司教之。

遯庵文集卷二

楚牘

與張撫院

職以愚陋，叨備屬員，深懼駑緩，不足供鞭策。而頑金聽鎔，散木就削，則又喜有爐斧以爲依歸。省城從三司旅見奉光範，而承訓言，皆爲國爲民，以化雨清霜之咳唾，發青天白日之心事。職爽然若洗宿昔之昏塵，而開其肝膽耳目者，喜益切而懼不任亦益深矣。逼歲當候元旦謁賀，未敢禀辭，隨遵中軍官傳諭，即於二十九日起行，正月初九日到澧州，駐扎訖。吏玩民窮，果人言之不遠；利興害革，必身歷而漸知。惟正惟嚴，始有必行之法；惟勤惟速，庶無可宿之奸。歲虐不敢委諸天，修救尤當修備；影端宜先責之表，繩己即以繩人。夙夜以思，淵冰恐陷。岳樓之志憂樂，已佩服於當年；蘭草之喻潔芳，更砥礪於今日。此職所爲下救過之萬一，而仰宣德於分毫者也。

與史侍御

職孟春馳謁憲臺，遵嚴諭不敢候送道周，僅以禀啓，仰叩台馭。北瞻霞采，悵戀交深。自惟識闇力綿，未習史務，幸師保之可承，邊指南之已遠。惟莊誦《摘檄》、《摘詳》二書，便是開迷龜鏡，針病藥石。瞿然省而更沾沾然喜，所得已多矣。歸更求《巡風總約》，大抵與台教相發明。於是省身束吏，壹矢以是服膺，而愧寡過未能也。及讀舉刺大疏，則職姓名已塵提薦之列，而一字衮褒，皆職所自勉自愧者。夫定已到之程，則馳驅可據；而設未然之的，則赴鏃爲難。惟是鼓舞既殷，濯磨益奮，庶稍釋過情之慚，而台臺免失言之悔，則所日孜孜耳。

荆、岳吏玩民疲,職謹持"先勞"二字,飲冰戴星,爲郡邑先。雖痼習稍革,而善教未興,又未知果能不負乎否也。伏惟行驄暫引於東山,狎鷗相忘於渭水,想台候萬福。然而正色之望,重在朝廷;激揚之風,凛然江漢。歸袞有期,休庇何極。職感激攻心,瞻依勞夢。謹三薰裁啓,馳一价以代躬趨。薄采澧蘭,聊旌明信,伏惟台慈涵宥。雖關度青牛,空悵風牛之隔;而峰高落雁,庶采回雁之文。

上董撫院

台臺忠猷結主,文武憲邦。賜鉞之命一頒,而和門鼓角爲之精明,全楚山川莫不翔舞。閫屬庶吏,竦然思厲鈍抉惛,以仰宣憲教。精神樂爲盡,而才力不敢有所旁營者,豈特庾樓參佐,繹想風流;峴山從事,咏歌徽聞已哉?台臺坐照荆、衡,吏之良苦堅痼如履其堂,民之利病笑咨如行其里。職承教雖新,而激奮之忱亦耻自處於衆人。庶憑知遇,遵功令,以伸樸直而不撓,竭心力而忘疲,如此而已。二天之庇,非所敢言。惟是宿依夫子之牆,新屬太公之履。踴躍下風,願趨受幕府約束,而束於嚴條,不敢擅離職守。謹尚官賫啓,仰叩崇階。洞庭風波,音驛間阻,聞邸報最遲,慶函後至,伏惟台慈涵宥。

與董誼臺中丞

職不意脱巾猖獗,遂至於此。其始皆由將領微露其意,而兵從之耳。即以哨官言廩給及書識,親兵七名之餉歲可百金,况一營放全年之餉,即得全年之常例乎?故垂涎一出,而不知各兵挾衆爲膽,愈慣愈粗,幾至不可收拾,哨官即欲挽之而無從也,想亦自悔鑄不成錯矣。職撫摩拮據,心血俱竭。其昭示利害之檄,自謂天花可墜,石可點頭,而總歸無用。究竟得力者在設處糧餉,與取來左辰溪,委任韓麻陽耳。二令皆以施恩得士心,故其所達職之德意,較肯相信。可恨者沅州人心畔涣,皆與兵爲耳目,一言一動無不知之。職思欲設法禁止,則本無圖人之意,何必以秘密府疑。故惟揭一片赤心,任其譸諜。方數十兵赴道進見,而道前吹手、圍兵俱四散。職洞開門以待之,宣諭恩威爲先,言所欲言之情,而兵皆杜口無詞，叩頭感服。其歸營稍遲，則以黔臺交代，暑奪於迎送，無暇專意處分。而兵必知餉集而後散，恐如前二月負諾故事也。其二百餘人在沅州城外者，戢不敢大肆，然強奪酒食，亦不能無。齊天山溪近營十里內，俱被踩踐。賴聞信先挈去者已衆，然不能去者尚多也。據沅州、辰溪縣俱稱山路，無十家之村，村無儋石之蓄，何貲可掠？以職所傳聞者爲聳報。然職思之，各兵不肯挾餱坐費，則此旬日掠食，孰非民脂？即如牛猪酒米何處得來？皆窮民之命脉也，何辜受害。問兵而衆不勝誅，問將而彼以兵爲捍身之甲，勢難驟發，則願亟鐫職一官，以謝百姓而已矣。當兵之猖獗，高參將密遣人請職調苗兵千人以制之。職思兵皆吾爪士，只因爲餉不時，給撫馭乖，方以至此，豈有借苗力殺民兵之理？且今數萬餉不能措手，若一動殺機，費豈止數萬乎？因堅不從，蓋爲地方、爲百姓計，不得不屈法伸恩耳。幸而斂戢，暫完此局。然悍氣未折，匱餉難充，職深以爲憂而不敢以爲喜也。此番攘臂者，強虎、清溪、盛華、洞口、篁子、靖疆六哨，永寧、王會、鳳凰堅守不動，乾州、五寨、永安則被挾從，出而中道逃回。其餘小營亦有脅從者，皆非本心也。觀其哨，可以知其將有罪者。俟以他事易之，而後重處之可耳。撫定效力者，左、韓二令爲著；守備金有聲亦盡心；而鄉官都司汪如淵亦有勞膽，略可備將才之選。其參守、哨官容職分別另揭詳陳。

上梁撫院

今歲湖北水災，獨常德受其病，武、龍、沅俱困，而龍、沅爲甚。又皆廩帑罄懸，措賑無資，緩徵無實，坐視民瘝，可爲疚心。除行郡邑竭力撫恤外，龍陽尤苦，大圍堤之壞，勘估人牛七八十萬工。職在荆南，亦未見此鉅役。受利夫多寡，雖按故事調全邑力赴之，未能濟也。諸難狀已具職詳中。府議措處錢糧，其兩年修堤銀恐猝徵未能具，獨郡庫現貯前按院備賑三百金，可得實用耳，不得已議及餘税。職曩入省城面奉台臺諭總司督木道，餘税充大工採運之費，不宜移他用。職深難之，而三思無策。計龍堤工費，民力鉅萬，計而所處，助僅百分一。雖捐此餘税，猶無異操蹄盂祝篝車也。若更靳之官，雖巧婦難主空釜之炊。民如病夫，豈任超距之役？束手而視，邑之爲湖，可痛也。且後費不繼，則前功盡捐，所用民間財力，及修堤備賑之金，未免同歸於盡，如以雪填壑，運之甚難，隨化烏有，可惜也。故權緩急，無民尤急於無木；而衡初終，多費乃所以節費也。邇者按臺發鍰佐全楚之堤，共四千金，而龍陽不與，蓋郡邑未曾以堤狀上言。職方愧此一方民，具稟中尚未免妄覬。況此餘稅非木政正額，乃浮額也。稍捐以佐元元之急，台臺必憫危命、察窮勢而力行之矣。職空有精衛銜木之心，竟無石犀捍水之術，不敢不盡其愚。伏惟台裁批允，地方幸甚。

與錢按院

台臺文章品格，冠冕人倫。職庚戌守馬曹，即從都人士慕誦風規，仰斗在天，執鞭無路。乃三楚有靈，而法星遂臨照之。職獲以分藩，備宇下末屬。自惟峕陋，有堅匏頑質之譏，無桔橰隨人之智，力難副志，政不勝灾，抱責納溝，宿慚負乘。所幸和颸拂沴，景曜開祥。方且煉采石以象天，炅帝散鞠蔚而醫地。而職仰沐霜露，俯磨鈍昏，宣德救過，或庶幾於萬一。職聞鳳凰朝陽之忠，騶虞芘物之仁，神羊觸佞之直，三德者以爲人儀，台臺實兼之，以表景庶僚，鏡形萬品。將愚可樸收，而拙可勤補。此所以竭才姑遲於解綬，承式思聽於鳴騶者也。岳后江靈，俟驄馬之臨，式歌且舞。竊伏下風，敢布擁篲私誠。

與錢按院

職自省任後赴辰，兩奉台臺查議賑築之檄。仰見饑溺由己盛心，敢不力督郡邑，設誠致行，以佐元元之急？湖北灾，獨龍陽甚。而大圍堤工鉅，勘估人牛七八十萬工，即荆南未見其比。以一方堤，雖調全邑力赴之，未能濟也。諸難狀已具職詳中。府議措處錢糧，其兩年修堤銀，民既困灾，恐猝徵未能具。獨郡庫現貯前院備賑三百金，可得實用耳。不得已議及餘稅，亦僅二百餘金。通計工費以鉅萬計，所處助止百分一，恐堤未可成也。一簣有虧，則九仞俱棄矣。職在省城見撫臺與督木道，持議甚難。餘稅一事，今龍陽堤鉅費縮，即捐餘稅，猶無異操蹄盂祝籌車,若更靳之,有束手坐視邑化爲湖而已。職誠焦灼刺鬈,不知所措。已具稟力懇撫臺,伏祈台臺主張批給以造命,災民幸甚。又職見台臺發贖費於諸堤,荆南前屬華、石、公、監,俱得徹浩蕩之仁。今龍陽堤視華容、石首更鉅,而前此郡邑未能極言請命,職空有精衛銜石之心,竟無石犀捍水之術。所以倍加慚皇,寢食負咎者也。伏惟台察。

接治臺稟

職曩在郎曹,樂誦說大人君子,則台臺清德碩猷,冠冕人寰,每以不得御爲憾。代匱荆南,惟蚊負之兢兢。襄漢得天,而節鉞實耀鎮之。綸音一播,壁幟爲之改觀,山川至於翔舞。以職之黚綿,在鞭弭之下,範型窳器,舟筏迷津,儻庶幾乎?職聞梓人擇木,則棷梲有得分之材;王良御馬,則駑駘無不竭之力。此職竊忘其不肖,而思自慕奮以奉新條者也。荆郡頻厄陽侯,民靡寧宇。福星所臨,便爲休氣。況鄖節久虛,將吏士庶尤喁喁承風。留都東上,即闢和門。伏惟念大臣受詔不過家之義,淑旂珚戈,式尙其驅,以慰四藩雲霓之望。

與胡撫臺

職攝乏沅芷,得身宗山斗,意領象爻。凡台臺所訓示者,皆以報主爲忠,成物爲大,的然聖賢之真學問、真經濟也。不流不倚,乃是中庸。彼漢之胡公,固庭楹隔矣。職咨咨自慶得師,而深望袞衣還朝,以定國是、正人心,爲斯世手額太平焉。緣兵事不獲躬護出疆,深負罪歉。汪弁還,伏承憲札,示以大疏副草,仰窺甄別人才,計奠封部,盛心上略,不勝嘆服。至於揭薦,則職不肖姓名濫吹其間,以期月之遇,而坐邀終身之價,雖過目已定於平子,恐聽言易失於宰予。何以有光事賢,毋負知己?此職所大懼也。職雖管窺,而綿才不副;志雖鵠赴,而多病難前。已預盟東海鷗,惟聳觀台臺名世事業,以歌詠休美耳。錢按臺初旬臨岳,脫巾已定。職於朔日乘流而下,抵常武。乃知旌節在桃源,宜留謁行臺,而路遥期逼,畏此簡書,過恃慈貸,輒自引還。馬猶跼顧,人意可知。

與胡存蓼

前蒙惠《金剛》篆并種種珍貺，弟纔發心受持，而如意寶自來，薄伽梵贊嘆，妙義功德，良非誑語。王介甫一夜和《胡笳十八拍》，謂得坐禪力，弟此言得無近之乎！引杯送臘，燒燭候春，水綠波而草碧色，台丈仁風在江漢矣。景福與陽膏俱進，承休何極。涔陽冰泠，無緣縮地，共此春光，惟有跂溯。

與卞悝銘送年

故鄉宵夢，愁鬢歲華，反畏椒花似去年矣。台丈春脚妙回湖南，社鼓辛盤，歌舞仁風中，當與畸人驚物候者迥別，悵無緣縮地，共把椒觴耳。寧遠令陳君之京者，弟同門友陳渤海之親兄也。兩標薦剡，雖其官業錚錚，非台丈培植，何以得此？弟未面此君，而孔、李通家，不淺緇衣之雅，曾一告之虛舟丈，敢更歸之造物。此君自弟入澧，不通一字，品格可知。台丈試面詢之，亦足證弟語出中腸，非徇呈身而咸輔頰者矣。

與瞿學道

某少持槧，泳先文懿之涯，則想見其來哲。及通籍，而知江左觸目琳璆，無非夜光。辛丑以後，執事望實震天下，爲鳳毛、爲白眉，而執牛耳於道藪文囿，恢乎有餘，南海纖鱗，溯龍門而自退。不意徽夙靈附，末寀江漢。以某讀書而論其世，若可托孔、李通家，而竊竊焉虞高人之割席也。冬入武昌，惟楚多賢乎！懷紫芝而不見，則欣跂私悰，化爲於邑矣。日候真氣之臨天岳也，結蘭以寄，而教貺儼然先臨之，乃信礫雖慚於珠側，而海無擯於潦流。豈特劉公之札，從事未賢；荊州之交，封侯不易哉？計江漢士無不師文懿者，執事以家學秉化爐，藻鏡萬形，笙鏞群籟。楚材之昌，直歌《菁莪》而追《芃樸》矣，守藩吏割榮寧有既耶？何當披雲，慰此仰斗。三肅使者拜命之辱，因風欲飛。

與瞿學道

秋闈久竣，台丈藜火暫閑，正領略江山，平章風月時也。弟骨墮塵相，心夢清緣，蜂衙虺谷，冗寂正半。無能縮地餕聆蘭言，據案聽江天雁聲，慨然起繞梅花，咏思公子之賦矣。蔡少霞雖鹵人，曾寫山玄卿《仙宮銘》，不知瞿真肯收爲弟子否？舊識楚中詩人，袁中郎、曾退如、雷何思俱零落矣。竟陵大行鍾君伯敬詩脉甚清，貴有松石間意。其人高雅如其詩，與弟針水契也。自言慕台文而托神交，不減孔文舉於李元禮矣。又有諸生譚元春者，鍾伯敬之友，其詩足當伯敬旗鼓，爲李本寧諸名家所賞。弟未見其人，見其詩而愛之，且賀台丈之有高足弟子也。倘試檄取所業，一加風斤，或可證弟非謬許耳。

與瞿學道

化龍之劍剚水陸無留行，而用則勞矣，不如佩之廟堂，以集百神而威萬里之爲寶大也。台丈品格文章，爭光牛斗，撲樹人之功，即宜入直卿月，而尚有粵東之命，暫以蛟犀試耳，行當爲廟堂佩矣。諷議列棘之間，以階鉉席。弟敢瀝酒豫券，非僅爲今晉秩賀也。

送陳穎亭

黯然惟別，况相求有夢，縮地無符，河梁之懷，鬱其難寫乎？蘭好既遙，蓬心誰發？弟之依依，蓋離師保之感，又不直尋常歧路也。鬻治膏秣，台丈又以瓊琚反之，是弟竟不獲一杯壯行色，豈非缺事？錦帆截江，即近長安日矣。昔賢之行，必有以處其友，側聽藥言，以當弦佩。

與吳生白

日者奏賀鈴閣，衡雁未回。防風後至之誅，尚懷震罗。不肖二月署辰、沅兵篆，值數千饑卒脱巾而出，幾有涇源之禍。權宜撫定，兩臺過聽咨部，移守湖北，實以督餉責之也。脫巾之故,以缺餉三年。今調發畢歲,僅放至三十九年六月止,依舊欠二年有半矣。官吏俸給、隸役既廩,無不季支,況執戈捍苗、出死衛圉之卒?而疾視其餓僕,是吾曹忍爲大不仁,而欲兵無爲不義,不可得也。近秋季終,沅庫匱無可放,乃好語之,曰:"俟冬而盡給三十九年秋冬、四十年春之額。"冬行盡矣,外解杳然,衆不可欺,怨不可任。不肖一官、一身,其小耳,而魚爛之變,先湖北禍而并禍全楚,其忍言哉!逋餉外郡爲多,今亦多所解,獨衡、永最甚。永逋五千餘,今歲僅解八百;衡雖節解七千餘,而所負尚三萬六千。是上湖南一路,現逋四萬也。幾如此而軍興不乏。永人謾視越瘠,衡守劉君,弟極厚,鄉同年親友也,非不苦心,而尚爾爾。非仗憲威以惠文法督之,必不能濟。永所欠惟寧遠一縣,而衡屬衡山、衡陽、耒陽、安仁、酃五縣,縣各負數千,真可痛哭流涕長太息矣。計窮歸命,伏乞老公祖庇湖北生靈,不忍其塗炭,憫舊屬子民,不忍其蹈水火,速催如數完解,以解燃眉,則生成之造,環草勿諼。九頓以懇。

與鹽道張

無諸竹馬,旦旦關外,而雲雨虛無,竊有憾於奚後。乃占者言:福曜過閩淺,入楚深。果改璽書而覆露此三户也。弟雖阻受廛,却欣隨靳將。閩人緣薄,而弟獨厚乎?竊寄聲以詫鄉人矣。旌節新建,三載蕭艾之懷,一日蓀蘭之雅。亟圖奮飛而化鵠無術,敢以芹將代寶筐,恃夙同舍之雅,采其臭味也。

與彭祖銘

鄂城合劍,襄漢逐驂。班荆之會幾時,而伐木之思已動。名爲共事,尚自隔方。懷賢締故,交切於懷。逃虛則耳想欵音,處闇則眼希假照。所以唐棣未喻其深,停雲難寫其鬱者也。曩布下悃,尚請指南。故以自述久要之知,願相略投報之迹,而藥言尚秘,瓊訊遥馳。依然貽玖之隆,但覺歸葓之異。却則何敢?愧亦深矣。重之垂問,異乎所聞。台丈敏密而弟鈍疏,台丈駕輕而弟學割,豈曦輪新暉於屋漏,而海若反借水於洿潢乎?倘無忘十年同舍之誼,則弟猶有一日發蒙之求者也。輒因旌謝,布其區區。沔、監、鄂、郢,鄰也,猾民往往捏籍交訟。惟丈與弟共以無分民之心處之,正告州邑,各聽就近之結,勿滋越疆之累,或於戢保良奸有小補乎?

補送彭祖銘重陽

李白以十日爲兩重陽。唐人展重陽至九月十九。蘇子瞻又謂菊花即重陽,嶺南十月是也,不當以日爲斷。然則弟於今而修茱萸供,或亦通人所許乎?若云"明日黄花蝶也愁",其見太淺矣。承貺在先,按後至之討,知不免也。而喋喋自文,翁丈當怪其頑。奉發一笑中,情實深愧悚。

與袁文海

既驂附於南荆,仍劍合於襄峴。嘉此新遘,倍詫舊緣。北海之尊,緇衣之製,曰"篤不忘"。詎朋簪之盍幾時,而夢路之求已杳矣。蘭浦思人,誦及楚騷,以增嘆息。塵纏自拘,投桃報李,久矣莫舉,況木瓜所云哉?襄陽曠然中原氣象,羊碑可以配嘉績,習池可以喻風流。起南岡之卧龍,訪鹿門之耆舊。孟子之詩托興象先,龐公之禪汰心方外。然後藏著作於玄嶽,播頌聲於江漢,惟楚多賢乎?不得不以此事推袁矣。弟拙若鳩,窮若鼷,局陋若蛙虱。官兩月,負此吏民。欽羨風猷,回生愧汗。瞻之在前,願鞭其後。斯風人有將伯之誠,蘇子有餘光之譬也。尚役馳請指南。春事多佳,惟祝珍練,懷緒依依。

回袁文海午節

蒲節在楚,倍覺有情。浴蘭,又澧故事也。使得韻人居之,痛飲讀《騷》,不知作幾許氣色。而弟以木强兼之塊苦,朋懽既遥,遂減酒户;吏牘不治,益遠陳編。讀且未能,況其反乎?屈宋笑人矣。賴翁丈振雄風於襄漢,差可爲楚騷吐氣。而習四海猶憶褚常侍五日相問,踵此勝情,佩之愧嘆。所望振以餘芳,尚可如皮生推襄陽之秀也。雅貺稠叠,弟以一酬而醉,獻酢二杯。荷荷可言,鳴謝無數。

謝王柱明

數年夢寐，償以五日之傾倒。驚喜之懷，何言可喻，惟朗月停雲，當知此意也。杯酒綢繆，瓊瑶投贈，自是隆施，而以年丈行之，尤覺種種皆肝膽真愛，弟有藏之丹扆而已。十月十三已入辰陽。以綿力處劇區，雖駑劣自鞭，而梟短難續，惟望示之周行，策眢躅戾，如暗得炬、病得藥，則生成之造，九頓以幾矣。振人乏而赴其急，則謂之厚。然未若捄過爲第一義，此非可求之他人也。辰枕苗山，而郡無一兵。衛軍脆弱，强半占役。八月苗去城十里劫人，漸不可長。弟清出占軍四百，與現操者同練，雖不可用，少壯先聲耳。自揣黥淺，無所效於一路。惟當端表嚴型，化湖北爲清醒世界，庶勿負知己也。

與鄧虛舟

陶令以禁酒故辭社，弟以開飲故入社，於詩無與也。然瓠巴鼓琴，而馬仰秣，魚出聽，弟猶人之心哉，親近風雅則宿緣倍熟矣。臨別贈扇，袁虎尚作一段佳話，況生情之詩乎？弟則曷敢忘？鴻爪既散，而仁兄方在言路，笋牘自輟，時從韓孟郁問，吟興倍增，未嘗不馳敏惠之夢也。何意入楚，遂以驂靳，托於塤篪。仁兄有衡岳，弟有洞庭，山水盡在是矣。衡岳以仁兄而神王，洞庭不以弟而色沮乎？翰貺遠臨，先施之誼，中心藏之。勉我以張楚，則惟兄主盟，弟猶庶草也。春風扇而强吐華，兄何惜不以詩瓢先振之。草草削謝，容尚候大教。衙齋冗寂，正半不能奮飛，以爲邑邑。

回鄧虛舟

楚誠騷國，競渡又楚節也。仁丈臨流吊古，意興仙仙。弟惟兀守衙齋，得教乃復躍然耳。扇頭新詩，則又名都駿馬，始獲一觀，不論價也，弟何幸而坐獲異琛乎？荆岳入夏閔雨，節前始足，神女雲自隨宋玉，其波及澧者，或與使翰偕來耶？弟處此如檻猿，情懷極不佳。酒户半減，若相對便當告免觥籌矣。小詩書箋奉懷,并別録一紙請政,終不脱簿書氣也。

送鄧虛舟年

詩境以地别,情以游廣,詣以年進。除夕酬酒,正朝試筆,望玉衡指寅,有燁燁佳氣者,足下千丈文光耶?足張南岳矣。弟俗吏無文。張燕公居岳得江山助,餞臘賦春,俱有句傳遠。愧古人孤燭異鄉,惟諷"偏驚物候新"之句耳。歲行盡矣,乃有鄖國之役。便道謁玄帝,不知當何以答山靈?台丈旌旆當返衡陽,抑便在郴守歲也。回雁峰前雁正回,幸寄新詩見示。陽春白雪,毋靳倡於郢人也。脉脉離悰,寄諸碧草。

與鄧虛舟

從侯澹老見岳樓和杜之作,輒爲地靈謝九錫。恨隔千里外,不獲陪醉吟、看弄珠而聽鼓瑟也。衡山果得留旌,蓋真有緣哉!《嵾游草》正月刻於澧,謹以二册呈覽。蕪穢當爲玄君所唾,然亦可暫供大雅臥遊也。嵾而善自謀,必請於帝,邀翁丈賦手,洗弟唐突之慚。且此山昔有鄧真君,丈即後身,異日了此緣,未可知也。莽莽不及他言。

與鄧虛舟

翁丈文風政露,儼然張楚,如祝融最七十二峰。弟峚峽學山,雖不能至,然以蔭映之,素托於塤篪,蘭畹求夢,固長在湘浦間耳。峨眉借賢,不淺彈冠之喜。而分劍判星,輒已生感。聞兩臺疏留,手額者再,一爲楚民,一爲吾私也。初言開署武昌明月樓,今知疏上即爲本路薇省。南岳有靈,得私旌節,寧不沾沾?弟之分光挹潤,且未有極。故前遣一介僅奏燕賀,不敢進陽關之酒,畏離欣合,此懷可喻矣。返澧忽接台翰,諗知高悰不忘故人。便欲奮飛,共寫密悰。雅貺何敢不拜,然弟方停歌驪之曲,而丈遽垂留衣之别。别之一字,非弟所願聞也。敢藉手璧謝,惟毋棄楚人,則毋棄弟矣。

與鄧虛舟

玉衡朱鳥,竟得有旌旎矣。南岳不能別使者,而使者乃輕別南岳。朱明之洞實通羅浮,計已檄佐,命峰雲勸駕,何多日也,豈獨篠驂有悵色哉?花源得遥寄翰貺,尺牘中便是文通賦心。知仁兄不能別弟,猶之南岳也,乃弟則何能別仁兄?不意亦遂爲楚人所有,若與高牙畫湖而分南北者然,而老子、韓非同傳矣。惟是辰有二酉之山,則願受真人所著作而藏之,何必減白樂天編珠貝葉肩耶?春初承示《南岳無題》十四律,如御氣之可以仙,而"長門"之可以怨也。當兵冗間,未及述答,仁兄疑弟未見。弟於簿領意惡時,賴此爲益氣散,而曷敢忘之?初聞八月十日開薇省鵠磯,故謝狀未即上,積懷久鬱。謹托心旌於去鴻,并爲岳靈速驪馭焉。尋盟非遠,不盡覼縷。

與許鰲宇、馮文所

霞旌一指鶴樓,而西山、桃水遥望履於千里外而色飛。蓋始賀其得主人,而悔嚮者之黯黯也。乃弟之踴距,則豈特如山川效喜,盡作琴聲已哉!糠粃前瑕,得賴藪藏,而珠玉餘光,尤恣葭倚。身在九州被中,其席幬覆寧有量已?既蔭桃李之蹊,惟仗藥石之誨。迷津仰照,預疏蒙求。

與許鰲宇

星駕未臨沅芷,而先貺翰貺,念弟深矣,弟何德以堪之?萬弁至,適弟發澧,車中不能作答,僅以名刺報謝,往還爲塵鞅所奪,閣奏至今,負負何言,恃大慈能貫之法外。即此一節,翁丈敏而弟鈍,不啻錐槌別矣。奉令恐後,又何能佐萬分一哉?然同舟同心,果螢爝可增光,不敢不自竭也。脱巾之事,固由餉詘,亦以羊羹不遍,重之州吏、哨弁虐不堪命耳。若催餉極緊,嚴杜摘支,壹體衡給,彼荷戈者亦有人心,詎敢擱然作難?四月間,下哨挾放頗多,左令姑靨其欲。至七月,弟嚴行截扣,皆奉令惟謹,退銀一千八百餘兩還沅庫,此可謂希有之事。弟聞之即馳一檄,獎其順命,仍許以轉聞翁臺,此月再行攤放矣,蓋鼓舞之機,似宜如此。據沅州申,九月初,庫貯八千餘兩,連左令扣還者,想及萬金。且隔月餘,外解必有踵至者。翁丈一觱而均給之,使操予者常在上,而感施者常在下,或駕馭一策也。若逋餉苦難徵,弟矢一味任怨。十五到任,即通行一檄,直言挤一官行法。初七稅常武,又再檄促之矣。非樂與郡邑作對,不得已也。本擬至辰,尚入裁謝,恐重淹緩之咎,謹先郵布之。繼此手札相聞,彼此無煩莊啓也。

回許鼇宇

澧蘭拜賜,昨始於郵筒中啓謝。甫入辰陽,未遑走候,而命旣又鼎臨之矣。鏐幣煇煌,胡贈袞之太褒,而報瓊之涍重乎!丹雖鏤心,汗已霑背矣。涔陽失一交臂,至今飢渴。承有命駕之約,則何敢當。弟冬末春初,擬躬閱諸哨,或可詣沅,面奉玄提也。前以再放餉為言,今晤劉二守、左辰溪言:"兵士願遲放而多領。"如此更省正官僕僕。惟翁丈裁之,出一示諭,以本擬即放,今兵情如此,俟臘月總給可也。若外逋,弟催檄如雨,無奈鞭不及腹,計亦差愈於往。已諭霍守再具一欠數揭帖矣。近營哨人心大安,兵氣稍振。李臨淮入軍,便覺生色,翁丈真其人哉!欣欣荷荷。黎平所擬薛應時招罪,雖無枉而事有未確,且瑣瑣紈綺,似不足辱兩臺特疏。弟已行辰刑廳,會邊糧廳再問矣,不敢不布聞。曩入省遇尊眷寶舟,僅致一程。今過辰,渴欲一晤佳公子。緣未謁聖廟,不便訪客。惟以澗毛抒悃,虛愆彌深,幸鑒其不敏。

與許鼇宇

承郵示三詳,真霹靂手也。鎮溪土弁,弟道已先詳奉兩臺允示,然翁丈所云責成印官者,尤挈領之論。敬服!敬服!筸子哨屢以火器為請,弟思此誠制苗第一義,似宜於各哨通查其有無而創予之。然聞火攻惟閩浙鳥銃最利,此間三連銃未知可用否?敝省鳥銃每門只費五鐶,即稍益之,度百餘金可得二百門,以分布各哨,足用矣。另於歲市火藥中,量增百金為火攻之備。銃固非歲歲費也,所動官錢無幾,而勝於增兵遠甚。即建議請諸兩臺行之,宜無不可者。敢陳芻見,以備采擇。

與許鰲宇

入辰而芷馥隨風,想象韻宇,恨奮飛之無翼也。翁丈寵靈弟者,如龍王霏車軸雨,而弟畎澮耳,何以當之?欲採澗毛,輒自羞澀。惟丹慊縷積,則陶匏可獻。敢以不腆之儀,一旌謝悃,一布候私。伏惟采誠而忘其陋,竊沾沾割榮矣。尊眷攸寧,福履綏之,弟至今以不獲接阿戎談爲歉也。翁臺標下奇兵營尚多銳士,若稍給餉,示恩而精練之,緩急可得力,更蒐衛卒以佐其軍聲,則虎豹在山之勢也。辰無一兵,而苗劫在城外,騣騣剝膚。弟清出衛軍占役者數百,與操卒同閱,然終是象人塗羹耳。臘月行哨,擬躬受命和門。萬一未果,當訂會於大酉之山外。《參遊草》奉博一粲。

與馮文所

某徘徊佩浦,冀鶴驂飛度,可望履綦。而鉅靈音不至,遂爲塵界風驅入辰龍關。聞翁臺廿五之吉臨鎮,同路而乖邀,同月而參差,何異生舍衛失見佛緣,爲之恨恨。然鶴勒在月氏國,遥禮其師,師爲引手。儻此誠可喻,則異香成穗,不吾欺矣。文星所臨,山川增氣。曩過桃花源,傳信秦人辦烟霞,迎杖履,計翁臺有日九錫仙洞,不如鄙人之冷落山靈也。

與馮文所

福曜照臨,山川壯色。沅陵王令傳翁臺寄聲,孔北海乃知大耳兒,殊藉齒牙,以不自鄙。縮地無符,奮飛無翼,惟夢中化蝶栩栩耳。辰、沅殊苦,生苗蹶人。不肖與許鰲老大似守邊吏,引領常、武,便自中原氣象。翁臺左德山而右花源,真現宰官身仙佛也。法寶琅籤,昭垂雲漢,三薰馳請大集,藏之西山。前奉啓,沈別駕可用之綏寧,今漵浦令不至,逋餉萬餘,已令往漵浦,先發後詳矣。綏寧通道，姑仍舊貫，俟有人再議可也。

與馮文所

舍親戴今梁過辰，津津高誼不去口，且言得窺著作，真登壇一人也。從旃檀林來者，遍身香氣，戴君之服膺無非馮先生矣。又述翁臺寄聲不肖甚殷。黃魯直謂"聞子瞻愷悌之聲"，今食其實者，何以異兹，惟身如羊公鶴澀然愧汗耳。初苦綏寧乏人，今武陵已有令，鄢別駕似可借重。蓋此地邊苗民頑，非風斤不能斫，前書未知李令消息故也。儻翁臺具詳在前，則亦已之矣。加銜久任之説，果有例否？伏乞裁示。黔臺壽，當公行禮，敢以例聞。全集在寶舟，想已登岸。不然戴君所見一斑者，乞先教之。近得與許鰲老周旋數日，恨未緣扱箕撰屨於大雅之側也。

答馮文所

《詩》之言生，本諸劬勞，而夙夜以求，無忝其在楚也。有屈子之内美修能，扈茝紉蘭，然後攬揆之度，頌言之而不厭。某半殘人也，雖遊蘭浦，而反其可佩者，未曾有焉。乃風木之感，嘆自壯年，則《蓼莪》廢誦久矣。年近無聞，宦績不立，其何忝如之。每遘此月，創鉅愧深，閉關以自刻責。梅花將吐，負此同庚。松柏後凋，笑人易老矣。乃翁丈照冰谷之中，而吹以黍律，引愷悌之神勞，盛相獎擢。某半殘人也，其敢當此言？然淮南之餘鼎，猶足以升鷄犬，而君子之國，為鶴所腹者與之同壽，况傾金液以醉之，假羽翼以飛之乎？則某生雖不辰，而辰乃在今日，劬勞罔極，有唧痛没齒已耳。至夙興夜寐，服師友之訓，以補息黥劓，而庶幾無忝於後日者，則惟翁丈嘉念焉。昔張果堯丙子也，而仙業；蘇子瞻宋丙子也，而慧業，皆非某所敢望。所望者，附翁丈以無辱。入楚讀《騷》，而免與草木腐，足矣。嘉貺暫登，容尚瀝謝，以請發藥。

與侯澹軒

施松葛升，附麻蓬直，物則有之。矧其在人，則某於翁丈是已。以某之侗魯無所底,而蚊負荆南,冒及量徙,兩年中事事爲津梁,而時時爲炬燭,則惟指南之憑。翁丈之導,我師也;其肺府,我兄也。豈特七寶之山,將栖鳥以同色;旃檀之樹,隨拂袖而留香哉？今之量徙,偶以施松附麻見收,而忘其故之爲葛蓬也。然奪其所施而去其所附矣,其何能立？此某聞命以來,懷德而不忍離,依教而不能捨者也,謝接引而禱藥言。計至辰,薰沐布請而翰貺已渥錫之。翁丈之不忘某也,則信乎師若兄之有其弟子者矣。某怦怦闇之無燎,而尪之釋杖也。三讀嘉命,戀慨交縈。寵貺敢不拜賜,終有望於師匡而兄撫之也。敬以旌謝之牘,布其腹心。

與侯澹軒

以荆南爲一舟,而弟若庸工,附三老之善操,以幾有濟。觀者曰彼嘗與於操舟者也,而不知其拙手也。使之創而航於險,岌岌乎胥溺矣。東郭之竽,審吹而逃去,其自量審也。弟不能逃而冒任之,曷恃哉？恃翁丈將以觸深之術詔之而可師,擊汰於萬一焉耳。乃辱嘉貺,文之曰"賀",重增其懼。共蔭而息,猶愴將別之言。此行雖非乖邈,而如同室折箸,不減歧路之感。讀教云:"清霄旅夢,栩栩相依。"喟然三嘆。弟往省,從公安放舟,四日而至。心便水程,歸亦仗庇,以三日達巴陵,竟負須日華南郡之約矣。千里中可以郵筒代晤語,然翁丈節鉞在邇,欲如今日之托蔭映,亦恐不易也。惟勿遐心一語,弟願歌《伐木》以和,曰"神之聽之"矣。

與侯澹軒

處天宮者,塵念勿興,便墮人寰,弟今日是也。渚官昨遊,回首如夢。惟恃仙音頻接,丹霄提獎,庶苦海中有拔宅之緣耳。辰郡抱山而枕苗,八九月之交,離城十里許而剽,澧猶有練兵六百,而辰衛外無一卒,軍強半占役,餘皆脆弱。弟稍清釐之,付操者終是塗羹耳。節旄何日還鎮？從參嶺還,身帶凌雲氣,與尋常行色自別也。昨見直指,檄華、石、公、監,俱捐金爲堤費,良厚。然道容城時,鄉先生言："垸中佃丁不任力，田主不任費，惟責官全爲之築。如此，則千金何濟也。"願翁丈采石補天，藕窮醫地之略，弟可以釋前此已溺之咎矣。

與李斗初

憶戊申臺下拜荆藩命也，啓事中，弟實後勁。不自意比三年，而辱與臺下爲代。夫臺下霜肅雨膏之政，吏有餘範，而民歌舞之若新。弟則諓薄，而使追步趨之平人，繼離朱之視，接烏獲之舉，其不相若。人忘前者之絶能，而謂後非夫也，況瞽且尪者乎！罪至何日，惟是枌榆習故之誼，臺下素所卵翼也，又受舊部之人地而去。臺下喬遷，節鎮非遠，前事之師，鄰光之照，弟且得兩焉，即駑筋苦絶塵之難踵，而鶴唱當念善歌之繼聲矣。抵武昌，晤僚長，仰高山而勘景摹者耿耿。鄙心規隨之宜，敢忘則效。傾佇辰告，尤有出於尋常外者，故未及至澧，而先布詞以請，惟臺下念焉。其何以策之，而俾人曰："今之澧蘭，猶昔之澧蘭也。以配沅有芷，建種之芳，將在閩矣。"斯無愧於思公子哉？弟所敢言以此。

與李斗初

華平之囷而資菉植之，大路之車而款段驂之。無論托之者非宜，即爲所托者亦黯然無色矣。故有人重地，無地重人也。大教曰："澧山水靈，前居此者及仁兄，率以功名起。"是則然矣，然前諸名公若我仁兄，其風儀政事皆惠及荆岳，而有以光於澧蘭，故山川重而嘉報焉，弟則安能？弟之綿悃而處澧也，則猶乎混菉資於華囷，服款段於路車也。宿重之地，無乃以弟輕乎！逃憎之不暇，而敢干其靈祉？惟是賴仁兄之振策我，毋作澧蘭羞。乃不以藥言，而過相獎飾，非所望也。荆岳頻苦水，惴惴焉江神之恤我，李冰、王尊笑人矣。若兄澧政成而治沅，沅綰楚黔，故張襄惠開制府地，今之使者，即制府矣。文盛者格，壯猷者威。敏戎功而拜三錫，望旌節之花有燁燁於芷畦者，兄之重沅，視澧更進哉！然芷蘭一也，舊都喬木，望之暢然。以澧之曾托四履，沅重而澧不獨輕矣。此弟之重有求於振策也。化茂則何草不芳，教閑則有御皆駿也。兄而棄弟不藥之也，忘澧則可。敬因布謝,載其區區。

與李斗初

翼軫共星,河山各地。尋久暌之約,而又有幾合之離。所以牛女限於盈盈,風人跋乎河廣者也。與周丈聚數日,形影相依,緒言難吐。追尋已落夢境,亦正如五年前別兄時耳。稅駕剡舟,一入宦塲,便爲礙事,進賢冠俗,人定不虛矣。澧於三道有優暇名,弟居之殊覺劫劫。雖緣新冗,亦是才具相懸。董允欲效費公,其可得哉?此中蘇酒當下品,而兄憶之,何也?然南郡武昌,猶可致酒船,沅則更遠矣。鴉井丹砂,神仙所重。丹成而經世度世,坐握雙符,即痛飲讀《騷》,兄必不與易也。一國三公,温陵大勝緣。便風勿靳相聞,草草數行,便如面對,似不必更煩莊書也,如何?

與李斗初

弟鄢回,微聞計事有訛言,正臥病中,堅塞兩耳,謂宦海即善波,何至撼摇砥柱?旋有自安鄉來者,傳仁兄已發印卷往會城,豈訛者竟真耶?荆南兩郡,甘棠鬱然,尸祝而歌舞者,遍口皆碑也。若民心不必徇,何水無風?申淑不芳,《離騷》盡之矣,弟又奚言?然仲翔美玉,雕磨益瑩。以仁兄清望惠風,即工吹求者能起浮雲,終不能掩曜靈之魄。六月息而奮扶摇,節鉞旟常,弟終敢援沅芷以爲券矣。清源山色,荔枝香味,兩俱不惡。暫時作洞天主人,嚇鼠羅鴻,知不滿一笑也。惟是弟感世路之羊腸,嘆枌榆之寡援,謝腰支之競巧,甘蓬首之莫容。鳳舉已高,鳩拙寧免,計惟有從拂衣之後耳。未免雞肋,坐待烝燉。以此悵嘆,山川爲隔,無階造談,寫我扼腕。尚馳一介候起居,春氣猶寒,精調茵鼎是禱。台駕倘取道星沙,當更走人代折官柳也。

與李斗初

前旌過常、武,弟始知之。欲遣人追送,云迅不可攀矣。讀還教,浩然遠志,嘆高踪而愴離色,心與南雲共飛揚也。詢出疆之役,知起居佳勝,差以爲慰。計仁兄入里,花事正深。彩衣壽母,尊酒故人,視刺頭簿領所得孰多？況邵棠不替於仁風,王槐可券於天定。鳳凰千仞,竟當相期阿閣間耳。兄一拂衣,全楚便無復人,而以弟代匱,雅無此想,遂不及豫乞紆籌,轉掉迷津,心眼俱眩。當事者舍驥策駑,何太誤也。戍卒告庚癸、攝威望,未敢動,駕發,遂大猖狂。弟馳至,勉爲收拾,而人心未定,恩法兩窮。乃知得人與否,相去頓遠。拮據增病,仰羨翔鴻,俯愧勞鳥。因去役報命,敬問東山無恙。侯澹軒極扼腕於兄之行,而胡撫臺亦詫出意表,可見直道在人,冗中不盡所言。

與鄧虛舟

黔、楚壤錯如綉,則苗之陰陽順逆,其恒態也。恃兼制之略能駴昆夷,俾勿動則不佞之受庇弘矣。不佞所專司及最艱者惟餉,何敢越瘠視黔？入辰適長沙解貴餉萬二千餘金,爲之破顏,而覈其積逋尚鉅萬。已以羽檄速之,但未審能無曇耻否？至苗患近益剥膚,而營哨受無不守、無不寡之弊。焦思無策,思走一价請方略,而細札先頒,申以渥貺。知門下嘉念枌蔭譜誼,必能振其困也,則銜恩激懦,勃勃然欲舞矣。謹拜豐程,以醉投醪,賜賀增蚊負之愧,藉手完謝。容尚展鄙款,并受紆籌。

遜庵文集卷三

燕　牘

與胡撫臺

職二十日行定州道中接塘報，瀋陽陷矣。以四海之兵餉，數歲之經營，不能保一城障。前朱五吉勘科疏稱瀋陽、奉集俱堅可保，何意陷不旋踵？此時遼陽不知何如？朝中應急，不知何着？似當以鎮定兼綜理，亟遣一將將山海兵出關，揚數萬之虛聲，以固遼心。亟發通州、天津，調集及徐宮詹舊練之兵，立赴山海，以捍嚴關。然昆陽、盱眙彈丸之城，數千之衆，當環攻而不破，況遼陽乎？果心壯氣定，計密法齊，無不可守之理也。奴酋嚮來伎倆一緩一急，此時最忌乘勝直搗，人心惶亂。若仍席捲瀋陽子女、玉帛以歸，猶易與耳。三輔兵事，倍當戒嚴。台臺標兵想久整頓以待，紫馬、井陘皆不可不挑選。職標下亦有快壯數百，而從來只作應差人役，器械不修，武藝不課。前曾製盔甲數百，爲援遼兵盡借去矣。曾製鏢、钂數百，職閱之，皆戲臺上花哄之物，不可用矣。欲重新料理，並無分毫錢糧，不識何以措手？又易鎮內邊原設茂山一衛，而自萬曆五年，將軍盡調入保定營，僅存小旗二百一十名，何以守城？虛外以填內，棄有用而化無用，殊爲失策。職愚見：此軍似當挈歸易州，聽兵備道就近較練，尚可得一臂之力耳。未敢輕議，先此臆陳。

與胡撫臺

奴氛至此，根本可憂，不但肩臂矣。瀋陽之破，降夷爲孽，兵膽既寒，聚之遼陽城中，憑堞而守，猶庶幾耳。驅喪膽之卒戰於城外，一敗四散，而文武道盡謂之何哉？以中國全盛之時，無人能當一臂，坐視小醜跳梁，可羞亦可憤也。應援一着，台臺諒豫爲之籌矣。職坐席未暖，履此艱危，臨渴掘井，曷其有濟！鞠躬盡瘁，敢忘斯言？行間之事動輒需財，無賞則不可行罰。職道俸薪外，僅廩米九十餘兩而已。公費紙札，俱取紙贖。監司有例，無以舊贖遺後人者。職以早，固未受一辭也，將焉取之？即欲津一侄女歸，苦乏盤費，此私事不當言，然私寡則公可知也。易州彈丸地耳，又苦無官可委。若台臺移鎮宿兵於此，非六郡合力，必不能支，故敢豫請。二十三日職步禱各壇，行二十里，遂病足數日。二十六日有小雨而未足，繁露之法，已通行諸屬矣。一切兵略如坐暗室，伏乞台臺發以幄籌之餘，庶憑指麾，稍竭綿力。

與胡撫臺

遼陽已破，廣寧決壞，而山海之險未知可恃否？此須竭全力守之。山海若有他虞，則天下之事難收拾矣。投袂勤王，臣子之義，死生以之，台臺安可不整理此着乎？職愚見：保、鎮兩關，陸營宜挑選精兵肆千，即以參將劉汶統之，令其將兵駐易州團練，另易委一都司署紫荊參將事務。井陘各關營挑選五千，委一將統之，駐新城團練。而台臺標兵另加選練以爲中軍，隨本院進止。一應米豆、料草責成真、保二府調度，隨軍應付，不可泄泄。備而不用，止費錢糧耳；用而無備，禍何可言？又易州庫裋空虛，乞台臺行保定府勒各州縣，將現貯庫堪動銀兩解易州收貯，庶職可竭力調度，不然無米之炊，安能措手哉？

與胡撫臺

職連日與左學臺商議，惟奴虜是虞。職意欲以四千兵駐易州，五千兵駐新城，爲犄角之勢，聽台臺調遣。而學臺謂勤王於京師，不若勤王於山海。蓋今日天下大勢，惟守山海一着。而山海之兵較遼陽、瀋陽何如，三尺童子所知也。若不以全力援之，山海有他虞，則人心破膽，大事去矣，守土臣將安歸乎？故救山海者所以救天下，亦所以自救。當惟力是視，不待候旨而後行之者也。若山海固,則內地無兵猶可;山海不守,雖有兵亦安能用之?其論愾透,職亦深以爲然。台臺真忠大勇,聞此而投袂可知也。

竊謂宜嚴飭紫荆、馬水,共選兵貳千陸百名,保定車營已赴秋防,其標騎左等五營共選兵貳千肆百名,通共易鎮湊足五千名,即令劉汶將以援山海。凡盔甲、器械、馬匹,俱於現在關營中儘意揀選應用。馬若不足,則於各州縣寄養民馬内徑行撥給。甲若不足,則兩層綿被亦可禦箭。每名給安家行糧銀陸兩。保定府多方設湊,如有未敷,不妨暫借皇賞銀給發。另議處補其將兵官,仍給銀壹千兩爲盤費、犒賞之用。井陘道亦如此,以陸千名爲額。如此共得兵萬餘,揚聲五萬,亦可以壯山海之勢,而讋狡奴之魄。只要半月内,便得起發。不然萬一撞進山海,始按故事提兵守東直門,豈復有及?不知置君父於何處?臣子區區性命不足懷也。職云:"鞠躬盡瘁,只拼一死。"學臺云:"泰山鴻毛,不可不辯。"伏乞台臺速賜主行,社稷安危所關,豈容揖讓而救焚棟乎!又職自二十五日檄諸州縣募好漢、買糧米、查庫銀,檄諸關營挑選兵馬,而泄泄不答,即重以手書丁寧,亦無一字相報。監司權輕如此,地方事安可爲哉?更乞台臺嚴行申飭。

與胡撫臺

職先請援山海,尚未得郭總兵東移之信。今大將檄統五千,則兩關自宜留防,無再遣參將劉汶之理矣。然本官以展布不便,欲亟求解任。職真見其才而重惜其去,再三鼓舞。本官曰:"若得兵部一札付,暫管亦有名目。"職輒冒昧具詳,爲地方非爲本官也。保定二營赴班,四營在鎮八千餘,各挑選,不能足二千五百之數。欲取之兩關,職爲門户計,令酌撥五百名,餘二千仍於四營選用。馬則兩關決難輕動。四營又已空虛,欲兵給一騎,何從措手?愚見就二千五百名中選五百驍壯衝鋒者爲騎兵,其餘止爲步兵,行保定府設法湊給五百匹。如五百之數一時難足,似可便宜於寄養民馬內而兌騎,一面呈詳屯臺,蓋普天同仇,義難泄泄,伏乞台裁。若易州全無一軍,城無人守,何況勤王。非募練精兵一支,斷難防禦。左學臺許爲會題,亦具一詳請裁。要之,無兵則兵備官爲贅,何用職爲哉！遼陽初言陷者情狀甚慘，今又言小西門非正城門，事未可知。以職度之，塘馬既云遼陽城中並無炮響，豈能久支以至今日？奴之未進，一則虎兔之盟未協，一則鷹隼之擊再伏耳。人心見羽檄稍緩，便復泄泄。急則口急，緩則事緩，此今日不可救藥之病。職仰奉台諭，鎮靜示暇。竊謂外示鎮靜之容，内盡營綜之實，方得之矣。西虜挾賞，不能不予，而予不可無名，似宜乘機用之，諭令爲我牽制奴夷，乃與重賫。不論彼之肯行，但得今之一認，則賞不示弱，而因可揚其聽命搗巢之聲，以動奴酋巢穴之顧，或一着乎！若必其真爲我用，恐或不能也。募兵不難，一先處餉，二先選將。得餉而委可用之將，聽其自募自練，監司爲之稽查、鼓舞，重糈之下，何患無人？若科道出募地方，祇添一騷擾耳。"大將軍"一時難製。劉參將云："子炮亦可，但無其式。"伏乞台臺票發子炮二位，百子銃二門，以便依樣打造。

與　胡　撫　臺

遼事職日夜思之，真欲發賈生之痛哭也。今所恃西虜未合耳。以中國之大，寄衛强胡，已可羞憤，乃此豈究竟局乎？奴若守遼陽，而我不能持；奴若棄遼陽，而我不能進；奴若再舉，而我不能禦，皆憂也。海内之調發頻而虛耗極矣。徵兵籍賦，從此方始，恐有亂從之矣。紛紛條議，紙多而事寡，口勇而手怯，其何能濟？載胥及溺，至於遣科臣募兵，尤爲無益。天下非無兵也，患無餉，尤患無將。有餉則兵出矣，有將則兵精矣。馬隆之平涼州，兵由自募。戚南塘用義烏卒，亦然。今不選良將，聽其召募，而欲代鳥飛馬走，何當於用哉？此時畿輔地當免加派，緩催徵，稍結人心。順、永則楊餉司言之，臺省繼之，台臺諒不靳爲六郡請命也。又今日接宣府塘報，白言："台吉領部夷貳千餘，帶鈎桿、穿盔甲，到地名柴峰槎，聲言攻搶。"蓋意在挾賞耳。然東事決裂，四夷蜂起，勢所必至，則紫荆關等處兵，信不可輕動。所定三千入援者，伏乞台臺裁酌。三次額賞，據保定府禀云："台臺定減易鎮前次二千餘金。"然則職之溺職，將爲諸軍所唾，何以自安？儻真定銀已給，萬萬乞以餉司所餘剩銀撥補。

與左學臺

初九日接驛報,台臺前一日良鄉抗旌,職追攀道左,瞠乎莫及,曷勝悒悚。謹遵例差官執御,伏祈台原。奴警稍緩,而職正憂人心與俱緩也。都門備禦,曾否有緒?東援將士出關幾何?胡撫臺札云:"宜守三岔河,不可守山海,山海無險也。"然奴陷遼陽,半月而無一騎窺河,即云西虜未合,亦何至寂寂乃爾。古之用兵者如廣武君,爲陳餘畫策不用,皆能偵得之。而今奴虜進退聚散,顯然之形,如坐窮山中,茫無聲迹。耳目全然聾瞽,手足何能運用?至於郡國募兵,似宜選自募之將,給所募之餉,只令監司爲之閱隊伍、稽出入足矣。若文臣募之,付武官將之,終無當於用。即借青瑣之重,未必有濟也。台臺爲輦上籌籌,諒有以折衝樽俎者,乞賜以餘光,幸甚。薛一鴻果可當一臂否?請餉之議能不爲壁上畫餅否?

與左學臺

差官回伏,承憲諭開示詳切,感激何言。奴禍深矣,而吾應之者事事皆虛,着着皆懶。夫今廣寧豈能守哉?而虜猶不來,職謂最可憂者此也。彼非不能來,而逆知夫來之未可久也。未可久,則爲清河、開原之寇陷城而旋歸;可久,則爲瀋陽、遼陽之寇得地而必守。彼之遲來也,欲有所用之。而遼、瀋,我河西也,巢穴太遠,則慮其繼;新疆未定,則防其搖;西虜未成言,則求其合。彼亦知兵者,然有攻取之機,而無安固之略,終是元昊之夷,而非阿骨打之夷也。所慮者兵連禍結,內變將生耳。最大患者,吏部心眼中無可仗之邊才,故薛獻我病,而強以經略;兵部心眼中無可仗之將才,故領兵出關,仍取劾罷廢將充之。惼者笑而姑自肆,才者怒而先自冷。如保定總鎮選將、選兵之間,皆因以爲市,有者可免,無者可代也,而望其一臂之用乎?又凡調發則安家、馬價銀出自兵部。去春會議,再加派貳厘,兵部分百萬者是矣。今部召兵而不發銀,府庫罄懸,無可借給,至今尚不能軍也。

由今之道，即虜在門庭，而勤王之師恐莫有至者矣，良可浩嘆。天津、登萊宜急治舟師，以示搗巢之計。東山礦徒既敢與奴訌，何不募智勇士航海，予以武功爵，優以金幣，能勝虜者遷其官，能復城者與其地，恣其號名，收集而爲吾羽翼乎？夫兵，捷機也，而遲應之；實着也，而虛抹之。耳目既塞，手足俱痺，僅有呼號之口舌而已。外吏所苦手無一錢。職初檄州縣各募兵數十人，既而月糧束手。有解至者，罷之則兒戲而心灰，留之則腹柧而幘脫。不得已，姑薄賞，令歸候。又收伍練鄉兵一着，職與各州縣灑涕流血，言之舌焦穎禿。今又明示以事之虛實，兵之強弱，爲官之優劣，此須真精神、真智略鼓舞其間，庶兵強而民不擾，恐不能人人爲李抱真也。水田麥熟，則台臺豐年穀之賜，職修雩而驅龍無術，修防而苻虎無威，愧足以死，病足以死，曷敢他冀？又聞：用人者亦深知職病，而更虞張鳳皋司馬之還中樞，職爲捩眼物。夫鳳老決無是心，而都門乃有是言，則職之進退尚未可定也。惟居一日官，則盡一日心，做一日事而已。薛都司一鴻來易州相見，磊磊之氣，滔滔之辯，邊形夷情俱頗熟練，而策利害亦有中窾處。然高自稱許，人或疑其言過實如馬謖，不知馬謖亦未易有也。台臺謂"練兵才一言定矣"，似宜用之天津、保定間，然恐司馬未肯遽行也。

與各州縣簡

閱邸報："逆奴屯遼，有築室反耕之智，遊騎時窺三岔河東岸。"初五日，風色甚惡，恐河西之有警也。輦上處分，遣將發兵俱無實着，口舌沸而手足痺，奈國事何？又聞津門兵驕，南路盜梗。不佞固前知其必如此矣。救時之策，惟有賢者盡力，衆心成城，將伯助予，憂心如惔。幸作救自己命，救百姓命想，竭力圖之。牌文可遍視薦紳、孝廉及諸衿佩，血涕俱灑，不知能有感動否？其實士大夫、父老長策，除與官府同心力外，無可爲者。若逃徙，不落盜賊，必陷流離矣。有此忠壯之事可做，慎勿泄泄，自貽伊戚也。

與胡撫臺

李伯紀當倉皇中，治汴京守禦之備，數日而畢。今遼陷二旬，而樞曹調度兵食,戰守無一實着。即以外吏言之,職心如焚棟之下,漏舟之上。然畢竟無一事做得措手,只空有文移耳,真自憤而自愧也。嘗與知兵者計之,募一戰兵,則馬匹、盔甲、器械、衣服,非三十金不可,而月餉不預焉。今誰能辦得此費?職請發庫銀伍千兩之詳,未蒙批發。誠知輕率獲戾,然職亦豈漫焉即付支銷哉?爲備故也。即如盔甲、火藥、刀斧、銃炮等項,州中毫無足恃,不知此果可不備否?欲備之,而果能以空手課成否?人詆①職愚,常作虜在門庭想,而思狂奔以應之,宜其迂而無當矣。壹千伍百護京之兵,屢奉憲札,未有文檄。且此兵今日不知調之何處。虛兩關而啓戎心,亦職之所不敢任也。伏乞台裁。

郭總兵間發痰火,不能動履。或云自服白礬,以示病危。今欲先赴兵部,大抵計免出關,以不避爲避耳。護京兵即令領去,亦便。職已行府催發,得憲檄徑行,庶彼有所遵奉也。易州援遼民兵三十名,剩有五人東還。職問之,則以二十日走脱者。遼陽之陷,皆遼人獻城,雖無降,夷亦必不守。至於人心毒我而安虜,又安可爲哉?又塘報:"三月二十三日,奴酋在教場與西虜分財物。"東西合而禍不可言矣。葦草障河,茫然無術。伏乞台臺指示。

與熊芝岡經略

兵有強人,無強勢。遼不宜陷而陷,則人可知也。以金甌之盛,棄遼亦着盤一子耳。而岌岌然危以河關爲之德,則所需人又可知也。人之處台臺,與台臺自處,俱在于汾陽間。而今有難焉,汾陽之制在中,急則中委之,而今之制在衆,急則衆益譁焉,口舌沸而手足痺矣。有味乎大疏之言也,"勿撓勿亂,勿緩勿玩,勿多人立政,舉而可勢不可強之有"。不肖恒言,今有三無:無人才、無政事、無賞罰,而兵食不與焉。人才則台臺、萬之傑矣。然留侯必信、參,葛侯必關、張,誠不可無將也。有將而使之,自募兵則兵選,自製器則器精。自領自練而自戰,則兵皆能爲有矣。將之戰,不可預睹也,於領兵、練兵見之。今西兵所過,村落如毀。兵雖勁而以是將將之,亦烏得其用哉?故調兵宜擇官而精簡之,不宜多。募兵宜收其本地之豪傑,使號召鼓舞。若州縣驅之,而將領受之,猶之乎謫戍耳。用將者不惟其不敢不用，而必使之樂爲用。如海蕩而水歸，如律吹而葭應。汾陽能用僕固懷恩，而臨淮不能也，故造唐獨歸之。然臨淮之嚴，則今時治遼對病劑也。惟台臺兼酌而用其中，幸甚。奴若移巢而巢遼陽，則勢急，然滅之較易；奴若墟河東而實其巢，則勢緩，然滅之較難。以正自固，以奇覆敵。有心膽，有耳目，有手足，我能以人立，則犬羊者固可折箠笞矣。不肖之嚮往台臺也，自其宦楚，蓋屢爲張山是中丞、張玄中社友言之。及今將以上谷候出車之馬足，而被劾待放，悵然自恨。然使不肖歸而聞台臺之滅奴，雖歸不恨也。敬走一介於疆上，布其區區。

答孫愷陽

《易緯》云："一夫兩心，拔刺不深。"今之人才、兵食，殆乎無矣。非無之難，爲有而兩之不可咸也。從兩生多，而生心及政，爲不受多之害。將多而愈怯，兵多而愈弱，餉多而愈貧，議論棼而功實眩。由今之道，雖熊經略重望臨之，未必其可濟也。最不可解者，調發之事捨近而求遠，有形而無實，取之也不必其能爲用，驅之也不問其樂爲用。癰疽在一肢，而剜肉之瘡已遍乎天下。昔隋末有《無向遼東浪死歌》，而兵皆化爲盜賊，獨非覆車乎？不肖謂將不在多，惟"知人善任使"五字而已。廟堂以用經略，經略以用將吏，而奴不難滅矣。兵亦不在多，使一人必兼數人之力，而以兩人爲一人之糈，雖半額可也。兵精而寡，則餽運易約束，便不至荆棘所處，魚肉所過，厚遼怨以毒我而曬冠。蓋廣寧、山海間，不肖微有聞矣。或謂遼陽之屠掠，可以堅吾民而未必然。夫人心忍一死，而不忍常愁也。妻女之辱，痛於身首之斯也。愚度之，奴未必來。來則以聲擾津、萊，以形綴河上，而以黃泥窪爲正，以一片石等處爲奇，吾制之宜先。復旅順爲奇，練兵河西爲正，而嚴備薊門爲根本。其餘仰兵食者愈多而愈分，愈分而愈不足，雖省之可矣。人謂六國之亡，形在不合從。而愚謂六國之亡，機在於專恃合從。夫自立者強，仰人者脆，致命者固，望救者攜。故斷謂今之害在多，先省議論之多，而將與兵食皆以精而有當易之，天下事庶可爲耳。若不肖庸，宜去；病，宜去;射的,宜去。如人飲水,冷暖自知,未敢謂臺下誦之也。謹以所見請教。

與郭復庵鹽臺

職時當師命,滯此囚山。去則爲避事,留爲喪恥。維谷已極,小草先誤,鑄錯何言。遼事獨恃奴不來耳,在我無一可恃也。最不可解者,兵不就近料理,而純仰於楚、蜀、淮、浙之外,激江太遙,噬臍曷及？何地無兵,苦乏良將與善將將之人耳。即河西人可激自爲戰,勝於遠調之騷費,而魚肉遼人,滿地荆棘,驅以從奴之患也。前睹熊經臺及遼撫疏,稱保定援軍不精,甲馬不備。此灼然語,非不欲精與備也,無精與備之地也。樞部不問有兵與否,按圖索駿。夫保定安得兵哉？獨有軍耳。每歲食糧僅肆兩肆錢,衣甲、器械俱無,額派馬係扣軍糧朋買。自肆拾陸年奴警以來至今春止,五經調發,軍以五千計,民兵以千餘計,兵器、火器具空營而輸之,馬亦倒廐而應之矣。今夏貳千伍百,又爲竭澤之漁。以如此之軍,兼疲於奔命,喘息不屬之後,而望其人如虎、馬如龍,鐙仗如霜雪,非剪草撒豆,將安取之？且惟給騾之難也,職是以請屯台批準給民馬一百三十匹,僅能湊肆百騎,而身被數罰矣,況能盡爲騎兵乎？人祇言調兵,而不知保定所屬乃歲餉肆兩肆錢之軍,正如泉州、永寧二衛之行伍也。即熊經臺曾司理上谷者,而亦忘之。責人者同局,旁人教射,而受責者如啞子之茹茶,良可嘆矣。若職空以備兵名駐易水,而空城無一兵之實,即本州茂山衛軍且徙入保定車營,歲往山海防秋。職先請募兵數千不得,請收回原軍以衛易州不得。近因秋風起,請姑募兵五百名,終不得也。空拳搏虎,急則拼一腔熱血耳。其實職何補於易,而易水亦何賴於空拳之兵道哉！古稱"束孟賁之手,縛騏驥之足",今乃束孺子而縛駑駘,殆矣。

與周蓼洲銓部

小啓唐突,身計自慚。伏荷温答,叙襟抱則冰月秋潭,論感慨則霜風曉角。藏袖不滅,豈特三年乎？臺寺四糾,不肖義惟一去。緣奉策勵鐫罰之明旨,不敢與君父爲懟。至大司馬疏出,而侯道長逐客之局,首尾證明。夫卑而逢怒於尊者,宜跧伏以明分;愚而見疑於賢者,宜荆袒以白心,一當去。監司率屬,惟"廉耻"兩字。揭三逼而三應,門屢杜而屢開。真耐彈之綿花,豈當門之芳草?枌榆已甚,簪帶胡顏?二當去。亦有不可去者,曰"時地急"也。可不去者,曰"才勝一臂"也。易水原非邊道,而兵備獨坐空城,求撤茂山衛軍還本衛不可得,求募兵三五百名不可得。僅散俸薪,結壯士百餘,製火藥萬餘,兵器數千,督州縣練鄉兵各數百而已。不肖居此行志耶?展才耶?兩無所取,而秋警已緩,詬病餘生,猶覥然徇祿,甘爲射的。國家何賴此臣,名教亦豈容此士?三當去。量移之請,特借爲歸徑。静言思之,男兒進退,斷自寸心,尚不受制於造物,況可仰面於津梁?今已鍵户乞休,三移不遂,則十月終徑投劾而已。齊晉左轄出缺,俸資應及此。在主爵所以處不肖,而非不肖所以自處也。

老公祖侃侃相雪,惓惓獨盻,諒非友誼之私,亦冀收桼梲爲大廈用。而散木不祥,長負匠石,竟何言哉!不肖自反,古者狂矜愚三疾,身實兼之。雖從事淘汰而習深性陷,學不勝氣,觸緣便發,磨垢無功。歸去矢以讀書爲懺悔,萬萬不敢尤人也。至譚天下事,則不肖方寸五岳久矣,病根在士大夫身家念重,人我山高,而爲君父之心只在口頭。每思四月,大小臣移家光景,未嘗不痛哭流涕也。肉食既爾,而軍民亦遂烏飛兔逝,緩爲搏沙,急爲解瓦。姑借宋爲喻,有如李綱治守禦具,數日而畢者乎?有如種師道、張叔夜轉戰入援,能自成一軍者乎?有如宗澤以數千卒徘徊賊壘間,破數堅砦者乎?即都城民心,能如汴梁死守巷戰乎?幸奴酋非阿骨打,其下無粘没喝、斡離不諸人耳。

奴之射大血人,真有亡道。遼、瀋皆我自陷,非彼能也。而我今日應之者,不肖尚未能解。楚以戮得臣、側而强,逃囊瓦而弱。今亡遼大半,喪師十餘萬,而不聞處一棄城之文臣,見敵先遁之武臣,所未解一也。遼敗由於將雜,推刃處鐔,全無鬥志。今多添文官,不選良將,所未解二也。敗遼者非一,兵多爲甚。多則不練,多則相仗,多則生荆棘,毒遼人。今愈欲多之,浮費疲冗之餉,而不以重賞厚激死士,優獎間諜,所未解三也。兵多莫病於泛募,而遠調川兵縱可用,亦宜約其數而精之,使一人當數人之用,則可以兩人爲一人之糈。至西兵,行善掠,戰善逃,何事強致之,而空延、甘乎!募兵非選驍將自招、自統、自戰守,決不得力,而必代以臺省,所未解四也。兵,陰機也,潛謀獨運,女伏兔出,用聲用形,多方誤人,妙在虛實不可測。而處處欲擁重師,條陳攻取形略,惟求在廷之共曉,不顧狡醜之先聞,所未解五也。爲今計,莫如擇智勇將,厚以戰資,推誠委寄而善駕馭之。鼓舞河西,招徠河東。挑簡調募土著之兵,別其利鈍,練其可戰者,先爲不可勝以乘奴之可勝而已。毛文龍之着,似乎發之太蚤。譬諸弈棋,有第一着而無二着,反能實彼之虛,而虛我之實。夫朝鮮兵可守而不可進也,西虜可結而不可恃也。

總之在我,我能自固,則彼皆可用。欲滅奴則宜張聲形指,遼陽聚之於内,而奇兵覆其穴,奴可取也。欲恢復則宜張聲形,東西搗巢,聚之於外,而正兵乘其虛,李永芳可擒也。然觀目前規模,似未足以辦。此吃緊在大小臣工存卧薪嘗膽之心,感動朝廷,獎率將士,慰拊黎庶。而貴部宜預求邊才,兵部宜預求戰將,多置之長安、薊門,爲緩急之備。不肖身隱矣,曉曉如此,爲老公祖知己,一吐中慰,乞秘之勿示人爲誂笑。

與熊芝岡經略

裴中立之於淮蔡,韓稚圭之於西夏,皆以再行而後收戡定之功。播膽寒之頌,其在今日也。某以卜台臺之滅奴矣,社稷金甌,注於遼之一役,而同舟風波,倚櫂於台臺之一人。此時而不竭心力如左右手,是背國者也,棄身家者也。不愛身家,聽之耳,而忍以孤立憂君父乎?然某於徒孥之紛紛,而知其非不愛身家者也。乃僅以徒孥爲愛身家也,則亦可痛可恨之甚矣。三路犄角,某素所擬者,偶然弋獲。三路中互有奇正,而總之以三路爲正,收遼人用西虜爲奇。而實着則將也、兵也、餉也。將有三要,曰忠,曰勇,曰和。兵有三急,曰養,曰選,曰練。餉有三宜,曰足本色,曰時收放,曰議貯運。要使將與兵之心氣皆鼓舞以求敵,而餉之顆粒、銖兩皆能爲戰兵用,則我可強,而虜可折箠笞矣。台臺自有崛籌,何容罄獻。而某所願效者將,將之道莫善於精擇而堅任之,俾各盡其心。破敵無選鋒不可。平居校閱之犒賞,臨敵摧陷之懸募,皆當預足以財,使可爲倡勇敢之資。至盡其心者,非能盡智者之難,而能盡愚者以合愚爲智之難也。虜以上下合,故人自爲戰。而我上與下歧,下又與下歧,故未戰而先攜,伏惟台臺亟圖所以合之而已。

若夫間諜宜精,而得情之賞,宜倍於首虜。親兵宜壯,而訽事之作威福宜防,此台臺所自能瞭然者也。收遼人在河東,當有以繫其望。而在河西,當善用之、厚保之,毋重傷其心。毛文龍之著,似乎發之太急。幸有鐵山一哄,緩其束攻。爲今計在於巧固鎮江而不在急取遼陽。兵有驚有至,搗海州以牽虜左右狼顧爲驚,則可矣,未可爲必戰也。夫遼陽四衛非難爭,而難必守。爭而不能守,則其取也適爲累耳。西虜果肯與奴鬥,何不重啖之,教以佯合奴,與之甘,而出不意襲其後。今日日言爲我殺奴,口教奴者終非力殺奴者也,此可結而不可恃也。但使貳於奴,而我所資,亦已深矣。

有新陞軍前管餉同知徐廷松,某易州相朝夕者,忠肝壯膽,一清徹底,更饒機略,可助台臺一臂。伏惟假以顏色,而腹委之,使得竭其手足。此官灼然堪治兵,僉憲之選,不特郡丞。某不敢妄許人也。從東來者,某隨至細詢之,皆言周世祿父子之勇,竇承武之才,姜弼敢爲刃而輕,侯世祿智爲錞而練,新調西將祁秉忠將家丁數百,一路秋毫無犯,似可與共功者。而或言朱萬良見敵善遁,奴夷目爲"跑猪"。此士卒之口,未智虛確。然有所聞不敢不附陳,以備台察。

某尪羸有嘔食、眩暈痼疾,自恨不能執殳充帳前一卒。近以招宣、大入衛逃兵爲轉送訴狀,取疑怒大司馬張鳳老先生,自咎忠信之不孚,廉恥之不立。秋嚴稍解,即歸耕閩陬,惟倚長鑱、聽凱歌,遥壯麒麟閣之業而已。鐵、木二匠嚴行州縣營路選解,解少而遲者,已切責之。苟可佐軍興,惟力是眂。前憲檄,據馬成龍呈取將士,查所開與前經臺檄不符。内李子登,祁州成獄強盗也。家頗饒,盡鬻產以資成龍,而成龍薦之,且言子登有兵數百。其誕如此,舉一可知其餘矣。某區區愚忠,愛莫助之。萬里外以身爲本,以衆爲輿。伏望寶養精神,嚴護鈐閣,收羅策力,專思□怒。圖萬全之舉,建百世之功,曷任款款。

與左滄嶼學臺

職五月罪言,去志先決。至冏寺參糾而去,形成矣。問馬冏寺之典衣也,糾亦何辭?然不糾於四月初兌,而糾於五月奉旨允兌後十八日。又不以公罪論,而盛氣訶斥,則識者知其意不在馬矣。兵部覆疏,以或處、或罰兩請,蓋謂處職始可蔽法也,職又安得不去?惟是職平生論學惟毋自欺,服官惟知畏君父。明旨奪俸三月,而悻然遽行,是慭也。故濡滯至今九月初三日,扣三個月俸完在府庫解部。而初五日具詳,乞其不肖之身,即不病,義亦當然,況病與死鄰乎?昨職父友何匪莪光祿過易水,入視職疾,取其知退,而尚尤其不蚤。職理前語告之,乃釋然。思五月乞休,惟制臺文受寰同年屢書謂職勢必去,然當稍緩去。而台臺之教亦似不以去爲非。今又蒙手札云:"不數月而人言三至,自不可無此請。"乃知真儒垂教,道義相成,職行天下求之師友而不可多得者。視皮面援止之套,德愛姑息,相去莚楹矣。然尚寬以人情事理,斷斷不能爲害。職惟士君子進退論義可不可,非論害不害也。此台臺引而未發之意,請僣足之。獨怪胡撫臺二十七年同年,五年同部,而堅持不肯代題,職維谷甚。今幸有三晉之徒,名尚涊於齒頰,身仍濫於除書。非栽培不及,此鄒律所吹,能回造化,職其寒谷一黍哉?然職去機如離弦箭,銓曹憫其苦情,以量移開歸路。職借爲送行文,非催官符也。謹具長休之詳,以結謝病之局。使昔病今愈,亦不足爲職矣。伏惟台慈曲成,幸甚。

又奉憲教有云:"一切未暇念,惟念職不去意。"職才品駑下,何以堪此言?而名賢盼睞,意氣自壯,雖從此永廢,而葑菲忘於下體,蘭心齊於語默,請爲門牆中物可乎?東事多設文官,不選戰將;戰不先論將而論兵;兵不求精而求多;多不用土著近地而遠募遠調;募不責成堪戰將領而代以文臣;調不計其可用而取行善掠、陣善逃之西兵强致之,此適爲累,而彼以空虛召寇,皆職所未解。毛文龍鎮江報至,職即具禀撫臺及告人曰:發之太急,應之太緩。譬弈棋有第一着無第二着,反能實彼之虚,虚我之實。及見報,文龍招兵三萬,自許事必成,請勿爲念。職告寶柏華户部曰:"兵,死地也,而括易言之,奈何?"今果不守矣。失鎮江未足惜,而屠掠遼人,使遼人懲我不足恃,怠嚮漢心,奴益輕我易與,或覬覦河西,則大可憂也。職謂登、萊水兵宜泊旅順,收王紹勛等與朝鮮合,示欲西擣遼陽之形以牽制之。西虜安得四十萬肯助?實兵肆萬足矣。果爲我用,何不教之佯與奴甘,而俟不意襲建州,覆其巢穴乎?口殺奴者,恐非力殺奴者也。吃緊在大小臣工俱有卧薪嘗膽之心,而後可以圖勝。職即身隱而杞憂耿耿。能滅奴者,當爲位,世世禮拜供養耳。發舒於知己之前,曷勝惶悚。

與郭鹽臺

職咎罹人謫,病有天刑,猶循階序之遷,得假休沐之便。静思覥冒,實荷生成。無階蒲伏,叩台階以謝穹造。乃荷台臺社睠枌榆,味收椒蓞。特賜夫資,贈之出疆。雖逆霜病樹,難倍榮木之春;而鍛羽羈禽,遂有翔風之路。骨腸皆感,舌穎難名。職初六日離易水,往津門登舟矣。前遣小力賫長休疏,爲李葵孺父母、周愛日兄所堅梎,去就之義未明,進退之身維谷。惟聽大計幽黜,庶斷葛藤耳。所耿耿杞憂者,客氏出而復入,聖諭云云,豈漢武帝尚須乳耶?政府不能密奏封還,何以示多方而傳後世?且聞此媪與魏閹表裏,有傳其假旨,賜王安盡者。王聖、陸令萱之事,當防其漸,可憂一也。章奏中牛、李之鬱又復猙牙,可憂二也。樞與經左,經與撫左,而登撫又與遼撫左,選將練兵、製器運糧,毫無實着。而民間杼軸空、皮骨盡矣,可憂三也。練兵使敢鬥,結兵使樂用,必也自將始。而經、撫全不在此上用功。胡馬鳴鏑,將領當之耶?文吏當之耶?職見與時左,自知不祥。倚柱而嘯,心之憂矣,謂我何求?且二豎糾纏,語多則喘,近凍筆則咳,而繼以嘔,補鼻息黥,非茂林焉往?天下事,伏惟台臺與同心豪傑圖之。恨不逢福唐相公,盡吐一腔熱血。

與胡撫臺

職十二日抵津門,登舟矣。病軀綿惙,不任車偈。猶幸未冰,可以卧行。南就醫藥，非暖律孰吹哉？回首台光，夢寐焉依。次良店驛，而台臺如天隆貺臨之，且以賀爲辭，折下交之節，盡略堂簾；湔不朝之愆，仍頒几杖，誠非下吏所宜被蒙。職俸薪糜於結士，而瀕發，荷諸臺推贈，資斧遂寬。被此傷惠，何殊素食？雖經霜病樹，難陪榮木之春；而鎩羽籠禽，遽有翔風之路。骨腸皆篆，舌穎難名。次安德賚辭稟役，旋復蒙溫答，諭遼事已不可爲，殊深駭怛。然從倉部借邸報，知人心先去矣。以半載經營，十餘萬兵馬、百餘萬米豆，不辦守廣寧城，奈田單、韋孝寬笑人何？台諭此時掘溝已晚，何不蚤用水田、溝洫之謀？

誠然，然猶非病根也。根在兵、民心離耳。收民心必養兵，使勿爲民厲；收兵心必勵將，使能作兵氣。而廣寧數月精力、錢、糧，全用於結西虜，自己實事一毫無做，病一也。日日言待川兵，日日多索調兵，而現在出關十餘萬，坐際兒戲，病二也。多添文官，不問將領，文墨煩而介胄餒，病三也。兵事全恃神氣，致命則固，仰人則携；現做則專，遠待則渙。今寄性命於西虜，西虜颺去，而川兵未集，主者神氣先自忙亂，何怪軍民之離披乎？中外否鬲，經撫矛盾，文武路宣，三不和之病，併於一時，似劫運所移。故許多豪傑皆墮雲霧，良可扼腕。且婦、寺合煽於宮闈，牛、李激波於紳冕。宋人黨禍與夷氛相終始，車踵其覆，天下事未知所終也。職度奴酋伎倆，終無能爲。即得河西亦不敢遽扣山海。但恐人心處處廣寧，内變且從肘腋生耳。

台臺提鉞右輔，虎豹在山，諒有毗國之猷。紫馬兩關，職先令挑選戰兵千餘聽調，伏乞責成劉參將汶，及新任宗參將維城着實訓練。易州舊庫火器尚有一二千件可用。職前所募民兵，每縣三十名，雖未敢收齎，俱有籍在。道中散金結士，蘇都司從訓、牛中軍荷重，俱能知主名，緩急號召，可資一臂。吃緊在州縣民牧，聯屬黔赤，勿蹠春中竄徙故態，伏惟台臺留神。職夏五自盟曰：奴緩則退，死首丘爲安；奴急則留，死師命爲快。今一片冷腸，又爲熱血所逼，姑先送妻女歸，而職尋醫虎林，看大計有能見知者否，以決行止，亦不敢負台臺策駑磨鈍之盛心也。

與文制臺

職病骨棱棱，只欠一死，於世無求，亦無畏也。竊觀奴酋伎倆，特一草賊耳。

中外同心,除凶雪耻,儘可做手。所苦人才、政事俱消鑠於筆鋒語阱中,而不能展。凡文武官具作略者,有不畏浮議甚於畏敵乎?以金甌全盛之天下,而阽杌至此,二十年來誰實爲之?悠悠蒼天,彼何人哉?詩人所以興嘆也。職清郵傳太嚴,待屬吏太執,藪謗有自,而又一貧如水、一拙如鳩。凡長安候訊,俱不能修。距定興孔道五十里,前人贈勞之禮俱不能行,以故謗言易入。職知此地決做不得,故據事直辨,使人知天壤間尚有不怕科道之男子。而既爲不怕科道之男子,即決是不怕奴夷之男子,此可理斷者也。監司雖小,而綱紀一路將吏,任寄匪輕,亦必留其體面,使有以自立於民上。今詆以垂涕,嘲以收泪,已不免辱人賤行矣。即强顔徇禄,人將私指其背而唾其面,何政之爲?明耻教戰,求殺敵也。士卒不可以無耻,況監司乎?詬者動借"卸擔"二字爲囚山。夫易水距遼幾二千里,又不奉調入遼,何擔可卸?職小草出山,抵任六旬,豈無策駑磨鈍一念?況有台臺知己,爲職二天,又可以依光受教之辰,而天人兩窘,進退維谷,命也奈何?竊計台臺欲疏職病而放之,或難肯疏。糾職罪而民其服,則言者快,而職私心亦遂矣。螻蟻慊慊,不能無求於造物。伏惟矜憐,曲爲之地,開其一網,曷任隕越。

與胡撫臺

差役旋,伏承憲札。諗有西河之痛,曷勝驚悗。台臺道酌天和,仁爲物命,永賴之澤固足以貽槐於踵武,而衍椒於遠條也,乃積慶之理不可問耶?以長君十載侍宦,承顔肅務,惟孝且賢,當達而永,乃并福善之理亦不可問耶?職訂譜則世講,想謝氏之瓊枝;芘宇則通家,挹西平之蘭苗。黯然關戚,況在慈顧,曷克爲懷?惟是顔夭夷餓,彼蒼難齊,達人所安。側聞長君業有佳兒,已占遒上,先嗇後豐,造物可券。且職至今未子也,東門氏以無子之哀,齊喪子之不慟,非職所宜援譬。然悶逝爲無益之悲,而豁情爲報國之大。蘇子瞻云"付莊周、維摩詰處置爲佳"者,亦望理照,漸忘漸釋焉。職愚不任惓惓。馬水兵赴餉司守,糧額止五百餘金,原是職先示準給,非由先討者冊領已投,不忍一日之間小有紛綎。其愚可怒,亦可憫也。職應機處分,響御凛若。此瑣事自可徑結,不宜煩神思。然懲前戒後,不敢不聞。應題知與否,自有台裁。然職之所慮者不在今,而防其漸也。蓋易鎮三調,垂及五千,而生入山海者僅百中一二,何怪今日人作訣別,如羊之近屠市,鱔之投沸湯哉?職原詳謂變不獨奴,而兵變、民變將相乘而起,亦有所見也。從來兵貴神速,此事一失在樞部不發銀,徒以空檄徵兵;一失在郭總戎不待錢糧議妥,先委之去,而動以逗遛恐喝將領;一失在保定府拘文襲故,不速議借給之法,而顰蹙帑匱,未免揖讓而救焚溺。其實馬水兵,職驅車入譁伍中,見其疲弱,即率而束,亦無一臂之用也。雖知其無益,而奉旨久不應,亦非臣子所宜,故職始終以亟發爲請。若千五百再調,非易鎮所支。伏乞台裁主張。

與 胡 撫 臺

三十年來天下之人才、政事皆爲言路壞盡,而今日猶然。蝄蟷沸羹也,勢必灰人心、壞國事,心之憂矣,豈在身名哉!且既醜詈人以不可聞之聲,而又逆制人以不敢拭之唾。言路之威,乃出朝廷上,良可太息!其於台臺,不過爲人出缺,逐客之形成而沾沾快矣。至困頓職、呵叱職者,尚不知當作何狀。士固有志,死則死耳,安可辱乎?職之罪,梯禁驛遞太峻,束屬官太嚴。流言之起,良亦有自。今周文華一事,幹僕長班,職已責治,似可勿深求。然此事又不知府多少謗?故述以請詳,即免題參,而兩臺存此一案,亦足矣。荒旱乏食,願投兵者甚衆,但泛而不精,則難得其用。吃緊在先處錢糧。憲諭遼兵安家等費三十兩,其月糧想如部議壹兩貳錢矣。本地方兵既無安家,則當定其月糧之額。伏乞憲檄明示,以便州縣遵行。其戶、兵二部錢糧何日可至,更煩幄籌。不然,士不可以徒手招也。

與 郭 鹽 臺

二十年之人才、政事盡消鑠於筆鋒語阱之中,職誠私心痛之。如吾鄉黃鍾老、司寇何等,骨棱胸抱而動遭訕侮,即近日無緊要條陳,亦扯入而加以"貪詐"

二字，真令人扼腕。王希泉中丞持論舊淮撫一事，誠若自取。而抨者目之以伎以優，堂不無陛乎！賈生尚欲人主禮遇大臣，而今不能得於交戟之間，良可嘆也。大臣如此，何有藩、臬？而職輕犯其鋒，誠不知量。然監司雖卑，而綱紀一路將吏，其任匪輕，亦必留其顏面，使有以立於民上。今祇以垂涕，嘲以收泪，即忍訴徇禄，人將暗指其背，而私唾其面，何政之爲？明耻教民，求殺敵也。士卒不可以無耻，况監司乎？訴者動借"卸擔"二字爲囚山。夫職非入遼之官，又不奉援遼之役，何擔可卸？易水距長安二百四十里，膽落奴鋒，亦當在都人之後。今都中卿寺，尚有被人驅逐者。即上谷開府，多少逐鹿其間，而金臺治兵，遂爲人所縮足之地哉？即言者反而求之，不得吾心矣。前承台札，示以大疏點綴，張輔吾祠部亦先言之。而職道報房不肯抄寄，促之亦尚未到，至今不見全疏。枌梓之嫌，公亦疑私，殊非職所敢望而見。報題已奉嚴旨，毋乃以職故逢怒乎？不祥之身，反累師友，此尤職所踧踖而寢食思怨者也。求褫之文，循故事通詳。然此時此局，豈台臺所能爲職主張者。職以微軀當俾刃，但面目無恙，得脱此罟網，即充遼河一卒，亦所甘心矣。

與郭鹽臺

職抱痾待放，進退維谷。幸有三晉之擢，名尚澀於齒頰，身遂濫於除書。揆厥所元，皆台臺衷言所致。黍谷回春，敢忘鄒律哉？職去義甚明，去志已决。今特借量移，以開歸路，非有一絲蕉鹿未斷之夢也。若昔疾今愈，則亦不足爲職矣。交印後，即扶疾南歸。然臣子去就之義，不可不明。謹具長休之詳，以結謝病之局。伏乞台造，十八日接邸報，熊經略二疏雖迫於機會宜乘之議，而未可急進之形，已章章在案。若冒昧躁發，則三路之禍必見於今矣。且閫外進止，宜經略主之，方可定其功罪。如同舟可以輿瓢，而在廷可以掣肘，如國事何？將在軍，君命有所不受，可殺而不可使擊不勝。豈有明知不可，而以□擲徇人之理？若廟堂不主持專任，可憂方大耳。西虜□花，既藉口於宰賽、虎墩，又修仇於五路，正恐未爲我用，不患其先進，而我無以繼之也，曷勝惶悚。

與李按臺

職抱矜、狂二疾，束身待放。奉嚴旨策勵供職，罔敢懷安，亦思勉補劓刖，而矢來無方，進退維谷。丁同卿指事紊規之參，尤出慮外。未見全疏，不知以何爲射的。多口之愆，敵怨有在，或無待僕臣佐鬥，意者其言焉乎？職因援遼家丁乏騎，援薊州例，請給民馬壹百叁拾壹匹，蒙屯臺批允，則四月初一日也。同卿有圉馬幾空壹疏，司馬覆禁止借兌者，則四月十一日具題，十四日得命，三十日案始到道也。屯臺再疏申明，謂易州道請允在前，得旨"這馬匹在奉旨以前的，姑準借兌"，則五月初一日也。事體照然，職何違紊之有？若別有吹索，職何敢知？不能不爲世道三嘆矣。夫誅舍，吏衡也；進退，士節也；成敗，邦治也。監司雖卑，而綱紀將吏，宜斥則決□之，可留則寬假之。養其氣而後責力，伸其力而後圖□。今聲醜態以徇諸三軍，又築囚山而錮之一路，大小俱玩，恩法兩窮。一身之榮辱、死生不足論，而所敗者誰之事哉？台臺爲地方計，當有以處職矣。

與李孟白部院

職昔忝英遊，夢仙久墮；中羈浪迹，尋盟無因。雖在石戶安巢之中，每思名世匡時之略，與周台石、林翀漢時想風範、味德音，固若張忠定詫吾榜之有人，蘇司業識紫芝而不恨矣。自循因果，殆有楚緣。五載叢愆，翻蒙觀過。遂以徇知之痴念，犯小草之深譏。蕭風寒水，適歸台臺臨照之下。即擬修手板以扣嚴階，而奔走恒山道中，歸聞遼變，拮據調兵者月餘，勞薪未定，芭蕉見彈，謂初服之可還，竟囚山之難放。誓墓不堅，罫彀自取。所謂九州鐵鑄不成錯者，雖悔曷追。若其伏覺之深，遘緣之巧，非躬陳不可悉，今未暇言，亦未敢言也。

恭諗台臺居東之愛，踐籩豆於周公；轉餉之勤，追指蹤於蕭相。而天未悔禍，夷將滿貫。海輸陸輓，仍勤計籌。不觀大臣殉國之忠，豈知小吏獲名之淺乎？然定命以訐謨爲大，立節以用耻爲先。從來未有監司被臺參四疏，同寺參一疏而可忍詬居吏民上者。暫出以尊嚴旨，而徐退以息微躬，職念之熟矣。職宜罷斥，而周台石宜亟起，此台臺所可言於宰衡者。螻蟻微悰，私有懇於造物。敢因上事，布其愚肝，若昔同器之"之無"書，今爲防風之後至，則職負愆獨厚，固人禮之不繩；而台臺藏疾最宏，已佛地之優人。伏惟倍加拯護，豈忍譴訶？

與李孟白餉部

職義當去已久，所以忍詬徇官者，病未甚也。至今日而天人交窮矣。職聞卑而逢怒於尊者，宜屏伏以明分。不肖而見繩於賢者，宜震慴以求原。況先祀一髮之身，抱膏肓不治之疾，安得不解職問醫，謝繒繳於人寰，申懺悔於造物乎？區區下愚不移之志，苟非決去之事，必不出去之言。而既以去求生，必以死誓去。伏乞台臺垂念駸靳舊誼，鞭策新緣，察其病與咎會，勢不可留，特賜衷言於胡撫臺老先生，蚤爲代題。乘秋河未凍，問槎天津。一則省陸驅、便藥餌，一則庶幾力疾，謁侍範教。台臺一擧手之間，即爲職再造之命矣。保定黑豆拾萬石，職已嚴督所屬州縣，乘秋成收買。有上臺功令導前鞭後，亮無不兢兢赴質者。職移文查真定事體，該府回文："四十八年，拾萬之數只先解五萬。夫恒山以解半而督完前額，上谷以解全而兼繩新派。"微窺憲檄，又若於上谷有重督過者，將無以職兩詳中語乏委婉，仰干斧鉞乎？此職所以自訟三疾也。然職命窮病甚，蘇和仲云："茫若醉夢之中，不知語言之出者。"台臺豈忍以二十七年卵翼之餘，記其小過？又豈忍以職之瑕疵，加守令之愆咎哉？伏惟俯賜矜宥，俾完新運，嘉獎成勞，職鈞碣中，永誦仁造。又周台石年兄宦貴省似無大過，即有之，諒亦非不可恕之過也。投閑八載，既非得罪考功法，豈便得以山林老？韓忠憲不忍鋼人於聖世，大臣之用心，即台臺與太宰之用心也。職隱矣，猶不能忘情朋友。伏惟台慈留神，何啻身受培植。

與李孟白部院

職咎餘人讁，病有天刑，猶循階級之遷，得假休沐之路。靜思覥冒，實荷生成。業遣蒼頭入都門上長休疏，爲銓曹李葵孺、周愛日所堅枳。去就之義未明，進退之身維谷,截斷葛藤,惟在大計考功法耳。津門登舟,滿擬蒲伏嚴階,一望絢綮而別。無奈數舍跋涉,瘦骨支離。且胡撫臺亦不能謁辭,恐開罪於世法。謹具禀,尚官代躬叩。咫尺斗光,邈若河漢。城近舍衛,徒聞佛而罔窺;舟環仙山,苦剛風之引去,悵悒何言。惟伏菰蘆中,拭眸傾耳,旦夕奴夷殄殄,台臺鄭侯之業,首題麒麟閣上耳。流水繞琴,雖入《思歸》之引;清霜拂劍,猶餘報德之心。伏惟台鑒。

答徐雅池撫臺

暮春具禀報履任,伏蒙溫答,寒水生虹,嗣後缺然奏記,惟望五臺佛光,作天際真人想耳。募兵宜責成守令,兼選委入遼敢戰之官,閱實而自領之,則一卒庶得一卒之用。使臣遠臨,徒滋擾累。職屢告長安諸公而莫之聽也。前讀台臺大疏,私喜隙中窺管,暗符曦照。即此一事,台臺苦心勁力,造福實宏。

職嘗謂兵馬有三要:曰選,曰養,曰練。今度遼騎卒,本色芻秣,不以時給,訓習無方,獎勸無術。即紛紛汰更,曾何益於強弱之數乎!三晉兵初至,頗梗二運。漸馴至三四,益凜凜奉約束。台臺鐘鼓,實式靈之。職仰憑威德,鞭之鼓之,越職是懼。更荷弘獎,悚佩交集。今天下口多而力寡,貌張而骨靡。而稍具骨力者,率消鑠於舌鋒語阱之中,所以感知己之無多,嗟任事之不易也。

職初到,值遼、瀋陷,徒弩者戥相擊,心惡之,檄凡私遣家者,雖津要勿應付,已觸憎矣。適有欲奪胡撫臺坐者,忌職觝其榻側,是以有侯六真之糾。既怒職揭爭辨,會兌馬事,奉屯臺批允而後兌,兌後屯臺具疏得旨,已十八日矣,忌者猶借此佐鬥,是以有冏寺之糾。至七月撫回宣、大逃兵二百三十名,忌者又窺夙嫌,中之樞密,是以有張大司馬之糾。鶯鳩小鳥,遊羿彀中,倖脱刀俎,何望霄漢?今惟以榆枋為本色耳。雖報有三晉左轄之擬,得侍清光、受訓齊,豈非勝緣?而"廉恥"二字,不忍抹之末路,以死誓歸,台臺亦勿復望職矣。

與解嵩盤撫臺

長安慷慨言天下事,時弟固以年臺寇平仲一輩人也,尚妄意勉為張乖崖方面自效,而一試楚,再試燕,動與咎會,乖則違俗,崖則絕物,雖略似之,然有其病而無其才,終爲棄人也。已恭論老年臺太乙摩霄,巨靈蹠岳。提鉞上谷,壯紫垣之右臂,《詩》咏韓、周,史稱潤河,而易水甘棠,邵公是似,又儼然示不肖弟伐柯之則。弟低徊香火,想象伊人。咫尺崇牙,未遑修候。辱翰貺先之,步趨瞠後,斯亦侏儒一節之驗也。病在膏肓,旦夕歸老東海。翻思年臺及張翼老司馬皆從此旗今古,獨弟鎩羽蒙恥,山川有人重地,無地重人,良非虛語。上谷弟所嘗遊,兵以款惰,近更以調耗。有年臺文武憲之,何患乎不萊公?奴虜射天血人,殊有亡道,非彼能張,夫嚮者我自敗也。將選、兵練則勝之,惟"知人善任使"五字而已。遠調不如近募,懦衆不如精寡,多文臣不如擇良將,繁議論不如付機權。正兵欲重而如山,奇兵欲輕而如風雨。未有以攻取之着,日播紙上,惟恐人不喻,而求勝敵者也。

與督撫按屯諸臺

士之進退,惟義與命。職小草出山,來自八千里,居僅五月,伏值台臺以當世人龍,行翕受敷施之道,豈不願鞭磨駑鈍,赴表應鼓,樹尺寸之功名?而無如義命之不我與,何也?監司爲一路儀的,未有叢詬之身,可強立吏民上者。職一身耳,臺臣則刺其悾悾,阃臣則糾其紊肆,堂堂中樞則疵其人品、心術。夫悾悾不可以守圉,紊肆不可以備官,人品、心術見短於名賢,則并不可以覥面目而稱人,此義之不可留者也。多病孱軀,重以負垢;七情六氣,乘虛爲邪。舊疾彌增,新疾間作,疾痛慘怛,則呼父母。而職父母往矣,嗣息未立。每念不孝無後之語,薰心如刺,腸一日九迴。自五月以後,魂夢無夜不在先塋間,雖身爲金石,何堪銷鑠?此命之不能一日處者也。命不存而義存,葛侯所以甘嘔血於盡瘁;義不存而命存,鄧綰猶然恬唾罵而處官。職腹背毳毛,於國家無毫髮輕重。既無枕戈乘障之寄,又非輿疾討賊之人。即以死殉官,不得言殉國也。台臺何忍強職爲鄧綰?況病與死鄰,雖欲爲綰而不可得乎?職惟出處之關以廉恥爲大,榮祿之路至生死而窮。職今日決去,則廉恥與生而俱存,強留則廉恥隨死而並喪。

士固有志，以死存廉耻，猶且飴之。若以死喪廉耻，職所不爲，亦台臺之所不忍也。蓋職五月，心已去易水久，今特以身請耳。三辰在上，放黜爲期，九死靡易。伏乞台慈矜允曲成，不惟全職之命，實乃成職生死不至爲匪人，以辱天下士。銜環結草，未足言報。

與張翼老少司馬

駿靳以後，鴻爪各分，若相避然。然台臺清望壯猷如巨靈擘岳蹈河，懸仙掌於日月，有心目者所共宗咏，況不肖繁星拱斗，氣聯而光攝，敢後西拜之松乎？區區抱古民之三疾，養拙漁磯。不自意起家易水，時正值台臺劍履入樞府，而其地則郭侯并州也。謨訓金石，有伐柯之則；香火伏臘，有憩棠之歌。即不肖出莅退思，嘉言孔彰，常目在之，不減於奉玉塵而聽呀詔矣。私詫勝緣，謀通繾綣。而遼氛驟惡，台臺單騎行邊，持羽扇、障胡塵，莫不頌郭汾陽之忠、韓稚圭之膽。不肖木强，散既不才，直又先伐，遂落矰網中。夫追驥可憑，可續貂自辱。雖投杖宜逐日之渴，然汰礫有割席之慚。不肖所以屏踪沉響，不敢唐突門墻者也。乃差官解逃兵回，枉賜台翰，凡鄙若甘於自絶，而雲霄曲意於提攜。下交先施，古誼爲兩，感悚無量。台臺度遼疏議，不肖讀輒擊節，謂必辦賊，出折敵衝，入參廟算，吉甫、張仲并之一人矣。

奴酋射天血人，殊有亡道，惜我未能爲不可勝以乘其可勝。毛文龍之著，發之太急。然四衛望救，豈容坐視？姑發精卒萬人，誅牛莊，搗海州，多烽火以牽制之。彼歸則退，彼出則進，亦一奇也。袖手不束，何以係遼人之心乎？今日之事可緩取遼陽，而不可不急固鎮江。兵法有聲、有形、有實，多方以誤之，妙在用聲、形，而非必角實，遽與確鬥也。台臺以爲何如？因徐二守廷松東行之便，肅候起居。徐君清如水，愛民如子，而忠肝壯略，殆儒而可將者。處以治兵僉憲，乃展驥足耳。台臺卵翼之民，實賴其袵席。伏惟吹噓培植，使得自效，樹人即所以報國也。不肖咎重病深，杜門待放，旦夕歸耕，倚長鑱觀麟閣之業足矣。

與撫按兩臺

宣、大入衛兵三千,久住通州。旬日前職與徐易州廷松、杜高陽應芳譚及,謂必有變。今聞其兵馬、芻糧不給,又怵於隨經略之議,徑叛散者千餘,從易水經過,有走紫荆、馬水出關矣。王撫臺遣旗牌四人招回,兵輒趕殺,逃入易州稟職。職申時得報,一面發牌三面,差千百户馬如麟等沿路招撫,諭以禍福,歆以賞賜、行糧,開以歸營免罪天日之誓;一面連夜馳檄與劉參將汶、王參將都只,撥兵嚴守關隘,勿容一人一騎經過。職思之有兩難焉。畫險防胡,豈許縱叛亡之卒?然今千卒源源相繼,若一味拒堵,聚於關下,大衆既集,勢無所歸,鋌而走險,川潰火燎,撲壅安施?故不拒而縱之,罪也;拒之而流毒内地,亦罪也。職今以招撫爲正計,萬一悔禍,甚善。若堅不肯從,則亂賊矣,何愛於若曹,而姑息以養亂哉?紫荆關以西,浮圖峪以東,車不方軌,騎不並列,天險也。職思用李鄴侯伏兵三門取朔方叛卒之法,已密與徐知州及聽用門人、都司蘇從訓策之,馳書紫荆參將調兵以待,相機行事矣。職欲身馳往紫荆,而徐知州謂形迹太彰,使彼自疑不可,願與蘇都司以招諭爲名,尾其後而用計。猶恐二參將之不肯任也,謹密稟報,伏乞台臺批示,或别授秘策,俾職奉行。

與李素莪按臺

宣、大逃兵共招回貳百貳拾伍名。職十一日由定興至保定,陪鹽臺巡歷,即差答應官馬如麟押回。是日未時往淶水,十二日由良、涿回通州訖,謹具文呈報。延、綏援遼家丁,蒙撫院批差官監押,即於十四日遣答應官鍾鼎臣回易州督發,并行該州犒而遣之,俟起程日另報。其首惡趙萬等四名,牢監候題正法。此兩番雖行糧、料草不無少費,而龍蛇帖耳,鷄犬無驚,則台臺霜斧,實式靈之矣。又蒙憲諭,方孩未道長寄聲云云,不勝感愧。自遼、瀋陷以後,職每讀方道長疏,慷慨激烈,嘆服爲真男子。前者訓勉之語,鞭影之中尚多襃衮,藥石生我,職拜賜之不暇,而敢有他心?今國家之急,惟東方一事。叛卒與奸民俱能借外寇爲亂，殆如積薪厝火，奴則其吹者也。能膺奴以息亂，宗社受福，臣子身家孰非幬芘？所當泥首百拜，而香火供之者也。道長正監遼軍，職惟以此為頌禱而已，伏惟台鑒。

與李素茝按臺

古者民有三疾，而職兼之。小草出山，誠為鑄錯，嚮猶□台臺翼覆，可免顛隮。而今也，卿月玄照九棘，夔龍直上，烏鵲失枝矣。然豈敢戀依劉之私，而緩舉皋之喜乎？職先承乏湖北，得罪張鳳老大司馬，屏迹思愆。而大司馬有一揭請主爵者推用，又綴之疏末。職淺劣，何敢望臨淮、龍圖，而私誦大司馬不難為郭汾陽、呂申公也。然司馬公涇渭素明，而職不肖，瑕瘢難化，藏怒之人，或從而鐺釜其間，以成水火，遂以撫逃兵一事，橫蒙按劍，至揚庭而告之君父。心先有鬼，髮皆成魅；壁本無弓，杯亦可蛇。蓋至是而職側身之地狹，避謗之路窮，任事之念亦灰矣。兵備正樞部所鞭箠使者，豈有人品、心術？既為大訴，而可以靦顏居職乎？廉耻當存，近不相得，凶害悔吝又其後已。計蕭風寒水，數月中而負咎三事，掛抨五章。昧昧思之，恇怯則不可以為圉，恣肆則不可以為吏，心術薄惡則不可以為人，此職義當自反者也。行年四十六，兄弟無子，先祀一髮，病嘔，病中痛衄血，病眩暈，岌岌有危脆之憂，此職力當自止者也。秋防之時，題放甚難，友人謂職右轄資俸已為前薪，金嶧桐、戴鎮樸皆後來居上，或可借量移為歸休之徑。而李葵孺選君未之敢許，欲候台臺出閫商之。伏乞大慈拔之苦海，成其歸計。若職自處，只有杜門俟秋防過，冒罪長往而已。前抄報小揭外，另有一揭達各上臺，謹補呈憲覽。

與　諸　臺

職讀屈原《惜誦》，謂"矰弋在上，罻羅在下，傷側身之無所"，乃今知之。招撫逃兵一事，任事愚忠，翻為罪案，致觸大司馬張鳳老先生之疑怒，大出意外。凡撫逃兵，不得不問其疾苦，而兵以狀求，轉聞通院，安得不為錄送原狀？判曰在道，可覆案也，辭之虛實，職安能知？大司馬因覆疏放回，與狀內指"打點撤回"語合，而疑職點刺。夫職收狀初九日也，抄狀入詳初十日也，兵部覆疏蓋在後也。使部覆後職始點綴此狀，或涉有意。今隔二百里之遠，懸在數日之前，職非仙非鬼，安能逆知兵部之必放回而預伏此機械乎？職在湖北以爭大征獲戾大司馬，屏伏思愆。而大司馬有揭有疏，謬加推轂。郭汾陽之於臨淮，呂申公之於希文，千載再見。使職尚存不肖之心，是司馬怨而德施之，職反德而怨報之，生何以望抱子？死何以望全骸哉？且事之本末，日之先後，昭然耳目。弓無影而杯有蛇，言何流而市成虎，此職所以拊心長嘆息也。大司馬先有竊鈇於胸中，故所見無非竊鈇者。使平心而考之，亮載鬼之既虛，何張弧之不釋乎？職屢被譏刺，今爲大司馬所短，鄙其人品、心術，告之朝廷，若塗面強留，是"廉恥"兩字真不必設矣。職目下趨檀山謁王制臺面陳歸計，回日當力求放免，伏惟台臺哀而成之。謹以詳通院呈稟，及兵原狀稿抄白呈覽。台臺儻通司馬老先生之便，乞爲白此黶黯。官去人在，職雖死之日，猶生之年矣。

與胡撫臺

戰車一事，職七月見台臺疏，即行州縣催解。八月初一將往密雲，又行令勿候道驗，隨便逕解，回日連催。據府報，各州縣俱於十三日報完，雄縣已先解京矣，其餘職又督催，令該府取車輛出門日期以報。今承憲札，謹再錄示速之。其實真定至易州四百餘里，從易州行府，府又轉各州縣，極速亦以五日計。深澤、束鹿等處又距京甚遠，勢安能一蹴而至哉？以兵機言之，欲取鎮江須預布舟師策應。今舉事而後催援兵，未免發之太急，繼之太緩。至目前緊着在固鎮江，不在渡三岔。廣寧兵練未成，戰械未備，宜揚進兵之聲，而未可即爲大舉之實也。宋喬行簡云：不憂無功，而憂有功之不可繼。有功而不可繼，則其患益深矣。今事無成畫，而倉猝赴機，又有甚焉者。職私懷漆室，台臺以爲何如？

與郭復庵鹽臺

上谷摳陪，伏荷台慈降階之接，激佩何言。職先蚊負湖北，以沮三省大征議,開罪於張鳳老大司馬,屏踪謝愆。然職歸五年,而大征竟未舉也,是雖有相左之名,竟無相左之實也。大司馬曾以一揭請主爵推用,又綴之疏末。近入都門向蔡元岡掌科明示無猜,職之淺劣,何敢附臨淮、龍圖,而私誦司馬公不難為郭汾陽、呂申公矣。然司馬涇渭素明,而職不肖,瘢痕難化,中州藏怒者,或從而鑷釜其間,以激水火,遂以撫逃兵一事,橫蒙按劍,至揚庭而告之君父。心先有鬼,髮皆成魅;壁本無弓,杯亦可蛇。蓋至是而職側身之地狹,避謗之路窮。即一念任事之愚忠,亦與之煙銷冰冷。

憶台臺面諭:"秀才做時文,而觀者呵彈其側,必無佳思。"職蕭風寒水中,未數月而負辜三次,掛抨五章矣。雖欲忍笑罵而戀做官,得乎?況兵備正樞部所鞭箠使者,以未忘之冰炭,聽易鼓之波濤,動皆竊鈇,何難加罪?不但廉耻難裂,抑且悔吝預防。職兄弟未子,病嘔逆,病衄血,病心痛,病眩暈,借三百金而赴官,又從長安借百二十金而當官,何戀雞肋?而以先祀一髮之軀,熬人道陰陽之兩患哉?苦秋防未畢,題放尚艱,而職之情事則不可一日留。前周聯貞謂職右轄資俸已屬前薪,金嶧桐、戴鎮樸皆後來居上,宜可借量移為歸休之徑。曾向陳自公、周愛日言之,而李葵孺父母未之敢許也。若職自處,只杜門養疴,俟秋防過,負罪長往而已。適得蘇眉源書,當事者不喜吾鄉人,而媚子勇以吾鄉為贄。近黃鍾老屢中鐏繳,其勢不去不休,恐難以俟杜門、俟開籍間,孰人口也。伏承憲檄,查取官評。職雖賦《歸去來辭》,亦當了此公案。第望垂慈拔之地獄,成其招隱,則成我恩,與生等矣。

答孫愷陽詹事

文章德業之超,則淇澳宗伯言之有味,云懷十六年至易水,而後知頗、牧之在禁中。夫海不可一德盡也,如臺下者其大人歟?人有恒言,館閣之責三:修史也,講筵也,撰席也。古為今鏡,學為政模,則程叔子"君德成就"之言,居其要矣。天子英聖嚮學,而臺下領袖沃心之班,開發神智。當道志仁,樽俎折衝,豈在九伐,聖人之學,始而親中而繹,終而知微觸類。宰相侍從之可納牗言天下事者,莫曰講若也。而道路猶有默默之疑,恃臺下之必有以忠於政事矣。不肖硜硜人也,爲原思則差可勉;戎饑兩成,子路吾畏之矣,況能如伊尹之忍詢乎?獨木易風,危礎難水;拭唾逢怒,決踣何辭?而無奈師命之爲我囚山也,暫出以畏簡書,而終歸以存臣節,自處者如此而已。未去之間,皆補過之日月。惟恐昏羼,重負上谷醪之醉,不如石之生也。幸臺下勿棄,而時發藥之。辱贈德音,中心藏之,懷袖不滅,重於受賜。頟手言謝,雲緒依依。

與通州王麟郊撫臺

職昔叨附於如貫,今幸托於照臨。玉斧登壇,即懷寫賀夏之私,爲國家致得輿之頌。而獨木易風,危礎難水;往愬逢怒,遊界彀中。値師命之方殷,困囚山而莫決,以此自鄙,不敢上援。乃區區馳誠,如葵晞陽而針隨石,寤寐以之。茲因招撫逃兵一事,具文上扣嚴臺,敢以疵賤姓名,謬援雁塔之舊。仰溷洎人,時即奔走陪鹽臺巡方之役,不暇削四六奏記,伏惟慈宥。逃兵干律可怒,而聽招可憫。據其辭云,折色之虧累,將領之腹削,職不敢知。然清人棄師,垂戒於逍遙;涇源倒戟,起釁於粗糲。且久戍偏瘦,銳氣耗磨,即有緩急,總無一臂之用。愚見台臺宜入告,優其本色,簡其將帥,時其訓練,鼓彼朝氣爲高秋之備。仲冬盛寒,速放回本鎮,庶留之有虎豹之在山,而遣之無豺狼之進戶矣。此兵本宜遣還,然因逃遽遣,則無此三尺。若法有必行,小懲大誡,台臺自有妙用矣。

與　王　啓

右臂之重,上谷何地?而戎饑兩成,今之時又何時?不肖原思耳,而敢肩季路之肩乎?修竹彈蕉,蕉復何言?而出涕嗟。若殊非痴人本色,所以忍唾無功,不礎成疾,臺下若之何飾瘢疥爲光澤也,愧汗淫淫垂矣。奴酋伎倆無能爲,天下事儘可爲而我所以爲之者,宜急而愈緩,宜實而愈虛,宜和而愈渙,宜精而愈浮。募兵烏合爲市人,而調兵獸散爲盜賊。備在於外,憂乃在內,不肖未知天下事之所終也。從來君相、大將,得力者只有"知人善任使"五字而已。今所苦如人耳目憒、心孔閉、手足痺,惟目、舌"日囂呶不休",非國醫醫之,必無幸矣。不肖病甚而遘會之窮,有未易言述者。恐終負上谷,奈何? 言念德愛,藏之中心,九頓鳴謝。小刻二册附請教,嚮風馳溯。

與周聯貞

不謂遼敗塗地,一至於此,而眼前救禍,尚無成謀。急則口急,緩則事緩,奈天下何? 此時所恃者,天之靈與西虜之未合而已。堂堂全盛之天下,無一着好棋,真可痛憤也。真心實料如伯兄,不用之輦上而聽陛辭何,居然此日長安,無權而多舌,豪傑亦難措手也。弟欲做事而無將,欲募兵而無財,欲漸次料理而又恐無日。非不便宜從事,但數年冬援,搜括幾番,公私俱窘,一也。監司柄輕,破格調度,州縣相持,二也。鞠躬盡瘁而已,身不足言,正如杞人妄憂天墜耳。華韡原隰,何階一晤,薄致小程外,詩扇二柄,煩轉致陸景老、翁桃兄,冗不能候問。詩係別後一日所成者,今則無此閑意緒矣。景鄴策遼甚驗,弟欲特疏薦之,念其善病,未忍開口。儻有祖士雅擊楫之思乎,易水主人請避賢路,述博一笑。

與劉范董

台臺入則仲山,出則吉甫,不肖懷執鞭慕久之。今春小草謁福唐相公,譚邊才首屈一指。入易水而奴氛甚惡,所卜藩臬中,江左夷吾者則台臺與熊壇石公祖。周聯貞,敝友也,未面披襟,唐人不予欺矣。津門借重高牙,以壯嚴鑰,私心擊抃,渴擬修賀廈之牘以自通,龍門調發,蝟冗未暇。而甘蕉弱植,屢掛修竹之彈,決踣有心,裂網無術;鐵已鑄錯,山乃類因,良可噬也。和衷旅進,不專不虔,是以為懼而瓊華反之,感何可言? 航運可以飽河西,舟師可以搗河東,今之津門,事兼兵食,鄭侯、留侯,願台臺之雙舉其肘也。敬因鳴謝,展布跂予。專請籌筆,不既欲言。

與柯和山

孔、李通家,尚許自托,況弟於翁臺,固世譜之昆季乎? 庚戌獲炙芝眉,疵咎默減。旋拜詩箋之贈，清音穆如。弟非袁彥伯，而謝傅仁風，携慰楚人。鄭鳴峴太宰言八閩人物，輒以翁臺鉅擘也。雖病廢，邁軸望，名賢表，竪在日月間，固若庶星之宗維斗矣。不自意釋末復冠，而又從翁臺之後，且喜且慚。慚瓦礫後珠玉而形穢，喜前事之可師，猶將竭蹶以從之也。翁臺卿月金掌，霖雨且滿天下。然易水固并州也，善歌者使繼聲，善築者使繼力，楊於陵固不敢易袁公之規，而令尹之忠豈能恝然於新者？弟是以願有請焉。

與柯和山

據鞍削請益之牘，蒙披肝指示，瞶眼乍開，茅心欲拔，感且刺骨矣。事有高山，教有周行，弟雖駑鈍，敢不磨策？惟是燭龍之下難爲光，天驥之後難爲步，實恃卿月近照，朝夕耳提，而六轡南邁，悵悵何依乎？旱已太甚，隨車無雨；東事決裂，號夜有戎。殆師旅饑饉之時，弟原思也，而使爲子路，奈折臂何？盔甲之造補，軍馬之查考，院銀之解還，教場之議改，俱遵教從事，一時未得應手也。同惠倉米，則翁臺在事已委徐守及前李倅監放。又惠念軍困，去歲許其緩還，蓋米已出而銀未入也，今當以扣銀結局，斗斛無可議矣。標兵整頓，苦無入頭，訪之快手，皆州縣殷實借此以避雜差、護門户。今練則難猝練，易則不可勝易，市人可戰，世豈有兩淮陰侯哉？翁臺何以教之？中軍官吳夢金，撫臺已咨補沿河口守備矣，孰可繼用？長安中有將才姓名，得於咨訪者，幸密示。僂僂難罄。

與霍顯用掌科

門間半面，宛然記名，乃知大賢取人之篤矣。沅州令叔心誠而骨剛，於不肖有臭味焉。承諭同舟之誼，停雲藹藹。台臺篤念嗣宗竹林之遊，使不肖附通家以承教沃，何幸如之。夕拜高風，梧掖聳爽。國有正人，朝廷尊而四夷服。雖有衞、霍，猶當在汲長孺之後耳。不肖散材小草，亦冀效鉛刀之割。而質弱根淺，風雨震凌。最苦者虛名兵使，而幕無一卒之實，保定有軍而無兵。積年調發之七八千，皆歲食糧四兩四錢之軍，易州則并軍無之矣。遼、瀋初陷，求募兵數千不得。繼請還茂山衛於易州,復二百年舊制不得。秋風漸勁,乞姑募伍百名,終不得也。病骨一具,熱血一腔,以此殉國而已。其實不肖何補於易,而易何賴於空拳之不肖哉?新邑有執有爲,爽亮周密,衝途有倍人之勤,不肖甚敬愛之,已先告府廳置夾袋矣。我聞有命,中心是藏。肅復,未罄瞻依。

與王東里掌科

輪山荷先施,而地主之禮缺然,罪也。惟德光爲紫氣詁言,爲清風披拂。不敢饑虛之餘,差以自慰。遼敗遂至塗地,天而恐墜,弟有杞人之愚矣。可怪文武二部絕不收拾人才、將才,置之京畿,以防代匱,而臨渴鑿井,臨暈求艾,此不忠之大者。今所恃天之道,祖宗之靈,餘何可恃也。弟小草乘障,亦冀小做實事,而積弛積玩,心手難應。又苦旱未大澍,苦身病,嘔逆大作。饑饉師旅,子路之果猶待三年,況豎儒欲以日月爲之乎?鞠躬盡瘁,夫復何言?翁臺皇皇者華,稍遠棟焚。然四牡項領,蹙蹙靡騁,況真忠體國,想不忍舍然於夢寐耳。令兄玄老諒讜憂時,定深扼腕,冗次無書,風便爲致引睇之誠。

與劉侍御

廬江幸識紫芝,兼荷渥睠。元龍百尺樓上,披襟吐膽,一朝足千古矣。下車苦旱、苦戎,形神俱敚,未能修小夫之牘,一布鄙私。德音隆貺,又自五雲墜下,感愧兼懷。僕獨木易風,危磯難水,始以蕉弱受修竹之彈,既而拭唾逢羿彀之怒。束身待黜,何能勉樹,如大雅所獎期乎?雖然返璧,心承已重。草草鳴謝,不盡欲言,惟祝珍勖。即入司水鏡,若直瑣闥,從此銓伏,猶光分天上也。溯風耿結。

與王鑑心駙馬

悅安社稷,必賴親賢。恨令甲太狹,不然則悰顥之相,杜桓之將,臺下優之矣。一領範教,不知意氣之投合也。詩有古處、譽處兩言,古者敬之以道,譽者愛之以德,不佞願齋心而事君子,亦惟臺下乃可以此進耳。平生自許痴膽,而大教謬以稚圭推之,誠不敢當。然妄謂執事者,知我也。顧木强忤世,矢末無方,歸計成矣。入則如于琮忠朝廷,居則萬石君風鄉里。亮臺下之有味也,珍贈附璧,意承則重矣。再報詹言。

【校記】

① "詆",原刻本作"抵"。

泉州文庫

選聖題

（明）蔡復一 著

何丙仲 點校

遯庵全集（中）

泉州文庫整理出版委員會

商務印書館

遯庵文集卷四

郘牘 上

上葉相公

相公再起,而遘河西之變,外籌羽檄,内決盈庭,宇下無不爲相公苦,且爲相公危者。而實小静以至今日,天實爲之,亦相公之精忠所格深,而福德所庇厚也。天實爲之而人事未見作何善承,此某之所憂也。福德不足恃也,相公以精忠持其始,則當以謀斷收其終。天下之安危,視來春榆關;世道之平陂,視來春京察。人謂榆關難守,而非也,特問肯守與不肯守耳。肯守則必有守之人守之,其守之法,兵道、將領俱當盡汰文套,身居士卒營内,朝夕分其甘苦,察其勤怠,信其賞罰。兵之患在虚、在尅、在逃。身在營而閲其名數,虚可實也;身在營而察其給餉,尅可禁也;身在營而勒以束伍法,逃可止也。總之,任有能之將,練不走之兵,而戰守俱在是矣。救京察者争言平,平之號對不平而立者也。而平之實由兩衡而見者也。物有兩則有左右,有左右則有輕重,而以平爲劑。同事一君,同肩一國,而惡乎兩之?素履質之居鄉,宦業核其營職。以清濁定守,即以貧富論清濁。以虚實定才,即以修廢論虚實。以静躁論品,即以無求速化論静躁。而一歸於灼然可按之行事,其意見若何,持議若何,朋友若何,俱置勿道,是則不言平而自平者也。

某竊觀天下之病,在外則虚而不實,在内則有情而無法。自撫按監司以逮守令,無不爲應酬作苦,沉身繁文縟節之中,而其精神日力未嘗得全用於軍民,功安得立?有情無法者,則恩澤太濫也,陞遷太驟也,註秩太繁也,重内而輕外也,口舌多而手足寡也,賞無藝而罰不行也。略舉其凡,未易更僕數也。試考祖宗之制，質神廟初年之故事，而今之有政無政，不問可知矣。司馬，武功也，而《周官》曰"掌邦政"。既無政矣，何以有兵？某愚謂臣子不必他求，但以主上爲師而足矣。主上能止存機之封，而臣子陳乞，不知自裁。主上能還謫官十餘人，而臣子不能捐門戶異同之迹。主上能發帑頒詔以勞將卒，而臣子潤身肥家之根未拔。某每思之，未嘗不汗出流涕也。

若中涓之竊轡，内旨之叠出，誠可深慮。相公此中良費旋斡，而某謂其機在外不在内也。果揆地諸老同心，閣與部院同心，部院與科道同心，所謂同心者，非相恕相徇，一味情字，而同其爲君爲國、守法責實之心。指南之針，朝宗之水，天地且不違，而况人乎？如是而患宫府之不咸，未之信也。某易水負罪宜去，決去矣，至三山，聞河西陷，而兼程以北。七月旬宣，秋毫無補。鄖節簡畀，事出夢表。凡臺省見舉者，皆不相及之人。而太宰之主推者，乃其十載無書之舊屬吏。自省謗可省身，譽翻損德，守常寡咎，冒進媒顛，惴惴乎無以當之。而閣部所以用某者，則猶古之道也。以古用，不敢不以古報。惟報主之外，無別肝腸，修政之外，無私伎倆，持此自誓而已。某臨去晉，而爲晉畫所宜舉除之利害，故不能速。又弱軀怯寒，病甚，當於前途調攝。候敕，卜正月杪入境。伏乞台慈裁察。

上葉相公

今天下安危，全恃榆關一着。安守而危戰，夫人能知之矣。然非精求戰之實，決不易守。守有氣、有根，其布置在關以外，而後可壯守之氣；其綢繆在關以内，而後可固守之根。專守榆關而疏薊、永，非九地之守也。不肖料奴酋非先取毛文龍，決不輕扣關。或謂其必剪朝鮮，而非也，毛文龍去，則朝鮮從之矣。宜多方接應，擬奴之後，此布置在關外者也。奴而仰攻山海，易禦耳。恐用奇繞山海後，撼搖人心，則關不攻自潰矣。宜精選守令，料理戰守，以民堡與兵營相兼爲固。法在扼要害，聚而不分，使一城俱若一敵國，而奴豈敢深入？路不虞斷，歸不虞窮乎？此綢繆在關内者也。登、萊決非奴出奇之處，我重登、萊爲接毛帥耳，其勢在能守旅順。不能守旅順而多兵毒登、萊，非策也。天津最爲咽喉，以舟師護海運，可佐榆關而張我之犄角，可指寧前而斷奴之深入。若僅曰運道而已，非兵勢也。根本則惟"道揆、法守"四字。以道揆事，當以法格情。數年之敗，總之議事者無法，當事者無實耳。法在斷，斷在速。在一河西淪棄，誅事則撫重，誅心則經重。定辟先撫，而經即次之，豈顧問哉？自當時專攻經而略撫也，而人心不平；繼之專逮撫而後經也，而人心亦不平；又繼之欲別生枝節，爲專阱經地也，而人心愈不平。一正爰書，而衆無譁者矣，故知斷在速也。

三路以來，敗局古所創見。而朝廷未嘗誅一人，何異遼季退有生而無罰乎？經、撫、道、府俱獄而不聞議，鼠竄之將領先逃，文臣康應乾無問及者，牛維曜亦不知作何處法，此不一之過也。募兵者以財爲市，登、萊之米豆，船鶩於蘇門，不肖去冬過滸墅關，主事沈弘業所親告也。何僕臣之駐杭，宿娼聚博，蘇石水中丞所親告也。悠悠置之可乎？此尤不斷之過也。不肖歷觀往史，凡興朝則議論簡而號令嚴，有整齊振竦之象；叔季則口舌繁而法紀偷，有決裂紛紜之象。相公觀今日大勢，於兩者何居焉？不可不深念也。前讀相公入告云："擬旨而部科不應，勢莫如何。"某竊謂失言矣。揆地所鑰，王言所衡，國法下不應而熟際之，此非政府莫如諸司何，乃天子莫如臣下何也，不有切責回話之例、奪俸降處之法乎？惟斷然以法格情，俾大小臣工皆輕富貴而急功實，而後安攘可立。法之所行，從吏、兵二部始。宜一修神廟之初制，督府司郡俱久任不得數遷，兩司守巡銜不許互借，將領不得用債帥。添註以漸議裁，而人心躍冶之念，庶轉爲思居之念矣。

今天下巡撫少一考者堪戒，數月而更，監司亦然。欲望法肅功成，不已難乎！至袁經略、徐蜀撫之恤典，俱太逾溢。罰不足畏，而賞亦不足勸，不肖所爲私太息也。恃相公休休之量，故敢冒昧言之，逼冗無倫，伏惟裁其罪。至鄖鎮所領，實天下要害地。而三省各有主者，局同枝指，柄類輿瓢。詢迓役，標兵三百，取諸州縣，民快分爲兩班，單弱至甚。前撫招募，數月無一應者，蓋帑貧而糈薄故也。各省錢穀總在藩司，故省城兵餉猶可設處。鄖割數郡而已，不得預藩司會計。無麴之餅，露肘之衣，不知作何擘畫。受事後，惟力是視而已。地方加派,正賦愈縮,有名無實,而徒滋科收之弊。携閭左之心,似不可不爲之處。未暇縷陳,伏惟相公圖之。記江陵相有言:在任人,在責實,在嚴法。謹援三語爲獻。

上葉相公

不肖自臘初離晉陽,邸報絶目。鄭州具禀,謬及時事。旋從洛撫借報,則前得旨處分矣,恃相公能恕其狂斐也。四揆參進,人存乎見多,而不肖窺相公有明農之思焉。讀辭恩疏"原官出山,原官還山"二語,爲之感嘆。然相公爲東氛而出者也,妖禍未靖,尚非裴晉公堂開緑野之辰。今救時急着,惟一"任"字。任在膽與誠,而内聽之,衆從之皆其後也。内侵而能守之,則不得不聽衆;撓而能持之,則不得不從。韋澳無權之言,不肖竊非之。權者承天子之衡,以低昂萬物者也。理法之所制,非意之所爲也。政地而曰無權,則將聽於衆之自低昂與旁之助低昂者,理法不伸,而人各行意之爲,可歟?而其如衡何矣。

不肖束事外,有昧欲言者三:孫宗伯、盛少宰之不相也,申旨自言其故矣。而人疑不釋,以爲有煬之者,非果出上心也。萬一有之,則揆弼進退,乃制於不可知之地,漸且長矣。愚見謂此事不在争於點後,而在揭請於推時。冲聖未盡習群臣也,豈可避上下手之嫌,而使左右暗關其口,遂事不諫,而以後大用舍、大賞罰,斷不可不力肩而豫贊者也。安聞閹媪合蠱,疏隔三宫,人心隱憂,比之内戎。不肖謂揆地用力,正在於此。魏瑎尚沾沾好名,可因而導之,開臣子之情義,微述衆疑,而堅其必無有,悚以禍福,而專歸隆於調護維持之功,庶可動乎?劉范董曾言:"相公駕馭此曹,苦心妙用甚悉,亦非相公不能爲也。"鄭畹之府衆疑久矣,近發自永寧。雖有别構而密,中離間孝靖一節,終無以解孝子慈孫之憾,且言者愈衆,猜者愈蔓。人情懼禍,或至走奇,何不以出都門結此局。襄陽猶遠也,甸服之内,挾貲而徙,何患乎無家?似宜請聖斷行之,以斷葛藤、消意外。處分之中,即寓保全,是或一道也。

榆關之事,群望相公乘羽書稍緩,與督相大司馬共策萬全。相公靖東氛而後歸,幸甚。不然,前之三慮,惟相公重圖之。諸老協心,共獻則爲昌言,共持則爲定力。至其要機,納牖於補牘,不若面陳於日講。主上英聖,可爲忠言則爰立,雖廣薄海,有濟濟以寧之頌矣。

上葉相公

報代時,未奉相公答教也。及今而開示者三矣。當局者心隔垣懸,揣捫鐘、摸象之言,懼然自責。伏恃台慈,鑒其意之無他而已。鄭畹出都監軍續逮,愚見未嘗不暗合。大抵相公所可爲者,固已潛斡於斗柄之地。而極暑極寒,甚至冬夏相反,則地若有權,而天亦不得不聽耳。周公明農,不獨聖主睠留,而通國皆有維縶之咏,至人以去爲憂,而相公之人品、德業,蓋可知矣。然六卿不能總己以聽平章,言路不能靖共以贊謀斷,良可嘆也。台論謂今古攬權,只霍子孟、張江陵兩人,誠然。然代遠勿論,江陵前則新鄭,後則蒲州,何嘗盡委政響。即吳縣、太倉之時,會推巡撫以上,尚參同異,《孫月峰文集》可考。大抵政權之輕始於陸平湖,成於趙蘭溪,至今愈甚。不肖非敢望撲地爲江陵,但今日鼎實濟濟,儻協心衡持,共還成、弘之故典,猶庶乎正涉川之舵,而免輿瓢之裂也。巧言亂德,辯言亂政,議論多則成功少。今之言者,朝章、政體俱未暇顧,往往指一事而定外吏之權衡。日日引薦,則内何必銓、憲,外何必撫、按耶?至欲以細故紀錄撫臣,尤可慚惶。又軍法賞小曰"明",故施其所好,自下而上;施其所惡,自上而下。今每有克捷,只爲文帥求優,而將領、卒伍未議錄賞,似非所以示大公而鼓盡力也。聖眷方殷,物望彌切,伏惟相公勉抑遁思,竟鹽梅舟楫之業,天下幸甚。鄖撫大類枝指,其額設不及楚撫四之一,書史共八人,而營本揭者二。凡大事無不由總司者,往往撫按疏發,而司詳不至。及接會稿具疏,則已後月餘矣。敝門人戴監軍以居功見忌,而其才實可用,聞已掛臺抨,甚哉肩事之難也。

上葉相公

今天下病在形贅而神弛,官多而政愈厖,兵多而餉愈詘,皆贅之爲害也。

荆、岳兩郡額設三道,而奢難發,時有復增施歸兵備之議,舊督遂薦其姻家李僉事爲之。其駐地轄屬廩糧、人役,行兩司議者,半年屢催不報,而五月中,本官逝矣。官之累地方有之,而地方何賴於此官哉?又行兩司議裁,而兩月未報,不肖思地方事安能堪此耽擱?既有灼知,無煩借聽。乃以意疏請,儻獲俞允,荆南之幸也。

閱榆關缺餉報,令人意焚。此何時也,而敢有減免乎?惟是鄖瘠,爲宇內未有之苦。履畝之賦,皆以荒山當熟壤,共夏税、秋糧一萬四千餘石。除減免外,實徵祇一萬二千餘石。內本色米麥八千餘石,折色三千九百餘石,輸銀二千一百有奇。通計本折正賦萬金可了耳。而遼餉照畝歲派四萬三千三百餘兩,加額逾正四倍,爲亙古今未有之苛,民不堪命。從天啓二年改爲照糧,是明知照畝之非矣。乃四十八、元年猶責舊逋,計七萬二千餘兩,即盡鄖産而没之,決無完理。不肖疏請之,而大農惻然,請以潞莊減額抵補。乃行藩司覆查,則此項又成畫餅矣。夫鄖之逋,皆楚逋也。法宜攤之楚,而楚自蜀黔交警,兩邸并建,小民顛連,憔悴已甚,何肉堪剡,能補鄖瘡?故只得徑爲請免,非敢免現徵之實餉,而祇免其真無可徵、必不能完之虛額也。不然,知府住俸已兩年矣,譙呵催督,不遺餘力矣。而民愈逃,山愈荒,即已三兩年,照糧四千三百餘兩,猶苦束手,未有艱其一而尚可責其十者也。今即不免,亦只掛虛額耳,而反足以堅逃者之心,結居者之怨,不至無民無賦不止,又無論加派矣。伏乞相公主持。

竊謂自軍興以來,勇於斂民而怯於核兵。即如四方之調募,其虛糜何止百萬?黔蜀之逃卒,其虛糜何止十萬?惜無能問之者耳。今徐州既設大將,則曹、兗之兵將似可議省也。保定已有重兵,則磁州、大梁之增兵似可議裁也。此皆省餉之法也。不肖思漢史所載:蠻夷、盜賊,皆郡守以一方之力了之,未聞借兵於鄰壤,請餉於司農者。古今人真不相及,然病則有根,選擇之不精也,責任之不堅也,權柄之大分也,議論之太繁也。即撫臣亦坐此病,所以事無實擔之人,人無實用之力也。又王全斌取蜀,僅兵六萬。曹彬下江南,僅兵十萬。今以蕞爾繭水,而集兵至十六七萬。夫此十六七萬者,名也,其實豈足當數萬哉?兵法乖而將脉斷，真莫如之何矣。

讀相公辭實録加恩疏，發明臣子大義一段，不勝嘆服。記相公萬曆中運斗三年，始正一品，而今何如哉？内璫推蔭，雖云故事，而爵至延世，亦似非恒典。富彦國堅不肯受例外賜，曰："人臣有格外賜，安能止人主行格外事？"此真忠臣之用心也。某瘝素半年，秋毫無補。静思惶汗，惟遷善改過，與僚屬共鞭勉而已。伏惟台察。

上葉相公

恭諗相公佑命三朝，調元九載，謀猷勞烈，家有頌而史有書矣。乃至誠格於天心，真忠鑒於列聖，而雅度赤衷，顯白於士大夫，下逮閭井之細民。所以結主知，迓邦衡，而樹休否保泰之績，蓋有其本焉。某觀前後之際，始也用獨，今也用朋。始也維安，而今也持危。始也宫府分而實合，今也殿陛通而若隔。始也調朋黨之兩争，而今也劑君子之用壯。蓋局彌難，心彌苦。力妙運於不言，而功默回於有造，則古人之所未有也。册勛錫寵，彝典具存，而相公懇讓不居，幾於盡推之而後釋。先正懇辭者有矣，而力辭明績之恩，則又故事所未有也。蓋上動上心，下風臣軌。伊尹之避寵，其慮深；而周公之遜膚，其教遠矣。凡在庇棟，咸慶得興。而相公遽堅歸志，人心皇皇，無論東西安攘尚得握籌，而魏閹寵方張，識者防漸，謂非相公莫克駕馭，以繩括其隱非，而引之爲善，則相公未可言去也。《詩》則召公作考，而宣王赫然中興，願相公竟其終。《書》則畢公彌亮，嘉績多於先王，而溯之文武，尤願相公念其始。至召虎之相文，德敏戎公，畢公之正色率下，罔不祇師言，則又小子某所願借爲頌，且以允片獻者也。昧昧矢其陋，心惟采味。幸甚！

上韓相公

某治兵易水，以憂遼太切，理外來憎，兑馬已獲旨而蒙專擅之罰，府兵幸受勅而府點刺之疑，總皆余罪也。秋間，保定屬官自外簾回者，傳相公取其任而薄其過。銜知寸丹，臆間耿耿。旋有左轄之移，念繒繳病羽，不可以辱名藩遣。力賫長休疏，銀臺格不爲上。即從津門買舟，挾醫藥，謂東海釣磯可老矣。不意水路援兵見厄，仲春始抵福州。聞遼西淪陷，義不忍言乞身事。過家門即入，重繭而北，仍以不肖之軀，爲晉有藩司，無戎馬寄。然民爲邦本，痛自砥礪，倡率守令，噓清惠之風以固三晉命脉，賴息黥劓，以報國恩，即所以答相公之知遇也。心長力短，七月無寸效可書。而鄖節簡畀，驚出夢表。釜滿者概，載重者顛。恐爲羊公之鶴，以爽名實，其愧深；抑爲東野之馬，而仆輈折軸，其罪大。惟是報主之外，無別心腸。修政之外，無私手足。以此自誓，察吏安民，選將練兵，刮昏磨鈍，庶塞罪愆萬分之一耳。鄖中事宜俟至彼乃敢上塵。三晉疾苦，則地瘠而賦徭重，歲荒而盜賊多。外有燃眉無策之邊糧，內有敲骨難供之加派。劉撫臺所上蠲增餉、抵京運二疏，皆某從旁默贊者。而上不能得轉圜，下不能得部覆，良可嘆也。尤有病根，則條編外無名僉派，搯民脂而蝕經賦，正逋欠大尾閭。某毛搜而石砭之，不敢避怨怒。臨發備述，以請兩臺疏爲禁，方大抵事。在外者，兩臺司道可徑行之，而關繫國計，深情不能無望斗柄之斡運也。平陽迺爲晉最，而蒲州迺爲平陽最。非民獨善迺也，官無人、政無法而已。相公諒必計爲桑梓造福者。至天下之安危，視來春榆關；而世道之平陂，視來春京察，伏惟相公實重圖之。某備晉吏七月，不能自通，可以量恕。而兹臨去晉，一吐其款款之愚，或可以誠采。敬因領敕，鬵風手額，問調燮多祉。

與韓相公

領敕人旋，伏承相公偉箋隆獎，曷勝感悚。元老遁志殊堅，而相公摻據倍切，蕭、曹、房、杜，何幸今日見之。今之撲地，無權有責，當局苦心，隔垣懸揣，即不肖固垣外人耳。策天下事者甚多，而不肖謂皆膚論也。時事之壞，病在任者輕，言者重，而其根由政柄之不一。鮑叔薦管仲曰"能不失國柄"。夫舟舵之無歸，而何以評其巧拙哉？張江陵誠未易爲，而鉉席師師，和衷迕衡，復成、弘之故典，自宗社神靈所想望。不然，一袒而急左右，一樹而爭搖植，人各馬首，而闑外荷擔之心力先分於畏譏,而急於照管,其弊有不可諱者。柳公綽云:"重台衮所以重朝廷。"臣子真忠者,願國家之有親臣,重臣自然不忍易,由言而撓鼎足。凡誦富平之遠勢,規周墀之無權,猶從身名起見,非從國事起見也。故任事必任權,任權必任怨。而最難在明,明在知人,知不透則斷不果,伏惟相公實重圖之。

鄖撫大類枝指,額設不當楚撫四之一,書吏共八人,而官本揭者三。凡地方大事無不經總司者,往往撫按疏發,而司詳未至,比接會稿,草疏則已後月餘矣。然不肖自反己之未正,意之未誠,才之未足以達,終不敢諉諸時、地,而怠其務實省成之心。前邸報中,知山西許截支加派三萬抵補京運,中流一壺,深服主持。

與韓象雲相公

不肖以腹背之毳,塵忝節牙,靜念四序之曠瘝,曷酬半生之培植。惟是櫟材保散,薄質易秋。獲兹山水僻左之鄉,養其狗馬衰羸之疾。雖望涯以知愧,即擇地其曷踰。伏惟相公九德翕受之寬,兼纖才器使之審,將陶成於六合,先節取於一夫。惟有仰祝鼎調,與治同道,俯循庖割,在職思憂云耳。元老請謝甚堅,而相公益勞神用。近日紅夷,嚴旨中外服,聖明燭萬里外,而敝鄉人欣欣然有兼驅之望,亦可見廟算之惟允,而法之可有行也。不肖嘗觀天下通患,只是情字多法字少,虛字多實字少,而人才則伶俐多,膽識少耳。善用人者化無用為有用,引小人以歸君子。而反是者,摧有用為無用,驅未必小人者以遂之乎小人。故不肖謂今日宜覈有用、無用之實,而勿爭君子、小人之名。

春間內計,可謂公而平矣,間有漏於疏網者,勢亦不能一一而吹也。議論愈多,棱角愈峻,風波愈起,而高下之輪,勝負之勢,又有不可言者矣。凡寒暑之反,必於其甚,故達人畏甚而謹微。夫守之清濁,識之昭闇,才之強懦,志力之勤靡,此可與天下共見之。而心術、派流之歧,人所不自知者也。惟相公勵其可共見之事功,而靜其不必知之口舌,則平天下或有在於是者。越畔昧陳,曷勝惶悚。

與何相公

報代人旋,伏承相公偉箋隆獎,惟深感悚。不肖田居,屢自通於寅清之署。

追相公正鉉席,而不肖起轄燕晉矣。毀譽交磨,進退互奪,不能一問茵鼎,其拙可知也。然私心望相公爲古人之事業,則不敢自後矣。嚮者引王文成上楊邃庵之書,而致意於張江陵之任,欲相公進爲伊尹,今猶是心也。江陵之難爲也,人難其時、地,而不肖難其才志、膽識。《孫月峰集》云:"人言隆慶時,江陵序居五,而大用舍、大興革必待之決。或曰:豈以其勢方張乎?曰:非也。此者胸中人物多、形勢熟、識見透,人自出他範圍不得。繼者不思江陵所以能操權之故,而憾權之不我歸,則過矣。"愚謂月峰此語有味也,相公以爲何如?議論與事實相低昂,議虛而任實也。虛者日重日勝,而實者日輕日諉。晚宋之弊,不意於今見之。且頭緒太繁,褒貶太易,臆斷太銳,害疆場非小。相公能無計所以主持挽回乎?

不肖鼯窮蚊負,救過無術。鄖撫大類枝指,額設不當楚撫四之一,書吏共八人,而寫本揭者三。地方重事無不經總司者,往往撫按疏發,而司詳未至。比會稿草疏,則已復月餘矣。不肖惟責己之未正,意之未誠,才之不足以運,而不敢息其務實、省成之心。蓋將以"任"之一字,日孜孜焉。伏惟台察。

與何昆柱相公

("不肖以腹背之毳"至"在職思憂云耳",同前。)側聞主上英聖嚮學,益明習天下事,其所然疑,往往出群臣意表,而或者尚有虞於假譽。愚謂臣子所以求伸於君父者,理耳。故未論中之迎距,先問理之是非。必臣子之理無以符人主之疑,而後可以奪中涓之借。至於理爲彼所借,而臣子益不可不自反矣。朋友之敬信者,必求之也輕,而爲所賴者重。苟無所求,而有所可賴,則未有不伸其志而行其言者也。夫事莫利於責實,而法莫嚴於任怨。責實者國之所賴,而任怨者亦君之所求也,伏惟相公察聽焉。至取民必先知予,而型吏要在自嚴。不肖有除浮糧、豁重遍及條議小疏,並乞裁教。

與史聯岳相公

里門一奏記,一當吐握。而易水并州,缺然修候鼎席,踽踽可言。報代役旋，伏承相公答教，有味於振紀綱、破情習之二言，而轉相鞭勉，不肖矢以周旋矣。金甌天下，骫骳若兹，病在臣子爭名、爭利、爭勝，而其根由政柄之不一。政柄不一，則口衆爲雄。夫言虛而事實，事重而言輕，言所以補事之不及也。今以言而操事之權，則任事者莫能自堅，而不得不化爲繞指。媚者功，强者罪；翼者立，孤者仆。有骨之人，色不屑媚，而肉薄無以歙附者之翼，則雖欲安而不得。疆場無眞才，謡眞功業，職此之由也。讀邸報，相公思避流言，然而聖主風雷獨運，日月並明，眷顧愈篤，豈浩然遂志之時哉？伏惟相公堅所以自信，而篤所以報恩。以正己物正之道，服君子之心，而究其安社稷之學，則德音不瑕於始，而制禮作樂於終，不肖將與天下頌之。

鄖力薄而柄分，然不肖居之則鶉猶不濡也。此鎮附庸耳，額設不當楚撫四之一，書吏共八人，而司本揭者三。疏成非十日寫，不竟也。地有重事無不經總司者，相距千六七百里，往往撫按疏發，而司詳未至。比及會稿草疏，則已後月餘矣。然不肖不敢諉諸時、地，而怠其任事之心。伏惟台察。

與朱平涵相公

伏諗天心求輔，薄海騰歡。任天下之重，而受君子之責，惟此時此地爲然。安石之出東山，遂捷淝水；司馬之起獨樂，先戒遼人，某所願爲相公誦也。猶記郎西曹時，先師黃慎軒成《南阡表》而自書之，群弟子環觀焉，則爲言相公異人也。及與貴門人邵泰宇同舍，而所聞益多。辛酉秋，密雲促譚，謂非相姚元之不能平賊，蓋寰中之望久矣，外吏何敢深言？然竊聞人臣之托於君也，無所求則其敬至，有可賴則其信深。又聞識者謂：今日有情無法，有議無功，有浮貌無眞心，有文具無實力，有恩怨毀譽無是非功罪。恃主上英聖，天下事大可爲。由前則相公必有以居之，而由後則相公當有以反之也。其具在謀斷，而其樞在任。夫謀斷者大賢之所優，而"任"之一字，不肖之所欲獻也。

鄖鎮割三省之餘，人輿瓢而地錯綉。不肖負乘數月，深愧鶉梁。惟束吏勤民，思日孜孜補所不足而已。民賦苦增，吏道患雜，竊謂取民必先知予，而訓吏要在自嚴。小疏謬陳，伏祈裁教。

與顧益庵、朱蓼水二相公

斗柄運寒暑矣，而始鳴賀廈之音。自慚不敏，張詠擊節，榜中三相，李文靖、王文正、寇萊公也。萊公喜斷大事，正今所想望。斷先謀，謀先識，識到而膽生焉。觀澶淵前後奏疏，豈浪然孤注者哉？然其時猶有將有兵也，特在作其氣而用之而已。今則無將而欲求其有將，無兵而欲求其有兵，何也？將不能練兵而善冒，非將也；兵不肯求敵而善逃，非兵也，此所以難也。其能爲有者，在真心，在實力。而所以有之者，在法。今所患餉不足，餉不足由兵不精，不精而多則餉難繼，而逃與冒相乘而起。故兵寡而精，則可以有而多，而冗則必歸於無。其練之也，則居食出入之節，俱當先爲之所，而省其虛文，養其精神。才力之用則尤所以教將、責將而有之之道也。古今人才豈甚相遠？不相及者，其心爲之，古也專，今也歧；古也實，今也浮。共事一君，而東西南北之形苦不能忘。春間內計，可謂公而平矣，而猶有憾。鳳之不鷟，蛇之有足者，不肖之所大憂也。所恃主上英聖，而揆地持平，則約浮以歸實，化歧以專公，不肖竊於相公有望焉。或謂今之揆席，恩徒深而權去之，故名重任輕，而無以平章天下之政。然則將辭其恩而推其任乎？抑收其任而當其恩乎？夫避寵者自好之所易，肩責者大賢之所難。寵至而責不至，則又君子之所不居也，故願相公之任之也。

不肖負乘數月，深愧伐檀。惟束吏勤民，思補厥過，日孜孜而已。取民必先知予，而訓吏要在自嚴。小疏謬陳，伏祈裁教。

與魏道冲相公

辰江承教，已詫殊遇。至代言典則之文，施于三世，日月不可晦，德音可忘哉？恨身在舌阱中，抱病決去，不遑修謝。然丹鬲耿耿，固如葵之嚮陽，川之宗海耳。天心求軸，薄海騰歡。伏讀謝疏，以尊公老先生教忠爲獻。憶己亥轉餉，承老先生置酒代州使院，引入臥內，周視圖書、行李，深言立身行世之道，所贈扇頭詩至今光燭卷中也。不肖謂他未暇論，即九年中丞，孜孜一心，便能辦作古人事業。伏惟相公矢此心爲輔臣，又以此心率天下之爲臣，而光明俊偉之烈，請與天下誦之矣。又記辛酉大教云："建夷之訌，只得良守，令堅城收保，足以禦之。"在今日京東，尤爲要着。殉國以忠，協力以和，肩事以實，三者備，而安攘不能違也。化東西南北之歧，而修同舟遇風、臥薪嘗膽之事，則惟相公倡之焉。主上英聖，有其道，遇其君，而當不得不爲之。時以究尊公先生忠孝之訓，復誰讓哉？

不肖蚊負鄖鎮，深愧伐檀。惟束吏勤民，不敢有身家之計、傳舍之心，寡過未能而已。民力日疲，吏道患雜。竊謂取民必先知予，而型吏要在自嚴。少疏謬陳，伏祈裁教。

與政府書

某因候印，憩陽翟一月。密咨利病，鄖轄五郡，在三省中獨處窮勢，若天偏扤之者。加賦之害，天下所同。鄖、襄以屢私困，幸照糧稍蠲。而南陽一府在中州，獨重所加，尚有浮於正額者，人何以堪？援遼調募之害，孔道所同，而黔蜀調募，化禾黍爲荆棘，則鄖五郡所獨也。胙茅三社，而漢、荆居兩，則又鄖屬所偏受也。某畸人所居之地，軍民預受其不祥。如此調戢拊綏，惟力是際。所苦者鄖、襄兩道俱未到任，孤坐窮山，將伯曷助？尤掣肘者，創鎮之先，原議割隸五郡，全歸撫治，三省巡撫勿復干預。屢經題覆申飭，奉旨昭然。而愆忘日久，所屬反視撫治爲贅旒。如南陽守備之兵，調戍磁州，又再議召募，其民壯、工食除扣解遼餉外，裁去强半充募兵餉，鄖俱不與聞也，愧於挈瓶之智矣。建牙之地，標兵僅三百，仍分兩班，何以備緩急乎？軍興既縮，而中尚有暗蝕者，某所不忍言也。遠募禍天下，而鄖屬猶以毛兵故受之。用兵二要，曰可用，曰能用。兵可以戰爲可，將能束兵爲能。毛葫盧兵出河南、南陽兩郡，山礦原自無幾，亦不肯應募。今動索數千，皆市井惡少，是不計其可也。領兵無相習之將，而以無賴子馭烏合，是不問其能也。湖北不患無兵，獨急將才與本折耳。敝門人戴監軍亦言，屬兵不必他索。蓋遠募多費,安家、行糧一可當兩,而又善掠、善逃,久則善病。聞去年毛兵七百入夔府,道亡五百矣。臘月毛兵過荊門州,大殺人。其到辰、沅者又數與土兵鬥,且議撤回矣。以後遠募之議,斷不可復開,即山海關亦當揀土著與遼民兼用之,未有客戍久而不賦《清人》者也。東氛起而車馬皆西兵之所過,奪其騾而洗其室,南陽荊、襄驛遞倒懸。故事,郎撫入疆,兩道在境上,九道俱入郎謁,闈司,府衛以下可知也。不肖一切止之,罷鼓吹、汰騶從,痛加撙節,度可省孔道千餘金,聊以稍減靦竊之罪十一耳。

此皆論標也,本計則在治人。某竊窺今用人之弊,重內而輕外,伸情而屈法。兵食、賦獄,民事也,吏事也,舍此無國事焉。能率吏而爲民命者,監司郡守耳。今聚山林之英與監司之選者於駢枝之卿寺,而才不在事,功不在民矣。考選門闈,盡鳩有司之選者入臺省,此皆不肯爲監司郡守者也,而才又不在事,功又不在民矣。所急賢者,取其養民也優。以不在民之官,而閒有用之才於無事,則是盡天下之兵食、賦獄,僅得賢之次者任之也,而況未必然乎?而何以勸吏功成富強乎?所謂伸情屈法者,何也?任限太曠,而地無官也;陞調太驟,而官無政也。耳目炫,口舌譁,手足瘃,督課之道不嚴,而政無實也。愚見謂非振紀綱、刷情習、重外吏、堅久任、覈名實,決不可成太平之理。撫臣所應爲者,某不敢不自鞭勉。法之所好,情之所惡,仰賴相公閣下主持。而至於端本澄源,知人立政,以明肅簡敏,興文武之功,而唯相公深圖而力振之。

與閣部書

郎鎮地險力分,民業瘠貧,兵防單弱,可靜難動之國也。不肖嘗謂外吏修職在事而不在言,何敢妄有贅陳以重尚口之罪?但撫治之責,惟民生、武備二者。其拮據從吏治始,而吏治之病,先有一種套料據在胸中,熟在眼前,即上以實求之,而下且以虛飾應之。連焦心嘔血、呼癙振聾之苦口,直抹掇於套料中,而莫之省察。號爲賢者,亦稍知自愛,於宦套人情,調劑得法而已,求其任事任怨者,真空谷之足音也。除補違限,而地方苦無官;遷轉太驟,而官苦無固志。下荊南守巡兩道,陞近一年,任尚無日。不肖所拮據之事,往往以無監司而束之高閣。其本由外吏之輕,而久任之法不行,吏功終無可課,而政事受浮游苟且之病。按隆慶以前,臺省出爲道府者,科長以內外叙遷者,甚至中丞緣事退爲監司者,皆安然居職而不疑。蓋從職業起見,不從名位起見也。今禮、兵曹郎,已不屑作郡,況其他乎？不肖愚慮,謂"重外吏"、"專責成"、"稽憑限"、"堅久任"四款,似吏治對症藥石。故敢冒昧上聞,而並以告同舟者,俾洗俗念、剗習套,而共勉牧芻之實事。伏惟台察以雷勵風行之憲,課雲行雨施之功,地方幸甚。

南陽加派,倍浮正額,唐縣已奉明旨及部文矣。而鄧州、內鄉其浮與唐埒,餘雖稍縮,然猶之浮也。不肖與中州撫按共議請減,而司詳不至,故出疏獨後。毛兵無益而有害,不肖先奏記已及之,近見丘直指一疏,極其痛切。襄陽知府儲顯祚從延綏督糧來,極言遠調之失計,今讀黔督疏,又以調邊兵請矣。不肖曾詢盧大參瑛田、楊觀察述程,則藺酋馬兵援樊龍者,我以銃弩勝之,非盡用騎也。又詢秦中加銜守備文蔚,則極言陝兵精火器者,其銳可使。但有三難：邊鎮不肯將好兵與人,一也。必有良將束之,方能途不騷擾,戰肯用命,二也。用邊兵宜在九月以後,四月以前,暑深瘴作,必生病而思歸逃亡,三也。又言十萬之戰,其勝負只在前列之數百人。若有一萬精卒,何敵不摧？其餘只是乘勝助力者耳。若前者不能當鋒,曳兵退走,則魚貫百里之陣,不過自相蹂躪而已。然則今日調兵惟寡而精,又以慣戰慣馭之將統之,乃可行也,若毛兵則萬萬不宜再調矣,伏乞台裁。黔督議用盧參政監軍,兵事最重而地方亦匪輕也。上下荊南四道,只此一人。不肖不敢執,亦不敢贊。儻有疏上,惟乞廟堂主持。

上張誠宇太宰

古所云：知己者有之矣,必其人足以見知,而疏附之誠,又自奮於徇知者也。某不肖自反無可受知之地,而硜硜迂左之愚,又苦自棄於造物。三楚栽培,名賢一顧,便定終身之價。雖風波涉世,尚愧虛舟,而繒繳彌天,猶存鈍羽,孰非高厚力哉？十載闊絕,仞墻之想,寤寐搖旌。然處安槃磵,斷夢雲霄,出竭鈍駑,沉身簿領，即不敢有自棄之心，乃有其迹矣。而台臺胸儲而齒借之者，十載一日也。昔溫公秉政，首撥無書之劉安世。某拙宜冷局，病宜歸耕，而台臺察諸毀譽之外，畀以鄖節，避匿愈疏而寵靈愈篤，豈古人所易有乎？不肖何敢謬附元城，而台臺所以用不肖者，則溫公之道也，不肖惟矢損糜以古報而已。晉、鄖頗近，不敢過家，臘盡便可受事。而前院料理復命，以兵事急，携印卷之湖北。某守候禹州匝月，正月廿八入境，二月初二日於南陽府接印卷。所轄地錯犬牙，勢類烏合，而加派調募之困，皮骨俱乾。鄖、襄兩道久未到任，將伯曷助？最掣肘者，增鎮以來屢經申飭鄖、荆、襄、南、漢五郡割隸撫治，三省巡撫勿復干預。今惟楚中相維，而秦、洛之人似以鄖為贅旒。如南陽守備之兵移守磁州，其民壯、工食扣遼餉外，盡革其强半為募兵費，鄖俱不知也。至建牙之地，標兵僅三百，又分兩班，何以備緩急乎？要之，本在用人，機在察吏。不肖竊窺今用人之弊，一曰重內輕外，一曰伸情屈法。能為軍民命者，監司郡守耳。盡山林與監司之賢者，俱聚以駢枝之卿寺，而才不在事，功不在民矣。考選闕門，鳩英俊以實省臺，又皆不肯為監司者也，必至開府，始展其力用，而才又不在事，功又不在民矣。所謂伸情屈法者，則違限太久而地無官也，陞調太驟而官無政也。粉飾侈、手足瘴，督課之道不嚴，而政無實也。厪精察吏，不肖不敢不自鞭勉。至紀綱名實、本原之地，伏願台臺深思而力振之。不肖負乘驚辱，肩任思憂，惟入疆之始，止文武吏之迂謁，一切撙損，計可為郡邑郵置省千餘金，以此稍減忝竊之罪。敬因報代，瀝布蟻悰，伏惟台察。

與張誠宇冢宰

不肖才拙志孤，服官樽俎外無餘想。當舊賢濟濟之時，孽禽危影，敢望高栖乎？晉藩誠願久之，稍效尺寸。而地寒身病，遂動越吟，庶幾以南寺為歸計，而聞台臺不可，曰："必畀節鉞。"或謂可偏沅者，而台臺又不可，曰："必內地。"鄖節出，而京友馳相告曰："宰公意在子矣。"不肖皇皇焉無以居之，私托敝鄉林亨萬給事、陳自公御史為辭於典選者，請避賢路，復不能自通，今且塵忝十月矣。

自省櫟材保散，蒲質驚秋。賴鄢地僻事簡，得以養其狗馬之疾，而覆其班鳩之拙。即使之自擇地，亦若是耳。是何台臺睠不肖之厚，而謀不肖之周也？樹人以公，使人也器，自大臣宰天下之道，某何敢以私感，而知己之念，懷以畢世，亦惟磨鈍鞭駑，求不負鄢，庶幾附於古人德報之義。乃塵忝十餘月矣，茫然無所效也。毋乃竊知己之聲，而累知人之實？使器收之者無用，而公取之者疑私，則不肖之罪滋大矣。憂心悄悄，伏惟台臺培植於始，必裁成於終，幸有以督教之。丙丁而後，人心之鬱極矣。鬱極宜通，不患其不決，而患其決之太盡。台臺兩載統均，爲國家伸正氣，更爲世道養和德。今春內計，去甚捨小，日月所照，霜露並行。既矯丁巳之偏，而且補辛亥之所未足。識者謂萬曆以來第一察典，則持衡之功於是爲烈。功成而屣去之，天下高其辭榮之決，而或訝其避任之輕，則不肖又有以知之。宋太宗以功名富貴量士君子，而錢若水遂動之以勇退。台臺鳳翔千仞，而大臣之風節益高，群臣之恬介有法，是乃以退爲忠，以身爲教之道也。先儒云：進退寒暑耳。惟退休之餘，自反平生出處無一可憾，方爲光明俊偉，台臺真其人矣。

不肖圖報無力，惟植名節以保末路，所願執鞭後塵耳。《鄢約》二册呈台覽，負鄢良多，而不敢負鄢之陋心，或有在於是者，更祈斧其迷謬。三原之請老也，自致上壽，而求教者，必使之實歸。不肖以此祝，並以此禱。

與周敬松冢宰

元城無書，事在溫公薦前，未有薦起官而猶自匿聲影者也。不肖釋鋤服紱，丹肉骨而律吹枯，可方仁造。易水距長安再宿耳，不肖非無心肝者也，而敢作元城以土人乎？服官五旬，即掛舌網，兌馬招兵，矢來無方。不敢以射的之身，辱大賢門下。念長往有日，而後一吐銜知之誠，謝不任培植之愆未晚也。閣下力保持之，又爲量遷三晉，以寬其維谷，即元城豈能得此溫公哉！

夫順風之時易，而萬鏃之盾難。不肖覸焉居鄢，鏃羽克飛，秋毫皆卵翼力也。樹人者心知，立節者義報。雖非國士，請事斯言。恭惟閣下真忠貫日，勁力擎天。兩朝顧命，斡旋宮府之間，王孝先、韓稚圭合爲一人。自九廟所昭假，而迓衡未終，遂膚太黿，此裨海所愁懸於霖雨，而政聽於風雷者也。某私論今大臣急在一"任"字，而冢宰尤要。宜以我用天下，不宜以我徇天下。閣下任而立政，任不遂而明農，進退綽焉，無愧於伊尹、周公之道，則四時消息，五雲卷舒，固可付之忘言矣。某曩不敢謝恩於室，今無嫌求教於鄉也。鄖距竟陵雖遠，而滔滔江漢，同爲楚紀。棄昏無照，荷弱不梁，惴惴焉溺職，以傷水鏡是懼。伏惟賜以藥石，俾獲受而修心，尤肉骨吹枯之永惠也。

與趙儕鶴太宰

台臺晉宅均統，而天下欣欣然想望更化。言事與任事者皆爭濯磨，以副元宰之衡鑑。此風自唐楊公權後，未之有也。不肖某即濯磨中一物耳，得與之喜，寧後衆人？而未敢輕言賀者，以頌則非台臺所樂聞，欲求有所補益，而黔淺不足以識用人之道。及讀"再剖良心"一疏，正人心以拔真才，抑僥幸洞若蓍龜，確如藥石矣，復何言哉！茲緣求去，深望曲成引退，以遂微志，乃敢布一言焉。夫宅均統者，患無其道。有其道矣，必主心信之，豪傑豫附，而後達可行於天下。台臺皆有之，此不肖所以爲天下賀也。然人心之忘君父而競名爵，未有甚於今日者也。習之所成，迷以爲心，常欲以情與法爭，銓法之窮，大費修復，正朱子所言用大承氣湯之日已，四夷猶末疾耳。本病在民困，民困由吏之貪庸，而貪庸有根，由高位之速化，行取之借徑，以致官無固志，人有市心。書帕之濫，斂取之厚，皆從此生，總所謂僥幸也。

或言調停以衰其勢，或言峻絕以堙其源，而不肖謂調停之說不可用，何也？幸門如鼠穴，不可盡塞，爲胥史言耳。安有誦法詩書之士大夫，而忍以此待之者乎？且情之與法，枉直不兩存者也。吾執法以格情，而猶與情爲出入。則人將援其一以格其九，而九者亦有時而詘。愚謂莫若一斷於祖制，而斬釘截鐵，嚴與更始。祖制，非愚所能盡知也，然而有疑焉。官曰"天官"，治民即以承天也。唐虞之世，比屋可封，而九官十二牧，取足寅亮天工而已，未聞盡搜遺賢而冗叙之。且寄無業之空曹，則賢何所見？而安無事之素禄，似亦賢者之所不屑。私疑一也。九載考績而加黜陟，取法虞周也。非考而陞曰"推陞"，謂官缺則事廢，故推人以實缺。今既不候考無可書之績，又不候缺無待理之事，爲人創官，非爲事求人。私疑二也。周文襄撫江南二十七年，于忠肅撫冀豫十八年，李文達輔天順七年，而始加子少保，不離二品。張給事寧，自景泰至天順在科八九年，最爲裕陵所嚮，而官不遷。即萬曆初，政僉都必陞副，副或陞大理，而後亞卿。其督、撫、侍郎功叙者，先右都而後正卿。臺省作府者，尚班班可數也。今俱不然，豈昔皆循階之常器，今盡超級之英豪耶？私疑三也。藩、臬各有常職，原不相借。自萬曆末年，主者破例而通之，遂至名秩互混，職守不明。一缺出，俸不分淺深，皆可俛得。如一提學而參政、參議，無不借銜懸的而射者集，況多爲之的乎？原是可擬之兔，何尤群逐之鹿？私疑四也。故祖制不復，則法決不可行，僥幸決不可抑，真材決不可拔。

而不肖重有慨於人心也，東西銳觥，而鶴鷺濟濟，真計君父有幾人？真念民艱者幾人？真能出身當緩急者幾人？而慕爵太熱，日指點於章疏，何可傳於青史？《蟋蟀》之詩曰思居、思外、思憂，蓋亦勿思而已。今日臣義、士風遠出宋下，宋猶不競，況其不及，深可畏也。四海屬望，惟在台臺。莫若先澄汰其尤負乘者，以爲之風，則不肖當之矣。晉賦不後，格僅欠戶部戶糧六百七十七兩六錢，已徵在庫未解，指以爲罪。小疏頗悉，無足深道。惟讀大疏，撫臣必德望威靈，能使墨吏望風解綬者，始勝其任。自反無有，深覺皇汗，故欣借微罪，引避賢路。不肖半生學問，守"毋自欺"爲三字符，伏惟台察。吏牘冗刻，冒呈清覽。即晉、鄙菲案，亦可知其志之徒勞，而才之有所限也。

上董誼臺大司馬

古人皆重知己，然所云知己者，其才諝足以見知，不則其歸依胥附之密，可爲受知地也。未有才愈拙而賞愈勤，迹愈疏而眷愈渥，如台臺之於某者。壬、癸而後，十載無書，即易水咫尺鈴閣，缺然奏記。某之自棄也，思爲澁汗，夢爲發驚。天幸以晉轄歸節制之下，而台臺念及門宿誼，坦步尚愚，顧復有加焉。某影子病多，略無旌節花之想，惟覬南寺一冷局，藉手歸休。乃台臺拳拳拔獎，若以此階未踐，爲世界一缺陷事。陽和劉僉憲屢述示某者，真《虞書》之念釋名言，允出在兹也。翕受敷施，台臺今之皋陶矣，而某曷足以當之？報命推轂，齒牙之過，即古人所不易居，而謬以加諸鳩拙鼯窮之吏，又特爲請速弨弓之享。蓋前時郵節見擬未定，某念卿月鳴珮，濟濟宿德，安敢塵躅？業托知己控辭矣。台臺一入朝而推舉遂决，始終培植，費造化之力不知凡幾，宜何如感哉！某則愧重於感，懼又重於愧，何也？台臺之植某，非植之也，冀其爲國效鉛刀之用也。而某自揣虚庸實甚，且抱疴艱子，精力漸以不逮矣，將爲羊公之鶴而塌翅不舞，以負主者，其辱深。抑爲東野之馬，力竭而求之不已，敗輈輪載，其罪大。填補黔鄂，磨策昏駑，昧昧焉何術之從？伏惟台臺弗棄，而藥之、鼓之、鞭之，庶藉指南，稍塞愆戾萬分之一耳。伏承憲檄，嚴斷謝箋，某不敢違，而求教之愚誠不能自已。敬因領敕，瀝布丹悃。

上董誼臺大司馬

不肖濫膺郵節，部題限十二月終到任。畏此簡書，本宜遄赴，而前稟自展正月秒者，恐前院有未了事件故也。今迓役到，則楊衡毓以沅方治兵，不挈家眷，富順殘破，無家可歸，暫留本署。擬僦宅襄陽，又爲黔急，星馳料理，復命事未得猝完，將印卷、吏書俱携往沅州。沅距郵二千二百餘里，某安敢不體其拮據之勞艱，而冒進相促乎？姑暫住境外，俟遺音以爲進止。恐廟堂訝某懦滯之迹，謹此情陳，伏乞台察傳聞。

貴陽解圍，安賊膽破，此黔楚之福，而台臺赫聲濯靈所默收也。中國相司馬，折衝樽俎，信匪欺我矣。安邦彦逆天自絶，而安位母子助反未彰，兵威稍振，似可剿撫並用，急懸諭安位及諸頭目，俾誅邦彦自效。水西宜以計分，難以種滅耳。至藺酋，罪在必討。有將有兵，贏師誘之出，而出奇覆其巢，搗腹之着也。選良將駐兵遵義，收集人民，保據要害，以伐水、藺之交，扼吭之法也。遵義在播稱强,雄眎諸土司,而今殘破至此。歷年官彼土者,負國家多矣。總之,西南半壁,猶易撐持。天下安危所注,惟視榆關。精神必在關外,而後可壯守之氣。綢繆必在關內,而後可固守之根。關外之事,接應毛文龍,使足牽奴東顧是也。關內之事,實薊、永郡縣,軍有堅營,民有堅堡,使奴不得繞榆關後以瑕我是也。專守山海而忘京東,非九地之守也。至客兵久駐,則氣耗而思歸。古人調兵,皆爲攻取計,無一年相持不決之役。若山海守禦,終以練土著、募遼人爲要策。異日恢復遼左,亦非兼用遼人不可也。永樂中,遣將駕艨艟入混同江,招降建州諸夷,故道猶存。即未敢言出奇之舉,亦可爲偵諜行間之用。聞孫督相幕下有趙佑者善水而多奇,不知可與謀否?某以天道度之,奴酋當先自斃,斃則諸子當內鬥而滅。如長孫晟離間突厥,潰其腹心;如李愬用李佑以取蔡州,皆幄籌所宜潛運也。眼前吃緊在得大將,台臺諒必與孫督相精擇之。劉撫臺盛稱山東帥楊肇淇之能,又言天津都司劉永昌可大用,敢附聞以備夾袋之儲。

詢鄖役,本鎮只標兵三百,係取諸州縣快壯者,又分爲兩班,單弱至此。前院招募,數月無一人應,蓋帑貧而糈薄故也。鄖所割郡,雖極要害,而三省各有主者,局同枝指,柄類輿瓢,又無藩司錢糧,益難措處,可静難動。某受事後,惟力是眎而已。

上董誼臺大司馬

割三省之友郡以爲鄖,而鄖屬此時於三省中,若天獨杌之者。加派天下所同,而鄖、襄以履畝困。幸改糧稍輕,而南陽郡視中州較重,所加尚有浮於正額者。遼事調募,孔道所同,而援黔、蜀以荊棘居民,湯火驛遞,則五郡所獨也。胙、茅開三社而荊、漢居兩,則又鄖屬偏受之也。不肖某廿八日入疆,中春二日接印卷受事矣。綿才蚊負,其曷能穀?惟故事,兩道候於界,九道謁於鄖,閫司府衛如之。今一切禁止,騶從、旗吹、夫馬痛加裁損,計可爲州邑置郵通節千餘金,稍減覷覦冒罪業十之一耳。鄖、襄守巡俱未到任。孤坐窮山,孰爲開其陋心者乎?募兵禍天下,而鄖屬尚以毛兵受之。凡用兵二要:一曰可用,二曰能用。

兵可以戰爲可，將能制兵爲能。毛葫蘆兵出河南、南陽二郡，山礦數原無幾，亦不肯出應募。今動索數千，皆市井惡少，是不求其可也。領兵無相習之將，而以無賴子馭烏合，是不問其能也。去年七百入夔，道亡五百矣。臘月過荆門州大殺人，桃源以上毀屋、剽財，驛道爲絕。到辰、沅者，又數與土兵鬥矣。不肖至南陽，聞荆、岳、澧間歸兵塞路，或云制臺撤回，或云逃散。通衢人家皆竄徙，而兵無所得食，散掠村落。乃急草檄，行荆州道委官撫束，準投首免罪，量給行糧，押回原籍。官出銀收買其隨身軍器，以爲彼歸資。未知事體何如。凡逃兵無以處之，則相聚爲盜。南陽一帶盜熾，往日其獲者半逃兵也。以後遠募之議，台臺宜斷止之。不肖舊役湖北，麻陽、盧溪等民兵也，鎮溪等土里兵也。即凱里等苗，亦兵也。數萬可呼集，患無餉無將耳。敝門人戴監軍亦言，蜀兵不必外借。蓋遠募多費安家、行糧，一可當兩，善掠善逃，久則善病。狄武襄用蕃騎於邕，戚南塘用義烏人於南北，皆其素所訓練。所云能用與可用合者也，非驅烏合而遠之也。束驛不通，而襄南全受其敝，又最苦。將領、夫馬之多，夫則云軍器也，馬則云家丁也。不肖道遇馬總兵烱，用馬至一百二十四匹，跟役尚索恤錢。不肖聞而禁之，乃戢然。驛遞亦難支矣。至鄖陽建牙地，而標兵僅三百，仍分兩班，何以備緩急乎？行都司掌印，未見推人。伏乞台臺擇一廉練忠勇之才，不肖欲設處，稍成一軍。儻得其人，異日或有得力處耳。尤掣肘者，鄖鎮之設，原請割隸五郡，盡歸撫治，三省巡撫勿復干預，節奉明行中飭，碑刻昭然。今惟楚中相維，而漢、宛已視治臺爲贅疣。如南陽守備舊領義勇六百餘，移戍磁州，又另議召募所屬民壯，工食除扣解遼餉外，中州裁其強半充募兵餉，鄖俱不預聞，挈瓶失守，不肖私愧之而未敢頌言也。蓋撫治萬曆間曾暫裁，數年而復設。想三省巡撫當革撫治時，敕中必還其所屬而後遂相沿耳，然則此鎮亦贅設矣。伏乞台臺一查察，賜示幸甚。

與董誼臺大司馬書

前留僉闈蔣嗣吉疏，中軍許自強咨，伏荷台裁。以蔣嗣吉改中軍，一舉兩得，深服斧斷。不肖以驛疲賷疏，只遣一役，乃承差姜一龍，病卧都中兩月，咨札等項俱未賷回，即台翰未及拜教也，寸心真若懸旌矣。新選西灢把總呂國忠，地在巴東，從來無營無兵，難以創缺，宜起送改選。謹附入小疏，伏乞台鑒。榆關置棋不定，樞輔興盡，似有决歸之念，深可隱憂。不肖見春初諸邊調兵之者，私懷未然。今餉壘耻而兵鳥散，徒形必不伸之法，以間士卒退生之心。其掩軍氣、虧軍法，非小損矣。且規模原無成畫，築舍嘖有煩言，中河之舟，真不知所屆也。朝鮮篡奪，畢司農所議似爲得策。毛文龍退居海島，距遼愈遠，重以鮮釁，則掣奴之者愈虛矣。沈帥有容似宜出屯旅順，與文龍首尾，壯其聲勢。不然，此一路終無實力也。目前兵餉宜合盤打算，足其可用之精兵，減其無益之枚數。至内地則徐州既設大將，曹、兖似可酌裁。保定既有重兵，則磁州或不必多募。省兵則省餉，而可以全力應東略矣。臣心日瀝，將脉幾斷。如楚新設馬帥，撫按派公費之外，徑别行軍屯科數千金。黔督檄其南援，而無端欲調荆州兩衛。君以爲私卒不肖俱以三尺止之，任怨不恤也。延綏汪負龍、周應兆借援黔役以荆棘三秦，不肖豫檄而申禁之。入葉縣、裕州，尚濫馬、濫費。至南陽而道府以臺符約束，頓汰十之九。襄、荆從舟行，每驛僅費三金，寂無聲影。葉、裕之數百金者，至此懸絶乃爾。亦可見騷擾者，非盡兵將，而實有司任不任之分矣。

不肖蚊負半載，秋毫無效。國恩、知己，兩成慚負。惟置身冰雪，不忍辭一"貧"字，爲名節羞。區區赤臆，欲有所效者，請眛陳之。中軍等缺，改世職爲部選，用以甄録武科，鼓舞朝氣，甚盛心也。然地或有宜有不宜，缺或有因有創。且添官既衆，派費難免。蓋世職原有俸，即增廩無幾，而守把遠官，事當十倍，一也。世職以家爲官，而守把當另設衙舍，二也。世職扞罔，可朝發夕逐，而守把必稍盈其罪，三也。即如鎮筸，不肖舊部新舊十八營哨，今閱戍籍，五寨、筸子、永鎮、乾州、石羊部選者五，而石羊銜曰總理十三哨，恐刻者之誤，不然與鎮筸守備何别？琴上下以柱移，蝸左右而角戰，四也。每哨兵僅二三百，官秩增矣，而兵不增，能無增現兵之累乎？五也。計全楚此法行後，加派衛所，當不啻四五千金，軍亦可念，六也。竊謂台臺交通行各有撫按，將現缺參酌，定其可改選者，而存其新舊貫者，但得今缺之半，以待科目豪俊之士，亦綽乎其餘矣。此法雖不自台臺始，而台臺肯酌此法，以成其終，庶以新規成永便，亦一快事也。不肖心有弋獲，事非祝樽。與其盍旦之亂鳴，不若美芹之私獻。伏乞焰裁，即有舛戾，亦存之而已。

上王衷白老師

老師之入山深也。小子某私致疑於造物，當雲雷康世之候，而久閟太極構天之材，豈天未欲平治天下耶？然壬子而來，又一壬矣。天有迴斗，物有歸根。晦於丁而復光於壬，壬、丁之合也。君子之道立陰陽先，而其遇則與陰陽爲無窮。超陰陽而不倚者，方能乘陰陽而不亢。故數十則復初，身光日月，而人思霖雨，以其時則可矣，某知必發明王之夢矣。菀枯坎砥，陰陽何常，而君子之所以乘之者，入而無愧於心，出而無疑於世。攬物以爲己，則愧。挾己以鬥物，則疑。大人之學，明明德於天下者也。與天下同一明德之中，不見己與物焉，又何攬鬥之有？故一人曰大，有己與物，則人二而小矣。老師山居，當有味於《易》。《易》，一乾而已。乾元統天，首出庶物。而其用曰"群龍無首"。使有首，則自首而已，安能首物？上終坎離，下終既、未濟，水火陰陽之精也，而乾元豈陰陽哉？人謂未濟之可反於濟，而不知其復歸於乾。既、未所以候陰陽，而非所以乘陰陽也。乾之義曰"時乘六龍"，任重致遠，牛馬有取焉。而興雲致雨，非龍莫以也。世運屯而求泰，莫如得龍德者而用之。老師今之人龍也，潛於十而見於十之一，某所以豫爲天下賀起東山也。然見則宜惕，龍無日不惕，而獨以繼見者，大人之所以不亢變化而統天也。伏惟老師愛潛之身，貫惕之心，以乘將見之時，天下幸甚。

小子某性禀一孤，才窮百拙，麋鹿思林。即牛馬負載，已乖其任，況能鳴雲雨之一鬣乎？易水從使者一聞老師動靜，時遊羿彀中，決踾無術，雖俗惡觚棱，人疵氣骨，而攬鬥之病，未免在己，亦有以招之。量移山右，已買棹歸海潯。垂入里門，而爲師命所驅以北。得友文太青、賈獻我，時詢多祉，如扱箕撰屨席下，更諗大兄斂穎藏光，德器淵粹，此皆老師龍德設教之驗也。竊慶師道將大光於天下，而十載依寢門之心，躍躍鬲臍間。敬拜手，僕夫馳申省定，伏惟台慈鑒采。

再上王衷白座師

文太青先擬廿七日行，某於廿四日修稟牘，而太青旋不果，遂以廿七日聞老師新命，愚情距踊，爲道爲斯世欣慰。前牘所云：化未濟而歸乾元者，老師行身見之矣。乾元統天六子，陰陽不同，而乾無不子也。豈惟子六子，亦降而偶坤，而實不與坤偶。故某嘗欲以大人、小人之辨《易》。君子、小人之爭不能明明德於天下，而意氣門戶起見，小莫甚焉，又何尤乎小人？故人自立其大，勿憂人之小也。老師往日浮雲變態，虛空何影，即其欲自絶者，今皆可一笑於天淵飛躍之中。韓魏公擯於夏竦，每起而人無争。司馬温公詘於王介甫，再起而人有争。則魏公融黑白而温公不能也。然温公議介甫恩典宜從厚，何嘗有心？惜爲其明者築宫牆而扃之，反形人以可攻之壘。自勝負、輪轉而人才、事功，俱受其敝。某深以會蕩平而消偏黨，爲我師望之，仰斗滿世，側席自天，蒼生引領，莫不思速蒲駕。某謂老師一疏禮辭，俟内計典竣，而後入朝，此又超然陰陽外，而乘陰陽於無窮者也。老師蓍龜萬微，璣衡四序，自有時行之道。某慶喜之餘，愛助情深，不自抑其謬語，伏乞慈涵。大兄不遑專候，謹西嚮寄聲。稍需二年，當出而展經綸之業。龍精燭斗，豈人能掩？惟願躬厚虛游，持老氏三寶以執環中而已。

與孫藍石司寇

爲郎時，幸附世譜獲自通，而不能親炙密教，思之真缺陷事。癸丑分藩湖北，而知台臺之不安於總憲也，蓋有疑於世道，而終爲正人壯之矣。十載復光，由南宰而北，以訓《吕刑》弼五教。識者謂今天下病在情伸法屈。夫上曰"道揆"，下曰"法守"。天子以道議法，而臣子皆以法存道者也。法著於禮則和，法奮於功則立，法行於軍則勝。不肖起家西曹，不敢從人，厭薄之私，謂習一部律歷，官奉以自律而律人者，則猶郎吏力也。禮由九棘而三槐，皆參司寇之聽。台臺司寇道光,進而宰以正百官,次則總憲而還故物,皆天下所想望也。每念慎軒師及門者,不啻夔罔之射。令弟肖田兄追惜埋玉,何能已已。不肖負郢非據,九月素食,深愧伐檀。惟以身法法,而束吏勤民,不敢有一絲身家之計與傳舍之心。顧才寡病多,羸弱無子,日念退休。伏惟台臺推世誼之末,辱鞭教之。

與高嶸塘少司馬

晉陽以軍興事,鈐閣調發不力,實荷汪涵,以秦事觀之,藩吏沐恩,獄輕淵淺。量移拜芝翰隆施,而戔戔之心無以自竭。方圖入郢修謝,而台臺遂宅宥府矣。雲中鐘鼓,猶式憲符;北斗文昌,轉高密座。發籌筆之略,而赭長白之山,不肖竊與都人士跋之。《春秋穀梁》云:"猶望高子也,昔以繫魯,而今以繫天下,則王佐之與霸才,固別哉!"不肖負山數月,殊愧伐檀,才寡病多,惴惴焉救過不瞻,乃知器窳宜開,節牙非據,猶幸山水僻左,差可藏拙而養疴。過此以往,未有不顛越者也,伏惟台臺教之。主上英聖,名賢輔翼,黔、蜀漸就蕩平,奴之射天血人必自斃,而諸子相戾。在我惟當修政、治兵,以待其變。和於心則廟勝,審於機則幄勝,實於氣則軍勝。此三勝者,台臺之所圖,而不肖所願分其餘福也。

與王任吾中丞

卅年兄弟,幸從冀北,時奉教音,差慰飢渴。弟之樸樕也,仰藉宇苾而律吹之。冒塵郢節,省己方愧於鵜梁,而老年臺過動於鶯喜,如天之貺,雪候生溫。時弟適往汾河謁謝直指,歸交筦鑰,策騎南行,未遑報謝。虞舊役之有浮沉也,而此中實車輪轉矣。時經三序,懷德愈悠,夢繞星門而音稽北雁,侏儒一節何以自解乎?惟是嚮往之勤,所冀大慈鑒之繫表耳。朝鮮外叛,已與奴合,奴之捲廣寧而束,為先布此局也。今鮮折而毛帥孤,奴無後憂,來春必萃於山海。山海未見必固之策,弟愚何以知之?以今春調兵各鎮知之也。北虜伏戎,而我乘塞者數月無餉,饑不能練,無以待之,而專恃其不來。弟愚何以知之?以山西三關知之也。賴有老年臺身作金城,手揮黃石,伏名王以制東醜,即狡虜聞風,當逆自駇矕耳，願弘威略以追微管。弟才短病多，而郼贅三省之間，支離其德。標兵不滿二百，餉不滿七千。拙頗相宜，庸亦可愧，行爲遂初計矣。

與王憲葵司寇

不肖甲午鄉舉時，台臺爲閩一鑑，得賢最多，私覿丰采。及通籍後，台臺德業節概斗山，於天下補袞賦政，古之仲山甫庶足當之。蚊負晉藩，人以司寇卜道之將行。不意易筴射隼，煩台臺爲宋豐稷，以大行行爭臣之道，身雖退而天下高之。不肖竊謂言用而詘其名爵，台臺誠心安焉。欲爲和衷而義行於夬決，則君子之所不得已也。天之方蹶，必賴骨剛者爲五色石，即奠苞桑而吞胡羯，亦惟恃此浩然之氣。此何時也，可令寇平仲、張德遠以槃澗自閒哉！乃九閽之內，尚若有倚閶闔而距上征者，豈中人猶爲彼釋憾耶？所不敢知也。然而身佩安危，人占出處，當以卜宗廟之神靈矣。不肖又思之，鴻鷺漸矣，鳳凰鳴矣，而未見《天保》、《采薇》之治意者，念浮而忠分與？議盛而功衰與？虛多而實少與？《蟋蟀》之詩曰思居、思外、思憂，此三言者，毋乃未之深味與？此非台臺任天下，莫之能返，而不肖之所想望也。幸以唐叔之故，得階請益。臨去晉時，薄致慕私，而書尺爲盜憎，成其鹵莽，殆有道者未易驟通，而鬼神以此試其堅念耳。故終不敢自沮，而一奏其悃款。若不肖伐檀晉愧，在梁郼譏，實望台臺有以督教之。

候徐匡嶽老師

去春從熊思誠一修省定，今又閱兩秋矣。每中夜禮斗，爲斯道乞我師百歲之身，不獨及門私慕也。曩讀《紫陽全集》，三嘆曰博、曰勤、曰勇，老師兼之，而入微之悟，更進一乘。"夜半留雙睫，人間了六經"，亦既俟百聖而不惑矣。從心以上，正宜葆光頤和。得老氏之環中，契廣成之玄默。伏惟膝下弄孫，日以繩繩其長者，想能記賓主、酬查梨，有從教之樂矣。鶴子和皋，竹孫娛徑，以道術爲芭蒥，以倫肥爲丹藥，即度百歲何有哉？某才寡病多，易水之毀，晉陽之譽，皆無當故我，怵然思息影於巖陰，而旌節逼人，冒當郼寄。此皆老師教冶所成，慈雲所芘也。河流雖濁,敢昧星源乎?鄙割三省之支餘,指枝似贅,瓢輿易裂。某不敢言難,而汲汲乎躬厚以先之,屢省以勞之。布穀雖勤,越鷄不伏,庚桑氏日夜夢寐老子,伏祈老師賜至言以鞭其後。近讀《大學》,頗覺了了。開題一"大"字盡之。明明德於天下,大之量也;修身爲本,大之脉也。與一日克己復禮,天下歸仁焉。爲仁由己,而由人乎哉?若印印泥,克己之己,即由己之己。惟克己乃由己,未克之己,豈有自由分?惟由己,乃真克己。無對之我,我復何形?真是宇宙在手,萬化生身。故曰明明德於天下,全天下在明德之中,故曰修身爲本。全經皆是格物,物格更何有傳無傳之爭乎?然見之於政,未能融爲一片。甚矣,實證難也!老師以爲何如?

與林兼宇宗伯

里居數載,慕老年伯範誨,與南溪堂之勝,無緣一至。辛酉春道壺陽,南溪遠矣。齋宿造門,庶當有道長者之提指,而緣復相左,僅書名手版,獻其小刻而已。老伯望實日月俱光,於是南溪不能有,而大宗伯之天下,幸甚。嘉靖中,當此無不入輔者,徐文貞出宗伯推冢宰。肅皇謂何乃外轉?重可思也。春間卜揆,閩有宗工而不及政,識者以爲憾。不肖謂今揆席亦名重耳,進旅退旅,求其有事之可責,而有業之可居者,固未必宗伯若也。夫寵至而責不至,賢者不安也。望隆而業不隆,國人不許也。然則老伯勉所以爲伯夷、彤伯者,而皋、契、周、召之道不下帶存矣。《記》之言禮,極於軍旅戰勝。歧南北則不和,爭名爵則不讓,抗紀綱則不節,曠職守則不恭。由今之病,未有不去於禮者也。禮而後能治,治而後能戰。老伯之極言禮也,小子願與聞焉。某負鄙數月,深愧伐檀。惟束吏勤民,孜孜思過,不敢有一絲身家之念與傳舍之心。顧才寡病多,近五十無子,日問醫藥。極欲乞身,而以前者自條,久任不敢覆背。蓋其具宜閑,原不任開府,亦幸鄙之僻左,稍可藏拙而養其疾疢,過此則必隕越無疑也。伏惟大慈鞭其後而保持之。

與王墨池少宰

西曹交淺,不敢上援,而台臺猶睠及之,誼一何高哉?黃慎軒先師盛推台臺慧眼定力,不肖於安身立命之學亦有志焉,從衣食、聲色、刑名、錢穀、案牘中鍛煉。惟爲善一念稍覺親切,而時時知過、知退,顧未能直透本心也,安得面受針砭乎?膚議謬蒙嘉許,收爲同心語,仰窺大賢無我之度,養情破法,事事皆然,而行間尤甚。天下所蹙額者,餉詘耳。而兵不能爲戰有,餉不能爲兵有。使餉必在兵,而兵必任戰,亦何至憂不足,如毛兵之逃於黔、蜀者,纍纍相望也。以此糜餉,雖江海如漏卮何?

不肖所屬同鎮兩道,陞幾一年,任尚無日,一病撫臣獨拍耳。一司理任八月而遷,一令任期年而遷,雖曰"酬屈旌賢",地方何賴焉!至官評所謂賢者正取,其調停物情之妥,周旋宦套之密,揮霍者以氣標名,醇静者以寬養譽,而真誠、真正、真任,殆未見其人也。有皮面而無血氣,有血氣而無心膽,此病大未易藥,不得已具小疏,杜鵑啼血,伏惟台臺教之。不肖觀今日臣義士風遠出宋下。宋廷臣志不伸,諫官、御史言不用,輒自請外,恐今未能也。宋人不肯求恩澤,蘇子瞻官歷禮、兵尚書而不求磨勘,階止朝奉郎,彼豈忘老泉者乎?恐今未能也。宋人不肯受無事之祿,恐今未能也。則法之不行,豈無其本?蓋法人者先自法。法爲極不便之物,而用法者必自安於不便之地。記去歲三月見河西逃獄未決,發憤語人曰:"公卿不肯誅逃者,豈自有逃心乎?"此不可告他人,聊爲台臺誦之而已。故不肖惓惓於法者,非敢繩人,正借以自繩。子瞻所云易流之性,不得不先言之,爲後日知慚愧之地也。

與王墨池司空

台臺以名世之望,晉長冬官。虞以宅百揆,漢以鼎三公。今也,其典通於邦禮,而其會關於國計,重矣,然惟得台臺而愈重也。伏讀大疏,發明"法"之一字,而以卮言實之,豈愚慮之弋獲,乃狂擇之麋嫌。不肖惴惴焉,恥躬之不逮,以累名賢而欺君父也,則願台臺終教之。京商爲漏卮久矣,東師以來,木寔生蠹。有李楊者治甲彈於潞,而賫咨分晉餉二萬金,不肖頗爲之省試,至挾京營、臺省手木求盡領,而不肖未敢從也。曾以咨呈請之貴部,想此文尚存,不知事作何結？然僅十之一耳。辛酉諸省解軍器者，核其數而謹藏之，勿使速朽，所佐武庫不少，有台臺之法法，而司空將作留物力者何限。即鼎三公而宅百揆，猶是道也。苟益公家，固無精粗、大小，惟勿放過而已。今人能教吏廉，而不肖爲監司時，見州邑吏每顰蹙以透紙贖賠公費爲苦，夫教又安得行也，故不揣再有一疏，誠不敢謂其小也。同舟交際，尤宜痛省，而嫌於發端。不肖之弱，而不能法法也，是即一罪焉。本心參究之說，敢不服膺？孟夫子曰："此之謂失其本心。"竊謂忠孝念根，便是吾人本覺。直以養之，無二無遷，而一日可復矣。然非克己不能復，古人所以貴大死一番也。外典重"法"字，吾輩今所言法意同，正不留纖情之謂也。台臺以爲如何？

與李湘洲宗伯

慕台臺者三十年，從鄉友王玄亭及貴鄉友楊修齡聞名世道德、文章之詳，常在思夢。當吾世而有寇萊公、范希文其人，豈忍自失哉？束事未寧，每爲友人言，非相姚元之賊不可平。聞之泰昌時，廷論交推，而台臺堅不肯當。今春求輔，通國歸經濟、人傑而竟不果，昔人所云"如蒼生何"也。負乘郎子，望湘潭庶星宗斗則五色雲在焉。中秋與修齡會滄浪，攀挹之私如車輪轉，荏苒不能遣使，其病憒可知矣。饑渴之深，忽接郵籖，知鋒車北指，搖旌轉甚，與其趙趄於長安書尺，不如附車塵一通，磬□之快也。天下如一痹人，膚革無恙而靜不能立，動不能勞。其標本受病安在？從何處下手？台臺國醫也，必有見垣一方而爲之劑者，率指教之。不肖竊謂國家不置相，便是弱根。而近日政無所歸，爲不舵之舟。議重事輕，虛多實寡，情伸法詘，總由缺任之一字。任事必任權，任權必任怨，任怨必任禍。王伯安與楊邃庵一書，似可味耳，而未敢深言也。至不肖性孤才短，兼以病草逼成衰蒲。已懷歸志，而恂恂焉願一自通於異人，以不留去後之憾。嚮風神往。

與徐雅池撫臺

郵筒中盥讀台札，略堂簾之分，而以塤箎接引之，感激中藏。三州邑辯復，事行兩府查，遲不能待也，止從司中核確具文。舊遼州歲額無缺，昭雪不難。稷山、岢嵐，俱爲前手之欠。然稷山聞參後，將四十八年帶徵盡數全完，似易爲力，岢嵐則帶徵毫無完解，若安然畀故物，恐計部意未可挽。故某詳擬請罰治，未知妥否？伏乞台裁。閻孝義保留。某初十日安邑請命，按臺欣然見許，故某馳報贊決。今十九日辰時，復蒙按臺憲札云："孝義係惠元孺向部借用者，可否保留，惟撫臺裁之，不佞惟從事耳。"某憶孝義令曾以逢怒掌科之故見告。某謂供億小忿，邊圉重地，決無以薦爲擠，以地方釋憾之理，不然也。且按臺初十日未有聞，相距數朝，豈遽從長安得之？不過據此令之自述，或司李之風聞遥揣耳。某謂不論彼之有心無心，但論保留之錯不錯。曲成者，愛人才之道也；選擇者，修安攘之要也。使本官才利盤根，何敢徇其所便，與危邊爭人？惟是恂恂廉慈吏，置戎馬之交，彼有棄牒，甘永錮耳，某之所不忍也。且非邊才而強邊之，則地方與官俱壞。豈憾閻令，亦憾膚施乎？尤某之所不取也。大疏已發，伏乞勿芥於胸。某以君子處人，量惠掌科之無他。儻有後言，則台臺應之曰"蔡某主此議，某甘受鹵莽之咎"足矣。某信"義"、"命"兩字。"風雨如晦，鷄鳴不已。"惟台臺裁教之。

與徐雅池撫臺

某前議用賞俸官，偶漏姓名，不勝惶悚，隨即於馬遞中補請，惟恃慈宥。役旋，伏承台諭，決意不上，復命疏以示，鳳飛愧鴟嚇，而猶眷念封疆，俯徇候代之請。但衮綉之徘徊，即壘旗之振肅，某等曷勝欣戀。夜光之璧，在璞不損，在墼不榮。置身五嶽巔，則雷電風雨皆在其足。台臺所自樹何如，而豈人語足爲重輕哉？舉錙而哀泰山，捧土而益泰山，山固自若也。至某之愚，平生體認"正己不求"四字。通籍二十八年，未嘗齒一階，營一地。春過江右，徐若谷公祖曰："庚申冬入都，人即擬以節鉞待君，何至今寂寂？"某曰："開府固命所爲，亦須人有一分要的意思。某全聽其自然，豈有不修練而成仙之理？"徐曰："君言極透，無要開府的行徑，便是命中不合開府也。"某方伯俸雖僅年半，而方伯資已七年矣。丙辰舉卓異，今春復謬附疏前，而其序遷不惟無加優，往往壓後薪下，六年間輦上諸公訝某無書。不知某雖莞藩鑰，出入皆自衡，令解領之人自手耳。非特不爲，實不能也。文太青愛某，謂某太板。某曰："存我所自處者，以維世風。任世人所處我者，以觀世道。"蓋某守其涼踽，濫至今秋，已爲可退之官矣。盡失故步，亦又何求？且某有不宜，居晉者，初下車，郭按臺擬上謚法疏甚急，蓋山右臺省有成言矣。某閱實其人多所未詳，且蒲州相父與妻父居兩焉，再揭請緩之，遂寢。然臺省而徵息壤，勢必以某爲解私懷，無日忘去。惟是爲奴警叱馭，俟來春榆關無恙，方敢理遂初賦耳。高陽相自請出督，真有裴中立之風。其舉某公疏，賈獻我憲副謂："若用之，愎將甚於熊芝岡。"亦可見公論在人也。可喜者，文太青入光祿，差足吐文學之氣，而新寧武更賀得人。王太守欲先謁謝台臺而後視事，按臺力止之，謂如此，當展至良月高秋。虜款而新道不至，全失兩院憂邊急才之意矣。王又以大司太速爲嫌，而按臺以大義責之。某仰體德意，從旁敦勉，謂台臺樹人報國，豈在一謝乎？今於二十九履臬司任，月生魄入寧武矣，十月之交方獲展謁，而心極不自寧，踧踖感戀之私，某不敢不爲代陳。伏惟台鑒。

與南撫臺公祖

勸駕於秦，而賀廈於閩，禮也。未荷鑒采，怒饑永朝矣。閩之不造，而中紅夷，賴老公祖筆籌運而羽扇揮之，海屋魚鱗，可恃無恐。旅秋之事，商公祖持坐困之法，修吾戈舡而海斷寸板，夷窮無所得食，掠米中左所。肯堅持之，有餓仆耳。而舊總戎急於弛擔，力請受降，濟以水米。自後市者如泛舟之役，彼又何苦而不留哉！有方輿者先與趙秉鑑謀亂繫獄，釋使退夷贖罪。而輿無他略，工謾語耳，往來置郵，騷擾不足責。公以拆銃城岡上憑之入疏，而敝邑李令遣人偵彭湖，堞無恙也。聞於沈兵憲，覆視，良然。以疏已上，不可反也。蓋非今之再築，而原未毀也。夷雖負巨銃，然不易發，發則銃數日熱，不可再。銃能遠，不能近；舟能深，不能淺；人能水，不能陸。嚴絕接濟以饑之，俟其入犯，而練水、陸二兵，多火器以取之，覆之易耳。所苦掠洋舶千餘人，人責酒米爲贖，斷之則陷吾赤子，縱之則賫盜糧也。然今想已結矣。此後宜申寸板下海之禁，硝磺、米穀俱絶，而後可坐敝也。老公祖於戰事擇良將而專委之，哨總令自選，火器、兵仗令自取精，而以軍法制其功罪，情形則問守令之忠練者，庶不墮雲霧中。密訪平日接濟之人，繫其家，俾爲内間。募敢死者同入縱火，焚其積聚。或俟乏困，誘入掠食而仗兵合圍，亦一奇也。此則須道將因形制勝，非可預設也。大抵紅夷未能爲患，患其外勾倭，而内則洋舶不通，漳人生計窮，自生亂耳。聞潮州以米踊禁港，秋熟或可再請。而北路則蘇、松、溫、台之米，亦可告糴也。漳之販洋水手阻不得通者，宜盡募爲舟兵，既藉其用，又絶盜萌。海澄、中左所水深，夷所垂涎，宜厚爲之防。而内地宜訓有司薄稅斂，平政刑，禁官舍、豪家之禦奪者，以收人和。如一錢會之釁，激於某宦殺人，凶手不聽逮耳。海濱習夷既久，或有驍黠敢殺賊者，信賞必罰，懸購夷級，庶人樂爲用乎？數千里外何啻隔垣，松楸關念，謬薦螢爝，以佐羲曜之光，祇足發笑而自點矣。

寄徐雅池撫臺

世載聲氣之未獲，隸宇下而簾幕遂遠，喜往悵來，腹輪自轉。乃台臺獎眷之深，寧惟叔向降階，抑且祈奚、達善密舉自代。事雖未行，而人皆曰已經平子意外，郿牙猶是孫陽一顧力耳。某之專固也，當官外不作餘地想。都中詢及者，惟乞南寺自藏，選司已將進擬，而張太宰不可，曰："必開府。"郿缺出，京友即報曰："瞻烏頗多，宰公意不可奪也。"不肖皇恐，即托熊壇石公祖、林亨萬、陳自公二鄉友力辭之選司不得。朱上思年兄口："郿節堅避長安人，謂創見也。"不肖敢矯情哉？見台臺勇退，知行路難，庶幾自托於無競之地。又多病慕閑，真謂節鉞勞人，不若金陵佳山水也。台臺聞之，定爲喜不寐。顧在梁不濡，奉鞭易竭，其若爲羊公鶴何？惟清可以尊身，惟誠可以肩事，惟靜正可以閱世，此三德者，台臺躬厚之，而不肖之所願學也。正月會王玄池年兄於禹州。王曰："時局反矣，内計多口，必及徐老先生。"不肖曰："必不至是。"已果如愚臆。人皆喜公道猶存，不肖則曰："天定，定於台臺之三德而已矣。"豹七日而文成，鵬六月而翼舉，神龍夜於秋而寤於春，以澍雨天下，台臺當之。袞綉之還，遠近未可知，所可知者，人之天決不以人掩也。願慎自珍衛，以對蒼生。不肖負郿及歲，誦《伐檀》輒涊汗，惟持炯炯之心，格格之書。本以思居、思憂，而愧力之不逮。周任有訓，已將借一微罪乞身，未知有此清福否？山榛隰苓，夢寐以之。竊比於修西方者，冀一覩無量壽，謹以溉音之音，托獻花之足，伏惟大慈恕采。禮宜削儷箋，而晉中有三啓，不獲述。從此思退，重以疲病托人，則不敢聊寄舊稿自解。蕪刻呈鑒，並乞至言，修心以鞭其後。不肖集有金蘭扇册，儻台臺書一箋寄惠，以爲河圖之守，幸甚。非所敢望也，敢布腹心。

與劉範董中丞

浪仙鄉望并州，不肖之回首則斗極也。置膝推心之萬言，感猶膚直，當電勉求所以不負者而已。真氣建福，召豐爲榮，作强爲衛。故吏且藉以逭罪，幸甚。榆關濟師，台臺良費拮據，晉賦《無衣》矣，而關上豈可終恃調發哉？不肖正月杪入宛報代，謁陵往返，至仲春廿四日始抵郿。郿之巖瘠，目中無兩。所控皆要害地，而標兵三百，且半相代也。額餉七千而贏，歲完可六千耳。公費千金，修衙、具器、薪燭、紙札、交際俱取焉。澹泊可喜，而貧弱亦可憂也。創鎮時割三方支郡，部議專予郿，際晉之大同，而日久怠忘，反主其省而客郿若寓。公事有當問二司者，常苦如瓶落井。不肖自反己之未正，意之未誠，才之未足以達，終不敢諉諸時地，而怠其務實、省成之心。惟是力綿識闇，寡過無從，伏望台臺以造晉餘略教之。内計甚公而平，可爲世道慶。黔圍暫解，而深入撓敗。調發方始，西南局未知所定也。行間動稱之餉，而餉實不能爲兵，有兵實不能爲戰。有毛兵三千，由秦而蜀而辰、沅，未嘗見敵，而剽掠爲常。除夕沅人不堪，環起而攻之，死者數百，倉皇盡逃矣。續調千餘，半途而六七百化爲烏有矣，其蠹餉何極乎？閫外天遥，廷中臆決，功罪俱眩，賞罰相蒙，宜乎望濟之日長矣。竊觀救時要着，非以義易利字，以實易虛字，以法易情字，其何能淑？而機在秉國成者之能任。嘗兩進諸首揆,不甚肯也。首揆謂政權盡矣,故人各行意,而天下事不可爲。是則然矣。然首揆謂無權而難任,不肖則益之曰:"因不敢任,而益無權。"且有委諸無權以解其不能任者。任事必任怨,任怨必任禍。而最難在明明,在知人。知不透則斷不果,此不任之根,而失權之漸也。夫權所以用衡而運天下者也,而韋澳以無權言相,豈至論哉?台臺以爲何如?結戀耿如額手,明德而進其迂言,以爲愈於言感恩之膚也。

與熊壇石

江關望履,大快平生。知老公祖尚在藥餌間,而堅坐不忍起,猶欲以箭鋒相拄之譚,爲枚叔八月濤也,愚矣。不肖雖病蔽,而君臣師友之念,自顧耿耿胸中,可吐出相質。凡所孜孜求師友者,爲可效之君父也,此亦杜鵑一滴血也。所相證之人物,即當路亦能知之。然優之珮珂,而不畀之節鉞,何以究豪傑之用哉?今最急者,榆關耳。以天下全力守關,何憂不固?而不肖有憂者,精神不與物力俱赴也。手足之作強,神氣實爲之,不然,則與土木何別焉?今上憂閹寺,中憂黨禍,下憂民窮,而病根則臣子之精神未能專在於君父,在君父者不見身而況於勝負榮辱乎?老公祖論遼事曰:"非如唐藩鎮不可得其人而委之,猶治瘍者謂醫曰'此臂非我臂也'。"不肖未見臣子之能委其臂也,居嘗竊嘆往持議者謂"起廢用言,散財任官,一日天下太平矣",今主上盡發封樁,盡官舊賢,盡充言路。有屢加無已之覃恩,有九遷盛布之卿寺,而政事日非,疆場日蹙,宇縣日觥觫,此亦臣子所宜深念也。不肖謂內外、大小臣俱當以臥薪嘗膽之思,做救火遇風之事。而關上自經略以下,俱當用馬上法,與將卒通其心力,共其愉苦。作用則精而不務多,實而不飾虛,庶乎戰可戰,而守可守耳。經略未數月而又議更,甚矣知人之難也。非知人何以成其忘我?不肖自安藩守,矻矻然竭其庸與病,察吏治修民和,而不敢夢想彤弓者,自知此病也。行萬里、求二年,而未曾知一大將才,則其無當彤弓享,決矣。晉中一參將張應宸,一守備劉忠似可用,然尚非將選也。聞舊將柴國柱不宜閑,然亦耳而未目也。惟服膺三言:報國恩以忠心,擔國事以實心,持國論以平心,寡過未能,而願有道之教之。外吏不深知輦上事,老公祖正眼静觀朝局、邊局,究竟何狀,文武人才,孰當管夷吾?幸一評示。

與曹貞予

台臺之主議瑣垣也,不肖即潛而私識之,謂人知其清,不知其恕;人知其正,不知其平;人知其霞峰冰谷,有不可狎之標,不知其菽粟絲絮,皆修政庇民之實。曾讀《西江録叙》"是非利害心太明"數語,與朱上愚同年擊節嘆咏,歸而與貴門人詹見五公祖時時交誦服膺也。然而近未嘗造門,遠而未嘗函書者,則不肖自附於古之道矣。直木招風,方轅枳路,以勞薪成病草。易水量移,已決蹯歸田畝。不意爲師命所驅,强蚊負大藩,日夜飲冰焉。而所自解者,就正有道,庶幾鞭後以稍逭於債輠。惟是金掌升月,玉珮摇風,攀挹無從,夢寐往之。東西交訌,妖孽未靖,可謂剥膚。而不肖隱憂不在此。可憂者,内則閹媼,上則黨禍,下則民窮耳。三晉表裏山河,今日爲神京重,不僅右臂。鰓鰓焉察吏勤民,爲國家固此根本,恨不能嘔出肝肺置百城腹中,而嘆同志之寡人也。主表不式者反其正,鼓鐘不應者反其誠,不肖實有闕,伏冀大慈,時賜發藥。然不肖常有疑焉。往持論者謂:召遺賢,發帑積,盛九列,充言路,天下一日治矣。今上德實允蹈之,而政事日非,疆場日蹙,宇縣日覰覦,何也?天步艱矣,主憂則臣思辱矣。而孰懷卧薪嘗膽之思,似急同舟遇風之門?則台臺嚮云:"太明者實據其膏肓與?"清夜捫心,涕汗交下,惟臣子共矢"愚忠"二字,庶可釋負君父之罪業,非台臺不敢以此言進矣。

與楊衡毓

前聞大兵已進大方,安賊棄巢遠竄。此時正宜招其□把以孤之,縱反間,令諸罪人自相擒斬,釋罪給爵以携之。撫定玀鬼諸苗,立長統束,選留精兵,勿貪冗懦虚數。餫糧不繼,一部逃則諸部無固志矣。漢光武西域之戒,庶兵不乏食,而人自爲戰乎?至秋熟或可因糧,而冬深蓋便用火。發塘搜伏,毋墮其奸;連營齊進,毋開其隙。台臺自有幄運,不肖愛助精深,獻其螢爝,而忘爲老生常譚,多見其不知量也。惟側聽歌鐃,曲繪旐常,言之踴躍。黔中山氣暑候,倍須彌衛。社稷之臣,萬靈所擁。攻心制勝,亦勞神用。伏惟精攝鼎茵,爲華夷自重。不肖晞驥雖切,逐日易窮。事事求伐柯之,則寡過未能。賴守道、劉大參指爲司南,翼爲車輔,益知與黃慎軒師蜀緣不淺。謹尙役馳役師吉一芹,不足佐犒,小供凱爵。

與朱恒岳

黔兵已進,則奢逆之勢窮矣,不知徑歸水西而與安邦彥合與? 抑獨漏息於龍場之間與? 合於安則出銳師以夾攻,據龍場則用奇兵而掩襲,諒台臺自有幄籌,縛而竿之藁街矣。愚見謂兵宜精不宜雜,得能將將五萬選卒,足以縱橫,餒餉易而逃亡絶也。永寧、古藺民夷宜安插得所,各安其業,毋使兵借采糧到處搜搶,則奢之羽可爲前鑒。急令湖北不拘在庫錢糧即解接濟,徐以司銀填補,蓋此時一壺千金耳。諒台臺幄運,自有攻心之略。尤宜調和將士,鼓舞樂用,以終一簣之功。勿使爭功,因妒成懈,受降如受敵,更不可忽。拭目愷歌,宗咏麟閣。

與楊衡毓

屢勤遥教,山川綢繆,不能一一肅答,腹輪自轉而已。安邦彥以撫緩師,而台臺即以撫掌玩之。聞八月終誓師,八道並進,從天而下,迅雷不及掩耳,南方銅鼓總入葛相算籌矣。竊謂撫不可奪征,而征仍合撫以爲用,四十八頭目許其自歸,可離也。奢社輝、安位能獻安邦彥,可存其祀也。安邦彥能擒奢寅父子自贖,可待以不死也。土夷仗苗爲力,能收諸苗則夷自孤矣。八路既分,聲勢宜如常山首尾,酌力之強弱,用疑以分其備,而用正以搗其虛,使彼合而分,我分而合,則賊不難破也。輸餉實難,兵宜選精。頭目有降者,責令質其子而獻米助餉,即予職、土如故。順頭目助我攻逆者,即以自取之地給之翼,皆可招之自歸,而孤爲子俘也,縣購罪人必得。惟此二逆即族中帳下縛獻者,賞萬金而爵以官,庶有應者。不然,亦可以猜其黨也。總之,何能逃台臺玄略哉?巴令戴文箕募兵太輕,再遣再散。乃近不請於幕府,遠不請於黔督,遣將監押,而擅以一書辦胡文選統之,致荆州蹣跌異常,遍地血肉。此令自巴東調,而募兵亦巴東。時事正鄖屬也,不肖糾文選,不得不併議令,謹以小揭呈台覽。荆南巡道盧大參瑛田效力於復渝,已荷題叙,而溢焉物化,其子具呈求恤,然本末俱非不肖所習,伏唯叙没而恤典也。敬咨懇台裁。

與李燦巗、魏震夷

不肖某嶔崎歷落,可笑人也。惟殉國之愚,矢貫死生;好善之誠,真如饑渴。生平有願,願當世豪傑皆勝我十倍,而此十倍勝我者,各以其力爲國家翼爲,譬如蛟龍霆雨,凡鱗仰沫,即戢影潤槃足矣。自東事急,而到處叩訪異人。敝友周聯貞、熊壇石、徐若谷公祖,及今劉範老中丞持論,必首推台臺。即去春葉福唐相公家食,亦云"真可寄緩急者,此人也"。不肖惟豪傑之實,其根在肝膽,其立在骨,其擔荷在氣。以考台臺所言所行,無不合者。乃知世自有人,而東西之不難靖也。古之任天下者,其肝膽、氣、骨足以勝之矣。則又平心以通天下之志,細心以觀天下之理,實心以成天下之務,何者?天下之大,而以一人爲之,力必窮;即僅與同調數人爲之,亦未免於窮。惟用天下以成天下,而後天下各得其所。天下之人無不可用者,患其心別有所用,而不肯爲天下用耳。其別有用者,皆自固而防物也。不搖之彼將曷用?不擬之彼將曷防?惟以君父之天,感其共室同舟之心力,而異同、恩怨之痕,皆可以化於無有。此某所服膺而未逮者,敬以是爲獻。每與劉範老言師友之誼,全爲輔短而設。使人譽吾長,長未必實也,即質有之,於我何加焉?惟人肯攻我之短,而我之受益乃大矣。《黄鳥》則司於神聽,《鹿鳴》則重於周行,其道可知。不肖之刳心以附有道者,自爲救過地,亦庶幾爲報國地也。不肖負罪易水,宜歸。歸爲師命所逼,過門不入,重繭而北。七月旬宣,負三晉萬狀。不意鄖節之役,事出夢表。鵜梁承愧,馬策虞窮。謹因領敕,尚序慕用之私,仰懇指南。台臺入則正色,出則宣猷,聲氣可憑,願毋忘發藥。

與李心白少卿

不肖頡愚人也，東西南北，不辨何從？惟徇國服善，螢光自照，陰雨不能減耳。周聯貞兄故以氣、骨相取，劉范老撫臺擅出數日晤，而彼此胸中各有不可諼之臭味。思平生交遊，有數十年而形骸者，有一朝而肝膽者，真不能自言其故也。台臺寒露金莖，明霞溫玉。不肖聞而神往，謂清音人；挹而意消，謂道韻人。及以鄖事仰叩，少發囊餘，如牛渚犀照，庖丁理解，即問俗者數載不及詳，而借箸者百言不能了。信矣，海若之莫窮也。乃知名世經綸，果從澹泊寧靜中醞釀，而真品、真才不得作二門觀矣。不肖骯髒宜隱，入晉而悔疏拙宜間，畀鄖而懼所不悔者，幸與劉撫臺證襟抱，而庶幾釋鄖懼之十一，則恃有台臺之教也。服膺以往，惟力是賴，所望有道時賜鞭後。不肖曾對劉撫臺言：師友之立，爲補不足；稱我之善，猶恐過情，即質有之，何加焉？惟能攻我之闕，而我之受益乃大矣。謹以此誼，仰訂同心。春風將動，願鳴珮珂以正色昌言，爲天下重。

與史岡卿

貴陽賴台臺而復見天日，保此一城，實爲全黔根本，使睢陽遺民四百五十與城俱無恙，張、許豈不更快？即墨食力尚在，未足相方矣。然人知貴陽完於台臺之守，而不肖謂所以能完者，正緣諸夷謂"台臺吾父，不忍亟攻"也。早借撫緩之略，赤子何至龍蛇乎？不肖曩守藩湖北，嘆黔中用夷太勤，用民太盡，疑有今日久矣。憾自平播始，即省北九驛、水西實供之，而各差之於驛，何如也？襲替既以爲利，而土官構訟，未平其事，而先科罰，敢怨者亻獨安民也。亻肖嘗爲當事言之，然事積二十餘年，突因遼釁而發，賴台臺雨露之新，猶能撲其狂焰耳。去冬因領敕，告閣部曰："水西可計分，而不可力取。"瓮河敗後，非一捷無以張氣。一捷後，便宜剿撫并用，用奇用間，以取奢定。董誼老亦以爲然，而不意仍留難結之局也。蓋誤認破竹一語，而不知安氏尚强，攜之則分，攻之則合，原非可破之竹。我兵幸勝，亦非破竹之刃也。故讀邸報而尚嘆台臺之未盡其用也。

不肖最卤莽，願得當真男子下拜之與執鞭。前旌過襄，而山城飽繫，饑渴何言。敬修未將，聊布嚮往。

與魏肖生

與台丈郎並時，而不獲相友也，追思真一缺陷事。朱士愚、曹能始與舍親家林翀漢數言台丈有味，兼得讀所論著、評選，大抵能獨出手眼，其神透而力完也，不肖心益勃勃往矣，恨入晉晚，垂交臂而失之。而文天瑞爲弟言者，猶之乎三子也。謂台丈取友常重一"透"字。或曰"智深、勇沉"，非耶？惟透所以深沉，而非深沉者決不可言透也。不肖友士多矣，清謹有之，醇厚縝密有之，軒翔揮霍有之，皆君子也。至骨而難，至識而尤難。曠然出其肝膽以授天下，而後能入天下而不眩，運天下而不驚，弟蓋於台丈之持論而私測之，不知果有合否耳。

聞前旌過襄陽，是弟疆內，而恨其無從一見也。曹嵒陳師道，譚何容易，敬以一芹，布其嚮往。今策天下事者多矣，弟謂皆膚論也。昔鮑叔薦管仲曰："能不失國柄。"夫舟舵之不持，而何以爭其巧拙乎？必也政府能操權，銓樞能把定。任者重，議者輕，而天下始可爲耳。曾與首揆力言一"任"字。首揆曰："無權何任？"弟曰："因不敢任而益無權。更有自幸無權以解其不能任者。"台丈以爲何如？狂語勿告人，以弟詬厲也。弟心猶存而多病力衰矣。家貧仰祿，意在南都閑局，而橫當弓享，大非拙者所宜也。臨風寄抱。

與徐若谷公祖

豫章臨發，猶歌《既醉》，暢所欲言，可謂一日千古矣。老公祖教云："事勢如此，我輩當出身共做。憂而不手，何處做起？"然果有能做者，亦何必我輩之身做也。經略何官？舉棋不定。如老公祖與熊壇石公祖、周聯貞、李燦巖、魏震夷，皆負雷雨經綸，優之珮珂，而不畀之節鉞，何以究豪傑之用哉？幸劉范老西建晉牙，不肖有得師之喜。觀今日形勢，惟晉最重，左控井陘，右距河津，而南面大行，建瓴下中原，蓋比秦則近天，比金陵則得地。果得良將、練勝兵，二文捍艱之業,可當吾世親見之,事在新中丞矣。不肖才短病多,惟置身秋水,爲郡邑先庶膏露瘠民,固國家一片根本耳。今所急榆關,所戒奴羯。而不肖猶有五憂:西虜,一也;冗兵善逃,遼人苦饑,二也;小民日窮,加派不止,滋奸亂口實,三也;玄黃酣戰,四也;婦寺合而柄内候,五也。賴主上英聖,侵愍國事。果臣子渙群而專其肝膽、耳目、手足以力之乎?修攘猶無不可爲者,然而未見其人矣。往時持論者,謂帑積、官遣賢、盛九列、充言路,天下一日可三代。今一上德,實允蹈之,而宇縣日以觑觑,清夜捫心,能不涕汗?不肖謂世有三無,有四多。無人、無法、無政。官多而愈紊,兵多而愈弱,財多而愈貧,議論多而愈眩。鶩其多也,適以成其無而已。凡富强之國,其局必明,其務必簡,其機必直捷。今每一事輒葛藤不可了。邸報中,往往觀聽繁而指歸寡,此似非勝徵也。總之,救時有着,心在無我,眼在得人。不肖行萬里,訪二年,而胸中無確然一大將才,其非經世料決矣,老公祖何以教之?江帥應詔,果可與奴酋勍否?京東文武才,孰當管夷吾者?幸一評示。

與徐若谷

去秋候老公祖都中不達,至今秋乃陛見,何其難進乎?今之人才可謂盛矣,而緩急殊難得力。老公祖與魏震夷邊開府,妙選也。李心白復開府,妙選也。令人尚有未盡其用之嘆。奴氛暫伏,而熒惑入斗,太白守心,占象者殊多戒心。古云:"兵食,餉亦從食。"立義非以金言也。今苦不足者,白鏹耳。兵得鏹必以易食,而百萬本色,坐昧其海運之雜惡,無廠之腐蠹,而士卒動借乏餉爲逃之題目,殊未可解。必此事料理攬柄入手,然後關可言實兵,兵可言實練耳。夫本色難侵,折色易混。食者,精兵之所急;而鏹者,逃兵之所便也。春間内計,義公而正,法恕而平,真渙群一大機會,即有漏吹者,亦可姑容以餘地,而勿傳蛇足以敗酒。君子者,爲君子人者也,無我則大,爲我則小。不肖謂論人者,謹辨其爲公爲私、有益無益之實,而勿争人以君子、小人之名。夫子之所[謂]小人者,硜硜信果耳,皆重身名而無益於天下者也。然則小人亦未易當矣。不肖識淺才疏,志迂學拙,節牙實非其據。洪都曾告老公祖曰:"無要開府想,便是命中不合開府。"不意有郢擬,預辭之而不可得也。黽勉補過,課效空虛。伐檀自愧,兼以病草,逼成衰蒲。蓋近五旬無子,其勢然也。因念人臣以自知爲第一義,殷浩、房琯豈無赤心?其覆可鑑。如不肖者伎倆止此,因有條議久任之疏,未敢求退,伏惟老公祖教以所不足。未去之間,尚磨鈍鞭駑,以答知己。嚮風如渴。

與魏澹溟光禄

班荆立譚時,窺老公祖肝膽、心血盡入九廟中。平日飲人以和,而倉卒忠愛,直貫金石,乃知晏平仲氣雄九軍,而儳儍自喜者,果不足與言天下事也。朱上愚年兄急欲老公祖内名,赤心相證。今兩賢同朝矣。東西事靜觀有可佐安攘者,亮不難爲當路昌言之。弟觀今日兵學幾絶。吾輩既多李元平,而韜鈐家大抵趙括。兵冗而不可用,餉耗而不可清,民困而不可解。《天保》《采薇》之治,惟全仰天而已,人事未見的的可恃也。最苦是閻井蕭條,聞蜀以用兵,借徵天啓五年錢賦矣。楚中加派、轉運、過兵,受此三累,惟蜀、黔蚤結,庶可息肩耳。不然,舟中敵國,更可畏也。弟櫟材保散,蒲質易秋,日仰藥裹。鄙有僻簡名,而常覺疲薾。豈天下本無閑官,但放得過者始能無事?抑識局闇淺,纏牽自縛耶?鵜梁彼已,誦之霑汗,幸以晉逌受督大農,謹自劾求退。雖敝省以紅夷爲疽根,橘中老人亦未安穩,且向武夷深處,爲種茶户足矣。老公祖回顧并州,當軫慈念,亦有訏謨可造閩福,並爲弟發藥否?退思補過,且受之歸告父老焉。《鄙約》呈正,弟之勞而無補,皆此類也。

與王東里兵科

中春告至,捧報章,字字肝鬲也。味台指,若以鉛刀尚可當一割而教之。愛其鍔以有待,意則盛矣,然非弟所及也。湛盧之劍,一揮而却九軍,故平日神事之。而不肖輕試於蛟兕,若鉛刀久則老矣,政取眼底小剚耳。台翁正色昌言,弟每讀疏嘆服,謂不肯後君父、欺心膽者。今天下醉於勢利之中,豪者欲取異爲名，腐者欲附古爲重。退而省其私，皆尊官念熱耳。即道學巨公，弟所素折，而目大束、小束之揭，爲之舌撟不下。自非亂賊，誰敢下此字，而以絕不經聞之語，忍成於心而出於筆，則亦何所不至也。台翁真男子矣。伯氏恤疏，初疑其難，而竟得請，孝弟之至，金石可開，快甚。玄老雅與弟同調，果可效一言，寧敢負友哉？朝鮮已拆入於奴，奴無後顧，來春必叩山海，山海未可知也。教射太多，舉棋不定，即樞輔不克行志，況他人乎？蜀以剿收功，黔或以撫結局，西南之事，弟熟察之矣。將脉已斷，求一拼身家、立功名之人不可得。而文帥既不習兵，又不知將，將愈濫則兵愈多，而逃愈甚。天下蜩螗沸羹之禍，皆從多兵始。多兵之糜餉，僅一方一時，而多調、多募、多派，已魚爛乎天下。即以邯鄲總督言之，募毛兵入蜀，則逃矣；募毛兵巴東，兵入黔則逃矣。其親兵三千，自隨者屢譟屢賞，至沅州，魚肉沅人甚，沅人起而攻之，殺三四百餘，皆鳥獸竄。使吾閩人當之，鏃不四面至乎，而功名且歸焉。故弟謂大功名之事，非閩人所任，尤非弟所能爲。何也？凡大功名人，其機智必足以籠駕彌縫，而其財力尤足以養人，而爲之齒牙羽翼。夫如是，則未有不後君父、欺心膽者，而弟安能爲之？故今日四夷未足憂，而政柄無歸，議論淆亂，賞罰不明，人有市心，是則深可憂也。若弟以腹背之毳，處贅牙之區，已爲鶺梁翼矣。鄖割山水之餘，大類寓公，政事則畫葫蘆而已，經費不當專鎮四之一，澹足明志，暇宜養疴，然素食亦令人愧汗也。歸心杼軸，又以紅夷嘯波，橘樂難遂。台翁有訏謨，幸爲當路盡之。

與李二白掌科

吾鄉臺省疏，皆磊落洞明，而台臺實爲冕領。蓋心專於君父，而議論必一時有用，萬世可師者也。勘事從人際之，不知多少葛藤，而台臺以三月了之，如迅飆掃霧，池日消霜，還本折至一二十萬，乃知惟爲國一事最易簡，最痛快耳。事事人人如此，而功不立者，未之有也。不肖無佞德，惟愛君好善一念，根在肝肺，不自禁其擊節耳。近讀南臺游象六紅夷一疏，可謂膏肓之砭石也。今訓吏動言廉，而州邑每以賠補公費、透支紙贖爲苦。承差爲驛遞瘡痏，而莫之拔，教又安得行哉？至交際尤宜痛省，不肖雖用原物往返，而心殊厭之。嫌於先發，其弱可知，才寡病多，節牙非據。惟是束吏勤民，先以冰雪，不敢有曲表之事、傳舍之心，而寡過未能，伐檀自愧，伏惟台臺教之。主上英聖，所詰難皆出群臣慮表，即朝審一問，亦風雷也。或謂旁有竊響，然臣子問理何如耳，必理無以府明主之疑，而後可以奪中涓之借，君子自反而已。

與章魯齋掌科

古人徇知，惟重一語耳。不肖嶔崎歷落之人也，台臺何所取而以飾獎鮮其眉目乎？真感無聲，惟以寸丹耿耿藏之。亦謂台臺以直道衡尺人物，舉不任德，抨不任怨，則仰高之情緣，不若鞭後之古處也。且《隰桑》有言，謂之淺又不若藏之深也，諒台臺必許其意矣。人皆謂用兵難，然不肖謂理財、用財尤難。真能理財、用財者，則未有不能用兵者也。台臺拊掬華亭民，至爲補遼餉萬金，而民不知賦。辛酉覯一臺憲，言其太奇。不肖答曰："只一誠耳，無奇也。"如易州徐守只借保撫餉銀數千，秋糴春糶，以其贏代民輸千九百金，則華亭萬餘，宜耳。蓋誠至則巧生，非奇於巧而奇於誠也。救時之本，只在先正人心，使人人以其誠用之，殉君父、保赤子，而《天保》、《采薇》可立效矣。張忠定當蜀亂用兵之時，一入蜀便奏罷陝運。真宗嘆曰："此人何事不可辦！"今安得如忠定者而用之，恐台臺不能讓也。主上自英聖，而閹寵漸張，金吾之蔭，昔以世，今以兩，令人隱憂。不肖謂政府與諸大臣俱當力辭恩澤，躬自厚焉，而後可爲求非之地耳。不肖僅稍知廉恥，遇事認真，不敢放過，庶幾質之所近，若幹濟之具，實無所有也。負郿匜歲，尺寸罔竪，誦《伐檀》而背汗。近緣晉通，受督大農，其數甚寡，完數十萬之遼餉，不足贖六百餘之逋。顧借此引避賢路，退榮於遷，謹自劾待放。獨念一言之譽，身可斥而誼不可忘。敬酹滄浪，參承多祉。《郿約》呈正，亦可見才之有限，而鞭磨之苦，未敢自棄於有道也。

與楊周卜直指

伏承郵寄大疏，爲楚民請命，可謂嘔盡肝膽矣。至借田義明事以勤撫字之聽,更服苦心。台諭明爭之廟堂,庶幾分數之寬,暗貸之有司,徒滋庚癸之憾,真至言也。台臺請寬者,既使藩司展手足;而嚴覈者,又使藩司實瓶罍,其造福獨楚人已哉?至示云:"是否爲黔帥不爲楚民,爲督臺不爲藩司?"竊自茫然,抱此疑者從何而起?即極愚人不至作此顛倒見耳。以生論之,使黔仆而湖北能晏然耶?能不積兵餉辰、沅四衞間,與夷爭一旦之命耶?此《戰國策》有千里救人,與出門而望見軍之譬也。則爲黔,亦所以爲楚也。但括餉、調兵,加以運夫,而楚幾不支矣。欲伏楚爲黔之翼,則當使楚勿爲黔之續。故台臺之爲楚,正所以爲黔也。留漕尤餽運中不可少之着,台臺此疏,黔、楚俱賴之矣。若鄖屬應除者四十八、元年照畝加派,積逼七萬餘兩。生已疏言之,户部咨欲以山塘路租之免者抵充,是計部未嘗不允除也。但所抵者,據司稟謂有名無實,但屬畫餅。促其條詳尚未見到,俟查明,方便再疏請耳。

與丘太丘按臺

修候役旋,捧讀大教,如迅雷開蟄,清霜澄氛,披繹數日,爲屢太息焉。天下事壞於虛名之徇,而略不究其事理之實,切中病根矣。不知者猶可言也,更有明知其然,而漫試之以欺人自欺者。遼禍禍天下,全在調募。經略議調募,則創難題以留退步;樞部派調募,則取足數以便卸肩;督撫行調募,則推出門以圖了事。俱未嘗有確然計算殺賊之心,而禍安得不長乎?二月報代,告閣部曰:"用兵二要,曰可用、曰能用。兵可以戰爲可,將能束兵爲能。毛兵出河南、南陽,山礦原自無幾,亦不肯應募,勒索數千,皆市井惡少,是不計其可也。領兵無相習之將,而以無賴子馭烏合,是不問其能也。"蓋與大疏暗合耳。惟毛兵聞巴束募六千,中途俱爲烏有。即延綏兵未出秦,而荼毒已不可勝言矣。夫居有安家,路有行糧,束無擄掠者,情之所易;而白刃、流刃、中鼓必斷死者,情之所難,未有甘掠而勇戰者。乃秦人受害數月,未曾疏糾請罷,則亦怵於援黔之名故也。至柯家兵,興國州亦有焉,調之無用,且必有變。不肖在易水見涂鏡老疏,即爲人言其不可矣。大抵行間之害,莫甚將雜而兵多,漫而無律,携而相仗,未功而生妒,一却而群奔，皆雜與多之爲患也。蜀中十七萬，亦藉上名糜餉耳。即其人未必實有，而況戰乎？教云："士大夫皆毛兵、柯家兵，令人慚痛。"不肖觀今日臣誼、士風，遠出宋人下。添註之多，幾於爛羊續貂，而無事之祿，賢者猶恬之，一可怪也。恩典濫觴極矣。小臣議裁已晚，而京堂猶請給不止。臨出晉，劉範董問不肖曰："將請之乎？"不肖正告以不可，而大豪傑皆恬之，二可怪也。周公之功臣子亦常，乃言官於諸路撫臣，動以一事請加秩、請紀錄，則平日之作養，當官之職寄，欲何爲乎？至行間之事，賞必先下，罰必先上，今皆反是，而秉國成者亦恬之，三可怪也。總之，有情無法，有貌無心，有言無事，成一虛字，而根由路人際君父，雖號名賢者，而深按之未能透此念，則謂之皆毛兵、柯兵，亦可也。讀《起言》中《志士仁人》、《見危授命》、《臣也微也》諸篇，見台翁維人紀之心，而《可使有勇》等則，又見台翁之經濟矣。此世道人心不可少之書，不獨意格高妙也。不肖才寡病多，安敢妄承期獎？鄖鎮現兵一百五十，餉不滿七千，不敢議增，只清衛軍練之，而師台翁鄉兵之法。蓋必先無害，而後求其有用，如弱夫挽弩，寸寸求進而已。一腔熱血，恨不能吐向有道之前，故略陳請教。

與徐南高侍御

三乘證果，諸佛助喜，台臺之儼然榮施，猶此志也，非不肖所敢當也。伏讀舉監司大疏，篇終曲加追獎，不誅科蚪之尾，而反假飛鳥之翼。其辭義則有古人不能當者，而台臺濫被於今。擁腫之鄙夫，豈獨飾溝斷，以青黃鮮混沌之眉目乎？不肖自驚自慚，而旋見總憲疏，果以此爲台臺累也，則又自恨矣。然此未足恨也。尼父取節，貴其有試；士元弘獎，期於得五；題駑以驥，而勖其十舍，猶將勉焉。若以穆天八駿，日三萬里爲程，則雖騏驥絕箸，豈有逐塵之路哉？而況乎其駑也。不肖惝惝乎自鞭而無路也，伏惟台臺終教之，庶不至爲東野之馬，以辱孫陽特達之知，幸甚！再讀請急疏，遂以謝公墩爲東山乎？東西方棘，奈何遽袖屠龍之手？熒惑入斗，久於斗口，而榆關尚無穩着，天意未可知也。行間大病，在不知將而多將，不練兵而多兵。多將則兵貧，多兵則兵弱，而餽餉之不繼，徒足以誨逃而損威,平居猶爾,況臨大敵? 不肖黽勉,練軍千餘,製兵仗二千,積硝磺數萬,顧捧土安能塞河漏也? 天下有變,則荆、襄必爲戰場。心之憂矣,如無靡屆,台臺其謂之何? 昔王丹薦友被罰,友慚不敢通,再召之,不爲設食,曰:"子何待丹之薄也?"不肖敢露布其愧,恃台臺如王公矣。

與夏繩北先生

不肖歷落嶔崎人也,惟殉國與好善兩念,腔血常熱。於當世君子不必識不識,交不交,而針石所吸,常覺有不可解處,正如治史者執鞭古人而已。己、庚山居,與敝友蔡虛臺讀邸報,而快之曰:"古言官爲宰相私人,今宰相爲言官私人者,臺下也。"自是有臺下於心焉,而不必其識且交也。不肖知臺下之肝膽、之識、之骨以一疏矣,而豈一疏足盡其人哉? 蓋庶幾得窺其全焉,服膺鞭影之助,而亦日汲汲於識且交也。然未有其路也,則亦夢且想之,如古人之於我耳。

今之局又稍異矣,病根安在? 其治方從何處下手? 不肖竊觀越之小也,種、蠡輩日夜必報吳如己之私憤。宋之南也,而李綱、宗澤、岳飛無日不以雪耻爲事。今奴酋小醜,鳴吾君甚矣,而求其抱車右之志者,未嘗有也。豈古今人不相及與? 抑方盛之代與叔世不同與? 病根不肖所知,然察其症,則旁議重、當局輕,浮譚多、實力寡,意見雜、功罪淆。意者君父之念不專,而事無任責之人也。嘗與當路言一"任"字,當路曰:"無權何任?"不肖曰:"因不任而始無權,且有私幸無權以自解其不能任者。"臺下長桑君也,必能見五臟癥結,而不止若庸醫之拘方守症,伏願有以教之。君子之仕學也,日日新,曰讀書,曰取友。白下固讀書取友之地也,則臺下固有卓然進爲古人者,不肖願與聞焉。敢因南鴻白通有道,亦謂雖執鞭古人,不如真識而交之,聞其語之快也。

與陳雪灘吉士

翁臺讀書中秘,千載楊、馬,遂覺同時。報任例牘,乃直掞星襄,示之肝鬲,實入疆一快也。經濟如弈局,古今則其譜耳。國手不拘譜,未聞其初之離譜而自國手也。翁臺胸括古今,業有全譜,今更發人間未窺之籍,而討天下有用之故,寧獨以文章弈秋耶?館閣知兵者,昔有楊文敏,今則孫高陽。夫博則不可窮以變,而靜則不可撼以猝,此亦學問之功易簡,知險阻之易道也,不佞願翁臺之更有進也。天下之大,運之也不可無本,而籌之也不可以無先地。我無所倚於世,而世必有所資於我。通志而成務,孰能違之?前賢謂入館閣,便當理會相業,不然,則爲忘其事而虛國恩矣。貴鄉楊文忠、趙文肅皆名輔也,文忠儒而能脫儒之腐,文肅禪而未免露禪之鋒。然其忠孝之心,可謂致曲而必遂矣。儒、禪若二,而儒、禪之忠孝有二乎哉?惟翁臺念焉。不佞志拙才疏,節牙非據,惟思日孜孜,不敢以曲表責影、傳舍居心,而陳力空虛,自慚寡過,伏惟有道知己教之。多病無子,黽勉不得罪鄉人而已,他無越思。疕隤之馬,亦不堪鞭策也。

與鄭大白吉士

里中聞翁臺詩文,能自爲古也,心高之,是必學包萬有,而心氣獨往獨來其間者也。壬戌館選,而吾鄉之名士,福唐相公差強人意。前輩謂館中讀書,便當理會相業,不然,則爲忘其事而虛國恩矣。天下一大弈場,而古今則其譜耳。國手不拘譜,未聞其初之離譜而自國手也。夫能窮古今經濟之譜,則未有如翰林者也。願翁臺發有益之書,而深究其所以爲用之本,悅心研慮之中,神明變化出焉,以弈天下有餘矣。學包萬有,則世有所資於我,心氣獨往獨來,則我無所倚於天下,又安知相業之道非即詩文之道也?惟翁臺一教之。不肖才拙志孤,節牙非據。黽勉九月,寡過未能,惟事事爲元元求減一分,以庶幾敬簡之理。參嶺仙室,日醉心焉,而未敢尋盟,恐以馬足爲地方累,其陋劣可知矣。黔、蜀疥癬,惟榆關最繫安危。古之用兵者多矣,未聞兵餉不相爲,有一至此極。子曰:"足食,足兵。""餉"字從食立義。今津運有本色,乃米不可食,而上下鰓鰓,只以無鏹爲憂,尤不肖所未解也。"兵餉"二字,正弈譜中大着數。翁臺精討而神會者,再望一教之。

與黃石齋吉士

壬戌館選，吾鄉三名士，而台丈之博奧孤光，尤弟所畏也。選士而教之，讀中秘書，如台丈則焉不學哉？"讀"之一字若贅然，未易言也。夫子曰"學《詩》"，曰"爲《周南》、《召南》"，而授政不達者，直目之誦而已。孟子曰："不知其人可乎？"孔欲通其用，而孟欲知其人。知古人，則知今人矣。知人者，用之本也。台丈於知而用者，果已信厥心，默而成之乎？或有可讀，或有可疑。據地之歌，未足當木天之日課也。先輩有言，官必有事，館閣人便當理會相業，不然，則爲忘其事而虛國恩矣。書之於業，弈之譜、醫之方也。執譜與方，必無國工，然未聞國工之學而去其方與譜者。姑以兵言，賭墅而費人也多矣。今士未嘗爲譜與方，姑妄言之，而妄聽之。驟以國賭，而寄人生死之命，可乎？語曰："習方三年，無可醫之病。醫病三年，無可用之方。"此善喻也。古之爲兵也，皆專業而自喜，猶有真僞焉。故曰："吾斯之未能信，未能信者皆僞也。"弟不敢妄言也。張江陵之肄相業也，即在史館之時自信，而人先信之。其業在毀譽之間，然後之所行，皆其初之所信也。有疑信，則有真僞，有虛實，而能不能，至不至生焉。願台丈取舊書參之，用則一語已多，而與用二則萬卷亦未足也，幸以所獲者以之。弟嘗謂臣子以自知爲第一義。殷浩、房琯豈無赤心？其覆可鑑。則聯貞諸丈之知弟，終未若弟自知耳。惟鄢僻左，與弟之拙、之病、之淡泊差似相宜，而循省九月，負愧良多。鄢猶不堪，況過此乎？抑"知人"二字，殊覺恍惚。聖賢以此爲緊要學問，而蘇子瞻云"非師友可傳授"。弟終有疑焉，尤賴台丈教之。

又與黃石齋

聞聲而調饑者殆二十年，有是哉？弟之懶乎？然觀之也深，而後取之也不浮，則古處在焉。人之爲詩文也，泛然而欲其多；其啖名也，驟然而欲其寥廓。其交亦若是則已矣。夫詩文滿天下，則無精；名滿天下，則無實；交滿天下，則無友。此三者，弟之所疑也。台丈之精，足以獨立；而博，足以行世。然竊聞詩文不輕應人，不多畀人。其於世名有所不屑，而於交未數數然也，則台丈之自求者深，而愛人者厚也，則固弟之所願師而友也。

向讀手教，絜肝膽見投，弟何以當之？風波之舟，一恃舵師。今先無舵可憑，而效維楫之用，況維楫亦非弟所及也。正人能吏，可作耳；持危扶顛，詎得容易許人？言重事輕，上無權下無法，由今之道而欲任事，末矣。奴酋正恃天滅，人事未可知也。嗟爾君子，各敬爾身，弟之自處如是而已。涼州王明段頻見削，其人暗閣，然實戰將才也。張奐儒而有略，未易可當，皇甫規恥不與黨，弟嘗恨其輕我貴物。惟"送客"、"越疆"、"欲以微罪行"最爲有致，弟庶幾學之，可乎？聞主上英聖，所詰問往往出群臣意表，使新鄭、江陵輔之，何渠不若隆、萬之際，難言之矣。總之，不設宰相，便是國家弱本，自名與權爭，口以衆勝，成一風浪巨海。非任天下之禍，決不足以成天下之事，則雖異日台丈居之，亦有未易言也。菩薩辟支，發願在於今日，惟台丈擇之。弟挾拙直以接身世，偶然見許，久則無味。退休之期，以鄜爲斷。因風略布素懷，幸發高誼，教所不足。何日把握質疑，乃爲快耳。

遯庵文集卷五

鄖牘下

上葉相公

恭諗相公，德協一心，道劑四氣。當干支之更始，乘時而轉北斗之春；觀坤乾而上交，體《易》以贊太皞之政。况虹渚震祥之後，調鳳曆泰運之元。裁成輔相，復見太平，翕受敷施，聿懷多福矣。不肖才愧連茹，庇襲包荒。枌社則私淑後生，蘭譜則仰慈猶子。嚮酌滄浪，未蒙涵貸。承差傳台諭，憫其清苦，不勝感悚。竊念某忝撫綏後，俸薪之糧，歲可七百金。晏嬰之貧，實緣均之族友，非關祿薄也。微誠未達，下悃曷安。謹托五辛之盤，抒其三薰之積。《詩》云"言采其苦"，又云"無以下體"。伏祈台慈垂察。

毛帥兩報捷音，不肖私臆可稍振士氣，而未可全褫奴魄。榆關、喜峰口宜倍加戒嚴。至海外情形，別無考核。則監軍不可有，紀功不可無。誠得一忠實、廉謹、寬厚之文臣，以府佐御贊之，只專核功次，不許干預軍機，似亦一策也。主上自英聖，而閹寵漸張金吾蔭例也。蔭而襲萬户，似非例也，今蔭而每璫萬户者兩，又似非例也。相公格心而止，歌者之田，諒必有道矣。

與政府

兵日逃，餉日涸，而民生日憔悴，總緣文武官以募兵爲市，而事後之法不能必行耳。督府交代之際，尤冒兵蝕餉者所穴也。舊督以二萬金委戴令文箕募兵七千，先委馬倫將之，而倫逃，次委饒啓祥將之，而啓祥逃，猶有將也，最後無將矣。戴令不申知總督遣將督發，徑委交書辦，冒都司御統領，安得不殺掠乎？從來援兵騷擾多矣,而此番尤爲大災害、大怪異。不肖某治易水,以束援兵爲民所倚,即夏間白衣通判張維岳、都司汪負龍雖橫於陝河,而筆舌斧鉞折其邪心,自南陽達荆,無聲而過。獨此番不及預聞,閏十月初四日,兵已出鄖境,而十三日公移始到鄖。先時無隔垣之見,臨事無及腹之鞭,致枝江、宜都兩地民橫受荼毒,慚痛若何?誅一警百,惟賴王鈇,而近日絶不見顓頊、莊賈之徇。如張維岳、汪負龍等,兩省撫按交劾,奉嚴旨即訊,乃汪負龍黔督疏云:"發總兵軍前聽用。"而張維岳且公然爲入幕賓,而構行間之水火,則師安得有律?而望兵餉之實用難矣。小疏雖詳,尤望主持,以必誅示信,庶可止後車之奔,而伸制勝之法也。又鄖屬漢中、荆郡,兩建朱邸,估派俱視潞、福例,此決不可繼之道。而將來請莊、請税,更虞廣侈。楚急師命,工自宜緩,正恐緩中增日月長之費。不肖言前則已遂,言後則未及,敬引《會典》爲撙節地,且逆杜異日濫觴,實出悾悾丹赤,伏乞賞其愚而裁教之。

與葉、韓二相公

三晉京糧原少,而屬户部者尤少,僅農桑絹、果品銀。而果品或别隸光禄,則應部收者,歲只絹銀六百七十餘兩而已。不肖任内,未解果有之。蓋天啓二年,秋糧十月始開徵,而不肖十一月叨轉,一也。急於遼餉、邊糧,而妄計絹銀爲可少緩,二也。銀雖徵完,而不肖報陞後,即封庫停收放,三也,然交盤簿現有銀留庫可查。今户部以全未完坐不肖,當民其服。夫以遼餉三十萬、邊糧四十餘萬之解,而不能掩六百餘金之逋。以開徵方始,而全責本年之欠。欠僅數百,以逐一令,或惜之而追求去任之藩伯,天下自有公論。然户部以振玩警惰,可謂膏肓之砭石矣。如此必罰,何憂乎理財?不肖鄰五十無子,才寡病多,"憂生"與"避賢"二念,日夜交急。而負鄖匝歲,尺寸罔竪,曠瘝罪有不可勝誅者。然則爲民一法,以責普賦猶有辭,而以繩鄖咎,萬不能解也。謹自劾待放,惟是目前考成綜覈,似於經管數目俱失斟酌。

不肖不憂法之太苛,而憂法之終不行。謬陳四議,竊謂必如此,然後執法者無疑,而受法者無憾。伏乞主持,亟賜罷斥,仍將末議下部允行。不肖身退而言用,退可以示賦法之嚴,而用可以劑賦法之頗,於用人、理財,均得其理矣。至郿迺委難再徵,蓋民貧土瘠,即將畝載糧,再拜而送人,莫肯受者。土不足戀,家不足賴,身不足愛,急之惟有逃耳,至逃而正糧不可問,況加派乎?總計全郡丁糧條鞭只三萬二千餘兩,內地糧僅五千五百五十餘兩,此外照糧加派四千三百餘兩。今天啓四年,更欲責舊迺五萬二千七百餘兩,固無此情理,亦如何立得此題目?若曰東西餉急,不敢創蠲例,則春間長沙照糧之重,計部徑議免六萬七千餘兩矣。此六萬七千者,乃全楚七十萬中,頓減其額,歲歲放免者也。郿糧自天啓二年即已有歸,不肖又多方拮據,認補一萬五千兩。今求免三萬二千七百餘兩,只一時事耳,向後於餉額再無虧損。夫長沙則歲歲免六七萬而無吝,郿迺則暫免數萬而難從。蓋長沙仕國,縉紳臺省相望,而郿鄉寥寥,無怪人情高下其手也。然相公平章天下,何忍偏枯而坐視納溝之痛哉?伏乞台裁,救一方之命,不肖斥榮於遷矣。不肖之藩晉,心存保障而事不能免繭絲,乃無撫字之實,而橫受催科之拙,此尹鐸、陽城所笑也。《治賦略》、《迺賦告》敬呈清覽。

與韓象雲相公

恭讅相公調元始奏,三年膚功,實在百世,何者?此三年中,聖明述作,宮府調和,華夷安攘,固合王文正、韓忠獻、李忠定而爲一身者也。通一誠於天人相與之際,道無憾而重光;貞百艱於否泰未定之交,孚勿恤而有福。蓋真忠所格深,而大力所持厚,始副田文之論功,今配召公之作考,此不肖某所以爲相公頌也。績葵皇心,禮從彝典。在魏絳猶云故事,況鄧侯何忝殊儀?而避寵不居,遜膚彌切,先正之辭恩者有矣。而辭明績之恩,損之又損者,則今日相公與福唐元老爲創見。以動上心,則仁義可止歌田以立臣軌,則恬澹可風讓爵,不肖於此思伊周之教矣。辱在骿幪,觀秬鬯之光,誦撝謙之道,不自知其距躍。伏惟房謀杜斷,既兼前哲而無疑,則《天保》、《采薇》,必恢聲詩以爲烈。謹獻微忱,祇旌葵藿。遵新約不敢駢奏,伏乞采其誠而恕其不敏焉。

與政府

伏諗虹渚流祥，鴻基篤慶。蓋由相公以好生輔帝德，以至誠享天心。資翼贊於中台，啓景暉於前耀。吾君之子，共戴謳歌，家相得人，獨歸調燮，天下幸甚。惟是聖主當陽以來，恩詔屢頒。臣子霑被有加無已，渥而且鄰於濫矣。顧蒼生加餉剜肉，未嘗獲被一日之澤。《禮》云："上有吉慶，則民皆待於下流。"計相公必有以廣一人之德意，而萃六合之歡心者。不肖敬與旄倪，跂踵望之。

與閣部

鄖鎮轄州縣，現任甲科纔四人耳。蓋鄉貢中分曾也。不肖不敢有徇資格、博風力，兩念於胸而一。以其官覈之，得宜汰者三人，入告附一人，則直指所用例，應會疏者也。秦吏出司、道、府、州所報，敲兩而用一。而襄、宛二官皆不肖親采之民口，廉其確然不堪之狀，以問道府，無異詞。雖照膽非倫，而信耳可免，亦盡其不敢苟之念而已，伏乞台鑒。此外尚有是非介立者，則日諄諄遷改，不惟教之，而與共學之，庶人地不至相累耳。鄖之喪弗久矣，分巡下荊南，則不肖駐鎮道之一也。憲副邢其任，家卧年餘，不肖小疏已言之。二月即行臬司查報，乃臬司祇詳撫按而不及鄖，是緣人輕，以輕其職掌也。檄飭方新，而秦越如故，不得不請於廟議，按《職掌碑刻》云："撫治地方，已與各省巡撫無干。"不得不再行干預。不肖不敢及者，嫌於隙三省也。情習所趨，能以非固然者爲固然，而欲復其固然則反見爲駭然。然使不肖而坐聽所屬之弁髦棄其庖俎，以畫葫蘆於養官，得矣，朝廷何賴於有此臣哉！謹將嘉靖五年墨刻呈上台覽，則不肖之意而囁嚅不盡，亦可知矣。伏惟裁其罪焉。

與張誠宇冢宰

報代人旋，伏承台臺偉箋隆獎，曷勝感悚。今春内計，遠邇翕然，王道蕩平，正直實兼之矣。然人頌持論之惟寬，而不肖服錯枉之靡爽。使先入調停之見，而網漏吞舟,亦何以爲直道耶?惟察大略,細付覆培於群品,而我無留心焉,則台臺此舉相皇極、正人心、厚元氣,真百世之功也。恭諗雅志遜膚,求退勤篤,而天眷愈溫。未聞周公,得遂明農,樹人百歲,陳常四海。屈身康世,良有望於元臣,亦何忍恝蒼生而徇後樂哉!

不肖蚊負,恐負器使,惟是察吏安民,不敢不躬厚以先之,省成以課之。所舉鼇者,亦頗竭其陋心,而鄖、襄兩道未任,倡予莫和,獨拍無聲。感吏習之積玩,謬有陳白,正欲獻此先資,自加鞭影耳。同知遙借分理之人,並有咨請,伏惟台裁。鄖鎮附庸也,額設不當他撫四之一,書吏共八人,而管本揭者三,繕疏非數日不了。地方重事,無不經總司者。往往撫按疏發,而司詳未至。比及會稿草疏,則已後月餘矣。恐輂上未察,有泄泄之疑,故敢附陳。

與張太宰

地方官虛增於額外,不若實責於額中。施、歸兵備之添設,爲蜀寇也,今已漸平矣。況制險修備,只在得人,不在多人,此官應裁無疑。近日吏牒煩而人心玩,如添官之駐地、轄屬,行議半載而不報。故官之裁革,行議兩月而不報。蓋藩既移之臬,臬又移之荆南。不肖思地方事,安能當此耽閣?且既有灼知,何煩借聽,故徑以愚見上聞,事理小疏頗明,伏乞台裁。主持荆南要地也,最倚才賢,而澧參徐待聘尚未到任。荆郡撫夷同知先經台臺撫楚議,駐施□衛,控制苗夷,其劇可知,而奚玄綬缺,久未見補。近清軍同知許國秀又轉石阡知府矣。建邸事煩,此官兼管督工。今兩丞一時並缺,管糧通判梁思孟抽兵入黔被留,不肖咨催未發,捉衿露肘,殊甚。襄之曾城,荆之巴東,皆要縣也。宜城孔道,巴東蜀喉,而因府廳□官,一署主簿,一署教諭,窘促可知矣,伏乞垂念。并州通查亟補,仍俯采前日條陳小疏,將道、府、州、縣憑限發示,庶可憑以督其任事,地方幸甚。前睹抗疏辭榮,天心篤惓。蓋明農雖遠引於姬宰,而賜邑實深結於聖懷,此實邦家之福也。薊遼邊才,尚煩留神。采貯夾袋,庶安攘得力。

與趙儕鶴太宰

報代飛章,伏荷温答,曲加獎掖,仰窺與人爲善之心。不肖從舞象讀時文,稍長誦立朝風節,私願執鞭。然以聲迹攀光者淺,而以進修踵武者深,則亦不必自言矣。今春内計,遐邇翕服。台臺正人心以正世道,此安攘第一功也。人服其平而不肖服其當,當則不言平而自平矣。凡夷狄禽獸皆雜氣也,正氣伸則自勝之。臣子能自除媮心,而隨在修其實事,雖東西夷何能爲乎?吏治恥尚失所,由舉刺之輕。台臺綜覈於上,敢不敬應?竊觀政有二弊:不愛民者害之,而不曉事者擾之。無得於居敬行簡之道,則行約甲、編鄉兵、驅邪教,亦足以擾民矣。至各差之事有甚小,而台臺檄行之造福無窮者,一曰減節所查盤之罪。此款矌鍰,皆扣窮軍月糧也。不肖守藩湘北,曾言諸彭按臺宗孟,欣然見諾,一路所減殆千金焉。一曰行冒籍改批之法。凡省直差臺多者,訟迭出不休,皆揑籍以圖拖累。不肖現行二百里外,不許提人。交壤之訟,則以寡就多,以遠就近,似可備采。一曰禁交界之迎送。離任之參謁,雖屢經明旨諭正,而各省尚有行之不厭,受之不疑者,其屬民妨事甚大也。竊謂今日患不在無法,而在行法之不力,守法之不堅。用兵者無誅賞以爲信,則法終不行。故誅大賞小曰明,伏惟台臺信之而已。至不肖頑愚寡過,未能側求砭石。侵官與失官,皆罰也,别有瀝請,伏乞主持,幸甚。

與趙太宰

前者奏記求退,冀以量力之止。贊台臺知人、安民之大訓,而天語責留,避賢未遂,彌深踟躇。策勵之餘,終思自引,惟台臺有以教之。撫臣以察吏爲業,不肖自鞭者曰:"帥之正,範之嚴,課之勤。"日孜孜焉,而吏功未勸。前□江陵竹山,今又及南召矣。無論大者,即除火耗,束衙役,三五令申,亦未能灑然盡變其習。表圭之不式,鐘鼓之不應,皆不肖德衰誠薄之罪也。語云"越鷄不伏鵠卵①",慚負可知已。不肖舊役晉藩,每念吕新吾、魏見泉之矩範,心嚮往之,思齊無術,願鞭其後。附陳者:慶恩覃賚,爲臣子之其保民也。而反之,不肖獄功無取,在寵鷲辱,惟是備兵易水時一拜泰昌②登極恩,及代匱鄖節,人謂可再援天啓登極詔,改給京堂軸,蓋同事似有例,而不肖不敢也。自惟通籍三十年,秋毫無所砥樹,當自減損,以稍輕負乘之罪,逭鬼神之斧。概然及今而再矣,安敢以臣之不肖,終忘其親,而委君恩於草莽?至任子益踽踽不敢當,而或戒其立異。自念望五旬無子,謹遵例推蔭胞弟,庶幾以小孝補忠之不足。忝冒思愧,稱塞思憂,惟台臺曲成而更督教之。

與陳司農蘇嶺

恭諗台臺碩德表時,訏謨定命。入賦出式,原具冢宰之經綸;養民致賢,先究鄧侯之事業。寧惟足軍興而撻虜,抑且固邦脉以格天矣。曷勝欣忭,尚容專賀。遼餉愁瘴,天下所同。而不腆鄖屬於三省中倍困,前者長沙議裁別郡代編,人心皇皇。賴台臺主議,既抽沸釜之薪,又免代儓之李,膏澤無量,不特桑梓受福也。南陽派數,多浮正額,尤廟堂所不忍聞。中州撫按雖數郡兼議,而在宛尤宜特蒙恩恤。蓋餉額之重,募兵、過兵之累,俱他郡所未有也。至鄖陽巖瘠,宇內無兩,前以照畝,故正賦一萬四千,加至四萬四千有奇,其偏枯不啻今宛也。幸蒙改照糧矣,而四十八年、元年尚責舊逋,即盡編民而籍之,無取足理,豈在宛之未改者尚望新慈,而在鄖之已減者反仍故害乎?前撫楊衡毓有疏甚明,未蒙部覆,不肖何敢多贅?但請台臺一閱實其數而自有惻然者矣。善天赤子,忍視啄瘠,而枌社痛疴,於台臺尤最關□,□□九頓,爲鄖人請命,伏乞查檢原疏覆請。此兩年中,郡邑拮據,徵解者視照糧幾倍,民力爲東野之馬,急必敗矣。寬必不可完之數,於國賦無損,而達不忍之德意,以結人心所憚,非淺鮮也。伏惟慈察。

與陳蘇嶺司農

鄖郡照糧舊欠,蒙台臺憫其瘠困,準將潞租減免銀抵補,仰荷德念。乃據藩司查報，則潞餉原未盡免，此項仍係潞庄應免之數，畫餅止饑，必不可得矣。鄖之地畝皆指不毛之山，艱窘異常。無論外郡人不盡知，即七邑中，房縣稍腴，亦未必悉他邑之事也。如竹溪、竹山，以逼追新舊賦，山鄉民逃者過半矣。蓋府因住俸而督之縣，縣官受譙責，吏書受刑比，而督之民，民不堪命，自然逃死。查夏稅秋糧，米麥雖一萬四千餘石，然全書減免外，實徵只一萬二千餘石，內八千七百餘石納本色，二千九百餘石納折色銀二千一百餘兩，通融半折之萬金可了，而照畝加派四萬四千三百餘金，台臺謂可乎？四十八、元年，共完過一萬五千八百餘金，蓋戴知府住俸後，竭三年之力，追比內一千餘金，尚係括湊，民髓乾矣。即今天啓二年，照糧之數尚未及格。三年益費鞭朴，而懸此七萬二千之逋，台臺謂可完乎？不可完乎？使民力能贍，則履畝時豈肯只定一萬二千之賦？而去年撫按藩司又豈肯從四萬四千餘，頓減其十分之九也？當榆關告匱，催科如火之秋，不肖以減免請，誠為不合時宜。然加餉欲求其實，非虛存其名也。今此七萬二千餘之逋，亘宇宙未有之重斂，亘古今未有之賦法。徒懸欠額，決無分毫可完。而徒以堅逃者之心，重居者心駭。不至無賦無民，不止加派，又不必言矣。台臺倘謂不足信，則請將不肖及府縣官盡數斥逐，別用一番人。倘於照畝舊欠能有所完者，不肖願伏欺罔之誅。不肖痴心熱血，每念榆關未有穩著，寢食俱廢。四十八歲無子，始有七月之胎。若有一念膜隔兵餉，不顧社稷之安危，民痛可忍而增其呻吟，官力可鞭而私其煦沫者，鬼神當殛其後矣。伏惟台慈炤采。

與陳蘇嶺司農

酉春上谷道中，私指京兆前旌。比及三年，而台臺以閩地卿得謝矣。出處綽然，古所稀見。惟國事年光，思之可嘆。《天保》、《采薇》，內修外攘，群望台臺為鄭侯事業，乃斂觸膚之雲而高五色之雨，如蒼生何？然今之地官難言之矣。天下事危如戰勝、攻取，皆可以才智造，獨錢糧無中生有，神聖何術？孟子曰："無政事則財用不足。"理財之本，惟在政事；舍政事而求財，未有能足者。今內庫改折，不能得之於上；兵馬簡練，不能得之於下。而仰無源之汲，以實漏卮，即桑、孔有縮手耳,況不爲桑、孔者乎?且足食足兵,餉字從食立義。津運到關,坐視其腐,有米不飽,無錙告飢,尤不肖所未解也。然則台臺暫釋空釜之炊,而徐待衮衣之召,造物者意正遠耳。不肖負鄖,十月伐檀,自愧不揣。欲以鄖畝蠲通,請命於鄉之鉅公,而誠薄答深,遂及還車,悵然失圖。雖潞租改抵一議,足爲蠲案,而主者似已置之不覆。回天無力,惟念解印而已。未去之間,當勉磨頑姿,以補剗刖民情己過。願賜砭針以澤天下者而造福維桑,此亦古三公教鄉之義也。

與李大司農

賀夏之誠,未蒙鑒采,曷任渴饑。每於邸報中讀籌餉大疏,酌盈虚、制本末,真是良工心苦。惜外吏莫能奉行,則緣"細"字、"實"字、"勤"字,有所未足耳。故不肖嘗言大農之難,難於兵樞。夫運籌責人,而度支受責。責人者,筆舌了了,而人已信其能。而受責者,身之手之,至欲無中生有,少中取多,守空橐而應八面之求,任勞任怨,未足言也。然則鄭侯之爲元功,奚待鄂千秋覆説乎?不肖佐畫無能,念以鹵莽藩吏而塞卿寺建牙之路,故欣借微罪引退,未遂夙心,猶在台臺天海涵煮之中,慚感何喻。惟是鄖之窮瘠,秃穎難寫,總是一片不毛荒山耳。條編積逋,即不肖之額供,解部京書之廩糧,常苦閣欠。新劾竹山半以逋,故委推官俞汝謙代署而躬履目擊,力訴其艱。尚有竹溪、鄖西等處,在在告困。處之則不可勝處,不然則督責無方,代徵無術。正賦如此,況異常之橫加乎?照糧數千之額如此,況數萬舊逋乎?不肖度台臺盛心,待黔蜀蕩平,一體蠲除,故小疏未便專覆,然兵事不可知,而鄖人之睍睍久矣。伏乞大慈造命,或特賜一咨,示以稍緩,庶民心稍定,不至逃亡也。恐未亮者疑不肖以駐扎地偏,爲無疾之呻。夫當此普天同仇之日,違道干譽,兹心與盜賊何殊?便是魑魅,必踣命而絶祀矣。情逼詞窮,統恃善貸。

與李司農

今大司農之艱艱於將相,非台臺孰能行《周禮》賦式之道,以阜天下者?天下之大而憂不足,病在士君子無知兵之學。葉適所云:"養兵以自貧,多病以自困。"今當之矣。然此非台臺所得爲也。台臺所爲惟在精其入而核其出,於計餉之中,不忘養民之意而已。竊謂宜澄吏治以養其源,酌帶徵以節其力,而嚴催天啓二、三年現賦以濟其窮。帶徵中有別焉。如鄖屬四十八、元年照畝之逋,則不可謂帶徵,而乃原無可徵,必不能徵之物也。鄖地指畝於山,十不當一。全郡夏秋米麥一萬四千石,除全書減免外,實徵只一萬二千餘石,本折兼收,通計萬金可完歲事。而照畝加派,歲至四萬四千三百餘兩。雖經改照糧減其新賦,而舊瘡未復,小民困窮,逃竄情形不肖屢疏言之詳矣。鄖縣又有浮糧九百餘石,嚮爲數十年減免無徵之額,而照糧誤派。今會疏改正,諒台臺無不賜俞。獨此照畝之逋,已奉旨覆議者,更乞台慈主張,寬其古今未有之困,庶幾可撫逃墾荒,有人有土,而二、三年新餉,可以漸完。不敢贅述,惟台臺一查前疏,自是瞭然、惻然也。叩心爲孑遺請命,曷任主臣。

與董誼臺司馬

不肖以腹背之毳,塵忝鄖牙。靜念四序之曠瘵,曷酬半生之培植,惟是櫟材保散,蒲質驚秋。獲兹山水僻左之鄉,養其狗馬衰羸之疾,雖望涯以知愧,即擇地其曷疏。伏惟台臺有造之施,既引升於松柏,不匱之教,庶受課於桑榆。而襌逭歸,蒼蘿曷附,解節服樵,亦將爲退休計矣。司馬龍卧,滅胡有待。然禮缺墨衰,雖遲伯禽之績;而規留紫府,終追張翼之功。更祈珍衛,爲天下自護,不腆芹私,敬旃積悃,非俸廩之入,不敢以膩清德也。舍親蔡虛臺極言台臺獎知不肖之過。此君熱心,直腸快口,橫被驅逐矣,想台懷亦爲嗟嘆。惟虛臺傳教,疑不肖曩者事黔未如事楚,故逢怒有根,則雖起竊鈇之猜,實無掇煤之影。其罪案浸潤,皆由見怪承差耳,即力止用兵,尚屬第二義也。苦心拙迹,非躬陳不能盡。然恐台慈未察,尚以爲忿戾不祥之物,故敢略白之。伏惟炤察而寬其罪,幸甚。

與劉衡野宗伯

渚宮摳侍,佩宴語而懷寵光,味之有餘也。鶴禁端僚,謂即展九州之被,而竟斂五色雲以歸，蒼生失望。然清風之滌燠，甘雨之潤枯，造物正等。雖以范蜀公配司馬君實，可也。不肖荊罪多矣。隱見無定，毀譽交磨，而仍玷鄖節，天若閔其往瑕，而使補之。補之之道，則莫若請命於蓍龜，而求寡過。乃祭龜三月，奏記未遑，何其陋劣與？惟閣下之不寘故也，天老雲中，授我仙翰，跼跼焉驚慚交發，而私自喜塡黖息劌，可假至言以修心也。伏惟鞭之砭之，俾勿滋二戾，幸甚。荊之不逢也，坤以邸工、震以調發。不肖何知，惟如烹鮮之不敢撓，而時其水火；如牧馬之不敢害，而斥其敗群。小廉、小慈自盟，以爲受鞭砭之地或可乎？若曰熟路則愚矣。官理清濁，民業戚愉，願□叩洪鐘焉。隆眂藉手展謝，嚮風曷仞額遜。

與曹貞予少宰

奴爨未弭，黔氛愈熾，可憂矣，而非其本也。本患在人心不正，任事無人，愛君父不勝其愛名爵，而畏君父不勝其畏艱險。不有以反之，治何日之有？不肖所傾耳引目者，實在台臺，臨宰衡而脫蹤去焉，悵然與蒼生俱失望，然而有感焉。以讓賢明志，其高軌在身，以避寵維風，其貞教在天下。夫愛身之與愛國，一也。薄名爵而避之者，必能急君父而無所避者也。江湖魏闕，大誼當然。若絜首陽之薇，而忘救民之柳下，大忠所不出矣。少墟先生起矣，不肖日望追鋒入晉，尤望台臺踐機，幡然而有以行其道也。近者以"正人心、激忠義"爲高邑太宰言之，而見報曰："氈慕成風，獨力不可挽。"夫周公留君奭，姚相薦廣平，古人知獨之力寡也，則求助；見獨者之力勤也，則亟起而助之，爲吾君父焉耳。此不肖所爲台臺誦也。不肖晉禾不茂，鄖節多瘵。雖不敢以傳舍居心，曲表責影，深自鞭磨，以倡芻牧。而黔蹇易窮，越雞不伏。即訓吏一事，求寡過而未能，日飢渴曰："倘得至言修心，庶可補黖息劌乎？"獨坐之臺，不敢數溷竿牘，而願有請於里門也。伏惟垂針砭而瘳之。

與熊汝望掌科

乙未至今，垂一世矣。塤篪聚散，兼有古今之慨，幸多鳳毛，可慰鶯語。每念吾慎吾兄無年,而台臺蔚然鵲起,以穆駿之追風,償夸父之逐日。逝者不亡,即交遊在□群中,且有北海之想,饑渴何如？恭諗松標摩漢,橘性厲霜。從邸報讀封事,不頻言而章必開鍵,不煩言而語必破的。真忠卓識,爲德爲民。蘇子瞻推劉器之諫官第一,台臺當之矣。嘆服！嘆服！不佞樗材宜散,柳質易秋。麋鹿有夢,惟在豐草,而橫以腹背之毳,忝此贅牙之區,無兵無餉,事畫葫蘆,便可塞責。顧誦思居、思外、思憂之詩,輒污洽皆黽勉鞭磨,雖不敢以曲表責影,傳舍居心,而蚊負匝歲,無尺寸可課,常恐隕越爲世譜羞。近緣晉通受督大農,借微罪以避賢路,幸甚。且垂五十無子,世味嚼蠟,復何意計算短長也,已自劾待放矣。惟是宗斗之誠,無間思夢,而喜通家可援,不至如孔李之遥遥。敬酹滄浪,參承多祉。《鄖約》呈鑒,正亦可察其志之徒勞,而才之有所限也。惟勿靳發藥,退思補過,終身誦之。

與解掌科

台臺水鏡開光,矩及格物。而黔蜀建議大疏,謬齒及不肖,非不肖所敢居也。古今人才,豈遞相遠？其絶階者則心爲之。古也專,今也歧;古也實,今也浮,如是而已。將才既斷,而文臣之爲兵學者,未嘗有專門深入之功,大約以意嘗之,而以命卜之。黔蜀疥癬耳,建奴則疽根也。以天之靈,奴或自隕,而諸子内相踵滅。不然,未見所以制人之道也。熒惑入斗,太白守心,古象者憂之。然天遠人邇,聞主上英聖,出群臣意表,而台臺上補道揆,下畫法守,汲黯在廷,銷萌之益故自弘多耳。不肖才拙志孤,惟平生稍知廉恥,遇事認真,不敢放過而已,他固無一有也。兼以病草,逼成衰蒲,近五十無子,情趣可知。感激剪拂,欲十舍自鞭而終恐無以副伯樂之顧也。守其硜硜之節,勉勉之勤,以道義爲報施,則請終身誦之。開昏策懦,尤跂司南;因風布誠,心旌北指。

與霍顯用掌科

臨去晉而得與台臺傾倒,浩氣滿襟,高論傾塵,謖謖松下風,可謂不虛度太行山矣。別來從邸報聽珮珂消息，何其人也？外釁未弭，民艱愈甚。出納王命，明邦國之若否，安可無山甫補袞乎？承平日久，將脉與兵學俱絕，數年講求搜訪，未得要領。司餉市餉，司兵冒兵，而荷戈者行則掠，居則逃，習爲家常茶飯。普天力竭，蜀楚尤痛。已蠹之財如汗，不復爲血；而難梏之腹，不得不割肉以救饑。長此不已，舟中皆敵國也，杞憂耿耿，台臺何以策之？不肖蚊負匭歲，尺寸靡效。鄖無兵，僅取州縣民壯三百，分爲兩班，額餉七千餘金，歲完可六千耳，練軍數百，製器數千，積磺硝數萬，如是而已。捧土安能塞河漏？且抱痾、艱子、散楛、病草、衰蒲，實兼有之，無日不思退也。近以晉逋受督大農，不肖於催科一事，備極苦心。遼餉逾格，邊糧亦俛及格，僅欠戶部銀六百七十餘兩而已。天啓二年，秋糧係九月後開徵，故解稍遲。然不肖交盤，此銀已在庫矣。竊謂考成有法，似當通論。其大數以六百餘金未解，而坐通年全欠，誠爲特例。然不肖得借此避賢路，實獲愚心。謹自劾待放，既無撫字之實，而橫受催科之拙，恐陽兗宗笑人也。順翔肅候台祉，《鄖約》及《治賦略》呈正，晉楚罪案，此其一斑。尚恐愆不自知，更望發藥，退思補過，終身誦之，嚮風如結。

與趙霖宇給諫

甘棠之苔，鄰蔭猶新。記丙辰秋謝病過榕城，弗獲謁教，私聽琴風以自快。歸與周台石同年言之，子產古遺愛，叔向古遺直，兼之者趙公也。不肖蠖屈鄉里，其陋迹無匿於聰，聽易水中矰繳，決蹯南矣。至三山聞河西之變，老父母辱推轂焉。士之許身，固在一言耳。激其熱血，遂不過家門，而重繭以北，至今冒忝鄖牙，洗其丹書之玷，而回其鑿壞之固者，實老父母一言爲之先也。感知雖易，酬知甚難，則不肖之所鰓鰓，鞭後而寡過未能者。生匠石之園，而願其材；長伯樂之廄，而願其駿。隰之、繩之、烙之、剔之，必有篤於他山，而殷於凡駟者矣。伏惟老父母教之，言路之重，非以其得言，而惟其不得不言，其心則一人是毗，其論則萬世可書，而其事功則當時可劾，而朝野謂之不可少。《唐風》思居、思外、思憂，不特事有之，言亦宜然。不肖每讀建白大疏，無非此志，雖管窺何當而擊節難已矣。奴貫已滿，自蹶非遥，但在我當有不可犯之實着，可繼之遠着耳。黔事差易，而師克在和，頗乖所聞。竊謂黔圍未解，而勢欲遥接，則督撫宜分；黔師方進，而柄忌兩持，則督撫宜併。蓋心同不妨如樂之和，而隙開則忌輿瓢之裂也，台裁以爲何如？不肖才寡病多，鄰五旬而無子，蒲柳支離，郎僻尚不勝任，況過此乎？且在晉七月，督賦勛力。晉無京解，邊糧徑運三鎮，而計部橫坐二年十分之逋，示在應斥之列，已遣人往舊司覈其細册，至則乞罷矣。惟忠孝黽勉，不負名賢之顧，則固無分於出處也。酌水旌心，願采其誠。《郎約》呈鑒教，亦可見其心不敢苟，而力之有所限也。

與王綉嶺給諫

十月，亨萬林丈寄示手札，深佩周行。值有賫疏之役，即修小啓奉謝，計中閏方抵京，而綉衣已晝行矣。雖此惘未達，乃斗山在近，就正有地，慰浣可言。不肖荷弱，惟爲國爲民，片念可貫金石。幸有導師，敢不竭蹩鞭後？馬政守道已詳定立官馬剪單之法，不肖告兩臺束承舍爲倡，盡革私幫，要在幫縣實行。惟此拔去病根，最爲斬截。若議輕議損，終是隔日瘧耳。選鋒數百，已挈回歸操。更清衛軍，選鄉兵以益之。巡道以此自任，或當有一番振刷也。張四嚴督所司，亦已就擒問，其案黨僅配，恐復爲逸兕，即謫戍亦多賂逃，惟有永錮，不則遠遣耳。總之，此猶膚證翁臺長桑公隔垣之視，當必有進者，幸傾筐皮教之。不肖素餐十月，誦《伐檀》輒愧汗，其諸罪狀，求不怪發藥，即大君子所以嘉惠維桑也。民亦勞止，惟長吏澡身保赤，必躬必親，庶可定中澤之鴻。吏治良窳，更望告以所知。一芹修贄，願采其苦。舊書稿略呈，聊見不肖慕拜善聞過之學，不敢耳瑱也。

與尹舜鄰掌科

久闊教音，蓬心日長矣。然每從邸報讀建白大疏，錚錚風雷鳴，而確乎布菽絲粒皆實用也。責成久任之論，不肖如蟲食葉，偶爾成文，則謂未嘗隔，可也。束事仍無穩着，有市兵之餉，而無足兵之餉；有鼓譟之兵，而無敢戰之兵，令人浩嘆。總之，天下事虛字多，實字少；情字多，法字少；人才則伶俐多，膽識少耳。真肯做事者，難易俱說不得。如調兵以剽掠爲習，延綏援黔，汪負龍等數百荆棘秦人甚。入鄖屬凡十四驛，不肖豫戢而申禁之，初兩驛尚橫，第三驛漸馴。至南陽，道府以臺符約束之，頓減十之九。及襄、荆，自願舟行，每郵只費僅直三金，且求府官轉達免參，豈其性頓殊哉？則地方官任不任之故也。閲楡關急餉狀，令人意焚，此何時也，而忍言減免乎？然鄖之困甚，指畝於山岨，亙宇宙未有之苦，故其畝十不及平畝一，而以一萬四千餘石之正賦，照畝加派四萬四千三百餘金，爲亙古未有之苛。雖天啓二年改爲照糧，而四十八、元年宿逋尚七萬二三千兩。雖不敢爲急民知求蠲未得，而駴後患且相率逃矣。鄖之艱狀，非不肖躬履，未能信也。故今之請免，非免現徵之實糧，乃免三四年來確無可徵、必不能完之虛額也。不肖念社稷安危，每夜灑血泪，若民痛可忍，而强助呻吟；官力可鞭，而私示煦沫，不忠莫甚焉。四十八歲無子之身，甫有七月之胎，鬼神便當殛其後矣。台臺肝膽水乳，何須自矢？倘亮其匪欺，肯於抄參中爲鄖民造一線之命，地方幸甚！

與尹舜鄰掌科

當庚癸日急之秋，而不體大農之苦，無人心者也。不肖以鹵莽外藩，塞卿寺建牙之路，顧影自慚。前小疏，借微罪爲避賢地耳。至不肖歷官俱持"嚴"、"法"兩字，然鄙意嚴則必可行，行則必可繼，而一嚴則必不使移動，不使解免。故大小吏宜分受責，而酌開徵之例。前年宜合任其全，當年宜專任其七，計經手所完之多寡，以合其經手宜完之額。新舊俱準，通論如是，而不及格決宜襖之而勿惜矣。故末議主於行嚴，非主於用寬也，台臺必能見察矣。惟鄖逋難處，其窮瘠言不能寫，而又難於取信。一則疑呼痛者有已甚之聲，一則疑駐扎者有近水之影。然以謾語飾情實，是欺也；以私惠忘國計，是忍也。此何異盜賊之心腸，魑魅之行徑？不肖雖至劣，不敢爲也。天啓二年、三年加派四千餘，猶嚴徵未足。今此四年，條編加派之外，欲再徵伍萬餘舊逋，萬萬無措手之地。計部不肯覆免，或賜一咨明示稍緩，庶可安人心不至逃亡乎？伏乞台裁。多言數窮，恃共古處。

與趙霖宇掌科

南北未寧，坐煩籌筆。北則可繼爲難，南則持勝之與善後俱不易也。毛文龍一着，恃之太重，而應之太緩。愚見欲復遼東，此枝兵最爲得力。然軍興不悉爲之地，雖悉爲之地，而脉絡情形不確然相接，則終無以責實，而功不信於天下。似宜妙選忠信明決之才，置一贊理監司，不得掣其軍機，而專核其事實。不然，紀功府佐亦可也。糧餉則當極力應付，而風信順時，登撫宜與呼吸相通，庶乎有一臂之用耳。節東省内地之虛兵浮費而供毛帥，似亦不患不足，台臺以爲何如？敝省紅夷一捷之後，未聞續報。不肖鄖中數月無家信，然要當以彭島之去留，爲局之結否耳。前賫疏承役，荷台慈全給餼騶，深佩德念。緣不肖去夏止差一役，而病數月，不能報。諸老謂長安可無副，故繼此事重則用二，緩則一。前實差兩役，而書吏批中誤填一名。臨發，不肖查出，故添一"等"字，致煩台察，此敝鎮不審之過也。若不肖以清郵府怨而躬自濫焉，義所不敢出也，台臺必能亮之。

與程芸閣掌科

閏月修候起居，計徹台覽矣。外釁未弭，民艱愈甚。救時之方，惟用人、理財二者，而理財尤以用人爲大鍵。竊窺台臺建議，每於澄激之中，寓愛惜鼓舞之道，德意甚盛。不肖私謂法在察貪、察庸。貪則撲滿，庸則漏巵，皆財蠹也。吏誠廉敏，而賦未有不及格者。不肖鄖罪多矣，近以晉通受督大農，然不肖於治賦特竭心力，遼餉邊糧，似可無咎。京糧未解，僅農桑絹六百七十餘兩而已。論時則二年秋糧，九月後開徵，責備於七個月之官。論法則宜通論大數，或難以六百餘之欠，掩其數十萬之完。論數則此六百餘，不肖已完在庫，入交盤册，特因到司遲而離任速，未及起解。要之，户部當仰屋之秋，特用重典，亦不得已也。不肖藉此避賢路，實獲夙心。謹自劾待放，然大農考成參罰之法，未中肯綮，以故人不服,而法不必伸。謬有四議,謂如此,然後三尺可行,而人不敢不勉也。謹請大教,倘愚慮有一得,肯賜主持,或便疏一二語發明之。不肖身去而言庸,斥勝於遷,亦可塞素餐咎萬一矣。《鄖約》並《治賦錄》呈鑒,即此是兩地罪案。不肖治晉心慕保障,而政類繭絲,乃無撫字之實,而橫受催科之拙,恐尹晉陽、陽道州笑人也。

與徐孟麟侍御

居晉時,讀台臺建白疏侃侃,陸敬輿其策兵事,則禁中頗、牧也。世界混成一"情"字,行間尤甚。而台臺彈痤□肓,往往開日輪於霧市。竊私嘆爲真忠一人,願執鞭事之而無階自達。三晉得歲,驄響臨之。唐叔有靈,與行霍交拚,而不肖甸宣餘瘝,又在蓋藏之下,天假勝緣矣。因循未遑修候,乃翰貺儼然先施,有是哉!不誅其蝌尾,而反假之鴻翼,殷殷獎飾,又所質未嘗有也,不肖何以當之?有背汗而膺鏤耳。黔禍之伏,不肖十年前知之。蓋吏貪役橫,傷夷心實甚,而師連餉匱,起於調募者,以兵爲市。募毛兵則逃,募陝兵則逃,募川兵、施兵則又逃。使能留數逃之餉以實黔,何至今凛凛憂朝夕哉?鄖距荆州千餘里,去黔遠甚,附枝之鎮,不獲聞會計,催餉無可效之力。惟數爲楊衡老言三事:一、師克在和,當化督撫、文武、南北兵之歧;一、取逆撫順以攜之,乘秋成出銳師焚其積聚;一、收撫諸苗,恩威並用,勿縱士卒擄掠,庶堅來附之心而散其黨。未諗有當否也?《鴻烈》云:"問蓋天高,於修人利害,非近莫悉。"竊謂廟堂惟實實用台臺與王存思之策,而夷不難平矣。德念淵嶽,藏之中心,回風額謝。

與徐孟麟侍御

恭諗台臺以殿中社稷之臣,爲冀部澄清之使。合趙、韓、魏之區,共入柳州之《晉問》;揚堯、舜、禹之化,再見《蟋蟀》之淳風。行霍霜融,河汾雨洽。其圭表正中,既收庶僚之型治;而其山藪含覆,又庇舊吏之筍梁矣。不肖久跂龍頭,猶存蝌尾,禮宜先請周行,以補去後之過。而魯皋稽緩,河潤先施,顧影捫心,惟深跋蹐。晉土則瘠倍於腴，晉賦則連半於額，晉吏則多畏難之心，乏自奮之氣，而晉民苦繭絲、苦水旱、苦盜賊。至晉三關則餉匱兵弱，而恃款爲長城，又寄款命於老酋婦。不肖旬宣日，思居、思外、思憂，幾忘餐枕，而莫效其拮據之力。恃有靈丹，庶變中衰，爲莫強之國耳。雖黥劓難補，而故鄉并州，需被何涯。若夢中唐叔，已愧嘉禾；咏裹漢江，曷酬柜鬯。惟於宗斗之餘，彌勤發藥之禱，伏惟台臺有以教之。尚役肅候清嚴，聊師還璋，無當報玖。雜刻呈覽，謬迹具存，不敢匿媸於秦鏡也。

與楊周卜按臺

心邇室遠，庶藉青驄行部，一藉指南。而鄙之陋也，真周室不成子耳。無以徹寵霜驃，乃乞靈净樂，如隔籬望鶴氅。然劇思扁舟浮漢，溯流從之，而鷄次無初，渺然仙山之不可即也，悵盼何極？惟是紫氣在麋，而其事則鄙也。霜肅露濡，皆鄙軍民所食福，而將吏所式型也。千里同風，五百同星，百里同雷，誰謂漢廣，跂予望之，即躬奉澄清，何加焉？不腆潢藻，敬代梟趨。極知台臺暑月懷冰，不宜以俗塵相膩。而按節爲鄙，不肖地主，倍切蕨盤匏尊，禮也，台臺其忍疏之乎？襄、峴之事，薄往厚來，蓋於今調饑矣。

與楊泰階侍御

邸報中讀大疏，知星彗遍歷辰、靖、武、郴之間，悠悠我思，不肖分藩湖北三年，未嘗見驄馬迹也。靖、沅一帶，解因千里之外，勞苦異常，而其土俗物情，無以自通於柱史之耳目。台臺一步不肯謁崟山，而觀風數千里，蠻箐陰嶂之外，必有馬足，日月開其光，而雪霜洗其氣，造福曷量！竊窺台指有可省於民者，無細不損；而有可賴於民者，無勤不躬。使吏能訓行，何憂芻牧而惜乎仁人志士之難也，不肖謹奉爲心師矣。糾援將及，《邸工疏錄》呈郢正。衡州蔣太守，不肖同聞、同業友也，志力沉勁。嚮蒙疏補，監司未見部推。倘本省缺出，酌量人地，亦爲一便。伏乞台裁。

與劉貞白侍御

星轡入都,讀封事,皆爲德、爲民,方切服膺,而狩節又指淮南,益爲天下賀。國家咽喉在漕,淮南漕脉也。鳳、泗之間,又豐沛根本地也。淮揚魚鹽之衆,實多莽戎,天下有事,則嘯澤可虞。吏稱民安,而河山固於盤石矣。以台臺亮節赤誠,圭表既端,鼓鐘自動。臨發大疏,居敬行簡之理,實獲愚心,不肖所黽勉師之,而未能寡過者也。綉衣照閭,官方民瘼,又有一番目擊,願以爲淮南者,先爲桑梓傾筐教之。榆關修備,竟作何狀？每接長安書,皆致不滿。潘翀玄道長且云"兵民思逃,恨奴來之不早"者,危□至此乎！當事者奈何不爲深計？抑或未必然與？杞人憂天,願垂開示。

與陳自公侍御

易水無根之謗,鄖陽意外之推,莫非命也。毀可消業,倖能生災,弟於"義"之一字,日凜凜焉。獨念風霰交加中,蕞爾宿莽,得附台翁爲歲寒松柏,造物者於弟,正不薄爾。晉陽以辭節相托,而台翁有按粵之行,熊壇石公祖、林亨萬社兄莫肯爲言,遂冒鶊梁之誚。然負乘非據,終以速褫爲安也。宇宙肝膽,能得幾人？從吾鄉通粵問,亦非甚遠。然寤夢饑渴,鬱鬱至今,可謂不勇矣。粵中驕風暄日,台臺以飆霜消之,定自改觀。弟家居稔聞粵故,咄咄怪事。即吾地宦潮者,何人不擁溫臙？民於吏屬於長,皆以苟苴爲。固然不敢誣世爲無吳隱之,然吾見亦罕矣,非監司守理一新弦轍,不可振清醒之風。蓋驄馬惝惝,如電之燭昏,雷之破聾,快而難永耳。弟嘗謬謂假我粵督數年,與柱史同心澄激,或可變齊。然有命有義,豈易言耶？紅夷據島,加之旱魃,天以台臺救閩,造福尤大。通粵糴,一也。夷曾敗於香澳,密求其制之之法,募彼中能者致閩行間,二也。惟台臺念之。弟以腹背之毳,處贅牙之區。三省各有主者,秩托寓公,事畫葫蘆,藏拙良宜,素飧滋愧。鄖鎮無兵,僅取州縣民壯三百,分兩班赴練,賴餉七千餘金,歲完不滿六千,公費九百有奇。而修苫、家火、鋪陳、紙札、交際、酒席,俱在其中，如是而已。蚊負十月，尺寸罔樹，惟無一蔬之庭實，無入衙之公禮，無監司以下造鄢之謁，及十里外之送迎。則守其硜硜，自繩繩屬，而思用其道變粵者也，台臺當不笑其腐耳。潮泉太近，台石兄入齊爲便，何故願留？有恩平縣令陳一經者，與先子交，而又交弟，如孔北海在紀群之間，古心、古行、古學，三十餘年孝廉，無一事干偃室，必能拔去粵套者。其行事恐有拙硬處，幸台臺極力培植之。恩平地惡多盜，優以薦剡，或爲調繁，弟受加身之賜矣。

與李緝敬侍御

今天下人才甚盛，議論甚昌，而安夏攘夷之功，如捕風捉影。嘗深思之，未得其解。意者浮氣多，虛談勝，而入微之肝膽，擔荷之脊梁，如古人不動聲色而措天下於泰山，運天下於掌上者，未可多見也。夫若是者，非沉毅之大豪傑，不足當之，而不肖所聞，台臺則真其人矣。沉毅之豪傑，人見其機之太藏，而不知其識之甚朗。舉世紛呶而議，擾攘而營，而豪傑之眼光固有以入乎其中，出乎其外，獨觀竅會，可見諸行，而不可語人者也。不肖虛浮者也，願得豪傑而事之，以瘳吾疾，蓋於台臺刻心焉。而台臺過相推許，增其驚愧。不肖自反，惟略知廉恥，於事認真，不敢放過，或可勉焉，其他一無有也。願台臺以石生我，而勿益其疾也。承教，世界尚可支撐，不知從何處下手？榆關可憂，但我兵心眼熟一"逃"字，而事不可言矣。口强而力弱，賞濫而法輕，葛藤多而斬截少，令人轉憶甯武子□愚耳。台臺有以詔之。

答李緝敬侍御

不肖愚鈍人也，惟知耻、認真，稟自胎骨而癖，頗喜讀書，因與世味稍不相入。十八歲爲貴省徐匡嶽先生首下，示以止修之學，雖能盡通其説，而終有數他寶之疑。蓋又求之西竺，二十年而後，反證於六經，始見吾聖賢之教，若此其廣大，若此其親切。至今體段徑路，似頗了了，而尚苦承當不緊，必爲聖人之志未能直竪得起，則所云了了者，亦僅比知而已。因嘆曹交以蕞爾之軀，較量湯、文，真大豪傑,而不肖之懦亦已甚矣。伏讀台翁《會語》所指示,莫非先得鄙心同然者,而見教一書,尤挈定十聖六經之脉絡。然不肖僅屬比知,而台臺則取之左右逢其源者也。竊謂千言萬語,只是爲人字作譜。大學者,人本自大,非人外求大也。一人爲大,六合、古今人一體。已知其一體,無我、無物,無非我,無非物,故曰"不誠無物",曰"其爲物不二"。物有本末,正發其爲一物耳。果截然兩物,又何本末之有？會爲一本,即是格物。物格則物有本末之物格,不格則物交物之物。此格物者非意之也,吾心靈知,無所不通。原無物,我致知,在格物。格物亦在致知,決不可曰："欲致其知者,先格其物。物我一體。"故曰："仁者,人也。"亦可曰："人者,仁也。"即此是天命之性,故曰："天下之大本","天下之達道","致中和,天地位焉,萬物育焉",只是了一"人"字而已。一以貫之,只爲人作二見,故示之曰："莫非一之所貫也,猶因人歧物我。"故示之曰："莫非一物者,本末也。悟得是一連貫字,亦贅。"愚嘗謂："惟克己乃是真由己,惟由己乃能克己。"使作兩會,則是行其身,見其人矣,豈復性之學哉？台諭"識得在我皆物,是謂道心,猶知有物在我,即爲人心",真至言也。人心、道心,豈特相去無幾,原來一體。道心如水,人心如波。知止則全波是水,不知止則全水是波。爲物一則止,二則不止,復與不復而已。乾元統天,首出庶物,故以大生焉。人人一乾,而不能與乾合德者,未復故也。故曰"克己復禮爲仁"。復以自知,自知之義,慎獨無自欺而已。無自欺,則知致德,便是明明德於天下。故一人是大,大合於一爲天。大人之一,即天之一,非有二也。盡其心者,知其性也。知其性則知天矣。孟子非真到手,安能如此立言？然所謂天,所謂性,非上一層出,土游衍無非是也。簿書之間,即可實證,故曰"時習"。使有時有,有時無,則不可爲時習矣。或曰："如此,則何待講爲？"愚答曰：此事非講有,非不講無。孜孜講者,正防其不講之無耳。且因不講之無,而疑其講之非有,則講者不得不勉。是講乃自嚴之事,非爲大之名也。且人知開發經書之爲講,而惡知文移告戒之莫非講也。天體物而無不在仁,體事而無不然,到處皆身,則到處皆學,致知格物,無一毫空隙,所謂時習也。愚見如此,敢述請正。書義、鄖中會考與諸生商量者,並雜吏牘俱呈正,惟有道教之。

答李緝敬侍御

不肖未三十而岵屺見背,每觸劬勞之日,悲痛難堪。又誦《詩》云:"無忝所生。"四十八年來,種種鹵莽,其忝多矣。蓋愧汗交浹,每思補劓息黥之學,惟在一念知非而苦道不勝。習有頻復之厲,自揣求之儒,參之禪,亦有年矣。□事物之來,舊説俱用不着,惟就一念放不過處做去。然覺一念惺時,旁念、後念相因而起,惟順此放不過一念,則神明慊然,不則成病。以此決擇不至甚差,而交戰終未能免。豈此一念放不過處即是良知,即是人之天,而交戰云者,即人心之危,而致知之功有未真切乎?安得此一念直以動者,更無轉起,不待費力乎?抑根器太懦,不能直下承當,必做聖人者,便是病根也。人心惟危,墮落人欲,便是以父母之遺體行殆,乃忝所生之大者。不肖内省人欲之根未能斬斷,亦知欲無自體全人,即道而行解爲二,常費收拾,則終爲罔生而已。台睨下頒,益滋慚感。思台臺之睨,非猶恒睨也。敢自述寡過未能之實,以當懺悔,求指南。臨穎曷任悚切。

與李緝敬侍御

歲籥更新,又迎甲子。台臺相二儀之闔闢,啓衆正之彙征,弘芘三藩,聿懷多福矣。惟甲子,支干之所始也。子半爲復,甲端爲泰,復而後能泰也。於德則水生木,生生之元氣也。五行木屬仁,而水實養之。天一初氣渾然,一水而木德涵焉。然則見天地之心,而成天地之泰,惟一"仁"字而已。去秋輦上以學爲射的。敝鄉何匪莪疏引海忠介,直中丞之譏。劉范董下問曰:"鄒南皋先生與海剛峰何若?"不肖率爾對曰:"剛峰得天地之義氣,南皋得天地之仁氣。義亦仁中一德耳。"然仁在復,復在克,一念知非,靈光自顯。嘗論聖門弟子,尊信夫子曰"天",曰"堯舜"。而子路時遷之,又不悦者屢焉,似乎不信之尤者,而夫子之道愈光。蓋古人篤於自信,而後可以信人。故孟子叙舜之同善,而以子路喜聞過先之善,與人同仁也。而喜聞過,則克之路也。必改過而後能拜言,拜言而後能同善。然則講學者不貴乎相詡相翼,而貴乎相規責善,朋友之道也。故不可無夫子爲師,亦不可無子路爲弟子。人一日尤不可無子路爲友。台臺謂何? 幸有以教之。河東王大參瀠、陽曲田令景新,真品真才,不肖所心師者,敬爲藥籠之獻。

回李緝敬鹽院

中夜思黔事,輒浩嘆。水西爲國供,十六驛歲輸本色八千餘,折色三千餘,而剪爲寇仇,則其致此者,可嘆也。藺水朋逆,藺發急,水發緩,迨奢巢破而安,亦中怯矣。入□方而亟班師,可相機掌握。制而氾濟,羸瓶則其自覆者,又可嘆也。使得人焉,治之先可以無叛,持之後可以無辱。而今已壞矣,譬之誤藥變症,盧、扁縮手,而以不肖庸醫承之,幸豈可徼乎? 然事君致身,臣律也。臨事而懼,好謀而成,兵訓也。奉此二者,磨礪以須,惟力是視。而苦無將、無兵、無餉,事事捉露,空拳搏虎,空釜司炊,雖巧且勇,若之何? 拙怯殆矣,台臺何以教之? 俎豆嘗聞,軍旅未學,非謙也,任也,未有戰勝而不本俎豆者也。其心和,其法辨,故曰"節制之師"。節制者,禮也。自用而勝人,爭功爭利而不協,驕懈而無律,狙不求定,而掠女子、寶貨以激夷之致死。我則無禮,何以不敗? 故能治心,斯能攻心。不肖凜凜焉思汰浮氣、練粗識,以從事上下同意之規,而愧昏懦之不可策也,願台臺終有以教之。深味教睨,可謂同心之蘭。而不肖急赴師命,承舍分投,咨促軍興,恐報謝不時,以重短節之罪。謹藉手展別,伏惟鑒原。暗荷弱側,仰若木之暉,因風飛緒。

與王麟郊制臺

驗靭而後,鴻爪東西,易水依光,遂徹翼蔽。晉陽庇宇,驟動律吹,遂以毀譽中孤植之人,濫旌節後,一何遇之奇,而造物之厚乎? 銜德南邁,仲春甫入襄陽,而台臺如天翰貺,承東風而煦之,感激何言。日夜圖一修報,不謂叔喪妻病,最後身憂采薪，又不能以葛、龔之記假手他人。荏苒三序，不肖夜枕捫心，汗不敢出。況防風之討，何以自解於星門哉？惟是心旌之北指也，神知之；侏儒之短節也，天限之。台臺佛地中人，當鑒日月之所不及照，而恕雨露之所不能恩者，恃汪度以不恐矣。狡奴卷廣寧而東，爲圖朝鮮一局也。今局就矣，鮮折而毛帥孤，奴無憂後矣。來春必萃於山海，以天之道之靈勝之，甚善耶？然中外何恃？恃台臺之爲郭汾陽、張魏公也。顧不肖近察晉之三關，則素囊日張，我軍弱而且饑，驥械俱竭，實無以制其命。夫必先服虜，而後可以膺夷。壁壘變色，鐘鼓俱靈，非台臺孰望哉？伏惟精運筆籌，弘展幄略，追住牒之出車，慰當今之微管，曷勝私禱！不肖才短病多，以腹背之毳，處贅牙之地。梁既不濡，鬐宜終褫。台臺何以教之，俾勿爲陶冶羞。

與李心白太僕

爲鄖故，屢瀆台慈，常懷默愧。小疏大農又不見覆，真是難處。二年、三年歲餉額四千餘，尚苦難完，況今年正賦加派之外，欲責舊逋數萬乎？主者必疑窮未至是，而弟過於疾呼。又疑以駐扎地有近水之偏夫，飾無情之說，是欺也。行得已之私惠，而忘不得已之大計，是忍也。此盜賊之心，魑魅之事，弟雖不肖，不敢爲也。欲續疏則太瀆，欲決去則似慇，再靜俟數月，終當以引避爲長策耳，伏惟台臺教之。嚮簡徐若谷公祖云：「若老與魏震老邊開府，妙選也。」台臺復開府，妙選也，二老既驗矣，然根本在廟堂，則協臺遞進，獨坐一席，其待正人乎？望之望之。南北未得洗兵，而閹寵日張，杞憂耿耿，近日宮府事機若何？忠義之心能一振，寵利之習能一洗否？惟密示。

與楊□□新餉部

不肖無他長，惟殉國之愚，根自胎骨，好善之熱，透入肝肺，一點螢光，陰雨不能滅耳。入晉知台臺管餉庫，三伏冰寒，肅然束拜，願爲執鞭。旋聞楊文弱舉翁臺自代，文弱與不肖莫逆，其友即吾友也，每有解役，輒思八行自通。而病冗懶,三崇之懷誠莫展。然如針之向磁,葵之指日,精神固不隔也。

代匱入鄖,敢緣餉事一奏起居,畢攀稽慕藺之念。遼餉畝派九厘,計部原爲活法,聽藩司調劑,而嚮來官不在民定。板印將去,致鄖陽一萬四千之正糧,加額至四萬四千有奇,而二年始獲減也。南陽如唐、鄧、內鄉等處,亦且一再倍,而今始議減也。南陽司議,視正糧減十之六,其權衡則聽台裁。至鄖陽,天啓二年照糧減矣,而四十八、元年尚未改正,猶督舊逋,計兩年欠七八萬,以四倍正額之加,即籍編户以充之,不能滿也。不佞謂加賦不在争多寡之名,而在深求其完欠之實。虛懸必不能供之數,而終無涓滴之濟,徒以苛名傷元元心,何若一酌之使窮民快其謳歌,有司展其手足乎?使照畝能供,則二年不宜改。既謂不任而改之,則四十八年、元年與二年,一實也,一赤子耳。豈有二年始窮,而前此尚富?又至今窮後而前富自如者哉?一賦法耳,豈有在二年則宜平,而在四十八、元年則不厭其苛者哉?故不肖知翁臺閱實其數,久爲惻然,而前撫之疏覆請,固不遠也。謹再效一言贊決,翁臺視不肖豈徇人情面,不論元元實害,徒爲官府作計者耶?諒大慈必見察矣。

與張雲岵年兄

弟從老公祖薦,而貌之爲鄰部民,而聲之所得才品可十之三四耳。手《永言志》,而今於老公祖見心矣,且見全焉矣。其義則經,而其詞則一部大文集也。祠與田亦有爲之者,而所以爲之肫至整、詳至性之中,具真經濟,推及於外戚、於朋友之學而觀禮者,則古人疑未有之。想老公祖十年東山,以輔世之才,專心致力於尊祖敬宗合族之一事,不自家而家焉,不他文而文焉。直敦本之極思,而錫類之鉅典也。凡言於其前者皆以志永,非能永志者也。然則弟方求存名焉而不得,而何必諄諄然命之乎!但弟新冗集而舊病作矣,日月間實未能成,爲久要之諾,則可矣。弟更有自愧者,楚歸,創一祠而陋甚,不能具田。從癸丑綜先師黃慎軒之文於楚,攜之燕、之晉,今又來鄖,而力不能刻也。使若老公祖之專一,而何以至是。未可專咎貧,而亦悠悠之過也。老公祖有祠、有田,而能刻一部大志以永之，真不可及也，而弟又何以措其愧心之言乎？敬謝大教，茶拜而分之。弟所有味者，此志足矣。

與林季聊太史

旅冬勸駕，日從邸報覘入雒消息，而鳴珂杳然，何戀山之深耶？天步未康，以豪傑爲杖。惟有識、有骨、有膽，方可當八柱、砥萬流。而此三者，必根於直心、靜詣，不可責於粗浮之意氣。叔翁真其人也，況兩朝大典，取裁如椽，文學侍從之臣，亦詎得舍子長、孟堅，而自托於劉知幾？返見閣疏敦促，想星軺即日北矣。弟根器粗浮，病多才寡，惟乞南中一席，與伯兄周旋而夤緣頗熟，力辭鄖節，竟堅見畀。鄖割三省之餘，大類寓公，其經費不當專鎮四之一，事則畫葫蘆而已。簡故相宜，瘵亦可愧。以弟腹背之羽，居此贅牙之地，猶爲鶺梁也。奴酋捲廣寧而東，全爲取朝鮮之局。今局已成矣，毛文龍退居海島，彼無後憂，來春必叩山海關。上未見必固之着，孰能自完？而兵連財竭，大可隱憂。黔蜀之事，則弟察之熟矣。方今將脉真絕，而文臣亦不知兵。兵日多而日逃，餉日增而日涸，邯鄲尤甚，而反以功名歸之。議論不清，功罪不燭，賞濫罰輕，天下事未易爲也。弟歸念如車輪轉，而紅夷嘯波，恐生內變。紇干山頭雀，何地是家耶？夷之大銃，發之甚難，我能絕其接濟之水米，窮而登陸，練兵取之易耳。不然，密訪接濟之奸，繫其家而逆用之，亦可出奇。而豢虎恐饑，掩耳盜鈴，真可嘆也。此夷終無能爲，第東西洋不通，漳人必亂，弟所言內變，此耳。叔翁東山賭墅中，定有訏謨，幸告當路。弟婦以愛女卧疴，遠致令侄，慚感如□。

與李任明父母

候章未達，而老父母翰貺已先辱存之，一何見眷之重耶？輪山飲露餐風，可歌可舞，無奈紅夷作梗波臣。銃城無恙，而以拆毀爲校人之欺，奸弁罪可數哉？欲取之彭島，必用奇、用間。處女脫兔之機，恐非諸弁所辦也。法惟海禁寸板，以斷接濟。練兵習火，誘其饑掠，而伏兵覆之。勿如中左，逆自潰散，庶可收桑榆耳。夷巨銃難發,發則銃數日熱,難再。舟能深而不能淺,人便水而不便陸。兵不敢入攻城,宜静以待之。海邊量設哨探,有警飛報。城鋪則每夜數十人直巡,輪夕番休,足矣。不必令授兵登陴,俾力作者晝夜弗息,先自疲困,生怨詛也。縉紳家宜戢子弟、僮僕,居讓、居厚,共修人和。有齮齕細民者,老父母置法勿貸。"一錢會"之釁,激於鄉宦殺人不就訊,可不畏哉？若無賴子乘飆鼓浪,瞋目犯等者,亦宜用重典,所以預遏亂萌也。保甲鄉兵,宜官爲區束,勿聽私弄。亂之所生,不在夷而在内。"勇於公戰,怯於私鬥",商鞅二語,治世要訣也。台俸及瓜,褒綸先拜寵恩,尤光華可賀。計至丑春考選,已逾數月矣,孺赤得久襁褓中,地方之福也。奴捲廣寧而東,專布朝鮮一局。今局成矣,來春必叩山海。山海亦可守,而在我屢易巡撫,舉棋不定；教射多譁,人無固志,殊堪隱憂。藺酋以剿收功水西,恐終以撫結局。顧閹氣漸盛,政柄無歸,平吳之後,猶深杞憂耳。若不肖地托寓公,事畫葫蘆,其暇宜病,其澹宜隱,而伐檀之愧,時時汗浹,無夢不在東海釣磯也。撫按公祖俱見,知業以章甫之頌,進亦爲民舌而已。家弟屢蒙飾獎,殊深感激。顧齒長矣,濟河焚舟,願老父母作其朝氣。

與王綉嶺大行

從亨萬丈三復手教,甚哉,台臺計桑梓之周,而愛不佞之厚也。吾人之生與天下渾是一"仁"字。故《大學》發念,便"明明德於天下"。未有仁於天下,而不思仁於其鄉者。明德以天下爲量,則亦當與天下共明之而已。長吏封一己而不開其視、聽、思之用,而君子亦有愛其言,莫肯以地方利害爲其長吏言者。吏則昏極矣,而"仁"之一字,毋乃君子之有未盡與？台臺仁者也,以其明而發不佞之闇,不佞知所從事,而釋其冥罔之愆,是何借光之多,幸也。襄之地急於防,而民力困於馬。不佞入疆稍有管窺,前政選軍六百,半調入沅,不佞力請撤回歸操,又再清衛軍,編樊城鄉兵以益之。顧駐扎無道,習蠹難除,近以其事責之劉廉憲馬政,則三月咨之郡邑,今與劉大參講求,亦頗有成議矣。十青十白之黨,不佞在晉即有聞。而詢府廳,云"無患"。所云張四者,今亦即以名屬巡道。人有恒言,有治人,無治法。而愚見欲以治法維治人,第未知能不負台教否也?樊城復隍,尤爲襄郡一大缺事,正日夜念茲,經費無取耳。地方便宜,更望時賜指南。

與魏震夷先生

日望台臺節鉞臨邊,爲國金城,而尚遲遲星掌月珂之間,何也?今延綏聞出缺矣,自當借重壯猷。然終不如在宣大、薊遼間,緩急得力耳。奴鶩暫伏,而熒惑入斗,太白守心,占象者殊有戒心。然不論其來,而計吾應着,兵餉當合盤打算,爲可恒之道。財勝兵則豫,兵勝財則蹙。與其以餉匱教兵逃之歸於無,不如以精兵飽實餉之能爲有也。且今苦不足者,折色耳。白鏹豈可啖之物?兵寧枵腹以待金,而不肯支糧以得食,殊不可解。聞之津運米雜而惡,登岸則無廒而腐,一患也。戚南塘束伍,拾卒則火兵二人,爨釜、食器不移而具。今立營而不治炊,兵食於市如商旅,得米何爲?二患也。治此二者,使兵樂於支本色,然後可以止其逃心,而行吾練法。至馬上之法,宜簡明直達,將領不分力於煩文,不分財於結納,不分心於趨避,百虛黜而一實生矣。台臺以爲何如?弟識淺才疏,學迂志拙,節牙實非其據,雖勉竭駑鈍,不敢有曲表之事,傳舍之心,而課效空虛,伐檀自愧。兼以病草,逼成衰蒲,静猶强支,勞則必仆。鄖鄉之僻,暫可藏拙,過此未有不隕越者也。伏惟台臺,有以教之。

答張磐嶼世兄

以奴醜爲一大癰,而竭天下之氣血赴之,河西陷而敗局愈奇矣。亘古無此敗法,亦無此走法也。此何時也,而尚聽翁臺袖屠龍之手乎?真才既寡,任事實難,真可以任而不能竟其任者,翁臺是也;力不能任,而人亦莫之任者,不肖弟是也。凡任者必先爲忍詬之伊尹,而不肖硜硜自護,落舌鋒墨網中。去冬移晉,業決毀車,遣力賷長休疏,爲銀臺所沮不得上,决蹢南行。垂入家門,而聞河西之變,誼不敢言乞身,復重繭北上,半於八駿之三萬里矣。至則公私俱貧,舊兵乏餉,況能募新,内民憂亂,況能及遠,而一腔捍艱熱血,化爲冰冷。填海有心,移山無力,致可憐也。每念握手在燕,貽音在蜀,十年來盡歸迷路之夢,悵嘆何言?晉陽近高纛地,將予就之。修訊未能,而仙翰從五雲下,適弟下車之三日,抑何奇也。精神默照,固無河山,而高誼先施,弟愧侏儒一節矣。承示,石麟初送,不謂仙果,亦爾子遲。然玉樹既芽,自當聳壑昂霄。弟則枯楊不稊,秋先病柳,一聽造物。顧貧級日高,即先人塋隴,築樹未畢,致一弟亦多女而未男,忠孝兩負,念之芒刺。今夏中州晤王琨老,始知岣嵷兄之變,爲腸痛久之。世短意多,何日得奉清塵,吐所欲言。

答王以明

從袁鍾譚集中,知有以明先生名字,而莫能定其仕隱之迹,即欲交之而無從也。不謂台丈乃輕千餘里,馳書而先之,其推獎者,皆僕所無有。乃一札之外,復有録本二書及諸著述,傾娑竭之藏以示貧子,我本無心,衆寶自至,何多幸也。諭及性命、風雅,僕何足以知之。性命在《易》,風雅在《詩》。乾元統天,而曰"性其情"也。《詩》曰"思無邪",一而已。六十四卦貫於一乾,而其用在復,未復則全性皆情,復則全情皆性。復者明爲故物,非始得也。迷復之辯,知與不知而已,故曰"復以自知"。自知者,如珠自照,全法界是珠。體即念,離念,"思無邪"之義也。性命、風雅,得則兩得,失則兩失。讀佳集,詩一卷最勝,似是後成,亦境隨悟進耶?所談佛乘,無生、無念、無自性,的然是全經髓。《楞伽》云:"前聖所知,轉相傳授,妄想無性。"達磨用以定單傳之旨,更復何疑?然全經足矣,而別立教外之宗,何耶?止是斷人戲論習氣,到自知境界耳。知有比量、有現量。未到現量,非自知也。説無念者,熾然念頭出没。説無生者,紛然生境周旋。此正大集"强占田地"之譬耳。豈一度羸來,始得休哉?故永嘉曰:"誰無念?誰無生?若實無生無不生。喚取機關木人問,求佛施功早晚成。"但有可説,即屬戲論。吾恐大説之爲流布,世諦也。僕觀學道者,源頭未清,種種研究、記持,只成就一勝心,而以名爲結果。一則增廣知識,謂我會佛法。一則聲色緣熟,憚儒教之嚴,樂染净無礙之旨,可以自便便人。夫有取、有證,謂之偷心。此二念者,尤偷中偷,非地獄種子耶?偷心未盡,而曰無性、無生、無念。行有言無,未可以無無也。台丈欲發明此事,須得大願、真志之人。真志者,畏生死而不着利名,毋自欺是也。大願者,捨形骸,認法性,欲明明德於天下是也。若不可得,則擇其有慧性者教之細心讀書,人肯讀書而真志、大願漸漸自見矣,似不必建鼓而求亡子,彼長狂慧,我增口業也。僕理會佛書二十餘年,而近不欲談一字,亦識法者恐耳。台丈以爲何如?

與王以明

曩承稚誨,信筆裁答,愧其鹵莽。性命、風雅,台丈之栖托,佳矣。此事於閑中得趣,忙中得力。僕埋影簿書,吟事日退,風雅不競,如此而性命可知,何也?失則俱失也。東西多壘,水繭未下,而奴欲窺關,性命可以攘夷,風雅可以退虜乎?謝安用謝玄、劉牢之而捷淝水,李白識郭子儀而啓中興。然則不可攘夷,不可退虜者,決非真性命、真風雅也。記去歲長安,以講學相譁。不佞語客曰:譁講學者固非矣。然吾夫子自言戰則克,祭則受福。果登壇豎義者能若此,則學之不講,是吾憂也,而何憂乎建奴?子路自負有勇知方,勿論矣。冉有足民才也,一將而獲齊甲首三千,曰:"吾兵事學之夫子。"豈虛言哉!德山臨濟巖頭大慧,真經濟才,近代則惟王伯安可語此耳。歲晏修候,聊述閑語,以當請益。小刻附覽。《參繫》,楊文弱筆内有和者,則僕詩也。臨風悠悠我思。

與同鄉臺省

不肖負鄖子六月矣,力隨日減,愆與日多,國恩、知己兩成慚負。惟謹守故吾,不敢登枝捐本,訓守令、鈐佐領、裁置郵,頗竭尺寸。至恤民而民困不舒,討軍而軍實不壯。彫薄之風,無以反其樸,而加派之賦,無以取其盈,皆溺職罪狀也。進凛鵜梁,退慚鳩羽,爲枌榆累多矣,翁臺前以鞭進之。延綏援黔兵將汪負龍等數百,荆棘秦人,甚入鄖屬凡十四驛,不肖預檄而申禁之。兩驛猶横,第三驛漸馴。至南陽則謹守三尺，頓減十之九。入荆襄俱舟行，每驛僅費僦直三金，並守告令求轉達，宥罪民，謂創見差可謝父老。而最痛心者，鄖陽一郡皆不毛山岡，以流民故，改村落爲縣，山畝十不當平畝一，正賦共一萬四千餘石，民歲辦僅萬金耳，加派照畝，乃至四萬四千三百餘金。雖從天啓二年改爲照糧，而四十八、元年宿逋猶在。官困住俸，民困鞭笞，加以搜括，兩年僅完一萬五千餘金。即盡鄖民之産没之，決無完理。而全楚自黔蜀交警，兩邸並建，處處憔悴，别無完肉可以補瘡，不得已爲請豁免。非敢豁現徵之實銀，只豁此確無可徵、必不能完之虛額也。不知綿力能回天否？並求台慈主持。

與朱恒岳

不肖讀法西曹時，則台臺望隆棘署，已心師之。嗣聞五馬雙隼之譽，卓然古甘棠秬鬯間，漢而下不論也。獨當大棘，而天以台臺福之，前蠶叢、後葛侯，當拜仁賜。記去春晤敝年伯翁青陽宗伯，述台臺貽書，在蜀難未發之先，忠懷壯義，照日月而挾風霜，不肖即卜台臺之能辦賊，今果然矣。小醜未誅，漏晷餘息，台臺自有壯猷，然愚慮謂用奇、用間，兵家之要。使諸土司古、藺離，藺人與奢離，奢之族與奢父子離，奢父子自相離，則局不難定。然而非財不餌，非兵不威，非信不懷也。進討似當以兼剿撫爲用，以火攻爲勝，以秋深爲期。持鼓於雷師之門，談遊於越人之側，適足發笑耳。不肖濫持鄖節，正在盟主宇下。朝宗有懷，防風後至，伏惟恕采。川東道徐念陽憲副，不肖同年也，懷清心，肩實事。荆南盧大參從巴西回，極稱其公廉，得諸夷心。而重慶初陷，身鼙夔門，厥功甚偉，諒台臺自有鏡照。籌筆勞神，伏惟葆練玉體，以奏膚功。

與朱恒岳

古、藺已潞，二凶雖以水西爲兔窟，旋當就烹耳。台臺壯猷，有光葛相矣。荆南餉事，不肖檄三郡徑解，不啻再四，而藩司執謂通融解黔者，已逾加派全額。今荆南皆當補司借正數，原非未完之餉也。況新旨三年撥發十萬，亦無截支荆南之文，勢必由司酌定轉解，部使到鵠磯，想必有定説矣，伏惟台炤。黔中八路進兵，則奢逆之穴窮。若以精兵三萬，募土人爲嚮導掩之，更厚懸購，離其族枝，夷目或可襲而虜乎？水西挫於黔，恐壤而西突，想台臺必設覆以待之也。兵精勝多，將謀勝猛。遵義有虎豹在山之勢，則二逆皆可扼其喉領。台臺擒凶在邇，歌鐃凱而銘旂常，乃眷西顧，豈容入姑蘇而遞扁舟，追垓下而便赤松哉？伏惟珍衛玉體，坐策金戣，以對輿望。饒啓祥兵既潰於蜀，今巴令戴文箕再津遣之，又殺掠於荆，甚哉市人之爲豺虎也！戴令領張制府二萬金而作此結果，何以塞責？勢不能不理蝌斗時事。謹因劉巡道人便預聞。

與吴納言

海邦藻鏡，樹人爲烈。及不肖承乏馬曹，而西山爽氣，想像挂笏餘風，未獲參承，徒勤夢寐。當不肖丙辰去楚，而台臺撫蜀，勘定諸夷，不能盡厭忌口，逮今黔道中絶，而以建昌爲全滇之脉，始人人頌葛侯矣。乃信貞臣任事，自券獨知，終歸天定。因毁譽而作輟，非忠之弘也。台臺鳳起東山，龍作納言，北斗天喉，斟酌四氣，展也當之。且晚晉司銓憲，始慰蒼生問出處耳。不肖才寡病多，負郎匝歲，伐檀自訟，近又以晉逋見督司會者，跼蹐引咎。倘藉寵靈，獲返初服，免竊位之誅，莫非仁造也。自入郎來，數有末議，俱荷含弘，藏其垢疾，結佩良深。敬因上事人蕭候元吉，遵新禁不敢儷語。《郎約》附呈覽正，亦可察其志之徒勞，而才之有所限也。

與趙司馬

賀燕矢音，猶未覿盟府策勛之典也。伏諗鐘鼓式靈，旂常書績，備玄甲飲至之禮，崇青宫保聖之階，望益隆於籌幄，威預券於滅夷，天下幸甚。邸報讀大疏，皆張皇壯略，而軍屯一事，尤不肖所刳心者。蓋天下屯田久没於豪右，而荆南一帶，以蠹國爲固，然凡種屯者不屑曰"佃"，而曰"買"。不肖嚴行清理，南郡紳衿且觖觖有後言矣。道府同心者寡，三令五申，尚如風影。《郎約》呈斧正，中有覈屯諸檄，未識有當否？伏惟教之。自東事來，度師騷擾多矣，莫如今番胡文選之甚，詳具小揭中。荆棘之患，由法不必。前者借銜通判張維岳、都司汪負龍蹦蹂陝、河兩省，撫按交糾，奉旨即訊。然閱黔督疏，汪負龍祗發馬總兵軍前立功，而張維岳且公然爲入幕賓，而構督撫之水火，後車又安肯誡也？誅一警百，伏惟台臺主持。

與劉衡野宗伯

不肖負乘，荏苒匝歲，顧於地方秋毫靡所效也。每誦《蟋蟀》，思居、思外、思憂，輒背戴芒。更咏《伐檀》素飱，則汗涔涔浹矣。靜言思之，以閣下經天星斗，照世蓍龜，問道、問政之所取則，而不肖井蛙局地，塵蝸薰心，未能重趼以依老子，稽首而問鴻蒙，則鹵莽府辜，曠瘝負志，故其宜也。傳不云"來猶可追"？謹尚伻走叩起居，並祈發藥。南郡邇來吏治士風，衙蠹民嵒，所宜尊屛者安在？俱望顯賜指南，以發醯雞之覆，苟剙顈之可補，即師保之如臨。閣下發武公之抑戒，便爲從政之箴捐、度世之餘丹。更種仙功之福，曷勝延領。外《鄖約》二卷呈覽，雖布穀之舌徒勤，而越雞之卵難化，即不肖罪案矣。

與張翼溟司馬

易水拜老年臺榆關之教，旋以八行附徐永平上達鈴閣，闊然嗣音，自慚鹵莽。報至公牘，荷台翰殷殷，中心藏之。全遼兩訌，老年臺内籌帷幄，外鎮人心，精忠勞烈，九廟所昭假也。京營羽扇所揮，旌壘一變。接上愚兄書言：老年臺所省營中，公費以數十計。然則化冗懦爲超距，馴驕悍爲臂指，詎無其本耶？主上英聖，多賢夾輔。奴之射天血人，勢必自殞。殞則諸子同刃相排，此亦助順之有靈，而禍淫之可待者。在我惟當修政事、養民力，治民以待其變而已，老年臺其謂之何？不肖負鄖數月，深愧伐檀。雖束吏勤民，惟力是視，不敢有一絲身家之計與傳舍之心。顧才寡病多，救過不贍，猶幸山水僻左之區，差可養疴藏拙。過此以往，未有不隕越者也。伏惟老年臺念三十年譜誼，賜之指南而鞭其後。

與李念塘司馬

弟之涼蹋,而老年臺辱臭味之。湖北奉讀報章,肝鬲相證,藏之字不滅也。易水之望薊門,晉陽之瞻珂里,豈患無鴻翼哉？鹵莽自棄,反而求之,不得吾心。惟是思夢難通,勉其《蟋蟀》之所居,而求其神明之可聽者,則固不待尋聲而後爲密耳。天之方難,榆關單薄,而老年臺兩載間身爲金城。漁陽東塞,猶式靈符；文昌上垣,更高密座。發籌筹之略,而赭長白之山,以其時則可矣。此弟與邊腹人所跂領而幾者也。嘉禾不茂,負晉良深,臨發薄以一芹式閒,計達台炤。節樓何地,而以弟濫彤弓之享,鶂翼不濡,馬力將竭。雖束吏勤民,勉求補過,不敢家於官而傳舍其業。顧才寡病多,形影支離,猶賴郞鄉僻左,差可藏拙。過此以往,未知釋慚之何術也。伏惟念詩人之古處,行君子之德愛,時鞭其後焉。

與熊思城少司空

旅春豫章,獲奉教款,薰衣菹而伐徑蓬,非小補也。晉中劉長治斌郵致台翰,結思耿耿,日覘星辰之履,而今春始於邸報見之。無論從司空進宅百揆,行有特簡,而偉人昌議,在九棘間自覺神氣不同。淮南逆折於汲直,契丹相戒於司馬,可援爲老公祖頌矣。不肖弟病多宜退,才散宜閑,詎意濫從旌節後。郞地僻簡,拙者易藏,而以弟居之猶凛乎鶂翼之不濡,而馬力之將竭也。藥言愈疾,鞭影治駑,非老公祖孰望者,伏惟賜教。郞於諸鎮附庸耳,標下僅民壯三百,分爲兩班,軍餉歲派七千三百,實完不過六千,即留葛、孫、吳合爲一手,強兵無術矣。通三省公費僅九百八十八兩,而修葺、家火、月紙、酒席、圍褥、執事、交際俱取焉。澹泊可喜,而貧弱亦可憂也。弟今兵不足而求之軍,餉不足而求之實、之儉,身不足而求之道、府、州、縣。如挽弓然,寸寸努進,未知能稍效尺寸。而天下之壞,有情無法,多虛少實,憑限不嚴而地無官,陞遷太驟而官無政,省成不嚴而政無程。郞、襄兩道陞近一年,任尚無日,弟隻手獨拍,困可知矣。所屬一司理俸八月遷,一令俸期年遷,雖曰酬其往屈,然地方何賴焉？弟謂非重外吏,稽憑限,堅久任,專責成,決無太平之路。不揣疏請,竊比杜鵑啼血,爲衆羽倡耳。書吏共八人,而寫本揭者三,不能多繕揭也。倘發妙中見之,伏蘄指示。

與蕭九生司空

春間報代,過勤善誘,闊焉起居有懷戀。悵敝省不天,紅夷嘯海,重以旱魃,知老公祖南顧,必入慈定,而士民追懷乳哺,蓋若《甘棠》之咏召公矣。起曹風議,共仰大臣之烈。顧蒼生所望,必晉司銓憲,始可毗一人而正四國。《詩》云"紆謨定命,遠猷辰告",願老公祖思弘其道而已。不肖弟質居散櫟,病逼衰蒲,負鄖罪狀,無逃遴聽,而迂闊局促之陋心,諒老公祖於章疏中亦已得其略也。記台教云:"入都畢知,以不肖與岳石梁公祖同傳。"今石梁公祖屢掛罾繳,弟又安可不思引退,以避賢路乎?謹因版曹督責晉迪,自劾求去。其事殊不相蒙,而弟私喜以微罪行,不敢論其虛實也。老公祖取邸報小疏觀之,當囅然一笑矣。滄浪洞酌,敬問多福。《鄖約》附呈覽正,即此是弟罪案也。

與楊衡毓中丞

郵筒中拜讀疏揭及大教諄詳,輒語劉滄嶼,相與嘆息。台臺孤忠獨立,雅度包容,飲公瑾之醇者,有不心醉乎?張維岳乃奉旨逮問之犯,而爲入幕賓,駭人心目。大疏微點,輦上尚恬視之,深所未解。鄙懷爲台臺計,亦惟善刀最妙,而南顧倚重,難釋葛公。無已,則藺相如、寇子翼,先國家之急而忘私嫌,自台臺所優爲也。以社稷之靈,得潴水西,即絕口不言功,亦忠臣所快矣。惟軍前道將之隙,急須解化耳。伏惟大海無際,寬懷慎護,以綏多福。萬縣募兵,枝、宜二地,殺死四命,淫搶燒擄千餘家。其領兵胡文選,係巴東戴令門子,先曾學戲,後以寵信充書手。饒弁已逃,兵詎可輕發?乃不請於台臺,而數千里之將,徑付文選假都司銜統領,以荼毒荆人。文選過澧州,公然拜徐大參,具賓主。即戴令回文,亦自認縣書矣。真地方灾害怪異,一大變也。不肖已草糾疏,容寄揭請教。

與劉範董中丞

別遂彌年，雖一再奉德誨，而嗣音未易瞻咏。爲勞山城，猶坐空谷，蓬心孰啓？反不如晉中，得奉玄提爲愉快也。台臺松心橘性，當在内臺，師範百僚，豈容以晉專天下？曹貞老佐銓，或言繼者李戀老。不肖謂戀老佐樞，而台臺協院，乃兩盡豪傑之用耳。冢宰得高邑，令人精神頓壯，聞主上甚嚮之。吾君英聖，天下事大可爲也。三晉春苦盜，得台臺一振厲之，而刀劍化爲牛犢。近聞文武師師，歲成民靜，不肖藉以補剷刖而慰故鄉之望，幸甚。負郇良多，而最苦在課吏無效，照難徹垣。每思吕新吾、魏見泉真不易。及台臺見命云監司於屬評，殊了了，開府便如重閫，有味乎言之也。顧台臺自有照膽鏡，洞渚犀，惟不肖乃真荷暗耳，伏願賜餘光教之。素囊物故則宣大憂輕，而三關憂重，何者？部落散而難制，順義隙而忠順老，皆兵萌也，恃折衝樽俎爲長城矣。王愚谷赤心肩荷，何以内徙河東耶？鼎眖拜藏已久，而冗病侵尋，亦遲序草，不能措手，今勉爲之，終覺黯然，伏惟恕其不敏。不敢修儷牘者，前已奉告，且亦内臺新約也。黔事雖進兵，而督撫心競，剿撫未有成算。西南民力竭矣，師不堪老也。櫟散思休，承天仰柱。惟珍護茵鼎，以對蒼生。神隨風往。

與薛正亭中丞

漢之計功，鄭侯爲首，則黔蜀解圍之捷，台臺實成之。晉階先示簡在，旋當厘秬鬯而歸袞衣矣。忝在同澤，曷任彈冠之喜，肅將燕賀，伏冀慈涵。楚力竭矣，而責餉益急，益因木政銀先年那借數十萬，熊思老議督司償，每年以十萬抵加派之數，而民逋係三大赦之前，殊同畫餅。竊謂此項有徵、無徵，藩司當明白言之，而台臺察其衷。不然，昔以木價實漏卮，今又必以京邊供沃焦，愈欠愈清，再無清楚之日矣。如鄖、襄數年京糧俱全完及格，而現行住罰，舊襄守李如京至以坐褫，莫得其解。不知誤在計曹耶？抑因餉急而借在藩司耶？不可不核也。李方伯係弟二十七年同心之友，品識、骨力俱勝不肖十倍。近苦度支，真如啞子吐熊膽。非台臺主張,則清吏勞臣何以效其手足?不肖愛助無術,惟代爲歸仁而已。關南劉憲副經濟鉅品,弟深仰止,況蒙台諭,敢不祇承?此間守道劉大參清如寒冰,皎如朗月,而細心、實心保民,肩事之誠,如元氣透入甲髮,即郡邑不能望其勤也。可爲地方賀,敬附上聞。

與陝西撫按兩院

銓部議久任法,而關南劉憲副俸僅逾年,似只咨部立案候陞,期加銜爲妥。紫陽陞工丞,或疏或咨,則惟裁示。興安士民改府之議,激於漢人必欲轄州耳。虛心衡之,興安決不宜還屬漢,以逆流期會,疲於奔命也。而州未宜改府,以時詘不可舉盈也。今州民喜事倡之,道、州徇之,而恐力不任費,欲廢紫陽並入附郭。夫置一郡而先廢一邑,已屬窒礙矣,況將州官改府官,員雖正等,而府、廳豈仍州佐領之俸薪?各廳豈能住州領之衙?豈能限用州佐領之役?轎傘、火燭等夫,已大不同。此下尚有經知、照檢、司獄、倉官,設乎?不設乎?例增廩膳十生,加乎?不加乎?至舊城已圮,舊署已頹,而欲移縣官治之,修城、修署費俱不貲。該道估千五百金,以不肖度之,非三四千金未易了也。夫晉有澤、遼,楚有靖、郴,閩有福寧,其他直隸州難枚舉,未聞府嫌州耦。已必退而隸之,州虞府壓己,必進而朋之也。況今遼餉剜肉醫瘡,此何時而加派之外,復行加派乎?州人一虞改屬,二恐瑞藩之國,用興元必勤,謂改府則異日幫助可免,不知仍屬不便,自可明杜其端。而昨茅之役,關南同路,即改府亦安能免協濟也?州官勇於建議,而守道從之,愚見未敢謂允。竊謂明諭興安決不屬漢,以滋勞止。其改府之議存案,俟奴滅餉寬,蠲稍留加派之餘,爲建郡似爲未晚。閔子曰:"仍舊貫如之何?"伏惟台裁指示,藩工小疏並呈覽正。

與解嵩盤中丞

易水初鴻,拜藏教貺。先施下逮,高誼兩兼,莫如兄弟,有味乎《詩》言之也。日念修候,而贈繳叠來,病憒無緒。循省缺陷,清宵耿耿。及力疾載馳之晉，而老年臺鵰運六月息矣。晉秦壤接，而短才多困，又不能以時上起居狀，負負何言？昔之居簡者，和而不倡已耳。倡而莫和，豈但狂罔後至之愆哉！弟不敢自原，而猶望老年臺之原之，則恃大慈佛地中人耳。恭諗老年臺專綸被世，五石補天，而意偶不可，遂袖屠龍之手。豪傑經濟，不但無所不爲，而政在有所不輕爲。古云智深勇沉，老年臺當之矣。大賢不可測，追鋒促召，定當幡然建麟閣之業也。弟以腹背之毳，濫處贅牙之區，尺寸罔竪，何異羊公鶴？兼之病草，逼成衰蒲，憂生避賢，兩念交急。近緣晉逋自劾，倘獲借微罪，角巾歸路，何幸如之。言念德音，雖片月長懸，而停雲多鬱。謹酌滄浪，仰承多祉，兼負荆懺罪，伏惟汪茹。

與丁哲初太僕

遼東西踵陷，每思台臺今之方、召，何可不叱起？即起矣，又奈何以南寺閒之，而不以制府竟其雄略也？今台臺北矣，衛文公中興，啓於騋牝三千。台臺以塞淵之心，治穆天八駿，掃胡空漠，實爲功始。然蒼生繫心，必入司銓憲，出制疆場，始可毗一人而康天步。《詩》之言獸也，《雅》則克壯，《魯頌》則式固壯內，攘固內修，《魯頌》有坰牧焉。不肖援《冏命》以進，而方叔、召虎俱在其中矣。不肖弟棗昏木強，惟夢寐南寺一席，爲就陰息影之方，而涇陽太宰強畀以鄖節，曾托熊壇石公祖，林亨萬、陳自公二丈預辭之，而不可得其詳，朱上愚年兄能道之也。鶼翼不濡，馬力將竭，日惴惴焉敗輈爲有道羞，幸晉逋受督大農，可藉此引退。負微罪而避賢路，實獲愚心。敬因上事人肅問台祉。吾鄉紅夷何以制之？南公祖親巡中左，能出奇殲此寇否？接濟不斷，終是腹癰耳。虛臺兄橫被墨兵，可慨。三十五年未脫五品，尚云俓竇，則一歲數遷者，獨何人哉？弟之求去，安可謂非長策也？《鄖約》呈覽正，即此知侏儒短節矣。

與王虞石太常

弟所服膺台翁者，鳴陽爲鳳，文海爲龍，八使爲霜露耳。辛酉治兵紫馬，其將士爭言台翁括囊鈐略，鼓舞韎韋，文而孔武，直是楊邃庵、王文成一流人。乃知賢者固不可盡也。驄馬之政成，而進典屬國。金掌星高，玉珂月暇，倘有羽扇臨邊之興乎？九塞折衝，定當大展筆籌耳。春間報至公牘，辱賜溫教，兼惠大刻。鈴閣間斗氣逼人，弟之散木，旄節花實爲非據，半生只稍知廉恥，遇事認真，不敢放過而已。而談者謬加毛羽，恐終爲羊公之鶴，兼以病草逼成衰蒲，鄖中山水僻左，差可藏拙。惟置身冰雪，束吏勤民，繹《唐風》思居、思外、思憂之三語，而凛凛乎寡過未能也，伏祈台翁有以鞭教之。北地早寒，雪後西山可敵醉吟，願護起居，爲時棟礎。

答畢東郊

別遂半生，在楚在閩，曾兩修候長安，而不獲達書尺，緣慳如此，況良覿乎？然思夢之懷，常在三天子鄣間，如水朝宗，而非黃山白岳之以也。乍承大教，時在燈夕，即月殿聽《霓裳》，豈喻清音哉！教云"報主憂天下之心"，弟杞人有之，但苦念強力弱而病豎又見侵陵，半腔熱血消於嘆息聲中而已。真品、真才，非台臺莫可當者。金掌陞月，則玉鈐之星有屬矣。東山安石，笑靜胡沙，想捉鼻理洛詠時，已具籌筆。弟易水曾購《兵略》二卷佩之，今更讀《箴約》諸書，乃知葛侯開濟，定從澹泊寧靜得味耳。拜登名刻，並鎖匣、墨、茶以藏雅念，不敢自遐於知己也。許簿體元敬如命，刮目待之。弟以一拙範大小吏，須耐窮、耐靜，刻苦自勵，則上進有階矣。漢水東流，流心共永。

與畢東郊

從許簿得大教，遂卒業諸名刻。台臺之清、之勁、之經濟，朗朗目前矣。獨詩文不朽，未奉倒皮，以發醯覆。憶蘇西春遊梟繹，見題壁"下界琳琅紛撲地，上方履舄若行空"之句，爲此山傳神，恍惚同社下筆時，蒼潏猶濕也。豈台臺遊心太上，土苴視此，不復留玩耶？然神明餘照，莫非天機，在弟便可服膺。每雲詠首迴，月梁枕覺，取舊贈墨妙覆之，近遠之間，彌深嘆詠。總之，一生幽尚，百煉苦修，置身在顥氣上，故事事超乘耳。在天爲柱，在海爲航，京兆三王，詎足煩名世遊刃？使羽扇一揮，展兵略之作用，安知奴醜不待台臺而滅，如蔡州之於裴相乎！若然，醫閭之碑，度遼之曲，不必貸手韓、柳，更一快事矣。弟在梁不濡，服軛將敗，散材病草，逼成衰蒲。每誦《伐檀》之詩，置身無所。近緣晉逋，思以微罪行而未果。所願罪積而多，駕將安稅？惟抱拙貧以老。冀師有道，萬一願察其後而鞭之。

與李心白太僕

春中報至，一領台教，嗣音遂闊，然調饑無間歲月也。鄖邑浮糧，今始能爲請除。嚮郡邑言，九年清丈，吳令文光虛增者非也。弟閱府志，萬曆五年刻者已載糧五千二百餘石，而藩司隆慶間牘亦如之。因令鄖縣，窮其本末。緣吳令清丈稍緩，功未畢，而藩司促報糧數，彙造部總，只得照舊額上之。及丈畢，而糧多虧耗，無以足前額，奉文減九百餘石。故舊全書，他屬減賦者，俱言題免，獨鄖只載奉文。蓋他處先丈後報，鄖邑則報數多在先，丈量少在後，故派徵雖免，而部册未除也。總之，爲數千年無徵之數，決當改正，則一耳。薛正老疏已久上，弟因再查，遲兩月。蓋生平不敢以疑事告人，況君父乎？至鄖屬照畝，以萬金正賦加派四萬四千有奇，豈仁人所忍見聞？照糧改徵四千餘，而四十八年、元年共完過一萬五千餘兩，視今數已多溢，尚能取盈哉？鄖屬自房縣後，餘皆剷山。山砂膚而石骨，民不堪命，急則逃竄而已，愈逃愈荒，何論加賦？故弟苦苦請豁，正爲完賦之地也。晤户科尹舜老，幸詳發之。弟樸樕之材，節牙非據，兼以病草，逼成衰蒲。雖置身冰雪，罔敢越思，然僅不爲盜臣而已，撫臣何職，豈不盜而遂可盡？夙夜省愆，伏祈鞭後。

與南玄象

卅載駿駸，何日不念伯塤？而庚戌晤言，遂鄰半世，鴻泥爪迹，寧可把玩？惟立身報國，兩計蒼茫；循環永嘆，轉跂周行耳。老年臺金莖裛露之標，岱嶽觸雲之抱，直道遲迴，今始繾用。雖化爐末手，而鉅筆掞天，實録鴻裁，馬班何遠？傅云："政將及子。"且夕和調鼎實，如巨靈胡布元氣爲山川，詎移山徙谷，人力可望耶？歐陽永叔參大政之前，文集先行。亮著述已懸國門，願垂大教。弟不敏，當如柳柳州手浣薔露，讀昌黎集也。弟才寡病多，濫竽郿節。信心、信書，遂乏桔槔俯仰之效。匪歲課功，伐檀自慚。近緣晉通，自劾待放，欣托微罪，附陳力之義，實緣二泰公祖力拯橫流，駕馬靡騁，慕我樂郊矣。二翁清德，素所醉心，而莊猷卓犖如此，令人益味老年臺滄海之無窮也。敬因上事人略布候私，《郿約》呈覽正。願鞭其不勉，溯風神往。

與柯和山

辛酉春後，誦雲臺舊拓邊之詩，慨然生感。而《天保》、《采薇》，幾成虛咏，惟托安危於天道，又令人生痛矣。昔李抱真持澤潞節三年，以步兵魁諸路。弟負郿匪歲，陳力空虛，乃知跛鱉，絶階天驥，豈敢云三省與瓢，權力之不相及哉！使台翁爲之，寧渠寂寞如此，古人愧在盧前，非虛語也。惟是台翁清標濯露，勁骨柱天，正當晉司銓憲，運杓北斗，斟酌天喉，九野二十八區，固非氣母之宅耳。虔臺出缺，未諗肯俯就玉鈐否？有謝繹老故事可援也。弟散樗拒斧，衰柳驚霜，雖澡身束吏，不敢有曲表之事、傳舍之心。而布穀徒勤，越鷄難伏。至綢繆之計，總屬蒼茫。蓋兵聚食乏糈，不戰難精。夙夜思之，惟儲將、儲餉，是謂豫著。今既無桑大夫生財之術，又無李太白識英雄之眼，云不負旄節，是自欺也。惟引身避賢，可存故我。近緣晉通，托微罪行之義，亦以南公祖騙夷得策，吾鄉荔子間庶叵固蔕，差勝橘隱耳。倘未獲去，勢必速顛。填鑿補剮，幸台翁有以教之。《郿約》呈覽正，臨風神往。

與彭琮柱官庶

曩承賜教，懷以畢冬，不可弭忘。昔范希文服中上宰相書，論天下事，深計安危，逮後天章閣之所條舉，皆其書所素練者也。台臺雖不必襲其迹，而讀禮之暇,討究今古啓沃之格,心安攘之,經政目營而胸括之,異日宰天下不恢乎有餘地哉！不肖志孤才謏,鹵莽而耕滌場,然後慚其罔熟也。念日月於茲,不敢以民事請益,上擾永言之孝,而但師其陋臆,棄昏荷弱,其力之不競,而爲伐檀誚,固其宜耳。填黷補劇,所跂南南,謹修泂酌,勤禱發藥。官方民喦,清濁尊屏之節,伏惟縷數而示之。不肖逌於覆餗,即台臺所以嘉惠維桑也。教善忠也,造福仁也。宰天下之道,授以試一方略也。《鄡約》呈覽正,爲成風之斤地,不肖鼻堊具此矣。

與同鄉史館

東氛之惡也,文武如林,而關上金城,竟從木天得之,乃知史館儲才之重也,令人轉思吾閩楊文敏耳。主上英聖嚮學,而台丈以偉望訏謨,實司啓沃,其於經濟之譜,成乎心而有全局矣。陸宣公之唐、虞,朗然紙上；畢學士之頗、牧,近在禁中。一揩之而光於文敏。使國手在閩,寧獨榮施桑梓耶？不肖漁樵之器,濫塵牙節,意而爲方,奈覆舟何以參之？高漢之深,心目在之,而無以增其薄埔,濬其涸澤,豈非學術粗疏,與山水之精不能相取乎？信無本之易枯,而求教之宜急也,台丈何以鞭教之？吾鄉紅夷嘯海外、戎內寇,兩可戒心。南臺游象六疏,良快人意。嚴接濟之禁,使其水米無資,誘登陸而覆之,或用反間而攻之。有將、有兵、有法,則勝矣。近再讀劉知幾《史通》,乃知唐人學問亦自深入。台丈雖班馬手,不妨一獵其義味也。

與汪吏部

建溪道中,適館授粲,心佩大雅,而歎其無以當《緇衣》也。日月開朗,而老父母實司水鏡,當令裴、王有慚德矣。今人才日盛,昌論日進,而富強平治之效,未見於天下。蓋虛實、難易之間,君子猶有疑焉。重外吏以興民功,堅久任以專責成,似亦對時之藥石也。每讀史,嘆續貂、爛胃之謔,不意事乃仿佛,所可解者,公私不同耳。古之君子不肯無事而受祿,無考而驟進。斯道也,今無矣。夫竊謂今日勇進賢，怯退不肖，喜濫賞而愁正罰，皆非強國之象。然罰不肖，必先其尤。如某者亦不肖之尤也。褚小懷大，雖孜孜焉束吏勤民，先以冰雪，不敢有曲表之事、傳舍之心，而寡過未能，課效何取？每誦《蟋蟀》思居、思外、思憂之章，而爲心惕；再諷《伐檀》，則汗涊下。夫無益之爲負負，斯不肖矣，豈必大風之隧哉？竊謂黜有所在矣。若台臺猶寬之，則願賜以砭石焉。

答沈何山

曩承台貺，率爾鳴謝，想未達清覽也。老公祖清德劉樹，神略葛籌，宜亟正樞筦之席。京兆鳴珂，尚謂屈賢康世，而織錦哆箕，逢理外、例外創舉之奇誣。無論三秦有口，即寰海已揭日月而行矣。聞報時，不肖方寸五嶽，亟商之孫拱老，貴同年也，亦答云"絕無影響"，以西臺此舉爲不妥。且云："沈何老必有疏辯，俟行勘日，決爲昭雪。吾輩既當一面，豈忍地方有受枉之大僚哉？"不肖爲之稱快。乃近睹部覆臺章，又令人憤懣。主爵不俟大疏，而信讒太易；臺省已見大疏，而佐鬥太堅，豈良心真可昧，公道真不必存耶？然人以口勝，人之天以心勝、理勝。飄風浮霧，決不終朝，不肖終信日月之無傷也。伏惟達觀，付之墮瓦，計德音不瑕，即有歸衮之咏矣。不肖寄棨不專，無能代白。杜子美詩云："相看受狼狽，至死難塞責。"片愧何言，然老公祖固未嘗有點，則區區之憤鬱亦多也。世路羊腸，心已在滄海釣磡矣。

答龔鄰水

仲春，郢中道釋子永吉致來翰，此心脉脉，如采蘭江浦也。率爾作報，想未易達清覽耳。多事之秋，民爲根本，門下父母百里，精求芻牧，以造物命，豈特勝兵三千乎？地險民悍，多盜善逋，山城自未免此。然如教，立定脚跟，怨勞兼任，髮膚罔愛，清白無慚，則吹律可以黍燕谷，荷鋤可以徙太行矣。所不人頌卓魯，花麗懷河，未之見也。不佞褚狹懷大，覆餗自慚。惟從易水以來，自守加嚴，做事加實，如內典所謂捉象撼兔，俱竭其力者，不敢欺吾心焉。顧多病思休，過辱善頌,增其面棗耳。臺司中頗有相知者,楊太守則晉中同舟也,便翔當爲詳言之。然在門下自立自勉,亦非曹丘所能重也。寶眷曾同行否?若單騎,能無寥寂?民事之餘,正當以書史消之矣。

與楊玄蔭公祖

驂蘄卅年,而弟中間以塵民受覆露,天居二焉。然辛酉青燈緑酒之別,亦且半世矣。鴻迹難留,鶯聲易斷,悵如之何?老公祖飄然寥廓,笑彼藪澤之羅,霧市既消,日輪無恙,鳳輝寄覽,暫憩縉雲。馬曹,弟舊拄笏地也,僚誼與西曹稱雙美。弟南北勞薪,夢寐輒在西山朝爽,今又以老公祖所居爲五色雲矣。張弓天定,抱璞人乎,旦夕人直,卿月出動,將星在老公祖,俱青氈舊物也。弟才寡病多,身沉毀譽中,謬徼塞翁之福,濫竽郎節,人以爲幸,弟以爲危。危猶付命,獨羊公之鶴,掩翅乖望;東野之馬,折足敗駒,則思憂思愧,義不能自逭也。伏惟老公祖有以教之。長安兄弟,星漸向晨,三輔迥然絕階,其他伯塤時相唱和否?言念停雲,化翼無術,倘舍珮珂,而藩臬猶肯用閩人,則弟解綬歸,庶可奉色笑耳。

與商等軒撫臺

從燕徙晉,而決爲閩行,山志可知也。不意爲師命所驅以北,心迹雙負。惟摳謁和門,攀挹龍光,差可自慰耳。適館授粲,何物散吏,當老公祖《緇衣》乎?武夷芋水,悠悠我思。嘉禾不茂,夸父徒勞。夢想□露,榕下息影。而郎節濫被,寵乃辱驚。時聞紅夷之窺我内海也,賴老公祖過之、驅之,正圖爲父老修謝,兼請南車,而歲星去我閩矣。老公祖清濯露莖,和吹春律,不肖駐石倉月餘,口碑不可磨也。鴻飛千仞,鵬息六月,其事全不在閩,不肖知之,老公祖自知之。辛亥之有丁巳,丁巳之有癸亥,人也,亦天也。聞當事者意在持平,而不能盡自主。然其心終有嗛嗛,而公論亦如雨淋螢火,不盡晦滅。則鼓鐘之信,袞綉之歸,斷其不遠矣。老公祖斂霖雨爲五色雲,何所芥懷?而閩人籩豆之覯,奈此信宿何?不肖之塵忝也,而儼然贈筐旌門,光其櫟社,倍增慚感。敬載回風,引領神飛。

與南二太撫臺

閩之得天也,而老公祖鉞鎮之,距踵三百。楊廷材以教睨下錫,喜且慚焉。詢台駕將晝行,亟遣役奏謝珂里,兼致勸駕。未旋,而報代人歸,言節樓徑入無諸矣。建福歲星,以早臨鼉為快,益西南嚮賀諸父老也。老公祖清德壯猷,文章經濟,不肖心師之二十年。何幸得在戶飲露餐風,而仰窺吐握虛襟,又若早收之臭味,而不靳誨植者,則不肖之宗咏,更加父老一等矣。閩之吏治以地遠而寬,其兵防以時平而玩,故醜夷一窺,而岌乎無以待之。而豪喜事之惡少,且有思亂為有司憂者。幸聞俱就圈笠,老老祖以德澤、法度,拊而肅之,而內順外威,一日春臺矣。唐詩云:"字人無異術,至論不如清。"漳南海舶出入,為孔奮者頗難。而嚴僻處,尚有私用里甲者。至武弁以交結為業課,尤餉無實而兵不強之根,岳忠武言真有味也。竊意交際餽遺之禁,自文官始。一破相沿之情習,而後以實舉政,以法責實,似為吏治樞要。不肖所黽勉於鄄者,敢述以清政,伏惟老公祖教之。賀廈一芹,顒冀慈采。珂里書倘不獲投,當再寄上。不肖旅食三年,於鄉里事皆聲影仿佛,惟知敝邑李父母真清心、實心吏,可當循良第一。遥想惠風蕩拂,山海交歡,伏在天末,神隨飆往。

與本省兩臺

紅夷窺閩未歇,而重以旱魃為老公祖憂,天殆以老公祖為辟兵之符,荒年之穀耶?屢讀大疏,慈心元氣,妙手經綸,惟袖香玄岳,代海陬父老祝如天之仁,自閩而兩六合耳。竊惟禦夷在嚴遏接濟,備災在多處糴本,力通海運。現鑼雖乏,而老庫借動,糴價還官,固無損而有濟也。上糴吳浙,下糴惠潮。給文募商,粵中有陳自公侍御宜可為力。而嚴督兵船,護其來往,無為盜賣。但得我民飽,島夷飢,即安攘之大窾也。練兵、製器,信必賞罰。誘夷登陸,形以小利,俾稍深入數十里,而伏兵焚其舟,因夾擊而覆之,易耳。往剿則因其接濟之人用內間為上,不能則治筏設虛,入夜誘其銃,數番而後,猝擊其懈。或募粵東海鬼鑿沉其舟。大約舟鉅難動,銃熱難再,宜避長取短,以輕捷勝之,亦一策也。師克在和。俞帥以經推大將而爲副,謝總戎現提將印,固自有體。宜勸俞善自屈,而謝以謙接,爲國相下。不見沈攸之於方興並秩,而甘爲之次,汾陽之於臨淮宿隙,新隸而拔使同升乎?諒老公祖自有筆籌,鼓舞英豪而制夷於掌股者,無假瞽談矣。不肖負鄖十月,愆與晷長。《鄖約》自鞭,寡過未能者,敢呈求斧正。海上鹵戶,稍聞齟齬,敬以末議,仰備芻詢。

與南二太撫臺

閩,小國也,何足煩巨靈手?不肖顓愚,安敢妄言事?而老公祖吐握之弘,令人心氣踴躍。不揣附陳,以備芻蕘之采,惟宥其罪,幸甚。

閩南法寬,州邑交際饋遺不絕。而僻遠處尚有用里甲者,至漳南多舶商苞苴。公行察廉,似救時第一藥也。

民心思亂,起於宦豪。舍中兒魚肉閭井。漳泉間大家爲人所附,小家必附人,其中家能自立者甚寡。凡豪子弟自捕小民,逼鬻田屋者,幹僕毆奪者,俱盡法治之,庶有瘳矣。投獻之害,尤宜嚴禁。

將領以兵爲市,而歲時文官之問餽,衙門之使費,皆所借名也。即以把總言,而海防、刑廳,節序俱當行禮。孰非軍餉?文臣不愛錢,方可責武臣不惜死耳。

紅夷無長技,巨銃不肯輕發。小者臂銃,不足畏也。但軍士欠練,紀綱欠肅,賞罰欠明耳。若鼓舞有方,海民亦能殲賊,不獨兵也。但鄉民獲功,則兵奪之;散卒獲功,則將領、親兵又冒之,以此,人皆意怠耳。至將領冒兵、包餉宜禁,而行間操練、激犒、臨戰懸購、賞恤,又不可不爲優處。無賞不往,無財不來也。海濱未苦紅夷,而先苦兵。兵不敢擅擄掠,而入夜張夷寇上山之勢,俟民挾貲出逃而掠取之,頗聞影響,未知確否。

民間保甲,鄉兵團練,宜簡靜妥帖。佐領、衙役,不可縱之。下鄉查點,而無賴子藉口招兵防守,擅自部署斂財、置器者,亦當察而禁之,不然且爲亂階。

以上皆瞽談也,獻螢光於曦照,真可慚悚。過憑恩知,遂犯鹵莽,然實老公祖汪度有以來之耳。至機要在選將領、重守令,而責成監司任怨任苦以實心行之,無容喋喋矣。敝縣李父母,廉慈勤敏吏也,附聞。

【校記】

① "卯",原刻本作"卯"。

② "昌",原刻本作"冒"。

遯庵文集卷六

黔牘 上

與 内 閣

　　黔局壞而人多疑。不肖往,即不肖亦自疑也。所恨者鄖鎮貧儉,不能養奇士健兒,倉卒皆當求之數千里外耳。以不肖爲足辦黔,則副都足矣;不肖而不能辦黔,雖再隆其秩,無益也。近日朝廷輕予人官,而不予以做事之實,賞竭而不勸,罰縮而無威。即不肖選署材官,皆懷超級之念,故不攬欲以身與文吏爲之風。伏惟台鑒,鄖在楚西北,與漢中鄰,距荆州千餘里,荆距辰州九百里,辰距貴陽千三百餘里,視武昌入黔更遠。前有議,以鄖撫督黔餉者,未習地形故耳。

　　不肖聞推在二月二十五日,聞命下在二十七日,部咨到在三月初四日。初恐狡賊乘利深入,人心震動,而土司、夷苗相煽繼起,乃發牌初三起馬以安之,聲言出奇遵義以疑之,收土司,撫仲、黑二苗以解散之。次則調兵募兵、措餉借餉,料理行軍緊要瑣碎事,日不暇給,恐遲晷刻而失旬月之功也。至初二日,乃得草諸疏。院中書吏只一管正本,一管副本,一管揭帖,遍鄖、襄無此種人役,取諸巴陵,則在千四百里之外。念亟離任,而途中益難繕寫,遂待初七早完之,可行矣。而新擬監軍守道劉參政,通陰陽六壬之術,謂提兵出門,當用十五日。計標下兵壯給假置衣,彼時始齊,其他近募者,亦彼時始稍集,不得不從。然不肖已遣人辰、常間飛探聲息。如事緩,則十五日發。若再聞警報,即先期輕身赴之,斷無畏避。且不肖身鄖心黔,所理莫非黔事拮據。有緒則長塗無滯,其緩急亦正等也。

　　惟是不肖才拙志孤,徒有痴腸,實無壯事,一切兵略,秖從書本上考訂,意想内揣摩，未曾親歷行間。誠恐營綜罔效，以傷知人之明。至若無子、多病，聞報料理稍勞，即患嘔逆衄血，而隻眼痛熱幾廢，不敢自恤也。博之勝者財多也，馬之千里者蒭策寬也。伏惟台衡主持，裕兵餉以厚其財，假便宜以寬蒭策，而盡其力用，庶得磨鈍鞭駑，稍效尺寸。俎而折衝，幄而運籌，惟恃廟勝密授。

與　內　閣

不肖前疏所言水西情形，以意揣摩，想當然耳。今細詢黔中來人，似亦不遠。然百聞不如一見，當到彼中，乃敢圖上方略也。逆夷伎倆終無能為，然其狡實甚，而我前者皆墮彼霧中，氾濟羸瓶，良可惜也。今又置一陳其愚於省城，不知意欲何為？豈以楚人不能殺張儀乎？不肖身尚在楚，姑未敢言及，恐彼聞聲便為出柙之兕矣。至在我病根，則不能選將，亦不能任將，調兵無方，練兵無法，用兵無律。而眼前黔兵，皆以擄掠、逃竄為家常茶飯，此不可拔之膏肓。今惟此事整頓最難，次則運本色耳。兵餉為正着，而用間、用奇為佐着。至眼前所急不在制夷，而在治苗；不在問撻伐，而在通官道；不在犁巢穴，而在清外水。我根本既固，綢繆既密，則小醜可折箠而笞之矣。前讀黔疏，策應兵萬餘，收殘兵數萬。今綜其實不然。蓋行間一味虛冒，舊撫成師以出，名為十二萬餘，實不滿八萬。及渡渭河而逃者紛紛，已僅六萬矣。今黔兵三萬餘，皆不可用。不肖多方調募，不過二萬，須數月後始集，其餘尚不知取之何處？俟至黔續陳。不肖入荊，即擬遄發。而貴陽軍器蕩然一空，道將苦諫，謂不就荊料理，前行再無措手之處。為留拮據旬日，中心如灼。區區病多智短，惟以虛公集策，力以忠誠感同舟以同甘苦，激士卒以詳慎酌機宜，庶幾仗社稷威靈、廟堂勝算，靖此一方，始終持一"穩"字。伏惟相公憫其愚而教之。

與　閣　部

黔患在無兵，而救黔患在無餉。乃無兵而橫冒多兵之名，無餉而虛受多派餉之名，此不肖所大恐也。自不肖銜命後，望京解若渴，而計部同寺二十萬之數,至今尚是畫餅。僅得江文藪計欽賞三萬金,其應天三萬金則甫達荆州,尚未至軍前也。不肖在荆開局造器,分投召募,不能待其成,留監軍道、中軍官督之,而身領四百卒先入常武,催中軍領七百續赴,合得千餘人耳,而此千餘人果可入黔乎?貴陽收拾殘卒二萬餘,皆鶴唳餘息,烏合市人,不敢點,不敢練。而路苗伏莽,爲水夷耳目,兵不合而輕進,不但苗姗夷侮,即在黔之兵,決不可制,而虎豹在山之勢頓盡矣。且不乘湖北催兵、催運,一入窮山,四呼莫應,雖悔曷及?獻議者謂非集兵二萬不可行,不肖但得五千人,即長驅往。而此五千人,決不可空言招也。蓋無餉之害若此,不肖所以拊心太息也。至計部所派一百五十萬,或紙上虛栽之數,或歲暮難完之額,俱抵作眼前軍興。而四年楚中新餉反不入數,令人瞀惑,望梅止渴,見彈求炙。然則不肖果有點鐵之方,三軍果有服氣辟穀之術乎?前小疏謂,聲息初震,赴之如不及,而風浪稍恬,即置若罔聞者,不幸言而中矣。至金不可啖,必化爲米。而黔價騰踊,楚運艱辛,銀五六兩方得米一石。小疏云:"二百萬金,不能當他方一百萬者。"事理情形,灼然可見,非敢飾說也。今請帑窮於回天,留漕困於投石。然捨此二策,似無濟黔之法,伏乞特賜主持,危疆幸甚!天下幸甚!不肖度逆彥終不敢犯貴陽,但餉不湊手,則兵不應募,布置愈難,而滅賊愈無日耳。人以黔爲至危極險之區,不肖則謂危險不在賊而在無餉。心急勢阻,五内如焚。伏惟哀此一方人而亟爲之地,無以救黔爲名,而終以棄黔爲實。蓋無兵不可存黔,無濟急之餉不可集兵,兩言決耳。

與　閣　部

擘嶽必巨靈,釣鰲必龍伯,重器不可謬肩也。愚公移山,力不任而誠至焉。遂博帝憐,而役操蛇之助力,豈可爲常哉?總督何任,而以不肖當之,焦僥而舉孟獲之鼎,不絶筯不止,然而義不敢辭也。若之何而以國家之疆場嘗試乎?晏子之折衝在俎,留侯之運籌在幄,則惟相公發囊餘授之。抑惟新元以來兵事出督者多矣,而功未有以强人意也。昔也重予其實,而今也輕予其名。予其實則節制所及兵,其兵而賦其賦也;予其名則懷大汲深,適爲累而已。黔之用兵,尤與他省異。無兵、無民、無財,仰命乞鄰,而斗米一兩,則創見獨居之困也。省城舊兵二萬,鶴唳餘息也。新募亦垂二萬,烏合市人也。明知其爲鶴唳烏合,而不得不養之,舍此則虛無人矣。狡夷未出,則不肖倏此倏彼,以虛形疑之;言宥脅、言裂土,以鬆着緩之,而非力能制其命也。夷漢俱饑,轉盼秋熟,非我搗彼,則彼擾我,先發者制人,而無奈不能先何?盡兩年之軍實,擲於内莊。甲械、火器事事經始,而荆州造者解不能到,沅州造者猝不能成。監司、將領明旨新用,及不肖所部署,無一至者,非八月終不達。即夷肯緩我,而文武俱新,軍民未附,驅市人而勝,世豈有幾淮陰侯乎?不肖僅挾一監軍劉參政宇烈,而墮馬折臂矣;一中軍遊擊蔣吉嗣,而中痰幾廢矣。譬與人鬥,而自斷左右手,危何可言。至眼前軍興,皆賴楚省四年加派,大農雖不予,而實已半盡矣,且一盡而無可繼矣。部派一百五十萬過去,未來七十餘萬,虛數也。現在催徵七十餘萬,緩數也。虛不可當實,緩不可救急。而米貴尤爲病根,即六萬之衆,食米當費銀一百餘萬。況上下數千里,處處防苗,六廣、鴨池、思蜡,節節逼夷,而省城必爲居重馭輕,計豈六萬之衆所能分布乎?此非廟堂之不念邊,而實不肖才薄命窮,天人交困之故也。此時舍乞發帑,別無濟法。如發帑不可徼,則望相公謀諸大農,曲有以續其命,不然,黔事不可藥也。然不肖非敢求多費也,求省費也。使黔壞而楚日戰,更二百萬其可了乎?不肖惟鞠躬盡瘁,服膺忠武侯之訓。其濟而爲愚公也,天也,非人力也;不濟則爲夸父而已。伏惟相公憐察之。

與京中諸老

黔功垂成,一敗塗地。天也,亦人也。深入久客,一也。首惡未擒,而日議郡縣,二也。擄掠無律,歸師尚以婦女、輜重自累,三也。然其摧鋒探穴,功亦足暴於天下矣。竊度困獸逼鬥,實我自覆,非關彼勃。傾巢之後,夫亦尚有震心,不過煽苗剽掠官道,張其虛焰耳,或未敢深入也。此時宜急往,然不可以無兵。往無兵則不惟啓侮於安賊,且先示弱於路苗,而虎豹在山之威盡矣。郙鎮標無一卒,庫無一鐺,腋無一將,僅上班民壯百五十名,衛軍千餘名。雖願從者衆,然不敢徒取象人，精選三百而已。不肖備軍器千餘，硝磺、鉛子萬餘可攜。此外集兵、措餉、製器皆件件創手，所已行及所宜行者，俱載小疏中。竊謂處勝局者宜危其心，處敗局者宜壯其氣。南夷與西北不同，惟"攻心"二字千古要訣。始而離之，定而分之，用穩着不可用快着。凡不可繼之患，不可知之禍，未有不自快生者也。小疏雖詳，然取要則以用人爲本，文武諸吏伏乞俯采録用責成，以遵義犄角爲實。今日牽制而扼其吭背，異日批搗而潰其腹心，皆賴此一軍，所謂形格勢禁也。不肖壬戌春聞黔變，即持此議矣。非令總督兼制川南東道，即以大將李維新屬之調發策應，俱聽節制，不可共功。若由今之道協援，特糜餉耳，何曾得其實力乎？以處餉爲急，而本色尤急。近日之敗，只由土饑。舊撫却回，川兵未知虛實；即有之，亦慮乏糧之故，而非必專績忌分之爲見也。留南漕以足軍糧，斷不可靳；即有此糧，而山運萬難，轉十致五，尚費拮據。伏乞台察主持，而斷行之。至總督制蜀一節，因蜀自有督，故未便入疏。然不如此，決不足以用遵義，遵義不宿重兵，與黔率然。而黔自可滅賊，則非不肖所敢知也。此番覆敗，雖大勢尚存，而損威辱國已甚。西南大將之選，不肖心眼中未有其人，曾、馬不得不策勵用之。然頗聞諸將泄泄，全無憤恥之心，此不肖所深憂者。伏乞廟堂特加振飭，責令建功自贖，得從別疏批出，尤可妙。寬嚴駕馭之用，統惟裁擇，幸甚！

與趙明宇大司馬

處勝局宜危其心，前事已不可追矣；處敗局宜壯其氣，不知黔省今日何狀？鄙中相距三千五百里，若難猝悉。以不肖度之，夷勢亦已大蹙，逼於救死，我師無律自覆，非彼能也。彼今日不過虛聲恫喝，煽誘仲、黑二苗截掠官道，以張其勢，未敢深入爲難。所虞者，黔省人心不定。兵少，虛而自搖；兵集，躁而輕進，則事敗矣。

不肖散材病骨，謬承危肩。鄙鎮單弱，無餉措餉，無兵募兵，件件創手。先飛檄赴黔以安人心，聲言遣奇兵出遵義，預伏搗巢以牽制之。撫鄰司，收諸苗，剪其翼。稍定,然後獲草諸疏。初聞推見大疏九議,自快曰:"可滅賊矣!"飛蟲弋獲,時亦暗合。朝夕案頭奉以爲師,不知能無負獎訓否也。部咨初四日至,即擬迅發。新推監軍道謂當以十五出兵,止得從之。然不肖心已在黔,若聲息急則速赴之,亦不拘也。戎馬事須拮據,早發而道留,徐發而徑往,淹速同歸。然愚心自不能安耳。專官馳教,深感與人之周,籌邊之切,先此報謝。幄算如神,頻求指示。

與楊衡毓

王彭老之棄師也,人皆謂黔不可守,不肖獨策之曰:"賊必不敢渡河,水内必饑,饑必糾苗梗我運道。"蓋恃台臺籌筆之神,撫局之惠,有以攻其心,望范老膽寒,惟有搶之一着耳,今似不爽矣。然運道省喉,軍命道塞,糧絶則我兵脱幘而内潰可憂。賊之小螫,乃我大痛,未可高枕卧也。初全仗李僉憲若楠,近聞有他變,令人痛惜。此時不在防會城,而在通官道。不肖已憯從督餉辰、沅二道之請。竊謂台臺宜委得力監司一員,提親附鋭卒數千,往平清間通道,道通而楚運源源,省城保無他虞也。副總劉超果患痼疾,隔日瘧,左腹痞,聞彭老之陷,力疾南驅,亦似有肝膽人。不肖挾與偕行,欲養其力而後驅之討賊耳。楊近明年兄欲回司視篆,則餉務非胡辰沅不可,伏惟主裁。聞楚米多腐,又是覺華島宿弊,發運裝船,臨岸收貯,種種叢奸。非常德偏鎮,各委一廉幹廳官料理,不可足食也。兵不在多而在精,在給本色。若以若實若虛之數,半饑半飽之夫,其會如林,適爲敵嗋也。留神幸甚。

與楊衡毓

黔事使一遵台臺節制,何以塗地至此?今使不肖承其後,自省虛薄,多病衰弱,何以仰贊幄籌?然血誠不敢不竭也,即當輕騎先驅。然念黔省此時無兵無餉,與其空拳示弱,何若量募精兵,躬自督領。特苦鄖貧,餉亦難處,兵募尤難驟集。然四五月之交,決當入省矣。不肖又思之,我師雖失利,而大方焚毀,彼所損傷亦不少，但得川兵在遵義，黔兵在霑益，遥張聲勢，彼或未敢輕離巢穴也。不肖已揚發兵三萬，會川兵，由遵義搗虚之聲，並馳懇朱恒老飛檄宣布，晝多旗幟，夜多烽火以疑之矣。尚役走承憲束失利情形，並目今事勢機宜，並求詳教。連夜草檄數十通，不能緬縷，統祈亮貰。明旨令鄰省濟餉，不肖即移咨江西、河南催解矣。附聞。

與楊衡毓

安酋兵力亦蹙，但得鄰司自安，不與同惡，無能爲也。今日所急乃在路苗，諒台臺自有神略。讀大疏，皆戡定規模。弟恐調兵多而且遠，不能應手到，又未必可用耳。荆州郭守堅執土司兵不可調，不肖已行文切責之，不知事竟何如？聞嚮來制兵無紀，練兵無法，主將無權，號令不一，所以取敗。大抵吾輩書生只宜將將，行間之事宜擇大帥。而專任之馬帥無禄，曾總戎其才志、膽略，可當一面否？台臺若察其可用，便當拂拭孟明，重其事權，專以閫外屬之，激厲使圖新功也。兵柄忌分，用人忌雜，咨中未及者，敢附陳請正。王彭老彼中當無恙，聞台臺曾通書問，作何報音？回飆見示，弟仲夏可侍帷幄也。

與楊衡毓

印卷人至，伏承台教，發覆無量。掃苗通路，是第一着。鎮筸新兵，宜委一將，王觀國領之，專理此事。若曾鎮還駐龍場驛以控六廣，庶爲得勢也。新兵已陸續檄催，然全屬紙上虚數，十中求二，亦不可得。最可恨者，府廳但見委官募兵，嫉之若仇，畏之若酖。行間最得力者，施兵一枝耳。台臺檄募二萬，弟姑以一萬爲率，而撫夷官尚堅稱無措。今越僉憲已往親督，弟又嚴加詰責，再不應則惟有旗牌鎖拿一法耳。勝敗兵家之常，即古名將何常無敗？但敗而益奮耳。如史萬歲、薛仁貴皆失利除名，甚或流戍，一起徒中，便登壇破敵。而今道將心灰意懶，姑息士卒，既如驕子。且惟恐吾輩一詰責傷其心，此何理也？大方犁巢，其敗豈減鴨池？而安邦彥即能糾衆報仇。今我敗歷三月餘，道將殊覺悠悠，獨不畏逆彥笑人乎？弟每念此，未嘗不嘆台臺之孤立，而還自嘆也。聞楊都清氣壯可鼓，文武中有具血性者，幸一振之。不肖自鄖至常德，僅集兵千餘。議者云："無五千兵不可入黔。"不特路苗笑，水夷侮，亦無以壯省城之膽，折其驕心而作其朝氣，容至沅州力圖之。伏惟以袞綉之信宿，計川嶠之廓清，曷勝佩跂。

與楊衡毓

不肖入黔之心，與鳥爭飛。然勢有未能輕進者，所攜僅千餘卒，合沅州新收，可叁千耳，皆烏合，手無寸器。荆州續募千餘，劉監軍領之，連火藥、軍器俱舟行，未集也。士卒一槍、一刀、一綿甲，決不可少。荆州開局打造，不能待。而先委之既不以時解，沅中又重開局，豈可使空拳之卒，揭竿稱雄乎？獻策者云："非萬人不可往。"示弱醜夷，一也。開侮路苗，二也。一切軍需，沅中猶可措置，徵兵呼餉，血脉尚通，入貴陽便同坐井，三也。兵力不厚，無以壯省城現兵之氣，折其驕悍，而遏其逃，四也。是則然矣，然不肖不敢從也。惟候糾合，得五六千人，人得槍一根，便長驅往矣。駐沅雖云入境，而黔、蜀終不甚照應，省會米踊，不肖憂心如灼。耕種平糶，恤兵招民之檄如雨，而未一答也。凱里苗梗，恐涓滴成河，催援兵、發銃手、鉛藥之檄如雨，而未一答也。最苦在聚楚人用楚財以做黔事，而彼此中判，楚道發兵、發夫、發米，一出門便塞責矣，而其虛實到否不知也。黔官則曰："彼楚兵、楚夫、楚米耳。其虛冒脫逃而不至，吾責之楚而已，吾何僕僕為不知？"楚人既無及腹之鞭，而興隆以上覈兵而速之，布夫而恤之，受米而運之，非黔人之責，而誰責也？如運夫千名之散，王弁實分其半過。讀台臺批語，實獲我心。安順一帶，用張鵬翀、范邦雄、彭應魁等修城通路，弟常德即檄行矣，後乃知與楊衡老意暗合，而主者竟無一報也。自叨忝後，責成三監軍束兵、練兵十餘檄，如石投水，至今尚不知監軍所拮據何事也。乃知黔壞，全由泄泄，王彭老知人不可恃，而身為孤注，不得已云耳。事無活口，而歸過於深入，痛矣。一腔鬱結，且夕叩崇臺傾倒求教，略布區區。

與楊衡毓制臺

坐沉束手，寸籌莫展，病暑形神俱憊。念以軍事久累丈人，慚悚難言。候劉監軍不至，但得收兵五千人，得長槍一枝，則扶疾遄發矣。運夫誠善逃，但夫皆餉道所募，銀皆餉道所給，募官戴一桂又餉道所委也。大抵初募，原非良家子，一則懾於米踊，一則途中管運官不爲體恤，惡弁王獻策輩又從而虐之，所以鳥散也。發兵募夫，雖湖北道爲政，然偏橋以上鞭不及腹，非黔道節節料理，難收實力。今彼此血脉全不相照，難矣。弟已力行申飭，未知肯殫心力共濟否耳。至楊年兄既有陪推，斷是坐司，宦籍未足爲憑。藩無一人，即催之楚臺，安肯放行哉？似當再議一官，容面請教。朱憲長云："台臺已惠然坐鎮，俟面代矣。"而道路言，初二日起馬，弟所不敢信也。伏惟爲全黔軍民計，稍留福曜。

與楊衡毓制臺

欲通兵餉血脉，須在下衙着手；欲出奇搗穴而擒逆彥，須在上衙着手，此弟之私臆也。台臺經略安普一帶，得其機要矣。兵餉井井，弟得藉手受成，何幸如之。擒凶之事，必用沙學，然似宜以鼓舞一着專委之。段僉憲不必令陳其愚輩參之。蓋沙輸心，已在去臘，非待其愚降而決也。人多則事泄，如都清、威清兩道所欲密圖者，人人傳播，亦太兒戲。沙學可用，而遽加以總兵銜，則太盡頭，不留餘地，何以更施鼓舞之術？奢社輝消息恐未必確也。惟當以自治爲本，而用間佐之，庶不可勝在我，而後乘其可勝耳。省城米價，月初又報一兩。果爾，憂不在夷，而在轉輸之民、脫巾之卒矣，奈何？

與楊衡毓

台臺前以苦心調沸鼎，繼以獨力肩危局，貴陽再造，實賴福持。不肖雍容人，贊幄等已慚荷弱，無當一椽之助，況令代大匠斲乎？惟晉公久勞，暫息六月，即歸袞綉。而不肖共樹遺陰，同舟失楫，司南將遠，稅駕何術？所恃鄭侯之規、子文之告,庶幾得兩耳。衝冒暑雨,與鳥爭飛,而募兵治器,種種未集,到處有阻,跼蹐何言?恃台臺大慈,亮其非敢後也。別諭云云,私所扼腕。語云"流言流之所行,周公亦謹避之"而已,流必自止,日月宣朗,亦何假於風雷哉?會稿敬領大教。

與楊衡毓

郭汾陽之不克鄴,裴晉公之不克河朔,皆以柄分而計沮。雖人爲之,實天爲之也。然未聞他將之可以代汾陽,他相之可以易中立也。烏獲所嘽嘽之肩,而使孱子承之,折胝斷筋,必不免矣。不肖撫鄖,不懼代斫而憂,乃滋大所望者,台臺留福曜以鎮之,而叩餘囊以指之耳。遠承獎飾,彌覺孤危。及肩莫逃,其敢逗遛,以速大罰。但軍需未集,往祇坐困,貪留威斧,以寒戎心,靡所與同。昔以爲責人之辭,今援爲自解之案。

與楊衡毓

風聞台臺將出兵剿外水,未知虛實,然竊謂未可輕言也。蓋清外水當在大舉之先,然似當在通官道之後。此時平越一路梗絕,餉運不通,米價騰踊,援兵虞饑,裹足不敢入黔,豈有血脉未通,而可以圖賊者?何不以剿外水之兵,移布下六衛,掃苗巢剽劫之魁,而撫其餘,使我運道蕩然無阻乎!又聞水西馬兵衝出,遵義復潰,蜀兵退入綏陽。賊把阿烏謎扎營清水橋,黃平州士民紛紛逃竄。夫逆彥之衝遵義,豈真欲與蜀爲難哉?形束擊西,以窺蜀爲聲,正以困黔爲實。不肖恐其由烏江出攻黄平、平越,直搗興偏,截我運米也,故平越一帶不可不備也。三司迍役,俱言省城現兵糧册六萬,實不滿四萬。道將不敢點,點則鼓譟,總以枵腹爲詞耳。不肖謂糧道不通,則兵不可飽、不可練、不可馭,乃舍之而圖賊,此所謂"不在顓臾,而在蕭墻之内也"。若係鎮道建議,不過徼幸新功,以掩舊敗。儻出降人進策,則更不可言矣。台臺沉機妙算,虛虛實實,自有神用。然不肖同病同憂,心所謂危,不敢不告。伏惟慈宥,臨楮曷仞悚切。

與楊衡毓

玀鬼送死安莊,台臺發兵剪之,儻獲一捷,則軍氣揚矣,范邦雄、彭應魁俱可鼓者。楚地募兵,如袁朝憲、熊兆望輩純無影響,藍山、臨武之兵,魏廉憲亦極言其烏有。此固然矣,而有司惟事姑息,全不念疆圉安危。如施兵可用,人人能言之,而府廳視調募爲酖毒,徐理尤甚。越僉憲爲其橫詆,幾欲縮足,賴弟堅持之耳,人心可嘆。失撫臣,安可與陷封疆同論?台臺繞朝之策不用,裴相之柄久解,又更超然,即鎮道亦無徇巡撫之理,惟戀大方不能力爭,歸師不能肅律,則當爲法受過者也。棄師後,保會城而褫夷魄,台臺功不可磨。天人俱定,必有相明者,願自信、自寬,曷仍拳禱。

與楊衡毓

數日而三見促,台臺情事,不肖設身處地,知劍履之俱飛矣。然一日而兩懇留,不肖非無心人也,欲速而不可速,且不能速也。不肖何敢以薄德干大造?惟望台臺爲君父計、爲疆場計耳。逆彥伎倆,殊不足言。但在我三空五盡之時,近憂無米,遠憂無將,無將猶可以以人支,而無米不可以量沙飽也。斗粲八鐶,民饑必盡,兵饑必逃,即賊不過河,而我已自銷鑠矣。運法逢人請教,終無木牛流馬之策。平溪以上,弟欲節節留兵就食,正與台指合。然下四衛至平越,可留三萬,而弟入貴陽,安可無五千精卒也。非六月初不能載驅,蓋弟若遄往,不但將無可將,勢必留無可留耳。伏惟台慈亮賚,嚮風額禱。

與楊衡毓

黔中本病在無將,急病在無米,而不肖眼前最苦募兵、制器,茫無要領。凡報兵者,惟紙上虛數,如袁朝憲、張景珠等,覈之無一卒也。不肖二月廿五日調牟兵三千,屢報起發,至今尚無一至,僅提民兵千餘,沿途拮據,復爲雨阻。五月十三日始克入沅州,而劉監軍留督荊中,軍器尚未追隨。沅中再收兵一千,未及束伍也。荆器造未解,又從沅議,就近再造,未開爐也。行間事事艱難如此,然後知台臺運略如神,迅舉如風,勞苦功高,真日響不可力追矣。不肖勢須集兵五六千,械器俱備,始可鼓行而進。道將鰓鰓,皆恐台臺聞不肖至沅,動移鎮之興,則省會失恃,狡夷生心,黔事將有不可言者。竊謂台臺身佩安危,足舉重輕,數月持危,功在社稷,豈忍自棄成勞?大臣不以去留而後國憂,忠臣不以毀譽而忘君父,敢鬻風九頓,爲黔人留長夏一月之駕。不肖六月中旬亦可抵貴陽,面禀方略矣。此非獨爲不肖,乃以爲黔,也爲九廟與天下也。若不肖歸命依仁,與造物同造。薄程敬致,投轄之心,伏惟崇鑒。

與楊衡毓

身入行間,乃知兵事之冗雜勞苦也。荆州開局,留劉監軍督之。劉亦不能待而先行,尚未到沅,恐解器未必應手,只得就沅再行打造。處處臨渴掘井,其曷能濟?聞施衛牟文綏千兵將至,不得不俟之。石砫秦良玉聲言數萬出荆州,雖屬虛聲,而荆南人心羹沸,不得不止之,令改路彭水。然弟愚度其未能發也。凱里被困,半係安邦彥、阿烏謎所誘。四月初,苗即作梗。不就早撲之,兩葉不剪,將用斧柯,信矣。辰、沅發過援兵八千餘,躑躅偏鎮之間,不就近催援,而聽其逍遙,可乎?然前此募法,餉薄日長,蓋其初募迨赴沅,已旅食一月矣。又無家,資糧隨手盡而給期未至,豈能枵腹?直是驅以必逃之勢。弟不得已追旗牌官,賫令箭嚴催,諭以到平越,各給散餉銀玖錢,當不敢再逗遛也。弟恐中間逃亡者已不少耳。弟下車即檄辰沅道解省銀五萬,平越一萬,鎮遠貳萬,沅庫磬懸,外解中斷。而計部同寺二十萬至今尚無消息,可怪。伏惟台臺暫留六月一月,爲貴竹造福。弟不日面侍,當百拜以謝。六月初,要先發史良將統數千駐偏橋,庶清平聲勢益壯,亦可隨機策応也。俞倅回附布,未悉欲言。

與楊衡毓

不肖三月望離郎,月盡入荆,道將曰:"黔軍資若洗矣。不就荆治之,空拳以往,有坐困耳。"駐荆十四日,而器猶未具,兵猶未集,不得已留監軍道、中軍官視之,而身率數百兵驅入常武,計續至者共可千人耳。施州兵千人尚在途。即合鎮算新募,可四千人耳。或曰:四千人輕往,是示弱也。從沅調兵猶易,鞭督一入黔則獨坐窮山,雖百檄如石投水而已。不肖非慮逆彥之能犯黔,而舍兵、舍器,無以爲誅彥之本,舍就近力催,又無以爲聚兵、聚器之方,故心急而足不能與俱急也。黔省集兵虛號五萬,而實不滿三萬,又皆鶴唳之餘,而有鳥散之心。不可譟,譟則譟;不可用,用則逃。不肖成師以往,庶猶可作而練也。不然,無論服南夷,雖肘腋之下,不能化清人而爲爪士也。今姑移家常武,即疾驅至沅,部勒軍容,以次入鎮遠、平越,若安酉决不敢過六廣河一步也。至計部處餉,皆望梅畫餅,無救燃眉,而漕不肯留,運米如登天。憂在我,不在寇。台臺何以教之?同舟共敦素風,紅副簡似可裁。伏惟崇炤。

與　楊　衡　毓

連奉台檄敦促,感悚交戰。不肖此心欲與鳥爭飛,實無毫髮逗遛之念,但路遙事冗,不能一蹴頓入耳。自鄖達黔省三千二百餘里,師行三十,即加一倍,已須六旬,況風雨相阻乎!即襄、荆、常三發疏,一次疏揭,亦費二三月矣。軍器諸需開局打造,募兵倉猝難集。弟眼前只得兵千餘,議者云:"兵寡輕進,逆夷有所侮而動,一也。路苗不威,益恣出掠,二也。現在黔兵怯敵而驕,我若無重兵,何以壯其氣而肅其心?三也。不及楚地料理軍需,一入窮山,何所仰辦?四也。即調兵一事,常、沅尚易催督,入黔以後,疾呼不應,五也。"此皆鑿鑿有據之言。但不肖亦安敢久滯?集兵得五千,即疾驅矣。台臺以解紱之時,當哆箕之口,誠難爲懷,真所云如年之日。然大臣忠於國而篤於友,願勿以浮雲介意。得政府及都中諸老書,俱不直言者何傷?日月有道,可以自寬矣。諒五月終,即可奉教。先此布復,臨風腹擣。

與　楊　衡　毓

陳其愚之用,兩道實主之,非台臺本心,黔人所共明也。即兩道事雖大舛,意亦無他,特爲其愚所愚,直指固許其立功自贖矣。逆彥九月掃穴,數萬出窺安莊關。查□兵與相持未決,弟急發勁兵萬餘往助之。但兵□□路遠,不知能及戰日否?蓋趁秋熟爲決死之計,正其愚遺策耳。數日前捕得奸細老補葉,乃邦彥塘報,供稱:"邦彥聞陳掌衙死,宰牛殺馬致祭。又心中未穩,與我銀兩、衣服,教我前來打聽省城有兵若干?並陳掌衙果否真正被殺。"觀此,則其愚行徑可知矣。台臺心事朗如白日青天,正不必介意也。病筆草復,未盡。

與丘毛伯

長安通訊,旋聞督餉之命,尚意臨飲至而結轉輸之局易易耳。不謂天未悔禍,欲竟壯猷,而不肖且以屬質執戈,再附同舟。夫魚爛河決之餘,豈一葉可包,捧土可塞?而冒然履此危事,逆知其顛隮矣。惟是台臺今之留侯、葛侯也,蕭何、蔣琬不足以盡之。不肖獲受幄算,分筆籌而挽天河,以洗牂牁之瘴,儻庶幾乎?恃此以自壯耳。聞霜轡臨襄,不肖即日啟路,受教非遙,先致迎勞,不敢修啓鳴賀者,方爲填海精衛,非燕子容與時也。且不肖思謝縟節,壹意治兵,安敢以所苦者塵之有道。伏惟台鑒,依風神往。

與丘太丘

就襄、峴開霜臺,最得調度之要。大疏所云:"河工銀、鹺政銀者,就近催取甚便。"晉中曾晤一舊廬守云,總漕軍餉,錢糧最多,各府用之不盡,即廬庫中尚存積若干,而從來事來,未見捐以助邊,豈談者之溢乎?弟處暗求光,恨不能一蹴受教,然摳承非遠矣。會稿及疏揭請正。中有迷謬者,即賜針砭,是所望也。愚見黔事尚可爲,但無奈人心不佳何耳!兵無律而不可練,將無志而不思雪耻。此去要反其道,只恐藥與二豎相持,反苦瞑眩也。以兵餉爲實着,以宿良將精兵遵義爲要着,以處路苗、清官道爲急着。至剿撫緩速,非可遙度。本色既窘,運力尤艱,人騾兩法,未見長策。容面請指南,不盡。

與丘毛伯餉臺

黔餉賴台翁爲造命手,常武與楊修齡橋梓談兩日,惟以得事。台翁賀黔,且自賀也。入沅,知省會十米八鐶,而文下藩司,如瓶落井,故以公移告急。豈台翁運籌之勞,而弟獨如石人,都不知感耶？弟初發鄖,擬四月終入黔。及駐荆,又謂五六月之交,豈知事難算程。蓋募兵難,造器尤難。在荆開局畢,初十垂發,而道將堅挽,謂郡邑非道屬,不肖行後,決難應手,爲滯五日,留劉監軍、蔣中軍督之,而身率兵四百,與副總兵劉超走常德。世有中軍不隨督撫者乎？則赴黔之急,而不遑待也。一入常而劉超病瀕殆矣。至廿九日,蔣吉嗣始領兵六百餘至。又舍劉超,而與蔣合千兵走沅州。時大雨,溪澗暴漲,日必六十里,兵之告勞者不敢休也。入沅,而軍器鄖解者未至,荆造有未成,念恐誤事,又開爐再造。劉監軍以荆器之完者併續收兵千餘,欲追不肖,則荆澧阻水,平陸成河,道絕,乃就船行。五月初六發荆,至廿三始達常武。不肖待其兵入黔,望眼欲穿,屢遣人檄速之。劉自常武舍車而騎,六月初三至辰,聞不肖初六發,即鞭馬夜馳,墮岸折右臂,昏兩日矣。不肖六日垂出門,聞此信,念劉所將南陽兵三百,土司覃載勛兵六百,素號剽擾者,以劉約束有方,帖耳,今若先行,孰爲彈壓？急而掠,緩而散,俱不可知也。乃復留,以軍令督之,須其至而後發,今尚未到也。鄖陽軍器三月十三發,舟尚在二百里外。荆器劉監軍以五月廿九裝常武舟,不知何時可達。至荆州之續完者,益茫然無日也。蓋此物樠動以千百計,決不能陸。逆水既難,而州邑麻痺成習,不肯應船、應夫,動稽兩三日,鞭不及腹。如郁沅陵、申押官生事,弟以令箭鎖而法之矣。乃至黔陽舟壞,其令堅不肯換船,此何理也？台翁視弟豈畏夷如虎,望黔裹足者哉？弟所舉文武雖多人,無一叱馭者,僅一劉監軍,而監軍折傷矣。一中軍蔣吉嗣,而蔣積勞,初八夜中痰絕,三鼓始蘇,奄奄床褥矣。啞子吃苦,安能吐出？今但得鄖器至沅,器稍就,士卒人有長槍一枝,即荷戈往耳。惟台翁察之。

與丘毛伯餉臺

部派遣四年楚餉,擊節台翁駁疏,然尚謂事在不言中也。及得沈署丞解巡青銀之詳,備述部疏只發五萬,而餘五萬於四年湖廣遼餉撥抵,則其不肯予楚餉決矣。去年圍解變輕之時,捐此數十萬。而今大壞之後,反從而奪之。且部疏每言遼餉,輒云:"川湖已被掣去,少額百餘萬。"今禍愈烈,而亟欲收回。不知君子秉心,何其忍也。不肖當再繼一疏,總以台翁前文爲重耳。台翁爲黔餉謀,如慈母乳子,勝於子自爲謀,弟何能贊一詞?即如再解十萬,濡涸無量。餉銀春夏解黔已三十四萬。省城兵雖二萬餘,而冒三萬之餉。此就省城言耳。至上威清、安莊、六衛下、平越、興隆、新添六衛,布兵尚多,皆需楚餉也。兵數弟已行覈,恐泄泄者非一兩月可了,容嚴催得當以報。漕米不佳,果不如收買之便,弟亦懷此見。昨疏望於額銀外,得米助之耳。省城米斗八鐶,近又傳一兩。安莊以上更自騰踊,而近省新隆皆六七錢。山路險峻,夫逃騾仆,月不能運萬石,未足供三萬卒之食,博詢無策。今以耕種和糴二義,諄諄督勸,大是臨渴掘井也。更有奇想,司道動思息肩,不肯做實事。而黔中分用委官皆恐廉能有頌聲,難出苦海,往往倒行逆施,以博驅逐爲快,此顏憲副欲章所密陳者。人心如此,真可爲痛哭也。弟謂此時黔官要忍氣,忍氣者忍下官之氣、頑兵頑民之氣。惟鰓鰓焉,以身先之,以誠磨之而已。廣東解沅州十萬,應天解荊州三萬,容令該道具報河工,則得馮禮老書,及管河道唐憲副稟。台翁查盤時,實積十萬三十餘兩,三年額徵七萬餘兩,而總河大修陸續動過十八萬兩,今只認解二萬,即鹽課,亦未可作實額也。台翁何以策之?

與丘毛伯

黔中此時所急,只無將、無米二者。大農堅不肯留漕,即當多處實銀,不然變在饑卒,而饑夷乘之,致死於我,禍不可諱矣。請帑、選將,是黔病第一藥,伏惟台裁。奢社輝之死,近確然有二說。諸目無主,各自雄長,亂而取之,則可乘也。酉婦雖從逆,然尚狐疑。萬一政歸安邦彥,而同惡者愈力,則亦可憂也。大抵土目自知害舊撫罪不赦,有決一逞之意。我將未集,兵未練,火器未全,只得暫計緩之。入夏,凱里叛苗乘機倡亂,雖云仇其土司,而勢恐梗我官道。不肖五月至沅,遣兵西上,欲以兵威脅撫,而桀鶩自如。乃發銃手火藥,用總理曾欽一鼓破之,獲功二百八十餘級。閱所獲弩,闊丈餘,兩人共挽,雙箭齊發,亦未易可輕也。此事不敢言功,但內莊失利之後,得此亦可稍振朝氣耳。專意圖安,勿樹苗敵,不肖日以此訓戒將士矣。

與丘毛伯

不肖文弱多病,原非仗鉞之料。黔撫已驚蚊負矣,聞總督之命、賜尚方劍,隕越無地。雖曰恩重命輕,其奈力綿智短,惟恃司南,庶鞭其不逮。而霜臺既隔,請正爲難。矛渐劍炊,已身任之,惟盲人騎瞎馬,夜半臨深池,前無導師,其何能淑?載胥及溺而已,抑總督亦僅名耳。邇來人各有心,衆欲爲政。朱恒老曾有請削虛銜、求實餉之疏,令人太息。即不肖撫黔兼制川東、川南,三月即有公事檄行,而至今不得彼中道府一字。駐沅半月,料理兵食,檄黔中司道如雨,而三監軍自荊州差接虛文外,絶不肯以現在機宜相商確。調兵則取沅州出門,而到黔實數,黔官不問也;募運夫則取沅州給價,而夫之疾苦、脱逃,黔官不問也。如此情形,安得不敗?乃知王彭老亦吃此虧,而今事無活口,動輒歸咎,良可嘆矣。不肖心不敢不虛,法不敢不肅,工夫不敢不實,而將伯難應,如坐窮山。安得一面台翁,備控此苦耶?

與丘毛伯餉臺

小啓奉瀆,猶未見部覆小疏也。及得之,則其執愈堅,且鄰省協濟,屢奉明旨,而直罪不肖以孟浪。所派既多虛數,即其實者亦皆秋冬開徵,卒歲難完之物,而便指作此時兵食,然則三軍當服氣、辟穀以待歲月乎?畫餅充飢,見彈求炙,弟不足惜,如封疆何?念欲力争之,而受事方新,便與大農相左,恐不察者,又以性氣罪我，只得草兩疏委婉言之。蓋餉黔與他役不同，米貴運難，計米一石，黔糴以陸兩爲平，而楚運非五兩不達。弟雖求二百萬，其實不能當百萬之用也。伏讀大疏，氣昌詞凱，皆弟所不能言、所不敢言者。三軍從此可活，西南半壁從此可支。弟夙世何修，而於苦海中獲此慈航乎？擊節痛快，且捫心深感。從黔來者，言彼中兵不滿二萬，怯敵風鶴，玩將驕子，點之則譟，用之則逃。弟無五千卒而輕進，不特路苗笑，水夷侮，即在我舊兵，亦不可制也。苦五千人難猝，合鄖、荆、襄所凑，僅得千人。黔中所遣加銜募兵之弁，慣虛、慣逃，紙上動載數千，皆覓市人聽點，領餉之後，一鬨而散耳，以此不敢收。蓋自東事來，而此弊已爲通套，成痼疾矣。弟欲以一人之力，旦夕反之，是以難也。旱後大雨，山路阻斷，在常、武又滯數日，五内如灼。伻旋九頓鳴謝。疏草容繕完，馳請教。

與丘毛伯餉臺

餉事仗台翁搖山之力，竟無以回主計之心。眼前省城米價猶七錢外也。米貴運艱，百五十萬，僅當他省五十萬耳，決不足以了黔局，況其中尚有虛數乎？況此百五十萬者，弟未入沅前，解黔二十六萬，餉、兵二道動支募兵、製器、運夫十餘萬，俱在其中乎？使以百五十萬專付弟手，責之辦賊，猶可言也。弟未入黔，業已支用，而欲仍作弟手中之數，則安能以前宿之餐，爲明朝之飽哉？輕賫二十餘萬，小疏業已駁之。但我輩所據者，去冬十一月催疏，決以爲舊。而計部所執者，今春沅庫收數，引以爲新。不知今春司解者，果即輕賫一項否？弟見部疏，即行司查，尚未報也。

黔中更一大病：四川協濟每年三萬八千餘金，雲南協濟三萬餘金，黔省屯、民二糧五六萬金，係舊餉額，今俱烏有，而歲於新餉取補，蓋漏卮又不下十四五萬矣。業開款項，行黔司造冊。細報到日，當具小疏請正。承台教，深荷同心之雅。鄙意楚餉并雜項雖大農未盡見許，然爲地方救急計，只有便宜截留，即伏汲黯矯詔之詔，願以七尺當之矣。然非台翁主盟，弟屨老也，能肩此格外事乎？尊刺附納，願公勿棄我。

與丘毛伯餉臺

大教若訝弟不速入黔，弟固自訝之也。弟三月望離鄖，自揣五月初可達貴陽，豈知濡滯至是哉？心急鳥飛，迹數蝸縮，恨不能面吐。一曰製器運器。兵無械，以卒予敵。弟在荊開局，不能待而先去之。至沅，荊器不至，又開沅局，則匠散各州縣，非旬日呼不集，又苦難猝成。鄖陽現器，三月十三裝船，六月十三抵沅。荊器一在五月初六解，一在六月初九解，不知何日可到？蓋陸運則無夫，舟運則逆水也。目今卒數千人，不能給一矛，況其他乎？一曰募兵。正月失利，辰、沅不知禍之所底，倉猝招募兵之弁，計餉、兵二道散募銀六七萬，弟入沅始陸續至。收之則市人也，却之則餉不可追矣，不得已簡其壯者，而僱覓替點，諸奸旁出。於是細覈其疤痣，餉道點之，弟又點之，發將官束伍又點之，餉道給餉又點之。三五錯綜，冀止其奸，不知費却多少日力。一曰乏人。弟所題署文武，無一肯至者。僅一劉監軍，留之製器，留之督兵，未嘗獲相朝夕，而近墮馬折臂矣，又染痢疾矣。一中軍蔣吉嗣，而中痰絕復蘇，扶病拮據矣。凡事皆弟孤鳴獨拍。臺翁以乏藩使爲苦，則弟數月無一監軍共事，正可數推也。至二十日已決行矣，而發兵當有次第，哨官以上豈能不予一馬？夫馬亦難並應，又無兵在後，而弟獨前之體，只得爲之中權，至其中瑣碎齟齬，難一二述也。因悟臨淮將汾陽之軍，妙不在臨淮，正在汾陽耳。惟有汾陽之軍，故無事，更變但一號令之而已。今弟事事創手，所以難也。黔米每斗近九錢餘，而臺翁謂未必然。劉道墮馬幾死，自道府縣至兵民無不目擊，而陸太翁謂行必以輿，不至重傷。大抵説謊成局，信言亦僞，然弟宿盟勿欺，惟自責"信"字做不成而已。然凡事正望藥石，非敢有一毫諱疾忌醫之念也。惟臺翁頻攻其短，幸甚！

與丘毛伯

行間事非置身其中，決知痛知苦不盡。臺翁謂黔用兵，只應五萬爲戰兵言也，亦爲精兵言也。兵不精者決不可限此數，且搏戰之外，何處非兵？如上六衛通滇,六百餘里,分布兵一萬四千矣。下六衛通楚,建連珠營,布兵運餉,亦以萬四千計矣。大舉雖兵可掣,而兩地各當留五千,是戰兵外,去一萬也。省城及河外,可無萬五千卒爲後勁乎?是又去萬五千也。因糧法不可用,賊亦不留糧,以待本色,作何運?即有夫運入巢,數百里節節轉輸,可無兵護餉乎?是又去二萬也。故戰兵外,別需兵四萬餘矣。且水西地五倍播,其箐洞十倍播,以五萬之衆,犁庭掃穴,老將不敢易言。不肖謂實戰兵決當六萬,其全省貼防及後勁、護運者,極少亦當四萬,若乘機遘會,可以出奇。行間不在此論,必以正兵論,非十萬不能軍也。伏惟台翁設身處地,深思而教之。

與丘毛伯餉院

從胡兵憲細讀大教,深服謀事之周,見望之切。黔兵日逃,而餉日乏,弟亦深疑之。兩檄催取兵數,竟未見報。昨又嚴督,再泄泄者即鎖監軍、道、中軍捆打矣。自遼警來,以虛冒爲茶飯,明明有六七成之説。惟弟荆、豫帶來二千,一卒不差。沅募數千,其弊孔多。弟與胡兵憲互點,屢點,懸自首以開其悔,懸告賞以寒其心,每點輒有開除,終如落葉,不可勝掃也。弟所言六萬,爲進兵耳,二萬爲在省耳。上界楚,下界黔,其中十八站直達千里,皆行苗穴中。下衛哨堡約七八千人,而板角、龍湄鄰蜀,八九千人不與焉。上衛嚮僅守安莊、平壩,關嶺以外棄若隔天。近因通滇道,舊督添道、添將,增兵萬三千餘。而安莊、平壩,范邦雄、彭應魁、許成名、商士傑等舊兵數千,不與焉。各道府亂後,各有標兵。平清偏鎮,楚地黔喉,亦添兵三千餘。陸太老亦募標兵六百。此皆仰黔餉,不在省城算者也。蓋散之則多,用之則少,食餉則多,戰守則少,行間通患也,尤有大漏卮焉。銅仁控紅苗之衝,額駐一大將,設標哨兵數千,歲餉二萬。自夷叛來,將移兵餓,苗禍益熾,二十季無餉。銅民一歲被擄,報名在官者七千餘口。而思州、石阡,無地不爲苗蹯,皆逆彥誘之也。弟不得已暫借新餉給銅兵,兩個月已費三千餘。近日凱里叛苗,亦逆彥指也。此局雖可結,而費餉亦不貲。弟鄢疏即憂夷之通苗,正防此也。夫黔之舊兵,非無舊餉也,然皆協濟耳。楚額三萬餘,歲完三之二。蜀額三萬八千餘,則無解數年矣。即上下衛所屯糧,郡邑民糧,俱蕩爲甌脫,歲又失數萬矣。凡官吏、師生、舊兵之食,十八仰新餉,此餉之所以益耗也。至兵家雜費,在餉外者尤不可勝計也。總之,前事不可知,從今日始,弟決不敢以國命民膏徇情而填虛壑。竊謂積餉宜運,黔藩司嚴禁,非詳弟不許動,非詳台翁不許銷,自可厘虛汰冒。若必宿之沅芷,則兵機呼吸,猝有事會,湊手不可少、不可已之需,而激江於八九百里外,其何能及?陳平四萬金尚不問出入,弟自保不爲盜臣,而自矢與台翁同心,察他蠹之爲盜臣者,惟公察之可也。至彙銀廳解,誠爲簡捷,然積久則餉遲,解頻則率廳官而路,且湖南、北實無可空閑聽差之廳官也。亦惟公再察之,言不能盡。

與丘毛伯

黔兵既難,而餉難又十倍。十萬者,論其大勢耳,其實不能供也。即如台教,兵五萬,縮腸節腹,人日米一升,歲須米三十六萬石,省價一兩一斗勿論,即以楚運言,五兩致一石,爲銀九十萬兩矣。凡行間將領、官吏之俸,犒賞、魚鹽、器械、衣甲之費,約與本色相當。如薦紳、居室用,必浮於食也。昨見尹監軍與胡辰沅書,官攜十口,月須買米銀二十四兩,蓋以斗八錢算耳。將吏恐弟之太簡櫛,不知弟尚欲優之,敢言減乎?弟優其額內之正供,而決不敢縱額外之虛冒也。至用兵之費,又有難言者。喪師初聞,舊制臺遣官四募,即餉、兵二道發募兵銀至七八萬。今所募,至皆州邑遊手,收之則難用,汰之則人皆領過一二金,難以追賠。只得去其甚者,而餘充具數,此多費之一孔也。辰、沅發過兵萬餘,而逃亡者不下三千餘,捕人追餉,總數繪餅,此多費之二孔也。故兵餉必須,弟六月入沅後,庶可逐款算數,不大無當耳。即餉道費金六七千,付弁戴一桂從湖北募運夫二千,今逃亡强半矣。黔之患無米,而又無人。運夫月餉一兩七錢,另給米三斗,只領七運,運六十里,豈不稱溢而相率逃者?黔無人,而楚人不任遠戍也。又近黔則米逾踊,偏橋以上或斗三錢,甚者五六錢,故夫相戒,有竄而已,不肯往也。黔用楚財,役楚官,使楚人,而血脉不通。辰、沅曰:"吾給餉,兵、夫出門,吾事畢矣,黔中逃非吾事也。"黔司道曰:"彼楚兵楚夫也,逃則問之楚而已,吾何知焉?"弟有檄,極數其病,令一體相聯,一家相照,不知能有動否?戴一桂募夫逃去千餘,弟行胡兵道治之,而舊餉道楊年兄以弟爲過任事,豈易言哉?弟所舉監司與總兵黃越度八月始得至,兵將未習而驟用之,此又事之不可知者也。安得飛翼一控此苦耶?書不盡言,而況於意,惟心照曲亮而已。

與丘毛伯

弟恭拜督命,雖志自愚公,而力終夸父。七月廿一日敕始到,恭讀之。雖以不肖制諸省,而實則勒不肖受諸省撫臣約束也,事必遥咨,戒其矛盾自用。知臣病莫若君,謹稽首書紳。傅元老深爲不平,然弟謂患力薄,不患權輕也。王文成以虔撫平一敵國,何必總督耶?前承台教隆賜,中心藏之。懷叩周示,如瘐人不忘起。入黔即思修候,而以逆彥入犯,發兵措餉,日夜疲勞。即傅元老所附之書,數日後始克亟致也,跛鱉伎倆,可知矣。閱邸報,官府爲敵,幾若正德之初,幸主上自英聖耳。璫熖愈張,而外廷附響,壯頎亦未盡處之之道,有見疑逋主之首揆,有逃匿之豸史,俱咄咄怪事也。枝葉既害,根又憂撥,奈何?

與丘毛伯餉臺

承衷言諄諄,確中不肖迂疏之病。非深軫封疆,顧懷朋友,孰肯若兹?真忠德愛,惟有佩服。鄖餉初念則然,入常、沅見餉難處,即檄令徑解沅州矣,與台指原無異同。獨南陽募兵一節,守令初不肯輕承,恐戶部不肯認賬,如張涵老往事。不肖以檄誓之,謂不得於大農,亦必解還,決不累有司。及見部疏相駁,痴腸遂熱。蓋生平自矢,常有可生可死,而不忍自欺其心者。而不知去食存信,夫子有爲發之,非所以濟急也,承教憬然矣。昨小疏辯部駁者,奉旨又有鄰省協濟錢糧,遵旨督催之文,正可援以催解,已即移咨及行檄矣。敬此謝教。

與閣部

不肖才弱質孱,自鄖徙黔,實攜病俱往也。羸黔喪師之後,調兵催餉,一切草創，而旁無監司、將領可以助力。病緣勞劇，特以一往之志，暫伏之耳。入黔而志不勝病矣，稅鞍之辰，適與逆賊入寇會，而羽檄之飆火，又適與計事會，兵機呼吸，不得不畢力拮據。及九月初旬，黔二司始送計册，而某床蓐綫息兩月，人鬼交争，惟有皮置之耳。仗台庇，十一月朔稍能强起，而逆彥又借鄰糾黨，悉索數萬之賊渡河送死。督兵援，催糧運，鳩軍需，晝夜併晷，勢又不能專力計事。間以篝燈餘隙閱之，則漏訛種種，不勝屢駁，且亦無從改訂。蓋兵劫時，院司城宿，舊籍俱失，一也。老吏消磨，强捉替人，不習故典，二也。司道半在軍前，無暇綜理，三也。只得勉强攢造，自知不足。仰承功令，無所逃罪，伏惟相公憫其兵苦、病苦，曲賜含弘，則如天之造，非所敢望也。至湖廣計册以十一月廿二日始齊，而四川計册虛報先送，至今查無影響。某夏秋屢催，又差役守併，竟以鞭不及腹，付之嘆息。查辛酉年舊撫李茂嶼已不能得之。兩省具疏請罪，時黔亂未動，而固若此矣，况今日兵燹之餘乎？併乞台裁處分，幸甚！逆賊匪茹，奉威靈摧破，乘勝輕師渡河，盡焚逆彥巢穴，特渠魁潛逋未可得耳。軍餉不繼，可憂。方大先循例發塘報，尚容疏聞，敢預懇台慈主持。

與　閣　部

辛酉楚計册以十一月廿二日到，前撫李茂嶼謂"時日無及，不復攢造，惟具疏題明而已"。今冬藩司册十一月十七日到，湖北册廿二日到，而臬司册到，實在十二月初二，又有甚焉。不肖勉造馳賷，情知無及於事，聊存節制之體耳。緣黔僻荒坐井，距湖省一月有餘。楚臺司以十月議定，事正及期，然待定而後告黔，則已馹追不及矣。應議方面，屢促無單。初二日臬司有禀，謂撫按用老疾法，處下湖南按察使程某，而單款依然不送。且職疏册繕印已完，亦無從添入。至四川册竟落虛無，則非不肖所能鑿空也。大抵兼制之規，自水西叛後，人視黔爲不可復存，盡失其故，創設總督，則僅寄空名而已。蜀滇兵機，不復關白。滇中改易援黔，監司尚無一字相會，他可知也。

敕書諄諄戒以剛愎自用，事與鄰省咨確。名雖節制，而實反若使督聽於撫者，人情習玩，曷怪其然？不肖不敢輕言，言之則又疑使氣而難近矣。然楚、蜀察吏自有主者，誤計典之愆小，而同室纓冠，不可望於鄉鄰，誤軍機之害大。自七月來，逆彥三犯。獨以羸黔支梧，仗靈威破賊，何曾得協援一分之力？孤鳴難繼，憂心悄悄，敢因計事，冒昧附陳。以望輕之身，兼病危之後，遂同旒贅。不肖惟自責，不敢尤人，伏惟台慈裁察其罪。

與閣部臺省

逆彥入犯，屢挫狂鋒，因搗其巢，稍寒夷膽。總仗朝廷之威靈，與帷幄之算略。不肖節次只發塘報，未敢具題，而將士血戰，頗覺觖望，不得不上聞以慰人心，非敢言功也。善乎宋臣喬行簡之言，不憂無功而憂有功之不可繼。功而不可繼，則其患方深矣。從古用兵，不快志於西南夷者，非勝之難，而難深入、難持久也。今日繼功，非足餉不可。餉額派雖多，而某經手實少，然總之爲黔用耳。深念時艱財匱，日夜腐心，而黔之病根在無民、無米，運米脚價又大爲餉累，楚運不能運，而黔糴無可糴。眼前嚴凍，兵有數日輟炊者，其窮困令人痛惻。即嚮者破逆彥巢後，不能再進，亦以食盡故也。黔以艱食米貴，百萬金僅當三十萬之用。前後小疏已詳陳之，一字不敢飾說。今安位目把與逆彥心已相攜誠，餉足而重兵壓之降，則取其魁，不降，則犁其穴，反掌事耳。無餉則兵必散，賊之攜者合、弱者張，而黔禍不可言矣。故餉繼則功乃是功，而百五十萬之費，俱有着落；餉不繼則前功俱罪，無論委百五十萬於泥沙，即再以百五十萬填之，猶未足以救西南之魚爛也。然繼餉在速、在齊，非速則枵腹不可待，非齊則兵零星坐食，不得一決，而費終歸於無用。故今日不獨權利害，亦當權省費，伏乞台衡，力賜主持。至協援靡實，而總督號令不行於兼制之域，誤兵機非小，不得不一申明。其功罪、用人諸疏，總爲地方計，更望贊決俞采，幸甚。

與韓象雲相公

齎疏人還，伏承答教，開導殷勤，並示以前事足餉之方。大臣慮四方，相公真弘兹道矣。然黔之大患只在無民,無民則孰耕?而米益少。無民則孰運?而米不可致。無民則匠役、器仗種種無資,而勢不得仰命於遠,遠則命不可知矣。故前法有可用,而又覺難用者,昔病肌膚而今病骨髓也。如米至偏橋,倍價募夫,不能應手,況責蜀、楚、滇之自輸乎?買楚鹽二十餘萬斤,乞滇鹽六萬斤,而距省數百里,官運裹足,況望蜀滇受鹽於井,而歸米於黔乎?黔之奇困奇窮,非身入而久之,猶不能悉其疾痛也。協援明旨,責望極殷,而今年未見以一旅爲黔助者。節次小捷,皆黔獨拍,而力豈可繼乎?某人劣地輕,不足辱節制。然節制不行,在不肖無總督之實,而受總督之責;朝廷虛設總督之名,而不收總督之用,則某所大恐也。足糧餉、壹事權,惟歸命造物,伏惟台察。

與朱平涵相公

賁疏人還,伏讀答教,獎飾過實,期許太殷,震掉不能自持。某平日持論,謂地自有兵,兵自有財。見以兵餉深望朝廷者,則私過之。及久於黔,而後嘆其束手也。凡兵食皆從民生,黔無民矣,行間之事無不寄命於鄰,而勤力於遠。即以本色論,無民則孰耕?而米無源。無民則孰運?而米不可致。餉之派多而濟少者,職此故也。因餉不繼而兵愈不可練,何也?練兵非三月不可,而告急叠聞,隨至隨發,如饑農割青以食,不能待黃也。米升價五六分,而日糧四分,以樵采、市鬻佐活命。冬寒冰雪封路,糶者不至,或兩日輟炊,不能驅之持戟也。急進討則餉不齊而憂。其後連兵,一月則多費十餘萬,究竟餉縻於坐食,而不得其用。因無餉而蝕餉反多,此某所大患也。從古用兵,不快志西夷者,以其巖阻箐幽,入難深,深難久。屢次小捷,皆彼內犯爲我致耳。我破逆彥巢而不能再進,食盡故也。諸夷有諺:"不怕兵多,只怕餉多。"餉足則前功乃功,而百五十萬之派,俱有着落。餉不繼,則前功俱罪,無論委百五十萬於泥沙,即再以百五十萬填之,猶無救西南之魚爛也。至黔之瘠弱,雖足餉決戰,非川、滇共倚角之不可。今朝廷虛畀總督之名,而限以巡撫之實,諸藩狎其爲撫,而玩其爲督。不肖受巡撫之責宜耳,豈能以不行之號令,冒總督之罪乎?不得不一申明,並功罪、用人諸疏,俱爲地方計。伏乞相公台察,而責成教誨之。

與魏道冲相公

從邸報中讀相公疏揭,坐籌兵食,深計安危,真周四方之慮者。不肖恒言,今政地宜用一"任"字,惟相公當之矣。黔事之艱,相公獨知而思救之。然今日之黔,又非相公所睹之黔也。小疏雖冗,無一字虛飾,猶恨不能盡寫其疾苦。總之,病根曰無民,曰無米。而所急請命者,曰足糧餉,曰壹事權。無民而遍地皆苗,即所仰糴者,亦苗米也。苗驕而鴞逞,則討賊之外,不得不多設兵以捍苗。餽運軍需,無人力可募,而行間愈困,此無民之患也。無米則遠運艱、近糴窘。昔者兵糧日三分,今四分,而糴僅得半升,能救饑乎?米商裹足,則數日罷炊,而凍餓死者相枕,此無米之患也。因無米而費餉愈多,轉粟之脚價,增額之月餼,皆餉受之。又因無餉而蝕餉愈甚,何也?餉不給則不能練,餉不齊則不能進。不進而坐食者零星糊口,則餉不用之飽鬥,僅用之救死,而用過之餉,反歸於無用。故人知無餉之苦需餉,而未知無餉之必多糜餉也。爲兵食計,不獨權利害,亦當權省費。今逆酋屢敗,安位目把及安邦彦心已漸攜,機可乘矣。餉繼則前功乃功而已,費之百五十萬皆有着落。不繼則前功皆罪,無論委百五十萬於泥沙,即再捐百五十萬填之,猶無救於西南之魚爛也。至壹事權之説,不肖不敢竟詞,但協援之實,不能得之川滇,而以孤黔支柱,亦必相公之所憂也。小疏所載敕書,語相公一繹之而川滇之不爲黔用,其故可知矣。當今悦安社稷者,惟相公是視。百牘之告急,不若嚴旨之責成。伏乞主持謀斷,以爲黔者,爲天下。辛甚!

答趙儕鶴

伏承台教,不肖之政過嚴。敢不佩韋,以期無負發藥。顧黔中痼疾久矣,環視司道,無一肯實心任事者。而將領以包兵、冒餉爲日課,猾兵以隨募、隨逃爲茶飯。不肖雖誅數十人,猶不能止。如關格之病,宜用大承氣湯,而邪氣反與藥拒。當先解之以衰其邪,而後漸下之以盡其毒。故以今之勢,不得不嚴,而亦不敢驟嚴,惟深繹周示,求酌其中而已。至集思廣益,舍己從人,不肖服膺已久,斷不敢操勝心以誤疆圉也。

與閣部臺省

"選將練兵,催餉製器",兵法粗八字耳,而行於黔中,戞戞乎難之,何者?此時將脉幾絕矣,所見惟總理曾欽,肝膽志嚮俱在人前,雖敗如意猶可理而用之。副將劉超,能收士心,而臨事不苟,然於算略俱未深,而束伍、節制之法尚未能實實必行也。偏裨則若劉志敏、楊明楷,俱戴罪而驍勇,可責令自贖。新題參將胡從儀,亦鬥將,然未可當大敵也。此外庸庸者車載,又十七以兵爲市耳,汰之不可勝汰矣。兵則善冒、善逃,有六七成之號,甚或五成,聞不肖至,頗私募補。方欲一大核之,而十八下車,二十報警,即掃現兵一萬六千出與之角,何暇細點。最可怪者,省城三營兵皆赤體空拳。半載來,監軍、將領於器械、衣甲置之不問,絕不慮有一旦交兵接刃之虞,人之暇豫一至於此。某一爲之掃庫、發軍器、發布花,顧僅備十之一二耳。貴陽無鐵、無炭、無物料、無工匠,一切皆無,無憑措手。荆、沅所開二局,成造頗多。顧飛輓若登天,然目今差兩官沅州守解,尚漠然不應也,此器械之難也。若派虛而餉額縮,米貴而餉力薄,屢疏已詳,不敢復贅。總之,餉不患其不應,而患其不集。能以六十萬金畢致之,十一月則大舉可以得志。不然,老師曠日,其憂方大也。眼前在我,一無可恃,恃賊劣甚,無勝智、強伎倆。又上,則恃社稷之威靈,廟堂之幄運耳。某屢弱冒當危寄,惟力是視,百瘡交集,痰嗽月餘,每發則頭胸俱痛,食少事繁,不暇自嘆。惟恐身先朝露,不能爲西南結此一局。最苦是黔中監司痺緩成習,針砭不靈,而某所推轂監軍、將領無一至者。劉監軍宇烈以病滯辰沅間,猶日日核兵束伍,勞苦可念。陸監軍夢龍亦已戒途,俱重陽前後可到,其餘杳無消息也。新總鎮黃鉞,三月部推,五月初九始陛辭,八月盡尚未入黔,以沿途募兵爲辭。此時湖北實無兵可募。鎮筸兵舊稱可用,而近騙餉輒逃,逃又應募,習爲茶飯。某誅數十人,猶不能止,況其他乎?果曰:貴陽非人所居,借題裹足。則不肖與監軍直指,獨非性命?而輕身並入,未聞遂成不測之淵也。文武官逗遛者,徐當白簡隨之,即任怨,不敢辭矣,伏乞台力主持。某病深識短,無能爲役,惟節制必明,賞罰必公,不敢一毫憑已徇人,以塞勸懲之路。至進兵大勢,獨宜以一路進畢節,截東川、芒部、烏蒙之援;一路自遵義進渭河,衝其大方胸脅;滇宜以一路由霑益搗鹽倉,破安效良之窟。蓋水西所同惡惟烏撒,烏撒壞,水自孤矣。黔則三路直窮逆彥所在而取之。四面設羅,狡狐何遁?然非足蜀、滇之餉,決不能爲黔用;而黔非得滇、蜀力,亦決不能以獨手扼虎也。半壁安危所關,伏乞留神主張。不肖某病未即死,得奉廟謨以掃炎氛,死且不朽。

與京中諸老

不肖識闇、力綿、軀弱,以三短涉行間,已危蚊負,況冒當節制之重乎?但今總督亦空名耳,募兵濟餉,疾呼莫應。蜀督有削虛銜求實餉之請,非激言也,質言也。嘉靖中,胡梅林曾以申飭約束爲請,蓋權之不行,昔已患之矣,惟仰賴廟堂主持耳。部咨未到,未敢疏謝。顧責愈重而憂愈深,不知圖報之何術也?

更有大愧者,馬隆立標選士,一朝而收精卒三千七百人,今兩月兵不集,一也。李光弼、李綱、劉琦倉猝治戰守具,數日而畢,今兩月繕器不具,二也。張詠入蜀,奏罷陝運,今日爭餉請漕,三也。每思古人作略,置身無地。惟有制而後求可勝,固我而後求克敵,不敢片刻忘"懼事"、"成謀"兩語耳。自鄖達常、沅二千里,千餘卒無秋毫犯,所可勉者如此。至生財、作戰兩法,尚苦不得要領。伏祈崆算,賜之指南,幸甚!

與　戶　部

黔梗三年,費度支無量,而累台臺勞心,亦已極矣。所苦歲荒米踊,糴則一金博一斗,運則五六金致一石。餉雖倍,猶無半用。況情形遙隔,細蘡部派,名存實否,蓋道里云遠之故也。不肖極知仰屋之艱,一味哀懇發帑,第恐天聽尚高,不能不望之台臺破格拯救。蓋餉足則局易結而費省,餉嗇則事愈長而費倍。多費而黔平,則可以全力制奴,而遼亦可復。惜費而黔壞,則奴益鴟張,而叛夷、亂民相煽起,禍有不可諱者矣。河工僅許二萬,鹽課恐爲烏有,目前外解已絕,量沙可誑敵,不可自誑也。不肖固仰悉持籌之苦,而台臺設身處地,亦必憫矛浙劍炊之窮矣。伏承諭及黃縝軒煒,不肖通家也。敬桑雅誼,《緇衣》深心,佩誦無窮,即以致之朱恒老矣。疏語疾呼,伏祈宥其罪。

與陳志寰少司徒

天既禍黔,又以黔病病楚。不肖入黔半載,不能蚤滅賊,息楚人之肩,所恨危病,僵榻蓐兩月,理黔楚計冊一月,蹉過戎機多少,負國之罪,真無以自贖也。屢捷,斬獲雖夥,然折厥魁首一夫足矣,不然,奚補於蕩平之局哉!經手餉用百萬,而賊未平,念之慚悚。然黔之百萬,僅當他省三十萬。病在三無,無民也,無米也,無可繼之餉也。無民則出米縮,運米艱,而米苦乏。無米則增鍚難飽,遠輸易貧,而餉愈不足。無可繼之餉則以後補前,以坐食消戰糈,引日長而費餉多,甚或有不可諱之憂,而糜後餉滋倍。故人知無餉之逼需餉,而不知無餉之重蝕餉也。伏惟老公祖仁不鄰遺,智必遠照,決一時之經費,以省日引月長之轉輸,俾夷氛消而黔有寧宇,三楚蠲癉瘧之病,即不肖亦藉以末減負楚之罪矣。清標霄表,道濟攸歸,竊伏下風,欣誦德業。臨啓曷仞神馳。

與李湘洲

聞諸楊修齡,黔之飛捷書也,台臺獨以天象決其必敗,然台臺以人而券天者也。塗地殘局,弈秋難救,況不肖拙手乎?將脉久斷,行間無一真知兵、能用兵之人,而調募以虛冒、擄掠、逃亡爲家常茶飯,此南北之通病。至米貴運艱,數金不得一金之用,則又黔之獨病。今七年之通病,欲倉猝起其痼,而一方之獨病,欲神算通其窮,雖盧扁將若之何?先通官道,次清外水,固本而後攻邪,如彼飛蟲,時亦弋獲,所苦兵與餉俱不應手耳。不肖入常武,已是黔兼制之境,然未敢報至也。獻策者曰：宜駐沅州，非合二萬人不可往。兵弱則情露，逆酋有所悔而動，一也。路苗益肆掠無忌，二也。黔兵虛而悍，親兵不壯，無以制其命而就吾轡策，三也。黔中總一"無"字，勢如坐井，輕入井何以救溺人？四也。然不肖何敢待二萬得集，五千人遄往矣。若以現前千卒直進貴陽，則無濟於黔，而祇重黔困，似無此兵法也。不肖身家生死，已置度外，非有所畏避也。台臺沉機朗識，今之留侯、葛侯，願推筆籌教之。

與朱恒岳

黔之未陷，繫蜀是賴，所謂邢、衛之於齊桓也。特以夜郎失着，致煩葛相經營，未得暫息籌筆。不肖愧悚，豈露布能盡乎？不肖標下苦無一將，即詢黔中，亦未見有可當一面之選，孤影帖危。楊修齡中丞力以越其傑、戴君恩使過為言，不肖思匠石所棄，豈復可材？然斤斧修其擁腫，又未必非玉成之妙用也。念戴勁重，而越勁輕，因進越而扣之，則深感國士之知，而自悔其疵咎。忠武用法，廖、李歸心，今復見之。然李平無路自補，而台臺之功、之遇，且將超武鄉而上之。故弟敢仰體休容，舉越督兵，舍舊圖新，則台臺霜雪中之雨露栽培更厚矣。謹以危急權宜，歸命造物。伏惟崇炤越之戴德，即不肖之依仁也。戴君恩堪否湔洗？更祈台教。解繩理絲之訓，佩服無窮。台臺造我，岳卑江淺，臨楮曷勝翹切。

與朱恒岳

弟十三日入沅止，理報命事，與羽檄交急支離。自慨正圖肅請指南，而教既先之，悚息私云："處勝局者宜危其心，處敗局者宜壯其氣。"今讀台訓，前不宜視太易，今不宜視太難，沾沾暗合。然夷實無難，難在我耳。黔省收燼僅二萬，皆風鶴餘息，而斗米捌鐶，苦無糴處，各思鳥散。五百里山運，轉粟青天，五金不能致一石，募夫則逃，買騾則仆。

蓋黔此時無將、無民、無米，徒有些兵耳。然祇有蝗米之兵，無禦賊之兵，則猶之乎無兵也。弟沿途收兵三千，亦烏合耳。叛苗圍凱里司，而省中不能救，弟檄新兵赴之，未知可却否？此時而曰不難，弟未敢出口也。昨阿烏謎焚劫樂元、板角之間，路人皆云遵義復失，我兵退保綏陽，憂心如醉。承教二萬在遵，則扼拊有賴，弟喜同更生矣。此日制安，非仗遵義不可；而宿兵遵義，安可無餉？吾輩當合詞請命天閽也。黔苦乏兵，即有兵亦不敢聚之貴陽，容殫力圖運事。台臺部署，先以守定遵義爲主，秋熟會師一創之，焚其糧，蕩其近穴而已，未敢言大舉也。諸容專請幄算。

與朱恒岳

不肖駐沅四旬，拮據軍實，尚不能備。以七月十八進黔省，而逆彥糾衆，十六過三岔、思蜡河，攻圍普定，陳其愚誘之也。不肖立斬其愚以徇，發兵萬餘擊敗之。惜逆彥遁歸巢，不能邀擒。失此好機會，因稍除水外逆巢，破十餘寨，斬七八百級。然兵未齊，將未至，器仗未集。與傅元老議大舉，俟十一月日，今且經營外水及通滇道兩着耳。聞台臺將移鎮遵義，壯猷方權，從天而下，水藺魂銷矣。但須道將披荊棘、立軍府，家計已穩，而後元臣臨之，乃有虎豹九關之勢也。黔既計掃水外六目，則蜀兵亦宜攻渭河外阿烏謎諸巢，以分賊勢，而取其糧。乃初十日得報，安、奢二賊謀出南川，徑犯川東。而侯良柱所招降夷叛去數千人，古藺州未知虛實。竊謂大方逼遵義，而邦彥巢逼普定，酋見黔恢復普定，台臺恢復遵義，深自危而先肆瘐狗之噬，能痛筆之則自伏矣。然賊未必窺川東，意在出合江，襲納溪以截遵義、永寧之後也。似宜令大將駐兵古藺，掃龍場坝以伐其謀。吃緊在高秋，能取賊寨野栖窖囤之米，則勝算在我矣，台臺以爲何如？冬月進師，蜀一路出畢節，一路出鎮南關，會於大方，而黔兵入水西相應，此率然之勢也。伏望裁教，並指示方略。臨風神往。

與朱恒岳

部派黔餉垂盡，現前幸集三十萬，若不乘機攻取，則住行所費，正等餉盡師老,大事難圖矣。傅元獻之急於十一月進兵,爲此故也。不肖勸以算定後舉,然決不出仲抄、臘初。蜀中果兵鋭餉足,以臘初進鎮南關、畢節,直搗水西、大方,與黔師合哨,不失爲協援也。但十一月決當令大將移鎮遵義,以定扼吭之勢耳。李總鎮出鎮南關,用實;而副將出畢節,用聲,似於着數不差。伏惟台臺速賜主持,諒恤鄰之仁,一怒之勇,必不置黔膜外,而有以酬協援之明旨矣。況蜀兵進鎮南關,則二奢凶竪決可擒乎?若蜀兵不出,徒以黔爲孤注,諒台臺所不忍也。勢急情懇,謹再役歸命。伏惟台臺即賜示,定期出師以解黔之倒懸,慰黔之望雲。臨楮長跽翹禱。

與朱恒岳

奢安如蠻距相倚,必水西平而後,蜀局可結。台臺洞燭主持,雖葛侯復起,不能易矣。惟是台臺勤蜀心殫,定蜀功懸。而水酋爲二凶逋主,致久暴蜀師,此則黔吏之罪也。水西款蜀,計在緩師,不然業乞降矣。而十月,阿烏謎領賊掠遵義一帶,何爲也哉?仲冬逆彥糾鎮烏夷黨悉索玀苗,渡河送死。我師仗威庇,大破之,斬馘二千餘級,奪馬六百餘。黔人謂用兵來創見,恨渠魁尚漏網耳。弟深思之,撫降安位,量存職祀,責令將二奢獻蜀,邦彥獻黔,是結局長策。然非蜀師出鎮南關,滇師出霑益,而黔以大兵渡六廣、三岔河,水内決戰,獲一大勝,未可脅降如意也。師期定於臘月中旬,已三牘奉告矣。滇人意在納安效良之款,然使能縻效良、勿助逆,蜀、黔輔車而進,賊亦可平也。李總戎必親督師,三副將方肯用命。臘月初,即到遵義治軍實、振先聲爲佳。伏惟台裁。

與楊衡毓

自黔變來,台臺籌筆,無不洞若觀火。天未悔禍,汜濟羸瓶,窮其病根,則非天也,人也。詢迓役身入大方者,則無糧之説,僅得一半,軍中枵腹者三之一耳。尚有挾餱不可勝食者,而調劑無法,睊褐呼庚,至病根祇是將士耽婦女、寶貨,至丢銃炮、折矛戟以運私裝,推馬以御婦人,略無鬥志,安得不敗?律之不肅,教猱升木,則又有難言者矣。策後所以勝,必反前所以敗。然兵之敗,實自調募無法始,至今日則並無可募者矣。非無可募也,募之而決不可用,則與無人同也。眼前要著不在治夷,而在制苗。清官道以通咽喉,掃外水以剪羽翼。雖孫、吳復起,不能易也。大疏先獲鄙心,拳拳服膺,獨苦兵與餉俱難措手。讀計部虛派餉數,堅拒留漕之議,雖不頌言棄黔,而其實足以棄之矣。聞丘毛伯餉臺有疏爭之,此非台臺力賜主持,不可也。不肖揚鞭心急,與鳥爭飛。而時勢相阻,黔中僅屬皮骨,百物俱無。軍器、硝磺、衣甲、布匹、藥物,不就荆措置,可乎?標下不得五千人可乎?種種需財之時,而種種無一應手之物。台臺試問計同二十萬,至今尚在何處?而師命之不能速,亦可知矣。不得已提弱卒千餘,駐沅州督催料理。無論集不集,六月初旬決入貴陽。言至此,又當聽之天矣。不肖身家生死久置度外,但爲疆場計,不敢鹵莽。台臺禁中頗、牧,伏願有以教之。

與楊衡毓

台臺兩年調度,六月持危。譬則國醫,不獲伸志以成壞證,而猶劑之、餌之,延瘵人之息,以爲可活之地。黔之尚有今日者,秋毫皆再造力也。且内莊覆師,是何危局?而逆彥猶聾息威猷,不敢以一騎窺外水。及弟之政而匪茹者,三覘敵之畏侮,可定前後之優劣矣。七、九兩月兩犯兩敗之。十一月,糾鄰傾巢大舉,仗福持,大破賊,馘首二千餘級,奪馬六百匹,黔人謂創見之捷。顧凶渠漏網,未知何時授首,可息黔楚之肩也。河朔未靖,無損裴公;南夷復定,追叙張翼,台臺異日自是元功矣。弟九、十兩月篤痾,不知人事。小間始聞大旆移荆,馳伻追秣,殊慚瞠後。承台翰,但有悚跂。諸册俱領教矣。

與薛正亭

募兵固難,而烏合市人全無甲仗,授器尤難。不肖三月長征,挾郰器無幾。至荆開局打造,而不能待也。五月十三入沅,荆器杳然。再開沅局打造,而不能成也。楊衡老已離貴陽,不肖只得踉蹡赴代,而人不能給一矛,窘促可知矣。一入夜郎,獨坐窮山,委曲挈扶,非慈航孰望?黔之累楚甚矣。不肖十載楚官,念固黔之根,惟先寬楚,決不敢負并州一念。黔急在餉,資楚餉而又仗楚賢。楊方伯真黔之鄭俠也,一解餉務而夫逃米縮,蓋署者雖賢,而專局與代庖耳目終歧。即別借一才而入閭與就熟,鈍利更倍,不得不敦促以竟前功。及腹易窮,固風可呼,敢借台鼎之重,爲黔人勸駕。

與薛正亭中丞

不肖至七月始克入黔,旬餘染病奇危,幾與司命爲鄰。九月廿五已將草遺疏矣,仗台庇幸而自活。今杜門一月,力不能自行數步也。逆彥伎倆無能爲,七、九兩月掃穴渡河,欲爭一旦之命。發兵擊敗之,擒斬三千餘級。但苦無將、無兵,又最苦無餉耳。每思自壬戌來,黔之遺命,皆楚所活。而楚之大小官吏無不爲黔刳心重研,楚之疲民無不爲黔敲骨剡髓,念之痛心。台臺三年拯黔,惟力是視,即慈父母養病子,三年未免露怠色,而台臺獨無幾微後倦之心。如近日曲搜司帑,多方括濟,以佐黔餉之不足。不知黔何業,遭此刀兵劫?又何福,而遭台臺佛地人爲之慈悲救援也?

與閔曾泉公祖

鷁首班荆,老公祖德愛念之,與吳江俱永。滇、黔梗絕,而節旄從右廣取道,真周太尉六傳從天而下,點蒼定其搖嶠,昆水收其沸波,功在劫石。葛侯服南,視昔有光矣。不肖晉鄖浪迹,山川天遠,日月夢遙。望五色雲,飛心先往,不自意禦魅夜郎,有事盟主之幸。屢讀邸報,知老公祖筆籌幄略,師武將力,爲黔收危疆,勞苦功高。楊衡老已議將、議兵以終拜大賜。顧協援有旨,黔望尚奢,非仗葛相餘威,無以靖夜郎。師則滇成,餉則黔濟,尚容議定請命,老公祖亮不靳賦《無衣》也。仰斗宗溟,素結于中,況阯中仰絚,依仁倍切,謹因風羽,肅候壇坫。傅元老禁中頗、牧,黔望若歲。伏望老公祖垂慈,遣良將將萬卒,護之從滇道入夜郎,如天之賜。貴山可勒,感不可磨矣。

與閔曾泉撫臺

少時讀子路饑饉師旅,有勇知方一章,至今思其作略而不能得,此黔對證藥也。而不肖無以窺之,以原思當子路,其危可知矣。故入沅便馳請筆籌,不意老公祖先見念存,儼然寵教之。置身龍伯傍,彌知侏儒短節耳。子路策三年,而今不能待也;然不難於三年,而難所以能及三年者。黔一月楚餉不至,則立槁矣,其可三乎?即如老公祖入滇,當雲驚浪駭之餘,三月而定,一歲而強,真儒固自有經略,而愧不肖終無以窺之也。獨敢近捨名世,遠希卞子乎?自黔氛惡,力不能問安莊、外關查,已拼為甌脫,而安南、普安復猶可以扼烏撒之吭,而褫水西之魄。黔之稍自存者,秋毫皆滇力,則皆老公祖造命也。不肖非身至貴陽,亦不知滇之為賜,今惟日與遺氓頌微管耳。滇兵勁甚,既乞大國之師,敢不供其糧糒?方進兵通關查一帶,路通則餉往矣。寠兒分饗,其濟幾何?然亦表共飢渴之一念也。尊刺挹損,捧之魂悸。某舊治子也,況所奉簡書原責以敬承約束,而敢偃然尸盟乎?敬九頓完上,伏惟老公祖勿遐棄。幸甚!

與閔曾泉滇撫

不肖入黔,所翹盻傾響將伯之助者,惟老公祖一人耳。其日夜投餐而側枕者,亦無不惟滇餉是念也。水西無主之鹿,眾各角蹄,逆彥伎倆草賊耳,取之宜不難。而在我將無能,兵無制,痼入膏肓,非一砭一劑可起。所苦則無人、無餉,兩無盡之。老公祖有謝方伯以為監,有袁副將以為帥,而沙源以下皆鬥將也。則滇乏不在人而在餉,不肖已行司,以五千還監軍傅院所借,以一千九百十八餘兩補呂同知聲揚之月餉。另倒司皮解三萬金,備滇兵大征之糈。師期尚未敢定,然竊謂老公祖宜念謝、袁道將恢復霑益州,宿重兵焉,以示形格勢禁之道。聞邦彥效良乞降蜀、滇,以緩我師,而欲合兵與黔一決。老奸如此,老公祖當為照破也。織雲之章,如天之貺,跛鱉十駕,莫追風馭。敬以素箋,修心恃仁,覆憫子民病廢,特恕專車之討耳。

與閔曾泉

弟一入黔而咳嗽月餘，至今遂成嘔逆、痿弱諸癥。脉者云無害，然弟甚自危也。食少事煩，奈諸葛侯何？最苦者，黔變初聞，北人定用張鳳老。鳳老膽智揮霍，足辦賊也，而爲熊芝老釋憾者，遂堅扼之，又引弟以爲左券。不知弟與鳳老偶然兵事如虎之争，何纖雲未化哉？時弟閱胡天岳一疏，即嘆曰："吾禍在此矣。"及弟請餉五疏，計曹無一不相左者，然後知中州人之意有在也。天人交剌如此，此身安歸乎？老公祖愛弟如子，願有以訓保之，密聞不盡。

與閔曾泉

黔中無將、無兵、無餉、無民，而更苦文無政，武無法。不肖入黔，如頹室垂垂將壓，人無一可恃者。恃傅元老深心壯猷，肝膽莫逆耳。貧黔一無所有，軍器、軍需皆仰楚造，而又運不能至，未知何日可略應手？鹽倉一着，惟滇是賴。以老公祖用心如神，授成略於謝方伯、袁副將，但得勁兵二萬，決可搗烏窟而縶逆良也。官道稍通，即當治餉並師期以請，伏乞預行擘畫。大眎過隆，如車軸霆，草木虞折，敬九頓鳴謝。矛漸既危，面墻滋暗，伏惟推餘光教之。

與閔曾泉撫臺

初七日，差官梁自安解滇餉銀叁萬兩，另還原借五千矣。不意逆彦糾衆數萬，犯安莊、關查，與官兵角，尚未知究竟何如。月初塘報，安效良遣人往滇投降，安位差人往蜀求降。弟策之曰："狡賊計緩兩省師，而欲合烏水衆以致死於黔耳。"今讀台教，至鹽倉盡起歸北之衆，則現在上衛諸賊，的係烏撒之衆無疑也。此竪專以"降"之一字愚我，可恨！鄙見彼若投降，則老公祖逆破其詐，揚言進兵之聲，以伐其詭，庶可懾一二乎？黔中餉額垂竭，而兵局未結，弟爲此憂，憂而發狂疾。始而痰嗽、嘔逆、眩暈，今轉爲下血、呃食，食日少，氣日短，岌岌乎與司命爲鄰。伏承老公祖叠加教眎，曲加提誨，感激無量。所諭裹糧不能多，因糧不能必,渠魁不易搜,俱種種石畫。但兵餉尚缺,師期亦未可定也。大貺藉手展謝,以道阻,恐答聘之不時,非敢不恭,伏乞慈宥。弟敕書原無節制撫院之文,故不敢覥拜尊刺,亦非敢爲恭也。病甚,氣乏力,占不次,惟有太息。

與閔曾泉公祖

台教云"楚允滇餉",弟未見此明旨,亦未得此部咨,餉院丘毛伯亦未有發滇餉之議也。特弟與傅元獻計,欲仰借精兵出霑益,制安效良之命,不敢妄窺滇帑,又不敢使滇士枵腹從戎,故從黔餉中哀三萬,解佐三軍之饘,割鷺鶿之股,正求羆虎之助耳,老公祖似猶未鑒黔吏苦心也。惟懇憲檄,檄援黔謝方伯、袁副將等將勁兵屯霑益,聲搗鹽倉,則安效良不敢以兵東佐逆彥,而黔差易爲力。倘得仗庇獲罪人,則老公祖自是元功,黔之官吏、生靈永拜仁造於不磨矣。曾總理之俘沙國珍,誠倉猝未爲得計。第國珍受奢社輝官,而梗滇道,其罪可誅。弟以誘獲,非生擒活之,命其弟國祥管事。乃國祥委而道愈阻,今已委胡參將五千兵通路,先以兵威,繼以安插,一一券合台指。承諭,真越裳之指南車矣。盤江船被焚則有之,今已造完。云"許成名僅以身免"者,訛傳也。擒國珍係總理一時之著,即安普威清道,俱不及知。頗聞滇人謂莊別駕使之,風馬牛不相及也,冤矣。普名聲兵須令足發五千,不肖另懇調沙如玉兵,及取用以聲揚,更乞台造。子於父母,五蟲於天地,固望德無極也。

與閔曾泉公祖

十一月下旬決進兵,惟萬懇老公祖速催道將出霑益,東西犄角,以成援黔之局。昨得安普道黃憲長似華牘千餘言,全爲安邦彥解,云:"鹽酋無大犯於滇,而有大欲在滇。"不知無大犯於滇者,有大犯於黔也。烏撒衛之陷,誰爲之耶?內莊助逆彥勁兵而戕撫臣,誰遣之耶?即今九月,何以一面詐降滇,而發十營兵佐逆彥攻安莊、普定耶?其云大欲者,唷以霑益耳。此在老公祖主裁,非不肖所敢知也。但黃君云:職前年剿撫並行,夷頗相信。今兩臺徇夷人之情,仍以委責。相信云者還霑益耶？退烏撒耶？不過助兵内莊，攻犯黔城，則相信之效，亦若是而已。黃君係不肖舊鄰郡公祖。總之，見滇而不見黔，無怪其然。而老公祖奉協援明旨，想自有幄籌，決不忍置黔於膜外也。夫效良降之真否，兩言而決耳，肯擒安邦彥則真，否則僞。擒安邦彥而赦安位，量存其爵土，固弟本心也。若不察真僞，聽其詐詞延緩，如黃君之爲"降"字愚，勢必按兵不進。逆彥合鎮雄、烏撒之衆，不忌滇討，而黔以孤軍出，必無幸矣。萬不得已，弟惟有具兩端請裁於朝廷耳。所恃者老公祖恤鄰之仁，一怒之勇，必不從旁議而棄危黔，故始終以出兵霑益爲懇。

與閔曾泉

役旋，伏讀台教，開示諄切，真迷路之南車、弱津之寶筏矣，感激曷名！不肖非敢過望滇兵獨搗鹽倉也。但得萬五千人進屯霑益，牽掣烏撒，俾不敢出兵助賊，便是剪逆彥之羽翼矣。蓋兩犯普定，烏撒無不在行也。近日普定逐北，織金焚巢，賊膽稍破，安位、安效良陸續遣人乞降，然安知非緩兵之局乎？兵法不逆詐，亦不弛備，已勒限出見。儻參差，則正月當進兵逼之。伏望老公祖檄督道將定於正月初六日入霑益城，聚糧堅守，候黔兵過六廣河，約期而動可也。

猶記吳江晤語，老公祖諭援蜀之事，樞密專責黔國，則沐府於兵，其專司也。況莊田改歸，天恩破格，非望其全力赴黔乎？乃高臥鎮城，按兵不出，則老公祖何從得其一臂之用哉？謹仰體台指，具疏責成，並及道將，庶彼不得以偏枯賈怨也。援黔監司爲謝方伯，傅元老言，謝歸而黃代之矣。今據黃憲長禀帖又言將赴洱海，不復與聞兵事。則監軍定屬何人？不肖茫昧自慚，伏乞確示。普安進兵之便，誠如來諭。然黔力不任分也，以爲後圖可耳。滇餉十一萬，據楚藩司言，已爲楊衡老取盡，無可復解，薛正老曾移咨奉達矣。惟建昌通路五萬，爲應解之額。某思通建昌之遠而難，不若通黔之近而易也。檄司先解二萬，委官並序班羅錡將取道粵西，已檄令改由黔進，尚未見到，可怪也。疏呈覽，臨械翹切。

與閔曾泉

得老公祖兩教。九月言范邦雄者，至十一月中澣始至，而冬月賫計疏人到在臘朔。滇、黔咫尺耳，行路難如此，不肖之罪也。屢有咨牘，請老公祖憲令，督道將進兵霑益，兼請調沙龍二枝土兵，不知何日次第入台覽？近得報，荷賜鹽六萬，感激難名。黔之尪弱，非滇、蜀犄角，決無望平寇，而仰滇尤甚。蓋逆彥巢近烏撒，烏撒近滇，而蜀猶稍遠也。使效良深爲安位謀，獻逆彥以全安祀，西南局可立結。然非老公祖德威，用滇大力，惡能收之？故弟惓惓以恢復霑益爲請。恢復之與受降，原不相妨。而重兵臨境，則效良不敢越志。邦彥不得效良之助，斷其一臂，滇爲元功矣。若滇兵不出，則逆彥歸急於效良，勢不能無助逆。黔力不支，黔折而滇憂，方大庸獨利乎？諒非老公祖忠明主而拯危鄰之盛心也。詳具咨文，伏乞惠矜而裁許之。幸甚！歲籥將新，化屯爲泰。望佳氣者，占三素雲，而滇則五雲也。老公祖全斂景福，以餘祉施黔，何快如之。

與閔曾泉

安效良前降文諄謾，爲安邦彥求免，又現助兵十營入犯，故不佞惡其反覆。今聞擒獻補鮓，又十一月將助邦彥兵撤回，則悔禍歸順，似有據矣。此皆老公祖德威恩信，桑椹革響之化也。但明旨："滇兵協援，必得罪人。"逆彥未縛，則效良忠順之實未昭，而援黔之局猶未結矣。且效良既能擒補鮓以獻雲南，獨不能慫恿安位擒邦彥以獻貴州乎？儻幡然悔悟立功，數省生靈、西南半壁皆老公祖所福持。不佞所不竭力表揚者，有如皦日。

與李雲卿年兄

雁塔一分，鴻踪難玩。雖閱水之川成世，而尋夢之路無笻，梁月關雲，付諸感嘆。惟是偉望英猷，灌滿耳根。吾榜得人，時誦張忠定之言以自壯耳。蜀之大棘，而賴老年臺爲葛侯。永寧、古藺有銅鼓焉，魁惡潛逋，而水氛更熾。苞有二孽，非潕安穴不能剪奢根，勢也。偏沅之間，以接蜀脉而通黔運，兵法爲交地，亦爲争地。老年臺以方、召膺特簡，彤弓一享，而壘幟增靈，醜夷奪魄，然後知天威之可憑，而南人之不難服也。不肖以譾才謬承危局，矛淅劍炊，方斯未險。我聞有命，距踊三百，有管夷吾爲師保，復何憂哉？六鰲定嶠，而蚊負之肩賴以免戾。《詩》則有之，"伯氏吹塤"。攻心之略，願發筆籌，尚使告受成於盟主，非特厦燕也。不用四六以昭誠，薄采泲毛以昭儉，遵王制也。伏惟台慈，鑒其誠而提挈之。

與李雲卿年兄

兵事同舟，何異津龍之合，此乃天賜壯猷以活黔人之命也。弟如苦海得筏，深壑得梯，喜何可言！竊料此時，逆寅必求安邦彥攻永寧，而邦彥不敢從，特招誘苗夷，時剽藺、播之界而已，無能爲也。安邦彥亦未敢攻黔省，而誘仲、黑二苗，流毒偏鎮、興隆之間，其所必出。蓋水西饑甚，一則截餽饟以自飽，一則斷官道，而貴陽勢自困，心自搖矣。聞遵義有道捷出偏橋，伏乞老年臺就播開幕府，即提素練鋭師直出偏衛，安酋驚爲從天而下，其衆可散而降，酋可孤而縛也。弟以望日離鄖趨黔，但距黔尚三千二百餘里。惟賴老年臺先振天威，使弟得爲蔣、費受武侯約束，幸矣！隔垣遥揣，終慚捫燭，一切方略，願賜密示，刳心懸切！

與李雲卿撫臺

往牒蕩苗潴播，皆以沅鉞收功。則偏、沅實爲三省樞，且挈黔猶柄也。弟雖忝督師而坐井貴陽，實處蜀楚之末，末其能掉乎？所恃提樞握柄以左右，黔則老年臺爲政耳。聖上方紹殷宗鬼方之伐，而老年臺以壯猷當方叔之任。《詩》云："征伐玁狁，蠻荆來威。"狁與蠻遼而聲相應也，奢與安近而勢相倚也。老年臺掃清永藺，既繼五月之濾渡，而推萬歲之葛碑矣。蕞爾水西酋媪自隕，雛口雀黄，衆牙犬狺。老年臺以天聲臨之，而以霆力震之，逆知其未戰而膽自破也。方叔聞而遥威，孰與台臺望而奪氣哉？不肖忝在同車，刳心指縱，倘奉布幄，籌靖貴築，以還職方。異日紀金石者書曰："凡此黔功，惟偏、沅李中丞也。"而不肖以駑駘附末，如十九人因毛遂成事，即猷堂下，何快如之。

與李雲卿撫臺

黔變已七閱月，而弟所部署道將無一至者，孤拍無音，幸傅元老肝膽相合，然兩唱而莫一賡，每相對太息。黔命在楚，弟之仰老年臺猶物天也。餉銀、米運、軍器無一不外府沅，沅綆斷則黔瓶羸矣。何幸老年臺司命以塤篪之吹，爲《秦風》"裳袍"之賦乎？逆魁陳其愚惡浮。安邦彥雖陽降而鷹眼鴉音，終不可革。近更潛通賊，促其乘我兵未集，促過河取周稻。未幾，而賊兵果出攻普定矣。弟廿四日出援師陳兵斬之。師至而賊自遁，雖報功級，深以失安邦彥爲恨。先時預戒兩道，分兵截其歸路而後擊之，惜兩道不能從也。成師已出，大舉雖俟冬月，而掃清水外事不可已。望餉金、餉米真如續命之膏，伏望老年臺留神督發。所慮者，會城空虛，雖多方調集，而軍器不具，如弟標兵千餘，赤體無一綿甲也。郎、荆所運者皆積沅，而沅又新造。盔甲、綿被、槍、刀、銃、弩、火器、火藥最爲急需，懇老年臺諭胡兵憲迅發。郵力果疲，運費希留神設處。老年臺以留侯兼蕭侯者也，弟無能爲役，惟奉成算，效尺寸而已，依風瞻戀。

與李雲卿撫臺

黔饑不能立，弱不能軍，非楚莫援。而能以楚援黔者，則老年臺九鼎之力也。伏讀台示，仰窺敕書之重，躍然起舞，弟居有主盟，進有犄角矣。用兵、用餉，二萬猶儉，然此數決當另請於部派之外。蓋部額一百五十萬既多虛懸，且楊衡老已支費三之一矣。弟入黔省，艱瘁萬狀。傅元軒聲氣水乳，而捉衿露肘，挈其凡則"無餉、無民"四字盡之。無餉故不能足民，無民故不能運米。省城嚮米價斗捌錢餘，今尚六錢餘，而兵餉日給四分，能不枵腹？皆樵采、買賣以自活。如是而兵可壯，雖孫、吳無巧法也。老年臺疏請兵餉，幸悉此時艱，弟敬奉後塵。若進兵之時，借重移鎮偏橋以制遵義一路，最大關鍵。不知新敕曾以遵義歸節制否？諒幄籌久有成畫，並乞馳教。

與李雲卿撫臺

咫尺節樓，而塵牘逼人，不獲事事請教，能免履錯之愆耶？然他誤可悔，兵事不容悔也。老年臺儻聞弟過舉，幸時賜發藥。偏沅兵餉，弟方擬小疏助催，而閱邸報，部覆已奉旨矣，深爲黔加額。然二十四萬雜派，或那解，或未徵，安能凑手？況一項而偏沅，全黔川餉俱取其中乎？則不能足兵，亦勢也。愚見謂老年臺亟移丘毛老催解六萬，亟募兵六千，而保護運道，犄角遵義，俱可爲中流之一壺耳。管窺無當，伏惟台裁。板角等處額兵九千餘，今以副總兵許成名統現兵二千餘往督之，並檄楊通霨挑選兵三千爲助，共一萬四五千人。異日大舉，與遵義兵輔車者，即此數也。此路全賴幄籌發縱指示。敬附聞：偏橋募兵，遵義等處尚可呼集，將則鄧祖禹可用，但恐盧溪又難去此干城耳。諒老年臺自有秘略，便間教之。

與丘毛伯餉院

沅餉弟終以楊右轄爲熟路，台疏既用方矣，惟命是聽。奢社輝死病，非縊也。目把同惡如市賈，非一勝後，間不可用。陳其愚逆魁雖降，降而心戀夷主，弟久懷誅之，未有名。會捕得逆黨宋么么，供其交通狀，書云："乘新督兵未集，秋禾將熟，亟渡河食新，機不可失。"傅元老取繫以待。弟十八入黔，而二十一日即報安邦彥過三岔河，犯普定，若券然。弟廿四日發援師陳兵誅之，師至而賊自遁。雖報獲功級，深以失邦彥爲恨。先時弟諭令分兵先截其歸路而後擊之，惜曾帥未至，兩監軍道不能從也。成師二萬，雖大舉待冬，而掃清外水，事不可已。需餉金爲續命之膏，弟與傅元老熟計，但得餉額頓集，以十萬金予滇，以五十萬予黔，而蜀更得十餘萬，佐之蕩平，可半載決。由今之道，月即解十餘萬而隨手散盡，祇供防守之費，不能進兵。前費已消，後費仍在。蓋住之與行，用財正等，而凑集之與零星作用頓殊，伏惟台臺以巨靈手救之。承諭所云，率戇開罪者，深懷皇悚。弟與台翁及傅元老肝膽臭味，雖三足而一鼎也，有隱必抒，無臆不揮，往復商確，復何同異之嫌？儻猶存彼此，鬼神將刳其腹矣。集兵雖難，較集餉、集米差易。傅元老已調滇勁兵萬餘，而此間現兵上下三四萬，八九月續至者猶當二萬餘，似已足用，但急得銀、米措手耳。黔中無民，即省城民房不滿三百家，官道幾同甌脱，取之思、石、銅、南諸郡，不能具數千也。果黔人可用，何苦道近求遠，事易求難乎？弟不得已，以調募兵節節分布，結連珠營接運，居則以兵爲夫，征則以夫爲兵。然兵力先疲於運，無復投石超距之氣。雖明知其病，勢不能已也。黄帥既河上逍遥，而所引監軍道無一至者，文武臣負君父多矣。惠文執法，弟願助台翁行之。秦兵虚冒與擄掠俱可慮，既奉明旨，姑用其聲而緩其力。弟與之約，以一萬六千人由遵義進。不如約，則徑疏罷之。施兵云云，弟亦聞之，此疾久在膏肓，而逃兵更甚，非用尉繚、楊素法，不可止也。意長楮短，恨不能面吐。請指示，嚮風依依。

與丘太丘餉院

弟入黔六旬而患病四旬，與死爲鄰，非傅元老憫念，力勸將息，事事爲弟代勞，不能有此生也。黔中文武、兵力無一可恃者，頑痺已久，針砭難施，事事令人憂、令人惱，此弟病根也。所恃者，逆彥駑劣，非勍敵耳。我將無能，我兵無制，而賊亦然。弟稍以三尺整頓之，宜若可勝。只"餉"之一字，千艱萬苦。部派百五十萬，前部院已用去三十餘萬矣，今解額將完，而兵局未半，將來何以繼之？十一月若乏餉不獲進兵，則兵連禍結，後費愈不可問。鄙見謂大司農既挈瓶甚堅，吾輩只得便宜濟急。凡四年楚餉並雜支等項，俱盡數括爲黔用，弟小疏亦已言之矣。眼前十月、十一月，非得五十萬不可濟師。弟中夜思之，知無來路，而勢不能坐視其窮，惟有歸命大慈大悲大神力耳。伏乞留神，救一方命，幸甚！台駕高秋曾振衣祝融峰頂乎？儻有《遊岳記》，乞寄示，快讀可當病中《七發》也。弟入黔解普定圍，掃蕩數十逆巢，先後擒斬一千七百餘級，然只入塘報，不敢奏捷。蓋賊魁尚存，無關勝負大着，數也。臨風緼結，何日得一傾倒爲快！

與丘毛伯餉臺

傅元老已决十一月渡河。弟謂兵未覈、未練，黄帥□新，將士未服習，欲緩月餘，俟臘正之交，出其不意，用高歡破爾朱兆秀容故事。而陸監軍極言輕舉非策，先實内固本，而後可以乘賊，非匝年工夫不可至，發憤力争。弟非不知持重之穩也，然餉將竭矣，楚民骨髓乾矣。山海枯天下之血，即奴不來，已可自亂，又再益以黔倍增之餉，其有鳩乎？在水賊魁幼、衆攜，實有可乘。我雖未强，而加兩月訓練，亦粗可用。弟固不敢輕用十一月，而亦不敢過冷之一年也。今惟疾呼蜀、滇，求其相應，則臘正或爲誓師之期矣。蕭何元功，未聞出關一步。臺翁督餉，苦心大力，直超鄧侯上之。即在荆，何减在沅？但黔之羸瘵無復人理，民困、兵困，即官亦困。臺翁雖長桑隔垣之照，終恐疾苦未能盡達。私懷欲請驄轡，不鄙而臨巡之，庶黔之痼可立起靈丹，而弟之頑可面受砭石，伏惟臺裁。偏沅兵餉，弟初請李雲老年兄示會稿。及雲老示揭，則係專疏，不便會上，擬再疏助之，而病已幾死，蓋兩月不能具一草。臺翁責弟不佐一臂，總未悉弟危狀也。至李方伯殫力濟黔，安忍使考成受累？臺翁既建皷昌言，弟當播鼗以從其後。雲老移鎮偏橋，此黔、蜀之福，弟所引領而求者也。連珠營兵已移送，盡歸節制。至動餉募兵，以實中權，斷不可少，弟正欲爲臺翁請，况教先及之。臺翁實司餉政，又何難焉？越監軍兵施土司者，騷擾實甚，正費鉗勒。然决無不可馭、不可用之兵，惟當分之，而後束之耳。王支提卒於杭州，可惜。用人忌雜，誠如來諭。但弟與傅元老計，欲興皷鑄、招流移、墾荒田，或在行間，或清餽運。正莊生所云，"多男子而授之以職"者也。且弟先疏請伍人，只得一陸安，知來不，如今則正恐尚少，豈患多乎？臺翁以爲何如？陳同知已檄取用矣。屢荷披心露膽之教，感激不盡。凡弟所言，亦皆質復，知己故也。臨風翹注。

與丘毛伯餉院

弟九、十兩月沉疴，傅元老爲停止公移，又將中軍所收公文取去代批，危可知也。此兩月坐視弱兵虛餉,蹉過戎機不小,負國何贖?今朔始強起治軍,滯牘山積,勞頓難言。屢接台教,苦不能縷復。台翁零總之教,與愚見稍別。弟意預收後日之零,以爲今日之總;而台翁則欲停現前之零,以湊後日之總。嘗有一喻:居室者計及將來大禮大役,非積米數十石不贍,然豈能輟朝夕饔餐以成斯倉乎?饔餐絕則無人矣,而又計及異日乎?黔兵現在饔餐,決不可絕。此弟之急於催餉,而非敢不自持前説也。楚餉催至四十萬,弟與傅元獻書,非台翁之心、之力、之精識明法,決不能及此。黔人當尸祝,功德與劫石俱,而大教推功於李方伯。此君視黔如家,尊評八字,定其才品。大疏既達,善如恐不及。至爲弟掩瑕揚美者,尤曲盡覆露,感愧難名。有小疏,敢不推轂方伯以贊鼎造?用人二疏,係九月、十一二,削草草就。而廿五連下血十餘次,遂暈絕。嗣欲再草一疏,不能也。今病魔尚未全脱,儻得早讀《遊衡詩記》,庶當《七發》乎?馳懷如渴。

與丘毛伯餉院

每奉台教,傾肝倒肺,感快不可言。驄轡停常武十許日,修齡文弱,橋梓數相過從,想亦時念不肖耶?入黔乃知黔中蠹餉之根,虛冒不待言,而苗實毒之。從來患黔者非安賊也,苗也。賊隔河外,其出有時。而苗仲遍地蟻聚,犬羊相睚。凡破普定、困會城,及鴨池大潰,皆苗爲之倅刃耳。七月逆彦擬攻普定,而苗仲萬餘附之,又以數千上阻盤江。及我師擊敗邦彦,驅過河,然後群苗解散。春夏間,曾總理以新舊兵六七千人布營,疏通下衛,弟移之往掃上衛巢穴。而今兩江九服又潛窺官道矣。苗無擇地,則兵難疏防,此多兵糜餉之大略也。至台翁所苦心勤力者,無非助弟全臂。弟豈有胸無心,而置吐茹其間?然心有所疑,不敢不盡肝膽之交,豈在唯諾哉?不憂原派之難完,而憂原派之易盡,誠哉是言!弟有便宜盡索楚雜項濟餉之議,正爲此慮耳。南糧宜改折,一接台教,即郵復矣。然三年之折,宜勒限速解。而四年之折,亦宜預徵,且檄藩司,儘他項借發,而此數抵還,庶可濟軍前之急也。手本頗詳,伏乞留神。搜庫太僕二十萬解發在後,而黔司告急在前。楚藩司續催解十萬,弟亦未之知也。應天銀尚欠二萬,户、兵八萬尚欠三萬一千四百二十九兩零,係户部之數。粵東十五萬,則早解完,楊衡老用之矣。楚藩既遠,文移如石投水。而黔藩細心緩性,百責攸萃,所拮據者皆小吏之勞,而無人可代也。又半爲場事所奪,五月催收支餉册至今未報,詰之則曰:"俟出場造交盤册總送耳。"苦甚!台翁渡湘水,登祝融,自是大觀。以弟仰衡,真有諸天、阿修羅之别也。諸不能盡。

與丘太丘餉院

台教謂善用兵者,善用少。善用少者,善用伏,善用搗虛,善用扼要,善用截歸路,真孫、吳秘傳也。然安得此將而授之?如逆彦兩番入犯,弟諄諄以豫設伏、邀歸路爲囑,而竟縱之漏網,令人憤懣。弟前後擒斬三千六百餘級,而不敢上疏報捷,僅入塘報者,爲此故也。大抵黔中非惟無將也,且略無一知兵之監司。僅陸大參新至,又苦無分身術。撫、按二人何能爲?每與傅元老言之,幾相對痛哭也。台翁公移及札教言餉事,真是毛櫛縷吹,弟曠然若發蒙矣。承台諭諄諄許以必足五十萬之數,此弟垂死中續命丹也,敢不九頓首以謝?四年南折十三萬兩,耗蓆七萬云十萬者,邸報偶漏一字也,部咨甚明。武昌帑剩,查户部,黔事起,曾撥該府三萬餘,欲助黔。旋據布政司呈謂此項原充撫院兵餉,毫無實數,不知即此否?南京户、兵二部欠銀二萬餘,近據藩司報,已解完矣。三年來,楚之肌髓俱盡於黔,而黔不能蚤滅賊,重爲三户累,此弟之罪也。甄掌科之疏,正自應然。每念楚困而日求多,不能少蠲其一分之力,痛心!痛心!

與丘太丘餉院

兵難懸度,前傅元獻以十一月爲戰日,爲滇、蜀齊發言也。今滇、蜀求之諄諄,應之藐藐,甚至蜀受安位之詐降,滇受安效良之詐降,而逆彦乃糾諸目把,及效良、烏撒兵以致死於我。七月、九月之兩犯,職此故也。弟總督有名無實,號令不行,蓋敕書惟恐其權之不削矣,何怪兩省惟有仰屋而已。且直指所募滇、普名聲兵,又邅迴未至。十一月恐未能大舉,眼前且爲掃清水外六目計耳。諜得逆彦借鎮雄兵及烏撒十營,以十五六掃巢入寇。弟篤病委頓,傅元老已於十一日往上衛視師矣。需餉如救頭燃,若停一月則衆散於前,賊乘於後,羸黔必無餘命。伏惟台翁哀之,立賜給發,星夜兼馳,庶猶有救也。

與丘太丘餉院

三日而三得教,千里面談矣。台翁爲黔籌餉者,真是嘔盡心血。人謂台翁趲餉耳,從弟觀之,則生餉矣。此危黔數萬生靈所共頂戴者,非弟一人之私也。十一月大舉之事,前札已陳之。大抵兵須相機,難以遥度。即未能盡潴水西,而渡三岔搗逆彦之巢穴,斷不敢緩也。最苦滇、蜀異心,如台翁解蜀十萬,又留本年協濟黔餉三萬八千,幾十四萬,以贍二萬兵,足半歲矣,而不肯守遵義。傅元獻割鷺鷥股解滇三萬,而不肯復霑益,甚且信其詐降,徼幸漁人之利,而委黔爲壑,奈之何哉?十月現出兵清水外六日,傅元老代病弟視師,需餉若解倒懸,又越監軍募施兵一萬五千將到,月糧毫無以待之。土兵無糧必亂,此危急之秋也。伏惟台翁垂憐迅發,蓋掃六目與搗逆巢,同是討賊耳。又台教云弟散餉十五萬,然解滇三萬,又還滇復城通路餉七千餘兩,又發和糴買花布約二三萬,實不盡給兵也。賤恙前唊㵞嘔逆,幾成反胃,繼以下血。九月廿五一日夜失血十餘次,殆不救。今飲食少進,兩足無力,十步不能自運,出語氣短,醫家謂去血過多所致矣。食少事繁,令人自憐。餘悰另布。

答丘毛伯餉臺

伏承台諭,我彙積而公散取,弟獨何仇於餉,而忍輕散之乎?葛侯曰:"住之與行,勞費正等。"以處處防苗,步步鄰賊,千里一綫孤懸之黔,而舊餉烏有。凡官吏、師生、衛站、軍夫及舊哨防兵之餼,無一不仰給於新餉,其月糧果可以不給乎?即以板角、三渡鄰遵義者,新募兵九千,傅元獻見少欲益之,而弟不敢從,只從舊兵東掣西補。即沅餉到,傅元獻解充滇餉三萬兩,又還滇通路餉一千七百一十八兩,又募滇土官普名聲兵伍千兩,皆與弟商,爲用滇搗烏撒鹽倉之計,乃滅賊齊會,不可已也,豈弟樂於輕散者哉?即以常餉言,往時兵餉月九錢,而今歲米踊,加以一兩二錢。數萬兵,人加三錢,一月便多費一二萬金矣。眼前米價尚斗三錢七分,而安莊兵聚,米驟貴,至錢半一升。升當二升,弟憂甚,多方和糴以濟之。當米價斗八錢時,兵乘暑多賣衣被供日食。今寒矣,身無薄衾,即欲損之,未忍損也。古之治兵,旬犒牛酒,而今士皆鵠形,救饑不贍,台翁見之必為心惻矣。水外取苗糧,間供數日,然總難望多積。至和糴,皆仰苗寨,蓋黔無民矣。言千言百,談易收難。如李芳麓之子言,可糴數千石,欲以五百石送劉大參。及入省城,弟聞而延之,逃矣。凡為台翁言易糴者,皆此數也。總之,黔粟承平只能自養。今耕者少十之七八,而兵日聚,雖極熟,能全濟乎?湖南派買米,楊餉司四月所定。弟因而催之,即侯推官領三千和糴,亦胡辰沅詳請者也。台翁裁之惟命,然再不可少矣。台翁無盆聚寶而石點金之方,弟亦無龜服氣而仙辟穀之術,伏惟亮之。尚口乃窮,安得台駕一入黔省目擊,悉此苦耶?

與丘毛伯餉臺

黔撫亂後,毫無廩費,蓋往時皆取之水西、洪邊兩宣慰司也。王彭伯挈家六七十口,並書門一二十人,日俱仰食官米。其衙內買辦,俱支新餉。弟閱卷月費四十餘金,吏書費不與焉。至賞賜惟意是師,動取布政司餉庫。自弟受事,皆痛革之,不敢食一粒官米,費一毫官鏹。又彭老明示,報功者許以一作十。弟痛務覈實,凱里實功七百餘級,後續報搜山二百餘級,弟盡削之。如近日曾總理報三岔河功三百餘級,弟必行監軍親驗大小功,未敢入塘。使在彭老,則三千五百餘級,必報二萬級,滿朝聳動矣。弟一生惟受持"毋自欺"三字,告君父、告師友皆是也。台翁但密問傅元軒,弟果輕散糧餉者乎?夫台翁肝膽相照之早,之深,實有加於元軒,而今云云者,遠之與近也。至沅陵事,弟原無留意,而本官堅不願行,三道力為之請。後有儒哄事,弟益令赴江陵,而三道復力請。弟以故事無不經總司者,催司詳,不答,乃於八月廿一日自題。今云因弟故,不敢赴江陵,冤乎!今新官已到,度銓曹亦必不覆。弟已行檄守道,令郁徑赴江陵,為斬斷葛藤耳。此段台翁即可視胡辰沅,庶證弟不欺也。力疾強占,憊不可支,幸慈宥。

遯庵文集卷七

黔牘中

與傅元軒侍御

自五色雲起南中,而占在千載後之人傑,自葛侯入滇池而兵書一脉,與卿雲俱南矣。台臺今之葛侯也。不肖讀其章奏,聞其風而思執御,恨不獲從交遊末,附於崔州平、徐元直之倫,不意以夜郎爲神劒之合。夫以不肖予黔,未暇自憂而深爲黔憂;以台臺予不肖,則天之所以福黔,並矜不肖而賜之謀主也。使浙中請纓之疏蚤用,亦何至今日哉?不獲爲秦越人之伯仲,而竟以起虢太子收功,則夜郎應恨其晚。然不肖蚊負之初,便依龍伯,則自慶得師,不爲不蚤矣。弈艱於轉殘局,醫窘於收壞證,不肖竊觀黔事類之。逆彥伎倆無能爲,而在我有三無:無將、無餉、無兵。寤寐思服,莫得所以有之之法。然王式一帥浙東而病將起、弱兵壯,夏侯孜悉軍需以應之,存乎其人耳。台臺入黔,則俱有之矣。此橫流必拯於堅楫,而久旱待濟於車霖也。甫入沅芷,望霜蕔以日爲歲。敬尚伻勸駕,伏惟攬轡臨之。

與傅元軒按臺

鴨池棄師,而水夷不敢過河一步,豈愛我、畏我哉?借兵不可久,巢破財竭,不可深入,其勢可知也。氾濟羸瓶,黔實自取,非彼之能。顧夷雖可勝,而在我未有所以勝之之道,並無先爲不可勝之道。敗根非一,總由無律,無律由於無將。此自遼變來,天下通病。至人殘、地荒、天旱,三不能耕。內窮於糴,而轉粟青天,五六金始致一石。外窮於運,則黔之獨病,他方用兵所未嘗有也。竊謂今日兵宜精不宜多,着宜穩不宜快。先通官道,次清外水,固元氣、實衛氣,而後可以伐邪。行間宜服膺"節制"二字。而用奇用間,始而離之,繼而分之。取其魁首,而不必以鱗介易衣裳,法或有在於是者。顧不肖躄者也,僅能言而已,伏惟台臺教之。自聞霜節護軍,喜甚,自賀。晤楊修齡橋梓、丘毛伯餉臺,亦交爲不肖賀也。建昌道迂,又中梗矣。郢中讀邸報,急貽書楊衡毓,謂宜開滇道以待驄轡之臨。入沅州,而黔役至,始克遣迓。亮台臺用兵如神,自然六傅從天而下。閔曾泉公祖肯遣良將,將銳師萬人翼護台臺而行,此尤夜郎之福也。澗毛旌心,竊謂皮骨之地,薪瞻之時,請從今始,汰浮師,儉爲僚屬先,且謝我窮黎,伏惟主盟。不肖無他長,惟伐蓬洗陋,虛中以聽指授,庶鞭其後而已。依風神往。

與傅元軒按臺

吉甫燕喜,歸之孝友。平陽戰多,本諸發縱。故行間之鳴劍,未若俎上之折衝也。台臺運筆爲籌,借筋成畫,何減張、蕭?而不肖墻面書生,以原思硜節,強當子路之任,不惟羊公鶴,抑恐東郭馬耳。惟恃台臺爲之謀主,鞭其不逮。自聞簡命,出告友朋。入司夢寐,皆有得色,庶幾馳入貴陽,謹候前驅。乃集兵兵不齊,制器器不具,竟瞠乎後也。侏儒短節,慚負龍伯多矣。教貺遙頒,誦褒衮而增愧。儻仗指授以勾當公事,署閣門板,則社稷之靈,而台臺之教也。韓弘爲統□,中立監之,然頌淮西功者,必以歸裴。不肖之望台臺,則若是矣。敬因額謝,布其區區。

與傅元軒按臺

小札云:"無律由無將,言將兵也。"台臺云:"無將由無律,言將將也。"大教探其本矣。加銜濫甚,幾於彌天太保,遍地司空,正無律之大者。前有檄行司道查汰,顧尚無改於其德可怪,入省當一清之。領兵把總不出門,將非范邦雄乎?則尹威清過信沙學,謂六月終可擒安酋,留之爲接應耳。間,密道也,而黔省所謀已播諸五父之衢,不肖故逆知其無益,而不能不致嘆於無人也。無人遠憂,無餉近病。不肖檄沅庫解十五萬,當次第至,顧此後恐爲無源之涸。丘毛老能督餉,不能繼無米之炊。計部派百五十萬,而虛數三之一,楊衡老用過者復居其一,指昨日之饗,代明朝之飽,其曷能濟?毛老未嘗携三十萬,所請河工十萬,僅許二萬;鹽銀十萬,則報解而未到也。西賊伎倆已窮,但在黔實無必勝之具。不肖啞子吞黃連,得向台臺傾吐一番,亦自無憾。咫尺面披,以日爲歲。

與傅元軒侍御

違教旬餘,志在《采葛》之詩矣。都清道募兵,至者六千,未見堪用,皆楊衡老所檄者,不知何以輕許之?餉已先給,又不能却也。僅楊明楷以烏羅兵千五百至,人推其精容,今日面閱之。下衛官道日被苗零劫,皆諱不報,弟已嚴查之矣。劉超既入省,又新推湖廣大帥,難再責以信地之事,且亦無及腹鞭也。已行王觀國署清平參將事,自興隆至龍里,皆所司存,伏惟台臺行一檄責成之,兵則弟當爲措發也。黔卷落落,固應爾爾。果大不堪,則量減其數而聽來科補添,似亦無害,但費一疏題明耳,伏惟台裁。魯總理、楊監軍已往關查,微窺兩道,意以柄盡歸大帥,頗有失權之歎。弟貽字告以大義而調和之,能歡然戮力,功乃可望也。周世匡宜即訊,何武峨、楊修齡屢以爲言,欲免拘而受罪,曾以奉告。昨見有郵符往提,想台臺不得不如此行,結此一局耳,可免羈致否?葉福唐已解政矣,附聞。

與傅元軒侍御

昨晚傳鼓,我師失利,損傷數百,令人惋痛。勝敗兵家之常,小勝不矜,小敗不沮,方是大將。然弟自無辭寡算之罪。記七月與魯總理軍令:"逆賊別無伎倆,只是先以馬兵衝我,我兵緊扎,長槍不動。彼再以步兵誘我,俟我殺去,渠却分馬兵兩枝來包我,故易失利。今宜結營自固,堅忍勿戰,俟彼氣衰志懈,我却多分左右翼先去包他,然後正兵掩擊,定可制勝。"自九月報再渡河,弟屢檄屢書行鎮,道彼掃穴重出,志在必鬥。而我兵久戍,心怨氣疲。今宜示賊怯弱,勿輕與戰,而竭心拊循激發。吾士卒一味自守,即來圍城,亦勿出戰,俟其日暮思歸,然後分兵數門衝之。逐北不可過五里,使怯形常在我,彼必氣驕志懈。俟援兵齊集,然後分兵截三岔河,而出其不意設奇急擊。處女開戶,脫兔難距,兵法正然。又檄云:"天狼賊星,光耀我師,最宜持重,慎勿躁進。恐胡參將輕敵,總理宜節制之。"似乎看不甚差,而大將竟違調度,可嘆。此番賊勝必氣驕,穩不過河。我能外怯內奮,俟援兵集,激厲用之,是滅賊一大機會,不知魯總理能辦此否耳?

與傅元軒按臺

零雨其濛,兵士之苦真可念也。停武科,大疏極徹,弟不能贊一詞。所示諭胡從儀及李思明密帖,俱制勝攻心玄機。但昨接魯總理稟帖云,喜郎岱乞降已堅。不然,前有姻親之沙營,傍有毛口六隊之惡賊,後緊接水西,即郎岱更有硬賊半萬,可輕入乎?則郎岱之未易攻如此,或用兵,或受降,想台臺自有隨時制宜妙用也。兩道彙功報至,弟見其陣亡不敘,即檄駁曰:"本部院敢欺君乎?"又魯總理三岔河功級,恐口報無憑,再三駁監軍據報親驗,大小功全,方準作數。今發塘報,已備載陣亡數目矣。凡節次塘報,兩道誇詡之辭,弟俱削去,亦可證樸忠之同心也。關查若通,則掃清六目似為緊要。剿撫兼用,惟仰幄略。西望,神與雲搖。

與傅元獻直指

弟一病,自覺精神昏憒,重聽健忘,蓋心血從四月來枯耗已盡矣,非再靜養旬餘,性命不足言,且恐深誤大事也。此番賊勢,據報營頭不過十六七。即攻安莊者只云大營五個,計不滿三千,連大眾極至萬數千止矣。而鎮道動稱數萬,深有懼色,令人不可解。小寇如此,何日能清水外?又何日能犁庭掃穴乎?餉額將竭而弈局尚在起手,令人日夜憂心如焚。省城別無勁兵,僅劉超北兵合千餘名可用耳。故弟於李敏兵留而未敢發,為根本計也。丘毛伯動訝兵少餉多,又云黔兵只須五萬，何必多縻？不知如論精兵五萬可橫行天下，若論上下衛分布防守，已費兵二萬餘矣。啞子吃苦瓜，更與誰說？但弟手而自虛一卒、自冒一銖，或猫鼠諸將，坐視冒破者，必爲夜郎之鬼矣，安得面訴萬重鬱苦耶？聞道體尚煩調攝，此皆爲弟任勞所致也。跂蹐殊深，惟善自珍護爲禱。

與傅元軒按臺

丘毛伯肝膽交，而司餉持議有不可解者。黔羸欲仆而將伯無助，額餉乏可繼之數，滇、蜀有坐視之愉，安得不疾呼以聞九陛乎？至大疏言："沅臺無餉、無兵，難得一臂之力，正爲催兵餉耳，又何曾侵李雲老也？"近書與弟，責不當取餉，則三軍安能枵腹以俟大舉？且楊明楷募兵五千，金思仁道板角餉一萬五千金，弟檄沅解發，毛老俱不肯從，定要將銀總解布政司，聽司解給。從沅至省，從省又發銅仁板角，迂回三千里，獨不慮時日之淹緩乎？郵站之力困乎？餉在道路，晝夜苗賊之多虞乎？沅州兵餉，二道力爭之，而竟不從也。要之，啞苦難宣，隔膚忘痛，吾輩只當虛心忍氣，共濟耳。其催餉眼前聚四十萬，非此老風力，安得及此？此黔人所當頂戴者也。運米事，昨與顔、阿二道面議，方有成畫。已責令具詳，當發三千石，弟非二旬不可畢耳。顔憲副策今賊決舍三岔，出六廣。又云："渡河進兵，當先知逆彥所在，而急掩之。若攻織金、把布，空巢何益？"似亦一説。諜報："邦彥在普接水扎。"儻能誘其入犯，縱之深入，網捕更易。劉帥未敢遽發，以備根本耳。鄧玘二千，牟文綬二千八百，已俱撥歸黃帥矣。又聞威清孔道，苗賊流劫，皆乾溝趕散未殺之苗，伏草掠人，宜發一枝兵踵搜擒斬，不可大兵盛集，反容小賊梗道也。伏惟台臺察而督之。普兵閔公祖書云"先發千餘"，弟求其督足五千之數，此兵至，可爲鋒也。肅布未悉。

與傅元軒侍御

丘毛伯雅意，只欲積齊餉銀數拾萬，爲大舉之備，乃極力爲黔，豈棄黔哉！弟深亮之。然黔中窘促如焦釜，如涸轍，需水甚急。水到立盡，則弟亦深憂之，而力無如何也。蠹餉之甚者莫如濫兵。前部院允都清道募兵八千餘,弟前點發上衛譚尚義一起一千五百餘名,鄧玘、牟海鯉一起一千二百餘名,又台臺點過二千二百餘名,皆明知不堪,而各已領過餉銀一兩一錢,只得寬收給養。即此數千兵,蝕餉多少乎?弟未嘗輕募兵,凡鍾鳴高、陳學貫、向葵、杜修及劉總鎮、龍副將所領新兵,逃去強半,皆前部院之行,弟未入沅時,辰、沅道所募也。弟之親批委官、發銀召募者,惟楊明楷烏羅兵一千五百,胡遊擊從儀部將李奇、鄭朝、楊光國、楊昌緒千二百餘名,柏應元千二百餘名,及各州縣民兵數百而已。心極欲節餉,而承積蠹之後,有縮手嘆息者。正詩人所云,"欲采蘋花不自由"也。總則,才之不競,亦可見矣。伏惟台察。

與傅元獻侍御

新穀已升,而薪米日踊,令人憂灼。上衛大兵現有乏食之虞,威清道欲望省城運米,寧有此理?連珠營原議日運三百挑,而今只得半。道府將領恬不爲意,弟日行道廳催督,而王觀國禀云:"小催則兵有小費,大催則兵有大費。"嗟乎!成法者少,壞法者多,黔事安可一手一足爲也。弟之病根,全爲糧運一事憂鬱致來耳。此三軍大命所關,在練兵尚屬第二義。不得已擬借陸大參一行,謹以會檄請教。又據都清道禀:逆彥掃土而來,玀鬼日增,恐兵力不能制。弟思此番之賊,專爲圖截沙國珍耳,未必便作大寇。新到有施衛牟家兵二千餘,欲付劉副將出六廣,擊其虛,則兵寡做不成章。或挑選千五百,發往魯總理助力,可乎?又越僉憲兵一萬伍千將到,陸大參力言宜暫留之偏橋,一入省城,無米必生內變。亦是一說,並乞裁教。又昨得辰、沅胡憲副禀帖云:餉院屢札詰責,何故餉不留沅,却掃庫解黔?先五月內,丘毛伯即有限兵五萬,及餉積沅庫,不許解黔之議。弟已有書詳細開陳,極言軍機呼吸,而餉銀在千里之外,誤事不小。不知毛伯何以竟未圖轉?目今楚藩報解銀拾萬,弟又檄沅州速解矣。台臺謂留沅者是乎?解黔者是乎?毛伯與弟肝膽相照,決無矛盾。其意欲多積數十萬,爲大舉之用耳,然不知黔需餉之如飢渴也。台臺便中一婉解之,幸甚!

與傅元軒

廿一日蚤,弟正遣官速朱恒老進兵遵義,而午間得教,抑何券合也。然以弟度之,蜀事甚難,蓋恒老精神不在協援。前據盧僉事安世等報,兵雖二萬餘,分散各縣,將則陳一龍、侯良柱、張奏凱等,俱副總銜,並無統攝。餉銀不繼,以連雞之將,馭烏合之兵,欲其角賊,不亦難乎?今雖促之,然非恒老決意主張,決振作不來。此弟所難得者也,翌日即差官再懇之矣。弟思果能圖賊,亦不拘定十一月之期。在我兵馬、糧餉、輜重營,當步步算定。眼前且以掃六目爲主,水外肅清,陽爲屯田防守之説以緩之。俟臘月中旬,出其不意乘近正歲擊之,此高歡所以破爾朱兆於秀容也。蓋開刀之期,三省當約一定日。若以十一月責之川中,決不得之數矣。即以滇論,取霑益、搗鹽倉,恐非三萬不可。昨解三萬金,僅一月糧耳。無以續之,恐亦未肯深入也。弟今正查豐濟倉餉米若干,積有萬餘,即擬撤下路連珠營兵之半,以運安普。即此一事,千辛萬艱,豈易欲速哉!若在我偵安邦彦所在,先出鋭師渡河擊之,或得罪人,或焚巢穴,立速班師,此管子所謂"三驚當一至者",却自可行也。至蜀中大勢,宜以出鎮南關搗大方、水西爲要着,畢節似屬第二義。如今歲正月,李總戎現屯兵畢節,而鎮雄等司助兵何曾能過乎?弟意再請恒老以裨將將一軍守畢節,而移李總戎親督遵義兵,似得要領,但未知恒老肯從否耳?至布帳、布被,澧州買布既苦不解,黔省又苦無彈花匠,於營中選取,僅得九人,每人日縫被甲一領耳。事不能速,此亦一端也。布帳即儘布發做矣。勝兵出於萬全,總以滅賊爲期,一兩月間不妨待軍需、餉米之集。鄙見如斯,伏惟台察駁教。

與傅元軒

大舉若合蜀力,則非臘月不可。若黔自爲之,則十一月可行,此定勢也。所諭布置兵馬大略,俱確然勝規。兵力忌分,三岔、思蜡兩路足矣。三帥連營,劉、黄二總鎮俱言之,亦屬穩着。弟過河,彼糾四十頭目,玀鬼不少,三萬人恐未足制其命,四萬乃佳。台臺算兵,似於兩道標兵俱未之及也,以此益之則足矣。畢竟以火攻爲上策,硝磺、火藥宜令各營打點,不敷者即來省運取也。省城運米正在此經營,容與兩道熟議。過河或言木筏爲便,人持一鑿孔木,臨渡裝楔,仍以竹纜之,省造船膠釘諸費之煩,昨已行威清道商確,不知可行否?隔河宜架大炮射打,彼岸站不得,自然逃散,我可以席上度師也。惟人持一月糧,兵有器械、衣甲,斷不能自賷。則此一月糧,誰爲挾持者?故弟謂每路湊兵二萬,亦謂可以五千結輜重營耳。若兵難足數,老營八千人亦可也;于騰龍兵亦可調一千矣。板角關之米,弟八月即行向思仁,將思石米半徵折色。惟搬運甚難,容再速之。弟思萬全之策,則渭河當進一路,以分夷勢。蜀兵既難恃,故欲仍用石砫及楊通霨之兵,並得一監軍,將漢兵萬人監之,非五萬餘金不可,板角等處已有九千,但苦監軍難得耳。陸大參願往,但六廣又苦無人。用兵有標有本,今攻安邦彥雖云渠魁,尚是標勢,若要者,定非取水西城不可,蓋把布、織金雖得之,不可居也。從省四站至水西,距六廣河僅百里,其地寬平多肥田。我以二萬兵據之,招漢民屯種,而六廣兩岸各築二堡,以五千兵守之,大方在掌中,安位不降何待?但此着當在殲安邦彥之後耳。我能殲邦彥則兵威大振,取水西更易。今日惟得五千屯勃鴿箐,五千屯六廣河岸,擇便地結營,便足扼吭。而惜兵力不足,且陸監軍難分身也。沅餉先解十萬,到日當解五萬安莊,一萬安普,省留四萬。再解十萬,似可分濟板角、渭河進兵之餉。可否?幸裁教。

與傅元軒侍御

凍雨欲雪,台臺衝寒視師,而弟堅坐會城,殊深悚疚,並重念行問將士之苦也。惟仗威靈渡河,亟奏捷、亟班師,則莫大之慶矣。莊通判有稟言,"安效良降意似真,烏撒衛城宜恢復,扼其吭背",良然。然守烏撒非兵數千不可,彼中號召烏人不過千餘耳。弟已行檄洱海道袁副將,黔果進復烏衛,速委能將領勁兵四千助守。緩其搗鹽倉,而使之助守烏衛,於力更易,不知能奉行否?然在我募兵三千,終不可少。處兵宜先處餉,從省解餉甚艱。近日楊師儒解二萬五千兩，台臺就近撥五千，發與莊通判爲募兵費，而司庫解補軍前，似兩便也，伏惟采行。莊倅薦用白醇如爲畢烏守備，似宜從。僭行會牌，原稿請教。

與傅元軒

逃兵節次行平越、重安江、偏鎮等處，把捉莫能實行。十月，又撥標兵於省城東西關隘堵截矣，而未有獲解。訪解官李三龍，皆營將給票所誤也。今已嚴飭各處，不拘鎮道之票，但有歸兵，即連兵連票拏解，論功獎賞矣。塘報不的，上衛既報燒營，又報十五日要攻犯普定、平巘。以不肖度之，遁回者真也。然我若戰勝，則渡河宜急，促其衰也。彼若自遁，則渡河宜稍緩，待其懈也。劉玄德博望燒屯自退，以誘夏侯惇，不厭過防。遲之四五日，見我不進，則借兵必思歸，苗仲必四散矣。龍萬化又添雷應乾兵四百名，共二千五百，合張世亨兵五百，共三千，發矣。連前李敏、陳大用、楊光郁等兵，台臺似宜留之平城。劉總鎮非敢不肯行，實弟止之未可行也。施兵兩三日内續到，今午程效頤報十二日未時，玀賊萬餘渡六廣河，請發火器。弟謂此虛誕耳，果賊至萬餘，程效頤將奔避之不暇，寧敢存住乎？然亦不可不待其定也。施兵到有千餘，即發。當再湊發三千，若盡空省城以從事上衛，非策也。伏惟台察。

與傅元軒按臺

一月不戰，便坐費十餘萬金，不肖亦抱此慮，但苦滇、蜀難齊進耳。故小札云："若會師則當臘月，若獨出則十一月可行。"今叠承台教，魯帥扎大壩，黃帥扎紅吉坡，先搜浮糧，然後會師，渡三岔，破織金、把布等巢，使逆彥爲喪穴兔。臘月三帥會渡六廣，直取水西，所分布老鴉關等扎兵俱着着勝算。至水西一着，不肖謬言之，而逆與台指暗合，真是鬼神默贊，斷可成功，伏惟台臺斷行之勿疑。但鄙意謂十一月終能蕩逆巢，十二月終能渡六廣，俱未爲晚。蓋寧稍遲而事事穩妥，毋過急而倉猝多疏也。趙寶等兵係都清營，果已入派中。惟商士傑、彭應魁不係威清之數。蓋威清道七月廿四從省領三千名後，又呈請守營兵，擡營盡往,約四百餘名。又普定新募七八百名,近不肖又發金仁苗兵與盧吉兆合營一百餘名,即陸續逃亡事故,現在尚當四千餘名。此皆在商士傑、彭應魁數外者也,伏惟一查之。都清守營尚存二千五百餘,前委黃總鎮代點報,云多係覓替,實兵只約千五百。弟檄究而提調,何圖呈堅不肯服。何守又似有實地,不敢甚妄者。弟既病不能親點,乃委鄧圯。廿六日,領此兵擡營往普定從征,其虛實必難逃洞察也。據何知州再報,實數二千三百餘名。儻得二千,可用撥增黃總鎮,則又得一臂之力矣。統祈台裁,幸甚!

與傅元軒

承教,各挑選部署,分合、止齊,森然有法,勝本在我矣。水賊渡河至下壩,誠天促之亡。然彼以逆彥爲不利,軍留之守營,而各自齊出,則懲敗逗忿,前軍必銳,王師於犬羊宜以全勝之堅壁清野以待其衰,而設伏截歸以擊其惰。滇白醇如千兵已渡盤江,可與普兵合,而此間石耶、楊光郁兵二千至,頗勁。查點、處糧兩日後可遣之。俟上下兵至,犄角攻之,賊無噍類矣。胡從儀撤回安莊不遲,普定先以魯總理往,而黃帥隨台臺操練,似便。蓋台駕駐節,亦不可無重兵也。賊若擬普定,則黃帥整兵往援,十里外姑扎堅營,相機與魯帥夾擊,決無不勝,伏惟台裁。賤軀日覺漸可,旬外或可復常。進兵議決,自當出督代勞。陸監軍回,候成畫指示,餉銀已行。火藥二千四百外,十月發硝磺千五百與劉帥督造,今責之再解。火箭查有續完,共解四百枝矣。

與傅元軒直指

承台教示渡河之策,真穩着勝算,有百利而無一憂者,可決行無疑。陸監軍一年之期,不肖已面關之,屢啓亦折其非。額餉將盡,待鼓鑄、售鹽以救春饑,此所謂"激西江"也。劉將行間自相屠戮之說尤迂,不肖駁之云:將軍能用間乎?非大創一番,決不能使獻逆彥也,況諸目自屠戮乎?進止之計,眼前即一大證據。我不能破賊,安能求敵於巢?我果大破賊,即可立尾其後,乘勝渡河。此迅雷不及掩耳之事，緩不得兩日也。況傳聞安位、安邦彥俱扎河西。大捷之後，乘其震懼而蹙之，何功不成？彼時魯帥宜足銳兵二萬，而黄帥以萬餘勁之，三岔河之遊徼，普定之聲援，俱如來諭。但目下要實實痛殺得一番耳。弟自進省即以守六廣、鵓鴿箐爲言，屢諭劉帥，予三千兵扎鵓鴿箐，而劉不敢任，必得萬卒乃行。今十二日報，玀賊千餘過六廣河劫掠屯堡，阿烏謎以萬餘人掠遵義等處，而下衛三江、黄沙渡俱報隔岸有賊紛紛往來。弟策之，出遵義者，實也。駐黄沙、三江，出六廣者，虛也。賊那有多衆？實懼我兵搗六廣，故不足而示有餘，其計必止搶劫，不敢深入。然在我當防慮外，弟意亦欲誘其深而後取之。省城硝磺多而火藥寡，前解二千四百斤，劉總鎮解五百斤，其後書續發千餘斤，並火箭六百枝，俱已暫留矣。已督官匠併工製造，造出即續解也。哨探下邊，苗仲紛紛往上助賊。所云四十營者，玀鬼少而苗仲多。此輩烏合蟻聚，雖數萬亦不足畏。在我以持重疲之，以設伏陷之，以火器攻之，無不全勝之理。況台臺幄籌神運，弟側觀露布矣。

與傅元軒侍御

司馬仲達有言，"不憂賊強，惟憂賊走"，今日之謂也。台臺調遣黄帥固其內，而魯帥擊其外，已得勝算。但河岸宜更設伏一枝，上下置疑兵，賊遁日，多放烟火以恐之，使必出伏路，而大兵從後蹙之，乃可使賊盡耳。我兵宜先使飽，攜糧不可不足也。火藥先解二千五百斤，劉帥造者解五百斤。今外解至，又再解一千五百斤，及火箭六百枝矣。解鎮寧道火藥足五百斤，百子銃一十四門。軍中火器缺，銃可留用也。胡從儀兵回安莊，白醇如兵渡江否？若賊四十營全薄普定，即約戰日，令從南下合擊，助力不少。石耶、楊光郁兵報二千餘，查點僅一千二百六十餘名，合萬縣陳大用等兵共二千五六百，十二日發。龍萬化已至，而兵二千未齊，齊則促行，恐在十四日也。施兵若到，亦當續遣矣。

與傅元軒按臺

魯總理求濟師守石關隘，弟即走字請台臺以龍萬化兵應之，而催省兵續上。

得大教,果懸合矣。施衛先發高羅五司,而盤順自謂例爲軍鋒,不肯居後,改遣之又故不肯領餉,劉帥欲綑治之,乃以廿五日同楊正朝兵行。此兵搶掠居最,先計分之,決當一創也。阿憲副報,威清廿一、廿二日米俱着肩,廿四五可抵普城,轉餽河上矣。劉帥、越監軍廿六日發兵,六廣廿七日發,始得齊七千餘之衆。領米不可一日畢也,龍場、六廣都無糴處,不得不人賫五升耳。龍兵、楊光郁兵之虛冒,可恨!周同知以弟密令新、龍兩處暗點報,楊只七百餘,弟旬日前檄查之,尚未報,給糧決當改削,而龍副將尤不可不懲也。陳大用、趙純、譚勝崗、李敏、張世亨、龍萬化、楊光郁兵,俱人領米市斗十升。承台教,普平無米,令自賫故也。惟盤順司楊正朝兵,只人給五升。台臺給餉銀,或因米多寡,稍爲衰益何如?臘月下旬大舉,此弟本計。一切布置方略,候驄轡凱旋,面承指授。

與傅元軒按臺

十四大捷之後,十五六即乘勝渡河,逆彥定然可縶。恨餱糧未集,船梁未備耳,人也,亦天也。弟正利逆彥之扎虎場,可搗擒之,今聞已入大方,則罪人難得,但能殲雞場千衆,覆把布、織金巢穴,焚其廬舍、積聚而歸,亦足明漢兵若風雷矣。台臺斯蜡疑兵之法最妙,今劉鎮以施兵候給餉,廿五未能出師。弟亦密令遣健兒潛往六廣河岸,夜用此法,未知能遵行否?蓋平壩去斯蜡近,而省城距河一百三十里,稍遠也,然廿七日決令督兵往矣。人字帳即行中軍再解一百六十張,並斧、鍬、火鐮之屬,省城只存六十張耳,行定番州買布再製,尚未到也。伏惟台察。

與傅元軒按臺

三接陸參軍商確兵情,力陳渡河非策,云:"細訪我兵不實、不精、不飽,渡河決不可得罪人。縱獲小勝,而破斧缺斨,在我所損實多。且威輕無震,益滋水夷之玩。諸將皆知其不可,劉總鎮亦私憂其不可。即從征各兵談及渡河,有含淚者。人情如此,可輕動乎?"弟久病,斷絕人事,實不知情形。若此兩鎮兵將俱在幕前，其可任破賊與否，必莫逭台察。然昨日接魯總理稟，亦極言改撥。牟文綏兵少且虛，而若有難色者，似又可疑也。弟深思之，派餉只有此數，今丘毛老積解四十萬，若不戰坐縻，餉竭何繼，此坐而自敝，弟之所憂也。然進兵先問兵力、兵情，果力虛情怯，强之渡河，勝不可命。蓋各兵舊多虛數，新又烏合，實未有一月之清查、一月之團練，驅市人而戰，孰爲韓淮陰者？此亦弟之所疑也。伏惟台臺就近熟察，再詢兩總戎、兩道令，其從實披陳可否，勿有諱飾。果決，可一大創，則乘普兵至，訪確逆彥所在，迅雷襲擊，遄往遄回，自足大襯夷魄。若或未然，則輕出不如誘入，逆彥憚台臺威名，不敢内犯。儻明諭沍寒，非大舉之期，班師迴省，並陽示撤回大兵，而暫留兩鎮勒兵，給米訓練待之。誘其深入，覆之易易矣。陸監軍又痛言戴罪立功之官，利於嘗試，言不可用。弟未敢懸斷虛實而接其危論，又於"知己知彼"四字未能自信，不敢不詳吐露，伏祈裁示。如師期可緩，候川、滇約齊後舉，則請秘教。不肖當專官迎請，此啓亦不敢自書房寫也。

與陸太和按臺

恭諗台臺，四時備氣，七德緯文，以席上之夔龍，兼禁中之頗牧。黔禍未息，氾濟羸瓶。而賴霜威以開祲霧，調兵催餉，隱然敵國，逆酋不敢越六廣河一步，秋毫皆鼎庇也。晏子折衝，汲直折謀，兼之矣。惟是黔命在楚，以楚救黔，必先以賢靖楚。故青驄移節，誰云福星之改，彌占膏雨之來？不佞因楚之得天，重爲黔賀焉。亮界上争杜公之際，即幄中運黄石之時。願叩智囊，彌紆籌筆。不佞以蹇劣任危，肩心先足，往而募兵、製器，晝夜將塗，恨不能一蹴遄飛。惟恃彈壓有靈，得效尺寸。謹修小牘，先告不寧。竊謂今日之事，不在治夷而先治苗，不在掃穴而先通官道，不在圖大方而先定外水。選將、練兵、運餉爲正着，而用間以離之，實遵義以扼之，尤急着也。伏惟台教。四月終或可面受指南。臨風悱惻。

與陸太和按臺

不肖以十三日入沅。密邇星垣，馳誠飆往。軍中事身營目擊，方知其艱繁瑣冗，有舌筆難摹者。不肖僅提兵千餘，收辰、沅兵千餘，其軍器、火藥逆水泝舟，留劉監軍後督，未能至也。荆州開局製器，遠難措手，不得已再開沅局，尚在安爐也。計非集兵五六千，即入黔無益，愈招夷侮耳。非月餘不可，初恐楊制臺聞沅信，即急移鎮，搖動人心。十四日，貽書懇留，而十五之晚，即聞制臺卜初九日東下矣。會省空虛，萬一内間與外寇蹈瑕竊發，曷以應之？不肖雖急遣官再留，猶恐力不能止，敢借重台臺回天巨力，數字挽之，幸甚！郵筒中讀疏揭會稿，良深佩服。潴安之着，全在遵義。不肖郎中小疏，首以爲言，請重兼制之權，奉旨準照總督行事也。銓部覆，併督撫亦云川、湖矣，而鑄給關防，却遺下四川，仍前雲、貴、辰、常等府，然則蜀人安肯爲黔用乎？自藺變來，蜀棄遵義若甌脫，非責成總戎道府立定家計，屯兵三萬不可。拊水西之背，而非一督督蜀、黔，決不能相應如率然。蓋水、藺合則蜀、黔不可分，大勢然也。大疏正不肖所欲言而不能言、未敢言者，九頓謝教。風便時賜發藥，曷仞翹跂。

與陸太和按臺

凱里之役宜以兵示威，而以撫收局，愚見暗與台臺合。道將五月廿七禀，可受降矣。初三日曹知府又禀，原告堅要進兵，請三道會勘。不肖檄諭，不得輕聽啓釁。近聞用兵失利，方在行查，猶疑未必然。今接台教，乃知道將果有誅捕之議，然此議至今未相關白，真不知其解也。魯兵既鶴唳餘息，而新兵又烏合市人，似不宜輕舉，損虎豹在山之威。幸而收功甚善，不然，則不肖有調獨山蒙韶兵之檄，以夷攻夷，亦一策也。石阡、板角之事，向參議宜駐龍泉，尹三聘等宜進路瀨，已檄行仍發餉、發兵，從其後矣。然餉猶可處，兵難堪用也。不肖初擬六日長驅，因劉監軍墜傷，故稍待之。今覃載勛土兵尚未至，至則發矣，不過五日之間也。隨行一蔣中軍，兵器、軍需俱出其手，而初八夜中痰幾絶，今未下床褥。無監軍商確，又無幕將傳宣，百苦難言。初欲兵給一槍，今槍頭難多就，只得人持一木桿而已。非身歷行間，安知力不從心，事不應手之困哉？伏惟台察。

與陸太和

不肖稚魯，生平未嘗敢作謾語。劉監軍自桃源而上，往往馳馬，墮乘折臂，昏不知人者兩日，其馬戶葉朝元現以劣驂薄懲。台臺過辰，問道府、州縣及驛卒、小民之口，必不能欺也。行間事說謊成風，台臺安得不然疑互酌？不肖惟自反而已。黔中最苦是無將。現兵無可領者，不得已求之敗將，而心滋苦矣。任先覺募卒多虛，而求增兵不已，已檄思仁道親往料理。再求無人，則當拔楊通霱而用之也。凱里仗霜威一捷，然善後為難。魯總理督戰甚力，尚可厲而用之。再此肅復。

與陸太和

執鞭結慕，償以三日之晤語。亮節闊歟，嘆為敬輿相後身，而某行露潤深，挹蘭芬襲，一日便足千秋矣。黔命在楚，台臺眷黔則郭伋之并州，福楚則邵伯之江漢也。某三仕荊、湖，拜賜正自不淺。況以楚力拯黔危計，台臺不憚纓冠，倒困為之。久瘵而問醫王，風波而望長年，三老豈足為喻哉！想青驄入鄂，正圖為矢音之燕，而德音下逮，懷德臨風，彌滋嚮往。傅元老十一莅貴竹，不肖十八日為之後，同志斷金。陳其愚事敗，即日試尚方，可為一快。而餉庫若掃，米價雖漸減，猶斗六錢五分。七月額餉至今未有銖粒之給。偶語脫幘，宜怖其始。台臺如嘉造黔命，願以亟催楚餉為第一義。目前得聚六十萬金，三月內庶幾竣事。若月解八九萬，如斗水注沃焦，隨到隨盡，費過舊餉，盡歸無用，而所需新餉，全額故存，台臺以為何如？伏惟教之。

與朱白岳侍御

鄰壁分光，傍河吸潤，不肖於老父母雖執鞭有待，而席庇難忘矣。柏府月章，每誦之以壯正人之氣，而窺名世經綸之緒。何幸代匱，獲托同車。星轡取道建昌，執御無階，賀廈不敏。計所役雁隸，甫度盤江，而如天翰既儼然先臨之，感深跼蹐,如無根之嶠與波搖搖耳。老父母霜心照簡,雨色隨輪,昆水澄而碧鷄壯,望五色雲者以滇爲華胥之國。蕞爾羸黔,依盟主宇下,惟恃手援。普定小捷,逆魁漏網,殊以爲慚。左提右挈,以結蕩平之局,則靄益一着,所夢寐心禱者也。每與傅元軒相賀曰:"老父母臨滇,黔有鳩矣。"敢因鳴謝,附請濟師。尊刺抑損,非所敢當。敬手額請,更祈慈炤,幸甚!

答徐孟麟侍御

何武老真經濟手,不佞十未得一。而偶推盧前,雖曰急病讓夷,亦有代大匠斫之懼矣。惟是欲靖黔難,當用黔人而收黔策,此不佞之成言也。何幸而台臺娓娓教之,不惟發迷當局,抑且施針頂門。台臺之福黔,則再造維桑,而其嘉惠不佞也,燭幽都而航苦海也。五議敬當奉爲蓍龜,洗心從事,集思廣益,戰戰兢兢,此葛侯與朱夫子之明訓也,非曰能之,願學焉。愚嘗謂實心做事者,"難易"二字俱說不得,何也?難易在敵,而所以難易在我也。今日水西未足爲吾難,難正在我耳。將不任而兵無制,聚烏合之衆,未嘗有相習之將,一日之練,而驟驅之,緩則以擄掠爲利,而急則以逃爲活。愈募愈逃,又逃又募,前車之覆,總覆於"無律"之兩字。而恃勝深入,中賊詭計,猶其後者耳。今日本計曰選將、曰練兵、曰運餉。摽計則不在治夷,而先在治苗;不在掃巢穴,而先在通官道;不在收外水,而先在定内水。伐交而離之,自固而困之,懸餌而分之。儻亦闇者千慮之一乎?不佞闇人也,惟求穩着,不敢求快着。天下之奇變,未有不從快生者也。台臺以爲何如?

答徐孟麟侍御

藥物宜儲,台教細心至此,不佞以此通思患、豫防之道矣。兵餉多發而速則費省,少發而遲則費鉅。吝財者,糜財之尤者也。擊節名言。弟發帑未易得之於上耳。計部措處,亦復不易。即旨令各省協濟,不佞咨催,而其藩司俱曰:"必請户部定數而後可發。"激江難濟轍鮒,況莫之激乎?遵義爲滅賊奇正之總着,而滇次之,粤西則稍後矣。惜民、睦鄰兩義,不佞力所能爲者,敢不加勉?用土兵最便,而難於用之之法,狐兔關情,一也。兵引則餉長,不利賊速滅,二也。輕而無節,分而無統,非聯其心、貫其絡而爲之調度不可,三也。屯田今歲已失種時矣。兵之精者宜練、宜防不暇屯,弱者亦惰而不肯屯。宜以招民爲先,而汰冗兵中,募其願屯者留之耳。此乃緩着,理不可忽,而用難亟資者,容入黔熟籌之。通路鑿鑿石畫,敬當奉行。

與王存思太僕

入黔而閲其城郭人民,輒向天呼不平。不平伊何?逆彥癰腫一豎耳,何令黔之長幼尊卑,生死塗炭其手?此亦劫運,大缺陷也,特恨某荷弱不足雪黔冤耳。勉醫黔病而病先及之。九、十兩月,魂幾辭屈原。幸而招返,則台臺之慈庇矣。在我則無一得力之監司,無一快心之將領,無一不逃不冒之兵。往泉同醒,孤醒難拔,每與傅元軒侍御相對浩嘆。所賴安邦彥真是庸奴,三犯而三破之,最後大捷,人謂十年來未有,差足吐氣。然特用"賞罰公嚴"四字而已,非有他謬巧能制其命也。敵脆而用,今兵亦堪鼓舞,但餉額竭矣。小捷不足喜,而乏餉深可憂。派餉百五十萬,雖不盡經不肖手,總爲黔用。用多而功未竟者,米貴而軍需缺,增餼未飽,遠輸易貧,一病也。解不依時,又不齊集,往往以後補前,不能供進討,而徒糜於坐食,二病也。故黔餉三倍,僅當他省之一而已。今諸酋膽碎心攜,大有可圖之機,特慮餉不足則兵無威,反爲彼壯蘖柿而吹灰焰。故此日濟餉與否,實安危禍福之關。小疏雖切,言輕難聽,伏惟台臺仁輔忠猷,家兼國計,必有以助之矣。温諭綢繆,信同憂之相救乎!敬勒心曲,伏冀指南,神與雁往。

與　計　垣

計餉之難,難於計兵。必邊與腹互衡,而國與民交濟,非大儒孰當之?故制用司會,《周禮》爲冢宰之道也。台臺訏謨定命,主議地垣,籌兵食以握全勝之本,鄭侯定功,不得專快今古矣。不肖隸雖不力,音乃有懷。薄旌賀夏,兼贄指南,伏惟鑒采。不肖居恒持論,地自有兵,兵自有財,見以兵餉深望朝廷者,必私過之。及入黔而後,嘆其束手,則以黔窮瘠甚,無民、無米也。無民則出米縮、運米艱,而米苦乏。無米則遠輸之貧,近糴之踊。月餼之增,皆餉受之,而餉愈不足。無餉則兵不可進,引日長而費餉愈多,甚或有不可諱之憂,而糜後餉滋大。故人知無餉之逼需餉,而未知無餉之反重蝕餉也。夫為國深權省費,而為地方確計利害者,台臺之事也。小疏入告,伏望力賜主持,以為黔者、為天下,幸甚!

與畢東郊鄖撫

兵猶醫然,讀盡脉經、藥賦,而未必能收七劑之用也,況技經肯綮之未嘗乎?從來用兵未有大逞志於西南夷者。幼讀《炎徼紀聞》,頗病文成先生處思田為損威,中老然後知其真聖人作用。然今日水西則引不着,何也?酋而既傷撫臣矣,天刑國體,當以大義論,不當以利害論也。如此煉石斷鰲之任,非台臺巨靈手,孰敢當之?而刀以輕畀愚公如不肖某乎?亦嘗問之矣,問彼我所爭何地?所仗何人?兵孰精?餉孰裕?心力孰齊?法令孰必?而皆未有以相勝也。黔中所苦:守則地長而勢單如懸繩然,取則地險而勢隘如行甌碟間然。至文武將吏,某熟眎之,未能識一人。心携而法玩,非一日之漸矣。而最苦在無餉。計部以去冬所派,連今年共算百五十萬,欲以了黔局。勿論楊衡老已用過三十餘萬矣,虛懸者亦幾二三十萬矣。即斗米價四錢五分,此百五十萬堪養幾卒?而累疏叩閽,農臣力扼虎豹之關,此弟所自嘆愚公而行自憐當為夸父者也。台臺以斷金之雅,宜發囊餘授肘後,方教其不足。乃但有褒期,別無鞭策,弟滋懼矣。弟草澤醫也,而主者又縮其藥費。然藥費節矣,而入費恐更多耳。伏惟醫王慈悲,有以振之。

與李心白虔撫

台翁有虔秉鉞,弟喜不寐。我輩平生讀王文成書,豈特仰山,真思學海。而今台翁以名世為之後勁,雖四省承平,劍刀化為牛犢,無煩旗鼓聲靈,然察吏安民，練兵除器，以岱石觸雲之膏，兼虎豹在山之勢，則靜而奠，動而威，其揆一也，想四省將吏軍民欣欣謂李公即王公後身矣，慰抃。弟文弱書生耳，而謬肩黔之危局。矛淅劍炊，未足云險，投艱士節，急病臣義，鞠躬盡瘁，敢忘斯言？所苦將不成將，兵不成兵。剿之則箐密而難搜，撫之則奸深而難信。而糧餉更不措手，屢疏叩閽，大農裦如充耳。安得台翁佐銓樞席，尚可爲弟謀主耶？今黽勉以通上下官道，掃清水外六目爲先着。而逆彥惡其害己，七、九月兩次傾巢入犯。弟擊敗之，因蕩從逆諸巢，先後擒斬三千七百餘級。顧渠魁未殲，何補於成敗之局乎？最苦者一病瀕危，嘗一日夜下血十餘次，魂辭屈原，已謀草遺疏，幸以獨參湯活，非慈庇不有。今尚從病榻臥護諸軍，食少事繁，念之長嘆。台翁愛弟如弟，握算筆籌，願叩囊餘敎之。

與劉範董

不和、不審，台臺兩訓，直針遼、黔膏肓之疾，而不肖謂其根起於不忠，果忠矣心到則識到，而同舟共濟，何患不能如樂之和哉？即榆關何地？禦奴何事？而一局之内，未免以西北歧玄黃，良可嘆也。不肖稟昏荷弱，惟從君父起見，從封疆起見，從生靈起見，決決不敢從人我起見。有能攻吾疾者，是吾師也。若真見不可，亦只有涕泣而道之耳。急病不敢後，居功不敢前，持此兩語，庶免相矛。至"審"之一字，有志未逮。惟當稟先聖之懼謀，法葛侯之廣益，而凛乎寡過無術也。拜手箴銘，更願推筆籌敎之。

與王蔥岳中丞

台臺人倫冰鏡，吾道岱溟。辛酉外計，不肖熠熸危影，猶得從舊卓異之餘，遂脫丹書而檄盧矢。揆厥所元，皆曰已經平子矣。無聲之感，惟以義報淅鉞，徼福斗柄。下車而弭驕兵之變，與張嵫崍爭烈而泯其迹，若不知有幘之脫者，更匪夷所思，欣服！欣服！黔以綫息捍逆夷，恃盟主之援而後有鳩。舊督萬卒，奢矣。即李茂老疏議，亦欲得牌銃手二千，而不肖僅請五百。知調募之艱，遠戍之苦,不如用寡而厚之也。明旨見許,亮台臺亦憫其危,而劍及於牂牁之江。顧王大參世德久未啓行,意者兵餉尚難措手。顧黔望此兵,真是以一當十,以日爲歲。敢冒死歸□,伏惟台慈引黔爲同室,而勿憚纓冠,則《木瓜》之賦,敢後《衛風》。勢逼情懇,萬祈垂拯。

與南二太撫臺

不肖文弱多病,何曾學兵?而使肩黔之壞局,此虞雍公有鼇橋之譬也。蒙老公祖垂念無衣,遣幕將以振其急,誼薄層霄。至間關命使,如天之施,特作朝氣。佩荷殊恩,心深舌淺,伏承指南,真寶鏡之照四洲,樽俎之折萬里,敢不刻心。細按情形,狡夷伎倆,似無能爲,特我自不競耳。最苦在無人、無餉。人則文武並弱,餉則本折俱窮。而米踊、運艱,夏間斗米八九鐶,今猶伍鐶也。即百萬金,僅當三十萬之用。而計曹仰屋,又無處法,真不知駕之所稅也。廣行間諜,自是秘略。顧同惡如市賈,非有一創之威,心未可攜。秦良玉有聲無實,石砫掃土兵不滿萬,特利冒餉,募漢流人以益之耳,雖驍悍可鼓,而騷擾難言。如烏附之毒,正求所以制之,未知能得其用否也?若石砫係川東,距水西尚隔我郡縣千餘里,割地勢不相及矣。不肖疏薦舊都閫陳文煬,樞部覆稱老公祖留用,何敢再窺鈴閣?但此閫受傅元獻直指再造之恩,誓以身許之。今直指入黔而陳不至,似無以謝知己,即傅亦不能釋然也,伏惟台裁。紅夷疥癬,但與倭合則憂方大。但倭亦不多,在我能戰而已。頗聞海將欲以李旦口舌禦之,此未可恃也。讀大疏,三尺凜然,可以屬附注君子矣。嚮風額謝,詞不宣心,諸容嗣布。

與江西兩院

不肖七月十八入黔,今已六旬餘,而僵病伍旬,始爲嘔逆眩暈,今爲下血翻胃。此身若脆葉朝露,安能保黔局之所結哉?凡一切章奏公移,皆從呻吟中出,往往遲頓不及事。救黔惟用人第一義,德化令蕭君上達,不肖辛酉、壬戌過潯陽,知民有子產衆母之頌,懷之四年。近陸監軍景鄴入黔,力推其孔惠、孔時,鉅細精粗，精神畢到。念當先稟台裁，而道遠時長，只得一面拜疏，一面移請。所云便宜用人者，亦略借明旨妝飾題目耳，非敢以藐黔之左官，妄窺上國之壇坫也。惟恃台臺忠賦《無衣》，義奮鳴劍，不惜捐才賢以代幹濟，不肖與黔人磨勒功德，共劫石俱矣。若不肖鹵莽之罪，滄水難滌。伏望台臺憫其危無寧步，急不擇音，不惟宥赦之，而且推穹慈以從人欲，不肖雖銜結，何足報耶？

與溫青霞侍御

水西之局，但當以播事觀之。平播用名將幾何？八路銳師幾何？措餉幾何？今將兵餉不及五分之一，而弟視李霖老又無能爲役也。況事權不一，馬首有心，即滇、蜀之勢能使如率然乎？望其潴穴犁庭，真所謂蚊負山而蚯馳河也，殆矣。台臺謬相獎飾，益其疾耳。弟今日惟以通上下孔道，掃清水外六目爲要著。至於大舉，非滇、蜀犄角，決未易輕言也。逆彥與烏撒、安效良方且北詐降蜀，南詐降滇，而併其全力以致命於黔。七、九月兩掃穴入犯，弟擊破之。因掃附逆諸巢，先後馘三千六七百級。只入塘報，不敢上捷疏者，以渠魁未擒，無益於勝敗之數也。弟一病垂死，智惛識邁，惟恃葛侯密邇，可請筆籌。今總轡發矣，指南何依？大眎藉手展謝，粵、黔隔天，恐報聘之不敏，伏惟恕鑒，臨楮神搖。

與王玄珠侍御

堯階屈軼，周室梧桐，惟台臺指佞鳴陽爲衆正，某私儀而願執御之日久矣。八桂開驄，霜露所被，掃嵐洗穢，即夜郎實食餘清。幸以虛銜牽率，若可負同乘，而缺然請筆籌指示，敢自棄若茲乎？曩則一病幾鬼，今則一跌惡顏也。念黔難來，用粵甚勤，賴粵甚厚，而未免負粵。私懷朝饑，故愚見稍休粵於此時，而略致一言，爲表章粵功地。不意屢捷之局，承以一跌，而負粵人更重，此則不肖之罪也。讀台疏，滇之取途，舍黔取粵，粵代黔爲郵。西道通久矣，而旅不出途，以累粵候人。此則又不肖之罪也。伏惟台鑒，恕其不敏。何武老用兵如神，其用虛而有實之力，用寡而有衆之威，尤匪夷所思。至粵人在行間者師武臣方，更不可忘。武老護二廣軍,而猶索賦二萬,募材官數十以佐黔急,此心此義,即古人不能再見也。

與威清尹惺麓監軍

賊歸路多,截之未易。其法三:岔大渡,當焚其舟梁。小渡可涉者,張幟設烽火以疑之。而留一便路,專束其所必由,奇伏即在此處也。惟沙學地未易布置,兩兵交争,使在其間,何不申留馬交話之約,餽以金幣,或繫書射箭以携逆彦之心乎?上下衛苗仲紛紛助賊,下衛者僕已告示,恐而散之。上衛則厚募為兵,以離其黨,亦一策也。惟便宜行之虎場,用奇兵取安位,僕聞報即有此意。初十日書與陸監軍,即密商之。兵不須多,但得五千兼人精卒,便足用也。此真穩着,恐將領不能辦此耳。嚴禁割級,即發檄恐緩無及,聞按臺已嚴申之矣。援兵兩次發五千四五百名,施兵一路荆棘,未受其用而先防其變。六廣又報千餘賊渡河,不得不留劉帥彈壓,候調停施兵妥帖,而後遣之,祇可作乘勝渡河之後勁耳。

與平越曹太守

凱局兩月矣,尚無定策。文武官伎倆如此,安能辦安賊乎?至利害見得真,便當力持。一總兵、一署道不能堅決,動求差官會勘,延引歲月,何日是了乎?此事兵未集,宜諭平茶以緩之。兵集後不必遣諭,只密招嚮導,解散助兵各苗。刻箭降順,量賞花紅,即龍塘非首禍者,亦可諭而降也。降者給以大旗,樹於寨門,官兵決不妄剿。諸酋皆散,則平茶自孤矣。平茶聽其自行投降,勒令三日内便退巖頭寨以表忠順。諭以仇凱,只係私忿,原非叛逆,速與剖平。勞天兵久住,不能無罪,量行罰服,便可歸結矣。生事要功之説,不可聽也。即平茶果降,作何善後?凱司何官坐鎮?巖頭作何撥守?亦當議妥。李友桂宜另换,留之必啟釁矣。各官全無着數,慎勿用兵,用兵勝負未可知,姑縻之。僕旦夕入黔,欲留將將數千兵駐平越。果平茶順而復叛,則曲在彼,取之猶拾芥耳。目前如貴府之意，與魯總理同心速結，勿疑也。不盡。

與安普朱監軍

王師大捷，纖金蕩洗，水西宜有戒心，而安效良亦可益堅其悔禍之心。此時儻慫恿安位縶逆彥以獻，便可結用兵之局，數省生靈，西南半壁，受福多矣。門下恩信素孚，乘此時化諭之，得其歸命獻逆，當爲平水元功。牌文頗詳，字字實語，爲安位謀，亦爲效良謀也。莊倅諭效良，得其情形否？烏撒衛可進守否？非計出萬全，莫輕動也。

答越卓凡監軍

費六七萬金募兵，而祇成一擄掠之局，未曾片矢加賊，而民先受塗炭，門下尚訝僕之相操切也。試一反之，良心何如？令張鍾秀又見告矣，總皆施兵爲之榜樣也。老蘇云"吾發之，吾能收之"，然後可以有辭於天下。張鍾秀、王得勝決須一處，惟門下密圖見教。施土司目兵首惡者，亦即細開主名秘示。兵交未清，錢糧未裒，而動輒請抽身，何言之易也。僕爲門下計，惟有豎起精神，與劉帥同心協力，議駕馭整頓之法，直往龍場、六廣扎營，勉立後功，以收桑榆而已。

與安普道黃憲長

承大教，亹亹千餘言，開其迷覆，非老公祖存鄰子之誼，孰肯若茲吐露？感且刺心。不佞奉命問罪，只取安邦彥一逆耳。諸目肯獻邦彥則赦安位，而量存其爵土，固僕夙心，檄示亦屢下矣，如目把不相信何？安效良妻安氏，安位兄弟也。果爲安位謀，宜主張獻逆彥一豎以全萬人之性命，保千年之職業，而反與彥曖，陷烏撒衛，助兵內莊，戕我撫臣。今九月詐降滇，而以兵十營佐逆彥攻安莊、普定。僕擊破安兵，擒二十餘人，則效良兵在內。降者固如是乎？且一面入寇，一面投文黔兩臺，文內皆述去歲陳其愚嫚書，歷數黔失。又請赦安邦彥勿問，欺侮要挾，如是謂之乞降，僕所未解也。大教云：鹽酋無大犯於滇，而有大欲在滇,見牛未見羊耳。無大犯於滇者,有大犯於黔也,其毒黔已具在前矣。大欲則啖以霑益乎?事在滇臺,非僕敢知也。僕何嘗不願撫?何嘗不受降?但要辨真偽。效良真降與否,兩言決耳。肯擒邦彦則真,否則偽。若輕徇偽計,棄黔膜外,按兵不進,而烏水合全力螫黔,黔以孤軍支,滇其忍乎?老公祖專謀滇,自以寢兵爲上,然明旨滇省協援,使黔折而禍中於滇者,恐更不可諱也。今僕遵旨約師,期滇兵速出霑益。若有前却,人必曰老公祖實不欲師行,僕有具兩端請於朝耳。

與魯總兵

辛酉易水詢迹舊事,已慕英風。嗣後麾下威望益隆,受脉南服,意謂史萬歲可推倒葛相之碑矣。不謂天未悔禍,垂濟嬴瓶。然聞諸道路,大將軍反無兵柄,致威令不行,忠謀未用,則執咎自有人也。言者相繼,《春秋》責帥,事理宜然。昔武侯街亭、汾陽岐溝,皆上章自貶,況今日乎?麾下不必介意,但曹沫、孟明,要後來大振作一場耳。僕觀夷勢亦蹙,但我兵有紀律,懼事成謀則勝之矣。白面書生,何知軍旅,仰伏旗鼓,式靈不淺。麾下忠悃盛名,豈甘爲小醜折角?果以臥薪嘗膽之心,奮枕戈拔劍之事,雪恥除凶,僕雖不武,請舉國以聽。嚮日之失何在?今所以反之何道?將領、偏裨可任者若干人?何兵可用?練兵何法?欲制此夷出何方略?惟一一詳教。田單即墨,吾輩今日宜勵此心膽,作將士之朝氣。兵法曰:"先爲不可勝,以待敵之可勝。"又云:"殺敵者,怒也。"麾下儻若鵬之怒飛乎?能任而不任,則過在僕矣。

回魯總理

汔濟嬴瓶,師覆帥止,此天下之大耻也。麾下懷曹沫之志,當孟明之任,而不佞以督師戮力行間,此同舟之大勢也。酋狡難量,女伏兔脱,聲東擊西,在我蒐卒補乘,宜懲覆而新是圖,此反敗制勝之大機也。來翰於三者未一垂教,而但縟語相獎,豈以僕爲不足言乎?昔文侯之命,氣平辭緩,蘇子瞻謂周所以不西,願麾下深念之。以臥薪嘗膽之心，修枕戈鳴劍之事，願言努力。聞遵義復潰，酋必東窺省城，敵驕我怒，覆而取之易耳。若有即墨之孤而猶不厲狄城之氣，殆矣。明旨令僕照總督行事，拭觀新猷，草復不宣。

與魯總理

古之名將未嘗不敗。史萬歲、薛仁貴至重起謫徒間，即諸葛武侯、郭汾陽何曾一蹶自阻哉？安邦彥易殲之豎，彼中又有可乘之機，而文武僚寀絶不聞有此壯氣，深不可解，豈鷙擊先以斂翼耶？則非僕所能知也。總督叨寀，肩重知危，何以當善頌？目前所急一創者，凱里苗耳。我進彼退，我歸彼出，其曷息肩之有？宜扎營於近，陽示班師誘之出，而挑選精兵、火器截其歸路，返斾夾攻之可殲也。不然，則成師以進，發奇鵰剿其首逆之寨，亦可警百。不然，小醜不能制，況元凶乎？前已發賞功銀、火器、火藥往矣。惟大將軍努力建此殊功，亦可稍復前踦。臨風激切。

與魯總理

凱局至今不結，甚乖所望。此着先以解散苗黨爲主，首倡仇殺者，平、茶二寨耳。即龍塘乃爲從者，亦可諭降以携之也。果各苗遠者散，近者順，則平、茶自孤矣。先招各寨，不必招平、茶，平、茶聽其自行乞降。彼所以頑者，以我先招之，求之太急耳。大意只以撫順罰服爲主，生事要功之說，不可聽也。彼若未降，石耶司、楊光郁兵至彼，可留而用之，以張聲勢。彼若投降，則限三日退巖頭寨，勿容展轉。不佞提兵萬餘，欲留副總兵劉超以數千駐平越。彼降再梗，則曲在彼，取之猶拉朽耳，今日姑以撫降了事可也。地方事實見得是即當力行，何必搖惑？麾下速與曹太守圖之。

與魯總理黃總鎮

來教，賊輕入內地，堅壁清野，待其惰而擊之，正與鄙見合。然須誘令深，而我發一枝兵自河上包來，內外夾擊，乃必勝之策耳。歸渡仍須擺伏。威清言歸路有五，未易把截，不知兵當設疑，其大渡將舟梁盡焚，至小路張烽火，設旗幟以疑之，而專伏兵於所必由之路，何患不入吾彀？惟沙嶨地方未易布置，則當善用反間之法，或差人餽以金幣，或用箭射書其營，申前交馬之話，若有他約者，使逆彥攜忌，乃佳也。更望中嚴師律，不許割級，不許拾取賊丟財物，一意向前猛殺，賊可盡矣。布陣則多張左右翼，尤爲要法。大捷之後，便可賷糧，乘勝渡河，所謂迅雷不及掩耳也。坐甲求敵，況彼自來，願言努力。除凶雪恥，在此一舉。

與四川李總鎮

黔省師期決在仲冬杪、臘月初。遵義、鎮南一路，非大將軍壯猷不可，不佞已咨請朱制臺矣。幸速統銳師移鎮遵義，調度兵食，飛報不佞，約期齊進。除凶擒渠而取封侯斗印，必麾下矣。兵餉則之餉院兩次解拾萬兩，僕又準截留天啓四年濟黔餉三萬八千餘兩，戶部又準留蜀餉三十餘萬，充然有餘，無憂不足。大將軍速請朱制臺多發軍前，使士飽馬騰可也。又赤水、畢節、普市等衛所有黔義兵，杜桂林、陳大勳等報兵萬餘，僕七月委監紀鄭知府提調，仍發金犒之。若朱制臺堅出師畢節，此項兵可選用，諒可得數千也，但當給以現餉耳。不論鎮南、畢節俱以進兵搗大方、水西爲主，若堅壁觀成敗，如明旨何？諒大將軍忠勇，必不出此。惟速視師，犄角滅賊，勿誤軍機是囑。

與黃總戎

承教，具悉忠懷遠略。然荆、常何兵可招？勢必在鎮筸、銅仁間。藩司就沅支餉之議，未爲失也。其實鎮筸亦慣逃難用。餉、兵二道所招者，僕駐沅厚之以餉，入黔逃亡過半，銅仁亦然。且調發再四，已爲竭澤之魚矣。胡參將從儀招募三月，僅得五六百人。龍副將萬化遣其子龍爲先往招兩月，僅得百三四十人。大將軍不能自往，而所遣之人未必盡心如子也，欲得多兵，戛戛乎難之矣。若不求其當，則市呼萬人可立集，無益也。且黔何時，而主將可淹日月於沅芷乎？願留一將，調募不可過三千，而大將軍即領沅州現兵，星馳入黔，僕當聚兵以待。此間偏裨之兵莫非大將也，且黔兵可用而不逃，勝於銅、筸，就近召募更便。幸式遏其驅，勿滋逗遛之議。不佞已檄辰沅餉、兵二道，措餉以待矣。

與沐世階黔公

昔高皇帝之平五雲也，諭傅穎國及尊先昭靖曰："必從烏撒入。"果如指授，而展漢唐宋未闢之天。惟昔日從烏撒以取滇，則今日必破烏撒而後可援黔，大勢然也。協援明旨，日月垂而雷霆作。不佞忝司節制，得與元戎從事，此乃愚公借力於操蛇，焦僥賴提於龍伯也。《江漢》之詩曰："肇敏戎功，邵公是似。"蓋國家之重世臣，而蠻夷之服元老如此。恭諗台臺忠貞貫日，算略揮雲。不佞髮燥，即知為五雲長城，及今五十餘年，而精神益壯，隱然係西南半壁之重，尚父鷹揚，庶幾近之。伏惟益廓聲靈，指麾將吏，以成縛魁、潴穴之勛。抑不佞近讀滇臺疏，知台臺散萬金以助兵餉，贊嘆無量。恨其非僕經手事，不及表章也。今師行餽竭，大命呼吸。台臺儻慨然再以萬金倡士，歌馬騰之風，不佞敢不特疏推轂，以播風問於寰區，堅榮名於金石？

與黔國沐世階

前拜人咨，示以助兵移鎮，深服報國之忠、拯鄰之仁，即具咨復，未獲後命，跂佇為勞。水西所倚者，烏撒安效良耳。效良順則滇靜而安孤，效良助逆則黔毒而滇疆搖，道梗亦有不利焉。思深乎高皇之諭先昭靖也：平滇必出師烏撒。則今日固滇而庇黔，亦惟制烏撒一著耳。且霑益，滇屬也。以台臺統金碧兵符，而坐視屬州折入土夷，不亟恢復，亦齊桓公之所恥也。故不佞拳拳以滇兵復霑益為請，且協援明旨，臺下實首承之。顯允方叔，可委王命於草莽乎？助兵之事，伏惟終成嘉惠，並責成沙源勁兵為道將用。效良誠降則受之，俾以縛逆彥自效。詐則討之，勢不得不獻逆自贖。用烏撒以平水西，滇、黔並福，而元臣功在麟閣不磨矣。

遜庵文集卷八

黔牘下

與黃毅庵大宗伯

聯老得謝，福唐決歸，吾鄉輿望，惟在閣下蚤參政機耳。閣下安石東山，鄴侯南嶽，垂貳拾年。蓍龜靜閱，可以決卜筮；車艦堅徐，可以梁山海。與貴門人鄭意葵公祖深譚，輒嘆爲救時管、蕭，而恨用之不速、不盡也。堯階屈軼，翻指夔龍，令人嘆息。然日月自如，浮雲何傷乎？萬曆之季，議者曰："發帑起廢，開言路，一日而天下唐虞矣。"今無一不然，而無一有效，其病根安在？不肖謂政柄無歸，便是亂本。譬如一身，腹心不能主，手足不能運，而五官之用盡化爲口舌，則亦不仁之人而已矣，閣下以爲何如？不肖郎潛之初，得奉色教。及高卑階絶，遂守援上之戒。即五載歸田，密邇卿雲；而少微隱士，隔影三台。疏懶則然，匪敢自棄也。散材樸柮，已覺不堪，況冒支傾厦，棟撓無日矣。行間之孫、吳，未若禁中之頗、牧。敬因順風，贅請筆籌，伏惟崇鑒。臨楮神馳，水天俱永。

與李湘洲大宗伯

深倚台臺立朝，剖大疑、決大紛，即贏黔兵食，猶庶仗持衡，以不患無鳩，而不虞遽以讀禮歸也。家慟杯棬，即國缺柱棟。以天下乏才、急才之時，而真經濟名世，反以私恤而緩從政，若天有愛於治平者，此不肖咨咨爲世道疑也。不然，若太母者曷不百年哉？自聞閩報，不覺茹涕中隕，敢云無從，蓋有家國之感焉。惟是天寵輝煌，異典爲昔不多見，則君臣母子之際，真極榮哀盛事，可以載青史而不朽。況台臺道德文章，焯然日月乎天下，足以升濟慈靈，垂揚罔極，又自有爲太母千歲之身者乎？伏冀抑哀循禮，以對蒼生。不肖蚊負，莫辭劍炊，自憐積苦積勞，釀成血疾，嘗一日夜下十餘次，已暈絕。幸仗慈庇，從鬼門奪回。今十步不能運，數語不能接，醫謂失血過多所致。目前惟以通上下官道、清水外六目爲近着。七、九月逆彥糾烏撤，安效良掃巢兩犯，皆摧破之。因掃助逆諸巢，先後緘三千六七百級。恨渠魁漏網，至大舉未敢輕議也。一切戎事，未敢以分孝思。不腆瓣香，敢薦槐眉，力疾口占，伏楮黯塞。

與徐匡嶽老師

子路之治賦有"勇知，方可以自信"，而夫子進以"懼謀若有難焉"者，蓋因才而篤也。若原憲之不可治軍，豈顧問哉？小子某憲恥之流耳，而責以子路之所難，未至乎事之情，而期期知不可矣。伏惟老師俎豆之訓，已寓折衝。而某學武夫子，尚愧冉求。身入黔疆，跋躓萬狀。黔病良多，括一"無"字。無財，秋毫以上皆仰鄰國也。無兵，近募已盡，遠募善逃也。無將，眼前能統千卒，威可畏，德可懷者，尚難其人也。無米，地荒不耕，飛輓天上。黔窮於糴，糴八九錢一斗；楚窮於運，運費亦如之，且米腐不堪食也。無民，省城不滿二百家，運夫無應募者。募之楚，夫逃騾仆，踣寘相踵也。而無米、無民，尤膏肓不可治之證。蓋米命民，民產米者也，米貴則民益逃，民空則米益乏。即貴陽視沅州八百里間，價已十倍。熟視無何，雖金錢百萬，米當他方三十萬之用，而大農且以望梅畫餅，行止兒啼之術。如某者惟有大聲疾呼，莫之救以死耳。加師旅因饑饉而抒茶，三年間竟有民以有兵，是子路足食之才，原過冉求一等，小子某日夜思之，竟不得其下手何術？應手何由？惟有告窮函席，冀發陋心，伏乞老師教之。耆英未召，兒童走卒望司馬者，若西拜之松。而長安局趨新異，道忽老成。然社稷憑以顧懷，蒼生伺其出處，此又當以天之欲平治卜之矣。

與周存庵少宰

午秋同譜，惟老年臺在日月之間，岱嶽貯雲，扶桑結繭，輔世之望交歸焉。

近者撲地震革，鼎足思賢。爰立之命，匪朝伊夕，道將光於天下矣。不肖智疏福薄，屢捷之餘，閫帥違令，遂致蹉跌。雖利鈍兵家之常，而黔之孤瘠，岌岌乎無以繼之，蓋去冬已抱此慮矣。徒恃愚公之志至或可移山，而不知夸父之力疲翻成棄杖，則不肖之罪也。始濫齒牙，類殷浩之竹馬；終虧仞簣，同羊公之頹鶴。則不肖負知己、玷桑榆之大耻也。眼前惟重事權、足糧餉爲制勝要着。賊合我孤，非改總督於遵義，制四省如臂指，黔事決不可爲。病多才盡，譴黜爲恩。如未獲命，則詹詹末議，望老年臺力賜主持。幸甚！

與李茂嵎侍郎

貴陽之守，即墨以來所未有也。問誰積餉？問誰聚兵？問誰蓄火藥？而爲所以守之實者，則台臺懋功不言，而造物者定之矣。儞一片孤城以還朝廷，而矛淅劍炊之身，償清福於山水間，台臺此時正可自勞自慰，不必稍芥浮言也。霧市開而鳳輝覽，出山入洛，大展壯猷，又何待蓍龜哉？王彭老之敗，真可痛心。失不在深入，在久頓耳。病根則泰然謂大事已定，文武三軍皆以子女、玉帛自累，至士卒抱金哭米，而霍冠軍尚罔聞知，所以一債塗地也。要之，漢高大英雄，而彭城亦犯此病。使非大風，尚並魯元爲楚俘矣，寧可以成敗論英雄哉？獨恨投艱，不肖蚊負距馳，其何能濟？滅賊方略不出大疏，苦難湊手耳。即台指調浙牌銃手二千，不肖縮爲五百，尚落渺茫也。遠惠德音，申之隆贈。先施下交，兩誼真薄雲天。拜命之辱，攻心大教，謹當服膺。端役馳候吉祉，薄奏謝私，伏惟台教，神與雁翔。

與楊大洪中丞

漢人有功臣、社稷臣之評，如台臺者，今之社稷臣也。昔之處移宮，今之糾大憝，太廟神靈且顧懷之矣。東西熅火未静，而有此豎，以爲之風，腹心之憂也。然愚見臺省只宜各一公本，而不必人草一疏。疏多則乙覽以繁聲取厭，而旁挑者且以附和啓疑矣。然主上，英聖主也，近習在旁，豈能遁照？而台臺忠義，又葵簡素深,意者暫迕以示無猜,而徐覆其言以驗左券乎?昔神祖時劾張鯨者滿車,政府助之弗聽。非久,以他事逐之,仍傳諭政府曰:"自以新愆得罪,非緣舊劾也。"蓋宮中處分,不肯授柄外庭如此,安知上不用此家法乎?此又當以社稷之靈卜之矣。張鳳皋司馬才智超格,不肖何敢窺其藩?舍赤驥而驅駑蹄,心誠愧之。水西伎倆真無能爲,而在我文武道將不知兵正同。特彼心專而我念歧,所以不勝也。平居不知束伍、節制、進止何物,募兵則任猾弁之騙餉,而以虛紙爲數,用兵則恣奸弁之躲閃,而以掩冒爲功。不肖與直指惕號獨勤,將伯莫助。勞足以病,鬱足以病,而餉脉漸斷,憂又足以病。痰嗽嘔逆月餘,食不能一器。初嗽苦欲倒胃,今乃不敢大嗽,嗽則頭胸俱痛,乃知葛侯食少事繁之不獲已也。滅賊之局未敢妄揣,但所能必者,過兵不敢擾,駐兵不敢毒。城中人心漸定,商旅日集,庶幾收物情以回天意耳,伏惟台臺教之。順風敬謝德音,馳誠天永。

與何武羲兩廣

恭惟台臺,星斗羅胸,風雲拓手,入爲漢庭之汲直,出則江左之夷吾。蓋孤峰立漢,獨表英多;而八桂成林,共依骿蔭。賜履益進,盡護左右。廣諸軍方且定東南海之池,而益鞏西北天之柱,詎獨九伯倚其專征,同盟承其牛耳哉!某襲飆蘭味,苊影松喬。啓事聯名,韓非每附於老子;木瓜托賦,《衞風》尤望於齊桓。正禦魑魅之初,遽動仙人之問。傍簾爲燕,賀廈獨遲;銜燭爲龍,戴盆先照。豈某敢專承之實,與夜郎父老拜如天之福矣。謹因上介,額手蓋高。

與何武羲兩廣

立蓋移陰,仰叩經濟之緒,蔓草零露,未足言也。晉鄙浪迹,山川聲隔,日月夢遥。我所思兮在桂林,未敢或怠。而音驛暌間,惟寸丹耿耿,固可互照耳。西粵瘠次於黔,而兩年間,台臺悉賦爲黔用。從邸報中間剽一二,每嘆良工心苦。猶謂投袂雖勤,腹鞭難及。今得大疏册詳讀之,乃知解省圍,蕩賊巢,勞烈若彼之著,黔人在幬載中而不自知也,即不肖弟幾失言矣。四月晤舍親蔣州守爾悌,誦台臺恤鄰之仁、任事之勇，每云救黔正以爲粵，與大刻合，私心佩服。台臺真佛地人也，水夷伎倆無多，而汔濟羸瓶，黔實自取。又以纓冠爲盟主憂，愧悚如何。大疏所云"以從井之思，罹焚木之慘"，爲之太息，敢言其他？惟是以粵西拯黔則難，合東西而賦《無衣》，猶若可爲，願台臺勿靳引手而已。逆彥陰通泗城，倚爲後戶。攻心伐交，彌仰神略。所云"道將緣黔受累"，於心有戚戚焉。黔先後覆師，未嘗一問軍正，而援黔者反受其黜黷，此亦事理之極不平者。容某入貴築覼其本末，即以一疏雪之。溯風神往。

與朱恒岳

台臺廓清永繭，二酋暫爾獸逸，終就網羅。服南之功，堪媲葛相矣。黔局決裂，過由深入，愈彰蜀功。然安熾，則奢酋必歸水西，借兵以窺故穴，是反以黔累蜀，此不肖所凜凜也。台臺大臣懷四方之慮，固宜以爲憂耳。解俘昭武，欣覩盛事，不肖得點名疏末，割榮何量。前因蚊負黔疆，奏請筆籌，計達台覽。嘉貺寵頒，感鏤之餘，彌切歸依。

與畢東郊鄖撫

昔者兩貽音而兩左。新春褒城許簿以台翰至，如雲將再遇鴻濛也。詢星珮趨朝，亟修候狀，依然空返，自懊薄緣。旋聞賜鉞，距踊三百。弟之福緣，乃在此乎？修西方者信力成就，而佛光爲之接引，非虛語矣。鄖爲附枝，可行無事。而弟愚誦思居、思外、思憂三語，未免矻矻，猶之唐勞也。得台翁臨之，無言之冶，不動之標，文武將吏當有默化而速肖者。夫修器者勞而迹淺，抱蜀者靜而化神。弟則巫馬期矣，而台翁亦詎宓子所能盡擬乎？白嶽舊爲參副，台翁嘉惠玄參，而白嶽與參東西交拜，又可知也。澗毛祇修舊典，伏惟采茹。副旗鼓李標奇宜往迓，而以修城難離，統在台炤。附許簿報書，未諗獲達否？燕牘呈覽，聊以證弟歸依之勤耳。

與畢東郊鄖撫

弟之不類，負鄖歲深，宜禦魑魅，顧不敢自謀，而不能不爲鄖謀也。玄嶽有靈，惠徽名世，揉此三藩，又弟所久附膠漆，而從猷銅槃者，則又不暇爲郞人舞而先自舞也。郞之得歲，即弟之得天矣。恭諗台臺松標柱漢，岱德吐霖。入則皋夔，出則方虎。五嶽之履，願供湯沐者何限，而竟爲郞得。叄之長諸神山，不待他占而決，於此無疑。郞雖無腆然，而汪伯玉、王元美用之矣。以弟不類，黯然後塵，而賴台臺道德、文章、經濟，修三者一振之，千古有光，此弟自賀、賀郞者，而又重爲叄賀也。若弟莠田待耨，敗局待救，遺苟敝梁，賴壯猷以填補其劂刖。山藪藏疾，又不假言矣。敬歌滄浪之曲，以迓玄纓。不敢儷啓，遵功令也。江漢滔滔，心與東赴，伏惟崇鑒。

與畢東郊鄖撫

雍、豫、荆四履，軍民以二十年之結想，三月之盱衡，而節樓一建，帷星建福，車雨成膏，筐漿距踊，豈止郭細侯光景耶？弟之虛薄無足言，即屈指前修，其道德、文章、經濟，孰與台臺之全？蓋原戴、汪、王合爲一冶，自有山川，始見此異人。叄長五岳，漢通天津，得台臺而人地甲寰區，真堪鼎足天柱滄浪。賀得賢主，距踊又可知也。惟是地割星芒，皆險瘠之區，而勢類牙錯，柄疑瓢裂。弟品輕才綿，拮據歲餘，思居、思外、思憂，略無所底。台臺望崇則經天紫斗，道濟則結繭扶桑。三藩象指，當自有葭琯孚而鼓鐘動者。一日維新，仰答天睠，而弟借以填補黥劓，掩飾苟梁，稍減幸功之萬一。台臺大造於郞鄉，即大庇於舊吏，終身誦之而已。

與畢東郊鄖撫

恭諗台臺劍履所臨，山川增勝，鄖鄉從此重開太平景象矣。弟拮據戎行，心長力短，最苦黔中米踊，斗價一金，近糴無地，遠運登天，雖有兵不敢輕集也，況烏合難用乎？尤苦所部署文武，未有一至，僅携一監軍劉大叄，而墮馬重傷矣。一中軍蔣遊擊，而中痰臥床蓐矣。孤鳴獨拍，捉露可知也。回想郞子，如從天趣墮阿修羅。因思《老子》有"小國寡民"一章，蓋欲於樸静之地，留太古鴻濛，郞庶幾近焉。又幸台臺以道化炊累之，上代净樂，亦復何遠？餉金二萬，京解短少，不肯兌交。弟思計部以三萬在楚派取足，不若就楚抵還，免致紛紜。伏惟台裁。

與畢東郊鄖撫

趙文肅之譚鄖事，誠爲破的，然僅以鄖言鄖，而未及以天下言鄖也。弟嘗深觀之，則衡天下邊腹諸鎮，其重莫鄖若者。從商於取武關，非入秦要道耶？天漢秦蜀之喉，荆州蜀楚之吭，我實控之。襄陽北指中原，南導全荆，而由宛、鄧以達雒陽，又宋來所爭爲要害者。試策古今豪傑所戒心動色之争地，而鄖俱縮其轂矣。其初創立軍府，直謂民流地曠，縫補其所不足，而關會乃如此，即議者亦不自知也。然地之負重百六十餘年，而乃今得異人，以真成其重，則我台臺當之。摶挍宇宙者，有才、有識、有膽，而總根於一誠。台臺置身太乙，清人遜其冰雪，慧人遜其日月，任人遜其風霆，而憂樂無念不在君民，真《大學》所云"明明德於天下"者。雲行雨施，總自太清中醖釀，而更誰能窺其際哉？不肖區眢溝猶之質，濫厠前粃，敗弈荒疇，深煩救耘。是□而英藻凌霞，盛相頑獎，曷勝局蹐。即硜硜之守以仰天半峨眉，真覺形穢，而台臺津津口之不置，乃知大賢與人之周，取善之節矣。不肖私念鄖陽、荆州、襄陽三地，宜各貯鋭兵二千，爲緩急備。然兵難聚，聚又難散，惟有精選將、廣貯餉、多制器三法。顧鄖在慶曆間歲餉額萬五千餘金，舊事積鏹至二十萬，而惜乎漸割漸削，浸失權輿也，難言之矣。上智無名，上兵無迹。斗氣一指，而四氣俱成。以得人爲符，以察吏爲鑰，則台臺司契環中，非不肖所能擬議矣。

與畢東郊鄖撫

張魏公曰："人有不爲，而後可以有爲。是孟子至論。"尹和靖曰："未也，還是好善優於天下耳。"以某仰窺台臺，則實苞二語而質有之矣。弟初持論亦重不爲，及見東西交棘，乃幡然謂不爲者未必盡能有爲，曾與周蓼洲吏部貽書往復。今讀台教，煆金於冶，漚管於流，鼓爍濯澤，窮水火之力，至於穀秭之不存而後已,乃若冷泉澆背然。夫如是,習氣盡而性光現矣,天下之大經濟有出吾性靈者哉！而何不可爲之有？台臺農譚稼,圃譚蔬,質有之言,鑿鑿有味。不肖未窺涯涘,然借獎爲鞭,益知自勉矣。若好善一語,則千古來惟台臺獨吞雲夢,弟雖十舍,終愧莫及。弟四履祗制湖北、湖南,即武漢承岳,風馬牛之不相及矣,況敢妄窺大國之宇下？伏惟台炤。

與畢東郊郇撫

天下才人甚多,惟愚人甚少,弟則愚而無才者耳。若才矣而出以愚,宗溟指日不移,險隘不擇昏曉,雖艱鉅事未有不可濟者。嘗謂人之知我,不若我自知。弟自揣軀幹局度,實非行軍之料。強驅原思作子路,甫至乎事之情而已有陰陽之患矣。身在此地,自退不得,薦人亦不得,啞子吃黃連,惟有腹苦而已。抑子路所云"攝大國間,加以師旅,因以饑饉",恰是黔中畫圖。然不借兵、借餉,"比及三年,有勇知方",夫師旅相窺,能容我三年團練乎？饑饉日急,能待我三年耕墾乎？某十五歲即疑之,今四十九矣,日夜思之不得,其方略何出？即遍質師友,亦未有以發弟覆者,伏乞台臺教之。荊州練兵,委屬長策,襄之樊城亦不可忘守。顧弟雉隴不及,非所敢知也。珍贈逾涯,此風人所爲賦《木瓜》矣。略布崖略,不盡傾嚮。

與畢東郊郇撫

弟中年講明一"大"字之學,謂以"修身"爲本、爲宗,"以明明德於天下"爲量,而以"毋自欺"爲入門。凡有而後求無,而後非,每三自反焉。故弟雖束吏極嚴,而待之極恕。如道府推轂中,已有被重劾者矣,然弟終行其所見耳。惟千户管以成之薦,弟略無聞免,祗據道府造册開揭,再三求推轂,遂繪陶轂之葫蘆,而不知其狼狽決裂乃爾,則徐大參、郭太守相誤,而弟愧未具天眼、天耳、他心三通故也。承種種溢飾,如面棗何？翼虎炮、追風槍,信制勝利器,然苦無良工,荊州所携數名,俱庸手也,恐當在徽、浙中求之耳。補餉事,敬聞命矣。

與畢東郊鄖撫

入黔而憔悴，無復人理。不惟代做監司之事、將領之事，且無日不代做小委官之事也。罰數十親覽，葛侯豈不自愛哉？遭時之不弘，將伯之無助耳。台臺諭以綸巾羽扇，不知其正事繁食寡、嘔血酸辛時也。弟從來報章不隔日，而今留鄖使至過旬，非極沉綿不爾矣。伏惟慈宥。

與畢東郊鄖撫

嚮承命貺，惟誦《隰桑》之詩。惠風翔暢，峚山高而滄浪深，弟爲舊父老之得天也，何慶快如之！惟孱弱冒危，肩無將、無兵、無餉，僅與傅元獻協力拮據。雖頗摧破賊，擒馘三千七百餘級，顧逆彥逋誅，何益於成敗之數乎？最苦者，積勞篤疾，兩月咳嗽，化爲嘔逆，嘔逆化爲下血。九月廿五一日夜行十餘次，魂欲辭屈原，自謂已矣，促筆草遺疏，不能成字。幸以獨參湯活，今尚從藥室卧護諸軍也。病長智短，攻心殲魁之略，祈老年翁教之。鄖城未訖工，此弟掛欠事。望老年翁督成，若有冒破宜究，委官即江潮，雖入黔，一檄可致也。附四金箋求妙墨揮灑大咏，儻肯以大幅字二紙見貽，則如天之賜也。老年翁久斷畫，故不敢請。弟求妙墨者，非惟《七發》，且以當續命之丹矣，容尚人上領。又弟署中題《李方伯叔元養病疏草》，乞命書吏錄寄。溯風神往。

與畢東郊鄖撫

寒盡而不知年，幽居而不悟春，嘗聞其語矣。黔中地坎窞而事劍炊，與窮愁終始，其忘年不必無曆，而失春不必凍厓也。惟羽檄小間，望紫氣北浮，知爲天柱，真人布和斂祉耳。恭諗台臺，府曰"好生"，既收元氣，木爲盛德，盡邕仁風。當三微會旦之辰，造萬歲成純之業。峚嶺開青，滄浪回綠。捧蒼璧而發獸尊，即虛金華席以迎星履矣。師命侄促，獻頌未能。而芝翰從天，追錫大來之貺，不謂鶯老之候，重發鳳嬉之音。唉棗知劫，吹葭發萌，不是過也。感曷云喻，流光難攬,戴德倍悠,臨楮惟有神搖。

與畢東郊鄖撫

聰明不及前時,道德日負初心。雖退之語,而台臺爲我拈出,遂令汗出透背矣。外典有言,利刀割泥,泥無所成,刀日就鈍,良可慚嘆。台臺所曲加丹青者,自反無一有之,不知所以被蒙之實。詩文衰錄,亦得十餘册,留在常武,俟病間取至,當繕寫一副,走呈風斤。弟住郢十二月,而足不上天柱,可謂不韻之極。台臺當有五色筆施天柱峰,與烟霞泉石互相映發,爲古今補此缺陷矣。

與畢東郊中丞

弟討賊不效,仞功虧簣,不敢以違節制委罪,業自劾待譴。惟負國恩,負知己,九隕莫贖耳。伏承台翰獎期,增其震越,函有異光發之,則寶墨淋漓,右軍超世之迹,摩詰無聲之詩,不意婁子坐獲摩尼,猶恐丁甲窺人,煩雷電取將也。感極!感極!盆梅盛發,入弟月夢。玉蘭三株,樹乃俱不花耶?可悵也。想今冬春色當倍還人矣。粗箋未足仰展墨妙,猶冀以名箋錫之。菩薩瞻佛光,無厭足想,弟亦如是。拙稿因兵事倥偬,小史無暇力,不敢忘也。曾錄十一,欲寄米仲詔者,未達,先呈台覽。

與畢東郊鄖撫

張楚材入黔,命教恩勤,兼拜書畫墨妙,榮光起而燭天,知寶氣之所歸矣。即促其旋,附布謝忱。而胡子芳復以札睨臨之四扇,玩爲霞彩,揚即仁風。弟如菩薩瞻佛,無厭足想,而攬梵字、咏法音,抑何多幸也。餽歲遠頒,便覺仙家日月,可引而長。顧侏儒短節,形以龍伯,彌慚不敏耳。鄖刻三復,深賴補天色石,觸岱膚霖,以慎舊事之劓刖。至加派一事,弟所認數尚缺千餘,仍累台翁廉泉之餘,爲鄖人加額者三,而自省敝笥,真不敢不踴也。五千七百四十餘金,在黔得續命之膏,而在鄖封醫瘡之肉,台翁功德,兩地與劫石俱矣。弟以焚筆硯之時,兼枕干戈之際，文情都盡。前略附十一，容當録上。然讀鄖詩，奈小巫氣索何？

與畢東郊郇撫

莊誦《徵信録》，老伯母真笄櫛偉丈夫也，是開名世以禎國家，豈偶然哉？台翁以第一等之人，兼三不朽之事，解紱則六載彩衣，貽芬則百年彤管。天人之際，得全全昌。即授簡如雲，孰若自昭前者之大且永乎？弟以不敏借研，聿當執御，榮施曷量。然偉丈夫之母，必得丈夫之言方無慚色。而弟也，夸父之棄杖，且自擲蜍志矣。即欲槃悗其辭以贅槐眉，恐王母之山不受也。不獨刀筆羽檄，情田未耨，而負羊公鶴之嘲，有何微音可當三青鳥乎？謹拜而藏之，容兵事稍定，勉效一言，庶賴贊佛之虔，以懺撓棟之罪。讀錢受之太史之表，而重惡慨焉。鞭駑補過，尚望台翁有以振之，並祈貸其展緩之愆，臨穎主臣。

與畢東郊郇撫

照畝鄖逋，萬無可徵之理，弟言之不啻嘔心。當時李崧老亦殊見念，而謂不敢開端，只不以此件作考成耳。故戴守仕傑住俸未解，便與優擢，國議可知也。然此賬不勾，終是一重公案。老年翁勤勤爲民請命，弟獲助一言，附於邪許，猶可懺負鄖餘罪，筆已踴躍矣。顧債輥待勘，矢來無方。俟交代後，朝論稍見寬，當草一疏了區區腔赤也。郵筒中重承敦命，喟然慚嘆。使能結殲魁之局，何至患苦父老爲老年翁憂？飲刀吞灰，自艾而已。附書者，千户程之久心慎力勤，亦緣弟罷告歸，又負吾子弟也，惟老年翁昕植之。舊中軍蔣吉嗣，都閫尚廷棟，現住郾、襄守備黃繼昇皆廉敏力其官，而繼昇又弟同開戚也，前巡道劉蘿徑喜其樸心，肯做實事，軍政方新，伏祈均賜培植。襄陽樊令，弟所首薦也，聞於弟頗不快。靜言思之，當以居郾時，檄批操切開咎耳。弟欲革驛馬私幫，而襄陽應頗緩，有告拐誘者，令差皂行拘，而皂徑將所拐男女數口捲爲己臧獲，出票月餘，不問勾銷，被告發，盡法繩之，宜其逢怒也。弟薦疏中，徐學憲、徐司李皆觖觖不樂，薦猶爲罪，此不善譽之過也。弟私自評不能爲今之人，又不足以爲古之人，而妄欲存古之道,則足以取尤悔而已。拙人宜隱,深感君相之玉成也。惟老年翁教之,庶幾補過,不盡盯衡。

與薛正亭中丞

黔之望楚,若隔天然。台臺歸袞之期,無所聞之,然諒天心簡在,以後洛為作宰之階,自然亟代以需趨朝也。不肖負郎,既同維戢之舟,入黔又附纓冠之室,仰荷大造,傾雨露以活涸枯,當與數十萬生靈勒之劫石。乍離盟主,弱小何依?惟有寄愁寒月,與鶯聲篩色共相來往耳。伏惟大臣之慮必在四方,仁者所立尤先窮友。諒不以日月之間,遽遺蟻封之照,則悉賦濟師,尚望鼎力不淺矣。不腆刈芻,聊將秣馬。伏惟涵炤溯風,曷仞神依。

與楚兩臺

黔中坐井,兼兩月沉疴,人禮廢絕。時郵奉德音,深其饑愾。不肖負郎,無所短長,惟官評不敢苟。荊郡徐理才裕而心無恒,故巡道盧參政殊鄙薄之。即以舊江陵之黷肆,敢力護之,曲為蒙蔽,品可知矣。不肖治兵,未遑搜索,猶從慰薦,亦憐才意也。語云:"走盤珠無滯照,批窾刃有虛迎。讞毋求生,材多善鑄。"有何相抑?而渠謂薦章乃褒中之貶,到處訴人,無所釋憾,遂遍投揭,謂薦荊三令皆不當,欲暗撼郭守,而揚不肖之過。不思三令擬薦,乃道府及該廳所共聞也,宜都力革廠差之害,長陽一味茹蘗,其骨、其守,何可抹殺?石首雖稍平,而去年堤獨堅,能為民庇,故不肖因道、府、廳之薦而薦之。乃該廳自瑜自瑕,朝由暮躁,抑何閃爍至此?至郭守清如雪,貞如松,雖事上接下或太苦硬,要當於古義求之,而同舟之內,天水違行,其人為何如人耶?亮台臺自有膽鏡,洞若觀火。然不肖得之確聞,不得不一奉達,亦為世道三嘆也。

與孫玉陽楚撫

夢與人戰者,角敵甚苦,而不知敵者之亦己魂也。天下一身也,奈何一身中而六鼇相攘乎？辛亥至今，星紀不啻周矣。謬謂癸亥一案，庶幾平之，而不知轉輪之更甚也。薪火相推，而人才、國事俱受其敝。婆恤有心，匪獨同調之私慨矣。台臺山立難搖，玉磨更瑩，所謂何傷日月者，但悵星福守而旋移，雨膏收而難下耳。無力攀轅，忍言秣馬，而翰睨重臨，何堪別路離雲之感？天定勝人，賜環歸衮，旦夕間事，不待風雷而後發上心之悟也。若黔之羸瘠，驟奪盟主，乳兒離褓，未足言矣。迴風鳴謝，賦此依依。

與孫玉陽楚撫

唐、宋之季，黨禍與國運終始，讀史悵嘆，何意於今見之。驅天下以爭南北部之勝，不可言也。驅天下以奉中央之人，而借其力，尤不可言也。台臺暫收五色之雲，自抗千仞之鵠，風節與太行爭高，夫復何恨，特爲楚惜禾黍，爲黔念纓冠，爲廟堂慮失正人之用，不能不耿耿隱憂耳。不肖觀近事，水火之勝，數年一復，其勝愈甚，則其復愈速。方勝之日，即有不可居之勢，而使飽帆風者莫之察也。臣子何足言？而以剝落受之人才，以空虛受之國家，誰生厲階？忍負君父，天定勝人，台臺休復不遠。所望嶽鎮八風，海平萬壑。相皇極之化，而消偏陂反側之爭，天下猶可爲也。敬因返岫，豫祝賜環。不腆一芹，聊托武昌東門柳。悾悾之私，未忍言秣馬。致在留衣之後，更望炤其不敏。別路雲飛，神隨飆往。

與李雲卿中丞

弟入黔遘危疾，九、十兩月未得爲人也。台臺華旦小間，始追檢得之，而慶期甚遠，非肉人可攀矣。惟是負黔之初，即自矢一意拮據戎行，不敢復理小夫竿牘，蓋才拙宜然也。以此徒懷怒饑，不敢補過。乃廢蓼之辰，忽荷如天之貺，且感、且驚、且慚。乃知葛侯臨戎之暇，茂弘接物之周，真非駑足可擬追風也。尊賜義當拜宿，然安有弱季未能上壽，而伯兄反爲稱觴者？增其踢踧。謹附上介，藉手當謝，伏惟台慈涵宥。

與粵西董景越撫臺

台臺夢蛟則烟霞在袖，豢龍則膏雨隨輪，文章開濟，斗南無兩。不肖餐風跋斗，執御之懷久矣。幸以代匱，忝附同舟，區區羸黔，恃盟主而保焉。沉疴三月，坐稽慶牘，而認簾之影，依依曷忘。藥鐺稍間，敢告嚮往，伏惟涵采。八桂摩天，神隨月路，不盡歸依。

與王崑璧中丞

汴梁披襟傾蓋，束帛以贈，程本不是過也。荆、豫合而爲郾，強附同舟，貪與名世結緣，一再嗣音而鳳輝遥覽，德風從此遠矣。台臺松心凌雪，嶽德吐霖，儼然正浙臬以師諸侯。兩浙天下心腹也，奠天下先培浙，而安浙民先澄浙吏。台臺九德爲標，六氣爲治，貞之肅之，而百城萬戶，家戴福曜，人舞春臺。此五岳所以柱天，而六鰲爲之定嶠者也。金掌升月，玉鈴動星，敬爲天下望之。不肖舍参嶺，入貴築，承積壞之餘，於疾爲瘵。身既庸醫，而奇窮不能具藥物，以意治之，黔病未動而醫先病，反以其病病黔。主人責其不效，逐醫宜矣。殷浩、房琯待不肖而三，然淵源徒矣。柏元子猶曰："有德有言。"令僕之選次律罷，而杜子美傾身救之，古人不屑故如此。台臺推汴梁傾蓋之心，豈忍遽割席哉？因胞弟恩生蔡復心過西湖，附承多祉。黔山足雲，不堪持贈，寄夢梁月而已，因風依依。

與南二泰中丞

閩憂紅夷猶伏癰，然緩則根滋，急恐勢決。一朝逐去，若馴鱷驅羊，可謂徙癰於樹，而病者不知矣。非師武將力不及此，而老公祖運幄折衝，真醫國盧扁手也！不肖與海濱父老獲安耕漁，受福無量。想書勛於大烝，即側席於歸袞，甚麼！甚麼！不肖昏孱，居骨立之黔，醫術窮而病先及之，黽勉拮據，三鼓氣竭。謬許愚公之移山，幾成夸父之棄杖，始信應龍遊雲，非蟲蜋可希矣。黔病惟在奇貧，斗米七鐶，餉多亦少。而無將無兵次之，張翼待譴，猶爲滅賊計，急募鄉里火攻健兒，宇芘之下，不敢不聞，伏惟嘉惠曲成，即同《無衣》之九頓矣。曩頒《名園圖咏》，安石東山，晉公聞喜，可覘經緯餘略。而病夫玩之，神骨俱輕，不減摩詰輞川也。塵胃未浣，蟬響蛩吟，願俟羽檄之間，伏祈亮其不敏。臨楮瞻戀。

與丁哲初冏卿

台臺虎林書，以張襄惠見望，樸忠有之，才具則跛鱉之於天驥也。水西勁於紅苗，而今時勢艱於曩十倍。即襄惠居之，猶然庖丁之族，況去千萬而無數者乎？襄惠陷思、石二郡，而能以功終。弟屢捷之餘，仞功虧簣，而以挫敗見放，其不相及，抑又遠矣。惜乎襄惠之五載臨邊也，吊沅芷者有馬伏波之嘆。弟秋冬篤疴，其不爲襄惠者幾希，而仗庇保餘生以還蔬水，謀國深憾，謀身多幸。然弟終不敢以身幸，而忘其負國之罪也。在郎答黄太史石齋云："人之知我，不若我自知。殷浩、房琯，豈無赤心？其歸可鑒。"今覆之，字字實錄矣。時局大更，而台臺尚稽賜環，即虛臺丈亦然。然非稽不見中行獨復之效也。弟如發弩不中，摧撞息機。而台臺衛孔周寶劍也，豈肯輕用哉？童子服之，而却九軍會當有時耳。羽檄相逼，宦情、文思，一時都盡，先表歸耕後當可料理也。解縷復褐，不足以當，絲筐畀爲絺袍矣。

與楊泰階侍御

幸呉全哉！二楚之久依法曜也。《大官書》云"歲星守則爲福"，參衡江漢若有靈焉，向帝座借名世以張楚者，而蕞爾羸黔，兩載中索賦濟師，台臺大造，不特《無衣》一時之賦，長依盟主威芘福持，更自不淺矣。嚮授郵教，示以選將才之方，中心是藏。道府所報上考多軟媚，而薦者或骯臟，此確中武評膏肓也。顧真才可以戰者，亦自不易耳。兵局方新，而部派已竭，不得不以新年之餉，乞濟於楚。黔敢外府楚乎？譬則窮子之於慈父，予取予求，不汝瑕疵耳。伏惟台慈俯采公移，催司速濟，君始君終，佩德最極。

與陸太和按院

台臺蒼竉啓聖，松柏傲寒，激揚則殿陛生風，諏詢則輶軒握雨。惟茲江漢之澄清，兼使牂牁之開朗。舊歌卵翼，新庇提攜。雖則如毀，父母孔邇，夜郎今日似之矣。不肖既乏老謀，又慚壯事。勝因人力，敗則己辜。徵發不息，爲三楚憂。不勝踽踽，窺籌筆之餘，而仰飛輓之繼，跂跂以幾。乃潤藻甫將，瓊華渥逮，宜討而旌，增其汗浹。黔毛無傅，楚肉已瘠，守則有餘，攻則不足。實今日之勢，而又非可以長守也。住行俱費，緩急兩艱，惟恃台臺爲二天，願有以振之。敬因鳴謝，布此蒙求。臨風悚息。

與徐南高侍御

某聞故事，學道巡歷，往返辭謁兩臺，俱延見賜回。顧以日月頗久，與在省他司道不同也。昨望日，文學道請假，擬十七日往上黨，而今未果。蓋爲祗候台臺回，顧未敢輕發耳。伏惟台臺躬法周公之勤，常問老聃之禮，恐左右未有以故典告者。某義叨庇宇，心切輸滇，不敢不密聞，伏惟台裁。

與顧桐柏

南浦龍光，錦江魚字。影移音間，夢路苦迷。易水治兵時，台臺鳴珂卿月，咫尺天喉，而修候未能，若或掣之。乃知舟近三神山，風輒引去，非虛語也。台臺獻賦爲馬長卿，草《玄》爲揚子雲，而清標正骨，霜松露鶴，又得古文人之所未有。天下多事，正賴謝安石譚笑靜胡沙，奈何久抗東山臥耶？不肖才短病多，負郢無狀，南禦魑魅，雖經綸愧於屯雲，而匪躬師於蹇水，移山愚在，逐日力窮，台臺何以教之？小序詹言，屢勤記獎，乃知與人之周，探善之勤矣。感嘆！感嘆！路將在荆，由白帝徑入蜀，不肖志也。區區以大義格參謁，監司尚不謀面。正於路將拜命之辱，冗次裁答，心在榛苓之詩矣。

與彭天承侍御

台臺高厚之造，不敢言感，言則淺矣。辛酉虎林，距通德門咫耳，而病影塌翅，僅以一介奏微忱，宜台臺以不屑教之也。至今思之，蓋跼蓋蹐。伏諗台臺五色之雲，歛而不雨，蒼生觖望。然時局如旋火輪，高下不息，達人所恥。褰裳則鳳飛千仞，腴道被德，理端簡之遺書，而觀鳳毛之事業，正自有味耳。若引汲直以屬社稷，用宋璟而長中臺，此又當以天之欲治平卜之矣。不肖濫竽郎鉞，稍可藏拙。黔局危而當路擬起張鳳老，已定矣。楚人修熊芝岡之憾，力攻之，而轉以委不肖，大咈初議。迄今請餉諸疏，如石投水，其根尚有從來也。水西地廣人衆，五倍播州。而安邦彥伎倆，絕無能爲。恨轉輸不應手，而文武道將於兵事皆若隔垣耳。不肖服膺葛侯鞠躬之訓，積勞積苦，邁疾瀕危。幸以獨參湯活，今尚從病榻臥護諸軍也。東望紫氣，寤夢焉依。敬因浙役，跽問多祉，臨風神與雲搖。

與江西田直指

李守爲京賦，俱中格，而橫坐逋名。不佞批司並檄督之，至今未報。然臘月小疏，已爲剖雪，亮可無動佐台臺倡牧阜民之政矣。不肖負郎咎多，宜投貴築。可惜王彭老以垂成之功，一跌塗地。固人有遺謀，亦天未悔禍也。藥誤而求醫，局覆而思救，扁鵲、弈秋難之，況拙手乎？移山雖屬愚公，逐日終渴夸父。願發龍燭，以開蝠昏，共濟乏人。舉知疏僭引九江陸憲副，釜戛轍枯，又緣協濟明旨，求激西江。事急路遙，不遑先請憲指，統恃慈原。

與羅貞復侍御

黔禍三年，力不能問盤江外，而安南存，普安復，至今猶時藉滇威，以慴戎心而稍獲自固，秋毫皆台臺與閔公祖力也。古今之急鄰者，有之矣，皆主角而客掎之，未有主不能和，而客日爲倡者也。台臺咄嗟起滇，水火之餘，開堯天、揭舜日,而其聲靈猶足爲黔司命。不肖乃知大儒有真經略矣。蚊臂負山,矛淅劍炊,艱危未喻,惟恃盟主而保焉。無競惟人,則有鳩在魯矣。戎馬倥傯,未遑先請籌筆,而寵命臨之,感悚交懷。肅布謝悰,神隨飆往。

與朱白岳侍御

老父母河潤九里,不肖跧伏林皋,餐風沐露,私懷嚮往,而不敢一奏小夫之牘,惟處則聆和月之琴聲,出則誦回天之橐奏耳。纖才荷弱,謬肩危黔,真晉人所云"劍炊矛淅"者。天幸而老父母按滇,滇、黔脣齒,而滇之大力尤黔庇也。朝廷知黔不能自立,故以協援倚功於滇。滇兵不出霑益,則安效良悔禍不堅,而助兵黨逆彥無已。時黔不支矣,黔折而滇憂方大,庸獨利乎?即效良真欵附,而霑益乃我地,非酉土,恢復之與受降,局不相礙也。況重兵臨境,效良堅其順心,而消其他志,正可速之降乎?滇兵一復霑益,而可以完滇,可以拯黔,可以遵協援明旨,備茲三福矣。伏惟老父母忠結丹宸,憂先天下。諸侯不能存者,亦齊桓之所恥,況王佐乎?懇祈鼎言於閔公祖,亟俞乞師之請,敢忘再造?臨楮曷任歸仁。

與溫青霞侍御

弟嘗謂强弱貧富,有時轉之。黔,周室之未成子也,無足論。蜀在葛侯尚矣,即李雄、王建、孟祥、明玉珍用之,率能北抗衡中原,而役屬諸夷如隸,未聞其困於小醜而無以待之也。蓋氣運有贏絀,而物力亦若隨之虛實,豈人力所能爲哉?台臺按蜀,察吏、綏民、奠兵、處餉,賊雖未殲,而滅賊之規模已定矣。異日論俘奢功,誰能先張翼哉?恨弟戎馬倥傯,無能頻乞幄算,而篤病呻吟,即瓜期亦坐罔覺。承德念留別,憪然自責,不敢比數於人間。驄轡徑指庾嶺,謹以大覛,藉手膏秣。不恭之罪,伏冀寬專車之討。臨穎曷任主臣。

與劉伊人銓部

三銓求賢,台翁以清通簡要,水鏡人倫,而吾浯又增一盛事矣。且台翁居心若水,立節若山,超然暄風驕日之外,而天縡首推,此尤可爲世道加額也。進賢退不肖,太平之基,其道在舉實而獎恬。世有通患,平而薦才則才多,險而仗才則才寡。《蟋蟀》之詩,思居未足,而繼以思外、思憂,瞿瞿蹶蹶,而後得休焉。若以速化招之,能居者鮮矣,況思之以及外乎？天下可憂者方大,而臣子所憂於君父之憂,似有歧念。不肖所私太息正人心、拔真才,不敢不爲台翁誦之。然台翁靜觀者久,而今日見之行,則又何事瞽言乎？不肖以荷弱謬試劍炊,其最苦在餉不贍,而最負國在危病。叁月蹉過機宜多少？雖仗國威靈,屢破賊而巢穴實深,渠魁難得,未知局之所結也。台翁樽俎折衝,幸有以教之。計事稽緩,一以病,一以所屬不共,有詢者幸爲剖析。

與張磐嶼世兄

不肖以問耻原思,強之治賦。始慕愚公之移山,終成夸父之棄杖。負國恩、負知己,自擴曷贖。黔事難筆訴,大抵有苗無民,有頑山無物產,有糜餉之漏卮,無資餉之涓滴,有冒兵之將、蠹餉之兵,而無求敵之兵、練兵之將。最苦則斗米價常六七鐶,以兩人饘饘一兵猶不可飽。五月垂盡,而四月餉尚有未支者。無論不可戰,亦不能練也。又最苦者,不肖弟七月十八入黔,至正月半年耳,卧病鄰鬼者四月,何以作壘旗之色？黽勉拮據,爲平凱苗、通滇道、掃水外,破三入犯之寇,積功萬級,而終以一跌,不但虧簀,抑且塗地,其勢然也。然要自弟不武耳,使蚤得王崑老臨之,寧至鐘鼓不靈至此？今幸而得崑老仗鉞,豈止臨淮之繼汾陽,實如龍圖之振范雍。不肖弟藉胸甲數萬,救其壞局,而崑老素荷知愛,掩瑕匿醜,又不待言,一何多幸乎？不肖荷弱撓棟,累楚人湯火無息肩時,清夜愧汗。台翁爲楚憂,兼通家骨肉,誼爲不肖憂。一聞代者十倍,曹丕當亦代弟喜也。東西羹沸,而台翁以救火之手,袖卷經綸,使弟空爲羊公鶴。去則去矣,而舍驥策駑,鑄錯難悔。諒追鋒之命,匪朝伊夕,然每閱邸報,未免杞憂。屠龍展劍,未若橘中深根固蒂也。

與李碧海祭酒

恩生蔡復心,不肖胞弟也。賤昆季兩人,旅春家弟始舉一子,聞不肖有黔役，即入常武護賤眷。因之金陵秋試，完其恩生入監之事。事竣矣，聞不肖病危，不遑撥歷，重繭赴黔視醫藥。不肖幸粗愈，蒙恩放回，仍詣南雍補撥。老公祖道德文章，旗今古而未輟，弟子之籍，得承末光。自詫曾供眞人箕屨之役，此家弟之幸也。然一年行二萬里，家祭誰主？隴樹誰培？非治水之役，而有癸甲、庚辛之稚幼，原鴒勞羽，良自可念。不肖乙卯在楚憶弟詩云："道路猶言易，蒸嘗重獨持。"老公祖至性人，聞此當益教以孝弟矣。家弟監事無一日缺，伏冀台慈，垂念雁戶，即賜撥歷，俾獲蚤歸，治先人丘壠。不肖爲屋上烏，而家弟永托仞墻桃李，感矢弗諼。

與林鶴胎司業

郢中修候木天，值台翁有休汝之行，滄浪非不通閩海，恨其云遠也，然亦自責其不勇矣。儲相者以禁林爲梯仙國，而台翁與季翀宗伯翩翩南行，吾閩有人焉。超然於水火濕燥之外，靜觀天人，而以山水養其才，成輔相之道，宜候氣者占五色雲在秣陵也。匡天下者以人才，而太學爲豪傑之鄧林。台翁軌物以躬，磋磨以學，士皆型冶於成德達才之教，而眞人品、眞開濟出焉。鑄人之化滿天下，而樹人之功在國，台翁相業在璜水間，吾能徵之矣。惜乎弟之不類也，一試而爲羊公鶴，玷辱桑梓。然而才弱、身病、黔窮，會此三難，遂成負國之罪。葛侯一失之馬謖，而云"應變將略，非其所長"。弟喑啞自甘，以馬伏波之武，困於武陵蠻，竟以身殉武溪苗，則弟又自幸也。總之，身是原憲一輩人，何堪子路治賦耶？忠有餘而力不競，恃台翁察之驪黃外，或爲鄉里所通耳。采藻旌心，敢告嚮往。胞弟恩生復心，去秋監事已竣，聞弟病危，重繭赴黔，未及撥歷，原鴒可念也。今往南補撥，幸充弟子籍，伏惟台翁善成之。寄懷朗月，與南颷俱翔。

與選郎

宇內眷眷多事，興吏治而敏戎公，惟用人挈其綱領。台臺水鏡司天，權衡命物。百世之樹，賴翁受以遠貽，即千里之衝，本精神而可折矣。不肖曩聞計報，頌澄叙之風清；今喜典銓，占甄陶之化遠。雖荷弱撓棟，核棄何言？而簾捲定巢，荒包麋擇。敢旌微悃，仰冀炤涵。黔功之窳，人才不競，不肖宜爲黜首，乃監司郡邑稍經簡汰，輒苦無人。黔中瘠瘁，又非人所屑居，即宰司擢補，往往投牒地方，虛有箕斗之名，而不獲桭桷之用，只得從近求之。若不稍假便宜，則員缺實多，而地荒愈甚矣。伏惟臺裁俞允，去秋監司郡邑二疏中，有掛察者、現糾者自當削去，其餘俱乞垂慈查覆，庶衆材支廈，累石負岑，風濤中猶賴左右手之救，而不肖亦稍減覆舟之咎矣。歸命善鑄，翹溯良勤。

與歐陽嶰谷

鄖鄉奉教，深佩先施，山甫補袞，進而龍作納言矣。在台臺爲故物，而南中梧垣，月珂相映，清議自出之地，得正人爲宗依，自是盛事也。台臺司牧爲真吏，建白爲名給諫，今養名世之望，爲清九卿。一誠所透，澍即雨膏，立則松嶽。且夕阿衡，天下真品、真才，豈得判爲兩途哉？不肖陋姿窳器，在鄖不濡，況俾支黔之危廈，其何能穀？惟是鞠躬盡瘁，開誠布公。葛侯有言，懼事成謀。先師有訓，服膺以往，而深恐隸也不力，有負南顧。千里之勝在幄，萬里之勝在廟。雖有弓矢，不如筆籌。敢采潤毛，贄請筆籌，伏祈推囊餘教之。貴鄉楊衡毓心計萬全，王彭伯氣吞小醜，迹若相反，義實相成。而歸師失律自覆，反以相累，可謂遭時之不弘也。衡老固甘爲同舟受過，而衆鏑交湊，一往深文，台臺何以定此公案？臨水馳誠，心與江永。

與錢梅谷太僕

酉冬寒雲，一通雁字，力托淇澳宗伯爲達愚誠。仙凡路隔，音影莽蒼，惟思夢隨月，不與山河俱斷耳。鳳德巢阿，衆禽延頸。顧金掌玉珂，未足展名世之略。且夕宅銓秉憲，正人心而修實政，則太平有路矣。渭水藏月，傅巖銷烟，而猰貐尚横，鴻雁日困。淳于髡誠不知賢，顧吾輩取而三省之，未必非他山之砥也。不肖謂病根虛多實少，情多法少，議論多、力用少，而急名爵，緩君父，尤可刺心。台臺貞標直道，家學世儀，蒼生所仰。願倡同志，光吾道於天下，幸甚！不肖疇昔誤蒙壯猷品目，今遂待罪危疆。急病士誼也，匪躬臣節也。雖荷受誠願之，而敗局難支，空拳不搏。恐公事不了，以累則哲之知。惟是以和集思，以實汰冗，以律馭衆，有制而後求可勝，固本而後求克敵，庶幾奉懼事成謀之訓。寡過未能，伏惟台臺推筆籌教之。

答蕭太茹方伯

弟之樗散，忝郇贅區而畫葫蘆，庶可無罪。若之何畀以危黔，而又當殘局破壞之後也。屝子而負重，歷險途之人猶嗟嘆之。若其習故，必將詔焉扶焉，顛隮之慮深而周親之誼篤也。台臺於弟不啻習故，乃不憂而賀，不規而頌，不爲龍燭，而但爲鶯鳴，則身之顚又何日之有？台臺晉禾愈茂，名邕宜光。弟之舊瘢，深賴掩蓋，君始君終，爲德乃大。黔步迷陽，更望叩囊餘教之。

答岳薔庵

鬼方震伐，願仗壯猷。不謂時局大謬，丘毛伯一見小疏，即知其迕世矣。果然王心一而爲吹求，至以僕之用人爲臺下所用，是薦賢一舉，適相累耳。僕不得已再疏云，"精神只在事中，不暇顧事外是非。而用人只問其才之宜不宜，不問其人之願不願"，爲不辯之辯，乃銓部逕覆，六月息矣。疏語一奉王疏爲聖書，令人扼腕。大抵政府猶有主持，而司功氏則桔橰之俯仰而已。在高品偉望，非浮雲可點，而僕時命不弘，不獲將伯之助，拊心自嘆。所舉監司未有一至，而琴中風鶴之餘，殊乏朝氣，以獨手撐危舟，殆矣！承教深佩德念，願訂後盟。

與胡瞻溟年兄

驂靳卅載，閱水之川成世，而尋夢之路易迷。追釋良遊，停雲落月，增其嘆息。恭諗老年臺清望則喬松在漢，壯猷如郢斧生風。八桂成陰，邵棠可接；三階占象，周袞遄歸。甚麼！甚麼！不肖弟才本散樗，身同病草。入黔十月，而以四月鄰鬼之危疴,治七鐶斗米之溝瘠。馭兒戲之將、烏合之兵,黽勉拮據,爲之平凱苗、復普定、通滇道,拒三入犯之寇,積功萬餘級,終以一跌,不但虧簣,抑幾塗地。信時命之大謬,實將略之非長也。蒙恩放歸,罪重責輕,負國自慚,全軀多幸。惟聳觀名世勛烈,同藉有寇萊公、張忠定者,一解書生無用之嘲,差堪自慰耳。能始年兄塤箎遞唱,異日風流文彩,照映山川,尤自快事。弟爲廖平、李立,蔬水沒齒,無足復言矣。猶有言者,則懷遠防備陳居安,弟梧州同闈人也,聞弟督黔,欣然有功名之會,棄官見投,而荷弱撓棟,竟失所期。今黔踔還粵,尋燕子舊巢矣。伏惟老年臺垂眄屋烏,曲甄造之,俾獲守一官,仗劍自奮,可稍減弟罪業,不啻成身之賜也。人廢言輕,時高誼在雲霄上矣,依風翹切。

與馬方伯

台臺主岳陽樓,而不肖治酉山。以枭長主黃鶴樓,而不肖治參山,鴻迹不相及也。獨以翼軫共躔,僭附同舟之末,可謂慶緣,抑其山水之勝,亦有以相取耶?今台臺儼然領首藩爲諸侯師矣,出則召公之棠,入則周公之衮,不下帶而道存焉,無待善祝。而浙財賦藪,於天下大勢則心腹也。浙厚而北極逾尊。台臺以清、正、誠三德察吏綏民,登浙人於春臺,而培寓縣之根本,此非浙功,而天下之功也。不肖器小懷大,投畀鬼方,才盡病多,撓敗取咎。即以山水論,夜即闇胐,視虎林湖山、山陰台宕之巨麗,何啻君臣。台臺功名益起,而不肖以荷弱襪聲,故其宜耳。桓元子、殷淵源共游而異歸,桓所棄竹馬,殷輒取之,以此定優劣。夫夜,即亦人棄之竹馬也。然桓終念殷,曰"阿源有德有言,合僕之選"。想台臺於不肖或未忍割席,敬因胞弟恩生祭復心過西湖,布其翹領。自愧空函,惟寄懷朗月,隨風入楊柳矣,依依未罄。

與鄖襄道劉海輿

不佞心長力短,所居去輒餘愧,而愧故愈不能忘。每飯必祝繼爲政者之得仁賢,以補己往之剒刖也。離鄖一載,崟嶺滄浪,實照此心。歲星守楚,而門下棠風黍雨,儼然以召伯膏沃之。僕未暇問政,三復來章,竊窺憂樂之深心,而附草木之臭味矣。門下樹德於荆南者,即是樹德於僕也,何幸如之。鄖土瘠無雨,而民朴有初。所苦者歲荒役橫,爲食心蝗耳。得門下師夷而乳黔黎,僕庶幾爲鄖釋憂,爲己減戾。惟是荷嘆不梁,虎羞墮武。誦"蕩平在即"之言,不知容身何地? 竭忠補過,片念雖數千里猶一堂,願門下有以教之。敬因展謝,布其摇摇。

與長沙府

曩拜瑤華,藏袖經年,字不滅也。參衡相望,遠莫致之。惟遥想紫芝,引領軫中一星,心隨飆往耳。黔局又危,楚肩難息。根本之計,惟廉慈固結民心,是真保障。門下水鏡辨才,願言加意,一剪牆壁葛藤之緣,而衡於蒼黎之好惡,乃佳也。新化陳令治安,曾見所著《貞言》及古詩數首,類貞恬士。又聞武昌縣言其騎驢赴補選,步行投謁,買餺飥過午,則雖未卜其有爲,而似有所不爲者也,故爲之緩頰。今聞寶慶道府議處,豈其縣政不可耶? 抑宜古而不宜今也。其鄉紳陽生白公祖有書極頌其賢,子民或從厚道,而陽公祖清介甚,又素不輕言者。門下有真聞見,幸直示,庶得自省,而免失言、失人之悔。湘潭縣孝廉史紀鎮,先君子本房門生;增廣生唐登岱,先師唐麒石之子也,俱恬修好學,幸加昕睞,或轉致令君拂植之,感且不朽。小刻附覽教。

與馮開三

邇因領誥,小牘奉候,計達清覽。台翁以郭有道人倫之識,振山巨源啓事之風,虛鏡定衡,坐收物望,即異日統均先路矣。欣服! 欣服! 紅夷初見撫臺公祖疏,謂可淨掃,而傳聞不咸。五月無家信,未敢懸定。要當以彭島之去留,爲決勝之虛實耳。不知長安中頗得確形否也? 弟才隨運往,病與日多,顧影蕭然,殊深磵阿之想。吾郡鄉寺相繼出神武門,爲維桑人物,嘆而未嘗不羨其鴻逸也。泉山人何以不合時宜乃爾,幸一教之。先君子令蜀樂至縣,而士民俎豆於十五年餘,甚感其厚。適有貢生楊文煥者,先子立會首取士也,因泰昌恩選,以赴考過鄝,出先人手墨,相對泫涕。文煥不忘故師友,其誼足多,且貌偉而學不膚,能自樹者。伏惟台臺推念屋烏,曲加培植,部考置之前列,俾得以有司自效,則不肖爲親感,非特爲身感也。本生未嘗敢乞衷言,而不肖一見先迹,撫先人之弟子,懷不能已。台臺孝思錫類,定不督其饒舌。

答 榮 府

旅夏奉揚仁風,遂周四序。夢繞雪宮,歸依之誠與朗江俱永。恭諗老殿下以河間、東平之大雅,兼陳思、梁孝之右文。南嶽奠其維城,羣泂飲其餘潤。此蘭臺所以披颺,而八公願爲司鼎者也。甚麼!甚麼!不肖某天之畸人,投畀魑魅。秋冬沉疴,人鬼相鄰。而老殿下一聞爲之惻軫,特寄佳參,以資藥餌,借此仙人之杖,粗扶牧圉之身,感同再造。愧隸也不力,屢捷之餘,忉忉虒簣,尚厲狹城之氣,幾奮澠池之翼,庶可仰答鴻私萬一耳。回風鳴謝,無可爲獻。伏願崇令德寶榮名,聿求多福。病軀羸劣,不揣丐秋丹於藥局。恃慈根許爲雲中之雞,不靳餘匕。

答 劉 學 憲

三百日圍城,完以報天子,此即墨未喻其危,而睢陽追恨其破者也。國家威靈福德,過前代萬萬。而紙堞金城,則人人功。門下不衰,同舟起敵,弦激矢發,似鬼神爲之,非人力也。然門下之孤忠勁力,已揭日月於天下矣。平溪與陸太老言之甚悉。旋讀部覆,快直道之昭明。然輸銀課米,黔人恩怨雜出,尚有欲乘計相撼者,僕持不動,旋俱帖然。磨礱愈瑩,亦非綿力所能重輕也。承教大刻爲黔畫者,真是老農譚稼,粒粒皆苦;國醫處方,劑劑皆中。所恨牛種無畜,藥物不全耳。實心做事之難,惟同病者始知其痛。回風賦謝,未罄欲言。

與江陵黃了袁

旅春赴黔,繫舟江岸,貴縣爲之舉將才、募猛士,深感同仇之念。僕之不武,竟負彤弓。今且以橈棟，復爲石戶之農矣。負國負友，慚恨何言？惟居鄢識元紫芝，賴以自慰。光化撫字在古卓魯間，小疏舉知，爲楚人也。江陵新令議留，而舉賢者代之，亦爲楚人也。《緇衣》、《甘棠》，相期古處，而敢當左右之移德乎？江陵之劇，十倍光化。心競口多，人所斂裳避之者，然在門下，正爲利器之盤錯耳。己正則物動，誠至則權生，故地無難易，難易在人。庖丁遇族，視止行遲，動力甚微，謋然已解，此亦吾儒細心密理之用也，願賢者勉之。鶴廳梧垣，即虛一席相待矣。不日移駐朗渚，可承風音。臨池神往。

回萬縣毛

貴縣以維桑之恭，兼同舟之急。募兵一事，多方激發，至捐廉俸五百爲之資斧，即子文毀家紓國，何以尚茲？無奈楊文試等陽以勁手應縣點，而實不在行也。沿途募無可募，至黔覓黔營蜀人替點，本部院以計散之，而鳥逸者數百，一千之衆，存者不及三之一。前奉告云，周善繼、王時志不可用，豈無見而然哉？然此實頑弁之負貴縣，而貴縣熱腸壯略，固昭昭乎揭日月也。現存實兵三百二十一名，用過千金，不爲甚濫。已移咨朱制臺，動協濟黔餉一千金內，以五百金補府庫，以五百金還貴縣俸資，誼不可使廉吏釜生魚也。助餉尚不敢費，況儼然修餽，施之何名？輒附募兵官完入。不獨僕自愛廉，亦爲貴縣愛傷惠也。心炤是望。

答張磐嶼世兄

急病，臣誼也；投艱，士節也。黔行雖禦魑魅，弟誠安之。但不意入黔大病奇危，幾與司命卜鄰。仗台庇幸而自活，猶若學步嬰孺，一步不能自行也。黔中無將、無兵、無餉，無一可恃，恃安邦彥伎倆黔驢耳。弟此時求爲三家村中農夫而不可得，何者？諸苦可受，病魔難支也。視老世丈真有天修羅之別矣。種種袞飾，並厚相期祝，俱非所敢當。

與何武峨兩廣

憲使周君維京，弟同年中骨肉而肝膽者，恬和耿介，溫其如玉。養母辭榮，以十年大參之資，四年實俸，僅轉一階，品格可知也。南韶少參韋君國賢與先子同鄉譜，父執也。爲令抗莊山之使，下禁獄。蒼松雪蠟，當於資格世法外求之。恩平令陳君一經，不肖同閈至戚，誼友而心師之者，二十餘年孝廉，足未嘗至偃室。其爲令，專意墾土、劭農、勤民，若家有古循吏風，持身冰雪，於粵暄風驕日中，超乘上矣。台臺天衡人鑒，以道爲治，自在悟賞之中，而不肖緇衣一念，幸逢知己，當事不敢不自竭。

與劉貞白

金掌陞月，綉衣行晝。缺然馳請德教，先荷貽音，感慚曷喻。不肖荷弱，謬承夜郎敗局之餘，以蚊負山，未喻其速顛也。二祖所不能除者，而今欲取而版章之種可盡乎？今日之事，始則用撫爲勦，終則用勦爲撫。不過離之分之，殲魁赦脅而已。顧其間機宜，尚坐暗室，而"練兵運糧"四字，千辛萬難。仰光龍燭，願扣囊餘教之。救黔必先固楚，常有是言，敢忘并州別諭，敬桑、緇衣兩見之矣。敬謝指南。

答溫青霞侍御

小雪後二月，陰雨霏霏，病榻苦寒也，而忽有陽和之氣自天而下，驚問則台臺午餽臨焉。鄰六花之候，而拜五絲之貺。至人冬爨鼎而夏造冰，於今見之，抑閬苑日長，故春秋八千，則今雖寒律，從仙家眎之，安知非尚蹋草嬉舟之日哉？大貺藉手，轉申蒲觴之薦，神憶梅熟，心與雁飛。

與徐念陽

黔弁勇盜餉，而黔吏怯任事。弟識不足以知人，而力又不能得之。中朝以收人之用，戛戛乎難矣。監司惟劉滄柱、陸景鄴、王迴溪，鐵中錚錚。尹惺蘢亦有一段骨氣。有司則周同知鴻圖外，未見其人也。越僉事募兵則擾，督兵則逃，胸中柴棘，亦自不少。豈黔地不宜黔人乎？曹守撫苗不承權輿，挾苗爲重，而反乘苗爲利。甚哉！人不易知，而悔弟之失言也。顧文臣猶多遠志，將才實難，弟心眼中不能識一良將，而使之治兵，可謂用違其器，年翁何以教之？王國禎果毅而勤幹，其容孔武，跗注中未易才也，直指甚是刮目，藉手可不負德意。蓄緒難宣，寄心梁月。

與李茂嶼

旅秋拜台翰鼎貺，中心藏之。歸鴻未動，先走一介布候，私計入典籤矣。不肖撫黔，孑黎輒追思墨守之功。西南半壁，猶勉支撐，皆仁造也。苦識闇力綿，中遘危疾，將塗六月，未獲奠枕之期。賊實可圖而餉已先竭，眼前斗米七鐶，兵士日糧四分，僅易米半斤耳。衣扉鹽菜，何所仰給？啼饑號凍之人，乃望其投石超距乎？運價費餉，益復不貲，雖派百餘萬金，無他處三十萬之用也。茹茶啞苦，想台臺或知此味，憐其非無疾之呻耳。台臺忠懸日月，手定河山。釋六鰲之肩，而養大鵬之翰，旦夕正銓，樞席名業，當益光偉。不肖儻仗威芘，蚤結此局，爲黔父老完大賜，歸釣海濱，頌星辰而沐霖雨，足矣。

與李任明父母

辛壬癸甲，別路遠而離日長，乃挹露餐風，依依然坐龍唇之側也。天以仁父母私我輪山，爲父老賜者，不肖拜焉。爲季弟賜者，不肖重拜焉，是佩德雨也。葉縣之舄，再趨元會，而水鏡之署，梧竹之垣，虛左以待名賢矣，輪山不能私老父母矣。召南之歌棠芾，仲卿之念桐鄉，仰父俯子，今古一情。父老與不肖兄弟，又何曾離龍唇之側哉！不肖秋冬病困，仗芘自還，如更瞻日月者。力綿智短，雖捷羽屢飛，而折首遲奏，何以釋聖主之南顧，副知己之西懷乎？中郎清音，獨投元嘆；太白慧眼，蚤識汾陽。伏惟老父母推餘略教之。西山吟眺，正好料理經綸。家弟復心相依荒署，不敢修箋，附訊多福。候雁北向，托緒俱翔。

與李任明父母

不肖有黔役，日近日困。拮据將塗，知《鳲鳩》之善模寫矣。非忘食少事煩之戒，然所辟署，文武無一至者。黔官寥寥，皆風鶴餘息，誰可分力？臨淮將汾陽之軍，無所更置，而麾羣變色，令人轉憶汾陽耳。敝邑邁紅夷之釁，惟恃老父母，不啻勝兵三千。然王喬舃即朝天，是水鏡瑣垣人物，海邦不能再借矣。劉尹之樹言清，邵公之樹言惠，請兩志之寒門，極荷庇映。而胞弟某又承以道義，推愛桐鄉，奉嘗外實多一知己之感。芝翰瓊貺，當之魂搖。顧黔勞無復人理，不能莊答，容展候於西山看雪時耳。咒觥其觫，以當飲愷。深佩善祝，何以不負隆期？黔中無將、無餉兼無處法，英雄束手，蹇劣可知，若水西無能爲也。鴻雁將南，寄心雲路。

與傅元軒按臺

方叔老而壯猷，台臺壯而淵算，乘雪候以出車，抗霜旗而指路。葛侯天威，神人助順。蠢爾逆彥，可立縶而俘之闕下矣。不肖職在司鼓，病阻執殳，蓋僅類輿疾之韓弘，而台臺則真視師之裴相也。實喜且慚，禮當迎宴。卧蓐未能瞻雲，額手謹采沚毛。預薦愷觴，並犒將士從役，遵舊典而從約也。伏惟崇采。

與楊修齡先生

鄧濟寰，敝同年也，劉文昭其子，而以半子遂爲劉省吾之子，入沅乃知之。弟意其習故將軍方略，欲收爲用。而楊衡老曰："吾特借其名，彼虛有其表耳。"入黔乃知其果然也。傅元老極不相滿。弟固欲阻其來，況有母子噬指之戀，絕裾鳴劍，未有棄孝而遂忠者也。承教，敬聞命矣。

與喬獻蓋公祖

老公祖澄清海嶠，法與秋陽肅，澤與春飆翔。每讀大疏，輒爲父老手額福曜。紅夷已計取殲魁，計餘黨當就掃除。若嘯聚彭島，尚結疽根也。南老公祖自有勝略，而老公祖以驅鱷之霜威，消鯨鯢之波蘗，亦何煩杞慮乎！不肖黔驢短技，使承敗局，無兵、無餉、無將，挺身入虎穴，何以撐此半壁？伏惟台慈憫而教之。轉眼山甫遄歸,虹璞蠙珠,全收夾袋。敝郡所知者,銀臺吕天池,清真卓器,未知持服滿否? 粤西撫趙鈐岡之猷識,江西方伯戴贊嬔之骨氣,俱閩望也。趙爲開府而約若寒士,戴以貧,十年不能謁補,其苦節尤爲同味,故敢附陳,以充藥籠。伏惟慈宥,潤藻將誠,響風竦跂。

與蔡虛谷

輪山視漳,不減具爾。於漳中有圭海,於圭海中而以不肖眎翁臺,則尤草木之味也。過江同道明之譜,一也。拄笏聯馬曹之寮,二也。西山晴雪,風塵倦夢,無日不在雎鳩署,而紫芝寄想,白雁難通,朝饑曷解? 恭諗英格壯猷,領武功選。駙注君子,欣欣響用。共歌禁中之頗、牧,行配塞上之范、韓。即劉忠宣由樞屬參藩,竟本兵柄,爲名臣第一,固翁臺前事之券也。不肖才短病多,負郋積咎,恐終爲同開、同署羞。翹首司南,庶鞭其後。

回南陽趙太守

人之才性,各就所近,以成一家而歸於道。謂門下毛舉爲察,鷙擊爲威,誠不敢阿所好。然而廉慈恬静,使地方受和平之福,而驕風暄日之時,復見君子典型,則不佞所心折矣。既推轂而又特揚,實出中信。馮禮老忽有他議,令人不解。畢箕殊好,不必相同,抑或有中之者耳。門下但反躬可自信,使僕之筆無愧,即爲賜多矣。尚泉之言,不能使賢者重,而過佩德念,敦諭再三,非所敢當也。循良品不可磨,政不可諼。即馮疏亦云:"初擬首薦矣。"大計寧至他虞,鼎貶藉手告完,黄守道亦遂不免。甚矣,宛之抱蔓也。

答傅熙宇房令

門下真誠廉肅,房陵之政卓然在古賢間。而不佞所最莫逆者,赤子之心、處子之守、君子之品也。道義相成,同舟共之。剡章入告,爲民達賢,亦伸《緇衣》之道耳。來教殷殷,殊非世情套語。至歸僕有助於人品,僕何敢當? 然門下而言及,此則世道之慶,而亦樹人者之先也。德指既不爲感恩而以知己,則雅貺僕亦領賢者之心而已,不敢自破戒也。人品之階無止,愈進愈不足,而總以不變塞爲根,出則循吏,入則貞臣,願懋勉之。房魁卷思精力厚,是我輩人,敬領教。

答荆岳徐亮生學憲

承教,深佩隆情。惟蚊負任重,隕越是虞,良有望於司南耳。懼事成謀,先師有訓,敢不服膺?科考彙送,俾多士各盡所長。作人之勤,恐衡文以來爲創見也。陳新化因其詩知其人,亦猶行古之道。然直指見答者,似未盡釋然也。要之,僕行其心,直指用其義,陳令順其命而已。即其有濟,敢貪天功耶?

遯庵駢語

爨餘駢語引

　　雕蟲刻鵠，壯夫不爲。雕刻而至於四六，益下矣。余初嘗拈筆，友人李端和曰："子則工矣，然今去而爲兩司，屠龍之技無所用之矣。"逮入楚，酬酢不能廢，取辦咄嗟，安得從容？問代斫間，以緩者屬諸生草創，而其詞皆襲也、腐也、諛也，意不能已，復自拈弄，積四年得五卷。學問政事之晷，十奪其二。刻之以志苦，且志愧。刻成，自覆之，僅能不襲而已，而其腐與諛，固自若也。噫！即使不腐不諛，亦蟲絲鵠毳，壯夫所不屑唾，況腐且諛之無以愈於代斫者，而敝敝焉，役精神爲之，以奪其學問、政事二分之晷乎？專此精神於學，學必成；專此精神於政，政必舉。是吾過也。夫從今盟菊花前，斷此無益之筆矣。目之爨餘，言其可爨也。吾家中郎辨桐於爨餘，而以其琴清千古。是編幸離於爨，雕蟲刻鵠之外，其亦有一言近道，庶幾山水之餘清乎！則吾不知也，當起子雲與中郎共辯之。九月菊開花日，蔡復一敬夫識。

目　　録

爨餘駢語引 ··· 蔡復一　537

遯庵駢語卷一 ··· 557
候啓 ··· 557
候葉臺山相公 ··· 557
候王袞白座師 ··· 558
候黄慎軒老師 ··· 558
候汪雲陽座師 ··· 559
候孫淇澳少宗伯 ·· 560
候宫坊同年 ··· 560
候楊澹我給事 ··· 561
候馮景貞學憲 ··· 561
候陽生白太守 ··· 562
候李青岱縣尹 ··· 562
候顧桐柏侍御 ··· 563
候楊修齡侍御 ··· 563
代候郭希宇中丞 ·· 564
代候黄慎軒太史 ·· 564
候黄太老師 ··· 565
賀鄭鳴峴大冢宰 ·· 566
賀張撫院陞少司寇啓 ·· 566

賀劉衡野起少宰掌詹……567
賀衛治臺陞南少司馬……567
賀董撫臺新任……568
賀梁撫臺新任……568
賀張名川黔臺……569
賀錢梅谷按臺臨省……569
賀劉陶宇方伯……570
賀周達庵右方伯……570
賀右方伯柴羽元……571
賀侯澹軒晉秩還任……571
賀王柱明憲長……572
賀王豐輿驛傳道晉秩……572
賀上湖南卞惺銘大參……573
賀陳昶谷少參……573
賀屯鹽道張三陽大參……574
賀同道許鰲南、馮文所二憲副……574
賀劉彬予少參……575
賀高啓塘大參……575
賀武昌巡道張玄中憲副……576
賀上湖南吳生白憲副……576
賀侯澹軒轉蜀中左方伯……577
賀梁惺田轉浙江右方伯……577
賀袁文海轉雲南憲長……578
賀楊昆林轉貴竹大參……578
賀鄧虛舟轉蜀中少參……579
賀瞿觀轉粵東少參……579

539

賀司道進表 …………………………… 580

賀馮文所進表 ………………………… 580

賀都司進表 …………………………… 581

賀司道入覲 …………………………… 581

賀吳工部 ……………………………… 582

賀袁晞我中丞 ………………………… 582

賀實淮南方伯 ………………………… 583

賀石楚陽公祖起海道 ………………… 583

賀呂益軒僉憲 ………………………… 584

賀畢見素大參 ………………………… 585

賀韓璧城憲副 ………………………… 585

賀陳赤石大參 ………………………… 586

賀劉惟後大參 ………………………… 586

賀沈仁庵憲長 ………………………… 587

賀楊玄蔭海道 ………………………… 587

賀熊思誠學道 ………………………… 588

賀福州孫心易太守 …………………… 588

賀姜同節太守 ………………………… 589

賀陽生白太守 ………………………… 589

賀程信吾太守 ………………………… 590

同周林二同年賀福州周司李 ………… 590

賀鮑觀如大尹 ………………………… 591

賀李青岱大尹新任 …………………… 591

賀黃潛山父母 ………………………… 592

賀南靖倪六符大尹 …………………… 592

代賀饒映垣文宗 ……………………… 593

賀李集虛太史主考 …… 593
賀姚司諫主考 …… 594
賀兩司出簾 …… 594
賀董撫臺迎太夫人 …… 595
賀陳冲然得男 …… 595
賀張參戎 …… 596
賀上荊南道張華岑 …… 596
賀陳志寰右方伯 …… 597
賀顧都閫 …… 597
賀蔡五岳太守 …… 598
賀柴羽元陞廣東左方伯 …… 598
賀下荊南何鼎隅 …… 599

遯庵駢語卷二 …… 600
　通啓 …… 600
　　通王霽宇大司馬 …… 600
　　通省中諸公 …… 600
　　通臺中諸公 …… 601
　　通侯澹軒方伯 …… 602
　　通屯鹽道周海門僉憲 …… 602
　　通瞿達觀學憲 …… 603
　　通卜荊南楊崑林憲副時祝釐回任 …… 603
　　通史恤部 …… 604
　　通鄧元宇總戎 …… 604
　　簡楊修齡侍御 …… 604
　　謝張誠宇撫臺薦 …… 605
　　謝董誼臺中丞薦 …… 605

541

謝史蓮勺直指提薦	606
謝董撫臺	607
謝董誼臺方伯	607
謝王豐輿	608
謝梁悝田	608
謝顧箴吾啓	608
謝陳冲然	608
謝陳穎亭	609
謝司道同僚啓	609
謝同僚啓	609
謝吴工部	610
謝清浪李參戎	610
謝李霖寰中丞惠扇	610
答薛青雷中丞	611
答黄鍾梅中丞	611
答顧箴吾	612
答王豐輿	612
答陳穎庭	613
答侯澹軒	613
答王豐輿	613
答卞悝銘	614
答楊崑林	614
答陳昶谷	615
答胡存蓼	615
答史心源	615
答李斗初	616

答冀奕軒 …… 616

答韓衷雷 …… 617

答王玄亭 …… 617

答鄧虛舟 …… 617

答顧箴吾 …… 618

答張三陽 …… 618

答王柱明 …… 619

答袁文海 …… 619

答同僚 …… 619

答劉陶宇 …… 620

答許鰲宇 …… 620

答許鰲宇 …… 621

答馮文所 …… 621

答張玄中 …… 621

答鄧虛舟 …… 622

答許鰲宇賀攝巡篆 …… 622

答史恤部 …… 623

答吳權部 …… 623

答吳工部 …… 624

答伍金臺公祖 …… 624

答黃州守王回溪父母 …… 624

答荊岳太守 …… 625

答劉望奎 …… 625

答劉望奎來啓誤聞進表 …… 625

答劉望奎 …… 626

答長沙陳司理 …… 626

答黎平賈司理 …… 626
答姜幼蒙給諫 …… 627
答白大行長青 …… 627
答孫心易 …… 627
答孫湘山 …… 628
答龔茹溪 …… 628
答鄉宦 …… 629
答江華李年伯啓 …… 629
答李海鹽 …… 630
答張華陽 …… 630
答畢海康 …… 631
答尹宣城 …… 631
答洪含初父母 …… 631
答洪含初父母 …… 632
答陳龍南年伯 …… 632
答陽生白太守 …… 633
答永春夏孺和大尹 …… 633
答漳郡貳守龔五從 …… 634
答江藜峰同年 …… 634
答胡月川 …… 635
答倪六符啓 …… 635
答順德令吳琪梅啓 …… 635
答顧箴吾 …… 636
答都司薛建亭 …… 636
答薛都司 …… 637
答高參戎 …… 637

答李參戎 ………………………………… 637

答鄧總戎 ………………………………… 637

答清浪李參戎 …………………………… 638

答張華岑 ………………………………… 638

答周鎮遠 ………………………………… 638

答顧都閫 ………………………………… 639

答馬荆陽學道 …………………………… 639

答柴羽元別 ……………………………… 640

答楊修齡侍御 …………………………… 640

答馮心石憲副 …………………………… 640

答何鼎喎 ………………………………… 641

遯庵駢語卷三 ………………………… 643

壽啓 …………………………………… 643

壽張誠宇撫臺，時轉少司寇九月 ……… 643

壽董誼臺中丞六月 ……………………… 643

壽董誼臺 ………………………………… 644

壽錢按臺二月 …………………………… 644

壽錢按臺 ………………………………… 645

壽張名川黔臺十二月 …………………… 645

壽衛桐陽治臺六月六日 ………………… 646

壽治臺衛桐陽，時陞少司馬 …………… 646

壽董誼臺方伯六月 ……………………… 647

壽劉陶宇十一月 ………………………… 647

壽侯澹軒十二月 ………………………… 648

壽周達庵九月 …………………………… 648

壽王柱名十月 …………………………… 649

545

壽李斗初午日	649
壽王玄亭四月	650
壽陳穎亭三月	650
壽顧篯吾三月	651
壽王豐輿四月	651
壽陳冲然七月	652
壽瞿達觀九月朔	652
壽許鰲宇三月三日	653
壽吳工部六月	653
壽管五陵，時正奏最	654
答許鰲宇謝壽	654
答吳工部謝壽	654
答顧篯吾謝壽	655
謝司道送生日	655
謝同僚送生日	655
謝參戎送生日	656
答王豐輿送生日	656
答司道送生日	656
答送生日	657
答常德府送生日	657
壽梁撫臺九月	657
賀柴羽元壽十月	658
壽劉陶宇方伯	658
答司道賀壽	658
謝同僚賀壽	659
答同僚謝壽	659

答武官賀壽	659
謝武官賀壽	660
答澧陽鄉紳賀壽	660
賀張撫臺年	660
賀董撫院年	661
賀史按院年	661
賀兩院年	662
賀司道年	662
賀兩司年	663
賀顧箴吾年	663
與都司年	663
送都司年	664
賀姜同節太守年	664
賀張東山太守年	665
答兩司年	665
答司道年	665
答顧箴吾年	666
答都司年	666
答武官年	666
答常德府年	666
與張撫院午節	667
與兩司午節	667
與司道端午	667
與同僚午節	668
與兩司午節	668
與部使端午	668

送都司午節 …… 669

與都司午節 …… 669

與都司午節 …… 669

答司道午節 …… 669

回同僚端午 …… 670

答兩司端午 …… 670

答都司午節 …… 670

答都司午節 …… 670

答武官午節 …… 671

回常德府午節 …… 671

與張撫臺中秋 …… 671

與貴院中秋 …… 672

與司道中秋 …… 672

與司道中秋 …… 673

與部使中秋 …… 673

與都司中秋 …… 673

與都司中秋 …… 674

回司道中秋 …… 674

回兩司中秋啓 …… 674

回都司中秋 …… 674

回都司中秋 …… 675

十月補送彭祖銘重陽 …… 675

回彭祖銘重陽 …… 675

賀董撫院冬至 …… 675

賀撫按兩院冬至 …… 676

與兩司冬至 …… 676

與兩司冬至	677
與都司冬至	677
與都司冬至	677
回司道冬至	677
回兩司冬至	678
回都司冬至	678
回都司冬至	678
與兩司中秋	678
與武官中秋	679
答兩司中秋	679
答武官中秋	679
答常德府中秋	680
答屬官中秋	680
送許鰲宇重陽	680
答許鰲宇送重陽	680
答鄧元宇重陽送中秋而報我重陽，故有此答	681
答常德府重陽	681
答高參戎送重陽	681
賀兩臺冬至	682
與司道冬至	682
回兩司冬	682
與武官冬	683
答武官冬	683
賀兩院年	683
送司道年	684
答司道年	684

與劉蘿石年	684
雪中答周太守年	685
送武官年	685
答武官年	685

遯庵駢語卷四

迎送啓

迎衛桐陽治臺	686
迎衛治臺入境	686
迎錢梅谷按臺	687
迎錢按臺入境	687
迎梁醇宇撫臺	688
迎梁撫臺入境	688
迎錢按臺巡岳陽	688
迎錢按臺巡湖北	689
迎張名川黔臺	689
迎彭按臺	689
迎下江防朱月樵少參	690
迎湖北馮文所憲副	690
送張撫臺還朝	691
送張撫臺	691
送胡瑞芝黔臺	691
送董撫臺出境	692
送史蓮勺侍御	692
送梁悝田	693
送史恤部	693
送馮文所	693

迓黔臺張鳳臯	694
公請王衷白座師	694
再請王衷白座師	695
請錢梅谷按臺遊君山	696
岳陽請錢院	696
常德請錢院	696
荆州請錢院	697
沅州請胡瑞芝黔臺	697
餞胡黔臺	698
請黃慎軒座師餞別	698
請洪含初父母	699
花朝速趙伯誠小簡	699
請李青岱大尹	699
與史蓮勺直指	700
與張誠宇撫臺	700
與董中丞	700
與董撫臺	701
與董撫臺	701
答董撫臺	702
與董撫臺	702
與董撫臺	702
與錢按臺	703
與錢按臺	703
與張黔臺	703
慰張黔臺	704
與張黔臺	704

與張黔臺	705
與衛治臺	705
與衛治臺	706
與李斗冲	706
與顧箴吾	706
與館中諸公	707
與郎署同志	707
與兵部舊僚	708
與劉蘿徑觀察	708
與榮世子	708
答榮世子	709
與榮世子	709
與榮世子	709
答榮世子	710
賀榮世子年	710
答榮世子賀年	711
答華陽王	711
答華陽王	711
辭華陽王酒	711
答華陽王長子	711
答華陽長子冬至	712
答華陽敬一君賀壽	712
答華陽長子午節	712
與敬一長君午節	712
賀榮世子從吉	713
答榮世子	713

與榮世子中秋 ………………………………… 713

與敬一長君中秋 ……………………………… 714

答王府中秋 …………………………………… 714

與王府重陽 …………………………………… 714

答華陽長子九日 ……………………………… 715

賀榮藩冬 ……………………………………… 715

答榮藩冬 ……………………………………… 715

賀榮藩年 ……………………………………… 716

答榮藩年 ……………………………………… 716

答華陽長子賀壽 ……………………………… 716

擬上詔户部留諸道税銀，以二分餉邊，一分賑灾民，群臣謝表代 …… 717

遯庵駢語卷五 …………………………………… 719

　通啓 ……………………………………………… 719

　　通錢啓新侍御 …………………………………… 719

　　通滇撫曹坤釜中丞 ……………………………… 720

　　謝錢梅谷直指疏薦 ……………………………… 720

　　賀張鳳皐黔臺 …………………………………… 721

　　賀彭天承按臺蒞省 ……………………………… 722

　　賀王柱明憲長轉右伯 …………………………… 722

　　賀江防道吳長谷 ………………………………… 722

　　賀劉彬予轉糧道 ………………………………… 723

　　賀沈工部 ………………………………………… 723

　　賀丘太史主考 …………………………………… 723

　　賀姚功玄諫議主考 ……………………………… 724

　　撤棘賀彭按院 …………………………………… 725

　　賀兩司撤闈 ……………………………………… 725

賀彭天承按臺兩子秋捷……726
賀馮文所大參……726
送錢梅谷按臺……727
答雲南撫軍曹坤釜……727
答陳志寰方伯……728
答沈衷中工部……728
答史心源……729
答岳陽馬太守……729
答吳表海太守……729
答吳表海太守……729
答黃麗宇太令……730
壽梁醇宇撫臺九月……730
壽黔臺張鳳皋九月……731
壽彭天承按臺七月……731
壽馮文所大參九月……732
迓涂振任僉憲……732
送兩司端午……733
答司道端午……733
與兩司中秋……733
與武官中秋……734
答沈工部中秋……734
答兩司中秋……734
答武官中秋……735
答常德府中秋……735
賀榮王受冊……735
答榮王殿下……736

賀華陽王受册	736
賀趙都閫	736
發俸金助謝少連歸喪櫬	737
補送兩司重陽	737
補送武官重陽	738
答司道送重陽	738
答鄧元宇總戎重陽	738
答常德府重陽	738
答華陽王	739
答吳長谷謝賀監試	739
壽王柱名方伯	739
賀陳志寰陞浙江左轄	739
送劉陶宇方伯入覲	740
送張玄中入覲	741
賀三臺冬	741
與司道冬	741
賀榮藩冬	742
答司道冬	742
答同僚賀壽	742
賀三臺年	743
賀巡道文無枝大參	743
賀武昌守道劉蘿徑少參	744
答文無枝大參	744
賀同僚冬	745
答武官冬	745
與監司年	745

與武官年 …………………………………… 746
答監司年 …………………………………… 746
答武官年 …………………………………… 746
答郡守年 …………………………………… 746
謝榮王冬 …………………………………… 746
賀藩府年 …………………………………… 747
答王府餽年 ………………………………… 747
答華陽王賀壽 ……………………………… 747
答武官賀壽 ………………………………… 748
賀梁中丞考績 ……………………………… 748
賀彭天承按臺子捷春闈 …………………… 749

遯庵駢語卷一

候　　啓

候葉臺山相公

靈樞、玄感，三辰協兩比之階；化瑟、希聲，八風調相説之樂。皇嘉咸德，世矚升猷。某官名世應時，訏謨定命。道關四氣，體造物之中和；文似六經，還邃初之灝噩。清濁無間於澄撓，燥濕不形於險夷。當五色補鼇極之天，獨一手修蛾池之月。陰陽微而難象，則以信爲璣衡；穀洛鬥而易波，則以虛爲江海。經遠無競，客陪謝傅之棋；用默止歡，人醉平陽之酒。少年口雖未輯，而已遜於心；天子先有深知，而益孚於後。故能出直臣於圜棘，雉無罹樊；決寵王之胙茅，鴻有成翼。八紘競勸，九廟加尊。至怒窬之風，惟自鳴而自息；然砥濤之柱，終不倚而不流。蓋土炭低昂，時至者匪琯葭之所設；水火炎潤，勢争者賴鉉鼎以善調。但云韋澳之無權，誰知富弼之仰屋。乘舟而平輕重，事戒少偏；運斗而成暑寒，談何容易。嘖室浮疑其畏首，玄穹默相其苦心者也。不然，何以顯君陳之良，屢昭入告；作召公之考，兩對王休哉！顧國論幾裂於輿瓢，而邊形漸然於脣火。牛李蜀洛，宜畏其終；盜賊蠻夷，盍弭其隙。協心三后，方登伊、傅之堂；昌運萬年，可尋唐、宋之轍。即功成引退，猶若爲答聖人之知；若相亦惟終，請勿忘受賢者之責。

某挈瓶智短，入窨地窮。沅芷澧蘭，喜卜鄰於屈子；武溪石室，思舞羽於苗民。瞻箕自愧其揚糠，在山敢言乎擇木。初聆崇槐之命，絕席百僚；旋歌鼇柜之詩，撞鐘四海。雖草榮之不謝，亦葵向之有懷。叔肸忠哉，司馬自故人之子；袁絲誤矣，絳侯真社稷之臣。薄矢吟秋，以當賀夏。伏惟曦彤一正，嫗煦群萌。礬影樞光,掃浮雲以開久照;天眉地乳,奠磐石而固四維。彌華漢室之黑輨,永刻媧皇之青玉。

候王衷白座師

某聞:鳳儀隱見歸穴,爭望其巢阿;龍德屈伸在淵,即基於驪漠。故剡中謝傅,洛下溫公,譬如時雨之來,先以清風之起。先生自此升矣,小子將有造焉。某官翕闢迹靈,絪縕降秀。道關生民之覺夢,身佩當世之安危。韓吏部山斗一時,允推正印;蘇翰林源泉萬斛,詎數錦囊。夕對金蓮,出綸而承顧問;晨趨玉笋,曳履而領從官。樂育英才,盡歸化爐之鑄;緝熙帝學,即待鑢鼎之調。箕哆侈而可成,何傷日月;鏡刮磨而益瑩,不假風雷。側席彌殷,拂衣已決。行行悟主,豈羨千仞之鴻冥;眷眷思賢,親題六月之鵬運。觀上所以進退之禮,獨師可為簡在之深。二氣未交,贊太極構天之化;群陰方鬱,放咸池洗日之光。疇情卜之所歸,佇象求其何遠。蓋澹功名者,而後能行道;輕祿爵者,而後能立功。所以姬亦避言,詩歌遂膚而終則制作;尹岡居寵,孟言任重而歸之潔身。人皆以此望師,師亦詎宜忘國。鷗盟客社,悵懸宇内之蒼生;鱣象公裳,願獻關西之夫子。

某慚顏易鑄,類宰難雕。想秋駕於夢中,欲通秘授;隔牙琴於海上,但覺情移。蝗粟一官,空處鄰侯之澧;蠹書幾卷,稍讀屈氏之騷。顧張楚之未張,恐負墻之有負。渚蘭汀芷,雖咏南國風煙;月夜星霄,惟視中台晷度。挐江草而為獻,聊比潔芳;誦樓記以前陳,仰窺憂樂。伏惟鑒葵傾旭,納漢朝宗。成章可裁,猶憶及門之狂士;得時則駕,使觀開閤之奇人。

候黃慎軒老師

某聞靈磁砇鐵,應氣則通;凡羽宗鸑,覽儀而舞。況乎丹盟日月,義永矢於在三;玄感風雲,運載光於五百。審商巖之象,夢契師臣;獻講席之鱣,兆占弟子。所以結蒲方勸於比駕,溉釜聿懷乎西音者也。

某官神識璣衡,希聲律琯。江夏慚其穎出,何止無雙;叔度美矣黃中,直參殆庶。藏雲太甲，無以窮羽陵授簡之書；開巘五丁，無以仿巨靈經華之力。灝乎太虛而涵萬彙，爛然元氣之發三光。鳳司曆以成時，鼇定波而立極。加以張子韶之佛慧，妙印儒宗；裴公美之禪心，雅旌相業。始如離塵之鏡，湛持梵網戒珠；今則長火之蓮，遊戲華嚴行海。惟度生之龍象，即瑞國之龜麟。循彼蘭陔，既收愛景；觸茲岱石，還啓旱霖。遹謝傅於一來，賁賀公之兩命。東僚是辯，護鶴駕以通宵；北門甚優，釣龍池而永日。方悟典如有待，爲未執桓榮之經；共言道不虛行，展也隆甘盤之學。蓋習成若性，羽翼必鑒乎華籤；然情卜自賢，腹心佇和乎鼎味。頤震凶爲萬邦之本，泰乾步真百世之時。

某厚托鑄顏，思徵予點。禦寇發藥，曾御伯昏之風遊；牙子撫琴，遂隔成連於海上。岷江吞吐天漢，難問君平；峨眉伯仲崑崙，空馳逸少。一官托芷蘭之浦，十載咏榛苓之詩。愧掌吏之曹冑，從趙咨而解印；同門人之荀爽，嚴元禮於過庭。侯芭何能，惟知守子雲之草；司馬方相，敢預達元城之函。儻造化有意息黔，恃先生未嘗知兀。松猶摩頂，藿固傾心。誰謂望壇，有殊陟岵？伏惟致君堯舜，許身見乎太平；從政由求，眷思裁乎狂簡。

候汪雲陽座師 未達。

一違立雪，遂失坐風。桃李無言，既慚榮木。門牆數仞，遙隔升堂。惟是夢草之可懷，不與曆蕢而俱落。某聞葵之在陰也，心必傾旭；川之阻坎也，勢必赴東。豈以生三之義，敢諼終身之戴。所恃老師，銅山毋鐘，在遠猶應其聲；靈磁孕鐵，雖歧固吸其氣。自可於疏而鑑密，積久而彌親矣。太乙蓮花，邈矣天上；渚蘭汀芷，悵焉騷人。長江直接金陵，明月遙懸澧水。諗知我師京兆之政，遠掩三王；謝公之墩，近招太傅。帝睠舊都，同《洛誥》之留後；人依赤舃，歌《九罭》之歸朝。

某所爲佇日月以繪常，徵星辰而聽履者也。若乃探奇牛首，懷古鳳臺。雅亦表名尹之多閑，未足揚大臣之鉅略矣。某拙無適俗之韻，陋乏緯世之才。蚊負易隮，鼴窮何補。恐速官謗，以忝師門。伏惟軫其迷方，賜以發藥。有造之德,匪所望於他人;惟疾之憂,想倍勤於弱子。

候孫淇澳少宗伯

南宮虛長,貳官即彤伯之司;東壁觀文,兩命極賀公之選。若虞周之制,專典神人;以房魏之才,猶慚禮樂。自昔通右僕之職,熙朝爲入輔之途。重何聞於介卿,艱適逢於今日。石渠稱制,既莫得而聞聲;噴室發言,每相持如聚訟。欲陳古誼,非誠無以格神明;難穆師虞,惟平可以化君子。彼晉蒐之皆讓,遂釀太和;況商頌之靡爭,宜歌駿假。果得君重,能以國尊。明堂九筵,顯相先嚴於正位;蓬山三島,論思尤借於沃心。此六十率屬之未兼,而三千得人以有待者也。

某官器推魁碩,論極崇閎。體伯夷之直清,凜然有玉鑑冰弦之氣;掌春官之和洽,穆乎如金鏞寶瑟之風。秩叙而天地開,惟寅夙夜;緝熙而日月朗,力成暴寒。凡所誦之前言,皆已行之能事。顧業都天下之望,非徒侈儒者之榮。皇帝之法即天,而事惟意師,動易搖乎成憲;夫婦之知曰聖,而言以勢衆,慨難見其初心。譬凌雲之臺,因拄支而速壞;如傳響之谷,尋清濁以誰明。典三禮爲王制之宗,司五常乃公議之主。當使惇庸自天子出,豈云籩豆則有司存。正色立朝,靡改周官之矩矱;和羹調鼎,行歸殷相之鹽梅。

某得交甚深,稱賀已晚。蠻烟瘴雨,但深款段之思;輔義懷仁,無待羊裘之祝。別如秋意,緒冀春融。

候宮坊同年

青宮領袖,抗鴻翼以彌高;紫府圖書,凌鰲峰而直上。儒榮稽古,國重得賢。實分吾榜之光,敢裁遠道之素。某官鳳輝霄漢,鯨力滄溟。意樹扶疏,秋實與春華競茂;情崖峻拔,吞霞將吐雪俱標。廣川之繁露玉杯,妙宗道壺;昌黎之泰山北斗,雄帥文壇。自扈聖於穆清,類遊仙於瀛水。橫襟星緯,九丘八索之全;演綍風雷,二典三謨之盛。作翰林主人之賦,既擅擲金;獻承華侍從之箴,尤資礪玉。龍潛奇表,推蘭化於弼諧;鶴駕嚴扃,鬱葵傾於勸學。況分茅立決,占扶日以重輪;將主邕獨尊,行補天而五色。蓮紅禁苑,方鳴縹緲之珂;槐翠邇英,又聽音聲之木矣。

某羈身守圉,翹首英游。嘆吹笛於五溪,誰問柯竹;探藏書於二酉,倍憶杖藜。沙路非遥,鼎茵善攝。

候楊澹我給事

夜燃藜火,作賦摩白玉之堂;夕拜瑣門,諫書動黃金之殿。此侍從推爲極選,朝廷待以加尊者也。而葵久表於赤心,薪尚沉於除目。蓋惟得人之重,是以進賢之難。鯤將化鵬,已逾六月;鳥有鳴鳳,何必三年。外廷交章,彌表師虞之允;常寧獨斷,式遄言路之開。方且近天子以拾遺,彌縫衮職;隨宰臣而奏事,潤色台符。海内共推真諫官,關西無愧楊夫子矣。豈若淳于進説之晚,喻天帝於楚王;曼倩待詔之初,戲侏儒於漢署乎?荔枝之魁後熟,行冠七閩;芷蘭之味遥通,詎暌九畹。敢修函訊,側聽疏傅。

候馮景貞學憲

地方鄒、魯,紫陽之鐸代興;人得韓、歐,丹山之苞獨振。稽水從崑崙以放海,故文匯洙泗而終閩。以主敬範,身心如築墉之先址;由窮理至,性命如入室之有階。陋儒駭其博,而曠士憚其嚴。倒瀾於厭繁趨徑之學,六藝無所尊而百家失所統;植表在起弊維衰之賢,□□□□□□□□□。偉哉儒宗,申此王制。其教惟緯經、譯聖,溯千百載昭明揭日之書;則舉必《芃樸》、《菁莪》,恢四十年壽考作人之化。

某官道風秀世,德雨育人。鸞鏡懸心,澄情源於秋水;驪珠曜掌,聳筆岫於夏雲。讀越絶而紀侯功,盟推牛耳;登金臺而觀帝所,價擅駿蹄。方春部懸功令一班,真藝林發文章三昧。教必專且久,上爲輟典禮之官;時將晦而明,公則行考亭之部。淵源求是,紹闡家庭之傳;紬繹敷言,會歸皇極之訓。寧直網羅麟鳳,備虞階周面之羽儀;允兹追琢璵璠,供方澤圜丘之琮璧。中原正始,不圖聞音；上國思皇，載歌爲烈。喜道南正脉，共占閩學之昌；歸斗北名流，坐幹儒風之盛。

某聞巨鰲難致，釣龍伯則可收；石鼓無聲，刻魚桐而自發。況百川異説，障以朝漲；七曜經常，抉之章漢。有不速螺蠃之肖，奮龍鸞之文乎？固鑄未局於一人，而樹可期其百世者也。滋蘭九畹，堪抽公子之思；辨桐半焦，終覺小巫之氣。論無當於講德，頌竊附乎得賢。

候陽生白太守

下車問人物，誰舉蔡子尼之姓名；騎竹歡兒童，共依陽元宗之撫字。信楚珩而爲寶，顧柯笛以若私。一榻南州，不替陳蕃之雅；百壺清酒，更勤顯父之詩。膏秣征轅，光華去路。惟美蔭在邇，我賦棠以宜然；乃鄰部殊遥，公敬乘而過矣。行猶戴德，夢屢懷離。臘殘黄鵠之磯，春入紫蘭之浦。陶使立勛於方面，燕公得助於江山。樓記尚存，騷香可采。而某負蛩鈍之質，惡矣今人；校花實之宜，茫然往事。亮班鳩之已拙，勤補幾何；譬鼫鼠而終窮，技多無取。夫鼓吹雅誨，非無發藥之言；景行仁規，亦有伐柯之則。而藩條莫攀於郡政，楚瘠彌賴乎閩肥。既無德以及吾民，將何詞以謝長者？

伏惟老公祖臺下，召杜前後之際，循良高邁於《漢書》；伊吕伯仲之間，總領預占於相業。謀及枌部，開其蓬心。師驥奚從，雖嗤黔蹇；伏鵠而化，尚賴魯鷄。某無仰植之田疇，有待教之子弟。感深膏黍，情托結蘭。魚字加餐，非魴徒慚於迎釣；鶯花露冕，是鳥亦矢乎求聲。敢修芹藻之將，恃鑒草木之味。

候李青岱縣尹

某曩以使歸，獲依仁政。武城弦歌之室，理絕私延；中郎焦爨之桐，音垂異賞。亮飲醇其忘醉，匪迎釣以賈嫌矣。徑理菊荒，僅同六月之息；轍尋蓬轉，遽爲三楚之遊。顯父之餞良勤，周道之驅漸遠。武昌窮臘，澧浦感春。未嘗不賦榕樹以比棠陰，夢荔枝而憶枌部，何者？蜂衙吏集，則塵案可憎；鮭谷人稀，則歡籌多缺。鉛割是未操之手,乘負有非據之譏。徒試勞途,終爲辜府。

緬想仁父母臺下,鳴琴動物,製錦成文。刃發批虛,坐觀牛解;轡濡騁熟,益樂驥言。玄對於山水之間,時躡屐而探勝;悟賞在棋尊之外,更下榻以招賢。何若投簪,歸歟負采;謳謠治實,尌酌風流。誠欣傍鳬舃於王喬,猶恐累猪肝於安邑耳。惟劉尹無嫌輕薄,惠顧許詢;儻郗公能辦隱資,嘉成安道乎!若乃壠丘濡露,子弟承風,則固以展轉於肺腸,徘徊於痞瘶者也。橘名同夫鄉實,遲作頌以寄騷人;蘭種別乎建根,擬懷香而思公子。遥馳素字,薄寫丹誠。

候顧桐柏侍御

浚郊干旄,緇衣館粲。不謂避驄之路,坐獲登龍之榮。窮臘正寒,先回春色;一星是客,遽傍太微。豈惟過望於平生,實乃結悰於知己。杜陵見誦佳句,甚愧丈人;屈原近采香蘭,寧忘公子?關鴻既杳,江鯉難將。良以韻士喻於神交,壯夫重於德報。酬恩有道,惟勉名節之崇;在遠曰親,可求形骸之外。托餘光以相照,信積夢其詎迷者也。

恭諗袞綉朝天,暫還諭蜀;皇華在隰,爭擁臨荆。某徒羨登仙,却羈守吏。曹喦解印以追趙咨,師道出疆而見蘇軾。屢誦兹事,深惡所聞。覺遠且近之難爲情,果古與今之不相及。愛君憂國,想風節以彌高;束吏安民,問水灾而知負。追述宿訓,祇請新規。嚮往良深,訥詞難盡。

候楊修齡侍御

臺下鑄秀三靈,提衡萬傑。情岫峻標則光凌日月,藻泉勃涌則氣吐風雲。某仰斗久跂於宗韓,登門尚乖於御李。仙源不遠,紉蘭近傍桃溪;真氣俄浮,班荆暫同柳路。惟征鞍之太遽,即負弩之未遑。昔尹喜候關,遂隸弟子;后山出境,爲見名賢。强以著書,仍訂青羊玉局之約;甘於失印,至賦江空歲晚之詩。

某比得度則無其緣,追往見則慚其決。心旌懸曳,夢徑迢遥。百里雖阻於避驄,九苞欲攀於鳴鳳者也。病中改歲,悵二竪之相凌;春後題緘,馳一介而何晚。薄言采藻,微鑒傾葵。惠此枌榆,亮瘠肥之靡間;施之藥石,庶遷改之是憑。儻道戾於吾人,敢諉恩於長者。齋心之禱,短楮未宣。

代候郭希宇中丞

五雲璀璨,瞻淑氣於中台;萬類陶鎔,歸化工於大冶。凡飲河而得滿,孰觀海而不宗?爰瀝肺肝,遙貢竿牘。某官儲精峻極,毓粹昭回。元龜天地之機,九鼎社稷之鎮。豐年玉,荒年穀,大用莫之能名;夏日陰,冬日陽,交歸誰識其故?惟孤忠簡于楓陛,肆渥眷隆於柏臺。風采振一時,獨坐凛肅貞之度;精神折萬里,先聲聳柱石之瞻。下焉繩糾官邪,上以衡持國是。千班雷動,四海霜清。然且秉遜顧之謙,循禮士之典。赤舄几几,吐哺握髮而不以為勤;朱紱徐徐,抗席分庭以益成其大。至於樵餘爨下,片羽纖鱗,亦皆抑分疏誠,溫顏降聽。鳶魚同謝於飛躍,櫨桷間適其短長。允賴舟航,矧依桑梓。橐籥虛而愈出,雖美利之不言;斗柄指而皆春,豈生成之能外。

某才疏無似,命薄不猶。猿鳴三巴,鬢既蓬於灧澦;鳥□□折,眼復斷於岷峨。閭井凋零,城闉鄙樸。民力竭矣,牛羊之負實深;吏弊紛然,狐鼠之習難破。課河陽之花而已後,求工師之木而不前。簿領半生,見謂如鷄之無味;功名一夢,何意有鹿之在蕉。未即黜幽,尚徼庇植。追惟曩日,奉條記於涓人;忽沐薰風,傳瑤函於行役。陰崖頓暖,曚谷生輝。遂瓦全以及今,皆甄就而至此。雀銜未報,鰲戴猶輕。君子得輿,拭看泰階之明潤;小人鼓缶,願附夏屋之幷蠓。

代候黃慎軒太史

木天高峻,俯容寒素之攀;蓬戶清涼,叨被陽和之煦。恩知曾經一顧,別離曠若三秋。傴僂銘心,謇諤志感。

某官南極錫羨,北斗授精。銀海垂虹,雅吐吞於江漢;峨眉耀雪,直頡頏於崑崙。發周情孔思之微,道關千載;兼夷清惠和之懿,氣備四時。車度馬閑,盡入鞭馳之手;鳶飛魚躍,悉歸鼓舞之神。

伏念某莊轍微鰍，自慚化鯤之翼；小兒某秸家凡鳥，未解題鳳之心。春色相門，偶分光於問字；敝裘燕市，翻承寵於校書。豈桃李能喻於不言，乃薑桂竊忻夫有托。嗟斷木之委棄，眼孰回青；喜廣廈之依棲，杯堪爲白。陽關去住，清秋驚別路之雲；海國懷思，中夜視真人之氣。得縣如斗，涉世若蓬。開謝榮枯，識化工之何在？東西南北，嘆骨肉之生離。惟是鄙生百不逮人，重以豚兒一未更事。愧郢匠成風之斫，學割安能操刀；正弱齠齔齒之年，負乘深虞泛駕。諒提誨之德厚，惓惓無間崇深；抑砥樹之鄙私，萬萬不敢隕墜。而才薄易竭，跡孤無媒。搶揄已分爲數仞之飛，回春惟藉有二天之庇。下堂而執靧蔑之手，昔日高誼，無紳可書；感舊而登仲宣之樓，此時遠懷，有心自語。雨中江水，聽烟波都作涕零；日下長安，望雲山幾欲目斷。《白雪》之歌何有？徒撫焦桐；黃金之築彌高，長瞻碣石。伏惟鹽梅舟楫，粥一人以綜理玄風；夏陰冬陽，平六符而燮諧元化。自非木石，亦具肺腸，誓不忘搿拂之大恩；雖有絲麻，無棄菅蒯，願勿替始終之洪造。

候黃太老師

威鳳祥麟，識者知有所自；泰山北斗，仰之見其彌高。願就大冶之爐錘，爰瀝小夫之竿牘。

某官風神卓朗，天韻宏深。濯錦江之文瀾，筆下珠璣蕩漾；收玉壘於胸次，空中樓閣玲瓏。始登駿臺，遂陪鶊列。從仕二千石，平分半虎之符；臥理數萬家，妙落全牛之刃。宦惟取適，志不求多。揮謝朱轓之寵榮，自得白雲之怡悅。翩翩鴻羽何慕，曄曄芝草療饑。先生歸去來，情愛門前五柳；兒郎終必做，手植階下三槐。事君以身，事君以人，何如事君以子，喜看二惠之競爽；不負其世，不負其學，斯爲不負其親，坐貽一老之優游。垂釣而水澹鬚眉，咸驚渭叟；出山而烟凝冠屨，重說綺園。聖代蓍龜，仙家領袖。

某等猥以蓬梗，獲附門欄。每於馬帳之餘，私淑鯉庭之教。三年渴夢，悵旅進之無階；千里素書，欲自通而未敢。薑桂既已得地，桃李豈能忘言？驥過坂而長鳴,爲伸知己;燕銜泥而巢屋,忻傍主人。敬飭訥詞,僭于嚴分。薄陳不腆,少布未將。望道氣於紫霞,恨無飛羽;托皎懷於明月,但切馳心。

賀鄭鳴峴大冢宰

四時運斗,官獨稱天;六子乘乾,宰則其冢。天惟均之義,家有統之權。能幹父以克家,用籲俊而尊帝。斯言自古,古與踐者幾何?厥難在今,今得賢而可頌。蓋用捨閑於鬲釜,則上有未破之疑關;臧否淆於盈庭,或下幾倒持之事柄。然信君必先乎信己,而知言正可以知人。有格人之元龜,爲清朝之威鳳。群謀未啓,八卦辨其陰陽;衆羽咸宗,一鳴成其律呂。蔽于朕志,播在卷阿。凡天爵所以命五章,而冢臣所以家四海。宜將蹈周之建官典,豈特張楚曰有卿才?

某官雅量涵空,精忠貫日。三朝耆碩,天子之所改容;九德忱恂,人倫之所仰表。水流不競,澹無富貴功名之心;山立難移,屹有正君善俗之望。遂從宅洛,入長文昌。甫拜綸書,而大夫國人莫不加額;獨乎葵簡,而宦官宮妾未始知名。從此可不可之衡,宸扆待以取決;即如智不智之鑑,言路凜其重輕。使良璞雪蒙石之冤,而芳草絕化蕭之嘆。人皆得職,勸于官聯;國所樹賢,施及奕世。抑政事之壞,恒舞私智以變祖宗;人物之衰,但競身圖而忘君父。必有以醒其初念,渙其小群。束爭勝之濤浪,而赴之立功;化奇險之山溪,而歸之平軌。方副昔治官之語,實惟公名世之時。

某役茲蘭芷之鄉,托於門墻之物。散材見夢,敢嗟蟠木之無先;元氣生春,何妨幽谷之獨後。

賀張撫院陛少司寇啓

陳常時夏,耀七宿於丹鶉;錫命正秋,貳六官於金虎。江漢思存,召伯聽訟甘棠;唐虞道在,皋陶措刑畫象。文風既漸,舜舉彌高。

某官略授帝師,賦徵王佐。漢廷諫諍,中陛知白馬之名;荊甸威懷,南岳壯朱陵之色。以身律吏,則懸法霜月之中;與歲爭民,直求生水旱之外。三戶發舒其和氣，八埏徯望乎甘霖。候祥采於玉衡，遥通北斗；表貞心於赤棘，先借西曹。上不忍奪造福之星，人相與計遄歸之日。三年歌袞，天南顧以若私；一旦頒曆，魁中台而自合。掌外朝之政，顯次公槐；祀司民於冬，潛操國版。

方今讜書寢閣，直士在圜。茂草未見於鞠扉，蓼蕭何由而及海。仁人進而風遠，佇觀貫索之空；君子内則本强，更期鼎鉉之節。將辰極一正，罔忒暑寒；豈翼軫舊封，獨遺雷雨？

某抱爽鳩之獄牒，曾事吕侯；宣朱鳥之藩條，聞徵張尉。約束郡縣，想九章勿失蕭規；啓事賢才，占再命即歸山傅。惟楚得歲，日周有人。丹筆回天，春乎不遠；白雲爲露，今則其時。載誦敬由之書，共依祗德之教。

賀劉衡野起少宰掌詹

丹闕賜環，紫霄歸袞。兼鼇山之峻寄，爲虎觀之極榮。國重得儒，人占考相。

某官黄鐘元氣，寶瑟希聲。折衷六藝之文，典謨述作；提挈三才之學，堯舜君民。鯨海涵寬，得全者絶奇鱗之炫；鵬風積厚，任重者宜舉翼之難。正論則君子以加尊，動容使淺夫之自失。蓋隱鄖侯於南岳，將二十年；而望司馬之歸朝，咸千萬口矣。

雲凝五色，作霖方起於東山；魁枕三台，審象遂高于北斗。光動天官之玉佩，秩清學士之冰銜。俾領庶常，即端宫尹。吉士謂之鳴鳳，化鑪鑄以達賢；格人比於元龜，古鑑陳而啓聖。青宫勸講，共推扶日以重輪；黄閣調元，會仰承天之一柱。雖還丞郎之笏，尚屈舊氊；然播文德之麻，行觀新綍矣。

某聞銀信之趣覲，卜金甌之覆名。方今心競法輕，議多功少。萬波騰沸，納溟渤則無聲；八風飄摇，鎮岳峰而永奠。惟公時克，在帝圖功。敢采輿誦之諧，非直門闌之賀。

賀衛治臺陛南少司馬

玄間作鎮，岳后式憲邦之靈；白下參樞，周官增後洛之重。華綸有赫，會弁咸歡。

某官天宇閎夷,霜儀峻潔。橫霄孤鶴,抗塵慮以開衿;戴嶠六鼇,定搖波而立極。受鉞而參嶺之秀,共舞仙人;布條則滄浪之清,獨歌孺子。牧羊斥敗,民無頰尾之魴;佩犢歸耕,村有氂足之犬。稻苗既秀於鄖國,槐棘宜正於周班。謂留都日月雙懸,宿高王氣;而宥府風雷獨運,俾贊機庭。雲接天門,即文昌之密座;星摩峰纛,儼太乙之靈旗。

召命初傳,長江益壯。金陵山水,顏色憶別於三年;玉帳韜鈐,精神折衝者萬里。峴首之碑重立,人起羊公;土山之迹猶新,士推謝傅。蓋南車貳柄,暫領王之爪牙;而北斗提衡,行司天之喉舌者也。

某分光蓉幕,結想芷畦。聞袞繡之方迎,與庶倪而有喜。昔為原司馬後身之祝,果毗翼於七兵;旋獻衛武公入相之詩,佇昭融於三象。

賀董撫臺新任

華綍九霄,崇牙三楚。民歡旁午,輿誦克券於天心;帝簡先庚,廷臣無踰乎使相。拜稽岳后,起舞湘靈。

某官學貫天人,胸吞雲夢。光明如日,大寤而世無斜陰;發暢若風,微吹而物皆生氣。蒼龍捲四海水,觸地敷霖;巨鼇戴三神山,回波矻柱。宿揆保釐之重,新畀節制之嚴。惟南紀囊括數圻,而中丞鉞臨四岳。目營疲涉於智鏡,掌運待張於化弦。求其刃理牛虛,車路駸熟。八年求定,草木已稔威名;方寸經綸,山川不煩指顧。以下車諏俗之始,為開府成功之辰。獨軼前聞,於爍盛事。方廷懸師,錫土交贊,曰必我公哉;及郵播帥,歷民相誇,言果吾父也。豈聲貌之能取,蓋望實之兼閎。磨峋嶁之碑,峴山斯下;陳《江漢》之什,秬鬯方來。

某執御久慰登龍,入幕欲依賀燕。姘嶸之芘,非敢席於恩私;臨照之明,惟益鞭其頑鈍。瀝誠積愫,歸命新條。

賀梁撫臺新任

朱陵得歲,徵秉鉞於名賢;赤帝司辰,盛登壇之禮樂。紫牙方建,庇宇知歸。

某官白雪清心，黃鍾元氣。三山仙島，抗鸞鶴以孤騫；白谷海王，涵鯤鵬而變化。驟接者如冰壺水鏡，凛然高物表之姿；深知者謂正笏垂紳，卓乎任天下之重。帝葵南土，公領中臺。雲夢胸吞，吹嘘作萬家之雨；玉衡手握，指顧皆五色之雲。想游暑於漢東，舊棠未剪；歌來蘇於夏口，新竹交迎。臨見吏民，張皇政教。彼無情者，水沈璧合，避於犀牛；即不譓之，苗舞干行，馴於鴞鳥。蓋膏黍之濡，自成善種；而星榆所福，即是豐年。月照參衡，庾公來而倍朗；風行江漢，騷客賦以稱雄。環楚甸，揚仁懷義震之休；佇荆珉，刻武緯文經之烈。

某幕依巢燕，路隔趨鳧。雖鄂渚登樓，羨承言於參佐；然穆陵賜履，祗宣德於諸侯。及補闕一日之門，敢希題獎；思敬叔七序之訓，良激素餐。西室在兹，惟願播無疆之聞；晨風可托，矢當竭不敏之才。

賀張名川黔臺

倚漢豫章，名世久推國棟；闢天貴竹，中丞新領兵符。地擁威靈，人依節制。

某官清規水月，妙略風雲。道叶帝師，則太公授韜龍虎；才徵王佐，則嗣宗嘗賦鵷鶵。方野渡之横孤舟，深藏相業；然斗墟之燭雙劍，玄感天文。孝乃作忠，文兼允武。甘棠地遍，到處垂蔭藩屏；翠柏霜高，遥天開儀幕府。銅鼓之山帶雨，盡寫歡聲；牂牁之水澄波，聿開善氣。

蓋皇心遐顧，煩大臣出慮四方；惟使節遄歸，佇康侯入承三接。明德遠矣，鬼方一洗於殷名；公猷壯哉，夜郎不數於漢事。吏民賴慶，蜀楚歸仁。

某奏手板於潭陽，堪壯沅江之芷；馳心旄於羅甸，莫攀旌節之花。夢繞臺烏，惊披夏燕。伏惟勒碑南土，共垂諸葛之大名；歸衮申朝，即咏周公之信宿。

賀錢梅谷按臺臨省

國其有人，聳覿鳴陽之鳳；天方授楚，來乘禁路之驄。千仞振衣，百僚舉笏。

某官名喧九牧，氣塞兩間。審樂延陵，代推博物君子；重光司隸，帝簡著姓忠臣。當豹霧之澤文，語妙天下；入烏臺而抗議，力爭上前。遂以鷺䎗，臨兹熊繹。攬范孟博之轡,吏覺風生;擁顔清臣之車,民歡雨立。霜露皆教,果排凛以進暄;流峙何心,亦川澄而岳舞。即觀立懦廉頑之化,詎待省方諏俗之時。赤黑消蝗,共壯雲中雕鶚;丹青畫象,更追閣上麒麟。

某仰劍佩之雲從,遙攀黃鶴;禀盤盂而水肖,思結紫蘭。祗承式於六條,庶導和於九扈。惊懸縮地,音矢巢梁。實云方漢之式靈,匪止門牆之私庇。伏惟滄浪照眼,影自獻其濁清;雲夢吞胸,言兼收乎大小。儻葵傾無遺向日,則蕉長可托聞雷矣。

賀劉陶宇方伯

長江經楚,岷峨溯天漢之精;名世翰周,方召振雅歌之業。新牙壯色,舊部騰歡。

某官華冑連天,玄聰啓日。夜光吹杖,秘枕皆子政之書;春岫凌雲,藏山即長卿之賦。指桃苊而問洞,欲出秦人;歷金碧以探奇,真誇漢使。楚南滇北,香火堪壽於萬家;銅柱甘棠,恩波不讓乎千古。大歌介圭,入覲宜留康國之侯;帝睠湯沐,名都猶崇處外之相。天臨四岳,伯長諸邦。薇省總中書,寧止揉邦之申甫;花源尋賜履,相傳前度之仙郎。擁竹馬於并州,果吾父至;瞻遵鴻於渚陸,以我公歸。赴劉書十部未煩,歌陶使重來相慶。

某欣依化冶,阻綴賀裾。音澀吹篪,敢附數千之和雪;望懸芘宇,惟憑八九以吞雲。儻孤踪可托依劉,或一字未嫌拔蔡。蟹螯辨雅,逢博物而自嗤;驪頷得珠,冀餘光之分照。

賀周達庵右方伯

王風漢廣,侯績棠甘。化皆自西而南行,人則以周爲楚重。惟此价藩屏翰,真同雅什旬宣。承帝曰咨,率僚咸式。

某官宇宙在手,造化生心。太乙標地肺之靈,文吞精而蕩緯;巨靈拓仙掌之武,才擘岳以經河。棘聽盡雪民冤,版輸力清國計。保釐宅洛,陳臬方振于東郊；文武憲申，揉邦重綏乎南土。兩赤畿而外，湯沐兼賦三都；五神山之中，衡和更贏一嶽。自非道光豐鎬，總百二之秦關；何以望震荆江，吞八九之雲夢？

況乃新履，實惟舊游。鶴綉犀韇，環擁扶筇之父老；熊旗隼軾，猶認騎竹之兒童。百辟自喜，事我公兮，分暉薇旭；兆黎相告，果吾父也，待漑黍膏。先聲攝湘澧以澄波，餘采被芷蘭而生色。

某欣依化治，阻綴賀裾。盻移鎮於梁園，遲披秦鏡；想登樓於鄂渚，渴飲周醇。敢云和伯氏之塤，竊願師大匠之矩。非中郎之流水，孰發響於梧桐？泛濂溪之光風，但馳誠於簽笈。

賀右方伯柴羽元

群后肆覲，天嘉獨坐之臺；价人惟藩，星照南巡之嶽。舊知合劍，新寵彈冠。

某官靈擅八區，才雄九奧。儀峰玉立，歸然蓮岳崢嶸；唾霧珠流，沛矣龍門浩瀚。探道樞於太乙，望震關西；扛彩筆於巨靈，聲摩殿上。經綸駿發，皆胸中有用文章；謀斷鴻施，真眼底無全批擣。國計民生在念，版曹已抱先憂；岱雲蜀錦並裁，行車即爲膏澤。總三峨之綱紀，入奏垂旒；念七澤之旬宣，特煩挈領。俾倡炎方之群牧，盡統全楚之諸侯。賜宴方新，還帶金莖之露；題綸猶濕，親披香案之雲。懷音而江漢參衡，爭翔雀踴；奉令則軍民將吏，相樂驩言。況鶉尾原接鶉首之躔，而回雁即通落雁之氣。秦關百二，果吞八九雲夢以無餘；翼軫光輝，行正三兩階符而有耀。

某飛欣尾驥，別悵爪鴻。惟喬遷爲率屬元僚，厠同事寅恭之末；在故典實中書行省，慶異姓兄弟之榮。右之惟其有之，敢歌采菽；愛矣遐不謂矣，冀念隰桑。未忘聽樂之遊，何幸聞香之化。提衡永矢於隨靳，紉佩聊托於吹篪。

賀侯澹軒晉秩還任

霓節還臨，星垣益峻。犀韇鶴綉，長中書統轄之司；荆嶺洞湖，專南國蕃宣之寄。花鳥聲中，相賀未改提封；山川氣外，倍增遥崇節制。帝隆增秩守官之眷,人歌舊邦新命之詩。況日月依楓陛之光,來開福曜;雨露沐金莖之渥,灑作甘霖。鷺鼓風薰,愠舒梅夏;龍山晝永,岐頌麥秋。地得人以並雄,事應時而偕勝矣。郭賀三公之服,盛典復見茲方;寇恂一歲之留,歸朝行聞別詔。豈特變臨淮之幟,如發初硎;賜黃霸之金,載馳熟路哉?

某渴懷仰斗,歡托同舟。葭倚玉以堪嘲,瓶乞罍而資馨。門有此客,敢比謝安之始來;公即其人,或收韓愈之後進。識荊之願,在近彌懸;依劉之緣,於今可賦。尚遲倒蔡邕之屣,聊先通李白之書。

賀王柱明憲長

外臺肅吏,風遙振於湖山;南國宗賢,星倍明於翼軫。宿同臭味,今詫邂逢。

某官絜韻春雲,規襟秋月。瀏其清矣,湛承露之冰壺;溫而理焉,涵映虹之藍璧。閑定若嶽,而出萬變莫能窮之才;落穆無畦,而藏百折不可回之氣。桂成林以蔭地,既來旬而來宣;柏繞署以凌霜,爰之綱而之紀。碑留象郡,轡攬鵠磯。江漢澄波,萬流果宗東海;參衡動色,諸嶺盡導南條。使大法小廉之風,凜師冠豸;而好生止殺之教,默化囿麟。所以晦暎烈而草芳,桁楊卧而苔滿者也。降爾民命,豈特三戶戴天;式我官方,允茲百僚仰斗。

某訂盟雁塔,久矢友聲;尋好馬曹,相依社事。憶班荆於滕野,坐判五年;幸合劍於楚邦,猶懸千里。惟鴻泥之迹偶共,乃燕廈之心曷忘。咏如兄弟之詩,塤箎可和;托思公子之句,蘭芷是將。願以流光,照茲遠夢。

賀王豐輿驛傳道晉秩公好弈。

渙輪中陛,晉秩外臺。既長廉訪之司,仍專懷柔之政。稽楚有驛,於傳可知。乘以伐吳,則前茅馳乎戰局;奔而問晉,則行李閱於置棋。至今爲四達之衝,交路何啻十九;其勢則兩弊之後,著法已歷再三。與軍興國賦而相關,欲恤丘旅蠲徭之不悖。故周官之令,豐積館以迎賓;而漢□□條,戒飭廚而媚客。孰觀時爲取捨,以制數之縮贏。□□覆舟,倍念穡薪之載;星羅分道,共歸桃李之蹊。傳命德行,升華歡溢。

某官方圓動靜,擅夙慧於人倫;進退盈虛,參玄機於天度。費偉嚴裝辦賊,客嘆從容;謝安賭墅制秦,人推鎮定。妙着爭先以制勝,收枰處後而不言。拊空柚之民績,獨高乎三楚;聽銓衡於宰班,遂峻乎一階。蓋將試以新硎,俾空牛解;不若還之熟靷,益樂驥言。此日柏署詠烏,猶賒青氈之物;他年楓宸銜鳳,更書黃閣之勛。

某鄰羊玄保之郡,尚想寋帷;羨王仲宣之才,曾觀覆弈。遠道空懷倒屣,新銜劇喜彈冠。楚頌洞庭,思剖橘而從戲;仙遊柯斧,冀分棗之見遺。

賀上湖南卞惺銘大參

輟宰士而臨藩,帝重句宣之選;借蜀才以張楚,人歸詞賦之宗。明月纔下於渝州,春風俄披於蒸水。

某官精述井絡,德配坤裳。煉質神丹,收軒后縉雲之氣;組修芬佩,居異人香草之樓。洙泗品其升堂,兼優室入;陵陽推其鑒璞,共許城連。固宜律呂八風,挈鵷鷺之冕領;璇璣萬象,提燕雀之權衡。何啓事勇謝於山公,而輕裘妙簡乎羊傅。桃花峽路,點綴寋帷;黃鳥荊隄,喧譁迎鼓。訪禹碑而讀奇字,霞標一柱之峰;疏舜水以醴仁波,露洗九疑之岫。郇伯載歌其膏黍,邵公重見乎憩棠。惟銓部之丰采迥殊,使漢江之紀綱更重。朱陵道院,新增翠岳之輝;碧落仙居,即侍紅雲之近。

某偶乘一障,獲托千間。香國誇棠,芷蘭已甘於色讓;果園圖荔,閩蜀私喜其味投。路隔登門,巢依賀廈。醉酈湖之醁,想倒元子宭樽;寫柳州之文思,磨素公池墨。

賀陳昶谷少參

丹井桃源,舊表仙人窟宅;隼旗熊軾,新高使者威儀。攜來巒坡五色之雲,散作荊甸萬家之雨。師虞允穆,鄰照彌光。

某官参井精英，岷峨秀傑。木天視草，筆下灩澦瞿塘；藜火校書，胸中石渠東觀。賈生之傳梁苑，文特妙乎漢臣；長卿之奏上林，賦必先於雲夢。惟著作賴此江山之助，抑公卿練其政事之才。遂輟周行，俾陳時臬。三湘七澤，廡文正江湖廊廟之懷；二酉五溪，壯司馬石室名山之業。青蘋閶闔，帷拂雄風；丹桂冰輪，戶懸秋月。滄浪歌則官清堪比，橘洲熟而民樂有餘。回首蓬萊，猶自御香在袖；受釐宣室，居然天詔賜環。真逢太史之浮湘，詎止大夫之張楚。

某瞻輝斗北，襲潤河傍。草木味同，想三生之款款；樓臺水近，望百里以依依。儻蔡邕琴焦，賞音未乏；則陳蕃榻下，大雅可憑。敢修慶于典籤，祈鑒悰于結素。

賀屯鹽道張三陽大參

圻父仗英猷，夙推廟堂之略；价人來碩望，益濯江漢之靈。惟璽書移閩，節以更頒；乃朝袂會鄂，都而可操。光增翼軫，芬滿芷蘅。

某官間氣二儀，雄才八斗。金聲擲地，奧探禹穴之奇；彩筆驚人，勢拔吳峰之峻。空萬群而獨標神駿，允直上其亭亭；翔千仞而下覽德輝，羌何依而矯矯。歷敷粉署，預樽俎之折衝；簡在楓宸，壯方城之屏翰。防天時而修稼政，可忘水溢旱乾；裕軍實以壯國威，亟舉營田鹽策。耕雲泛舸，走棗祇劉晏於三湘；捍水通渠，布鄭國白公於十道。自非深淺，方舟以兼善；曷能方圓，左右之並成。蓋遴選維精，饑溺爰咨禹稷；將勛庸懋著，都俞賡咏皋夔。

某蚤挹鮮標，幸分餘潤。如葭倚玉，窺斗紫電清霜；譬黍仰膏，徯雲武夷滄水。方馳神於鳳采，庇宇願殷；遽傳喜於鶯聲，班荊緣合。鸚洲鵠嶺，想見風流；佩浦蘭江，遥懸渴夢。以隔年之竹馬，即今日之素鴻。

賀同道許鰲南、馮文所二憲副

斗以南一人，提天杓而酌江漢；湖而北千里，控地軸以壯金湯。玉笋生華，緇衣寫喜。

某官鏡巖引曜，華琯吹薰。借車者馳，曩懷虞於脫輻；同舟而濟，今待命於張維。瓦礫雖廁珠旁，皋壤猶霑河側。師大匠之矩，庶藏代斲之傷；吹伯氏之塤，敢矢繼聲之和。懷公子於芷浦，聊托扈①。主藝苑之齊盟，咸推牛耳；擅人倫之英鑒，獨表龍門。當吾世而有人，果惟天之授楚。方聞除命，翼軫爲之光輝；及擁旆旌，山川望而翔舞。青蘋閶闔，帷拂雄風；丹桂冰輪，户懸秋月。黍含膏而競秀，草應氣以皆芳。握魁柄於玉衡，方占五卯之候；藏簡編於石室，更闢二酉之山。

某纏謁仙客於花源，匪徒信宿②。已竭小巫之神氣，長依大國之虆䕺。寫此詹詹，伏惟采采。

賀劉彬予少參

鳳綸絢晝，特光四岳之咨；熊軾乘秋，快覩雙旐之煥。樓瞻來鶴，臺咏集烏。

某官岱嶽直接天門，齊風雅吞雲夢。方情林綴綺，獨燃子政之夜藜；及唾霧成珠，共把真長之淵鏡。粉曹之香未沫，淮浦之麥自歧。帝睠全荆，公來陳臬。二廣久虛於戎籍，僅餘授甲之名；四達交鶩於天衢，誰念穫薪之載。治軍色壯，望緩帶而變旌旗；傳命德行，想成蹊之依桃李。果得君重，能使楚張。南至穆陵，合歸太公之履；清濯滄水，堪繹孺子之歌。江漢參衡，已氣增於燭照；軍民將吏，更潤挹於波餘。預卜袞歸，寧須席暖。

某識韓自貴，徒鬱萬户之心；御李欲仙，猶遲一交之臂。敢先馳於慶牘，嗣趨拜於光儀。

賀高啟塘大參

天闕出綸，玉衡動六星之象；帝鄉持節，紫薇絢五色之雲。童竹生歡，騷蘭襲馥。

某官情崖峰峻，智府淵沉。孤竹參天，截鳳箭而出籟；碣石砥海，抗鯤浪以標棱。鳧舄挾王喬琴邊仙韻，雞舌含漢省署裏香風。迨五馬以臨邊，有雙鹿之夾轂。甘棠邵伯,宜紀漢江;纂組馬卿,更吞雲夢。貂有牙而方摺,棋爰革於鴞音;馬將璧以並沉,水無没於犀腹。增東郊保鼇之重,仗南國旬宣之猷。頡頏二祖之京,彌高王氣;抑揚三都之賦,獨揆天庭。蘭臺召爽,風解愠以稱雄;郢路歌清,雪點寒而飄白。蓋霜節與九嵏齊上,露膏隨三澨偕流者也。

某幸托鄰輝,惟深仰止。騆驪陂上,莫尾旅賀之縶;鴻雁聲中,憑銜相問之素。解交甫之佩,何日逢君;分楚國之波,尚期振我。

賀武昌巡道張玄中憲副

三百枯棋,悵寒盟於斷雁;一雙神劍,驚合氣而成龍。蓋伐木相求,同聲則應;彈冠自喜,爲善不孤。所以南國甘棠,歸蔭者皆有蕃宣之頌;而中洲芳草,紉佩者獨爲臭味之言。

緬惟仁兄,夙推命世;才華博物,道韻思玄。鵩賦初成,即見奇於王佐;鷺扇堪贈,咸致意乎異人。既而筆下凌雲,名喧函夏;手中成奏,望起小秋。柳惲之咏白蘋,始堪吳興之目;陸納之携襆被,何減廉守之風。既鑄干、莫以名山,又飛湛、盧而入楚。周郎英發,幾嘯赤壁之江舟;張緒風流,試行武昌之官柳。荆多蘭芷,於此齊芬;閩有荔枝,終推晚勝。黄鶴初下,僚吏謂之神仙;鸚鵡興文,山川照其毛采。洲散花以集雪,臺列柏而栖烏矣。陶太尉之政規,竹木無遺,乃廢樗蒲而投水;庾征西之爽度,樓月有興,方蹋蠟屐以據床。斯又核名實於冰霜,吞八九之雲夢者也。

某自我言别,每歌緩帶之章;聞君今來,從笑倒衣之舞。猶班荆之隔地,將夢草以在懷。古人不見思光,並時何幸;一字曾拔蔡克,此誼寧忘?雖伯氏吹塤,哂折揚之難和;然小人鼓缶,侑雅酌以無慚。宛爾相思,勖哉自愛。奏中郎之《三弄》,或賞調於焦琴;寫平子之《四愁》,佇報章於玉案。

賀上湖南吴生白憲副

星照化龍之浦,劍光舊燭於雙龍;風來乘鶴之樓,琴韻新携於一鶴。思懸閩部，望悇楚雲。

某官洵直且侯，能哲而惠。公子閎覽，觀樂知四國之風；刺史清心，投香澄一斛之水。開霧嵐於貴竹，文嶺生華；披霞彩於幔亭，仙山壯氣。虹橋接引，曲宴方暢於曾孫；蝌篆微茫，授書遽邀於使者。遂令魏王太姥，朕攬轡以沉吟；滄水玄夷，賓揚旌而擊拊。去思軫結，來暮沸騰。表靈岳於帝巡，露添寶瓮；配峨峰於侯計，日映筆籌。定應勒績螺文之碑，佇看徵綸烏集之闕。

某受廛雁戶，荷贈素之依依；奏響龍唇，撫枯桐而耿耿。並攜建蘭之馥，試紉佩於湘江；幸託召棠之陰，疑襲幬於枌社。儻并州無忘竹馬，則越坫可附丹雞。謖旗鼓之旁，聊同擊缶；分幨幕之庇，倍慶得輿。

賀侯澹軒轉蜀中左方伯

雄風荆甸，甘棠繫南國之思；明月巴天，紫薇正中書之省。神方建福，我輿割榮。

某官光岳元精，扶輿正氣。心懸午日，立表而照無斜陰；政作春霖，應轅則枯皆立起。惟郢、鄢之得歲，三命彌尊；如霜露之行時，七年溥被。凡吏民有造，均鼓舞於威懷；即水旱無情，亦匪扶於燥濕。宜亟開重臣之府，何更奠价人之藩。蓋上念遜矣西土之人，困以師旅；謂公實藹然中原之彥，總此旬宣。右有左宜，歌袞華而永譽；小廉大法，溯江漢以澄源。況朝白帝、暮江陵，猶斟酌建瓴之潤；想發孌婉、陳賓舞，新形容樂職之詩。地是并州，倍殷騎竹；星雖益部，詎減照鄰。韻琴鶴於趙公，暫經井絡；規木牛於葛相，行壯參旗者也。

某曩聽九歌，共臭蘭紉之味；今探二酉，忽傳芝檢之書。有喜彈冠，無階摻袂。青天世外，難騎訪尹喜之青羊；白雪光中，恍攀現峨眉之白象。沅澧之思公子，捐佩何期；榛苓之喻美人，溉罍可托。敢修賀燕，並寫媵魚。

賀梁惺田轉浙江右方伯

烏集外臺，獨坐澄清江漢；鳳輝行省，先聲鼓舞湖山。奮袖而升，彈冠相慶。

某官鴻濛孕紫，象罔探玄。襟期與秋月齊明，意消鄙吝；音吐將春雲比潤，風動敦寬。孤鶴摩霄，則纖塵自遠；六鰲戴嶠，則萬波不搖。中秘讀必有用之書，掖垣言皆可行之疏。善人生氣，直士動容。百粵之英，人倫推其鶚表；三韓之使，文價重於鷄林。簡甸服以立監，總荆邦而陳枲。騷歌蘭芷，草木皆芳；楚貢苞茅，衡湘受職。孟方圓而水肖，型冶群僚；日冬夏以景殊，陰陽百物。卿才無右，何右地之足煩；公望特崇，乃崇藩之更試。冠尚峨豸，帶已橫犀。觀浙水之潮，應歌二伯；攬吳山之勝，盡領諸侯。翠柏列屏，方粲雲霞之彩；紫薇護署，即開旌節之花。讀岳牧之《虞書》，兼增楚重；咏价人之《周》《雅》，可卜越肥。

某駸靳朱方，塤篪素約。聆出綸之甚寵，覺捲書而欲狂。雖鵬運垂天，頓失榆枋之翼；然鷄壇除地，詎爽車笠之盟。敢托江魚，聊旌簾燕。

賀袁文海轉雲南憲長

節建上庸，滄浪水清無恙；詔移益部，昆明霜肅維新。先聲掃瘴雨蠻烟，善氣開堯天舜日。在滇甚寵，於楚彌光。

某官玉吐成虹，劍飛繞電。清標卧洛陽之雪，匡漢道同；高吟動牛渚之風，交謝名振。雄四明而色壯，收八夢以胸吞。唐藻之擅錢、郎，詩堪霸社；峴碑之失羊、杜，政妙登壇。四國干蕃，蔚彼甘棠蔽芾；六轡如組，訏兹苞栩逶遲。方卧轍以依仁，遂改轅而棽憲。蓋緣六詔之重，地展炎天；孰持三尺之平，雲成文露。皇斷于志，公壯其猷。金馬碧鷄，精爽迓王褒之獻頌；點滄洱海，峰濤助諸葛之伸威。苔痕綠滿桁楊，須信懷民化洽；弦誦聲諧鄒魯，更占弼教風從。今日之緩帶輕裘，思留鈴閣；他時之高牙大纛，銘勒銅標。

某溯彥伯之流風，推袁久矣；訊子尼之人物，拔蔡何爲？海運而南，彌大鵬之翼；廈成則賀，寧忘栖燕之心。如貫敢附於彈冠，先登竊同於譟鼓。

賀楊昆林轉貴竹大參

甘棠芾樹，依仁蔭於楚茅；旌節開花，動歡聲於貴竹。皇不忘遠，公有壯猷。

某官雄略風雲，清規水月。閑哦千賦，文雅似於相如；默契四知，望彌高於太尉。提玉衡以低昂，群吏寫照滄浪；追峴首而斟酌，二賢流風江漢。既憲邦於吉甫，宜恢績於葛侯。惟羅甸盤錯之區，仰解牛之妙刃；乃方叔威名方烈，佇落雁於虛弦。直携參嶺之祥光，往掃黔荒之瘴霧。銅鼓之山帶雨，遥播樂音；牂牁之水澄波，行開善氣。況昌時大雅，反騷直壓屈平；而化俗興文，賦心堪傳盛覽。夜郎何如漢大，果無競之維人；牂波尚是楚餘，即有光於知己。

某焦琴誤賞，玄室探奇。雪裏開尊，曾陪投轄之飲；雲中出綍，乍聞攬轡之行。想歧路之將分，情如慘澹；卜高牙之立建，氣更激昂。遷木正囀乎林鶯，依簾敢附於社燕。

賀鄧虛舟轉蜀中少參時兩臺疏留。

開衡岳之雲，文心能賦；看峨眉之雪，宦迹愈奇。顧熟地願借於輕車，而興情難麼於卧轍。與其蜀重，奚若楚張。

某官清氣霜棱，慧思月脇。揖聖賢於六經之上，尤邃四詩；通宇宙爲一石之才，獨贏八斗。澄清激濁，風高拂以霧披；表勝章靈，霞四垂而天爛。起祝融而拜賜，色壯朱陵；詔西皇使涉余，聲馳白顥。坤維井絡，固會昌建福之區；玄室琴臺，亦文采風流之宅。可以慰懷逸少，賡咏蠶叢。上意深哉，公宜當此。然而馬卿合組，溯正則以爲宗；錦水濫觴，至荆江而始大。則蜀之美已盡楚，而楚之勝足留賢。所以方拜頒綸，旋聞擁節。信宿同聲於鴻渚，縶維思永於駒場者也。

某劇喜彈冠，豫愁分劍。聽遷鶯而相問，冀跼馬以未行。想汶嶺之壯遊，何妨勸駕；紉澧蘭兮延佇，倍念摻袪。

賀瞿觀轉粤東少參未達。

樂育登壇，楚雲仰孤騫之鶴；澄清攬轡，粤海騎五色之羊。宦迹皆仙，邦榮及友。

某官舟航聖瀆，旌幟詞林。選梗梓之材，供天八柱；治圭琮之璞，佐國四郊。

北學陳良,教中直接周孔;南音屈子,删後更變雅風。蓋羽獵七澤之殊毛,真木鐸千年之重寐。乃嘉儒效,欲練卿才。文星即爲福星,頓改湖湘之曜;化雨翻成膏雨,行飛嶺嶠之霖。千竈萬屯,總軍興以仰給;劭功正策,豈霸術所能侔?理財必首理心,用真儒六經之學問;求法不如求道,觀冢宰九賦之規模。既白璧以辨荆,兼玄珠而探海。紉蘭頌橘,東去壓騷客之囊;茉莉檳榔,南行續大夫之錄。是雖餘緒,亦足壯遊。

某附驂靳者再年,阻琴尊於千里。寄心鯉素,一交臂而末由;隔夢龍門,萬户侯之難偶。驟聞結綬,狂喜捲書。脉脉去住之懷,已縈弦軫;欣欣君民之賀,敢譟鼓旗。惟明月之可同,即清風之無斁。

賀司道進表

鑑陳捧日,環楚同謁帝之心;槎遠浮天,望君若登仙之舉。榴照旌於鄂渚,蘭寄佩於澧陽。

某官壽國靈蓍,承曦忠藿。以順而麗,即晉之康侯;在遠不忘,如魏之公子。望推群僚之冠,勛結五位之知。惟華渚將秋,戒嵩岳而傳響;乃介圭遣使,溯明河以問津。黿貢九江,何煩雲夢之賦;虎拜萬壽,正叶《江漢》之詩。進而奉天保之觴,自此前宣室之席。固當因時以規主聖,條地而達民艱。訓無逸之永年,則朝夒夕側以訪政;咏作人之壽考,則南金荆璞以實賢。渙彼屯膏,流朱陵之甆露;宣兹鬱氣,張洞浦之樂風。況前星並燦於升恒,將南極彌光於翼軫。蓋四袤御曆,五褎介祺,受帝王之備福;而君德清明,君身強固,寫臣子之極思。方可衍八伯卿雲之歌,侔五老河圖之獻。豈特蓬萊誇其五色,桃實侈以千年哉?

某想駬轡之既濡,神隨北向;盻龍光之敵起,色壯前驅。聊抒欲告之言,莫申臨歧之贈。國人望歲,猶冀遁日月於歸鞭;良弼作霖,佇留直星辰而聽履。其爲跂抃,曷罄鋪衺。

賀馮文所進表

霓虹繞旦,正嘉祝聖之辰;蟋蟀吟秋,羌叶得賢之頌。光騰劍舄,吹徹塤篪。

某官錦裳織雲，玉斧修月。忠媚天子，若江漢之朝宗；文配古人，與詩書而不朽。蓋讀召伯祈天之誥，丹心雅欲致君；而傳王充恢漢之篇，健筆真能壽國矣。方郎潛應宿，曾濡御墨之親除；及使節宣風，惟覺禁鐘之入夢。南滇東嶺，頻年萬里之觴；壽嶽軫星，此日千秋之鏡。獻桃源之實，瑤池笑其荒唐；抽西室之書，天保賡其孔固。惟上撫四十二年之大曆，如日方升；任公為千八百國之異人，歌雲首倡。柏梁宴罷，共承湛露之莖；宣室問深，即踐金華之席。彼河圖告帝，固合占昴宿之來游；況金門隱仙，豈容虛歲星之入侍？栗棗自酬於投赤，風雲亦嘆其感玄者也。

某新附盟雞，聳觀巢鳳。與天無極，寧忘虎拜之雅詩；待人而行，喜托龍光之君子。雖搏風搶地，從茲鵬鷃易分；然吸鐵感鐘，終豈宮商遂隔？篇已成於別友，頌更美於登仙。往矣壯遊，懷哉遠道。

賀都司進表

天保無疆，外嚴資采薇之治；荊哀有截，來享觀秉鉞之雄。長子帥師，撫龍泉而知我；丈人報主，占燕頷之封侯。三錫不待於軍中，七言行侍於殿上。自古龜龍衍萬年之曆，皆有熊羆不二心之臣。公即其人，國以之重。式辟既平，江漢宜陳壽詩；祝釐方集，衣冠還高宿衛。去冬同上，幸倚虎豹之在山；今夏壯遊，佇期麒麟之畫閣。聿懷秣馬，敢托遺魚。

賀司道入覲

殿楚龍飛之邦，功昭倡牧；摩燕烏集之關，典應親侯。五成劍佩雲高，三接衣冠日近。

某官四時合曆，八柱承天。禹迹荊多，作又方修於《禹貢》；周風南被，殷同載率於《周官》。領翼軫以歸辰，星偕拱極；導江漢而輸海，水擅朝宗。當四裘更始之春，述三年有成之職。奉璧上殿，輯瑞既咸；給筆臨軒，闢門無譁。

上不忘湯沐之地，先軫樂憂；公尤切饑溺之思，具陳水旱。恤民所苦，條給復於司徒；弊吏惟廉，贊幽明於冢宰。篳簬山林之隱，隨方岳以獻階前；黍苗陰雨之膏，奠參衡而安席上。然後玄袞錫服，光《采菽》之章；白虎發樽，湛《蓼蕭》之宴。將恩華軼今群后，抑忠孝衡古二王。以其介圭，同韓侯之入覲；蠻爾柜鬯，儼召伯之來宣。豈特楚張，允爲國重。

某甘心汰礫，翹首揚旌。誰許南金，僅粗供乎桃棘；相看北斗，即重藉於菁茅。想維翰之勛，不遑有佐；懷負暄之獻，薄贈以言。酌彼朋尊，莫秣離亭之馬；歸兮公袞，惟歌遵渚之鴻。

賀吴工部

地利通蜀，雪消歌春水之來；星使從燕，雲望借冬官之重。氣臨關以占紫，波接澧而流清。

某官若工繼垂，博物推札。國與商而並利，雅需廉惠之賢；人得地以相輝，特界江山之勝。控三巴、連吴會，萬里艅艎若歸；攬七澤、賦子虛，千秋不律在握。津頭輕稅，估客狎石尤之風；署裏讀騷，大夫唱郢都之雪。有碑在口，惟水如心。方言既就於輶軒，啓事宜司於衡鑑。

某識荆州之面，不羨封侯；馳蘭浦之思，猶羈守部。有懷倒屣，遥仰仲宣登樓；空抱焦琴，幸逢延陵審樂。投桃報李，瓊瑶良愧於風人；贈帶獻衣，縞紵聊追於雅事。

賀袁晞我中丞

彤弓錫命，斗魁聯牛女之輝；玉斧登壇，閩部增職方之重。封圻惟舊，號令方新。

某官道岸崇高，德園廣莫。陵雲之臺接漢，構萬木咸就權衡；宵練之匣生風，卻九軍詎形鋒鍔。蓋擧龍文之鼎，穆無矜容；而奠鰲柱之維，閑有餘力者矣。星所臨而爲福，雨隨澍以皆甘。江漢滔滔，曾膏郇伯之黍；榕陰鬱鬱，更覆越王之城。价人惟藩，播大千之興誦；明堂計吏，書第一於御屏。遂有旌節之花，與薇共紫；聿開牙纛之府，列柏彌青。賜履不改於山川，嚴臺已籠於霜日。虹霓天使，下賀正人；魚鱉波臣，環朝王氣。寧惟風清，廉法禔福軍民；會即雷動，安攘敉寧夷夏。丹蜃之樓相媚，白雉之譯自來。文武憲邦，宜歌吉甫之雅；袞綉信處，行促周公之歸。

某釣公子之魚，寧忘敬梓；摩仙人之鶴，猶撫芾棠。側耳頌曆，矢音擊壤。想馬之維駱，駕熟路以何殊；然鯤化爲鵬，擊重溟而倍上。問人非問位，或小吏對及子尼；謀國不謀家，非邵公孰匡漢室？特在骿臁之物，薦其沐浴之言。如彼泳鱗，涵以海若。

賀寶淮南方伯

八公之山，大小指桂高吟；越王之城，古今因榕作字。道貞則衡潔芳草，蔭茂則絜芾甘棠。欣此閩肥，寄之楚奏。

某官神淵涵月，情岳干霄。李元禮之松飈，謖謖高引；王佛大之桐露，濯濯晨流。品士有三，雅志在功名之上；號物爲萬，橫襟於胞與之間。霞蔚文藻之林，坐澄水鏡；風寒錢穀之地，彌皭冰壺。鞭石成橋，忠惠之規未遠；酌泉爲酒，西山之政如新。雖遠志有懷，寧低眉於小草；然明堂方構，自動色於高梁。俾領南國之諸侯，依然溫陵之福曜。黍苗仰雨，歌舞相率扶筇；蟓蛄消霜，澄清定知解綬。想士依常袞，觀察首拔八龍；刻童迎郭伋，并州詎忘竹馬。雙鹿夾轂，昔已占吾守之拜公；一鶴伴琴，今重喜价人之出牧。覯綉暫承於信宿，借被即覆乎九州者矣。

某榻憶豫章，更托受廛之庇；裸遺澧浦，尚傳紉佩之芬。企大廈以知歸，仰高山而欲賦。式陳抃雀，遙贊遵鴻。

賀石楚陽公祖起海道

特起楚材，往陳閩臬。徹桑陰雨，將奠鯨鯢於未波；葺荷清風，俾彈豸冠而新沐。稽海作市，從昔以然；若莽伏戎，在今見告。負食力易窮之土，驅走險如鶩之商。謀惡外輪,時闌出乎禁物;狁悚旁瞰,頗餌釣乎情形。始特謀飽以救饑,終恐没利而易患。非無扞撖之卒,率縱奸而與民仇;亦有組練之師,未見敵而同兒戲。養癰之與懲噎,議則兩偏;外痺而復中乾,診惟一病。冠難玩也,況藉兵之可防;醫能治之,宜聞上而亟使。一賢果出,四境何憂。

某官松柏後雕,蓍龜先見。當蘇臺之照明月,正權門炙手之時;遂野渡而橫孤舟,追巢父掉頭之賦。蒼生問其出處,丹詔促之還歸。猶界閫符,豈酬二十年之霧隱;方從岳薦,欲福七八郡之星躔。節鉞日開,頓壯波臣之氣;樓船雷動,兼寒卉服之心。蓋番舶今所隱虞,牧真景元則贍軍反賴;盜藪宿爲通患,帥辛棄疾而枕浪無驚。惟公有光,於國增重。雖夢功名之偶爾,想記憂樂則幡然。勿謂萬牛難挽丘山之重,願以四牡遄華原隰之行。

某棠不成陰,撫江蘭而愧色;桑其必敬,發鄉荔之歡言。獨搖曳於心旌,彌想象於眉宇。過梅城而淹夜漏,未遂登門;賀枌部之得春陽,遥申勸駕。士思稍减,固當竭蹶以受鞭;藩守多瘵,不如依仁而服末。

賀吕益軒僉憲

柏府栖烏,賁鳳綸於海嶠;花旗建隼,結蜃氣於樓臺。鸞奏如新,鷫言相樂。

某官豐年韞玉,暑月懷冰。楓寫文心,秋色妍而帶水;松挾真氣,朝爽積以浮陵。笠澤披雲,初起雙鳬之舃;桃封成浪,聿照九龍之溪。偶化鶴以摩燕,胡占龜而食洛。旱霓民望,皆興奪我公之嗟;列宿郎潛,旋慰用趙人之想。劍臨津而彌紫,直射斗牛;榕匝地以俱青,遥來竹馬。右旗左鼓,翠嵐歸畫戟之香;朝丹暮霞,社稷問庚桑之壘。灌壇舊夢,雨更隨車;園法新規,錢已流地。蓋蚨權子母,富民則刀布萬家;而魚釣父師,弼王自玉瑱先兆矣。猗歟九州之被,旭南國以偏温;懷彼百里之琴,風全閩而大暢者也。

某夙藏吴縞,似有門間半面之知;今受縢塵,莫陪幕下矢音之賀。分光猶詫於鄰燭,酌液詎擯於衢尊。事大夫之賢,神馳遠道;思公子之久,誼託騷人。敢忘芳草之紉,倘垂苻棠之蔭。

賀畢見素大參

軒后仙宅,鑄異氣以生才;越王奧區,雄价藩而作使。烏山沛雨,雁户歸風。

某官道韻天悠,神峰霞聳。芝九莖而有馥,燁燁流光;桐百尺以無枝,亭亭直上。雞群摽鶴,意遊天地之間;龍伯釣鰲,手挈海山之重。拄金陵之笏,千峰朝爽自來;傳浙水之經,七曜天章重朗。薪樲之林既茂,岳牧之履逾遥。撫紫陽之故都,來尋講席;挾黃山之勝覽,更賞幔亭。型吏歸廉,海霧開而石見;庇民咸若,城榕古而露深。始知常袞觀察之聲,未若畢公保釐之業。當年述職,已書甲於帝屏;指日筦樞,即由庚乎皇路。

某二十年之譜,夢駕頻迷;四千里之家,受廛自喜。紫薇方燦,更占旌節之花;青桂未寒,欲寄椒蘅之草。倘荔枝之有味,豈禾黍之不膏?過略形骸,仰攀意氣。

賀韓璧城憲副

南國宅暘,海接天而垂幨;外臺摽爽,山湧露以成泉。牛女增輝,駿童擊抃。

某官黃中表慧,白下擅英。胸羅三萬軸,牙簽真開武庫;筆挾五十弦,錦瑟獨奏鈞天。雞舌爲郎,倉曹是人物之志;鳳觀造士,羅甸興我樸之風。傳馬卿之賦心,夜郎既饒盛覽;持常袞之使節,石室宜訪歐陽。琴奏武夷,幔初開而鶴語;旌臨延浦,劍忽躍以龍鳴。酌寶蓋之清,吏皆飲任君之水;靜刺桐之蔭,人定歌邵伯之棠。誦昌黎之詩文,有聞孫不減作者;拜穉圭之香火,笑生地重見後身。惟温陵學古之邦,兼志乘寓賢之迹。猶君宗於異代,況父師乎此時。所以仰山斗而倍殷,今之韓愈;播華夷而方始,我有魏公者也。

某憫談士識荆之心,堪誇太白;酬小吏問人之對,翻愧子尼。雨立遒車,想歡言於鄉樹;星文照佩,追紉結於澧蘭。梓依社以必恭,草投懷而屢夢。桑麻漸好,差寬越鳥念風;松桂倘招,亦免村厖吠月。從茲仕隱之皆可,總爲仁政之大行。慶切得廬,悰深賀廈,顒惟拊節,應此翹襟。

賀陳赤石大參

海爲最大,讀遺記於昌黎;伯有來宣,迹膚功於江漢。幸哉閫嶠,壯此長城。蓋御夷之堞,在波使船如馬;而詰奸之堞,于水漏網惟魚。兵多鼠籍之市人,盜始齎糧之内間。白雉之贄,雖久寢於越裳;烏鰂之帆,每私揚於影國。卉服前民用,爭吮劍以味甜;舶課佐軍興,孰廢餐而懲噎。利乃害之攸伏,寬與嚴之難調。苟立武有常,師可比之堂上;則惠文能治,君其問諸水濱。庇霍既仰威名,吹虀何須變色?

某官貞標砥柱,勁力射潮。秋水談天,笑望洋於河伯;長風破浪,叱開道於陽侯。方開壇席以鑄人,獨範馳驅而壓士。法伸情詘,冶磨自躍之金;道勝習移,林皆可樕之樸。人謂霜中蕭艾,凛氣難逢;吾知雪際檜松,篤材更厚。羅莫窺於鴻廓,劍忽躍於龍津。彼潛鰐之淵,當望星辰而遙徙;即飛蛾之蠋,亦庇帷罨以俱全。澤雁寧居,兼奠魚鱗之屋;水犀壯氣,不驚蜃市之樓。想鵬翼之擊溟,魚龍皆爲震動;如鰲冠之戴岫,仙聖賴以婆娑矣。

某杏苑舊游,枌鄉新蔭。波臣效順,佇架黿鼉之梁;越王式靈,行傳鯉鯨之記。遠若朱中丞之弭氛,身踦世而名愈尊;近則石開府之建牙,貴逼人而猷未竟。期公遒上,於國榮懷。弓將掛於扶桑,佩試紉夫芳草。

賀劉惟後大參

丹樓如霞,特盛東南之王氣;紫薇開省,共推文武之憲邦。一鶴在空,九龍並舞。

某官天球有韻,水鏡無塵。神劍衝霄,是博物三公之佩;豫章拔地,即明堂九室之梁。才子門直踵七劉,循吏傳遥肩兩漢。烏化鳧而會日,製錦偏奇;鹿夾轂以班春,騫帷倍遠。三輔高等,已續來鳳之編;六月徙溟,遂借化鯤之翼。綠湖赤嶼,供緩帶之雍容;控嶺襟江,抒折衝之擘畫。民誦海山使者,吏瞻霄漢異人。舉扇生風,蒲葵之關自古;行車隨雨,甘棠之驛如新。蓋旄節與星偕臨,便爲文采；而斧鉞從天而授，又下青冥矣。

某聽捷卿之清言，雅盡皇王之理；依劉公之部曲，轉深鄉土之思。惟四履之同歸，想二天之偏覆。何辭擊缶，仰贊得輿。

賀沈仁庵憲長

中陛簡知，外臺建節。匪獨司一方之民命，蓋實總全省之官評。牛女星輝，甌閩霜肅。某聞紀綱之地，不可離於正人；嘉肺之平，必使在於君子。惟正人有虎，芘藜藿之勢；惟君子有麎，護生物之心。矧萬里去天，三垂邊海。農無恒業，而政無恒官，或吏網稍疏，而民網稍密。自非攬轡慨思於激濁，閱牘嘆息於求生，則何以使解綏成自引之風，覆盆興不冤之頌？華采所照，歡喜同然。

某官錦裳織雲，玉斧修月。精神滿腹，晏平仲之念甚深；談笑生春，展上師之和有介。兩曹之望著香菂，二浙之愛留憩棠。何幸濫陬，惠徵虎蓋。邇者潦災爲虐，溝中之失職者多；圭覿將臨，宇下之待察者悚。泰山屹其壁立，人遐望而知嚴；甘雨霈乎泉流，物有生而自遂。倚城之山曰鼓，行振樂聲；連郭之樹交榕，並歸厦蔭矣。

某愧沉白水，賴識紫芝。結綬爽鳩，言宴汪波之可挹；踵塵司馬，範烈景行之何遥。江濆蘭舟，綈袍存故；雲邊竹馬，梓里承光。私厚詫於勝緣，冀少回於宿睞。

賀楊玄蔭海道

持臬節以察吏民，制閫符而護將士。閩之所邊者海，最需文武爲憲之人；國之所仗者賢，特膺江漢於蕃之選。嘗采傳聞之輿誦，兼稽習比之地形。土陋受耕，故寄生通舶；兵狃息戰，故狎戲援枹。乃若漁耀如織之舟，春秋及瓜之汛。民所仰給，而盜亦以旁行；名曰周防，而實未足固圉。緩之養癰可患，急或虞喉吭之先焦；嚴之久痺難除，縱則虛手足於莫捍。軍實必討，非洗寄占朘削之姦，安能"厲氣則氣勇，教技則技精"？商禁宜疏，惟重壓冬誠引之罰，庶乎"遠水不勾夷,近水不借寇"。孰堪司命,果有通材。

某官元龜先知,九鼎爲鎮。文行風水,彩筆繪藏春之湖;氣鼓雷濤,雄鋒挾射江之弩。連枝競爽,望益聳於關西;緩帶來臨,聲遥歡於島外。凡所延跂於賢者,蓋可談笑而舉之。前兹夷艇窺下瀨之軍,旋聞威名而遁影;邇刻潦灾成襄陵之勢,猶賴鎮壓以無戎。何獨知己,快二天之瞻;展也蒙福,深九重之潤。

某連鑣市駿,附栾□鳩。數陪槊弈之歡,幸依于芃之芑。遲奉半面,阻病屐於躬承;欲致寸心,慚訥詞之舌滿。敢徵事於海物,聊托喻於風人。鰲冠背而奠諸山者三,即觀壯樹;鵬擊翼而搏萬里以九,更待騫翔。

賀熊思誠學道

景星絢彩,披紫曜於廬峰;化雨回春,渙清瀾於閩海。凡推造士,皆慶鑄人。

某官並寶天球,摘精月斧。胸羅圖象,則匡老結其靈丹;筆幻烟波,則麻仙澄其絳釀。虬鐘蓄韻,有待物之希聲;鸞鏡煉暉,是分形之朗鑑。籍甚中洲之棘理,淵乎上國之蘭郎。何意滏陬,惠徵旌節。南州下榻,幔設采虹之亭;北斗燭鐔,劍指化龍之浦。足可辨練光於曳馬,未遠吳門;鑒紫氣於連牛,預占函谷。況乎印佩正學,範整淳風。寧惟披金於砂,琢璧於璞,邁常袞之拔歐陽;抑將嚴之立雪,温之坐風,起龜山以接濂洛。試觀盛化,允藉名賢。

某宿御李龍,私晞顔驥。十年契闊,萬里夢思。托臭味於同門,有獨幸矣;顧翻飛之殊迹,如相避焉。遥分振鐸之光,倍切維桑之慶。願莫伸於縮地,悰惟結於附雲。吾黨之章,斐然能忘大冶;故人之心,尚爾敢勒素書。

賀福州孫心易太守

雲繞日畿,共識含香之丰采;天入海嶠,獨高露冕之威儀。光溢麟符,歡騰雁宅。

某官文章吐鳳,政術剚犀。從得意於看花,即標名於製錦。楓江千舳,晝静流白雪之琴;松陵萬家,春華映青鳬之舄。郎既推望,守乃擇賢。嶺外三山,峨接蟠龍之勢；峽前二水，翠分白鷺之洲。帷文露以嗇民，扇薰風而盡下。朝硎游族，鷖奏皆虚；秋駕履繩，驪言相樂。自非攬楚湘之蘭蓀，安能膏閩土之桑麻。

某濫陪勝游，惠微厚植。況筐篚之傾倒，尤襟帶之留連。何意積晬，仍分鄰照。垂虹亭下，夢尚尋於艤舟；市駿臺邊，神遥馳於剖竹。土思内切，悵賀履之難陪；河潤旁流，喜酌樽之得滿。山倚城而名鼓，中和之樂方清；樹連郭以交榕，蔽芾之棠自在。

賀姜同節太守

天回露冕，耀江南之福星；地擁飆帷，灑海濱之靈澍。色欣閩嶠，聲涌燕雲。

某官鐘鼎名家，璠璵雅望。表懷倫於同被，兼擅文鋒；徵匡世於釣璜，更推少穎。萬事水流而不競，孤標山立以難移。嘉石棘木之平，論先尚德；金馬碧鷄之使，頌佇得賢。何幸泉山，獲依輶蓋。披裳問疾，垂愛景於陰崖；懸鏡燭幽，湛清霜於蔓草。白鹿游而夾轂，丹鳳下以臨城。遂使雙塔岩嶢，金焦在望；三安雄麗，吳會同風。寶蓋飲清，泠然任君之水；刺桐交蔭，宛爾召伯之棠。虹橋配忠惠之永思，屭碑接西山而堅勒矣。

某攀爽鳩一日之誼，尚阻瞻眉；聽勼鴻萬户之歌，聊同鼓腹。廈欲栖於賀燕，門倍跂於登龍。饑飽粟囊，慚托空曹而偃蹇；先今襦袴，笑分故國之骈繁。飛羽遥將，結思先往。

賀陽生白太守

漢郎占宿，分來褰幨之星；楚客賦風，携作隨車之雨。襟期惟舊，蔭映方新。睠泉郡逖矣波臣，稽圖經昭哉文獻。醞含玄素，削繪葱青。橋讀忠惠之碑，迹伴峴首；祠拜西山之火，社軼桐鄉。至今稱君子之是邦，曰昔事大夫之賢者。譬如鳳過晃輝，猶施於竹梧；何幸麟儀春澤，旁濡于蠱草。名儒親見，仁政彌光。依韓榜之獨榮，受滕廛而相賀。

某官孤標頌橘，清韻紉蘭。練鶴摩霄，塵外凌虛承露之高掌；金虬鶩海，仙中貫月泛斗之靈槎。風流宿挹於含香,治實試徵於遊刃。銅魚剖佩,和氣先庚;竹馬迎輿,歡聲旁午。方且瘦防多牧,鋤稗吏之害苗;靜悟烹鮮,扇賜人而息憊。蝗赤黑以皆遁,鹿斑駁其來從矣。

某燕市聯鑣,初訂戴笠之揖;彭城縞帶,重溫盟坫之寒。一字拔才,慚子尼名入太守;兩言書考,喜道州志遇清時。步屧村村,應詫新尹;緹袍戀戀,敢望故人。指榕樹以歌棠,托江鴻而繫帛。故鄉無際,地雖隔乎馬牛;大廈可依,巢竊附於燕雀。願言杲日,照此丹誠。

賀程信吾太守

持橐笋孤,舊識排閽之事業;行車麥秀,新開露冕之威儀。春忽到於薜蘿,夢遙懸於丘壑。

某官丰神標令,望實輝華。學攬九流,干星文於有象;胸吞五緯,補造化而不言。爰莛杏苑之芳,即總柏臺之峻。批龍鱗而定國是,日月賴以昭迴;峨豸角以觸官邪,山岳爲之震動。解中執法,拜外牧臣。白筆暫韜於樵漁,蒼生爭問其出處。江湖雲臥穩,久得田里之身;天地主恩深,重披繡蒲之詔。謂合歸銅龍之供奉,顧猶試竹馬之循良。在帝不忘禁闥之虛,惟天實造溫陵之福。借長孺於民吏,寧滯淮陽;倚望之以公卿,姑先馮翊。昔馳除命,燕鵲款款其懷音;今奉恩光,草木欣欣有喜色。行跨龔黃於漢史,載續召畢於周書。

某少抱深心,拙成惰骨。不量人之非古,妄欲追蓴鱠之踪;何幸政之方新,竊與聞襦袴之頌。敢希下榻,殊慶受廛。臥犬村恬,領秋風於三徑;抱犢山靜,耕夜雨之半畦。獲從野老之餘,皆是邦君之賜。慚羈病屐,喜奏俚緘。想民勞之可康,無虞魴赤;念公入之伊邇,欲賦鴻飛。觀游刃肯綮之間,聽曳履凝嚴之上。

同周林二同年賀福州周司李

某官讀二酉之異書,撫三湘之芳澨。箱推世授,笏紀床連。蓋惟忠孝詩禮之相傳，故有文章才品之特出。岣嶁鏤彩，謂當黼黻於帝碑；雲夢徵風，何幸振揚於海甸。于門種其慈福，仲子著其片言。盆覆魖潛，影太陽而呈奇狀；霜厓寒葉，噓元氣以生春容。鬱鬱榕陰，即滿甘棠之芘；峨峨鼓岫，行摩肺石之歌矣。夫緯有共宗，則攀斗所以獨仰；波有餘逮，則飲河所以知歸。此某等敬梓之悰，與嗅檀而並結；燭鄰之跂，望照乘以彌慇者也。況安石有玄，三子舊聯蘭玉之譜；而歐陽交愈，一弟新附龍虎之題。識荊固封侯之可輕，詣李亦通家之自引。

伏惟慈姘既廓，下體之葑無遺；遠鑑斯懸，迴向之葵必照。采其戔戔之獻，而矜其款款之愚。則寸丹不渝，百朋非寵。

賀鮑觀如大尹

化同鼓瑟，弦調則彼此皆和；情比望雲，澤移則東西倍戀。何幸輪山之展驥，遂來粵海之翔鳥。

某官華琯吹薰，鏡巖引曜。把慧泉之淵冷，茹蘗未寒；注太湖之潫潹，隨車猶狹。恩銜鮫室，珠出水以難酬；望最羊城，桂因風而自遠。爰謝尉佗之徼，特領無諸之符。荔枝之產向炎，入閩更勝；檳榔之醉輕瘴，度嶺斯遙。燕鵲款款而懷音，草木欣欣有喜色。昔上蔡之改陽穀，在地見思；若懷縣之歷河陽，栽花並茂。惟輕車熟路之相得，故盤根錯節之逾閑。竹擁迎新，襦歌來暮。

某宿餐芬馥，幸托照臨。聞嘉命於日邊，彈冠獨蚤；想清光於天末，望履偏遲。文露釀濡，慶共分於桑梓；仁風邕被，庇私慰乎塵廬。莫抒賀雀之悰，聊將烹鯉之素。

賀李青岱大尹新任

象雷之區，積懸霓望；應宿之寵，欣借星臨。露灑渥於輪山，風傳芬於碣石。

某官鑄精南斗，擢穎西江。胸漱彭湖，激文瀾於浪雪；節標廬岳，抗情岫於巖雲。豫章挺材，生七年而辨質；干將燭氣，瞻萬里以知芒。惟學道則愛人，將行仁而使子。睠此遐澨，照以高賢。慈蔭交榕，山入隨車之雨；清心印月，海疑還浦之珠。雉能馴郊,却螟何異;魚已生釜,烹鮮寧煩。蓋倡弦歌於武城,則單父之陽喬自遠;勤甘棠於召伯,兼安仁之桃樹相輝。士懲窳器以依型,民暖幽厓而變律。凡拭觀於異政,皆喜色而頌言。

某薊北琴裝,悵征軺之相左;泉南舄影,隔賀履之莫陪。夢繞受廛,思馳庇宇。雪花侵筆,此時削遠地之書;荔火照杯,何日上公堂之酒。

賀黃潛山父母

漢郎應宿,春光搖製錦之霞;晉邑象雷,海氣作隨車之雨。童歡騎竹,客思裁蘭。

某官雅量汪陂,慧心初月。劍文夜紫,斗下燭以成金;筆管朝班,花繁開而入夢。臺摽皖伯,靈傑則人地爭雄;迹紀涪翁,英多果後先相照。方太尉之應辟,勸駕投書;及仙令之來儀,化鳬成舄。堂惟置水,釜頻冷而魚游;扇可揚風,郊回溫而雉呴。樵山漁海,始知化國之寬;啼鳥疏鐘,但覺訟庭之靜。刺桐之陰逾茂,荔枝之譜未寒。家接仲卿之祠,異日翻桐鄉下邑;化行紫陽之宇,此時即畏壘高賢。

某三秀未遂瞻芝,九州欣傳借被。麈繞桑梓,聽鴻雁新喜忘勞;徑理菊松,許猿鶴漸來招隱。惟父母之孔邇,隨出處以焉依。南嶽可移,舊表柱天於潛霍;故山欲舞,長思縮地於車輪。倘宓子之琴,兼收欒下;庶黃人之咏,並入酉中。敢效擊轅,仰祈采菲。

賀南靖倪六符大尹

三仕爲令,姑種前度之桃;百里瞻賢,詎淹小棲之枳。感蒼蒼於葭咏,動丁丁之木吟。

某官擢穎金華,探奇石室。劍雌雄以燭斗,淬截兕之文鋒;弦大小而來薰,鏗陪鶴之政韻。賓徐稚於江右,雅化堪配陳蕃;宗季札於毗陵,道風仍參言偃。自郎係鳳臺之望,宜公遵鴻渚之歸。何居婆娑,尚此槃礡。暫閑六洞叱羊之手,來試三平馴虎之區。萬室可封,寧弭即墨之毀;三春有樹,復睹懷縣之臨。出其絕塵,不啻輕車之復路;觀乎批窾,宛然新刃之發硎。攬下猶仰鶱輝,圖南即占鵬運。

某聯鑣薊北,停鷁江干。歲月空隔於蘭芬,雲林竊依於棠蔭。干旄取道,悵歧路之分風;桑梓連邦,欣德星之旁照。先殿後最,徵吏佇見於倪寬;暫出遄歸,登仙何嘆於若水。

代賀饒映垣文宗

文旌日麗,暖回桃李之春;警鐸風清,光泛蕙蘭之曉。帷墻生色,紳弁騰歡。

某官家推白眉,人驚彩羽。江南王謝,僅傳鐘鼎之相承;吳下機雲,猶慚塤篪之遞唱。水鏡絕塵而照物,蓍龜應兆以知微。星斗羅當胸,插廬嶽一峰之峻;烟霞幻落筆,吞彭湖萬頃之秋。帝識含香仙郎,民歌飲醇循吏。文翁變蜀,大雅既興;常袞入閩,作新方烈。是邦之得師若此,今日之造士可知。昔歐生結軫於昌黎,如陳良之游北;逮揚子載鉢於伊洛,陋鄭玄之道東。況功令廣廌之辰,當名賢柄文之會。伯樂執轡,則追電之足皆收;匠石揮斤,則干霄之材自出。拭觀盛化,行軼前人。

某抱質支離,履途偃蹇。念長兒附季公而如貫,誼重一日之同升;及下走托鄰屬以備員,庇同二天之仰止。歸田而課弱息,游泮而讀遺經。已愧良弓之為箕,所冀頑金之就冶。何圖落莫,獲覯榮光。青青子衿,莫賡勸學之咏;芃芃棫樸,敢賦作人之詩。望彌切於登龍,悰遙馳於賀燕。

賀李集虛太史主考

鵬翮健秋,展期而風積逾厚;龍門宗李,相土則霞蔚知歸。張楚在茲,寧周振昔。

某官長庚孕魄,太乙吹光。胸中三萬軸,懸簽星辰二酉;筆下五千言,秘笈雷電六丁。惟南國占衡,聚奎倍爍乎離位;乃上台司命,揭斗聿觀乎賁文。蓋江漢多士,思皇陋杞梓之雜伯;而聖王作人,壽考重棫樸之求賢。宋法之試宏詞,曾聞改月；漢臣無如太史，終遣浮湘。班荆以論卿才，爲壇而觀楚寶。既收百中之葉，兼甄三品之金。廣樂張湖，審音宜逢季札；湛盧入夢，評價詎爽風胡。雖鷄次有初，何雲夢之網羅，翻成異舉；然驥經獨授，則天機之滅没，默察權奇。定知必有非常之人，以光如不得已之命。賢書一出，即擅乎荆南；錄文相傳，果妙乎天下。凡歸藻鏡，皆喻李蹊。

某誦辨璞之恒言，發紉蘭之舊咏。覺已贅矣，静而思之。以屈子之騷，而僅鳴孔後；以謝羅之獄，而弗顯唐前。靈傑自雄，遭逢難合。若乃天窺藜火，地貢菁茅。道化際四十載之隆，人倫極第一流之選。如此壬子，可曰熙辰。石非后夔，無以儀群鳳；釣非龍伯，不能致六鰲。叨役論秀之邦，竊續得賢之頌。喬松之在霄漢，懷執御以無階；焦桐之發宫商，冀聞聲而見采。

賀姚司諫主考

漢殿朱衣，借補天之筆色；禹峰金簡，綜擲地之賦聲。彝章日月□新，玄感風雲倍合。士歸司命，楚得異材。

某官斗氣燭龍，練光辨馬。玄譚勃窣，太常著理窟之名；昌論崇竑，司諫生瑣闈之氣。離服蕙蕡之貴賤，樹畹自分；抑揚騷辯之源流，升堂直入。共推東箭，宜揀南金。上念豐芑之遺，特難其事；嘉藻鏡之選，莫易其人。姚鉉鑑精，尚騖唐詞三變；卞和璞在，立收荆寶連城。星柝校讎，疑直垣之宵漏；晴窗點檢，怳禁掖之曉籤。蓋問虞淵以上林，方可成雲夢校獵之賦；而聘歐冶於東越，實使鑄龍泉太阿之鐔。獻此楚琛，篤爲周祐。國士之遇，必國士之報，豈小斫以負工師；事君以言，兼事君以人，期速肖而忠天子。桂禾漸成於桂實，槐月猶接於槐黄。露重菊披，招屈堪盟芳潔；風高鶚擊，薦禰誰假羽毛？

某聽車馬之音，何其久也；結鳳麟之網，知子來之。我有嘉賓，雖隔食苹之宴；王多吉士，願矢《卷阿》之章。仰六轡以如絲，折九莖而寄佩。

賀兩司出簾

車馬既閑，求賢雖隆於專使；鳳麟入縠，得士必慶於諸侯。藻鑑兼旬，取諸一日之合；紀綱累月，本之數載之培。法固相成，功果孰倍；在楚有故，取譬可知。辨淵阿之劍者風胡，而鑄則區冶；獲雲夢之禽者校獵，而囿則澤虞。況乃謹三物之興，過時無息；逢六察之缺，貞度稱虔。惟岳牧懷以人事君之忠，肆江漢誇多士寧王之盛。鵬運兼厚於風積，鶚擊益健於秋高。蓋上有其難之心，彝章新爲特典；賴公襄右文之事，籲俊卜得異人。四裹化成，堪邁西京之槭樸；三湘論秀，果蒸南國之菁莪。允矣勞求，居然獻適。

某欣司命持衡之竣，想主者鎖棘之勤。雖都試展期，異日應書壬子；然多才照榜，是科必曰楚邦。誰實爲之，展可賀也。珪璋出璞，筮叶漸鴻之繇；蘭芷充殺，采佐鳴鹿之宴。占上賞之方懋，愧中睨以莫將。

賀董撫臺迎太夫人

鶯戴王母之勝，方問消息於池桃；烏集曾子之冠，更依晨昏於臺柏。瞻雲半寫，酌斗同歡。

某官樹人軌之崇功，都天倫之至樂。道兼忠孝，庭闈與北極並懷；福備慈嚴，岵屺將南山比峻。惟杖鳩羼鑠，攬勝事於仙鄉；乃珈翟輝煌，就安迎於子舍。金萱凌雪，樹背相鮮；青鳥披霞，扈旗庡止。星占壽於兩地，日迓永於三春。竹笋抽暄，佐和門采蘭之養；江魚湧瑞，陋官物却鱻之嫌。民動仁風，吏師教本。昔潘輿之奉，僅止閒居；萊彩之愉，未聞宮錦。惟《魯頌》熾臧，千歲之有壽母；杜詩起居，八座之太夫人。庶乎盛談，可爲今頌。

某破臘役鄖國，徒望佳氣於鵠磯；逼歲返涔陽，始傳喜音於鵲信。私沾錫數，遙祝全昌。如東方朔游鴻濛，見伐毛洗瀡之偕老；如魏華存在南岳，與荆山楚水以長新。當元老鴻渚歸袞之期，即二人鶴髮造朝之日。

賀陳冲然得男

鳳集左肩，新聽將雛之曲；麟推獨角，適叶摩頂之文。降衡嶽之神，註生有錄；添穎川之曜，占緯彌光。三户騰歡，其歌仁人有慶；同僚致酌，更聯奕世通家。此日母賢,憐應子抱;他年公貴,德豈卿慚?蓋玉樹臨秋,箕裘可徵於同物;而珠胎在楚,芣苢總種於當官。況久誇作父之滔,知可慰生兒之濟。

某遙瞻黃鶴自天,訝集鶴之祥;近結紫蘭爲君,紀徵蘭之夢。桑弧門左,蹌賀履以無從;湯餅筵中,獻洗錢而已後。難陪綬帶之客,幾錯弄璋之書。

賀張參戎

麾下整暇善謀,沉雄有立。一編濟北,傳來黃石之書;雙劍斗中,化作玉龍之氣。治水犀而下瀨,名振伏波;誓蒼兕以度遼,威行樂浪。乃茲邊閫,幸屬將鈴。登壇一軍皆驚,已變旌旗之色;借箸萬人莫屈,行恢樽俎之猷。蓋妙略折衝,則環楚黔維山之奠;兼雅風緩帶,想調文武如樂之和。感奇誕於狼星,樊宜佐漢;酬英姿於燕頷,班即封侯。

某席庇高閎,騰歡大廈。豹韜方展,尚賡愷樂於歌鐘;鵲印峨懸,更鑄遐方之銅鼓。

賀上荊南道張華岑

山川晉問,久知狎主之有人;膏雨南行,新喜來宣之在楚。礫得珠而形穢,席鄰燭以分光。迹惡驅殳,惊欣解佩。

某官笙黃張仲,弓冶巫賢。化石一編,略雅推於神授;珥貂七葉,猷逾壯於家聲。鳴珂望畫省之郎,池毛起鳳;建牙雄价藩之使,劍氣成龍。悅禮敦詩,詎數輕裘之閣;先憂後樂,方登作記之樓。控七澤之上游,洞庭偃浪;制九溪之要害,蠻部沉烟。陽氣至則畹草皆芳,樹人無待伐柅;福星臨而波臣亦避,醫地遍爲芃苗。想士女騰鼓舞於來荊,兼江山助文章於居岳。蘭香水綉,始得主人;唱雪賦風,彌張楚客。自周受命,于召祖命,已播江漢之詩;西平有子,惟我有臣,更恢將相之業。

某仰高在昔,慮履方新。何幸塤篪遞唱之緣,適當驂靳相隨之際。車之鑒後,雖莫解於債轅;棋之救前,猶佇觀於勝着。既私二天之庇,實倍三戶之歡。枯枿逢春,改觀果仗於元氣;荒田待耨,貽肆尚寬於惰農。豈曰侍蓋公之堂,屬君獄市；庶幾依臨淮之節，變我壘旗。

賀陳志寰右方伯

舊部榕青，思借漢江之膏雨；新綸薇紫，忽還牛女之歲星。望氣知榮，占風欲抃。

某官霞標國舉，嶽立功宗。仲舉之格自高，峰匪絶岸；太丘之道雖廣，海無雜流。孔門四科，顏、冉之去人何遠；虞廷八伯，稷、咼之自許非愚。方閩越之得天，是价藩之當日。吏皆芳草，競懷暑月之冰；民有甘棠，獲飫儉年之穀。建牙虛待，投紱勇歸。笑蠅止之在樊，何傷白璧；歌鴻飛之遵陸，庶見袞衣。雁户鮫宮，興誦流鼓山之鼓；犀罄鶴綉，天書照松石之松。既特簡於上心，胡尚煩於外補。蓋青氊故物，示圖南國之功；然赤舄登朝，行映中台之象。張乖崖再持蜀節，繪像家傳；陶士行重撫荆門，謳謡路沸。昔所載者，今始見之。幔亭雲君，吹洞簫而下鶴；鐔津淵客，搖寶劍以成龍。雖作霖之命，別有追鋒；而望歲之殷，恐遲驛騎。誠得一日擁吾父之至，然後九罭迎我公之還。

某宿芘受廛，欣言勸駕。公儀瑞世，詎桑梓之可私；帝意念閩，若枌榆之偏厚。鯤鵬變化，看先徙於南溟；燕雀歸依，佇賀成於北闕。

賀顧都閫

方里五千，登壇成使臂之勢；掄才第一，分閫應拊髀之求。氣壯三軍，聲歡四路。

某官姓爲吳望，才可楚張。芒角文昌，獨應斗中之象；韜鈐武庫，横空冀北之群。古兵法敵萬人，望蚩弧而奪氣；真將軍當一面，臨熊繹以宣威。正逢抛甲卧槍之時，想見輕裘緩帶之雅。能文以飾武，君不妨癖《左傳》之征南；在安弗忘危，予有味講孫吳之出傳。必將申討軍實，肇敏戎公。居而虎豹在山，芘荆衡之藜藿；動則蛟龍出水，運江漢之風雷。俾無憾於圖麟，始有光於罝兔。横江赤壁，重來笑公瑾少年；采芑新田，更期歌方叔元老。

某久推陣掃千軍之筆，又披紙賢十部之書。大劍長槍，笑毛錐之何用；短衣匹馬，恍射獵之相隨。敢譟旗鼓之旁，預供鐃吹之宴。願殫幄算，獲溉波餘。

賀蔡五岳太守

六鰲連釣，手開海嶠之雲；五馬班春，身作泉山之雨。遙薰和氣，已舞先聲。稽郡刺史之多賢，惟宋忠惠之最懿。橋鞭秦石，似接清淺於蓬萊；社配庚桑，猶感謳歌於孺子。其深仁不朽，業留循吏之思；然著烈彌高，有煒名臣之傳。占公侯而必復，擁父老以傒蘇。

某官炳緯列星，靈襟五嶽。筆端藻火，舒四照於文林；皮裏陽秋，澄九流於心鏡。神清桑苧之茗，暑月懷冰；韻美箬溪之醇，霜年挾纊。屬鍾山久推謝傅，而漢室欲試望之。遂借朱轓，特臨赤社。修荔枝之譜，水舊繞乎壺蘭；撫刺桐之城，雲更生於寶蓋。低徊香火，重見異人；擘畫山川，一新往事。使是鄂有前後蔡之頌，奚啻史云大小鄭之名！抑狶韋之李易波，豈鄒魯之風難挽？學綉鞶帨而自得則疏，家儉蓋藏而相師日侈。崇讓尠追於劉實，問佞或嘆於顏含。此識者私存廓革之憂，而懊然聳睹下車之化。宅寧鴻雁，軫小民之農桑；庭黜陽鱎，從先進之禮樂。在公善世，非俗吏之所能為；異日立朝，宰天下何以易此。

某偶成小草，誤棄釣竿；新蔭甘棠，歡聞襦袴。子民敢附於公姓，楚客倍感於越吟。聊鳴賀廈之音，兼寫受廛之喜。紫茄白莧，想自種在齋閣之中；枯篠焦桐，冀相收出管弦之外。染濡雖淺，嚮咏維深。

賀柴羽元陞廣東左方伯

荊甸風清，共咏二南之一伯；嶺雲天接，首臨百越之諸侯。福曜彌高，甘霖詎歇。

某官元精間氣，大雅希音。黃叔度之汪波，悠然難挹；山巨源之璞玉，實者莫名。劍在室而燈在帷，未嘗露光鋩之色；海能涵而岳能潤，蓋已全流峙之才。故入則望郎，出為膚使。雨隨膏於泰岱，江猶照於錦官。在人僅能吏之有聲，而公果大臣之不器。屬熊湘之得歲,遵鴻渚而來臨。芃芃黍苗,感豐年於萬寶;滔滔江漢,澄清脉於百流。將瑚璉九成之堂,孰能右者;猶藩屏四方之岳,帝曰左之。棠蔭浮青,正苐邵公之樹;薇香倍紫,行上越王之臺。客撫鶴以孤飛,仙騎羊而五色。彼上林之吞雲夢,游合壯於三都;若粵鑄之並秦廬,覽更周於萬里。屈原何意,芳草賦其將離;陸賈有靈,錦山粲如獨笑。想旌節花之開非遠,即蘭芷佩之結可期。

某巢幕舊依,彈冠新喜。鳳綸從北,方看爲吾榜之光;鵬運圖南,寧免奪我公之嘆。玄珠之探赤水,師象罔以無從;衡嶠之通羅浮,媒軒轅而復合。我懷騎魚至,再訪丹砂;君去聽雞盟,毋忘車笠。

賀下荆南何鼎隅

長卿天才,乃遠慕屈原之賦;吉甫濾產,或傳云郾國之人。故文章事業之相輝,於巴蜀荆湖爲兩重。

某官錦江濯秀,玉壘標奇。青白楊之雋聲,區中振古;大小山之雅尚,塵表夫今。夕拜瑣闥,帝知白馬生之諫;秋深雲署,人樂爽鳩氏之平。雖直道難容,浮雲何損;然仁心爲質,畏壘見思。迨十年漢上之新旌,猶當日嶺南之舊物。公無欣戚,地有重輕。雪唱銅鞮,增大堤遊女之樂;春流錫穴,聽滄浪孺子之歌。豈特與峴首爲後先,行追憲周邦之文武。更有奇快,異乎恒言。宦轍所經,非乏名山之迹;王言如綍,僅垂太岳之文。天柱紫霄,賜爲湯沐;元君黑帝,邀作主人。以使者之簡書,開真官之詞府。在世緣云最勝,師仙籍以稀逢。

某金虎署中,憶赴衙而並馬;驌驦陂上,知佩劍之成龍。事賢見公之爽明,遊山得參之巀嶭。當其意足,自詫平生;及乎追存,皆成昨夢。惟襟風之不隔,果黪月之相承。雞犬丹成,何日陪神仙之吏;雁魚書去,此時想故人之心。

【校記】

① 此句後當有缺。

② 此句後當有缺。

遯庵駢語卷二

通　啓

通王霽宇大司馬

壯萬里之城，歸而坐籌於帷幄；本七兵之柄，儼然戰勝於朝廷。立武有常，用儒無敵。

某官述靈岱嶽，炳曜文昌。喬木世臣，動色大烝之勛伐；采薇外治，深思《小雅》之經綸。當其蟠萬甲於胸中，盍已玩四夷於掌上。北門鎖鑰，特簡寇公之忠；西蜀綸巾，羅下葛侯之拜。數萬金力爲議削，虎背棰笞；尺寸地不以假人，狼心芽折。使繒市猶卑於漢餌，而斧畫勿蹙於宋圖。是謂百年之安，能增九鼎之重。洊經東略，入總元樞。決武吏之計章，靺韋自肅；料邊庭之情實，氈帳皆驚。蓋命將出除書，已知債帥之鮮；且發金收超距，立止驕軍之萌。戎狄爭問其起居，兒童亦熟其名姓。迨天未雨，時哉徹桑綢戶之功；厝火將然，賴有曲突徙薪之策。

某讀佩刀之記，宿翹領於龍門；陪玉樹之遊，兼醉心於烏巷。一移庫部，兩玷藩符。偶靖脱巾，遥式鼓旗之律；欲馴舞羽，誰折樽俎之衝？泛水雖隔於芙蓉，芘山何殊於藜藿。朝衙拄笏，猶憶爽氣依人；夏省談兵，能忘壯猶元老。敢援馬曹之舊，謬陳燕幕之言。勒三槐之銘，質大蘇而無忝；驗一字之拔，依平子以自慚。伏惟鳳鳥方來，仰翼軒皇於玄滬；麒麟可象，永垂漢室之丹青。

通省中諸公

瑣門夕拜，正當極辯之朝；荷橐時陳，獨維一正之脉。群陰消覘，四國歸風。

惟口無防川，固擴忠之莫盛；然言不折聖，則行志以爲難。見盛者喜色於衆人，思難者繫心於君子。能容而弗能决，蓋今日之隱憂；爲名而不爲功，亦賢者之公患。疑通疑塞之路，急伸而急未必伸；旋高旋下之輪，矯枉而矯即成枉。故投棗曾聞於報栗，而去莠必戒於傷苗。有國元龜，憂公如灼；爲時威鳳，鳴世曰祥。能以等宰相之官，行不負天子之學。

某官金貞百煉，松貫四時。列宿争光，終避五行之色正；萬波獨立，始知一柱之力雄。主推車於必前，戒乘舟之偏重。封詞頭而批敕尾，義雖激昂；持大體而覆小瑕，意恒忠厚。公論天之元氣，揭日月以昭迴；人才國之精神，排雪霜而保護。即使相張將尹，安可無補袞之仲山；儻然湯刻弘諛，尤賴有拾遺之汲黯。

某守藩苗側，謹圉約於黃龍；傳疏邸中，想諫聲於白馬。遠臣之懷葵藿，哂我越思；楚客之判蕡蘅，幸公司直。願勿替沃心之耳目，使粗安在背之羽毛。役志涓人，投誠箴尹。

通臺中諸公

領奏蘭臺，折衆淆於側陛；峨冠柏府，嚴獨坐於橫牀。一鶚雲霄，羣烏朝夕。當無諱之日，匪言難而擇言爲難；賴中立之賢，使法重則持法者重。蓋自仗下馬之斥，盛吐憤於决川；馴至殿上虎之争，幾角形於分壘。事爲國而推之漸遠，反莫知國是之所歸；見緣人而衍則彌長，祇能累人才之俱盡。勝氣既倦，本心自明。鸇擊凛然，猶遜鳳凰之瑞；浪翻寂若，方推砥柱之功。

某官直哉惟清，淵乎似道。無必應無而有必應有，會星光岳峙之全；親不得親而疏不得疏，標秋月春風之勝。精神獨一人之是毗，議論皆萬世之可書。謹善敗之關，先隄其漸；辨貞邪之實，弗幟其名。屈軼堯階，正氣能蕃朱草；梧桐周日，陽光偏照丹葵。蓋獨君子則執爲小人，惟愛仁賢乃以忠君父。山川震動，詎止課月之章；乾坤清夷，允仗回天之力者矣。

某守藩無狀，幸國有賢。見正人而目明，何當披霧；聞御史而膽落，雅拜高風。居則仰百度之貞，行則依六察之峻。低回楚雁，想象桓驄。本草百官，久讀喻椒之記；和羹四國，佇正調梅之司。

通侯澹軒方伯

嵩呼萬壽，魁曜移蒼柏之臺；岳長諸侯，荆山開紫薇之署。童溪騎竹，僚喜握蘭。

某官大河滙精，中原總粹。猶龍變化，則道德綜其五千；命虎旬宣，則雲夢吞乎八九。紀漢江而受職，陰滿憩棠；控具蜀以提衡，威存苤藿。銅符既式於南國，金鏡爰函於北辰。偕五老出告帝期，兼流作輔之昴；會四方來賀天祐，因陳有佐之詩。价人維藩，詔特加乎三命；周邦良翰，許更借之幾年。照畫綉於商丘，寧誇弩矢；行春花於楚甸，還擁車帷。赴劉公十部未煩，歌陶使重來相慶。

某依光建節，隔言範之暫遥；起舞除書，奉馳驅之在近。雖珠側以形穢，或麻中而勝扶。願以兔苑詞人，無忘唱郢都之雪；儻備龍山賓從，敢言聚翼軫之星。

通屯鹽道周海門僉憲

浮槎虹水，方高轉粟之功；緩帶鵠磯，復美登樓之興。民歌歸衮，吏慶飲醪。

某官悟契無名，用冲不器。三才一貫，獨往探洙泗之宗；六合寸心，共推接姚江之脉。居而尋孔、顔樂事，進則廑禹、稷深思。惟較尋尺，而有所弗爲；然投盤錯，而無所不可。幸哉荆部，照以福星。鹽策本齊利源，幾當半賦；屯田創漢儲胥，永賴足兵。戎籍虛而失額之糧莫稽名實，淮引阻而埋頭之鹵交病公私。文學之論難行，棗祇之勛未見。察廩治本，夫豈俗吏之能知；制國藏民，自有真儒之大道。既舉使職，仍攝漕符。雲集千倉，恬楚江而受檄；風平萬艦，截淮浦以安流。蕭相關中，劉公江表。昔賢專久而方效，何公暫寄而有餘。蓋惟左右之皆宜，畫隨規矩；是以深淺之咸濟，操妙方舟。奚止隨車霖雨之來，式遄聽履星辰之召。

某少頗有志，長而無聞。誼托朋僚，悵型模之尚遠；望懸師保，欣榮戟之還臨。師聖對榻而叩濂溪，有懷此遇；希哲同齊而事正叔，良愧古人。楚之撞鐘，雖難通於巨響；艾而藉鏡，或可吸於餘光。

通瞿達觀學憲

草芳盈浦，九水匯蘭蕗之鄉；日軌在奎，一星司文章之命。光浮衿佩，興寄烟波。

某官和氣生春，盛名如畫。青箱傳業，家藏文懿之編；丹穴揚輝，人推昆湖之世。擅杜陵於工部，高賦岳樓；標正字爲文宗，方還騷雅。惟吳有言偃，公實胤南國之精華；若楚多陳良，帝俾師北遊之豪傑。將獵殊毛於夢澤，特網異寶於春湖。季子審音，來聽《咸池》之樂；女夷綴景，併歸桃李之門。蓋震澤直接乎洞庭，丹苞名入《橘頌》；而包山疑通於天岳，金簡探是禹書。璣組錫龜，詎誇夏貢；梗楠杞梓，盡選卿才。行將憂樂爲心，遠收宋朝之文正；君民不負，近見昭代之忠宣。聖主四十年作人，首章江漢；真儒一千載倡道，再振濂溪。豈特采麗水之金，披砂不混；鑒荆山之璞，泣玉無歌哉？

某雅愧和簁，欣逢披鏡。署案前之牘，心已倦乎雕蟲；吹閣上之藜，神遙馳於薦鶚。尚隔蕙風之坐，倍依杏雨之壇。取水於河，挹火於燧，此邦足以當之；燭劍以氣，相馬以神，賢者而後辦此。民未樂職，空紬講德之文；士慶有師，欲賡得賢之頌。

通下荆南楊崐林憲副時祝釐回任

謁帝承明，曾上千秋之鑒；行部襄漢，重敷九夏之霖。新托蘭薰，倍依柏悦。

某官道關四氣，名蓋八紘。海棠有香，堪魁帥於花部；峨眉無敵，直伯仲乎崐崙。玄草爲名理之宗，倉曹即人物之志。一麾出守，新安山秀而水清；四國有王，召伯憩棠以膏黍。敏戎公而錫祉，陳萬壽之雅詩；偕玄帝以祝釐，陋三呼之嵩岳。蓋獻麥丘之善禱，即桃實不足爲奇；而挹莖露之新恩，惟蓼蕭可方斯寵。爾乃過鄉弩矢，檄明月以諭巴；擁路車帷，襟雄風而張楚。鶴樓欣瞻其儀宇，麇國快沐乎德波。文武憲邦，真追周家之吉甫；裘帶撫士，詎止晉室之羊公。

某葭倚方偏，籧吹猶澀。持斧而臨郡國，雅聞暴公子之威名；騎竹而走兒童，想見郭細侯之故事。洞庭頌橘，更推品於果州；江漢界天，當溯源於蜀嶺。譬彼蠅之附驥，莫企騰驤；然若驂之從輿，壹憑縱送。

通史恤部

隰映皇華，揚旌正度於天岳；谷吹寒黍，解網聿乘於春風。凡戴法星，皆依慈月。

某官瑞時鷟鸑，苾物騶虞。赤棘西曹，直皋陶而既舉；甘棠南國，仁召伯以重來。嘉卿才曰晉大夫，雪囚冠有楚君子。良惟折獄，靜思風澤之孚；疑輒予民，大作雷雨之解。聲已翔於江漢，光遂擁乎巴陵。方且編君山之竹而寫寬條，挽洞庭之波以洗幽囹。堯心三宥，宣揚聖主泣罪之恩；周論八成，嘆息仁人求生之意。金雞銜赦，立散飛霜；怪蟲消冤，寧煩化酒。平三尺以無枉，預高定國之門；活千人者必封，還賜比干之策。

某爽鳩讀法，曾托白雲樓中；青鳥分輝，坐馳紫蘭江畔。人亦勞止，投罝堪嗟；公曰恤哉，鞫扉有待。莫贊觀陶朱之璧，遙瞻空貫索之城。

通鄧元宇總戎

澧沅蘭芷之芳，愧兼擷於騷佩；黔楚輔車之勢，荷特睞於和門。儻枌社之有情，果柳營之可芘。風行瓊海，曾掃黎母瘴烟；日靜牂牁，聿開夜郎善氣。

某猥以菅蒯，次屬封疆。苗有梗心，干空舞而未格；卒多柧腹，巾驟脫以相呼。幕中之甘苦孰同？閫外之恩威幾竭。宮纏磨蝎，代庖適會多艱；閣繪麒麟，借箸欣承雄略。方懷結素，已拜投醪。擊柝邲聞，遙歌元戎十乘；餘波晉逮，堪詫錫我百朋。非草檄之長卿，何能諭蜀？恃銅鼓之諸葛，寔可靖蠻。光分照鄰，托感悰於夜月；神馳緩帶，引積緒於春雲。敢告前茅，嗣圖采藻。

簡楊修齡侍御

綉衣持斧，既高暴公子之威名；弩矢過家，何減馬長卿之勝事。鄉閭動色，舞及山川；守吏割榮，歡同魚鳥。明河可望，隔旅進以無階；錦段久裁，藏中心而未報。烏長依於臺柏，雁聊托於江梅。目擊民艱，儻無忘桑梓之意；耳傾匠誨，願一承薤水之言。

謝張誠宇撫臺薦

五技窮鼷，課立監而多負；一談增驥，徹露剡以何温。世不乏中郎之琴，托材爨下；人孰爲司空之鑑，辨氣斗間。竊惟才難昔之所然，品或寬於取節；知己今之所重，榮尤倍於事賢。然趙清獻之提衡，執手幾失周茂叔；韓昌黎之入幕，感恩姑許張徐州。若自揣吏業之疏，而曲被人倫之寵。錄瑜瑕外，飾姸醜中。美無取於緇衣，襃已侔於華袞。則意氣所許，肝膽寧渝。

某官江海萬流，笙鏞群籟。旬宣疆理，不替召伯之功；翕受敷施，有味皋陶之訓。與人無求備，則良楛可以兼收；大賢何不容，抑山藪妙於弘納。雖胸備四時之氣，獨蘊陽秋；而言同六琯之吹，總成律呂。坐令礫汰，濫次糠揚。醫賦物囊，搜狶苓而必薦；仙丹留鼎，沾鷄羽以同升。某有堅匏頑固之姿，無桔橰俯仰之智。蚊山堪喻於地劇，鯨浪復困於天窮。秋水茫然，問津航而太息；春華竭矣，施殿最以冥神。惟遠志之懷，翻成小草；孰老竿之質，可假茯苓。鏡莫遁於月波，羅邌恢於天網。文士無用，盡雪刻鵠之譏；壯夫不爲，猶采雕蟲之末。蘇萊葹於芳芷，題怪石以連城。足使荆璞妒逢，澧蘭奮色。取節何怨，盡己果勝自知；事賢至奇，終身即爲定價。非執手而相失，詎感恩之足言。仰繹樹人報國之忠，雀環難效；勉收束吏安民之業，駑駕是程。庶無恨於執鞭，稍有詞於推轂。伏惟踐姬公之籩豆，益揚下士之風；疏呂相之袋囊，即握進賢之柄。

謝董誼臺中丞薦

鉛刀一割，剚蛟虬以何功；丹鼎九還，飛犬鷄而自詫。粵有重臣之代，非無薦士之言。然或覸異中心，姑榮施於面目；或誼乖知己，僅旅進於衆人。故讀疏者亦曰監司之常出，舉賢者未必事君之以若。乃漆膠傾蓋，星斗淬鋤。錄諸多事之秋,謬推利器;予以立功之地,橫借恩言。溢喜疑涉於過情,深期實專於爲國。虞丘之援孫叔,在楚則然;山簡之拔子尼,於今始驗。則其襟帶,蓋出語言之外;惟有針磁,獨存寤寐之間。

某官棟礎九筵,權衡六幕。文武兼卿將之器,堪煉石以補天;事功醉賢豪之心,數觀溟而失水。挾已甚厚,擊扶搖者地絕於凡毛;閱人又多,過鄧林者眼空於散木。然而都周公之美,吐握勤施;嘆孔氏之難,春秋取節。以芃芃之苗黍,猶采采於蒹葭。

某徒厲橘心,易昏棗性。荆南蚊負,水旱之所憑陵;湖北鼷窮,兵苗之所撓撼。雖移山之有志,欲效愚公;顧逐日以難幾,終嗤夸父。澧沅傍騷客,方嗟蘭不茂而芷又荒;菲菲托詩人,詎意樹有檀而下維穀。過徼隆睞,特費偉題。檗苦冰寒,許以操修之凝遠;楮狹綀短,飾爲抱負之宏深。至若金城石畫之評,益非溝瞀株枸之質。使有知人者漫疑其語,則將緣不肖而公受鸞鑑之譏;抑有知言者輕信其人,則又因公而不肖蒙虎皮之假。進退惟谷,俯仰皆慚。憶褚裒之識孟嘉,坐上小異;桓溫之禮安石,門中未逢。在昔爲荆國之美談,然今豈往時之人物?惟君子之賜,不待成身;即國士之酬,莫如立德。平生君親而外,不擬受恩於他門;從此忠孝彌敦,庶答因材之大造。焦桐可鼓,依稀高山流水之音;發藥寧忘,佩服《繁露》、《玉杯》之訓。伏惟大忠達善,既有味於緇衣;上賞進賢,佇逌歸於衮綉。

謝史蓮勺直指提薦

鏡在秦以高懸,孰逭察微之照;荔至閩而後出,亦標寄舉之名。訝此異知,鳴其新感。竊惟顧馬於立市,辨劍於出鉶。雖斷犀歷塊之奇,尚需後驗;而伯樂風胡之賞,已定前符。然循攬必見於光芒,盻睞或殊其毛骨。若乃材本下駟,鍔數凡鉛。十舍未聞,一剗無取。而邊使侔踪騟耳,垺價青萍。竊有道之言,固可收於眾信;反無當之質,將未免乎自疑。某之在今,何以異此。

某官綱維八極,刀尺九流。正笏攄獻納之忠,木從繩而自直;攬轡切澄清之志,陰見晛而俱消。月鑑生秋,凌霄駕鳳;霜臺籠日,吹氣浮龍。凜凜三楚觀風,亭亭一衡察吏。望人甚厚,故求之若嚴;程品惟精,而行之以恕。謂守藩稍重,推餘論以示優;抑受事方新,假溫詞而激勉。遂令藻飾,并及虛庸。草木初芽,雨露何分於甘苦;璠璵詎剖,雲漢已借以榮光。

某鳩拙踽窮,慳於天分之短;榆瞑豆重,成以學術之迂。霜雪未紛,誰徵翠幹;青黃競炫,欲葆素絲。嘆二郡之杼軸已空,恐萬家之芻牧難塞。詎云春腳,能靜波心。正所淬砥而負慚,何期訓言之過溢。蓋因妍付影,謝玄暉誼止憐才;而立表示塗,麗士元思深厲教。豈特借之牙齒,真可生其羽毛。被此不虞,若爲異日之不負;庶幾有試,稍答同年之有情。昔山簡之拔子尼,僅傳一字;若袁昂之薦景默,亦儉兩言。要皆能副所期,某敢請事斯語。惟衡雲之紫氣未散,即華掌之蓮花可尋。指佞帝廷,行思賢於屈軼;佩芳騷畹,儻托味於幽蘭。著本草而喻椒,寧忘醫國;束生芻而如玉,倍結懷人。少寫爨桐橡竹之音,莫效食稻餐花之報。

謝董撫臺

某寡陋分藩,居諸愒歲。斗山在上,圭表瞻前。非不三尺是遵,十舍自策;而慕古志迂,揆今略短。有硜硜飭躬之小謹,無亹亹成務之通才。力不副志,拮據空勞;政不勝灾,饑溺府咎。嚴於束吏而吏功未勸,拙於佐民而民困愈深。無寧責效以多虧,抑且捫心而多愧。乃張中丞復命,薦舉方面;疏職之姓名,綴在剡末。引駑蹄以晞驥,飾鳥夢於雕蟲。靖惟厚幸之由,不知甄收之自。

蓋緣台臺恕於取物,時有獎借之言;寬以作人,每用引掖之教。匠石所睇,而工師憑以取材;孫陽所顧,而太僕羅之入厩。不則負鹽峻阪,寄散空山,固其分矣。豈復冀飾於青黃,仰鳴於鷟路哉?職有丹刻畫,無階酬報。惟當仰憑善誘,益厲素心。鞭鈍磨頑,雖勞怨而不避;飲冰茹蘖,矢堅苦以自完。但不得罪於吏民,即以歸誠於造物。

謝董誼臺方伯

托千里之神交,欣一面之頓盡。混珠之礫,雖形穢以多慚;生麻之蓬,猶不扶而冀直矣。乃若筐庋傾倒,襟帶留連。拂座春風,吐佳言而屑玉;傳杯臘酒,証密緒以斷金。白水未沉,丹霄有價。所以薑桂誇其得地,桃李喻於成蹊者也。戴德以行,跋涉兼於水陸;懷離難寫,羈滯感乎雨風。及其至州,是爲十日。龍光在望,鼹技虞窮。思公子未敢言,欲紉澧江之草;嘉大夫能作賦,遥溯武昌之樓。

謝王豐輿

榕郡賦棠,真同漢南之召伯;鶴樓繫馬,始識江左之夷吾。殊愧中郎之琴,遽倒瑯琊之皮。數日而別,千里以行。蕢葉初旬,始稅捐佩之浦;梅花兩地,遥馳作賦之洲。惟識未定於舉棋,恐述難免於當局。所望譜傳國手,盡成龍鳳之形;自矢聽必專心,敢思鴻鵠之至。儻免南風之不競,盡賴東壁之垂光。

謝梁惺田

伯鸞之於高子,爲賦懷友之詩;中郎之有仲宣,亦倒應客之屣。久同臭味,詎爽襟期。顧敏惠相求,三載猶迷夢路;乃干鏌忽合,一水遂作延津。數日而行,攬離懷以獨語;千里非遠,跂厚德之相成。蘭始見於一花,蕢已新於九葉。敢望左提右挈,如對龍光;庶幾東支西梧,未窮鼠技。瞻儀樓鶴,托素江魚。

謝顧箴吾啓

驂靳相隨,敢平分洞庭之景;塤篪迭奏,更對酌岳陽之尊。一日被乎恩暉,十年慰其渴夢。仙人來而笛發,覺悟凡心;帝子降而珮捐,綢繆淑晤。戴鰲知重,兼蚊負以多虞;附驥致遥,庶蠅飛之可托。惟君好我,願示周行,如《小雅》之詩;同官爲僚,豈效賈季,忘荀伯之聽?恒言瓜桃難報,況先錫以瓊瑤;相彼縞紵交盟,又莫酬乎綉緞。雖春風不受謝於芳草,乃太陽自回影於向葵。托悰結蘭,傾悰發藥。

謝陳冲然

聯鑣一疏,虞割席之難同;捧檄抄冬,甘汰礫之宜後。倡予和汝,誼托寅恭;

同官爲僚,心傾辰告。遂披襟於薰薰,兼致意於授餐。十年始逢,登膴門可以不恨;數日而別,去陳榻若何爲情?涉路兼旬,戴星至澧。惟是左提右挈,奉提命以周旋;庶幾東支西梧,免馳驅之覆墜。瞻羽儀於樓鶴,寄尸素於江魚。

謝陳穎亭

恨尋夢於各天,欣締緣於同事。遂下高榻,爰拂焦琴。數日而行,攪離懷以獨語;十年始晤,望德愛之相成。蕢苴九葉之春,蘭涉一花之浦。鉛刀難效,況驟試於未操;明月在懸,長托輝於末照。遙瞻樓鶴,敢溯江魚。

謝司道同僚啓

周雅之紀名臣,皆著功於江漢;楚詞之思公子,特寄意於芷蘭。葭倚有緣,篪吹難和。

某官璇衡錫羨,丹穴揚輝。節鉞翼軫之交,祥占卯五;襟帶湖山之會,令布庚三。采芑作歌,來壯猷之方叔;甘棠可憩,追美蔭於召公。草迎氣而變芳,風行將史;苗含膏以起瘁,露覆兵民。衡嶠開嵐,先聲檄祝融而應指;郢鄢飛雪,高唱吞雲夢之賦心。南斗避文星,共仰南邦之式;東風隨暖律,更依東壁之光。

某蚊怯戴鰲,蠅欣托驥。雁回峰而繫足,欲摩禹碑;魚噞沫以揚鬐,試沿舜水。隰桑遝不謂矣,堪證周行之詩;干旄何以告之,敢後我僚之聽。鶯鳴伐木,同苑惟求於同聲;燕認捲簾,新翎儻收於新社。瑤華先贈,玉案何酬?有慚瓜報之三章,聊賦唐翩於兩地。

謝同僚啓

竊聞蘭盟易結,瓜贈難酬。若本諸甄埴之恩,喬松無以方其蔭;申以琅玕之貺,若木未足配其華。則豈膠漆之所形容,瑤玖之可擬議。惟酌玄水,稍喻丹誠。

某官潤有潛通,光無禦照。山川不動,常出雨以及人;桃李何言,自成蹊而致物。至微者蠅翼，附驥尾以偕騰；極遠者鵬霄，乘羊角之可借。揆茲量徙，實荷曲成。曾裁謝之未遑，已榮施之前被。減其愧色，謂進見假於名賢；激此懦衷，使新圖縫於愆咎。藏素書而在袖，猶憶剖魚；化黃衣以授環，敢忘師雀。

某學山不至，果受分之奇窮；近水先輝，賴植緣之多幸。杞包瓜而罔潰，蓬托麻以勝扶。送雞犬於雲中，方悟丹砂九轉；跂星河於天表，莫酬機杼七襄。猶恃芘棠之未遙，私期開茅之有在。好而無斁，時示我周行之言；成以有終，勿爲君同舟之辱。肅將采藻，力抒傾葵。

謝吳工部

采蘭浦而邅回，詎能忘《九歌》之句；窮花源而深去，乃更入二酉之山。雖攬勝之彌新，類投荒之漸遠。已窮馬力，悵如組以何施；孰動鶯聲，勞彈冠而有喜。作柱方嘲於荷弱，照乘忽漾于珠光。念此量移，實賴指南之庇；從今離索，預懷戰北之虞。於焉見君子之心，與其進也；毋乃爲故人之累，遏不謂之。慚與佩俱，報知施重。謹將拜賜之悃，藉爲盥薦之孚。黃雀未銜，感餐花而詎酢；驪駒將唱，想折柳以無從。深負桃李之三章，聊歌棠華於兩地。惟垂秋月，照此暮雲。

謝清浪李參戎

麾下肝膽一劍，精神五兵。受太乙之奇書，韜鈐玄閟；占六庚之害氣，算候精明。虎豹在山，而藿藜不采；龍蛇出匣，則星斗皆驚。故處餉殫兵弱之區，能收內順外威之績。自非羅胸霜電，役丁甲而走孫吳；何以聚米山川，玩獠苗而寧黔楚。變汾陽之壘，共羨輕騎入軍；齊廉頗之名，即看拊髀思牧。某因涉芷蘭之浦，幸依桃李之蹊。已愧齦窮，翻勤燕賀。誦《木瓜》之什，報愧瓊瑤；瞻細柳之營，神馳帷帳。凱歌可續，或憑三弄琴聲；兵略誰傳，儻指六花陣法。

謝李霖寰中丞惠扇

白羽一麾，黃塵四靜。出牧共武，邁六月之徂征；惟帝念功，愜五明之求輔。

既暢天威於炎伏，爰修歲事於春陽。睠彼百綺之珍，來蠶叢而作貢；訝茲九華之品，被鳩署以均沾。琴裏迎薰，能參解慍；樹下蔭暍，何必擇陰。昔企葩名，徒抱江湖之渴夢；今分殊貺，若奉榮戟之威儀。遠陋紈素之規，頓增蒲葵之價。雖南樓夜永，聞屐尚隔清芬；然西山朝來，拄笏已生爽氣。謹裁謝悃，肅布荒詞。班姬之賦，漢宮舊曾詠於明月；袁宏之答，謝傅或可揚夫仁風。

答薛青雷中丞

嚴鑰宜固於北門，靈鈇遂臨於上谷。盡護貔貅之壘，一變雕鶚之旗。身作長城，日畿之肩背益厚；威行絕幕，雪帳之心膽俱寒。某曾因華隰之馳驅，稍詢青酋之部落。種同谷蠡，然祠獵不會於龍庭；市廛金繒，乃驕啼頻聞於鹿塞。孤鎮則卒狃丕戰，兼困役疲；邇時而軍常乏興，深虞餉竭。我有未能絕欵之勢，乘暇當思轉弱以爲強；虜有不忍吐賞之情，得機庶可居靜而制動。太白入月，昔虛咏胡之無人；猛獸苾蕘，今果恃山之不採。留侯坐籌帷幄，神授兵符；營平行視屯田，馳上方略。三軍挾纊，養紀渻之鬥雞；九姓拜鞍，馴梁鴦之豢虎。蓋借欵以修戰之事，蓄艾勿後於徹桑；而作戰以制欵之權，破柱奚驚於失七。是行有真頗牧矣，中國豈憂匈奴哉？縮斗辟之造陽，深陋漢策；憲文武之吉甫，欲誦周詩。何期華光，忽加疵賤。惟拭觀於愷爵，猶勉續夫鐃歌。

答黃鍾梅中丞

某官吞雲夢八九之胸中，制河山十二於掌上。陽開陰闔，噓噏化爲霜霖；武緯文經，威名摩大日月。出民於礦稅之後，病方起而藥以神丹；逢時有旱荒之仍，歲難謀而身爲元氣。十連舉職，九載奏功。賜履歷年之多，表齊風於負海；頒曆指日而近，看周袞之歸朝。因報最而避榮，公雖堅請；書陟明之上考，帝有深知。當此時艱，兼之恩重。豈可使泉山盛事，惟傳疏傅之高；而東國保釐，弗竟畢公之業哉？

某結悰仰岱，沾潤流河。上援者小儒之嫌，并自疏於先達；下交者大臣之節,乃不倦於洪施。祝以棟隆,徵爲柈寵。共遲韓公樞府之入,敢賦吉甫《烝民》之章。

答顧箴吾

江漢之紀南國,練虹遙控乎荊吳;人物之重中朝,碑螭繼勒於羊杜。風華接引,霞彩歸依。

某官英識造微,大猷經遠。崑山立玉,萬變不涅於素姿;震澤噓霖,庶物自陶於和氣。回翔捷路,而愈高康濟之資;澹薄壇場,而彌精邇遐之望。凡州縣之留愛,皆學道之餘;至藩臬而犬□,信真儒之烈。三湘七澤,釀水浮天;畎蕙畹蘭,搴芳遍地。萑苻罔驚於夜戶,魚稻咸若於春波。鴻渚連空,攸居兼彭蠡之宅;鷗流平鏡,不揚接青草之湖。人謂燕國之文章,居岳有助;吾窺希文之憂樂,記樓可知。一識已輕萬戶之封,八行真賢十部之督。

某望劍潭之氣,夙照鄰輝;泳洞庭之寬,新徵旁潤。慚瓦礫之在後,幸規矩之陳前。臨淮精彩之餘,廷玉追範其師律;潁川寬和之迹,次公因就其吏聲。詒明月以見投,怳景星其親睹。中郎深器元嘆,至欲分於姓名;伯仁折節顧和,期方升於令僕。

答王豐輿

二十年鄰部,長芘露棠之陰;五千里雄邦,共高霜柏之氣。有華林樾,施及菰蘆。

某官秀拔霞標,清歸雪瀑。家學淵源,擅箕裘之弓冶;世臣閥閱,屹鼎鼐之樓臺。方宿應於郎潛,已魁負於公望。馬驪六轡,鹿夾雙轓。鼓山答樂職之聲,歌舞依然父老;榕樹連生祠之蔭,來臨重祝君侯。諭蜀帖降酋,太守當勝兵之三萬;驅夷全屬國,都護綏荒服之五千。至今箕子之墟,聿有定方之壘。功猶辭賞,績屢試成。惟翼軫偏得歲之星,乃漢江足出雲之雨。使嶽修貢,令湘安流。南國經營,早追踪乎羊杜;中朝獻納,旋接武乎夔龍。

某差曉讀騷，何能張楚。一障誤膺於蚊負，五技深虞乎鼠窮。欣承十部之臨，莫報七襄之贈。登樓而共明月，遙對庾公；授筆以賦雄風，慚非宋玉。河留旁潤，黨念竹馬之舊迎；木就直繩，期傾黃鵠之新誨。

答陳穎庭

聯鑣入署，曾嘯西署之白雲；曳屨登樓，遙分南樓之明月。愧於承乏，喜在事賢。

某官胸著千年，眼高四海。吞星搖嶽，收括地於靈心；駿市鳳臺，高揆天之賦手。松柏凜乎獨秀，雪挺孤峰；蘭蕙撫而生香，風行七澤。周爰咨度，劃開衡嶠之雰；慨然澄清，寒對滄浪之水。吏相莊於冰櫱，民自得於湖山。反《九章》之騷，堪詠修門之入；前半夜之問，式逭宣室之歸。

某憶附寀於爽鳩，驚飛音於黃鵠。在珠側而我穢，雖葭倚以多慚。其波及者君餘，庶屑霡之可佩。欣承十部之札，行驅六轡之絲。待冶大爐，削將小牘。歸嚮之至，不知所裁。

答侯澹軒

右之無不有之，政方遒於百祿；報也以為好也，采遽輟於七襄。佩德實多，拜命之辱。

某官清融冰柱，峻拔斗杓。璞玉渾金，欽寶而莫名其器；含光宵練，解物若新發於硎。將吏承偃草之風，符八音之從律；黔黎沐膏苗之雨，歌四岳以興雲。蓋行省中書，階崇處外一相；而旬宣舊部，聲溢名使重來。美南國之棠，依然召蔭；賞清夜之月，不淺庾樓。何期江漢之朝宗，盡歸雲夢之茹納。鳳輝巢閣，宜騰毛羽之歡；燕賀伙梁，深愧稻粱之意。

某傍徐吾之燭，自喜有緣；傾琅琊之筐，人疑太過。芘宇下而忘寒暑，寧知氣索小巫；憑弦裏以發宮商，尚冀迷開先覺。遙瞻薇旭，欲托蘭颸。

答王豐輿

毋以公歸，吏民相慰於瞻袞；徒得君重，僚采倍喜於吹篪。歲留翼軫之星，未移福曜;雲作漢江之雨,還盛新膏。增秩守官,黃次公行矣相漢;重來作鎮,杜子美眷然依嚴。此某桑梓雖軫於霓思,而樓臺尤私其水近者也。人一我二,嘗寄語以誇鄉人;心邇迹遐,時寤歌而思公子。顧燕之賀夏,爲高棟以定巢;何鯉之剖書,更遠方而遺綺。豈止平子四咏,玉盤答乎琅玕;真如《衛風》三章,木瓜報以瑤玖。采從雲際,即是織女之襄;翰墜空中,何殊王母之使。拜嘉觌面,佩德銘心。儻舊部有靈,或徼福賜閩山之履;如嘉緣更熟,即受約趨鄂渚之牙。

答卞惺銘

雲開衡岳,甫瞻鳳彩之新;風送天香,重荷魚緘之辱。瓊真報李,佩欲紉蘭。

某官參井述精,卿雲絢藻。徐寧佳吏部,清簡不讓裴王;申伯降嶽神,旬宣兼美方召。祥已占于卯五,令遂布于庚三。吏偃草而傾心,如金在冶;民膏苗之起色,有雨隨車。共瞻龍劍冲天,何啻牛刀委地。岣嶁有屹,勒勳平壓峴碑;湘水無波,流清遠接澧浦。

某夙懷仰斗,阻西望之岷峨;厚幸依星,同南紀之江漢。惟是美人在念,天各一方;何意友生相求,神通千里。燕巢方定於賀夏,鼹腹遽飽於飲河。雖則七襄莫酬琅玕之贈,猶懸兩地惟賦《唐棣》之詩。

答楊崑林

榛苓托咏,良憶西方之美人;蘭芷馳情,獨慚南浦之公子。何來錦字,尚以瓊華。

某官迪德忱恂,負才璟碩。應奇徵而瑞世,傳閟玉環;發妙象於靈心,悟參黃絹。初爲馬卿之吞雲夢,天子嘆其同時;今則召伯之憩甘棠,邦人比諸膏雨。功在不朽,宜紀勒峴之銘;道之方行,始酬反騷之賦。吏民承式,僚寀傾風。顧皋壤之挹波,固霑河側;而礫砂之形穢,亦赧珠旁。

如某者,舊技齟窮,新銜蚊負。豈籟吹之敢和,乃驥附而有緣。幸甚至哉,獲依樓臺之水月;遐不謂矣,願就金木之斤錘。庶幾免於戾乎,若之何其賀也。

君誼高甚，我懷惡然。振蜀國之弦，綉緞奚殊於贈縞；解漢江之佩，琅玕真重於報瑤。惟虎鼠偶同直日支，然鷃鵬終難參風運。才非孔禰，何托德祖大小兒之間；文異王盧，敢論盈川前後名之際。其爲愧荷，非可名言。

答陳昶谷

某聞官之同方，譬則惟鄰是卜；士之相慕，至有得御爲榮。何幸伐木之求，不減班荆之合。方陳旅賀，遽辱特存。輟銀漢之襄，跂彼織女；遺遠方之綺，儼若故人。是則餘照共分，無勤鑿壁；通家自叙，詎假登門。以此解十年仰斗之饑，結斷金於蘭味；從今渴百里盍簪之誨，佇投石於藥言。況攬譽噓風，近傳擊柝；隨車灑雨，密接褰帷。此贈綉以難酬，朋誼堪追縞紵；均挾纊其何遠，民歡並寫岬嶸者也。遊異漁郎，喜仙源新接浮花之信；思同公子，托騷浦長吟捐佩之歌。舌籥未宣，心旌遥赴。

答胡存蓼

大江東去，水犀遥壯於白虹；真氣西來，箋鶯忽傳於青鳥。既銜下逮，兼愧先施。

某官參井述精，卿雲振藻。探奇楚水，溯江源之出岷山；作賦蜀才，追坡仙之游赤壁。斫前光而照閭戶，登蘄席以帖兵民。岸稻澤魚，釣耕咸若；商帆鮫室，雈葦不驚。惟格聳雲霄，推康侯獨秀之柏；詎音收宮徵，采中郎已爨之琴。張廣樂於洞庭，頓驚里耳；捐芳佩於澧浦，倍感屈騷。

某附老韓之同編，曰任田之割席。曾捐止平之刺，有峴大兒；重接劉公之書，真賢從事。居旁香室，欲紉九畹之蘭；病托醫門，更求三年之艾。報瓊瑤而有待，鐫金石以難忘。

答史心源

日下談兵，馬曹久聯於伯仲；星來作鎮，鶺次重締於弟兄。尋舊盟以可溫，遺素書而相憶。

某官胸吞雁塞,手闢龍門。韻宇青雲,人倫歸其水鏡;韜鈐黃石,材官賴以權衡。既壯方叔之猷,爰試伏波之略。陣圖飛輓,一身兼領蕭韓;控嶺襟溪,千里平臨黔楚。比文公之開衡岫,旗卷蠻烟;歌召伯之紀漢江,車隨春雨。維風貞度,則令秩先後之庚;攬勝羅奇,則山窮大小之西。報國堪歌於棠苃,懷人更贈乎梅花。鸞影帶霞,奚啻織裏之采;鴻聲度雪,兼賦受餐之詩。

某求夢頻迷,依光忽近。讀騷宿業,時搜車渚之螢囊;傍藥微軀,欲訪丹砂於鴉井。被清颸而覺爽,傳明月以寄愁。文綺合歡,故人之心尚爾;芷蘭共味,公子之思何忘。

答李斗初

維桑與梓,久締縞紵之交;有蔦施松,更接旄麾之近。何鸞來而托信,真鳳過以留輝。

某官望峻龍門,功高鳩署。倉曹人物之志,官與姓以皆同;正則詞賦之宗,芷繼蘭而並茂。波帖九水,迎仙獨下於笛吟;風動三苗,蠻夷盡收於干舞。蓋夜郎接壤,星過長庚;而朝考多間,山探大西。乃洞庭春動,忽回首乎并州;因鴻雁翼輕,特馳聲乎澧浦。如廣樂之音新奏,顧捐佩之貺難忘。

某啓事聯名,曾嘲老韓之傳;署銜接武,或援蕭曹之言。儼前事以可師,開遠緘而有意。儻無忘子文之故政,必告新天;不易袁公之規人,惟求舊式。望丹砂之轉,用紓沙礫之慚。

答冀奕軒

良翰分湯沐之鎮,凜聽歌於大風;佳人贈雲錦之章,藹流光於明月。投難報玖,思欲結蘭。

某官稟燕趙之英奇,觀雲夢之巨麗。南陽不可問,拯焚溺於水火之中;東郊有保釐,帖顛隮於袵席之上。貉璔革面,雁户歸心。遂使萬靈呵護之都,頓增九鼎奠安之重。宋玉有客,飛郢雪以引商;交甫何人,遊漢江而解珮。

某著書非司馬,空馳慕藺之悰;啓事傅山公,謬聯薦阮之疏。遥瞻王氣,倍憶卿才。心貺已重乎雙金,手書果賢於十部。烟籠曲水,悵何日烹陸子之茶;颸滿蘭臺,遲他年摹孟君之像。

答韓衷雷

游壯浮湘,嘉大夫之能作賦;香慚采澧,思公子而未敢言。誼重寅共,情傾辰告。

某官行有枝葉,詞出菁華。北斗泰山,文似昌黎,而姓所同也;傅梁張楚,宦追賈誼,而遇則過之。長沙之政稱忠,堪著令甲;江漢之風可咏,欲憩甘棠。仰潤正渴乎餘波,分輝忽承於鄰照。

某踵歐陽之閩產,願附退之;記希文之岳樓,思齊魏國。一字誰能拔蔡,萬户不易交韓。儼然纖纕,申以捐佩。良荷同官爲僚之雅,更切將伯助予之心。

答王玄亭

地控荆湘,風景有神仙之語;星臨節鉞,衣冠是鄉里之賢。蔭棠樹以思君,贈梅枝而好我。

某官朱弦有韻,白璧無塵。杼巧匠心,潛泂淵於玉海;綆修汲古,羅異采於珠船。以式法理周官之財,誰云惟王不會;布寬條爲南國之紀,信是有物皆春。廉結主知,俾來宣於三楚;仁從民譽,許更借之幾年。凡挹鄰光,俱微旁潤。況鄴侯之試澧守,此地舊是并州;而王粲之識蔡邕,他鄉同爲越客。紫蘭江畔,尚留鳳過之輝;文竹山中,遽傳鴻來之信。

某事維桑之長者,重締寅僚;訪騎竹之遺童,能歌召父。輪□既接丹霞之氣,佩浦還近桃花之源。拜鼎貺於寶鄰,慚無瓊報;分刀圭於丹井,望有藥言。敢鳴焦木之音,遥問玄亭之字。

答鄧虛舟

丹鷄歃約,人和雪以遊荆;朱鳳攬輝,地占星而得翼。何來嘉問,温此舊盟。

某官雄帥文壇，妙宗道囿。花布春於吴苑，稿起含膏；草指佞於堯階，陰消見睍。清風朗月，共深許玄度之思；啼鳥疏鐘，誰贈郭給事之句。欲昌詩而張楚，遂陳梟以從周。氣色斗杓，五月帝巡之岳；威名草木，千年侯計之山。澍隨車以沛流，則承露之瓮未減；雰應篸而劃解，則治水之碑可摩。蓋握靈蛇之珠，光欺隨客；而尋夢鳥之宅，藻進羅含矣。衡嶠洞庭，山水雙標於南極；滕魚回雁，離合重感乎谷風。與汝爲鄰，惟君好我。雲和鼓瑟，欲賦湘浦之靈；玄夷授書，遙傳滄水之使。

某昔和歌於燕市，似是馬曹；今披采於洞文，盡成螺字。采芳遺佩，思公子托澧江之蘭；痛飲讀《騷》，羡故人醉酈湖之醇。懷袖堪期三歲，琅玕莫報四愁。

答顧箴吾

櫟杜入夢，已甘處於散材；蓬梗飄塵，更自憐其小草。孰爲周行之示，托此鄰壁之光。賢者所至若蘭薰，惟天授楚；弱而求扶於麻直，將伯助予。曾上交之未遑，遽遠來之有意。聲擲金石，張樂真見洞庭；贈損朱提，捐珮堪追江浦。木瓜之志永好，曷維其忘；菁莪之樂有儀，亦曰既見。岳樓攬勝，行攀作賦之大夫；澧水思人，獨愧懷香之公子。

答張三陽

黄鶴仙客之標，恒勤夢寐；赤鯉故人之字，重辱綢繆。篪響難和於吹塤，李投易慚於報玖。

某官虹涵暖玉，風謖寒松。雙劍豐城，動斗牛而燦爛；五兵武庫，驚霜電之縱橫。雖芥富貴於浮雲，何心夢鹿；然樹功名於揭日，詎舍涵牛。茂南國之棠，民歌召伯；眺武昌之月，吏說庾公。張江漢以有人，惟天授楚；燕紀綱而及友，將伯助予。感此伐木之春聲，贈以照鄰之夜璧。

某識韓自貴，舊沾萬頃汪波；望李如仙，新庇千間廣廈。方修芹獻，遽荷蘋吹。《棠棣》篇中，有懷是遠之爾室；桃花源口，猶記前度之劉郎。既佩德於授餐,倍仰慈於發藥。

答王柱明

潔齊事盟主,執玉帛以後期;殷勤問素交,賁瑤華而下逮。感深慚繼,恩重佩難。

某官峻嶺標松,光風轉蕙。萬流澄鏡,皮裏不爽陽秋;百羽宗鶯,宇下堪忘寒暑。吏師師於承式,楚畹皆芳;民跂跂於噓枯,南冠待雪。參衡震動,允哉大法而小廉;江漢涵濡,依然篤近而舉遠。海燕之來社末,影遲附於捲簾;林鶯之語春深,聲已求於伐木。忘形至此,在禮謂何?奚止絺袍之有情,彌覺木瓜之匪報。

某會朝不敏,溯漁浦以遥遥;朋友先施,念鷄壇而耿耿。昔徒聞先拜主人之敬,今始信莫如兄弟之言。心則邇,室則遐,未見君子;飲者恩,按者法,恐累故人。敢抒激悰,仰祈炳鑒。

答袁文海

夜宿紫霄,午登天柱。積冰銷凌於覺路,餘雪綴媚於晴峰。攀壁無艱,解衣得暖。微使君之垂睞,俾岳后以式靈。賦愧擲金,賴携白雪之唱;江收匹練,如見青翰之舟。此某私攬勝以沾沾,倍臨風而耿耿者也。遠勤專使,特惠好音。玉案生華,先散楀梅之蕊;仙茗如掌,詎羡鶱林之茶。有燦朱提,即施黃籙。叩玄穹而可仗,藏錦字以難忘。

答同僚

鵜在梁而不濡,宜譏彼已;鶯遷木而可聽,倍感友生。戴重易摇,割榮增愧。

某官言成律呂,氣備陽秋。登鷄坫以定詞盟,有煒文章之草;建隼旗而開福曜,更占旄節之花。召伯黍膏,已濡江漢;庾公樓月,彌洽賓僚。卵翼在前,則立市可以增價;齒牙在後,則寒谷爲之回溫。雖癖無取於嗜痂,而心常隆於假羽。

錫鑾三襫,忘其過量之虞;彈冠一言,眷然同聲之喜。篇章與星河爲爛,奪彼錦裏;行李隨鴻雁偕來,投之玉案。

某猥以疵薄,冒茲量移。采屈正則紉蘭之江,佩中慚馥;畀馬文淵奏曲之地,笛裏知難。方救失事賴故人,胡過情詞出知己。惟君好我,或愛至而醜忘;將伯助予,蓋情深者呼急。懷報瓜之未易,受言藏之;冀發藥之可求,遐不謂矣。莫殫耿耿,薄寫詹詹。

答劉陶宇

某官直清君子之宗,博大名臣之器。中和布職,傳雅詠於岷峨;文武憲邦,奏膚功於江漢。遠通滇僰,則金碧徵靈;近溉黍苗,則參衡動色。譽命上逮,已卜御屏第一之書;簡在中宸,共數汾陽廿四之始。豈惟方鼇於枑卣,行且特錫於彤盧。

而某誼托依劉,事誇張楚。小人鼓缶,未旌賀廈之心;伯氏吹塤,已拜傾筐之賜。綢繆如此,慚感謂何。所冀倡屬阜民,勿靳餘光之被;行觀暨僚弼后,益恢大業之成。

答許鰲宇

詠二馬之詩,並驅深愧原隰;來三鳥之字,下逮忽投琅玕。倚玉生華,飲河知溢。

某官澄襟寒月,拂袖惠風。譽□雲曹,香久騰於雞木;鈐窮兵略,氣自燭乎龍淵。特借文昌,俾臨楚塞。運籌帷帳,則八校有士飽馬騰之歌;變色壘旗,則三苗承清酒黃龍之約。霜日嚴而氛祲斂,已憺威持;雨露節而善氣臻,尤禔福祉。乃車笠不忘於舊坫,塤篪首倡夫新音。樓鶴初黃,甫滿關門之氣;江魚俄赤,儼傳滄水之書。豈桃李之能酬,果羽商之寡和。

某方欣附廈,遽損贈袍;淹之勝雍,籍甚邊氓。相語徐之照李,爛然鄰壁分輝。況勒八行於悾愡,何減南昌之牘;乏七襄以組織,竟空殷浩之函。睹此先施,慚其不敏。抒心旌以言謝,鬱情籟而未宣。

答許鰲宇

蓋聞贈予綉緞,將玉案以難酬;報以瓊華,視木瓜而太溢。若感同聲於鶯木,兼致殊貺於鮫鮹。何意一函,并加二寵。

某官居心若水,與物爲春。橫槊賦詩,倍覺山明而水秀;斷金占《易》,依然芷馥而蘭馨。鄰燭振其餘光,則羽毛是假;傍珠忘其形穢,則牙齒無嫌。韻叶塤篪,吹雖濫而堪托;量恢山藪,瑕善匿以兼收。爛然雲裏,申之吳縞。竇人暴富,訝稠繆之奚從;陋室生華,驚應接之不暇。跂天孫之錦,欲往填橋;紉公子之芳,寧忘解佩。

某斂退不競,先施未能。蓬直麻中,賴追隨於驥斬;葭倚玉側,祇踧踖於鵷梁。宜來荷弱之嘲,胡竊衮褒之美。雙金非重,山已抃於戴鰲;寸草未舒,環惟懷於銜雀。

答馮文所

蓋聞高絕卑鄰,則岬峽無學山之分;大爲小府,則渤瀛有分水之波。使蘿而附松,宜欣得地;胡珠之汰礫,無靳照鄰。真如塵霧之中,忽把仙風之灑。

某官神淵涵月,道岸標霞。探宇宙一石之才,獨贏八斗;繅扶桑五色之繭,可被九州。隘六合以高搴,望氣若神仙之侶;與千古而共語,聞名疑周漢之人。而乃意汲後生,言提小友。微若蠅翼,許驥尾之攀翔;邈矣鵬霄,垂羊角而接引。滅其鵷梁之愧,振以鸞吹之音。虎鼠同支,詎發長源之笑;雲龍相逐,竊幾東野之游。贈平子之琅玕,何能報案?跂天孫之雲錦,思往填橋。

某馬力已窮,空負慚於執鞚;鶯聲相問,勞送喜於彈冠。同王子之舟,欲歌山水;爲將軍之地,更喻李蹊。此日得劉公書,果已賢於從事;何時識荊州面,亦何羨於封侯。芷水可旌,花源非遠。

答張玄中

投桃報李,雖在禮以爲常;縞贈紵酬,則緣人而增重。况托枌榆之社,壇久盟鷄；而攬蘅蕕之芬，素兼結鯉。惟君張楚，謂蔡吾人。我之視兄，師也非友。銅儀觀象，天無可悶之奇；神劍燭符，地有必搜之寶。東京之推平子，邕生晚而後身；西晉之赴茂先，洪入洛以瞻咏矣。新故吟雨，情雲鬱於暮朝；離合占星，光躔聯於翼軫。燕公文章之助，妙得江山；稚珪管簫之評，略恢王伯。固已望儀知當今無輩，聆韻謂此中有人者也。

而某學誤彭蜞，敢安參於博物；瑞徵紫鴌，良嘆賞於高文。聊矢鶯語以求聲，遂徼鳳吹之答嘯。唐棣室遠，有金石者神氣之間；隰桑心藏，可膠漆於語言之外。蓋讀劉荆州之札，較從事以猶賢；開張長史之書，如見人而獨笑。詎止瑯琊之皮，倒者不留；《衛風》之瓊，得之已泰乎？有夢乞景陽之錦，何日酌思光之泉？竹是笛材，度五溪之曲而嘆我；松堪塵代，遲七寶之座以待君。

答鄧虛舟

曩聞諭蜀之命，即致張楚之祈。徽嶽后之式靈，果師虞之允穆。塤篪重奏，叶聲氣於德鄰；漿篚交迎，舞恩暉於仁宇。而弟猥以菲薄，亦從量移。蛙處井中，鱉海詎窺其涯涘；鷃搶地上，鵬風竊附於逍遥。蓋弓之去人，同爲楚得；而劍自神物，合有宿緣。以我縶馬之心，即君求鶯之意。顧干澗之采藻，雅托無文；胡自牧之歸荑，洵美且異。章跂雲漢，携來織女之襄；好永《衛風》，報以玉人之玖。此弟雖銜知而心刻，尤戴重以魂搖者也。武溪毒淫，在昔奏馬文淵之曲；永山奇絕，何時陪柳子厚之游。比杜甫之南金，慚許身於大冶；致張衡之綉緞，喻縈悃於積絲。譬彼觴賓，酬仍必酢；惟是遠道，往即因來。儻有鑒於葵傾，庶靡嫌於葑陋。

答許鰲宇賀攝巡篆

某窮譍小技，試飛越以貽嘲；病鶴短翎，感毒淫而增嘆。价藩如農之有畔，猶愧畝荒；陳稟則祝之代庖，倍譏器假。况栖烏維柏，犳何患於無衣；若居鵲之巢，鳩奚辭於非據。曾以讓能之悃，發爲量力之言。志既不伸，顛將無日。拙工血指使然,徛袖手以旁觀;屏子絕餙煩責,獲高聲而邪許。雖溺人之必笑,詎將伯之能忘?乃洵美但見於歸荑,而來諗未聞於發藥。豈痴侔顧凱,姑強以宵吟;抑質異宋人,難施於堊斧。想同舟誼重,過情亦好我之心;奈集木憂深,溢喜滋棄予之恐。何敢以益忿之舉,靦爾拜嘉;猶幾藉及物之儀,盥而求教。感藏已厚,祈嚮彌殷。北山之諷獨賢,寧嗟鞅掌;東野之占將敗,尚範馳驅。

答史恤部

澧浦紉蘭,襲香氣而思公子;岳陽吹笛,羨春心之滿洞庭。乍申意於彈箏,遽含情於解珮。

某官天才卓拔,人望高華。北向雲山,壯名夙高於晉問;南來雷雨,解澤隨沛於楚遊。惟呂命度,作刑以訓四方;如蘇公敬,由獄而長王國。湖光含日,噓凍色於恩波;澤草生烟,梯枯荄於暖律。化童為華山之雀,必致環楊公;升天即流水之魚,當散花長者。思藩臣而有喜,慙地主之無文。玉盤之答琅玕,維其嘉矣;木李而報瓊玖,不已泰乎?

某一水溯洄,徒賦翩華於兩地;七襄裁贈,敢忘彤管之三章。拜鏐箋以珍藏,反玄黃於筐實。為邦人謝,惟致祝於高門;以我公歸,佇聞歌於遵渚。

答吳榷部

萬鷁乘流,波臣仰江關而受檄;一星作使,才子嘉水部之能詩。已重分華,何當投貺。

某官冕旒二浙,黼黻六曹。《考工記》補《冬官》,專門周漢之學;玄武司分澤國,持衡蜀楚之交。寬一分以予民,榜人有咏;平群材而得職,木客無吟。荊璧燭天,霞抱連城之瑞氣;沙市若雪,風傳載道之歡聲。典刑詎止弓車,人倫即歸藻鏡。方餘楚波之潤,惠及守臣;豈有澧蘭之香,勞思公子。

某焦桐發響,殊愧中郎之琴;傾蓋如新,遽貽延陵之縞。銜杯而聽春雨,猶夢綺筵;開篋而發夜光,敬藏錦字。惟木瓜之可賦,顧玉案以難酬。

答吴工部

糠粃之播，方負愧於鵷梁；雲漢爲章，遽分華於鸞字。升翻疑墜，寵果若驚。

某官秀世道風，薰人德旭。新詩傳水部，擅雅譽於琳瑯；博物擬延陵，寄深悰於縞帶。凡溯澄江如練之水，皆仰紫氣以知歸；即依陵陽辨璞之山，亦勸青霄而長價。攀轅折草，共喧估客之歌；結佩紉蘭，獨軫故人之想。嘉其結綬，贈以承筐。正爾負簪紱之慚，未知獲戾；若爲捲詩書之喜，更飾過情。鴻爪遺泥，去住欲鳴寶劍；鶯聲遷木，投報難擬瓊華。

某誦屈正則之歌，惟思公子；按馬文淵之曲，倍嘆勞人。使蚊負山，莫釋曠官之懼；以鰲戴嶠，更銜知己之施。感此誼高，增其心悸。

答伍金臺公祖

傍臺烏繞，赤棘之陰自寒；出谷鶯遷，甘棠之雨猶絲。何期虺徑，忽賁鸞函。

某官綉嶺興文，神皋聳秀。賦心盛覽，人推霞表揮毫；平法比干，仙來雨中賜策。刺桐之城，交蔭競仰鸞栖；扶桑之海，接天遂高鵬運。蓋歡騰來暮，媲西山以並傳；而澤結去思，視并州而倍永者也。

某受廛雁戶，解帶龍門。久隔魚書，空紉芳於楚客；預供雞黍，欲寄意於秦人。詎真氣之未西，有德音而來下。雲停朗渚，方慚地主之疏；星照西山，怳接伊人之近。仰騰驤於仙驥，莫秣青蒭；附繾綣於歸鴻，聊酬玉案。報瓜自惡，采菲是憑。

答黃州守王回溪父母

某官輪山製錦，春風潘令之花；江漢搴帷，膏雨召公之黍。始而駚踶，生三日已有超母之風；今則屠牛，十九年依然發硎之劍。彼仲卿貴宦，猶憶香火於桐鄉；豈子喬神仙，遽忘丹竈於葉縣。

某凌雲非司馬，曾陪王吉之游；明月有庾樓，倍想淵源之興。欣此楚弓之得,藉爲鄰壁之光。燕賀未遑,鴻施已逮;有懷敬梓,莫展報瓜。回首并州,此時念部民之竹馬;馳思赤壁,何日攀坡老之虬龍。

答荊岳太守

拙當避路,訝啓事之奚從;病欲善刀,悵多艱之更試。岳陽憂樂,空負記樓;武溪毒淫,如聞吹笛。遊倦已乖於鄉念,睽孤重軫於朋情。惟兩載指南,實仗照途之燭;乃一朝量徙,何殊無楫之舟。思今者宜墜而升,或由推挽;則繼此離群而獨,寧免顛隮。以我聞寵之驚,煩君不寐之喜。念終如始,儻開迷救過以罔遺;雖遠猶鄰,諒聲應氣求其何爽。果澧蘭未殊沅芷,豈桑乾不望并州?感此殷殷,寫其款款。

答劉望奎

開雲衡嶠,方摩禹迹之碑;觀水洞庭,獨愧岳樓之記。懷湘靈之鼓瑟,渺滄使以傳書。搴浦結蘭,佩將公子;溯江遺鯉,字見故人。追惟海省,搏風托後先於驪路;乃及長安,臥雪聯形影於雁行。一墜簿領之場,重思棋酒之□。空然握草以尋夢,詎意剖竹之同方。劍若有靈,附星躔於翼軫;簪猶難盍,睽雲樹於山河。接此遺音,慨其永嘆。禮非我輩,況久外於形骸;遐豈君心,猶未忘於世法。相視而笑,何日把前度之劉郎;引滿以浮,無緣邀方外之司馬。當有待也,薄言酬之。所悵匆匆,未殫耿耿。

答劉望奎來啓誤聞進表

某全無鉛刀之用,豈有金鏡可陳?然二豎欺人,一官違性。亦思借呼嵩之便,尋契闊於西山;然後乘返服之閒,寄盤桓於東海。不謂纍纍鄰篆,杳然無弛擔之期;落落楚材,至於廢稱觴之典。松蘿故岫,空訂歲寒;棠棣對床,又成遠夢。君門自遠,悵戀主以何言;吏繮見拘,嘆勞人之弗息。有身礙懶,無地放狂。既阻江漢朝宗之思,轉深正蘭臭味之想。飛星五老,誰往告於帝期;停雲一方,忽誤馳於朋牘。羽翰王母之使,愧彼青鸞;懷袖故人之書,烹茲赤鯉。披來璀璨,疑真到五色蓬萊;讀罷沉吟,笑終隔三千弱水。有行而賦班馬,贈雄劍以恐遲;不獵而瞻懸鶉,博明珠而胡幸。彌彰殷誼,更詫巧逢。心並傾葵,試訂乘槎之後約;情同伐木,還期空谷之嗣音。

答劉望奎

入楚並周郎,糠前自哂;知我推劉尹,鞭後寧忘。方在梁鵜,愧其不濡;胡遷木鶯,鳴而有喜。山表二酉,宜接異書之來;文動三辰,果垂餘光之照。懦衷堪激,雅誼彌殷。於焉見君子之心,與其進也;毋乃爲故人之累;遐不謂□。藏袖經年,晤言時托於錦字;采葛三月,拜賜即同於紵衣。想皓輪無隔山川,豈重湖遽分南北。金簡開秘,憑夜夢以潛通;石廩振貧,怒朝饑而可解。雖跂星河於天表,莫酬機杼七襄;然送雞犬於雲中,終賴丹砂九轉。以我鷗弦之曲,求君鴻寶之書。敢載迴風,勿諉曒日。

答長沙陳司理

蘭老無芳,已負屈左徒紉佩之浦;鳥飛不度,更入馬文淵吹笛之溪。越次徒慚於播糠,投艱滋愓於集木。牛刀至族,方怵然以自疑;鴻羽乘風,胡穆如而相灑。山表二酉,宜接異書之來;軫中一星,果分餘光之照。惟長袖而小,垂手何妨教人;乃輪載之急,呼聲庶幾將伯。高山有譜,儻同調於邕琴;投漆愈堅,即比鄰於蕃榻。勿忘發藥,敢昧篆丹。

答黎平賈司理

不佞曩緣代斫,得附同舟。量徒方慚於播糠,卜鄰仍叨於倚玉。從此應氣求聲之日,莫非奉令承教之時。惟五馬之久虛,徒得君重;乃三鸞之來下,惠然我思。獎借過隆,彌增刻畫之愧;綢繆曷極,永矢佩服之心。不隔山鐘,毋忘藥石。

答姜幼蒙給諫

鳳鳴軒囿,方賀景旭於梧桐;鴻來楚江,忽襲清風於蘭芷。佩而增愧,得之若驚。

某官獨秀松篁,先幾蓍蔡。學窮今古,曾探幕阜之藏書;憂結君民,每誦岳樓之記語。騷人之賦麗以則,振彼希音;屈子之志潔而芳,參諸中道。名花已茂潘邑,直草宜秀堯庭。輿望極殷,帝俞可□。以奠後之發,當塞極之通。政事源流,輕車廿年之熟閱;人才涇渭,虛鏡十載之靜觀。惟元氣在躬,超然燥濕之外;知昌言扶國,侃爾旋韃之前。渙小群而成丘,歸皇極以無黨。雲霧清廓,日月昭回。允光虞室之七人,豈止宋朝之四諫?顧霜威之芘藜藿,快覿爭臣;何露澤之潤枌榆,并霑守吏。

某宿懸斗極,近托星躔。慕陶張之勵名,才慚追驥;瞻夔龍之獻納,寵訝遺魚。願推辰告之猷,遵爲申令之憲。周行可示,奉大諫以無怒;袞職惟修,贊太平於有象。

答白大行長青

皇華四牡,方傳休汝之遊;錦字雙魚,遽荷涉江之意。何當敬梓,良憶采蘭。

某官情岳抗雲,言泉激雪。九歌日月,欲追正則之潔芳;一記君民,不忘希文之憂樂。少年已任魁輔,宜弛陛以承君;天子特遣使臣,爰軺軒而問俗。仰宣恩露,俯覽物風。名山大川,既收羅五色之筆;人情政術,亦裁訂一部之書。進待前席之詢,允光玄袞;藏爲叩閽之草,預蓄丹葵。豈特誇邊越之綉衣,寵檄巴之弩矢哉?雞林馳價,行高長慶詩名;鴻渚歸朝,更卜人中相業。

某才窮拆線,智陋挈瓶。雖幸事大夫之賢,祇恐爲邦人之累。伐檀自訟,解佩滋慚。置水一盂,願承任棠之誨;識荊萬戶,徒鬱李白之心。

答孫心易

名使推常袞,猶鬱榕樹之陰;思君下渝州,忽遺清溪之信。雪山增重,蘭浦錫光。

某官天驥丰標,雲龍氣局。憤於學似俠,澹於宦似老,承家有味乎自言;領縣而縣思,治郡而郡平,親民即藏乎相業。二千石入覲,方嘉長者之詞;九折阪可行,遂叱忠臣之馭。革帶犢佩牛之習,晉盜奔秦;静勞魴哀雁之吟,巴人安漢。禮殿石室,醉心文守。英規懸筆沉黎,回面長卿諭檄。娑羅真驚於現佛,樓閣不減乎挾仙。鶴嶺羊橋,更按圖彭祖之宅;琴臺文井,總刻石杜陵之詩。月笋龍孫,江珍魚舅。凡挾具而遊人,日訪蟆頤之前觀;皆戴節以依使,星雄熊耳之後户。野肥蹲鴟之肉,村生氂犬之毛。是曰楚材,能張蜀賦。傳寓黄之學,宜惠蘇公近古之鄉;採樂職之歌,更獻王褒得賢之頌。

某宿聯葭倚,重憩棠甘。步屣美嚴,聽花村争道新尹;導江至澧,流尺素來問故人。恍投緩嶺之桃,欲拄邛崍之杖。玻璨合彩,真堪軼於薛箋;騷畹紉芳,愧莫酬乎屈佩。

答孫湘山

方水圓淵,孕珠吐玉。但觀作父,可慰生兒。況老泉知子,見之訓名;而和仲難兄,推爲勝僕乎?所以畹芽初苗,即美蘭蕙之心;鳳種方雛,預評雲霄之價者也。不佞辨劍無功,賞琴有譜。豪賢氣合,忽不覺其熱腸;文字緣深,亦未忘於結習。既蒙嘉命,敢愛衷言?昔張文定自度不能重蘇子,而致之歐公;梁拾遺有所薦以佐陸公,而著者韓子。談至今而不替,事追古以無嫌者也。第湛盧騄耳,爲質本殊;伯樂風胡,司鑒有在。豈復俟作牙之人,亦聊附傳贄之介云耳。

答龔茹溪

賦成張楚,天表乍揚於鳧音;樓倚遇仙,雲間俄墜於鸑字。式廬良切,捐佩曷酹。

某官鏞吕希聲,彝敦古色。山川數十年之氣,始出鳳麟;豪傑千萬衆之標,自分雞鶴。方其意漁弗輟,人推武子之螢囊;及乎毛采益奇,帝賞文山之豹霧。宜堂貢於白玉,乃懸領乎青山。渤海循良,試政疑傳吏譜;越邦好事,諷詩幸接騷人。犢東隴以相羣,春耕雨外;鳥南枝而自喜,夜靜月中。從此獻納朝端,堪鐫聖主得賢之頌;兼之助名海內,一雪文士無用之談。詎製錦已高於國工,而撫琴還動乎鄉奏。重陽菊候,秋霜染五柳之箋;新霽花天,朝霞浮九芝之檢。

某枯桐之響猶澀,文敢並乎三閭;建種之香稍殊,根偶移乎九畹。名都喬木,將倒屣以事大夫;室邇人遐,徒紉蘭而思公子。仰巢阿之鳳,穴尚流丹;剖泳江之魚,書驚遺素。君懷敬梓,揭來分桃邑之輝;我感折梅,若爲承薤水之誨。況醉心於椿桂,真觸目乎琳瑯。千里即是比鄰,□□何當下榻。

答鄉宦

無德以堪,常懷慚乎負吏;有靈必傑,斯亟見乎異人。未舍蓋公,遽郵蘧使。

某官道航聖瀆,學冠儒纓。進而梁棟朝家,如翠柏蒼梧之凌漢;居則表儀鄉里,有幽蘭杜若之香風。赤松亭中,琴一聲而招鶴;章華臺上,筆五色以飛虹。戀主寄賦於靈修,思賢共推夫公子。睠惟岳郡,勝在洞庭。生於斯乎,無非屈原、宋玉之秀;居是邦也,必有陶侃、張說之才。

而某猥以爨桐,俾之頌橘。山川覺其不韻,民吏愧其相迎。波撼容城,空室重思於由溺;署臨澧水,伐檀三嘆乎素餐。就有道而正焉,遐不謂矣;事大夫之賢者,欲往從之。正上交之是圖,何先施之見及。魚潋雨而銜縑,溯江有字;鴻衝雪而繫帛,報李無瓊。佩服之深,編摩難罄。

答江華李年伯啓

守爽鳩之署,自笑匏瓜;傳鴻雁之書,忽投拱璧。

某官雄猷邁往,敏識造微。目無全牛,硎發十九年之刃;化能馴雉,陽回數萬戶之春。四方之政行焉,歸猶就水;期月而已可也,速比置郵。琴入武城誦聲,錦燦河陽花影。暫撫楚江之蘭茝,即歸商鼎之鹽梅。

某拙昧操竽，貧學彈鋏。家父惠徵附驥，誼既重於同升；小子拭望飛鳧，心彌勤於仰止。未修書記之候，遽辱餽問之存。五岳非崇，層霄猶薄。蓋久客者常喜其鄉之物，而愛人者至及其屋之烏。龍爲門而莫攀，遥企萬間之廣厦；鼠飲河而得滿，共治九里之洪流。

答李海鹽

望東海之鳧，遥分紫氣；遺遠方之鯉，忽墜青雲。錫以百朋，受而什襲。

某官神懷超絶，妙思通徵。作賦可爲大夫，宜民展也父母。携來甘雨，濕透粳稻之香，陋潘家栽桃千樹；到處春風，吹入弦歌之調，共宓子撫琴一堂。豈云牛鼎以烹鷄，如彼蟻封而試馬。庶矣富矣，問將何加；先之勞之，益曰無倦。在異邦概沾九里之潤，矧吾黨尤幸三匝之依。

某才非舌耕，學愧心織。以飛揚跋扈未降之氣，爲歷落嶔崎可笑之人。拙樣素不入時，惰骨慚成遠俗。浮沉萬卷，思自老於蠹魚；偃蹇一官，偶得除于金虎。短袂而執刀筆，知己之負殊多；長跪而讀素書，故人之心尚爾。興言緩帶，重勸加餐。祇有懷于好音，竟莫知其所報。此時受簡，恍親天上之星；何日開尊，同坐樓中之月。

答張華陽

乍見寒花，可堪羈旅；忽尋芳草，又憶王孫。欲折簡而未遑，愧投緘之先辱。

某官神情超邁，進止輝華。鳳自九苞，栖梧採琅玕之食；驥能千里，開道秣天心之禾。四境皆春，一簾如水。披裳問疾，垂愛景以字人；懸鏡燭幽，穆薰風而扇物。塵生范甑，調理宓弦。補天子之衮衣，懸誇製錦之手；飛郎官之鳧舄，即聽曳履之聲。

某質不通方，才復違世。逐侏儒一囊之俸，失汗漫九垓之期。醉後擊壺，恨古哲沉埋于千載；夢中命駕，共友生喑囈於半衾。何意冷曹，倐傳溫語。山河路渺，空懷倚玉之私，綈袍情深，未遂投瑤之報。

答畢海康

短衣匹馬,久矣散吏之風塵;長跪雙魚,恍然故人之眉宇。身如飄梗,客有折梅。某官擢秀清流,植根芳苑。迅雷破柱而顏色不更,寒月照潭而神襟共朗。試厲霄之羽,矯一鶚以橫秋;奏專城之刀,驚雙龍而出匣。山川增爽,風俗返醇。中澤劬鴻,春深四野相勞;遯村臥犬,夜靜萬戶自如。惟茲報政之期,正是有成之日。未須席暖,佇看輪迎。

某土木形骸,江湖心性。人因刀筆而成俗,家以蠹簡而益貧。笑傲太清,浮沉獨冷。引杯看劍,付萬事於醉眼之中;高枕杜門,得一生於曲肱之外。物情都盡,交契未忘。惠以德音,申之嘉貺。是何雅誼之鄭重,過沐渥念之淋漓。紫氣宛爾飛來,有懷倚玉;白雲不堪持贈,徒切報瓊。

答尹宣城

閱帝鄉之伏臘,逐宦路之埃塵。車馬喧衢,友朋空谷。孰飛片札,爲破千愁。

某官詞出菁華,行有枝葉。萬事水流而不競,寸心雲在以俱閑。啼鳥庭虛,几案擁青山之色;疏鐘人靜,溪沼添白雪之聲。欲知春事十分,笑看舒桃幾許;試聽弦歌萬戶,調入鳴琴如何。澤有未栽之蒲,野無不偃之草。儒既班、馬,吏亦龔、黃。

某品不入時,學未聞道。觀古今之際,得仕隱之間。心與形違,病隨貧住。清風朗月,步檐深玄度之思;春樹暮雲,對酒歌杜陵之句。忽驛梅之馳使,正隄柳之縈人。受《木瓜》之詩,莫知所報;鐫金石之好,曷維其忘。

答洪含初父母

白露爲霜,聽邊聲於一雁;紫霞映日,傳錦字於雙魚。捲書欲狂,濡毫貢謝。某官天球器韻,月斧精神。一出而凡馬皆空,四顧則全牛立解。身坐宓單父堂上,且撫鳴琴;人遊曹相國府中,日置醇酒。烹解撫化,甑飛萊蕪之塵;□象回春,花燦河陽之色。書簾常寂,夜户自恬。蓋民情猶士之在甄,而上德如風之偃草。凡居妍嶸之下,皆是覆露之餘。

某性本棗昏,質惟木訥。惠徵附驥,快覘飛鳧。受一廛而爲氓,忻二天之庇我。風塵去住,垂鞭聊信於馬蹄;歲月浮沉,攬綏有同於鷄肋。入白雲署,自笑匏瓜錢粟,共侏儒之饑飽;到秋風時,偏憐蒓鱠襦袍,問故鄉之有無。蠹魚之病未休,爽鳩之樂安在?登西山而遠望,謾説當歸;想東海之餘波,惟爲激水。對酒歌短鋏,耻爲遊子依依;緘書破絺袍,猶是故人戀戀。開函而祥光爲奕,發簡而雅繢淋漓。在編户之分難堪,乃父母之心無已。伏惟製錦衣而補衮,携甘雨以作霖。麥穗傲桑,不數循良於漢史;梅羹和鼎,永垂名世於商彝。

答洪含初父母

製錦良工,花映青山之郭;綰銅茂宰,琴含白雪之徽。上計載及三棋,攀卧重勤四境。劉公之政徵夜犬,并謝一錢;王令之迹寄春鳧,暫留雙履。孺耆咸開顔於駐節,友朋獨記約於聯床。孤雁懷人,夢斷樓頭之月;雙魚贈客,書分海上之霞。睹此披緘,迫然如面。

念某櫟樗殘質,謬托金蘭。乃家弟蓬梗陋姿,辱收門李。昭暉日月,踢蹋乾坤。雖春風何心,不受謝於芳草;然太陽普照,似傾影於向葵。已幸酌中衢之樽,更願司北斗之柄。泰山吐雲,觸膚而合,遂辦雨於崇朝;長河飲水,滿腹而歸,詎限波於一族。

答陳龍南年伯

騎采石之鯨,游誇勝地;遺赤文之鯉,夢繞遠方。何期奏最之餘,遽動加餐之問。

某官天球有韻,月斧無塵。桂林一枝,蚤已推郄詵之對;戰場五色,終莫掩李廌之名。鳥宿高於飛鳧,輿彌壯於展驥。太守秩二千石,公平分半虎之符;右輔環數萬家,人共嘆全牛之刃。澄江如練,畫鷁波恬;王氣挾虹,興龍勢壯。蓋郡當開國,等豐沛以不殊;而尉能近民,去龔黃其何遠。既收保障之績,宜書明陟之庸。即看賜金,佇迎歸袞。

某才同散木,業謝析薪。吏隱之迹沉沉,父事之心耿耿。念先人托聯鑣之誼,執轡而稱丈人行;乃使君隆授粲之儀,正席而當長者賜。俯慚疏節,仰戴渥慈。莫酬大德之丘山,聊抒小夫之竿牘。

答陽生白太守

歸赴桂招,行歌棠芾。驚朝命之及里,覺宦牒之驅人。正有負乘之虞,何當傾筐之贈。

某官露盤吐潤,月鏡收微。相劍之氣於牛斗之間,得駿之神在驪黃之外。方且仰披精緯,然一夜之藜以衡文;俯攬鳳麟,張萬目之羅而網士。而猶推襟蕙契,軫念榆鄉,忘其尚愚,加之獎飾。綢繆華檢,賢於十部之見臨;燦爛精鏐,侈矣五漿之先餽。

而某身材素薄,吏業仍疏。沉舟久閱於千帆,倦鳥俄掀於百羽。一方在水,雖悵遠賢者之廬;千里共風,猶幸居君子之國。問道則德音攸服,依仁況善政可師。誦澧蘭之歌,擬振潔芳之佩;繹岳樓之記,敢忘憂樂之心。惟嘉貺之過隆,祇感藏而莫報。

答永春夏孺和大尹

依父母之國,潤宿飲於流波;役君子之邦,教願銘於□水。何期小草,遽挹香蘭。

某官雄抒績文,修綆汲古。直筠多節,席九州而有餘;靈蔡知微,麼纖塵而立遠。欲培扶搖之翼,飛不盡翰;姑試批導之鋒,恢乎遊刃。泉聲公事,拊鳴鶴於七弦;雲影人家,送飛鳧之兩舄。山臨城而奏樂,似答于蔿之歌;桃布浪以名源,寧減河陽之錦。

某蔭榆末社,幸哉照鄰。采荇中州,難矣張楚。昔願通而未敢,畏作陽喬;今被貺而自疑,驚來素鯉。不知所賀,則請辭焉,竊援返璧之規;敢不拜嘉,以爲重也,重承授餐之□。祈發蒙於披霧,敬請益於順風。

答漳郡貳守龔五從

人謝中郎,敢云三閭之文並;地鄰渤海,快觀兩漢之吏循。結想高雲,分光華月。

某官鏤詞斑管,薰譽芳蘭。生原玉之鄉,合組夙高於賦手;濯沅湘之派,纖塵莫浼於冰心。鵬奚適以將南,鳳攬輝而即下。餐英飲露,一噓清醒之風;朝丹暮霞,四仰晶瑩之照。戈船下瀨,甲日彌壯於水犀;商舶凌波,旗飆不揚於畫鷁。身處脂而勿潤,静思金粟之盟;物在涸以必濡,痛視繭絲之稅。霖雖偏乎圭海,旁沃紛霏;潮遠接乎浯江,并歸浩蕩矣。

某受廛鄰□,領障名藩。令湘水兮安流,竊愧我非其人也;攬中州之宿莽,幸得賢者而事之。忽承十部之臨,難報七襄之贈。遲之遲而又久,倍怒施先;樂莫樂乎相知,兼期德誨。

答江藜峰同年

風路驥程,已洊經於廿載;雪泥鴻爪,又坐判乎多年。李白照人,況兹梁月;陶公懷友,感彼停雲。想江筆於夢中,皆成五色;愧邕琴之爨下,誰賞七弦?亮寸心以匪渝,豈千里而堪隔哉?

惟仁兄灌壇之績,將應玉璜;乃某江漢之風,莫追棠樹。浮天一水,時通赤鯉往來;織錦七襄,忽役青鸞投贈。緘開紫氣,疑披采於龍文;佩散清芬,托馳情於杜若。所以神物當合,遥燭斗牛之躔;公子可思,近采芷蘭之浦者也。何必拭華陰之土,始發雷令光芒;結塞修之言,方徵屈騷繾綣乎?顧伐檀素食,我靦良多;而栽花風流,君名藉甚。冀分慧燭,庶指迷津。豫章之應棟求,歡存覆芘;荔枝之共鄉譜,味敢差池。感彌軫於心藏,悰難旌於舌罄。

答胡月川

某官勋高屏翰,望聳靈光。白鶴青松,儀刑不老;黃鍾大吕,音韻遠傳。觀北斗之文,劍靈自古;浮南極之彩,星瑞連荆。

某年輩相懸,空攀嵇之有夢;關河爲隔,悵御李以無階。不謂代匱澧藩,而門下篤思祖德。遂以松楸所寄之地,從於桑梓必敬之儀。既及非人,魚鳥驚其太過;地邀賢者,蘭芷被其餘榮。問大夫於遠邦,難陪杖屨;懷素書而在袖,如對菁莪。反璧已重於銘心,裁緘敬托於歸翼。

答倪六符啓

將廿載訂車笠之盟,共一方杳河山之隔。愛而不見,夢駕迷路之輧;贈之以言,馳遺遠方之素。良高陳誼,有惡拜嘉。

某官劍剸無留,玉磨益瑩。爲萬乘器,能扛龍鼎以函牛;非百里材,姑繞蟻封而試馬。佇公侯之必復,豈州縣之徒勞。政布更新,仁存求舊。逢人誇尹,美花柳之村村;憐叔爲傭,解絺袍而戀戀。忽被丹霞之照,倍增蘭蕙之香。

某蔭分憩棠,悰鬱傾藿。將芹見笑,空餘食苦之心;投玖難酬,惟吟永好之句。獎揄過矣,雖知無其實而愧於中;勸勉殷然,猶將尊所聞以策其怠。懷皎兮之月,若或見君;揚穆如之風,願言教我。

答順德令吳琪梅啓

十有三載之應求,遥隔風馬;九千餘里之契闊,忽問霜鴻。捲書欲狂,抽毫難賦。

某官情厓孤拔,學海淵澄。當文之已成,人預占隱山之霧;追時之可試,我則如出岫之雲。冷蓿盤於一氈,鱣魚競躍;暖桃香於百里,鳧舃雙飛。成風之斫自神,邑劇矣,何妨新發硎之刃;抱嬰之愛素結,民急之,其猶免襁褓於懷。故於上計之辰,特有攀留之舉。延津劍合,友生甫占氣於青萍;單父弦温,父老竟留春於綠綺。悠然遐睠,惠以好音。北風其凉,夢去羅浮之月;南枝可贈,吟入大庾之梅。

以某之愚而最疏,乃仁兄有加而無已。寧惟剖書鯉腹,尺素表其綢繆;抑且分贈鮫珠,光華爲之錯落。宜章長者,亟付酒家。白雪開樽,恍如親於高韻;青樽對雪,遂頓失夫奇寒。惟其不忘,是所以報。想讀之一笑,羊城之外;佇來者重續,雁塔之游。

答顧箴吾

北渚雙佩,芬留在袖之風;南海一珠,照滿開函之月。君思楚奏,我感越吟。

某官立玉孤峰,涵雲萬頃。蒼松翠柏,望者爲之竦容;鉅艦堅車,推之安於徐進。然而鎧雪霜於晏歲,節挺虬姿;梁山海若通衢,功參鰲負。蓋暑寒不改,標高即蔭物之功;而夷險自如,任重真幹時之略矣。岳樓憂樂,人皆仰希文之忠;漢室佞賢,上獨知王尊之勇。既磨玉之益瑩,遂歃水以逾清。斛雨三湘,猶鬱芾棠之誦;摩天五嶺,彌恢銅柱之勛。開錦石以表靈,詎誇諭粤;憩桄榔而題字,未減懷人。子硯濡毫,異書堪藏於西室;君山裁竹,靈鳥直下於蒼梧。珪璋可還,果銜恩之非物;瓊瑤莫報,惟永好之不忘。

某數月餘光,三年積夢。勞魚霞尾,但嗟銜素之艱;文魿磬鳴,忽傳生玉之響。芷蘭之歌公子,倍憶班荆;茉莉之紀大夫,欣占歸漢。敬將鼎貺,藉致盥孚。寄庾嶺之梅花,又聞陸凱;訪葛公之丹竈,終愧琴高。

答都司薛建亭

想紫電清霜之棱宇,得披雲撥霧之因緣。華緘鼎來,中情孚結。

某官肝膽一劍,精神五兵。傳太乙之神符,韜鈐玄閫;占六庚之害氣,算候精明。惟楚有左廣右廣之師,以公分閫內閫外之寄。承平政窳,尺伍名存。兒戲治軍,未嘗旌旗金鼓之相習;戎興求敵,安得龍蛇魚鳥之成行。欲振前茅,惟觀細柳。薛仁貴勇略,獨冠諸軍;杜當陽勛名,允張全楚。

某夙瞻華冑，欣企高牙。息馬未承於雅歌，烹魚先佩於結素。一謙寵甚，三復爽然。薄答幕府之書，行陪和門之教。

答薛都司

虎臣侍宴，已成江漢萬壽之觴；雁使傳書，更遺上林嘉枝之信。自燕旋楚，恩華道路俱長；由夏徂冬，雅懷時序共遠。携來帶金莖之露，恍若披絳闕之雲。夢隔湖波，持尊莫解行色；心懸樓月，理屐猶想空音。感此報瓊，依然結佩。

答高參戎

柳營名將，宜振前茅；芷江乏人，何堪後乘。雖餘光可借，依旄幟於高壇；而代斫自慚，嗤尸祝之越俎。乃辱高雅，特展綢繆。十部見臨，未若劉公片札；五漿先饋，寧免列子多驚。顧惟師律已墮，嘆有粟以難食；所冀兵符必肅，賦《無衣》而偕行。是爲及晉之波，奚啻授餐之賜。暫留玉案，容賦《木瓜》。

答李參戎

細柳之真將軍，久推三略；香芷之思公子，忽贈八行。我懷惄然，祇貽嘲於越俎；君誼高甚，過留意於投醪。顧此地巖苗梗之區，重以餉竭兵驕之會。燃燭草乏興之檄，空嘆苦心；荷戈嚴失伍之防，尚依善制。但克昭威愛，即貺重於瓊瑤；何備極情文，乃隆施於筐篚。調和而士豫附，敢忘如樂之和；順治而外威嚴，冀飭前茅之律。聊鳴感愫，兼贊壯猷。

答鄧總戎

元戎十乘，方立武於中權；文昌六星，儼分光於上將。胡然量徙，得此榮施。麾下肝膽龍淵，韜鈐豹略。傅修期之策馬，兼草檄以能文；祭征虜之奉公，偏投壺而歌雅。既化瓊海之刀劍，特建羅甸之鼓旗。繡帽臨軍，虁在山而庇虎；紅苗保塞，椹革響以馴鴞。蓋先聲已憺白馬之威，宜來格而歃黃龍之約。肅簡書於魚鳥，南人皆服武侯；題名姓於麒麟，功臣行表高密。

某鳩居非據，先驚旅食之饋漿；鶃翼不濡，更贈魏珠之照乘。感綢繆之語，奚啻五申；受燦爛之章，宜藏二酉。心旌如曳，舌籥難宣。

答清浪李參戎

源花沅芷之間，特開二酉；元戎細札之下，忽麗三辰。昔也代耘思莠，驕以叢庆；今則專斫愧刃，至之皆虛。量沙自笑拙籌，借箸惟承雄略。胡勤結素，更荷投醪。十部見臨，未若劉公片楮；五漿先愧，寧免列子多驚。所賴揚我武以駭夷，威伸苴藿；庶幾仗君靈而固圉，潤襲餘波。光分照鄰，托感悰於皓月；神馳緩帶，引積緒於玄雲。敢告前茅，嗣圖采藻。

答張華岑

風初至而物揚，哂前糠之奚取；日既升而燭息，驚斜谷之分輝。結佩蘭芬，報瓜瓊重。

某官虹精垂棘，龍友乘黄。鑄萬傑於山河，澄百流於江漢。虞都帝佐，卑狐趙雜霸之才；荆甸王風，陋陶張匡時之略。十九年之硎新發，詎數族庖；數萬里之翼圖南，何知小鳥。庸工抱瑟，發妙響於昭文；拙馭服駸，駭神遊於造父。蓋今范老非昔范老，輿誦不異延人；而楚大夫即晉大夫，卿才無分聲子。豈謂葑菲之兼采，未忘芻狗之已陳。惠以好音，申之及物。取茂先華陰之土，拭彼塵鐔；歌平子綉緞之章，投來玉案。

某嘆舊薪之似我，欣啖蔗之在民。甫采潤毛，遽貽彤管。山藪藏疾，幸無逝梁發笱之虞；機杼織雲，更有倒庋傾筐之贈。勞思客子，如朋鳥之念朋；佇復公侯，看相門之出相。

答周鎮遠

想苗民之即工，化難追於舞羽；事大夫之賢者，光幸被於照鄰。穆如清風，灑作文露。

某官雄姿英發,雅韻廉溫。公瑾之才,表三分醇醪飲物;伯仁之音,參正始雲樹蔭人。大别峰高,卿才獨翯楚望;夜郎星燦,王化遥式官儀。蓋綏禹服之五千,牂牁之江不浪;而勝漢兵之三萬,銅鼓之鑄未湮。貴竹參天,已聞來鳳;芷江接水,忽損遺魚。真驚爛矣錦襄,詎止跫然空谷。

某襜帷首路,悵執轡之未諧;畫戟凝香,恍鳴珂之可接。雖施從其厚,或云必敬之桑;顧報也實難,奈此先投之李。聊鳴感愫,幸鑒中丹。

答顧都閫

斗間龍劍,曾觀國士之登壇;袖裏魚書,新感元戎之遺札。先施良厚,下拜增榮。

某官精蕩文昌,機羅武庫。螢囊夜讀,偶契太公之陰符;燕頷朝飛,遂投定遠之儒筆。編受穀城之石,妙抉星辰;壁懸士行之梭,化從雷雨。兩魁鄉射,壓燕趙悲歌慷慨之流;獨立金臺,爲南北獻策請纓之冠。乘廣方嚴於楚國,羽扇聿麾於顧榮。李臨淮之旌旗,一新氣色;羊叔子之裘帶,三揖風流。遂損籖函,來華蠻府。

某夢去逐馬曹之隊,幸識鷹揚;病中聞鈴閣之開,慚稽燕賀。垂雲忽來郇字,明月如依庾樓。道隆之詣興宗,豈容嶄崖於坐席;伯喈之賞元嘆,庶幾合調於鳴琴。

答馬荆陽學道

割席自慚,義不敢徼雲霄之價;披襟已久,情又無煩介紹之言。接此七襄,茫然四顧。惟月宵蛮語,猶云托照於素娥;乃天漢鷩文,斐然貽音於仙客。飾丹青於斷木,既發䭴顏;分品藻之餘光,倍煩清思。至損報瓊之厚,彌形投水之輕。鴻雁秋深,款緒風而徘側;鯉魚江闊,剖錦字以沉吟。所賴相士,天機獨超牝牡驪黄之外;更許論交,意氣不在肩膝晤言之間。薄寫攣心,仰酬溫盼。

答柴羽元別

捲簾日遠,托賀燕而嫌遲;繫帛雲長,驚別鴻之何早。有華結綬,倍感留衣。

某官松柏襟期,芝蘭臭味。正己爲能格物,既形召南江漢之風;信友可以事君,更追姬公吐握之業。蓋吞如八九雲夢,總茹於胸中;然和者數千巴里,詎酬於曲表。龜有文而顧左,印則方新;鵬奚適以圖南,風斯在下。飛黃騁足,宜詮伏已失蟾蜍;睍睆求聲,乃遷喬弗忘嚶鳥。赤鯉沿辰水,尚隔旬日之間;黃鶴下酉山,直盤千里之外。笠車之篤舊如此,嶺海之行仁可知。至云懷歸,未敢聞命。恒言佛法即是世法之津梁,豈以秦人忍判粵人之肥瘠。四方男子,要看羅浮銅柱之奇;八命上公,即佇衮衣綉裳之入。想行光於駟駱,願勿唱於鶹鵅。

某瞻君子之得興,私依夏屋;拜故人之遺綺,欲賦《河梁》。芍藥可將,莫抒臨歧之意;梅花遙寄,長存懷夢之心。

答楊修齡侍御

行驖過里,壯法曜於長庚;賓雁傳書,賁彩雲於大西。知君敬梓,爲我紉蘭。

某官氣備陽秋,言爲律呂。橫空鷟鷯,兼成鳳凰之文;觸佞神羊,獨饒騶虞之意。論事表回天之力,雷動千班;覃恩蠲煮海之痾,膏濡萬竈。瓜方期及,綉乃晝行。源水清深,時問秦人之仙犬;鄉閭利病,詎同劉勝之寒蟬。子雲之玄室重開,問奇有酒;伯起之清標久振,却謝無金。況在家門,自收師友。詔書署姓,人知司隸之兒;《文選》鈎玄,注參北海之子。斯乃樹在庭以推玉,童化雀而授環者矣。

某竊附賢豪之游,殊深父老之負。詎期溢喜,過辱榮施。清風穆若,感作誦以多慚;零露溥兮,儼清揚之可挹。心同帶水,已直繞於朗溪;身在昏衢,倍企光於慧燭。有求辰告,莫罄寅丹。

答馮心石憲副

洞庭問水,誼宿結於同舟;貴竹占星,光遂分於鄰壁。施者不厭,得之若驚。

某官道有古風,器非今目。雅懷淵永,憂在君民遠近之間;亮節霜明,澹然豐約險夷之外。方郡領岳陽形勝,與張説而後先;果政追京兆家傳,兼馮君之大小。州邑之牧群無敗,价藩之畫諾何閑。儉年歧麥,猶歌身爲豐玉;卧閣三禾,入夢心簡前旒。謂太守得賢,已過勝兵三萬;俾使者持節,何難闕服五千。付盛覽之山川,供葛侯之經略。車邊雨露,即净洗於烟嵐;帳裏星辰,行指揮於魚鳥。新猷甚暇,舊客遍存。

某紉佩澧蘭,偏投臭味。探書西室,快奉德音。東道主如何談宴,未酬於契闊;南中人已服鼓旗,猶式於聲靈。重正賴君,惠胡好我。以清風之作誦,受言藏之;况瓊華之先投,報曷日矣。聊寄聲於尺素,永篆德於寸丹。

答何鼎喝

蔦有附松,方矢廈成之燕;瓊何酬李,俄航素結之魚。榮甚舞眉,感而抃手。

某官爐冶二儀,塤篪萬籟。魁三炳象,群仰斗以梯難;尺五開天,忽分藩而宇近。雨膏膚觸,黍苗所以興歌;雲夢胸吞,芷蘭爲之結契。惟隰桑之見君子,樂且有儀;乃伐木之求友生,嚶其可聽。

某陳詞旅進,驚貺鼎來。照明月之珠,覺我形穢;捧垂露之篆,使人意消。既傍燭龍,光滿無煩鑿壁;能活涸鮒,波餘有望激江。敢瀝悃於餐花,冀垂慈於發藥。

泉州文庫

選堂題

（明）蔡復一 著
何丙仲 點校

遯庵全集（下）

泉州文庫整理出版委員會

遯庵駢語卷三

壽　啓

壽張誠宇撫臺,時轉少司寇九月

命爽鳩以秋德,聿資弼舜之功;感白虎於商辰,更叶誕皋之夢。凡歌《江漢》,皆祝岡陵。

某官純粹以精,直方而大。鍾玄黃流峙之秀,真宰之陶鑄甚勞;應國運地靈而生,元臣之負涵獨厚。掖垣駁奏,則廊廟爲之動容;文武憲邦,則山川賴以舒氣。樹人才而培正脉,九畹滋蘭;扶民命而沃露根,百嘉登穀。當分陝之入輔,適資象之揆元。公歸自東,晨曦祥滿東井;王置諸左,玄月瑞呈左弧。表司令之槐,袞衣尚面;采延齡之菊,丹液駐顔。共推祚國之蘇公,即是臨關之老子。芝函絢畫,歌皇覽以增華;桃熟爲秋,等仙期而詎遠。況龍虎之榜,風雲新集衣冠;占龜鶴之符,日月彌高劍履。蓋司命有直荆之曜,正應上台;而軫宿麗主壽之芒,並光南極。

某承乏庾樓參佐,欣逢申嶽降神。嘗討衡嶠之文,稽軒轅之譜。酌漿北斗,則光輔紫宸;注籙長生,則別名壽嶽。乃若溯堯丙子,騎天寶之白騾;爲漢師臣,受神書於黃石。人將地合,事與時偕。固當挾真形之圖,應文昌之象。紀年三立,開壽八荒。簡滄水而刻碑,遠追禹迹;礪泰山而度世,益耀張星。兼撫其全,一無所恨。敢述將吏軍民之口,少贊旂常彝鼎之光。伏惟鴻翼巨風,不羨松喬之呼吸;鳳圖盛旦,永垂金石以固存。

壽董誼臺中丞六月

朱陵作鎮,身巖石以柱天;丹穴誕靈,人長離而瑞世。一星麗軫,六月陳詩。

某官動靜直專，德業久大。方蛟龍入夢，董相若用，不減伊、呂之才；迨虎豹在山，召伯重來，詎數陸、陶之績。宇庇忘暑，育物和備四時；室午無陰，範吏樹堪百歲。難期者君臣之合，魚水罔間於中山；最喜者父母之年，鶴髮並光於南極。家國兩都其盛，時地偏邁其奇。七緯玉衡，下照長生之嶽；九夏霖雨，兼噓解慍之風。草木昆蟲，毋搖養氣；山川雲物，咸樂昌陽。益衍春秋鼎盛之期，長扶天地泰寧之運。

某燭餘光而引耀，草可螢飛；籟喜氣以長鳴，林爭蜩響。薇香省裏，猶記挐綉水之蘭莖；柏茂臺端，更思采花源之桃實。伏惟能夏則大，如日之升。上古椿高，七十歲老萊，猶班衣之子；仙家杏熟，八百年彭祖，爲雉羹之臣。

壽董誼臺

某官兩間元命，三立大年。溯自監周，既昭假而生山甫；出而佑國，必平格以保召公。太和厚瀜於慶源，全楚咸開於壽域。況流言自止，卜聖眷之逾深；而喜氣遙騰，美家慶之有永。誠宜當恢台之候，啓攬揆之筵。箕子所謂斂福以錫民，伊川亦云事親則宜樂者也。

某羈身守部，無路捧觴。沾永賴之仁，定知難老；寫長嬴之字，寄祝全昌。

壽錢按臺二月

雷在天上，正符驄使威棱；星輝斗南，聿啓鶴仙華旦。英靈吐氣，賓從騰歡。

某官昂孕元晶，奎呈文秘。仁惟山靜，含月令之中和；直乃乾生，奮羲圖之大壯。嚴烏臺而肅憲，燦麟綍以流祥。玄鳥祠祺，瑞分虞佐弧矢；倉庚鳴節，欣答女夷鼓歌。聞進良退墨之風，鷹潛化眼；順養稚安萌之政，虹果成文。蓋開域恢荊國六千，宜衍年過冥靈五百。雪消江長，依然方至之川；雲白峰青，即是長生之嶽。況賀真佛之出世，初逢老子之臨關。桃信傳來，新浮柏署；霞旌拂處，兼映海籌。在湘澤且與榮施，矧班行尤誇盛事。

某遙深踴躍，莫遂趨蹌。候美初鼞，占扶桑之結繭；辰嘉獻秬，咏后稷之來牟。敢贊生申之詩,以光賚弻之史。伏惟奠荆衡而永固,共頌沙淺蓬萊;翊辰極以全昌,更瞻石巖槐棘。

壽錢按臺

荆候于卯,占玉衡東指之辰;壽見乎丁,應蒼震平分之會。太微垂象,南極呈祥。

某官道妙成純,陽和育命。□□交發,壯草木以怒生;雨露方濡,感鷹鳩而默化。巡功之歲既復,生德之月重臨。仗外絳驎,寒辟神羊之影;懷中玉燕,暖迎玄鳥之祺。宿夜軫以芒輝,叅衡奠麗;日曉箕而風暢,江漢澄清。維此張楚之有人,孰非監周之自昔。蓍龜通聖,允爲祚國之舟;松柏流膏,即是駐齡之藥。蓋紀冥靈之長茂,未若五百逢年;而撫桃樹之始華,又將三千待實矣。

某揚飆明庶,欣聽女夷之歌;作誦熾昌,欲擊圝人之鼓。遥瞻黄鶴,敢介青鸞。伏惟佐四目之天光,使聖人壽;培九州之元氣,見士女休。卷阿君臣,會當嗣音於周鳳;司隷父子,詎止引世於鮑驄。

壽張名川黔臺十二月

霜净瘴烟,甸緯羅而開壽;霞蒸瑞旭,籌映竹以迎仙。降嶽翰周,得冬成歲。占張星之倍耀,應軫宿之長輝。

某官道妙生心,德仁命物。豫章挺榦,樹百歲以參霄;豐城淬鐔,光千年而燭斗。珠轉夜郎之晝,則四照摇花;琯回寒谷之春,則六筩叶律。冥靈撫楚甸,近招南極之老人;建福酌坤維,遥指西池之王母。當雉雛鷄乳之候,記麢麟集鳳之辰。物十二以周天,澤斯觀蜡;歲八千而復旦,貞乃啓元。雪絳爲丹,鴻寶新歸調燮;石函作記,龍沙舊識姓名。茅濛之戲,赤城宜咏嘉平之月;留侯之受,黄石還期海嶠之松。乃知張果侍中,誕從丙子;裴公真相,雄自甲辰。豈直參佐之私歡,允爲仙班之盛事。

某等八荒囿域,五福稽疇。空有凡砂,隔爐邊之鷄犬;慚無妙語,頌天上之夔龍。看二曜常會玄枵，卜五雲時浮丹竈。召公平格，配伊尹甘盤以如新；彭祖大年，歷陶唐殷商而不老。

壽衛桐陽治臺六月六日

甘棠遊暑，平格占慶於周書；山川出雲，蕃宣溯神於嵩嶽。陽居大夏，人舞薰風。

某官道契黃中，運昌玄感。流光漢昴，曾直七曜之星辰；肖象商巖，遂興九夏之霖雨。湛恩波於練冰，即是西池；麗景物於丹霞，正當南極。壹衡楚周秦爲四履，壽域已彌於大千；兩比上中下曰三階，貞符聿叶於重六。嶔山永奠，岡陵昌熾作朋；襄漢無波，瓜李浮沉應序。滄水之爲禹使，方治鶉火以奏功；籛鏗之作堯臣，宜斟雉羹而却老。

某無路贊函關之象，有懷瞻斗極之光。食棗莫將，仙雲欲浮蘭浦；獻桃可托，卿月永照椿年。伏惟埒睿聖於武公，九十春秋，猶歌《抑》雅；受靈文於玄帝，萬千甲子，共戲舟臺。

壽治臺衛桐陽，時陞少司馬

南極照南荆，正琴撫南薰之候；夏官開夏屋，宜籌添夏樂之辰。賁莢坤爻，扶桑離陸。

某官得天地精華之氣，壯文武恢台之猷。淇澳切磋，菉竹猗以臨水；卷阿馮翼，梧桐生而朝陽。化日綏四序之長，道關大寢；興雲軼五嶽而上，業奠太和。祚國既天子所葵，引年自神明所相。玄穹純佑，將弘爕鼎之勳；朱緯篤生，特表執衡之烈。仰紫圖之垂象，原比兩兩以爲參；誇黑帝之後身，適重三三而得六。蓋降神生申伯，俾憲萬邦；況司馬毗畢公，行弼四世。常居大夏，彌衍長春。彼叔卿之博華峰，猶疑汗漫；如武公之陳《抑》戒，實配昭融。允矣會弁琇瑩，永終譽於圭璧；初筵康爵，備諸福於壬林者也。

某贊震夙之祥，欣瞻麟綏；陪避暑之晏，遥隔龍皮。豈有丹砂，堪佐九還之藥；惟傳雅頌，永藏二酉之山。伏冀八翼天門，扶重明之日月；六身亥字，朋三壽於岡陵。

壽董誼臺方伯六月

陽居大夏，召公遍遊暑之甘棠；式是南邦，申伯推降神於嵩嶽。人占平格之壽，僚揚孔碩之風。盛矣鑒周，昭哉張楚。某官絪縕四氣，吐翕萬流。胤溯豢龍之遙，誕而玉立；學感懷蛟之夢，賦必金聲。岳倡侯功，釃漢江而作雨；碑觀禹迹，劃天柱以開雲。象求宜審於一星，燕喜載歌於六月。化日方永，彌光朱緯之辰；薰風自來，盡解蒼生之慍。以七澤三湘爲壽域，何殊東島西池；以施仁發政爲大年，不假丹床藥火。衡和有氣，來篆采於筵中；湘澧無波，化酒香於尊外。葵荷迎日以開合，景寫歡心；瓜李應水而浮沉，物供樂事。允朋三而難老，兼斂五以錫民者也。

某路隔捧觴，悰懸舐鼎。瞻南極炳長生之曜，祝北斗納恢台之祥。笑曼倩之偷桃，欲侑廬山之杏；命湘靈分鼓瑟，試和雙成之璈。琴高之訪葛仙，石慚鯉化；李薈之壽蘇子，曲奏鶴飛。伏惟冥靈五百春，楚樹配莊椿而並茂；中書廿四考，行省還內席以持衡。

壽劉陶宇十一月

斗柄運玉衡，斡化元而指子；峋嶁光赤極，遞靈貺以生申。有嘉命哲之辰，正滿履長之月。

某官氣真浮紫，道妙近玄。枕挾鴻寶之書，燃青藜於太乙；宅近槐眉之岫，孕白雪於長庚。溯集鶴以徵奇，皖牽牛而會曜。吐肩吾之鳳，文瑞羽毛；摩孝穆之麟，仁歌角趾。庾公曳屐，聿追晉代之風流；召伯芾棠，宜配周書之平格。蓋三時得冬而成歲，特鑄異人；況七日來復以亨陽，俾扶泰運。雲臺重望，皆成五色之卿；日線彌長，更照千齡之樹。夢皇人於峨嶺，仙家是建福之區；賓赤帝於祝融，神授即長生之籙。孰依江漢，不頌岡陵。

某同月之甲已雌，占星而極正燦。佐伯始之菊，愧乏丹砂；獻曼倩之桃，幸鄰花洞。所願蜀才著書百歲，多黃白之閟詮；鬵子授道三朝，永丹青乎神化。

壽侯澹軒十二月

丑爲殷正，大呂司命德之祥；申作周翰，南邦式建侯之業。軫中垂象，宇下騰歡。

某官心握慧珠，道高豐玉。惟松柏獨表正氣於歲寒，當貞元交應昌符於名世。誕奇徵而指李，星照亳宮；開平格以芾棠，風行江漢。雙龍自佩神物，壽干將之鐔；八蜡咸通耆年，歌應后之社。鄒衍之吹玄黍，將寒谷以回春；茅濛之戲赤城，宜嘉平而改臘。日猶鄰於祀竈，丹鼎蒸雲；節欲迓於獻盤，觥籌醉雪。授方有仙人却老，占夢曰新歲延長。斯乃艮幹終始之機，旦而復旦；楚紀春秋之樹，年則大年者也。華祝多男，萱草兼杜陵之咏節；商巖賚帝，梅花即傅說之生辰。

某雅托同心，嘉逢初度。想賓筵致語，咸溯二室之靈；看斗極流光，遙懸一柱之觀。惟有徵彩戲於萊子，蒐寶商丘；贊醉吟於呂仙，泳仁天岳。昭兹忠孝，既家國之兼肥；俾爾熾昌，爰身民以並保。時方備四，頌乃得千。洞酎可將，嵩高是仰。

壽周達庵九月

昭假監周，誕嶽神而名世；精符臨楚，耀軫宿以長秋。桃實方來，薇花益燦。

某官直含生德，仁濬慶源。价藩之德澤紀綱，皆堪久大；南國之昆蟲草木，罔不昭蘇。江漢無波，泳四生而宗海；參衡永奠，屹三壽以朋陵。惟鴻翼會高，風曾表得賢之頌；乃熊夢占玄，月適開命哲之辰。升東井之晨烏，光浮秦鏡；來西池之弆鳥，喜報仙籌。星虛應槐，直月表三公之位；日精練菊，駐齡添九轉之丹。蓋引祝融以致詞，圖松柏龜鶴之顔，未稱善禱；然摩岣嶁而紀烈，碑將吏軍民之口，即爲大年。

某觀萬寶之成，欣五福之介。甘棠召伯，允光平格之書；蘭草騷人，敬充攬揆之晏。華蓮在望，雄關百二並崇；椿樹有徵，秋色八千未老。平六符而祚國，以身固不壞之基；荷百禄而宜民，在周有無窮之聞。

壽王柱名十月

杓旋指亥，選良月而發祥；嶽降生申，占景星之啓旦。翰周有始，張楚在兹。某官珠斗儲精，玉璜薦瑞。生是仙骨，皓月吹王子之笙；出應昌期，玄雲下真人之烏。風采參矞，比峻三壽朋陵；德澤江漢，同流萬波宗海。得冬成歲，調玉燭以功完；候月爲陽，披朱紱而光爛。想當時左肩兆夢，宜歌赤鳳之來；屆此日交臂稱觴，如聞黄鶴之語。洞庭張樂，奏歡曲以未央；金簡受文，服靈丹而詎老。

某誦《離騷》之揆初度，紀冥靈之結大年。仰佐松膏，薄搴芷馥。幸偕絳縣之叟，熙甲子於春臺；竊比東方之兒，獻華實於瑶水。

壽李斗初午日

平秩南訛，乾坤之大寤惟午；攬揆初度，山嶽之吐靈生申。淑景古今，貞符人物。時離明而相見，白夢吞星；月姤遇以偏奇，玄風指樹。緯兹文采，彰纘命之嘉徵；沐彼芳華，應淬朝之吉象。況節原誇于楚舊，而弼正賚乎商賢。以槧濟川，坐閱龍舟之渡；如霖救旱，立清鶉火之炎。苣藿則草木俱靈，無庸剪虎；食葚而羽毛懷響，不假烹梟。地撫花源，露桃即瑶池之實；霞封鴉井，丹砂化藥竈之金。杜陵有言，方開壽域；屈子可作，應妒昌逢矣。爾乃蒲欲浮尊，使招獻觴之鶴；艾兼結佩，還映披紱之麟。絲五色以辟兵，鏡千年而鑄祉。九子標粽，胤華祝之多男；百神護符，閟仙家之授籙。峰雲殊異，清簟冷浸琅玕；圭日正長，綺筵光浮琥珀。誰儷雙美，獨擅作朋。所以德音茂而光邦，紀綱燕而及友者也。豈特長而扶户，田文班在四豪；老於登朝，胡公理其萬事已哉！

某同里聞充閭之瑞，聯寀托照鄰之私。青牛畀書，雖慚關尹；大鵬作賦，或感子微。蘭葉幾花,香湯聊遵乎澧事;冥靈五百,固蒂并祝乎莊春。

壽王玄亭四月

南邦屛翰,侔踪方召之威名;首夏清和,溯靈孔釋之抱送。一麟披紱,九鶴集庭。出觜有赤珠之雲,當筵來青鸞之羽。仲吕徵其旅物,長嬴表其全昌。卦叶乾元,義爻出潛之候;日臨昴位,漢相誕輔之符。丹石四生,則身爲元氣;鼎彝三立,則世有大年。凡漁水樵山,盡作施仁之壽域;即風實雲子,未如善禱之歡聲。所以吐蓮載乎輕龜,開桐感其儀鳳者也。況乃風神獨秀,景地雙妍。王子晉之後身,吹笙向月;浮丘公之遺迹,洗藥留池。芃芃麥秋,歌立民於嘉種;霡霂梅雨,應夢弼於和羹。豈得不侈震夙之祥,歸之帝武;艷賚賢之事,著在星精哉!瑞於王家,有美秀蔓之節;燕及朋友,兼諷榮木之詩。

昔聞閭里之奇徵,競持羊酒;今近荆湘之喜氣,莫致鴿籠。賦彼嵩高,愧乏吉甫之誦;何以酌醴,願陳老子之圖。采香澧浦之蕙蘭,寄意南山之松柏。王者之有名世,惟此時而爲然;聖主之得賢臣,佇歸朝而未老。

壽陳穎亭三月

南紀流洪,方占祥於五卯;東皇錫羨,正啓兆於三辰。此地之申伯,于宣神徵降嶽;當時之長文,尚少史動占星。江漢有光,吏民相慶。若乃政先高年之老,無辱泥塗;户有誕生之兒,皆分姓字。蓬瀛海屋,即是賜履之封疆;瓜棗壺桃,何如兩歧之牟麥。桑葉肥而來戴勝,恍接使鸞;桐葩吐而拂長離,真儀人鳳。況就日捧曲江之鏡,將流虹添宣室之觴。五百君臣,玄感軻書日月;八千花實,共成莊樹春秋。叶五老之河圖,宜應符而入昴;全九疇之子目,佇陳範以規天。榮及同僚,惊懸知己。既無路致友朋之酌,可有詞效世俗之言。惟令德之必申,信榮名以爲寶。靈丹壽國,鼎鬵三湘七澤之區;金石紀年,河沙二首六身之算。氣浮關而西度,遥睇青牛;曲奏笛以南飛,欲攀黄鶴。搴蘭可味,聊佑覽揆之騷;作誦如風,載賦《蒸民》之雅。

壽顧箴吾三月

荆岳占翼軫之輝,星堪審象;江山被鶯花之麗,月正臨弧。玉燕投懷,盡領東陽淑氣;石麟摩頂,果宣南國仁風。以察吏綏民爲靈丹,在伐毛洗髓之外;凡耕原釣水皆壽域,即海屋蓬瀛之中。公有大年,人思善祝。紀干支而重四,演象象以交初。一萬兼八百餘循環,花甲之不老;四千至九十六伸長,蓍卦之無疆。曆莢曳區,方推軒算;河圖天老,行告堯符。蓋惟聖主之得賢臣,南山總歸天保;故爲王者而生名世,嵩岳先兆嵩呼。源水霞花,護璇籌而相燦;瑤池露實,侑金鏡以前陳。合作春秋,昭哉求應。所以龍虎蒼白,玄感吟嘯之風雲;烏兔光華,長扶升恒之日月者也。

昔姬書之留召伯,既平格以爲期;若尹誦之送仲山,兼昭假而溯誕。是曰國賀,豈特私言。啓幕阜之奇文,持獻流虹之篆;釀君山之香酒,先浮降鶴之觴。況澧浦卜鄰,接青鸞而甚近;奈洞庭隔水,騎赤鯉以難陪。擊抃知己之歡,颺歌宜民之雅。遥觥酌兕,已坐馳於玳筵;餘鼎升鷄,儻見收於爐火。

壽王豐輿四月

周邦有翰,方溯降神於山川;商弼應圖,又屆賚良之日月。生鍾桐柏栝蒼之秀,宅表靈仙;來探衡霍洞庭之奇,域開仁壽。赤璋夏令,載叶咏璋之詩;玉衡楚分,兼乘執衡之序。光浮袞綉,遥憶朱芾斯皇;賦擲金聲,猶傳文禽入夢。況以曦陸舒馭,雲峰吐奇。當飲酎之辰,爰康兕爵;是吹笙之候,更上鶴樓。霖雨滌炎,灑梅羹而作澤;景風解慍,集荷裳以颺芬。凡三户之騰歡,即九疇之介福矣。

若乃迹尋樵斧,重見爛柯;地足金苞,無妨剖橘。餐如瓜之棗,悟王質其前身;噢爲脯之龍,較商顔而倍樂。固可藏乾坤於一局,迷甲子於千齡者也。蓋山直台星,孕傑即三階之象;而日臨昴位,流精爲五老之符。所以子微居之,而名在丹臺;鄭侯應之,而勛垂赤牒。惟公益烈,振古有光。觀召伯蔽芾之棠,懸占平格;紀莊生大年之樹,豈羨冥靈哉?

某赤鯉難騎,紫蘭可采。身同蔡經之譜,曾款方平;嶺著浮丘之踪,欲招子晉。滔滔江漢,共永萬古丹青;燁燁靈芝,佇分九還黃白。

壽陳冲然七月

蟋蟀吟秋,叶聖主得賢之頌;麒麟華旦,占名人瑞世之符。惟萬寶之將成,乃一星而應象。逑日畿昌淑之氣,誕有奇徵;觀雲夢巨麗之風,嘉茲初度。青鸞來後,留王母之蟠桃;玉京會前,接真皇之寶蓋。月方恒以幾望,斗轉柄而臨申。所以如恒可歌,生申不爽。澄江濯魄,無改受日之光;高嶽降神,有煒翰周之業者也。況民功既成于執矩,賓宴聿踐于烹葵。風奏金聲,其樂惟磬;露垂珠影,在柏可囊。思商律之臣,宜平格而輔國;盛秋容之禮,兼綱紀以燕朋。滌暑生凉,恩波盡開壽域;穀登黍獻,豐歲即爲大年。豈特侈黃鶴之仙遊,誇冥靈之楚樹哉?

某欣逢懸矢,遥憶登樓。織女襄存,借裁吉甫之誦;浮丘山近,如聞子晉之笙。節正美於獻龜,惊遥馳於放鴿。因秋懷遠,一日不見以如三;酌酒祈齡,百年長春而衍萬。想此際潁川陳里,倍高德曜之輝;期後來將相恭公,更贊陶朱之像。

壽瞿達觀九月朔

百歲三秋,風烟吐妍於雁節;履九戴一,日月啓兆於龜圖。猗與人豪,展哉國瑞。澄江漢而如練,爰鏡楚材;含霜露以爲苞,盡薀秋實。蓋生德在金之盛,而得時正氣之成。固宜萬寶陶鎔,百嘉摯斂。配賢侯思樂之難老,光聖王壽考之作人者也。若乃懸精軫宿,星沙發南極之祥;攬勝花源,仙迹秘瞿童之宅。事誇地合,人詫姓同。表上公之誕符,則樹槐直月;助彭祖之丹術,則葩菊臨風。采英美其駐顏,應象期於專面矣。

某聞國有百年之計,莫如樹賢;儒有千歲之身,惟在垂教。昔所誦者,公則當之。豈必援椿之大秋,進而張楚;徵桃之異果,食以永年哉?赤雀丹書,欣名臣際周室之盛;白虎玄感,羨初度叶皋陶之辰。澧水寒蘭,公子之思何遠;洞庭剖橘,仙人之弈可邀。筵霏氣以成虹,觴憑虛而獻鶴。

壽許鰲宇三月三日

千載勝朝,頌周春於曲洛;八荒壽域,占楚畛於臨弧。沅芷生輝,酉書獻籙。

某官源深華胄,宇穆遠神。四岳功宗,甫侯居申伯之右;一門仙骨,玉斧真長史之兒。玄度之襟領清風,人推英格;旌陽之羽翰白日,宜種福田。五卯全昌,歲方成於仁芘;三辰逢吉,月正叶於誕彌。表南國之膚功,收東皇之盛事。金人捧劍,泛觴之葉自浮;王母行籌,映池之桃欲實。田蠶開豐兆,試聽鳶促織而鳩促耕;雲樹吐靈文,果然桐始華而虹始見。濯九龍之水,訝南澗之添波;登八公之山,招仙人以修禊。固知石函後記,當覓棋石於瞿童;真誥前身,再訪洞天於秦客。丹自轉九,無煩鴉井之砂;樹乃紀千,即是棠陰之陌者也。

某遙瞻佳氣,只疑逸少之風流;自哂凡心,却迷張果之甲子。蓬萊之區難至,舟雖近以尚遙;閬苑之日倍長,鶴徐飛而詎晚。薄言酌醴,猶托秉蘭。思許良深,惟寄皎懷於朗月;示郯有作,冀傳靈韻於絳河。儻不爲武仲之棄瓢,或堪供玄卿之珥筆。

壽吳工部六月

晨望江關,煒然霞采。知以恢台之候,啓兹攬揆之辰。九夏賚良,先徵霖雨;七弦解愠,適叶薰風。士占盛日之誕賢,民喜使星之照我。殊毛夢烏,摩頂知麟。稽讓國友兄,札既生而博物;若寫書諫父,祐乃幼則徵奇。迨百年猶著於救陳,而九卿果名於佐漢。此范史爲之立傳,而蘇公斷其得仙者也。有煒晬朝,益光前譜。沉瓜開宴,采菱發歌。避暑筵中,賓客兼携桃實;銜恩澤畔,商女共唱荷花。

某莫綴賀裾,遙馳壽斝。賡降嶽之雅,申伯方自天申;繪度關之圖,老子更期難老。

壽管五陵，時正奏最

周官奏閱，方慶公享之辰；楚賦揆初，適嘉星覽之候。莫陪賀履，聊抒歡言。

某官邁氣干霄，冲懷映物。表降神於嵩嶽，伯仲甫、申；歌循吏於南陽，父母召、杜。劃昏崖而夜曉，煦寒谷以春温。禮爲士羅，則入幕競趨，而無忘不至室之誼；仁求民瘼，則鋤莠必盡，而若有恐傷苗之心。游刃既閑，用圭入告。萬寶成而三秋序，制錦就而懸弧開。望日影於翔鳧，蕋英天闕；披霞光於瑞鳥，接彩瑤池。民功曰庸，主爵書其上考；景命有僕，君子蟄以遐齡。蓋三載而有必世之貽，宜一日而爲百年之祝者也。

某叨聯世譜，幸托鄰輝。鞠蕊敷英，看佳色燦黃金之詔；露華湛液，想流膏助丹鼎之調。已目動於最書，更神馳於壽域。星占列宿，喜劇殫知己之冠；節近重陽，醉餘看參軍之帽。

答許鼇宇謝壽

玄鶴庭下，方報瑞於昌辰；青鳥筵中，遽分珍於大藥。雖鷃之笑鵬，猶鵬之笑鷃，小年豈及大年；而仙之求人，甚人之求仙，度身還思度世。所以蔡經凡吏，曾移麟脯之厨；許遜仙官，必函龍沙之記者也。閟符呼鼠，顧往牒以堪嘲；雄劍剚蛟，惟君靈之是藉。濫垂光餙，彌抱悚慚。

伏惟文休之提獎風流，耄期不倦；思玄之緯修真學，位業逾尊。黃白駐齡，併沾爐邊之鷄犬；丹青畫象，終期閣上之麒麟。

答吴工部謝壽

受長生之籙，夏樂方昌；分靈壽之丹，霞光忽爛。桃來帶露，新從青鳥之筵；瓜去博瓊，遠贈丹魚之素。何期病骨，驟覺榮顔。合藥抱蟾，久羨吳剛之入月；別名呼鼠，空嘲蔡叟之如風。小年不及大年，豈蜉蝣能知於松鶴；度身還思度世，或鷄犬可附於笙鸞。此某既佩德於刀圭，彌結悰於縞帶者也。人情莫不欲壽,慚客奉萬年之酬;使臣必咨於周,思君歌六轡之雅。証三生而無斁,鎸五内以難忘。

答顧箴吾謝壽

坐不老之庭,楚南擅春於莊樹;酌長生之酒,斗北分液於瑤漿。媚天子而媚庶人,公猷方壯;燕皇天而燕朋友,我幸何多。甫獻籙於茅君,遽遺符於徐甲。光摘雲錦,恍來窺席之鸞;藥畀刀圭,如醉浮觴之鶴。食丹偕壽,報玖難名。主東海之蔡經,不羨方平擘脯;賓西池之緱母,寧煩曼倩偷桃。此日謁帝,先班行誇露莖之獨賜;他年求仙,弟子儻許銅狄之共摩。佩服有懷,鋪揚曷罄。

謝司道送生日

孤露慨然,永懷慚於立槁;仁風穆若,何垂德於噓枯。長無述以奚爲,愛欲生而未已。惟上台恩無棄物,憐下走壯不如人。華衮飾文,則波傾七澤;青玉投案,則貺重雙金。漏春信之梅花,使荔芸有並時之幸;結歲寒於松柏,在草木忘同腐之虞。夫被方平之鞭者,猶能度世;書玄卿之篆者,亦詫遇真。苟許鼎藥以舐雞,未妨山人之呼鼠。況乎生成再造,獎飾半殘。題菌質以冥靈,變黍崖於陽律。雖夙興夜寐,難酬罔極之君親;而日邁月征,敢負見收之師友。聊搴蘭浦,仰答槐階。少抒鼇戴之悰,祈鑒雀銜之悃。

謝同僚送生日

養而親往,則風木感其飄搖;年與時馳,斯窮廬嘆於枯落。每當初度,太息此言。詎意閱世之慚,猶有得朋之幸。鮮民銜恤,驚顧柳之易秋;元老壯猷,贈莊椿之餘福。捧銅槃而從猷,已荷主盟;捐丹鼎以回枯,何殊再造。雖摩挲銅狄,仙人之約難期;而刻畫無鹽,君子之心居厚。稍寬愁於莪蔚,長記好於梅花矣。顧當日之掩關,敢言酌兕;及此時而裁素,聊托烹魚。惟是下錫之珍,即爲仰酬之案。瑤池之來三鳥,思從仙羽以無階;朝菌之望十松,或潤流膏而不朽。

村醪祝歲，誠莫答於生成；墐戶待春，猶有求於造化。願垂鑒采，永結綢繆。

謝參戎送生日

樗全何用，徒自笑其散材；松茂是承，幸相依於大樹。馬齒增長，虛臨懸矢之辰；兕觥其觫，遽損投醪之贈。驚初梅之破冷，仗細柳之回春。方廢蓼以杜門，難酬客禮；顧貽瓊而在筐，藉獻軍厨。壽我無當，還君難老。學鳩之笑南適，何知八千歲傲雪之齡；解牛而得養生，欲受十九年善刀之術。

答王豐與送生日來啓以十一月為十月。

廢蓼鮮民，數魚鱗而齒過；贈桃信使，驚鸎羽之音傳。尋常梅雪爭飛，痛始追於皇覽；此日橘金方熟，感預怵於朋尊。顧惟記問之在前，足徵眷存之太篤。引二首六身之亥，慚荔挺以較遲；咏維嶽降神之申，忘樗散其弗類。蓋丙子之誕，十月難附大坡；然黃鍾之共，三冬總寒雌甲。抑劬勞丁日，在我公知弗忍樂之心；故寵命庚先，使人子為稍可安之受。體物至矣，何德當之。小年不及大年，空嘆流光之波矢；生我兼有知我，惟結永契於金蘭。儻賴友以成身，庶勉忠而補孝。敢忘再造，附布私誠。

答司道送生日

流光駒迅，已負三紀之夙宵；作吏鼷窮，又瘵四序之日月。追親勞而莫答，惟覺影孤；顧齒長以增慚，何知生樂。一寒徹骨，賴梅開此度，締作同庚；百歲論心，幸柏許忘年，盟推耐久。果以芝蘭之雅契，睠茲芸荔之初萌。加綉山樗，滅其瓶罍之耻；張樂海鳥，振以塤篪之音。使繫日有繩，適添漢線；結冰無黍，遂變鄒吹。恩盛回枯，感深破涕。生古丙子偶同耳，敢附學仙；嘆雌甲辰亦宜然，獨甘拙宦。二三知己，宛心目之相憐；四十無聞，看頭顱之漸近。雖續鳧斷鶴，寧易質於短長；而補劓息黥，永服膺於忠孝。空拜如山之貺，瓊難報君；更祈發藥之言，石猶生我。寸丹不昧，畢世為期。

答送生日

梅花共作生朝，不妨太冷；鴻雁來爲佳客，亦可相酬。獨愛日之無從，兼競辰之不力。痛深菽蔚，俯仰孑然。窮人志負桑蓬，乾坤頼爾棄物。而乃曲蒙記憶，過辱綢繆。問甲子於泥塗，餉《豳風》之羔酒。春荑枯木，頓忘此歲之寒；波水涸鱗，乍知有生之樂。不是過也，何以當之。香山三十六之詩，我已逾於一歲；廣寒千二百之壽，君自結於大年。

答常德府送生日

蓬心易塞，漸鄰四十之無聞；蒲質先秋，誰贈八千之難老。況風枝不定，感廢蓼以驚神；星節何褌，誦《伐檀》而愧色。以我虛生之日，煩君善頌之詞。怳指授於守庚，欲光華其雌甲。梅花傲雪，自甘徹骨之寒；松柏流膏，相餉駐顔之藥。顧夙興夜寐之多忝，頼左提右挈以罔遺。咏韓子三星之詩，雖直宮於磨蠍；吮淮王八公之鼎，庶拔宅而飛鷄。

壽梁撫臺九月

玉衡秋轉，五雲欲捧於三台；黄鶴曉晶，南極更朝於北斗。域開始壽，人祝全昌。

某官列緯元精，兩儀間氣。珪璋命德，執兑矩以定時；律呂生心，應乾金而鑄物。六條辨吏，如察脉之醫王；八政養民，即保嬰之衆父。方作新於四履，已大造於百年。乃兹三壽作朋之辰，適當萬寶告成之候。授衣慮歲，挾寒纊以俱溫；築圃食農，舞豐年之自始。蓋赤雀之祥周室，正感高秋；而白虎之誕皋陶，重占玄月。槐表公位，仰符虛宿之精；菊衍仙齡，遠笑南陽之水。磨岣嶁而紀曆，引江漢以浮觴。山甫生崧，益播四國于蕃之烈；壽星在楚，宜廣百禄是荷之詩。

某籠鴿無階，獻龜有記。昔文武受命膏黍，有若召公；溯堯舜之臣斟斝，時維彭祖。敢援前哲，以勖膚功。伏惟九萬里之鵬圖南，風高閶闔；八千秋之樹閱古，日拂扶桑。

賀柴羽元壽十月

棠甘紀楚，壽域彌拓於鼈封；松茂承冬，慶筵載修於麟綏。人方難老，月乃孔陽。

某官與道合真，爲民司命。生蓋有自，元述三極之靈；知也無涯，獨結千秋之契。吐吞雲夢，垂旂常鐘鼎之大年；斟酌玉衡，培江漢湖湘之元氣。蓋不言而時備，宜必得之昌全。四國德音，歡播臺萊之頌；一年好景，祥開橙橘之辰。表和德於排寒，如春方小；參化功以成歲，其日未央。斂福十朋，龜占月令；勞農萬寶，兕酌豳風。介眉壽於酒官，詎止飲蒸之喜；賓長生於嶽后，允昭純嘏之符。

某舐鼎有懷，捧觴無路。出雲山峻，固雅誦於申詩；良月數盈，惟屢書於亥字。丹砂可化，笑携來從狡獪之姑；銅狄共摩，顧奮飛陪神仙之吏。瞻輝黃鶴，役志青鸞。

壽劉陶宇方伯

星占主壽，應福地於南弧；月報履長，鑄異人於北斗。翰周維岳，張楚有材。

某官手酌太和，身調玄化。峨眉問道，因常少而著小子之名；方叔壯猷，以獨尊則歌元老之烈。先覺覺後，智成物曰靈丹；天壽壽民，仁予齡爲大藥。嘉兹初度，慶際升辰。黃鍾十二律之元，妙司氣母；朱陵五千里之望，神獻長生。參歲成純，詎積籌之能算；在冬可愛，果引線以彌添。狼駿之馭未央，霞開赤甲；寶鼎之策方始，雪吐黃芽。此湘中父老之言，即宇下具僚之祝。

某偶探小酉，欣附長庚。雞犬之從八公，未知何日；《鳲鳩》之正四國，遄不萬年。敢援此詩，以爲君頌。參天二千尺，既獨誇蜀柏之凌霜；紀曆五百春，寧足窮古椿之閱世。

答司道賀壽

歲聿云暮，時駸駸乎無聞；壯弗如人，老冉冉其將及。當思親劬勞之日，計入楚素食之年。貙愧懸庭，魚枯銜索。已分於世爲棄物，何如勿生乃過援。騷之撐予，錫以難老。荒唐仙業，餂成蔡誕之鋤芝；珍重朋情，貺比安期之賜棗。青松相許，於焉見歲寒之心；朝菌奚知，祇足貽大年之笑。追生而在子，元合爲鼠之人；況今也逢寅，適當抱虎之地。病則深矣，顛無日焉。雖傍小至之吹葭，偷兹晷影；其奈半凋之散木，怯彼雪霜。願假餘光，惠施再造。以前鹵莽，空嗟去日之苦多；從此提携，或免來年之見惡。賴浮顔甲，丹篆心肩。

謝同僚賀壽

某以蒲柳之孱姿，兼蓼莪之隱痛。天刑難解，處爲不祥之人；吏業多瘝，出則虛縻之日。詎期殘息，托照榮光。藏仙篆之輝煌，酉山增焰；激恩波之浩蕩，辰水回流。徒竦戴鰲之魂，終慚晞驥之駕。思幼好奇服，亦嘗慷慨於桑蓬；顧行倦半途，漸覺支離於鞭策。浮生夢鹿，已哂覆蕉之迷；大藥飛鷄，猶冀枯稊之發。

夫我祇爲辱耳，感公何以報之。覺瓊玖之猶輕，惟言永好；恃圭璋之可返，還祝大年。庶春秋依上古之椿，或神人全不材之櫟。靈松傲雪，蔭小草而後彫；瑞竹截雲，吹寒灰以再暖。

答同僚謝壽

爲龜鶴謀養生之具，自笑蜉蝣；使鷄犬附拔宅之行，忽分丹鼎。古者酌必爲壽，蓋長在則宜。然公乃推以下交，若賓酬斯過矣。雖貽瓊報木，見厚往薄來之心；然擲米成砂，懷從凡博仙之忝。黃鶴銜書，至赤文綠字相輝；青鳥賜藥，來霞脯露漿可並。此非常貺，敢不拜嘉？冥靈視槿菌之榮，應嗤脆質；庶草生松柏之下，亦潤流膏。所冀德結大年，政舒化日。王母之桃，度世許方朔以頻偷；李謩之笛，橫江托蘇公而不朽。

答武官賀壽

射四方以弧矢，始表丈夫；弄三寸之毛錐，虛生男子。我辰安在，徒驚反哺於烏林；民命大危，忍看係纍於狼穴。在虎臣必羞其墮武，即馬齒祗愧其餘生。詎意壯猷，翻憐文弱。當我廢《蓼莪》之感，辱記龍韜；以君提戈印之奇，分遺牛酒。公愚移谷，應大笑生兒之痴；人壽俟河，願早圖封侯之業。安小年之蟪蛄，覿妙繪於麒麟。敢借溢褒，移爲善祝。

謝武官賀壽

有壯猷之元老，生乃爲榮；非內美之騷人，長將奚述。酌兕以壽，何當指柏相期；抱虎而眠，自嘆勞薪已甚。幸武露既布，或蠲消渴之痾；與嚴雪同時，願樹後雕之節。譬如病羽，獲托高牙。感彼籠鴿之來，酬以椎牛之享。祈非熊百歲，尚奮鷹揚；使倦鳥一枝，不妨禽戲。茂林息影，行安田里之餘生；高閣繪形，佇看旂常於盛日。

答澧陽鄉紳賀壽

辰水流愆，酉山藏庆。以此伐檀之愧，彌深廢蓼之嗟。思舊誼於紉蘭，夢仙忽墮；寄高悰於行李，拜使知勤。若餂難老之華褒，總非鮮民所忍聽。至諸屬之問業，援風水以斷來箋；即故人之施祗，照星襄而辭嘉果。惟恐不咸之取異，豈云有待之爲煩？我無遐心，君當逆志。

賀張撫臺年

周而南曰江漢，春先二始之風；陝以西有召公，膏爲四國之雨。荷回陽於斗轉，欣借暖於律吹。庇宇方新，依光猶近。

某官練暉日月，斡氣貞元。鍾百二之河山，手提乾綱坤軸；吞八九之雲夢，胸鬱武緯文經。有謨有猷，矢一心入告我后；若水若旱，代萬姓請命于天。凡式百辟之訓言，凜焉扈芷蘭而離資粟；故屹三楚之坐鎮，謐乎衡修貢而湘安流。大法小廉，吏應緹霞之變；遠來近説，民迎梅柳之曛。直柏笋秀於烏臺，仙萁迓禎於鳳史。蓋四十年頒曆，聖主方求弼以造維新之休；而八千歲爲春，名臣實佐王而布始和之化。郊東鶯囀，衣麗寧數于遷喬；薊北鴻高，裘歸即歌於遵渚。

某履藩歲晏，聽餞□之竹聲；漂梗江干，隔獻春之椒頌。望青雲多處，欲傍魁三；看紫氣浮來，遥占福五。泰階應泰，爲國家賀良宰之得興；香水懷香，遵月令播寬條於比屋。

賀董撫院年

朱陵仗鉞，福鳥祭以全昌；青帝執規，闕龍精而啓旦。履端於始，長發其祥。

某官心會陽宗，道扶泰運。霜臺執法，鏡萬水以發天光；露冕施恩，籲四時而歸和氣。乃於排寒進暖之候，適協除舊布新之時。四十而得一爲元，上方合黃帝之曆；五百而以時則可，公兼收南楚之春。景曜曜天，馭晴暉於蒼陸；條風風物，扇盛德於青陽。三戶熙若登臺，式靈仙木；萬家曛然飲醑，酌惠屠蘇。蓋柳眼梅心，共依變泰之律；而蘋生芷發，盡入汎蘭之騷。正七十二候之初，始和既布；斂三百六旬之祉，元吉其旋。

職觸緒冰寒，戴光斗轉。鳴春欲動於和籟，行夏祇奉於寬條。虎可發樽，空慚墨水；鵠難化履，托夢風翰。伏惟五石補天，六符燮鼎。此日馳神左个，倡南方群牧以拜旈；他年扈聖北辰，班正朝三公而奉璧。

賀史按院年

法曜宿懸於秦鏡，條風新轉於楚蘭。惟下走忘寒盡之年，駢駢華隰；乃上台得陽回之歲，煜煜魁垣。候際泰以方昌，芘藉春而伊始。

某官巍標太乙，高蹠巨靈。日兼夏冬，四時之氣已備；星織雲錦，九州之被有餘。激其濁，澄其清，范孟博有天下之志；招不來，麾不去，汲長孺幾社稷之臣。六條觀風，三湘動色。廣諏詢於南國，令江漢兮安流；明若否於百僚，孰蕡蘦之混植。秕吏解綬，避行驄之威；蒜叟扶筇，觀懸象之化。杲暘升而群陰伏，焰息貂璫；斗柄指則六合暄，膏濡雁宅。專城獲申於强項，納溝立起於瘵眉。凡此戴日之恩暉，孰非回天之造化。仙蕡換曆，祥雲遥覆。習池直草秀階，佳氣平臨襄峴。蓋惟聖人必壽紀四十，歌天保之升恒；而有名世其間占九三，受王明之介福。

某寒蟲墐戶，拙鳥編苕。登門若龍，敢援榜下之接武；上殿如虎，翹瞻柱後之惠文。捧檄知歸，執鞭恐後。羽隨陽而風燠，遥睇赤烏；鱗溯水而江寒，尚覊黃鶴。柏臺天上，懷獻柏以無從；椒蕊春先，賡頌椒之可托。千林漸翠，病樹看鶯柳之光；六律歸昌，巢阿慶鳳梧之曲。

賀兩院年

攝提貞孟陬，荆甸光浮蒼陸；始和懸象魏，周官手鬭青陽。雲鵠自文，臺烏相慶。

某官暘休煦物，元善長人。乘震執規，謹三微以端四始；旋乾斡斗，調一氣而壽八荒。府曰好生，既盡收於駘蕩；木爲盛德，乃畢達於勾萌。嘉與湖湘，對兹首祚。相二儀之闓懌，吹律無私；啓衆正之彙征，拔茅有象。曉心昏昻，布慶惠以行時；蘋發芷榮，紀昭蘇而獻歲。蓋餞寒癸丑，鞭牛已報豐年之祥；而迎旭甲寅，圖雞適符太歲之日。數得天而際盛，偏祐名臣；卿省月以維新，聿求多福。銅盤服露，參壽軫之靈光；玉琯調風，翊泰階於朗潤。宜歸扶鸞輅，密燮太極之元；想直發虎樽，更贊東皇之化。

某桃符襲茝，喜蟲戶之初暄；椒頌思裁，覺鳥音之猶細。臨月儀之帖，遥想晉人；賀雲開之辰，聊同楚客。伏惟攬芳宿莽，總轡扶桑。秩東作三百六旬，共由庚於黃道；歷中書二十四考，永扈聖於紫辰。

賀司道年

昭陽協於赤奮，當改歲之孔嘉；攝提貞于孟陬，正讀騷之可咏。杜陵龍飛四十之句，惟聖主更得一以周天；漆園冥靈五百之祥，有大夫實布春而張楚。三微成朔，和德薰人；四始開辰，晴光燠物。轉八荒於吹律之氣，囿萬彙以執規之仁。仙水曰符，餞餘寒於江漢；農祥是正，興嗣歲於荆湘。凡熙衆之登臺，練五辛而酬九醞；皆化工之轉斗，斂百福以調一元。耀丹旭於南邦，方慶綿青鳥之曆；依青陽於左个，即歸發白獸之樽。

某吟赴壑之蛇，莫陪守歲；附隨陽之雁，欲贊行春。遥想燒臘燭紅，敬致祈年杯醁。荆南梅似雪，吏迹明朝三年；澤畔草如烟，朋思今夜千里。祝天宗之賜祉，憑騷使以題緘。願采獻暄之誠，敢忘布新之式。

賀兩司年

麟筆書正，羲爻畫泰。四十二祀，惟聖主方斂無疆之春；三百六旬，有名臣共布始和之化。況紀祥於歲旦，適咸秩于甲寅。寅曰陽宗，聿發木中之盛；甲爲干始，肇開貞下之元。爰揉南邦，平秩東作。虎年逢吉，漢臣所以酌内殿之樽；鷄朔占昌，杜陵於焉歌太歲之日。啓鴉分之初淑，誰斡玉衡；綏熊土之屢豐，先萌甘草。方城漢水，競鼓舞於條風；柏葉椒花，倍輝煌於蕞曆。既流膏而奮地，宜錫福以從天。

某閱郢樹之新，忽訝梅圬雪換；讀屠蘇之記，乃知酒是庵名。欲寄春心，猶憑臘色。折松枝於仙苑，莫陪代塵之談；拜衮冕於蓬萊，佇飛化鵠之履。

賀顧箴吾年

春於德爲忠，應名臣之得歲；卦候月曰泰，宜君子之逢年。日軌青逵，花事深而更好；雲成白鵠，柏醁湛以彌香。淑景盛開於漢南，祥光倍燦於江上。緑波碧草，望洞庭而可知；蘋發芷榮，誦楚騷之如見。既催勾芒之令，梅柳□綴乎恩華；旋鼓女夷之歌，鵲鶯發舒於暖律。遥連喜氣，尤沸歡聲。惟餞臘武昌，蚤傳鴻信；乃戴星襄峴，遲奏虎樽。媚眼椒烟，雖久稽於新頌；釀顔桃雪，猶思托於載陽。八氣合而生風，長佐升恒之曆；六符調而作雨，佇協地天之交。

與都司年

貔貉獻裘，武功成於卒歲；鬱荼衛户，善氣集於芳年。共頌泰來，彌占師吉。

挾纊則寒皆化暖,將律維新;飲酒則少者居先,軍儀不爽。椒花竹爆,正恬文熙武之時;磔犬圖鷄,應昭德蓄威之會。佐辛盤而傳果,憑錦字以題梅。惟錫寵於柳營,即分光於蘭畹。

送都司年

正月始和,光轉楚蘭之畹;元戎小隊,暖生漢柳之營。既獻貔以告武功,復磔犬而畢寒氣。轅門葦索,袚三戶之不祥;鈴閣桃符,哀全荆之多祉。投醪則士咸醉,柏葉行春;變幟與時俱新,椒花映日。凡依保障,共咏年華。爆竹辟山都,遥想炮雷之立號;函梅寄閫帥,姑憑香雪以傳言。幕客圖鷄,共喜泰階之奠;康侯錫馬,佇分晉日之暉。

賀姜同節太守年

詩酬薄酹,騎驢之習氣難忘;象布始和,畫熊之恩光可咏。暖午迴於蒿徑,歡並動於椒天。

某官胸備四時,身爲元氣。萬人必往,霜雪無以回松柏之心;一顧增輝,風月自能收江山之勝。扇颾颾而陶士,帷文露以沃民。斗轉則物皆春,律吹而黍立變。當舒日之漸永,乃圖鷄以表歲符;況時雨之載濡,遂土牛以達農事。寧憂無褐之卒歲,預占有麥之如雲。社鼓迎陽,樂既和而與衆;庭萱破臘,頌善祝以宜男。蓋蜡則舉國之若狂,惟泰必君子而後樂。菜盤鄰餽,依仁政以相娛;竹爆兒嬉,遊太平之有象。

某苦調違世,熱心事賢。曾共春色於薊門,幸私景暉於泉海。睠孤蓬之踪迹,自笑雁臣;奉五馬之馳驅,欲攀龍友。柏尊上壽,方稱病而未能;槲爐供溫,猶喜貧之不去。吟蝸廬而贈影,頒鳳曆以知年。柳眼梅心,勾鶯同賦;土膏泉脉,買犢可耕。獲尋野老之盟,實荷邦君之賜。棠以甘而成蔭,遥庇江陬;芹雖苦而可將,聊華歲晏。墐戶生涯足矣,寒蟲已息望於群飛;露冕威儀美哉,病樹行觀榮於萬木。

賀張東山太守年

懸象布邦國之和,事有聞於周典;酌皃稱公堂之壽,情敢附於《豳風》。慶動瀅陬,忭依輴蓋。

某官天光炯朗,元氣灝涵。三略佐時,家受留侯之黃石;二京掞賦,人推平子之玄緹。露冕初屆於江干,斗柄一新於星紀。凡惠文之所彈治,肅乎杲陽之伏群陰;若膏沫之所煦濡,藹然條風之扇庶物。寧惟衣褐卒歲,夜闌絶吠月之驚;從此禾黍豐年,春疇富耕雲之樂。梅開堪妒勝,翻憐宮剪催花;桃綻欲侵符,競事辛盤傳菜。儻非郡有賢守之賜,安得身在太平之游。

某獲拜寵襜,猶稽香戟。山中無曆,方寒盡以忘年;宇下有春,忽律回而知暖。槲爐燒葉,自信生事之寬;椒盎導漿,隨分韶光之好。托廢莪之餘息,全戴棠甘;酬吹黍之仁風,聊將芹苦。枯桐離爨,敢云今日之蔡邕;嫩柳漸垂,倍憶當年之張緒。

答兩司年

六畫内三成泰,道長先天;四衺開一爲元,春昌盛旦。陽回南國,賦騷客之孟陬;暖動東郊,戒荆江之農事。哀時多祉,惟楚有材。

某竹爆千門,感屢催於客臘;桃符萬户,羨新占於王春。方托江鴻,遽勤驛騎。清照兆豐之雪,温披解凍之風。有酒旨且多,既分一醉於柏釀;俾爾壽而熾,益介百福於椒辰。

答司道年

三見東風,感楚詞之獻歲;獨提北斗,嘉名世之逢年。斂百福於載陽,既收和煦;囿八荒於元氣,更妙吹噓。薰然暄旭以被人,藹若條飅之扇物。帖傳儀月,椒花映逸少之書;節慶開雲,柏葉頒岳陽之酒。遂使冰衙小飲,粗具辛盤;何減仙闕大官,新分醽醁。

某詩無試筆,慚看白雪之春;食有素餐,驚換青絲之節。心惟葵向,律已黍吹。燃炬歌杜陵,詎喧櫪馬;贈梅謝陸凱,聊托素鴻。年與時馳,老我追舊愆於癸丑;日符歲德,期君拜新寵於甲寅。

答顧箴吾年

探蕨聿暮,勞役應笑於雁臣;贈梅生春,光華忽來於鳥使。泰君子之方長,賢者足以當之;蠟舉國而若狂,吾不知其樂也。惟寒谷之可暖,仗有律吹;正旭日之漸遲,依茲斗轉。顧塵容未浣,亦何意於頌椒;乃雲翰遙臨,倍有懷乎獻柏。守歲而浮臘酒,何敢忘君;隔年而補春盤,儻真許我。

答都司年

少陽出震,回暖柄於帝車;長子帥師,耀春星於軍壘。寒隨麾旄捲去,溫被鼓角吹來。坐閱韶光,實依保障。華予晏歲,拂以東風。感驛使之音,把梅花而耿耿;庇將軍之樹,占楊柳以依依。椒盌傳醪,如陪麰尾之酒;辛盤開宴,尚憶攔腰之魚。

答武官年

鬱壘衛門,蓋示武功之象;屠蘇薦酒,如行飲愷之觴。當三楚之銷兵,盡喧竹爆;有元戎之好客,遙致椒盤。感餽歲於柳營,覺生春於蘭渚。年光隨畫角,孰迓泰來之亨;日色上干旄,獨占師中之吉。欣然授簡,報此投醪。

答常德府年

鳥曆司晨,龍精戒旦。門前呼牛馬,喜荊郊蕃庶之徵;殿上看魚龍,占泰茅連茹之象。仗始和之布,共對辛盤;散初旭之薰,更煩椒頌。迪更新於先甲,感雅念於同寅。啓我蟄坏,憑君仙木。讀呂氏令,既逢南國之陽;贈陸凱春,願廣東風之賜。

與張撫院午節

五日水嬉之節,蓋本懷賢;萬家日永之歡,實關樂政。必憩棠足以忘暑,膏黍足以迎豐。然後斟酌佳辰,咏歌景福。勝事專於三楚,歡心寫乎群僚。某官茂對乘時,長養如夏。引江光而鑄鏡,形影群材;因火令以揚紈,溫涼庶物。溫其可解,黃雀應撫軫薰風;喝而既濡,朱鶉灑濯枝冷雨。干收文舞,勝赤符之辟兵;杖觀化成,欣彩絲之續命。龍標奮棹,雕矢穿楊。良以世際太平,借屈渡習樓船長技;又慮俗偷無事,取陶柳鼓橐鞭雄才。固非鄂客,能辨其醉醒;而惟商川,始展其舟楫者也。

某揮扇去酷,敢忘察吏之心;繫纓何長,更悚省躬之念。蘭湯取潔,澡志以勿渝;艾佩愈疴,求病於所短。獲托有美之景,盡賴垂蔭之雲。阻兕爵以獻蒲,矢蜩旨而傾藿。百神受職,占淑氣於中天;衆草揚靈,歸純禧於南極。

與兩司午節

日永薇垣,發楚畹滋蘭之馥;風薰鈴閣,傳湘江櫂檜之歌。五絲想見迎祥,寸縷聊將志喜。

某官昌歜長物,妙用扶陽。槐比恩濃,醫國三年之艾;葵知心赤,照人百煉之菱。望已聳於天中,辰適嘉於地臘。錦龍標邐,競騰萬里清波;綉虎圖開,喧勒雙扉靈印。皐朱弦之五瑟,長養布於遐方;式赤符之七兵,辟邪威於萬里。指菰金而照眼,楚粽縈香;屑蒲玉以登筵,堯樽泛綠。蓋鴻烈與朱明偕麗,而鶴情隨淥水共舒者也。

某在楚讀《騷》,問商作楫。有懷薦菹,擬同蝘蜓合丹;遙祝賜衣,聊托蜩蟬矢響。伏惟夏樂方大,明德彌光。月令升高,即叶執衡之紀;炎風解慍,長揚揮扇之仁。

與司道端午

天臨中節,琴應撫以調薰;日在内衡,圭測長而晷德。台臺化蕃所至,可以使百草皆靈；和氣所吹，可以使衆蜩自響。風行而氛消江漢，絕勝辟兵之符；露瀼則壽滿閭閻，何煩續命之縷。況鶉星司候，盛德正當楚分；而龍鷁競標，勝游專屬荊事。既解蒼生之慍，宜賞朱緯之奇。搴蘭灃湘，抽蒲衡霍。雜以杜若，叶沐芳之歌；浮以丹砂，引延年之酌。桃護百神之印，繁祉大來；粽徵九子之祥，多男善頌。所以會開避暑，並傅召伯之棠；樂美同人，獨擅大夫之賦者也。

某搖扇去酷，勉自效於一揮；縈綫無長，漸多違乎五色。荷規榴火，對景深醉酒之思；艾虎羹梟，逢時賴餘波之賜。覺屈宋之未往，憶習褚以同遊。

與同僚午節

羲叔宅暘，燃榴丹于淑景；蕤賓叶律，泛蒲綠于昌辰。離照適際天中，解慍總歸風下。清絲縈虎，靈文握有道之符；寶鏡騰龍，玄鑒朗無私之照。七兵銷而辟沴，波謐水嬉；五弦動以阜財，戶修黍餉。擊撓蕩槳，兩見荊楚之歲時；痛飲讀《騷》，全歸大夫之雅事。

某紉蘭浴潔，因懷芳韻於九莖；采艾除疴，彌感離悰於三歲。含情霞縷，寄祝雪羅。炎帝執衡，儻遠耀蒼龍之火；故人在抱，願長隨黃雀之風。

與兩司午節

浴蘭在楚，已三見於芳辰；采艾懷人，復孤吟於永日。當此袗絺之暑，懷哉揚扇之仁。綉虎雄文，彩縷新繁五色；羹梟壯略，靈符堪辟七兵。惟贊虞瑟以迎薰，能收干舞；故環蠻山而洗瘴，暫解笛愁。炊黍烟清，獨感讀《騷》之節；泛蒲尊綠，莫陪嬉水之歡。敢以遠誠，修其常獻。難招屈子，倍憶褚公。俾壽而臧，續命無煩於結佩；既安且吉，承恩佇咏於賜衣。

與部使端午

入荊而競渡之節，倍覺有情；懷人則浴蘭之芳，勞思無斁。屈大夫可作楚巫，發響《九歌》；褚常侍何如習子，寄悰一牘。況使星彌光於南軫，而化日正永於中天。續命之絲,縈諸艾佩;宜男之粽,侑以蒲尊。筒折荷而可酬,火燃榴而相燦。土風已舊,與衆人聊復同;名物甚佳,必賢者而後樂。揚旌暫駐,盡覽景地之妍;待節遄歸,行傳歲時之記。浮瓜沉李,莫陪勝筵;結蕙采菱,敢薦雅供。儻斐然涉江之賦,願鑒此酌潦之心。

送都司午節

嬉水之節,在楚俗而相關;辟兵之符,惟將門以多祉。欣柳營之解甲,正宜射柳騁娛;美蒲席之開尊,更祈飲蒲介壽。烹梟剪虎,盡仗威芘之餘;佩艾浴蘭,敢忘德馨之賜。樓船競渡,莫由觀勝氣於諸軍;揀黍相遺,聊附祝繁禧於九子。少薦沐芳之具,遙瞻避暑之筵。

與都司午節

柳色映新營,辟兵久閑於雲鳥;蘭香薰古渡,揚楫合試於水犀。貞律即爲靈符,何須佩篆;投壺儼然雅事,不減讀《騷》。凡快賞於菹龜,總芘威於剪虎。想弄潮之宴,如聽鐃歌;助避暑之筵,聊將羽扇。惟艾旃偃武,處處依解喝之陰;則彩縷繫春,人人賴續命之慶。有祈菱照,莫罄葵傾。

與都司午節

槃瓠吠籬,愧辟兵之無篆;風波蒲渡,勤將伯於同舟。惟仗艾虎之威,庶獻羹梟之績。蒲如劍而搖几,光照杯中;桃爲印以當門,兆懸肘後。敢將節俎,仰佐軍厨。壽比縷增,共羨壯猷之老;智緣粽益,始知制勝之奇。嘉對沐芳,毋忘飲愷。

答司道午節

鶉火司節,宿正楚分;龍鷁競標,俗惟荊舊。撫辰不同於他處,覽物亦覺其相關。況日下之景偏長,而天中之名甚美。時偕地勝,在長者宜納百靈之祥;人與事違,獨鄙生頗懷孤吟之感。辟五兵而無術,空繫彩絲;對九子以多慚,尚虛弧矢。千帆息意於先後,一杯莫辨其醉醒。丹水出魚,何來遠方之素;赤雲連馬,兼照上醞之尊。真如動軫蕙風,穆然解愠;更使沉騷流水,迪爾開顏。服以除疴,堪比三年艾佩;浴而取潔,彌思九畹蘭莖。惟有中藏,不知仰報。所願常居大夏,益芇憩暑之棠;庶幾茂衍長春,托芘具蕃之草。

回同僚端午

目隨化以舒長,人占南陸;風爲民而解阜,童舞東城。紀節正嘉五簀,江山照眼;讀《騷》雅擅三楚,觴咏同人。乃勤千里暌合之思,特有百索陸離之贈。蘭颾遠襲,遺佩深味於維馨;梅雨初收,開樽倍沾於既醉。鑄雙龍之鏡,如奉德輝;溯萬鷁之波,共揚恩浪。

某逢兹蹋草,感彼泛蒲。菰黍遥傳,接殷勤於雁翼;菱舟競發,恍趨侍於龍標。顧赤篆而護躬,何殊靈爽;覘朱絲之約臂,永結綢繆。

答兩司端午

讀澧蘭沅芷之歌,三載思深吊屈;到山窮水極之處,一官迹類沉舟。渡無競心,見蒲獨笑;薪有勞色,問艾相憐。何來雲外之音,惠以天中之貺。辟兵符安在,佩篆自慚;益智粽方來,顧名知勉。儻非菖嗜,豈遽投續命之絲;如彼榴丹,願永照同心之結。引壺觴以送節,想水鏡於披雲。

答都司午節

夏日之日,共依大樹於將軍;薰風可風,莫繼甘棠於召伯。撫兹地臘,愧彼年華。但深揮扇之思,遽辱投醪之贈。艾旗蒲劍,若靈已著辟兵;佩蕙浴蘭,我意敢忘及物。知獨醒之違俗,姑痛飲以讀《騷》;覺懶病之難醫,欲乘時而畜艾。金印如斗,看即擅奪標功名;野渡橫舟,惟傍觀濟川事業。采芳有味,結縷何酬。

答都司午節

風營射柳,藉庇辟兵;霞札遺蒲,馳惊結客。賜梟羹而孔武,羞龜俎以難忘。

艾虎揮雲，既消陰霾於七澤；槐龍舞夏，更蒫福祉於三湘。托遠夢以同遊，時就青奴之冷；挹雄風而張楚，彌恢赤帝之靈。祇佩德於開尊，祈壯猷於鳴劍。

答武官午節

朱絲纏剛卯，遙占將幕之昌；綠醑照菰金，更荷節盤之贈。采蟾蜍而畫地，洗兵之水欲流；倩鶻鴿以傳言，橫槊之風如見。乍分龜茹，儼侍龍標。九子之名良嘉，莫酬善頌；三軍之氣自倍，共說投醪。繪作胸符，其靖楚者，君之靈也；桃懸肘印，儻封侯乎，予日望之。

回常德府午節

宦迹滯辰，感將軍之避暑；地臘逢午，宜楚客之讀《騷》。托蘭味於不孤，贈蒲觴而忘遠。想東城童舞薰風，化滿麥秋；奈非土人留長日，愁深梅雨。驚華箋之照眼，携來五色之絲；誦妙語以瘳肓，坐獲三年之艾。川岡攸濟，惟賴同舟；石猶我生，即俾續命。庶靈符之可式，永結佩之無忘。

與張撫臺中秋

星虛宵中，帝司天而正肅；蟾滿秋半，卿維月以倍明。庾公興發南樓，賓從在楚；武相詩傳西府，節鎮留風。亦曰樂萬寶之成，非徒誇四美之具。

某官乘兌說物，執矩定時。氣與霄高，皎靈源於智府；仁隨露渥，灑潤派於恩流。良夜正臨武昌，銀河下寫江漢。月何月而不望，總讓秋輝；歲閱歲以此迴，偏逢盛事。桂香郁郁，想對策華燭光中；藻鑑英英，直辯材冰壺影外。樹人則蒼鵬變化，假羽間閶之飆；計吏而白兔秋毫，禀象澄清之魄。功歸報國，樂美同人。雖千里之照逃亡，何心開宴；然一日之妙張弛，聊賦登臺。洞水微波，弄珠之人欲出；白雲浮練，乘鶴之客堪邀。況虹旦非遙，將訪月槎於天上；佇鳳綸促入，即傍露莖於斗間。

某幸托照臨，寧忘吟弄。愧水官失政以勞雁，爲開府之憂；奉柏署流光如鳴蛩,矢臨階之響。伏惟《霓裳》一曲,噓和氣以舒謳;玉燭八荒,劃昌巖而引耀。

與貴院中秋

玉風薦爽,美秋色之分秋;卿月揚輝,占夜郎之不夜。對銀河而望遠,托皓魄以陳詞。

某官鏡發天光,矩爲民極。灑清霜而肅物,繁霧皆披;澄止水以照人,寒空共朗。貴山富水,一片都入冰壺;蜀岫楚雲,千里平分玉燭。欣惟勝序,屬此良宵。光碾蟾輪,全收大地關河之影;清標兔杵,散作萬戶擣衣之聲。大臣遠不忘君,念瓊樓之先冷;賢者樂偕與衆,陶蔀屋以忘愁。宜搔首以問青天,兼開筵而邀白帝。幔張九曲,不減仙人之宴曾孫;展響南樓,依然庾公之洽僚吏。高香金粟,已滿人間;灝氣靈槎,行歸斗北。

某悵鵲群之繞樹,三匝未安;喜雁陣之隨陽,二天可托。幕中采芷,曩日即牛渚之舟;病裏觀濤,何期乞姮娥之藥。莫將剝棗,聊矢吟蛩。伏惟露宇承莖,天心探窟。銅鼓風中,徹答月殿之《霓裳》;羅甸花外,明接星榆於虹渚。

與司道中秋

何時無圓魄,獨擅中秋;此興有南樓,雅張三楚。秋澄天宇,鏡磨翳而發其晶英;楚足水雲,珠漾波而增其瀲灔。遙空如晝,仰數蟾兔秋毫;銀河無聲,平分江漢素練。桂子香而暗落,影接青鸞;梧葉舞以生瀾,光浮白鳳。嘉此月華之端正,美哉台憲之澄清。閬苑氛消,虛懷共瑩璧鑑;瑤臺輪滿,渥澤相湛冰壺。露濯助輝,飆和進爽。詠瓊樓生寒高處,忠切愛君;思蔀屋照愁分明,政先同物。洞庭四望,無待遠觀枚乘之濤;美人一方,爭傳再出謝莊之賦。持杯相問,長嘯即天柱峰頭;撤燭含情,共遊是廣寒樹下。素韻堪招於警鶴,流光倍繞於栖鴉。

某驚神女之弄珠,想仙人之修斧。閩山勝事,猶憶幔亭之觴;楚客羈懷,欲追牛渚之咏。雖攬不盈手,寄遠緒以飄飄;而清可如心,挹餘光而耿耿。馳悰浮蟻,托字初鴻。惟明德之可親,即關山其何隔。

與司道中秋

兩度看洞庭之月，秋滿楚江；千里懷君子之風，情深良夜。欣惟光霽，挹此清輝。智府澄空，澹銀河而皎皎；恩波際漢，零玉露以瀼瀼。身在瓊宇之中，纖塵不到；人遊冰壺之境，萬戶皆圓。桂闕落香，衣芬撲天中金粟；蓮芳墜粉，酒氣收江上芙蓉。蟬集朱异之冠，已預占開牙之佳兆；蟾照蘇頲之宴，思往從撤燭之良游。

某際秋色九十平分，撩懷末玉；嘉月華三五初滿，托賦漢人。疑見屋梁，莫陪觴咏。凡心未洗，愧無袁舫玄譚；清夢長懸，如在庾樓雅集。敢因鵲羽，往致鶴杯。

與部使中秋

白帝正秋，素娥良夜。梧影蕭蕭而轉浪，桂香冉冉以侵衣。神女弄珠，恍三湘之可接；仙人修鏡，爛七寶其初圓。水部清心，冰壺不爽；望郎逸氣，彩筆長吟。玉露千頃汪汪，碧宇與虛懷同廓；銀河萬斛炯炯，練光共雅韻俱澄。所以胡床理咏，欲登庾亮之樓；皓魄入懷，堪續謝莊之賦者也。雁鴻北至，一聲秋水連天；烏鵲南飛，三匝寒枝繞樹。照愁照樂，在景迥殊；可咏可觴，惟賢有此。晴輪不隔於千里，佳宴莫陪於一堂。愧吟草之蛩，遙賡鶴鼓；憑銜書之鯉，往致鳧杯。願言楚客鄢郢之遊，毋替《秦風‧蒹葭》之采。

與都司中秋

南呂清商，秋高振旅。西方太白，月滿平胡。摯鳥擊而良將升，鴻雁來而遠人服。佳辰可撫，良夜未央。素風正嚴，净掃天街之霧；武露彌布，寒濯桂魄之輪。與羽扇而俱團，光凝刁斗；如珊弓之平彀，氣爽轅門。橫槊賦詩，堪倚梧桐之樹；臨江釃酒，更觀組練之濤。已仗庇於消氛，敢稱歡於酌醑。寫從軍之樂，想徹玉漏以吹鐃；賡思猛之歌，期挽銀河而洗甲。

與都司中秋

月如水,水如天,組練疑分軍色;文露沉,武露布,砧杵更靜邊聲。仗雄略以洗兵,想豪懷於橫槊。中秋教獼,流光偏照營門;良夜銜觴,醉吟莫陪珠履。遥將芹俎,薄侑桂筵。萬里無雲,却翳足斗間寶劍;一方在望,臨風聽曲裏清商。

回司道中秋

桂樹一輪,懷瓊枝於五夜;兼葭八月,寄錦字於七襄。病肺欲蘇,感悰生愧。某處悋不辯,説物無功。在秋爲萬寶之成,而所部苦稽天之溺。心難傍醉,節祇增愁。挹泛灩之金波,翻疑水氣;對分明之璧鑑,盡寫民窮。一雁初來,悵劬勞其靡定;群鴉皆起,驚繞匝以何依。如此步月嘆息之人,若爲悲秋蕭條之客。豈謂風神李白,襟契許詢?扇閶闔以滌煩,匣冰壺而啓耀。鏡光近接,無假方諸;莖露遥流,已餐沉瀣。庶可導霓裳而噓湮鬱,分玉燭以照逃亡。結此殷殷,增其耿耿。共明月兮千里,笑謝莊之始知;思公子有《九歌》,起屈原而可賦。

回兩司中秋啓

一碧當空,正值九秋之半;雙清此夕,皆言四海之同。宜理屐於南樓,遽傾漿於北斗。對嬋娟而人千里,同驚照地之霜;溯兼葭兮水一方,倍感流衣之露。想武夷之會,既行樂於寶座雲霞;乃廣陵之觀,猶托懷於交遊兄弟。篇章與星河而争爛,命使隨鴻雁以偕來。

某懷牛斗之泛槎,憑虚莫到;喜樓臺之近水,得照偏多。忽裹金盤沉瀣,直分白璧瑞毫。恨不得邀素娥而游清虚中,恍已覺乘彩鸞而舞桂樹下。曷勝兔顧,聊矢蛩鳴。

回都司中秋

萬里無塵,盡仰陰符之肅;一輪正滿,有嘉樂愷之歡。兵前草木風,襟披覺爽;笛裏關山月,簾捲流光。莫陪樽俎之言,遽撤壺歌之宴。軍容可接,金氣冷浸蝦蟆;將略方高,霜威寒消魍魎。寄情皎兔,托謝飛鴻。

回都司中秋

烏飛三匝,蘇子猶歌曹孟德之詩;牛渚聯舟,袁郎曾把謝將軍之臂。想柳營之出號,紛蓮幕以從游。獨隔雄風,倍瞻華月。盈盈一水,莫酬雅興於登樓;冉冉雙鱗,忽枉瑤華於小隊。開緘思虎將,羨刁斗之宵閒;洗盞對馬軍,覺渚槎之星近。妖蟆消於雲路,方知仙斧之功;皎兔望彼日光,更照彤弓之亨。

十月補送彭祖銘重陽

黃菊未殘,色兼施於橙橘;茱萸將老,氣更屬乎椒蘭。十月即重陽,曾聞蘇子;九日堪展節,欲援唐人。況逗草木之花心,歲晏再逢春小;而雄雲夢之風賦,律前尚候秋高。台臺可以盛召賓朋,重開杯斝。薦衣雁渚,正好寒遲;欹帽龍山,無妨興倍。月載陽以名叶,歲當閏而節重。

某猶將以事之甚奇,而自蓋其文之不敏者也。魏文之菊,王弘之觴,愧報李以莫酬;岳有張詩,澧有韋句,托懷人而已後。伏惟大雅,采其微悰。

回彭祖銘重陽

縶迹吏塵,既愧東籬之菊;隔歡朋酒,復乖北海之觴。覘白衣之入門,對黃花以懷遠。惟上台同人佳節,馬臺之興彌超;乃下走托夢高風,龍山之踪可賦。顧江大落帽,嘆多病之百年;而鴻雁授衣,憫無襦之千室。以茲獨坐,都負登高。蘭芷未將,幾緣愁而廢節;茱萸遠贈,倍戴厚以生慚。德有心藏,悰難舌罄。助彭祖之術,方圖采於秋英;寄租吏之詩,曾莫成於好句。

賀董撫院冬至

制府開華,迓恩光於冀陛;觀臺書瑞,轉淑景於梅天。正三楚福星之新,迎一陽長日之始。在冬可愛,與復偕亨。

某官契妙天根,斡時斗柄。午先養子,握禽闈之微機;陰不疑陽,運抑扶之大力。八神建表,藹嚴昬於晴暉;六物釀和,澄漓風於醇味。吏從律而成響,信應黃鍾;士挾纊以歸温,氛消玄陸。乾坤交讓,獨觀大造之心;雲物送迎,誰感太平之覵。謹發房之禁,晝静和門;樂閉關之閑,宵沉候柝。岸容山意,坐回荆甸春光;璧合珠連,總合使纏佳象。寧惟臨鶉分而布氣,會且司鳳曆以調元。

某才愧線長,候逢圭暖。釋窮愁於比屋,惟賴吹緹;祝繁祉於剛辰,敢忘獻履。天高星遠,稽千歲以御今;小至大來,由七日而占泰。嘉潛淵於玄牝,佇鳴玉於紫宸。

賀撫按兩院冬至

鳳律生陽,嶰竹音同四表;龍杓指子,星垣芒燦三台。轉造化於飛葭,迎純禧而開閡。凡噓元氣,并祝升辰。

某官静見天心,動亨剛德。函三合道,探籥於聲希味淡之初;吹萬導和,提衡有璧合珠連之妙。立周圭以直影,身作陽宗;温鄒谷而解寒,政爲冬日。惟推策踐長之候,正登臺書瑞之辰。五而成卿,美送迎於雲物;七之來復,觀交讓於坤乾。凛正色之標棱,獨高臺柏;肇春華之消息,先綻江梅。蓋度起軫中,得天壽歸三楚;而樞旋斗北,扶統功滿八紘。信昌祺與景旭同舒,宜樂事偕候風協暢者也。

某孤根冰冷,坯戶陽回。閉關申保障之防,方潛雷鼓;發房謹澡泄之禁,矢奉霜條。雖撞莛莫發於黃鍾,然酌樽思瀝於玄酒。伏惟八神定極,六物釀醇。玄牝潛淵,煉丹自成。鴻寶綉紋添線,補衮即耀山龍。

與兩司冬至

五緯珠連,定晨星而中軫;三雲樹合,占祥靄以出箕。惟楚宿得天,首標月令;乃陽亨應日,倍熾台禧。圭景迎長,按義鞭於狼駿;葭灰浮暖,肇伶管於鳳凰。書夏正之荔芸,乍分淑氣;動荆江之梅柳,盡漏陽和。謹澡泄以壽人,助閉藏而斡化。如冬可愛，曝背丈三；與時偕行，舉頭尺五。登觀臺而紀瑞，誰貽熊繹太平；遊化國以舒歡，共祝龍光不爽。

某添窮愁之一線，冷獨閉關；探消息於重緹，溫同挾纊。敢將玄酒，仰贊剛辰。候律六日七分，已叶京房之《易》；歸朝五更三點，更歌杜甫之詩。

與兩司冬至

圭表測長，轉淑光於亞歲；璇臺占瑞，書嘉采於五雲。欣此七政之更新，允哉一陽之作主。玉衡握柄，回化籥以先春；華琯吹薰，動氣緹而排凜。蓋軫中爲星度紀，是月也在楚得天；而鶉尾乃太微庭，惟公焉哀荆斂福。復亨可卜，泰啟從茲。

某葭律來和，知化工之有自；梅詹索笑，陪旅進以無從。獻野人暄，爲君子壽。玄絢進履，編珠佇上乎星辰；繡線補衣，合璧長依於日月。

與都司冬至

暖動輕葭，將律與黃鍾共轉；光歸細柳，兵氛隨赤豆陰消。式仗龍韜，敉寧雁戶。日圭舒晷，士知挾纊之溫；霜柝嚴更，民謝閉關之樂。獻履襪而徵古，將旨蓄以御冬。以不用爲威，占雷藏之必奮；在太平之節，看雲氣之相迎。笑語莫陪，庥禎是頌。

與都司冬至

子爲周正，湖北候應抽蘭；兵息楚氛，師中律嚴采芑。嘉陰符之靜握，撫陽琯而溫回。苗裔格舞干，全歸上將摠干之略；穆陵誇賜履，適叶升辰獻履之文。欲撞黃鍾，聊將玄酒。應書雲之瑞，獨繪雲臺；迎長日之禧，共扶日轂。遙瞻輝於星軫，佇播響於雷門。

回司道冬至

小至抽蘭，佳氣正浮於荆渚；初陽挺荔，同名倍感於閩人。江上形容，有懷鄉國之異;籬頭觷栗,無路語笑之陪。惟是台臺心美靈根,履剛辰而納慶;躬培元氣,垂舒景以流和。迷聽盡啓於希音,淳風獨合於玄味。嘉陽回子半,七緯更新;思祉共朋來,一尊馳覘。綈袍既暖,雪後何須負暄;華琯方吹,冰中頓能造物。書楚雲而甚美,藹趙日之可親。測圭線長,撞鐘莛小。梅開春早,贈我托信南枝;芝檢星馳,遲君趣裝北闕。

回兩司冬至

楚茅貢節,方占荔挺之文;鄒黍吹和,遠寄梅花之信。拆襪之材已短,若爲履長;塈户之質甘寒,胡然得暖。惟是台臺觀乾坤之會,既獨復以亨陽;握臨泰之機,更朋來而引物。黄鍾渾厚,調成嶰竹之音;寶鼎綑緼,散作香芸之氣。

而某持圭測影,酌斗飲醇;懸炭自昂,頓覺寒威。辟□巡檐索笑,俄驚春意繽紛。非鄰七曜之福躔,孰聆八能之廣樂?出行仙襪九寸,律回禹甸之温;入捧御床五色,雲補舜裳之麗。欣瞻壽軫,敬載融風。

回都司冬至

星起軫中,書祥雲於楚望;日在衡外,兆舒暑於漢營。謹陰陽之争,寢兵祉歸上將;叶文武之好,結客念及遠人。荷威憺於閉關,暖均挾纊;寄情長於添線,寒破贈袍。雪信早梅,如共浮蒼兕之酌;陽光細柳,祈即賜紫貂之裘。

回都司冬至

雷在地中,隱隱營平之持重;日行天上,隆隆方叔之威名。候室初動於葭灰,行營漸舒於柳色。金城之壯千里,何啻閉關;雨雪而衵三軍,果如挾纊。既庇將軍之樹,仍題隴客之梅。八神建表,依纛影以漸長;六物釀和,霑醪流而既醉。麗離光於添線,即爲繫越之纓;揚振響於撞鐘,翻笑過門之鼓。莫酬吹律,惟祝建牙。

與兩司中秋

一年好夜,何處是吾鄉幔亭?三度楚天,逢人説南樓躧屐。明河可泛,孰問君平;朗月相思,君真玄度。鏡琉璃之世界,非復塵埃中人;扇閶闔之靈飆,發爲烟火外語。把杯而問,喚長庚之夢千年;橫笛以吟,散《霓裳》之聲萬里。固已囿湖湘於玉燭,坐人吏以冰壺矣。

某梧葉感商,芙蓉驚晚。讀《秋聲》之賦,雖動色於騷人;咏明月之詩,實喻光於君子。桂花露濕,不知秋落誰家?斗酒魚肥,遙想游供上客。欲贊步蟾之興,聊添驚鶴之觴。不減雲披,毋忘星聚。

與武官中秋

鼓角防秋,千里靜關山之曲;鏡笛鳴月,一堂折樽俎之衝。斫桂而光更多,摩挲玉斧;挽河而兵盡洗,拂拭冰輪。乘刁斗之宵閑,啓樓臺之夜宴。營中嬉投石,不妨主將投壺;砧外減搗衣,試聽仙娥搗藥。蝦蟆屏息,蟾兔增歡。想橫槊歌孟德之詩,聊馳尊贈知微之酒。張弓皓魄,西營幸解於愁吟;躧屐清談,南樓倍舒於逸興。

答兩司中秋

水雲五千里,得照偏多;冰魄十二圓,此宵最勝。屋梁夜静,頻顧影以疑君;尺素秋深,攬流華而何夕。如挹庾公之灑落,頓忘宋玉之蕭條。月路無塵,微風遥送桂子;天階如水,清露寒滴梧桐。美海客之鮫珠,未若觀濤賦色;酌素皇之沉瀣,詎減開宴同庭。蓋遊雖隔於西園,而悰已馳於北渚者也。

某關山一點,嘆烏鵲之多驚;雲漢七襄,訝雁鴻之何早。遠夢無翼,欲假繩梯;病骨漸蘇,緣分藥杵。幸酒錢已辦,把杯差可問天;奈砧杵相關,倚杖依然看斗。步蟾耿耿,溯水盈盈。

答武官中秋

玉帳秋嚴,冰壺夜净。鶴應蕤而鳴露,挾爽氣於青冥;龍爲劍以搖霜,洗寒光於碧海。惟柳營月霽,緩帶有真將軍;俾桂殿風清,捲簾堪娛客子。邊聲已静於砧杵,侯宴遥贈於壺觴。南吕律中,倚蟾蜍而送醉;西庚照外,立雕鶚以横空。慚無彩筆,比照乘之蚌珠;願取金精,鑄封侯之鵲印。

答常德府中秋

時光秋半,誰非待月之人;旅思風前,同是聚星之客。正冰壺之有想,忽玉斝之遥分。江晚芙蓉,涼氣微侵懷袖;露清金粟,天香静灑衣裳。光明燭之照逃亡,予心良愧;蒹葭霜之念洄溯,君誼何殷。願分影於東鄰,庶減愁於北渚。

答屬官中秋

緒風減熱,聲起樹間;零露垂空,白從今夜。勝節乃韻人之獨賞,驚心奈即事之多違。荷暗無光,既慚冰鏡;蓬飛不定,復感窮閭。此皓月難發興於庾公,而秋氣易增悲於宋玉者也。遠勤善頌,只覺厚顏。長笛吹雲,儻開豐蔀之覆;蒹葭接水,獨叫旅鴻之音。慰繞樹之寒烏,托砥毫之皎兔。

送許鰲宇重陽

日月俱陽,答佳辰而載酒;江山獨異,渺羈緒以懷人。雁影來賓,籬香作主。不知蔡澤已醜,何緣入高適之詩;遥想許穆能仙,無事求彭祖之術。憑高而層霄近,氣挾凌雲;舒嘯而彩霞飛,聲流爽籟。餐英引壽,笑酈谷之尋泉;飲酎導祥,叱長房之縈佩。今日沅水上,真有菊花之杯;同在龍山遊,誰落烏皮之帽。

某遣他鄉之日,著書未能;斷登高之腸,閉門亦可。丹楓兩地,如爭寫於醉容;紫英一枝,欲仗添於逸興。分王江州瓮頭之釀,已愧先施;贈劉夢得盤中之糕,聊供作賦。願言葭采,庶慰蓬分。

答許鰲宇送重陽

三年楚客,欲沾崔國輔之裳;一紙故人,還動白行簡之咏。倚欄邀黃菊,嘆霜徑之就荒;出門見白衣,掃風軒而欲舞。屈原醒而陶潛醉,寒香之知己則同;

孟嘉落而杜甫挟,烏帽之風流各異。賞心不殊於戲馬,離色并帶於飛鴻。蒹葭縱橫,托伊人而懷千古;茱萸把玩,因兄弟以命友生。從此授始寒之衣,登山屐健;詎止沽破愁之酒,掛杖錢饒。以我感秋,彌攖病緒;賴君知節,恍伴勝招。惟自保於歲寒,庶不貽於花笑。滿城風雨,未必造物之妒遊;兩地雲霄,能忘謫仙之寄遠。

答鄧元宇重陽送中秋而報我重陽,故有此答

素娥照席,方哦問月之詩;青女授書,遙贈肅霜之酒。孟嘉之遊桓司馬,烏帽落以難同;王弘之憶陶淵明,白衣來而可醉。共是秋色,依然桂魄之有情;何處登高,忍教竹葉之無分。我倚梧以憑眺,君遺菊而制齡。千里共美人,希逸之風未遠;一束助彭祖,子桓之意良深。蓋烏鵲南飛,邊接賓鴻之序;而蟾蜍相約,重照戲馬之臺。真乃佳節之有鄰,抑亦勝情之相敵者也。茱萸插遍,望楚山外望鄉;桑落傳來,懷人杯中懷古。想應求之不爽,覺投報之爲煩。流影屋梁,夢回猶疑見顏色;采香懷袖,花在即共展重陽。聊矢詹言,永存佳話。

答常德府重陽

築圃登禾,秋色照豐年之樂;持杯泛菊,寒香催騷客之吟。非有勝情,莫酬佳節。而僕當授衣之候,坐嘆民窮;感插萸之辰,翻憐弟遠。參僚旅眺,襟抱夐異於桓公;五斗驅人,形容厚慚於陶子。豈復山巔遺帽,表勝南荆;籬畔題詩,抗懷東晉乎？忽枉江州之信,倍撩宋王之愁。花酒一時來,差辦登山蠟屐;風雨重陽近,詎忘租吏敲門。想賓從憑高之遊,如陪雅集;看士人藉野之宴,式賴修和。

答高參戎送重陽

黃菊戰西風,當萬寶告成之候;紫萸辟沴氣,昭四郊無壘之符。士卒多閑,好獻娛於馬射;賓僚咸集,兼舒嘯於龍山。想項羽之臺空,尚留楚水;歌李白之劍舞,欲笑東籬。此上將所以登高,而書生於焉在下者也。何意清霜之武庫,能

存落葉之騷人。豈曰無衣,懷始寒於九月;或以其酒,贈一醉於重陽。惟君興與秋深,宜襲絳囊之祉;顧我病隨花瘦,空負白衣之來。感已銘心,報仍藉手。愁吟客裏,幸免傍戰場之開;佳色尊前,依然拋金鎖之句。

賀兩臺冬至

星昴正冬,展上儀於亞歲;日衡軌異,納初祉於升辰。氣轉黃鍾,光浮赤極。某官道扶三統,業擅八能。先朋而來,爲正人之領袖;與陽偕闢,即造化之樞機。卷舒宮線之紋,胸蟠五色;出入雲門之瑟,音度九韶。當全楚之寢兵,達微陽而薦樂。天和召暖,地惠萌華。驗炭有低昂,獨分刑德之月;晷圭無進退,兼招迎送之雲。蓋江漢之貢菁茅,南睠已嘉於剛德;且衡湘之秀蘭荔,東郊預卜於豐年。既福五以哀荆,宜魁三而占象。

某蟲方坯户,雁忽隨陽。趨柏府以稱觴,難斟大酉之醴;傍靈臺而作頌,猶吮書物之毫。銘襪自慚,吹葭奚擇。伏惟冰壺開照,寶鼎迎長。觀天地之交十三,默旋斗柄;扈君王而拜太乙,常捧御牀。

與司道冬至

昴乃殷冬,其儀亞歲;子爲周正,以踐長年。凡南國之迎暄,皆上台之介福。湘蘭衡荔,啓楚望兮其都;郢雪江風,兆農祥於大美。選八能以習樂,我非其人;釀六物而飲和,公宜既醉。履襪成頌,雖慚藏西之書;饘粥追萌,聊托賀辰之獻。綉紋量日,馭狼駿之未央;彩筆書雲,登麒麟其何遠。

回兩司冬

琯裏葭飛,感歲寒之作客;窗前梅瘦,顧月影以疑君。自非獨復之賢,誰錫朋離之祉。雅懷溫藹,發舒鐘黍之和;正氣森嚴,照映壺冰之潔。當化國之日舒,星占德曜;紀觀臺之雲瑞,玉表豐年。既妙嶰谷以噓陽,遂勤酒官而致釀。

某鄉愁萬里,隨白雁之羽南飛;羈迹一寒,同赤土之人比影。何來瑞旭,忽作邊春。線本短材,雖心長而詎補;崖終凍色,偶律暖以先回。冬可愛哉,道其亨矣。逢迎仙襪,暫借三湘七澤之光;黼黻帝裳,佇調一氣八荒之壽。

與武官冬

至日閉關,願徵寢兵之祉;中冬教閱,宜修餼獸之儀。肅旗鐸於風霜,左右和凜若;變草木之水火,柞薢氏行之。惟上將不用之威,楚氛盡洗;故三户方長之日,雲物自文。敢獻大酋之醪,以佐愷鱅之飲。旗翻綉字,福與日線俱添;樂調黃鍾,聲並雷門遠播。

答武官冬

閉關順節,令肅和門;完塞銷氛,祉歸幕府。六花陣色,排朔雪以先飛;八神陰符,應潛雷而欲動。取箭當竹堅之候,義取修兵;爲裘叶貉厚之文,貺嘉及客。均忘寒於挾纊,怳取醉於投醪。蠻落燧稀,想畫永營中之日;漢臺晝壯,看祥開戰後之雲。願以襪銘,更爲鐃曲。

賀兩院年

序端王月,荆甸噓一氣之和;祥燦卿雲,柏臺占三素之彩。熊封頌滿,螭陛恩釀。

某官手燮洪爐,躬扶大斗。袖中五石,補天象以旋乾;階上六符,叙星垣而成泰。登臺初化日,晴光浮江國。芷蘋依坐即條風,元氣收公門桃李。既揉南邦而爲憲,又纏東陸以啓元。帝蓂紀合,溯八千四十三年伊始;臣葵瞻會,朝尺五三百六旬重新。桃印辟氛,總標壯略;椒杯薦暖,長灑仁波。蓋五卯之候朱陵,楚方得歲;而太乙之司黃道,公即異人。詎止星正九農,兆屢豐於青末;佇看詔從三殿,徵上輔於紫宸。

某一守窮邊,置鄒生之凍谷;四更年籥,吟柳子之囚山。屠蘇階乏兒郎,翻憐先飲;索葦地鄰苗裔,徒愧高懸。忽覩換符,遙知吹律。雖歸落雁後,彌鬱陶羈客之心;然慶際雞晨,良擊抃名臣之祉。伏惟庾開府之尊湛湛,澤與歲深;戴侍中之席重重,道隨日長。

送司道年

星從軫起,朱旬春先。歲叶卯占,蒼精氣暢。惟三陽道長,歸太乙之真人;故九扈農祥,欣五辛之勝賞。斗轉蒼龍之角,獨妙斡旋;庭香白獸之樽,于胥愷樂。風來決歲,江漢定膏黍苗;雲采成卿,召公行鼇秬鬯。

某詩嗟集杞,守窮邊暗。換歲年《易》筮拔茅,吹暖律方知甲子。屠蘇居老少之半,笑裁勝之無男;桃符閱新故之頻,似移家之僑楚。春於我乎何有,祉在君以獨離。所望促覲紫宸,首朝允於左个;庶幾分光黃道,秭病木之南枝。敢以頌椒,仰于剪燕。舊梅如夢,化鵠猶依於故人;新柏彌青,咏烏佇開於幕府。

答司道年

四十明朝,感杜甫椒盤之咏;八千春色,報莊周椿樹之新。惟平秩功歸堯臣,肆陽光施及楚客。是邦以五卯爲候,今則逢年;寄書於二酉之山,君真好我。棠陰春脚,已漏洩於荆郊;梅信雲頭,兼酌斟於鄢淥。

某身同舊曆,宜休芻狗之陳;眼換新符,倍嘆旅鴻之久。故鄉日遠,君子風溫。庾開府酒醉賓僚,難陪孟嘉之廣坐;李中丞詩寄知友,欲追白傅之廣吟。願長轉於春規,俾永依於夏屋。

與劉蘿石年

再把歲酒,催人曾嘆於白公;四換春符,檢曆彌驚於楚客。鄉爐守歲,那得夢來;鄰燭薰天,猶依光近。況閩粵之家山並遠,抑黔荆之景物非殊。嶺拔地以易風,惟留柏葉;城帶雲而難日,重勒梅花。遣不去者歸心,邈何期兮朋話。逢浩然於除夕,翻隔離鴻;贈夢得於初朝,徒思化鵠。此羈人所獨感,或君子乎相同者也。喧馬散鴉,既莫陪深夜之炬;摘椒擷采,聊學傳比屋之盤。共領韶華,詎忘臭味。四十明朝是,恰來小酉圖雞;八千春色長,好向昌辰儀鳳。想吹律聲下,堪辟凍於陰崖;使病樹前頭,將分榮於仙木。笑寒聲之猶澀,冀旭照之漸融。

雪中答周太守年

歲云暮矣,雪乃霏然。洗瘴嶺之烟嵐,寢兵有瑞;興甫田之禾稼,嗣歲用成。梅意相於紛縈,枝以殿臘;柏心自立厚釀,葉而扶年。既均黔楚地之祥,兼妍新舊時之物。何人對此,如鶴氅之玉生;懷君莫從,即剡溪之戴客。忽星襄兮來下,貽我五辛;與夜椓其何殊,臨茲二酉。可謂陽春先律,飛高唱於郢中;曙月留空,動寒窗於夢表者矣。又詎止添裁勝之巧,氣奪彩花;照傳菜之清,光凌白玉乎?薄酬縞帶,難答瑤華。萬象生輝,交舞八風之日;六英借色,往隨三素之雲。廣坐可依,新規是勖。

送 武 官 年

春氣奮發,歲事光華。惟斡斗定時,有文昌之上將;故決風占瑞,兆荆楚之豐年。詎止勝氣,辟於山魈;抑且餘輝,被於農扈。營前柳色,條侯之令一新;杯裏椒香,吉甫之祉多受。敢師爵獻,以祝雞符。索葦昭威,既有光於薇苣;渌醽頒寵,行載錫於彤盧。

答 武 官 年

辟餘寒而啓暖,曙揭扶桑;戰窮臘以扶春,風歸細柳。金城一將,仙木萬家。鼓角換故新,爆竹山山壯氣;屠蘇分少長,投醪處處歡聲。移來幕府之韶華,喚醒寒窗之舊夢。經綸而雷雨動,愧我亨屯;指揮而天地回,使君成泰。五辛拜賜,神搖千里辰旌;三錫加恩,目睇十行卯詔。

遯庵駢語卷四

迓送啓

迓衛桐陽治臺

紫禁疏綸，特輟貳京之尹；青冥下鉞，盡護諸道之軍。在楚尤張，具僚咸憲。

竊惟太和冠五嶽，軼古開天；雄鎮控四藩，壯今重地。筆簵而立軍府，由原司馬之披荆；俎豆以光帥牙，爲郇中丞之先路。重來鄉國萬人之傑，坐折關河千里之衝。宿想象於儀刑，行繹尋其規略。事可述也，功必倍之。故一旦傅賜履之新，而諸方恨登壇之晚。

某官資幾叡聖，德妙磋磨。思深有陶唐之風，脉正得河汾之統。不流不倚，言行擇乎中庸；左之右之，名實乎於上下。始望郎以牧名郡，浹膚使而贊陪畿。去必有思，河潛流而潤物；居則爲重，璧登廟以照人。接武夔龍，既高鳳臺之賦；齊驅方虎，俾擁麋國之旄。其地則雍、梁、荆、豫，半於九州；其人則將、吏、軍、民，歡猶一口。美素皇之導爽，舒佳氣於金飇。恍玄帝其望臨，展威容於皁纛。溯成化今餘百載，誇陽城踵出二賢。豈曰私言，將爲國賀。

某材慚爨下，處托囊中。燕雀一枝，願襲堂簾之蔭；鱒魴九罭，欣看袞綉之來。鉋繫尚阻於騶殳，彗迎先憑於削牘。伏願文颺擁幰，愛景隨車。泰階六符，遄照方城之幕；元戎十乘，立開天柱之雲。

迓衛治臺入境

簡書絢日，彌高三晉之雲山；手板趨風，尚問六朝之烟水。遵川途而中改，叩鈴閣以獨遲。台札傳溫，私衷倍悚。

恭惟中權臨鎮，法曜與霜鉞俱嚴；前旆度關，卿雲共霓旌並燦。劍春山分兩戒，翠色露新；綉紋地撫三垂，歡聲雷動。玄冥回暖，引鴻雁以隨陽；嶽后增華，催樆梅而吐馥。遥望連牛之氣，聿紓立鵠之情。

某目盻壺漿，心馳竹馬。乘騏驥道夫路，已觀壁壘氣增；驅龍蛇放之涯，行咏荆江波静。先布詞以當擁篲，即受而依和門。

迓錢梅谷按臺

太微四星，執法西臺正色；長江萬里，巡功南服先聲。喻椒而騷畹欣然，芷蘦則荆山屹若。

某官九龍含慧，孤鶚昂標。湘靈綉口之章，掩詩名於大曆；烏府鐵肝之望，追讜論於熙寧。蓋源深則流長，爰仰橋而俯梓。希文直節，堯夫擢幹九秋；明允雄詞，子瞻抽光萬丈。方邑號栽花之宰，譜詫家傳；及朝思勁草之臣，笏推庭授。徊翔時序，磨煉冰霜。非虎豹守九關，胡爲六月之息；如鳳凰翔千仞，果聳三年之鳴。行行且止，而避驄争嚴輦路；皇皇者華，而維駱遥肅湖湘。惟楚斧久虛，立輟直臣之仗；乃吳鈎新發，聿高名使之風。固將經緯政刑，紀綱將史。華平三秀，蘭芷應氣而皆芳；屈軼一摇，菉薋凋顔而自遠。以法廉報楓陛，以忠孝振延陵。故中簡彈惠文之冠，而全荆凛澄清之響。

某賦材樗散，受識棗昏。嘆鼴技之終窮，幸龍光之可覿。糾繩有志，側承視後之鞭；袵席無功，翹依參前之鏡。佇携車雨，即霍嶽雲。役雁使以迓衮裳，修魚箋而代纛鞬。

迓錢按臺入境

懸蒼鳴珮，攬威鳳於周梧；披綉登車，警新驄於楚路。方其聞詔，翼軫爲之光輝；及此入疆，參衡望而翔舞。星嶽如此，民吏可知。蓋范土就型，堅雖待火；而候葭從律，氣則先風。此某未躬遂於騶犮，已神馳於攬轡者也。搴帷柏翠，拂幰梅香。想在隰之咨諏，即回天之造化。

迓梁醇宇撫臺

魏闕出綸,金掌光升卿月;穆陵賜履,玉鈴寒動將星。得人翰周,惟天授楚。

某官神襟凝遠,德宇閎深。智崇禮卑,魄成三而比讓;語爻默象,時備四以希聲。當奏賦於上林,即覽風於雲夢。賜何公之策,陰隲自多;紉屈子之蘭,懷芳必發。人倫水鏡,時咸推裴楷之清;想閣翹材,内不平汲黯之戇。望歸身潔,忠結主知。幾載正色中朝,心無燥濕;一朝渙麻南國,氣作霜霖。果熊繹之有靈,徼龍顔之特顧。念湯沐之畿重矣,雖惟帝其難;弄中丞之印久之,竟非公不可。山川舊識,尚想象於斗光;士女新歡,更解舒其霓望。滔滔江漢,鼇柱卣而方來;芃芃黍苗,感雨膏以競茂者也。

某仰喬松之在漢,曾御膺門;泛芙蓉之滿池,欣依儉府。武溪吹笛,安得陪明月之樓;鄂渚建牙,亟思揚仁風之扇。伏惟彤弓朝享,騁四牡以遙征;寶劍夜衝,引雙龍而上燭。照臨翼軫,鼓舞參衡。

迓梁撫臺入境

拜斧鉞於青冥,指旌旄於赤極。峴山屏翠,新迎緩帶之羊公;漢水杯平,共詠膏苗之召伯。蓋新調之瑟,候正來薰;而獨坐之車,行即握雨。解愠方舒於九夏,承流倍跂於群僚者也。

某覯熊繹之光華,隨祝融而鼓舞。壺漿夾道,已騰良翰之歡;魁斗隔雲,惟仰南邦之式。敢馳心於境上,祈垂照於天遐。

迓錢按臺巡岳陽

懸蒼鳴珮,聳威鳳於中朝;披綉登車,振行驄於南楚。凡茲列郡,快覯爭先。故事岳陽,徼靈首被。吏依教日,洗慮以奉霜條;民跂德風,開眉而承雨化。舞君山而迎旆,勞以方朔之酒香;平洞水而漾舟,懷哉湘靈之瑟響。澄清激濁,攬轡孟博方來;後樂先憂,登樓希文復起矣。

某羈身芷浦，翹首柏臺。封部司存，事宜循於負弩；山川踪隔，時恐後於執鞭。雖不敏之愆，在己莫逭；而有儀之喜，與衆同歸。敢攄愫於心旌，即趨承於手板。

迓錢按臺巡湖北

搖筆生飆，行車握雨。獨立祝融之頂，頓覺山高而水清；竭來常武之區，奚啻南征而北望。鏡飛霜以澄吏瘴，文武傒心；劍指日而掃炎氛，軍民引領。避秦之人未老，將出浪光白馬之天；格虞之裔彌馴，願承清酒黃龍之約。動先聲於半壁，跂大憲於六條。

某代斫有慚，佐雛無術。入盂而肖筝，覩君子之龍光；攬轡以行式，遣僕夫之駿舞。合旄倪民之下悃，欲致漿迎；爲郡邑吏之先驅，敢忘弩負。伏惟垂鑒，蚤賜揚旌。

迓張名川黔臺

燭劍斗牛，濯皇靈於上國；開花旌節，布春色於遐天。躔耀張星，霧披楚服。某官孝友詩譽，韜略神謀。高嶽大川，通二儀而出雨；清鏞寶瑟，節四氣以宣風。伊莘一介必嚴，親逢堯舜；萊彩三公不易，獨愛閔曾。當子舍知年，急賢謂用公之晚；及帝屏書姓，移忠果結主之深。允文武以憲邦，宜詩書而命帥。頒綸昕陛，擊拊夜郎。寧惟徼闞牂牁，弩矢司馬；即看羹臨羅甸，銅鼓武侯。井鉞參旗，指天文而照蜀；五溪二酉，連地險以控荆。雨洗瘴巖之烟，苗威干格；日生習谷之曉，民笑漿迎。壁壘色增，坐變黔荒之舊習；戈旂猷壯，行賡《常武》之新詩。

某騎竹童騃，芘茂蔭於棠里；代麻吏局，依雄略於柳營。是何際遇之奇，得在訓齊之下。部氓而叨宇屬，或徽念於并州；左方而窘右圓，庶乞靈於善畫。占甘霖之拂旆，拜紫氣以臨關。先布乘韋，嗣虔鞠腸。

迓彭按臺

鶉尾太微之庭，瞻中台于執法；矛角西臺之象，表南服以巡功。漢詔星馳，周行霜凛。

某官清心映物,直概匡時。文囿靈蓍,兆知微而筮國;堯階屈軼,嚴指佞以辨朝。於古今治亂之關,每三致意;然人才政體之論,惟一持平。雖巢閣鳳凰,初無心於鶚擊;而在山虎豹,自辟影於狐踪。何幸熊繹之區,特勤鷺韜之使。蘭臺楚賦,三户共想雄風;衡嶽虞巡,六轡應臨夏月。翼軫爲之燦爛,江漢待以澄清。蓋直臣重臨,方知惟天之授楚;群吏承式,尤喜是邦之事賢者也。

某猥以謏才,托於末屬。仰懸霜之鏡,又得正人以歸依;望隨雨之車,衹同蒸黎而鼓舞。敢修手板,肅代驅殳。祈即賁原隰之光華,佇聳觀山嶽之搖動。

迂下江防朱月樵少參

雙闕鳳鳴,自昔壯回天之力;九江蛟伏,於今資破浪之籌。龍伯傳書,湘靈鼓瑟。

某官筆高廬皁,胸闊彭湖。長孺出入禁中,漢帝誇堪社稷;太保巡行陌上,周家雅重閭閻。妙選而輟諫官,人有舍本憂末之議;隨居以報明主,公無重內輕外之心。卿月高懸,物怪神妖遁迹;和風遥扇,汀蘭岸芷增香。暫從方面徊翔,即向中台調燮。

某厚緣御李,積夢攀嵇。嚮也傳誦封章,已卜巨川舟楫;兹焉欣傳簡命,再親宗匠楷模。知子來之,勸駕猶恐後也;惠而好我,相見得無晚乎?敢訊鳴騶,聊將秣馬。望連牛之瑞氣,傾倒良勤;寫立鵠之私悰,編摩曷罄。

迂湖北馮文所憲副

節鎮滇南,蔽芾久繫思於漢廣;梟陳楚甸,澄清載沐惠於波恬。并州何減故鄉,良翰暫煩分陝。壺漿愜望,山岳助歡。

某官學海黏天,才峰壓世。胸次包羅星斗,毫端揮斥埏埴。經術更能詩,妙句稱清新水部;世家真有譜,芳名頌大小馮君。鄖襄爲全省上游,夙荷柔能之略;南詔屬中天遐壤,隨弘綏輯之勛。仰簡帝心,俯從輿誦。謂花源石室,境接仙靈，宜供作賦之大夫；且盤瓠裔苗，勢連黔蜀，特界壯猷之元老。先聲蚤布，湘澤已徯志安瀾；福曜再臨，星躔亦含輝增燦。兒童預騎竹馬，寮寀倍跂人龍。翻二酉之圖書，試較王褒金碧；摩五溪之銅柱，翻憐諸葛旌旗。擬歸贄於廟謨，折衝帷幄；助調和於鼎鼐，紀烈旗常。

某久淑楷模，偶隨驂靳。代絲麻之匱，營蒯何功；幸烏兔之升，爟火堪息。愧越樽俎，敢知宰夫之防；謹籍吏民，以俟將軍之至。薄言勸駕，顒企揚旌。

送張撫臺還朝

江漢命虎，王曰旋歸；渚陸遵鴻，公惟信宿。雖圭瓚秬鬯，極南國之光華；而袞衣綉裳，動東人之賦咏。星將違於福曜，雨彌企於油雲。所以軍民陋羊峴之思，參佐殷庾樓之戀者也。

某官神書翼漢，風度冠唐。憲揆文奮武之功，久推吉甫；矢知人安民之訓，即繼皋陶。七澤結想於攀轅，九重虛懷兮側席。旌輝襄岫，樹含德以枝低；棹影滄浪，水留恩而波滿。暫度函關之氣象，遄趨宣室之論思。袖拂清風，共披香蓀；朝列赤棘，倍映甘棠。固當立傅說以應中台，豈特舉蘇公而告太史。

某遊芙蓉之府，幕庇忽移；羈蘭芷之津，殳驅莫遂。如聞班馬，倍愧滕魚。惟被覆九州，均萬間於一夏；則履存四境，同三户之二天。托夢湖波，徼光巖電。

送張撫臺

職以瑣品譾才，仰承約束。雖拮據苦於慮殫，而撫摩窮於術短。凜曠官而自懼，憑教父以在前。乃縻守遥藩，恪遵嚴憲。華綸求輔，既不獲同簾燕以趨賀臺端；袞綉朝天，又不敢隨絳騶而候送道左。追循十月，雨露之教無窮；永矢百年，斗山之依弗替。謹專官賫啓，仰叩台馭。惟夢思常繞於關山，冀陶鑄靡遺乎終始。冬候正寒，伏惟葆練精神，茂膺眷寵，以副聖主審象之思，慰都人入洛之望。

送胡瑞芝黔臺

經緯文武，開闔陰陽。玉帳將星，懷好音於虎落；金陵卿月，聳偉望於鳳臺。

共喧歸袞之吟,爭擁攀轅之道。民萌戀戀,班竹馬以霖深;官序依依,感樹人之風在。寧惟《周書》後洛,儀刑南國知歸;即看《説命》總官,後又旁招爲烈。此日追鋒之召,已動山川;中朝并土之思,寧忘黔楚?

某奉馳驅而不敏,辱吐握之方新。幕底芙蓉,有懷扈芷之咏;路歧楊柳,倍感贈藥之辰。踪隔驅殳,魂隨去斾。惟九州一厦,被寧止於單褕;則四履二天,金同歸於大冶。

送董撫臺出境

黃鶴摩空,芝滿田而映月;驪駒唱路,草連浦以象雲。真氣度關,紆驚結軫。

某官才優王佐,孟夢蛟而入懷;韻皎天仙,豈神龍之可豢。雖周公之美,何恤流言;而邵伯之功,已深膏雨。磨玉益瑩,帝懷特達之知;善刀而藏,身抗陳情之疏。人謂棠留下國,襲蔭何多;吾知蘭采南陔,銜恩更重。惟出處之無憾,況忠孝之兼全。鵬運徙溟,祇言六月之息;鴻飛遵渚,行播九罭之歌者也。

某幕泛芙蓉,托微芬於朝日;門依桃李,感離候於春風。想解節身輕,欣舞衣之可着;奈攀轅塗擁,悵截鐙以難留。歸裝止山色湖光,橘真有叟;別緒與天長水遠,柳果名人。聽班馬之蕭蕭,執鞭莫遂;寄媵魚之戢戢,題字倍遥。祈攝護於寢興,佇介祥於幾式。

送史蓮勺侍御

隼擊寒空,威凝則物皆肅;鴻翔寥廓,身抗而儀益高。清留攬轡之風,紫遠度關之氣。

某官直萬人而必往,介三公以罔移。鳳凰鳴而梧桐自生,共仰攬輝之瑞;虎豹藏而藜藿不采,誰知苞物之功。衡岳開氛,漢江恬浪。民登袵席之上,吏輸水鏡之前。人曰道之將行,遄歸補袞;公何意有不可,遽决拂衣。要以六察激揚,補天能光日月;兼之四郊懷畏,遍地皆有霜霖。蓋績竣澄清,已堪報國;而義嚴出處,詎止潔身。

某嘗謂君能制行而不制藏,三違則宜出境;士有可去而不可辱,一辭所以立坊。徒懷此以莫陳,乃於今而始信。使烈夫激於不奪志之舉,揚眉爭吐孤鳴;而明主知有不懷禄之臣,警心思闢七諫。投棗應鑒乎披赤,傾葵彌表其向丹。但廉立之有餘,即忠勛之無盡。

某執鞭偏後,望履遂遥。傍栖烏之臺,心聊寫於一見;溯避驄之路,首欲引而重回。戀別寧殊於衆人,貞標獨壯乎君子。

送梁惺田

歌維翰於虎林,天將嶽近;臨攀轅於鵠渚,地忽星移。七澤秋烟,久澄南國;六橋春雨,新領西湖。解霓望於越吟,結雲愁於楚奏。霞添衮綉,想暫騎五色之羊;月映梧桐,悵何依三匝之鵲。過門而吟黄菊,能忘宋玉賦風;行部而拂絲楊,猶携郇伯膏雨。

某締交敬叔,嘆服《七序》之文;暌隔伯鸞,諷吟《五噫》之句。離合當此際,渺江樹以難攀;去住若爲情,惜河橋之不送。攔腰陪宴,尚夢武昌之魚;乖翼臨分,如斷衡陽之雁。莫留庚展,倍憶蘇堤。載賦歌驪,薄將秣馬。

送史恤部

赤棘流膏,誕布虞廷之恤;丹葵指日,式遄山甫之歸。活人歌舞於賜年,生兒感激而分姓。章傳雪友,則義激懦心;功在翼王,則仁扶壽脉。聽八鸞之奏,去乘解愠之風;瞻六轡之濡,散作辯冤之雨。上原下隰,咨諏久著於光華;左礆右平,獻納行司於清切。思留江漢,望重朝廷。

某長懸萬户之心,竟阻一交之臂。尺書烹鯉,屢接綢繆;歧路歌驪,徒勤悵望。高門駟馬,敢援往事於于公;清酒百壺,莫寫餞詩於顯父。少將膏秣,敢告僕夫。

送馮文所

以嵇吕命駕之高風,兼李杜論文之故事。待子雲於後,若有知音;慕相如於前，何如並世。榮施夢寐，大愜半生之心；持詫豪賢，不貽四海之笑。會既三朝千古，別乃一日三秋。承引新相知，生別離之言；益動采芷蘭，思公子之念。沉沉梅雨，坐感舊今；寂寂桂蟾，猶懸遠近。雖昌黎之贈東野，願比雲龍；而梁鴻之憶高恢，獨吟嚶鳥矣。仙璘璘而謁帝，羨獨立於蓬萊；魚紛紛兮媵予，渺馳情於江水。敢役一介，往御八驥。黃鶴未飛，聊托武昌之官柳；青鳧儻發，更追溢浦之琵琶。意往之深，筆圖難盡。

迓黔臺張鳳皋

叙戎功懋，彤弓生朝饗之輝；定筭略奇，霜鉞壯夜郎之氣。絲綸一播，麾幟為新。

某官直節崚嶒，英猷磊犖。得宇宙之清者，烔若星辰；當霜雪之紛如，巋然松柏。蓋自握蘭望省，以速持節華原。胞舒斂而含陽秋，固千尋其直上；手弛張而成文武，兼八面之皆宜。方略金城，歌膽寒於西夏；聲靈銅鼓，仗心服於南人。特渙簡書，爰崇節制。牂牁偃浪，西控巴山；金筑開烟，北連楚服。殷三年而始享，漢六世以來王。馬援之所未平，相如之所僅闢。莫不川流電霍，濡雨肅霜。將吏得師，仰清飆而廉法；華夷有父，依旭景以畏懷。征獫狁而蠻威，遙賡《周雅》；舞虞階而苗格，仰贊舜功。石氣自黃，行展留侯授書之秘；劍華彌紫，且觀茂先燭斗之文。

某望李有年，依劉方始。通家奕世，何敢希自叙之孔融；明月登樓，或能容清言之殷浩。椹革鶚而無術，甚愧丈人；藜芘虎以可期，欣徯元老。伏惟三河星影，蚤臨弩矢之諸侯；雙佩龍光，遄照雕戈之四履。

公請王衷白座師

遊化龍之浦，識妙劍評；依題駿之臺，材歸金鑄。乾坤不謝之造，十七載而彌新；曦舒必照之光，尺五天為獨近。香室已久薰於蘭化，問席咸思叩于鐘鳴。

某官道鑑璣衡，德音律琯。靜能鎮物，嶽立有出雨之施；和足飲人，瀆輸多潜流之潤。弼時雅推公望,拔俊尤擅人倫。荀鐸邕桐,文颸遍拂於藝圃;馬帷樂鏡,景曜首披於幔亭。

某等早受翼飛,深費甄埴。請自隗始,雖信後來之愈奇;願爲人兄,亦託前者之非偶。教行鹿苑,佛史標先度之倫;等與牛車,親慈憐最貧之子。托春風之坐,屢登後堂;分太乙之藜,何啻餘燭。生我知我,循頂踵以難酬;經師人師,慚步趨之莫逮。祈指迷于發藥,敢徵信於采蘩。方今荷長勝龜,新過洗旱之雨;榴燃眩蝶,乍翻解愠之風。物候占花鳥之昌辰,皇仁動江山之喜色。金華罷直,日下鶩坡;玉珮飄音,雲迎鶴馭。杏依壇以可炙,莪在阿而有儀。俎豆觀型,共欣借賓筵而開講帳;珠玉揮麈,行矢服師訓以報君恩。

再請王衷白座師

玉杯問董,容弟子之負墙;玄草推揚,許門人之載酒。春風快分坐於程席,秋色思聽屐於庾樓。

某官淵滙群流,瑤甄八埏。毓豐鎬久分復合之氣,占名世於昌時;繙周漢以前未覯之書,追灝文於上古。豐年爲玉,荒年爲穀,被九州而有餘;夏日之陰,冬日之陽,杓四時而立轉。希聲應物,大小隨擊之虬鐘;慧照絶塵,妍媸歸形於鸞鏡。律升華琯,則枯荑吐華;軛解鹽車,則凡蹄長價。得珠象罔,已遍探驪之川;辨劍蒼茫,先指化龍之浦。雲起亭而結幔,武夷鐸振西河;草如帶以編書,燕臺門依北海矣。

某等鷄園授果,誇見佛之獨前;蟾杵分丹,耻成仙之猶後。雖鄧林無限,曲木宜避於揮斤;然魯國一人,鑄金寧甘於躍冶。昔已經平子之目,摸索暗中;今倍費玄暉之牙,吹噓送上。芹何美之堪獻,葵必向以莫移。想東觀珂閑,清颸啓路;況西山笏爽,碧宇澄氛。月榭欲浮,瀾疏桐而如晝;露莖初重,液新菊而駐年。檐影遙落於雁賓,屑霏佇傾於鹿主。蓍龜有告,語則爻成;芝蘭無聞,身與香化。使傅云青羊之局,降爲度人;何啻如黃鶴之驂,游來飲肆。闍黎燃燭,憑乙精以不迷;嵩室吹笙,接浮丘而直上。

請錢梅谷按臺遊君山

灝氣盈坤軸,特跨寶地於湘君;清夢壓銀河,願追玉筇於柱史。邀靈霜斧,壯色水雲。

某官情岳干霄,胸源倒漢。提衡文武,允推肅度之惟貞;極命山川,詎止登高之能賦。岳爲水國,湖湧君山。八萬頃琉璃,磨長空而開鏡;十二峰鬢黛,濯巨浸以堆螺。碧接四天,如移蓬萊之宅;青從萬古,誰護芙蓉之根。風浪撼而低昂,藏舟何異;日月窮其出沒,與海爭雄。砥柱萬波,凛中流獨立之節;滙川九水,恢百谷並受之襟。暢仁智以無遺,資激揚而有味者矣。況鼎光軒代,竹色虞時。屧響洞虛,通包山之遙脈;瑟鳴波渺,振北渚之靈音。丈人七日之符,吳門接楚;詩客數峰之句,家集凌唐。孰云懷古遊仙之奇,不增省方觀民之重。

某等聽《咸池》之廣樂,未醒塵心;借方朔之酒香,欲邀仙馭。笙鶴附驥,此日陪朗吟之異人;魚龍避驄,異時詫湘中之父老。敢戒蘭槳,恭候藥房。

岳陽請錢院

周轡如濡,東陵首紓望雨;虞弦解慍,南薰正叶觀風。雲樂占需,天文來貢。

某官胸涵五緯,氣備四時。六察巡功,正表圭在範型之外;一誠格物,開金石于律呂之微。凡茲幕皁之澄清,允矣霜臺之式化。風雷群動,合蛇丘蛟室以知歸;膏露百昌,總蘭畹芷畦之咸若。鏡天光而別吏,靜寫妍媸;樽波潤以酌民,泳忘深淺。謳歌麋國,吐翕洞庭。雖偃浪魚龍,潛避驄行之影;然矢音鵷鷺,爭依鳳攬之輝。

某等勉竭步趨,欣承爻象。敢卜自公之暇,暫移執法之星。杯湖水而俎君山,聊試聽湘靈之鼓瑟;辯《離騷》而吞雲夢,抑將發宋玉之大言。伏惟轉斗末光,唾珠緒教。張燕公得助山水,詎止文章;范希文永念君民,庶窺憂樂。

常德請錢院

執矩乘秋,彈惠文而霜肅;行車暇日,歌《常武》以飆清。徵勝朗陵,攀光法曜。

某官胸羅星緯，氣走風霆。斗以南一人，天杓酌漢；湖而北千里，地脉奮膏。後甲先庚，聲前玄緹自應；酉山辰水，象表空鏡皆收。吹琯則律生春，想源花之未老；鑄金而形獻夏，疑寶鼎之重浮。鳳凰攬千仞輝，共瞻阿閣；龍象觀第一義，還敵法筵。

某圃葵獨許傾陽，水檻偏誇得月。獲寬鷺察，冀御驄行。檄德嶠之靈，預邀華譽；襟寥天之廓，遲把露莖。烟嶺傲堯，笑桃葩於秦代；禪鋒呵佛，現蓮蕊於宰官。豈獨增藻山川，庶幾參玄爻象。伏惟酬君山之邇興，召衡嶽之餘歡。款秋水以共談，望洋方知海若之大；沕流風而不朽，登峴猶存鄒湛之名。

荊州請錢院

大丙弭驂，壯轡縱觀於華駱；長庚肅斧，兌金嘉樂於神羊。既舞南郡之山川，敢酌西商之沉瀣。

某官鏡霜澄照，珠露垂文。涵言表之陽秋，九流寫月；定司南之朝夕，萬霧披天。宜張楚以維新，果衰荊而有截。懸繩約吏，則郢匠輟其風斤；吹琯倡僚，則希聲感於雪曲。提玉衡以耿耿，下照章華；紀江漢而滔滔，奠安息壤。陳詩觀俗，無風而風，在《二南》已盡攬於周諏；賞物對時，正秋而秋，有《九辯》亦堪揚於宋賦。欲攀驄馭，請矢蠻鳴。

某天岳執鞭，懷汲清於洞水；渚宮聞籟，思薦爽於蘭颸。戴寬政而倍慚，冀寵光之重被。伏惟邀靈白帝，戒御黃人。地近龍山，菊前先容落帽；衣侵雁候，客裏同侍登樓。依幕雖托喻仲宣，聽屐即承言太尉。

沅州請胡瑞芝黔臺

斧鉞青冥，擁虹光於黔節；衮衣信宿，歌鴻渚於楚茅。敢筮需雲，欣依晉日。

某官儀天傑構，濬海深源。冰出水寒，對清心於胡質；松傲冬秀，標勁節於康侯。方持憲而轅肅畫熊，一星是福；及護軍而旞收白虎，萬霧皆披。既壯方叔之猷,遂恢牂牁之績。長卿諭檄,果内面於夜郎;諸葛天威,允攻心於蠻部。開府制三省,共拂入幕仁風;司空宅百揆,更灑隨車甘澍。花山錯綉,爛然飛舞雙旌;龍井觸雲,行矣嘯吟六合。

某菅蒯偶伐於絲匱,岬峽遽附於嶽崇。殷浩月明,愧難陪庾公之興;鄒湛風美,儻獲從羊叔之遊。匪曰泳馥澧蘭,并州可念;亦惟疏誠沆芷,洞酌是修。伏惟貢上台之光,坐觀斗轉;錫緒言之教,語則爻成。徼寵蓍龜,環迎劍佩。

餞胡黔臺

補山甫之衮,帝曰遄歸;瞻周公之裳,人歌信宿。指雙旌而耀日,濡六轡以追風。從此上台之光,長懸北斗;其如參佐之戀,倍憶南樓。某偶泳蘭芷之津,得遊芙蓉之幕。雖星光莫貢,悵初筵隔喊喊之鷺;而雲路欲暌,冀華隰駐蕭蕭之馬。敢燔瓠葉,以附柳條。惟停節稍緩僕夫,則攀轅暫伸下吏。

請黃慎軒座師餞別

久坐春風,共忻化雨。忽聽《陽關》之唱,難爲歧路之心。有酒盈觴,追歡一日。

某官得三光五岳未分之氣,爲帝者師;讀八索九丘以來之書,豈經生學。獨懸中天之藻鏡,允作鎮地之華嵩。聆清音於鸑餘,則枯桐發響;辨白虹於剖始,則怪石騰光。暫揖玉堂,言旋故里。青雲侍從,非厭承明之廬;白日錦衣,不羨弩矢之寵。仙掌遙分秋色去,征車滿帶月明回。乘紫氣而入函關,三嘆《過秦》之論;度金牛而行棧道,重刊《諭蜀》之文。絳帷望望同孤,驪駒行行且遠。洞中蘿薜,寧煩整理烟霞;畢上唐虞,佇看緝熙日月。

某等樗材本散,襪線無長。衣鉢繼相公,迹往魏名賢之故事;曲木歸大匠,身來喜爐冶之陶均。曾瞻依之幾何時,而暌間行已復及。矧玆別序,倐是高秋。金飆將玉露共清,柳黛與荷香頓歇。尊前鳥語,悵若留人;雨後山容,依然送客。

長空落葉,數聲離笛深愁;衰草斜暉,千里王程晚暮。願莫伸乎縶馬,情徒托于折楊。謹詹某日之吉,衹薦澗毛,跽攀雲鳥。候眉間之陽氣,聊寫去住於天涯;拾唾下之芳華,更望教言於輿處。

請洪含初父母

寒潭收潦,朗宇澄氛。近對黃菊之花,遥想白衣之酒。幸含濡於湛露,倍皷扇於清風。發策諏辰,瀹茗拂席。願托鳴瑟之暇,言瞻飛鳥之臨。澗毛可羞,薦信者無慚於物之薄;野芹欲獻,賞愛者亦諒其意之疏。觀旂而肅,鸎聲分榮光於後乘;升詩而歌,燕喜秩笑語於初筵。敢云馬卿能文,如邛枉故人之駕;竊附袁安卧雪,在洛回神令之車。

花朝速趙伯誠小簡

月望仲春,花作生日。可無勝集,以負佳辰。況主當《七發》之餘,而客是五馬之暇。惟予起色,若有待於蘭言;毋爾遐心,遽相忘於水味。來乘桑旭,坐聽蓮籌。當談之稍闌,則以其手;諒飲之不競,亦有斯茶。

請李青岱大尹

援斗挹漿,覬久濡於蕭露;升堂洗爵,情竊附於《豳風》。正交黃菊之有香,宜與丹楓而共醉。

某官神醒寒月,化暖秋陽。彭澤之妙契羲皇,一杯五柳;太白之高凌鮑謝,斗酒百篇。醇飲自醺,士觀儀於厚葉;醪投咸遍,人待澤於下流。若乃勝韻之所招徠,高懷之所蔭映。固已坐間恒滿,頻浮北海之觴;名下無虛,方把竹林之臂。辨侔焦遂,雅擅鷖筵;溫比何充,競思傾釀矣。龍門乍依元禮,幸接仙舟之游;虎賁偶似中郎,辱參賓席之宴。莫酬持蟹,遥睇飛鳬。霜落鴻天,開尊景妍於滕閣;雲消蟾夜,聽屐興發於庾樓。杜老腐儒之餐,王喬仙人之駕。公之意不在酒,聊磊塊之是澆;古之人於此言,庶周行之可示。

與史蓮勺直指

某材既樗散,質復棗昏。偶以循資,兼之承乏。荆岳今爲劇地,駑負乘以何能?郞署舊托閑曹,刀未操而使割。蹙窮嘆技,蚊負府幸。惟恃台臺霜鏡當空,惠以指南之照;庶職瘦木待削,附於就直之篷者也。

十月盡,始接敕憑。十一月初旬疾驅。本月二十五日,省城到任。僚寀賢多,師資可仗;潦荒民敝,綏輯爲難。四境頗聞刺蹙之聲,窮年未結審編之局。某之昧劣,將何以俯策疲鈍,仰揚仁風?中夜以思,飲冰未喻。即擬匍叩行臺,亟受約束。而撫院三日之揖,稍滯武昌;挈家八口之行,當遵澧水。敢先修報至之牘,並附貢賀歲之箋。鳧趨穆卜於初春,蟻悰坐馳於千里。

與張誠宇撫臺

台臺三德組躬,九徵鏡世。哀荆之吏,敬應下風。固渭埃難贊於海山,抑形影奚逃於日月。而藪藏靡吐,苟采無嫌。蓋以名世之烈光,兼上臣之吐握。所以雲夢並其茹納,江漢滙於朝宗者也。

如某朱愚,最爲樸樕。章句所誦,措注多違;心力徒疲,拮據無底。澤鴻之勞如此,黔驢之技可知。惟棄核之自甘,何拔茅之序及。獎以珠玉,餂童子之所慚;假之津梁,冒任人之所載。蓋不但增其談價,耀螢爝以重暉;實乃引之遙塗,激駑程於十舍。丹衷所篆,白水可旌;圭律泠更,斗標漸遠。岣嶁屹若,即是紀績之碑;甘棠依然,彌鬱銜恩之樹。有懷縮地,何路披雲。伏惟聖主前席之思,都人環洛之望。袞衣亟入,鉉鼎待調。

某托大賢以依歸,共蒼生而鼓舞。永詫登龍之御,曷酬薦鶚之言。蘭浦采芬,愧抒忱於芹美;槐階扣峻,冀垂炤於葵傾。若乃不報之施,蹄盂難祝;無聲之感,鐘鼓詎宣。惟恃弘慈,鑒諸迹表。襲春風而懷德,想台候之迓和。

與董中丞

前蒙台臺在本司,兩頒中秋出闈,如天之貺。渥賜曲荷於醪投,仰酬已隔於階絶。淵源庾太尉,參曹屢蒙延獎;彥升蕭司馬,記室猶援前言。惟有珍藏雲翰,私詫交游。沐浴雨施,矢勵官守。庶答嘉造,永結微悰。

與董撫臺

台臺以韓稚圭開誠之度,兼姚元之應變之猷。肝膽青天,指揮紫電。某雖崖陋,而披霧即推爲名世,承風彌慶於得師。況宇內豪傑,識勝某者萬萬,孰不岵峽戴山,繁星宗斗。乃接二月三十日省報,偶傳南省訛有浮言,不勝駭恑。薇省保釐,柏臺節制。自有羣吏之心佩,萬姓之口碑。豈以風波,能搖山嶽?雖巷伯之箕可成,空勞哆侈;而仲翔之玉益瑩,詎損雕磨。輿論素明,何傷日月?皇揆益篤,不假風雷。惟是忌本望高,足發青蠅之慨;所期人歸天定,即歌赤烏之詩。伏惟台臺決禮義於信心,忘是非於齊物。仰酬簡在,彌奏膚功。

與董撫臺

某才短干時,韻乖適俗。荆南愒日,吏功未勸,歲沴彌深。內負素心,外慚食粟。兼兄弟二人,俱艱嗣胤,身嬰疾疢,夢繞山林。世路意不在多,勞薪心存善息。故去冬即預陳情,冀領表差過里。而今夏五,偶纏暑恙,復感水災,幾有解綬之行。緣外道乏人方甚,而直指行部非遙,以義自抑,黽勉陪巡常武。忽有量移湖北之報,某郞署未嘗問部俸,守藩未嘗問外俸。然糧道周參政任在某前,則某所知也。豈其越次有此,雖錄有邸報,堅不敢信。差役回,伏奉憲札,則僥冒已實矣,誠不自知啓事之何從也。報抄俱稱,覆本省兩院疏意者。台臺許鉛刀之代斫,加推轂之衷言乎?

夫樹人而不使知,方信上臣之道。然銜恩而推所自,敢忘烈士之心?雖慮絶於夢表,而丹篆於言前矣。惟是解其蘭畹之區,予以苗菁之地。法窮久弛,時會多艱。續鳧難易於短長,得馬孰分於禍福。蓋責專則咎莫諉,德厚則報逾難。此職驟聞遷秩,真如隕墜之臨。未至事情,已有陰陽之患者也。即當馳赴和門,仰謝洪造。而敕憑未到,不敢冒履新任。既未辭分澧之篆,尚當服陪荆之役。

縶班馬而戀戀，瞻黃鶴以搖搖。

答董撫臺

某器無逾人，才不逮事。誤蒙台臺殊睠，賜之顏色，假以羽毛。即此越次之移，深費曲成之造。每念俸居糧道周大參後，而無端播糠，實抱盧前之愧。儻微幸無罪新任，多歷年月，以後淹償今驟，方免疚心，況復以外藩爲念耶？

天下有人負官，無官負人。某從來遲速無嘆汲黯之薪，以後榮枯不問詹尹之卜。恒業難盡，素食易慚。回首荊澧之山川，彌念曠瘝之日月。實根衷腑，匪餙貌言。惟是湖北事局多艱，而上台福曜將遠。若離鞭策，寧免顛隮。中夜以思，起坐而嘆。既銜知之特異，矢立節以爲酬。即無能報造物之施，或勉不貽及門之辱。旅謁幸侍於數朝，一辭即同於千里。伏奉台諭，有臨歧之言。水如迴腸，馬亦踘顧。某獨何心，能不依依。

與董撫臺

某謬荷提挈，以有今移。亭育之隆，匪可擬議。惟是義士激於心知，壯夫重於德報。雖則不敏，竊服斯言。忘齲技之五窮，希驥程以十舍。譬諸衆木，何以酬德於春風；苟非棄材，即不負恩於大造矣。環雀之私，不敢爲台臺誦也。九月十八日，鄂渚發舟，過澧携家。以十月十三日，抵辰州府駐扎訖。昔也代耘，尚葐驕而爲懼；今則專歕，豈鹵莽之可容？誠凛凛飲冰，無以自效於一路。所酌辰水而盟者二：以清醒振吏，使興於節儉正直之風；以保障固邊，深求乎防微善後之策。未知力之果逮與否，而不敢不窮厚以先之，刳心以繼之者也。伏惟台臺，矜其不能，訓所不及。賜以指南之導，勉爲視後之鞭。海之納川，鑒朝宗而不却；金有在冶，歸善鑄以無頑矣。謹崗役報駐扎日期，代叩台階。瞻光北斗，寤寐以之。

與董撫臺

某以散材，謬承獎拔。凛曠官之是懼，憑教父以在前。緬惟台臺，朝砌遊族，牛既解以善刀；海運乘風，鵬暫息而養翼。三楚之歲未移，星還福照；五雲之岫將返，雨更膏濡。出處實係於蒼生，行留倍縈於下吏。伏接省報，憲示有移鎮之文。班馬尚遙，想徘徊於黃鶴；遵鴻有咏，嘆信宿於袞衣。伏惟俯軫臥轍之誠，暫緩出疆之念。斗柄所臨，聿生江山之善氣；春風在邇，稍慰帘幕之憑依。

與錢按臺

台臺武庫羅兵，文昌選將。龍光首賁於跗注，《兔罝》高咏於干城。占異日禦侮之勛，歸上臣樹人之烈。某無階康爵，遙贊敦詩。伏惟蒐武告成，當祗請憲節行部岳陽，不期偶以代匱，及此多艱。空釜難炊，脫巾再見。亂萌驚心於厝火，餉籍刺首於亂絲。計沅之拮據餘二旬，徒疲草檄；且岳之訊讞數百牘，未覿爰書。屢催尚隔於地遙，臨事寧逃於叢脞。預戒引還之日，而鼓譟忽聞。似掉臂以非時，已削請辭之文；而患難無避，復撫心而不敢。竊惟荊南專局也，專則不可捨；湖北急局也，急則不可緩。進退維谷，彼此兩窮。無寧綆短，難汲井深；即使鞭長，何及馬腹？伏乞台臺特賜斧裁，儻輟其兼委，俾守故官；庶免以耗人，反荒己畝。

與錢按臺

某以虛薄，積其曠瘝，兼尚淺於年資，遽驟歷於階序。仰繹樹人報國之指，惟勵將勤補拙之心。追循荒飽於荊南，未知獲戾；此去負乘於湖北，何以徇知？惟仰鞭磨，庶竭駑鈍。職自八月二十五日謁辭憲範，以九月初旬離澧往省，至十五日到任訖。戴德比於負鰲，依光切乎攀芋。亟欲重繭趨謝，瀝此下悃。而荊南嚴諭，祗切佩服，不敢冒前。法星在天，耿耿瞻戀。謹修報任之牘，以代躬叩。

某即前往辰州駐扎，催餉以足食，飭律以訓兵。事所可為，惟力是視。乃所私自盟者，遷善改過，獎訓庶官。期振廉肅之風，一釐頑懦之習。非曰能之，矢靡渝志。霜鏡所照，天日實臨。

與張黔臺

某不敏，霄漢夙企松喬，枌鄉舊依棠蔭。惟是執鞭之慕，長懸望履之心。不自意代匭沅芷,得托幕蓮。緬惟台臺,接隆降階,誼師握髮。溫雪道存於目擊,李蹊理喻於言忘。使職爽然發固陋之蓬,而喟春風之嘆者,豈特出門自幸,庇宇知歸已哉?緣直指行岳,仰恃宏慈。遽自引發,不得候送道周。頓遊形骸之外,總歸善貸之中。伏惟壯猷鈴閣,憲武和門。某有夢奮飛,無階進旅。瞻祥光於貴筑,結遐想於楚雲。敢耑官代叩榮戟,申燕廈之誠。泂酌微虔,伏祈汪度涵采。

慰張黔臺

方耀法星,胡沉寶婺。乃知下車之雨,果有入竁之風。象服宜並於山河,鸞音遽歸於瑤島。台臺方忘家而圖國,孰與襄中;待旦而勤民,獨孤問夜。蓋大臣之失德配,缺陷繫於家邦;然良翰之顯女師,榮哀垂乎圖史。在下吏寧忘關戚之愴,冀達人勿殢悼亡之詩者也。

某執奠無階,奉慰偏後。惟賢内助,何敢引漆園叟之無情;以理豁哀,聊復述宗少文之故事。伏惟台臺,義懷君民之重,命通晝夜之知。解釋腹悲,陶寫神慮,益弘覆露,以爲物天。

與張黔臺

某以虛薄,攝之沅芷。竊有得師之慶,兼虞代匠之傷。時久因而瑕呈,地遙窮於鞭短,怦怦焉望息肩如望歲。忽接近報,量移湖北。昔爲越俎,今則典衣。俸淺自訝於播糠,才疏奚從而推轂。靜言思之,實台臺有錄長覆短之寬,故某冒宜墜而登之幸也。夫入幕初進,已奮於德光;況庇宇更專,長依於善誘。此某之所自喜也。然以極遠極艱之地,值積玩積匱之時。程才果喻於五窮,錫聲終歸於三褫,則某之所大懼也。緣敕憑未到,不敢冒然履任。尚繫守荆之篆,宜陪南郡之巡。敢先具稟,仰叩台階。月盡當移荆州,望和門如隔天上。一切簿書期會,未免稽緩。統祈善貸,其鎮筸營卒四月放餉,猶未免流言。某靜以鎮之,絕不掛前事,而一切師律責成,毫不少假。乘機易乾州、箪子、盛華、清溪數哨官,惡弁奪氣，兵遂攝息，應差防守，比未譟以前加謹，夏盡不敢復討餉。某知外解稍充，即檄攤給，又得四個月之銀，士卒喜過望外。俟一二挾詐哨官易盡，更示坦然，則飭法銷萌之略可行矣。方其囂囂，幾爲出柙之兕；旋而戢戢，依然入笠之豚。則台臺旗鼓，實式靈之。敢據實上陳，稍紓北顧。又前差吏萬春柯等阻水違限，三尺宜繩，乃台臺寬假，給賜路費，思踰格外，被之若驚。惟此及烏之渥，彌詫登龍之榮。

與張黔臺

某受材樗散，稟質棗昏。蚊山既有負於荊南，鶂梁復不濡於湖北。惟宇歸四履，恃庇有二天。謹當力刮昏膜，以奉指南之導；勉程鈍骨，勿忘視後之鞭者也。先於九月十五日在臬司到任，今以十月十三日抵辰州府，駐扎訖。台光在望，痞瘵焉依？而出疆有禁，無階伏和門尺寸地，仰受面提。山鐘雖隔，子母之氣潛通；川海相輸，朝宗之誠不爽。伏惟台臺，矜其不能，督所未及。庶稟師保之憲度，凛凛自繩，以繩屬吏。鼯技易窮，敢云有從心之力；黽猷是告，當勉爲救過之圖。

與衛治臺

某職悟才短，蚊負澧藩。水災歲深，民生日蹙。政之舉否，問百室而可知；己之功辜，反寸心而難昧。素餐宜束身以待黜，多病每延領於投閑。不謂陪巡常武，忽報加銜，量移湖北。拙同堅瓠，推轂何從。俸未及瓜，播糠奚取。靜言思之，惟台臺有錄長覆短之寬，故下吏冒宜墜而登之幸也。出九畹之蘭鄉，入五溪之苗國。故園彌遠，歸夢漸迷。雖苦私情，曷逃公義？惟是兵驕餉詘，法弛弊多，以極戇極孤之人，處積窮積玩之地，技淺涉而已殫，擔專荷而虞壓，則某之所大懼一也。四履同歸，未違宇覆，而二天漸隔，莫請司南。金辭冶以逾頑，津失航而何涉？以依歸之覷竊，想乖邈之顚隮，則某之所大懼二也。慙稱塞之無由，敢云驚寵；仰提携之有造，倍切知恩。即當馳叩和門，覿龍光而瀝蟻悃。緣敕憑未到,不敢冒然赴任。未釋守篆,宜陪荆巡。地遥時曠,敢尚役賫禀,先抒葵傾。

與衛治臺

某思咎二載,冒徙一階。猶玷藩符,實徹鴻造。雖草不謝榮於春風,豈葵能易向於朝日?涓擬南郡役竣,即趨謁崇牙。方履省任,伏奉答教,力止其行。憲諭森嚴,不敢違越。已於九月十五日到任,月盡回澧,即當盡室前往辰州府駐扎。睇鈴閣而漸遙,隔仙山以可夢。星宗維斗,何區野之能分;舟近蓬萊,類剛飆之引去。謹尚役馳報任期,以代躬叩。宇同歸於四履,覆實托於二天。伏惟慈航之濟,大拯弱喪;金繩之導,曲指迷方。崟嶺戴德以峰高,滄浪流思而波滿矣。

與李斗冲

一托比鄰之照,兩遺空谷之音。芝檢披光,如親華月。瓊枝解渴,尚渺停雲。況以春樹方鬱,隔太白於杜陵;鄉嶠在懸,同越吟之楚客。懷隨感集,悵與欣盈。亮千載以如新,在一方而可證矣。凡滇若黔,從沅經澧。則德風播詠,仁露引流。信刃遊之皆虛,而驥騁之即熟也。

弟蓬倚麻扶,菅代絲匱。雖有因丘之勢,終成逐日之窮。夫稟能素薄,則螟螘莫乘於濃霧;極盛難繼,則螢燭自絕於曦輪。固其宜也,又何怪乎!所望枌梓垂情,芷蘭共味。浪仙渡水,睇并土而即故鄉;山神升天,眷後來而請佛影。但病愈藥言之苦,則喝霑波及之餘矣。前政而告新者忠,旁觀而捄過者厚。所以結知己於同心,偕舊部而引領者也。若乃琅玕空贈,玉盤匪報。則春風芳草,豈責其謝;杲陽傾藿,庶鑒其誠耳。敢削小言,毋勤莊答。

與顧箴吾

托寶鄰之燭,光被實多;分靈壽之丹,恩施更重。以此感緒,軫彼別懷。雖荆郡依劉,伯塤可和;而岳陽瞻呂,仙笛行遥。恃朗月之鑒長懸,即停雲之思未隔耳。官評步趨月旦,三月可呈政。荷暗無光,蓍靈是假。人物已經於平子,門庭何著於林宗。譬則摹書寫照,戈波惟謹。生氣半非,面目僅存,性情都減。

與館中諸公

某受才奇短,宿有隱心;入世甚疏,初無多意。但以識紫芝而不恨,頗愜平生;兼之種黃菊以無資,未忘吏隱。擬薄驅轅塞,償舊債於風塵;便歸狎渚鷗,待新濡於霖雨。不謂官是腐物,偏韻士以相仇;命合勞薪,偶征人而獨笑。僅采蘭者一載,旋置棘於三苗。止悍卒之脫巾,矛頭淅米;緝窮邊而固圉,虎畔編籬。雖量徙以稍前,實投荒乎奚擇。窮鼯慚技,倦鳥思林。倚短笛於溪邊,望仙山若天上。伏惟雍容著作之府,鼓吹休明之時。翰林主人,卿聊名於子墨;太平宰相,公預兆於腹松。固已鳳朝陽以高鳴,鵬俯風而在下者也。豈可以襏襫之狀,論於珊瑚之前哉!

若某者仕進違心,退耕乏力。厭茲紛牘,羨昔閑曹。乃知都尉談兵,何憾爲郎之老;茂先武庫,宜嗟作吏之拘矣。因羽便風,寄情皓月。禁中頗牧,佇觀鎮撫於四夷;海上漁樵,庶獲歸吟於一壑。顧楚箝之詎免,惟韓斗以爲依。

與郎署同志

漢署談兵,常笑爲郎之老;武溪聽曲,始知作吏之勞。何者千里鴻哀,則心痌如病;兩衙蜂擁,則體頓若醒。況乎苗橫備弛之鄉,餉竭兵驕之會。狾犬非舞干之能格,牢午補於亡羊;饑兒豈折箠之可答,眠無殊於抱虎乎?翻思曩者,官枝月閏,署冷雲閑,得以晤語名流,醉心往牒。拄西山之笏,似是馬曹;賞流水之琴,非無鍾子。清都舊福,忽飄墮於修羅;山鳥今籠,猶低回乎故岫。情所至也,豈不然哉!

緬惟台丈,鳴珮握蘭,居則勝矣;高牙大纛,行亦隨之。則咏風築金之臺,醉月擊筑之市。異書可購,勝友相過。言開肺腸之言,事舒眉目之事。此官此地,何日何年。勿如弟夢裏役夫,空自哂於列子;車中新婦,復同嘆於曹公也。然鹿驥性乖,鶊鵬見隔。如或君民之志,惟許憂先;文武之才,偏推憲遠。則固宜攬俊豪以恢識,量衡今古以釀經綸。曼倩陸沉,難預翹材之館;山公水鏡,豈入步兵之厨?信搏風追電之羽毛,絶豐草茂林之擬議矣。若某者短長有分,流坎隨緣。偶成郢客之書,幾作楚狂之態。高張迷路,徒握草以徬徨;班尹竟宵,或開函之仿佛。能忘將伯,不盡跂予。

與兵部舊僚

某曩也枝官,幸同臭味。出爲圉吏,屢夢鬢眉。解帶披風,銜杯送月。追仙都之樂,已隔文昌;跂公望之升,彌光宥府。燕辭夏屋,雖秋社以難留;龍燭斗墟,猶鐔津而望合。張茂先之武庫,始知吏道之拘;王子猷之馬曹,倍想朝山之爽。《九歌》思公子,久負采蘭;二酉近秦人,差堪授簡。況吹笛倦矣,不如騎款段之少游;賴舞羽依然,或可借甲兵於范老。敢寫葛蕭之闊,兼請樽俎之籌。嘆此憚人,惠而好我。

與劉蘿徑觀察

照乘幸托於依劉,賞琴亦聞於拔蔡。而龍門插漢,雁帛乖風。非有遠室之艱,而渺嗣音之嘆。以此疏節,何表樂心。惟是朗月依人,思許之悰無間;懷夢有草,訪高之路詎迷?緬想高襟,良堪互証耳。登壇暇日,緩帶賦詩。壺觴引而山色飛,彩筆靈而蠻烟洗。斯固醪外流聲,將銅鼓以並發;尊前逸興,媲峴首而俱傳者也。

弟窮鼯之技已殫,病鶴之翎漸短。訪石室武溪之迹,易感少游;尋桃花流水之蹊,難招秦客。安得一陪雅席,三接高香?聆捷卿之清談,把真長之淵鏡。紫芝不恨,蠻府無慚乎?序入觀濤,情深看斗。皎兮美人之想,倍覺依依;穆如君子之清,聊披款款。願言昈睞,慰此渴饑。

與榮世子

某曩詢仙牒,即把先王樂善之烈風;及綴价藩,更餐殿下毓德之徽問。蓋河間遜其大雅,陳思叶其多文矣。孫登吳太子,結賓客如布衣;張融齊朝臣,遊衡陽以忘老。況忘勢之愈光,即上交其何謟。而殿下方循不言之典,見篤羹牆;故某徒鬱未通之懷,望晊裾履。不謂代乏常武,即傍靈光。邇承下存,寵頒及物。道存遺愛,尚歌出牧之來遊;德美象賢,彌贊重光之有子。擬返沅棹,即侍梁園。而錢直指按岳已逼,事有司存。畏簡書而難淹,睇宮墻以悵望。謹以楚些江蘋,奏諸先王之靈。外具菲贅貢虔,并告不敏。從帝子以何期,祗將蘭佩;憶王孫而可賦,尚夢桂招。

答榮世子

某兩過常武,未覲清光。夢白雲於桂嶺,追憶遊仙;想雄風於蘭臺,良慚上客。揚德詞淺,及物儀疏。惟有結悰,寄諸俯仰。乃荷睿情篤睠,特惠嘉言,兼勤上介。隆大招之答,既錫類之孝深,損中祭之頒,抑下交之情重。義無方命,感有愧心。何減親霈於坐醴,彌思圖報於野芹。祗布謝私,伏祈英鑒。直指行部有日,而代匱息肩未期。儻劉郎復來,雖隔春源之桃樹;然公子愛客,尚采秋浦之芙蓉。

與榮世子

某人愧穆生,何當設醴;居傍魯繆,叠損繼庖。當真人藏冠劍之日,得效駿奔,忘其不敏。竊覽山川氣佳,風日景麗。瑞采盤雲,以告允臧之吉;晴暘閣雨,預開貽慶之祥。誠先王不朽之德徵,殿下永言之孝感也。伏承睿睠,餽勞有加。惟是承祭,肅將朝命;敢以司存,更煩睨涊。故反諸玉府,受多辭少,尚鬱于懷;而重以敦諭,申之多儀,求損得豐。雖違命是懼,實負心多慚。既拜如天不報之施,亦有美芹欲獻之悃。敢以戔戔,仰祈采采。井丹之縑,何足以被御者。而玉爐薦馨,或佐焚蕭之祝;兕觥祝歲,竊附閟雅之歌,庶英鑒所不麾矣。外《參遊草》,去歲禮玄嶽所述,敬貢二册塵清覽。

與榮世子

某陋托秋實,藻愧春華。非西園應教之游,而當虞卿白璧之寵。薄采澗藻,以昭忠信。獻芹何裨於饋玉,投瓜反博於報瓊。求損得豐,揆心彌惄。某書生也,每拜過量之賜,如爰居享太牢、聽《九韶》。去則違主人之厚,留則增眩惑之悲。昔晉武餉山濤恒儉,謝幼度云:"當由欲者不多,而使與者忘少。"殿下儻以可辱下交,而折節講布衣之衿契,則願振以素風,斂此縟霞,不勝大願。抑曩居常武,仰窺恭靜之德,已洽國人,而好頒之豐,過損大府。夫施從其隆,良推好禮;而用師乎儉,乃為可經。則"節"之一字,謹持以獻。使士式物外之誠,而民均嗇中之廣,亦區區效益於左右者也。茲將謹尚役奏之中涓,伏祈英鑒。某夙聞先王睿翰,直追晉人,儻畀吉光之片毛,使守天球之至寶,何榮如之。

答榮世子

伏承命使,遠致先殿下寶墨。垂穗未發,紫氣纏函。倒薤乍披,榮光照室。三沐諦觀,格偉筆圓。果於鵬摶虎戲之中,寓黃鍾大呂之韻。一洗傾欹,獨追玄遠。豈鵝群之可換,亮龍種之自殊矣。天球秘寶,拜而襲之。珊瑚照夜,海神笑其非珍;木難壓舟,舶商慚其未絕。更侑以種種隆貺,是素風之獻,未采於前言;而綺霞之文,更爛於重被也。使下官踧踖,而避博瓊之嫌,堅上援之戒,亦豈殿下所以延獎意乎?重方諄命,謹登杯幣。以沐德施,醉飫章身。為荷已厚,席儀太豐,謹附使者,貢還玉府。伏惟英鑒收回,宥其不恭。某銘佩之餘,惟深竦側。

賀榮世子年

地天增朗,寶鼎之氣方新;河嶽並榮,磐石之宗益振。青規轉陸,紫府受圖。殿下德合一元,體備四氣。瓌奇鴻寶,幹大造以生心;信厚麟儀,涵始和而布泰。扇條風於萬品,何煩放趙孟之鳩;納瑞旭於千門,不假鑄祇支之鳥。桃香五木,獻符遙出秦源;松折七枝,薦藥近從仙苑。蓋素雲來左个,首麗銀潢;而攝提貞孟陬,尤光蘭渚。固宜花輝北斗,酒遞南山。賦雪兔園,時賞相如之甲;迎暘鶉火,長賓羲仲之寅者也。

某映汝陽之眉,詎止塞外;書魯邦之朔,似滯周南。嘉對昌辰,格陳善頌。

伏惟日華之春不老，柏茂有千；天宗之祉彌繁，椒聊則百。

答榮世子賀年

殿下忠爲春德，贊帝輅於青郊；仁叶化元，暢王風於朱旬。演魚龍之秘戲，獨介熾昌；對花鳥之晴光，思同闓懌。某甫展忱於傳菜，遽拜賜於貽椒。松枝可授張譏，無煩玉塵；柏尊疑分漢殿，即是仙醑。曲裏陽春，宋玉未成對楚；賦中白雪，馬卿倍憶遊梁。雖設醴鶴鶵，難化盧耽之鶴；而授符雞朔，儻附淮南之鷄。飛三素之雲，毋忘遠道；鏤五色之土，更頌新禧。

答華陽王

菊盡辭閩，梅開投楚。飄蓬嘆遵途之遠，行李懷照乘之輝。雁羽劬勞，役已窮乎歲暮；龍光燦爛，望尚隔乎雲端。遵澧水而采蘭，近接天潢之派；坐江樓而招鶴，遙挹大王之風。顧頑質何能，負官爲恐。乃嘉念無極，命使重勞。削下里之報章，遲西園之授簡。

答華陽王

一領澧藩，三披雲翰。辱修詞之有斐，知陳誼之甚高。鉛刀易窮，況髋髀而試割；香室俱化，佇蘭蕙之傳芬。龍種與人殊，宜誇仙李；兔園招客至，殊愧遊梁。勝事方同於春花，嘉投何酬於夜璧。薄旌愁緒，即把溫儀。

辭華陽王酒

伐檀多愧，興已減於泛蒲；散櫟不材，病惟思於求艾。況以束人之務，漸成畏客之身。思光之嘆衡陽，良可忘老；長卿之陪梁苑，亦覺倦游。雖有招弓，請辭揚觶。坐竹窗而聽雨，聊永今朝；宴蘭臺以賦風，更遲他日。

答華陽王長子

衡陽之標玄箸，雅折節於思光；江夏之變素絲，愴臨歧於王子。叙暌宴則華燈代月，舉離酌則別路停雲。若爲招王孫，猶夢小山之桂；欲知思公子，請問澧浦之蘭。更遣導於出疆，彌攬懷於曳斾。坐馳意馬，附載歸鴻。

答華陽長子冬至

緹室春浮，蕃房天近。影添宮綫，麗五色之黼裳；韻入鼓鐘，調八能之雅樂。此咏雪之美，獨表於梁園。而書雲之禎，宜歸於魯望者也。況天書寵臨，國華益振；二曜合璧，五緯編珠。惟澧蘭擅其勝事，而磐宗介其熾昌矣。不佞遠隔辰龍之關，無階蹌賀，而嘉貺遙被。飲大酉之和，已含醇於玄酒；依表圭之影，長望氣於丹霞。

答華陽敬一君賀壽

齒過魚鱗，驚廢蓼莪之日月；音來鴻羽，辱贈冥靈之春秋。澧浦瀁波，寫迴腸於辰水；岣嶁勒字，藏異篆於酉山。從此受淮南之丹，或冀鑄顔鷄犬；何時遊仙人之宅，共看駐窟鳳麟。四十無聞，行當笑我；八千不老，還以壽君。敬載報章，托弇丘披雲之三朵；惠徹善祝，如日及齊雪於十松。

答華陽長子午節

朱明麗節，赤社增輝。桂棹發歌，思乘槎以犯斗；蒲樽馳貺，倍采艾而懷人。蓋賦風有楚客之雄，雅推大國；而紉蘭爲騷人之浦，獨擅芳洲。彩縷出宮中，誇陸離之百索；丹符來雲表，恍呵護於諸神。飫龜茆以難忘，瞻龍標其未遠。辟兵何術，惟仗帝子之靈；續命無疆，敬爲王孫之壽。

與敬一長君午節

惟澧有蘭，正叶浴芳之咏；應時保艾，偏誇續壽之名。蓋讀楚客之騷，難忘楚節；而哀天中之祉，獨厚天潢者也。彼時一時，猶憶梁園之授簡；今日何日，徒歌王子之同舟。敢修丹砂泛酒之供，往佐昌陽延年之宴。雖采菱揚淥水，雅汰繁華;而炊黍纏彩絲,暫紓賞古。烹梟教孝,何殊屈子之忠;剪鴰傳言,聊托習公之牘。虞室之風漸暖,愧辟兵訓彼三苗;魯侯之日彌長,頌多男期君九子。

賀榮世子從吉

殿下孝篤天經,忠懷帝室。稱詩廢蓼,棘樂已畢於三年;酌禮御琴,椒衍方新於此日。彼匹士之箕裘爲小,尚垂從吉之文;況諸侯與韋布不同,宜迓聿懷之福。歌吾君之子,喜動朱陵;胙世德之王,行光赤社。固當緝熙禮樂,披討圖文。仰以磐石天宗,退而羹墻;世澤垂休,有永鼇祉,自今者也。某瞻瑞采之高浮,知吉祥之伊始。敢修芹獻,肅抒葵衷。外撰世家序草,並呈睿覽。考魯僖之頌,雖異奚斯;贊獻王之賢,或同班固。伏祈英鑒。

答榮世子

風雅武公之詩,尚書文侯之命。皆增光帶礪,傳信鼎鐘。懷德固价人之用休,序賢亦君子之所樂。況以宗英踵武,寔善榮名。緒系音徽,既詳於內外史之筆;表章提挈,特循彼大小序之文。久失班管於夢中,略播緇衣於紙上。事華采黯,典重言輕。豈曰必傳,是以爲懼。不謂殿下思深錫類,喜溢昭前。鐘鼓既陳,兼聽音於蛙響;星辰難繪,猶借色於螢光。以此酬字之施,彌徵紹庭之孝。

某猥承獎貺,自覺靦逾。念素士之宿盟,必量然後受;爲先王而加禮,則誼不得辭。獨有忠孝之兩言,可當玉帛之九獻。惟德其物,謙光不藉於多儀;與國咸休,比輔永昌於奕葉。

與榮世子中秋

臺殿生凉,倍詫王門之秋色;山川不夜,始酬朗渚之嘉名。勝序同人,餘光映物。殿下成三比讓,吹萬迎和。度式如金,天上修從玉斧;神清若水,人間濯出冰壺。當九秋之正中,對五夜之方永。星樓露葉,爽入齊宮之梧;月圃天香,清飄淮嶺之桂。御瑤琴而節樂,霓羽何殊;疏寶幌以開筵,幔亭可接。披襟邀白帝，蘭臺詎獨快之風；停杯問素娥，蟾杵即長生之藥。南皮賓客，視昔何如；西園主人，方今茂矣。

某未陪撤燭之宴，馳想弄珠之遊。薄獻節廚，爰旌心鏡。希逸思美人之邁，猶遥寄於陳思；公孫喻君子之光，況近依於梁苑。

與敬一長君中秋

八公叢桂，是王家招隱之山；五夜月明，偏帝子忘憂之館。此讀《騷》所以入楚，而應教在於遊梁者也。況佩浦生風，接蘭臺之秋爽；洞庭觀水，勝揚子之銀濤。廣殿開樽，長筵撤燭。度《霓裳》之曲，復別人間；煉蟾杵之丸，疑分天上。十二樓臺，在堆瑶之境；而三千世界，爲弄珠之遊矣。

不佞葭渚蒼蒼，感伊人之倍遠；梁蟾片片，怳仙客之可親。敢酹露尊，遥供霞帳。此夜儘教皓魄共圓明月，明年何處紫簫相憶？

答王府中秋

蟾光濯露，流月影於梧階；鴻響乘風，送天香於桂殿。啓之爽籟，餐以明霞。殿下智府冰壺，神機玉燭。幔亭宴開天上，事屬王家；《霓裳》曲異人間，譜傳仙樂。銀潢萬斛，堪洗宋玉之愁；仙掌九霄，猶念相如之渴。

某答《九歌》於白帝，夢去蘭臺；索一笑於素娥，分來藥杵。飛蓋難集，遥馳清夜之觴；作賦未工，坐酬客卿之璧。孤懷仰照，既隨皓魄以同來；病骨銜恩，即托清輝而爲報。

與王府重陽

洞庭波兮木葉下，難禁宋玉之悲秋；采東籬而見南山，還憶陶潛之賞節。況梁園有客，詎數參軍；而楚醴新香，堪浮九醞。眺關河而日美，八極彌寬；闓臺殿以雲扶，層霄遥接。斯乃山名大小，淮王之迹可招；風辯雌雄，襄后之襟自爽者也。

不佞病中懷土,遠望何緣當歸;天際送鴻,登高難陪作賦。韋左司之吟灃浼,撫景已非;王子安之序滕樓,鳴鑾不遠。敢倩辰水,往繞仙洲。萸佩久裁,猶同青女之月;菊醪後熟,聊報白衣之人。

答華陽長子九日

三秋契闊,寄瘵嘆於采蕭;九日行吟,表懷人於貽菊。絳囊赤實,辟灾是仙府之遺;飲酎食糕,傳餉自漢宮之法。裁遠方之綺,宛然霜至授衣;留取酒之錢,何妨醉餘落帽。登高而延西顥,爽氣忘寒;開幅而見東籬,香心不老矣。

某咏遍插茱萸之詩,悵兄弟之在遠;續滿城風雨之句,思公子而何言。獨有風流,見諸雲翰。延年輔體,既勉以餐楚客之英;山紫水清,安得一賦滕王之閣。

賀榮藩冬

周宗磐石,奉天統於天宮;魯史書雲,舒日華於日道。是占國瑞,可揭王休。

殿下清徹冰壺,和鍾玉琯。龍杓北指,忠戀闕以宗辰;烏馭南飛,慶哀荆而翼子。一陽乍動,先來璇室之春;萬象俱開,獨麗銀潢之曉。考黃鍾而論樂,士選八能;澄玄酒以釀和,官修六物。既獻陳思之襪表,兼遊梁孝之兔園。線測晹暉,多受諸侯之祉;花裁雪賦,妙賓詞客之賢者也。

某自笑灰寒,能噓律暖。牽牛七曜,幸鄰降福之躔;鳴鳳六筒,仿聽歸昌之奏。敢修常獻,以祝迫萌。伏惟狼駿之旭未央,八神赴景;寶鼎之策方始,三壽作朋。

答榮藩冬

殿下量包元氣,心見先天。立信黃鍾之中,一陽獨復;迎和赤極之外,諸福朋來。雲滿觀臺,偏蓬萊之文五色;日浮圭表,果鴻均之壽八荒。牙軸護芳芸,酒香並馥;瑤階挺柔荔,筆彩俱靈。導暖已遍於國人,扶陽倍睠於君子。

某舞八風之序,方報抽蘭;筮七日之祥,仰占戩穀。豈謂獻暄之賞,遂在踐長之初？宮線爛然,乃下藻於葦布;葭灰冷矣,亦遥鼓於鳳筩。如傍愛景以行觴,敢托融颸而寄頌。

賀榮藩年

泰階六符,靈暉首照於桐葉;箕疇五福,新祜彌篤於磐宗。遥傍陽光,敢忘善頌。

殿下昭前訓梓,衍後猗蘭。分青陽左个之禧,葵心拱極;暢蒼宿震方之氣,蕢策肇辰。南極仙人,地占年而旺卯;東華帝子,斗建月以昌寅。草潤雨於酥街,回暄寶檻;魚負冰於靈沼,解凍銀塘。曙奏鳳筒,甲帳將梅花入夢;年迎鷄帖,辛盤與椒蕊交芬。既欽王室之禎,兼同國人之樂。多官賀歲,盛祝昌熾於魯侯;萬戶宜春,嘉對舒長之堯日者也。

某履兹道長,共披君子之風;莫陪賓游,一賦賢王之雪。聊抽虎僕,仰贊鴻休。伏惟善氣大來,應休徵於桃葦;純祥永錫,固眉壽於椿松。

答榮藩年

天回斗柄,春先到於王門;日揭扶桑,光忽分於仙苑。祥呈彩雀,寵薦鰒魚。

殿下胄衍神明,聲翔大雅。燃藜探造化,感太乙以下窺;吹律導暢和,散五辛而偕暢。青浮雲霞之曙,寶樹生華;緑净瀟湘之流,銀潢渝暖。既介祥於鷄朔,尤屬興於兔園。仙木駢羅,七枝香遺賓友;壽尊瀲灎,一升醹醉從官。

某甫頌椒花,遽頒柏葉。屠蘇婪尾,但感歲月之催人;靈藥膠牙,忽驚芳菲之照眼。風條欲舞,雲素堪裁。伏惟慶葉剪桐,襲新芬於淮桂;仙根盤李,照古色於莊椿。

答華陽長子賀壽

皋魚之親,嗟未及禄;燭武之壯,愧不如人。以苦寒之江梅,同兹初度;胡盤根之仙李,照我流光。寶枕開函,千金隨其出入;丹爐遺藥,八公馭以徊翔。況傾筐倒庋之多儀,兼白雪陽春之妙語。琴心三叠,黃庭所以舞胎仙;天篆八芇,玄元所以度浩劫。逢辰自詫,藏西難忘。惟是方朔蚤孤,屢偷桃以何益;徒煩淮王好客,遥指桂而相招。雖鳥爪鞭經,不妨爲小吏之地;然龍輸笑誕,誤被以謫仙之名。我乃惡然,豈于蕃于宣之申伯;君方籍甚,宜俾昌俾熾於魯侯。敢將籠鴿之祈,還爲酹咒之獻。猶乖後和,所賴中涵。

擬上詔户部留諸道税銀,以二分餉邊,一分賑灾民,群臣謝表代

伏以蒼旒啓鑒,軫龍沙雁澤之艱;紫紵覃醇,回柳塞榆村之暖。惟明主當聚而念散,俾計臣酌盈以補虚。共知足王之端,各戴分人之惠。臣某等中謝。

竊惟國奠于衆,衆載于財。恃墉而屏,托基以立。其象爲地,在《易》之坤。水潤中行,畜則有師之吉;山危上附,厚則無剥之虞。乘出四丘,蓋伏軍興於甸賦;耕餘九食,兼弛緼利於凶年。雖關市豫膳服之供,亦荒戎需振接之用。兵農既判,輓十鍾以倍遥;嘆溢迭仍,饗二觛而不足。子午遺旱,虚占卯酉之穰;庚癸呼饑,堪憐戊己之戍。金生粟死,奪民之命,其怨多;釋甲執冰,傷軍之心,其變速。故楊柳黍苗之勞勸,在古必勤;乃曠野樂郊之酸吟,于今爲甚。自司會之藏富未講,致當宁之憂貧太深。礦雖罷而税猶存,力已凋而斂不息。漁窮竭澤,萬户之倉腑皆焦;汲甕移源,九邊之糧額愈渴。搜括單虚之象,足以浹啓戎氛;嘆息愁恨之聲,足以鬱成天沴。雨暘究其害氣,貪墨佐其疾威。二稔俱殫,三空莫振。烟村冷竈,煮木或繼以析骸;月柝驚屯,登陴難支於枵腹。鵠形觳弩,蝸壁掛瓢。酬士無金,獨隕聽鼙之泪;量人有壑,誰招背井之魂?矧行灾半禹畫之州,訴匱連秦乘之塞。仰賑而地無任移之粟,廩乏可發之棠。絶餕則弱睆褐以就踣,强脱巾而責哺。流亡促邦版之耗,而勢且不止於流亡;夷狄侮軍氣之衰,而患恐不在於夷狄。如金甌之岌稍見,即瓊林之積安歸?故父母惟其疾之憂,而帝王有不忍之政。

兹蓋伏遇皇帝陛下穹慈遍覆,曦照窮微。賜劍靖三陲,祲掃涿丘之霧;頒金

賫中土,薰纘溫水之風。辰居攝分野於目前,斗轉運燠寒乎掌上。謂軍民之兩病,由筦榷之相尋。使困不聊生,難釋納溝之責;儻鋌而走險,實深接軫之防。將報罷以解懸,先轉移而紓急。球分貢篚,總七道之輸將;箸借前籌,畫叁分以餉賑。哀益具周脾之算,扶攜拜漢室之綸。卒醉醪河,激歡聲于橫草;人濡鮒轍,起槁色於翳桑。黍谷吹溫,霜融挾纊;華門含飫,露灑饋漿。片念回旋,即展重暉之耀;十行霑被,欲飛三日之霖。臣等慚返左藏之楊炎,思諫算緡之卜式;疲癃徒深於蒿目,賙貸幸濟於燃眉。當化籥未開,屯膏皆臣之罪;逮宸樞一闢,渙汗惟上之仁。顧有限者恩,無疆惟恤。左塗右割,取懷之與易窮;捧漏沃焚,緩步之趨奚救。

昔唐行除陌,糲飯遽反涇原之戈;宋造均輸,金繒不止女直之馬。方其牟贏若賈,推瘠予人。卒之禍尋利以遝來,財蹙功而偕盡。使二君布斂仇之脂血,鍼黷貨之膏肓。拊壯士以厚長城,極疲甿以收解瓦。則其國步,詎至秋蓬。故陸贄問關,備寫戍謠之狀;鄭俠慷慨,曲繪流殍之圖。亦嘗矢悔詔以謝天,削苛條而請雨。戰瘡未肉,已襲迹於大盈;鎖尾在眸,更繁科於新法。飲方醒之酒,踵自覆之車。為美不終,在今可鏡。除痌去本,樹德務滋。非大發內儲,無以宿千壘樵蘇之飽;非盡停橫榷,無以蠲□閭長楚之嗟。陛下捐纖計之錐刀,而堅維者八紘合家之業;棄後灾之朽蠹,而永享者萬紀配天之名。若攘雞之更,僅損日月;將賦徂之智,何擇暮朝。給民而民彌貧,食軍而軍不壯。誠圖身安之使臂,可視體痛之傷心。

伏願惻饑溺之思,充燄達之量。豐明凜於見沛,解澤疏其鬱雲。德則有財,黜繭絲而修施舍之政事;貧曰無士,投珠璧而寄安攘於仁賢。選吏賜牛,耕冷風而充敏;厲師秣馬,歌零雨以忘勞。銅雀鳴容雞至,時逢九穀之稔;熊穴閉梟僗藏,坐見五兵之銷。

遯庵駢語卷五

通　啓

通錢啓新侍御

稽山龍卧，久負笈之有懷；霄漢松喬，幸通家之可引。既積歸依之夢，宜憑介紹之詞。惟事君必忠之以言，而統聖莫真乎此學。言感人而信著，信在言先；學有見而覺成，覺超見表。信則養氣，而精辯心之欺慊；覺不倚識，而默契性之智仁。古之進言，燦如操藥以修父；後之談學，間類豎義而救饑。諫草日傳，未免自責之疏，而責人之密；語録四播，抑何受教之少，而所教之多。甚則言之功不國收，而先艷其利；學之實以身謗，而浮取其名。故求信者，必汰其爵禄聲譽之心；而論覺者，惟卜諸妻子夢寐之實。

我持斯語，今見其人。某官橘象伯夷之清，矢如史魚之直。神羊無佞德，邪必觸而我何私；威鳳有瑞毛，時一儀而物皆化。慷慨洗西江之墨，殿虎生寒；激揚澄右粤之風，車驪不擾。一言方蘄於披霧，五色旋斂於歸雲。自築讀《易》之窩，不談立朝之事。畫前觀象，乾乾以對羲文；坐中飲和，恂恂而居鄉黨。胸有所契，筆而爲書。蓋白簡憂公，嘔諫官之心而無諫官之色；黄鐘應叩，窮真儒之理以發真儒之言。

某因着楚雁之雪泥，獲見鮑驄之家法。諗其鯉對，授以鴻編。見托管稱，悟窺天之不遠；記從黽義，憤畫地之無功。昔負笈景真，身輕千里之外；通家文舉，義陳百世之前。況特達之知，既事其子；私淑之教，又讀其書。責沉猶志於晞顔，交羣寧忘於拜紀。何以爲獻，竊嘗有思：學問乃人生飲食之常，昌言則國家命脉之重。以學爲詬，爭言如仇。此晚宋之崩波，詎清時所願覯？欲與君子共釋此疑，所賴先生真明斯道。然悟境轉細，則聲色貨利之粗，彌惕於自防；直節既彰，則天地鬼神之闇，尤嚴其有負。故以言見屏者，或過引罪以終身；而寡過未能者，正爲知非之可友。繹公書莫非此義，懷就正敢誦所聞。深兢日損之難，仰請發蒙之告。

通滇撫曹坤釜中丞

西室夜光，遠借星襄之絢爛；昆明秋爽，彌增霜節之凝嚴。夢寄草生，思將蘭結。

某官錦瀾濯藻，雪嶺建標。性海無津，航靈襟而得岸；義天絕路，杖健筆以凌旻。道妙緯經，萬邦之文武爲憲；情深禮樂，九變而賞罰可言。表滇海爲南門，人知天大；移葛侯於西蜀，帝曰汝諧。仁義震懷，華夷鼓舞。聲凌草木，天威無假七擒；氣灑山川，雲章皆成五色。然且平陽醇酒之度，掃户堪延；陳思綉虎之文，潛蛙曲聽。談未煩於束縕，寵有過於贈詩。雖金碧侈靈，莫繼王褒之作頌；然宮商學響，爭希盛覽之及門。

某舉袖藏書，擊轅應雅。邕琴已爇，詎登蜀國之弦；閩荔晚名，辱收涪江之譜。音蒙采録，味敢差池。昔分隔馬牛之風，幸承盟而有地；今身依烏鵲之月，豈鍛羽於無枝？縞帶紵衣，援之非擬。嶽塵海露，歸者不辭。過懣感受之虚，祇竭蒙初之筮。

謝錢梅谷直指疏薦

好賢《緇衣》，誦《鄭風》而再見；舉傑壓陛，張楚寶以何堪？拔諸群彦之先，蓬然驚寵；懷此三時之久，澀甚吐詞。觀推轂之剡章，視監司爲故事。惟得薦頗易，故居薦友難；然求名雖輕，而求實則重。襲名者不虞之浮譽，爭詑於割榮；居實者有試之微詞，内慚而思勉。念某寒枝難暖，苦蘗自甘。尊所聞於半生，服"勿欺"之兩字。信書之篤，以澡身束吏爲必當行；守法之迂，凡觀勢養情皆所弗屑。追方攝乏量移之日，正奉澄清激濁之風。吏侮官媮，賦民私沿於式外；兵窮將墨,敵國幾化於舟中。輕車入不測之淵,開門收既脱之幀。身忘生死,濟仗鬼神。既而縛六千卒始禍之渠魁,熟瘫快摘;翻數十年媚夷之蠱局,駭孿危扶。痛護民脂,淵魚嫌於太察;疾呼軍餉,羽檄病其無情。加以腸熱色凉,語深喉淺。躬所挾者,相時不合;而今所急者,反已皆無。宜世人以爲不祥,乃我公獨曰可教。照其肝膽,假以寵靈。獲稍竭於苦心,實祇將於隆指。已拜德愈成身之賜,胡過情勞送上之言。

蓋遇某官直道玉衡,清心水鏡。察眉饑溺,修六府以補天;調氣陽秋,平九流而涵月。力社稷之隸,雅志名臣;綜岳牧之功,勤思真吏。故痴兒了事,排里犬之吠聲;愚叟移山,叱操蛇以共徙。特於入告,曲借隆評。儒者豈與知兵,謬推以甲胄;文人從來寡用,猶采其珠璣。信心迹之雙清,許風猷之獨暢。至壯猷元老之目,詎白面書生可蒙。頳尾勞魴,冒聲化鯉;白蹢凡豕,濫品文麟。雖隗始旌市駿之心,然盧前悚盜名之愧。使某力窮於圖副,累公終悔於失言。蓋非倫之擬堪驚,逾量之褒化辱。所爲口語心,而將恐夢接醒以自疑者也。雨露枯株,縱霑灑絕稊華之望;星辰腐草,猶光明分爝火之微。抱玉不如貢賢,久荒此誼;遷官未曰知己,我思古人。慕有不渝,久而彌積。感至難寫,藏之則深。載以遥遥,驗兹耿耿。然後見公之相取,果出形骸之表;而某之思報,已居音驛之前。

賀張鳳皋黔臺

十國曰連,錯地形而如綉;萬人爲傑,提劍佩以登壇。貴竹參天,楚茅覆露。

某官詩歌孝友,邦憲武文。斗畔張星,生應精符之象;橋邊黄石,幼通神授之奇。屬皇心顧此西南,特勤授鉞;謂公略播於中外,遂享弨弓。光涣帥麻,已喧《采芑》之方叔;氣增軍壘,共迎揮扇之葛侯。雨應轍以澍甘,星臨關而禔福。堪能革響,則一檄賢十萬之師;俎可折衝,想四夷在指掌之上。夜郎内面,蠻部攻心。使牂牁之水無波,一光明德;將銅鼓之山可鑄,永鏤壯猷。

某托庇牙旌,承休幕履。鴒鵲讀賦,久推王佐之才;牛斗拭芒,預卜戎公之敏。魚有鯤而鳥有鳳,快得依歸;金在冶而土在甄,深資埏範。敢公爲是邦有造之慶,而私致下吏得師之言。伏惟君子謙光,丈人師錫。開誠盡賢愚之用,渡瀘畢戢天威;遜膚得禮樂之情,歸袞佇恢相業。

賀彭天承按臺蒞省

斗中孤影,諤諤有古人之思;江上清風,滔滔真南國之紀。霜雷振肅,山岳動搖。

某官儒通三才,身備四氣。易簡得天下之理,必有親而有功;中和爲君子之强,惟不流而不倚。許身獨立,道將慕聖人之清;定國一言,人皆嘆仁者之勇。帝嘉南土,公出西臺。茹雲夢於胸中,風歸澄激;提參衡於掌上,冶鑄法廉。以道匡欲,則有不怒之威;以善養人,則有無言之信。蓋齋與天對,雅師程伯子之告君;況車有雨隨,奚減顔清臣之行部。青驄警路,集烏方賀於三湘;黃鶴登樓,儀鳳頓開於萬象。

某四年在楚,獨守其愚。人之心一日事賢,何幸承君子之役。托形止水之鏡,妍醜奚言;候氣吹管之葭,陰陽自應。方執鞭之有慕,豈賀廈之能忘?式六憲而惟貞,日可俟也;持寸誠以相答,天實臨之。

賀王柱明憲長轉右伯

駿望燕臺,龍文周鼎。巋然公輔,殷勤贈刺史之刀;籍甚才名,邂逅倒中郎之屣。公來陳臬,楚賀得天。振廉法於三湘,不減儀麟文囿;奏平反於五聽,早占容馬于門。甘棠王國之南,歡騰訟陌;采菽君子之右,晉領薇垣。翼軫留歲星,重照漢江之水;青冥下霜鉞,佇開旌節之花。豈特記朝夕於臺烏,行將追雍喈于梧鳳。

某夙夘如貫,兼奉齊盟。鴻渚興歌,想袞歸之伊邇;鶯喬聽語,幸宇庇之未移。

賀江防道吳長谷

星臨四岳,荷虞帝之特知;地控三湘,舞江靈而壯色。風行澤國,霖滿郊墟。

某官象協三台,詞腴八斗。性中黼黻,抽黄絹幼婦之章;聲外羽商,眇白雪郢人之和。采風周魯,洞詩樂之根宗;著史李唐,擬《春秋》之筆削。漢署之蘭既握,漁陽之麥自歧。登烟雨之樓,播仁飆于就李;攬赤壁之月,移霜節于楚茅。陽鳥攸居,遥静潯陽之浪;黄鶴共語,疑來鄂渚之仙。豈惟靖鯨鰐于江天,行且接虁龍于池沼。

某久欽金錫,幸托堧箎。聊矢調于焦琴,冀訂交於縞帶。燕賀有懷,龍光何遠;願垂玄鑒,下照丹懷。

賀劉彬予轉糧道

調驂騑於華驄,既免稧薪之嗟;辟雀鼠於雲坻,兼高轉渭之績。賦規鼇百載,祈佛爭願于即真。輿誦達九重,自天特隆以專寄。官新除墨,地熟輕車。踵蕭相國之經營,寧獨侈談乎紅腐;薄桑大夫之心計,尋當抗業乎青旻。

某驟聆遷木之音,莫寫捲書之喜。嚮風抃手,酌潦旆心。成貢賦於中邦,允資綱紀;興禮樂於富國,更待緝縫。

賀沈工部

天莔浴漢,霜匣凌旻。文麗北斗之高,望震南風之競。飭九範五材之職掌,心與水清;廓三湘七澤之姘嬛,思同江永。歌估客之樂,江陵詎隔千三;占名世之祥,公夢行徵十八者也。

某羅含宅畔,猶纏舊夢於摘蘭;王粲樓中,莫展深悰於倒屣。况先施之已久,彌仰報之爲難。隔帶水盈盈,誰借報章之杼;披襟風穆穆,願依解愠之弦。吐沈無才,長漱清於八咏;拔蔡豈驗,誤被獎於一言。敢布末將,兼旌不敏。

賀丘太史主考

漢史浮湘,一倡西江之大雅;楚壇觀寶,盡收南紀之人文。賢路彌闢虞門,卿才首推聲子。典光格外,士滿彀中。

某官正鵠聖賢,淵源師友。通三才曰儒學,潛心在詞賦之先;司兩制爲相途,經國出文章之上。慧業丘遲之藻,筆可掞天;異書雷焕之文,劍能辨斗。江漢即豐水,思皇直頑於二京;車馬賦《卷阿》,靡及尤勤於專使。分輝東壁,甄品南金。網頓雲衢,羅鳥寧疏一目;香開月圃,栽桂更許多株。時將地以增靈,事得人而爲烈。太乙司命,燃藜照黃鶴之仙;五卯逢年,鑒璞知白虹之氣。吹萬而皆成籟,遍鼓三千;得五已侈多賢,新贏九十。俯采山川之靈異,仰酬日月之光明。榜下知名,卜爲忠孝之彥;錄成傳世,藹如仁義之言。依歐子廬陵之門,必博聞而直節;籌□文棫樸之化,堪楨國以寧王者也。

某相鳳凰之飛,亦集爰止;誦《魚麗》之什,既旨且多。盛舉欣際於三辰,賢書受藏於二酉。有蘭有芷,扈紉動公子之思;食蒿食苹,承將佐嘉賓之宴。士有師而國得士,賀以兩言;身教人而人事君,樹期百世。

賀姚功玄諫議主考

極掄文之妙選,借荷橐於瑣闈;恢籲俊之新途,賓奉璋於江漢。得人爲盛,異典有光。

某官桂殿標芬,芝田擷藻。虞君胄遠,卿五色以歌雲;皖伯地靈,魁一星而握斗。勃窣理窟,博士是孝廉之船;剴切昌言,漢帝知諫臣之馬。人倫水鏡,國是權衡。上還睠湯沐之邦,時方廣薪樆之額。謂樹士如樹木,梗楠杞梓之愈出愈奇,用楚實多;而知言可知人,禮樂文章之有綱有紀,非君不可。輟螭坳而載筆,眈虎視以求賢。璞剖卞和之珍,連城占其表裏;文楝姚鉉之鑑,九變貫乎始終。想尺牘俱獻神情,抑寸管獨司造化。三年而其儀九十,更頓彌天之羅;一朝而見士五人,何殊取火於燧。暗中摸索,總鄴下之才;送上吹噓,即河東之賦。在公盡收於桃李,司直果妙於準繩。爲社稷得人,異日堪紀子華之對;以仁賢爲寶,此時已登奚恤之壇。

某拭霧英游,傾風盛旦。仰上臣事君之偉烈,有慕執鞭;懷東道作主之微悰,無階傾蓋。贅言聊修荆故,賢頌欲托秋吟。擲地金聲,既觀天機於牝牡驪黃之外；迴天白簡，祈定固論於雌雄黑白之交。示夫子之步趨，引吉人以馮翼。

撤棘賀彭按院

綉斧迎秋，圖書遙分東壁；彤騶警曙，星辰高映太微。噓北溟變化之風，啓南國文明之運。異人司命，盛典垂光。

某官儒通三才，躬備九德。文武妙於張弛，經緯太清；禮樂待以緝縫，鼓吹大雅。澄九流於鏡水，玄黃隨手沉沈；命四氣於珺葭，春秋無心涼燠。國安社稷爲悦者，尤樂英才而教之。暫將察吏之權衡，借作掄文之綱紀。棘闈晝肅，徐來皆漢水清飈；桂圃宵香，客照惟鶴山明月。程楚材於合抱，九室賴以棟樑；獻荆璞於連城，四郊供其琮璧。蓋玉衡運斗，獨主文盟；況寶網彌天，宏收賢籍。筵中皆周之多士，額外即舜之五臣。當放榜之日，相傳謂設科以來獨盛。豐芭孕傑，自古則然；雲夢獵賢，於今可賦。觀戰場而目不眩，雖誇乙夜之藜；補造化而天無功，還資五色之筆。風雲際會，川岳動搖。

某久囿樹人，聿觀籲俊。蛩吟秋色，恍有聞乎鼓瑟餘音；鹿食野苹，慚莫佐於承筐大禮。頌槐黃而賓國，已播得士之聲；佩水蒼以還朝，更恢上臣之業。

賀兩司撤闈

楚甸貢包茅，責固專於秉鑑；秋闈嚴鎖棘，權尤切於提綱。惇典在公有光，設科於斯爲盛。都哉豐水，奏此文弦。

某官手抉天章，胸吞斗宿。甘棠芾于南國，績懋蕃宣；菁莪在彼中阿，道光俊造。訏謨定命，文武咸憲名臣；大雅扶輪，禮樂以待君子。滋畹蘭而樹畦蕙，鑄人夙妙於爐錘；收荆璞而獻南金，求賢更隆於鐘鼓。況聖王壽考，彌加意乎作人；方岳右文，特增額而貢士。爾乃千金哀臆，萬目張羅。風接羊角之扶搖，浪引龍門之變化。玄珠在海，延象罔以探之；黃鵠升雲，衍鴻磐而禮之。雖九方相沙丘之馬，妙有天機；然三適射澤宫之候，誰司勸駕？惟是邦之大夫賢者，故吾黨之小子斐然。

某遥想劵求,欣逢告竣。辨桐賞篠,轉深家譜之思;鼓瑟吹笙,莫聆周行之示。薄搴芷浦,聊薦蘋筵。誦舉傑壓陛之詞,堪媲《械樸》;歸以人事君之烈,佇召袞衣。

賀彭天承按臺兩子秋捷

犳角觀文,方喜南金之滿殼;鳳毛接武,遂誇東箭之雙標。籍甚家聲,蒸哉國寶。

某官忠懷諫草,德種高槐。王學青箱,書將人而并異;謝階玉樹,橋映梓以相連。自朝陽發梧鳳之音,而正色補山龍之袞。進而簪筆,詎問身家;退有過庭,惟聞詩禮。鶚正開於漢渚,麟兼網於秋田。諸生在門,爭誦雲夢之賦;二惠競爽,又傳《越絶》之書。鵬海運而記莊,鷓鴞聯翼;桂天香以推寶,棣萼雙華。難弟難兄,陳寔自評於家譜;是父是子,揚雄嘆美於人倫。榜放而歡沸浙潮,謂大蘇小陸之復出;録行而踴騰荆嶠,詫圓淵方水之宜然。作父有滔,已漸老蚌;生兒如濟,猶遜二龍。人所羨者,濟美之科名;我獨期之,作求之忠孝。

某乃知天所世達,蓋以佑賢;子固多奇,實由善教。二荀皆王,已懸動於星文;諸鮑乘驄,詎止繩於家法。預占梅信,敢薦蘭言。伏惟桃李人才,淵源正學。事君而以人以子,共輸許國之忠;還朝而拜後拜前,益光世臣之業。

賀馮文所大參

秦洞桃花,方戀漁舟之難再;禹峰金簡,又欣滄使之相逢。舊雨朋情,新雲民望。

某官綆修汲古,玉立照人。上下千年,皺思直探乎驪頷;縱橫萬里,璧價旁購於雞林。騁莊馬之文心,汪洋無岸;追白蘇之吏迹,游戲有餘。龍賓吐霧,言綜東華西竺之微;鹿主傾風,坐依北海東山之勝。屬廟廊特注宿士,而造物欲優文人。從德嶠而晉衡山,示仙官之階級;遲月卿而仍星使,予山水之光華。湘浦歡流,疑峰色舞。賀有賢主,迎蕩節以三薰;慰彼地靈,揮彩毫而九錫。尋司馬之遺記，重拭苔碑；就重華而陳詞，高吹玉琯。公今得此，不易一席於金華；我欲從之，徒歌四愁之綉緞。

某莫賡于禹之唱，已隔奔逸之塵。秋水談天，往往望洋自失；長庚配月，依依托照不忘。雖割席之自嫌，猶登壇之可庇。睇鶴烟于物外，遙送神襟；寄鴻雪於區中，幸通聲影。徘徊夏屋，紆鬱車輪。

送錢梅谷按臺

騎鳳下來，鳴瑞梧開周日；乘驄入奏，步工花散荆雲。南極神搖，西臺色壯。

某官象先亭育，言外陽秋。太微二十五星，臨軫中而開壽；祝融九千餘丈，揮毫表以爭雄。請命於天，澄激自生元氣；以身爲歲，雨暘皆若太和。瓜期携兩袖之風，香縈疏草；柳岸照千隄之月，蔭接甘棠。江漢東流，送恩波於采鶹；岣嶁直上，勒思碣於雄螭。不淺民吏之攀扶，請看山川之繫戀。惟皇心南顧，福曜已展三年；況斗柄中持，膚霖寧分六合。山甫之懷周道，王曰旋歸；長孺之重漢廷，公方振古。

某結銜知之悃，與水短長；當求去之時，隨雲行住。此誠獲遂，德固不待於成身；在遠日親，心亦何殊於覿面。敢援昔賢之義，以獻歧路之言。夢接玄夷，猶隨耿光於使者；書從酉室，欲借飛翰於仙人。賀世觀堯日之神羊，過家盻吴門之白馬。

答雲南撫軍曹坤釜

土鉞護軍，法曜方躔於南極；瑤華結客，文星忽映於中台。寵至魂驚，感深詞訥。

某官岷峨元氣，參井靈光。華冑漢前，振平陽千年之武；修名鄴下，冠東阿八斗之才。九德總其成，能圓規方矩；四時妙於默，象秋肅春溫。自鍾會深賞於裴、王，而賈生易憎於絳、灌。上知臣直，人仰卿才。四國于蕃，特倚北門之鎖鑰；萬邦爲憲，俾建南服之牙旗。舞金碧而扶輪，詎誇王子；壯蒼滇以作鎮，新拜葛侯。召伯行車,固已膏爲陰雨;吉甫作誦,抑且穆若清風。乃飛昆水之五雲,來賁藏書於二酉。

某初辱門間半面之識,旋驚萍泛千里之分。平子四愁,雖側身於西望;蔡邕三弄,已絶分於高山。惟守上援,爲小儒之嫌;何意先施,見大臣之節。慈光接引,恍拈蓮蕊於鷄峰;仙客將迎,疑幻桃花於秦洞。自慚腐草,偶銜燭以生輝;欲化黄衣,擬授環而匪報。獨矢堅於立節,永厲寸心;庶可答於名賢,奉揚大雅。

答陳志寰方伯_{時起閩轄,未任。}

雲章五色,望蜺方鬱於仰膏;天篆八芒,剖鯉忽驚於遺字。鏗然風瑟,恍彼月梁。

某官峻拔斗杓,清融冰柱。安石不起,其如晉室之蒼生;常衮重來,未荒閩山之畏壘。衆言君謨圖荔之譜又燦千紅,公手陸羽烹茶之經獨歌六羨。萬童騎竹,悵未覿於綉裳;九畹紉蘭,寵先分於縞帶。以受廛之舊,獎餞惟勤;胡賜履之新,旬宣猶後。敢借美人之綉緞,還充君子之玄黄。雖列宿雲臺,名無加於鈞碣;然十霜客舍,鄉合念於并州。感重投珠,悰深勸駕。酉名山而大小,從此光藏室之書;甲揆日以後先,跂予承下車之憲。

答沈衷中工部

一星作使,方占真氣之臨關;雙鯉遺人,忽傳好音於空谷。施者何取,得之若驚。

某官鑄穎斗精,探奇越絶。鶯文振藻,接慧業於隱侯;鷄舌懷香,韻詩聲於工部。方將表《考工》之記,以補《周官》;乃先受滄水之符,來稱使者。江陵估客,樂府播其清風;雲夢騷人,賦心寒於白雪。共紆識荆之望,胡勞拔蔡之言。

某撫召伯之棠,已慚膏雨;尋庾信之宅,倍憶江關。倒屣事賢,隔三苗而何路;投珠照夜,藏二酉以難忘。《禮》有先拜主人,今始見矣;《詩》云"報以瓊玖",病未能焉。尋夢詎迷,袖書不滅。惟有餐花之悃,遥依明月之樓。

答史心源

藝海鵬翀,徵雄飛於問棘;宦林駿發,叶公夢於占松。揚邵伯之遺風,棠陰七澤;展鄧侯之能事,籌策三秦。文章揮班馬以前驅,事業印夔龍而左券。某馬曹拄笏,覺爽氣之未遥;熊國吹篪,訝離聲之太逼。觀壯猷於分陝,動喜色於哀荆。仙掌依然,雖白帝之源難問;酉山屹若,乃真人之字俄傳。豈特寵及友朋,抑且歡騰士女。莫陪賀燕,聊托歸鴻。

答岳陽馬太守

并土故鄉,頻送君山之夢;竇鄴餘燭,遥分子夜之光。登天岳而酹洞庭,波猶及我;薰澧蘭以傳沅芷,馥正襲君。樂今日有賢父兄,慰當年之舊子弟。遠誠徒鬱,嘉訊俄傳。以燕公吟嘯之清風,洗苗山毒淫之瘴霧。真所謂湘君之佩,宛下芳洲;秦人之書,宜藏西室矣。況江波活鮒,誼已重於分憂;胡綃彩織鮫,貺仍隆於投贈。感縞帶之意,從此定交;愧鎖鑰之才,深思比物。依然千里,志以寸丹。太守仁風,擬奉揚其何日;勞人歸路,或親炙之有緣。預訂合劍之龍,先托求聲之鳥。

答吴表海太守 時推常鎮憲使。

一別二年,寸心千里。雖芝蘭臭味,霜雪不渝;而鴻雁音徽,關山易隔。吴公治行,已高漢室之名;季子英靈,欲邀延陵之駕。想俞音之出綍,佇削牘以彈冠。乃於傾佇之餘,忽來綢繆之問。風波困我,宜感舊於同舟;盤錯知君,亦懷人於伐木。襟期互照,晤語難求。惟郭賀之襜帷,方占殊寵;奈武溪之橫笛,彌嘆毒淫。猶有冀於指南,庶無虞於折北。斯乃同聲相應,中郎之弦表未乖;宿盟可尋,季重之鄴中不爽矣。永爲好也,遠于將之。願以汪汪,涵兹耿耿。

答吴表海太守

三吴得歲,旌花方愜於望雲;七澤分風,夢草俄驚於別雨。追惟同舟之日,肝膽一身;爰及判袂以來,琯葭屢改。無緣縮地,已結懷人。顧尚聯翼軫之分,托雙星以暗度;奈遙望斗牛之遠,溯萬里而回流。易感者蘭臭之孚,難期者萍踪之聚。爨桐誰賞,縞帶倍遥。所以寶劍衝天,終鬱雌雄之氣;鳴琴在匣,特愴離合之弦者也。接大雅之遺音,撫孤踪而增嘆。寒泉薦悃,君定托延陵之神交;下澤驅車,我終尋少遊之野逸。惟有心月,不隔關鴻。願毋忘襟抱於此時,猶庶訂笠車於異日。

答黃麗宇太令

楚岫萬重,曾迎青鳧之影;滇雲五色,忽送碧雞之音。況羽翼之難通,特委蛇而曲致。如茲懷友誼篤,應求聲氣之中;可想牧民精營,期會簿書之外。蓋汪陂涵萬頃,原高叔度之門風;故循政冠一時,獨擅潁川之家譜。三耕之田屢熟,一變之俗自醇。蘖户輸租,接棠思於漢相;茶花成錦,照桃浪於武陵。桑梓分光,預占徽璽;芷蘭結契,遥鼓清琴。多君臭味之見收,毋忘千里;顧我暌孤而得此,坐失四愁。東道主人,彌追慚於失職;南來鴻雁,徒太息於報章。裁書托戴客之船,醉德同黃公之酒。感深夢表,意滿言前。

壽梁醇宇撫臺九月

江光動畫戟,南行爭賦於黍膏;秋色媚清尊,西笑正逢於桃熟。絨麟再見,酌兕同聲。

某官學者斗山,人中松柏。寶慈與儉,固獨復之天根;洵直且侯,扶方亨之陽德。六廉以洗吏瘴,而一話一言,設教極父師之心;三事以修民和,而有饎有溺,勤思補天地之憾。于胥鼓舞,誰妙吹噓?開生户之十三,皆成壽域;滿仙功之八百,即是福庭。露重菊花,新釀黃鶴仙人之酒;星浮軫宿,重披朱陵使者之文。咳唾丹砂,隨金風而錯落;指揮青鳥,偕鴻雁以將迎。蓋蟋蟀吟秋,宜頌得賢於此日;而白虎踐夢,正叶命哲於昌辰。可謂以楚賦之揆初,贊召公之平格者也。

某欣依仁宇,兩獻慶詞。顧昔也三月有成,驟歌豐年之萬寶;今則周天復始,行轉元氣於八荒。祉既日新,言當更進。伏惟其儀正國,永垂楚甸之甘棠;作誥祈天,仰衍堯階之蓂策。

壽黔臺張鳳皋九月

萬寶知秋,露莖深灑於貴竹;八荒開壽,星象滿照於地桃。嶽獻周禎,人歌楚頌。

某官鳳麟品格,龍馬精神。文武羅胸,金簡將玉鈐並富;寬嚴應手,玄霜與甘澍齊飛。播中和之樂聲,則白狼懷義;殫縱擒之籌筆,則靈鳥授符。元老壯猷,已標峰於太乙;異人瑞世,特紀誕於長庚。惟茲籠鴿之辰,適在獻龜之月。西風薦爽,霞中送金母青鸞;南極垂輝,天上來張公白雀。蓋劍先知神物,佩果兆乎三公;而菊譜字延年,術堪助乎彭祖矣。指椿而永秋色,作朋難老,猶一身有待之齡;穫稻而樂西成,祚國保民,即百世無疆之業。

某有懷善禱,莫贊大年。雖上殿放騾,未能窮張果之甲子;然升丘夢虎,約略記皋陶之下旬。伏惟蒼鬢相唐,總不妨江海之客;黃石興漢,然後從神仙之遊。

壽彭天承按臺七月

日月會鶉尾,占卯惟建福之區;風雲切豸冠,逢申即降神之咏。靈光際嶽,喜色哀荆。

某官氣大以剛,道冲而用。扶疏意樹,玄探象帝之先;吞吐學淵,浩總海王之派。當石麟之摩頂,資本從天;及文鳳之棲梧,生能瑞世。忠司明主之直,鶚應肅以橫霜;義息態臣之爭,蟬抱清而嘖露。方以得公為國賀,宜以命德為公祥。乃茲度之揆初,僉云楚之得歲。澄吏如滌暑,解綬凜離資之風;和物若吹涼,迎車悅膏黍之雨。參衡舞其西爽,邀白帝以獻長生;江漢匯于東溟,向海若而歌方至。既恢壽域,彌瀋慶源。蓋商律曰臣,表惠文於執矩;且秋德為禮,叶月令之獻龜。固宜現南極之星,有光賜履;招西池之鳥,來佐浮觴者矣。

某庇宇默佩於心師,頌麻莫名於氣母。稽老彭之譜,首詫籛鏗;若柱史之文,雅稱老子。斟雉以享,八百溯臣堯之年;跨牛而行,五千留授尹之字。籛有仙胤,曰武曰夷;老本儒宗,非玄非釋。何姓與官之相合,豈今視古之不然。援爲名世之期,竊比大年之祝。伏惟君民親見,酬二儀陶鑄之精靈;德業著垂,作百代殊尤之人物。

壽馮文所大參九月

金爲盛德,白雲有王母之觴;軫候長生,朱鳥即神仙之嶽。如茲兼勝,可壽異人。

某官應象石麟,修詞綉虎。四十年前輩名手,魯殿靈光;八九州俊士歸心,齊盟牛耳。言含二氣,榮落亡其温涼;量總四溟,濁清忘乎澄撓。時比周郊之鳴鳥,身悟老氏之猶龍。宦履探奇,收烟霧於彩筆;世途煉性,斂雷電於靈樞。平生所歷,黔滇楚越之觀;今日始開,衡疑湖湘之域。文章藥物,山水丹爐。露瓮可斟,灑吏民而共爽;花源如夢,移雞犬以都忘。固不待遠而勾漏之求,亦何須老矣鑑湖之乞?豈非以仕爲隱,即吏而仙者乎?黄菊露深,釀水照生申之綺席;丹楓霜媚,吟詩扶醉白之春容。某閲莊子之椿,因記八千秋色;知皋陶之誕,正爲九月下旬。欲祝生與知之無涯,但觀德及言之不朽。遥將朋酒,少載心旌。

迂涂振任僉憲

清時命岳自天,輟水鏡之司;名鎮建牙於昔,光羽干之略。三辰得歲,二西傳書。

某官英韻天球,壯猷月斧。豹文養霧,神意匠以揮毫;龍氣燭霄,淬情鋒而吐練。東南壯玄虚之賦,海運莊鵬;直上陪卷阿之遊,梧賓周鳳。試鳴弦於宓子,歸啓事於山公。田鳳儀容,漢史欽其題柱;王戎姿韻,晉賢表以出塵。既總九流而清通,宜憲萬邦之文武。猗與斗罍,着此星躔。地接夜郎,聳聽馬卿之檄;風高銅鼓,行恢葛相之籌。參佐皆佇於登樓,苗夷亦聞其賣劍。文人有用,果今日無雙;儒臣知兵,即自古所少。雖嚴助勞侍從,固無離寢門之心;豈若水羨登仙,猶有薄臨軒之遣。

某驅輪共閒,擊楫同舟。顧樽俎之未閒,庖慚攝乏;賴珠玉之方照,礫喜分光。聚漢德星,尚憶奏真人東嚮;浮秦關氣,式逌御柱史西來。筮余去以有期,儻慰班荆之路;及君行而能早,或尋築土之壇。敢布前茅,聊當擁彗。

送兩司端午

浴蘭爲荆節,自然對之有情;吟澤類楚囚,已覺言之無味。顧久客之踪自厭,而君侯之祉方新。草木皆靈,撫菖蒲而色躍;江山來媚,傍彩縷以神飛。斯乃溯凌日之標,沉舟欲起;拂薰風之軫,焦木思鳴者也。既庇夏雲,敢忘楚頌。讀《騷》痛飲,勝事盡以讓君;佩符辟兵,寵靈庶其及我。願揚仁於揮扇,冀鑒悃於濯罍。

答司道端午

某羈人厭節,非土懷歸。放澤畔而浴蘭,已逾屈原之三夏;臨天中而蓄艾,較多孟子之一年。藥祇扶痾,終難醫拙;《騷》雖快讀,又覺媒愁。故已罷簫鼓之舟,畏聞競字;屏菖蒲之酒,虛負醉名者也。況辟兵無符,九子靡粽。庇民深慚於續命,撫影倍怯於孤吟者矣。而仁公鼓之以冰弦,膳之以霞脯。受紫芝之朮序,采而遺人;盛召伯之黍膏,熟焉餉客。夫梅則有雨,固多在暑之滋;然麥以爲秋,其奈違時之槁。將何以植棠蔭日,揚扇答風。惟有臨衆派之津,低回恩浪;藏五色之縷,繾綣情絲而已。蠑蚖合丹,不泯撫辰之感;鸜鵒剪舌,詎傳送抱之言。

與兩司中秋

西顥平分,圓輝正滿。以予懷土,惟吟久客厭江月之詩;想君登樓,何煩秋思在誰家之問。懸孤輪而獨耀,冰鑑無私;隨萬水以俱圓,金波有象。心爲光明燭,既不愧於雙清;人吸沆瀣漿,亦何妨於偕樂。況蟾蜍倍喜,文星添桂子之芬;而蟋蟀未深,霜序減梧葉之感。既揮毫而攬勝,兼吹笛以散愁。獲寄牢騷,一醉之餘;敢忘清輝,千里之賜。鵲河祇樹,聊矢音細語之砌虫;鶴露添杯,願永照長生之玉兔。蒹葭可采,蘭芷何言。

與武官中秋

從軍饒曲,率多感月之吟;上將金城,坐享防秋之逸。灑恩波而遍醉,武露紛綸;秉智劍以當空,祲雲廓落。天街净洗,千屯刁斗俱閑;銀漢無聲,萬户衣砧暫息。凡步清光於梧井,俱仰出號於柳營。楚歌楚舞,儘饒飲凱之歡;此夜此時,能忘德威之庇。聊供節餅,仰佐軍厨。

答沈工部中秋

詩人咏月,詫工部之最多;游子悲秋,誦楚騷而如見。豈不以文偕情會,寫照雙清;愁傍節生,凄懷孤影。非掞天之手,誰敢刻畫嬋娟;雖賞勝之宵,翻成咨嗟光景乎?惟君爲沈約後身,何減少陵雅咏;顧我抱蔡邕焦木,殊深宋玉蕭條。此夕爲心,兩地各别。乃砧杵之感,方動於關山;而屋梁之輝,忽來於尺素。愧太白停杯之問,胡然夢親;聞郢人刻羽之歌,方知曲絶。曾孫行已遠,褰武夷之幔以難期;公子病未能,賦廣陵之濤而立起矣。客星四度,依稀影是故鄉;銀漢孤槎,低回皎兮君子。勉傾尊於北海,如聽屐於南樓。

答兩司中秋

某作客四秋,懷人千里。是故鄉之照,頻見月以思家;如君子之光,亦誦詩而驚别。蓋嘗訂刀環於此夜,猶寒園桂之盟;亦幾捧金鏡於茲時,屢斷關楓之夢。魄生東海,祇感越吟;興在南樓,莫陪屐響。無謝莊之賦手,有杜甫之傷神矣。乃動德風,特頒文露。霓裳仙子,遥憑弦管以吹開;霞幔武夷,疑逢柱杖而引去。遂藉以驅除煩緒,收召歡悰。玉斧初圓,狂思斫桂;銀河有路,豪欲乘槎。恍然見夫伊人,不知今之何夕者也。雖捲簾倚杖,未免顧影以成三;然席地幕天,詎忘噫氣之吹萬。當階蟲共語,似鳴求侶之心;是夜雁初來,聊寄銜恩之字。

答武官中秋

千里被邊,防秋幾同於朔漠;三苗伺隙,候月頗類於匈奴。雖撫玉鏡之圓宵,詎忘刁斗之警夜。惟依幄中之算,箸即勝籌;故折席上之衝,河堪洗甲。依然此夕,不負清輝。已仗庇於解嚴,胡更煩於洗腆。化河流作醪味,既推醉士之餘;銷兵氣為月光,欲賦從軍之樂。莫陪橫槊,徒嘆烏鵲之南飛;遙想投壺,不妨麒麟之高畫。聊憑三沐,仰報七襄。

答常德府中秋

月滿庾公之樓,宜此興之不淺;濤生枚叔之筆,奈方病之未能。忽枉一尊,何殊《七發》。蟾輪修滿,已嘉仙斧之功;兔藥搗成,更拜刀圭之賜。雖降帝子於北渚,目渺渺兮愁余;然享壽星於①西郊,民欣欣有喜色。稍減片砧之念,賴觀萬寶之成。感彼屋梁,托茲尺素。撫叢桂而招隱,真愧王孫;采蒹葭以寄懷,莫從君子。

賀榮王受册

離方胙土,拜如綍於紫宸;豫樂建侯,鞏惟城於赤社。恩醲楓闕,慶動花源。殿下懷德維寧,爲善最樂。天河瀹秀,涵星斗於銀潢;若木疏暉,護雲霞於璇葉。昌辰增朗,盛典聿崇。玉節下九天,陋剪桐之周戲;寶册來三殿,光磐石之漢宗。鐘鼓臨軒,上方備物;袞圭告廟,南面稱孤。蓋六佾九旒,禮樂下天子之一等;拱辰宗海,本支扶皇代以萬年者也。

某溯沇水之恩波,新覿菁茅之錫;紀荆山之勝事,重聞寶鼎之浮。雖風引仙鰲,莫陪賀履;而目馳梁苑,思曳長裾。敢矢響於林蜩,聊托悰於廈燕。伏惟忠回傾藿,孝篤仰橋。肯構肯堂,丕服《梓材》之訓;如岡如阜,永賡松柏之詩。

答榮王殿下

礪山帶水,奠寶鼎以生華;倒皮傾筐,絢異書而動采。霞披小酉,雨灑昌辰。

殿下瓊木疏枝,璇源瀹派。鳴謙東禁,雅被服於儒風;顯比南邦,新對揚於帝祉。羹墻前賢之武,篤序觀橋;礱石大宗之翰,丕承訓梓。國人觀盛事,欣占景鑠之鴻昌;君子表深心,倍祝德猷之駿卲。果傾高聽,不替下交。取晞藿之微誠,錫分茅之餘寵。人惟德物,巽權在施報之中;儉以禮將,孚缶出往來之外。感茲心享,溢甚世榮。

某近水分光,悵乘槎之先返;撞鐘發響,驚廣樂之遥聞。幸以恩暉,存其素雅。惟區區自挾,不在枚鄒賓客之間;更款款相酬,願踞間平宗子之右。大雅文囿,膺冕紱以彌冲;維城德基,鏤鼎鐘而不朽。

賀華陽王受册

導江至澧,帶礪特盟於漢磐;胙土維藩,菁茅載光於韓奕。祥分帝闕,慶滿仙洲。

殿下光濟能謙,親賢内比。蜀星分曜,遠繩獻主秀才之徽;蘭佩紉芬,近接前王宗英之武。辯九經而響應,被服儒生;賦二言以藻飛,宫商騷客。孝既終於樂棘,典爰錫於剖桐。合樂夏初,應月令建侯之義;迎綸秋半,嘉嵩呼祝聖之期。六佾軒懸,始面南而聽國;重圭瑞輯,彌拱北以宗辰。散閶闔之金聲,王風聿暢;撫冰輪之玉魄,淮桂逾新。蓋纘序無忝於觀橋,而塗丹益恢於訓梓者也。

某知陳思之志,雅不羨乎遠遊;卜梁孝之賢,正可開於別苑。敢修燕喜,以祝鴻昌。所冀金錫榮名,羹墻世澤。纂禮樂衣冠之盛,日茂本枝;振温文忠孝之音,天垂褒衮。

賀趙都閫

某官共武之服,克壯其猷。神授多奇,兼練磨之已熟;父書善讀,更合變以逾精。屬選將莫如營平,而奮武宜先荆楚。遂授壇鉞,來制閫符。出戰入守,居耕獨運屯田之略;前茅中權,後勁頓增壁壘之光。方鼓朝氣以作兵,猶師雅歌而結客。元戎細札,儼臨貢於酉山;大貝南金,更輝煌於辰水。恍然緩帶輕裘之雅,何減敦詩説禮之風。

某燕賀甫將,魚緘已逮。大劍長槍,君不笑毛錐之陋;短衣匹馬,我願從射獵之遊。

發俸金助謝少連歸喪檄

爲恤旅事。照得芳林隕秀,韻士同悲;客土招魂,仁人倍感。故歙名士謝陛,字少連。初鯈諸生之衿,中尋山人之服。幼度玉樹,蹔見孤枝;康樂詩才,庶幾一斗。倡羊何之吟社,每動容《結客》之篇;撫謝承之《漢書》,尤鏦心《史通》之學。志扶正統,筆誅奸雄。曾以陳壽《三國志》,改爲季漢一書。尊三后於正陽,黜二方於偏乘。不但係紫陽之大義,如芥投針;抑且節承祚之愧詞,補黷成好。本道見而善之。雖非縞帶之交,頗切緇衣之好。近問少連,訪友入楚,客死鼎州。蘭佩自芬,吊湘纍而長往;桃川可訪,携秦客以忘歸。縹緲千山,伶仃孤子。生同逆旅,奚嗟背井之魂;死必首丘,尚阻歸骸之路。有如此人,固盡傷於才鬼;是在我土,宜匡振於窮途。特捐俸金拾兩,津其扶輀。存無半面之知,没有匍匐之救。豈云同調,聊表賞善之寸心;儻其有靈,不昧幽原之含笑。

補送兩司重陽

是秋已落木之深,祇能驚別在楚。無貽糕之故,或免撩愁。以散吏多疏,仍叔苴之未獻;何故人獨厚,蚕送酒之前來。發悵望於千山,因卧痾者旬日。菊嘲人瘦,病詎止於再逢;萸憶弟遥,醉空吟於偏插。旅懷既惡,答贈爲遲。賴晚香之未衰,猶落英之可寄。如何蓬廬士,空視時運之傾;誰謂秋冬交,正補重陽之缺。況九華之實漸結,靈氣勝花;而一壺之日偏長,仙期難暮。桓公曠達,無由墜帽於筵傍;太白風流,遥想舉觴於節後。慨其懷古,以此遺君。

補送武官重陽

風勁弓鳴，正好校射雕之手；霜深菊傲，猶堪續戲馬之遊。山公之倒接䍦，再攜參佐；子瞻之記好景，宜展重陽。萬里消氛，李白坐中劍舞；三秋選勝，滕王閣外江流。蓋佳色獨高於將門，而良辰長媚於賓席者也。雖九九迎雁，覺漸老於風光；然七七開花，總何拘於節序。遥飛兕酌，未許蝶愁。撫赤寶以辟災，寧忘威庇；餐落英而永夕，倍切離吟。

答司道送重陽

菊花隱逸，獨愛徵士之清；重陽雨風，能忘租吏之嘆。由前則徇五斗者所爲愧色，由後則撫九巵者以之驚心。故草木懷宋玉之悲，而茱萸缺漢人之獻。乃蒙遥賞，持損先施。題劉夢得之糕，仍虛句裏；醉王江州之酒，宛向□傍。授衣戒寒，悵頻年而作客；登高作賦，推千古以讓君。惟援展□於唐時，將補介觴於後日。

答鄧元宇總戎重陽

將軍戲馬，宜攜客以登臺；遊子送鴻，獨懷人於采菊。驚兹日九，荒我徑三。難解黃花之嘲，又遺白衣之酒。前期得閏，兼葭知霜露之深；是日逢晴，滿城減風雨之嘆。資陶潛之一醉，聊解鄉愁；助彭祖之九華，終迷仙術。蠻烟空萬里，飲此消矣誰遺；羈影寒四秋，歸去來兮自笑。夢依鈴閣，感寫赫蹏。

答常德府重陽

九日節自漢傳，尋菊花以問千古；四秋身爲楚客，想茱萸之少一人。倍切鄉心，何來朋酒。白衣戶外，佳日正倚東籬；皂帽尊前，臨風有懷上客。築場終獲稻，雖豐年了秋事之供；聞雁始授衣，猶無褐深《豳詩》之感。願以登臺之雅嘯，吹散落木之窮愁。匪僕專承，爲民善禱。

答華陽王

江水出蘭,儼仙洲之如綉;苑烟浮菊,照寶册以相輝。宜重圭光磐石之宗,猶折節講布衣之好。追惟桂香染露,曾疏燕賀於墨卿;及此橘色凌霜,遂傳鴻音於竹使。非穆生之詩學,分隔醴筵;異虞氏之《春秋》,何來璧贈?人知河間大雅,陋神女之賦而不爲;我亦張融遺狂,樂衡陽之風以忘老。誦月出之句,如溯流光;瞻日華之宮,欲書盛事。感鳴蛩語,思托鸞文。伏冀价人惟藩,接大宗懷德之武;吾王鼓樂,騰國人喜色之言。

答吴長谷謝賀監試

連城爲璞,忠莫盛於貢賢;報木以瓊,感實深於永好。貽兹蘭佩,既自苹筵。某官英鑒人倫,玄門衆妙。隱之澄一啟之水,過瀨投香;季札辨四國之風,陳詩觀樂。横江明月,再賡赤壁之嘯歌;鎖院清颸,特借青藜之綱紀。共誇入彀,誰設恢羅。使側席者式慰旁招,則勸駕者寧辭上賞。諸侯賓俊造,已嘉三適之功;外吏分光華,莫效一辭之贊。顧卷阿巢鳳,方推本於樹人;胡霜渚吹鴻,乃傳聲而結客。某得賢思頌,偶托蟋蟀秋吟;遠道遺書,驚看鯉魚腹字。采藻佐承筐之宴,我則宜然;玉案酬綉緞之施,君今過矣。

壽王柱名方伯

《左傳》紀月,以十爲良;麥丘祝年,必三致意。惟仁兄麟冬旦正,逢斗指亥之辰;而弟也酌兕小春,屢援嵩生申之什。蓋積十之數,引百千萬而無涯;然獻三之觴,歷癸甲乙而方始。昔者臺高,蒼柏傲霜雪以後凋;今則省闥,紫薇和風烟而再暖。真宫之階彌上,壽域之策重添。敢醸辰江,以光斗極。醉橙橘之好景,長渥容顔;垂金石之大年,全昌德業。

賀陳志寰陞浙江左轄

閩山雲望,奈舊雨之爲霓;浙水風光,占景星之得歲。薇堂絢紫,蘭畹紉青。

某官寶瑟清和,金鏞敦厚。統千年之正學,兼綜玄釋微言;擅一代之雄文,更抱霸王大略。郗侯南嶽,誠薄宰相以拂衣;謝傅東山,詎忘蒼生之引領。前後啓事,如栽梧植竹,幸鳳之來,以爲致君子之光;東西交争,想鱗霧鬣霖,隨龍而出,庶幾先我公之澤。故方還庚桑之畏壘,旋界勾踐之提封。袞綉何遲,鬱城榕而仰露;絲綸新動,暖湖月以移春。豈特全省總其紀綱,抑且諸藩推其冠冕。蘇公堤上,獨賡白傅之詩;伍子潮邊,重避越王之弩。興雲四嶽,業贊零雨以從天;審象三台,佇握魁樞而運斗。

某依廛雁户,積夢龍門。與故老蔭邵伯之棠,聽仁聲之猶沸;居是邦近劉尹之樹,仰清德之可師。右有左宜,共式萬邦之憲;去思來暮,彌紆兩地之心。雖奪方伯於价藩,能無私悵;然晉中丞於吾土,即辦擁迎。儻諧祈佛之香,先奏懷仙之笛。

送劉陶宇方伯入覲

東皇御歲,百僚依日月之光;南嶽承天,肆覲曳星辰之履。周風首紀江漢,虞典尤嘉陟明。紫絢長安,青浮夢渚。

某官品推古柏,忠結晞葵。正己倡法廉,儀聳黄樓之鶴;深心憂水旱,食却武昌之魚。十七郡撫字催科,手中造化;百千官澄清激濁,皮裹陽秋。鱉封咸禀於爐錘,螭陛尤資其衡鑑。兹者斡四十四春之斗柄,大計明堂;萃千三千界之衣冠,環依斗極。問韓侯介圭來止,知邵伯膏黍依然。天子臨軒,采筆籙山林之隱;尚書給筆,述湘安衡奠之功。護王氣於祖陵,宜培根本;察民癙於藩業,先罷莊田。蓋湯沐帝都,望澤無殊於雙輦;况甘棠荆甸,推恩合軼乎諸侯。晉日近以接三,需雲多而卿五。二伯入相,彌增翼軫之輝;《九罭》可歌,豫懸袞綉之戀。

某才宿拙,齟技今窮。不分官躅之瓦全,但看君名之金覆。劉公何矣,清風猶憶於耶溪;太尉醉耶,丹心佇匡於漢室。或以新霖之暇,未忘舊雨之思。江上煙波,送登仙其何路;懷中夢草,延落月以在梁。舍情裁二酉之書,回首是三辰之隔。願將雁緒,托載鶯聲。

送張玄中入覲

總南邦之侯甸，入會天宗；敝群史之幽明，仰詔太宰。臨軒咨牧，方賴嶽四以興雲；鳴佩登仙，獨近魁三而占象。某信心涉世，同味惟君。官等燕之去留，付之不問；朋隨鴻以離合，未免有情。閶闔上征，笠留騎於白雀；海山歸釣，豈圖夢於丹魚。聊以南浦之蘭，托於西門之柳。鳴珂謁帝，新花待爾晝行；解網閑人，芳草儻予春路。庶出處同故鄉之駕，領笑鶯前；相提攜試初火之茶，忘形蝶外。固所願也，以此盟之。

賀三臺冬

迎長七日，占君子之方亨；書瑞五雲，本上臣之有造。食麻氣母，歸祉化元。

某官探易天心，斡乾國手。黃鍾炊葭，律有先春；玉尺正中，圭無曲影。褰裳以拯扶物命，不啻轉永短於琯葭；懸鑑而參伍人才，真如權低昂於土炭。對此地中之復，招回天上之陽。政戒發房，六物與雊膏並厚；威伸保塞，八神將貔略俱標。弦歌皆肆樂之風，干羽即寢兵之象。蓋千門待臘，熊封遍舞於趙暄；想萬寶會儀，鳳闕促朝於周正。

某襪材甚短，徒慚官線之增；樗質多寒，忽被黍崖之暖。無階獻履，遙祝添籌。伏惟靈樞獨固於潛淵，大業益隆於樞表。八風式序，不擾閉關之閑；七政更新，永迓介觴之福。

與司道冬

寸琯吹葭，始見天心之妙；五紋添線，漸舒晝漏之光。澄懷妙契於庖羲，觀象欣占於太史。人依冬日，熊封乍散凝寒；地轉春臺，鵠渚新浮佳氣。洞庭奏八能之樂，化宋玉郢雪，調作希音；湘漢釀六物之醇，想召公雨膏，灑從玄酒。既撫陽光於迎至，彌綏昌祜於踐長。

某心似冷灰，忽動噓暄之律；身同枯岸，難回待臘之容。二天有故人，儻能成蟄坏之隱計;至日長爲客,未免感雲物而驚心。遥托雁臣,祇將兕酌。願以星辰之履,即旁日月之躔。

賀榮藩冬

日在狼駿之山,楚官舒景;陽生鳳凰之管,魯史紀祥。此周曆所以建年,而王門於焉戩穀。

殿下本支天統,礐石仙宗。當錫命之維新,乃踐長之方始。桐圭表正,敷爲可愛之陽和;臺殿登臨,倬矣太平之瑞氣。選八能而肄樂,樹羽在庭;釀六物以薦醇,開筵有醴。休光彌望,大雅出群。其幸近珠璧之躔,敢忘履襪之頌。薄采柔荔,仰纕佩蘭。伏惟晴暉浮動於山龍,綉紋引旭;廣譽氤氲於寶鼎,黍鬯從風。

答司道冬

化國之日舒以長,兹當其至;君子之道微而長,是以必享。元氣吹霞,胸贊北辰之造化;晴光添線,手開南國之陽和。忽啓希音,來遺玄酒。出入無疾,能忘順動之規;迎送有雲,共卜豐年之醉。某客中五見節,幾同杜甫之覆杯;天上一回陽,擬效陳思以頌襪。非憑噓拂,孰釋窮愁。菹餉金釵,始驗荆楚歲時之記;律溫玉琯,佇迎日星珠璧之祥。

答同僚賀壽

某緯蕭末品,廢蓼餘生。禄不逮親,夢思銜恤。刀荒報國,歲計何餘。忽踐四十之流光,徒宿萬分之積愧。蓬心學道,鑰難啓以無聞;骨鯁違時,觚有棱而見惡。亦惟入不量,而爲未能信之士;是以壯莫成,而及不足畏之年。思釋負於子臣,仗指南於師友。生養已矣,庶慎行以終身;素飽赧然,或將勤而補拙。詎謂藥言之反靳,乃勤蘭貺以加遺。引雅什於臺萊,咸英享鳥;徵地靈於閩楚,文綉被樗。沽酒薦几筵,感斷而悲已續;正冠讀瑶玖,驚往而疢重來。言大非蒙,藏之二西;施隆罔答,矢于三辰。恐福過滋小人之災,猶交深望君子之贈。蓋智能察衆,故原其見惡,而有杜甫之獨憐;然仁必立人,則閔其無聞,可忘原壤之叩杖。儻獲息鯨補劓,假我年以從先生;敢不日邁月征,惜分陰而酬造物。道義所在,天地共臨。

賀三臺年

大丙御年,昌辰啓節。躔爲朱鳥,誰参出震之規;兆則赤龍,請獻疇離之爵。

某官丹心待旦,赤手調元。天半朱霞,絢祥光於三素;人間白雪,開雅奏於六筲。正黄道以序泰階,身扶魁斗;佐青皇而行木德,氣轉勾芒。文武將吏之綱維,幹貞元而復始;道德事功之赫奕,歷運會以彌新。屬歲事於焉履端,正人和以之首祚。赤松仙藥,柏浮憲府之香;玉衡星精,椒應荆分之象。行甲乙之令,九農方賀於屢豐;按玄黄之經,三苗潛弭其不若。蓋南國懸鷄帖,登臺隨物皆春;想中殿發虎樽,虛席望公如歲。

某讀周處練形之記,久習土風;受劉卿辟鬼之書,聊禦魑魅。異鄉孤迹,恐難比祇支之鑄鸞;直表虛中,猶幸承金門之吹竹。頌休剪燕,托悃飛鳧。伏惟桃納壽符,松徵公夢。贊太皞之政,相布德和而慶惠施;凝姑射之神,物不疵厲而年穀熟。

賀巡道文無枝大參

神鵰運漢,豈伍鷃樊;玉樹摩霄,詎林葭浦。然而羽毛雖短,猶承羊角之下風;柯葉既微,必資鶴唳之餘露。此璧光所以取照,而河潤於焉依仁。

某官學術深醇,才猷英遠。系文山之正脉,日月襟寒;擷桂嶺之靈芬,雲烟筆滿。四時令序,氣兼秋肅春温;九德成能,體擅圓規方矩。初賞王戎之簡要,鏡照無疲;果持徐勉之孤貞,室談不雜。燕雀之時輕重,翻緣衡正而取憎;鶗鳥之日短長,自愛衣班之可戀。身歸潔於出處,望實佩於安危。故當宁亟進賢之思,兼爲公籌將母之地。起家象郡,領節熊湘。王馭非遥,宿春糧而已逹;潘輿可奉,晝披綉以來游。惟忠孝之家肥,即文武之邦憲。遂令遠酉山、近德嶠,霖隨雷轟以成膏;抑使左衡嶽、右洞庭,氣鄰星躔而化紫。讀文潞公之傳,怳再見其丹青；仰韓吏部之門，況親依於山斗。

某人慚倚玉，地喜附麻。伯塤仲箎，應哂巴人之和雪；後驂前靳，或容公子之執鞭。尋仙洞於桃香，寧虞迷路；比客袍於春草，倍覺送情。遥佇龍登，先馳燕賀。伏惟十連爲帥，即開旌節之花；二象占魁，更曳星辰之履。

賀武昌守道劉蘿徑少參

葛相南人，宿憺威名於鑄鼓；庾公上客，重挹風韻於登樓。河潤彌新，宇閎可庇。

某官蒼筠有節，玉樹無塵。學綆汲深，探驪珠於赤水；義峰造極，剖虹壁於瑶山。枕多朝徹之書，皆成鴻寶；杖有□光之照，獨叩青藜。四始宫商，接窗鷄而人語；六韜尊俎，揮匣劍以龍鳴。政在能詩，文必允武。故爲郎能光虎瓜之板，而分臬即攻槃瓠之心。舉鎮静之杯，戰場化爲詞苑；膏旬宣之黍，霜署晉領薇垣。霧掃三山，堅清酒之漢約；波澄七澤，振枑邑之召功。騎仙羊而來，咸披真氣；摩黄鶴以賦，更築騷壇。不獨江漢賴以安流，抑且屈宋爲之生色者也。

某依劉久矣，拔蔡殷然。江鯉素書，證三生之同味；女牛衣帶，悵二竪之欺人。驚傳吉甫之風，遠贈謝公之扇。情線長而可貫，心旌曳以長飛。惟開閤庭吏民之初，即提衡天啓人之日。遥馳賀爵，往托化鑪。魯慮無鳩，知非越瘠之視；晉欣有豸，尚飲楚波之餘。

答文無枝大參

丹鳳巢閣，扶提快賀世之音；赤鯉傳書，宛轉剖加餐之字。慚於葭倚，感此塤吹。

某官五嶺標雲，八林馥月。人倫水鏡，夐擅裴令之清通；王國雨膏，特煩召公之經理。半壁高東南砥柱，雙劍吐牛斗寒芒。坐鎮而川嶽奔，有言言者；指撝則風雷動，不爲爲之。夾轂歡聲，沸桃花而競發；同舟雅誼，嚶黄鳥以相求。唾爲鮫客之珠，海綃照夜；襄即天孫之杼，雪纑忘寒。月旦已諗於高題，夔兒彌驚于驟富。

某鄰光可借，欲尋漁父之津；仙篆遙分，珍重西山之簡。雖映神姿於叔寶，形穢珠旁；然蒙異顧於孫陽，驥鳴鞭後。匪報也，永爲好也，君有味《木瓜》之詩；中藏之，何日忘之，我惟矢《隰桑》之志。聊陳僂僂，莫罄沄沄。

賀同僚冬

鳳律六筩，先占剛長；龍躔七緯，又啓曆元。實惟正人扶抑之權衡，不獨造化翕張之消息。妙觀無欲，常見天地之心；冲用不盈，以待陰陽之定。有雲成慶，將兆致於屢豐；如日方長，宜聿懷於多福。某雖屬頻復，亦慶得朋。齋戒掩身，敢忘發房之禁；萌華降惠，知本薦樂之功。共舒喜色於荔蘭，聊托微心於饘粥。起軫中之壽，勿贊引年；開泰内之陽，更期祚國。

答武官冬

一陽動於黃鍾，萬祉歸於紫幕。惟上將守在四境，義叶閉關；使三軍忘其一寒，恩同挾纊。漸消氛祲，復其見天地之心；全仗經綸，屯乃應雲雷之象。已深幪芘，胡損加遺。暫忘楚客之孤鴻，親享周官之饁獸。雖添線當窮愁之節，甫轉縈愁；然舞干屆習樂之辰，絳應賜樂。謹登文筐，附載心旌。期名姓勒於雲臺，卜吉祥隨於星履。

與監司年

四選開辰，萬儀會旦。是占豐瑞決風之太史已知，爰布始和好雨之庶民稱快。桃爲仙都之木，告以嘉符；椒乃玉衡之精，介茲壽酒。青規誰轉，紫閣攸宗。三素雲飛，遥祝練形於上日；九農星正，共推錫羨於芳年。

某跧伏地寒，屢驚歲改。縣葦自笑，人亦禦於不祥；食菜知辛，事敢求於如願。猶攝衣冠之後，彌思陶鑄之新。剪燕莫陪，獻鳩有意。春水照十分梅信，聊傳雪於半枝；明堂書第一藩功，看朝天之雙舄。

與武官年

兵戎不起，武功既成；慶賜遂行，師錫方始。何斯索葦，其義取安攘之文；爰有屠蘇，以禮別後先之飲。貳者懲矣，蓋磔犬以昭威；順而釋之，亦放鳩而布惠。是皆將壇之得歲，聿致裔服之逢年。桃乃厭邦，業式靈於仙木；椒能蠲疾，敢修獻於軍廚。慚鵠化之無符，難同婪尾；想鷹揚之益壯，胡假膠牙。願以飲御之辰，即爲封侯之日。

答監司年

赤龍司曉，首回北斗之杓；白獸頒春，先報東風之律。運鍾名世，心會天宗。開黃道以照庶昌，握青規而圜萬物。二升之醁，宜特賜於尚方；五辛之盤，猶均頒於遠客。某屢感三元之記，易驚萬里之身。桃梗笑人，閱新符而漸老；梅花馳使，喚舊夢以知歸。望履隔雲，慚無化鳥之鵠；開書得字，喜似負冰之魚。願登交泰之階，更振相規之鐸。布始和而懸象，一變楚風；引正彙以拔茅，同光堯日。

答武官年

帖鷄而告方旦，雖荆俗之所同；畫虎以禦不祥，獨將門之有取。變幟合新於細柳，分盤胡及於枯蓬。服却鬼之丸，敢忘靈庇；燃憚獠之竹，惟仗壯猷。大將分醪，一尊隨分於柏葉；尚方賜酒，三錫報信於梅花。即此寅悰，以歸丙鑒。

答郡守年

鴻雁將歸，獨滯五春之客；蟄蟲始振，難舒重閉之寒。惟仗鹿轂之班新，溫回西室；更煩熊軾之念舊，寵薦辛盤。雲三素以來迎，風四坐而何擇。布始和之象，願長轉於青規；感首祚之文，當永藏於錦字。

謝榮王冬

書魯臺之瑞，方紹王休；釀楚醴之醇，遽頒國賞。芝房襲馥，黍谷知溫。

殿下見天地心,握元會紀。星皆北拱,贊虞政以迎和;日乃南行,煦趙暄而廣愛。九脊菁茅之貢,帝鑒厥忠;八能鼓樂之純,神懷多福。踐長有穀,應調鳳琯於千秋;布慶無私,遂溥雉膏於百物。

某仰周圭而測羨,荷宮磬之貽音。雖杜甫對雲,愁添五紋之結;然梁園賦雪,忝分雙璧之酬。持詫交遊,永銘睠貺。伏惟龜朋錫算,狼駿之響彌舒;鴻寶授方,叟蕰之策方始。

賀藩府年

內三成泰,獻歲初轉於龍杓;得一爲元,收春獨歸於麟趾。祥占太史,祜篤价人。

殿下氣調陽和,心涵太始。與仁合體,迎豐瑞於青郊;其德曰忠,獻純禧於紫極。當桃葦布新之候,允椿松介福之辰。山意方佳,煜金枝其千葉;江光欲活,暖玉水以萬流。進椒而體益輕,歡聞鼓樂;蕙辛而形自練,快覿開筵。寧惟酌三雅之觥,娛茲遲日;抑且吹九賓之律,豳彼條風者也。

某汨余南征,屢楚蘋之驚眼;逢震東出,依淮桂以馳神。知衍慶於圖鷄,願施仁於放雀。聊陳二篚,以祝六符。伏惟道叶天宗,哀月令對時之祉;壽傳仙術,得異書夢歲之禎。

答王府餽年

春入舊年,笑平分於梅蕊;人羈楚客,嗟屢換於桃符。賴梁苑之琯吹,俾鄒生之黍暖。指木公而出震,南國迎和;贊青帝以乘乾,東風薦喜。分來銀潢瑞色,灑作辰水恩波。彼鷄子一枚,猶傳練形之記;況麟蹄異彩,坐光餽歲之盤。仙木招祥,照官醺而倍麗;絳囊辟鬼,貽鼎象以俱靈。獲守三苗之安,敢忘五雲之庇。滯茲裔服,莫折豎義之松枝;映彼睿容,聊寄延齡之椒頌。

答華陽王賀壽

江左四十,謂之已老,驚蒲柳之易秋;洙泗再三,戒于無聞,追桑蓬而永嘆。

况素餐幾載,色愧磐鴻;反哺半生,命窮烏鳥。在禮曰強仕,徒虛報國之期;夫我乃動心,實重迷途之惑。既反思足畏之何有,常恐爲見惡之其終。以舊好之相存,猶慚朋酒;胡宗英之獨睠,辱貺王門。借魯頌昌熾之歌,頓忘鳥眩;分淮南丹爐之七,欲化髮頑。雖叢桂有山,引犬鷄而可翼;顧《蓼莪》廢什,齒狗馬以奚顔。曾參仕楚之哀,信則然矣;枚乘遊梁曰叟,毋乃過歟?誼真重於銜恩,感倍切於生痛。壽之一字,所不忍言;祝有千秋,請以還贈。回思燭武之壯,已不如人;賴從衡陽之游,差可忘老。匪云報李,亦以傾葵。

答武官賀壽

龍標之過五溪,僅供桃棘;馬齒之虛四袠,深負桑蓬。況劬勞自愴於鮮民,而頹放彌成其棄物。蓋文武之弛張無術,漫及不足畏之年;故身世之俯仰多慚,徒增虛此生之感。如將壇高密,以廿八而翼東京;即儒苑稚圭,僅三十而寒西夏。使回視僕之今轍,年長而功無聞;即爲古人之執鞭,心非而色不許。惟有閉關以辭賓客,席稿而謝君親而已。何期方叔之壯猷,過念庚生之雌甲。華以妙語,壯哉鐘鼓之音;貺以殊珍,爛然筐篚之享。披臨淮之新幟,頓覺精明;題蔡邕之焦桐,堪永歲月。誠上將所光餙,豈書生則敢承。報李實難,聊托還璋之義;偷桃不老,尚覬煉寶之方。師尚父之鷹揚,期君異日;張長公之禽戲,遲我歸田。

賀梁中丞考績

十國爲連,節制事仍於周典;三年奏最,翼爲功懋於虞鄰。玉斧流光,銀臺增重。此天心必爲特簡,而楚頌先以揚言。

某官壺月照人,嶽雲潤物。和不流而中不倚,獨立見君子之強;上爲德而下爲民,四方周大臣之慮。登良汰墨,庶草偃以象風;却裖召和,八蜡通而樂歲。椒蘭氣化,匪怒伊教;薇杜威持,不用則武。度甫貞於二載,福大造於百年。既壯新牙,兼書舊芀。虎來疆理,殿邦帝有股肱;龍作納言,賦政天之喉舌。嘉乃丕績,何以酬勛?蓋參衡雖屹南服之宗,而翼軫自通中台之氣。鼇爾圭瓚,方照耀於山川;邁此綉裳,即遄歸於日月。

某庇深四履,喜卜三旌。常恐隸不力以累公,猶幾雨有私而逮下。作召公考,惟歌《江漢》之章;永山甫懷,期補《蒸民》之衮。

賀彭天承按臺子捷春闈

秋風羊角,南溟欲化雙鯤;春色仙桃,西山先照一鶚。朝榮得士,人詫象賢。

某官氣合陽秋,宇忘寒暑。惻怛以求民瘼,深憂竭澤之無餘;明恕而察人才,常喜達賢之有後。水清惟靜,騶車止而市猶未知;嶽立則威,騘轡移而官若侍側。風霜貫四時之竹,江漢甘百世之棠。國爾忘家,雖驚寵而如辱;父必有子,宜舉孝以報忠。當南省之榜開,果東箭之縠入。一鳴爲瑞,櫻桃已冠於初筵;後出愈奇,荔枝更留於殿席。以此鳳毛濟美,橘先筍而梓復翹;兼之鶴髮承歡,桂方新而椿未老。人倫盛事,史傳嬂談。端簡外孫,詎止瓊枝之靡忝;司隸著姓,行占楓陛之特褒。

某於世法爭艷之中,推神理獨綏之故。爲民爲國,憂樂必係於蒼生;危行危言,抑揚不參於意氣。凡種槐之可卜,總采菽之宜然。病後聞鶯,渾成不寐;歸前附燕,自喜有緣。敢旁抒三湘七澤之歡,而公爲正人直道之慶。如《卷阿》多吉士,問玉樹今在家庭;非喬木有世臣,勗丹心共扶社稷。

【校記】

① "於",原刻本作"放"。

遯庵續駢語

目　錄

遯庵續駢語卷一 …………………………………… 760
　啓 ………………………………………………… 760
　　兩司公賀王制臺 ……………………………… 760
　　壽董制臺 ……………………………………… 760
　　壽劉鹽臺 ……………………………………… 761
　　送郭旭陽按臺 ………………………………… 761
　　與郭旭陽按臺 ………………………………… 762
　　回送賻 ………………………………………… 762
　　與耿育吾 ……………………………………… 763
　　大同高營塘撫臺 ……………………………… 763
　　與劉貞白鹽臺 ………………………………… 763
　　通藍銅部 ……………………………………… 764
　　答藍仁銅部 …………………………………… 764
　　答同僚賀任 …………………………………… 765
　　通同僚啓 ……………………………………… 765
　　慰董誼臺制府 ………………………………… 766
　　答王完虛兵憲 ………………………………… 766
　　答張璇源兵憲 ………………………………… 766
　　壽李光宇方伯七月 …………………………… 767
　　答李光宇方伯謝壽 …………………………… 767
　　公迎王制臺 …………………………………… 767

- 送董誼臺制府 …… 768
- 迎劉撫臺入境 …… 768
- 與王愚谷 …… 768
- 與張四如兵憲 …… 769
- 迓劉鹽臺巡太谷 …… 769
- 與徐撫臺 …… 769
- 答潘別駕 …… 770
- 與徐雅池撫臺 …… 770
- 回侯都尉 …… 771
- 回文總戎 …… 771
- 回馬總兵 …… 771
- 回瀋世子啓 …… 771
- 回王兵憲 …… 772
- 回慶成王 …… 772
- 與梁冠林關臺 …… 772
- 與左滄嶼學臺 …… 773
- 與王鑑心駙馬 …… 774
- 謝邊鎭賀任 …… 774

遯庵續駢語卷二 …… 775

啓 …… 775

- 與九列臺省 …… 775
- 與同鄉啓 …… 775
- 與舊部啓 …… 776
- 回劉貞白鹽院 …… 776
- 與劉貞白補送年 …… 776
- 回舊郎臺楊衡毓 …… 777

與楊衡毓	777
答馮禮亭中丞	778
與馮禮亭年兄	778
與朱恒岳制臺	779
賀馮鍾茶院	779
賀韓參嶺撫江西	780
賀謝玄中侍御	780
賀福州潘六一太守	781
賀殷菁儀太守	781
賀簡司理公祖	782
與呂鴻原中丞	782
與丘太丘侍御	782
與楊泰階按院	783
答楊泰階按臺	783
答張涵月制臺	784
與張涵月部院	784
答王愚谷	785
答李介石中丞	785
與陝西孫撫院	786
與陝西劉按院	786
答薛正亭	787
與李瞻宇部院	787
回高嶸塘撫院	788
回劉貞白鹽臺	788
回王麟郊制臺	789
答楊泰階按臺	789

與李大參	789
與陸工部	790
與山西劉撫院	790
答提學道顧憲副	791
答張殿撰	791
答司道	791
回徐玉臺觀察	792
回潘麓泉年兄	792
回河南三司送年,時在禹州	792
賀王制臺冬啓	793
答劉貞白鹽院	793
答佘樂吾撫臺	794
答孫玉陽少卿	794
答王□□戶部	794
與薛正亭中丞	795
與荆州督工工部安	795
答工部陸中台	796
答佘樂吾中丞	796
與張涵月部院	797
與湖廣驛傳道	797
與李光宇方伯	797
賀謝寉雲總戎	797
辭唐王酒	798
與華陽敬一殿下	798
答王府	799
答郡宗	799

謝榮王	799
回送午節	800
答朱恒岳制府	800
答沈何山京尹	800
答常德府李	801
答陸工部謝壽	801
答劉貞白	802
答丘太丘	802
答謝玄中侍御	802
與南臺侍御	803
與臺中侍御	803
與省中諸公	804
與銓部諸郎	804
與舊文選路天衢太常	805
答徐京咸	806
答徐京咸	806
答榮王	806
答馮鍾華茶院	807
答李緝敬	807
答督工常侍	807
答梁冠林	808
答潘滙滄大參	808
答喬獻藎公祖	809
答馮鍾華同卿	809
答馮栗庵同年	809
與高經寰侍御	810

答陸工部	810
賀馮鍾華茶院陞冏卿	811
答衡州司李	811
答司道賀生	811
答溫直指賀生	812
答賀冬	812
答賀年	812
賀李瞻宇陞南大司農	812
與李介石	813
與李瞻宇	814
賀各院正旦	814
答薛正亭賀生	814
謝唐府送壽	815
回唐王啓	815
與楊衡毓	816
回送午節	816
賀冬至	816
賀華陽王冬至啓	817
賀王府正旦啓	817
回華陽殿下壽啓	818
與李緝敬	818
賀唐王壽旦	818
與陸中台工部	819
與薛正亭	819
回河南三司送節	820
與楊泰階	820

與劉方壺	820
回送年	821
回都司	821
回劉按院	821
回陝西三司	821
與温青霞侍御	822

遯庵續駢語卷一

啓

兩司公賀王制臺

北顧宣雲,右肱爲元首之衛;東嚴山海,服虜即撻夷之資。孰制中權,於皇元老。

恭惟台臺,才兼文武,身佩安危。二華拔地,五千尋中天削柱;八駿行空,三萬里西極揮鞭。指佞堯階,動容上殿之虎;咨風周甸,辟影警路之驄。京兆坐息於枹鳴,甘泉俄驚於烽達。蔥珩作鎮,匡衛太微;箪籇開山,經營細柳。帝識條侯之可屬,廷推南仲以出車。節指居庸,星斗下盤玉帳;鉞臨上谷,風雲盡護霓旌。登壇則俎上折衝,山川摇動;籌幄而掌中料敵,鼓角精明。萬馬不嘶,禀靈符以制勝;諸蕃羅拜,受戎索而來王。寧惟蛟龍出匣,大鹵依赫濯之威;抑且虎豹在山,薊門奠尊安之鼎。天河洗甲,霧永掃於胡街;日月繪常,光即依於宸極。

某等芙蓉幕下,分燕雀之一枝;旄節花邊,覿鱒魴於九罭。羇踪匏繫,送目巖瞻。將預券百世之勛,非特歌一時之烈。有禽利執,願肅丈人之師貞;我馬孔閑,更占康侯之晉錫。

壽董制臺

國倚嚴邊,如神氣之作衛;朝資元老,當盛夏而爲霖。既金城貽百世之安,宜壽域開八荒之遠。

恭惟台臺,雄標峙嶽,偉量翕河。蚤成《繁露》之書,屢建歲星之福。光始鶉火,室當午而無斜陰;涼起龍皮,坐庇人而忘溽暑。身自任以天下,憂在樂先;

帝用錫於師中,武爲文表。嚴北門之鎖鑰,北陸之日方長;燦南極之輝芒,南離之天正痦。五原款塞,坐收不戰軍功;千里折衝,更鞏靈長國脉。登龜月令,適叶昌時;酌兕風人,競伸善祝。蓋深望安攘之大業,匪直酬昌熾之私歡。南仲出車,聿弘十乘之略;吉甫受祉,請陳《六月》之詩。

某等感候化螢,照忽生於腐草;巢阿宗鳳,音欲矢於修梧。慶燕及之良多,賡鶴飛而遥唱。三關地壯,八柱天高。憲申伯而答嶽神,常居大夏;儀山甫以保天子,彌衍長春。

壽劉鹽臺

長生惟柏,見休傒三晉之雲;和味作梅,開壽肇八荒之域。陽居宜夏,日永若年。

恭惟台臺,鶉火迷精,龍光瑞世。學窮元化,獨邀太乙之杖藜;氣備春秋,群挹真長之淵鏡。矯長離以出丹穴,儀羽戾霄;爲屈軼而指堯階,蓍龜祚國。人堪張楚,嶽降靈以生申;帝欲翰周,天大痦而在午。離南適恢其昌候,冀北遂闢於福躔。屹永奠之道峰,光浮恒霍;酌無涯之恩浪,榮吐汾河。況序叶薰風,調化弦於虞日;兼鹽成安邑,代觀寶於穆天。民吏之仰,影圭遥連中洛;神仙之役,青鳥直踵西秦。詎止衍鼎盛之齡,行將扶泰寧之運。

某等占祥麟綍,繞影鵲枝。葵赤榴丹,迹難侍觴筵之末;棗香桃熟,心已飛籌屋之旁。聊矢鳴蛩,往旌籠鴿。伏惟綿八千之算,樹不數於冥靈;贊五百之期,星常輝於傅説。

送郭旭陽按臺

樂聽歌唐,綉斧著澄清之烈;書成問晉,輶軒輸入告之忠。瓜正風薰,柏猶霜凛。

恭惟台臺,栖梧周鳳,攬轡桓驄。高明而且沉潛,無待箕疇之克;正直而兼忠厚,獨收汲黯之全。屈軼久聳於堯階,皇華爰咨於禹甸。明邦國之若否,有草從颸;辨僚吏之濁清,如形取鏡。隨車雨足,已歌舞於山川;夙駕星言,將對揚於殿陛。擁郭侯之竹馬,地是幷州;詠《豳》什之渚鴻,人瞻袞繡。允薦𪓟而牖聖,宜珂珮以朝天矣。

某等烏鵲一枝,繞明月而相失;鱒魴九罭,思愛日以彌長。臨歧側奉乎指南,望斗曷勝其仰北。每懷靡及,懸知《小雅》之勞使臣;式遄其歸,敬誦清風以贈山甫。徒托出疆之役,莫紓截鐙之悰。伏冀鵬圖,俯垂鷇翼。

與郭旭陽按臺

柏臺傲雪,高揚玉斧之風;薇署依暉,特勖丹霄之價。吹噓送上,激抃攻中。

恭惟台臺,鳳彩朝陽,麟儀芷物。全德爲乾坤所厚,氣乃太和;穹標與嶽鎮俱峩,道惟中立。堯階屈軼,秉一正而佞魂消;周甸皇華,詢諸艱而瘵情寫。驄遍行於晉水,鷺胥樂於嘉禾。政以察吏爲先,萬形澄鏡;忠以養善爲大,六律吹葭。遂令傾蓋之孤踪,亦加褒袞之榮目。附山岬峽,遽從宗祝於崑崙;納塑蹄涔,過擬灌輸於溟渤。題燕石之初剖,特借明霞;煦枯木之欲芽,渥分霄露。

某術難周世,托名落毀譽之間;學不副心,捫臆亦疑信之介。況室纔入閫,未效鞭馳;胡鑑肯借妍,更揚珵美。雖子將月旦當之,自駭過情;而尼父《春秋》尊者,咸推有試。補剗黷而滅醜,總賴華滋;掩埃塲以翔虛,敢忘挈引?敬輸傾藿,仰戴摩松。知已重於感恩,何敢喻餐花之報;舉士勉以殉國,惟益勵立節之心。

回送贐

半載旬宣,問嘉禾而自愧;一朝驅策,微皂囊以相迎。伐檀良愧於吾人,折柳俄將於君子。雁翩翩而辭北,敢附隨陽?魚鱗鱗兮媵予,更勤賦別。追惟同舟教誨,何殊驂靳之聯;及此歧路分携,遙發塤篪之唱。言秣其馬,覬實渥於膏雲;有鳴者鶯,情兼懸於梁月。維其嘉矣,何以報之?謹將繞朝之贈策,即爲韓愈之留衣。携手河梁,悵所欽而不見;馳心鈴閣,托回夢以詎迷。感彼晉水之浡洄,嘆茲太行之巇嶭。雖星躔其氣,寧隔出疆;而車載虞輸,彌勤將伯。思雁門而愁平子,古人實獲我心;憶并州而是故鄉,宿盟毋忘遠道。恃流光之耿耿,照離緒之沄沄。

與耿育吾

關有偏頭,晉之右臂。欲有常以立武,惟無競之在人。

恭諗台臺,坐籌中鎮,鼓角爲之精明;彈壓前衝,壘旗因而變色。韜鈐獨運,萬靈入麾指之中;號令一新,九姓拜戎鞍之下。虎在山而庇藿,允矣攻心;鴉革響而食甚,帖然駃騠。龍精鳴劍,果賢三萬之師;麟閣圖形,宜標第一之烈。

某聞作屏之新命,雀躍良深;寫得輿之私歡,燕聲莫過。緣跂鳴笳之入省,遂致修牘之遲將。久結心旌,敢修慶筐。師武臣力,觀衝折於樽前;吏品邊情,佇炬分於燭外。

大同高崧塘撫臺

蛟龍纏劍,彌雄三晉之雲山;烏鵲繞枝,幸托五原之賓從。低眉纖桷,翹首仞墻。

恭惟台臺,以君子儒,任天下重。淵泓經濟,萬頃浩浩以難量;嶽峙丰標,千仞巖巖而獨立。風清來從孤竹,露灑到處甘棠。察實聽聲,夷吾既冠九伯;經文緯武,吉甫遂憲萬邦。塞北天驕,好音懷我;雲中斗絕,制勝在人。惟伐謀爲上兵,賴壯猷之元老。丰采明三千組練,草木知名;精神鞏百二金湯,山川生色。四郊多壘,有管仲復何憂哉;九里潤河,即漢京並蒙福矣。元戎十乘,佇看玁狁之來威;司馬五兵,行入斗樞而握柄。

某昔陪驂靳,今事牙纛。燕雁南飛,分孤生之永伏;奴氛北棘,凜師命而重來。獲依節制之嚴,私詫福緣之厚。康侯晉錫,想秣馬以維蕃;小子蒙求,亮叩龜而必告。惼綿可策,鼓舞是憑。

與劉貞白鹽臺

臺端正色,宿高繩糾之名;帝治阜財,特借澄清之略。橫床獨聳,芘宇知歸。

恭惟台臺,鐵面凌霜,丹心貫日。麟爲聖出,式照軒囿之祥;龍作納言,益廣虞廷之聽。海內讀《思玄》之賦,托想岱宗;都亭凛埋輪之忠,依光屈軼。惟鹽策之肇管子,僅籠利權;乃軍興之佐邊籌,是關大命。欲虎形若職,用正周官之供;非豸角持衡,孰解虞民之慍。提携北斗,咨度南風。以堯舜而要湯,蓋備觀四代之禮樂;鄎桑孔兮佐漢,豈徒綜三省之牢盆?順水性以制五行,既收潤下;發天光而明四目,行著和羹。

某蹭蹬波臣,膚庸訃使。咏玄虛之積雪,莫裨海王;仰白簡之生飆,幸依星節。踪飄蓬梗,南北自嘲於雁臣;氣貫滎河,東西總歸於烏照。希音時鼓,懦骨可鞭。

通藍餉部

九式均財,職貫天官之重;三關制餉,躔分星使之輝。譬弱蔦之施松,亦投桃而報李。

恭惟台臺,豐猷凝遠,器韻宏深。筆擷藻苾,青有成而直上;胸羅珠斗,紫獨照以無旁。惟水鏡之晶熒,宜司啓事;乃粃糠之陶鑄,先主軍興。甲乙籌精,錢親見其行地;庚癸呼急,米難繼於量沙。若非鳲鳩,平斂散之宜;豈得貔貅,帖饑飽之色。馬頭鞭算,共知計相苦心;雁北鑰嚴,還賴農臣壯氣。聲猶勤於伐木,惠彌篤於同舟。

某幸托餘光,兼承下潤。炊窮空釜,憐抱病之相如;采煥明河,邀織襄而莫就。還圭璋於既聘,誼則中藏;搖筆楮以欲飛,神與俱往。願言采茆,並鑒仰葵。

答藍仁餉部

王人之首諸侯,板光虎爪;計相之監北地,籌壯龍韜。潤既資河,施仍投案。

恭惟台臺,深窮學海,雄帥文壇。鍾三懿而孕九苞,蚤抗雲臺之照;摶層風而翔千仞,遂揚天路之輝。宜水鏡乎人倫,先權衡乎軍賦。虜驕兵弱,外涸中乾。獨運若心,妙巧炊於空釜;兼弘壯略,佐多算於密帷。欣然士飽馬騰之歌,籍甚安夏攘夷之望。蕭、曹堂上,知制勝之有歸;頗、牧禁中,佇戎公之益敏。

某愚公天戇,移山有荷鍤之心;夸父力窮,聚米無量沙之術。幸福躔之伊邇,冀餘照之可承。短驗侏儒,未削小夫之牘;度弘海谷,先傳上介之圭。感有心藏,悰難舌罄。思君遠室,徒寄興於翩華;示我周行,猶有求於發藥。

答同僚賀任

聽《唐風》於《蟋蟀》,候愧嘉禾;撫晉問之山川,光歸邑秬。儼逢盟主,下輯諸侯。

恭惟台臺,太乙標峰,長庚鑄魄。道關四氣,將秋肅以春温;學綜九流,乃文經而武緯。豐爲玉而荒爲穀,觸膚即辨雨之雲;澤欲抒而山欲牟,舉手皆成風之斧。望久葵於闕陛,績重試於并汾。保障繭絲,吏赴勤民之表;彤弓盧矢,帝嘉殿國之功。占參伐而氣隆,有常彰德;想太行之色壯,無競維人。節鉞方來,佇拜文侯作伯之命;芻蕘不替,更推荀父睦僚之心。

某識既棗昏,才兼荷弱。量移而堅歸志,爲游羿之彀中;間警而賦《載馳》,幸承鵬之風下。挹波依燭,方喜傍於德鄰;倒庋傾筐,遽施先而渥灘。思深尾驥,感重首鰲。扈芷在懷,永誦歸荑之美;伐柯有則,彌傾發藥之言。敬謝聘璋,嗣修報李。

通同僚啓

蚊負岠馳,良忝莫强之國;星輝河潤,深依有德之鄰。贈案光多,報璋愧後。

恭惟台臺,際天卓識,浴日宏猷。左畫方,右畫圓,峰八面而應物;豐年玉,荒年穀,時四氣以生心。文武緯經,允矣周邦之憲;河山表裏,巍然晉門之光。秋駕履繩,驥能言而相樂;朝硎應族,鸞奏手以皆虚。膏黍之恤無鳩,恩深保障;芘藜之嚴有虎,氣作金城。身已置於雲霄,量兼收於山谷。鶯聲相應,常披未面之襟;羊角可携,欲插控低之翼。

某術甘拙宧,志切事賢。維鵜在梁,嘲方來於負乘;有鶯其領,誼特篤於彈冠。夸父之逐日勞哉,終窮河渭;愚公之移山銳矣,猶賴操蛇。璧藉手而告虔,旌搖心以俱往。賦棠華於兩地,徒結遐思;慚桃李之三章,願言永好。

慰董誼臺制府

台臺忠爲邦憲,福宜家肥。乃當采芑之時,遽有井花之夢。星欲爛夜,中寢方資於鳴鷄;竈有回風,西池難招乎別鶴。惟大臣之失内友,埶贊蘋蘩;然淑德之推女師,已光圖史。零霜先夏,群插柰花;搗藥未秋,空寒玉兔。疆域爲之驚怛,朝廷亦且顧懷者也。

某等誼忝率從,悰深關戚。謹以檀屑椒漿,仰薦金母。伏惟台臺,以道豁情,以命齊物。勿殢遺掛之哀,益圖旂常之業。

答王完虚兵憲

嚴邊之雄,虎視無競維人;寶劍之挺,龍精有常立武。威伸北戒,音感西懷。

恭惟台臺,學際天人,身憑日月。靈襟濬發,斡漢脉而濯清源;熾景層輝,垂雲翹而吐秀韻。手抉陰陽之秘,武庫三千;胸蟠奇正之符,甲兵數萬。名凤高於斗北,節特借乎雲中。門戟開符,壘旗因而變色;閣鈴發令,鼓角爲之加明。坐霜幄而折衝,遥吞谷蠡;張星弧以射猛,直落天狼。節鉞方來,佇拜文侯作伯之命;翏蕘不替,更推荀父睦僚之心。

某拄笏馬曹,忝附栖烏之影;枕戈雁塞,欣窺全豹之韜。緣籤報之既遥,致慶緘之獨後。未伸賀燕,遽辱求鶯。短驗侏儒,幸恕防風之討;光依盟主,拭觀方叔之獻。永誦美於歸薁,彌仰高於發藥。顒惟鳳覽,鑒此鼇搖。

答張璇源兵憲

銜嚴北戒,方伸芘藿之威;音托西懷,遽念敬桑之雅。雨膏多忝,霞彩下垂。

恭惟臺下,韻叶思玄,才推博物。天嶺交氣,表太行雲構之自然;雷電合章,誇砥柱河流而獨立。人贈白鷺之扇,羽可爲儀;神授黄石之韜,常能立武。共推公望,預識郎潛。金斗雲間,鹿隨轙而夾轂;玉鈐塞外,龍出匣以衝霄。開地網於水田,兼寧澤雁;張星弧於象緯,直落天狼。鎖鑰神都,薇苣贊中興之烈;干城全晉,枌榆依盟主之靈。河潤並霑於守臣,月章如見於君子。

某荆州一面,甲子十更。蚊負价藩,惟詫事賢之幸;魚啣尺素,忽尋道故之歡。平子振奇,中郎僅傳其再出;道明入洛,茂先未賞於同時。若兹南北之相求,允爲聲氣之玄感。藏之無斁,拜而有言。薄寫傾葵,遄圖報李。

壽李光宇方伯七月

長庚命世,耀正宜秋。南極發祥,占乃在晉。唱峨眉而現佛,是曰皇人問道之區;撫平水以宜民,再逢聖帝光天之化。青鳥啣字,王母來獻長生;烏鵲成橋,天孫遂送靈藥。溯奇徵而指樹,競說玄元;配惠政於嘉禾,交謳唐叔。不朽堪碑於恒霍,方增如帶於汾河矣。

某遥接淑暉,欣瞻平格。生必有自,知爲金粟之後身;喜而長言,聊廣嵩岳之雅什。重河之隔牛女,莫侍鷦篝;《七月》之咏《豳風》,虔將瓜果。伏惟海屋,俯采澗毛。

答李光宇方伯謝壽

主仙苑之春秋,原推李耳;分麻姑之酒脯,竊比蔡經。玉局青羊,共識蜀山之氣;海磯白鳥,浪從晉問之游。何以壽君,將翱翔兮河上;惠而好我,恍霑醉於尊前。祇嗤質比蜉蝣,爲龜鶴謀養生之具;誰悟丹成龍虎,俾鷄犬附拔宅之行。贈出大年,榮分雌甲。斯乃王母之桃,度世許方朔以頻偷;李謨之笛,橫江托蘇公而不朽者矣。拜嘉手舞,願閲上古之莊椿;佩德心悠,永灑餘輝於夏草。聊旌耿耿,莫罄汍汍。

公迎王制臺

台臺佩劍成龍,已燭度關之紫氣;苊山有虎,先飛保塞之清霜。六傳如下於從天,軍依太尉;三關式紓於望雨,人仰召公。鼓舞山川,奚啻疊旗變色;指麾星斗,真是草木知名。想戎虜羅拜鞍前,卜氛祲坐銷街北。

某等束身守郡,莫陪騎竹之塵;送目揚旌,遙聽出車之頌。謹修手板,聊轉心輪。

送董誼臺制府

恭惟台臺,繪常日月,出宣紫塞之威;聽履星辰,入領黃樞之柄。雙龍燭斗,四牡朝天。昔爲服虜之汾陽,餘威猶施草木;今同入洛之司馬,壯猷益鞏山河。北斗天喉,預卜六星之朗潤;長城地脉,永留三鎮之謳思。蓋被已覆於九州,而雲彌縈於歧路矣。

某等樹人有感,霞幕未改芙蓉;秣馬無從,霜橋難攀楊柳。諒陶鑄靡遺乎終始,奈夢魂倍攪於合離。謹托截鐙之心,遙瞻度關之氣。吉甫受祉,行佐復古之功;山甫遄歸,愧乏清風之頌。伏惟巖電,俯鑒睎葵。

迎劉撫臺入境

伏諗太微外庭,星高執法。參伐得歲,氣擁真人。華原初拂雄風,淑景載逢良月。寶符迎鉞,坐浮霜雪之光;玉琯吹葭,先逗陽春之信。入關而趙、魏、韓之四履,川嶠爲之式靈;褰幃則唐、虞、夏之元聲,典謨行將親見。凡此萬情之踴躍,總歸一正之冶型。

某等鶴跂天遙,夢久隨於竹馬;鳳輝日近,影漸傍於燭龍。民有父而吏有師,欣及門之方始;文爲裏而武爲表,思式憲以無愆。敢托音簧,聊當手板。伏惟台曜,俯鑒朝宗。

與王愚谷

恭諗翁臺,才誠合德,文武憲邦。郭細侯之牧并州,潤河既遠;周吉甫之威獫狁,受祉彌弘。草木先識其威名,山川欣迎於節斾。驪車既茌,鈴閣宏開。號令一新,疉旗因而變色;韜鈐獨運,鼓角爲之精明。上兵果妙於攻心,狄夷漸見其馼啄。鹿轓餘庇,已勝三萬之師;麟閣高圖,行標第一之烈。某同舟之內,投漆甚深。猛虎在山,喜漸安於藜藿;文鳳巢閣,惟觀瑞於梧桐。敢將采潤之私,往寫得興之慶。師武臣力,願衝折於樽前;吏品戎昭,佇炬分於燭下。

與張四如兵憲

伏以街嚴北戒,方依芘藿之威;音動西懷,有味紉蘭之雅。敬因賀廈,兼展報璋。

恭惟台臺,橘性厲霜,松標撑自。豐爲玉,荒爲穀,時四氣以生心;左畫方,右畫圓,峰八面而應物。穆天之駿,三萬里電足凌飆;蓮岳之掌,五千尋雲眉插斗。包羅太乙,久占變豹之斑;指顧六丁,亟借屠龍之手。念宣朔之當右臂,重係安危;乃節旄之領中權,允資文武。目中聚米,淵囊直佇星辰;掌上折衝,石畫堪鞭雷電。使在我振憚戰之氣,式邕戎昭;將名酋安就豢之銜,遥消奴魄。五原款塞,大鹵襲安於金城;九里潤河,漢京增奠於紫極。

某締緣不淺,蔭映方新。落月滿梁,托神交以耿耿;藏書在袖,思裁報而遲遲。君子得興,已借照鄰之色;小人擊缶,能忘佐酒之歌。敢采藻潢,仰干桑旭;莫舒情縷,希鑒心旌。

迓劉鹽臺巡太谷

伏諗台臺,澄叙九流,財成六府。雨風惟叙,氣吹全解阜之功;日月爭光,心感妙濯磨之教。清歸水潤,則温洛成文;峻與山嶒,則太行抃節。爐錘既均於汾潞,蕩節漸指於晉陽。共佇司南,更歌徯後。

某等遥瞻法象,土在埴以隨甄;快傍清輝,水近樓而得月。成玄虛之賦,終愧飛霜;避桓典之驄,猶思驂乘。謹修手板,彌曳心旌。

與徐撫臺

諗聞台馭,將以朔日移駐平陽。堯都朱草,映福曜以增華;晉水嘉禾,隔慈雲而倍遠。某從旄倪棠伯之下，徒結縶維；同屬吏樹人之中，更私幬蓋。真乃欲隨卿月，縮夢路於梁間；彌感秋風，動離聲於葭末矣。賦脁魚而尚早，冀高鳳之可留。念新節之出內廷，交承有待；而九秋之並三市，彈壓宜嚴。藉赫濯以護邊，乃忠勤之報國。伏惟台臺，實重圖之。

答潘別駕

老公祖槐堂挺秀，佩刀踐符。惟吏迹之題輿，實天心之康海。壺蘭披馥，刺桐襲陰。不佞照幸傍於星躔，庇實深於黍雨。石倉僑旅，甘蔽仲蔚之蒿；邦伯尋聲，遥贈平子之案。遂乃稠施倒屣，印抱開襟。雖踪隔披雲，而夢堪訂月矣。載恩入晉，覺汾霍之高深；瞻氣在閩，望天山之緬邈。何期萬里，忽啓三花。至以驄使之緇衣，謬歸曹丘之談助。無塵益岱，何德貪天。鵬路自遥，豈借風於羊角；魚書可剖，惟裁綺於鴛衾。敬抒謝悰，兼瀝愧緒。一紙賢於十部，何啻拱璧之榮；終日雖則七襄，難成兼金之報。

與徐雅池撫臺

某才非適用，近俗兼類於乖厓；志負遂初，驅人復徇於小草。深懷踧踖，幸受訓齊。有教父之在前，惟心師而自凜。思居方始，寡過實難。至嚴關之桑土未陰，地同局外；辛酉之表餌無警，人匪舟中。何意甄敘之章，濫假吹噓之重。伏惟台臺，念及門之有素，宏采菲而不遺。新力未程，先揭導前之表；餘光可借，預懸視後之鞭。誦夫子有試之詞，已知取節；服皋陶咸事之教，彌感敷施。

某仰念酬知，俯驚居寵。散材何取，丹臆未渝。盟志則勿欺之一言，服官惟認真之片念。時時核實，事事補愆。持以佐兵食之籌，庶稍爲涓埃之助。又某前請減加派一詳，匪獨垂休息於民肩，謬擬資綢繆於軍實。然既奉新旨，取必難期。苟機會未諧，而口恩示恤，則台臺無取於蔉語，亦某所夙愧於空言也。至三晉逋負如山，因循積歲，苟能完額賦之十八，亦何藉履畝之再三？某業有後詳，統祈台察。

回侯都尉

臺下天上瑞麟,人間威鳳。姿推環特,蚤欽王武子之英風;味脫肥薰,更擅杜征南之博學。顒顒珪璋之望,領袖西班;侃侃藥石之言,笙鏞右史。忠不忘主,丹懷嚮日之葵;範足匡時,翠抗凌霜之柏。不佞郎署飫聞於英譽,价藩時讀於諫書。身豈蘇子瞻,尚隔晉卿之賓從;仙乎錢都尉,過詢永叔之交游。勞雁臨邊,誼敢當於敬梓;游魚仰瑟,悰倍結於紉蘭。敬還既聘之璋,薄裁酬知之素。

回文總戎

麾下狼曜誕精,龍韜授術。胸羅丁甲,得古名將之心而會其全;氣叱風霆,笞今匈奴之背而奪之氣。惟莫強之三晉,特借重於一韓。紫幕開符,深護金繒之市;玉鈐壯色,彌嚴鎖鑰之關。倚劍而胡無人,誇山藜之芘虎;挽河而兵盡洗,佇閣象之圖麟。不佞文弱自慚,歸依有幸。太尉多略,敢忘曲逆之調和;吉甫成功,思慕張仲之孝友。忽頒寵渥,祇切傾馳。先鳴謝於前茅,容圖報於檇李。

回馬總兵

聽鼙捍圉,方思謀帥之功;提劍登壇,忽筮出師之吉。湖湘壯氣,樽俎分光。恭惟麾下,誕感狼星,門專豹略。包羅萬甲,握前茅、中權、後勁之靈機;叱咤六丁,制天時、地利、人和之勝算。佐赤伏之符,則伊吾馳掌;運偏箱之法,則玉塞知名。屬殷武將,奮於哀荊;乃戎昭特,宣於入楚。山西飛將,玄鳥捧旗;天上度兵,神狐授籙。直掃蠻穴,想伏波猶在下風;高咏芑田,惟方叔可媲懋績。不佞某弨弓新享,爲熊繹而分憂;淵鼓遙傳,賴龍韜以志喜。得將軍一札,真賢從事之臨;望鈐閣三薰,早策封侯之業。報章不敏,英鑒是祈。

回潘世子啓

殿下好文大雅,世德作求。異表猗蘭,奮修儀於紫鳳;因心欒棘,徵祥孝於白烏。蓋晉襄之德在儲,無假胥臣之弼;而唐叔之夢自帝,行促史佚之封矣。

某偃蹇波臣,濫叨並牧。非細侯河潤之才,誦价人而增愧;近淮南掛招之岫,仰維翰以坐馳。豈謂釋鞍之新,遽辱投瓊之寵。先施爲賁,折節曰謙。龍光可懷,如身游於珂佩;鼠河難挹,更目駭於玄黃。敢將下錫之珍,即爲顓若之薦。伏惟虛谷,鑒此傾葵。

回王兵憲

蘊略風雲,久仰禁中頗、牧;折衝樽俎,新推塞上范、韓。在開府薦賢,心惟專於爲國;況從旁快覩,功敢冒於貪天。靖念千里之金城,非公莫壯;遂貽五原之坐嘯,芘我良多。即雁臣綴臺剡之前,皆麟閣推晉波之及。未宣銘佩,反荷撝謙。蹐厚跼高,徒負慚於芒背;攘夷安夏,願究績於壯猷。

回慶成王

价藩蚊負,良慚作伯之文;宗翰龍光,有味維城之雅。佩爲善之最樂,賜印從天;開別館曰忘憂,披襟結客。無緣躧履,忽拜貽瓊。藏德在心,惟懷不滅之字;拜嘉非物,謹還既聘之璋。誦詞賦於淮南,恍如攀小山之桂;從仙人於汾水,何日挹姑射之風。藉手報瓜,馳心扈芷。

與梁冠林關臺

蘭臺簪筆,五花肅當道之威;榆塞揚戈,萬里重長城之寄。北門增鞏,東顧舒憂。

恭惟台臺,紫斗騰光,朱霞表峻。詞源三峽,又見李白文章;間氣百年,再生張仲孝友。鍾眉山錦水之秀,祇三辰九廟之靈。紅藥吟詩,題破玉堂之草;紫薇作署,閑紬金匱之餘。御墨含香,職掌絲綸而吐納;綸音煥彩,名驚山岳以動搖。人肅望塵之風,避驄行行且止;帝嘉埋輪之績,出車彭彭于襄。上將文昌,藉重殿中之執法;龍圖老子,豈令西夏之跳梁。擒內間而不動色聲,威已馳於旆幕;

望中臺而潛消魂魄,勢彌壯於榆關。既報命以上陳,皆訏謨之遠顧。民惟根本,護元氣以御風寒;將作爪牙,選真材而討軍實。道先實腹,勝乃攻心。天下事可爲,惟在君實;禁中賢能用,何患匈奴?出其彈壓之餘威,即是剪伐之偉略。崚崚正骨,四嶽之柱擎天;颯颯清標,一泓之神印月。豺狼尚爾迹斂,羊犬敢不膽寒?會見黃龍府中,擒王而擒賊;麒麟閣上,書姓而書名。是公匡國,以報九重之知;實天錫公,以贊中興之烈者也。

某夙欽令望,幸接憲規。駐節燕山,雄風披小臣之座;贈金易水,駿骨起國士之心。知己實難,報恩何地?敬因赤素,肅布丹衷。情同汾水俱深,莫展芹曝之獻;望與岷峨並遠,惟瞻日月之光。

與左滄嶼學臺

烏臺普化雨,賢愚歸冶鑄之功;豸綉振雄風,中外仰澄清之烈。蓋武備寓文事之内,斯折衝在樽俎之間。樸棫生輝,藩籬永固。

恭惟台臺,學窮二酉,氣占六庚。正論回天,勃勃挺當臺之柏;直聲動地,行行瞻避馬之驄。持節督屯,則地利普而呼庚,迹絶已窺經濟一斑;唧綸課牧,則天閑靭而典午,功高獨豫攘安大計。帝重祖宗畿甸之地,天開英雄薪檜之塗。載命宿儒,特隆憲秩。掄文而力追大雅,挽纖靡軋茁之風;相士而期收真才,出牝牡驪黃之外。念建夷當鴟張之際,憂遼疆承蠧潰之餘。燕雀嬉堂,何異巾幗之男子;鳥鼠竄影,總成鬚眉之婦人。四舉解崩,雖出於兵不服將;六股蠢動,亦繇於士不知兵。於是取人而大破常規,造士而力行古道。曰射居六藝之一,丈夫何事置而弗言?且兵列五材之先,盛世豈能廢而不用?但聞澤宫啓而鐘鼓設,征伐之柄已寓於控弦鳴鏑之中;即看比耦進而觚籌偕,禮樂之興可卜于揚觶歌縶之際。作爾師,爲爾將,桓桓濟濟,佇滅獯獷于掌中;緯以武,經以文,肅肅雍雍,會圖麒麟於閣上。

某幸私陶冶,久奉干旌。窺藜火而聞戎,共軫憂邊之畫;徒桐封而就道,過蒙逾格之恩。誼戴二天,望龍門於咫尺;情深五内,愧魚腹之闊疏。肅具八行,遥通寸縷。乞鑒筐筐之外,毋遐金玉之音。

與王鑑心駙馬

風蕭寒水,祇抱愧於梁鶉;星動明河,忽貽音於橋鵲。挹芬良快,拜寵若驚。

恭惟臺下,華胄連天,修名炙日。忠肝義膽,讀封事以氣增;悅禮敦書,脫肥薰而神遠。人羡簫聲之引鳳,復聳秦樓;我知劍氣之猶龍,可匡王室。雖清標袖手,侯封未啓於征南;而英識不群,俊遊爭附於武子。

某蚤欽禁臠,幸覩芝眉。游鄭尉之山池,未吟老杜;參晉卿之襟契,頗許大蘇。子尼正人,辱山簡溢言而見拔;公權素士,賴汾陽徹樂以相成。感不宣心,報惟藉手。

謝邊鎮賀任

玉鉞護邊,靈旗方揚於黃鳥;銅槃招歃,盟坫敢捧於丹雞。報案無從,還璋已晚。

恭惟台臺,中朝巖石,萬里長城。仁懷義震之謨,蚤已答頻煩之顧;武緯文經之略,今誰侔開濟之名?手借調梅千秋業,孤忠自許;牙開細柳半壁天,隻臂高擎。霜電之庫縱橫,全收霧豹;日月之弓控送,直射天狼。麈尾高麾,鴞革音而來服;旄頭盡落,犬弭耳以依籬。蓋兼全百萬之華夷,且永奠大千之河嶽。威伸金版,三垂清赤白之囊;氣贊碧輪,五色抱黃朱之珥。挽明河而洗甲,坐嘯雄風;觸岱石而生雲,還司霖雨。斗魁氣母,宜列宿之咸宗;江海谷王,想纖流之靡擇。

某邕琴故釁,閩荔晚名。自鄙魚丁,甘作唾餘之核;相依虎乙,幸爲芘下之藜。雷破壁而騰梭,總歸接引;霞縈襟而藏字,長佩寵光。側收海鳥之驚魂,仰求皋鶴之教誨。溪毛薦信,良慚桃李三章;夏屋垂陰,終賴權衡六幕。馳心鳥繞,庶釋嘆於無枝;占象麟圖,容頌休於有豸。

遯庵續駢語卷二

啓

與九列臺省

某材慚棨棨,智乏桔橰。藩路五更,轄資七載。綢繆無補於毫髮,瑕釁暗積於丘山。不謂非望之遷,實仗如天之庇。雖驚縹緲,彌畏簡書。業於正月廿八日入境受事矣。惟鄖鎮割分三省,事頗喻於輿瓢;而不肖拙類五窮,罪重虞於敗輗。鄰震及己,最苦剜肉之瘡;泉竭自中,堪憐敲骨之髓。靜言虛薄,何以埒塗?半生所挾者愚忠,不敢臨歧而易素;回首知非者冥徑,庶幾填劓以息黥。矢十舍之從,兹恃周行之有示。

伏惟台臺,領群阿鳳,炳夜燭龍。爲衆正之宗,力扶陽德;周四方之慮,常應蒙求。慨然惠之司南,俾獲遵以赴鵠。望斗迴而知序,永賴指迷;斟雲蓄以爲霖,總歸建福。炊累罔既,肉骨是憑。

與同鄉啓

某海磯贅品,鄉里散材。華蘋圍中,獨爲小草;青蘋風末,遙泛飄蓬。手足齦窮,良山川之玷覵;羽毛鳩拙,兼音迹之闊疏。夢祇逐於耕鋤,寵胡來於旌節。總緣松柏之蓋庇,過辱枌梓之吹噓。自揣生平,雅懷溫飽之恥;既徵陶鑄,敢忘報塞之圖?惟鄖鎮割取星芒,頗同枝指;而不肖驟臨霧室,未豁面牆。時事多艱,民力已竭。忠無二慮,豈敢爽其素持?愚不通方,恐難磨其所短?儻貽簡書之討,彌重星野之羞。

伏惟台臺,元氣斗魁,人倫蓍蔡。鳳翔阿閣,固引衆羽以宗陽;龍奮滄瀛,忍視凡鱗之失水。醫門多疾,賜以瞑眩之方;詩訓協鄰,施爲孔云之始。服膺寡過,鏤骨知歸。恃勿靳於司南,庶勉循於鞭後。

與舊部啓

某曩玷名邦,難藏蚪尾之迹;謬膺新節,總乘羊角之風。追循就正之多疏,深抱依仁之積悔。惟矢志半生,頗羞徇寵;既辱知名世,敢昧思憂。鄖鎮地割三藩,齾易芽於錯綉;不肖才窮五技,力莫奮於輿瓢。況當兵賦交窘之餘,若爲方圓并畫之用。樸忠一念,固矢風雨以弗渝;憪憴多愆,將求剷黷而自補。敢援附松之一日,惠微發藥於片言。

伏惟台臺,得氣之純,正生獨柏;愛人以德,推敬維桑。儀鳳在霄,仰答《卷阿》之盛;應龍銜燭,常分胸谷之輝。儻肯畀以司南,俾得銘而鞭後。周行示我,藉迺負國之幸;圓輻助予,永佩得師之賜。

回劉貞白鹽院

旅尊尌柏,慚靡效於頒春;憲府題梅,感分華於行夏。撫辰漸永,佩德如新。

恭惟台臺,樞籥化元,鼓吹陽祉。仁爲木德,順生氣以佐青皇;正握斗杓,闢籙庚而行黃道。太和之在宇宙,總賴旋乾;純嘏之畀燨昌,猶思均祉。干支妙出納,已收六甲之全功;賓旅念故新,遥錫五辛之雅貺。

某并州敝笥,玩歲多賴於藪藏;鄖國弨弓,對時仰憑於鐸警。吟異鄉孤燭之句,獻頌未能;瞻法署五雲之文,榮施已重。香來酃渌,當散作萬道之温;履上星辰,願益炳三台之耀。心旌摇感,舌籟訥宣。

與劉貞白補送年

柏府陽多,斡斗杓而建福;黍崖氣晚,報葭琯以後期。轉憶舊梅,聊搴芳草。

恭惟台臺,心涵太始,手布元和。正黃道以序泰階,身扶辰極;佐青皇而行木德,氣轉勾芒。府曰好生,既盡收於駘蕩;時當首祚,乃畢達於胎萌。古椿之旦八千，寧拘日月；名世之間五百，爰得坤乾。萬户登臺，其綿青鳥之曆；三公奉璧，即開白虎之樽。

某拙羽編苕，寒蟲墐户。當驛路而拜賜，猶守庚申；辭仙洞以踏凡，渾忘甲子。雖防風至後，玉帛自隔公侯；然閬苑春長，琪花原無榮落。安知鶯老之候，不是鳳昌之辰。敢補辛盤，仰干丙鑒。伏惟時時斂祉，包三德而歸元；物物資生，會八紘以成泰。

回舊郰臺楊衡毓

鵬運彌高，方仰垂天之翼；鳳輝遙鑒，忽傳阿閣之音。汰礫生慚，照珠爲寵。

恭惟台臺，天綸結繭，月斧修蟾。江漢浮空，磊落之襟洞寫；岷峨拔地，英雄之骨秀騫。張仲之冠蜀才，夙推孝友；吉甫之標郱國，共憲武文。玄后式靈，威容直摩皂纛；繭酋發難，壯略遂展靈旗。匪直急同室之緌冠，允惟張自天之斧鉞。帝嘉偉績，時會多盤。邛筰負岨，未受馬卿之檄；楚黔依輔，特煩葛相之籌。初命移牙，總三軍而進討；旋恢賜履，制九伯以專征。奪氣已震於先聲，攻心即收於面縛。蓋玉弢星斗，一命再命而逾超；佇銅鼓山川，大書特書而未已。著明如日月，寧容爝火之添；虛己類筠篁，猶許後生之進。

某僅同散木，謬踵高牙。蚊負易巔，豈步趨之能逮？貂續唧愧，訝獎飾之過情。想鄉倍念於并州，故相未忘夫齊市。望洋向若，始知夫子難窮；磨杵接仙，終賴元君善誘。尚望告子文之政，庶幾服袁公之規。

與楊衡毓

豫利建侯，既總三垂之鎖鑰；師貞錫命，遂專萬里之鼓旗。俾服南人，於皇元老。

恭惟台臺，直温粹德，文武宏才。巨鰲冠方丈之山，回波矻柱；蒼龍卷瀰溟之水，觸地敷霖。揚子《太玄》，襲六經爲七而出之妙；葛侯《心法》，觀八陣者三而得其神。皂纛參顛，久壯撫綏之色；兵書峽外，將銘擒縱之功。定蜀甫畢於縷冠,救黔特隆以斧鉞。月明舊閣,滄浪流誦德之歌;霜肅前茅,羴牁奉筆籌之略。總諸藩而賜履,幄内攻心;會群后以誓師,樽前寒膽。日弓月矢,射妖詎數搏狐;星劍雷鉦,服猛獨歸指獸。重圍立解,鯀《出車》、《采芑》之先聲;前却何常,需厭難持危之奇略。佇傳露布,即咏衮衣。

某續貂自愧,睎驥亦趨。立法蕭何,謹效平陽之守;策勛吉甫,敢忘張仲之心?敬采澗毛,聊將曝悃。師行席上,默運招携行間之韜;虜在目中,坐收奏凱洗兵之績。

答馮禮亭中丞

嵩嶽維高,方羨中央之宰;崟山晚出,忽蒙伯仲之招。襲旭分輝,依波飲潤。恭惟老年臺,海涵地脉,斗揭天心。允武允文,偉抱貫九霄虹采;之屏之翰,壯猷傾萬斛驪珠。周公之化庶殷,蜚鴻允輯;太保之胤相洛,靈鳥遂聞。中衢置樽,萬器斟而不竭;直圭立表,四神望以知趨。帝曰都哉,紀河宗之觀寶;侯誰在矣,頌吉甫之憲邦。勒琬琰於昭華,共推贊聖;收塤篪於倡和,猶篤協鄰。

某維鶺在梁,褘恐媒於錫帶;有鶯其領,寵胡竊於彈冠?共五百里之躔,星知好雨;擊三千頃之水,氣欲乘風。龍劍雌雄,敢附紫雲之合;虹鍾母子,遥瞻青靄之浮。斂膝已荷於均菌,庇身永吟於同澤。投醪知醉,戴嶠自搖。敬矢隰桑之藏,嗣圖木瓜之報。

與馮禮亭年兄

條滌壯猷,輕展斷鰲之手;煒煌晉錫,特超冠豸之班。是表周楨,爰歌洛食。

恭惟台臺,才該文武,德備直温。瀛海爲池,灝氣堪王百谷;扶桑結繭,經綸欲暖九州。西臺凝荷橐之霜,中土沛隨軺之雨。治兵而討軍實,桑土未陰;訓吏以修民和,禾原有膴。盜竽熒聽,亂響幾應於齊東;公箸密籌,折衝已閑於俎上。繩幾紛而立解,驅若驅蝗;角早牿以罔羸,化同化鳥。飆恬持釣,榮光之水無飛;劍鑄事耕,甘露之山不動。僉曰焦頭救火,詎若徙薪;帝乃蔽志命龜,儼然出綍。

同門下三品,即爲入相之途;峻臺中一階,彌高獨坐之席。謙循大樹,雖屢貢於遜章;績配觀河,佇特書於歸邙。欽哉伯命,賴及友邦。

某粵在旅居,與聞盛事。勞人馬走,遲鳴賀厦之音;君子龍光,先賁彈冠之寵。叅山司二室之佐,昧敢差池;上國主諸侯之盟,榮均擊拤。儻恕防風之後至,願收江漢之朝宗。

與朱恒岳制臺

弨弓高享,靈旗直肅川巴;賜履宏開,威鉞平臨秦楚。妖巢奪氣,列鎮分光。

恭惟台臺,胸湛明冰,膽韜古劍。松柏抗三天之棟,霜雪崚嶒;海山開萬象之襟,雲霞吐納。范公盟已憂樂先民之風,吉甫毗時文武憲邦之雅。布中和而作誦,方叶豫休;踵擒縱以殫籌,乃亨屯難。黑雲朝壓,龜城彌壯於張儀;紫斗夜寒,龍韜獨運於葛相。勣高再造,命錫專征。劍閣連天,捫井參而控漢;夔門鎖月,靖峽浪以哀荆。雪耻除兇,折衝樽俎之上;離親散衆,弄敵掌股之間。果攻心妙制上兵,喜拊髀立寬西顧。蜀道難而化易,再起韋皋;雪山重而不輕,猶卑嚴武。定知五月渡瀘之後,即是九罭歸衮之辰。

某濫受牙麾,遙欽節制。小國之宗盟主,謹奉蘗鞭;弟子之禀丈人,莫參帷幄。惟承風於鈴柝,佇紀烈於旂常。薄矢蛩吟,聊旌燕賀。摩嵾山之蘗,佇壯色於金戈;潴古藺爲池,願銘勣於銅鼓。

賀馮鍾茶院

咨風六轡,激揚秦蜀之遙;耀日八駟,彈壓華夷之重。春生動植,影肅山川。

恭惟台臺,含德露清,秉心淵塞。松柏不華而自貴,氣發靈芽;鸞和隨動而有聲,道光天馭。雄飛雲路,則凡駉皆空;獨播國香,則拔茅征吉。洗昏宣滯,皂囊自警飆霜;濟險持危,玉勒俄回雷電。邊計方勤於西顧,臺綱遂攬於漢軺。握簡依烏,散龍光於靈草;摘山市駿,避驄色於桃花。能足食以贍軍,用收蕃而制虜。月團三百,白絹斜封;雲錦千群,花虬外厩。相周原之膴膴,堇茶如飴;歌埛野之彭彭,駟騏斯作。堯階屈軼,寧惟蕃廡之可征;穆宴瑤池,即接神仙而直上。

某慚鞭駑骨,幸庇鳳章。既追隨驂靳之間,敢差池草木之味。利滋害去,共瞻强索於夏戎;内順外威,更頌憲邦於文武。聊旌潦酌,曷既巖瞻。

賀韓廖嶺撫江西

北斗宗賢,龍劍焕干霄之彩;西江建節,鰲冠展戴嶠之才。色壯豫章,聲流錫穴。

恭惟台臺,卷舒元氣,經緯扶輿。伯夷之直惟清,宜司瑣闥;山甫之明且哲,爰補袞衣。躬作範硎,風采凛乎其可敬;音如桴鼓,蟻論坦然而易行。月金掌以昇卿,星玉鈐而命帥。霜威攝草,頓肅長天;風信傳花,彌濃文露。匡廬有雪,寒直寫之長虹;彭蠡無波,奠攸居之陽鳥。暘時暘而雨時雨,福造湖山;溺繇溺而饑繇饑,思深禹稷。珠簾畫棟,共誇親見於偉人;赤舄綉裳,行頌揚休於天子。

某起衰濟溺,夙欽百世之師;爨下樵餘,謬附八音之響。幸班荆於陽翟,大快平生;祇拄笏於玄參,如攀眉宇。敬修燕賀,側聆鸞歌。南浦雲飛,勿靳玉霏之誨;中臺天近,遄歸金闕之班。

賀謝玄中侍御

謇謇者昌,朝端凛其正色;行行且止,江國爲之生風。威肅衡廬,聲流江漢。

恭惟台臺,清嚴拔俗,閎偉幹時。孤忠錯落,與秋霜烈日争嚴;偉望巃嵸,等天柱祝融共聳。唱郢中之雪露,獨立高清;發佩裏之芷蘭,惟求芳潔。伏群陰於將旦,陶萬類以皆春。北斗以南一人,聳觀丹鳳;大江之西千里,特借青驄。筆影自摇,則膏雲灑滿;劍光上指,則異彩干霄。列城之吏瘴盡消,赴標廉淺;隔境之民罟必達,懸鏡咨諏。見晛曰消,已依輝於禹鼎;習繩則正,行贊聖於堯階。

某叨役通德之鄉,遥依惠文之法。人非陶侃,乃再駕於星軺;公即謝安,惟欽聞夫洛咏。敢修賀廈,藉請指車。棠植未甘,還傍烏栖之柏;棗昏可念,願開象教之著。

賀福州潘六一太守

雨澍隨行，七臺之棠正芾；月明移照，三山之竹交歡。況忝舊知，彌私餘潤。

恭惟老公祖臺下，盛名如晝，和氣生春。集芙蓉以爲裳，獨擅楚騷之芳潔；觀蓬萊而作賦，更吞雲夢之恢奇。虎板含香，郎潛已儲公望；麟符出牧，相業先試民功。歲方守於甌閩，星遂臨於昭武。政平訟理，而無愁嘆，既鬱膏黍以連山；地狹國小，未足回旋，特轉斗杓而康海。地維都會，別利器於盤根；囊叩緒餘，扇惠颸於流水。吏象廉平之指，靈石開雲；民騰樂職之歌，鼓山答樂。上曰共我，惟良二千；夷驚有人，勝兵三萬。徙鯤鵬於南渤，逾快六翮培風；鳴鳳凰於高崗，式徯九苞瑞世。

某同欣庇宇，倍詫事賢。澧浦佩存，襲舊芬而如夢；鐔津劍合，感神氣以相求。詎陟岑仍熟於楚緣，乃蔭榕密托於天近。能忘摯抃，遥抒慶悰。望燕寢以凝香，披龍光而展映。物皆吐氣，恨無數十輩之使君；士盡歡顔，願見千萬間之廣廈。

賀殷菁儀太守

一泉名郡，感膏雨以南行；千騎專城，環海山而仰式。游魚噞泳，旅雁歸依。

恭惟老公祖臺下，宇量宏深，風規高潔。豐爲玉而荒爲穀，時四氣以生心；澤欲抒而山欲牟，峰八面而應物。飛宛溪水，落敬亭雲，筆裏青蓮之詩；太姥嶽高，旃檀林馥，碑前溫麻之頌。天若私於牛女，星遂福於溫陵。螺女江邊，舊棠父老；洛陽橋外，新竹兒童。惟嘯浪之尚驚，兼亂絲之初剪。勝兵三萬，未如牛犢之招；關服五千，共消鯨鯢之影。蓋醫必先於固本，而士一聽於在甄。食櫱則頑夫廉，爭自濯澄清之水；拔薤則巨室服，誰仍探赤白之丸。春有脚以氣先，仁無翼而聲遍。士曰今之忠惠，又庇松陰；上行召於西山，即參槐席。

某桐城戀切，錫穴踪羈。直上樛枝，青欲纏於蔦附；東瞻若木，丹惟托於葵傾。敬陳燕賀之私，願垂龍光之照。

賀簡司理公祖

泉當南國,感高鳳以來栖;郡有外臺,平爽鳩而知樂。□占法曜,思托回風。

恭惟老公祖臺下,國器冠時,天才拔俗。淵珠啓悟,辟四照於詞林;襟月濯輝,徹九流於心鏡。方燃松以筆獵,獨立吟峰;及題杏而冠彈,爰開憲署。惟三垂之海匝,兼萬里之天遙。農無恒業,而政無恒官。吏網苦疏,而民網苦密。幸當君子,親見古人。流宣滯決疑之聲,平推定國;贊知人安民之政,道在皋陶。蓋躬立直主,吏爭儀於茹檗;而氣爲仁律,城自蔚於刺桐。梅花是何遜之法曹,甘棠即召公之訟陌者也。股肱名郡,祥既佐於《呂刑》;耳目熙朝,選佇光於虞舉。

某謬司綱紀,益知□職之雄;快得名賢,私爲吾邦而喜。看星沉於貫索,悵雲隔於蓬萊。敢役歸鴻,肅將賀燕。青烏府敞,方贊直指之成;白虎樽開,願儲宰相之業。

與呂鴻原中丞

公望松喬,遙作友邦之蕭;使期瓜暖,猶分鄰壁之輝。悵結追攀,感縈留睠。

恭惟台臺,躬苞九德,道冠三才。丹書發以運韜,富內聖外王之學;玉璜浮而上釣,宣文經武緯之猷。蓮華之仞五千,筆籌頡頑;青牛之關百二,囊括吐吞。分陜已頌於召公,轉漕爰隆於蕭相。江吳大都會,襟披萬里之風;地官少司徒,珂動六卿之月。棠蔭隨木公西拜,偃德枝低;雨膏與河伯東沄,流恩波滿。三階正朗,共推作伯之垣高;六琯何私,偏念尋春之谷晚。

某占一枝於烏鵲,隔影橋梁;咏《九罭》之鱒魴,懸思袞綉。怒翼則風斯下,已纖毳之難陪;竦身而雲彌超,胡仙音之可接。瞠乎其後,未紓截鐙之惊;瞻之在前,深認捲簾之意。書永藏於懷袖,夢馳繞於斾旌。祗寫中丹,仰酬太紫。

與丘太丘侍御

屈軼指庭,久宗星於斗北;皇華行國,爰披霧於周南。濟倚同舟,光生鄰燭。

恭惟台臺,冰壺瑩徹,雲表崢嶸。道德文章,袞然西江之正學;紀綱法度,凛矣中立以匡時。諤諤彤騶,如置迎風之壑;棱棱白簡,誰争破的之鋒。春脚漸遍於兩河,霜心獨明於二室。陽氣動化鳩之眼,民乃賣刀;清飈生振鷺之容,吏多解綬。隨軺舞潤,拭觀賀世扶提;攬轡登高,彌憶求聲睍睆。太微之朗執法,宜佐三階;河洛之配禹功,快依六幕。

某猥以爨木,濫此弨弓。陽翟旅中,已誦《鄭風》之粲;崟山影外,更傳雲漢之光。蓬直果賴於生麻,室香時霑於聞蕙。投桃報李,想瓊玖以多慚;倒庋傾筐,求菁龜之有告。

與楊泰階按院

岬峽跂高,愧學山而難至;蹄涔溯潤,欣承渤以通波。有地附松,何階報李?

恭惟台臺,道苞四氣,名蓋八紘。子雲草《玄》,易理直通繫表;伯起匡漢,天知常凛參前。古今横綜括之襟,蛟龍入夢;憂樂發增竑之議,鳳凰自鳴。草指而佞魂消,堯階屈軼;軺移則膏霖灑,周甸皇華。惟中和爲君子真强,兼文武備名臣經濟。川澄嶠舞,凛然古八使之風;斗正星嚴,朗矣魁三台之色。羌置身於太乙,既絶躋攀;宣共路兮緜庚,更宏茹納。

某慚虛晉問,纖材濫采於藥籠;欣附楚游,香味過披於蘭佩。崟山之配五岳,敢援靈述;月影之分萬川,總歸華照。盥手用薦,誼竊取於還璋;希音振聾,嚮願承於建鼓。伏惟大雅,俯鑒攣孚。

答楊泰階按臺

績負晉禾,一字方慚於拔蔡;香傳楚蕙,四知幸托於歸楊。詎勞關尹之占,遽辱仙音之問。

恭惟台臺,道開化籥,名蓋區紘。雙劍龍精,光紫騰而斗燭;九鐘天寶,慧玄感以霜鳴。秀屈軼於堯階,幾先鳶角;扶梧桐於周室,瑞表鳳毛。以太行雲構之雄標,司朱鳥天南之狩典。三湘七澤,争奉驄轡以澄清;崟嶺滄浪,尤望鷺軺而擊拃。取人必器,彼驪黃牝牡,吾何知焉;將伯同車,如輪軛輻轅,皆可用矣。維桑與梓,非專居厚之心;自牧歸荑,倍覺分華之重。

某纖同粲稅,智謝桔橰。涉世兼存於是非,捫衷自涉於疑信。愚公志篤,遂契操蛇以有靈;夸父力窮,終虞河渭之難飲。徒結丹於知己,忽投赤於照鄰。物在德將,詎瓊華之能比;心惟國許,仰斗極以司南。略布藿私,仰于曦照。

答張涵月制臺

葛侯制勝,鑄銅鼓以縱擒;姬宰遜膚,倒袞衣而吐握。儼逢盟主,下輯友邦。

恭惟台臺,武庫閎儒,文昌上將。劍凌玄以發紫,氣本天述;石書素而苞黃,神籙家授。籌邊數十載,名滿兩戒河山;拔地九千尋,威行八紘海嶽。《嵩高》、《烝民》之雅,既憲文武而酌剛柔;存筇、定笮之猷,爰佩安危以當緩急。渝州明月,談笑立下堅城;貴筑清風,聲靈頓掃勍敵。在軍則命有不受,一守太尉之便宜;玩掌而寇猶未知,坐清夜郎之氛霧。自周受命,於召祖命,羨世德以稱詩;西平有子,惟我有臣,格天心而論烈。地高而心逾下,謙吉有終;器大而載不盈,蒙包何擇。

某邯鄲道上,發喟嘆於望仙;晉陽署中,守成規於畫一。何期小草,謬享弨弓。當重趼之方來,喜捷書之踵至。田禽利執,未遑載酒以犒三軍;弇鳥來賓,遽感貽書而賢十部。實玄黃之篚,禮反倒施;消赤白之囊,感深建福。敬裁葵嚮,仰附松喬。

與張涵月部院

葛侯南服,齊欽銅鼓之威名;姬宰東居,最喜袞衣之信宿。貽瓊何厚,庇宇私歡。

恭惟台臺,喬木世臣,采薇元老。連天華胄,騎白雀以下觀;貫斗金精,引蒼龍而上指。邊腹之安攘久戀,特鎮嶽嵩;蜀黔之瑕釁疊萌,爰資幄略。靈旗飆舉,錦城立解重圍;神斧霜飛,渝水坐梟魁首。赫烈一新於朝氣,先聲彌振於夜郎。方笑談攻孟獲之心，已倉卒代汾陽之將。謗書止魏，彌深零雨之思；盟壤崇秦，詎滯景風之賞。星辰護其籌筆，慚憩渚宮；日月繪爲旂常，偏輝楚夢。籩豆不遠，引《九罭》以興歌；劍履直升，懸三台而動色。鼓鼙寧忘於拊髀，斗極待於司喉。

某濫尾馳驅，旰衡節制。登龍有想，渴受黃石之韜；化鵠無符，徒佇青牛之氣。敢修纖藻，仰瀆高牙。仗戟而鎖支祁，既壯庚辰之績；告圭以事唐帝，猶嗤丙子之仙。

答王愚谷

玉帳臨邊，方借折衝之重；瑤函存舊，俄分照乘之光。佩蕙自馨，歸荑洵美。

恭惟台臺，廟弦古調，國棟高標。胸羅二酉之藏，海涵珠斗；手闢六丁之道，天倚崑崙。儒者知兵，關靫輶如雲之口；文人有用，雪研毫從古之慚。任天下以先憂，命師中而貞吉。號令如一，色翻絕塞旌旗；策力兼收，身作長城鎖鑰。一清同甘苦，飽饑卒以恩言；五利策始終，弄驕夷於掌畫。凡茲中原之奠枕，總賴北冀之長城。效款無驚，戎索已欽豹略；遷喬有喜，友聲猶矢鶯求。

某舊雅良深，新猷快覯。定巢如燕，聊寫喜於修梁；啣燭有龍，已生輝於昧谷。雙案之報，綉緞倍軫離襟；端綺之裁，鴛衾永期歡緒。三章載歌木李，兩地獨賦棠華。志感下風，投誠高月。

答李介石中丞

銜嚴北戒，方伸庇藿之威；音動西懷，遽締附松之雅。儼逢盟主，下輯諸侯。

恭惟台臺，偉幹撐天，修梁跨海。荒爲穀，豐爲玉，時四氣以苞胸；澤欲抒，山欲牟，才八面而應物。穆天之駿，三萬里電足凌飆；岱嶽之峰，九千尋雲眉插斗。旰衡太乙，久占變豹之斑；頤指六丁，亟借屠龍之手。謂賀蘭之控西極，重係安危；乃節鉞之領中權，亟資文武。星宿下盤玉帳，風雷盡護霓旌。萬馬不嘶，稟靈符而制勝；諸蕃羅拜，受戎索以來王。洗兵甲於天河，潤已通於九里；繪斾常爲日月，光更采於纖螢。羊角可携，欲插控低之翼；鶯聲遠唱，先披未面之襟。

某以蚊負山，皂纛方慚於黑帝；有龍啣燭，矞雲忽照於崆峒。夸父之逐日勞哉，終窮河渭；愚公之移山銳矣，猶賴操蛇。美自詫於歸荑，悰彌傾於發藥。思深尾驥，感重首鰲。敬載回風，托歌湛露。

與陝西孫撫院

烏臺肅憲，久欽孫抃之名；玉節護軍，遂分召公之陝。振衣華頂，擊節嵾傍。

恭惟台臺，殿邦偉望，經世宏猷。激其濁，澄其清，范孟博天下之志；招不來，麾不去，汲長孺社稷之臣。辨陰陽水火之萌，蓍龜先見；挺風霜寒暑之榦，松柏後凋。家起二龍，廷推一鶚。地勢莫如秦重，況高星緯之占；人才孰與公賢，宜建斗杓之福。蓮峰五千仞，置身與齊；函谷百二關，維人無競。品如范文正，一猷一話，罔釋君民之憂；時有管夷吾，以攘以安，獨繫華夷之重。專席聳觀於贊聖，同車尤跂於協鄰。

某兩度太行，恍孤標以在抱；遥瞻仙掌，驚真氣之來浮。慚領部犬牙之區，願承槃鳧首之宰。龍門天上，闚觀未遂鳧趨；鳳詔日邊，重巽可知雀躍。敢布附庸之悃，仰依盟主之光。顒冀崇融，曷勝結昐。

與陝西劉按院

朝陽梧鳳，携來漢殿之風；辟路花驄，散作秦都之彩。振衣華頂，擊節嵾傍。

恭惟台臺，洵直且侯，能哲而惠。參天孤竹，中和爲君子真强；架海巨航，文武備名臣經濟。呂獻可之先見，言驗深憂；劉子政之真忠，時危愈篤。堯廷方收於屈軼，周甸遂咏於皇華。長安依然，共闢繇庚之路；終南屹爾，疑窺太乙之藜。函谷雄百二關，金城此志；蓮花拔五千仞，白筆與齊。寧惟激濁澄清，揉邦同吉甫之爲憲；允矣先憂後樂，補袞結仲山之永懷。蓍龜之發天光，行資腸聖；松柏之容蘿附，有味協鄰。

某領部犬牙，瞻星鶉首。直哉史魚之矢，每託慕於執鞭；同此王子之舟，願承規於擊楫。敢旌夏燕，仰贊絳驂。千里依劉，何事登樓之賦；一言拔蔡，儻投流水之琴。

答薛正亭

楚惟天授，歲星獨正於玉衡；嶽乃山宗，崟嶺附陪於朱鳥。方攀高旭，遽挹潤波。

恭惟台臺，五緯述精，九區拔異。華蓮翠雪，峨標直柱中天；穆駿蒼飆，神足堪鞭西極。披丹裳以護日，忠與葵傾；橫白簡而回霜，佞將草指。蓋不流不倚，獨立推君子之強；且爲德爲民，四方周大臣之慮。山甫補袞，德已舉於中臺；召虎來疆，功爰昭於南紀。滔滔江漢，秬鬯可歌；芃芃黍苗，雨膏並茂。當胙茅加賦之迭出，兼蜀訌黔震之相仍。隻手縈冠，補側傾於半壁；寸心衽席，奠驚駭於安瀾。是爲社稷之功，詎豈山川之芘？秦關百二而無敵，共倚崢嶸；雲夢八九而有餘，更推茹納。

某幸聯躔舍，竊比附庸。從猷而捧銅槃，允馳心於盟主；開函而投玉案，恍借綉於天孫。托合織之鄰，猶分餘燭；奉同車之御，忍替加鞭。敬謝紉蘭，兼祈發藥。

與李瞻宇部院

玉龍擁劍，勝氣坐壓驕胡；明月登樓，馳聲猶念遠客。幄籌良暇，波潤何深。

恭惟台臺，鯨力滄溟，鳳輝霄漢。穆天之駿，三萬里電足凌飆；泰華之峰，五千尋雲眉插斗。條侯自天而下，文武盡受指麾；召公主陝以西，河山悉歸保障。新秦套虜，服羈靮而麋驚；玉塞雜羌，獻葡萄而内附。至糧枵數月之腹，而戰飛三捷之書。豈特黃石神符，九地九天獨運；總繇丹心照日，一甘一苦相通。將圖象於閣麟，功存社稷；胡感音於谷鳥，寵及芻蕘。

某分輝自楚，久藏在袖之書；代匱入郞，彌仰行邊之略。汾陽元老，節鎮下拜以無階;姬宰虛襟,吐握包羅而罔擇。過承投贈,私詫遭逢。江海爲善下之王,寧忘向若?筠篁許後生之進,尚誘思齊。

回高嵊塘撫院

使蚊負山,真愧作梁之弱;如龍啣燭,忽分若木之光。仙音遠墜於雲中,客眼乍明於塵表。

恭惟台臺,雄姿峙嶽,偉量翕河。澤欲抒而山欲牟,道隨方而應手;豐爲玉而荒爲穀,時命氣以生心。蟠萬甲於胸羅,鬼神變色;役六丁於掌運,草木知名。群虜爭拜鞍前,三軍欲答老上。虎豹在山而藜藿不采,威已肅於強邊;鳳凰鳴崗則梧桐自生,仁尤深於芘物。北溟海運,不忘搶地之卑栖;南斗天梁,特界航津之寶筏。

某久依仁宇,濫享弨弓。維鵜在梁,疚方深於負乘;有鶯其領,誼特篤於彈冠。分略堂簾,覺降階之已過;頒隆筐筐,等戴嶠而自搖。敢收海鳥之驚魂,側求皋鶴之教誨。傾葵曷極,發藥是憑。

回劉貞白鹽臺

庇名賢之宇,愧鞭後而未能;役君子之邦,披珠光而下照。舊恩可結,新寵彌驚。

恭惟台臺,石氣補天,虹精映日。堯階屈軼,忠指佞以辨朝;周道皇華,仁諏原而正國。霜作車前之肅,三省象清;風回弦裏之薰,萬心解愠。蓋默培根本,手堪調於傅羹;豈僅綜權宜,目徒蒿手管策。至大忠必以格君爲上,兼雅度尤以達善爲弘。得氣之全,柏岡嫌於附蔦;愛人惟德,蘭有味於敬桑。舊履薈簪,既篤周行之示;傾筐倒庋,直斟北斗之漿。

某叨奉訓齊,夢尚依於烏府;忝分節鎮,嘲莫解於鵜梁。念此犬牙相錯之區,皮毛俱盡;承以鼯鼠易窮之技,拮據曷施?矢駑力以自程,佩藥言之維服。施者不倦,更飛車軸之霖;昧然有思,恐渴夸父之日。藏珪璋而爲好,報玉案以難酬。

回王麟郊制臺

鵬風送翼,接鈍羽以排虛;龍雨灑膏,泳纖鱗而舞潤。夢將地縮,感與嶠搖。

恭惟台臺,學貫三才,身苞九德。人麟瑞世,開皇路於繇庚;天馬軼都,駿日車於大丙。文武爲憲,則周吉甫之臣;夷夏知名,則宋司馬之佐。既折衝於内幄,遂專鎖於北門。神紀渚之養鷄,威先實氣;妙□鳶之豢虎,勝在攻心。塞外羅拜名王,幕中時存舊客。蓋偃飆朔漠,甲兵真腹范、韓;想運斗河魁,伯仲行肩伊、吕。

某濡毫慈塔,追驥尾於卅年;躡屐庚樓,依鷦枝者數月。嘲螳才之素薄,何意乘雲;逢羊角之挾升,遂憑徙海。吹噓總歸於送上,靈寵更荷於敷施。星漢繞函,一紙真賢十部;鼓鐘啓物,兼車未若片言。所慚鼴腹之逾涯,敬望豹旗而崩角。伏惟岳立,俯鑒鼜宗。

答楊泰階按臺

台臺杲日周梧,清霜漢柏。抑揚必關於邪正,讞議可書;憂樂獨結於君民,真忠自矢。諫果有味,香盟告夜之天;丹筆回陽,氣散隨韜之雨。滔滔爲紀,總文武以成功;皇皇者華,廓諏詢而達善。雅道推於敬梓,則臭味之内别有因緣;隆施篤於同舟,想飲食之餘詎忘教誨。

不肖既承郊勞,更荷冠彈。荷暗無光,惟仗龍唧之燭;蕢歸有美,敢忘鶴和之音。敬矢葵丹,仰酬松芘。

與李大參

晉有嘉禾,謬托靳驂之末契;參惟玄纛,遽傳桑梓之温言。鶯動春聲,蟾驚月夢。

恭惟臺下,儀霄聳構,濬地開源。拄笏西山,蘭香時繞虎板;秉旄大國,斗氣直貫龍鐔。檗結苦而盟心,冶型霜肅;棠分甘而成蔭,襜蓋雲流。露灑汾河,萬颼皆吹於天籟;星浮楓闕,五老用告於帝期。特晉秩以守官,俾舊邦而新命。唐叔祠側,宜赴篠驂之迎;黑帝時邊,遙通霞鸞之宇。

某味同草木,音應塤篪。將伯同車,借庇名賢之宇;承穹一嶽,思愬君子之邦。跂發藥以無從,感歸荑而有美。還珪璋於既聘,在禮則然;歌笙瑟之是將,稱詩來告。無窮延領,伏冀鑒悰。

與陸工部

花慚旌節,謬領謝羅之山;香散珮珂,遙憶羅含之宅。清音拂樹,真氣浮關。

恭惟臺下,天藻二龍,門風四姓。擷情華於一石,共避才多;搖筆浪以三千,獨誇力厚。扶桑結繭,絲綸大庇寒年;仙桂修蟾,寶斧圓成朗月。垂虹橋上,高吟盪震澤之襟;鳲鳩署中,鑄古精考工之學。配玄冥而執紀,歲乃用天;直滄水以舉冬,星宜作使。倡鄢郢才人之賦,雪調彌高;采江陵估客之歌,冰心自照。飆流既吹於澤國,水鏡合啓於山公。俊麗雄都,暫借王人之重;晶熒鄰燭,忽通黑帝之文。

某才忝具官,思深求友。受異書於花際,真跂天孫;想勝集於禊前,莫從水戲。蔡侯靜者,敢辱杜工部之詩;陸郎文哉,竊附張茂先之契。賓來倒屣,地猶憶於登樓;人老攜琴,聲乍逢於應節。無窮擊抃,敬托炤涵。

與山西劉撫院

鵬風送翼,接鈍羽以排虛;龍雨灑膏,泳纖鱗而舞潤。思將地縮,感與嶠搖。

恭惟台臺,學貫三才,身苞九德。昌言正義,廣川度越諸儒;慷慨先憂,希文第一人物。人麟瑞世,開皇路於鯀庚;天馬軼都,駸日車於大內。紫油開裴相之府,望肅華夷;甘雨茂唐叔之禾,道通今古。蓋安社稷爲悦者,尤樂英才而教之。中衢置樽,萬器斟而不竭;直圭立表,四神望以知趨。從宗祝於崑崙,兼收岬峽;納灌輸於溟渤,勿替蹄涔。公叔同升,詎悟風雲一日;子皮達善,良堪日月千秋。

某辱受訓齊,謬收臭味。附棧間之木,敢云類求;化壁上之梭,遽徹氣鼓。蒼蠅托尾,提攜賴以飛騰;黃鳥臨歧,飲食申之教誨。念此犬牙相錯之區,承以鼫鼠易窮之技。皮毛俱盡,肩足奚裨。惟舊疾之難藏,既歸山藪;況新硎之莫效,彌仰冶爐。蓋則在伐柯,未改施松之志;而駑當登阪,始知晞驥之艱。敢獻美芹,側承發藥。樹人矢以報國,期益勵立節之心;知己重於感恩,何敢喻餐花之報。

答提學道顧憲副

楚寶登壇,方依光於照乘;嵾山附嶽,遽荷盼於盱衡。伯樂過而冀馬皆空,所觀超玄黃之外;《曹風》陳而樸鶪承愧,自鄙在區蓋之間。徒引劍以占星,喜祭竈之同日。感茲贈綉,寵甚投瓊。四姓江南,豈道明之可擬;三弄琴表,猶元嘆之同時。惟道德立事功之先,祈俎豆推軍旅之教。賢於十部,已藏在袖之書;雖則七襄,難擬兼金之報。有懷悁悁,莫寫沄沄。

答張殿撰

十載舊游,哂笴梁之已敝;一朝新節,撫筇鉞而多慚。敢附陶牧之重來,致勤并州之宿睠。

恭惟臺下,鳳毛自秀,龍德善潛。奎壁隱圖書,遂斂李贊皇之經略;山川藏著述,終成虞卿子之《春秋》。幸國論已伸宣孟之忠,想卿才即展伍舉之用。誼推桑梓,興蘭芷以遐思;情篤舊簪,投瓊瑤而寫喜。

不佞負山無效,在梁不濡。君子之邦回居,事賢是賴;故人之心尚爾,結素曷諼。聘竊引於還圭,章難成於跂漢。

答司道

地連三省,腹難及於鞭長;技負五窮,心祇慚於綆短。形綉紋而相錯,豈容提鉞之匪人;時陰雨以永懷,所賴同車之將伯。方切飲冰之恐,忽承建鼓之呼。

自揣謭綿,何當勸駕;重惟敦篤,勿靳慈航。庶幸從賢者之游,因可徵忠厓之誨。中流擊楫,佇人傑以相匡;覆水喻舟,愿民嵒之常念。誠如曒日,賦載回風。

回徐玉臺觀察

鎮有附枝,方慚玄后之纛;風來吹律,彌憶召公之棠。迹惡驅叟,惊深解佩。

恭惟台臺,綜韜文武,苞擬天人。星斗胸收,貫紫光於雙鍔;河山掌運,橫青霱於九埏。題柱則藉甚郎潛,香凝虎板;褰帷則哀然公望,春滿鹿轓。坐嘯解繩,飆雲恬而無迹;咄嗟賣劍,膏雨潤於不言。經緯莫窮三千,甲兵真逾數萬。宜展朱泙屠龍之手,特界金臺市駿之區。佩挾采虹,盤紫荊而壯色;襟披文露,暖易水以忘寒。折樽俎之衝,扶風屹成右輔;壯日畿之勢,匡衛儼護紫微。已騰屏翰之新謳,猶睠粃糠之舊迹。

某負山七月,蚪斗之尾難藏;錫帶一朝,鵜梁之翼詎濡。南飛驚寒於明月,上谷回睇於故鄉。賴臨淮一變壘旗,哂平陽空屬獄市。舊瘢可掩,幸無發笴逝梁之虞;新渥俄頒,更借傾筐發庋之寵。報之以玖,誠莫效於風人;聘而還璋,禮敢師於故典。惟玆藉手,倍結藏心。

回潘麓泉年兄

嘉禾之踵唐侯,鼯技已窘;旌節之開鄚子,鵜翼豈濡。老年丈深懷看杏之遊,更篤敬桑之誼。雙素結鯉,喜真激於彈冠;十朋益龜,寵更隆於贈綉。靦顏忽借光曜,懦骨亦生激昂。使蚊負山,雖綿才之無取;有龍啣燭,儻餘照之可分。況玆漢廣之邦,舊是棠甘之地。訪禮藏史,周官恍見其威儀;問道長年,水籤備嘗於曲折。我雖異事,及爾同僚。願受大諫之箴,豈無他人;莫如兄弟所祈,披心之教。因風九頓,指日三薰。

回河南三司送年,時在禹州

臨路徘徊,哂一星之是客;占杓斡轉,逢四始之開元。獨上鳳凰之臺,自憐羈旅；遙傳鯉魚之字，忽被光華。筦鑰未交，雖緩行勾芒之責；葭筒自暖，已惕贊太皥之心。恃領袖於大來，感甄陶於遠念。屠蘇居後，應安時序之侵；醽淥遍需，恍拜漢官之寵。既警相徇之鐸，願登交泰之階。醉德良深，鳴忱未罄。

賀王制臺冬啟

地維倚重，福開三鎮之星；天統迎長，祥肇一陽之日。靜臨玉帳，昭對璇璣。

恭惟台臺，德配陽休，氣排冬凜。任天下重，屹一柱以承乾；為君子宗，注百川而歸海。發房謹澡泄之禁，晝靜和門；閉關申保障之防，宵沉候柝。華夷舞旭，人挾纊以知溫；文武從風，律吹葭而應響。時維英節，祉斂化元。獨復而見兩儀之心，先泰以亨眾正之路。繡紋量日，馭狼駿以未央；彩筆書雲，登麒麟其何遠。

某等持圭測影，酌斗飲醇。雖撞莛莫發於黃鐘，然獻奠思瀝於玄酒。履襪成頌，難陪旅進之階；饘粥追萌，敢援賀辰之記。伏惟丈三踐永，尺五依高。前茅中權，丕肅武功之草；采薇遣戍，遄聽文德之麻。

答劉貞白鹽院

使蚊負山，真愧作梁之弱；如龍啣燭，忽分若木之光。施柏方嚴於仰攀，敬桑敢辱於下逮。

恭惟台臺，雄姿峙嶽，偉量翕河。高明而且沉潛，無待箕疇之克；正直而兼忠厚，獨兼汲黯之全。屈軼久聳於堯階，皇華爰諮於禹甸。月三比讓，抗雲路以儀鶖；大一含清，結冰花而成虎。在山而蔾藿不采，氣已肅於揉邦；鳴崗則梧桐自生，仁尤深於芘物。北溟海運，不忘搶地之卑栖；南斗天梁，特畀航津之寶筏。

某久依宏宇，濫役名邦。維鶺在梁，疢轉滋於負乘；有鶯其領，誼還篤於彈冠。分略堂簾，降階無乃已甚；享隆筐筥，戴嶠終是傾搖。思玄后之有緣，音通仙室；叩青驄而無路，夢溯明河。敢收海鳥之驚魂，側求皋鶴之教誨。傾葵曷極，發藥是憑。

答佘樂吾撫臺

龍韜握節,欣依玉鉞之光;雁塞傳書,驚拜瑤華之寵。投醪知感,跂斗彌殷。

恭惟台臺,骨峻岷峨,胸吞江漢。青藜吹熖,窮甲乙丙丁四庫之書;黃石授奇,運天地風雲八方之陣。吉甫之憲文武,威聳出車;仲山之劑剛柔,望推補袞。金城冀北,已折樽俎之衝;紫幕河西,遂申彤弓之享。蓋單于之呼吾父,久服汾陽;則長子之錫師中,咸驚范老。繕榆塞千餘里,重恢余肅敏之猷;築雲堆三受降,更追張仁愿之績。折中行而答其背,繫頡利而犁其庭。此諸軍咸式靈於建鼓,而賤子盍預券夫景鐘者也。立武有常,共仰赫煊於日月;細流無擇,猶勤翕受於江河。

某挹注雖深,攀緣獨後。舊棠正芾,覺河山之未移;鄰燭分輝,誦秦晉之為匹。懷中隔歲,莫酬采艾之心;袖裏衝星,自詫懷瓊之重。聊旌子墨,倍結寅丹。仰惟中台,俯垂末照。

答孫玉陽少卿

珂珮趨朝,方聳中台之望;鼓鐘啓物,忽遺大雅之音。桑梓必恭,蕙蘭可挹。

恭惟臺下,幾伴體二,德擅函三。太行之骨,秀騫孤標挺世;銀漢之襟,洞寫谿宇無垠。吐濁含清,澄九流於心鏡;謝華啓秀,開四照於詞林。人謂百鷙乘飆,未如一鶚;家有雙龍合劍,宜長萬鱗。啓事競仰於山公,風月獨清於徐勉。招不徠,麾不去,身拂袖以葉輕;澤欲抒,山欲牟,才逢源而電發。汲黯雖外,猶關社稷之靈;山甫遄歸,爰補袞衣之闕。玉衡星正,萬傑待以彈冠;金掌月升,舉朝望其端笏。佇光華之復旦,弘贊虞風;胡聲氣之相求,勞占易象。

某愚公力短,將伯聲勤。慚唐叔之嘉禾,徒吟《蟋蟀》;想堯階之朱草,真攬鳳凰。咳唾驟傳於至人,菁莪若見於君子。我思何遠,更繙《唐棣》之詩;德音孔昭,尚跂周行之示。七襄匪報,三沐以祈。

答王□□戶部

蒲質驚霜,深愧矯鷹於九月;芝函麗漢,忽來苞鳳於三雲。得之若驚,藏以爲寵。

恭惟臺下，英奇天鑄，魁碩家繩。長鳴而萬馬瘖，群空冀北；指顧則雙龍繞，氣貫斗南。勁竹凌霄，衆羨楊關西之有子；忠葵向日，帝懷王太尉之通家。方展采於鷄香，遽養文於豹霧。棟樑方選，孰逾喬木之英；桑梓必恭，特遣兼星之字。武子之知蔡克，敢望拔人；伊陟之贊巫咸，式觀世業。

某黃金臺畔，幸吟蔓草之詩；白駒谷中，未展生芻之贈。蔭王槐以雲茂，欲續堂銘；讀魏疏而神交，更追笏記。綉緞投贈，誼有鏤肝；玉案乏酬，物惟藉手。伏惟英照，鑒此陋心。

與薛正亭中丞

星辰宗斗，其依龍劍之光；岬峽學山，側附鷄壇之末。銘深解佩，色惡報瑤。

恭惟台臺，橘性厲霜，松標摩漢。中朝丰采，夙高薛鳳之名；南國經綸，重恢召虎之烈。品如太華，五千仞高視祝融；氣壯青牛，百二關平吞雲夢。民懷吏肅，筆端雪露交揮；儲餉濟師，掌上飆雷並運。關西有楊伯起，勁節堪扶懦頑；江左見管夷吾，餘威已懾黔蜀。承天一柱，宜繪日月以爲常；迓旭六箭，更篚春秋而啓物。名臣之翕受如此，附庸之鼓舞可知。

某螾薄無乘雲之能，鶴孚感在陰之唱。遙憑發藥，先荷歸黃。江漢參衡，公得全而我居一；瓊瑤桃李，古匪報而今益慚。恃同王子之舟，或收臭味；敢采風人之藻，仰冀鑒融。共路鯀庚，前導敢忘隨靳；置身太乙，順呼勿替吹塤。

與荆州督工工部安

江漢炳靈，肇光華於天挹；黍苗膏雨，徵子惠於星臨。肅告心旌，欣依德宇。

恭惟臺下，滄水名家，起曹雅望。筆花吐鳳，迎藜杖以下觀；劍氣騰龍，指斗墟而上燭。高宮眉省眼之譽，水鏡無雙；妙澤杅山牟之宜，經綸有用。屬豫侯之將建，勤節使以來宣。山甫城齊，暫輟司喉補袞之選；召伯營謝，周知水泉原隰之和。本淵塞以定中，盡弭厄漏；慎經營而勿亟，忍致魚勞。在軍民咸頌見休，即藩垣實資建福。

某懷師儉之訓,欲爲上言;喜將命之賢,眞得君重。敢修澗藻,仰附松喬。誠格豚魚,劑同車而歸道;照寒狐鼠,屏附社以朝陽。良有望於仁人,敢併伸其善祝。

答工部陸中台

一星作使,欽眞氣之臨關;千里卜鄰,托流光而照月。贈當綉緞,報愧瓊華。

恭惟臺下,標秀吳趨,雄吞楚夢。詩心工部,忠款款以先憂;慧業士龍,品超超而直上。方將表《考工》之記,以補《冬官》;乃先受滄水之符,來稱使者。高揚白雪,推郢都詞賦之宗;遠灑清風,播江陵估客之樂。登樓時招於庾信,啓事即司於山濤。

某舊迹渚宮,屢結鳴鳩之契;新牙參嶺,堪依玄武之司。況拜德於先施,彌思愆於後至。拙知毀硯,爲驚見寶之多;老更理琴,徒愧成音之澀。倒迎門之屣,倚玉何時;返既聘之璋,采葑爲幸。薄紓寅緒,統在丙融。

答佘樂吾中丞

銜嚴北戒,方伸苞藿之威;音動西懷,邊咏歸黃之美。舊盟再暖,新寵若驚。

恭惟台臺,偉幹摩霄,修梁跨海。豐爲玉,荒爲穀,時四氣以生心;澤欲抒,山欲牟,才八面而應物。穆天駿行瑤水,電足凌飆;大峨岫映雪山,雲眉插斗。盱衡太乙,久占變豹之斑;頤指六丁,亟借屠龍之手。惟榆林之控西塞,重係安危;乃節鉞之領中權,兼資文武。星宿下盤玉帳,風雷盡護霓旌。萬馬不嘶,稟靈符而制勝;諸番羅拜,受戎索以來王。洗兵甲於天河,潤已通於九里;繪旂常爲日月,光更采於纖螢。

某麥秀車邊,坐隔臨關之氣;桐封署裏,常吟在袖之書。詎意散材,濫塵後乘。皂纛良慚於參嶺,喬雲遽照於崆峒。使蚊負山,忘巨鰲之見哂;有龍啣燭,施暗繭以流光。抃與嶠搖,夢將地縮。風吹維籜,敢忘唱和之音;星緯在榆,願樹偉昭之業。

與張涵月部院

恭諗台臺，仗鉞以討，既成正國之勛；善刀而藏，自寶養生之主。霧城坐消於見睨，天語立待於作霖。釋兵柄而身輕，何須仙枕；運鈴帷而虜服，行展筆籌。南郡花前，猶戀周公之籩豆；大隄柳畔，難攀葛相之鼓旗。

某抱譜爲家中郎，遙鳴綠綺；望公如張德遠，尚係蒼生。敢修秣馬之儀，聊抒歌驪之念。德風披拂，想俯鑒於草從；暑雨滯淫，願珍調於鼎膳。

與湖廣驛傳道

堯階屈軼，久欽指佞之忠；楚甸甘棠，特借澄清之略。浸穢薪而可載，慈洽憚人；擷幽菾以爲裳，芬施同室。況周公陳臬，方仰鑒於九流；幸郎子迷方，遽分暉於十乘。感星襄之遙貢，裹露掌以何殊。太尉四知，願勿靳清貞之誨；中郎三弄，庶共托大雅之音。祇佩披悰，莫旌延領。

與李光宇方伯

柏臺宿望，薇省新猷。暫借召伯之旬宣，行憲吉甫之文武。不肖猥以簸糠之劣，濫托執殳之驅。鵜翼不濡，蝌尾難掩。庶惠徹於藏垢，幸雅附於推襟。蓋唐叔嘉禾，公爲山川而鼓舞；抑臨淮變幟，私喜黥劓之補填矣。當驪駒駕軥之時，適鳳凰頒綸之日。在原靡及，賀廈未遑。重念倒庋傾筐，積荷仁人之睞盻；所慚遺梁敝筍，重煩匠手之經營。仰救過以如天，想歸恩之有地。《唐風·蟋蟀》，方霈溉於膏雲；周袞鱒魴，即光華於日月。無窮引領，敬載回風。

賀謝瘴雲總戎

駿金題價，曾觀入彀之英；鵲印登壇，有味出車之雅。士心豫附，海色森然。恭惟麾下，芒角文昌，韜鈐武庫。虎頭報主，定遠之筆堪投；龍氣騰身，士行之梭自遠。貌醇儒而可將，窺智勇之深沉；筆文士以談兵，窮孫吳之秘要。人服傅修期，兼擊賊露布之略；獨師岳忠武，無愛錢惜死之心。兵法笴五十家，既雄西府；怒翼摶九萬里，爰總南溟。屬小醜夷，嘯海以窺；賴真將軍，從天而下。鶡旗映日，威生虎豹之山；雀艦橫空，氣搗鯨鯢之窟。懾紅夷而遁影，蜃市無烟；澄赤水以探珠，鮫官有月。蓋袪衣得兆，將陋卑耳之淺波；而擊楫渡江，詎數豫州之短業。定知麒麟之閣，在此黿鼉之梁。

不佞昔仰國士無雙，薦之天子；今歌元戎十乘，賴及鄉人。稍寬桑梓之憂，敬頌藿藜之芘。寄悰墨客，努力封侯。

辭唐王酒

某宿餐譽命，雅佩樂善之規；今乔撫綏，乍入忘憂之館。陳思敦讓，謝冠弁於遠游；河間服儒，推布衣而折節。已霑湛露之宴矣，更振愷風而招之。此蓋老殿下日下謙光，雲上需渥。梁臺結客，頻開修竹之園；鄴社留賓，不數芙蓉之沼。成禮雖訓於恭儉，申惠倍寫其綢繆。

而某既荷緇宜，敢辭裾曳。但入疆乍同於闇室，治冗殊困於棼絲。方削謝恩報部之章，更懸展敬謁陵之役。才窮祗覺務多，真成鳩拙；心急翻疑晷短，莫緩駒馳。且隆享之先叨，或多文之可節。周臣之賦靡鹽，宴樂未遑；思光之嘆可懷，素風是托。願勿煩於揚觶，敬展謝於招弓。

與華陽敬一殿下

惟澧有蘭，香久薰於大國；如參亦嶽，氣彌想於真人。夢接瑤臺，悰傳錦字。

恭惟殿下，好文大雅，世德作求。若木疏暉，護雲霞於璇葉；天河瀹秀，涵星斗於銀潢。陳思八斗之材，塵泥冠弁；河間九經之對，被服儒生。授簡留賓，不數芙蓉之沼；披襟結客，頻開修竹之園。虹巨浪以橫橋，遊人爭歌烏鵲；鷲寶蓮而構宇，兆子即叶熊羆。遙聽欣欣喜色之言，彌動依依故人之念。

某追前王之醴，仙犬猶吠於白雲；曳帝子之裾，春鶯屢啼於紫苑。運馳而敬逾篤,在友亦難;踪隔而意常親,幸天作合。酬嘉太晚,結好良深。誦詞賦於淮南,恍然攀小山之桂;從神仙於汾水,何日挹姑射之風。

答王府

彤弓朝享,良深蚊嶠之危;梁苑春遊,更灑龍波之渥。隆施不厭,溢寵若驚。

恭惟殿下,光濟能謙,親賢内比。河間爲名儒之統,被服九經;衡陽有素士之風,笙簧萬籟。忠惟星氣,環太紫以宗辰;下乃谷王,滙群漾而納渤。勤勤折節,固根樂善忘勢之心;藹藹修和,更窺誘德爲民之念。遂忘虚薄,屢結綢繆。

某感設醴之如新,夢猶襟帶;荷傾筐之無遠,色恍雲霞。敬抒缶音,仰酬鐘韻。伏惟祐獨綏於天楫,宜孫宜子,宜君宜王;譽益播於日華,爲梁爲文,爲輿爲柄。

答郡宗

客路衝塵,游平臺而未暇;王門折節,馳芝翰以遥將。開館而字忘憂,雄風可賦;佩印而知樂善,白雪同清。感此蘭佩之綢繆,宛如梧宫之披挹。銘心已渥,推貺難承。結好而返圭璋,敢援古禮;受書而藏懷袖,永結中孚。願益勖於令名,聊托忱於善頌。

謝榮王

懷德名山,風自披於大國;升高立嶽,雲彌動於遠懷。夢接瑶臺,惊傳錦瑟。

恭惟殿下,星眉焕端,日角昂姿。仙李盤根,護靈暉於若木;猗蘭奕葉,灑湛露於明河。陳思八斗之才,塵泥冠弁;河間九經之對,被服儒生。授簡留賓,不數芙蓉之沼;披襟結客,頻開修竹之園。廊山藪而藏瑕,則羽鱗咸若;存履簪以篤故,則蘭芷逾馨。遥聆鼓樂喜色之言,寧忘江漢朝宗之想。

某楚宫醉醴,佩寵常憶龍光;郳國拜圭,送音忽驚鶯晚。水繞枉人之渚,賜與九回;月明玄后之峰,心隨三肅。敬修殷聘,用答下交。誦詞賦於淮南,恍然攀小山之桂；從神仙於汾水，何日挹姑射之風。

回送午節

日車北永，適逢解粽之辰；風槖南薰，深愧甘棠之陰。虎符結艾，龍鷁競標。靈篆佩以辟兵，彩縷縈而增壽。凡離明之福，宜熾集於高閎；胡姤遇之勤，乃渥貽於荒署。蟾蜍畫水，雖吐潤以幾何；蝘蜓合丹，祇銘心而莫報。謹將鼎貺，藉告蒙虔。義難忝於榮施，踪重勤於遠使。勞人執熱，方命踦高。願見炤道義之中，勿相索形骸之末。盡裁縟節，曲遂愚衷。是謂知心，奚啻拜寵。

答朱恒岳制府

玉鉞護軍，將樹煒煌於麟閣；瑤華結客，遂通繾綣於魚書。永矣可思，依然在夢。

恭惟台臺，盟心日月，舉手風雷。抗五岳以高寒，獨承天柱；總四溟而遠豁，並滙谷王。運筆成籌，呼吸制華夷於掌；折衝在俎，指麾盡文武之心。完千載之羅城，元龜無恙；渡五月之瀘水，蒼兕橫行。霆擊永寧，漢版盡收鴻雁；電搜古閫，京觀爰築鯨鯢。飛走之路既窮，行將縶而俘之闕下；縱擒之威彌遠，抑且坐而蕩彼水西。帝念元功，即看山河之錫；鄰依盟主，咸聲壇坫之歡。豈意蘋藻之通勤，重徵珪璋之報聘。唱峨眉而現佛，如捧兜羅；乘錦水而浮荊，堪藏綉緞。

某移山無力，幸遙傍於操蛇；宗海有懷，祇虞窮於井鮒。頻觀武露之布，鴻樹邦家；忽拜明河之章，燕及朋友。鶡旗在望，願收折首之勛；鼉鼓可銘，直配攻心之烈。無窮軫結，遙送巖瞻。

答沈何山京尹

閩部去思，長庇甘棠之影；嵾山遠望，忽揚若木之光。辱送喜於彈冠，矢銘惊於解佩。

恭惟老公祖台臺，高標峙嶽，偉量翕河。氣貫斗杓，定春夏秋冬之刑德；胸羅武庫,探皇帝王霸之經綸。雲五色而成霖,璧含巖潤;月萬川以分鏡,珠握鄰輝。分陝既頌於召公,尹京用正於天府。雲隨手闢,即中貴聳韓昌黎之來;河比笑清,猶有人憚包希仁之用。諒何傷於日月,即可券乎風雷。海擅谷王,誰知善下之度;林求聲友,獨發遷喬之音。登太乙而振衣,瞠乎後矣;闗鯀庚而共路,惠然攜之。

某宿荷睠知,幸觀綸召。以巢阿之鳳,猶聽響於狂歌;況戴嶠之蚊,定速愆於顛越。何意在梁之翼,重披倬漢之章。秋水之灌無窮,雖叨滿腹;逢丘之信可接,終悵隔凡。價重南金,擬瓊瑤而難報;懷縈積縷,托縞紵以尋盟。伏冀星垣,俯收螢爝。

答常德府李

追八年之舊夢,如隔秦人;快五馬之勝遊,真來仙客。衣冠雖共於鄉里,舟屐遥分於山河。兩地滄浪,中和之音可聽;一星朗渚,晤聚之象難占。詎意荒城,枉施榮問。入軍而壘旗未變,良慚皂纛之文;露冕則禾麥如雲,已動朱輻之詠。謝羅山上,怳然見霄漢喬松;漁父洞邊,何日共桃花短笛。酬天孫之錦,莫報七襄;撫中郎之琴,聊憑三弄。魚素謹藏於懷袖,龍門長睇於朝霞。

答陸工部謝壽

玄鶴庭下,方報瑞於修齡;青鳥筵中,遽分珍於大藥。施者居渥,得之若驚。

恭惟台臺,德結大年,仁開化日。蜚英藻苑,光天上之星辰;應運昌陽,作人間之霖雨。澄一潭而印月,木客謳吟;環萬艦以歸雲,波臣踴躍。漢南紀樹,身坐不老之庭;斗北傾漿,手散長春之酒。燕皇天而燕朋友,喜四國之從儀;媚天子而媚庶人,占八荒以開域。

某無緣化羽,徒矢歡聲。哂影比蜉蝣,為龜鶴謀養生之具;幸丹成龍虎,俾雞犬附拔宅之行。朝菌誰識於春秋,女蘿亦附於松柏。蓋貽瓊報木,見厚往薄來之心;抑擲米成砂,懷從凡博仙之忞。王母之桃,度世許方朔以頻偷;李謨之笛,横江托蘇公而不朽。

<h3 style="text-align:center">答劉貞白</h3>

日車夙駕,共喧歸袞之吟;星杅來投,忽動留衣之贈。何當敬梓,有味折蘭。

恭惟台臺,偉抱幹時,清標拔俗。車前綉斧,韋直指之山動搖;袖裏彩毫,江中丞之紙踴貴。指草既懸於堯鑒,鳴琴爰贊於舜薰。萬竈軍興,昔嘗煩唐宰相之兼領;五鹽職貢,今一用周冢宰之規模。使穆天子而下觀,應嘉成寶;即管夷吾而可作,猶讓富民。允賴真儒,能光狩典。將軿軒而入告,轉駿駸以縈懷。揚激飆生,既惠周行之示;合離月照,還軫屋梁之思。

某舊庇松喬,重依樾蔭。瓜雖期及,幸川岫之未違;綉是晝行,瞻佩珂而孔邇。豈謂溉罋之間,重勤拂筛之前。南徙溟鵬,雖莫窺於海運;西飛漢燕,聊矢感於簾聲。尚觀車騎休汝之光,敢忘晉楚齊盟之約。

<h3 style="text-align:center">答丘太丘</h3>

衮職可補,兼成賦政之功;綉裳曰歸,爰動同人之咏。離心芍藥,行色皇華。

恭惟台臺,北斗元精,西江正學。靈探奥賾,領珠摘照乘之驪;妙綜緯經,胸緒繅專輪之繭。搖匡廬而激彭蠡,筆控千秋;奠嵩室而澄黄河,儀正四國。清霜作肅,共揚解綬之風;玉露敷和,獨灑辨冤之雨。蓋元氣之行周旬,道在春秋;且貞心以補媧天,光懸日月。明保我后,將入告以用圭;及爾同僚,猶遐思而解珮。

某如蘿施柏,承接引於蓋高;以筳撞鐘,發鼓吹於維服。忽辱鼎言之及,遥欽狩典之成。顧截鐙之未將,欲歌四牡;乃傾筐之先錫,彌感雙龍。必諮於周,真見古使臣之道;雖愛莫助,惟誦雅《烝民》之詩。薄寫感私,顒祈英照。

<h3 style="text-align:center">答謝玄中侍御</h3>

繞水風琴,高送滕王之閣;織雲星杅,遥輝參后之峰。鳩咏在桑,烏栖傍柏。

恭惟台臺,胸苞九德,氣備四時。照乘靈珠,奪康樂玄暉之慧悟;梁霄玉樹,兼安石幼度之經綸。飛逸韻於郢中，雪推寡和；矢丹心於殿上，日鑒孤忠。執法太微，頻抗凌霜之簡；諏風西楚，爰驅辟路之驄。刷鳳彩以朝陽，則羽儀感化；引龍光以燭斗，則川岫動搖。惟朱鳥原通於衡廬，乃赤魚遂溯於江漢。香爐結紫，分來天柱之烟；南浦平藍，散作滄浪之翠。潤河詎寧九里，還灑守臣；帶月即在一章，如親君子。

某久欽端笏，幸接鳴珂。蚊負虞巔，跂周行之有示；鶯聲相問，挾玉案以來投。感鬱腹輪，思懸津筏。尚求皐鶴之誨，不止環雀之私。

與南臺侍御

伏諗西臺嶽聳，南甸秋清。陪都高避馬之風，萬里繞栖烏之月。

恭惟台臺，玄珠探始，慧鏡絕鄰。斗下燭以成虹，知吳鈎之夜赤；花繁開而入夢，驗江管之朝班。作賦摩空，則鵬溟矯其怒翰；峩冠立仗，則鷺序奮其修儀。蓋日月處雲，非遠莫見；如飆霜被物，惟冷始嚴。在唐典橫榻之異群僚，即南床振衣之高千仞。心無倚傍，言有脊倫。激濁揚清，爲正人之領袖；愛君憂國，本高廟之神靈。卿雲族而護蟠龍，彌尊漢鼎；梧桐生而栖鳴鳳，共覬朝陽矣。

某苴藋無功，誤分麾於參嶺；喻椒有記，倍馳領於洛師。跂鍾岫之高標，下視三山二水；隨滄浪以東繞，夢遊牛首燕磯。敢旌拱北之私，仰籲司南之教。曾鷄伏鵠，固柱下之是宗；秋水灌河，恃海若之見發。

與臺中侍御

身扶紫極，八紘高景鳳之陽；氣作清秋，萬里繞栖雅之月。既吹葭而暖谷，將依柏以定巢。

恭惟台臺，慧鏡絕鄰，玄珠探始。涵寸虛而納萬匯，浩然滄海無涯；持一正以定八風，屹矣嵩高維嶽。共推殿上之虎，筆可回天；爭避道左之驄，輪驚埋地。嘉言允賴於辰告，元氣尤妙於春陶。鑄金鼎以察姦，飆生臺閣；斡玉衡而齊政，星叙□□。蓋椒發天光汝明，用開四目；想梅和鼎味公餗，即謂寸心矣。若乃江海九流,笙簧萬籟。塵中洗劍,高揚北斗之光;爨下拭桐,吟散清溪之弄。淵乎愛惜人才之念,卓矣古真御史之風者也。

某雁分慚於能鳴,鳩姿安其至拙。荷香采製,思垂滄水之綸;溝斷青黃,誤畀峇山之節。曷酬推挽,惟矢鞭磨。鐵感狵賓,雖何心於叶樂;山移愚叟,總有待於操蛇。敢旌拱北之悰,仰籲司南之教。歌五紽而倡,廉辨遥式冰壺;挾寸莛以叩,希音側承雷鼓。

與省中諸公

㸓直龍墀,聳聽批鱗之讜論;開藩麋國,深驚假羽之誤恩。立節可酬,銘心欲寫。

恭惟台臺,凌霄芷氣,貫日元精。筆下無一點塵埃,挾大蘇之文采;胸中有數萬兵甲,蟠小范之經綸。搖玉佩以晨趨,香飄閶闔;對瑣闈而夕拜,月滿蓬萊。聖天子思六太息之談,正懸韜之恐後;真諫官抱百煉剛之操,即補牘以誰先。梧桐自生,方信鳳皇獨立;屈軼一指,尤關龍象共觀。蓋國有諍臣,淮南之謀可寢;庶朝無朋黨,河北之盜易平。若乃調氣陽和,納流潢潦。在山加意於護藿,下體取節於采葑。此尤梁補闕之門,士依定價;韓昌黎之斗,世願借名者也。

如某者猥以社櫟,濫此牙麾。半世信書,自笑屠龍何用;一朝錫帶,空嗟維鵜不濡。登崟嶺以摩天,恍惚奉祠官之香火;臨滄浪而洗肺,低徊學溟海之朝宗。惟山甫之劑剛柔,能收補衮;非張仲之躬孝友,誰主采薇?聊抒微心,仰于高炤。願推一話一言之教,敢忘三薰三沐之誠。

與銓部諸郎

檢鏡鶴廳,仙郎重題材之望;負乘麋國,波臣荷推轂之知。雖凜飲冰,詎忘仰斗。

恭惟台臺,一佛人間,三神海上。情陂瀁淼,百谷宗以爲王;氣岳崢嶸,群山學而難至。如祥麟威鳳,呈光九德之朝;乃玉尺冰壺,提衡十銓之選。開門撤棘,覓佳在桃李之無蹊;表畹離薋,樹賢皆菭蘭之可佩。遂使呈身識面,屏迹攀援;獨有鈍羽孤踪,揚眉綜叙。扶抑相陰陽之泰運,激揚鼓中外之事功。師濟協吹於塤篪,治平總歸其鼎軸矣。然而周車所後,必渭水之老臣;漢席獨前,亦洛陽之年少。

如某者年界其間,才瞠乎後。守同嫠婦,敢懷恤緯之私;志類愚公,空發移山之哂。笑談未同於風月,鑒別忽超於驪黃。從爨下以賞音,或出古弦之異嗜;拔薪前而見徙,豈緣蟠木之先容。裴王用而無滯材,今親見矣;方召出而壯南紀,我愧如何。所願星朗三台,運玄杓於不言之表;庶幾雲興四嶽,承零雨於自公之餘。飲冰而化縹緲,稍答知己;挽河以洗兵甲,共贊清時。旌悃濡毛,徼光巖電。

與舊文選路天衢太常

郎宿映冰壺,百辟仰鑑衡之峻;卿月升金掌,兩階增干羽之光。燕喜遙分,魚緘如結。

恭惟台臺,孕秀璣衡,鍾靈嶽瀆。蒐玉軸牙籤,插架藏山之秘,學富三餘;挺瑤林瓊樹,迎風寒露之標,才雄萬傑。高飛鳧舄,兩地留宓子之鳴弦;入典鶴廳,三朝歸山公之啓事。萬竅吹而成籟,如水無私;七星建以運杓,維衡有信。相士如相馬,驪黃牝牡,超皮相以神觀;樹木通樹人,楩梓杞楠,妙天裁於意匠。既而清通軼馬裴之上,深結主知;步武接夔龍之班,彌隆公望。惟三禮重奉常之寄,而貳卿典屬國之儀。文物葳甤,鞮譯回心而向化;章彝藻繢,旒裘交臂以觀光。蓋禮備樂和之朝,無煩賈生之表餌;而夷賓王會之世,即調傅相之鹽梅矣。

某有懷仙御,未寫侯心。何意孤踪,曲蒙異獎。塵中洗劍,發其紫斗之英;爨下拭桐,彈作清溪之弄。奉祠官之香火,嘗登參嶺以摩天;懷渤海之朝宗,亦臨滄浪而發曲。瞻牽牛於漢渚,自恨無槎;報喜鵲於槐眉,祇歡成廈。穆陳微悃,遠布荒緘。儻不靳律呂之寒筒,希更借津涯之寶筏。

答 徐 京 咸

采薇作頌,月臨根本之都;紉蕙傳芬,風散附庸之國。居然玉嶠,照此滄浪。

恭惟台臺,五嶽元精,千年間氣。嚳鄴中之龍虎,偉長齊名;占天上之麒麟,孝穆匡國。郢都飛雪,鈞性慧於靈均;箕尾聯星,航世津於傅説。劍騰芒而燭斗,石有彩以補天。西塞長城,壯金湯者萬里;南畿嚴鎖,借樞筦於三台。虎頭笑定遠之侯,僅優將略;鳳臺起東山之相,直贊廟謨。祈父爪牙,中樞共推運幄;帝車喉舌,北極即待持衡。斯乃晉國留司,獨佩安危之望;周公後洛,彌弘吐握之風者也。

某曾御李膺,敢後龍門之賀燕;遙欽徐浩,忽披鸞閣之墨螭。望仙履於崑崙,流音參嶺;擎凡槎於漢水,接影銀河。玉案遠酬,剖魚緘而色燦;瓊枝低拂,戴鰲嶠以魂搖。電燭所分,巖瞻曷既。

答 徐 京 咸

定遠入關,玉門留都護之績;姬公歸袞,赤舄勤吐握之思。言念松風,依然梁月。恭惟台臺,擎天鰲柱,鞭海虹梁。方略金城,靖河湟之宵柝;剛柔玉鉉,調寓縣於春臺。高閣之繪麒麟,榜高日月;瑞梧之儀鳳凰,履上星辰。蓋安危注裴公中外,迭居將相;且出處關謝傅社稷,深固本根。諸鎮望之若登仙,北辰倚之如斗柄。六軍留守,暫領王之爪牙;三象輝煌,即司天之喉舌者也。籩豆有踐,方咏信宿於遵鴻;劍佩將行,猶傳好音於烹鯉。

某式靈西海,聆頌東山。膏秣路遙,空馳情於驂騮;瑤華日麗,忽拜貺於鸞龍。咏山甫之遄歸,保兹天子;懷木瓜之投報,愧彼風人。別葉起而離雲飛,倍軫留衣之感;邊月隨而極星近,願紓運幄之籌。折柳遲將,傾葵罔極。

答 榮 王

恭惟殿下,胸涵星斗,氣貫風雲。親賢之法前王,天恢堂構;文雅之賓素士,月照醴筵。曹氏鄴園,不忘飛蓋之約;楚王江漢,猶懷舊履之遊。圍日月於桃源，去後偏盟秦客；招烟霞於參嶺，秋前遠問謝羅。

某慚難報於瑤華，驚頻投於玉案。恩波湛湛，聊賡孺子之歌；睿藻翩翩，永袖神仙之字。皎寸丹而可篆，隨流水以俱長。

答馮鍾華茶院

彤弓濫錫，深懷旄節之羞；錦字遠貽，式拜琅玕之寵。鴻施誼篤，鰲戴情殷。

恭惟台臺，胸總四溟，筆凌五嶽。屹中流之砥柱，危行危言；儀阿閣以朝陽，爲民爲德。屈軼指佞，九官方辨於堯階；干將無前，六轡爰華於秦隰。收團龍於春嶠，命制羌戎，羅市駿於天閑，功資安攘。北斗已宗群宿，大廈尤庇萬間。瀸露金莖，飲塵心而立洗；追風玉驥，挾凡足以俱翔。

某猥以下體之苄，得附高臺之柏。草性易秋，敢希踪於靈藥；馬力將竭，尤仰秣於瓊田。樂莫樂兮新知，麻扶方始；遲之遲而又久，李報良難。更祈金石之規，作我韋弦之佩。

答李緝敬

四星執法，方下照於地文；八角垂芒，忽仰分於天篆。報則已重，得之若驚。恭惟台臺，北斗元精，西江正學。靈探奧賾，頷珠摘照乘之驪；妙綜緯經，胸緒繰專輪之繭。斗杓之定寒暑，妙在無言；岱嶽之觸膏霖，巍乎不動。指草既懸於堯鑒，鳴琴受贊於舜薰。萬竈軍興，昔嘗煩唐宰相之兼領；五鹽職貢，今壹用周冢宰之規模。使穆天子而下觀，應嘉成寶；即管夷吾而可作，猶讓富民。暫澄水心，即和鼎味。羌置身於太乙，既絕躋攀；亶共路兮夷庚，更宏接引。

某如蘿施柏，以莛撞鐘。聊洞酌以注茲，未旌川溯；何清風之穆若，頓覺春來。十部劉公之書，唧知敢忘心篆；三章衛人之玦，載重祇覺魂搖。喬松在漢，姓名幸接於龍門；焦木可彈，音徽聊酬乎鳳嘯。無窮軫結，惟托嚴瞻。

答督工常侍

紫芒斗口，久垂象於四星；黃紙霄中，新應占於一使。事聯宮府，寵溢筐筐。

谂惟门下,天格孤高,地分清切。常无欲以观妙,美擅黄中;宿有福而觏尊,光扶太上。蓬莱之云五色,独拥护於衮衣;阊阖之门九重,亶司存於辇躍。追辞赏之郑衆,勿替撝谦;味避权之吕强,惟知持正。属豫侯方建,典最盛於分茅;乃巽命重申,诗特揆於作室。莫如君重,佥曰汝谐。节财裕国,五鸠勤而旁无漏卮;束下惠民,八骏行而市争擎节。但宽分之所及,即为润波;胡陈谊之甚高,更推照乘。

不佞心惟好德,每有感於车辚;绪切抽忠,遽先捐於瓊佩。中藏大雅,真穆如君子之德风;愿宝令名,用俯慰庶民之好雨。

答梁冠林

霜斧肃僚,方闢避骢之路;瑶华结客,遂传鸣凤之音。恍见月梁,依然风瑟。

恭惟台台,峨眉正骨,锦水文澜。凉雨洗晴,悬日光於秋浦;絛飋开曙,养露德於春林。汲黯之好廷争,奸雄见惮;李勉之严绳纠,朝廷始尊。草指而佞魂消,壮尧阶之屈轶;韶移则膏霖灑,歌周道之皇华。蓋谔谔以昌,能奠嵩高於九鼎;兹行行且止,聊观荣矣於三花。铁笔甫尔摇辉,河图为之生色。羌置身於太乙,已绝跻攀;宣共路兮夷庚,更宏茹纳。

某谬陈粗削,窃附旧簪。盟坫昧敢差池,伐柯则欣孔迩。聊旌雀抃,遽动鹭求。璘影之分万川,果披华照;岑山之佐二室,永结灵述。心邅迹遐,聊赋棠华两地;厚来薄往,深惭桃李三章。伏冀崇融,曷胜遥盼。

答潘沪沧大参

南海泳鲲,同池既分於暎影;西曹牵马,联局又限於隔时。是何慕用之勤,偏如相避之巧。幸哉入楚,附此有邻。地詑神仙,羨高开於庬盖;贤推乡里,梦疑接於衣冠。顾川岭之迢遥,徒劳目佇;乃羽鳞之缱绻,遽荷心存。鷟已残秋,犹求声而春啭;雁方违北,翻拂影以南来。高谊难名,感私永叹。惟召公旬宣之绩,应占锡鬯从天;顾郢子支离之踪,倍想披襟何日。奉祠官香火,觉渐习於隐圖;展名世經綸,願弘施於壯略。回風聊附於偃草,旭日幸照於傾葵。

答喬獻薑公祖

武夷振袖,鵬風方運南溟;峩嶺傳書,鳳律高回北斗。遙輝甚邇,積夢若新。

恭惟某官,行霍元精,河汾問氣。喬松霄際,高漢代之龍門;朱草階前,瑞堯庭之豸角。縫雲裁霧,石有采以補天;澄海搖山,輪何心而埋地。列城之吏瘴盡消,赴標廉法;四境之民暍必達,懸鏡咨諏。雨既沛於隨軺,星兼懸於籌筆。波臣擊楫,共壯水犀之軍;影國消烟,行奠魚鱗之屋。羌置身於太乙,迥絕躋攀;亶共路分夷庚,更宏茹納。

某并州鄉念,慚唐叔之嘉禾;閩部驄花,誦詩人之敬梓。八鹽徒暖,貞石彌峻。到公雙案,下投幽琴。獨感邕譽,蓬山之信可接;終悵隔凡,風胡之鑑難酬。惟思磨鈍,等冠峰而知踶,思宗海以彌長。

答馮鍾華冏卿

卿月開雲,寒動崆峒之暖;使星映水,秋回參嶺之春。賀廈未宣,報瓊已泰。

恭惟台臺,幾倅體二,德擅函三。吐濁含清,澄九流於心鏡;文種武植,煉五石於筆籌。驄步自工,隴外擘嶽搖霜之望;袞衣誰補,天中縫雲裁霧之才。惟汲黯真社稷臣,故馮勤為公卿重。玉衡氣正,萬傑待以彈冠;金掌光昇,百僚望其端笏。聳中台之望,方珂珮以趨朝;遺大雅之音,猶皷鐘而啟物。

某抱桐蘗後,慚徼惠於賞音;置礫珠旁,詫分輝於照乘。鶯遷喬而有喜,還矢友聲;鷖嗁字以來傳,如聞仙樂。戴嶠知搖,飲河恐溢。徒情絲之繾結,冀心鏡以照臨。

答馮栗庵同年

卅年驇靳,悵雪迹於鴻分;三弄宮商,感風林之鶯語。依然在夢,溯彼伊人。

恭惟老年丈台臺,洗氣象先,澄懷物外。表東秦之十二,獨領大風;溯闕里以三千，遠追真統。扶桑結繭，五色近鳳麟之洲；岱嶽興雲，寸膚起魚龍之雨。津梁之需堅楫，直可濟於黃流；星緯之護寶鐔，秖自高於紫斗。時方多事，世仰異人。出處對隆替之時，共瞻安石；合離縈高深之軫，猶念中郎。

某結托塤篪，差池羽翼。徒抱鵝梁之愧，將伯何遥；忽承鯉素之傳，訊予良厚。蓬山音接，身彌悵於隔凡；桂魄光流，手還疑於攬照。雖云室遠參嶺，欲附靈宗；獨有思存滄浪，定歸海若。

與高經寰侍御

玉斧澄秋，霜色猶高仙掌；綉衣行晝，雲文自結海樓。舊德如新，遥輝甚邇。

恭惟台臺，名喧九牧，氣塞兩間。危行危言，直躬超燥濕之外；爲民爲德，深念在憂樂之中。石有彩以補天，筆追五色；輪何心而埋地，柱立萬波。函□百二關，澄清治化於將吏；蓮華數千仞，貞肅風行於華夷。所過棠甘，遍三秦之原隰；及期瓜代，携兩袖之飆霜。賓初日於扶桑，絲綸結繭；收膏霖於岱嶽，光氣成龍。蓋人瑞直通鳳麟之洲，且天心促歸鵷鷠之陛。高山仰止，依仁怳接於蓬萊；大壑朝宗，分潤詎忘於滄水。

某鵜慚拂羽，燕喜開簾。歲星將移，感木公之回照；太微自迥，勞羽客之瞻祥。會玉帛而何遲，寧逭專車之討；投瓊瑤以難報，徒懸藏袖之心。敢暖齊盟，遥通楚奏。膠鬲之爲王佐，願亟起於鵬溟；中郎之托古音，或見收於鳳琯。

答陸工部

日車夙駕，共欽歸衮之光；星杅來投，忽動留衣之贈。離心芍藥，行色皇華。

恭惟台臺，偉抱幹時，清標拔俗。謝華啓秀，文賦接統於《左》、《騷》；愛國憂君，詩宗許身於稷、契。關門窺滄水之使，袖振清風；木客傳郢都之吟，歌凌白雪。瓜將期及，綉可晝行。芘邵蔭而棠甘，冬添愛影；嚮堯天而葵赤，望重宮眉。入告用圭，即歸山公之啓；遐思解珮，毋忘楚客之緣。

某鶃自伏籬，惟聳觀於鵬運；蟲甘墐户，忽遥唱於鴻聲。顧截鐙之未紓，欲歌四牡；乃傾筐之先錫，彌感雙龍。必諮於周，真見古使臣之道；雖愛莫助，聊誦雅《蒸民》之詩。薄寫感私，顒祈英照。

賀馮鍾華茶院陞岡卿

攬轡秦關，鮑昱舊歌於驄步；宣綸漢殿，費昌新贊於龍媒。邦本益强，師虞允穆。

恭惟台臺，桂挺鄧林之枝，星叶天房之瑞。馮野王之宦譜，到處流歌；馬長卿之才名，頻推作賦。自碧梧深處，聽威鳳之朝陽；乃屈軼開時，控神羊而指佞。握簡依烏之位，四星芒照山川；摘茗市駿之司，六察春生動植。驥足開騰驤於絶塞，雲錦燦而山摇；龍團宣滯鬱於遐陬，飆霜飛而草偃。人留瓜及，帝簡葵忠。方埋張御史之輪，雄風動地；特拜周伯冏之命，卿月横空。駃牝塞淵，昔咏三千楚室；騋騄得路，佇蕃十二天閑。共獻康侯晉錫之占，彌光穆天瑶池之馭。凡依鵬霄而庇影，皆同蒐藻以騰歡。

某自慚营鶂，謬策駑駘。既追隨驂靳之間，復甄收菲葑之味。捧除書而拭目，咏歸袞以馳神。簾幕忽移，不禁徘徊於紫燕；履綦莫逮，聊唧歡喜於頳魚。想地是并州，總難麏㹠倪之眷戀；而席前宣室，願叅副宵旰之論思。未替定巢，尚期和鼎。

答衡州司李

門下英涵圭海，秀奪丹霞。以枌樹衣冠之賢，振梅花法曹之望。攬衣嶽頂，濯足湘流。閩譽則扶荔方新，楚香則頌橘同烈矣。

不佞敬梓有懷，依蘿自遠。何意仙人解佩，遥渡漢皋；帝子彈弦，不限巴水。遂使夋山雖僻，獲締祝融之盟；滄浪自寒，同入灙溟之派。感心綸之密貫，驚手板以何堪？袖玩德音，璧歸隆贈。山川雖隔，意氣難諼。

答司道賀生

鄰五十而無聞，方慚虚度；援八千以爲况，過辱榮施。惟是蒲柳之易衰，兼以蓼莪之啁恤。壽則多辱,馬齒何爲?愛欲其生,龍光下照。夙興夜寐,難酬教養於君親;日邁月征,猶藉鞭磨於師友。七襄自重河而下,詎論報章;拱璧爲駟馬之先,未如至道。敬還芝貺,願發藥言。

答温直指賀生

不肖齒鄰五襄,老而無聞;任匜期年,隸也不力。誦《伐檀》而恧色,思廢蓼以驚心。乃以芸荔之萌,得荷松椿之賜。吹鄒衍之律,發黍凍崖;舐淮南之丹,升雞雲路。不是過也,曷克當之。蓋仙藥自羅浮,已恍霱葛令之接引;況佛光來峨嶺,益近暢皇人之訓言。二竈嶽高,三薰冰凛。惟翹瞻於紫斗,並永勒於丹悰。

答 賀 冬

剛亨固喜於陽復,順動亦慶於朋來。開泰内之初,仗君先路;見天心之妙,示我同舟。忽拜錦翰之文,如吹黄鍾之琯。灰同心冷,既獲借於温噓;線與才窮,還有祈於縫緝。晞光愛日,托緒回風。

答 賀 年

斗一轉以生春,欣開泰運;雲三素而成采,更燦貢文。形南國江漢之風,歸東壁圖書之府。僻居鄀子,坏户何異於陰崖;哀祉天宗,吹葭忽來於暖律。頌椒有斐江雁致九罭,信宿即看衮綉之還者也。

某赤芾荷爻,貽嘲彼己;清樽看劍,托庇丈人。聞嘉命於龍墀,紳綖動色;奉神書於麋國,旗壘式靈。封函谷,赭皋蘭,敢書勛於伐石;和鹽梅,作舟楫,佇審象以敷霖。吉矴雲箋,祈垂電鑒。

賀李瞻宇陞南大司農

元老壯猷,樞府威伸紫塞;中邦成賦,地卿計總白門。聽履聲高,得輿望愜。

恭惟台臺，長庚孕魄，太乙吹光。武爲緯，文爲經，雄風偃草；豐斯玉，荒斯穀，化雨應轑。人物之重中朝，含香已儲公望；齊謳之表東海，陳臬遂振友邦。既而方岳晉中丞，到處之甘棠勿剪；爾乃儒臣登上將，舊邦之命服維新。長城亘陝以西，五侯專征於賜矢；神蠢自天而下，九姓通譯以拜鞍。獻涼州之蒲萄，宵塚直通狼域；歌羌笛之楊柳，春光久度玉關。既買牛以賣刀，宜歌鴻而覭衮。寇萊公之鎖鑰，何事不入中書；王茂弘之勛名，先可無憂江左。惟留都根本之地，乃版曹錢穀之源。詔賢者爲其難焉，舉廷臣孰能右者。特咨計相①月儀之書；捧璧何遙，梧鳳報朝陽之盛。感晴光於方轂，酬嘉信於折梅。願托融襟，無窮引緒。

與李介石

賜履宏開樞府，總三垂之鎖鑰；詔弓高享戎垣，肅四鎮之鼓鼙。邊面屹然，師瞻赫爾。

恭惟台臺，負涵海嶽，吞吐星辰。柱下之言五千，爲兵家祖；胸中之甲數萬，應名世期。山河分半壁之天，係安危於西極；股掌制諸夷之命，神籌策於中權。花馬池頭，不敢放南下之牧；袞龍殿上，遂可寬西顧之憂。若召公分陝之功，當即輔相王室；乃姬宰居東之久，豈復拮据師干。惟是雲堆三受降，雖熊羆之無恙；金城數千里，恐鴻雁之未安。用專西道之行營，特副中樞於司馬。鞭弭熟路，撫棠蔭以如新；笳鼓赫聲，歌薇詩而益壯。布臨淮之號令，軍容較往日不同；震條侯之威名，帥鉞恍從天而下。關門月小，無煩清嘯以破胡圍；楊柳風暄，但有春光之度羌管。桑椹已革於鴉鳥，葡萄真獻於涼州。蓋十乘啓行，暫隆鎖鑰之寄；而用正大農②。養民致賢，先究鄭侯之事業；入賦出式，預觀冢宰之經綸。遠將固邦脉以格天，桑土彌綢漢鼎；近即足軍興而搏虜，竹苞默輩周豐。

某佐炊何裨於羹旁，竊照幸鄰於宇下。甫聞度支得賢之命，實爲蒼黔再造之麻。自昔綱紀有人，燕休與及；祇今聲靈將遠，鴻庇未移。登參嶺以摩空，想象西人截鐙；溯滄浪而寫月，思隨南國迎旌。泉布金刀，佇訐謨之益下；鹽梅舟楫,占大拜於富民。

與李瞻宇

采薇作頌,月臨根本之都;紉蕙傳芬,飆散附庸之國。居然仙掌,照此滄浪。

恭惟台臺,五嶽元精,千年間氣。稷、契參以佐聖,自許致身;孫、吳討而疑神,詎徒暗合。劍扶日月,既高閣以繪麒麟;履上星辰,如卷阿之儀鳳凰。北辰倚爲斗柄,諸鎮望若登仙。玉關笑定遠之侯,僅優將略;金陵起東山之相,直贊廟謨。蓋晉國留司,獨佩安危之望;乃周公後洛,彌弘吐握之風。

某久倚龍門,聊寫音於成廈;遥分鸞札,詫垂渥於報瓊。惟江海爲善下之王,信篤篁許後生之進。稽開元之拜相,率自邊臣;期山甫之遄歸,保兹天子。聊憑善祝,敬載感私。

賀各院正旦

東籥啓和,翕發九陽之氣;中臺召暖,斡回六幕之春。雲鵠自文,霜烏相慶。

恭惟台臺,貞元輔運,日月練暉。府曰好生,既盡收於駘蕩;木惟盛德,乃畢達於勾萌。補天象以旋乾,叙星垣而成泰。相二儀之闓懌,吹律無私;引衆正之彙征,拔茅有象。鞭牛轉迎豐之仗,春已入於舊年;圖鷄傳行慶之杯,福盡歸於元宰。雅堪茂對,以迓大來。

某猥以寸長尺短之才,獲與風嘘雨沐之潤。鳥初翔而怯囀,學頌椒花;柳欲發以偷新,競依柏葉。遥將燕勝,用贊虎樽。條颸吹鵁鶄之樓,歸扶玉輅;淑氣上麒麟之閣,永佐黃圖。不盡揚言,願乘采照。

答薛正亭賀生

鄰五十而無聞,方慚虛度;援八千以爲況,重辱榮施。槿豈望松,蘿將附柏。

恭惟台臺,先覺覺後,欲達達人。鳳德朝陽,惟念《卷阿》之引翼;麟儀芘物,爰敷《行葦》之陽和。神凝姑射之仙,物不疵厲而年穀熟;道合岱宗之望,觸僅膚寸而雲雨成。蓍龜之啓上心,常資決策;筠篁之引後進,欲使成林。鴻樹既造於邦家,燕及猶霑於朋友。寒崖待律,發華琯以吹薰;昧谷睎珠,開鏡巖而引曜。遂令負霜之草,亦借繫日之繩。

某蒲質先秋,蓬心易塞。風枝不定,感廢蓼以驚神;星節何神,誦《伐檀》而愧色。壽則多辱,馬齒奚爲?愛欲其生,龍光下照。五嶽之收篸室,雖許參鸞鶴之賓;八璈之視爨琴,忽驚聞神仙之響。夙興夜寐,難酬教養於君親;日邁月征,敢負鞭磨於師友。寸丹不昧,畢世爲期。

謝唐府送壽

蔡經小吏,曾被方平之鞭;淮王眞官,過贈八公之藥。遥依桂岫,竊比麥丘。

恭惟殿下,曾頌得千,箕疇斂五。鏡巖引曜,垂愛景以字人;華琯吹薰,揚和風而扇物。松柏之蔭庶草,不惜流膏;鸞鳳之長群禽,常思假翼。乃以鯤鵬之日月,詔蟪蛄之春秋。仙求人甚人求仙,良多方於接引;上敬下亦下敬上,遂敢援於獻酬。

某自愧凋蒲,幸分丹匕。家鷄舐鼎,雖拔宅以難期;病雀餐花,豈投環之敢後。謹將微悃,還祝大年。墐户待春,恍覺陽光之近;村醪報歲,總知造化之寬。

回唐王啓

玄鶴下梁園,喜仙齡之報瑞;青鸞來漢使,授靈藥以分珍。戴重鰲搖,感深虹結。

恭惟老殿下,德結松年,忠傾葵日。表价藩於訓梓,磐石基安;標異種於猗蘭,河山盟永。倚淮南而栽桂樹,身坐不老之庭;引斗北以酌霞漿,手散長春之酒。收熾昌於《魯頌》,鴻造邦家;播蕃衍於《唐風》,燕施品物。

某自笑蜉蝣晷短,爲龜鶴以謀長生;何幸龍虎丹成,附犬鷄而飛九轉。采蘋苈,祇漢潦之宗祀;火棗交梨,俄天厨之錫果。貽瓊報木,見厚往薄來之心;擲米成砂,懷從凡博仙之泰。惟樓開於花萼,愈霞照於椿松。

與楊衡毓

玄鶴庭下,方報瑞於昌辰;青鳥筵中,遙分珍於大藥。施者良渥,得之若驚。

恭惟台臺,啓悟玄珠,含精豐玉。四時備氣,妙兼秋肅春温;九德成能,環應圓規方矩。葛侯之鑄銅鼓,頌配千年;方叔之采芑田,福綏元老。使聖人壽,斟雉宜錫於帝堯;誦《蒸民》詩,補衮行歸於山甫。蓋時一時而五百,必有名世以生其間;旦復旦以八千,長於上古而不爲老矣。升丘夢九月,真星映南極之光;開域壽八荒,更樽任中衢之酌。

某幸備丹竈,難傍瑶池。曬影比蜉蝣,爲龜鶴謀養生之具;喜丹成龍虎,俾雞犬附拔宅之行。滄浪聊矢於孺歌,桂鼎遽貽於靈匕。懷瓊報木,見厚往薄來之心;擲米成砂,竊從凡博仙之忝。鷃笑鵬猶鵬笑鷃,小年豈及大年;仙求人甚人求仙,度身還思度世。無涯寅結,顒冀丙融。

回送午節

日車北永,適逢解粽之辰;風槖南薰,深愧甘棠之蔭。虎符結艾,龍鷁競標。靈篆佩以辟兵,彩縷繫而增壽。凡離明之福,宜熾集於高閎;胡妒遇之勤,乃渥貽於荒署。蟾蜍畫水,雖吐潤以幾何;蝘蜓合丹,祇銘心而莫報。謹將鼎覘,藉告蒙虔。義忝於榮施,踪勤於遠使。勞人執熱,方命踦高。願見炤道義之中,勿相索形骸之末。盡裁縟節,曲遂愚衷。是謂知心,奚啻拜寵。

賀冬至

綉斧絢卿雲,曾史書祥於五色;臺烏揚帝日,周圭舒影於重華。凡四國之迎祥,皆上台之介福。

恭惟台臺,力扶人紀,道見天心。凛正色之嚴凝,松柏標凌絶漢;調希音於太上,笙鏞響啓迷聞。當化國之日舒,是君子之道長。寸琯飛灰於子半,霜條布而七政更新;重關禁旅於陽初,雷鼓潛而八風不擾。岸容山意,依稀雲物趨暄;

荔挺芸芳,點綴農祥周正。蓋復亨茂對,徵小往大來之禧;而泰啓升辰,開八荒一氣之壽。

某備障風寒,借光陽暖。記窗頭日晷,頓驚歲序崢嶸;數客裏梅花,喜探春光消息。安混北宫之擊石,聊學京兆之致薪。日永線紋,想應六日四分之律;星占雙履,即歸五更三點之班。

賀華陽王冬至啓

魯史書祥,雲薄翠微之曉;漢宫舒景,天開碧落之春。袞對暘休,式時公姓。

恭惟殿下,燕後猗蘭,昭前訓梓。生稟太平之瑞氣,雲仍舊種麒麟;人數可愛之陽和,日馭方馳狼駿。一陽獨復,共看緹室飛春;萬象駢開,更喜金枝照曉。授簡賦梁園之雪,筆花隨荔挺芸芳;設醴開楚國之筵,春色綻岸容山意。想復亨茂對,進暄懷帝子之忠;而泰啓升辰,履長受諸侯之祉。

某夙沐仁風,喜逢暢月。建年驚頒於天闕,迎至忽憶於王門。雖自驚杜甫之覆杯,竊敢效陳思之頌襪。引年忽替,五紋刺綉以頻添;祚國彌長,九轉成丹而不老。

賀王府正旦啓

蒼陸執規,佳氣浮仙人之掌;朱門得歲,璇光輝帝子之樓。祜篤价藩,祥分羈客。

恭惟殿下,日胄冕旒,天宗領袖。麟生異種,稟靈瑞於東皇;葵表忠衷,獻純禧於北極。相二儀以布德,首四序而履端。龍飛四載之春,復起曳蘆之甲子;冀生一葉之旦,彌衍羲和之春秋。鞭牛舊年,鸞輅轉行春之仗;鬬雞新曉,兔園飛行慶之杯。江柳已迎暄,粲金枝之遲日;山鶯如學語,歌玉樹之條風。際此昌辰,雅堪茂對。

某久被暘光,遥依雲蔭。林中覓草,思貽蘭蕙以薰辛;殿裏爭花,莫旅尊罍而稱壽。敬將剪勝,用贊迓麻。青土胙茅,尚應嘉徵於桃葦;仙根盤李,更固眉壽於松椿。

回華陽殿下壽啓

鄰五十而無聞,彌慚虛度;指八千以爲况,更辱榮施。菌豈望松,蘿欣附柏。

恭惟老殿下,仙李盤根,長庚瑞世。梁園之推帝子,白雪歌風;桂嶠之招王孫,丹爐化質。先覺覺後,不朽在三立之間;欲達達人,無方集萬儀之福。千金隨其出入,秘鴻烈於枕中;八公馭以徊翔,送鷄鳴於雲外。遂令負霜之草,亦借繫日之繩。

某供真官之掃除,雖傍參嶺;托鮮民之視息,久廢蓼莪。長無述以漸衰,愛欲生而未已。荒唐仙業,飾成蔡誕之鋤芝;珍重王門,眤比仙期之賜棗。魯侯俾昌俾熾,猶不靳於宜民;申伯于蕃于宣,敢謬當於降嶽。蓋度身必思度衆,方知真宰之功;然小年不及大年,終貽方家之笑。陽春白雪,思屬和而未能;寶鼎黃芽,忝明分於有造。敢鳴私感,附載中誠。伏惟崇融,曷勝遥盻。

與李緝敬

九秋臨節,菊披陶子之風;萬寶告成,禾頌豳農之慶。台臺置身太乙,固無假於登高;攬爽西庚,亮有懷於同樂。不肖雖懷搖落之感,亦欣爽籟之吹。敢獻萸供,仰資酎宴。折簡從約,願照素心。

賀唐王壽旦

陽生鳳律,子開周正之天;雪滿兔園,人祝梁王之旦。遥瞻西島,彌燦南星。

恭惟殿下,標英北海,寶善東平。慶接虹樞,桂邸濯銀潢之秀;祥傳麟定,桐圭分璚樹之輝。煦趙日而如春,忠葵依旭;獻周禾而無瑞,豐稻芘年。丹顔正茂於仙齡,朱芾彌皇於帝寵。陽光在望,瑶階下王母之鸞軿;杲日方昇,朱邸奏真官之鳳曲。黃鍾調律,何妨招七子而賦五游;丹桂名山,自此服八公而朋三壽。宜唐人之歌蕃衍,而魯侯之俾熾昌者也。

某雌甲自慚,螳蚰何知於莊歲;長庚下照,雲霞偏護於王門。龍種鳳姿,久隔清光於侍塵;芸香荔挺,敢輸壽實以稱庚。儻可援常尊之韡韡,以贊王休;猶願隨雞犬之翩翩,而舐仙鼎。其爲善禱,未罄長言。

與陸中台工部

宏父亮工,平群材而得職;伯垂底績,歸雙佩以朝天。移星福於荊躔,結雲情於楚奏。

恭惟台臺,擎天柱礎,濟世津梁。烏巷名家,天下羨吳門之世裔;龍鸞大業,雲間高陸氏之雄文。自《考工記》補《周官》,即滄水符分澤國。艅艎受檄,梗梓乘流。陶太尉之作楫渡江,御繁自簡;鄭尚書之開門似水,處膩能清。通巫峽極瀟湘,慈帆度商民而兩利;搴江蘭辨和璞,清標合人地以俱輝。瓜期攜兩袖之清風,仙客騷人眷戀;棹影載千堤之寒月,榜郎估客攀扶。蓋朝吟水部之詩,方憶梅開官閣;夕啓山公之事,即看笋簪班行矣。

某仰仲宣之登樓,頻懷倒屣;愛召公之行國,倍切思棠。耳畔謳吟,總徘徊於奉彎;日中去住,寧容易於分襟。君攜載石之裝,却一錢而亦可;我失倚葭之玉,折雙柳以猶遲。西陵之爽氣朝騰,徒留鴻迹;太液之晴光春轉,盥聽鶯喬。

與薛正亭

月斧摩霄,鑪固南荊而開壽;星弧啓旦,籌添西極以迎陽。瞻翼軫之長輝,擬漢江之初全。

恭惟台臺,九德備躬,千齡應運。薛逢之治巴郡,人分姓以字兒孫;汲黯之重漢廷,帝鑒忠而安社稷。移鶉首之光以照全楚,作鎮長城;借蓮華之筆以賦三湘,佩騷香芷。方叔皇命服采芑,既壯公猷;申伯式南邦降嶽,方揆皇鑒。嘉平值周天之月,冀十五以初開;玄冥當成歲之期,椿八千而正茂。雉呴雞乳,點綴集鳳之辰;通蠟鑒冰,謳謠稱兕之什。侵凌雪色,萱草紉佩以宜男;醖釀春光,梅花調羹而賚粥。蓋歸召公之平格,載撫陌棠;而贊費褘之升仙,高翀樓鶴矣。

某方賀周官之閱最,動色芝綸;忽逢王母之開筵,襲芬秬鬯。高松嘲蛄,蟪蛁莫贊於大年;餘鼎升雞,拔宅竊依於圓景。食人間之烟火,曲澀南飛;履天上之星辰,身鄰北斗。想中書歷考,汾陽之毗世無疆;抑方平有言,滄海之揚塵復見。

回河南三司送節

月滿庾公之樓,宜此興之不淺;濤生枚叔之筆,奈方病之未能。在高人逸興遄飛,自是停杯相問;乃下走羈踪托照,依然顧影容成。忽枉雙魚,何殊《七發》? 雖降帝子於北渚,目渺渺兮愁余;然享壽星於西郊,民欣欣有喜色。稍減片砧之念,賴觀萬寶之成。感彼屋梁,托兹河漢。蟾輪修就,遥依梁苑之臺;兔魄寒深,下浸滄浪之水。報惟藉手,感寧去心。

與楊泰階

恭惟台臺,天壽壽國,先覺覺人。撫椿指松,而俯接葛藟之攀引;駿鸞駕鶴,而兼收鳩鶯之翱翔。遂使繫日有繩,適添漢線;負霜無黍,聿變鄒葭。

某正廢我蒿,忽頒桃實。長而無述,馬齒何爲;愛欲其生,龍光下照。雖夙興夜寐,難酬教養於君親;而日邁月征,敢負鞭磨於師友。誦投木報瓊之咏,深愧未能;揚受餐返璧之風,庶幾願學。頼浮顔甲,丹篆心肩。伏冀大年,毋忘雛甲。

與劉方壺

不肖齒鄰五袠,老而無聞。任匝期年,隸也不力。誦《伐檀》而愧色,思廢蓼以驚心。乃以芸荔之萌,得附松椿之月。既垂褒衮,復錫隆儀。雖吹鄒衍之律,發黍凍崖;舐淮南之丹,升雞雲路,不是過也。臥疴不敏,勒謝後時,悚慚交抱;謹酌滄浪,聊旌誠信,匪敢言報。轉以岡陵之頌,祝台臺壽我國家;兼祈司南，推無忝之餘教耳。

回送年

支干復始，首回北斗之杓；歲月肇元，先報東風之律。樽頒白獸，素結青鸞。

恭惟台臺，心會天宗，德居物首。甲乙行令，開黃道以照百昌；坤乾得時，轉蒼規而圜萬物。是稱豐瑞，占風之太史已知；爰布始和，好雨之庶民稱快。棠陰之春有腳，宜賜醻於尚方；梅信之暖無私，更分盤於遠客。

不佞身同舊曆，思退芻狗之陳；眼轉新符，嘆閱旅鴻之久。顧頌椒之未展，驚泛柏以榮施。啓我蟄坏，憑君仙籥。讀呂氏令，既登交泰之階；贈陸凱春，願振相規之鐸。敬旌寅謝，伏冀丙融。

回都司

少陽出震，回暖柄於帝車；長子帥師，耀春星於軍壘。念此首祚，拂以東風。傳驛使之音，把梅花而耿耿；睠將軍之樹，拈楊柳以依依。共看泰雲，願光晉日。不盡。

回劉按院

歲聿云改，江春先入於舊年；天若更新，疇祉盡歸於名世。惟北斗回杓之日，即東陸布德之辰。有斐頌椒，依然偃草。棠陰春腳，看漏洩於郊皋；梅信雲頭，如酌斟於醽淥。開函親愛日，願登交泰之階；披袖領條風，祈振相規之鐸。無窮感緒，仰托融襟。

回陝西三司

支干更始，江春先入於舊年；山水若新，歲事偏驚於逋客。門前呼牛馬，占百室盈止之徵；殿上看魚龍，喜三陽晉如之象。迪履端於先甲，感念遠於同寅。遂啓蟄坏，式憑仙木。讀呂氏令，既開北斗之陽；贈陸凱春，願廣東風之賜。敬同升景,附祝泰亨。

與温青霞侍御

伏諗甲子爲支干之始,岷峨乃江漢之宗。惟台臺柏府陽多,斡斗杓而建福;乃不肖黍崖氣晚,報葭琯以違期。先感條風,彌深偃草。雖會稽後至,玉帛自隔公侯;然閬苑春長,琪花原無榮落。敢乘鶯囀之候,爰祝鳳昌之辰。觀《易》既得於坤乾,收春寧拘於日月。想時時斂祉,包三德而歸元;占物物資生,會八紘以成泰。

【校記】

① 原刻本"特咨計相"之後,疑有缺字。
② 原刻本"用正大農"之後,疑有缺字。

補遺 一

邂庵蔡先生文集

説　　明

　　《遯庵蔡先生文集》一部,係清代手鈔本,收藏於臺灣。頁單框,九行,行二十二字,書邊題"綉佛齋藏本"。共分四册,輯録蔡復一文章五十七篇。二〇〇七年,金門郭哲銘先生據此校注,爲《遯庵蔡先生文集校釋》,被列爲"金門古書新譯叢書系列"之一種,二〇〇七年三月正式出版。本書的"補遺一"即以郭哲銘的校釋本爲底本,並重新加以標點。

目　錄

第一册 …………………………………………………… 829
　序 ……………………………………………………… 829
　　馬文莊公文集選序 ………………………………… 829
　　徐匡嶽先生詩説序 ………………………………… 830
　　易經可説序 ………………………………………… 832
　　霏雲居續集序 ……………………………………… 833
　　易學象辭二集序 …………………………………… 834
　　重修陝西通志序代 ………………………………… 836
　　湖廣武舉録序代 …………………………………… 838
　　五行類應後序 ……………………………………… 839
　　續文獻通考序代 …………………………………… 841
　　榮國世家序 ………………………………………… 842
　　叙張紹和北遊稿 …………………………………… 844
　　治璧瑟言序 ………………………………………… 844
　　送張參政序代 ……………………………………… 845

第二册 …………………………………………………… 848
　序 ……………………………………………………… 848
　　贈邑侯洪含初父母六年考最序代 ………………… 848
　　邑侯雲林徐老父母榮薦序 ………………………… 849
　　贈新寧邑侯君山羅君序 …………………………… 850
　　贈司虞次園馮君序 ………………………………… 852

送李伯遠視學臨水詩序 853
壽宮保大司寇岳峰蕭公七秩序 854
壽大父母近槐王公五秩序 855
奉壽大父母思涯李公叙 857
壽興寧邑侯九雲萬先生序 858
壽小山李君六十序 859
壽蔡母黃太淑人八秩叙 860
譚友夏母魏孺人五十序 862

記 863
　山西三忠祠記 863
　心遠軒記 865
　重修有道葉先生祠記 866

第三册 869
記 869
　徐侯重修廟學記 869
　姚敬庵博士遺教碑記 870
傳 872
　封御史楊雲眠公小傳 872
　東山趙隱君傳 873
　東川洪公傳 875
　處士陳後山君傳 877
墓志銘 879
　中憲大夫都察院右僉都御史中庵徐公墓志銘 879
行實 882
　封承德郎刑部員外郎樂至縣知縣淮府審理正見南府君暨配封安人陳氏行實 882

第四册 … 891
祭文 … 891
祭劉忠宣公 … 891
祭李九我相公 … 891
公祭李霖寰大司馬 … 892
祭李宗伯_代 … 893
祭王弘陽侍郎 … 894
祭黃慎軒座師 … 895
祭張名川中丞 … 896
祭許鍾斗太史 … 897
表 … 898
擬上命繪《漢文止輦受諫圖》於文華殿之精一堂輔臣賀表 … 898
賀皇子誕生表 … 899
雜著 … 900
烈孝徐婦張女問 … 900
祈雨文 … 901
謝晴文 … 902
增築城垣告司土主城文 … 902
呈文 … 902
李相公特祠特坊呈文 … 902
兵部借差呈 … 904
追薦父母疏 … 904
縣舉蔡肖兼先生鄉賢文 … 905
代諸生舉先人入鄉賢呈 … 906
公移 … 907
議建劉忠宣專祠公移 … 907
優百有四歲滿壽公移 … 907

第一册

序

馬文莊公文集選序

江陵相秉國時，政地以下無所不靡，其屹然能獨立者，推關西文莊馬公。大璫保與江陵緣中旨，復張提點爲真人，公再持不可。又格九列，留奪情之疏不上。星變，察京朝官，獨摘去其私人之屬秩宗者。然江陵終嚴重之，引與共政。長安以公名爲風謡，行諸海外。

予童子時，耳熟于父老之口。及讀王太原傳公、贊公像、序公文，皆極推挹。王公不謬阿其師者也，亟欲得公文讀之。從公之猶子太守君受其□□□□□業，嘆曰："韓退之有言：'仁義之人，其言藹如也。'吾于是集信之。"夫像爲人貌，言爲心貌。貌其心之所有也，非飾所無也。貌心則爲德人之言，飾之則剪剪幡幡焉，佞人之言而已。古之有言者，曠詭而爲蒙、莊，深刻而爲申、韓。其心皆若表之取影，鏞之傳聲，修短巨細，可以一寫而盡。吾嘗見今之爲文者矣，其馨廉而醜濁也，貴易而訶邪也，口殆倍人；而揭其廉貞以布於衆耳目，自馨而自貴也，口又先人。吾習而窺之，則其服食取予之間，判所言若胡越之不相涉。是其言也，在口而不在心乎？即佞者乎？然言雖美且盛，而識者駭其剪剪幡幡，若媒之工譽，訟之伸己，固已見其中之所無矣，不貌心故也。不朽之三曰"立言"，惟獨立而後能立言。其人而立，則無靡言也；其人而靡，則無立言也，於是乎貴德人。仁義之謂德，藹如之謂德言。義非歧仁而爲物也，君子之仁於身也，則必仁于君焉，仁于國人焉。不能忍其所不仁者，而義以之見義，即所以仁也。吾始義馬公，今知公仁人也，非故異江陵亦有所不能忍者也。凡公之文，壹自貌其心者。心莊無細言,心慤無浮言,心安以舒無疾言,心直以厚無巧言。朗乎日星之離,油油乎風□□暢,結則嶽如,旆則川如。如行春圃,逑天地之和氣,□□開是;如立秋山,警天地之正氣,而神肅而終歸于藹如也,故曰仁義之言也。

人之義馬公者,謂公能異江陵,然集中絶無憤事、悗時、不平之語。公修江陵者也,非角江陵者也。有大舟于此,杭師必數人,而一爲之長。長者決于行舟,而左右或過,則諸師亦好語而共維之。若力雖過而未甚害,彼執之堅猶姑聽焉,何也?其意固欲以舟行也,力之過害而不甚,群舵師而相咻咻且棄舵,其去覆也幾何?天下之爲舟,而舵在政地亦大矣。江陵者固欲以舟行也,公匡之、調之而已,而忍咻諸?使公久相,即江陵晚汰不能安公。其去之前,當多所繩正,而不止以鎮俗名。幸能安公,承江陵之後,必有所衡持,而不至以國體裂。造物者不竟其功,而僅存其言。然公之德,於言可信矣。吾獨異于今之舟者,楫也、竿也、纜也、招也,曹角而交誶,而舟師者斂手委舵以聽于戰舌。航無舵之天下,而仁于君,仁于國人者忍之耶?即吾卒業公集而嘆公之仁也。如公者真能獨立,而以人立言者也。

公篤于倫紀,内行雍穆。有兄懋庵公,當公之翔貴,吏隱京兆,棄官以公喪歸,朝士忘爲相兄,而服其真能弟□□□也。一門孝友,載世行録,不具論。太守即京兆公子,懷□質義,有父叔風,選文莊公集行之,游謝幼度、安石爲不□矣。

徐匡嶽先生詩説序

匡嶽先生《詩説》,某擬梓之酉山,而病歸不果。歸之明年,則洪含初使君以漳刻見示,而某承師命爲序。某專門《易》者也,惡知《詩》?然服師訓久,則若以《易》之解,有味于《詩》者。

蓋《易》章天以示人,而《詩》則動人而還之天者也。故曰:"《詩》道性情,而《易》曰:'利貞者,性情也。'"漢儒疏曰:"性其情也。"性其情,則人而之天矣。風首《關雎》,乾坤之儀也。雅有正變,否泰之乘也。《豳》以繼風,《召旻》

以終雅,《既濟》,《未濟》之復也,歸餘于頌鬼神之故也。興、觀、群、怨,忠孝而廣以識名,雜卦取類之象也。深哉!聖□之爲性情地也。衮鉞未足,故象以嚴之;鑑轍未足,故音以徵之。音與象之通也,其有思乎?子曰"思無邪",而全詩挈是矣。人知以無邪範思,而莫知無邪之妙于思。吾諷《三百篇》,其馨善也,欲與之爲一;其醜惡也,若懷痏而憫涕之横集。非吾然也,《詩》固先然也。即鄭衛之什,一以爲微刺,一以爲自言。自言則於邪危有之矣,而其不能不自言也。言而不能不自醜也,則馨醜之先然也。苟非其人之天,而誰爲使之?《易》之謹,幾也。窮則開之以悔,悔復爲幾,不悔而天者人矣,不思而已矣。《詩》以音教,猶《易》以象教,而妙皆在思。思則性其情,而何邪之有?孟子之言志,則子之所謂思也。故其説《詩》喜意逆而病,固漢、宋人之爲詩話也,與小序互爲異同,而讀者祖述其家,壘焉以相敵。夫毛、鄭、紫陽皆意逆之者也,吾不能逆其所逆而持其説,以爲不知者詬厲,固乃在我矣。漢人家小序,其訓事不可易也,而以《卷耳》爲辯官,《甫田》諸什爲刺幽,類乎此者,吾疑焉。宋人戰小序,其訓理不可易也,而《仲子》疾段,《同車》憂忽,紲以淫風,類乎此者,吾疑焉。歸于"思無邪",以性情則先後儒之所同,而要之小序,往來遠矣。

今三復先生《詩説》,恍然有以破我之固,而發我之逆者。先生於諸什之前,先標小序,以存古義。其所爲説,折衷毛、鄭、紫陽,而從其大通,如后妃求淑,其贊君子,反側鐘鼓,始無淫傷之嫌。懷人周行,思念君子,而僕馬玄黄,事指行役,然後婦德無外,兩議俱釋。舍短用長,旨慈寸蠻可蔽金鼎,針芥作者航筏,後儒殆無遺恨。至于本身教家風,自徵顯之際尤勤勤其言之,斯乃邪正判其表影,性情觀其清淵,毛、鄭之所未逞,而程、朱券其不悖者也。

古今説《詩》以意逆志,孟子而後先生實當之。抑某猶有臆言焉。思之緒微而逆之,用虛稽實。待虛者易也,無待而有待之謂逆。善乎左氏之爲詩也!不人與事之迹,而曲喻旁疏,無詩非我用,此非左氏之學,而吾夫子之學也。《車舝》可以誘仁,"鳶魚"可以察道,《嵩高》降神而文武之德,"葛藟"求福而舜禹之事,此又何説之可家哉?夫音動以天者也,天則感,感則慧,舍音而言

《詩》，猶之舍象而言《易》，終不得其人之天。故《詩》之感曰樂，樂則《易》矣。子雅言《詩》，而不及樂與《易》，同此存諸詮意之表者也。切磋進學，素絢後禮，則某觀《詩》之唯於《易》，先生或以爲起予乎？

易經可說序

六經皆史也。《易》道陰陽，則陰陽之史也。卦之、爻之，人也乎哉？出而觀之，若立一人于吾前；入而觀之，又若彼人之化爲我。循其性情，參其貌言，際聽而吉凶生焉，史道備矣。讀史者設身處地，然猶遠焉。合則隔垣之際，離則刻舟之求。若卦爻之立人吾前，而忽然爲我，其果有遠乎？昨之風雨不可爲今之風雨，而今之日月不可謂古之日月。史與吾兩，而吾即《易》也。身地相乘，時行乎其中，時起義，義制用，用則陰陽之感而通也。晉人曰"《易》以感爲體"是也。感危而通微，懼以終始，其要無咎。危也幾者，動之微，吉之，先見微也，故曰《易》逆教也。用莫善于逆，逆莫深於幾。洗心藏密，密以研幾，無幾非吉，而曰偶凶，則《易》之逆，吾無取焉耳。千古平傾之史，曆以陰陽，而御其消息，《姤》、《復》、《否》、《泰》，惡得而《遯》？諸《易》義，先後儒代有發明，而用則惟邵堯夫近之。堯夫之用，體幾而制逆者也。用不可言，義可言也。可言者以《易》之身，身《易》之時地，曆陰陽，而史其吉凶之故，以待用者之有取，而其所以逆而用者，終莫之能言也。

吾友曹能始治《易》成一書，曰《可說》，蓋精于爲《易》史者矣。凡治史之妙，在得其關鏈，而發之破的，使讀者了然。若起陳人對弈於前，而聽國手斷其成敗，着着可覆，其味甚明，而苦思之有所不可。《易》可說之，于《易》則莫不然矣。夫居物多者出之必約，精義深者措之必淺。言理而嚴礐其旨，枝蹝其辭，形人以不可測者，固知其中之恍惚，而無所有也。能始出入《易》中，觀陰陽之消息，象辭變占，成《易》於心，確乎開闢而破的，而其解安和凼雅，用諸家之長如出一手，間有創獲，皆以扶抑之憂制危。《易》平傾之本身乎？卦爻而心乎？今古所謂幾先而懼終始者，有味乎言之。吾故曰："精于爲《易》史也。"吾又聞堯夫《易》在蜀，八卦交錯，以男女立義。蓋陰陽忌孤而惡窮，孤而有合，窮而相生，生生之謂《易》，而太極藏焉。藏者，逆也，即陰陽而逆之，莫非太極，舍陰陽而鶩于不可言，而太極遁矣。

男女之氣感乎山水，能始歸自蜀，而家石倉，性情所得，山水相發，其有言不能言者乎！余亦客石倉，察山水物候之交變，貌言睬聽，思之離合通塞，謂《易》有在于是。然余之於山水也，猶立乎吾前，能始則化山水而爲我，能始深矣！吾將觀堯夫之用矣。能始《易》既成，又輯方域志。夫通史于《易》者，無之而非史也。

霏雲居續集序

文章家獨才學難耳！才若佳人之天，學若殖人之物。尹姪何見邢夫人，垂首内泣，畏其天也。章武王融涉高陽之巨麗，羨愾成疾，愛其物也。天立而後論修，物足而後治雅。修之以意，雅之以法。意法之用，妙在藏多于寡，而所以能寡者，必出于有餘。吾讀吾友張紹和集，而畏且愛之。君子多乎哉！然其論抑何修，而治抑何雅也。詩從建安以訖三唐，文從周、漢、六朝，旁及稗官瑣語，無不具體撮勝。深者花之蜜，蘗之醴，糶精簸粗；變者破篆造隸，騠八陣、布六花，離而實合；博者河宗觀寶，俶詭雜陳，總非五都市間物。才以攝之，學以居之，天與物相遇，而意、法從焉，可謂善用有餘者矣。而猶有以多獻疑者，吾不能無言也。吾且以雲言之。嘗乘造化而原雲。始以岫爲根，以水爲胎，以空爲母，何善生也。嘗與朝霞朝、夕陽夕，而譜雲族，萬形觸類，五色幻章，匠染俱窮，心目無主，何善眩也。生者其大，而眩者其物也。吾乃喟然曰："大地慧而人魯，大地富而人貧。吾于雲知文章家才學之數矣。"圖籍之命，古今丘壑，朋友之情，宇宙皆文章之物也。非天者存則無以攝之，攝之而或取全，或取半、取分，則際所以居物者而家之大小見焉。故其詒曰"富有日新"，而其事曰"好古敏求"。敏者，物以之遇天；而好者，天以之居物也。

吾愛紹和也，幾于疾而畏之也，不待下尹姪何之泣，而自知其弗如也。紹和胸貯萬牒,過目藏心。而余覽記多漏,乏神悟之珠,弗如一矣。紹和山水緣深,屐無遺勝。而余眼足相詛,最近如天柱、九鯉,歲歲宿諾,弗如二矣。紹和游道廣,縞紵之交遍天下。而余抱影守獨,於勝友韻人,有寄慕而無先通,弗如三矣。紹和篤于朋情,悟賞所收,千里命駕。而余過輪山者再,余未能一報檇李,弗如四矣。余習懶爲性,思苦仰屋,吟怯據梧。而紹和筆墨自勇,搖襞皆靈,屐倦觚困,飛紙如雨,弗如五矣。五者紹和之敏與好,而成其才學,以命古今,以情宇宙者也。命者,火之傳薪,陳可鮮,默可語。情者,滿堂之目成,卧可游,夢可求,魂可離,圖籍所以不稿,丘壑友朋所以不浮,而霏雲之所以集,集而續,續而無窮者也。或曰:子之言雲然矣,雲固有意與法乎?夫雲意風,而法六氣者也。風之生滅遠近,與雲之爲無倪,而寒暑昏曙,雲御其氣以變,則觀雲者,觀其富有日新足矣,而多寡云乎哉!

予文章愧紹和多,紹和以同門故弟之,所聲氣或不在文。紹和深心正骨,卓識異才,確然可持世而經世,予不敢僅以文士相之。蓋兩人所契俱在文章之外。夫立文章之外,而後能知文章;能言文章,則才學之有餘,亦物紹和。而天之未足,以見其天之天也。予不能無言,而終欲無言,姑爲今人言紹和如此。

易學象辭二集序

六經,《易》最難言。非難言也,扣之而無不在,愈索而愈有。即而搏之,如環輪之高下無端,而不可執以爲局。象肇於羲辭,備於文、周、孔,辭費而象隱矣。漢以下爲《易》者,皆辭也。施、孟、梁丘之學,主理主詁。焦、京之學,主數主占。以逮鄭、王、韓、孔,釋詁盛行,而數學又隱矣。獨所謂象者,希夷傳邵子而始出,朱子作《啓蒙》以明之而始著。由今而觀,不無旁言。《易》巋然秦火,故完書也。古本無圖,何意汰去漢儒雅言河洛,直取緯□九篇、六篇當之,實未嘗見圖也。至先後天方圖,次序方□絶無及者,希夷獨立數千載後,授者其誰耶?顧《大傳》"天一地二",《說卦》"天地定位"、"帝出乎震"諸篇,預抉之矣。藏符以待,舉契而合,未可以晚出爲疑也。羲皇畫卦至八成矣,六十四卦因而重之,以盡其變耳。令乃于三畫外,復有四畫、五畫未成之卦,何居?重三成六,恐無如是之層節也。以明"一每生二",自然加倍,法則可也。變見于蓍,所以用坤,非生坤也。《噬嗑》、《无妄》十九象,其剛柔則本諸乾、坤,其上下則取諸貞、悔,安知非指卦體哉?紫陽求之變,而定以自《益》,自《未濟》等而來。夫六十四卦之與一卦,無不往來者也。必《噬嗑》之來自《益》,則變只一卦,而變反挾矣。且因變《繫辭》,則是先有蓍,後有卦而可乎?《說卦》載生蓍,而繼以立卦,歐陽永叔疑之。果不可疑,則前說者或有別指耳。靜爲象辭,動爲變占。《易》也者,象也,辭亦象也,又有象中之象焉。問而獲焉,即占也。一句而半象半占,然耶否?即甚矣,陰陽之無窮也,必悉而爲之容。南山之竹,其可罄乎?而苟觀其通,思其復,則六十四卦亦足矣。四千九十六,特明一之,無不六十四,而非有加于六十四也,纍纍列之,無乃已贅。米畫山川,爲未習者,不得不詳。與飲河取滿,水流何止?呼谷皆應,響來何□?此所謂無不在,而愈有不可執以爲局者也。義天高遠,海墨難書。

然智者觀于"易"之一字,亦思過半矣。"易"從日從月。日月,陰陽之精也,而爲陰陽者,非陽非陰也。晝夜之互照也,謂之交易;其相推也,謂之變易。而豈惟是哉?兔陽魄見于酉,烏陰魄見于卯,離而光生,望而光圓,並而光掩,無異體故也。故曰"《易》有太極",又曰"一陰一陽之謂道","陰陽不測之謂神"。太極不可見,而於一陰一陽不測者見之,與陰陰,與陽陽,即陰而陽,即陽而陰,陰而無陰,陽而無陽,其爲物不二,則生物不測矣。日月有明,容光必照,吾以知其無不在也。陽燧取火,方諸取水,吾以知其愈索而愈有也。散于萬空,落于萬川,東西背行,而各與之隨,吾以知其不可執以爲局也。三百八十四爻,非人若人,非事若事,不盡若盡,盡若不盡,即聖人以無言之言,言之而終,不知其所未言之味長。不惟藏"易"于《易》,抑且藏"易"于天下,宜其益之爲"互"、爲"飛伏",演之爲《太玄》、爲《潛虛》,取之爲井田,爲封建,爲曆律,爲握奇遁甲,爲候風,爲丹經行火。萐莩射覆,至雜無倫,未嘗非"易",而《易》未嘗即是全"易"也。是故執此以排彼,非知《易》者也。徵繹舊聞,掠膚窺畔,而不求所以自通深詣,非能學《易》者也。

吾鄉萯川大行高君,著《易學象辭二集》,皆以苦思入懸解,廣前人之所未及。其辭則薈傳注諸家疏,擇采削附己意,爲之發明,所謂無不在而愈有者,庶幾精得焉。而尤潛觀于陰陽消息盈虛、進退離合之際,以變動不居爲宗,而不執于一局,非自通深詣者不能也。士以帖括明經,市櫝還珠。即號專門者,詰以辭中之義,猶多憒憒,而況于象乎!高君治《詩》而言《易》、象辭,直破堅鋭,其志與力,卓絶人也。君舉南宮,避不廷對者三年,讀禮者又三年,以成是書。今夫一第而弁髦故業者多矣,即瑰瑋士或旁獵詩文自豪舉。君獨留心經學,淡榮而厚蓄,謝華而撷實,豈不甚難哉!至君所負得意在諸圖解,余茫然河漢其論,未能定也。昔孟子輿七篇中引經多矣,殊不及《易》,而人推能用《易》者必首之子。管公明亦云:"善《易》者,不言《易》也。"指竟安在?試質諸高君,君當有以告我。不然,我其問之日月矣。

重修陝西通志序代

陝西故有通志,缺弗修者六十年。中丞百原李公先以臺使者按關中,爰稽故牒,慨然有作者之思,遂重其事于邦薦紳周槐村某官、馮少墟侍郎、王光庭比部。比部乃自以爲功,畢寒暑食寢以殉之,周、馮二公亦多所屬定。編摩有緒,俛及成書,而比部用積勞歿。其弟給諫君弘庭過金陵,紀厥遺文,種而成之,勒爲若干卷,質李公於河洛。公曰:"良史也!"會不佞某以旬宣分陝,公寄某俾序而梓之。今名陝西,皆囗秦。按:非子啓封秦州,僅陝中彈丸土,乘周之東,始奄全陝有之。陝宜祖周,且陝之有,又久爲周,而促爲秦,乃名陝西,則舍周而從秦,何也?秦誠不足重陝西,然秦後國陝西者,無不襲秦,唐子之從人姓久則難變也。即儒生好詬厲秦,而秦之名號、官儀、郡邑、制度,至今增損用之勿失。蓋封建之天下,至秦一開闢。秦雖不自存,而其力能存於後世,重陝西亦不必去秦,故不佞之叙兹志,仍言秦。叙曰:

《周禮》"小史掌邦國之志,外史掌四方之志",倚相能讀《九丘》,説者謂風土、人物、貢賦宜有書，昭往鑒來，蔑廢則爲失職，此不必叙秦志可言之也。秦山川壯甲天下，諸嶽西揖而讓太華，導河經始于積石，四塞中開天府，苞蜀帶凉。自周、漢迄唐，爲象日之幾八九百年。周、召而下，魁碩相望。所標巨麗名勝，如大都之肆；圖記賦咏，多古人之迹。若語他方，分其一則可以起山川人物之色，而行秦視之，數花實于上林也。故讀《括地志》者，中袂頭觸甲乙簿，而及秦，則距踴三百。莊足以振怠，喜足以破愁。前此叙秦志者，類可言之也。

志今修，第言今所以修志者。夫人從地，事從人，文從事。幹四者之謂時，時蕩地而人生，人緯時而事起，則相雜之文必同之日新而不可窮。周制十二年巡狩，陳史與詩，以觀風俗，而施政教焉。人事未有十年不變者也。豈惟人事，天地亦有密移矣。以秦之據勝而閱古，其地與人之力，衡他方獨厚，則其變之可書、可鑒尤必有大焉者，而載事之文若之何廢諸六十年哉？徵雅則久日月爲尊，取摹則新日月爲要。融結之雄壯無今也，沃磽緩急，物力盈縮有今也；靈秀之停毓無今也，習劇浮薄，制技精确有今也；政法之承荏無今也，清濁利鈍，慈虐壯懦有今也。無今，今不可近狎；有今，今不可遠忘。有無相乘，地以重輕，事以得失，人以良不肖，六十年之秦有餘師矣。譜牒世缺，則宗支之戚疏，貧富有委諸路人者，曾國乘也，而可以六十年廢興，則邦國九州之志又惡取而歲歲效諸天府爲也。秦六十年之變不瑣論，大者華州震拆墊居人數十萬；西寧發難，全陝繹騷，戈鞍之下無完室；求金使者出入，自牧而農賈，地自山澤而津梁，事自鑄榷而縶逮，而攘臂仍之，一爲踽蹞，一爲沸羹，皆前所不踵見矣。繼其災者，預其救；息其害者，興其利；蠲其疾者，杜其復。有事于兹，經營劑砭之，故良亦可言。至秦之耆德嘉材，以品望氣力論作于四方，而爲秦光重者，際昔爲烈也，將使宦秦者鏡以遵違，而産秦者鼓舞赴之若不及，惡可無紀哉！

是編也，詳而核，法而裁，不獨起山川人物之色，而讀之若有思然，有懼然，有追營而四顧然，疏人情于莊喜之外，則周官之遺則，而中丞公所稱良史也。中丞按秦風采照，拂久而彌新，創志前十年，而永之十年之後，何謀秦人之深乎！槐村典型範世，少墟直道匡時，而光庭則昔者吾友也，情恬力學，營藩府以節約，连中瑞绌其官,至今餘思,蓋此志歿身矣。弘庭名給事,潤色兄業,班書踵于大家,古有慚德,徵文而歸獻不虛哉!夫地乘時而造事,考變爲文,非人曷紀?詩諸國風,獨秦有"王于興師"之言,能不忘周;刪《書》殿于《秦誓》,繞朝曰:"無謂秦無人!"余故序是編,三嘆于時、地、事變之際,而終有意乎其人也。

湖廣武舉錄序代

故事:武闈繼文而闈,闈以孟冬。楚待命臺使者,至癸丑春三月乃克舉。侍郎錢公下車實監臨之,貞度作人而跗注,君子首被其烈光,倍有奮色。維時撫臺董公,文武憲邦,預戒官事咸肅。而鄖臺衛公、虔臺牛公、黔臺胡公並風屬而觀厥成,葳[1]事于藩者不佞某攝乏,作而嘆曰:"有是乎!武之衡文重,而士若之何自輕也。"《天官書》文昌六星,首曰上將、次將,司文而武係焉,武即文矣。是在太微、鶉尾其庭也,於楚近。九州《釋名》:"荆,警也。"又《元命苞》:"強也。"警,言習強,言才安強,而輯警□士也。以武奮者,楚金利兵,貢有筈楛,皆武象也,則豈其武于物,而不武於人?設科憲文,昌制昉英廟,獵俊幾二百年,而拔前茅中,未見灼然奮名將者,此亦人之恥也。

然不佞謂武之有必自今,今必在楚,何也?士氣如決塘水,蓄極而怒盛。聖天子威靈變化,三賜劍而三功,武節紛紜。庚戌竣會武役,特采部科議,必用所興士。其雋科三者,亦予秩而漸試之,鼓舞良殷。楚以武國,應廣厲之路,天象人合,宜有異材特起,爲諸道先。《詩》言武于楚者,殷則《殷武》,周則《江漢》。二王享國最長,召虎經理不著歲月,而《竹書》載伐鬼方,則四十年後事,此非蓄而怒之驗耶?上久道化成,邁古高、宣。高、宣靖楚,告武成。今楚爲內地,而自奮其武,以暢聲靈,比于南金筈楛之貢,固其時也。侍御公"六轡如濡",未遑他略,作爾朝氣,其決之者大矣。《禮》四時教戰,以田選士,而春獨曰振旅,愷儀也,以鼓以火,播聞而遠耀也。士逾冬及春,叶此嘉義,既蒐而獲。賀戰勝者,其將在楚。不佞是以必楚之有武也,士奈何自輕哉!度士居恒無不曰:"今武際文,如以銖衡石。過矣!"□何嘗輕,患不能有武耳!有武以衛國,文昌之所示,而與□相衡者也。孫子訓武曰"智、勇、仁、信、嚴"。岳侯謂缺一不可，而論太平，括以"文不愛錢，武不惜死"之二言，此互見也。貨以藩身，起于謀生之厚，真不愛死者，則未有愛錢者也。非武可貪，而文可怯也。上辨此心，智、勇、仁、信、嚴從之，出而乃能有武矣。《兔罝》之風，每歌益進。而余以爲莫如干城，干城國衛也，能衛之謂武，不干不城，奚美於好仇而腹心之？岳侯著在楚，吾輩嚴之若聖賢，即腹心何讓？而其重于文也，豈特以石衡銖哉！

讀王自中所撮《八美》，千載慕嘆，是固智、勇、仁、信、嚴之實，而不愛錢、不惜死之心爲之耳。《書》不云乎，"若射之有志"，則志在鵠。精光鏃往，力全赴之，天地不易。不然，後有羶，前有忧，萬金②之賞，四邑之削，交戰于胸，羿所以不能繳一雁也。士誠辨不愛錢、不惜死之心，以此自鵠而鵠岳侯，不中不遠矣。《河圖》謂"荆漂輕，人聲急"，而子雲之箴亦云"風悍氣剛"。夫武固然在善用之，用以干城衛國，惟恐不急且剛也，而何病焉？不愛錢、不惜死之事豈緩弱畏首尾者所能行哉？楚有三劍，相其文，或如登高山、臨深淵，或如流水之波，或如珠不可衽，流而不絕。登城一麾，九重皆□□，亦精心之符，而五德之表也。士能有武，如楚三劍，武□□文無患輕矣。不能武而詭托于文，安敢銖而加石爲？吾不願士之以文文不武也。

勖哉！自奮以壯前茅，安强而輯警，使武之有果自楚。今然後□上四十年廣厲材官之典，播而可食，于文有光。侍御公乘春而作，朝氣可無負。不佞贊一言，攝乏不慚矣，將有賡《殷武》、《江漢》之詩而張楚者，曰："武之遲久，不亦宜乎！"

五行類應後序

陰陽布爲五行，行于天人，而莫得其間。人知天地日以氣施化萬物，而不知人日以氣搏坱天地。《記》云："人者，天地之心。"天地心人，則人體天地矣。心安體舒，心慘體揪。宮商鼓動，夫有何疑？言五行始禹，而箕子衍之爲範，比以五事而象之，曰：庶徵，行天事也，氣焰勝。事人行也，氣力勝。徵者力，焰之感。感則應,應則象,庶則各以其類相取也。故辨類應,箕爲祖矣。天子、庶人、聖人、庸人,人有巨細,其職天地心而同,感應一也。巨之力厚,而細者微;巨之驗公,而細者專。專有時而勝巨,巨雪女風是也。《春秋》記灾異詳矣,水、旱、雹、雪、螽螟爲害歲也,而謹之,則隕石雨星、退鷁巢鸛何居焉？聖人曰是"吾體"也,體瘠矣,心得不痛耶？體不一病,而病之標本諸陰諸陽,各有主治,則各從其類也。董仲舒、京房、翼奉爲之□測畛分,而劉向臚而傳之,辟則醫案,別五官之證以證病,尚行箕子之意乎哉! 而何攻者之曉曉也？孫卿曰:"星墜木鳴,畏之非也。"旱而雩,日、月食而救,文之也,則體瘠心痛亦文之云乎？自是柳宗元、劉禹錫和之,而王安石遂言天變無足畏。張禹曰:"天道玄遠,占驗難明。"小生曲説,亂人無益。自是蘇洵、鄭樵等和之,雖以程、朱大儒,而亦斥《五行傳》爲牽合。彼謂天與人無徵,而憮然於其應,此謂庶徵之屬,不可知。而疑於其應之不類,言則有間矣,皆足以遠天而怠人,故宋儒快張禹者也。今復以醫明之：藏府之受病,各循經絡,以外見爲平,爲有餘、不足。猶之肅人狂譖也,涌于面目,作于四肢,猶之雨暘寒燠,風之不時,沴爲諸異也。良醫候之固若見穎而覘錐之在囊矣。然水極似火,火極似水,有制有化,是爲疑證。然則狂雖主雨,而雨豈足盡狂哉! 兩藏合病則證雜然互見,而病藏之甚與微,又乘所見之勝負,是爲合證。然則貌言眎聽思,或兩乖,或俱爽。而乖爽者,有強弱之殊,事固屢遷,行亦善變,倏雨倏暘,何不可哉! 規規摘庶徵之不類者,是未晰于疑病與合病之故也。

夫人,天地之心也。五行之相應,應而以類,非彼此也,以心感體而已。豕膚之粟,何以星？魚腦之減,何以月？指木彗何滅？畫灰暈何缺？況心乎! 摩而爲光,擊而爲響,凝而爲魄,皆心中物也。其應至蟲豸之細,木石之頑,心無細與頑也。體若毛髮,可謂細;烙之不驚,刈之不痛,可謂頑。而枯澤也,壯脱也,晳黔也,未嘗不血氣通而老少化。惟病痺者,則雖自體而相物,彼物天而疑應之不類者,亦痺其心而已矣。然則若何？曰：天地之量,心之量也。本量無庸人,至聖而極;現量無庶人,至天子而極。以天子之厚,而慮庶人之專,是之謂聖。

故中和位育,非專責君也,臣亦有之,舉一邑而一邑之五行在我矣。中和者,五行之冲氣也。禹言五行兼穀爲府,金、木、水、火所以制土而成穀也,過則爲灾。君子以中和治其心而平其政,貌言眡聽,止于思而不過,則土性得而四行皆從矣。其爲灾祥如何?曰:王政無祥。祥者,常也。五行率其常,生穀養人,祥莫大焉。變祥爲異,喬珥榮光、鳳麟芝醴亦異也。異眡所應,常德則福,爽德則禍。

嗚呼!五行遠乎哉?楚之灾土者莫如水,而水之過也必旱。邊震于苗,山童于采運,而金木俱不得其職。某居湖北而愧之,賴侍御錢公發鍉以助堤,堤以節水,水以平火;督將吏練兵除器,苗爲之静;力請停運罷税,以寧山澤,而尤拳拳訓守令保民,吏争濯奮。今歲湖北眡前數年獨熟,公之修六府如此。於是發所藏五行書鈔,授辰司理侯君加地校而刻之。書成,而某札名其間,幸矣!司理謂宜序末簡,因詳論庶徵之理,見天之不遠,人之不可以怠,以詒有醫民之責者。且使讀是書者,姑精求之,毋以"三陰三陽"、"五運六氣"胗候不合,遽欲黜《素問》、《靈樞》而火之,如宋人之爲見也。書初成于中州,李淑通有序,而張賁通以重修附名,然多蕪漏不雅馴。司理所增損十四五,始有法可觀,其力良勤云。

續文獻通考序代

不佞居恒愛《春秋傳》,所記如叔向、子産,往往立譚之間,歷數先王之典,旁及稗説機祥,靡不辨究。意其人不盡神識,當必有掌故轉相傳習,而今不可知矣。漢而下,類書可知者數家,宋馬氏《文獻通考》最著,嘉定王君重爲之續,凡百數十卷。既成,問序于不佞。不佞遜謝不獲,披其目按之,掩卷作曰:嗟嗟,有意乎,續之者哉!

蓋昔者夫子嘆杞、宋之莫徵,而寄恨於文獻云。夫文獻之不足徵也,爲之前者之罪也。雖然,文獻之不足徵也,非盡爲之前者之罪也,固有糟粕而弁髦之,因以就澌滅者矣。凡古哲立言,必賴後人焉。羽翼紹明而衍于大備,非前之得智寡,而後之得智多也,勢也。區宇之廣,年運之邈,其踪迹流漫浮沉而斤斤焉,一人爲之主,出其獨智而收之。吾耳目有盡,而事物之變無盡。以有盡偶無盡,则智于是乎诎,而徵有时穷。惟传之人人而代爲之主;代爲之主,代各出其獨智,以收其所不及。事物之變無盡,而爲耳目者亦無盡。夫古之不能不待于今,猶今之不能不待於古者也。其相爲功也,晝之於夜,而三時之於春也。爲之後者,不惟莫之紹明,而且舉而弁髦之,以就澌滅,如杞、宋之文獻也,則豈惟其前之故?然則當杞、宋時,有能不弁髦其典章而守之以俟者,固聖人之所與也。夫僅能守之而不弁髦,猶爲聖人所與,如有人焉,其文獻之所關,不特杞、宋二國,而繼其後又不止于不弁髦之,而能羽翼紹明以成其所不及,其嘆賞又當何如也。余觀馬貴與之書,臚分彙列,象形之所苞孕,世代之所污隆,政法之所沿革,蒐輯具是矣。慮表而遁于思,則不能無略;睫間而狎于玩,則不能無忘。時與地合者可以知,而漏于不能知,則多遺③;時④與地懸者不可知,而隔于不能知,則多曠。嗚呼!此《續文獻通考》之所以作也。

王君自良史筆而致意斯舉,有鑒裁矣。諸所獨造以起義者若而條,所緣飾以終事者若而條。由宋以前爲貴與忠臣,由宋以後遵貴與之約束,殫精竭力,以述爲創者乎?彬彬然搏而衷膽而不穢,古志乘之流也。今夫稱人壽曰百年,百年之壽,閱人于千百而不二三焉,其耳目之用,不能舉于帷簿之外,然與之上下史籍而數千載事,常躍如于其前。無百歲之身,而有千歲之智,則誰力哉?學者以疏志廣識,仕者以稽憲綏猷,編摩家實不可誣,拘儒學一先生言,暖姝自好,高標寸心,目攝掌故,不啻糟粕而弁髦之。憚于紀遠,誇溺相戒,然則叔向、子產非耶?柶然之腹而厭薄八珍,曰:何以雜俎爲?吾恐易牙之竊笑也。夫以夫子之明聖,于二代禮,自謂學而能言,而猶惓惓杞、宋,令心何獨信,則夫子不寄恨于文獻。夫子而寄恨文獻,則非信心之難,而無考之患也。挾弓矢而從禽,孰與張羅之多獲,稽古君子欲網羅于前代之場,則是編亦既爲之苑囿矣。

榮國世家序

諸侯王有國,而太史公法之曰"世家"者,以國爲家也。班掾詘世家而專列傳,河間獻王而外,無稱焉。楚元設醴,梁孝好文,猶不及格,能以德世者鮮矣。

唐之親王，班下宰相，趙宋無改，至我高皇帝而殊天潢於衆派，地絶百僚。八柱有頑，辰極彌高，吾無間然。然其賢者，率敦素爵先，味道膴外，善乎齊衡陽言之也："身處朱門，而情遊江海；形入紫闥，而志在青雲。"夫踞崇席、腆榮名外，何所不足？不勉致其不足，而侈有餘以自雄，其力至惇史而窮，德不能世，君子亦莫之世也。惜矣！明德方斥，親賢相望，要以舌咏芬流，筆書色曜，未有若榮諸王之懿者。

余未入楚，雅悦定王之風，及有事常武，想象徽烈。今讀馮元成觀察所著《世家》，久矣，榮之以德世也！莊始宅之，恭克翼之，而定益丹臒之。宗海拱辰，宫雍廟肅，不富坏殖而富博聞，不貴乘石而貴扶義。其御家也國軌之，無爲民勤，有事而國若未知也；其教國也家懷之，無我有愛，有賜于國而國又莫不知也。以國爲家，以德相世，三王百年，戴其顯聲。至定王之動蹈規矩，言中律吕，勞謙折節，游藝窮微，有醇儒謝其專門，素士遜其雅韻者。視河間被服儒生，難九經莫能窮，殆又過之。張融游齊衡陽，謂："飄飄有凌雲氣，風情素韻，彌足可懷。思光峰，標霞舉，令朱邸氣色一毫未鋤。"豈推挹至此。蓋江海青雲之致，度入人深矣。常武言定王者："自薦紳下逮紅畯婦孺，津津有味，歌舞之不衰。其光華芬苾，足以朗江山而馨。圖牒較驕語，紫闥遠游冠，自豪舉者，所得孰多？於傳有之，惟德爲寶。令聞令望，是以論其世也。"余又考國家玉牒，高皇而後，本支莫蕃於憲廟，盛德未暇枚舉。其不修易樹之怨，追復景帝位號，非堯舜不能成英之友，而開孝之聖，有由然也。莊王，憲廟愛子，侍孝皇十八年，不之國。型堯範文，施及孫子，厥德靡悔。君子觀榮之多賢，而知國家之明德遠矣。《孝經》訓諸侯，諄諄於"制節謹度"，不驕不溢。孝所以忠也，忠孝之爲令德，非此莫世。肥薰之中，艷鶴驥而冷詩書，甘瞽御而苦莊士，建德倍難。嗣君昭前之光明，而圖不朽，以樹蘭九有，金石千秋，貽則良遠。後之人念祖率德，以世其家，如八柱之維辰極可也。元成有良史才，叙事瞻舉，如黄荃寫生，花木翎毛皆有生氣。蓋諸侯王繼周者，德莫懿于榮，而太史公世家之法，賴以復存，事與⑤文交相重云。

叙張紹和北遊稿

唐以詩舉士，而今制不以詩，故士之應製不多爲詩，即其爲詩者，亦不得于其應制之日，即其應制而詩者，亦餘力及焉，非能專名之也。獨吾友張紹和方修應制業，而其稱詩特工且富，若今刻《北遊稿》，其一也。紹和之北遊，逢美節物、佳山水，輒徘徊眺咏。間訪知名士，信宿倡酬；篷窗驢背，旅雪齋燈，申密嘆睞，可笑、可涕、可撫者，率放之乎詩。自言曰："吾以郭隗臺爲吟壇，荆軻市爲酒墟。談天之鄒衍，擊筑之漸離，爲吾社友。吾以部牒爲采真探勝之符，貂裘爲蠟屐，轅之南北爲吾之乘興而往，興盡而旋也。"嗚呼！其豪也若是。紹和腹有古人，舉止無今人。情厓孤秀，拔出埃塭之表，其詩博庀材而精匠心，如蜂釀蜜，不壞花色，直取香味，既饒興致，仍極琱瑰。據梧忽來，偶影獨笑，縋山出險，旁人俱驚，可謂龍罩群象，驅策大雅者。信風領毛骨之多奇，殆亦江山之助與？或見其屢上未遇，謂詩使之然。

夫男兒合有時耳，以紹和之不爲應制奪，而能畢其全力以參騷苑，紹和實使詩然，詩惡能使紹和然哉？士固有蕭艾一世之榮名而慨焉信無涯之知，自結不朽者，斯古人所以看屋梁而苦心於前，藏名山而要契于後也。余與紹和鄉舉同門，幸先遇，力無所奪，遊復過之，而吟興寥寥，人之雅俗相去遠矣。紹和赴清源之約，過余屬序，余讀之而嘆其篤也。方病目，勉次前語，且調之曰："紹和短小秀羸人也，而詩殊深壯。使先見紹和，後讀其詩者，不將有魏舒不盡之恨；先讀其詩，後見紹和者，不將有留侯綽約之疑乎？"

治璧瑟言序

杜甫得元結《舂陵》二詩，而感激有作。余今讀斗南張公《治璧瑟言》嘆焉。甫所慨吏之不必如結，而余所慨必如結者之無以自容于吏。嗚呼，今豈昔之時哉！余言過矣。

丙午北行，走濠上道。時公新有長沙之命，邦之旅，咨咢於途，飲公醇也，言之有味,而相與誦公冤,幾于泣也。公爲政僅一年所耳,近也,何以入民深?近而入民深,何以得左?詢之,則坐治賦不中格。及晤公于驛,公甚安之,無失意色。此倪寬幾以殿免,而陽道州城自署下考也。寬反最聞,城亦守官,而公今獨左,則余言若未過。然寬臨上課,車牛輸者自倍;城用諫大夫,沮裴延齡,出有宿望,又刺史,地稍高,靈璧民誠急公,顧苦貧,不能完負。公又新令無重,卒以得左,亦其宜也。嘗不釋然于課吏之故者三:催科、折獄、急辦。是師而勞來安集,未一過問焉。上官承乘自飾,以求合百於字人。舉刺之章,有迹可臚。獨左官,律名爲遷,而實錮之。世率憑單辭,一受其黜黯,終莫能白。俗忌俊異,豈無陸沉哉?

夫時方急賦而我獨緩,見曰媚衆仇上以爲名。質直自將,軟語柔容,一無所有,此豈吏之故耶?公行公之意,而令用令之法,宜公之安之也。公所以得左,具在《瑟言》中,慮無不爲瘠民謀者,於撫流移、寬逋賦,語極痛切。而河工拮据,役不知屬,尤自苦心,與元結《舂陵行》、《示官吏》二詩何異?余感激,不能無言。甫詩引曰"不必寄元",而余即序公《瑟言》,公不愧結,余愧甫矣。靈璧民雖以損課不獲最公,然公左而群走訟之,去則碑公政以永其思。當事者雅悉公治狀而憐其負己,疏以河工直公,疇公行復出,出則何道之從?以急辦軟媚,非公所有也,以公之意非吏所故也。公誠有以自處,而主爵方大張課吏之弦,亦必有以處公矣。嗚呼!今豈昔之時哉!夫余言過矣。

送張參政序代

將爲千人之舟而浮于海,則不戒其所宜有于舟者。戒所宜有于舟矣,巨浪若山,挾風簸舞,舟人五色無主,而長年以一舵狎之,無異林楚之怒馬而騁也。至露沙膠脊,突礁觸額,其疾勢未足以駭心目,而長年之戒且力,蓋有倍于風波之時矣。緩急有反而事之能安危人者,果不出于所駭與?風波害舟,在操之外,操善則勝之。而膠淺觸礁之患,乃即害其所操者,苟一不戒而操之,術固將窮,于舟而無所托也。惟兵亦然。吾所病者,以兵捍寇,而贏不能待也;

以民宿兵，而疲不能載也。兵民兩無生，寇在近也。夫非寇之病也，責兵于政，而政亦然。今以兵爲痿，以民爲瘠，而亟藥之矣，除否未可知也。而治力或過，庸知夫藥之不甚病乎？使政爲甚病之藥，而兵愈不可爲矣。責政于才，而才亦然。欲利公而並及私，欲去蠹而並及怨，欲收績而並及名，欲爭急而並及勝，如是雖絕人之才，藥良，而雜以忌也，不費人幸矣，何愈之日？故兵民之病，痿也，瘠也。政之爲甚，病藥也。才之藥與忌，雜投也。於此舟，皆害其所操者也。此非狂飆疾波，而膠脊之淺、觸額之礁也，必瘳此而後可以濟濟，故觀于海而治可得也。

天下之利害莫如海，害視利爲大小。負東南海者閩、浙，而浙之利海，不若閩之盡也。波斯之舶，市物以市形，市形以市情，姦人穴焉，於釁寇也弗遠。故備海，閩宜急。福寧踞閩海上游，北與浙鄰，下瀨戈船，畫波而守，緩急不相應，而勝負相伏，功罪相諉，盜舶居間，左右掠而兩逃。故閩備海，福寧宜急。凡兵，戰本境内，戰勢境外。本在内，則有固民。勢外，則無棄險。御夷宜水，舍舟而岸，疽蝕多矣。水犀之軍，貌張實脆，土敝人凋，杼柚空于礦稅，麥禾盡于潦旱。故備福寧，今日宜急。故事，福寧治兵使者，臬臣也。主爵難其人，謂庫部張大夫賢，家浙，習閩利病，可任。而大夫望實已深，不當守臬官，乃請以參政兼僉事往，上報可。大夫潔肅自將，才密而氣閑，外溫而中辯。所治武庫曹事，號最優暇，而精心爲之，不以當遷蘧廬其職，興置釐革必爲永圖。余乃知嚮之所患及今閩之所急，大夫皆可以易之，無難也。

夫才病政，政病人。蓋神有先受之者矣，私也、勝也、怨也、名也念之，伏我甚微。而雜藥忌以甚病，費人莫巨，豈才之罪哉？謝安石一泛海，而定却秦之略。夫惟其神之暇有弗役也，而後憂于運天下。善操舟者，盡所以操而已，無夷險，無遠近。嘗試與游于縠文鏡影之湖，而擊汰揚舲，不怠其節者，此固粘空吞日之濤所不能撼，而天吴百怪之所不能驚也。大夫神全善應，器若千人之舟，而無以害其所操。持此入閩，藥兵民之病，而有之觸深之津人，何足喻哉！今駭東北之胡者，談之色變，而吾謂此風波也，誠得人焉，有才以有政，有政以有兵民，吾操舟善,固可凌之而無恐。天下之勢,不可以動。苟一蠢蠢,則蠭起之憂方大。擇才賢以強四肢,而腹心幾静,事有緩而重關安危者此類也。

【校記】

① "蕆",金門《遯庵蔡先生文集校釋》本作"藏",誤,應作"蕆"。

② "金",金門《遯庵蔡先生文集校釋》本作"全"。

③ 原缺,今據一九九一年《金門縣志》本補入。

④ "時",一九九一年《金門縣志》作"天"。

⑤ "與",原刻本作"興"。

第二冊

序

贈邑侯洪含初父母六年考最序代

天子既慎名器,修綜核之法,諸推擇當爲臺省者,守次闕下,遲弗調,郡國吏益多久任云。於是萬曆三十年春,爲同邑大夫洪侯報政之第二舉,則大夫治邑六年於此矣。邑薦紳章縫父老拜大夫百世之仁,而歌咏之若一日。越四□之外而謁余,言:往大夫考三歲,積言者甚,其《詩》云:"不懈於位,民之攸墍。"大夫實質有之,余即侈言,何加焉?獨深慨□後三年者之急且難,而大夫才以達誠,治益亨,無害也。□□□□□歲績,而中貴人來,無日不與礦稅□朝夕,即無日不奪單赤之膏血于牙吻之中,而争其命,□以身搏之哉!難一。傅虎翼者眈眈搜邑利隙以爲功,而陰自潤,而市井之猾竊佐之耳目而構事端,我封其穴而噤其口,能遽靖乎?難二。海數警聞,而賦折入内供之橐則廩廩。憂兵食其貢遹賦愈峻,勢不可以緩,緩之是無賦也,因其峻而峻之,豪且巧匿而他中,中者病,病則胥讟,是又再賦也。難三。三者所爲急也,大夫劑其衷而勤撫之。微靈青山,以謝求金之使,權課官輸,市不知厲,諸猾穴閉口瘖而不能無靖也。賦競勸而無騷,逋稍出矣,豪不得他中不病且讟也。迹于庭而信犬弭,踐於石而角雀馴,觀于野而鳩鶬宅。更以其間興禮敦讓,朝諸生譚扢藝文;建窣堵郭東南隅,助邑序發祥之勝;置田二百餘畝,賑士之貧者,以竟前三年□欲爲而未及。大夫心爲之拮據而不見形,四民習大夫之亨,而恬於其拮據,一何愈難愈易哉!

夫抱嬰飲水,閭井畏懷矣;禮衛信興,則頑獷輸乎矣;蹈竅赴機,則盤根刃解矣;正舵鼓枻,則陽候安濟矣。故曰:才以達誠,弗誠弗才也。誠矣而才弗達,亦弗才也。是大夫之愈難而愈易也。昔長孺漢闕,猶致望積薪,而居外者至願藉子公□入帝城。大夫六年於此不言也,一意拊循凋瘵,絕口除□,其志可量哉?邇天子念長吏守次悉拜給事中、御史大夫,適以六年績聞,上差次郡國吏□,求誠與才合,不懈墜民者。大夫即不言,何以後大夫?大夫居恒自許,于好惡有不盡而無所溢。夫溢固自以為盡之也,然盡于好,溢而失其勸,而不能不窮于德;盡于惡,溢而失其懲,而不能不窮于威。始赫赫人之耳目,而三年之後,已索然無餘味矣。大夫才足無難而寧詘其心,以留不盡之用。德有餘勸,威有餘懲,六年於邑,賴其仁者,百世而歌咏之若一日也。上行召大夫,好惡造福更大,以大夫之有不盡,治一邑,久而彌新如此,吾知其不窮也。即伸其好惡而遂盡之,吾知其不溢也。且能不盡者,則未有不能盡者也。盡然後無憾,好惡無憾之謂仁,仁宰天下,而百里乎何有!余交大夫太學,家居接四境,熟其治狀深,故舉大夫之愈難愈易者,而究好惡之說以廣焉。若上於臺省諸臣皆久而驟拔之,待大夫必用此法。邑薦紳章縫父老,雖欲更借大夫為造福地,不得矣。

邑侯雲林徐老父母榮薦序

繩吏之美者,曰"求之無不足"。無不足,則亦無有餘矣。才擅於足,而道居其餘。清、強、察、敏、惠,才之寶也。清而劌,強而擊,察而淵魚,敏而毛舉,惠而桔橰,聲迹赫喧,而徐挹其所存,固已索然而無餘味。如其道必也,識度為優。炬燎之光讓日靜也,溪壑之流宗海下也。使日與炬爭照,海與壑爭溉,豈特不足耶!惟無爭而善予之,而因以受之,而道歸焉,此宓不齊之所以化單父也。子曰:"不齊之化優天下。"單父小矣,小單父于天下,而大其所以宰單父者,夫即宰天下之道也。紫陽之用吾邑,簿耳,而不敢謂其詘于天下,則其所足者少,而其所餘者多,道存故也。況乎以紫陽之道,而宰其故邑者耶?

雲林大夫徐侯之父母我也,或以少俊,甫離經,於官理物情疑不盡邑深者,則謂宵練透削,駃騠超母,將有翕電追風,可喜之奇。及事侯一年,以往而深淺之論,俱莫窺其際,蓋爽然自失焉。侯之治吾邑,月俸與瘠民共之,賦却浮羨,獄訟衰止,虞芮取平,金矢勿問,而不屑清名。利害身民,勇爲舉罷,南山可移,案弗爲撼,而不屑强名。沉苦匿姦,有摘必中,入腹獲心,而不屑察名。鼎新黌宮,追琢髦俊,手成條教,掾脊浣手而已;振拯餓羸,活溝壑命萬計,而不屑敏惠名。以吏能求侯,茹韭則孔姑臧,灌稻則史鄴縣,飲醇則顧建康,伐棘則岑中牟,集鸞則王重泉,化鷹則鍾離瑕丘,直身兼數器,而侯冲若無有也。事侯一年,往者莫得侯之親疏,官理、物情,觳之愈徹,攖之愈恬,棼之愈暇。未嘗以喜怒佐賞罰,其静日如不爭於照,其下海如不爭於溉,而炬燎溪壑,一切與爲有餘,闔化玄感,雨風類叙,麥禾自熟。有味乎,庚桑之居畏壘也!畫然知者去之,挈然仁者遠之。夫畫知挈仁者,則清、强、察、敏、惠之屬也。紫陽爲簿,以畏壘署庵,意治道之精有在于是者。侯於清、强、察、敏、惠能之,而能不爲,所謂日不足而歲有餘者矣。

　　於是直指李公巡功竣,言侯賢於上,推挹特至,有同剡不能幾得者。而吾黨薦紳猶謂其詞約,命某申言之,以盡侯之道。蓋先儒論政,信于上官,未若齊民保之。保于齊民,未若學古知道之君子許之。某安能爲役?嘗過信安,追慕趙清獻之爲人也。清獻淵識偉度,不見喜怒,標格正與侯同。一令閩之崇安,而亭梅托以不朽,推挹其琴鶴者何限,而史載韓稚圭許爲人倫師表,稚圭言可信耳。異日請以輪山甘棠,爲崇安之梅。或曰:侯之識度學耶?曰:侯性謀于道者也,學亦有之。蓋侯尊人爲觀我先生,棟三銓,綜九流,矻砥柱于頹波之會,而吐握人物,即某至樸樕亦處囊中,評者以其識度配山吏部。先生三爲令而三成名,侯之淵源遠哉!南齊傅咸、傅祐父子相繼宰山陰,並著奇績,世云諸傅有治縣譜,不以示人,事相仿佛,而譜之爲言,陋矣!夫先生與侯譜於道者也,宰單父之道可以宰天下。言同而言紫陽,言衢而言清獻,則其餘,姑舍是可也。

贈新寧邑侯君山羅君序

　　宦之瘴粵也,人地若有翕熱之色。吳隱之何人哉?吾慨焉幾一起之,洗以清泠之風,而與其山川俱吐氣。隱之孝人也,廉有根矣。得百里之地,而爲政父母,道也。癉焉,則賈道也。父母人者,觀其所以爲父母,吾將達親教而歸令名焉。匱施不予,而矧賈之乎?故政根廉,廉根孝。以吾邇所聞,粤風稍稍樹矣,而尤灑然新寧,以爲廉泉、讓鄉,則其長曰廣昌君山羅侯,蔡子故人也。蔡子棄官稱遁士,羅雀之門,時有羅侯使存焉。而邑子王君民信爲之尉,故知新寧之政詳。尉之言曰:"新寧,粤瘠邑也,然奉己無瘠,洗己無癉。"仁哉,羅侯!以寧之瘠自瘠,而百計肥寧,冰雪一身,膏潤萬物,懸魚在梁,而餽謝影絶,戢舍中兒無敢與在官人通耳者,掾吏浣手奉三尺而隸色恒饑。賦無羨、訟無浮,暖煦單赤,惟恐傷之,一籍一䉜,唷若負之在肩,而瘠之在體也。讞疑予生,麗疑予減,可請命者不讓力焉。禮于薦紳,士相保以義,相長以文,將入青雲莫塵襟而居進矣,獨嚴于門内而引繩大獪無所借。粤多掠質盜,侯撅其根株,薙而燎之,芟稂而芘嘉穀焉。寧析自新會,新會之豪謂吾邦莒也,苟濟欲而已,不憚弱肉而敝潔民,或藉刁儈奴釋其私憾,侯身爲之盾,而遏其淫威,拔薤所伸,南山不移,民獲有田廬以寧婦子。所條教利病,爰書出入,文成手中,白日判冰,條颭振葉。兩造輸其左腹,而臺司讀之拊節稱善,曰"吾無以加也"。仁哉,羅侯!衆美都矣而民信,朝夕之稟於一廉。廉無欲,故惠;廉岡滔,故察;廉靡徇,故公;廉不撓,故强。蓋吏走粤若市,而侯泉石居之。炎方之德爲夏燠,而侯霜以秋霜,雨以春雨,此古父母之道。侯高介少可,顧獨心有遁士,遁士亦恒不釋然。於今之以仕賈者也,而觀道于侯,其可無言。

蔡子曰:"子之述皆是也,然知羅侯則後矣,而且外。吾乃先得之楚。羅侯于楚,治淑浦,廉静砥立,如今新寧。時有料民獻户版之役,前令以意破碎其法,如垢髪棼絲,屬侯一清之。殚其心目手,以求哀益之埋,萃一怨,蘇萬室;劬數月,寧百年,功偉矣。察侯眉間於名爵淡如,而念欲有所效之二人,其謹潔愛人,不忍匵親而敬達之,以光大其教澤也。一日思母請歸,泪與聲俱,中若巨創者。亡何,有感薙之,痛哭嘔血,淑人爲罷市。悍理不善也,初書考即以弄柔翰短侯,予却之。署邑欲頗改其䉜法,予持之。最後用計事中侯於臺,予辯爲即墨之毁,而盛言純孝狀以動之,事竟白,而譖者受其不祥。"

夫投香酌水，教化大行，吳隱之信廉吏，獨非孺慕爲之根耶？知隱之孝而升之者，有韓康伯。今侍御史王公虞石、監司洪公春寰俱吾友，嘉羅侯之爲父母，且揚之上侯，二人當用錫類數顯，循吏道益光矣。於是蔡子遂言曰："羅侯至性若元暮山，藻雅若潘河陽，治實若魯中牟，獨吐氣粵山川哉！觀粵始言粵，羅君山今之吳隱之也。"

贈司虞次園馮君序

漢之名詞賦者，莫如司馬長卿。一出奏《上林》，而天子爲之動色，其組文絢藻，至今艷傳之。太史公猶以無是公所言過其實，而左思摘"盧橘夏熟"之語物不辨土，雖麗非經，後代寠人子遂一擯而比諸夸麗之説。及觀上林令虞淵錄遺劉子駿者，草木至二千餘種，余故恨賦之未盡也。書生不習覜富貴，跧伏繩甕，便已事坐斷古帝王，譬則田父享芹耳，八珍之名駭爲欺我，安所從得，此奚逃于陋哉！國家上林苑，自文皇帝始制，視漢爲損。漢官上林者，令、尉、嗇夫，他無所考。今設四署，分隸而治，以聽於長。而典簿，幕也，實佐長鈎核其籍，從中攝之。其上供則大官令，其牧養則郡邑，其督課則監司，其趨蹌珮珂則稱近臣，而從九卿之後。夫以漢之侈，職宜重而反見輕；以今之儉，職宜輕而反見重，何也？漢之指在官，而今之指在民也。指在官，則惟游畋之虞；指在民，則奉祭祀官府賓客外，兢兢廩牛羊之芻牧，以舉于其職。蓋漢柏梁稱詩，而上林令曰"走狗逐兔張罘罳"，所以爲業者，不過如此，蓋其輕也。雖然，當時居是者，寧獨無俊之士哉？吾觀史而得二人。文帝登虎圈問尉禽獸簿，不能對，嗇夫從旁條記甚悉也；卜式爲郎，牧羊上林而羊肥，曰："治民亦猶是矣。以時起居，惡者輒斥去，毋敗群。"此豈闒茸自溺者耶？張釋之何見而抑不令拜，至題以喋喋利口，則敷奏者非與？公孫弘以式輸家助邊，非人情，不可爲化，固耳。然諫算緡平準，排詆桑弘羊曲學阿世，反若有讓焉，抑何失論也。耳食之家，拾人涎唾，千載曹譏，甚至並長卿《上林賦》廢之，以爲勸淫。彼諫獵之書具在，不亦同工異曲哉！古才俊陸沉鬱不章者何限！

余遊京師，而外氏守次除上林郎，則亟言典簿馮君次園之賢也。亡何，屬余爲馮君言。余少慕長卿詞賦，宦學詢諸掌故，知國家恭儉之德過漢萬萬，而奪于簿書，頗倦子墨，無能有所表揚，以光盛烈，其負上林多矣，即言何以使馮君重哉？幕事清簡，馮君才出人，又素習卜式家語，其能舉是職無疑。庚進宅崇剸劇，司一方民社，以時起居，而斥其惡者無敗群，其通于治亦無疑也。庸人拘格不能超樹，居散局患有輕心。夫今上林不輕矣，且士從田間起，委蛇卿大夫後，治天子之湯沐，得以縱觀苑囿與上供品物，此其地甚華，何厭薄也。君曩掌句臚，屬開講，崆贊威儀，與職競焉，爲觀者以爲寵，有如天子臨幸校獵，雜問禽獸簿。若修柏梁之典，召上林諸臣待詔稱詩，君則從旁代令對條記，亹亹曰："吏當如是也。"抑謂漢臣具有故事，而以"走狗逐兔張罘罳"應耶？無已，如虞淵氏辯其土物而廣錄之，以俟能爲司馬長卿者而已。

送李伯遠視學臨水詩序

李伯遠烟雲情性，山水鬚眉。散騎文行之宗，倉曹人物之志。賦心吐鳳，灑墨霧於龍賓；玄理參鷄，揮談風於鹿主。梅當雪而秀出，神自抗乎高寒；蘭在谷以芳傳，韻相求于寥寞。凡我同游諸子，庇之則寒暑俱忘，叩之則宮商互引。故已清夜梧桐之句，爲襄陽以輟吟；佳日賓客之期，無車公而不樂矣。爾其狗監未遇，猶虛著作之庭；鱣席可依，暫署文學之掾。吏能兼隱，游不去鄉。元禮之謖謖風生，真□天日；太白之軒軒霞舉，雅慕東山。地借名流，人揚大雅。雙池澄鏡，則日月濯其靈襟；六橋卜鄰，則波嵐幻其采筆。亭藏《玄》草，予問字之侯芭；帳設絳紗，進受經之盧植。腹笥甚富，詣必實歸；辨鍾時鳴，應惟虛待。豈直康成書帶，北海之業聿興；尚之講堂，西河之風不墜者哉！

虎林行近，指越鳥以南飛；碣石依然，首燕臺而北望。奚囊挾《兩都》之草，祖帳傾一城之人。霜珀飆旗，徘徊歲光之晚；馬鳴塵起，嘆息征路之長。落日淡而攪恨端，陰雲垂而掩歡緒。天涯樹老，已楊柳之難攀；故人懷遥，徒山川之可夢。莫不撫垂翼于四鳥，結離草於三萍。戀彼自成之蹊，托此永好之玖。潘生感紵,詒以取懷之言;王子變絲,別有生情之咏。毋忘社事,共矢友聲云耳。

壽宮保①大司寇岳峰蕭公七秩序

造化之用,閱三時而皆春。非三時之必爲春,而其不爲春者之能爲春也。烈于夏,肅于秋,冬而亭毒,寄之儺春,曰四府。風霆霜雪,惟帝致役之官,必雨露而後示恩,是胡厲物者之衆耶?陽和布,萬卉芳,精英散而不復于本,無以翕之,立可盡矣。故草不謝榮,木不怨凋,豈惟不怨,猶將德焉。雨露之生物著,而霜雪之生物微。凍閉不密,病在臟腑,色見於春,吾是以知天之未嘗有殺也,何必玄陰窮而葭灰動哉?國之霜雪在刑,而刑之大者爲兵。兵亟用刑,數割民之殘也。兵之亟用也,弛防先之;刑之數割也,斂法先之。患在淫威,而釁萌于弱。故善兵者以戰待不戰,而善刑者寄不果于必。國家近事,兵偃於款市,而刑棘于詔獄。夫虜嗜利眈眈,如豺狼見血,必有以制不款之害,而後能一其趨於款之利。我能戰則利款,不能戰則利寇。使能戰之形在我,而虜常憚寇,何款之不堅。不然吾懼其狃不用,而淫于亟用也。逮繫浸多,上且以意爲法,有所侵以示奪,有所寢以示嘗,緩急衡于喜怒,而不衡于三尺,而繩外之人又爭挾其不可問者,以與法角。若是而執之,不果則不信,不信則輕犯,輕犯而數割,其傷也必衆矣。夫二者皆以霜雪爲雨露者也,而不得其霜雪,則不可以雨露。行雨露于霜雪,若大司寇岳峰蕭公其人哉!

公之大司寇也,以制府入。自治兵使者,積官制府,先後在邊幾三十年,與款事相首尾。大指討軍實,厲武節,常明吾能戰之形,以馭虜之款。不款而制其命,使虜之急款,甚于我之急虜。彈壓以威信,而玩弄于股掌之間,以故三十年而無變計。公計召爲大司寇,夷使入京輒問蕭太師起居狀。公為天子敕大法,凛操三尺,上不敢以人主之威,威格于法而止;下不敢以己之意,意格于法而止。亡論繩外之人,吾能問所不可問,即其侵者守之而不見爲奪,寢者請之而不見爲嘗,緩急輕重,寧迕天子之喜怒,而衡未嘗有昂抑。至以取讓,而執之不變,曰:"法如是,足矣。"上間不能無左,而久益嚮公,中外有所恃以無恐,觀正法、正議之所存者，必於司寇焉取之。而憑假、靈寵、恣睢之徒，亦不能無虞，其一旦之至于是而不可幸全也。三十年所保聚塞下之生靈，而七年所培國家之元命、直臣之氣、兆民之脉，皆公仁壽之賜也。

兵、刑二官，自周已改虞，舊兼用之，而達好生之德，以佐造化，修皋陶之故，實公一人。即余與司寇諸屬，若增而重矣。於是萬曆辛丑三月朔，公開七襃。夫三月，春之盛也，公著績兵間，兵屬夏。而其所治朔方、雲中、上谷，於地地極北，北爲冬。今大司寇，秋官也。宦業備三時，壽域廓矣，而發祥盛春，天其以旌公行雨露于霜雪者耶？歷三時而長春于物惟喬松，命曰“大年”，其神爲玉女、爲嬰兒，其精爲千年之苓、萬年之珀，緝熙純嘏而衍，仁壽之賜未可量已。余又聞公督宣、大時，夏州之變，哱劉唊大虜而乞援，虜且西連，公先伐其謀，移檄詰之，虜驚謝請無動，夏州以平。大司馬不明公功，公亦不自明也。東事敗，上欲重論大司馬，公持之以爲不宜開人主草芥臣下之端，其識大體如此。至曹侍御之獄則左，前後抗疏力爭，此所謂行雨露于霜雪之大者也。次之以授諸屬，進公一觴，然而非公意也。

壽大父母近槐王公五秩序

訓親民者，率緣《詩》所稱“愷悌父母”，乃夫子之言，見于《記》，則曰：“子產衆人之母也，能食之而不能教。”又曰：“母處其愛，君處其嚴，兼之者父也。”指豈與《詩》歧耶？蓋聖人之隆于教化也甚矣！然則親民者，必如父之與子，而後無愧于教化。而其能無愧與否，又不待觀于擁墨綬、庭吏民，而常覘其微於作述之間。上離溱而升，得百里之地，入受辭于親，戒以能官取華寵而利其家，人情蓋有然者矣。食而不能教則猶母，而不父子民，而徒以家與官爲者，果未足以爲父母也。若其賢者則不然，必將曰：“行吾之志，如我與爾，以有聞於吾身。”則其子之奉之，必將曰：“行親之志，如親與我，以有聞于吾親。”此所謂覘微于作述之際者也。黃河之潤，釃萬里、灌六州，而尊其濫觴之源，題之爲星宿海。不河，惡知星宿？然匪星宿，亦胡以河哉？

某獲事邑大夫回溪王侯，因知其尊人近槐公。大夫之治吾邑，潔廉愛人非一端，而尤以興學校、明教化爲急。所擧罷，務求永利。設誠行之，不飾科條以爲名，不取嚴辦以爲功。某私嘆大夫年甚少，且驟離於諸生也，敏而晰大體乃爾，是其有得于近槐公家學乎？每過博士先生弟子，輒訪公行事，蓋悉公所以爲大夫狀。公亮豁軒翠，無機言械事以捷人，無脂言貌事以望人，人咸信其爲長者。嘗迹遺金之主，立畀之，却其贈謝，而不自名廉；捐貲代贖，出幾瘐死者於獄，而不自名惠；排難解紛，司平兩構之間兩厭，而不自名直，而一意迪大夫以有顯服。聞公課大夫篤，而範之甚嚴，自弱冠裒然已負大器，成進士長百里，而受辭于公，固無他言，第曰："勉之！如我于爾而已矣。"即大夫亦曰："不穀下不敢以爲吾家，而中不敢以吾爲官，一以家大人之爲不穀者爲之而已矣。"大夫始來也，公實辱臨，徐察其能是官，趣駕去。大夫以公廉，廉以公惠，惠以公直，直而禀乎其若未盡於公之訓也。公行而皇皇乎，若朝夕訓于公也，又懔焉若以爲公訓負也。方下車之年，旱于春，水于秋，勤而撫之，再年而人和，三年而大熟，而士亦跂而勃興。公適就視大夫署中，而開五襄之辰，會於其月。歌《南山》之黃耈，則仰而歸公之澤；咏《棫樸》之壽考，則仰而歸公之教。於是博三先生若諸弟子，以言屬某。

某拜而言曰：傳有之，知爲人子，可爲人父。然則其廣之也，能爲人父，可爲人子。能以子爲人父，可爲衆父父。作述之間有開焉，有穀焉，有紹明焉。以公爲公開之也，以公爲大夫穀之也，大夫則紹明之者也。稽往牒，子爲郡邑，而親就視之者，皆以不問官中事爲高。其訓素先，故可勿問於後耳，待官而問，晚矣。大夫奉公訓而子民，能無愧父，無愧父故無愧公子，而公亦無愧于衆父父。以河徵源，以源徵河，公壽不大且遠哉！抑聖人論政必隆于教化，而其第教也，乘庶富後，令士誠勃興。然節得徵有靡乎？氣得徵有囂乎？風得徵有競乎？有之，則公之教在，而大夫之事也。夫教化齊而後可以湛風俗，庠序惇而後可以醲教化，髦俊奮而後可以厲庠序，德禮明而後可以材髦俊。公之課篤而範嚴者，父道也。夫大夫亦以公之爲大夫者爲之而已矣。公父而大夫方少，作述已輝映如是,進之公長爲源,而大夫益大爲河,公自饒有之,某雖言何加焉!姑次其所聞關于教者,以復先生弟子,敬因大夫以薦之,爲酌者先。

奉壽大父母思涯李公叙

策治者,内憂朝、外憂邊,甚盛。余獨謂永命之猷在元,元之得職,而吏功、人才爲之紐。才之良苦,功之修壞,則自其家學而已分矣。晉人有言:"耻尚失所。"古之君子不耻名位之不光也,禄貲不臆也,而耻志義之不立、不行也,尚其有濟于物也,而無以益生於己。使受學于家者背此而馳,而望其達才奮功,以修民和,則豈有無根之榮、無源之酌乎?人之能命物也,性也。而習或覆之。必性其習,而見夫同命之天,勃然不可御,而怛心以將之,迅力以赴之,而後政與物可相爲無窮。故君子貴學。子曰:"學道則愛人。"學之父師而已。今也師道止而父道行,父即師也。

吾洒然異邑大夫任明李侯之政,而有意其家學,謂太公思涯先生實能師侯。吾既未習公,又事侯日淺,不及叩公之所以教,而竊以侯知公,承侯色教即見公之神情,溉侯膏澤即儀公之履躅。雖朝夕習公而聲之、迹之,何加也,故頌侯者歸于公,思公者視公于侯而足矣。侯修幹玉立,瞻矔嶷澈。暘休春煦,即之意消。與之言,言倒筐皮,肝膽可一攬取也。而中辨以栗,四時備氣,達之爲政,九德載而五美尊,更牘未易悉也。綜其凡,飲冰而不言廉,抱嬰而不言惠,霜驅蠅、刃齒觜而不言強,峻坂走丸、商颻掃葉而不言敏。吾最心折者,冗霧勞薪之中,意色恬暇,日若加永,汲汲舉除,如嗜欲。察隱求瘼中,誠達于面目,如秋感心,不忍不爲之盡。身扞豺狼而褥薦赤子,至以逢怒弗恤。余念侯與士民共月俸,齋厨蕭然,何以治計裝?侯笑不答,間語余曰:"一第即結讀書果,未易了者,書中事耳。至官與家,某所不問。"斯其耻尚,視今人何如者?夫廉、惠、強、敏,吏才不絕,至于薄光、臆堅、濟物、怛心、迅力,一爲物命,而不見己,非真有受于家學,而見夫同命之天,固未可以獨慧取,而驟發嘗也。侯所受于公者在道,宜其不自言也。不自言者,侯曰:"非吾有也,公之有也。"

乾始能以美利利天下，不言所利。夫元春，德也。春則天之春也，而春何有焉？公治經爲通儒，顧斂不試，而壹于侯發之。凡髮膚骨幹猶人耳，惟志事之通父子者，爲人之天，吾所言萬物同命者也。命根父，子而達于天下，故曰：三才有職，以生物爲職。即以能生物爲才，元元憑生，而生之者君子，君子學道于父師者也。父職立則儒職遂，而元元得職矣。有生天地者，元氣也，則有生生物之才者，元氣之人也。元氣之自命而命物其可窮乎！

侯以道教士，太學之俊林煒、蔡鼎臣、陳春、李偕龍、洪朱祉等若而人，皆余密友，事侯以道，而不以陽喬至者。謀以春初度之辰，致余言爲侯壽。侯謝不肯當，曰："非吾有也。"諸生庚謀致之太公，余曰："善！太公誕長夏，而言之仲春可乎？"夫春則天之春也，長夏卦《遯》，象公以道斂；仲春卦《大壯》，象侯以公舒。《遯》受之《大壯》，《易》固言之矣。公之道在侯，壽公于自生之日，不若壽公于生侯之日，爲得其大也。若朝議憂邊，而廣屬太學之路，有公學道之教在諸生。今聞諸言游矣，師之以敦耻尚而職物命，公壽更廣矣。

壽興寧邑侯九雲萬先生序

化國日舒，言治也。靜日如年，言隱也。一日三秋，言別也。《記》云："善爲身者惜日，善爲政者亦惜日。"吾隱墻東，念抗塵走俗之時，曦輪從駛箭，迅波間逝捷。扉一、爐一、茗一，編數視景，不可夕矣，以此通于化日之說。今如得百里而治之，亦以顯功，久實自程矣。使其參佐儳焉，如不終日，下而爲民者，耳目手足竭于避就，而無所自寬以樂歲，則是可以爲舒乎？故十年而遠，政之所期也；百年而遠，教之所期也。以教爲政，政至矣。於吏則師，於民則父，潤之、晅之、動之、吹之，樂與爲善，日鼓月舞而不知，懷之終身而可以不倦，舒之道也。而非博大光傑之儒，則吾未有聞焉。拘儒徇教而不知政，俗儒飾政而不知教，其喜怒可狎嚌而無餘味。其表幟鐘鼓，務逼赴而心氣不與偕來；其爲食也，新陳相推而止，長春之酒、太和之羹欺我矣，而何足以語大年？

若吾友九雲萬侯，則博大光傑人也。峨立千丈松，而朗若百間之屋。腸腑在衣襆間,可攬取而即之,不可澄撓,悠然萬頃波。振鐸吾輪山,興文修學有十世功。去三年而士謳吟,猶若講德於其側。吾居嘆曰:"萬侯詞峰義海,石渠才也;而其智刃才輪,則八伯十連局也。僅以常調宰齊昌,牛刀之芫,豈不然耶?"吾雖惜小用侯,而快齊昌之必賴侯以教知政也。及吾客王道修遊粵,繩齊昌之物甚悉,侯果以教爲政者也。吾族叔用望者,侯門人,設講三平,有社友諸生韓日升,從其父承揆簿齊昌,坐侯春風中,啣恩知如輪山士,歸而述侯政,亦如道修。韓簿,侯所樂與爲善者也。齊昌習獷而機猾者與胥隷耳通,侮三尺,民苦衙鼷、苦豪螟、苦盗貙,悁忿輕身,急則曹掠仇家寇洗之,自視其生殆蜉蝣之不宿。侯至,茹冰而手爲霜露,在官者屏氣如不息,盗争買犢,上賦者以餘錢歸。兩造携乾餱,聽剖立解,闇右斂影,而其左吐氣,私門者不敢掠人,人始重命,戒走險,歲活人數百,所完勿破亦數百家矣。侯照用絶儔,而惻怛將之,自致必竭,而致人之情常使有餘。參佐師侯廉法,而憬然冬之就日,暖以終身。民風一醒,化蜉蝣爲君子國之鶴,而樂遂其天年。凡侯之政皆教道,而其所爲教則舒道也。齊昌,麗南爲日國,晝贏於夜。而侯嘉與士民游舒日中,有春夏而無冬秋,以爲侯大年不亦遠哉。

於是十月之朔,侯初度日,升以簿意來請言,叔氏力贊之。吾答曰:"壽言,非古也,吾有戒焉,而因教知政者,則莫吾若。且吾別侯三秋矣,一日三秋,則三秋亦一日。彼見其促,而吾見其舒也。舒則吾與侯俱托乎無窮者也。吾以静,侯以舒,大小其有間乎?子姑爲侯誦之。"

壽小山李君六十序

余少好莊生言,蓋莊生遊方之外者也。其書詘士大夫而多舉隱士,如漢陰丈人、緇帷漁父,類山澤之癯,遺榮去羨,虛緣葆真,樂其志以自老。以彼其人皆有聞於修道養壽之術,蓋不百歲不止也。然山澤之癯無其術而度百歲者,當奚啻若?而人即其度百歲,亦百歲止耳,即更進而數百千歲,亦數百千歲止耳。朝菌耶?冥靈耶?大小一齊,茫茫天壤,吾何知之哉?遺榮去羨,虛緣葆真,方之外之人，誠無所聞於人世之知否。而以逐炎附羶，驕風暄日之季，而有松雲泉石其徒者，顧無以自存其毛骨，則夢夢乎中者不知返，而逃乎外者益怠。此亦非風世之所釋然也。漢陰丈人、緇帷漁父，至于今而治莊生者無不知也。其得以聞于時，而志于後者，是莊生力也。太史公嘆曰："閭巷之人，欲砥行立名者，非附青雲之士，惡能施于後世哉？"於是作爲《史記》以自托名，而載於太史公之記者，亦因以轉托名。蓋下而遊俠，又下而貨殖，至于今而治太史公者，莫不知其人也，是又太史公力也。或百歲而百歲盡，或無百歲之食，而有千歲之身，皆有以爲之矣。蜀中賈堅載錢十萬，而願托於揚子雲之《法言》。夫君子之言，有可遇而無可求。幸而遇則以無心于名，如丈人、漁父以事之。下者如遊俠、貨殖，而皆寄以不朽。如其求之，則當揚子雲之世而有不得也。惟其求之而不得，然後不求而得者之爲快也。丈人、漁父、遊俠、貨殖，何獨于今而無其人哉？有遇不遇也。以其不幸不遇者之無以聞于時而志于後，然後幸而遇者之爲尤快也。

余游京師而識小山李君彥夔。夫李君之於余，則既遇矣。於是萬曆二十六年冬十二月，君初度之辰，諸姻黨及嘗識君者，聚族而謀賫幣登堂，以致其數百千歲之祝。李君曰："吾之不能數百千歲也，吾知之矣。雖子之云，諛詞也，將安用之？無已，其君子之言乎？則蔡先生在。"李君豈慮於易盡，而欲托名者耶？君恂恂質行，而俠游之可喜愕，又不能如貨殖家廢舉營生，而食貧恬淡，樂其志以自老。視遺榮去羨，虛緣葆真，蓋不師其意而若與之合矣。余則豈任太史公者，乃爲稱莊生之言，且倖夫蜀賈人所不得于揚子雲者，而君得之之易也。

壽蔡母黃太淑人八秩叙

吾友蔡體國光禄，有壽母曰黃太淑人，相廉憲肖兼先生爲良二千石、爲名觀察，出則甘棠，入則畏壘，蓋無儀而有助焉。而又能穀體國而似之，以光先生之道于天下，天下無不知母德者。某兄事體國，以同閈、同姓，故太淑人子畜之，不敢讓彤管。人謂太淑人女師，太淑人非獨女師也，殆師其子，且可師吾黨之爲人子者矣。

體國之郎儀曹,治兵江南,太淑人不偕也。起家甬東節,乃幡然命板輿,曰:"吾君子之所甘棠也,孺子能似邵公乎? 職思其居,思則不匱。"改視學政,益安之,曰:"古之人,無斁耆耄,斯士夫不匱,此爲大矣。勉思達材,若有以光先觀察之道,是永觀察也。吾亦與永焉,吾以若百年矣。"體國召爲光禄,侍母歸。而某竊聞是言也,嘆曰:"太淑人知教!"夫食而不教,衆人之母也,非賢者之爲母也,夫子則爲子産言之也。母教之徵也,胎而有之。胎者母呼子呼,母吸子吸,傳以天也。養生家亦曰:"胎息,不以人鑿天也。"君子思母子乎化之神,而知學焉、知仁焉、知壽道焉。故教始于胎,終身以之矣。而曰"有慈無教",惡惡可! 太淑人之教,其至乎養不蘄禄,曰:"吾君子有素絲。"體國冰持之,宦久挫先産,母至鬻潞灕之供以贍賓祭,教廉儉也。顯不蘄官,曰:"吾君子有坊矩。"體國言行侃侃,不徇物,掉首榮途以金柅柅壯輹而母恬之,教直躬也。施不蘄富,曰:"吾君子有河潤。"凡母以私財振于三黨貧里者,若體國推母之意,而勤收恤者,若居官所至,以母夙訓膏濡全活者不可量數,教博惠也。

欲觀太淑人之教者,於體國可知也。吾且精言之,則莫大乎述肖兼先生之道,以勖時思,而歸之乎達材。夫陰陽之不老也,續之而終古,彌綸之而宇宙,故五行生德母,必乘子續而新新也。子復有子,無五不爲一用,彌綸之所合也。合則大新,新則久。以此知學,孝之謂也;以此知仁,錫類之謂也;以此知壽道生,惡可已之謂也。

體國里居樂發明道術以鑄人士,立朝好推轂賢士大夫。著述如服農,延攬如貿賈。教于越,其專而著者耳。某狷狹少可,病扅畏客,慕體國爲廣大教化主,而愧莫及之。繹思本于母教,有由然也。夫肖兼先生之道,太淑人致諸體國而續矣! 體國以之達材,而彌綸者大矣! 子德大則母德久,樂育英才,孟子以之學,永厥母于百世,而論年乎哉? 然其少擇居也必旁學宫,與之爲俎豆,孟母先知之也。故學從孝而羽其旁,習孝也。教,從孝從文,以孝德而博之文,則教立焉。故達而後錫類,錫類而後生,惡可已! 師道也,即母道也。師而母則碩師,母而師則壽母。太淑人能以子師壽也,其能子爲師者也。吾間與體國言:"邑文獻今彬彬矣，法當斂浮氣以留之，廣生機以厚之，有取而無子，在敵不可，況天乎？"太淑人廉直治己、博惠接物，其取涼，其予不倦，盍取則焉？以永文福而勿替先人，此可師吾黨之爲人子者也。

八月十有三日，太淑人懸帨八秩，坤載厚矣。而時正秋，兌，少女也。坤母復少，其難老乎！月盛是望而魄載於恒，又歲臨庚申，金涵厥光，有恒而無滿也。先是，體國赴光禄召，次三山，有所感，遽乞身侍母，以及稱觴。體國與太淑人樂以其不匱之道相爲無窮，而吾黨大夫士亦樂覯夫母子師友之盛也。登堂觴焉，小子某以彤管從。

譚友夏母魏孺人五十序

余神情投合，先在至性人，愛杜甫"來因孝友偏"之語。夫真孝友者，其於交遊必篤而不雜，於山水必深契而不膚，而其爲詩文亦必真，至清令而不贅、不飾。故名士種種，應無、應有者，收之至性中，而能事畢矣。

入楚，以詩文友諸生譚元春友夏。友夏好遊，其詩曰："健母恕懶子，不甚責家事。"遊輒傾其韻士，其詩曰："入厨勤老母，愛客導諸昆。"以雅遊良友歡母心，而身爲孺子色，其詩曰："侍母渾忘身健無，以身作杖任母扶。"余心知友夏孝友，而異其有賢母。丙辰二月，訪我二酉衙齋，茶酒内首請母魏孺人五十之文，引《詩》深論"無非無儀"之義，以爲咎譽兩忘，賢于无咎而有譽者，蓋幾于道焉。

夫道者陰陽，所以母萬物也，爲物母必能爲母師，故子德之大小一視其母。"無非無儀"，即《易》之"無成有終"也，坤道也。道曰"無非一，謹身足矣"，而曰"無儀"，則非識度深遠者，不足與言。坤以含章爲貞，而其府物也含弘光大，此豈小慈、小慧之所能及耶？小慈則耽繞膝，而難其子之日遠；小慧則嗇操家，而難其客之日進。於是傾産給遊，廣被剗薦之風，不多見於女史。而子之奇情雅尚，亦若有所御，而無以發舒於師友山水之間，此德能母之，而道弗能師之者也，惡足語魏孺人？

孺人豁達多遠識,有子六人,促及時析箸,諸子頓首不願也。笑曰:"吾父魏公數世同居,子孫不知力家,家爲挫,徒博義門棹楔滿楣梲耳。若曹既翕,析何礙合也!"諸子果以益睦。每直供,兄弟暮取酒果,相向譚學業世事,孺人坐聽之,自出餅餌蔬核佐諸子啖,欣然曰:"家門長若此,自佳耳。何須大富貴?"友夏守諸生有年,孺人安之,不以忤時疑學,亦不以失職疑命。夫浮名之奔人也,使人背心而趨俗,真者亦僞;浮榮之覃人也,使人離位而多願,靜者亦勞。孺人教家雍雍,而不屑有義名,背萱階蘭,是亦爲政,更不知榮途中有美好足加以樂者。其觀名實天人之際,朗朗如矣。宜於友夏之好山水、好朋友,皆與之無間然也。友夏門無雜賓,賓至,孺人設供甚歡,曰:"此有益吾子。"從竟陵客二酉,更起南岳興,余力贊之,知孺人聞且歡曰:"此游有益吾子也。"山水、朋友之益人也,在德業則德業,在文章則文章。惟性情之篤與雜、深與膚,爲所受之數。以友夏之深篤,得而爲詩文真至清令。余以知其孝友,顧乃自孺人發之。友夏發舒其奇情,雅尚於山水、師友間,而能先得孺人之心,孺人直不愧名士母哉!識度真足師友夏矣!師友夏而成其大,以爲儀于世,即孺人又何儀之有?

《坤》六三繇曰"含章",含則弘,而章則光大矣。受以四之,無咎無譽。此友夏所贊"非儀"兩忘者也。故曰:"幾于道也。"友夏新從南嶽返,嶽有魏夫人,子多貴,然不以子名,而自以仙名。孺人子友夏,友夏而下元聲、元禮、元方,文章皆奇,憺、尚二人余未見其文,約不相遠。異日不以仙名,當以師其子名。孺人不須大富貴,復何須神仙?固曰:"長如此足矣。"長如此者,再閱五十年,猶一日也。孺人五十之年在丁巳,而余丙辰春諸請文於二酉。友夏嶽返,遣人□前諾,適余去楚,俱出楚疆,授之文而後返。祭子曰:"譚友夏至性人也!"

記

山西三忠祠記

天欲滅建奴,而先以警我中國。我則棄遼,奴幾嗤漢無人矣。所賴壯中國氣而卜終滅奴者,則有殉封疆之臣。殉遼陽者沁水張公以御史監遼軍,大同何公以副使分守遼海,晉產居二焉。棄廣寧而殉者,分巡參政晉襄陵高公而已。天子録死事忠,贈諡祀蔭典備。乃睠西顧,終萃于晉,賜祠都門,額曰"三忠"。所以表貞激懦,教甚大。前撫晉中丞徐公既下郡邑,舉祀事。念祠所以教,而省會履視所轄,宜合祀之如詔書,檄布政司議。某壬戌夏履藩,視牘,曰:"不可息。"與陽曲田令景新謀,令諗諸紳衿,而告余三卜地,最後龜從。按:晉侍郎徐公悦是舉也,先捐餼。中丞徐公垂行定議,而後志愶。今中丞劉公問祀,故肅之,俱盛有捐。余與宦晉者繼焉,佐以司鏘肇功。而余遷撫鄖去,癸亥之夏落成,田令馳請余記。

余察遼陷本末,憤嘆中積矣,尚忍言哉?邵堯夫策天下事,曰:"死易成難。"嗟乎!何遽易也。臣無二心,天實制之。成命以出,有死無易。數百年左臂之遼捐以啖夷,殉者僅數人,而得三於晉。余悲三公有成事之志,才鬱不舒,而賞之以死,乃敗事者不必死。有敗而生,有死而成,易耶?否耶?三路不可戰而戰,遼瀋可守而不守,最後廣寧則言戰不戰,言守不守,而蔽以一逃夫。刃接而北,衝乘而破,兵家彼此耳。北莫耻于不戰,而破莫辱于未攻。故本末遼事,而不死趨逾下,死趨逾上。善乎!庾道季之言也,"生廉、藺,而泉蚖、志"。然則孰謂三公死者?張公按西江,條遼利害甚辯,惜席未暖又無兵柄,然能屈叛人李永芳之膝;罵奴,奴為咋舌。何公部牒限辛酉夏,而以前臘至,數爭受降失計。春,與其難。高公訣九旬母之廣寧,拮據兵食。廣寧潰,匹馬赴松山請援。不可,誓不入關。從何者妾金氏、高氏,從高者僕高永。君子謂張公之威伸於奴,而何公、高公之義信于妾與僕。余讀張公前後疏及詈奴狀,再讀高、何兩公臨命筆牘,為填膺横涕。才足滅奴,命不志偕。然風霆所鼓,日月為光。遼雖喪,而遼人心在我矣。彼二心者空為奴譃笑,且自視與人僕、妾何如?敗事生,生而死;死事成,成而生。嗚呼!易耶?否耶?

或謂張公地可無死。夫志之所然,即為可矣。田光、程嬰笑談間挈命贈人,視生死何物?寧復衡揣,死外有餘地耶?捐胆絕腹,一瞑而萬世不知,所視以憂社稷,尚何可不可之有？宇宙雖大,亦空器耳。惟恃有忠義一脉貫之,而堅運之而舉。故曰:"浩然之氣,塞乎天地之間。"志至而氣充焉,無餘地故也。每生之患,患在二心,心二而所見莫非餘地者。故古有疾,疾傷勇;今有疾,疾傷懦。吾尚忍言哉！上英聖,褒恤三忠,以忠教晉,以晉教天下。忠義非晉私物也,能勿二而遂之焉耳。越爲吳弱,而種、蠡必復之,如其父兄之怨毒。故轂下禽鳴,車右請死。建奴小醜,其鳴吾君甚矣,吾決三忠不肯一死自畢,固焖焖尸視,以快奴滅。臣子誠有車右之心,而任種、蠡同仇之事,以晉三忠爲滅奴始,而後其死也成,其成也生,其存于祠也,無憾。

夫祠,教也,非勸也。如曰祠而勸之,每生者不以贈諡祀蔭易其首領,審矣！惟反其若死未死之心,與謁于祠下,而自顧其先朽之骨,平旦越誅,吾知其無穴之可入也。然則何以卜奴滅？夫天以大警吾臣子也,我警而後奴滅,卜之人心,忠義之天也。吾故記祠而申三忠之志,以告人人。三忠,張公銓,贈兵部尚書,諡忠烈;高公邦佐、何公廷魁俱贈光祿寺卿,高諡□□,何諡□□。致力于祠者,前中丞徐公紹吉,閬中人;今中丞劉公策武,定州人;侍御徐公揚先,江寧人。藩、臬、守令所捐主目祠之費與制,別有志,略之。

心遠軒記

古人於山水詩文,孤行一意,悠然而來,忽然而止。或卧遊經年不出,或臨眺竟月忘疲;或筆性風發,衆竅並號;或思泉冬斂,勺涔自潤。曾無預擬之思,力追之景,況可課以篇句,限以月日,如徵貸逋,而責博進耶？陶元亮涉廬社而攢眉,遊斜川而暢咏。《閑情賦》得千言,《五柳傳》儉收百字,此真能獨行其意者也。

許君從潛開軒靜寄,鑿井灌池,蒔花卉,養魚鳥自娛,取元亮心遠句署其楣,請余記而許之,今二年所矣。軒中花卉當益壯,魚鳥當益舒,雲物水竹日新不倦,而記猶未成。從潛固不汲汲督逋,而余默理宿諾,若負博進者。

噫！古之人非欲有言也,而不能無言。予則未之能言也,而迫欲有言也,去之也若是,而何足以知其詞指之所存乎?然是軒,余嘗一過之,所云花卉魚鳥,與從潛玩聽而樂之,主客相忘,作濠濮間想,境閑而懷曠,其亦可謂遠也已矣。晉人評會稽王"有遠體,無遠神","遠"之一字最未易言。以是軒擬陶廬,以余記釋陶詩,人必不之許,達者則不然。心之不同有如其面,遠近所托亦復何定。有慕"神仙揮麈指九霄",管"封侯鳴劍馳萬里"者,际蒔花卉、養魚鳥半畝之間,豈不笑其局近?而韻人靜士樂其花卉魚鳥之業,以天下之美爲盡在己,而憫彼之勞,亦更從而笑之。笑笑不已,則吾未識遠近之所歸也。如必取迹相較,則元亮烟火裁通,從潛廩有餘粟;元亮無酒對黃花,從潛家不乏釀;元亮佐建威令彭澤尚繼宦網,而從潛畚棄諸生自老。是軒孰爲達拘?孰爲苦樂哉?書至此,頹然自笑,因寄從潛讀之,且約曰:"俟余再憩軒中,別有領略,當爲君賦。"夫徵逋責進之言,果未足以答軒中花卉魚鳥也。

重修有道葉先生祠記

《周禮》:"師以賢得民,儒以道得民。"賢而師者,必其儒之有道者也。大司樂建學政,合國之子弟,使有道者教焉。死則以爲樂祖,祭於瞽宗。其賢之也,歿世不忘,故曰:"法施於民則祀之。"法之施而無敝者,莫如道。道之尊也屛爵,而教之信也離勢。今師儒官,惟郡授有階②亦最下,餘皆不繫于級,吏卒甚簡。官是者,其心寂,其色寒,在儒固然。夫附爵而行者權也,徵勢而集者利也。道則惡見爵,而教則惡見勢哉?將隆之以位,膴之以澤,而權利見。權利見而道爲售櫝之珠,其不棄還者鮮矣。是故重其人而輕其爵,敬其業而遠其勢,使附爵之權,征勢之利,泊然一無之加於儒,而後儒之者道獨存。以是求其爲教,而師之賢可見。昧者乃卑薄其職,或曰:"吾無所見也而自暇。"嗚呼!崇之屛爵之尊而卑耶?厚之以離勢之信而薄耶?責之以爵勢所不見,而獨存之道,推其教及于人,人而暇耶?

吾觀今之師,自朔望、伏臘外,與弟子不甚屬,齋舍蛛網苔綉,杳無人迹,但不責苛禮,即有賢聲。昔以教人事道爲賢,而今以略人苛禮爲賢,固已異矣。至弟子所以視師，益不足言。視學宮若蘧廬，權利不載焉故也。原夫設官之意，惟恐爵勢之無以見儒，而欲獨存儒者之道，而其後也以權利求儒，而釋之恐不速。蓋師儒朝去而弟子夕忘之，即持簡潔、略苛禮之賢，而數十年外，亦不復識其姓名矣。皆卑薄其寄道之官，而暇其奉官之道者也。彼未嘗以道之無敝，行教之不忘，而何以議於瞽宗之間哉！

乃若故教諭近山葉先生祠于慈姑，人士相與歌舞于數十年之後，及今方伯淡軒侯公新之也，而見聞益勸，追咏其教益若有味，則先生其殆古之師儒耶！碑先生者曰"有道"，繩其美甚具。約之則以詩學專門，以孝友、廉讓樹表，言必依經，動必迪德，□□生之爲道也。夫教，修道也，而道率于性，性之率曷倪哉？子固言之，"君臣、父子、昆弟、夫婦、朋友。五者，達道也"，皆性也。謹德信言，故曰"戒慎恐懼"；自欺自慊，故曰"不睹不聞"；順於性情，達於家邦，故曰"中和位育"。外人倫而求道，鑽玄課虛，而察其妻子衾影之實，有不可與人言者，以其心權之、利之而已矣。大司樂以樂德，故國子惟中和，祇庸孝友。而今制額堂必曰"明倫"。嗚呼！位官以儒，章教以倫，而師弟子猶若疑教學之爲何物，見其寂且寒也急去之，而不知惟寂心、寒色之儒，足以固布帛菽粟之道。道無卑薄，而爲道無暇也。

葉先生以經惇倫，以倫物身，以身垂訓，而流風所及愈遠，此所謂以屏爵之尊，行其離勢之信者。碑曰"有道"，無愧詞矣！祠興于先生孫寅陽參政司荆權時，侯公嘉先生賢，應瞽宗法，又於參政有宇下之誼，特捐俸重修，並拓祭田若干畝。其事若有待，而祠之立，人心雜許之，爲之咨嗟，而想象則孰爲待哉！蓋先生自有以存祠者，而非以祠存也。余願拜先生祠者，帥以儒，教弟子以儒學，見人倫之道于權利之外，而誦法于無窮，則先生得民之施，其有□□。方伯以桑梓之恭□□□□好，即昔人酌水□□□□□契者，何以尚諸！余居荆南，謀所以正士。未及，遽遷去。喜方伯此舉□□，余心可風，故因有道□□而推言之，使人知今師儒之制，以存道最重，非卑薄；舉職不易，非暇。而所云道者，乃人倫之道，而非權之、利之之道也。《詩》有之："古之人無斁，譽髦斯士。"先以之"毋念爾祖”,參政有焉。彼都人士,則方伯之志也,夫方伯亦猶行古之道也。先生名繼,浙江西安人,行事詳舊碑,不具述。參政名秉敬,辛丑進士。方伯名執躬,河南歸德衛人,己丑進士,與余善。

【校記】

① "宫保",原刻本作"官保",誤,應作"宫保"。
② "有階",金門《遯庵蔡先生文集校釋》本作"有偕",誤,應作"有階"。

第三册

記

徐侯重修廟學記

崑崙之水匯東南海,故道脉溯洙泗,而演閩天也。朱子航濂洛,達洙泗,學李延平,而公之爲教,實自同安始,則同之廟學,其興廢盛衰常望乎天下。數百年修舉之故,籍能徵之,最可紀者莫如今雲林徐侯之爲功。往修者之力,計壽以年。侯下車察廟學墜宜興狀,僉謂"時詘,姑策其近"。侯曰:"不永曷修?俸於斯,金矢於斯,吾敬焉而無苟,吾以修教也在我。"竟如侯言,釋菜之宫,講堂肄舍,以逮門序,百堵皆作,拓啓聖之址而規崇之。衆力和勸,木石陶甓,奮無寙氣,如胾立之人化爲神幹。士喜曰:"是可百年。"博士萬先生曰:"在繼者之如侯也。"謂蔡子謀所以示。吾聞文翁禮殿代興于蜀,以事夫子之道之廟學,而侯爲之文翁,勿患乎繼者矣。無已,則言侯以修爲教之意,乃言曰:三代以前學盛而祀弗專,漢以後夫子之祀特盛,而所爲學者不盡隸于祀。祀與學合,昉宋慶曆,遂有周、程、張、呂,而係其嫡於朱子,以開我明之道化,此亦天也。然吾有異焉。

古之學也家,今也遽廬。天下一倫也,選於民焉士之,而鵠以人人叙倫之事,則所以教之者甚敬而不敢苟。故廟之以爲祖,類之以爲族,詩書、六藝、言行、有物以爲恒產。通其徵於道德性命,而所以察乎倫之至博,其變于兵賦政刑,名物象數之離合,而皆綱紀此倫,以無斁於天下。凡享祀、鄉射、養老、論秀、合樂、勞農、授兵、訊獄之大政,無不在泮。與士行之士家,其明倫親民之業,而畢耳目手足步心以赴之、居之,可以終身,而舉而措之,有所不能易,則豈有苟焉蘧廬而求,速去之患哉！教學既衰,談性命者抗物以外以自虚,課事功者兵賦政刑無忠養之誠,而媮取治辦,以薄竪名實。惟無見于人倫之不可□,而苟以爲名利之途也。故修非所修,而性命事功之歧,皆歸于徇禄。蓋朱子之教吾同已痛言之,而深慨士未嘗立志于學。然則今之有志者,其未免朱子之所謂不立者。于今廟學新矣,士趨而服其師訓,能父兄乎？居業之齋,能如工之肆乎？祖吾夫子而春秋濯將精氣,能果有屬乎？其號穎出治文章者,還叩懷資名幟家肥以外,能有祝輅乎？旅泊者寢食一時而已,主客之接遇若勤,而流盼相失。學亦有逆旅,修非所修,托一時于先聖之宫墙,而謬爲勤于父師,是蘧廬之智也。

夫倫猶是倫也,今之教法、聲容、服器不必如古詳,而詩書六藝以正言行、以叙人彝,則未始改也。教之行也,士能自致于君臣,以經天下之大經。而其衰也,父子、兄弟、夫婦、朋友,或至懷利以相濟,使識者嘆學之弊,蘧廬而不家,而良有司之修舉,僅若新其逆旅,以惠寄客,豈不可懼哉！事莫病于有苟焉之心,吾證以今之功,支柱、丹堊以貌目前蘧廬者也,敬其事而可永家焉者也。侯於吾同非家也而家之,致力廟學必計百年之壽,士則自人自倫也,而忍苟諸？即士觀于是舉者,莫不欣如懷賜,照日月而生其朝氣,此心與吾夫子固曠世感也。夫木石陶甓之爲修,有待也,自人而自倫之待乎哉？行水者鑿龍門、播九河,由海以導星宿,廓如而濟者不航焉,則吾不信也。

復一于學不幸去之速,未究所以家者,至今愧其出處。樂徐侯之爲功,士將有興而一洗吾愧也,敢以質言志,庶乎問道于崑崙。若侯之爲文翁,其精神感繼者,必以禮殿與夫子之道終始,而望乎天下,吾能徵之矣。是役也,費緡千而贏,費日期而近,而議不煩上,籍不及民,君子是以占興士速也。督修者尉趙君,賢幹材而恪敏物,與事之精苦勤怠必求其實。而朝夕終始,以教爲政,則博士萬君德鵬,于作人省成尤力。黄君有年、鄭君有譽相而樂之,俱能贊徐侯,功可書。

姚敬庵博士遺教碑記

神明而奉之社稷,而祝之田疇,子弟之政垂諸樂石,郡國不絶書。問諸芹藻之宫,所爲模範何狀,而弗能一二舉其詞,何哉?吏於民急,而師儒於士也緩。急,則其柄尊,澤足以厚人,而迹多著於耳目。迹著於耳目,則謳歌爲易。而柄尊,而澤足厚人也,私快之聲,效詶之口,又未必盡無。然則師儒者方踞甚緩之勢,而處於若親若疏,可見不可見之間。有人焉能端其模範,而士相與謳歌,謀永之於不朽,豈不尤難哉!夫其尤難也,然後書之爲信,而得之者爲可重。余讀楚耿司徒《黄學博傳》,其條刺流俗猥瑣,烈於董狐,私怪其小過,而竊嘆以禮樂教化之地,乃一至于是。

司徒之所推獨黄學博,實吾邑人。自余覩記,芹藻之宫類多修潔自好,至今司諭姚先生而禮樂教化,庶乎有機。先生黔人哉?其先楚産也,以經明、行修貢于王庭,由安東訓徒今官。初受事,喟然曰:"邑文獻斌斌矣,爲雕龍綉虎以益其藻,則不能,且無乃揚之波焉。旅進旅退,奉己待遷,負滋重也!吾乃知所以用吾教者,以質風之,以身軌之,將勉無蹈于子雲之誚。"蓋自先生至,削汰枝葉,而壹其轍於躬行。先生朝諸士甚莊,移晷色益和,語必稱經,弗及狎媟。課藝以淳,俶詭無取,詞衷貌樸,不屑綺媚以悦人。朝日照盤,一席泠然恬也,未嘗一破非公不至之誼。告戒縫掖,勖以自樹,迪於倫彝,毋輕詣公府。嘗被檄視旁邑篆,以却金稱還。振鐸風勵益篤,士始不能無易先生質,久更愧服。先生却贅,而士若競于廉;先生呐口,而士若斂于華;先生之無癉行也,而士若遠于躁;先生之動依先民,無佚矩也,而士若慎于儀。於是先生遷貴陽教授行。士嚴先生教,而悵於其去,相率爲碑,役余文志不朽。以先生與諸生,其勢皆處于緩之地,非尊柄厚澤,以望人之腹,私快、效詶,兩無所當,獨其模範,入深感摯。而士又能發其不可見於耳目之外,以爲先生重。余益知先生所云"質風身軌",果能有神于禮樂教化,而非止修潔自好,出乎流俗者也。

既書之,則復志諸士曰:兹碑也,以永思也,永其思在服其教。受言而忘之,謂之叛。漢儒傳經,守師說終身不變。胡安定重於蘇、湖,則其弟子之以夫能造士者師儒,而能成師儒者士,亦交戀哉!昔有治鄴引漳河者,父老奉其遺法,謂賢君之教不可更。彼在民而猶若是,況士而墜訓以入於叛,羞其師實甚,何不朽之？爲余之能信，而拙於諛也，先生無愧是碑；諸士而成，先生無愧是碑，所以碑先生之意而已矣。先生姓姚，名全。謁予文者爲陳生龍冲輩。時萬曆三十年正月云。

傳

封御史楊雲眠公小傳

奴氛惡，而遼大棄其師，中外心岌岌坐蕩舟中也。從邸報覈諸兵食方略，未卜誰辦破賊。而以上倦聽之故，即舟人亦媮視風色與急緩。會楊御史修齡馳入朝，兩旬連上七疏，欲以一腔熱血感明主而遍灑文武將吏。烏有沸波，河伯爲之不潮矣。竟用言太急，中忌者，掛其冠去。蔡子某聞而嘆曰："楚自有申包胥，無奈爲繞朝之策何？"久之知御史急言者爲君，乃亦爲父也。蓋封御史雲眠公與御史□日夜灑新亭泪，御史屢若及黃龍，而劍若及醫無閭之□。嗟嗟！孰知緌冠之爲襴綵哉！夫御史，申包胥矣，而雲眠公則今之屈原也。屈原宗臣以身，公逸臣以子。其一瞑而萬世不知，所視之心，直將友之。令隸社稷者，而皆忠憤如公，奴豈足滅？公絕筆詩抒憤于殱夷，而署曰"七十四歲老人忠臣楊時芳"，則公自名且自傳矣，吾何以傳公？

公少孤，母劉氏授書，發憤下帷，以篤輔敏，業成餼於校。七赴棘闈，弗售。甲午，御史舉於鄉，公年未五十，謝諸生，精劉孺人養。尋奉功令，親終復學，以明經授荊州府學訓導，改封御史。御史先令長安，而子文弱成庚戌進士，乞虎林校官，徙國子監計曹郎。公從子孫迎，往來雍、豫、燕、趙、青、齊、吳、越之間，領其山川名勝。居有園，出有舟，客花源而主德嶠，時爲詩歌自娛。州九涉其八，嶽五遊其四，殆慕古人以樂死者。而蒿目國憂，念風雨漂搖，浮雲蔽日，憤若不欲生。其性情高視孤往，人莫能奪也。當三路敗聞，縉紳潛徙其孥，南轂相摩。公行至安肅，惡之，手書一聯，促御史草諫章，即以陛見日上之。一日有同年集，公復手書"聞鷄起舞，江左夷吾事"貽諸公，酒間諸公共相嘆息。御史之連上疏，上爲心動，聽熊司馬宣慰，儌恤死事忠魂，朝端幾一改色，而浮言俄□。善乎！張太史世調之言也，"承平之日爲戀位，危急之秋爲奉公"。御史黔歸，卧聞遼警，捧臺檄赴班，何意耶？同舟遇風，胡越相救，救覆而逢怒，手□爲多。君子不畏胡越，而畏舟人之敵國也。公既不能以子爲五色石補壞天，仰天大哭，自草一疏，曰："吾效古人尸諫，猶得身爲開山劍。"而孫文弱多方勸阻，乃歸。歸，邑邑一月，遂病，病遂不起。病中爲二詩簡，文人語語不忘遼事也。或勸以攝生姑舍是，即怒轉面向壁。最後授絕筆詩，命御史刻之。前殁一日，書空作"完事"二字，摩御史面與訣，止其哭曰："歡歡喜喜。"踰時西向合掌，若有覿者，自是不復言。

嗚呼！謂公友屈原，然與？否與？或曰：屈子死憤，而公翛然去來，幾道力。夫屈子而不了生死，惡取死？公誠性於道，而世有忠孝外之道哉？在楚今日復成一騷，光日月何疑焉！公坦朗，開心府照人，而見義風生。決桑梓利害，赴族黨姻友之急，惟力是視。行事偉犖多可書，書其生死殉遼者，成公志云耳。余讀《金史》，金之將燼也，上下燕雀煦執政以低徐爲養相體，望烽火對泣，寇小緩則嬉笑，置酒相賀，策兵事無所出，則曰"姑俟明日議"、"莫困上心"。□□爲元弱，曰："以北方之馬力習中國之長技，難與爭此，□□敗局也。"今奴狡，欲元自爲，而移其故病予我，公能怡然神游哉？夫以社稷爲舟，而忍蕩吾君父，舟人之媮視風色與緩急，且蠢起而自相敵者，何也？□外史曰："余未接公，而友公子修齡、孫文弱，如孔融在紀群之間也。"公嘗畫軍謠、條編法，貽衛所百世利，余與聞而成之，他立義皆類此。公快人，晚以遼危發憤，而其臨行仍復快。常武人言："公勁骨松柏也。"夫男子自快耳，樂亦快，憤亦快，豈向生死間露可憐之色哉！子曰"吾未見剛者"，雲眠公近之矣。

東山趙隱君傳

含樸以隱，是謂常德，人職常也，惡傳哉？傳之所成，崖立於勝。能爭勝者，必强慧人也。翼之以權，鳴之以藻，而堅留其聲光於蛻後，今之傳人，其有不然者乎！然吾讀萬石君事，若與睢盱共道古，雖繙五車無所用之。至味馬少游諷文淵者，喟然功名之勞生，謂達不如約也。則隱之屏貴，樸之絀華久矣，而傳人者獨反是，甚矣波之悅慧而矜強也。事之可喜者，非強慧不存。攝人心目，而操其勝，而造化之醇氣，固有□其薄者矣。陰陽之和無爭，而爭人者惟寒暑，寒暑勝氣不可常也。子曰："吾志在《春秋》。"《春秋》者，寒暑蓋未至焉，故惇史傳常不傳勝。凡躁勝恬，侈勝儉，戈矛勝觴豆，其徵也。鮮不從貴人、文人起，而強慧爲之力。吾乃旨于老氏之言，尊柔而去智，如萬石君、馬少游，近之無以勝人，而不至居造化之薄，人職如是足矣。古者不勝傳，而今之傳人者，則曰不足傳。以常德謂未足，而強慧之相勝也，將於何而止乎？則如今烏傷東山趙君者，吾終不敢謂其不足傳也。

趙君祖論，字宗定，係出宋魏王延美，世守其譜，多貴而文者。君獨含樸以隱，貌魁梧，儼然河朔傖也，而恂默好恭，綽約如處子。心皎氣溫，不侵然諾。雖不究爲儒，而喜從儒者游，聽其論。所居當越婺孔道，日糞除先人之敝廬，以待賢豪幸過我者。顧性厭城市，足縮縮如有循，即長吏察君長者，賓之鄉飲酒，堅自遠也。內行醇整，長幼無違言。接物避影矜，蟄讓以下人。而課督諸子謹嚴，讀經讀法，各視材而鞭，其後彬彬有立。閱世六十三年，以質行終。吾讀盧儀部洪春志君者如此。蓋君樸，非文人；隱無官，非貴人。而守其雌黑，聲光闃寂，無可喜事以勝人心目。即述君狀告人，聽者怠欲睡，誰能讀之者，而且以吾言爲足留君哉？然生人之職，耕鑿作息，宜宗鄰、教子孫、供租稅，近禮遠律，而無陰機陽過，以煩苦鬼神，少游所目鄉里善人是也。君質與之，謀於人職無忝。使萬石君爲中正，其所賓飲酒者亦必及君，不後貴有文之人也。吾思以尊柔去智之旨，平世強慧之波，而共息於古海，而如君者其可無傳？

或曰：昔之隱者，霜情巖節，嚴松馥桂，秀以詩書，蕩以山水，暢以交游，趙君何居而隱字之？是不然。高隱隱文，常隱隱樸，凌霄狎渚，各得野性，何必鶴之是而鷗之非乎？趙君有七子、二十二孫，人或未足，而天足之如此矣。最少子賢幹，尉吾邑，爽勤能舉其職。從兄賢意，吾同年友也。尉以年家誼習余，余今傳君，人必謂以尉故；而非專以尉故，吾有古今之懷焉。常德如君，亦古音之跫然者也，然微尉亦惡能悉君？石尚歸脈羊，羊子曰："欲著名于《春秋》也。"事可書則書，《春秋》亦常也。而後之治《春秋》者，有勝心矣。君子之不敢勝於筆，猶夫不敢勝於人也。竊取石尚例，而爲趙隱君傳東山者，君所隱而以自署其齋者也。

東川洪公傳

采諸志，新都土陿而山水秀清，故其俗競賈而好文。夫賈，誠病士也，責張湯行事過失有烈士風者，誰人哉？漢廷質行少文莫如萬石君，而史爲之立傳。今世乏司馬，彼石奮者遂湮泯無聞。與史能貌人不能飾人，貌而飾之，諛者之未失也。儒行而賈隱，修樸樹惇，而其後以文著聲，若東川公，足不朽矣。

野史氏曰：東川公質行人也，則亦質言之。公諱瑞，居有長川繞其東，自號東川子。其先係出唐觀察使經綸公，後移居婺，再遷歙桂林。桂林之洪，爲歙望族。公少讀書，負逸氣。父宇，曰道玄公，以食貧奪公儒而從賈。賈者門機巧，算銖錙，仰取俯拾，射利如隼，非精其家言弗售。精其家言，則不得復問儒。而公顧以儒爲賈，觀時知物，守源謹廩。權什一而稍收其贏，豆區金鍾，出登於入，一哄之市，咸質平焉。以故公業不能如中賈，而常爲諸賈祭酒。令公而如諸賈，如諸賈矣，安得有公哉！昆弟五人，悉賴公立，分產自取潔惡，而推饒衍予諸昆弟。昆弟乏，輒復推予之。事道玄公，先後所嚮惟謹。道玄公嘗以他事讓公，而客至，對客呼杖，公抱孫即下，從容拜杖，復應客，無迕容。居喪痛毀，朝夕抱柩，哭不忍離。忽夜聞道玄公警盜，警寐者三，起視之，而盜果獲。時既祥矣，則猶苫寢也。公矩步直腸，侃侃發舒，好面刺人過，里中皆嚴公，莫敢以狎覿。少年子私爲約，輒戒曰："毋使洪四君知之。"公行四，故云。嘗過一舍中，二人博戲甚喧。聞公至，亟避入曲房，公坐語移晷未去，二人枵腹竟日，不敢出，其見憚如此。尤不喜方術及機祥家語。有道士自詭能役鬼，知未然事，善化砂爲黃金，謁者屨滿。公弗謁，或於廣坐繩道士指，風公謁也。公曰："嚮黃冠，姦人魁耳。"

其人咋舌:"若無妄語吾師。冥聞,譴若矣。"公怒:"是何譸張也。約旦日之橋,吾以蒼頭一梃立橋右,若以黄冠符水立橋左,即勝,余師事之。即不勝,黄冠之冠足溺乎?"人奔告,道士陽怒作法,幾攝公沮無往,而公往也,則顧大窘,睨梃,浪蹌走矣。公戟手詫其徒曰:"是善符水,能役鬼物,無奈此木如意何?"衆慚伏,遂不往謁道士。公豈不知黄冠妄也,而待試哉!壺子之示季咸也,微之公則直勝之矣,不勝不足止衆也。嘉靖間,邑言宗三王降,盛張樂設幡伏迎神。公召鄉人諭不當迎狀,鄉人雅重公,輟其事。會盲風突起,雷電挾,東墻覆。人謫公奈何干神怒,公微笑曰:"偶爾。即怒我而覆東墻也,且何以不覆西墻?"謫者語塞。歲鄉人大疫,相傳有鬼,視之即染,人人皆徙匿,委患者於床,莫敢司饘饘。公遍往存,爲藥糜哺之,竟以患者起。父老相語曰:"疫無鬼,以爲不信,問東川子。"公故慕節俠,排紛急難,不居其功。里有兄弟争貲鬩墻者,族人居間,令兄予弟數金,而弟爲兄禮,説之百端莫能得。公捐金予其弟,謂此若兄金也,弟禮兄何名爲屈,且兄先之矣。弟霍然往謝,遂解。後其兄弟知金自公出,愧恨無所容,相持泣,更相睦也。公行賈宣、湖間,貸者薄其息。歲侵,召嘗取錢者,合券度可償,與爲期,或半之,餘皆焚券而還。馮驩市義,指在附薛而收其心,公則目爲德耳,過馮驩矣。江右周醫士僦居公旁舍,病革,手篋中百金密寄公,公坎地藏而識之。其子弗知也,奔喪詣公,公潸然涕下,爲言寄金,偕往啓藏,發而僅見泥礫子,謂盗迹之矣,不敢望公,公曰:"而父寄我,不寄盗也,其以盗解哉!"立償如數。久之,治畚捐故壤斥尋常而金見,則周醫士金也。蓋鼠食封而易其處云。公遺書周氏子曰:"金迹見矣,此非吾償,吾不妄居名也。"人益多公。先是,宣城饒韜遣子大夏就周醫士醫,公即子畜之,大夏亦父視公,與公季子就外傅,毛裏無間。公卒,大夏躃踴枕苫,越三虞而後反。公既廢儒而從賈,意頗恨,晚傾産延名師課孫子,其日夜望孫子就儒甚也。季子舊師謁公,公視謁倒屣,走向家人曰:"某師來矣!"家人相顧笑。舊師若是,又何加焉?而新傅也,去爲季子師時二十年所矣。季子在諸生中有聲,後公一歲卒。而伯子子某遂成進士,初試吾邑,大夫與余善。

贊曰：大夫過余，譚歙事云：歙有四鄉，他鄉宦、賈子弟相高爲豪奢，炫服照耀里閈。公所居東鄉，人樸而願最近古。大夫幼從諸兄弟布衣就學，學中獨大夫兄弟布衣，相與目笑之，久更自慚也，稍折節爲恭儉，公之所風邪？今俗後生好反脣長老，甚或田舍目其先人，公非壹厭其心，何以見憚而不敢狎覦也？人謂公强直自遂。夫公非徒强直自遂，詘機祥而爲德不厭，其於民義晰矣。喻於人所以勝於神，與塞候償金，史譏微巧，流涕而撫醫士之孤，誼不負心。匪顧名也，其斯爲穆行君子哉！

處士陳後山君傳

無焰以耀，無翼以翔，無奇葩果、怪水石以圖，而君子猶將述之，旌菽帛於天下，以勸修而樹教，吾傳一人焉，曰“處士陳後山君希詮”。君子孫謨相余姑子，學相友也，數言祖事，余諾有述而未果。每繼見，其請之詞愈緩，而意色逼欲得之。余不忍侵諾，芋江鼓棹，軋軋中讀君狀，蓋余曾大父賓山公筆爲之。三肅發喟聲，出櫓而江水若振者。嗚呼！凡君之爲君，皆人所當能亦可能者，而今多莫之能，豈惟如君者之然，即其名位光人十百過君，上而使内省所能或不能，不君愧也。於以見風斯下，而古之人乎可貴哉！

君字夏迪，以所居涪之後山，自署其號。父訥齋，母黄，中子。幼依依二人前，與同生知友讓。始受室，兄希鐸遊邑庠，弟希鈿未立，慨然曰：“誰治親養乎？”遂舍儒而讀法。既精其業，行之以忠信，上官推腹任之。鄉薦紳宦遊郡邑者，慕君誼，多謁俱往。以律爲師，君有謀必爲之盡，其所賦官額稍若宦遊者，禮餽外，他絶無所受。請解裝以供甘旨，餘即兄弟持去，家人數十口經費一倚辦。君不復分異，一錢尺帛無所私。二親甘君養，兄弟寬于歲計，妻子約免飢寒而已，身敝衣，蔬食，怡也。嘗事興泉使者萬公，公察其志行殊諸掾史，獨受聽君。每召立談久，至命以坐，固謝不敢。問幾子？子治經何若？寧欲游泮乎？君對男學尚未也，於是人皆笑君愚。其從李雲泉陽山，念子舍不置，夜夢有泣呼者，力辭歸。歸數歲，父母相次夭年終，執喪如禮。葬祖父母，伯季執綍而已。最後從周象峰兗州,冀以資襄父母窀穸,毋憂兄弟也,竟終于兗。象峰紀君喪,護歸,貽書深悼惜,自謂不減失子之痛云。君雖舍儒,而雅稱詩書,慕古法。訥齋喜客,君先意戒具。父母歿,終身不主奧而坐。嚴事兄,而撫弟妹如子,罄資以助亡姊之襚。從弟沛客死滄峽,徒步往迹瘞處,負骸骨歸葬。宗祠圮,捐貲倡建之,身負木石爲先。待中外戚屬交友,人厭其意。至其言必擇吐,視繩而蹈,斤斤有規檢,專門儒者不及也。君孫謨相藏手書二視余:其一事萬公時,戒二子毋輕聽人問使者事指,蓋他掾吏率交關外舍爲奸利,君醜之。故萬公去後,遂不復入。其一在袞寄家人,念兄困而弟善病,二親未歸兆,泫然刺心。教敕兒輩惇謹自力,勿弛墮,千餘字無一俗人語態。君之爲君如此,余三復嘆焉。

士讀書,腹笥千古,數忠孝若己物,宜能爲君所爲,且過之多矣。然其愛恪諭親,未必幾微無失志,下者德色誶語,門內爲訟。《角弓》之刺,教猱升木,比比有之。從諸生作養至繫仕籍,國恩至不貲也,忘謂固然,朝釋布衣而夕屬于鄉閭。一居職,下權賄是急,規可鬥捷。欺君父、倍朋友,勇逾賁育,妻孥外殆如越人。間有稍自矜振,而志存廉賈,猶鈎舍餌博出財,甚或違心,圮族不憚,以君親爲名,此雖吹篪學問,建鼓氣節,其禍人倫更隱,聞後山君風,良可少愧。君劬身毀妻孥,以致力其父母昆弟,未嘗有此於胸,曰:"義當如是也。"其所從游不以聽愛爲利,爲人之周,與人之一。令得一命,必不屬鄉人、欺君、倍友、詭彝教以巧宿名。忠清之行,亦復何遠!以君質行至醇,然齒不能下壽。其生勤,其魂旅,法宜以後之人顯而未即見也,報施善人,天亦何以結馬遷之舌哉!

今之傳者,名位爲之焰,貴子孫、富交遊爲之翼,不則烈俠振奇、搖動人心魄,可喜之水石、葩果也。君於前二者業皆無之,事狀不過孝友忠敬,人所當能,非俶詭可喜,則其聲影數十年,而近里閈且有不知者,而安望存于後?天既有待,人又未可恃也。嗚呼!焰與翼也,何當於勸?即取葩果、水石而樹之,與粟帛較暖飽耶?夫菽帛之可貴也,味芳于淡。而表闇然之章,以勸修樹教,筆之而無慚者,君子之事也,宜君孫之逼欲得之也。余非君子者,能述君而嘆而不能無愧也,寫其嘆而爲之傳。

墓志銘

中憲大夫都察院右僉都御史
中庵徐公墓志銘

夫子才難一嘆，傑人色奮，庸人心孤，蓋鼓吹造物之言也。今論者則配德于才，設左右衡。噫！其然乎？古視才深，今談德腐。深故不受庸人，而腐則不足以識傑人。天下多事，所號爲德者，若土鼓之瘖，木劍之不割，此豈稱驥本懷哉！千里而馴德即其力，駑亦馴也，惡乎德？才難之感，感驥也。若其真驥而用之不盡，或欲盡而不赴其年，徒使風雲驚駭，雖不識面者，猶按圖而追賞其骨，恨不得留若人，則更有徬徨而可嘆者矣。

故中丞景陵徐公，吾未識面，聞評開府才者，往往許之。及移總閩憲，欣然謂閩能有公矣，宅憂不果。至吾宦楚，而公以甲寅卒家，聲迹始終不謀。楚歸之四年己未，公子惕以狀介譚元春來請志銘，且曰："公嘗知我，惟楚最文，亦最吾畏。迂而求諸遠，且廢之。"人好尚如此，疑公有以發之。公蓋志獨立，事獨行，名實獨樹，灼然傑人，可倚辦多事者。吾於狀深觀焉，喟然曰："如徐公者，古之所謂才也。"

徐有初自南州孺子，宋大理評事德清公徙南昌之里田，至靜淵公占景陵籍，家焉。再傳坦庵公，補諸生，以文行著。子楚陵公，宗新建學，懷其慧而絀其辯，即公父。公諱成位，字維得，別號中庵。三歲而母譚恭人見背，鞠於大母危。警敏多闇解，從楚陵公金華受《易》於胡公泉觀察，而友其子應麟，世所名詩人胡元瑞者。元瑞兄之。業就西歸，冠三試。鄭屺山太守、顏冲宇學使奇公，曰："我以上人。"

舉丁卯，戊辰除舒城令，滯案風掃，悉捕逐師訟者，三月空其囹。厥土瘠，公自瘠以肉民，恒與宴熒分俸。創行方田，賦有歸。條編息賦外，力投櫃、汰賦羨，民便之。庚午，調寶應。寶應豪主逋，有司收之，急鑿起，兩臺入其疆猶弗威。

公至坦然,爲不問者,曉譬以禍福,而廉得倡譁十餘輩,一夕掩捕,預置飛舸載送郡獄。晨榜示,脅從勿問,惡少年倉猝失其魁,懾伏。乃詢父老所疾苦,蕩滌繁苛,一主休養,逋者歸矣。邑賦漕七千金,民困無所出,公便宜以儲餉之餘給主者,過淮而身請擅發罪,撫齽諸公義而聽之。河臣治渠,當寶應千夫,催役銀逾萬,公馳白,狀曰:"瘵而重創之,駭而急鼓之,必敗。"主者心動,爲疏改派,洶洶者始安。久之和勸,所負額輸皆足。

辛未大計,最諸令,賜特宴金綺,異數也。徵拜禮部主事。曹務簡,與王公世懋、孫公鑛、唐公鶴徵相劘爲古學。尋長小儀,名封奏結諸例,凌雜錯出,在胥以意上下囊賄。公先簿正,疏抄至悉,以門條附籍,今所守格眼册是也。其當得不當得,若急緩,即與宗人共目瞭之。胥斂其手,而賄竇塞。諸藩翕然賢小儀,有爲主祀公者,獨不得權貴人心,進擬銓衡學憲,皆報罷。

丁丑出守徽州。儀郎一麾非故事,公曰:"龔、黃在我。"舟溯新安江,逢巨室舫爭度,槊豪奴兩白梃擊官舟,人血流兩槳間,涴守衣。公入郡,聲其事。巨室皇恐,繫傷人涴公衣者來謝,公即杖殺之,豪芒芒然霜在其背。亡何,有絲絹哄事。絲絹辦自歙,歙殷大司農正茂奏均之五邑,五邑大哄。公故不喜攤議也,聞變,驅入休寧。五邑人環馬首泣訴,公揣諸不逞,藉口數端。迎爲父兄,先發其所欲言,衆口塞。陽遲而揭竿立幟,巷聚二萬人,曰必歸賦於歙。內外寇伺之,良民憂亂。公察其進止,咸屬幟,密令所司誘幟者至閱場,五邑人皆隨出,爭論未決,公已選勁卒守城門,無妄入人。畫市坊申譏束,禁偶語、夜行者,城中大定。令曰:"絹法不便,姑緩徵而請諸朝。譟者有激,散而復本業即無罪過。一日不散以賊論!"明日,二萬人盡散。公核歲贏數千金,及鹽茶税百金,代絹輸,五邑不加賦數,而歙得減額,益謐無譁。乃以方略縛首惡二十人,論如律。而諸譟者欲以主譟移坐時相所不悅二人,公解印綬力爭,得寢。徽今姑臧也,公飲水治水,脂膏下漑。材其秀士,月有課,受檢鏡者,卒爲名流。而所杖殺奴之巨室,進讒御史,墨公以釋憾。御史行徽自稽藏,藏清;又采民譽,知守不自潤,心薄讒者,而與公深相結。

庚辰,擢山東副使,治沂州道。居東心動,謀乞歸養,楚陵公以大義訶止之。壬午,移嘉興。渡錢塘江而訃聞,自傷不能奉訣視含,鷄骨三年,絶宦意,築冲漠館,營水竹花石。癸巳,公隱一周星矣,起補登萊兵備。倭在朝鮮,不敢辭。至則群議,艅艎以千,南兵以萬,扼倭於海。公曰:"北人不習水,客養南兵,費多輕去就。不如練土著,省餉而念家便。夫北非南比也,多磧不可泊,無接濟不可久。吾堅壁清野,折箠笞之矣。"乃獨募義烏兵,簡精鋭二千餘,輕舟絶倭饟道。遇於斧山,登卒大呼,摧鋒斬十餘級,斧山哨乘之,捷鹵獲多,督府孫公疏爲遼功第一。移文慰藉公,登卒曰:"我角而彼犄之,乃專其鹿乎?"公戒勿敢言。登大饑,寇盗充斥,遼撫以三萬金糴米屯於登。時遼方大熟,公矯檄出米,饑者得濟,而收直倍,所活數萬人。備陳始末,倍糴金歸遼,遼悦。盜懷公仁,夜遇東使曰:"是生我者,勿驚。"自是盜亦屏息矣。

進參政,治徐淮河。時海口壅,河大決,梗漕,至連坐,先行河大臣與於河者,皆惴恐。河漕楊、褚二公議不協,至是,一仰公主導黄分淮之策。聚糧繕河具,以什伍法部勒作者,畫區別幟。望幟知作手多寡,其力不力,區受賞罰,餽均而實。進退以旅,作苦聲勸,十萬徒肅然止齊。公暴日卧沙渚十餘月,鑿新渠百二十里,浚淮口七里,閘高堰三所。又代某水部疏瀹海口淤,如前法。水部之視海也,謂"匯流之衝,建瓴怒下,當自推浚,吾坐而受水成耳"。久之,以篙師行深淺,荻盡洲現。諸工畏罪四潰,功危敗,而公爲補其瑕釁,仍以功予水部。水部雖賴公而中慚且忌,部叙,僅進公一級。公自循其髪曰:"鬢也,而旦夕皤乎?"移疾予告,主吏以贖鍰累千金,餉於塗次,叱去之。褚公薦公自代,不行。既調閩憲,喪繼母王恭人,耆年毁瘠如哀楚陵公。庚戌,以原官補淮海。舊部歡迎我公,公曰:"吾并州也,桑柘乃非昔日。"課守令、蠲宿逋、撫流移,日孜孜,而開沺河、減馬直,可佐元元急者,無有憂①。辛亥,擢四川右布政使,遂歸卧。公藩臬貲三十餘年,恬家食者半之。兵、河功俱中上格,而猶淹常調。人以病主爵,主爵亦自病薦鄉奉常不報。甲辰,命巡撫雲南。公拊枕曰:"負國恩,奈何!"爲疏辭,未上而卒。此予所謂欲盡而不赴其年者也,天耶?人耶?

公內行惇身,視兄弟而子其子,推父産、買宗田、繕祠、訂譜,教家無缺。當路問政,娓娓桑梓利害,言不及私。有售瘠田而多浮其米者,公不問。歲清丈,邑令重公,爲頗損户米,公艴然,"我豈有邪德乎?"册已登,藩司不可,更核之,則所損如其浮數。公猶邑也,邑隄潰,捐粟二千石築之;又以私錢修二橋;爲邑人改折南糧,勤樹德而恥自名,語諸子曰:"古人居心尚厚,'春陵'、'讓溪',元次山未嘗殊情。晚近多諒德,勉市惠於官,而薄其閭里,亦惡用峴山之淚爲哉!"尤嚴誠僞、義利之辨,曰:"此吾佩之楚陵公,良知指也。"噫!公之才有根矣。狀又云:公嘗兩夢白衣人接之選仙,言多□理,最後令青童以繒裹公頂,若受戒者。玄帝劍而言,曰:"與爾會他山之陽。"及謁參上,宛然。里中賀叟尸解,曰:"中庵公,吾侶也。遲日旬了世緣耳。"公彌留,聽二子誦張志和《漁父詞》,笑而瞑。或疑之,蔡子曰:"夫才難者,特人間哉,亦天上所難!公傑人,去來定非草草者。未始識面而能使閩人爲嘆,寫於數千里外,亦將疑之乎?"

請銘者惕,字乾之,有雅尚,能文,工書法,與譚子善。譚子,楚之文者也,其言信,授以銘。銘曰:

巋山立,川不積。雨以風,松耶柏。雲無窮,電一息。意孔間,淵其色。以英魂,載營魄。耿然光,圖中識。才全哉,驥稱德。

葬之四年,有今銘。銘成,偶讀孫公鑛集,具志昆巖鄭公汝璧有云:徐方伯成位,今時異才。孫、鄭皆僚公宗伯署。鄭撫山東,特疏留公,公可知也,吾於是無愧詞。

行　　實

封承德郎刑部員外郎樂至縣知縣淮府審理正見南府君暨配封安人陳氏行實

嗚呼!不孝孤之弗得稱子也,逮今三年,先府君、安人見背相次于月,而齒俱未下壽,司命有至酷焉,不孝孤痛欲死者數矣。弗死也,不孝孤死而死,爾誰爲不死吾父母者？閔閔三年中，圖所以歸府君、安人，而未得兆也，不孝孤則何敢死？圖所以旌諸幽者，而未得仁人言也，則又何敢死？天憐而賜之土，當有所述，以乞狀若銘。惟是府君恒言，蓋曰："今之文地下者，吾知之矣，無不賢人也。其爲顯者，則無不大賢人也。賢則賢矣，而若非其人何？貌人者不貌，不可謂其人。非其人，非其親也。人子亦何取于非其親者而飾之，以誣其親且重罔立言君子哉？他日必無廢吾言。"言猶在耳，痛哉！無論今也，不孝孤不忍廢，而荒迷摧裂之餘，於先德莫能舉其凡要，以寧有漏勿溢，退不敢誣而進不敢罔，則先君子有成命。而不孝孤所不死吾父母者，將于是在，其何敢不勉？

吾蔡自唐季入閩，卜居同安之浯嶼，二十餘傳矣。高大父素庵公晦於永春功曹，以絜法佐其令。令閱獄用他請，欲撓平，公爭弗得，徑投筆歸臥。令強起慰勉曰："從女。"永人推爲遺直。曾大父賓山公明經矩行，學者宗之，應貢不仕，九十二而終，庠序推爲耆儒。大父毓崑公，事賓山公恂恂孺慕，在逆旅省定無異庭闈，宗黨推爲篤孝，世戴其德，以有府君。毓崑公配陳孺人，舉丈夫子四，府君其仲也。府君生而端穎，弱不好弄，進止儼巨人，度見者肅然。賓山公日授經書，遜志自力讀書。十七，陳孺人卒，慟感旁人。奉兄嫂而撫弟妹甚備。家自上世食貧，素庵公嘗有百餘金，散之舉錢。家遭盜失券，揭其事於衢。舉錢知之，爭負公金，弗能詰也。賓山公治經不問產，產益挫。於是，毓崑公仍自隱永春掾史。而府君耕誦于家，往往與農夫雜作。然力穡之餘，燈影書聲申旦矣。甫受室，毓崑公扶入永，俾授小兒經，取粺自給。歲暮，將以粺穀買舟歸，而屬大侵，方屬港禁。毓崑公言於令，令召府君試之，大嘆異，謂毓崑公："若幾失是兒。是兒不凡，異日當有立，奈何汩沒章句塾中？"其明年，毓崑公乃具脩脯，遣府君之郡城，受孝廉傅名山君學。是時府君內兄陳克俞者，名士，能古文詞，上下議論相琢劇，業益精博。

乙亥，邑令徐東磐公試士，府君削兩牘以進，榜出而第一、第三，府君之牘也。徐公知其狀，益大喜。學使者胡二溪先生試府君高等，補弟子員，一日而名重紳衿間矣。徐公器獎府君異甚，爲行視讀書所，其愛若父子然，然府君終無所

883

造請。己卯，舉於鄉。光禄勛管慕雲公以延平守入棘，薦二士，其一府君，其一則大魁宫諭翁青陽公也。府君在孝廉中，歲久未遇，讀書山寺，不能居間自潤，田廬無所增益。而以屢上稱貸，治裝益困。兄弟共爨，食指累數百，有所入不足相濡沫，率望貴家而食。府君念一第未期，而毓昆公多病且老，每對公車望南雲，未嘗不涕霑襟，徬徨廢食寢。丙戌，將乞儒官，幾得以鍾釜養，而被酒，夢身負衰，忽起，大慟心動，亟馳歸，則毓昆公病良已。己丑，遂除大田儒學教諭。抵延津，聞毓昆公訃，痛毁不欲生。扶服歸，倚廬搏膺自數，泪涔涔然血，鷄骨支床，幾死孝焉。

　　壬辰，復除漳州府長泰儒學教諭。泰雖巖邑，人文望於郡，多負奇自豪。府君律己潔嚴，而壹範之於禮，振德不倦。士初不能無憚，久更慶得師。時孤某侍官舍，乃爲群諸士結社講藝，出私錢治酒食勞之。初視鐸月試，則侍御林君秉漢、孝廉戴君熺、盧君春蕙、戴君榜、張君士英，進士楊君瑩鍾，俱在器拔中。若户曹郎楊君鍾英，孝廉沈君維毗、薛君參，則招與共社者。孝廉王君敷恩、楊君鼎鐘，則得之閲儒童卷者。諸所鑒賞茂才中尤多，皆卓然知名士。司理龍斗冲公，賓府君而延之校士，次其甲乙牘。守道吴京江公尤加禮，入謁留坐，談訪移日。學使者徐匡嶽先生行部漳泰，有張問行者遊郡庠，見中怨家。使者出謗書盈紙，皆中蜚語，以問府君。對曰：“聞張生挾才氣揚，好凌人，人欲甘心耳，匿名書法不可聽。”張非泰學弟子，府君固先未識張也。出而張詣泣謝，屬友人祈府君更手援，願奉金爲壽。府君笑曰：“吾嚮已廷辯，豈爲金哉？”卒力雪之。府君砥節尚氣誼，而軒爽剴直，傾倒中腸，談笑生春，尤善名理。泰大夫士争結驩，過從遊晏無虚月。而與太僕卿唐韋軒先生尤深，遣某北面受業焉。甲午，聘同湖廣試，得雋八人。今五已成進士，而三亦且奮飛，爲銓曹郎朱君光祚，工曹郎馬君天錦，州守張君之厚，邑令楊君世勛、周君師旦，孝廉楊君繼哲、王君德純、史君繼勛，英英楚材也。

　　乙未，孤某省府君都門，幸成進士，予假，而府君歸守故官。冬，陞潼川州樂至縣知縣。樂至，蜀西北，而漳泉處極東南，萬里矣。道僻險，舟輅罕通。主爵

補遺一　行實

者不知何意,閩中博士遷令,皆驅使入蜀。時某當赴部選,府君計挈家,則弱子驟宦,新離過庭,宜朝夕闈訓。獨身決往,則天末孤居,非人所樂,忽忽欲無就,而更念束髮治經受一命,有子入仕,國恩不可虛。陳孺人蚤世,與毓昆公俱不及祿,儻拮據三載,微寵逮者,庶幾畢爲人子。遂決策單車之任,某奉母安人侍行,取道荊州而別。蜀號天府,土沃物華,樂至坐萬山中,獨困嶢𡺃,而以陋乏文獻,不知官府威儀,涼涼如荒徼。當府君初至,衙齋蕪不治,凝塵滿席,官竈無烟,移時不得食。薄暮昏黑,無所取燈火,乃命從者持錢出,易薪米,洒掃燃燭居焉。而會有采木之役,大木所產皆邊夷棘道,岡壑箐崖,與人迹絕,去邑治數千里,例當官給庫鏹,而募民往役。先是役者多相冒規免而嫁禍,展轉株累。又自出見錢,采運事竣,守支日久弗得償,往往破家。府君下車,見耆老,即人給小單,令疏其鄉之巨戶,各以所臆疾書,毋得交語。出不意,愕然。既進,參閱之。稽糧冊,以□其丁米之上下;稽甲牌,以核其廛房之多寡,然後榜占役姓名于縣門。其丁弱財強賦金予當役者爲道里費,有不任者許自訴。以單質冊,以冊質鄰證,蠲其實者,而挾其誣報與妄求免者。乃反覆諭以大義利害,而更爲立補助之條,定番休之規,信給領之。令往役者官護其家,禁奸民毋乘出造獄擾之。自是募民稍稍應矣。木分三運,運以十之六爲及格。樂至初運以受事期逼,僅十三;再運可十六;比三運,以十全聞。雖邑小,坐派頗簡,亦府君調度有方故也。方采木而旱,已又中疫,民藉勤撫,以紓歲之虐。治賦、訟取平而已,視俗吏刻深急辦爲功利,遠之若熱。邑有百年黎邦,价農也。府君屏三騶往見,爲請於臺優禮之,予冠帶衣服一襲,歲給糒肉必繼。尤加意育才,選秀士課於學宮,以文行迫琢之。大出俸金新廟學,供筆札、茗饌諸需,士咸鼓舞。府君爲人疏貴游而矙窮交,其政亦然。急單下,惟恐傷之。痛抑諸豪,豪齮閭左,犯科者,壹視三尺,當論訊,匍匐請以贖論,府君笑曰:"是行復取之單下耳。若不憚贖,何贖之?"懲悉與杖。

邑故縉紳溱惡民輸貲爲臺司吏承者比比,以聲勢橫于閭里。往令憚其狐鼠也,曲容之,入謁延坐,以刺報焉。府君絕不爲禮,引繩無所借,編戶吟戴,而大猾滋不悦矣。良民懦,感聲不能自達,而猾皆有力,能騰口燹燼耳目。府君復簡于事上,司理行部者自雄如臺臣,歲時責苛禮,囊視縣邑。府君不能厭其意,而安綿治兵使者,隱其名,老而墨,唧府君簡。已會署川北道篆,府君身馳之采木廠,失端午饋,發怒檄下:"縣額有募兵餉金解道,何以數年弗解得?非官吏蠹其中耶?"具以對,仍亟取"無礙金"數百來爲餉備。府君大驚,餉金歲解無失,有尺藉可覆驗,而云云,何也?且安得"無礙金"?或曰:"彼以操君,冀入賄爾,君勿愛也。"府君不答,直上言:"餉,歲解得庫符而後敢歸。即今歲之額,亦已上道矣,誰乾没哉!'無礙金'以累百計,例無此目。藏鏹皆有主,不敢動。或欲加派,則非所知也。"使者氣讋,爲止前檄,然益大怒。司理從旁中以蜚語,邑猾窺當路風指,比而謀諸令。而府君方鞫強賊,未成獄。又捕一庫子侵欺者,亡匿,繫其妻。遂行賫,教獄中盗及所捕庫子訟府君於臺司,知府君上記請治侵欺狀,率黨中途却之,奪其牘去。然諸訟無行者,猾懼其黨,登御史臺庭樹以號。御史準臺趙公怒,杖繫之,以其訟詞移署篆使者,直手書言:"一覈報而已,非有批發也。"使者喜,下其訟,令司理具獄而止府君無對簿。是時諸姦知有奥主,揚揚必勝。訊者亦力庇之,於侵欺却牘俱無所問,久之不決。重慶司理振梧高君慷慨有大節,傾身爲府君直之。而方伯居左程公,亦知令廉謹無他,趙公於此舉,雅非其意也,改屬高君會勘。探得造謀二猾掾,罪之,以報御史臺,下潼川州加杖斥革,州以使者故,竟弗杖也。當獄起,有謂府君宜交關自免者,府君亦不答,第稍條其本末,一切聽之自如,事竟大雪。亡何,使者自以郎南曹時被察,謫矣。諸故左府君者,謂奈何乎憲察不能勝一令,憾益衆。府君孤客久羈,亦自厭之,移疾乞休。御史惜焉,疏請量移,而監司人賀者下石,淮藩之命下矣。

　　府君吏道悃愊無飾,興除必爲永計,不傳舍其官。學憲李鳳岳以遷去,府君方跪釳拳拳屬李公,言於後使者增邑士解額。其後使者泰巖莊公,府君言之尤力,則解組之時也。莊公報書曰:"丈行矣,尚不忘廣厲諸弟子,此意豈復今人所有?謹識之矣。"及既歸,猶以兩秋試樂邑無登賢書者爲恨。其移疾也,王師征播,大發民夫餽餉,府君旦夕去,精心爲部署行伍,令相補助,視采木,戒以緩急相捍,諄至若家老謀其子弟,人無不感泣。督木道史公過樂至,旄倪擁車,言令治狀,涕泣祈留,軾不得發。李鳳岳與大參李翼軒公皆深知府君,竟不能勝讒口。

庚子春,買舸東下,蕭然圖書,舟子謂"輕裝無以度灩澦、瞿塘之險",乃多取巨石重之。陸績鬱林,江革會稽,良非虛語。時孤某以使事先過家,迎勞悲苦,尋促孤之官。辛丑,孤心怦怦,請急歸侍,府君尚無恙。秋遊長泰,訪知友道故,歡飲月餘歸。壬寅春二月,忽病痰喘,已小愈。九月,復作。涉冬,遂不可爲。痛哉!

府君至性,幾曾、閔奉親先志,和色而修之。毓昆公性急,不能容人過,怒或稍過節。府君幾諫咈意,跪謝移時未解,通宵繞戶外,必歡乃已。公所嗜,終身不忍食。遇大父母諱日,垂涕追慕以爲常。於兄弟極恣歡愛,諸伯叔皆不善治生,通衣食有無,數十年一日。五斗俸薄,不能大有割贍。歲時爲外府,資其婚嫁,惟力是視。撫猶子,訓督無間毛裡。毓昆公三女,其次適人,蚤卒;少者,公歿而後有家。府君閔逝念存,恩恤殊篤。某甲午秋捷,府君貽書,戒以謙厚謹約,毋存童心,矜少年氣。及在郎署,而府君自蜀寄書,教敕不一,大指守拙安貧,無輕造貴人門,無薄冷曹求速化,篤倫理,謹大閑,勖修職業,不愧吾家世而已。其交人必以情,許人必以義,耻爲機術。私昵面無諂語,背無後言,已諾必踐。敦於初終,急病振厄,不居其名。客無高下,欣然延接,未嘗有倦意冷色。至目擊不平事,彈指咄叱不休。喜面折人,人知其坦衷直腸,即甚忤,不恨也。好施而慎取,不欲輕當人惠,嘗曰:"雖貧,誼弗以身爲溝壑矣。"將解邑時,獲盜搜其贓,無主名者垂二百金,人謂可佐歸橐。府君既不取,又不欲以聞上官,第藉置縣庫。某從張御史得傳符,遣蒼頭持迓府君關外,府君自賃車馬,弗顧也。歸責某曰:"吾罷官,奈何繁苦郵?"出符命,還之官。自孝廉至宦歸二十餘年,無寸田尺宅,所舉子錢家千餘金,罄橐裝不能償,負責自若。僦數楹葺居之,陋巷庫廬,仍非己有。稍買瘠田十餘畝,歲入不足供饘粥。自奉減損,無重帛兼饌。同袍友張斗南,乙未燕邸相朝夕,嘆其寒儉,爲人情所難。然府君絕不自言,每謂某:"貧者,士之常,何至開口告人?"其志操如此。苃童僕莊而有恩,軫其飢寒疾苦,吉凶同患,事爲之謀,以故雖不廢呵笞,人願附之云。

府君爲文,取達意而傳以古法,嘗謂:"鈎棘則太艱,率易則太淺。郁乎如雲出空,離離乎風之行水也,斯至文哉!"詩直抒胸臆,近寫景物,五言律如"隱几吾忘我,敲門人話僧"、"荒城今古道,大塊去來身"、"人皆疑白璧,我欲問青山"、"三人市有虎,一劍食無魚",七言律如"長空萬里橫秋雁,明日誰家急夜砧"、"天低不辨千山□,泉響暗知二水分"、"藺生璧在終歸趙,季子金多亦困秦"、"看花到處常爲客,見月何時不憶人"、"流水自縈新柳岸,落花空記舊桃源"、"客夢難隨蝴蝶化,鄉書每與雁魚違"、"春花冬雪傷離盡,楚山越水論舊稀"、"階除自愛吾形影,燈火相親汝弟兄",評者謂清婉有中唐音。然府君之學,急在倫物躬行,于二端直染指焉,不甚置力也。集若干卷,藏于家。

配吾母陳安人,邑弟子員英江公女,而嚮所云"陳克俞,諱廷典"者之妹也。外祖治家有法,舅氏復以學行著名,賓山公爲府君聘焉。母少而婉嫕,事親無違言。十一喪外祖母林孺人,即能代司室,有淑若聲。十九歸府君,每以不逮姑陳孺人爲大戚。賓山公及曾大母呂在堂,嚴甚,不易歡也,母獨以勤甚當之,歡其心。而姑事丘嫂黃孺人,即又歡黃孺人心。黃孺人視母娣姒也,而女兄弟矣。已而撫叔妹,睦諸娣姒,即又無不歡其心。賓山公老,子孫奔走衣食,不能長侍。世母又從世父濟吾公居永,諸子若孫婦中侍養者,獨母一人。府君每出讀書,輒戒母謹事吾大父,無失老人意,母敬奉之,上酒食必潔,溫衣服浣紉必時,先饎而饋,戒寒而爐,所共不待顧指。婉娩静聽,機杼井臼咸秩。操作居先,晏息居後。其在室語聲無出堂,其上堂履聲無出閫。賓山公大悦,嘗謂鄉間長老,酒行遍贊坐中:"吾孫婦孝敬,善事老人,老人無以報,但夙夜祝天,願其蚤從夫貴,而有貴子也。"賓山公老壽終,母事毓昆公如賓山公。府君御妻孥以威克愛,乃母事府君,又如毓昆公。鞠撫孤某復心勤甚,然不爲敗子之慈,必約諸矩。某侍母燕邸,所訓誡具如府君指。既封而有子婦稱姑矣,猶節口習勌,躬先勤齧。接物溫煦,無失言、失色于人,人咸謂安人貴而善下,亨不忘約焉。綜家計黽勉御窮,米鹽必親視,然至曳府君爲德,傾匡倒皮,無所悋。錢鏤布帛,娣姒有需,如取諸其宮中。人以緩急告,必應,不忍逆其意。慈心多憫惻,即鄰里有喪,聞哭聲輒泪簌簌,爲停箸凄嘆。府君性伉直易發,母婉調之,平而後止。府君之德行于家,誼信于友,惠孚于臧獲者,多母贊相力也。卒後府君僅二十四日,痛哉！痛哉！

府君病起自蜀,而母之病則以府君故。蜀地縈阻,樂至隸州及順慶、保寧二道,馳謁各以旬至,往采木廠以月至。府君故清羸有脾疾,遇勞戀增,每當行役輿中,善嘔不能進食,惟啜茗,啖少炒米、乾蓮子而已。如此者三年,重以萬里離憂,宦多齟齬,棄之歸田,雖於雞肋無戀,然慨直道之難容,魈魍青天,風波平陸,間或孤憤填膺。又自念蚤失怙恃,得百里,勞心撫字,垂考滿,而厄于讒險。一命不沾父母,芒芒刺心。故某之以即秩進封府君,府君不樂,泫然者久之。歸家四壁立,宗祠久毀于倭,再世在淺土,圖鳩工肯構,營宅兆,而力未能即遂,志鬱不舒。病中猶自力爲毓昆公、陳孺人即封計,以至于革。府君之屬疾,而寢室湫隘,不能受二榻。孤某、復心固請席地侍,弗許,獨母安人卧起,消息之憂怖,寢食多失節,漸成病,乃移他寢。府君中夜不救,母冒寒驚起,呼哭痛怛傷中,暴失血,前疾浸劇,遂相繼棄二孤。嗚呼痛哉！痛哉！是某之罪也。

竊惟府君所欲爲于父母者,屈于命,然無一念忘孝；所欲爲于昆弟者,屈于貧,然而無一念忘友；所欲有及民者,屈于卑宦不久,然無一念忘仁。溫夷不設城府,町畦而見義風。生前無彊禦直心勁概,若易迕物,而實寬然長者。安人儷府君,辟纑佐讀,歌循陔而夔夔,歌《棠棣》而翕耽。樹于家鄉,靡不同德。獨府君之諒直,安人之柔和,若有異焉者,而要所以相成爲不少矣。以府君、安人之立,宜百年不嗇,而終始憂勤,未食一日之報。沮忌者,人；奪年者,天。世途神理,何可究詰？則不孝孤罪蘖使然。父母往三年,而孤子猶存視息,何以靦面目稱人？私計所爲吾父母者,不能得之於人、於天,而庶幾得仁人之言,以效不朽。惟是三年中,悼心失魄間,相謀稍次行事,則百感橫生,投筆撫膺,長慟不能竟一赫蹏而止。今日月及矣,茹涕隨所記憶撰寫,掛漏半之,兼以痛灑,矢口無次。其言之不飾,先君子實臨焉。伏惟老伯知先君子深,敢昧死徼惠於記室,毋逝逝者,而生生者,惠加削潤賜之狀,將藉手乞銘巨公先生,附華袞以永有聞。然後爲孤父母者不死,孤父母不死,而不孝乃可以死矣。不勝哀懇□禱之□□□□□□□□。

【校記】

① "無有憂",金門《遯庵蔡先生文集校釋》本作"無有愛"。

第四冊

祭　文

祭劉忠宣公

嗚呼！代有堯舜,昭哉孝宗！三輔六卿,寄腹惟公。北斗喉舌,氣與天通。邦政而外,外府內宮。公疏其臟,以達帝聰。質疑元龜,叩響清鏞。造膝密語,盡屏侍中。獨瀝寸丹,屢頷重瞳。晨對將罷,日影高舂。司禮貴璫,掖出銅龍。寶鍚手授,簡在宸衷。俞咈古聞,獻替今同。一堂魚水,六合雨風。奉身之清,許國之忠。並以歸公,公無愧容。龍去鼎湖,鶴化寒空。凜凜生氣,白日青松。某髫年讀史,感激心胸。緬懷公里,鳳栖之桐。其人不見,其地則逢。□昔□屬,望已穹隆。力辭內轉,出守藩封。豈以微轍,敢附前踪。伐柯有則,追驥虞窮。草堂猶在,想象英丰。凡公事業,心實始終。當仁由己,報主匪躬。曰私曰黷,曰怠曰蒙。有一于此,捐基毀墉。泚在其顙,殟墮悉恫。楚雲湘月,侑此蘭供。九原可作,執鞭以從。

祭李九我相公

嗚呼！泉山巉巖,光淑之氣蓄之二百年,而發于先生之相。相而伸志不能月,安身不能年,人以為泉山憾。而先生之重泉山則豈必相,相亦豈必久哉！先生學問,嚴己而恕物,劑臣而量君。世鼓譚學,而曰顧言顧行;世幟諫節,而曰自治後人。夫人情所便立寬,而束人於隘。宇宙間捷取一奇為名,而終身衣食其中而不盡。而先生規之以平,求之以實,持之以遠則賢,知爭勝之路皆窮,而孰能伸之、安之？故以一人特達之知,適媒群豪之忌。以眾兆之心服,不遏多口之舌兵。以廉立可風百世,而彈抨反羹沸一時。然先生之身,爲學可覆按也。有三十年館閣,而田廬不及中人者乎?有位極人臣,而寢食被服如寒士者乎?有官無私書,家無私事,子弟、僮奴無貴人之餘色,而閭郡不知有此政府,並若不知有此薦紳者乎?是皆先生之細。至其际南工部,歲省將作金數萬;行大宗伯事,而著爲絜令,塞胥吏之穴奸;節宗潢之財力,雖取怨于郎吏,勿恤。蓋詘浮譚、敦實業,憂公如飢渴。畢智徇職,以奉主上,乃臣紀之大者。然姑即先生之細以求之,即學有統,諫有聲之人,口競而心必折,即譏詈先生,以爲極私、極黷者,而反諸夢寐之魂、平旦之氣,未有不顙泚而頰赤者也。夫聲不調人口,而實服其心。權力不足弭謗,而道足以愧之,是乃真學問、真人品,而先生之所以爲先生矣。或以先生之量爲疑,然以當世賢豪百數十人,不能安一不忮不求之先生;而先生孑然當百數十人之譏詈,居無疾言,退無怨色,則吾未知量之孰爲大小也。故私論先生似伯夷,而隘尚不至夷之甚。使伯夷生今,怨必不希而加衆。則先生之相不久,正可慨世,而不必爲泉山憾矣。獨今天下有三麐:曰濁、曰虛、曰險,雖不能伸先生之道以易之,猶望常存先生以愧之。而先生遽以嶄巖光淑之氣,還之泉山,則大可憾焉矣。某等枌榆後進,踪迹殊疏,感人之云亡,吐肝膽以哭先生。非特哭先生,亦將以質天下百世也。

公祭李霖寰大司馬

嗚呼!文昌上將,寒盡斂芒。化爲一星,在傅說旁。占者怪焉,哲萎之祥。公騎箕尾,遂歸顥蒼。溯公誕靈,帝賚我皇。五嶽述粹,七緯織裹。識朗世燈,器擅國樑。懷夢蛟入,筆吐鳳翔。經營意匠,規漢藻唐。琴清嵩少,花掩河陽。風流六代,辭賦諸郎。菁儀齊魯,械櫺周梁。樹人報國,髦士奉璋。貳卿月寺,八駿星房。遼折于虜,如人病尪。戎律一肅,兵氣遂揚。瘦噬匪茹,笞折其狂。胡雲山壞,漢碑月涼。大收駝馬,譬杖驅羊。至今相詫,鎮武彈埸。播貫既滿,疽蝕三方。廷授怒鉞,匪公莫當。玄狐籙閟,黃烏旗張。徵兵未集,困乏見粮。酋氛正惡,公笑毋傷。腹潰行間,股玩坐忘。鼓而進虓,輒靡拒螳。高秉賜劍,所麾盡僵。栖山翼塌,探穴子藏。鄰夷緩戰,驕將狙降。檄許汗雨,符飛凜霜。梟巢洗孼,鯢觀斂僵。告愷清廟,銘勛太常。河與漕仇,賦憂焦吭。我有洳流,可瀆可航。洳馴宜導,黃悍則防。風帆雲纜,啣尾相將。昔之湍浪,今則池塘。呂梁怙險,見棄慚惶。再闢一河,永賴無央。玄圭滄水,千載相望。入柄元樞,內鎮外攘。掌畫邊塞,惟策封疆。安危有注,萬國苞桑。起居無恙,四夷奔忙。軒轅玄滬,左顧容光。方毗宥府,遽倦屏床。

嗚呼哀哉！隨陸絳灌,文武寡雙。公騁藝囿,飛將騰驤。評其詩文,韓白頡頏。綸羽行軍,若治墨莊。奇正開闔,左馬激昂。戎之與河,績罕兼臧。衛霍雖勁,不代郭昌。公何獨異,樹輒煒煌。平江鑄券,會通是勷。新建剖符,手縛叛王。比功則贏,疇報猶涼。天子咨嗟,茅土爰商。忌者沮之,身歿益章。摧峰隕斗,迤邐淒遑。醫閭突兀,蜀嶺邅長。起冢堪像,銅柱不忘。空徇黃石,永閟玉璜。蛟蜕蒼冥,鶴徽渺茫。

嗚呼哀哉！某等里枌依蔭,天樹承芬。追趨公府,佩服宫墻。雨杏沐化,池蓮泛香。忽傳遺疏,掩涕霑裳。私慟悱惻,國憂慨慷。端木築室,撫樹徊徨。禪哭府主,炙絮在堂。徇知感舊,此誼寧荒。羈茲吏繮,攪我肺腸。楚蘭薄采,往侑醇觴。矢音招些,結恨沅湘。

祭李宗伯代

嗚呼！峨眉千里,摩日洩雲。泯江萬里,浴天無垠。神闢奧區,絡井維坤。恢磊之氣,秀發人文。篤生巨公,波汪巒立。躬挺鮮標,人儀英格。蘭室自薰,松飈載謖。蓬山春游,藜光夜赫。激葩振藻,乂風肆揚。夷然不屑,人業是襄。組擷酉籍,練綜朝章。識朗世燈,器推國梁。際草鸞坡,横經虎觀。沃皆腸納,摘必華煥。掄驥吳門,苑良血汗。肄樂辟雍,奉璋有衎。帝咨九官,公作伯夷。直哉惟清,三禮罔粃。媚神敷典,茂有光熙。青蒲之對,雍容進規。人倫共推,簪紳冕頜。皇甏未調,曰需泰丙。枚卜元龜,羹和大鼎。意偶不可,拂衣箕穎。鄴侯南嶽,謝傅東山。猿鶴相喜,天予公閑。世路何偪,泉石何寬。蒼生延跂,

893

式遄賜環。大臣之義，忘君匪美。公豈其然，時哉坎止。秋月春花，左圖右史。真氣玉峰，清風錦水。如彼宵練，肉眼寧窺。有光無形，匣而韜斯。如嶽出雲，風則御之。輝巖黃木，其雨弗施。雖雨弗施，景星照瑞。考槃猶歌，藏舟遽喟。峨眉雪寒，泯江月翠。公耶歸神，文昌之位。凌霄化鶴，戴嶠失鼇。華陽景哲，國史留裦。有書鴻寶，有子鳳毛。榮哀不朽，觀化奚忉。

某夙附班聯，臭味中篤。予實公儀，公每予穀。相期毗世，豐玉荒穀。一別廿年，莫挽公躅。夢想芝眉，幸挹桂枝。絲綸世美，舊笏可追。梓蔭方遠，椿澤永垂。公歿不歿，告公以辭。

祭王弘陽侍郎

士惟尊己，乃可挾世。孟嚴阿衡，徵之一介。誰挈禄駟，畀此扶來。蘇氏有言，觀物之外。苟沒其中，己小物大。澹薄寧靜，揭爲臣制。胡風斯頹，昌言陵替[①]。曰才可騁，繩幅勿計。置身宇宙，嗟何輕脆。我儀惟公，松貞冰厲。業席素封，散無留蒂。官俸幾何，請猶懷愧。奉己蕭然，寒主弗啻。獨於學問，飢渴若嗜。謀國庇民，根于肝肺。宦轍所臨，霜清風被。直道歸田，堅栖衡泌。鳳之覽輝，朝賀公莅。將作經營，縮功倍費。寺人眈眈，有涎其喙。公法裁之，惟力是際。庶嗇民膏，稍振庚匱。必躬必親，自巨逮碎。蠹穴俱梳，絕網重緯。遂以身從，畢形盡悴。赴熱慕羶，蠅[②]紛蛾熾。甚者食濁，以清爲幟。孰知公廉，廉名亦避。行倦末途，氣溢峻地。蒙膩處脂，儌舞沉醉。如公初終，崇卑一致。或急身名，君父掉臂。持禄養交，讙聲游説。公捐身家，矢殉國事。霧蔽佞賢，波淆義利。我欲取金，鑄公百歲。以泚其顙，鍼貪砭偽。天不可謀，遽奪公逝。大厦摧梁，滄海淪碣。堂有衰慈，筵無主祭。棣桂凋殘，日月慘曀。薄俗鼓唇，指公相戒。我聞求仁，禍福靡貳。夷齊首陽，箕裘孰繼。至今千載，凜凜生氣。齊景世侯，澌焉蕭艾。亦有憝凶，子孫襲穢。改姓自殊，不敢薦饎。餒食奚分，一笑發喟。青史可憑，冥果未墜。馬曹褰裳，際公先斾。循故奠椒，申悼寫慨。

祭黃慎軒座師

嗚呼！某去先生十餘年矣，不謂先生別也，而乃哭先生乎！某聞先生諱四閱月矣，終不謂先生死也，而乃今哭先生乎！先生見不待面，存不待年，然面則不可見矣，且先生既不存，而誰知先生之存者？某惡能哭先生，又惡能無哭先生也。辛丑而還，書尺相覿，每以不亟就爲恨。嘗忽動峨眉興，先生聞之喜，曰："敬夫遂欲西耶！"所謂"足下能來，僕不能往"者，竟以念吾弟中輟。又聞廷議，將南宗伯處先生。楚于吳蜀皆近，遂棄浙來楚，則亦惟爲先生來也，而先生遂往耶？春，憩澧小定，即謀遣蜀使，或傳先生已入都，未果。四月，訊楊崑林于鄖，尚里居，喜甚，疾馳一力。五月十三至夔，而黃司理反之曰："太史公新游佛土。"某惝愕，流語妄耳，亟訊崑林，不見答。是時先生諱已遍傳，吾終妄之，欲再遣蜀使，口不忍舌；欲爲文寫哀，手不忍筆。思不忍思，哭不忍哭，如醉如痴，尚意先生不死。八月讀邸報，則孫司馬、周給諫已載之疏。

嗚呼！某不忍死先生，而今先生始死也。雖今哭先生乎猶速也。先生心膽識品非人間人，道德文章焯然日月于天下，平生所學直在生死之外。吾終不謂先生死，所大痛者恨知己之長逝，又爲斯世扼腕耳。世間不少才人、慧人，獨真剛人不可得。嬈剛者身家綜之，名也、官也、財也，皆身家所必留之物也。鍮能贗金，而真在火盡。天下仙禪聖學，火之以名與官與財，而其真見矣。凡能柔吾志而頹之者，必形以所畏，而畏生于有所愛。故身家之未忘，徘徊三火之間，陽避如鼠，舍毋如貸，小捐如釣，孤注如博。雖彊鎮於對棋，而中已折屐，又何伸之暇。先生其重也嶽，其淵也海，其潔朗也鶴松。室若僧房，儒心梵行，旁無譁笑。辛壬間意偶不可，即拂衣去，宰相不能挽。口絶阿堵，官俸盡于行檀。歸而居無廬，一子欲遊太學，無以自發。際名利宦場，枯木寒巖，暖氣不接，殆不知身家何物。度先生所不忘者，學問、忠孝爾。故吾謂先生真剛者也，真可有伸于天下者也，而奈之何遂往也。

或見先生腹千古、略萬人，色若無有。纖文小藝，尚在齒牙，飲人以和，何與剛德？而不知此正所以剛也。世間三火，泊乎無愛，自不覺結契於人物，使其持秉，主張正議，收采賢豪，必也綽如。彼世之凌厲傲睨，貌虎、情蝟者皆是也，而豈其能剛哉？先生以朋友爲性命，神情所寄，專乎門弟子，蜀中時復邑邑，吾私米仲詔、曾平仲問故，曰："不得二三子共譚耳。"二三子惟某最不類，而先生子之尤異，某中失怙恃，獨父先生。五月，夜夢侍先生語良久，旦而黃司理之信至，安知非蓮池獻花，神足所及，偶留一夢，以作訣別，結來生緣乎？先生往患風痺，尋愈。歲前聞頗不良於行，而問楊崑林，曰："無恙。"竟不知別有何疾，臨行有何遺訓。其化在四月初旬，亦未定何日。嗚呼！先生之子某，某之獨父先生者，而乃若此也。某骨鴛箸緩，有心在口，不解貯藏，宦無負郭，不辦饘粥，行于世路，不曉凉熱。其直拙能貧，差于先生臭體，餘固百不一也。每自愧吾愚，亦以愚故，先生篤收之。今已矣，當向誰傾倒者？晉人曰："使君輩存，令此人死。"

西川之感，梁棟之哀，方寸幾何，能堪總集？有舌何吐，有筆何寫。思又何忍思，哭又何忍哭也。先生遺文散落，編次而校，行者門人之事，矢以三年畢此。願以真剛若先生，去來必自如，必能轉業，必佛地中人。某所存先生、見先生者，皆在生死外。神情笑語，了了吾目，而況乎靈明。終不謂先生死，而與先生別也。秋風噫嘅，秋月寒色，秋江怒波，某以此哭先生矣。

祭張名川中丞

張宿炳昱，降靈爲公。廬嶠挺質，江湖豁胸。松標灑雪，蘭韻生風。人倫寶瑟，國器清鏞。讓三象月，彩五成虹。起家司李，洗滯決雺。辨冤之雨，與丹筆通。小秩是遷，淑問益崇。高門可券，賜策不夢。价藩陳枲，施德彌豐。三山峙海，八桂搖空。紫薇翠柏，棠苃攸同。夢繞岵屺，芥視鼎鐘。人歌孝烏，帝弋冥鴻。俾宣南紀，爰享彤弓。撫是貴筑，以正諸戎。自湖以北，若川而東。賜履牙錯，舞羽心攻。將銘銅鼓，載誓黃龍。詎疑節斧，倏返崆峒。

哀哉！惟公之潔，素絲五總。宦甑飛塵，園徑開蓬。惟公之溫，穆如春融。宇忘寒暑，地失窊窿。惟公之虛，人技我躳。受善靡倦，滄海納□。衆美歸公，

補遺一　祭文

公懋其容。平生飢渴,曰孝與忠。廿載斑舞,身若將終。日永可愛,雲浮奚庸。蘭陔結慕,老而孺童。是子是臣,敢貳厥衷。黔如瘠人,而苗附癃。骨立膚潰,扁鵲難功。公醫醫之,形悴神忡。黔瘠未肉,醫釦先痌。羊碑墮泪,秦杵輟舂。述德銀管,勒勛景鍾。

嗚呼哀哉！朝端柱礎,眎公華嵩。寰中霖雨,待公豐隆。書閟黃石,侶托赤松。亦有文武,孰與君宗。亦有禮樂,孰與緝縫。生公甚難,奪之倥矣。公進未幾,失之恫矣。彼哲而萎,天愣愣矣。

嗚呼哀哉！某等材慚粱稅,幕芘芙蓉。方慶得廬,遄泣折峰。薄采沅芷,薦此哀悰。去夏鷟柝,今夏鶴翀。夜郎之夜,劍化雌雄。煌煌紫氣,在彼斗中。

祭許鍾斗太史

歲之辛丑,余郎在京。君方獻賦,平陰先鳴。霧深澤豹,風厚起鵬。振衣而喜,壯我南溟。青燈綠酒,共叙平生。余耽邁軸,君直蓬瀛。西風荷芰,秋露金莖。題書相問,空月盈盈。旋困家難,廢蓼涕零。萬里歸賻,惜逝閔縈。未幾何時,君亦南征。觀濤枚叔,消渴長卿。間一過從,倒屣逢迎。情崖孤拔,辯濤縱橫。眎其骨立,峰削崚嶒。察其神王,隼擊蒼冥。麈尾所揮,千秋八弦。謂可小損,行當漸平。譚猶捫虱,夢忽騎鯨。七發無功,二竪見凌。雲迷梁苑,日落茂陵。

嗚呼哀哉！方君首舉,士未知名。既出所業,滿座盡驚。群英失色,萬籟收聲。銀河垂波,風馭泠泠。雲屋天構,匠者奚營。王唐與瞿,峨揭前旌。皆以鉅魁,主藝林盟。而此超乘,實惟代興。云胡文章,而命是憎。牛不及强,宜不待成。堂老椿萱,原悲鶺鴒。別鶴弩烏,何以爲情。虛室聞蜩,疏慢依螢。

嗚呼哀哉！君之意氣,雄與文並。當其必並,莫我敢乘。至有不可,斷斷引繩。閻浮何隘,須彌可傾。謬收余狂,稍許抗衡。同里于島,同閈于城。相杵尚輟,矧在戚朋。接訃匍匐,怛焉中怦。朝榮夕悴,感此霈纓。修短同盡,好醜誰憑。高山大川,永藏精靈。筆花不死,散爲列星。磊塊難澆,激爲風霆。總帷雖冷，汗簡自馨。悠悠世態，吊客青蠅。

表

擬上命繪《漢文止輦受諫圖》於文華殿之精一堂輔臣賀表_{嘉靖十三年}

伏以聖德謙光，受下言而宏轉圜之度；睿謨渙發，鑒前事以開懸鐸之風。善務期於同人，心實切於師古。光生黼座，喜溢朝端。臣等誠懽誠忭，稽首頓首。

竊惟國家大勢，譬之人身；而臣工昌言，乃其脉理。上規主德，藉啓沃以補袞衣；下宣民情，賴謀猷而舒藿食。惟慈通塞，式係污隆。盛則鐘鼓磬韶之典設諸廟堂，而弼違之彥如雲；衰則斧鉞刀鋸之刑交於殿陛，而逢非之徒若水。罔好諛而能久，疇虛受而不昌。舜戒面從，聿收風動之效；禹能躬拜，益廓文命之敷。若和羹爾惟鹽梅，若濟川爾惟舟楫，修予無棄；猶耳目以奉元首，猶喉舌以達腹心，示我佛肩。休風既遠，古道漸違。斥伏下之鳴，不聞旌檻；鎖殿前之樹，何益名堂。議關主身，則有齒馬之忌；言及君側，則有投鼠之嫌。非無忠臣，而國聽悖；亦多誼辟，而實用疏。至於鳴鳳之襃，與夫寒蟬之譽，皆上不收之以爲用，而下反植之以爲名。彼當日之讜言，既如枘鑿；何往昔之成憲，能識蓍龜。長夜屏開，式號慙乎班伯；列女圖繪，好色譏於宋弘。江左琉璃，空鏤瑞應；鄴中金鈿，僅著仙踪。弗繫荃宰之泰交，奚取形容之觀美。昔猶有待，今際其隆。

兹蓋伏遇皇帝陛下，凝符肅穆，受命溥將。隆禮尊親，敦有本之至孝；叙揆從典，定無前之大猷。德水浮光，載應大橫之兆；宣室考烈，尚廑小毖之心。謂士庶伏於衡茅，皆有輔貳以相察正；矧帝王尊臨寰宇，可無繩糾以檢闕遺。素志效忠，或覩雷霆而失色；蓄懷難吐，誰依日月而揚光。在周成之冲年，實資訪落；即漢文之中主，亦號受言。迹其止輦之風，猶有懸韜之度；苟可采於葑菲，亦何讓於涓涘。申命繪工，圖之殿閣。高山不遠，昭景行於芳規；細流成深，納微忠於弼直。惟堂名"精一",將仰媲二帝之休風;乃志切虛懷,暫俯詢兩漢之故事。峰名水秀,無取輝煌;往迹今思,具呈筆畫。得象於青黄之中,知聖量之寬宏,真高出千古;而悟趣於丹墨之外,望微臣之餘意,亦仿見此圖。簪裾集焉,矚目神駭,訝采色之欲飛;漢朝往矣,觀畫情真,疑前事之如在。蓋下求諫之詔,衹屬虛辭;而繪納諫之屏,益彰實德。彼太液表美,志法古而治則非;元和勸□,欲納誨而用未盡。方諸盛世,寧免厚顏。

臣等職忝贊襄,功慚輔弼。忻逢宸衷之樂善,具曉大聖之作爲。有君何忍負之?效職所自盟也。誓罄家學,□酬國恩。雖帝德罔愆,無俟群工之謞謞;而臣心匪懈,敢忘良士之瞿瞿。伏願任賢勿疑,學古有獲。聖不自聖,兼卿月尹日而成功;明之又明,並玉燭金甌而朗耀。綠圖呈於河馬,一以清,一以寧,用宏兹賁;華衮垂夫山龍,萬斯年,萬斯世,永配彼天。

賀皇子誕生表

伏以乾始統天,銀榜表玄穹之瑞;離明重日,瑶樞流赤電之禎。凝鼎三載,維新占震初陽;應索有秩,斯祐永孚於休。

恭惟皇帝陛下,聖亶聰明,命基□密。祖庭考構,勤訪落以緝熙;廟肅宫雍,誕先登而臨保。修政謹萬年之憲,謨烈揚光;樹人爲百世之圖,敷求詒永。拜言典學,念紹常見堯羹;發袼賜貂,定功必陟禹迹。愷悌既純於彌性,神靈聿集於顧懷。燕及皇天,克昌厥後;誕彌厥月,長發其祥。戒大禮於圜丘,先歆主鬯;萃歡心於華祝,肇啓多男。漢景方興,樂府奏華輪之曲;周宣復古,斯干燦朱芾之皇。孰比昌期于皇慶,祚告南郊而受命。奕葉猗蘭,覃溥海以疏仁;流昌行葦,允介無疆之福,直開有道之長者也。

臣某節忝川宗,光依虹繞。如《螽斯》之美文世,彌茂本支;以《麟趾》而行周官,載觀佑啓。伏願建中湯裕,有典禹貽。天惟顯思,翼燕面稽于天若;民亦勞止,焦鴻首念于民依。繹《伊訓》,罔不在初,豫澄蒙水;味《抑》篇,亦既抱子,其慎德隅。父乃作師,宫府式近賢遠佞之法;辟能配帝,牒圖垂《天保》、《采薇》

之詩。臣等無任瞻天仰聖,歡忻踴躍之至。

雜　　著

烈孝徐婦張女問

　　史以夷、齊疑天,蔡子曰:"非天也,莫爲而爲者,天也。夷、齊則自爲夷、齊者也,天何嘗困夷、齊哉? 無逃孤竹,則故君也,公子也,晚而安食周粟,則猶故周二老也。舍君、公子而爲亡人,舍周所養之老而爲餓人,皆夷、齊之所自爲也。人志勝天,夫天特不勝夷、齊耳。而曷故焉? 及觀徐奕開家婦張,以女身殉夫之事,慨然曰:'吾言固信。'"或曰:"何也?"蔡子曰:"奕開與叔儀孝廉結兒女姻,而徐孺子病殆,不任娶禮,有不爲兄弟之文。奕開可以辭,叔儀即不欲棄信以負其友,而令女微有'天命不猶'之言,則父母之心,亦安忍取禮所寬者,而求其子以必苦之節哉! 然舅氏辭之,而女先不可,曰:'吾知徐婦而已,不知其他。'叔儀因以女歸孺子。歸五月,而孺子用前疾没。没再期,而女餓,以夫大祥之日絶。嗟乎! 張女之決定歸夫,而心已死徐矣,豈在其餓之日哉? 計死甚預,而所以處死甚安,其於道也中。"或曰:"吾觀古今臣若妻,遭變欲死,而偶不獲死,遂終以不能死者多矣。夕諾于人,朝不保覆,而能覆死諾于三年之後乎? 故張女難。"蔡子曰:"張女無難也。張女所難乃不在終死,而在毋急死。每生者死重,憤生者死輕。君子曰否。守死善道。道不敢苟生也,抑不敢苟死,即均之可死不苟矣。而先後之間,有善、未善焉。故君子守之,守其急死之心,以俟時之可知而後死之,道爲無憾。"或曰:"令張女夫死日即死,或死大祥前後,將不得居烈乎哉?"蔡子曰:"否。烈則烈矣,而言其無餘憾,則不若死于夫大祥之日也。夫無憾矣,無憾于舅姑。舅姑無憾矣,無憾于父,故曰善道也。人謂張女貞烈,而其舅氏奕開目之烈孝。烈孝是也。無憾于舅姑若父,張女之孝也。"或曰:"天獨不以張女之賢,起徐孺子乎?"曰:"孺子病,天也。張女以死自存而存孺子,非天也。天即存孺子,不若張女之存其夫爲不亡矣,而焉得起之?"或曰:

"刭死、縊死、藥死、不食死,烈異乎?"曰:"無異也。刭死、縊死、藥死,決死者也,一死而死耳。不食死,無日不死,與生相伺也,守死者也,守死善道。"或曰:"餓則曰不可知也,而安于於祥之日,亦天成之與?"曰:"張女心死久矣,而守之以及祥之日爲可,古人謂之忍死。忍不即死也,難于忍不生。如有重懷焉,幸其及而釋之也。自日自死何假天?故古之聞道者,於死生皆能爲日。夫夷、齊非天所能困,亦非天所能成也。"或曰:"臣與妻道一也。婦女之節烈著者,地無擇,無年間,何臣節之難矣。"蔡子慨然曰:"吾乃者與邑徐君義大夫言之,婦無二天,以夫爲家。臣則内顧厥家矣,心二用爲,故也。夫家國而天君者,人人如張女可也。故曰:'無二爾心。'"蔡子又言曰:"殉夫者,皆義也。有成婦者矣,情亦與焉。有初喪感憤者矣,氣亦與焉。純哉!張烈孝雖五月孺子婦,而身女也,不及情矣。可以死,不可以急死,而死與夫喪爲終,氣激者衰矣。夫情、氣于人,善物也。非情無與居仁,非氣無與樹節。然情之勝者,與汨與没;而氣之往也,雖駰莫追。故勇戒傷,而黨觀過,烈孝之超情與氣而爲純也,臣鵠哉?故曰可也。張女,女中夷、齊也。"

祈雨文

鄆屬土瘠民貧。土不惟瘠也,山多不毛,而且無土。民不惟貧也,地弗任聚,而且寡民。履畝争岡坡、砂石之隙,勢不能旱。而遼餉又苦倍徵,民不得於地、於時,則所仰者歲而已。今旱已太甚,閔雨而不得請,是將無歲也,無歲是無民也。何以某撫兹土,爲某新受事,而以雲漢爲父老憂?其使者實有罪。意者令繁而德薄與?心急而術乖與?責人密而自治疏與?綜核多而予惠寡與?囂訟行而無以畏其志與?群情涣而無以修其和與?抑四履之内有貪狼敗類,猛虎苛政,癃棄借叢,賦擾獄冤,而使者表不足以端,鏡不足以察與?有一于此,皆使者之罪也。然使者罪方新,而悉數以懺悔,宜許其改。即神督過使者,亦宜專壅罰之。何忍嗇之雨以病歲,而禍此極窮極苦之民也?惟天好生,惟神能贊天生以生赤子。某今貶服步禱,請罪于身,爲鄆屬請命。惟神爲達於帝,而賜三日甘霖,以成牟麥。藝稻稷麥菽,得老幼相長養,神之惠也,使者之望也。使者而心不在民,言不根心,事不步言,甘嬰神殛,罔敢有悔。神其鑒之。謹告。

謝晴文

雨之極備,病首三農。田廬毻瓠,漢水怒春。爲民請命,誠積而通。其釀此霆霖以爲神憂也,不敢謂非吏之罪。而其扶雲扶日,救淹沒而息漂搖也,不可謂非神之功。其叩不即答,傷稼減穫也。吏負疚于莫贖,而恩施不倦,繼此時晴雨興嗣歲也,賴神賜以有終。凡粒食之可濟,歸玄貺之惟豐。酹水匪報,祗省厥躬。齊明可質,陰騭罔窮。

增築城垣告司土主城文

鄘之作鎮,厥城斯封。亦云具體,弗雉弗崇。枕岡襟漢,光氣熊熊。乃弱其主,曷爲客宗?設險禦暴,敢侮臨衝。有待而興,詢謀僉同。胥蠱地戶,厭勝匪衷。南仲山甫,卓絶匪踪。取象在《豫》,爲戒於《豐》。前賢所缺,黽勉彌縫。癸惟揆始,甲覩新庸。占星既應,曰土司空。登登其築,以肇庶攻。費罔及民,務不病農。惟憑神祐,庶成允功。或譏德薄,徒厚其墉。再拜内省,神誘厥中。人和丕作,地利爰從。象斗抱露,永配穹窿。太乙所臨,萬靈來恭。謹告。

呈文

李相公特祠特坊呈文

竊聞孤竹清而師百世,是惟不泯之風;三公老而教一鄉,則有無斁之祀。所以德音劉樹,喬木必趨;神爽韓泉,洌水可薦。雖秩其籩豆,已高論樂祖於瞽宗;而化爲星辰,宜特表申候之崧嶽。

伏覩故大學士李九我先生,歲寒松柏,地挺岡陵。文章濟溺而起衰,泰山北斗;節概廉頑而立懦,雪柱冰壺。鄺侯賦棋,斐然童穎;武城掃迹,籍甚孝廉。南宫擅國士無雙,太史占雲祥第二。經綸在手,豈徒筆墨之有靈;溫飽非心,獨信科名之不愧。緝熙儲學,則前星賴以增輝;潤色皇猷,則古風還於正始。憂公何事可俗,周南之吏鏡人師,動成矩格,若戶工兩曹,創罷之所永賴。燭照心計,歲節邦賦數百千緡;陳力則署,皆真春部之頹綱蠹穴,盡入準繩。至宗潢億麗,寬敏之所密劑,露灑筆端,功勝中書二十四考。屬楚氛之訟嘖,兼宫謗之墨妖。釋憾者快一噬以喉櫱,占風者居兩端而首鼠。惟公保持江夏,譬解四明。調水火於苦心,釋朋友君臣之沸鼎;定風雲以正色,措國家社稷於安瀾。一言一話,直豈徇人;斯謨斯猷,忠深結主。故皇心撲簡于宥密,衆口默折其捷幡。煉石補天,方倚勤畢公之小物;疑城成霧,亦思避姬宰之流言。讀謝閣恩一章曰"無念不可與主知,無事不可對主言",貞臣爲之血涕;斷撤川師一事,約貞穰運可百萬計,活軍民可十萬計,國脉衍以靈長。天乎與人何尤？道之不行有命。投抒愈明于三至,雖慈母難報罔極之恩;掛冠何問于七堪,實大臣不可則止之義。進退無咎,形影一孤。著述千萬言,異屈正則《九章·懷沙》之旨;乞休百餘疏,孟子輿三宿出晝之惊。節儉同正直之風自矢,絲久素於五紽;清净晝之一志未伸③,袞□悲于《九罭》。安危周舍,生死重輕。溫國之園林獨樂,朝野猶瞻;晉公之談笑彌留,神明不亂。庫無餘帛,廩無餘粟,星芒隕後,一生之券可持;中不負學,上不負君,玉棺下來,千秋之論已定。

嗟乎！世既喪道,人亦病心。或相矜于禹服而堯言,高者爲啖名,卑者爲借徑;或自托於拳忠而黷懋,歧則爲聚訟,合則爲吠聲。孰不波隨？公獨柱砥。談學則曰躬行、曰内省,論諫則曰自責、曰勿欺。斷岸孤崖,迕于俗者弗遑恤;竹頭木屑,利于國者無不爲。故寢大獄,而比者若忘;止大兵,而議者云怯。總不足當世之求多,然有求全之毀而不辯;絕相反之謗而愈怡,亦不能勝公之自信。若寢衾行影,今儒者擇以溯聖師;頂踵髮膚,古純臣捐以奉君父。調不必孚于時,而學則正;業未盡究于用,而忠則同矣。蓋知臣莫若君,故先憂後樂之彥,稽謀自天;然尚友論其世,想中立不倚之心,于今揭日。

某等近想典型,遠稽文獻。宋雖五輔,青玉之刻未光;明始一夔,丹壁之標特峻。憩棠援竹，固舊相可以興思；薦藻式閭，亦大夫用之垂教。伏乞博采輿論，申準特祠坊，表章名德。使人知毀譽笙簧之中，益徵真品；名爵阡陌之外，屹立偉人。但後學之景行如生，即先正之高山不朽。世道幸甚！人心幸甚！

兵部借差呈

某門祚衰薄，荐喪二親；兄弟艱煢，共撫一侄。營三板之兆，馬鬣僅封；僦數椽之居，寢丘已惡。參相家卜宅之論，宜開阡改構之圖。某以負□□完，牽冊堪住。修墓尚詘，問舍未遑。惟橋蔭之所依，伏蘭枝之無恙。不意近接家信，二月痘行。職弟之一女一男，俱化異物。氿毓無聞之子，顧和冥寄之孫。階樹倐摧，箕緒何托？僉謂冢舍不利，遺災猶子；實職愚劣因循，以致幽悸。先靈俯慚，弱弟雖機祥偶中，顧痛惋奚堪？兼職妻臥痾歲首，久切閭思，悼幼心驚，彌滋鄉淚。枯贏日進，診餌無功。非遂其歸情，寧有生望？事多違志，負鞠護于殤魂；憂能傷人，對呻吟之屠骨。昔御窮誼篤，樂府著婦病之篇；引進悰深，僧虔發棄官之語。徘徊鬱惻，今實兼之。

伏乞恤私軫苦，特準一差，俾職得便道而過里門，挈家以就醫藥，慰藉昆季，繕葺墳廬。敘倫有憑，啣恩不朽。職俸逾八載，疏歷九推。原係枝官，無嫌避事。英僚濟濟，印務所委自不乏賢。今司藏殫罄，外輸不前，雖節經行催，柴薪積逋，缺官稽解銀兩，茫未有應。某願領咨札，沿途前去督催，庶不礙諸司已註之差，而可解孤臣倒懸之困矣。

追薦父母疏

中暑易傾，泡影之踪難戀；旻天罔極，風木之感何窮。但空妄緣，不滅種性。迷則纏有爲之業，自溺愛河；悟則酬無住之恩，同歸覺海。且如菩提成道，攝淨飯以發心；忉利安居，爲摩耶而說法。九品授往生之記，雙樹留問訊之儀。孝實天經，義存聖典。情塵有謝，法報無方。是知佛教之興，彌增人倫之重。痛念父母，某人以直心爲淨土，以善行爲道場。現宰官命婦之身，修白衣出家之事。心真迹俗，未深究乎竺書；居儉積慈，雅多合乎禪理。臨行正諦，惟念觀音；垂晚皈依，恒持般若。雖藏舟夜壑，有力之負忽趨；而觀水恒河，不變之常自在。

某某有懷生鞠，深戀慈嚴；永謂屬離，倏焉孤露。未同反哺之烏，遽嗟失乳之豚。屺岵興瞻，送白雲而斷目；庭幃隕涕，撫落日以銷魂。蓋寄必有歸，大聖尚示涅槃之會；而命不可解，菩提寧忘攀仰之悲。世法謂歷劫之因緣，道眼云多生之願力。與其廢蓼莪而鬱私痛，未若翻貝葉以伏弘仁。爰啓真乘，敢申薦悃。伏願截煩惱流，而登道岸；燃智慧燭，以破疑城。如天女維④摩常爲净侶，同普賢妙德大作勝因。頓悟三車之非真，各坐一華而作佛。更祈法界含生，若恩、若怨、若有緣、若無緣。日晞葵藿，咸發芥子之光；雷震芭蕉，普結蓮花之果。仰冀慈悲，俯垂攝受。

縣舉蔡肖兼先生鄉賢文

竊惟入都而觀喬木，寄遐想於名賢；論德而祀瞽宗，舉崇儀於上代。用愜高山之仰，且示後事之師。儀羽在兹，俎豆宜亟。

故浙江按察司按察使肖兼蔡公，風神韶令，天宇高標。學謝菁華，搜擷務期于用世；志非溫飽，盟注每切于匡時。和長興之節磊砢，施之大廈，雅有棟樑之用；黃叔度之器深廣，方諸汪陂，越彼泛濫之清。綰綬御兒，煦疲癃、興俊秀，士奮民蘇，大者靖萑苻於尊俎，而三方衽席，桑麻桃李，永垂遍地之棠陰；視牒留署，核錢穀、理莊田，蠧蠚弊絶，細者稽斗斛于米鹽，而十載口碑，塵垢秕糠，猶堪後人之陶鑄。越東寨幃，春隨五馬，其争金塘之議，即政府爲之竦然而動容；黔南特節，刃解全牛，而却暮夜之金，即悍酋亦且帖然而卙首。洎總憲于全浙，彌造福于一方。屬無敗群，望風解墨吏之綬；府有醇酒，坐嘯理亂民之繩。獎人才則謝朓之齒牙，不啻已出；勵亷素則胡質之清慎，常畏人知。山巨源寳若渾金，名之莫狀；虞仲翔皎如美玉，磨之益瑩。遂掛神武之冠，言膏田園之轍。脱組葉輕，考槃嶽重。蓋試之於世，即一日而爲百年之圖；而樹之於身，直七尺而竟三立之緒。孝追俯養，永烏慕于二人；愛結棣華，篤鳩儀于諸任。置壇而恤匱祀，揮金以問周親。晏嬰禄散族姻,居身惟儉;石奮禮均少長,入里必趨。與故人暇課農畝之談,非公事不至武城之室。元亮結廬人境,而無車馬之喧,玄心時托于對酒;希文解橐義田,而乏殯窆之具,素節論定于蓋棺。雖朱邑桐鄉,伏臘遺循吏之愛;而庚桑畏壘,尸祝繫衆人之情。望遠雲達,譽存月旦。凡在邦之使者,過而致式其廬。所謂鄉之先生,沒而可祭於社者也。

代諸生舉先人入鄉賢呈

竊以高山景行,詩倡好仁;樂祖礿宗,禮昭崇德。風存師世,古也畏壘之祝可徵;舉必擇賢,今則有道之碑無愧。

伏見本縣已故刑部員外郎、前四川樂至縣知縣蔡某先生,峻凝範於天格,淵懿冕乎人倫。弱冠結澤棬之思,莊兄嫂而慈弟妹;和色修循陔之養,共子職以教家人。雲起瞻廬則易水迴轅,侍藥誠符於嚙指;風淒撼木則《莪》篇廢業,却棗慕著於終身。烏鳥之戀良深,雍渠之鳴倍暢。推財通其甘苦,併食共其瘠肥。陳競州表義門,配田荊而不朽;氾毓衣無常主,追姜被以奚殊。若乃瑱舍範模,藝林水鏡;甄羊獨廈,楊鱣自來。清漳林侍御等十餘人,徵異毛而題千里;楚闈朱銓部等凡八輩,鑒奇璞以獻□城。蘇湖得師,衣冠遥連子⑤弟;蜀道移牧,琴鶴寧問室家。摩抃起納溝之危,還雁有流人之咏。調停杼寫材之役,頳魴無木客之吟。典準上庠,秩高年而執酳;圖開禮殿,延秀士以授經。孚則惠心,直惟強項。嗇己以寬單下,而嚴大猾之斧繩;焦思以急舉除,而緩上官之筐篚。俗仇廉吏,捐五斗之米其若遺;禄背寧親,嗟半通之綸而不逮。歸舟壓石,仍懷橘之陸郎;解組衣囊,兼叱馭之王子。掩關而訓忠孝,割俸以存弟昆。茹蘗沒身,披徑蓬蕭然寒士;飲醇和物,狎海鳥都謝貴游。膽結壇坊,動成規檢。江陂夷宅,胸失冰稜。名流嘆林廬之可師,里社耻彥方之見短。粵稽蔡譜,代不乏賢。咸皆財寡義豐,道光身斂。各有樹矣,公實兼之。夫其孝友性敦,則邕之行忝曾、閔也;儒雅風擅,則謨之譽埒葛、苟也。介以奉官則方嚴之廓也,廣以律己則貞素之樽也。昔山公拔子尼之正,則小吏以答太守,嘉風俗之未頹;北海惜中郎之亡，則賓席以引虎賁，寄典型於可象。

幸逢某官，高提玄鑒，大整素風。節惟契於闇修，聲無取於譁衆。如兹醇德，宜亟表章。伏乞博采輿評，特進宮祀。寧惟菱喬之嘆，寄北斗以攀星；抑亦漸羽之儀，樹周行而赴表。藻芹浮餘芬之氣，俎豆生直道之光。人心幸甚！

公　移

議建劉忠宣專祠公移

爲議建名臣專祠以修曠典，昭激勸事。照得本道尚論古人出處之間，慨思孝廟君臣之際，則有故太保劉忠宣公者，考其風烈，可謂大臣。意典隸祠官，必歸春秋之廟；思存畏壘，兼閟付臆之堂⑥。每恨不得摳拜其中，低徊而去。及兹司分澧水，幸托枌鄉；道出華容，將修樹奠。詢知本邑故無專祠，稽通志僅有四賢香火之名，問遺構亦爲歷年烟雲之迹。香在城之玄室，姓已屬於他人。荒東山之草堂，地兼遥于一舍。雖鄉賢之合祀，在過客以難瞻。夫祭法所宜□公□□何等，特祠不肅，在禮殊覺未光。真關三楚之重輕，詎止一邦之崇報？盛德無加損，前政惟取神交；人事有廢興，今時□當義舉。昔蔦艾臘樹碑於漢，而魏鄭公贖宅於唐。乃若趙武之起九原，同歸隨會；任延之爲都尉，首祀延陵。本道雖非其人，竊慕斯軌。豈可使廉敦之風，尚師百世；而明馨之宇，反闕當時哉！爲此牌仰岳州府官吏，照牌事理，即行華容縣，備查忠宣公舊宅坐落城中何處？係子孫何年出賣？見係何人管住？諭以"宋玉之居惟許高士，謝安之宅堪比甘棠"。儻肯捐贖舊基，□當優給時值，仍與牌獎，使附青雲。或住民安室重遷，不願付贖，亦姑聽之，以體忠宣公厚鄉人之意。該縣别行相擇曠閑官地，如無則訪之民間，務要爽塏去處，估定實價，徑自申報本道，以憑捐銀經始。庶荔丹蕉黃，並遺思乎韓廟；春蘭秋菊，歌無絶於楚詞。此係風教先務，毋得忽視緩圖。

優百有四歲滿壽公移

爲優崇耆老事。照得四代之政無易尚年，入境之風首問敬老。況度百歲，尤爲稀聞。故《王制》特著珍從之文,即時巡尚隆就見之典。蓋以追典型於隆昔,兼用教孝悌於閭閻。若其世業爲儒,言能道古,則又憲乞所毗,可爲蓍龜。豈特草木卷年,自同松鶴。本道守藩,深惟政本,當以教化爲先務。下車辰陽,訪得府屬麻陽縣有壽官滿達富,現年百有四歲。獨完瀨噩之氣,茂綏純嘏之齡。原菽誨子,則重席經□,雅□□堂之構;水芑謀孫,則聯衿庠雋,方芃謝砌之蘭。□□□□□,争傳其忠孝。邦之耆德,天特畀以壽康。歸一郡之靈光,果有山川佑護;咏四朝之德化,允爲聖代禎祥。何羡漢室之相張蒼,可圖香山之李元爽。惟兹盛事,宜亟表章。爲此牌仰辰州府官吏,照牌事理,即便轉行麻陽縣,動支本道贖銀,置扁一面,中書"德門人瑞"四大字,左書本道銜名,右書"爲百有四歲壽官滿足富立"。□支贖銀貳兩,折充醑□之資。縣官親詣本宅,用鼓樂禮送,以示優異。取本官在學子孫回揭徑繳查。該縣仍于歲時節令,不時存問,以行先王養老之政,風示黎民。

【校記】

① "陵替",金門《遯庵蔡先生文集校釋》本作"替陵"。
② "蠅",金門《遯庵蔡先生文集校釋》本作"繩"。
③ 此句原刻本似有缺誤字。
④ "維",金門《遯庵蔡先生文集校釋》本作"雖"。
⑤ "子"字後原衍"認"字,今删。
⑥ "堂",金門《遯庵蔡先生文集校釋》本作"壹",誤,應作"堂"。

補遺二

輯佚

目 錄

議 ········· 913
  與兩臺言課鹽議 ········· 913
序 ········· 913
  寒河集序 ········· 913
  觀海堂平平編序 ········· 915
  玉屏集序 ········· 915
記 ········· 916
  洪侯學田記 ········· 916
  博士九雲萬先生修學記 ········· 918
  洪含初祠記略 ········· 919
傳 ········· 920
  陳鰲海先生傳 ········· 920
尺牘 ········· 922
  答劉學憲 ········· 922
祭文 ········· 922
  祭忠宣公文 ········· 922
墓志銘 ········· 923
  明封奉政大夫南京禮部郎中濚川林公暨配太宜人陳氏合葬
    墓志銘 ········· 923
  明贈文林郎浙江金華府推官見泉洪公暨配贈孺人鄭氏合葬
    墓志銘 ········· 926

議

與兩臺言課鹽議

下四場惠、潯、浯、㳍鹽引,與上四場不同。下四場產鹽區多,而行鹽地狹,食鹽人寡,鹽價視東西路賤數倍。鹽賤則不售,地狹、人寡則利輕而商不集。於是積鹽難掣,而看守消蝕、賠貱之累,鹽丁受其病;官吏衙卒供億、羅織之害,地方又均受其擾。於是正統十三年,改本爲折。開曠蕩之恩,行斬截之法,出引以存餼羊,而派銀以省中納。派銀者,課銀不出海水而出田畝也。凡鹽籍之戶,免其輸鹽於官,官不召商,商不受鹽,但將鹽戶所輸,抵足引額之銀而止。鹽區有稅,鹽船有稅,稍以佐其不足。而此外民之曬鹽,商之貿鹽,俱聽自便。其引銀視上四場獨少,固緣鹽賤,亦以辦引銀之家非積鹽之家,不輸於官而歲歲輸課,故從其省耳。蓋上場給引即給鹽,受有鹽之引,故每引納銀二錢五分而不爲多。下場有空引而無實鹽,配無鹽之引,故每引納銀五分而不爲寡。因地制宜,所以課不虧而民安其業也。今則無分上下場,概加爲二錢五分,非加之海水而仍加之田畝,民何以堪?又浯洲民應納糧差條編銀,戶有當年,甲有甲首,里有里長矣。而此鹽銀一項,見年里長外,另設總催一名,隸於鹽場官。藉端鑿竇,民爲瘡痏,殆若再賦也。莫若歸徵收於本縣,革去總收,即令現年里甲帶催。收納完日,縣解銀海防館充餉如法,縣父母筦全邑催科,何難千餘金鹽課乎?掘社伐樹,狐鼠蕩然,可以還膏脂於閭閻,且裁去吏卒之費,可以助餉於公帑,此兩利之道也。謹議。

錄自二〇〇七年續修《金門縣志·經濟志》

序

寒河集序

詩、樂,致一也,《三百篇》何刪哉?存其可以樂者而已。詩而不可樂,非真诗也。音曰清音，感曰幽感，思以音通，音以感慧，而诗乐之理尽是矣。吾居有疑焉，音行五而寄八，无非自然也。自然之征，人之所宣，不若其所未宣，传送之直寻，或不若依寓之隐约。孰谓丝竹肉之有间者？而取舍其中，曰渐近自然，千年心耳，莫能自出，嘈然和之，彼殆未闻夫非弦之弦、非指之指也。乐亡而称诗者，离音而事藻，离感而取目，而真诗危。存于人代，众波沿接，持论益肤。一以为摹古，一以为运我，皆然矣，而皆未然。夫自然真诗，虽无择而存，而其行于世也，细若气、微若声，不可以迹。古作者遗编炯炯向人，如精神之在骨体，非善相者，孰察其人之天？而学人心成于习，偕来者众，而我日以孤，真想一线，如石火之瞥见而不可再追。盖生熟安而主客变，己之精神莫知其所往矣，况能深求作者之精神乎？

呜呼！古之为乐者，受其一器，莫不丧我以从之，五官七情，荡然无留，而后高深为之遇。入之愚，出之圣，是谓幽感。幽感之于音，至矣，通乎神明往来之无间，古之与我，无地可取寄舍，而可浮且易言之哉？

吾读锺伯敬、谭友夏所定《诗归》，而于乐若有所会。伯敬自有《隐秀轩诗集》，不论，论友夏诗。其行者为"简远堂"，为"虎井"，为"秋寻"、"退寻"、"西陵"、"同游"，未行者为《寒河集》。而其情理之离合深浅，亦若与年而相长。今春就我于二酉，因有《客心草》。予赞之游南岳，因有《游首集》。南岳诗出，而友夏欲以其游首诸游，并以其集首诸集，观者不尽然。予谓诸集如秦青之讴，"客心"如季长之笛、"岳集"如叔夜之琴。"客心"之清，能使诸集自秀；而"岳集"之幽，又能使"客心"自远。盖自西以之衡，而友夏所挟以偕来者，宦然无余矣。偕来者丧，而真我、真古出焉，此真友夏之乐也。伯牙移情于海上，吾非成连而赞友夏岳游。以朱陵为蓬莱山，以灭没之祝融君为方子春，则吾学虽不能移人之情，亦差于友夏此行无负，因为序归之，而题其所未行之《寒河集》。

噫！安得同执伯敬手，而三人者相与言乐哉！序友夏诗可也，以序《诗归》亦可也。

原文收录于《新刻谭友夏合集》卷二十三

觀海堂平平編序

取平於水而言天下之至奇者,莫海若。海也,風立之而山,雲取之而市,異物都之而光,怪奇矣!而吾所奇者不存焉。鍾美疏惡,族鱗介行,舟楫成五。鹽力之强以浮,地氣之微以平。火以信日月,以作雷雨。吾所謂奇也,乃水之所謂大平也。平,水德也。德以有當用以用而不窮,奇不窮則大,大則化。其山、其市、其光怪者,化之餘也。化不可知,而可知者從能爲水始。涔潦之待涸也,未能爲水也,故學海而不至。有水於此,躍而聲曰:"吾厭爲水,而且必爲海。"其果能海乎?聖言海也,以水觀海,其瀾不遠。今之驚奇者,離水而欲爲海者也。

吾友允坤林君,獨行其博士言曰《平平編》。讀君之文,指傳於理之所必抉,而舌導其中之所欲鳴。其機拓若有餘,而於巧常嗇而有不敢盡。獨繭抽絲而無雜緒,彈丸脱手而無滯勢,此不厭爲水而能爲水者也,則惡知無奇之非大奇歟?允坤今令浮梁,古之令者精神用於阡陌、亭障、桑麻、樹畜,政蓋平平,而史以循吏著。循吏之濟民大矣!察吏之智疑鬼,健吏之惑疑帝,毛舉鷙擊無當而易窮,君子弗奇也。夫大平之奇,文與政皆然。非净心弗止,非精心弗行,水清而形物者也。允坤以之航浮梁,而海乎天下不疑矣。允坤讀書之堂曰"觀海",而吾與之言海,余與允坤皆海上人也。

録自道光《廈門志》卷九《藝文略》

玉屏集序

占今萬象皆詩也。萬象歸其光而不得遁,占今受命而樂爲之役,則才之所至也。而子之立教必曰"温柔敦厚",何哉?是非離才也,才而深之之道也。以王、孟之柔厚若有過於李、杜,而終不敢踞李、杜之上,則才之所至,法不得争矣。"温柔敦厚",詩德也。其鏡萬象而冶古今者,才也。德可小心入,而才不可盛氣取,故曰"才難"。吾入楚,與其君子言曰:"議論而能不借李宏甫眼,風雅而能不沿袁中郎筏,吾必以爲巨擘。"是亦"温柔敦厚"之教云耳。吾雖以之述教,而終不敢以之衡人,"才難"故也。

吾鄉里之才,莫如池直夫。禪其心、山其骨,而發之於詩曰《玉屏集》。吾未及至玉屏,而以斯集爲玉屏卧而遊之。劃然而開,則以爲有詩眼;衍然而邃,則以爲有詩胸;嫣然而相懌,則以爲有詩容;突然而自恣,則以爲有詩膽,而一言以蔽之,曰:"詩才。"才者,何也?古今萬象,入於其鏡而寒,出於其冶而熱者是也。寒之而不敢遁,如禹鼎之搜毛髮,靈怪旦啼;熱之而樂於受命,如鑄五色石以補天,隸天之人。距曲交踢,皆才之所至也;而於古人柔厚之脉,時一離之。若有不暇且不屑者,則才之所至,法不得争也。直夫自以其率、其險、其疏散,有得於玉屏而與之角奇。然予謂是三者可令人疑,令人駭,令人怒,而不可令人厭,厭則德之薄也。直夫持論,頗喜李宏甫;而讀其詩,間墮中郎雲霧。予怪焉,獅子獨行,肯爲是規規者。今乃知才子襟靈,造車合轍,豈必千載後再一揚子雲哉?猶記在楚酒袁小修,與言詩曰:"詩可以興,其寄象前,其感音外,妙在淵乎有餘,若公輸氏當巧而不用者也。"小修曰:"此深於才者也。而人之不能盡其才者,比比也。君將安取不能爲不盡,而能爲盡?"小修蓋自許云。若吾直夫則能盡其才者也。噫,使才之道而不深言之,則雖以"溫柔敦厚"爲未嘗有才焉可矣!吾又將與直夫言矣。

録自道光《厦門志》卷九《藝文略》

記

洪侯學田記

學而田者,何以興學也?邑學設舊矣,而田未之聞。其有田,自邑大夫洪侯昉也。何言乎田之興學也?端化軌俗,道徑於風,風之捷者莫如士。懸旌耸示,則峨其標;結轂遥馳,則先其軔。士也者,標民而軔吏者也。里人子擔箋笈從師,則其父兄爲之戒具、舂糧之弗繼,勿問占畢,抱先聖之經倚於門墻,所父兄者誰人計,上之望士曰"標民而軔吏",賴之厚而養之薄,於何能振?夫不於其田之謂其以勸也。田如此其急也,而數百年未之聞。數百年未之聞,而大夫昉之一旦。大夫難哉!何難乎?大夫非田之難,難於其始,又所以始之時也。大夫下車造士,士浮然有興,乃考於學之故,嘆曰:"側弁而哦者五百人,而田不畝附,即半菽不飽之儒,抱遺經空倚門墙,安所仰給焉?"其以勸也,上所望士者,謂何若之?何賴之厚而養之薄也?

吾一日父兄於此矣。而是時也,海氛方見,吾閩中調兵食,簿①書徵發,星散飆流,不遺日而讓力。大夫曰:"夫士也,賴之厚而養之薄,而以簿②書徵發解也,我則不敢圖之。"亡何,中貴人來筦山海關市之利,而入之内府,舉其橐,甚至衰軍餉益之而猶不足。中貴人責課,而中丞臺使者責餉,采榷搜朘,益不遺力而讓征。大夫曰:"夫士也,賴之厚而養之薄,而以采榷搜朘解也。我則不敢亟圖之。"於是核部内有他積穀若干,歲久而陳,不以賑而以蠹。而奇江莊故觀田,吳陂莊故寺田,觀寺久廢,田没於佃,諸佃盤踞鬐其飽,旁垂涎者目眈眈屬之。訟起,大夫曰:"是不足爲側弁而哦者地耶?"即條記請出陳廩,以穀本置學田。而故寺、觀田無主釀爭,宜主之學,歲徵其租,贍士之貧者,於計便。議上大府,府如大夫議,而割觀田之十五畀郡學,寺之額溢田三之一入本學。先後聞諸使者,報可。當捉襟露肘,萬不暇給之時,而興數百年之曠典。餘波及鄰,弦歌四封。棫③樸兩地,豈不大愉快盛舉哉!

不佞閑從海内諸君子游,權材扢世,慨然今古之不相及,而臆探其原。居謂始於士之輕,而上人者不知所以重之。夫今有司郎,向之士也。朝釋大布之衣,而夕忘其所受。爰書錢穀,屑屑累課爲功能,不復知格外興勸何事,寧論鞅掌?士抱遺經倚門墻,離之則已,踐之劵而詫之,則寄宿之圃,第佗其冠,神襌其辭,酒食聲色之中則瞞瞞然、瞑瞑然,禮節之中則疾疾然、訾訾然,勞苦事業之中則僮僮然、離離然,如孫卿所譏學者之鬼瑣是矣。士也者,標民而軔吏者也。標而仆表,軔而毀轅,何怪於述方與其折輈哉!大夫以鞅掌露肘之秋,不忘廣勵,意良殷。吾黨君子居而表樹標修,斐然六藝之林,得時而駕,範我馳驅,騁六轡而開蕩平之路。不素餐兮,孰大於是?又安得云偷懦憚事,無廉耻而嗜飲食?必曰："君子固不用力,是子游氏之賤儒乎?"漢文翁守蜀,郡省少府用度,賚計吏,遣博士,史載爲美談。大夫廣勵興勸,異代交映,一日父兄於此,即百世社稷於此。余讀所條記,最後列五利歸於士籍,興仁隆植而敦視。夫固曰:"不以其田之謂,其以勸也。"植表而仆之,祝轅而毀之,士必不然,勦殄無令,斯田之終不足興學也,若孫卿者,得以哆口曰:"子游氏之儒也與哉?"

邑博士姚君全、王君植、李君守文徵言於余,余志其事而申大夫之指,以告諸士如此。大夫名世俊,字用章,歙人,與余同年進士。田前後若干,與其處,俱在碑右。一置兒山田,受種六石四斗,年收租粟一十石;一奇江莊廢觀田,二百六十二畝五分,年徵銀九十八兩四錢三分七釐五毫。

録自民國《同安縣志》卷之二十五《藝文》

博士九雲萬先生修學記

師儒以道教人,邑父兄常客之,不及以事。即致力廟泮之功,於地蓋親矣。然事則有司職之,而師亦曰:"非吾事也,吾受成焉耳。"爲父兄者,職其事而不能數親。以師之親,而不敢使治其事,而代父兄治者,視父兄與師則俱有間矣,雖主其事而心益客之。此修廟泮之功,能年而不能世也,在郡國以固然。獨吾邑庠今役,其功最巨而可永。蓋以雲林徐侯父兄之,而其碩師爲荆溪九雲萬先生。先生言曰:"是功也,以妥先聖。日星吾道,以肆章縫,霜露爲教,吾客也乎哉?"則謀於徐侯,而力主其事。木石之理,因創之宜,緩急之度,悉自營指授。祀宮、講堂,煥爲傑構。故啓聖祠庫隘弗稱,哀息壤而升之,還侵地而拓之,以崇倫而章教。而泮有窣堵波,而隱其頂,乃閎瓔門。從堂攬髻,卓筆如也。如升臺榭,以眺高明,文氣秀發。學宮右有餘壤,隧爲邪徑,而役於庠者,其私舍負廟附焉,褻且戒火。遂移役者之舍,舍於右壤,用塞厥隧。諸門、廡次第作新如法。先生目之手之,罔不心之,於焉朝夕,於焉寒暑。費不贍者,補以月俸,勸諸生量力敬助,無有愛輸。鏹之不時屬者,先爲假貸給所傭,毋俾怠輟。既告成事,環橋觀者雜然,以耳目睹記,良於工莫今役若。薦紳及其子弟嘆曰:"吾逮事先生多賢,其敬廟泮之事,能自爲功,莫今萬先生若也。"

復一既爲記,申徐侯教士大指,諸生復礱石,欲再得言,永先生之勤。或謂:"教以修道。修於土木,其事也細,惡足以張先生?"復一諗衆曰:"事者,所以事道也,而細乎哉?妥先聖而日星吾道,肆章縫而霜露吾教,莫有大焉者矣。"師也,父兄也,一也。主其地而客其事者,何也?郭林宗所過逆旅,必汛掃而後去之,況受先聖之教,家其弟子,日親其所,爲釋菜講德之居,而可曰"吾客也,非吾事",曾逆旅之不及耶?然非先生,則未有不自客者也。唯先生示軌潔以方,故意諭而迪貞;教肅以惠,故躬率而勸誠;務惠以周,故力奮而和。規之以始,宅之以衷,貫之以終,勤有成謀,不愆於素。是心也,可以學,可以政。夫學通天地人無弗主也,固其躬而客物,而物於是有藩樊。夫政思居思外無弗主也,固其私而客公,而公於是有傳舍。藩樊相攘而堂奧裂,傳舍相郵而宮廬廢。嗟呼!世無郭林宗疇逆旅而家勤之者,吾懼其家之荒於旅也。如先生者,以趨古學而式古政有餘矣。士風於先生之事,將必有學而光明政,而俊偉者出,以推明先生與徐侯之遺烈。孟子固曰:"師也,父兄也。"敬志以俟,非志勤也,志事道也。先生諱德鵬,字而上,宜興人。

録自鄭振滿、丁荷生編《福建宗教碑銘匯編》"泉州府分冊·同安"。按:此碑文又見於《泉州府志》卷一五、《同安縣志》卷七、《金門縣志·文征》卷上

洪舍初祠記略

吾邑樹樸,事其長吏有情而無文。吏於斯而去,未有祠之者,而祠自人夫舍初洪侯始。何始乎大夫?大夫之思在民深也。大夫由名進士治吾邑,下車謁民利苦,一意與興除。坐堂皇,椽史抱案却立,栗若負霜;耆孺睃紅以事至庭,則挾纊而行於冬日。兩稅以程,兩造以情,際額而入,際法而出,賦無浮羨,訟者喻所以勝負,剖而遣之,各自厭輸乎,寬然慈也。顧治猾與盜特嚴,曰:"是蠡我赤子者。"樗蒲、椎牛之禁,三尺無佚,謂:"厲耕教惰,且爲盜階。"敗群者惴惴自遠。

會黃金使者出，責郡邑上礦，大夫爭曰："同故無礦也。"已又責榷稅，大夫曰："民貧，安取榷哉？"勿已，請受稅額，而官輸之，無聽惡少年。聽惡少年，再稅矣，彼方眈眈虎而翼也。竟得官輸課無失額，民不知榷。雨、暘，禱輒桴答。辛丑逐魃，大夫暴畏炎中，步往反數十里以雩。如是者既月，魃乃斂虐。治多暇，則進諸生課藝，文合者引對指誘，諄亹不倦，仍拔其穎以風。出陳庚穀，斥置學田。搜廢觀田二百餘畝，歸其租於學。復用形家言，建浮圖郭東南隅，負邑庠之勝，弦誦競勸，文獻益斌矣。大夫愷悌根心，撫庶民有恩意，最急單赤，惻然惟恐傷之。即下戶人詿誤，輒予輕比。即強有力人負而與細民爭，輒坐之曲。諸創革深念，務造永福。可以有赫赫譽而未便於民，而不必為可以；無赫赫譽而便於民，而不必不為。無論右閭右，左閭左，奪所致於下，而詭遇其上，去之若浼。即令趙張鉤鉅發摘，大夫屑與易哉！

大夫治邑六年餘，民戴若一日，而奔太公喪以歸。歸之明年，祠始落，余方廬居，父老屬余記。豈以大夫於祠無愧色，而余故不輕然可其言，大夫當亦無愧詞耶？夫世之塗澤耳目者，尸祝相望，甚或去轅未駕，而已儼然俎豆於社稷之間矣。一祠惡足重大夫？然以吾邑民之樸，不能以文事長吏，而獨得大夫內結於心，皇皇去後謀食之不朽。吾故徵大夫政，而記其大者。大夫名世俊，字用章，歙人，乙未進士。

録自鄭振滿、丁荷生編《福建宗教碑銘匯編》"泉州府分冊·同安"。按：此碑文亦見於《泉州府志》卷一五

傳

陳鰲海先生傳

史遷談道術，謂孔、老互相詘，而吾邑鰲海陳公獨深論其不然。公所注《書》、《易》、《禮記》，儒矣，而為《老莊解》，和以天倪，悠然霞外想。夷考其行事，孝友廉惠，滿鄉國□。居官有愛利人之實，歸於不伐施、不居名，曠如也，是

足繹玄心名教之相爲用已。公最善復一,先子其葬也,諸子徵狀,會復一病,遂先有狀若銘。復一曰:狀不並行,傳之其可也。非文能傳人,而人有必以文傳者,則以老、莊傳公,不若以公傳公之存也。夫稱孔、老者,莊生之所謂重言也。

陳公榮選,字克舉,鰲海其別號也。在宋有侍講陳樵,十餘傳而偵,訓長樂。至太守公健,從浯洲徙縣城北,"北門陳"自此始。公其孫也,以甫吉公第二子,出後仲父甫烈,事所後母許及父、生母黃以孝稱,共子之,無間言。少有高韻,好讀書,善談名理,穎出諸生間,而困於省試。北遊太學,舉順天丙子。是時,兄榮祖先以甲子上公車矣。江陵相閱雍課,得公論而善之。人謂公亟見相君,可爲仕牘地,公不見也。甫吉公訃至,公即棄南宮試,從兄榮祖歸,守喪。喪生母黃如之,曾不以後人爲解。君子恩篤生腹可能也,絕私有文,心喪未制,割人榮而不以禮,抑性難夫。然許宜人歡公歸,不嫌也。公之孝,深矣!是母是子!許宜人患癱,公千里延醫侍匕劑,不解帶以逮於復。邑令柴高其行,表閭"節孝"。公愀然曰:"安有以事母成吾名!"念母春秋高,謁選劍州,夫行而奔訃。公既屈名伸養,而祿不逮親,自傷其志,悲慕有加焉。服除,改儋洲,喜曰:"此蘇子瞻載酒處也。"堂於其旁,與士人講業,手所著三經注、《老莊解》授之,蒸蒸奮於文學矣。時礦稅橫甚,置郵疲於奔走。公收恤凋敝民,即以官事行部,猶裹糧儗驂,不動額餼一錢也。生黎叛服不常,爲練土著、修文告,以剿行撫,卒戢定之。稍遷廣州府同知,儋人扃城,願借陳公一年。既治廣,攝香山篆。司榷貴人眥視澳稅,浮增其額,臺使者姑柔之,公獨力争,得量減,是以治最有聲,而貂而虎者目眈眈屬。公曰:"三釜已矣,而猶令車生耳哉!吾爲吾親,半通綸也。今再考,虓兩父母,吾幾有以子。吾裝吾三經注、《老莊解》歸矣!"遂乞骸,上下不能挽。儋、廣人祀之。歸,焚黃於墓,散俸金、歲租與弟侄族屬故人。亡何,病卒。

公席先資素封,奉身如寒士,而好施無與比。所結交皆志誼知名士,貧者待以舉火,假貸不能償,即焚其券。方在孝廉,諸生黃時睢誤坐殺人,其弟黃應徵挺身代承,有司改論徵大辟,數讞無悔。公泣而號於衆,多出之。其守儋也,師獻黎俘,活冒拏無辜百餘。公手錄儋政爲《冥積》一書,語兒孫曰:"吾'冥積'中可無憾者,此耳。"自少年不爲江陵所羅致,及垂老解官,猶用忤中貴故,終不自言。人曰公得老氏之精者也,粗則與孔歧,而精則爲孔用。讀公注經、解老莊,皆白㘭夷淡,不爲美言,而泊若玄酒之有餘味,雋□巧累,吾知免矣,是即公之所以爲公哉! 先子□公德宇爲復一言,雖酒伎雜作,而神氣穆閒。嘗與公詣縣令,路諷《莊子·秋水》篇,自如也。復一候公粵歸後,公推同年何稚孝有古人風,而謬許復一可輩之。時公仲子士龍嚮一先生言道學甚辨,公論不盡同,曰:"顧行何如耳。"公娶黃,繼娶呂,皆能佐公孝,佐公施。而呂從公於宦,及佐公廉,至其視黃宜人子女及諸黃,必愈於己,君子益以知公。

贊曰:公經學類漢儒,玄理類晉人。然漢治《禮》戴聖,治《書》、《易》馬融,當官皆無潔廉譽。或謂老莊輕物,而公餘於財,宜其廉好施也。夫鑽李賁衣者,而非竹林人,竟與牙籌老耶? 公於玄理,心韻有以合之,非浮慕爲也。雖不用孔、老重公,公重矣!

兹據郭哲銘《遯庵蔡先生文集校釋》第三册轉錄

尺　牘

答劉學憲

承教大刻爲黔畫者,真是老農譚稼,粒粒皆苦;國醫處方,劑劑皆中。所恨牛種無畜,藥物不全耳。實心做事之難,惟同病者始知其痛。回風賦謝,未罄欲言。

録自(清)周亮工編《尺牘新鈔》卷之十

祭　文

祭忠宣公文

公之所立,不繫於祠。匪我章公,式示世規。富貴螢火,乘熱吐輝。霜繁影歇,露草同萎。公如經星,與日月垂。功德在史,閥閱在碑。有味昔賢,贊公兩詞。與物無競,臨事有爲。邇言可遠,允植臣儀。競昏媒利,爲豈營私?士之致身,亦曰毗時。云胡私利,入骨膠黐?當其誦讀,所志已非。朝過暮掉,市賈量貲。君臣大義,波逝孰維?岳陽憂樂,遺記可思。千載風範,我公力追。此心苟矢,其道甚夷。百爾君子,屬其庶而。

某曩過容城,將薦江蘺。廟貌尚缺,感激肝脾。有閟者宮,突而翬飛。守丞長貳,則咸贊之。老少聚觀,鼓舞涕洟。公心在人,神不可欺。樹主之祭,遠赴新期。茫茫烟水,滿目流離。既愧且慕,敬告公知。

原收錄於《劉忠宣公遺集·述往》。

茲據郭哲銘《遜庵蔡先生文集校釋》第四冊轉錄

墓 志 銘

明封奉政大夫南京禮部郎中瀅川林公暨配太宜人陳氏合葬墓志銘

賜進士出身、奉政大夫、兵部武庫清吏司郎中、前刑部四川清吏司郎中、眷晚生蔡復一撰文。

大參林玉吾公既葬厥考瀅川公於歸得里,道士林旋奉陳宜人遺言,必卜兆本鄉。久之,相石鼓山麓吉,始筮日遷公合窆焉。姬公制祔,盟同穴於百年;尚父反周,遵首丘者五世,禮也。臨葬,以手狀征余銘。

公諱湍,字其束,別號瀅川。吾同人多徙自光州固始,而林當晉永嘉之擾,與陳、黃、鄭四大姓入閩最早,故林族指偏閩中。公之祖居從順里亨泥村,人號"橋頭林"。至宋季,而時用公始著。時用子復祖,復祖子直養,四傳至□周第三子綱,是爲坦庵公,娶於張,有子三,公其季也。公生十月而孤,與母張及女兄適呂者相依爲命。少即警敏,有至性,怛孺子事母,而恂恂兄姊間。姊嘗割取其埔下租,弗禁。已而復取租,里嫗期公止之,是粟林而歸呂者,何也?公曰:"女兄也。"呂

□卒無所問。母疾,朝夕侍,獨以己分地營葬。二兄求多於所遺贍業,公恣聽之。急人若身,有謁必爲之竭,行其和讓以睦於族黨,族黨皆敬而愛之。終身未嘗失言色於人。奇諸生陳墀於髫而女之,女墀秀而弗實,則翼寡女以立二孤,撫内弟於幼而成之也亦然。公既聞達,不治家人生産,而中年困兒女。遘家少落,躬耕自給,怡如也。嘉靖戊午、己未,倭訌,濱海居人鳥獸□,日四五驚,骨肉或相失。公盡室先之山林海島中,無恐。寇退,行疫避公家而過,人以爲德報。

大参公辛未成進士,除南京禮部祠祭司主事。公就□署中,勗以忠孝毋負其官,且曰:"吾無侈望於子弟,得如鄉人某爲齷長,疏榮二代足矣。"蓋公欲以□效於坦庵公,其不忘孝如此。是時,祠部缺正郎,大参公以序遷,會覃恩實授,遂封公奉政大夫如子官,配陳氏宜人。官未□而爵父母,又得五品誥,异數也。陳宜人者,生員陳純長孫女,歸不逮事坦庵公,而嚴奉寡姑張,瀡瀡蘋藻必虔,無缺歡違事。公嫗煦諸子惟恐傷,即有過,第好諭之。諸子狎公而莊宜人,宜人或譴呵,輒伏謝不敢仰視。至閫逹□財,好客輕施,則與公如一。以夢征,必大参公貴而厲之殖學。大参公訕三試,灤川公不憚。宜人促觴觴公,而寬之夢曰:"遇合有時耳。是兒豈長居□者耶?"吕塘堤圮於水,荒所溉田二百餘畝。宜人捐貲鳩築,功三倍於舊,至今不灾,鄉人賴之。憂□□□月餘,爲鄉人禱,後有禱者首疏,宜人輒應。晚年信佛,屏簪珥,菲服食,出行田園,人不知其五品太君也。斗室筐皮,里婦往□□之,與共衣廩以爲常。即諸子若孫有所上,轉手盡於人矣。後公卒二十年,屬疾,若見公者而終。

公生於正德四年己巳六月二十七日丑時,卒於萬曆二年甲戌七月十七日戌時,享年六十有四。宜人生於正德五年庚午二月十三日巳時,卒於萬曆二十一年癸巳十一月十二日酉時,享年八十有四。子三,長即一材,由進士歷官左参政,娶廣西参政葉明元姑;一杼,娶廣東石城縣知縣周鑒孫周道堯女;一楨,即奇會,中己卯武元,娶李振春女。女三,長適庠生陳墀,次適庠生蘇希軾男蘇德弘,又次適葉茂秀。孫男十:炳,監生,娶刑部左侍郎洪朝選弟廩生洪朝冕女;煒,監生,娶太平府蕪湖縣知縣李維鉉女;燁,庠生,娶惠州府海豐縣知縣趙爾憲女;

炌，庠生，娶廣州同知陳榮選女；烇，聘監生陳其弘女，一材出。熙，娶陝西參政黃文炳弟黃文斐女；琰，娶葉景植女；磷，未聘，一杼出。爕，娶光祿寺署丞陳士烴女；美，未聘，一楨出。曾孫十五：履基，監生，娶禮部員外李懋檜女；泰基，娶京營左參將莊渭揚女；貢基，娶舉人陳一經女；比基，聘刑部主事陳士蘭女，炳出。順基，聘廣東副使劉存德男、庠生劉夢潮女；觀基，未聘，焯出。豐基，聘廣西副使朱天應男、監生朱光祖女；萃基、晉基，未聘，燁出。之坦、之埏，未聘，炌出。益基、隨基、升基，俱未聘，熙出。咸基，未聘，琰出。複基，未聘，爕出。玄孫四：鐘庚、鐘癸，未聘，複基出；鐘豪，未聘，泰基出；鐘武，未聘，貢基出。孫女六：一適户部員外蕭復陽男庠生蕭炳奎，一適惠州府永安縣知縣李懋楚男廩生李焯，一適台州府知府劉夢鬆男庠生劉節□，一材出。一適王存恕，一適陳於階，一適蘇珠球，一杼出。曾孫女十一，出自炳者三：一適余弟庠生復心，一適靈璧縣知縣張日益男張鳳成，一未許人。出自燁者二：一許庠生蔣士瀛男□棟，一許景州知州李伯元男庠生李正炎子雲祥。出自爕者二人：一許韶州府知府王三接孫王垣男守鉉，一未許人。出自炌者三，出自熙者一，俱未許人。玄孫女一，許刑部主事洪纖若男以藩，泰基出。

墓近里舍，乘兑朝震。葬以萬曆戊申九月十三日。公嘗戒大參公"官所至，笞毋溢十五"，大參爲郡，守先教惟謹，至藩臬使者法治盜不得姑息，則廟告於公而後行之。大參秩視薌使進矣，顧前後未及上考格二代恩爲憾。夫山下出泉，源浥者少，則末流愈長，雖放海可也。昔晉獲石□有質而無聲，張茂先曰："以桐考之，可聞百里。"果然。公、宜人之質具矣，大參公蓋一鳴焉。孰繼而大其聲者，在後之人。銘□：

修偕勤，食偕廉。勤而恬，廉而甘。德以文其樸，子以發其潛。有石者鼓，重而勿遷。希音徐傳，是宜象隱德焉，而偕休於其原。

萬曆叁拾陸年歲在戊申九月十有二日丙申，不孝男一材、一杼、一楨等泣而鎸石。

録自何丙仲、吴鶴立編《廈門墓志銘匯粹》

明贈文林郎浙江金華府推官見泉洪公暨配贈孺人鄭氏合葬墓誌銘

賜進士出身、中奉大夫、湖廣布政使司右布政使、奉敕撫苗督餉、分守湖北道、通家眷晚生蔡復一頓首拜撰文。

仁可委命，義可委財，夫人而能爲是言與立乎利害之交，而其必復者，抑何寡也。金鑠色，疑也，而信在火。取仁義之端於無欲害人、無穿窬之心，鄉人必不自疑。至利害火之，而色動於欲，炙指染於嘗羹者有矣；大獄大兵，博功名而輕用人，死斂哭爲笑者有矣。是其與胠篋推刃有以辨乎？是學問君子之爲仁義，而乃有不如鄉之人也。

故將信仁義之君子，必觀以鄉人之節。則吾今之爲見泉洪公銘也，吾其有以信之矣。海寇之棘也，居民鳥獸竄，而公父友彭姓者篋金百二十兩來寄。以亂辭，彭曰："得失有命，子不吾負也，吾未嘗告吾子。"公懷篋俱卧起。寇退，而返之曰："幸不辱命。"里中團結社兵，捍賊鷺門，攻石者八人從南安來，衆曰："諜也。"攫其囊金去，且沉之水。公挺身持不可，傭也而賊之，無鬼神乎？吾白諸官矣。卒還金，而以八人免。當林迴棄璧之時，孰能保人所托於羿之矢，而挈瓶自完者？八人非歸死於公，公無獄與兵之責也。人鬼交爭，而勇以身爲之盾，何暇辯學問哉！直以達其所不爲不忍者而已。使口舉二端而接於耳目，亦鄉人之節耳。精求之而充其類，則雖學問君子，或未必如公之自信。然後知公於仁義，蓋性根有之也。

公少讀書，晰大指而不喜帖括，棄去治耕。年二十四，鄭孺人始來歸。未幾，析箸自力，父母兄嫂相繼歿，季弟髫未立，伯氏遺藐孤在抱，公矢孺人曰："吾任父，若任母，卵翼之以克有家。捋塗拮據，事無可憾。"所居無大小左右，若同室，有無相通，雞犬桑麻相守望。歲時伏臘，酒食相勞，雖室罄必勉具。公好客，孺人謹宿觴豆待供。客至，醪萩佐談，咄嗟必辦。晚益貧，耕□借人力。孺人忍饑讓口，餐以飼之。諸猶子幼稚，列前食啜哺，寢分襟，不知其誰伯叔也。

舉華伯晚,又獨子,而課範之莊,晝夜以耕紡視讀,如□而鞭其後。多方舉貸,以□師友修脯之費必中禮。時與孺人更慰借曰:"有子在,何憂貧也?"故華伯學立有名。公坦衷無猜於物,記善忘過,恂恂如可狎。至義所必遂,千夫不撓。或談笑立辦,令人不睹疑端。族有惑形家言者,收父母骸襲祖塋穴,而事甚陰,不可御。公盟香質山靈,以計秘護之,卒如遠公言,彼此俱安穩無恙。公非獨心地慈潔也,乃其局慮亦過人矣。及晚困,少年追其還金事,尤訕之,受痴不悔也。然公之避寇也,孺人渡海依外家,獨公守舍,晨登山伺賊,暮歸宿,以糠緼火,雞鳴炊而後出爲常。忽夜半,賊將見掩,家人子元佑之婦呼於閭,起諸宿者,而公夢方甘,亟入撼之。公猶欲具炊,怪竈灰冷甚,從衆出門,賊火已尾公後。甲子正月,賊猝至,公挈妻子避入後山土堡。堡湫窄,失地形。賊平陷沉井諸寨,且踵攻堡。堡中凡石皆震,而賊自相驚呼散去,知爲感將軍兵至也,緩須臾碎矣。每以二幸語華伯,自賀天全。公見華伯鄉舉十餘年而後卒,卒後,華伯滿金華理考,天語揚公、孺人之德,嘉其善教,貴之如子官。嗚呼,孰謂仁義不可爲哉!

蔡子復一曰:言仁義者之色於金而質於鍮也,君子恥之。夫繩淄則人嚴而己寬,覺痛則己楚而人緩。甚者,以詩書計數益其巧,而攘利推患,恬謂當然。雖唾穿窬害人之名而不覺,實微就之,彼未有以火之也。如見泉公性根仁義,著於臨財活命,而他行皆顯白相稱,此寧可聲貌襲也。孺人與公同德,有齊眉和淡之風,宜偕銘。銘曰:

上善如水,濯之霜清,灑則雲委。故其潔可以嚴取予,而其慈可以衛生死。偕修之陰而遺陽於子,化爲玄玉,而不可朽者以此。

公諱俊,字子才,見泉別號也。生嘉靖乙酉三月初五日,卒萬曆丁未正月十一日,享年八十有三。鄭孺人生嘉靖甲午三月二十日,卒萬曆丁亥十一月初二日,享年五十有四。子男日觀,志字之曰華伯,辛卯鄉進士,浙江金華府推官,升廣西思恩府同知,娶陳中言女,封孺人。女一,適郭邦參。孫男三:長貽度,聘廣東副使劉存德子己未進士夢湖女;次貽庇,聘光祿寺監事張可傳子太學生世耀女;三貽庥,聘庠生蘇君智子庠生國琨女。孫女三:長適劉存佑子夢鯉,次適庠生周家楝子庠生士耀,三許己未進士葉成章子喬慶。卜以萬曆己未四月初八日午時合葬公、孺人於八都蘇坑鰲角侖之陽,坐乾向巽。殤長孫希億祔於隧左。

萬曆己未年孟夏吉日,不孝男日觀泣血勒石。

録自何丙仲、吴鶴立編《廈門墓志銘匯粹》

【校記】

①②"簿",原刻本均作"薄",誤,應作"簿"。

③"械",原刻本作"我",誤,應作"械"。

附錄一

傳記

傳　記

蔡復一傳

蔡復一，字敬夫，同安人。萬曆二十三年進士。除刑部主事，歷兵部郎中。居郎署十七年，始遷湖廣參政，分守湖北。進按察使、右布政使，以疾歸。光宗立，起故官，遷山西左布政使。

天啓二年，以右副都御史撫治鄖陽。歲大旱，布衣素冠，自繫於獄，遂大雨。奢崇明、安邦彥反，貴州巡撫王三善敗歿，進復一兵部右侍郎代之。兵燹之餘，斗米值一金，復一勞徠拊循，人心始定。尋代楊述中總督貴州、雲南、湖廣軍務，兼巡撫貴州，賜尚方劍，便宜從事。復一乃召集將吏，申嚴紀律。遣總理魯欽等救凱里，斬賊衆五百餘。賊圍普定。遣參將尹伸、副使楊世賞救，却之，搗其巢，斬首千二百級。發兵通盤江路，斬逆酋沙國珍及從賊五百。欽與總兵黃鉞等復破賊於汪家冲、蔣義寨，斬首二千二百，長驅織金。織金者，邦彥巢也，緣道皆重關叠隘，木石塞山徑。將士用巨斧開之，或攀籐穿竇而入。賊戰敗，遁深菁，斬首復千級。窮搜不得邦彥，乃班師。是役也，焚賊巢數十里，獲牛、馬、甲仗無算。復一以鄰境不協討，致賊未滅，請敕四川出兵遵義，抵水西；雲南出兵霑益，抵烏撒，犄角平賊。帝悉可之。因命廣西、雲南、四川諸郡鄰貴州者，聽復一節制。

五年正月，欽等旋師渡河。賊從後襲擊，諸營盡潰，死者數千人。時復一爲總督，而朱燮元亦以尚書督四川、湖廣、陝西諸軍，以故復一節制不行於境外。欽等深入，四川、雲南兵皆不至。復一自劾，因論事權不一，故敗。巡按御史傅宗龍亦以爲言，廷議移燮元督河道，令復一專督五路師。御史楊維垣獨言燮元不可易，帝從之，解復一任聽勘，而以王瑊爲右僉都御史，代撫貴州。

復一候代，仍拮据兵事，與宗龍計剿破烏粟、螺蝦、長田及兩江十五寨叛苗，斬七百餘級。賊黨安效良首助邦彥陷霑益，雲南巡撫沈儆炌遣兵討之，未定，遷侍郎去。代者閔洪學招撫之，亦未定。及是見雲南出師，懼，約邦彥犯曲靖、尋甸。復一遣許成名往援，賊望風遁。又遣劉超等討平越苗阿秩等，破百七十寨，斬級二千三百有奇。至十月，復一卒於平越軍中。訃聞，帝嘉其忠勤，贈兵部尚書，諡"清憲"，任一子官。

復一好古博學，善屬文，耿介負大節。既歿，橐無遺貲。

《明史》卷二百四十九《列傳第一百三十七》

蔡 復 一 傳

蔡復一，字敬夫，用明子也。年十二，作《范蠡傳》萬餘言。萬曆乙未成進士，除刑部主事。疏劾石星殺平民冒功狀，星坐死，中外憚之。歷郎中，每陳邊防事宜，尚書必采以入告。前後疏凡十餘上。會楊應龍俘獻，廷議盡辟其黨。復一讞奏：應龍婿宋承恩絕婚於前，擒獲於後。倘緣未娶之女株連，何以勸效順？楊通漢者其父可誅，其身尚幼，怒已死之親而移辟，亦無以懲從逆。承恩宜放，通漢宜奴。人服其法外之仁。居郎署十七年，始遷湖廣參政。清積逋，核虛冒，革加派，嚴保甲，杜參謁。大雨，江漲隄決，極力賑恤之。兼署辰沅，諸郡兵乏餉而譁。復一諭之，兵素服其威信，乃戢。無何，鎮筸諸營復沸。參將請調苗兵千人制之，復一曰："豈有借苗兵殺民兵之理？"徐按首禍七人置之法，鴟張自定。進按察使。大小五沖苦苗患，復一築邊牆七十餘里。又黑苗屯鎮遠、偏橋間，官道爲梗。出牛酒，令民兵誓相應援，道始通。方遷右布政使，引疾歸。光宗立，起故官，治兵易州，遷山西左布政使。將以病告，聞河西破，嘆曰："此豈臣子養高日哉！"力疾之官。時邊糈匱，民加派弗堪。請蠲增餉抵京運，格不行。

天啓二年，以右副都御史撫治鄖陽。歲大旱，布衣素冠，自繫於獄，遂大雨。鄖陽賦萬金，加額至四萬餘，復有舊逋七萬餘，特疏請免。奢崇明、安邦彥反，貴州巡撫王三善敗沒，進復一兵部右侍郎代之。兵燹之餘，斗米值一金，復勞來拊循，人心始定。尋代楊述中總督貴州、雲南、湖廣軍務，兼撫貴州，賜尚方劍，便宜從事。復一乃召集將吏，申嚴紀律。賊圍普定，遣參將尹伸、副使楊世賞却之，搗其巢，斬首千二百級。發兵逼盤江路，斬逆酋沙國珍。總兵魯欽、黃鉞等復破賊於汪家冲、蔣義寨，長驅織金。織金者，邦彥巢也，緣道皆重關疊隘，木石塞山徑。將士用巨斧開之，或攀籐穿竇而入。賊戰敗，遁深箐，斬首千級，而邦彥遁去。是役也，焚賊巢數十里，獲牛、馬、甲仗無算。

五年正月，欽等旋師渡河，賊從後襲擊，諸營盡潰，死者數千人。時復一為總督，而朱燮元亦以兵部尚書督四川、湖、貴、陝西諸軍。復一節制不能行境外，事權不一，故敗。巡按御史傅宗龍以為言。廷議移燮元督河道，令復一專督五路師。御史楊維垣獨言燮元不可易，帝從之，解復一任，聽勘，而以王瑊為右僉都御史，代撫貴州。復一候代，猶拮据兵事，與宗龍計，剿破烏栗、螺蝦、長田及兩江十五寨叛苗。賊黨安效良助邦彥陷霑益。雲南巡撫沈㴶炌遣兵討之，未定，遷侍郎去。代者閔洪學招撫之，亦未定。及是，約邦彥犯曲靖、潯甸。復一遣許成名往援，又遣劉超等討平越苗阿秩等，破百七十寨，斬級二千三百有奇。十月，復一卒於平越軍中。訃聞，帝嘉其忠勤，贈兵部尚書，諡"清憲"，任一子官。

復一負大志，在易州時，貽其友何喬遠書曰："宮事則客魏同惡，朝事則牛李構黨，疆事則經撫不和，此予之三憂也。淮南憚汲黯，江左有夷吾，將誰望之？"後皆如其言。

《福建通志》卷二百之五《明·列傳》

蔡復一傳

蔡復一，字敬夫。弱冠聯登甲科，筮仕刑部郎。連丁艱，謁補武庫主司。出為湖廣參政，分道荊岳。湖北兵變，移按察使，首惡就縛，疆事大定。時方有事貴州，黔撫議剿之，復一獨言撫，黔撫不聽，坐罷免。久之，起鎮易州。值東虜奴酋發難，慨然杖劍，誓以首貿。及黔中安酋為亂，攻城屠眾，殺一都御史，死一進士，朝廷用復一為兵部侍郎，賜劍尚方，節制五省。復一入黔，未幾上首虜八千餘級，酋畏不敢渡河。其後搗巢之役，施兵先逃，不克成功，復罷免。移境上候代，尚日夜治軍書，調兵食，精神耗廢，鄰於死者，猶事事理會不休輟，坐卒軍中。卒後，按臣先後言復一忠勤勞瘁之功，朝廷不待禮部覆請，賜諡"清憲"。

復一學博才高，下筆千言，兼工四六。他諸著作，皆崇論宏議，涵古茹今。至書牘奏議之文，慷慨談天下事，切劘豪貴，披吐肝膽。而詩則出入漢、魏、唐、宋間，居然一代名作。無子、不年，人皆惜之。憶天啓初，予在京師，自易州貽予書曰："宮事則客乳媼與魏閹相表裏，朝事則牛、李構鬥，疆事則經撫矛盾而戰守無穩着，此不肖之三憂也。淮南憚汲黯，江左有夷吾，將誰望之？"後皆如其言矣。

（明）何喬遠《閩書》卷之九十一《英舊志》

蔡復一傳

蔡復一，字敬夫，號元履，同安人，用明子。萬曆甲午、乙未，年十九聯捷進士，給假歸娶。授刑部主事，歷員外郎，有所平反，多出其判。丁兩艱，服除，補兵部車駕，遷武庫郎中。每陳籌邊事宜，司馬采以入告。久之，遷湖廣參政，分守荊岳。清積逋，核虛冒，革加派，足軍糈，嚴保甲，禁驛騷，杜參謁。壬子、癸丑，雨驟江漲，堤蕩盡決，極力賑恤。時三道並缺，奉檄兼署辰、沅。諸郡多積逋，兵乏餉三年，呼癸脫巾。在途檄諭之，兵素服其威信，譟始輯。亡何，鎮篁諸營復沸，嚴諭不歸營不給餉，比聽命，乃措給之。參戎請調苗兵千人制之，不從，曰："豈有借苗兵殺民兵之理？"徐按首禍七人正法，鴟張始息。進按察使，大小五冲苦苗患，攝兵備篆。十月，三度報捷，復築邊墻七十餘里。又黑苗屯鎮遠、偏橋間，官道爲梗。出牛酒，令兵民誓相應援，道始通。會黔撫有大征紅苗之議，檄永順、保靖二土司助蜀土司攻之。復一云："犽苗禍專在黔，黑苗害楚淺而害黔深。紅苗毒蜀，蜀宜角之。今黔代蜀憂，不以黔殉而逼楚殉之，亳衆葛耕，烏能保以鄉鄰挺纓冠之鬥？"大拂黔撫意，遂引疾歸。時已推河南布政，楚人請以加秩留原任，旨報可，而復一堅辭。回，囊中如洗，抵里猶未有居。

光宗即位,起備兵易州。遼陽報陷,出俸金,募鄉壯,修器械爲備,而京中諸貴人遣妻子避難,乘傳絡繹下。檄非奉廷遣,悉裁其符。銜者疏誣其聞變涕泣,復一上章自理,且揭云:"請以兵加頸,誰先皺眉?請同過三岔河,誰先縮足?"又云:"必書帕關説之外,方有真人品。"言者大慚。擢山西左布政,以病告,爲納言所格,南返。聞河西復陷,嘆曰:"兹豈臣子養高日哉!"力疾之晉。時邊糈緊急,加派難堪。上蠲增餉、抵京運二疏,格不行。又于遒者裁其浮征,勉以正額,民爲樂輸。宗禄邊儲,原緘給發。

在任凡七閲月。天啓二年,以右副都御史撫治鄖陽,益勵清白,無敢餽送者。值生辰,有監司獻一箋,峻却之。歲大旱,步行祈禱,自狀其罪,布衣素冠,坐繫於獄。是夕,遂大雨。僚屬士庶迎之,乃還院。鄖賦萬金,加額至四萬餘,復有舊逋七萬餘,疏請免之。核屯額,肅軍實,飭吏懷民,種種畢舉,三省視爲領袖。奢崇明、安邦彦反,貴州巡撫王三善敗殁,進復一兵部右侍郎代之。喪亡之餘,兵食盡絀,斗米銀八錢,復一勞徠拊循,人心乃定。尋代楊述中總督貴州、雲南、湖廣軍務,兼巡撫貴州,賜尚方劍,便宜從事,節制五省。復一乃召集將吏,申嚴紀律,遣總理魯欽等救凱里,斬賊衆五百餘。賊圍普定,梟賊間陳其愚以殉。遣參將尹伸、副使楊世賞等合擊之。邦彦負傷而逃,遂搗其巢,斬首千二百級。發兵通盤江路,斬逆酋沙國珍及從賊五百。已,大破賊汪家冲,斬首二千。欽等復破賊汪家冲、蔣義寨,斬首二千二百,長驅織金。織金者,邦彦巢也。緣道皆重關疊隘,木石塞山徑,將士用巨斧開之,或攀藤穿竇而入。賊戰敗,遁深箐,斬首復千級,窮搜不得邦彦,乃班師。是役也,焚賊巢數十里,獲牛、馬、甲仗無算。復一以鄰境不協討,致賊未滅,請敕四川出兵遵義、畢節,抵水西;雲南出兵霑益,抵烏撒,犄角平賊。帝悉可之,因命廣西、雲南、四川諸郡鄰貴州者,悉聽復一節制。六疏請益餉未下,而施州、遵義兵萬餘始至。衆議因鋭渡河,復一戒勿深入,令渡河六十里,扎谷里驛,酌進止。乃兵甫渡河,而施兵先逃二千餘。魯欽謂師退必散,不如直搗其穴。遂徑趨水西,遇賊數萬,力戰破之,斬馘千餘。次日,霧,賊來襲,戰却之。是晚,施兵先潰。賊從後襲擊,諸營盡潰,死者數千人。時復一爲總督,而朱燮元亦以尚書督四川、湖廣、陝西諸軍,以故復一節制不行於境外。欽等深入,四川、雲南兵皆不至。復一自劾,因論事權不專,故敗。巡按御史傅宗龍亦以爲言。廷議移燮元督河道,令復一專督五路師。御史楊維垣獨言燮元不可易,請令兼復一任。帝用維垣言,解復一任,聽勘,而以王瑊爲右僉都御史,代撫貴州。復一俟代,仍拮據兵事,與宗龍計剿破烏粟、螺蝦、長田及兩江十五寨叛苗,斬七百餘級。賊黨安效良首助邦彥陷霑益,雲南巡撫沈儆炌遣兵討之,未定,遷侍郎去。代者閔洪學招撫之,亦未定。及是見雲南出師,懼,約邦彥犯曲靖、尋甸。復一遣許成名往援,賊望風遁。長田苗酋天保、阿賈約水西賊,欲斷平越餉道。復一在病中,曰:"一息尚存,豈可以賊貽君父憂?"檄諸將分路進剿,遣劉超等生擒保、賈,殲①賊首五十餘名,破百七十四寨,斬級二千三百五十有奇。平越人謂:"入二百年不到之地,成二百年未有之功,而西賊失一大臂矣。"捷報,正患瘧痢,扶病至平越,愈劇,猶上捐俸助工疏。十月,卒於平越軍中。訃聞,帝嘉其忠勤,贈兵部尚書,賜祭葬,諡"清憲",蔭一子官。廷議欲諡以"忠",不果,避魏璫名也。

復一學博才高,下筆千言,兼工四六。他諸著作,皆崇論宏議,涵古茹今。至書牘、奏議之文,慷慨談天下事,切劘豪貴,披吐肝膽。而詩則出入漢、魏、唐、宋間,居然一代名作。生平耿介,負大節,有志聖賢之學。經濟文章,特其緒餘,人比之張襄惠。嘗自易州貽何喬遠書曰:"宮事則客媪與魏閹相表裏,朝事則牛李構鬥,疆事則經撫矛盾而戰守無穩著,此三憂也。淮南憚汲黯,江左有夷吾,將誰望之?"後皆如其言。其餘論遼事有五未解,論銓政有四疑,論時事有三無、四多,論《大學》歸于物我一本,論克己謂惟克己乃由己。又云:"某生平服膺三言,報國恩以忠心,擔國事以實心,持國論以平心。"又云:"某惟學'正己不求'四字耳。"所著有《遯庵全集》,特祠鄉賢。

《泉州府志》卷四十四《明·列傳》

蔡復一傳

蔡復一,字敬夫,號元履。幼絕慧,年十一作《范蠡傳》萬餘言,父用明見之,驚曰:"幾失吾兒。"萬曆甲午舉人,明年成進士,年十九,給假歸娶。授刑部主事,即疏劾石星冒殺平民要功狀,御審處死,中外憚之。歷員外郎,丁兩艱。服除,補兵部車駕,遷武庫郎中。每籌邊事,司馬采以入告。前後疏凡十餘上。直播酋獻俘,部概擬大辟,復一讞奏:"應龍婿宋承恩絕婚於前,擒擄於後,心迹俱明。倘緣未娶之女株連,何以勸效順?楊通漢其父可誅,其身尚幼,怒已死之親而移辟,亦無以懲從逆。承恩宜放,通漢宜奴。"人服其識。嘗奉使過里,猶稱貸佐朝夕。遷湖廣參政,分守荊岳,清積逋,核虛冒,革加派,足軍糈,嚴保甲,禁驛騷,杜參謁,割俸建劉忠宣祠,薦其子姓。

壬子、癸丑,雨驟江漲,堤蕩盡決。極力賑恤,時三道並缺,奉檄兼署辰沅,諸郡多積逋,兵乏餉三年,呼癸脫巾,在途檄諭之,兵素服其威信,譟始輯。亡何,鎮篁諸營復沸,參戎請調苗兵千人制之,不從,曰:"豈有借苗兵殺民兵之理?"徐按首禍七人正法,鴟張始息。進按察使,督餉湖北。大小五沖苦苗患,攝兵備篆。十月,三度報捷,復築邊墻七十餘里。又黑苗屯鎮遠、偏橋邊,官道為梗,出牛酒令兵民誓心相應援,道始通。會黔撫有大征紅苗之議,檄永順、保靖二土司,助蜀土司攻之,復一云:"狆苗禍專在黔,黑苗害楚淺而害黔深,紅苗毒蜀,蜀宜角之。今黔代蜀憂,不以黔殉而逼楚殉之,毫衆葛耕,烏乎可?"大拂黔撫意,遂引疾歸。時已擢河南布政,楚人請以加秩留原任,旨報可,而復一堅辭。回,囊中如洗。旋起備兵易州。遼陽報陷,出俸金募鄉壯,修器械,制火具,枕戈擐甲以待。而京中諸貴人遣妻子避難,乘傳絡繹,下檄非奉廷遣,悉裁其符,銜者疏誣其聞變涕泣,復一上章自理,且揭云:"請以兵加頸,誰先皺眉?請同過三岔河,誰先縮足?"言者大慚。擢山西左布政,以病告,為納言所格,南返。至三山,聞河西復陷,嘆曰:"茲豈臣子養高日哉!"力疾之晉,晉衝邊而近燕,軍糈緊急,加派難堪,上蠲增餉、抵京運二疏,格不行。又於逋者裁其浮征,勉以正額,民為樂輸。

天啓二年,以右副都御史撫治鄖陽,兼制三省,益勵清白。歲大旱,步行禱祈,自狀其罪,坐獄中。是夕,遂雨。鄖賦萬金,加額至四萬餘,疏請免之。又核屯額,肅軍實,撫材官,飭吏懷民,種種畢舉。奢崇明、安邦彥反,貴州巡撫王三善敗歿,進復一兵部右侍郎代之。喪亡之餘,兵食盡絀,斗米銀八錢,勞徠拊循,人心乃定。尋以都察院右僉都御史總督貴州、雲南、湖廣軍務,兼巡撫貴州,賜尚方劍,便宜從事,節制五省。聞命,即提師走遵義六廣河搗其腹,咨蜀設疑兵牽之。乃駐沅州,召集將吏,遣總兵魯欽等救凱里,斬賊衆。進克嚴頭寨,賊圍普定,梟賊陳其愚以殉。遣參將尹伸、副使楊世賞等合擊之,邦彥負傷逃,遂搗其巢,掃蕩逆苗十餘寨,擒斬數千。發兵通盤江路,斬逆酉沙國珍,掃清三十餘寨,普定復。邦彥震恐,佯乞降於四川、雲南,緩兩路援師,而糾合烏撒過河。官軍相持五日,三戰三捷,賊退六谷,攻城,適復一發親軍至,邦彥棄輜重遁。乘勝進剿六日,自東海至鴨河池水外,數百寨皆平,餘黨奔入水內。時復一已病,巡按御史傅宗龍誓師平壩,造船爲渡河計。復一謂:"搏虎於隅難,格兕於原易。"密檄諸將誘之出。賊果驅玀鬼卷土連垣四十營,誘狆苗斷我餉道。復一喜曰:"賊傾巢出,我之利也。"授計諸將進師,於是魯欽及總兵黃越復大破之汪家冲、蔣義寨。邦彥大窘,遣人乞降,而號召烏撒等犯遵義。復一促總兵許成名疾趨赴援,合蜀兵擊破之,長驅織金。織金者,邦彥巢也,緣道皆木,石寨山徑,將士用巨斧開之,殲賊甚多。搜邦彥不得,乃班師。復一以鄰境不協討,致賊未滅,請敕四川出兵遵義、畢節,抵水西;雲南出兵霑益,抵烏撒,掎角平賊。帝悉可之,因命廣西、雲南、四川、陝西諸郡鄰貴州者,悉聽復一節制。六疏請益餉未下,而施州遵義兵萬餘始至,衆議因銳渡河。復一戒勿深入,乃兵甫渡河,而施兵先逃二千餘。魯欽謂"師退必散,不如直搗其穴",遂徑趨水西,遇賊力戰,破之。是晚,施兵先潰,賊從後襲擊,諸營盡潰,死者數千人。時復一爲總督,而朱燮元亦以尚書督四川、湖廣、陝西諸軍,以故復一節制不行於境外。復一自劾,因論事權不專,故敗。巡按御史傅宗龍亦以爲言。廷議移燮元督河道,令復一專督五路師,御史楊維垣獨言不可,於是復一解任聽勘,而以王瑊代撫貴州。故事,俟代者必移鎮。復一慮搖人心,仍留會城,拮据兵事,與宗龍計剿破烏粟、螺蝦、長田及兩江叛苗十五寨。邦彥黨安效良犯曲靖、尋甸,復一遣許成名往援,賊望風遁長田。苗酋阿秩爲水西羽翼,誘梟之。秩弟阿賈挾其兄仇,擁衆欲斷平越餉道。復一在病中,曰:"一息尚存,豈可以賊遺君父憂!"檄諸將分路進勦,破百七十四寨,斬級數千,而西賊失一大臂矣。捷報,正患瘧下血,扶至平越,愈劇,猶上捐俸助工疏,叩首床上,有事猶手自批答,遂卒於平越軍中,遠近震悼。訃聞,帝嘉其忠勤,贈兵部尚書,賜祭葬,謚"清憲",蔭一子官。

　　復一學博才高,諸著作皆崇論宏議。至書牘、奏議之文,慷慨談天下事,切中時弊。而詩則出入漢、魏、唐、宋間,居然一代名作。生平耿直負大節,有志聖賢之學。經濟文章,特其緒餘。嘗自易州貽何喬遠書曰:"宮事則客媼與魏閹相表裏,朝事則牛李構門,疆事則經撫矛盾而戰守無穩着,此三憂也。淮南憚汲黯,江左有夷吾,吾將誰望?"後皆如其言。又云:"某生平服膺三言,報國恩以忠心,擔國事以實心,持國論以平心。"又云:"某唯學'正己不求'四字耳。"所著有《遯庵全集》。特祀鄉賢。崇禎間,建祠專祀。

二〇〇七年續修《金門縣志・人物志》

【校記】

　　① "殲",原刻本作"纖",誤,應作"殲"。

附錄二

序　跋

序　跋

蔡清憲公文集序　　　　　　　　（明）何喬遠

　　諸葛孔明《出師》二表，蘇長公直謂其與《伊訓》、《說命》相表裏。夫二表之文，亦經略之語，而謂其可以表裏伊、傅者，何也？孔明之言曰：鞠躬盡瘁，死而後已。若夫成敗利鈍，則非臣之明所能逆睹。蓋其所以表裏伊、傅，固在於是。同安清憲蔡公敬夫，少年掇科第如取諸寄，其覃精古文辭之業，可謂海涵而地負，而公所以爲公不在於是。

　　公以郎官揚歷外服，無心不在於國與民，而身家之念，不一毫芥胸中，即飢窮以死，誓捐不顧。在辰、沅時，黔寇出劫掠，公第勸當事者撫之，而公謀不用；遼東虜變，公在易州，嗔目焦齒，恨不得揮戈手刃與一決鬥，以公又不用；及黔中安酋爲亂，攻城掠槖，殺一都御史、死一進士，而朝廷方用公爲少司馬，開闓莅之。公出兵，一大創酋，日夜治軍書、調兵食，精神耗廢，鄰於死者，尚事事理會，不少休輟，坐是卒軍中。公所爲身，真有孔明食少事繁之意。賊嚮平矣，而公即世。"出師未捷身先死，長使英雄淚滿襟"，公真足當之。公死不能爲殮，諸公束其骨。其貧苦無年則亦已矣，而血嗣遂絕。公僅一弟，亦絕血嗣。其先人令尹公遂以忽諸。天所以處賢豪君子何如也！

　　予忝爲令尹公友，公惓惓父執不置。而公之李漢，哀公文而刻之。予謂公文章盡足垂世，而要非其品格之所存，故略而弗論。此時朝家身後恤典甚靳，公肉未寒，而朝紳嘆其忠篤，當宁侈之易名，庶足酬公定國勤事之勛。至成敗利鈍，明難逆睹，公直付之而已矣。

清憲蔡公遯庵全集序　　　　　　　（明）蔡獻臣

　　天啟甲子，蔡敬夫以司馬中丞督黔。越明年，公薨，監軍侍御昆明傅公爲具忠勤清苦疏請恤于朝，宗伯覆予祭如例，主爵者爲請贈蔭，又特請易名，于是贈公大司馬，謚"清憲"，稱異數云。

初，公弟仁夫梓公奏議，而屬序于予，予心許之。已而，愛婿林觀曾行公全集，復屬予言："習吾翁者，莫先生詳也。"嗚呼敬夫！真世所謂豪傑者哉！敬夫與予俱家浯海，乃尊樂至公，世載明德篤生。公垂髫而穎甚，於書一閱輒能成誦，又性善記，久而不忘也。初試郡道，取第一，弱齡聯魁南宮，成進士，而後疏請歸娶。當是時，人莫不以異才目之。而公出黃昭素太史之門，師弟間講求論議，相得歡甚。公又精敏嶄截，饒有吏幹，著聲比曹。既而，請終二親六年憂，其文詞日益進。於是謁補得武庫，旋擢參藩，分道荊岳。及湖北兵變，乃移公觀察，而首惡就縛，疆事大定，公才略益錚錚縉紳間矣。奴酋陷遼陽，時公慨然過我，矢以首貿。及水西逆彥之變，當宁移公郎節督黔，賜劍尚方，而節制五省，蓋其重也。公入黔未幾，上首虜八千餘級，酋畏公，不敢渡河。而搗巢之役，施兵先逃，不克成功，公亦拮据盡瘁，騎箕去矣。使稍延須臾，逆彥寧至今日哉！

公學博才高，下筆千言，弱冠尤工四六。其諸著作皆崇論宏議，涵古茹今。至書牘、奏議之文，慷慨談天下事，切劘豪貴，披吐肝膽，無所避忌。而詩則出入漢、魏、盛、晚唐之間，蓋居然一代名家，千秋盛事矣。嗚呼！吾泉蔡文莊之文，以道德勝；王道思之文，以才思勝，皆稱不朽，而二公亦不假事功顯。惟襄惠張公有文人之才致，有宋儒之學脉，而又有經世之勛猷，九原可作，未知與公孰先孰後？而公與襄惠又以總督之任，畢命越、沅，朝廷憫恤，等無有異，何其符也。惜公年僅五十，而復靳其嗣。悲夫！予猥附知己，故不辭弁言，而烏足以盡公？

蔡清憲公全集序　　　　（明）譚元春

元春固得親以詩文逮事清憲公，北面稱弟子者。公亦時以上德古懷，引元春於詩文之內外，又似獨相期許，開其宣率，與爲朋友商究之言，故元春亦稍稍知詩文涯際。嗚乎！今不可作矣！元春日以退，無以與於鴻壯淵窅之觀類。嘗端居深念：古今文人，卑者無足論，即興會標舉，踔厲風發，聲爛爛然自謂名下士，吾爲之慚甚；雋異文雅，芳流不歇，便自以爲不俗之人，吾爲之慚甚。山谷老人謂："大節不奪者，乃真不俗。"而司馬仲達望武侯葛巾、毛扇，指麾三軍，乃以名士稱之。嗚乎！世固安有名士與不俗之人哉！惟吾敬夫先生，始可以盡瘁爲名士，始可以山嶽之性拔去俗根，而亦必真如先生名貴不俗，始能使詩文之氣充滿天地之間，而決不至隨荒烟野草而散去。故元春竊以爲公之可及、不可及者凡有六，德業詩文，水乳和合，請得而深論之。

夫人少而好學，老而不衰者多矣。然皆掇拾附益，必以歲時。公十齡以往，書史上口，觸目皆如重閱，嘗借人奇書數十卷，燭下取讀，曉而還之。其敏可及，其勤不可及也。目下十行者，思力贔贔，率無暇想。公作古文、詩歌、章奏、箋啓、檄移、科條，日可百數通，數小史不給，朝屬草，申酉成書，而公優游尚自如，山水書畫幽其神緒。其辦可及，其閑不可及也。公忠孝友愛，出於自然，一身冰霜滿抱，千頭橘、八百桑，非其所有，救世心切，如鳳生負，涕泣欲償，一字一句，如佛說法。其慈可及，其誠不可及也。既爲國家經緯人治，一切邊腹夷險，可爲不可爲，無不功歸人、罪歸己，至於星隕而不化。任彦升之序王文憲曰："道在廟廊，理擅民宗。"先生有焉。而日妙思經書，如寒流淵人，窺深領奧，窮其要眇，以入無際。我輩下帷終日，獲者麟爪耳。其肆可及，其微不可及也。鴻儒大方，喜談源派，兩漢八大家，熟人聽聞，不自振精魂，如貧落子，侈稱先世門閥。予每讀公詩文，海潮泉眼，瀉注無方。其古可及，其獨不可及也。世之作者，光焰過多，才每足以震物，權每足以彩毫，具曰予聖，斯亦可以。而公與寡取篤，形神在友。墮己千仞之峻，慕人一壑之幽，誰爲爲之？誰令聽之？其高可及，其虛不可及也。凡爲若說者不勝書，將一書之而已，亦猶謚法但節以一惠，而以"清憲"耳。"清憲"足以盡先生乎？

先生死，弟仁夫梓其集，未數卷，亦死，其婿林子觀曾搜而梓之。予因語林子：子之心苦矣，未遺餘力矣，還先生以日星河岳之觀，開天下以元始玄化之域，是吾子之功也，而竊不敢忘公昔者一語。公來鄖中，與元春夜半論文，以爲"自愛其詩文者貴少，愛人之詩文者貴嚴。必嚴而作者之精神始見，必少而觀者之精神與作者始合。且吾輩終日獻酬人事，神明如珠，豈能從萬斛泉中涌出，滔滔莽莽赴筆,而爲之豈能自滿作者之意,而何以接天下後世之眼?子他日爲我精選數十篇,令其可傳足矣"。夫以先生鴻壯淵窅之學,鼓吹經史,自存稿外,但能罔羅一字之遺,爭相傳寶,如玉匣、金碗復出人間,是何忍復議删選?雖然,元春不敢忘也。全而搜之固難,有而擇之甚易。子爲其難,吾爲其易。吾兩人各職一事,以告哀逝者,使光靈復栖止故處焉耳。若夫詩古文之氣,挾其道德經綸,以充滿天地,梓不梓,亦非所輕重也,又何論選不選哉?

蔡清憲公集序　　　　　　　　　(明)鄭之玄

予讀清憲元履蔡公集,蓋掩卷而三嘆也。公才蓋一代,氣塞兩間,雖死之日,猶生之年,古今之不可以成敗論人物者,孰有過於公哉!予不獲北面事公,公在郿,則以書抵長安,儼然而庭教之,引之以詩文之後起,且與之商兵食之時局,公折節好士如此。其曰:"學包萬有心,氣獨往獨來。"則公生平學問、氣節之大端也。

黔之難,鬼方非人所居。公聞命,叱馭自郿入黔,疾馳三千四五百里,督趣諸路,先聲棋置,蓋已若身履貴竹之境矣。其條陳進取,以爲不在夷而在苗、不在貴陽而在官道、不在水内而在水外,其所以策黔甚熟,而自任亦甚審矣。大方喪敗,撫臣陷没,公之所憤發而必欲雪之也。六廣、鴨池之衄,人人以入巢爲譚虎。公掃路苗,收盤江、普定、織金之捷,焚巢蕩箐,前後上功級至八千有奇。底成績矣,而公不敢以爲功。水西之潰,將吏違制,此與馬謖街亭、任福好水何異?而公不敢不自以爲罪。觀公之自劾,慚恨欲死,志士仁人,未有不潸然出涕者也。卒使旄頭未落,大星告隕,江流石咽,遺恨豈獨吞吳哉!

公學問既高,詩文亦富,珠璣萬斛,投地而出,皆足以鼓吹前代,風靡詞人。若其飛檄如雨之際,盾上磨墨,無記室之賓、起草之掾,疾病交疲,心血交敗,於人宜無生理。然連草累牘,其策賊而中機宜,請閣而勒肝膽者,使他人授簡,不能爲公言。故公之文莫大於章疏,而論撰、記述、箋札、四六,淹博精貫之言,猶不與焉。公於詩,可謂好之,詩皆撫郿以前,入黔後不詩矣。公論詩,大指挈之以富有,禪之以日新。又曰:"入之愚,出之聖。"沉酣少陵,其忠義之氣,有足相發者,楚人鍾、譚兩君子合之,可以概見。夫公之事業,可以韓、范,而不必韓、范也;公之文章,可以韓、歐,而不必韓、歐也;公之詩,可以少陵,而亦不必少陵也。公在楚言楚,豈非所謂君才十倍曹丕者?要之,日星河岳之氣,往來天地間,固在彼而不在此也。

校 點 後 記

　　蔡復一,字敬夫,號元履,泉州同安人。生於明萬曆四年(一五七六),二十二年鄉試中舉,翌年成進士。初授刑部主事,歷員外郎。丁艱,服除,補兵部車駕,遷武庫郎中。萬曆三十九年,出任湖廣參政,分守荆岳,後引疾歸。旋起湖廣按察副使,備兵易州,擢山西左布政使。天啓二年(一六二二),以右副都御史撫治鄖陽。貴州苗民起義,以兵部右侍郎、都察院右僉都御史總督貴州、雲南、湖廣軍務,兼巡撫貴州,賜尚方劍,節制五省,因兵餉不繼、事權不專敗績。天啓五年,卒於平越軍中,時年五十。訃聞,贈兵部尚書,賜祭葬,謚清憲。蔡復一"學博才高,諸著作皆崇論宏議,至書牘、奏議之文,慷慨談天下事,切中時弊。而詩則出入漢、魏、唐、宋間,居然一代名作"(《金門縣志・人物志》)。

　　蔡復一著作甚豐,據《同安縣志・藝文》記載,計有《遯庵全集》十八卷、《詩集》十卷、《督黔疏草》八卷、《雪詩編》、《駢語》五卷、《楚愬錄》十卷、《毛詩評》一卷、《續駢語》二卷,此外還有《楚愬摘錄》一卷。《〈四庫提要〉分纂稿》記載:"《遯庵全集》,文十八卷、詩十卷、駢語五卷、續駢語一卷。"而《明史・藝文志》則稱其所著《遯庵集》十七卷。

　　今據北京大學圖書館、臺北"中央圖書館"和廈門市圖書館所藏的蔡復一著作刊本,可知存世者有明季林文昌(又名文旻,字觀曾,蔡復一婿)刻本《遯庵詩集》十卷、明末刻本《駢語》五卷、《續駢語》二卷。

　　此外,又有山西大學圖書館館藏的蔡復一《遯庵全集》明刻本(輯入《四庫禁毁書叢刊補編》第六十册),包括《遯庵全集》十八卷、《遯庵駢語》五卷、《續駢語》二卷。其中十八卷的《遯庵全集》實際上包括了《遯庵全集》十卷、《楚牘》二卷(《全集》之卷十一、卷十二)、《燕牘》一卷(《全集》之卷十三)、《鄖牘》

校點後記

二卷(《全集》之卷十四、卷十五)、《黔牘》三卷(《全集》之卷十六、卷十七、卷十八)。山西大學圖書館藏本比其他藏本多出文牘八卷。

臺北"中央圖書館"還藏有一部《遯庵蔡先生全集》手抄本,題作"繡佛閣藏本",輯錄了蔡復一所作的序、記、傳、行實、祭文、墓誌銘、呈文、公移等作品五十七篇,共分爲四册。從内容和書的結構來看,極有可能是《遯庵文集》十八卷的選集。金門文化局近年出版了郭哲銘的校釋本。

根椐蔡獻臣、譚元春等人爲《遯庵全集》所作序言,蔡復一去世後,他的遺作即由其弟蔡仁夫和女婿林觀曾主持搜集、整理及刊印。最初有蔡仁夫刊印的《奏議》,不久仁夫亡故,林觀曾繼而完成編校和刊行。不知何故,林觀曾并未將蔡仁夫輯錄的《奏議》以及《督黔疏草》、《雪詩編》、《楚愬録》和《毛詩評》等編入《全集》,甚至把可能存在的第十八卷也排除在外。

這次點校整理以山西大學圖書館館藏的《遯庵全集》爲底本,以金門文化局出版的《遯庵蔡先生文集校釋》一書的原文,和輯入其他方志文獻中的零散文章作爲本書的《補遺一》和《補遺二》,同時又從《明史》和各種方志上選錄有關蔡復一的傳記,和其親友爲蔡復一的詩文集所寫的序言作爲本書的《附錄一》和《附錄二》。原刊本中明顯的異體字、俗體字、通假字,或纂輯刊誤、筆誤處,均予以改正。

編　者

二〇一八年元月

圖書在版編目(CIP)數據

遯庵全集／(明)蔡復一著；何丙仲點校. —北京：商務印書館，2018
(泉州文庫)
ISBN 978-7-100-16085-8

Ⅰ.①遯… Ⅱ.①蔡…②何… Ⅲ.①中國文學—古典文學—作品綜合集—明代 Ⅳ.①I214.82

中國版本圖書館CIP數據核字(2018)第082420號

權利保留，侵權必究。

責任編輯　閻海文
特約審讀　李夢生

遯庵全集
(明)蔡復一　著

商務印書館出版
(北京王府井大街36號　郵政編碼100710)
商務印書館發行
山東鴻君傑文化發展有限公司印刷
ISBN 978-7-100-16085-8

2018年7月第1版　　開本705×960　1/16
2018年7月第1次印刷　印張60.5　插頁6
定價：248.00元(全三冊)